늙은 아내들의 이야기

늙은 아내들의 이야기

1판 1쇄 인쇄 2021년 11월 30일
1판 1쇄 발행 2021년 12월 10일

지은이   아놀드 베넷
옮긴이   정선우
발행인   조은희
발행처   아토북

등   록   2015년 7월 31일(제2015-000158호)
주   소   (10261) 경기도 고양시 일산동구 성현로659번길 143 103-101
전   화   070-7537-6433
팩   스   0504-190-4837
이메일   attobook@naver.com

ISBN 979-11-90194-06-8 03840

늙은 아내들의 이야기

The Old Wives' Tale

아놀드 베넷 지음

정선우 옮김

Atto Book

Contents

Ⅰ
베인스 부인

광장

1

두 소녀, 콘스탄스와 소피아 베인스는 그들의 상황에 대한 다양한
관심에 전혀 주의를 기울이지 않았고, 실제로 의식해 본 적도 없었다.
예를 들어, 그들은 거의 정확하게 위도의 53도 선에 위치해 있었다.
종교적 열광이 유명한 주름 잡힌 언덕을 따라 북쪽으로 조금 가면, 잉
글랜드 중부의 잔잔하고 특징적인 줄기인 트렌트 강이 흐르고 있었
다. 북쪽으로 조금 더 가면, 왕국에서 가장 좋은 술집의 바로 근처에
두 개의 작은 강, 데인과 도브 강이 흐르고 있었는데, 이 두 강은 초기
에 형성되었을 당시 서로 다툼이라도 한 듯 서로 반대 방향으로 흐르
고 있었다. 데인 강은 위버 강으로 합류되었고 도브 강은 트렌트 강으
로 합류되었으며, 잉글랜드의 전역에 물을 공급해 주고 있었는데, 각
각 아일랜드 해와 독일 해로 흘러 들어갔다. 겸손하고 눈에 띄지 않는
강들이 있는 얼마나 좋은 자치주州인가! 얼마나 자연스럽고 단순한 주
이며, 고립되어 있는 구불구불한 강들에 의해 주의 경계가 정해지고
있는 것에 얼마나 만족하고 있는 주인가! 트렌트, 미스Mease, 도브, 턴,
데인, 미스Mees, 스토어, 템스, 그리고 심지어 매우 빠르게 흐르는 세
번 강! 그렇다고 세번 강이 주에 적합하다는 것은 아니다! 주에서 초
과는 가치가 떨어질 뿐이다. 이 주는 흥미로운 것들이 존재하지 않는
다는 것에 행복해하고 있었다. 슈롭셔가 부풀어 오른 땅인 린킨 산을
소유해야 한다는 것에 만족했으며, 피크의 광활한 황야가 슈롭셔 주
의 경계에 존재해야 한다는 것에 만족하고 있었다. 그렇다고 체서처

럼 납작한 땅을 바라는 것도 아니었다. 주는 30마일이나 되는 와틀링 가도를 포함하여 잉글랜드의 모든 것을 가지고 있었다. 그리고 잉글랜드는 자연의 작품과 주의 한계 내에서 볼 수 있는 인간의 작품보다 더 아름답거나 추한 것은 보여 줄 수 없었다. 잉글랜드의 중앙에서 방황하고 있는 주로, 잉글랜드의 축소판이었으며 가장자리를 찾아다니는 사람들에게는 언급되지도 않았다. 때때론 이렇게 소홀하게 여겨지는 것에 상처를 받기도 했지만, 주의 대표적인 특색과 특징을 본능적으로 인식하고 있다는 것이 얼마나 자랑스러운 일인가!

젊음이라는 강렬한 선입견에 사로잡힌 콘스탄스와 소피아는 이런 문제에 관해 관심이 없었다. 그들은 그 주에 둘러싸여 있었기 때문이다. 도로와 차선, 철로, 수로, 전신선이 교차하는 스태퍼드셔의 모든 들판과 황야는 울타리로 둘러싸여 있었다. 홀과 고풍스러운 공원으로 꽤 괜찮게 꾸며져 있었으며, 교차로에 있는 마을로 인해 활기를 띠고 있었고, 물결처럼 펼쳐지고 있는 태양이 따스하게 마을 전역을 둘러보고 있었다. 기차는 움푹 팬 곳의 굴곡을 따라 빠르게 지나다녔고, 수레와 마차들은 노란 길을 따라 질주하고 있었고, 길고 좁은 배들은 웅장하고 무한한 수로의 잔잔한 표면을 여유롭게 지나다니고 있었다. 스태퍼드셔의 강들이 오늘날까지도 자연 그대로의 용골로 남아 있었기 때문에 강들은 아무런 도움 없이 스스로 계속해서 흐를 수 있었다. 사람들은 새들의 발아래 있는 전신선을 통해 지나다니고 있는 가격이나 갑작스러운 죽음, 말에 관한 메시지들을 상상할 수 있었다. 여관에서는 유토피아의 주민들이 맥주를 마시며 우주에 관해 소리 지르고 있었고, 홀과 공원에서는 잉글랜드의 품위가 적절한 방식으로 보존되고 있었다. 마을은 흙과 굶주림, 옷의 마찰로 인하여 생기는 영향을 고치기 위해 애쓰고 있는 여자들만 가득했다. 수천 명의 노동자들이 들판에 있었지만, 들판이 너무 넓고 무수히 많았기에 흩어져 있는 노동자들은 마치 그 안에서 완전히 길을 잃은 것처럼 보였다. 사람들보다 뻐꾸기가 훨씬 더 눈에 띄었고, 길게 울려 퍼지는 울음소리가 평방 마일을 차지하고 있었다. 또한 바람이 잘 통하는 황야의 종달새들은 로마인들이 워틀링 가도를 생각하기도 전부터 수 세기 동안 존재해왔 던 사라지지 않는 노새들의 길 위에서 노래를 부르고 있었다. 요컨대, 주州의 일상적인 생활은 매우 많은 다양성과 중요성을 가지고 진행되 고 있었지만, 콘스탄스와 소피아는 이 주에 살고 있었을 뿐 그들에게 속해 있지는 않았다.

사실 그들은 그 주에 살고 있음과 동시에 그 구區에 살고 있었다. 그러나 그 구에 사는 그 어떤 사람, 예를 들어 나이가 들어 일반적인 것에 대해 생각하는 것 말고는 할 일이 없는 사람이라 할지라도, 그 주에 관해 생각해 본 적이 없었다. 주의 관점에서 보면, 구는 차라리 사하라의 한가운데 있는 편이 더 좋을지도 모른다. 구는 휴일 오후 다 리를 움직이기 위해 마치 자신의 뒷마당을 이용하기라도 하듯 산책 을 위한 용도로 무관심하게 사용될 때를 제외하면 주를 무시하고 있 었다. 구는 주와 공통점이 전혀 없었다. 구 자체로도 충분했다. 그럼 에도 불구하고, 구의 자급자족 성과 삶의 진정한 자극을 만끽하기 위 해서는 구가 주에 에워싸여져 있다는 것을 생각해야만 알 수 있었다. 구는 마치 푸르고 텅 빈 하늘의 어두운 묘성처럼, 하찮은 얼룩처럼 주 의 얼굴에 존재하고 있었다. 핸브리지는 말과 말을 타고 있는 사람의 형태를 띠고 있었고, 버슬리는 당나귀의 절반, 크나프는 바지 한 벌, 롱쇼는 문어, 그리고 작은 턴힐은 딱정벌레의 형태를 띠고 있었다. 이 다섯 개의 마을은 안전을 위해 서로 뭉쳐 있는 것 같았다. 하지만 안 전을 위해 함께 뭉쳐 있다는 생각은 그곳에 살고 있는 사람들을 웃게 만들 것이다. 마을들은 독특하면서도 필수 불가결했다. 주의 북쪽에 서 남쪽으로 내려가다 보면 문명과 응용과학, 조직화된 제조업장, 그 리고 세기의 상징이 서 있다. 울버햄프턴에 도착하기 전까지 말이다. 다섯 개의 마을이 독특하면서도 필수 불가결한 이유는, 다섯 개의 마을의 도움 없이는 찻잔에서 차를 따라 마실 수 없고, 품위 있게 한 끼도 먹을 수 없기 때문이다. 그렇기에 이 다섯 마을의 구조는 오븐과 굴뚝의 구조와 같았다. 대기는 진흙처럼 검었고, 밤새도록 불타오르며 연기를 뿜어내는 것처럼 보였다. 룽쇼는 지옥에 비유되곤 했다. 농업을 배운 적이 없어 밀짚과 샌드위치용 4파운드의 빵 덩어리를 포장할 때를 제외하고는 옥수수를 본 적이 없었다. 반면에 신비로운 불의 습성과 순수하고 척박한 땅의 습성을 이해하고 있었다. 때문에 주부들은 존경을 받고 싶다면 적어도 2주일에 한 번은 창문의 하얀 커튼을 갈아야 하는 불안정한 거리에서 살았다. 대다수의 주부들은 겨울이든 여름이든 아침 6시에 일어나 술집이 문을 닫으면 잠자리에 들곤 했다. 이러한 모든 것들이 존재했기 때문에 찻잔에서 차를 따라 마실 수 있었으며, 품위 있게 접시 위의 음식을 잘라 즐길 수 있었다. 나라에서 사용되는 모든 일상용 그릇들은 이 5개의 마을에서 만들어졌다. 그릇들을 제외한 대부분의 다른 것들도. 이처럼 거대한 생산이 가능하고 완벽한 독점이 가능한 구, 또한 석탄과 철, 위인을 만들어 낼 수 있는 에너지를 발견할 수 있는 구는 지리적으로 볼 때 주에게는 대수롭지 않은 오점이 될 수 있지만, 구가 주를 일주일에 한 번 뒷마당으로 취급하고, 그 외의 시간에는 맹목적으로 무시하는 것을 확실하게 정당화해준다.

심지어 잉글랜드의 전역, 언제 어디서든 주부들이 설거지를 할 때면 구에서 생산된 제품을 설거지를 한다는 웅장한 생각조차도, 또한 접시들이 깨진다는 것은 구의 새로운 사업이 시작된다는 것을 의미한다는, 이러한 장엄한 생각조차도 두 소녀에게는 결코 떠오르지 않았을 것이다. 사실, 그들은 다섯 개의 마을에서도 광장에 살고 있었지만, 버슬리와 광장은 구가 주를 완벽하게 무시하는 것처럼 구에서 만들어진 생산품들을 완벽하게 무시하고 있었다. 버슬리는 다섯 개의 마을 중에서도 고대의 영광을 누리고 있었다. 그 어떠한 산업의 발전도 오랜 세월이라는 우월성을 빼앗을 수 없었으며, 이것은 구의 자만심을 절대적으로 확신하게 만들었다. 그리고 다른 마을들이 버슬리의 이름을 발음하지 않을 시기는 (다른 마을들이 발전을 하여 큰소리를 치더라도 말이다.) 마치 어머니의 이름을 부르는 것처럼 결코 오지 않을 것이다. 게다가 광장은 버슬리의 소매업 중심지에 위치하고 있었기에 (그들은 도의 주된 생산품을 도매적이고 저속하며 확실히 추잡한 것이라고 여기며 경멸했다.) 여러분은 이렇게 형성된 세상의 계획에서 광장의 중요성과 스스로를 고립한 이유를 이해할 수 있을 것이다. 자, 이렇게 설명이 끝났다. 구에 박혀 있고, 구는 주에 박혀 있으며, 주는 잉글랜드의 중심부에서 방황하며 꿈을 꾸고 있다!

광장은 성聖 누가의 이름을 따서 지어졌다. 누가는 자신의 광장에서 어떠한 사상을 시작했을지 모르나, 항상 충격적인 일이 일어나는 웨이크위크[1]Wake Week를 제외하고 성 누가 광장은 그런대로 성스러운 분위기였다. 비록 술집이 다섯 개나 있었지만 말이다. 광장에는 다섯 개의 술집, 은행, 이발소, 제과점, 세 개의 식료품점, 약국 두 개, 철물상, 의류상, 그리고 다섯 개의 포목상이 있었다. 이것들이 광장에 있는 전부였다. 성 누가 광장에는 소규모 시설을 위한 공간은 없다. 광장에서 상위 계층은 의심할 여지없이 포목상 사람들로 구성되어 있었다. (은행은 객관적으로 여겨졌다.) 다섯 곳의 포목상 중에서도 베인스의 상점이 가장 우위에 있었다. 베인스 씨가 존경받는 것보다 더 존경받는 사업장은 없을 것이다. 비록 존 베인스는 10여 년 동안 병상에 누워 있었지만, 여전히 '우리의 영광스러운 친근한 마을 사람'으로서 존경을 받으며 형식적으로 사람들의 입에서 오르내리고 있었다. 그는

---

1 잉글랜드와 스코틀랜드에서 존재했던 휴일. 원래는 종교적인 기념일 또는 축제일이었지만 산업혁명 중 세속적인 휴일로 발전하였다. 19세기와 20세기에는 매우 잘 유지되던 전통임에도 불구하고 근래에는 거의 사라졌다.

명성을 누릴 자격이 충분히 있었다.

베인스의 가게는 간격을 두고 서 있던 세 개의 주택을 하나로 합친 건물에 있었고, 광장의 맨 아래쪽에 존재하고 있었다. 광장의 남쪽 3분의 1을 차지하고 있었으며, 나머지는 크리츨로우의 가게(약국), 의류상 그리고 하노버 스피릿 볼트vaults가 있었다. ('볼트'는 광장에서 술집을 의미하는 인기 있는 별명이었다. 술집 중 두 곳만이 대충 만들어진 곳이었고, 나머지 술집은 '볼트'였다.) 3개의 층을 가지고 있는 복합건축물이었는데, 벽돌은 거무스름한 진홍색으로 되어 있었고 가게 정면은 돌출되어 있었다. 그리고 그 위와 뒤편에는 작은 창문이 두 줄로 늘어서 있었다. 각각의 창틀에는 톱밥으로 채워진 붉은 천으로 된 두루마리들이 외풍을 막기 위해 설치되어 있었고, 평범한 흰색 블라인드는 각 창문의 위쪽으로부터 6인치가량 내려와 있었다. 창문에는 커튼이 하나도 달려 있지 않았다. 단 하나를 제외하면 말이다. 이 창문은 광장과 킹 스트리트 모퉁이의 2층에 있는 거실 창문이었다. 두 번째 층에 있는 또 다른 창문은 특이했다. 블라인드나 패드도 없었고 매우 더러웠다. 그 창문은 사용하지 않는 방의 창문이었다. 방으로 향하는 별도의 계단이 있었으나, 계단으로 향하는 문은 항상 잠겨 있었다. 콘스탄스와 소피아는 그들의 방 옆에 있는 그 불가사의한 방에 이례적인 일이 일어나기를 계속해서 기대하며 살아왔다. 그러나 두 사람은 실망할 수밖에 없었다. 그 방은 세 채 중 한 채를 만든 건축가의 무능함이라는 것 외에는 별다른 비밀이 없었다. 그 방은 단지 텅 비어 있는, 사용되지 않는 방일뿐이었다. 또한 그 건물은 킹 스트리트에서 상당히 눈에 띄는 정면을 가지고 있었는데, 건물 뒤편에는 큰 창문과 두 계단만 내려가면 바로 거리로 이어지는 문이 있는 구석진 응접실이 있었다. 그 상점의 기묘한 특징은 간판이 없다는 것이었다. 한때는 광장에서 기억에 남을 만한 돌풍을 불러왔던 간판이 있었다. 베인스 씨는 그것을 대체하지 않기로 결정했다. 그는 항상 소위 말하는 '과장'

을 싫어해 왔고, 이러한 이유로 인해 점포 정리 세일 같은 것은 그에게서 결코 들을 수 없었다. '과장'에 대한 증오는 그가 간판조차 '과장'이라고 여기게 될 때까지 계속되었다. 아무런 정보 없이 베인스의 상점을 찾고자 하는 사람들은 반드시 누군가에게 물어보고 배워야만 했다. 그렇다. 베인스 씨에게 간판을 교체한다는 것은 부도덕한 자기선전이라는 현대적 열풍을 용납하는 행동이었을 것이다. 간판을 자신이 원하는 대로 내버려 두는 베인스의 자제력은 어떻게 된 일인지 지역사회의 사려 깊은 구성원들에게 베인스의 원칙의 기준이 그들이 상상했던 것보다 훨씬 높다는 증거로 받아들여지게 되었다.

콘스탄스와 소피아는 이러한 인간의 본성을 가지고 있는 앞서 언급된 사람의 딸들이었다. 그에게는 이 둘 말고는 다른 자식이 없었다.

2

두 사람은 전시실 창문에 코를 대고, 돌출된 상점이 허용하는 만큼 수직으로 광장을 바라보고 있었다. 전시실은 상점의 반을 차지하고 있는 여성 모자류와 실크로 된 옷들이 있는 공간의 위층에 있었다. 나머지 반을 차지하고 있는 모직과 셔츠 옷감이 있는 위층에는 거실과 주요 침실들이 있었다. 교태를 위한 물품을 요청받으면 가게의 나선형 계단을 통해 위층으로 향하였는데, 시선이 점차 올라가면서 커다란 상점 창문 앞에 있는 마호가니로 된 계산대와 한쪽 면을 따라 노란 리놀륨이 깔린 바닥, 마분지 상자들, 매우 아름다운 경첩이 달려 있는 전신 거울, 그리고 의자 두 개가 보였다. 창턱은 계산대보다 낮아서 창과 계산대의 뒷면 사이에 틈이 생겨 가위나 연필, 분필, 조화 같은 중요한 물건들이 지속적으로 사라졌다. 건축가의 무능함을 보여주는 또 다른 증거였다. 소녀들은 코를 대고 밖을 보기 위해서 계산대에서 무릎을 꿇고 볼 수밖에 없었는데, 지금 그들이 하고 있는 행동이었다. 콘스탄스의 코는 들창코였지만 예쁜 코였다. 소피아는 보기 좋은 매부리코였다. 그녀는 매우 아름다운 사람이었는데, 아름다우면서도 동시에 당당하게 아름다운 여성이었다. 두 사람은 연약하면서도 예민하고 호화로운 삶으로 인해 떨고 있는 경주마 같은 존재였다. 매우 아름다우면서도 매혹적인 혈액 순환의 증거였다. 순진하고 교묘하며, 장난기 넘치고 점잖으며, 지나치게 감상적이고 무식하며 기적적으로 현명했다. 그들의 나이는 16세와 15세였다. 솔직히 말해보자면, 아무것도 배울 것이 없다는 것을 인정해야 하는 시대이다. 지난 6개월 동안 간단하게 모든 것을 배울 수 있었다.

"저기 그녀가 간다!" 소피아가 소리쳤다. 광장 위쪽, 킹 스트리트의 구석 분홍색 끈이 달린 새로운 보닛을 쓴 한 여성이 지나갔다. 어깨에

서부터 내려오고 있는 새로운 파란 드레스는 아래쪽으로 내려갈수록 넓어져 옷자락쯤에서는 커다란 원의 형태를 띠고 있었다. 광장을 가득 채우고 있는 고요한 햇살의 고독 속에서(목요일 오후였고, 제과점 한 곳과 약국 한 곳을 제외한 모든 상점들은 문을 닫은 상태였다.) 그 보닛과 드레스는 콘스탄스와 소피아의 끊임없는 시선 아래 로맨스를 찾아 북쪽으로 향하고 있었다.

저 속 어딘가에는 가정 일을 담당하는 하인 매기의 영혼도 있을 것이다. 매기는 콘스탄스와 소피아가 태어나기 이전부터 상점에 있었다. 그녀는 하루 17시간을 지하에 있는 부엌과 식품 저장실에서 보냈고, 나머지 7시간은 다락방에서 보냈는데, 일요일 저녁 교회당에 가는 것과 한 달에 한 번 목요일 오후에 외출할 때를 제외하면 밖으로 나가는 일이 없었다. 그녀는 '추종자'를 매우 엄격히 금했지만, 드물게 롱쇼에서 살고 있는 그녀의 이모만큼은 그녀의 지하 소굴에서 그녀를 볼 수 있는 엄청난 호의가 허락되었다. 그녀를 포함한 모든 사람들은 그녀가 좋은 '위치'를 가지고 있다고 여겼고, 그녀는 좋은 대우를 받고 있었다. 예를 들어, 그녀가 부엌이나 마당에서 '계속' 시간을 보내지 않는다면, 그녀가 정확히 원하는 사람과 사랑에 빠질 수 있다는 것은 부인할 수 없는 사실이었다. 그리고 사실, 매기는 사랑에 빠진 적이 있었다. 지난 17년 동안 그녀는 11번이나 약혼을 했다. 이 못생기고 강력한 유기체가 석탄 광부조차 유혹할 수 있을 정도로 약해질 수 있는지, 또한 그녀의 달콤한 올가미에 남자를 잡았음에도 불구하고 그가 자유로워질 수 있을 만큼 멍청해지는지는 아무도 알 수 없었다. 매기의 영혼 속에는 미스터리가 있었다. 힘들고 단조로운 일을 오랫동안 한 그녀는 아마도 버슬리에 있는 그 어떤 여성들보다도 더 자주 약혼을 했을 것이다. 그녀의 고용주들은 그녀의 흥미로운 소식에 너무 익숙해져서 수년 동안 아무런 감정 없이 '정말, 매기!'라는 말을 할 뿐이었다. 약혼과 비극적인 이별은 매기의 취미였다. 이러한 취미에 빠지지 않았다면, 그녀는 대신 피아노를 공부했을지도 모른다.

"당연하게도 장갑은 없네!" 소피아가 비판했다. "글쎄, 그녀가 장갑을 낀다는 것을 기대하기란 힘든 일이지." 콘스탄스가 말했다. 이윽고 보닛과 드레스가 광장의 위쪽에 가까워지자 잠시 침묵이 있었다. "우리를 보기 위해 뒤를 돌아볼까?" 콘스탄스가 물었다. "그렇게 행동한다고 해도 상관없어." 소피아는 거의 열정적으로 보일 정도로 거만하게 말했다. 소피아의 머리가 약간 떨렸다.

광장 위쪽의 은행과 '그랜비 후작' 사이의 모퉁이에는 여느 때처럼 게으름뱅이들이 있었다. 게으름뱅이들 중 한 명은 적극적으로 매기와 악수를 하였다. 명백히 그것은 랑데부였고 개방적이었으며 부끄러운 일이 아니었다. 열두 번째 희생자가 마흔 살 처녀에게 선택된 것이다. 그의 키스는 라드²조차 녹이지 못할 것이다! 그 커플은 올드캐슬 거리를 따라 함께 사라졌다. "봐!" 콘스탄스가 소리쳤다. "저런 거 본 적 있어?" 소피아는 적절한 말을 찾는 동안 얼굴을 붉히며 입술을 깨물었다. 젊음의 심오하고 본능적인 잔혹함으로 콘스타스와 소피아는 새 옷을 입은 매기를 조롱하기 위해 그들이 가장 좋아하는 장소인 전시실에 모여 있었다. 그들은 매기처럼 못생기고 더러운 여자는 새 옷을 가질 권리가 없다고 막연하게 생각했다. 목요일 오후 신선한 공기를 쐬기 위해 나가는 그녀의 욕구조차 그들에게는 부자연스럽고 다소 비난받아 마땅한 것처럼 보였다. 어째서 그녀는 부엌을 나가려고 하는 것인가? 그녀의 애틋한 열망에 대해 말하자면, 그들은 매기가 그러한 것들을 가질 자격이 없다고 생각하는 편이었다. 매기가 순결한 열정을 통제해야 한다는 것은 기괴함 그 이상이었다. 불쾌하고 사악한 정도였다. 하지만 그들이 착하고 마음씨가 고우며, 예의 바르고 유쾌한 소녀들이라는 의심을 단 한순간도 하지 말자! 왜냐하면 그러한 소

---

2 돼지비계를 원료로 한 반고체 형태의 기름.

15

녀들이 맞다. 그들은 천사가 아니었다.

"너무 어이없어!" 소피아가 심각하게 말했다. 그녀는 젊음과 아름다움, 그리고 그녀에게 유리한 지위를 갖고 있었다. 그리고 이러한 사실은 그녀에게 정말로 어이없었다. "불쌍한 늙은 매기!" 콘스탄스가 중얼거렸다. 콘스탄스는 어리석을 정도로 마음씨가 고운 사람이었다. 다른 사람들을 위한 완벽한 변명의 수단이었다. 게다가 그녀의 선의는 끝없이 솟아올라 이성을 압도하고 있었다. "엄마가 몇 시에 돌아온다고 했어?" 소피아가 물었다. "저녁 식사 전까진 돌아오시지 않을 거라고 했어." "아! 할렐루야!" 소피아는 기쁨에 겨워 두 손을 꼭 쥐며 소리쳤다. 두 사람은 마치 어린 소년인 것처럼 카운터를 빠져나왔다. 그들의 어머니가 두 사람을 '훌륭한 소녀들'이라고 말하는 것과는 다르게 말이다. "가서 오즈본 쿼드릴을 연주하자!" 소피아가 제안했다. (오즈본 쿼드릴은 네 개의 손으로 거실에 있는 피아노를 연주하며 그에 맞추어 추는 일련의 춤이다.)

"그런 건 생각할 수 없어." 콘스탄스가 조숙한 표정으로 진지하다는 듯 말했다. 그 표정과 말투는 소피아에게 전해지는 무언가가 있었다. "소피아, 어떻게 한순간일 뿐인 우리의 현재 상황이라는 끌림에 눈이 멀어 나에게 피아노를 치자고 제안할 수 있는 거야?" 하지만 조금 전까지만 하더라도 그녀는 어린 소년 같았다.

"왜, 안 돼?" 소피아가 물었다. 콘스탄스는 계산대에서 가방을 집어 들며 말했다. "오늘과 같은 기회는 결코 없을 거야." 그녀는 자리에 앉아 느슨하게 짜인 캔버스 천을 가방에서 꺼냈다. 그러고는 다양한 색의 양모로 여러 장미들을 수놓기 시작했다. 천은 한때 액자로 장식되어 걸려 있었으나, 지금은 섬세한 작업으로 인하여 꽃잎과 잎사귀 작업이 끝나서 단조로운 배경 외에는 작업할 것이 없었기에 콘스탄스는 그녀의 무릎 위에 고정하고 작업할 수 있다는 것에 만족해하고 있었다. 긴 바늘과 엷은 겨자색 양모 타래 몇 개를 들고 그녀는 천 위로 몸을 굽혀 작은 정사각형을 다시 채워나가기 시작했다. 전체적인 디자인은 정사각형으로 이루어져 있었다. 빨간색과 녹색이 그라데이션을 이루고 있었고, 가장 작은 꽃봉오리 곡선을 포함한 모든 것이 부자연스러운 정사각형으로 이루어져 있었다. 그 결과, 액스민스터 카펫의 완고한 부분 일부를 모방하게 되었다. 그러나 양털의 고운 질감, 캔버스 천을 앞뒤를 끊임없이 움직이고 있는 손가락의 규칙적이고 빠른 우아함, 구멍을 통과할 때의 부드러운 양털의 소리, 시선을 낮추고 진지하게 몰두하고 있는 젊음, 매력을 포함한 변명과 시간의 투자는 예술적 근거 면에서 도저히 정당화될 수 없는 행위였다. 이 캔버스 천은 거실의 난로 앞 도금되어 있는 철망에 장식될 운명이었고, 베인스 부인을 위한 장녀의 선물이 될 운명이었다. 그러나 현재 진행하고 있는 일이 베인스 부인에게는 비밀이라는 콘스탄스의 바람은 베인스 부인을 제외하면 아무도 알지 못했다.

"콘." 소피아가 중얼거렸다. "언니는 가끔 너무 짜증나." "음." 콘스탄스가 단조롭게 말했다. "우리가 학교로 돌아가기 전에 끝낼 필요가 없는 척하는 것은 아무런 의미가 없어. 돌아가기 전에 끝내야 하니깐." 소피아는 주제를 돌릴 만한 적당한 것을 찾으러 돌아다녔다. "아." 그녀는 전신 거울 뒤를 바라보며 기쁨에 차 소리를 질렀다. 심지어 열광하는 수준이었다. "여기 엄마의 새 치마가 있어! 던 양이 계속해서 장식 끈을 달고 있었던! 아, 엄마, 엄마는 매우 자랑스러운 사람이 될 거예요!" 콘스탄스는 유리 뒤에서 들려오는 휙휙 소리를 들었다.

"뭐하는 거야, 소피아?"

"아무것도."

"설마 그 치마를 입어보고 있는 건 아니겠지?"

"안 될 건 뭐 있어?"

"누군가에게 걸릴 거야, 정말로!"

더 이상의 변명 없이 소피아는 거대한 유리 뒤에서 튀어나왔다. 그녀는 이미 옷의 주요한 부분들을 벗은 상태였고, 얼굴에는 장난기가 번져 있었다. 그녀는 상점의 반대편으로 달려가 벽에 붙어 있는 커다란 색상의 인쇄물을 주의 깊게 살펴보았다. 그 인쇄물은 15명의 자매들을 묘사하고 있었는데, 하나같이 같은 키에 날씬한 몸매, 같은 나이를 보여주고 있었다. 나이는 약 25세로 보였으며, 완전히 똑같은 거만하고 지루한 아름다움을 지니고 있었다. 그들이 정말로 자매라는 사실은 얼굴이 닮았다는 점에서 확실했다. 그들의 태도는 공주라는 것을 나타내고 있었으며, 현실에는 존재하지 않을 것 같은 다산을 하는 왕과 왕비의 자식들이라는 것을 나타내고 있었다. 저들의 손은 고된 일을 결코 해본 적이 없을 것이며, 그들의 얼굴은 궁중의 미소가 결코 떠나지 않았을 것이다. 공주들은 대리석으로 만들어진 계단과 베란다를 풍경으로 움직이고 있었다. 이상한 나무들이 멀리서 보였고, 연주대도 있었다. 한 명은 승마복을 입고 있었고, 다른 한 명은 저녁 복장을 하고 있었고, 다른 한 명은 차를 마시기 위한, 또 다른 한 명은 극장에 가기 위한 복장을 하고 있었다. 다른 한 명은 잠자리에 들 준비가 되어 있는 듯 보였다. 또 다른 한 명은 어린 소녀의 손을 잡고 있었는데, 그녀의 딸인지는 알 수 없었다. 왜냐하면 이 공주들은 인간의 욕정을 초월한 사람들이었기 때문이다. 저 공주는 어디에서 어린 소녀를 데려온 것일까? 어째서 한 명은 극장에 가고 있으며, 다른 한 명은 차를 마시러, 또 다른 자매는 마구간에, 마지막 한 명은 잠자리에 들려고 하는 것인가? 어째서 한 명은 두꺼운 망토를 두르고 있으며, 다른 한 명은 태양빛을 피해 파라솔 아래에 있는 것인가?

그 그림은 신비로운 분위기에 젖어 있었다. 그러나 가장 이상한 점은 이 모든 왕족들이 매우 우스꽝스럽고 유행에 뒤떨어진 패션을 하고 있다는 것에 만족하고 있다는 것이었다. 베일이 날아다니는 우스꽝스러운 모자, 머리에 꼭 맞는 우스꽝스러운 모자가 눈에 띄었다. 우스꽝스러운 헤어스타일은 거의 목의 뒤쪽까지 늘어져 있었고, 소매는 어색했다. 우스꽝스러운 허리는 거의 팔꿈치 높이보다 높았으며, 우스꽝스러운 가리비 모양 장식을 잘도 덧댄 재킷! 그리고 치마! 얼마나 끔찍한 치마들인지! 그 치마들은 거대한 장식이 되어 있는 피라미드일 뿐이었다. 각각의 꼭대기에는 공주들의 상반신이 꽂혀 있었다. 공주들이 그렇게 터무니없고 불편한 옷을 입는 것에 동의했다는 것은 놀라운 일이었다. 그러나 소피아는 그 그림 속에서 이상한 점을 전혀 느끼지 못했다. 그 인쇄물은 '파리에서 온 최신 여름 패션. 미라스 잡지의 무료 부록'이라는 전설을 담고 있었기 때문이다. 소피아는 그 15명 공주들의 의상보다 더 우아하고 사랑스럽고 멋진 의상을 상상하지 못했다.

중간이라는 시대에 산다는 것은 콘스탄스와 소피아에게 불리했다. 크리놀린은 아직 완벽하게 구의 모양에 도달하지 못하였고, 허리받이라는 개념은 아직 생각조차 하지 못한 시기였다. 다섯 개의 마을에는 대중탕도, 무료 도서관도, 시립 공원도, 전화기도, 공립 초등학교도 없었다. 사람들은 매년 바다에 가야 한다는 중요한 필요성을 이해하지 못하고 있었다. 비숍 콜렌소는 모세 5경에 관한 파렴치한 관념으로 이제 막 기독교에 충격을 준 참이었다. 랭커셔의 절반은 미국의 전쟁으로 인하여 굶주리고 있었다. 살인범이 교수형을 당하는 것을 보는 것은 주된 즐거움이었다. 믿기 힘들겠지만, 버슬리와 핸브리지 사이를 오가는 이동 수단은 마차밖에 없었다. 그것도 한 시간에 두 번밖에 운영하지 않았다. 다른 마을들끼리는 어떠한 종류의 이동 수단도 없었다! 페킨으로 향하는 마차가 하나 있듯이 이제는 롱쇼로 향하는 마차도 하나 있었다. 사람들이 슬픈 현재 상황을 생각하면 밤에 침대에서 어떻게 잠을 잘 수 있을지 궁금할 정도로 어둡고 퇴보하는 시대였다.

다행히도 그 시대를 살아가고 있는 다섯 개의 마을 주민들은 그들 자신에 대해 그런대로 만족하고 있었고, 심지어 그들이 꽤 현대적이지 않고 깨어 있지 않다는 것을 의심조차 하지 않았다. 그들은 지식과 산업, 사회 운동 같은 것들이 가능한 한 많이 진행되었다고 생각하고 있었으며, 자신들의 진보에 놀라워하고 있었다. 겸손하고 부끄러워하는 대신, 초라한 성과에 자부심을 보이고 있었다. 그들은 온순하게 후대의 엄청난 위업을 기대했어야 했다. 그러나 그러한 믿음이 너무 적었고, 자만심이 너무 강해서 과거를 돌아보고 비교하는 것에 만족하고 있었다.

그들은 기적적인 세대인 우리를 예측하지 못했다. 현실에 안주하는 불쌍하고 눈이 먼 사람들! 터무니없는 철도마차의 모습은 그들의 전형적인 모습이었다. 운전자는 출발 5분 전 웨슬리언 채플에서 칵야드까지 들리는 거대한 종을 울렸다. 고객들이 작별을 외치는 동안 차량은 숙고와 망설임 끝에 레일 위를 달려 알려지지 않은 위험 속으로 향하였다. 블리크리지에서는 유료 도로를 위해 멈춰야 했고, 레브슨 플레이스와 서덜랜드 스트리트를 올라갈 때에는 (핸브리지 방향으로 향하는) 세 번째 말의 도움을 받아 올라갔는데, 말의 등에는 채찍을 휘두르는 작은 소년이 앉아 있었다. 그 소년은 레브슨 플레이스와 서덜랜드 스트리트의 사이에서 셔틀처럼 살았다. 심지어 비 오는 날씨에도 다른 모든 소년들은 그를 부러워했다. 30분 후 위험한 운송을 마친 마차는 핸브리지에 있는 시그널 사무실의 좁은 거리에 엄숙하게 세워졌고, 혈색이 좋은 운전자는 유일하게 달려 있는 브레이크인 윤이 나는 철제 손잡이를 여러 번 돌린 뒤 잔잔한 환희감에 젖어 관객들에게 주의를 돌렸다. 그리고는 유명해지지 못한 짤막한 찬가와 함께 승객들을 내려주었다.

그리고 그 찬가는 견인력 시대의 마지막 가사로 여겨지게 되었다! 아, 기울이고 있는 말 위에서 채찍질을 하는 소년이여! 오, 미래를 보지 못하는, 알지 못하는 소년! 넌 현재 털털거리며 우레와 같은 소리와 함께 시속 20마일의 속도로 그 구의 모든 주요 거리를 지나다니고 있는 전차 120대를 예견할 수 없겠지!

그렇기에 당연히 소피아는 그녀가 살고 있는 시대의 자부심에 물들어 있었고, 공주들의 최종적인 우아함에 대해서는 어떤 의심도 하지 않았다. 그녀는 완벽한 예를 나타내고 있는 15명의 사도라 여기며 그들을 연구했다. 잠시 후, 그녀는 콘스탄스의 경고 속에 상자에서 꽃과 깃털 장식을 꺼냈고, 거울 뒤로 물러나더니 곧 공주들의 스타일에 맞추어 훌륭한 숙녀가 되어 나타났다. 어머니의 엄청난 새 드레스는 그녀의 환상적인 풍요로움과 크기에 맞추어 부풀어 올라 있었다. 그리고 어머니의 드레스와 함께 그녀는 어머니의 주된 모습들을 입고 있었다. 베인스 부인을 이루고 있는 특징, 확신에 차 있는 권위가 드러나는 태도와 많은 위기 속에서 시험을 받은 능력들이었다. 베인스 부인이 주기적으로 그 옷을 입기도 전에 그녀에게 옷을 물려준 것 같았다. 베인스 부인이 입고 있지 않은 비어 있는 옷들에는 마치 그녀의 어떤 정수들이 옷 속에 남아 있기라도 한 듯 존경심을 불러일으키는 것은 사실이었기 때문이다.

"소피아!" 콘스탄스는 바늘을 꽂아 두고는 머리를 들지 않은 채 작업하고 있던 자수에서 눈을 들어 자세를 취하고 있는 동생을 꼼짝도 하지 않고 쳐다보았다. 그녀가 목격한 것은 신성 모독이었고, 엄청난 불경不敬이었다. 그녀는 이 대담하고 불경한 아이에게 즉시 처벌이 내려질 것이라는 예감을 의식하고 있었다. 하지만 이런 터무니없는 놀라운 충동을 결코 느껴본 적이 없었던 그녀는 두려운 듯 미소만 지을 뿐이었다.

"소피아!" 콘스탄스는 숨을 몰아쉬었다. 그 숨 속에는 공포로 인한 경악과 소피아의 죄를 묵인하는 감탄이 들어 있었다. "다음엔 도대체 무슨 짓을 하려고 그래?" 소피아의 사랑스럽게 상기된 얼굴은 멋진 꽃과 같은 구조를 이루고 있었으며, 웃음을 주체하지 못하고 있었다. 소피아는 어머니만큼 키가 컸고, 그녀가 가지고 있는 볏 같은 머리처럼 거만했으며, 당당했다. 땋은 머리를 하고 있음에도 불구하고 소녀 같은 반원 모양의 볏을 가지고 있었고, 망아지 같은 연약한 팔다리를 가지고 있음에도 불구하고 장식 끈이 수놓아져 있는 드레스의 웅장함을 그녀의 어머니만큼 유지할 수 있었다. 전시실을 돌아다니는 그녀의 눈은 시도해보지 못한 처녀의 모든 도전들로 반짝거리고 있었다. 풍족한 생활이 그녀의 움직임에 영감을 주었다. 자신감과 맹렬한 청춘의 기쁨이 그녀의 이마에서 빛나고 있었다. "도대체 나랑 동등한 것이 뭐가 있는데?" 그녀는 고혹적이면서도 난폭한 오만함을 가지고 물어보는 것 같았다. 그녀는 말하자면 잉글랜드 중앙에 있는 미궁에서 방황하고 있는 하찮은 마을의 존경 받고 있는, 침상에 누워 있는 포목상의 딸이었다. 그녀를 직면한 그 어떤 종류의 남자가 순진하게 주장하고 있는 그녀의 지배력을 부인할 수 있을 것인가? 또는 부인할 것인가? 그녀는 어머니의 원 안에서 세상을 지지하고 있었다. 그리고 그녀의 순수한 영혼은 그것을 알고 있었다! 어린 소녀의 마음은 신비롭게 그녀에게 말을 걸었고, 힘을 쓸 수 있기 한참 전부터 그 힘에 관해 이야기해 주었다. 그녀가 제압할 것이 없다는 것을 알게 되면, 당신은 문기둥을 제압하거나 빈 의자에서 경의를 표하고 있는 그녀의 어린 시절을 목격할 수 있었을 것이다. 소피아의 실험의 희생자는 콘스탄스였는데, 그녀는 바느질을 멈춘 채 얼굴을 숙인 채로 소피아에게 부드러운 시선을 던지고 있었다.

소피아는 뒷걸음질 치다 넘어졌다. 피라미드가 균형을 잡지 못한 것이다. 거대한 실크 고리가 떨리며 바닥에서 흔들리고 있었고, 소피아의 작은 다리는 가장 큰 원의 테두리에 인형의 발처럼 놓여 있었다. 그 원은 마치 동굴 입구처럼 굽은 아치 모양이었다. 확신에 찬 자부심이 드러나는 그녀의 이목구비가 갑자기 우스꽝스러운 놀라움과 경악으로 바뀌는 것은 콘스탄스보다 덜 인간적인 그 어떤 생물이라도 인정사정없는 웃음을 자아낼 정도로 충분히 우스웠다. 그러나 콘스탄스는 박애라는 본능과 하나가 되어 소피아에게 달려 나갔고, 그녀의 들 창코와 함께 소피아를 일으켜 세우려고 했다.

"오, 소피아!" 그녀가 동정하며 외쳤다. 그녀의 목소리는 마치 질책이라는 것을 모르고 있는 듯한 어조였다. "네가 망치질 않길 바랐는데, 왜냐하면 어머니가 매우….."

그녀의 말은 침실로 통하는 문 너머에서 들려오는 신음소리에 중단되었다. 극심한 육체적 고통을 나타내는 신음소리는 점점 커졌다. 두 소녀는 놀란 채로 겁에 질려 문을 쳐다보았다. 검은 머리카락을 가지고 있는 소피아는 고개를 들었고, 콘스탄스의 손은 소피아의 허리를 감싸고 있었다. 문이 열리면서 커다란 신음소리가 안으로 들어왔고, 상당히 젊고 몸집이 작은 남자가 손으로 미친 듯이 머리를 움켜쥔 채 얼굴에 있는 모든 근육을 찌푸리며 안으로 들어왔다. 바닥에 엎드린 채 서로 맞물려 있는 두 조각 같은 소녀를 본 그는 신음소리를 멈추며 뒤로 물러났다. 한 명은 크리놀린에 싸여 있었고, 한 명은 털실세공으로 만들어진 꽃들이 무릎에 고정되어 있었다. 그는 얼굴을 가다듬더니 고통이 담겨 있는 목소리를 낸 것은 자신이 아닌 것처럼 행동하려고 애썼다. 사실 그는 정말로 그저 지나가고 있었던 것뿐이다. 전시실을 지나 아래에 있는 상점으로 내려가고 있는 사람이었다. 그는 얼굴을 검게 붉혔다. 소녀들도 얼굴을 붉혔다.

젊은 남성이 갑자기 말했다. "오, 정말로, 실례했습니다!" 그러더니 신속히 몸을 돌려 왔던 곳으로 사라졌다. 그는 포비라는 사람으로 상점 안팎에서 보편적으로 호평을 받는 사람이었다. 침상 생활을 하는 베인스의 대리인으로 변함없이 베인스 부인을 편안하게 해주는 사람이자 의지할 만한 사람이었다. 상점에서 질서 및 규율을 내뿜는 사람이자 그 근원이었다. 조용하고 소심하며, 비밀스럽고 지루하며 고집이 센 젊은 청년이었다. 극도로 충실하며 자신의 영역에 관해서는 극도로 효율적이었다. 명석함도 뛰어남도 없이 말이다. 소심하다기보

23

다 다소 편협한 인물일지도 모르겠다. 하지만 상점에서 얼마나 큰 영향력을 가지고 있었는지! 포비가 없는 상점은 상상할 수 없었다. 베인스가 쓰러졌을 때 그는 스무 살도 채 되지 않았고 견습생 신분에서 벗어나지도 못한 상태였다. 그러나 그는 즉시 자신의 가치를 증명해 보였다. 조수들 중, 포비만이 베인스 가족의 집에서 자는 사람이었다. 그의 침실은 고용주 침실 옆에 있었다. 두 방 사이에는 문이 있었고, 두 계단만 내려가면 큰방에서 작은방으로 이어졌다.

소피아는 콘스탄스의 도움으로 다시 일어났다. 뒤집힌 크리놀린을 바로잡는 것은 쉽지 않았다. 두 사람은 약간의 히스테리를 일으키며 초조하게 웃기 시작했다. "난 그가 치과에 간 줄 알았어." 콘스탄스가 속삭였다. 포비의 치통은 축소된 버전의 불안을 야기했고, 목요일 아침 포비가 조금의 지체도 없이 힐포트에 있는 치과 울스남 형제에게 다녀왔다는 것은 저녁 식사 때 분명해졌다. 포비는 오로지 목요일과 일요일에만 베인스 가족들과 함께 식사했다. 다른 날에는 혼자서 식사하긴 했지만 가족들이 식사하는 테이블에서 식사를 하였고, 베인스 부인이나 조수 중 한 명에게 상점을 '안심'하고 맡길 수 있을 때에만 식사를 하였다. 엑스에 있는 언니를 방문하기 전 베인스 부인은 사실상 포비가 지난 24시간 동안 '반유동식'만 먹고 있으며, 그에게 이 문제를 해결하지 않으면 자신이 직접 해결하겠다고 말했다. 그는 가장 조용하고, 가장 현명하고, 사무적인 어투로 (듣는 사람으로 하여금 무게감을 느끼게 해주는 어투였다.) 그가 목요일 오후만을 기다리고 있으며, 울스남 치과로 즉시 향하여 그 문제를 제대로 처리할 것이라고 대답했다. 심지어 치과에 가는 것을 미루는 사람들은 단순히 스스로 문제를 일으키고 있는 사람들이라 덧붙였다.

그 누구도 포비가 치과에 가는 것을 두려워하고 있을 것이라 생각할 수 없었다. 그러나 그는 두려워하고 있었다. 그는 치과로 향할 용기가 없었다. 대부분의 사람들이 왜인지는 몰라도 인간의 취약함과는 관련 없는 상식의 본보기로 여겨지는 사람이 정작 치과 현관에 있는 벨을 울릴 정도로 준비가 되어 있지는 않았다.

"그 사람이 웃기게 보이긴 했어." 소피아가 말했다. "그가 무슨 생각을 했을지 궁금하네. 웃음이 멈추질 않아!" 콘스탄스는 아무런 대답도 하지 않았다. 그러나 소피아가 그녀의 옷을 다시 입고, 새로운 드레스가 손상되지 않았다는 것이 확인되자, 다시 바느질하기 시작한 콘스탄스는 소피아를 바라보기 위해 바늘을 움직일 준비를 하며 말했다.

"포비 씨를 위해 무언가 해주어야 할 것이 있는지 궁금하네."

"뭐를?" 소피아가 되물었다.

"침실로 돌아갔나?"

"가서 들어보자." 모험가인 소피아가 말했다.

그들은 전시실 문을 통해 두 번째 층으로 이어지는 계단 입구를 지나 두 개의 계단과 카펫으로 중간이 나뉘어져 있는 복도를 따라 내려갔다. 카펫의 평행선은 길이를 늘인 것이 분명했다. 두 사람은 서로 바짝 붙은 채 살금살금 걸어갔다. 포비 방의 문은 약간 열려 있었다. 그들은 귀를 기울였다. 아무 소리도 들리지 않았다.

"포비 씨!" 콘스탄스가 조심스럽게 기침했다. 아무런 반응도 없었다. 문을 밀어서 연 사람은 소피아였다. 콘스탄스는 소피아의 맨팔을 붙잡는 나이 든 고지식한 행동을 하면서도 조심조심 소피아를 따라 금지된 방으로 들어갔다. 그러나 방은 비어 있었다. 침대는 헝클어져 있었고, 그 위에는 《조용한 눈이 가져올 수 있는 결과 The Harvest of a Quiet Eye》라는 책이 놓여 있었다.

"조용한 이가 가져올 수 있는 결과겠지!" 소피아가 매우 조용히 깔깔거리며 속삭였다. "쉿!" 콘스탄스가 입술을 앞으로 내밀었다. 옆방에서 규칙적이고 소리를 낮춘 연설하는 소리 같은 것이 들려왔다. 마치 누군가 몇 년 전에 회의를 시작하였는데 그 회의를 멈추는 것을 까먹고는 지금까지 멈추지 않은 듯한 소리였다. 두 사람은 그 소리에 익숙했고, 그 소리를 방해하게 될까 봐 포비의 방을 떠났다. 그와 동시에 포비가 다시 나타났는데, 이번에는 긴 복도의 다른 편 끝에 있는 거실 출입구에 서 있었다. 그는 비효율적으로 자신의 이에 관한 문제로부터 도망치려 하는 것 같았다. 마치 살인범이 양심의 가책으로부터 도망치려는 듯이 말이다.

"오, 포비 씨!" 콘스탄스가 재빨리 말했다. 왜냐하면 두 사람이 그의 침실에서 나오는 것을 보고 놀랐기 때문이다.

"우리는 당신을 찾고 있었어요."

"무언가 도울 일이 있나 해서요." 소피아가 덧붙였다.

"아뇨, 고맙습니다!" 포비가 말했다.

그러더니 복도를 천천히 내려가기 시작했다.

"치과에 가지 않으셨군요." 콘스탄스가 동정적으로 말했다.

"네." 그는 마치 콘스탄스가 의식에서 치워버린 사실을 지적하고 있다는 듯 대답했다. "사실은, 비가 올 것 같았고, 만약 제가 젖게 된다면, 아시다시피…."

불쌍한 포비!

"네." 콘스탄스가 말했다. "찬바람을 반드시 피하셔야 하죠. 응접실에 앉아 있는 것이 좋을 것 같지 않나요? 그곳에는 불이 있는데."

"전 괜찮을 겁니다, 고마워요." 포비가 말했다. 그러고는 잠시 후 이렇게 말했다.

"그럼 이만, 고마워요, 그렇게 할게요."

소녀들은 그가 응접실로 이어지는 꼬여 있는 계단의 맨 앞에서 지나갈 수 있도록 길을 비켜주었다. 콘스탄스는 뒤를 따랐고, 소피아가 콘스탄스를 뒤따랐다.

"아버지 의자에 앉으세요." 콘스탄스가 말했다. 난로 양쪽에는 장식이 달린 덮개로 덮여 있는 흔들의자가 한 개씩 있었다. 등받이에는 세로로 홈이 새겨져 있었다. 왼쪽에 있는 의자는 여전히 '아버지 의자'라 불리고 있었는데, 의자 주인은 크림전쟁이 일어나기 전부터 그 자리에 앉지 않았고, 다시는 앉지 못할 것이다.

"맞은편에 있는 의자에 앉은 것이 더 좋겠군요." 포비가 말했다. "오른쪽에 있으니까요." 그는 오른쪽 뺨을 만졌다. 베인스 부인의 의자에 앉은 그는 얼굴을 불쪽으로 숙이며 온기로부터 편안함을 찾으려 했다. 소피아는 불을 쑤셔댔고, 포비는 갑자기 얼굴을 뗐다. 이윽고 그는 어깨에 무언가 가벼운 것을 느꼈다. 콘스탄스는 의자 등받이에서 커버를 가져와 찬바람으로부터 그를 보호했다. 그는 즉시 거절하지 않았기에 이후로도 거절할 수 없었다. 커버에 사로잡힌 것이다. 커버는 형식상 그를 환자로 여겨지게 만들었고, 콘스탄스와 소피아를 그의 간호사로 만들었다. 콘스탄스는 맞은편에 있는 정문의 커튼을 쳤다. 창문을 통해서는 찬바람이 들어올 수 없다. '열리도록' 만들어지지 않은 창문이었기 때문이다. 환기라는 존재는 아직 존재하지 않는 시대였다. 소피아는 다른 두 개의 문을 닫았다. 그리고 문 옆에 서서 소녀들은 포비의 뒷모습을 바라보았다. 주저하고 있었지만 기분 좋은 책임감으로 가득 차 있었다.

지금 상황은 아까와는 다른 판이었다. 점점 더 명백해지고 있는 포비의 치통의 심각성은 전시실에서 있었던 우스꽝스러운 기억을 이미

지워버린 상태였다. 반소매의 검은 드레스와 검은 앞치마, 부드러운 머리카락, 진지함으로 이루어져 있는 얼굴들을 보면, 사람들은 그들이 대천사의 까다로움에서 조금도 벗어나지 못했다고 생각했을 것이다. 특히 소피아는 성인聖人의 순수함을 기가 막히게 모방하고 있었다. 치통에 관해 이야기하자면, 포비에게 주기적으로 영향을 끼치고 있었다. 고통은 마치 물결처럼 최악의 위기를 끌어들였고, 고문 같은 고통은 그 물결이 부서질 때까지 계속되어 포비를 지치게 만들었지만 물결이 부서질 때면 고통으로부터 잠시 자유로웠다. 이러한 위기는 1분을 주기로 반복되었다. 그는 이제 젊은 처녀들의 존재에 익숙해졌으며, 덮개를 받아들임으로써 자신의 상태가 비정상적이라는 것을 암묵적으로 인정했다. 그리고 고통의 원인에 몸을 맡겼다. 그는 고통을 전혀 숨길 기색이 없었는데, 갑자기 몸을 뒤튼다거나 흔들의자의 미친 듯한 움직임으로 완벽하게 드러나고 있었다. 이내 잔잔해진 물결에 몸을 맡긴 채 병자의 목소리로 중얼거렸다.

"아편팅크는 없죠?"

소녀들은 다시 현실로 돌아왔다. "아편팅크요, 포비 씨?"

"네, 입에 머금고 있게요."

그는 신경이 날카로운 상태로 일어났다. 또 다른 물결이 일고 있었다. 그 훌륭한 사내는 자존심과 모든 품위를 잃었다.

"어머니의 찬장에 분명히 몇 개 있을 거예요." 소피아가 말했다.

귀중한 신임자인 콘스탄스는 베인스 부인의 열쇠 뭉치를 거들에 가지고 있었기 때문에 약간 걱정스러워하며 돌출된 벽난로의 오른쪽에 걸려 있는 식기 선반을 향해 다가갔다. 선반 위에는 커다란 구리 차 탕관이 있었다. 오크나무로 되어 있는 식기 선반은 단풍나무와 흑단으로 상감되어 있었고 가장자리는 단순한 무늬가 있는 전형적인 형태였다. 방은 짙은 녹색의 '솜털' 무늬 벽지가 발라져 있었고, 차 탕관과 덮개가 쓰여 있는 흔들의자, 그리고 자단으로 만들어진 하모늄이 있었다. 하모늄 위에는 중국의 페이퍼마쉐와 차 통이 놓여 있었다. 그리고 카펫은 응접실 카펫들 중 가장 기묘하게 생긴 카펫이었다. 계단용 카펫을 나란히 꿰매어 길게 만들어 놓은 카펫이었다. 식기 선반은 이미 너무 오래되어 버린 물건이었다. 그 안에는 여러 세대에 걸쳐서 사용하던 약품들이 들어 있었다.

선반은 매우 오랜 시간 동안 사용되었기에 엄숙하고 진실된 윤택으로 어둡게 빛나고 있었다. 콘스탄스가 열쇠 뭉치에서 고른 선반 열쇠는 선반과 마찬가지로 오랜 사용으로 인하여 매끄럽게 반짝이고 있었다. 열쇠는 꼭 들어맞았고 매우 간단하게 돌릴 수 있었지만, 단호하게 돌려야 했다. 하나의 넓은 문이 선반 입구로서 조용히 열렸다. 소녀들은 임무를 달성하기 위해 자신들의 라벨을 온 힘을 다해 큰소리로 울부짖고 있는 작은 포로들이 거주하고 있는 듯한 분위기를 풍기고 있는 신성한 선반 내부를 살펴보았다.

"저기 있다!" 소피아가 열렬히 소리쳤다.

그곳에 있었다. 파란색 병이었는데 샤프란 색 라벨이 붙어 있었다. '주의. 독. 아편팅크. 찰스 크리츨로우, M.P.S. 조제사. 성 누가 광장, 버슬리.'

진하게 되어 있는 글자는 소녀들을 겁먹게 하였다. 콘스탄스는 마치 장전되어 있는 리볼버를 챙기듯 병을 챙긴 다음 소피아를 힐끗 쳐다보았다. 두 사람의 전지전능하고 지혜로운 어머니는 현재 이곳에 없었기에 그들에게 무엇을 해야 할지 말해줄 수 없었다. 태어나서 단한 번도 결정해보지 못한 소녀들은 지금 결정을 해야 했다. 그리고 두사람 중에는 콘스탄스가 연장자였다. 공포스러운 이름을 가지고 있는이 무시무시한 존재에 경고문이 달려 있음에도 불구하고 반드시 포비의 입에 넣어야 하는가? 그 결과의 책임은 무시무시할 것이었다.

"크리츨로우 씨에게 물어보는 게 좋을 것 같아." 콘스탄스가 더듬거렸다.

아편팅크에 대한 기대감은 벌써 포비에게 생기를 주고 있었다. 일종의 기색이 정말로 그의 치통을 반이나 완화시켜준 것이다.

"오, 아뇨!" 그가 말했다. "크리츨로우 씨에게 물어볼 필요 없습니다. 약간의 물에 두 방울 정도 담가주세요." 그는 아편팅크를 사용하고 싶어 안달이 나 있었다. 두 소녀는 포비와 약사 사이에 반감이 존재한다는 것을 깨달았다.

"괜찮을 거야." 소피아가 말했다. "내가 물을 가져올게."

젊은 비명과 불안으로 그들은 약간의 물이 담긴 컵에 치명적인 검은 방울 네 방울을(콘스탄스가 의도한 것보다 한 방울 더 많은 양이었다) 넣었다. 포비는 약을 받자마자 입에 머금은 뒤 컵을 난로 위 선반에 올려놓고는 고통을 유발하는 치아가 약에 잠기도록 머리를 뒤로 기울였다. 그 자세로 그는 치료제의 달콤한 영향을 기다리고 있었다. 소녀들은 점잖고 겸손한 태도로 돌아왔다. 포비가 약을 삼켜서는 안됐기 때문이다. 게다가 두 사람은 그 정교한 문제의 해결책을 방해하지 않는 것을 선호했기 때문이다. 이윽고 그들은 그를 바라보았다. 그는 입을 벌리고 눈을 감은 채 흔들의자에 기대어 있었다.

"약이 포비 씨에게 무슨 도움이 됐을까?"

"잠깐 소파에 누워야겠어요." 이것이 포비의 이상한 대답이었다. 곧 그는 벌떡 일어나 벽난로와 창문 사이에 있는 말 털로 만들어진 소파에 몸을 내던졌다. 그리고는 그곳에 모든 위엄과 특이한 뒷단을 가지고 있는 회색 양복을 입은 지친 자신의 몸과 매우 주름진 조끼, 핀으로 고정된 옷깃, 종이 칼라와 꼭 맞은 종이 커프스를 내려 두었다.

콘스탄스는 그의 어깨에 살며시 올려놓은 덮개를 들고 그를 뒤쫓아 갔다. 소피아는 그의 가늘고 작은 몸에 또 다른 덮개를 올려놓았다. 그리고 나서 그들은 은밀한 자기 비난과 가장 무서운 불안감을 가지고 자신들의 작품을 바라보았다.

"절대로 삼키지 않을 거야!" 콘스탄스가 속삭였다.

"어쨌든 잠들었어." 소피아가 더 크게 말했다.

포비는 확실히 잠들어 있었다. 그리고 그의 입은 매우 크게 열려 있었다. 마치 상점의 문처럼. 유일한 의문점은 그가 현재 하고 있는 수면이 영면인가 아닌가였다. 또한 그가 고통으로부터 영원히 벗어났느냐 않았느냐였다. 이윽고 그는 코를 골았다. 매우 시끄럽게. 그의 코고는 소리는 마치 재앙의 징조처럼 보였다. 소피아는 점점 대담하게 그가 마치 폭탄이라도 되는 것처럼 다가가 그의 입속을 확인했다.

"오, 콘." 그녀가 언니를 불렀다. "와서 봐봐! 너무 웃겨!"

순식간에 그들의 네 눈은 포비의 입속에 있는 특이한 풍경을 바라보기 시작했다. 입 안쪽 오른쪽 구석에는 꽤 커다란 치아 조각이 매우 가느다란 실로 묶여 있었다. 그래서 포비가 호흡할 때마다, 그의 몸이 약간 들썩이고 동굴 속에서 강풍이 불어나올 때마다 그 이빨만이 따로 움직이며 오랫동안 이어져온 포비와의 관계가 끝나가고 있다는 것을 나타내고 있었다. "저거야." 소피아가 가리키며 말했다. "그 어느 이보다 느슨해져 있어. 저렇게 웃긴 걸 본 적 있어?" 극도로 웃긴 그 모습은 포비의 갑작스러운 죽음에 대한 공포를 달래주었다.

"얼마나 오래갈지 지켜봐야겠어." 콘스탄스가 벽난로 위 선반에 다가가며 말했다.

"내 생각에는…." 소피아는 갑자기 말을 멈추더니 소파 옆에 있는 재봉틀을 힐끗 쳐다보았다. 하우 재봉틀이었다. 재봉틀에는 조그만 도구 서랍이 달려 있었는데, 그 안에는 작은 펜치가 들어 있었다. 콘스탄스는 치명성을 짐작하기 위해 남아 있던 물약 냄새를 맡고 있었는데, 조그만 도구 서랍의 익숙한 딸깍 소리가 들려왔다. 이윽고 그녀는 소피아가 펜치를 들고 포비의 입가에 다가가는 것을 목격하였다.

"소피아!" 그녀가 깜짝 놀라 소리쳤다.

"도대체 무슨 짓을 하려는 거야?"

"아무것도." 소피아가 말했다.

다음 순간 포비가 아편팅크의 꿈속에서 깨어났다.

"점프를 했어!" 그가 중얼거렸다. 그리고는 반사적으로 잠시 멈추더니 "하지만 훨씬 낫군."이라고 말했다. 어쨌든 죽음을 면한 것이다.

소피아의 오른손은 그녀의 등 뒤에 있었다. 바로 그때 행상이 킹 스트리트를 걸어가며 홍합과 새조개를 외치고 있었다.

"어!" 소피아가 거의 비명을 지를 뻔했다. "차를 위해 홍합과 새조개를 사자!" 그리고는 찬바람이 포비에게 끼칠 영향은 개의치 않고 문을 열었다.

당시에는 종종 행상인들의 변덕에 의해 차 맛이 달라지곤 했다. 그 당시는 모험적인 시대로, 여러 나라를 돌아다니는 무역 상인들이 매우 많았고, 진취적인 시기였다. 문간에 가서 지나가고 있는 식재료를 구매한 뒤 집으로 들어와 요리하고 먹던 시대로, 초기 영국인 모습 그대로였다.

콘스탄스는 어쩔 수 없이 동생과 함께 제일 위에 있는 계단에 올라섰다. 소피아는 두 번째 계단으로 내려갔다. "신선한 홍합과 새조개, 모두 살아 있습니다, 오!" 4월의 바람 속에서 길 건너편을 바라보며 행상이 소리치고 있었다. 그는 아일랜드에서 온 유명한 술고래 홀린스로 길거리에서 마주친 치안판사들에게 명랑하게 경례하였다. 그는 종종 방문했던 구빈원을 바스티유 감옥이라고 비유했다.

소피아는 머리부터 발끝까지 떨고 있었다. "뭘 비웃는 거야, 이 떨떨아." 콘스탄스가 물었다. 소피아는 주머니에 조금 넣어두었던 펜치를 몰래 보여주었다. 둘 사이에는 포비의 가장 눈에 띄고, 심지어 무엇인지 알아볼 수 있는 조각이 있었다. 소피아가 저지른 최악의 행동 중에서도 정점이었다.

"뭐야!" 콘스탄스의 얼굴에는 끔찍한 의심을 믿을 수밖에 없게 만드는 최종적인 찌푸림이 나타났다. 소피아는 그들이 거리에 있으며 포비와 꽤 가까운 거리에 있다는 것을 상기시키기 위해 그녀를 심하게 밀쳤다.

"자, 어린 아가씨들." 불쾌함을 주는 홀린스가 말했다. "1파인트에 3펜스인데, 존경스러운 어머니는 잘 어떻게 지내시니? 그렇군, 신선한데, 나 좀 도와줘!"

치아

1

두 소녀는 매기의 동굴에서 응접실 문으로 이어지는 불이 켜지지 않은 돌계단으로 올라왔다. 앞서가고 있는 소피아는 커다란 쟁반을 들고 있었고 콘스탄스는 작은 쟁반을 들고 있었다. 김이 모락모락 나는 향이 좋은 홍합과 새조개가 들어 있는 찻주전자와 녹인 버터를 바른 구운 빵이 있는 접시를 제외하면 아무것도 올라가 있지 않은 쟁반을 든 채 콘스탄스는 왼쪽 응접실로 바로 들어갔다. 소피아의 쟁반에는 재료와 하이 티를 위한 도구들이 2인분 올라가 있었다. 달걀과 잼, 구운 빵(찻잔의 찌꺼기를 버리는 그릇은 뒤집어져 있었다.)이 있었으나 홍합과 새조개는 넣지 않은 것들이었다. 그녀는 오른쪽으로 돌아 재단실이 있는 복도의 두 계단을 지나 문이 닫혀 있는 어두운 상점으로 들어갔고, 전시실로 통하는 계단을 오른 뒤, 전시실을 가로질러 침실이 있는 복도에 도착하였다. 경험을 통해 많은 것이 올라가 있는 큰 쟁반을 들고 응접실의 좁은 계단의 모퉁이를 지나가는 것보다 이렇게 길게 우회해서 가는 것을 깨달았기 때문이다. 소피아는 쟁반 모서리로 침실 문을 두드렸다. 흐릿하게 들리던 대화는 갑자기 중단되었다. 이윽고 매우 키가 크고 말랐으며, 검은 수염을 가지고 있는 남자에 의해 문이 열렸다. 그는 소피아가 이렇게 그들을 방해한 이유가 무엇인지 묻고 있는 것처럼 보였다.

"차를 가져왔어요, 크리슬로우 씨." 소피아가 말했다.

"내 작은딸 소피아니?" 침실 깊숙한 곳에서 희미한 목소리가 들렸다.

"네, 아빠." 소피아가 말했다.

그러나 그녀는 방에 들어가려고 하지 않았다. 크리츨로우는 문 근처에 있는 선반의 하얀색 상자 위에 쟁반을 올려놓고는 아무런 격식 없이 문을 닫았다. 크리츨로우는 존 베인스의 가장 가깝고 오래된 친구였지만, 베인스보다 젊은 사람이었다. 그는 종종 병약자와 대화를 나누기 위해 '방문'하곤 했다. 그러나 목요일 오후는 그에게 특별한 오후였다. 아픈 사람을 돌보기 위해 시간을 보내는 날이었다. 그는 정확히 2시부터 8시까지 존 베인스를 담당했던 것이다. 침실을 군림하는 독재자였다. 그는 그 어떤 방문도 허락하지 않는 것으로 알려져 있었다. 심지어 사절적 방문도 허락하지 않았다. 절대로! 그는 이 우정이라는 사업을 위해 주휴를 포기했고, 그 사업은 반드시 그의 방식대로 진행되어야 했다. 베인스 부인조차도 크리츨로우가 남편을 돌봐주는 것을 방해하지 않았다. 그렇게 하는 것이 좋았다. 베인스는 어떠한 상황이라도 혼자 남겨져서는 안 됐고, 매주 특정한 날 6시간 동안 제약협회의 성실한 회원에게 의지할 수 있다는 편리함은 그녀가 아내나 가정주부로서 가지고 있는 특권이 약간 모욕을 받는 것보다 더 중요했기 때문이다. 크리츨로우는 매우 특이한 사람이었지만 그가 침실에 있을 때만큼은 안전하게 집을 떠날 수 있었다. 게다가 존 베인스 또한 목요일 오후를 즐겼다. 그에게는 '찰스 크리츨로우만한 사람'이 없었기 때문이다. 두 오랜 친구는 침실에 함께 갇혀 일종의 암울하고 무기력한 행복을 경험했다. 여자와 대부분의 멍청한 사람들로부터 떨어져서 말이다. 그들이 어떻게 시간을 보내는지는 확실하게 알 수 없었지만, 정치에 관한 이야기인 것 같았다. 의심할 여지없이 크리츨로우는 매우 특이한 사람이었다. 그는 '습관'이라는 남자였다. 그의 차는 항상 같은 차여야만 했다. 까막까치밥나무 열매로 만든 잼, 이것이 그 예시 중 하나였다. (그는 잼을 '보존제'라고 불렀다.) 까막까치밥나무 잼이 들어 있지 않은 차를 크리츨로우에게 대접한다는 생각은 성 누가 광장에서는 상상조차 할 수 없는 생각이었다. 따라서 지난 몇 년 동안 과일을 보존 처리하는 시즌, 모든 집과 모든 가게들이 설탕에 과일을 끓이고 있는 풍부한 냄새가 풍겨오는 시즌이면, 베인스 부인은 여분의 까막까치밥나무 잼을 더 만들어야 했는데, '크리츨로우가 다른 종류의 잼은 손도 대지 않기 때문'이었다.

따라서 침실의 닫힌 문을 마주한 소피아는 짧은 경로를 통해 응접실로 내려갔다. 그녀가 차를 마시고 다시 올라가면 도어 매트 위에 황폐해진 쟁반이 있을 것이라는 사실을 알고 있었다. 콘스탄스는 홍합과 새조개를 작업하고 있는 포비를 돕고 있었다. 포비는 여전히 덮개를 두르고 있었다. 그가 소파에서 벌떡 일어났을 때 어깨에 달라붙은 것이 틀림없었다. 모직으로 만들어진 덮개는 악명 높은 기생충이 되어 있었다. 소피아는 다소 부끄러워하며 앉았다. 진지한 콘스탄스도 동요했다. 포비는 보통 목요일 오후 집에서 차를 마시지 않았다. 그의 관례는 거대하고 신비로운 세계로 나가는 것이었다. 그는 여자들과 단 둘이서 식사를 함께해본 적이 없었다. 그 상황은 의심할 여지없이 예상하지 못했던, 예기치 못한 상황이었다. 게다가 통렬하기도 했다. 통렬함이 더해진 이유는 콘스탄스와 소피아가 왜인지는 몰라도 포비가 이렇게 된 것의 원인이라는 사실이었다. 그들은 그가 그렇게 된 것이 그들의 책임이라고 생각했다. 사람들은 태어날 때 정해진 성별로 인하여 아버지를 돌보아야 했던 두 지적이고 잘 성장한 젊은 소녀들에게 타당한 동정을 나타내고 있었고, 포비도 그 사실을 인정하고 있었다. 이제 그는 그들의 손에 떨어진 것이다. 소피아가 포비의 입에 행한 끔찍하고 음흉한 행동은 두 사람에게 불안을 가져다주지 못하였다. 콘스탄스는 명백히 첫 번째 충격에서 회복된 상태였다. 두 사람은 부엌에서 차를 준비하며 그 일에 관하여 이야기하였다. 소피아의 행동을 비난하는 콘스탄스의 유달리 엄격하고 독재적인 말투는 어떠한 열기로 이어졌다. 그러나 그 무례한 펜치의 성공은 반박할 수 없는 콘스탄스의 주장에도 불구하고 그 행동을 정당화했다. 포비는 벌써 괜찮아졌고, 그는 자신이 잃어버린 것을 자각하지 못하는 것이 분명했다.

"조금 먹어 볼래?" 콘스탄스는 껍질이 담겨 있는 그릇 위로 커다란 숟가락을 들며 소피아에게 물었다.

"응, 당연하지." 소피아가 동의하며 말했다.

콘스탄스는 그녀가 조금 먹어볼 것이라는 사실을 알고 있었다. 순전히 초조했기에 물어본 것이었다.

"그럼 그릇 좀 줘봐."

모든 사람에게 홍합, 새조개, 차, 그리고 구운 빵이 제공되고 있을 때 포비는 구운 빵의 모서리 부분을 자르고 있었고, 콘스탄스는 굳이 할 필요는 없었던 행동이지만 소피아에게 홍합의 치명적인 녹색 부분에 대해 경고했다. 또한 콘스탄스는 그들의 저녁이 늦어지고 있다는 것을 지적했고, 포비도 그 사실에 동의하였다. 그 이후에는 아무 말도 없이 있었다. 그들 사이에서 불쾌한 침묵이 흘렀고, 아무도 그 분위기를 깰 수 없었다. 조그만 껍질들과 식기도구들이 부딪히며 내는 소리가 이 밤에 선명하게 울려 퍼지고 있었다. 서로가 서로의 눈길을 피하고 있었다. 콘스탄스와 소피아는 간격을 두고 가슴을 앞으로 내밀며 몸을 똑바른 자세로 고쳐 앉았고, 자신들의 접시를 들여다보았다. 가끔은 기침을 하기도 했다. 젊은 여성들이 꿈꾸는 뛰어난 사회적 재기才氣와 삶의 현실의 차이를 보여주는 슬픈 예시였다. 차를 마시는 탁자에서 이 소녀들은 아편팅크를 관리할 수 있는 여성으로부터 약 8년 전(그들이 완벽하게 아이였을 때) 모습이 될 때까지 점점 더 여자아이 같은 모습이 되어가고 있었다.

그 긴장감은 갑자기 포비에 의해 깨졌다. "이럴 수가!" 그는 불경하고 부끄러운 맹세에 관련된 놀라운 발견을 하고는 중얼거렸다(그의 행동과 본보기가 되는 모습은 현재 순수한 소녀가 되어 있는 그들 앞에서도 나타났다!) "삼켜 버렸나 봐!"

"뭘 삼켰다는 거죠, 포비 씨?" 콘스탄스가 물었다.

포비의 혀는 조심스럽게 입의 오른쪽을 돌아다니고 있었다.

"아, 그렇군!" 그는 마치 피할 수 없는 것을 엄숙히 받아들이는 것처럼 말했다. "내가 삼켜버렸어!"

소피아의 얼굴이 붉게 상기되어 있었다. 그녀는 얼굴 숨길 곳을 찾고 있는 것 같았다. 콘스탄스는 할 말이 떠오르지 않았다.

"그 치아는 2년 동안 헐거워져 있었어요." 포비가 말했다. "그런데 방금 홍합과 함께 삼켰어요."

"오, 포비 씨!" 콘스탄스는 혼란에 휩싸여 말을 덧붙였다. "좋은 점이 하나 더 있어요. 더 이상 아프지 않을 거라는 것이에요."

"아!" 포비가 말했다. "저를 아프게 한 치아는 그 치아가 아니었어요. 부러지고 남아있던 치아가 지난 하루 이틀 정도 저를 신경 쓰게 만든 거죠. 말대로 안 아팠으면 좋겠군요."

소피아는 찻잔을 붉은 얼굴에 바짝 갖다 대었다. 포비의 말에 그녀의 뺨은 마치 통통한 사과처럼 부풀어 올라 있었다. 그녀는 차를 쏟는 것을 개의치 않고 재빠르게 찻잔을 받침대에 올려놓고는 코웃음을 지으며 방에서 달려 나갔다.

"소피아!" 콘스탄스가 외쳤다.

"난 그저." 소피아가 문간에서 잘 알아들을 수 없는 소리로 중얼거리고 있었다. "난 괜찮아. 그러니."

자리에서 일어났던 콘스탄스는 다시 앉았다.

2

소피아는 가게로 이어지는 통로를 따라 달려가 재단실로 피신했는데, 이 방은 뛰어난 건축가가 세 건물 중 한 채의 뒷마당이었을 공간에 만들어놓은 것이었다. 지붕에 있는 불빛으로 밝혀지고 있었고, 8피트 높이의 나무 칸막이만이 통로와 분리되어 있었다. 이곳에서 소피아는 감정을 억눌렀다. 그녀는 웃고 있는 동시에 울고 있었으며, 손수건으로 눈물을 훔치고, 통제할 수 없는 히스테리를 일으키며 마구 낄낄거렸다. 포비는 자신의 치아를 삼킨 줄 알았지만, 사실 그녀의 주머니 속에 항상 들어 있던 치아를 애도하는 모습은 그녀가 보기에 세상에서 일어날 수 있는, 또는 일어났던 일들 중에서도 옆구리가 찢어질 정도로 가장 우스꽝스러운 일이었다. 그녀는 그 장면에 완전히 압도당했다. 그리고 그녀가 지쳐서 그 터무니없는 웃긴 장면을 극복했다고 생각했을 때, 그 우스꽝스러운 장면은 다시금 그녀를 둘러싸기 시작했고, 미친 듯한 웃음이라는 심연으로 그녀를 끌어당겼다.

그녀는 서서히 침착해지기 시작했다. 응접실 문이 열리는 소리를 들었고, 콘스탄스는 덜커덕거리는 소리와 함께 차와 관련되어 있는 물건들을 쟁반에 얹고 부엌 계단을 내려갔다. 이윽고, 차 마시는 시간이 끝났다, 그녀 없이! 콘스탄스는 부엌에 남아 있지 않았다. 왜냐하면 월간 행사의 종지부를 찍는 행동인 매기의 설거지를 위해 컵들과 접시들이 부엌에 남겨져 있었기 때문이다. 응접실 문이 닫혔다. 덮개를 두르고 있는 포비의 모습은 소피에게 또 다른 웃음과 눈물을 선사해주었다. 응접실 문이 다시 열렸고, 콘스탄스가 통로를 따라 급히 이동하는 동안 소피아는 스스로 침묵하였다. 잠시 후 콘스탄스는 전시실에서 작업했던 모직물을 가지고 돌아와 응접실로 들어갔다. 소피아가 어떻게 되었는지 콘스탄스는 전혀 궁금해 하고 있지 않았다!

마침내 소피아는 그녀를 휩쓸고 간 폭풍의 잔여물의 전부인 깊은 생각에 잠긴 듯한 희미한 미소를 지으며 상점을 통해 천천히 전시실로 올라갔다. 그곳엔 흥미로운 것이 하나도 없었다! 이윽고 그녀는 거실로 향하다 매트 위에 올라가 있는 크리츨로우의 쟁반을 발견하였다. 그녀는 쟁반을 집어 들고 전시실을 지나 상점을 통해 부엌으로 내려갔다. 그곳에서 그녀는 가죽처럼 차게 식은 두 조각의 구운 빵을 씹어 먹었다. 그리고 돌계단에 올라서서 응접실 문을 향해 귀 기울였다. 아무 소리도 없었다! 콘스탄스와 포비가 응접실에 틀어박히는 것은 매우 이상했다. 그녀는 집 오른쪽으로 돌아 꼬여져 있는 계단을 살금살금 내려가더니, 응접실 다른 쪽에 있는 문 앞에 서서 귀 기울였다. 그러자 규칙적인 희미한 코 고는 소리가 들려왔다. 콘스탄스가 난로 앞 철망을 손보는 동안 아편팅크와 홍합에 사로잡힌 포비는 잠을 자고 있었다! 포비와 소피아가 스스로 이렇게 격리되어 있는 것은 이제 매우 이상한 일이 되었다. 소피아가 경험해본 적 없는 이상함이었다! 그녀는 응접실에 들어가고 싶었지만, 그럴 엄두가 나지 않았다. 쓸쓸하고 어리둥절한 상태로 조용히 걸어가던 그녀는, 정신을 차려 보니 집 꼭대기에 있는 콘스탄스와 함께 사용하는 침실에 있다는 것을 깨달았다. 그녀는 해가 지고 있는 침대에 누워 《브루스의 날들》을 읽기 시작했지만, 단지 눈으로만 책을 읽고 있었다. 잠시 후, 그녀는 계단에서 움직이는 소리를 들었고, 문가에서 익숙한 징징거리는 소리도 들었다. 그녀는 가볍게 뛰어 침실 문으로 갔다.

"안녕히 주무세요, 포비 씨. 잠들 수 있길 바랄게요."

콘스탄스의 목소리였다.

"아마 다시 일어나게 되겠죠."

포비의 목소리였다. 비관적이다! 그리고선 문이 닫혔다. 거의 어두워졌다. 그녀는 콘스탄스가 들어오는 것을 기대하며 다시 침대로 돌아갔다. 그러나 시계가 8시를 가리켰고, 크리츨로우의 떠남으로 인하여 관련된 모든 다양한 현상들이 연이어 일어났다. 동시에 매기가 로 맨스의 세계로부터 집으로 돌아왔다. 이윽고 긴 침묵이 있었다! 콘스 탄스는 그녀의 아버지에게 감금되었다. 그녀가 아버지를 간병할 '차 례'였다. 매기는 그녀의 소굴에서 씻고 있었고, 포비는 침실로 들어 가 보이지 않았다. 그때 소피아는 그녀의 어머니가 킹 스트리트에서 문을 힘차게 두드리는 소리를 들었다. 침실은 황혼이 확실하게 물러 가 밤이 되어 있었다. 소피아는 졸며 꿈을 꾸고 있었다. 그녀가 잠에 서 깨어났을 때, 문을 두드리는 소리가 들렸다. 그녀는 침대에서 뛰어 나와 조용히 착지한 뒤, 2층 복도가 전부 보이는 난간 너머를 바라보 았다. 가스등이 켜져 있었다. 자기 그릇 위쪽 둥그런 구멍을 통해 그 녀는 흔들리고 있는 불꽃을 볼 수 있었다. 포비의 방을 두드리고 있는 사람은 아직도 보닛을 쓰고 있는 그녀의 어머니였다. 콘스탄스는 부 모님 방 문간에 서 있었다. 베인스 부인은 간격을 두고 두 번 노크한 다음 복도를 울리는 낭랑한 속삭임으로 콘스탄스에게 말했다.

"일찍 자는 것 같은데, 방해하지 않는 게 좋겠어."

"하지만 밤에 무언갈 원하면요?"

"애야, 그럼 그가 움직이는 소리가 들리겠지. 현재로선 잠이 그에 게 최선이야."

베인스 부인은 아편팅크의 영향을 받고 있는 포비를 남겨두고 복 도를 따라 걸어갔다. 그녀는 몸집이 커다란 여자였다. 온통 검은 옷에 금목걸이를 하고 있었고, 치마폭은 복도 너비를 채우고 있었다. 소피 아는 복도에 다양성을 부여해주고 있는 두 계단을 습관적으로 오르는 그녀의 모습을 지켜보았다. 가스등 불꽃 앞에서 그녀는 잠시 멈추더 니, 잠금장치를 살짝 건드려보고서 둥근 부분을 올려다보았다.

"소피아는 어디 있니?" 그녀는 불의 강도를 낮추면서 등에 시선을 고정한 채 물었다.

"자고 있는 것 같아요." 콘스탄스가 태연하게 말했다.

집으로 돌아온 그녀는 그 복잡한 기계의 지식과 통제력을 되찾기 시작했다. 이윽고 콘스탄스와 그녀의 어머니는 조심스럽고 결단력 있는 소리와 함께 문을 쾅 닫고 사라졌다. 그로 인해 위층에서 침묵하고 있던 감시자는 자신을 제외한 콘스탄스와 부모님 주위에 특별한 친밀감이 형성되어 있는 것처럼 느낀 듯했다. 감시자는 약간의 질투심을 느끼며 가족들이 커다란 침실에서 무엇에 관하여 이야기를 나눌 것인가에 대해 궁금해 했다. 그녀의 아버지는 턱수염을 힘없이 흔들며 긴 팔을 침대보에 올려두고 있을 것이며, 콘스탄스는 침대 발치에 앉아 있을 것이다. 그녀의 어머니는 화장대 위에 카메오 브로치를 올려놓거나 장갑의 주름을 펴며 왔다 갔다 할 것이다. 미묘하긴 했지만 확실히 콘스탄스는 부모님으로부터 소피아보다 더 신뢰받는 위치에 있었다.

3

30분 후 콘스탄스가 방에 들어왔을 때, 소피아는 이미 누워 있었다. 방은 꽤 넓었다. 그곳은 소녀들의 피난처이자 요새였다. 동굴에 거주했던 사람들에게는 동굴이 자연스럽고 변함없듯이 방은 그들에게 자연스럽고 변함이 없었다. 그 방은 그들이 지금까지 살아오면서 두 번 도배가 됐었는데, 각각의 도배는 변화가 일어났던 시절로 기억에 남아 있었다. 세 번째 변화로 기억되는 시절은 거친 융단을 거실에 있던 오래되었지만 매우 멋진 양탄자로 바꾸었을 때의 기억이었다. 침대는 단 하나밖에 없었는데, 침대 틀은 철로 만들어져 있었다. 그들은 침대 위에서 결코 서로에게 간섭하지 않았는데, 마치 성 누가 광장의 한쪽 끝과 다른 쪽 끝에서 잠을 자는 것 같았다.

그러나 콘스탄스가 문 근처에 눕는 것이 아니라 창문 근처로 눕기라도 한다면, 우주의 비밀스러운 본질이 바뀔 것 같았다. 작은 난로의 쇠 살대는 은박지의 부스러기로 가득 차 있었다. 그들이 어렸을 적 겪었던 희귀한 질병은 이제 맨틀피스에 걸려 있던 커다란 슬리퍼 상자에 은박지가 가득 차 있고, 난로에는 부자연스럽게 석탄불이 솟아오르던 시절로 기억에 남았다. 은박지는 방이라는 세계 질서의 일부였다. 창문은 제대로 닫히지 않았는데, 창틀이 벽으로 약간 내려앉아 있었기 때문이다. 그렇기에 창문을 꽉 닫아도 창과 창틀 왼편에는 항상 작은 틈이 있었다. 이 틈을 통하여 찬바람이 들어왔다. 그래서 성에가 끼는 창문은 베인스 부인이 작은 틈에 쐐기를 박아서 강제로 높이를 맞추려고 했던 기억으로 남았다. 이 노출되어 있는 작은 틈 또한 세계 질서의 일부였다.

두 사람은 침대 하나, 세면대 하나, 화장대 하나를 가지고 있었다. 그러나 다른 면에서 생각해 보자면 오히려 운이 좋은 소녀들이었다.

마호가니로 된 옷장이 두 개였기 때문이다. 복장에 관련된 상호 독립성은 베인스 부인의 강한 상식과 그들을 조금 망쳐놓으려는 아버지의 부분적인 경향으로 인한 결과였다. 또한 그들은 앞쪽이 굽어 있는 서랍장을 가지고 있었는데, 콘스탄스는 짧은 서랍 두 개와 긴 서랍 하나를 사용하였고, 소피아는 두 개의 긴 서랍을 사용하고 있었다. 그 위에는 두 개의 화려한 도구 상자가 있었다. 자매는 그 안에 장신구와 저금과 관련되어 있는 통장, 그 외 다른 중요한 것들이 보관되어 있었는데, 이 상자들은 각각의 주인들에게 절대적으로 신성시되었다. 두 사람은 달랐지만, 한 사람이 다른 한 사람보다 더 뛰어나진 않았다. 그것은 사실이었다. 완벽한 평등, 이것이 방의 규칙이었다. 단 하나만 제외하면 말이다. 문 뒤편에 갈고리가 세 개 있었는데 콘스탄스가 두 개를 사용하였고 소피아가 하나를 사용했다는 점이다.

"그래서." 콘스탄스가 나타나자 소피아가 입을 열었다. "사랑스러운 포비 씨는 어때?" 그녀는 똑바로 누워 그녀 앞에 있는 두 손을 향해 미소를 짓고 있었다. "자고 있어." 콘스탄스가 말했다. "적어도 엄마는 그렇게 생각하고 있어. 엄마 말로는 그가 잠자는 게 그에게는 최선의 일이라고 했어." "아마 다시 일어나게 되겠죠." 소피아가 말했다.

"방금 뭐라고 했어?" 콘스탄스가 옷을 벗으며 물었다. "아마 다시 일어나게 되겠죠." 이 말은 계단에서 사랑스러운 포비의 말을 그대로 따라한 것이었다. 소피아는 포비가 말하는 방식을 정확히 모방하여 말했다.

"소피아." 콘스탄스가 단호하게 침대로 다가오며 말했다. "네가 그렇게 어리석지 않았으면 좋겠어!" 그녀는 소피아의 첫 발언에서 느껴지는 풍자적인 톤을 자애롭게 무시하였으나, 그녀의 강한 본능이 일어나 그 이상의 조롱을 거부하고 있었다. "오늘 하루는 이미 충분할 정도로 어리석게 행동했어!" 콘스탄스가 덧붙였다.

그 답변에 소피아는 폭소를 터뜨렸고, 웃음을 통제하려 하지도 않았다. 콘스탄스가 그녀를 쳐다보는 동안 그녀는 매우 오래 동안 그리고 매우 자유롭게 웃었다.

"난 도대체 네가 왜 그렇게 행동하는지 모르겠어!" 콘스탄스가 말했다.

"그저 이렇게 발작하듯이 행동하지 않고서는 지켜볼 수 없기 때문이지!" 소피아가 숨을 헐떡였다. 그녀는 왼손에 작은 물체를 들고 있었다. 콘스탄스의 얼굴이 붉어지기 시작했다. "그걸 계속 가지고 있으려는 건 아니겠지!" 그녀가 진지하게 이의를 제기하였다. "정말 끔찍한 사람이구나, 소피아! 지금 당장 그걸 내게 줘, 버려버리게. 너처럼 행동하는 건 들어본 적도 없어. 이제 내놔!"

"싫어." 소피아가 여전히 웃으며 반대했다. "세상을 위해 넘겨주지 않을 거야. 너무 사랑스러워." 소피아는 저녁 내내 자신을 무시한 것과 부모님과 친밀한 관계라는 것에 대한 모든 비밀스러운 분노를 담아 웃었다. 그녀는 콘스탄스와 솔직하고 즐겁게 시간을 보낼 준비가 되어 있었다.

"내놔." 콘스탄스가 끈질기게 말했다. 소피아는 옷 밑으로 손을 숨겼다. "원한다면 오랫동안 박혀 있던 부분을 가져도 돼. 그걸 뽑을 때 말이지. 하지만 이건 안 돼. 고통을 주는 치아가 이게 아니라니 정말 안됐어!"

"소피아, 네가 부끄러워! 내놔."

이윽고 소피아는 콘스탄스가 극도로 진지하다는 것을 처음으로 인식했다. 그녀는 콘스탄스의 진지함에 놀라며 약간 겁먹었다. 보통 매우 온화하고 침착했던 콘스탄스의 표정은 냉혹하고 험악해져 있었다. 하지만 소피아는 소위 '기백'이라 불리는 것을 많이 가지고 있었고, 순한 콘스탄스의 얼굴에 드러난 포악함조차 그녀를 몇 초 이상 위협할 수 없었다. 소피아의 흥겨움은 사라졌고, 치아는 보이지 않았다.

"엄마한테는 아무 말도 안 했어." 콘스탄스가 말을 이었다.

"그렇게 하길 바랐어." 소피아가 간결하게 말했다.

"하지만 네가 그 치아를 버리지 않는다면, 반드시 엄마한테 말할 거야." 콘스탄스가 말을 마쳤다.

"하고 싶다면 해." 소피아가 오랫동안 사용하지 않았던 경멸적인 표현을 덧붙이며 응수했다. "할 수 없을 걸!"

"나한테 줄 거야 말거야?"

"안 줘!"

침실에서 갑자기 일어난 싸움이었다. 마법 같은 상황의 신속함으로 인하여 분위기가 완전히 변해 있었다. 소피아의 아름다움과 콘스탄스의 천사 같은 다정함, 그리고 두 사람의 젊음, 순진함, 결백함의 매력이 무언가 사악하고 잔혹한 것으로 바뀌었다. 소피아는 짙은 갈색 머리카락을 가지고 있는 머리를 다시 베개에 누이며 침대 옆에 위협적으로 서 있는 콘스탄스의 화가 난 눈을 가차 없이 쏘아보았다. 두 사람은 화장대 위 가스 등불 소리와 그들의 심장이 혈관을 통해 피를 보내주는 소리를 들을 수 있었다. 그들의 젊음은 성숙해지지 않은 채 중단이 되었다. 영원함은 잠에서 깨어나 그들에게 다가왔다.

콘스탄스는 침대에서 화장대까지 걸어가 머리를 풀고 빗질을 하기 시작했는데, 머리를 뒤로 젖히고 흔든 뒤 다시 앞으로 숙이는 변함없는 순서였다. 화장실에 가는 관습적인 순서를 까먹을 정도로 그녀는 매우 동요하고 있었다. 잠시 후 소피아는 침대에서 일어나 맨발로 서랍장으로 다가가 도구 상자를 열어 포비의 파편을 넣어두었다. 그러고는 마치 '내가 부당하게 행동한 건지 아닌지 두고 보자고!'라고 말하듯이 단호하게 쾅 소리를 내며 뚜껑을 닫았다. 두 사람의 눈이 거울을 통해 마주쳤다. 이윽고 소피아는 다시 침대로 돌아갔다.

5분 후, 머리카락을 정리하는 것이 완전히 끝나자 콘스탄스는 무릎을 꿇고 기도를 올렸다. 기도를 마친 그녀는 곧장 소피아의 도구 상자로 향하여 그것을 열고 포비의 일부를 집은 뒤 창문으로 달려가 극도

다. 그러나 그녀는 그것을 자제하였다. 이 세상에는 차마 할 수 없는 말이 있다. 베인스 부인은 이렇게 덧붙였다. "상점에서 일하는 대신에 말이야!"

"그런 말을 들어본 적도 없어요!" 콘스탄스는 너무 놀라서 엉겁결에 중얼거렸다. 그녀는 포비의 줄자를 말고 있었다.

"나도 마찬가지야!" 베인스 부인이 말했다.

"그렇게 하도록 허락해주실 건가요, 어머니?"

"네 아버지는 물론이고 나도 그런 생각은 해본 적조차 없어!" 베인스 부인은 침착하면서도 끔찍한 결정을 내리며 답했다. "내가 너에게 이러한 이야기를 한 것은 소피아가 너한테는 무언가 말했을 것 같아서란다."

"없었어요, 어머니!"

콘스탄스는 포비의 줄자를 재단실 계산대 밑에 있는 서랍에 깔끔하게 정리하면서, 인생이 얼마나 심각한 일인지에 대해 생각했다. 그녀는 어머니가 그녀를 신뢰한다는 것을 매우 자랑스러워했다. 이 단순한 자부심이 그녀의 열정적인 가슴을 가장 기분 좋은 감정적인 흥분으로 가득 채웠다. 그녀는 모든 사람들을 돕고 싶어 했다. 그렇게 해서 그녀가 얼마나 많은 사람들을 동정하고 사랑하는지 어떤 식으로든 보여주고 싶어 했다. 심지어 소피아의 광기조차도 소피아를 위로하고 싶은 그녀의 열망을 약화시킬 순 없었다.

3

그날 오후 저녁 식사 이후 아무도 보지 못한 소피아를 찾는 일이 있었다. 그들의 어머니가 그녀를 찾았는데, 그녀는 거실에 혼자 앉아 빈둥거리고 있었다. 그녀가 거실에 있었다는 것 자체로도 충분히 특이한 상황이었다. 평일에는 결코 거실이 사용되는 일이 없었고, 피아노를 연주할 때를 제외하면 소녀들은 휴일조차도 거실을 사용하지 않았다. 그러나 베인스 부인은 소피아가 있던 위치라던가 그녀의 나태에 대해서는 아무런 언급도 하지 않았다.

"딸." 그녀는 문 앞에 서서 아무 일도 없었던 것처럼 행동하려고 노력하면서 말했다. "잠깐만 와서 아빠와 이야기 좀 하지 않으련?"

"네, 어머니." 소피아가 약간 냉정하게 대답했다.

"소피아 들어가요, 여보." 침실의 열린 문을 향해 베인스 부인이 소리쳤다. 거실 문과 직각을 이루고 있었으며 매우 인접한 위치에 있었다. 이윽고 그녀는 전시실에서 그녀를 부르는 소리가 들리자 복도를 따라 급히 전시실로 달려갔다.

소피아는 침실로 들어갔다. 존 베인스의 영원한 감옥이었다. 비록 편안히 있지 못하는 그의 불안한 상태 때문에 베인스는 결코 혼자 남겨지는 일이 없었지만, 그와 함께 시간을 보내는 것은 소녀들의 의무가 아니었다. 밤샘 간호를 주로 하는 인물은 마리아 고모로(그녀가 그들의 진정한 고모가 아니라는 것을 두 사람은 알고 있었고, 엑스에 있는 해리엇 이모처럼 힘 있고 유능한 고모도 아니었다) 존 베인스의 가난한 6촌이었다. 작은 마을에 사는 대가족의 삶을 자주 어렵게 만드는 궁핍하고도 불쌍한 친척 중 한 명이었다. 베인스 가족에게 단지 '시도'였던 마리아 고모의 존재는 지난 12년 동안 베인스 가족에게 완전히 '천우신조'인 존재가 되어 있었다.(그 당시 신의 섭리는 여전히 모든 사람들을 관리하느라 바빴고, 가장 기이한 방법으로 미래를 예견하고 있었다는 것을 알아야 한다. 따라서 존 베인스에게 '뇌졸중'이 올 것이라는 것과 충실하고 지칠 줄 모르는 간호인이 필요하게 될 것이라는 것을 예견한 섭리는 50년 전부터 마리아 고모라는 존재를 만들어냈고, 그녀가 불행한 길로 빠져들지 않게 조심스럽게 보호해주어서 적절한 순간에 뇌졸중에 대처할 수 있도록 하였다. 적어도 이 생각이 마리아 고모라는 존재를 베인스 가족이 '천우신조'라는 말과 엮을 수 있는 유일한 생각이었고, 실제로 버슬리 사람들도 그렇게 생각하고 있었다.) 그녀는 하루에 12시간씩 침실에 앉아 있어야 하는 생활을 잘 견딜 수 있는 주름진 작은 여자였다. 밤이 되면 그녀는 브로엄 스트리트에 있는 작은 집으로 돌아갔다. 보통 목요일 오후와 일요일에 그녀만의 시간을 보냈으며, 학교가 방학을 하는 기간 동안에는 그녀의 마음이 내킬 때 방문하거나 작은 집의 청소가 일찍 끝난 날에만 오기로 되어 있었다. 따라서 휴가철의 베인스 씨는 다른 때보다 가족들의 손이 더 많이 필요했으며, 그를 간호하는 가족들은 시간을 정해놓고 간호하기보다는 순간의 상황에 맞추어 간호하였다.

대부분의 비극이 일어났던 장소가 침실이었다는 인식은 콘스탄스와 마찬가지로 소피아에게도 거의 완전히 사라져 있었다. 소피아는 그 침실이 단지 여느 다를 바 없는 침실인 것처럼 들어갔다. 그곳에는 웅장해 보이는 마호가니 가구와, 진홍색 커튼(가장자리가 금색으로 장식되어 있었다), 그리고 술이 매우 많이 장식되어 있는 하얀 침대보가 있었다. 존 베인스가 갑자기 가게 계단에서 현기증을 앓으며 쓰러졌을 때 그녀는 네 살이었으며, 그는 의식을 잃지도 않은 채 존 베인스에서 기이하고 애처로운 생존자 존 베인스로 변해 있었다. 그녀는 존 베인스가 뇌졸중으로 쓰러진 그날 밤 소식이 알려져 마을을 사로잡았던 전율에 대해 전혀 알지 못했다. 그는 왼팔과 왼다리 그리고 오른쪽 눈꺼풀이 마비가 되어 지역 위원회, 웅변가, 교역자의 멤버로서 활동할 수 있는 삶 같은 마을에서 보낼 수 있는 삶은 영원히 끝나게 되었다. 소피아는 그녀의 어머니에게 찾아왔던 위기와 그 위기를 해리엇 이모의 도움으로 이겨낸 것, 그 위기로부터 어머니가 의기양양하게 헤어 나왔다는 사실을 결코 들어본 적이 없었다. 그녀는 이러한 사실을 의심해볼 만큼 나이가 들지도 않았다. 단지 세상과 이별하기 전의 아버지에 대한 기억을 희미하게 갖고 있을 뿐이었다. 그를 단순히 침대 위에 있는 유기체, 몸의 왼쪽 면은 사용할 수 없으며, 눈은 자주 염증이 나고, 입은 비뚤어져 있으며, 다른 사람들처럼 코에서 입가까지 주름이 없는 사람, 어째서인지 음식이 잇몸과 뺨 사이에 끼어서 음식을 먹기 힘든 사람, 매우 오랜 시간 동안 잠을 자지만 깨어 있는 동안에는 조금도 가만히 있지 못하는 사람, 음성이 뇌로 향하는 통로가 마치 미로처럼 되어 있어 수 마일을 돌아가야 하므로 그에게 한 말을 한참이나 뒤에야 듣는 사람, 마치 미로 같은 통로를 통해 수 마일을 이동해야 음성이 뇌에 도착하는 것처럼 말을 한지 한참이 지나야 그 말을 들을 수 있는 사람, 매우 약하고 떨리는 목소리로 아주아주 천천히 이야기하는 사람으로 알고 있었다.

그리고 뇌의 외딴곳에 빨간 점이 있는 이미지를 가지고 있었다. 한 번은 콘스탄스가 이렇게 말한 적이 있었다. "어머니, 어째서 아버지에게 뇌졸중이 온 건가요?" 그러나 베인스 부인은 "뇌에 출혈이 있었기 때문이란다, 아가야, 여기에"라고 대답하며 소피아의 특정 부위에 손가락을 대면서 말했다.

콘스탄스와 소피아는 아버지의 비극을 전혀 느끼지 못했다. 베인스 부인조차도 그 비극에 대한 느낌을 대부분 잃었다. 습관의 효과였다. 심지어 파멸해 버린 그 유기체조차도 자신이 한때 존 베인스였다는 것을 부분적으로만 기억할 뿐이었다. 그리고 만약 베인스 부인이 수년 동안 습관적으로 그 유기체가 항상 가족의 가부장이자 최고의 자문가로 남을 것이라는 거대한 허구를 차근차근 쌓아올리지 않았다면, 만약 크리슬로우가 지속적으로 그를 친구로 취급하지 않았더라면, 비싼 빅토리안 침대보에 살아가고 있는 죽은 신경덩어리는 마리아 고모와 비슷한 상황에 처해 있는 여느 사람보다 더 중요하지 않았을 것이다. 이 두 사람, 아내와 친구가 그의 중요성과 존엄성을 꾸준히 그에게 제공함으로써 그를 도덕적으로 살아 있게 만들 수 있던 것이다. 이 위업은 완고한 자기기만과 눈부시게 맹목적인 헌신, 그리고 교정할 수 없는 자부심의 기적이었다.

소피아가 방에 들어서자 중풍 환자는 침대 발치에 있는 소파 끝에 앉을 때까지 초조한 시선으로 그녀를 따라갔다. 그는 그녀를 오랫동안 연구하는 것처럼 보였다. 이윽고 그는 느리고 쇠약하고 불규칙한 목소리로 중얼거렸다.

"소피아니?"

"네, 아버지." 그녀가 활기차게 대답했다.

잠시 동안의 침묵이 있은 후 노인이 말했다. "그래! 소피아구나."

또다시 시간이 약간 흘렀다. "네 엄마가 널 보낸다고 말했어."

소피아는 오늘이 그의 좋지 않은, 따분한 날들 중 하나라는 것을 깨달았다. 그는 종종 다른 날들에 비해 비교적 이해가 빠른 날들이 있었는데, 그의 지혜가 대체로 쉽게 외부 현상들의 의미를 파악할 수 있는 날들이었다. 곧 병색이 짙은 얼굴과 길고 하얀 수염이 베개의 가파른 경사면을 미끄러져 내려가기 시작했고, 그의 왼쪽 눈에 곤란해 보이는 표정이 나타났다. 소피아는 일어나서 그의 겨드랑이 밑으로 손을 집어넣고 그를 침대 위쪽으로 들어 올렸다. 무겁지는 않았지만, 소피아의 나이 대에서도 힘이 센 소녀만이 가능한 일이었을 것이다.

"그래!" 그가 중얼거렸다. "바로 그거야. 그거."

이렇게 말하고는 그녀가 침대 옆에 서 있게 되자 움직일 수 있는 오른손으로 그녀의 손을 잡았다. 그녀는 건강이라는 정신의 화신이라고 할 정도로 매우 젊고 생기 넘쳤고, 그는 너무 많이 부패하고 타락해 버렸기에 그와 그녀의 접촉은 어딘가 부자연스럽고 혐오스러웠다. 그러나 소피아는 이러한 것을 느끼지 못했다. 그는 "소피아"라고 말하며 그녀가 그의 말을 기다리는 동안 목으로 준비 음을 내고 있었다. 한동안의 침묵 이후 그는 말을 이어나갔다. 이제 그녀의 팔을 잡고 있었다. "엄마가 그러길 네가 가게를 이어받고 싶지 않다고 하더구나." 그녀가 그에게 시선을 돌리자 그의 불안하고 어렴풋한 시선이 그녀의 눈과 마주쳤다. 그녀는 고개를 끄덕였다.

"자, 소피아." 그가 극도로 느릿느릿 중얼거렸다. "난 너한테 놀랐단다…. 영업이 안돼, 안 좋다고! 상점의 장사가 안되는 걸 알고 있니?" 그는 여전히 그녀의 팔을 잡고 있었다. 그녀는 고개를 끄덕였다. 그녀는 사실 미국에서 일어나고 있는 막연한 전쟁으로 인한 무역의 악화를 알고 있었다. '북쪽'과 '남쪽'이라는 단어는 어른들의 대화에서 버릇처럼 반복되곤 했다. 그것이 그녀가 알고 있는 전부였다. 맨체스터 사람들이 굶고 있듯이 다섯 개의 마을도 굶주리고 있었다.

"엄마가 있잖니." 그의 생각은 마치 언덕길을 지나가는 늙은 말처럼 힘겹게 나아갔다. "엄마가 있잖니!" 소피아의 관심을 그녀의 어머니의 상황에 맞추기를 바라는 듯 되풀이했다. "열심히 일하고 있잖니! 콘, 콘스탄스와 네가 도와줘야 해…. 장사가 안돼! 내가 뭘 할 수 있겠니…. 여기 누워 있기?"

마른 손가락의 열기가 그녀의 팔을 뜨겁게 만들고 있었다. 그녀는 움직이고 싶었지만 조바심을 보이지 않고는 손을 뗄 수 없었다. 비슷한 이유로 그녀는 시선을 피하려 하지 않았다. 그녀가 그에게 몸을 굽힐 때 진해져 가는 홍조는 그녀의 미숙한 어여쁨에 광채를 더해주었다. 그러나 그 광채가 매우 가까웠음에도 불구하고 그는 그 광채를 느끼지 못했다. 그는 감수성보다 더 오래 살았기 때문에 젊음과 아름다움의 기묘한 영향을 받지 않았다.

"교직!" 그가 중얼거렸다. "안 되지 안 돼! 그건 허락할 수 없어."

이윽고 그가 머리 위 천장을 올려다볼 때 반사적으로 흰 수염의 끝이 솟아올랐다.

"알겠니?" 그가 마침내 질문하였다.

그녀가 다시 고개를 끄덕였다. 그는 그녀의 팔을 놓아주었고, 그녀는 몸을 돌렸다. 그녀는 아무 말도 할 수 없었다. 반짝이는 눈물이 그녀의 눈가에 가득했다. 이 상황의 어이없음으로 인해 심오하고 갑작스러운 슬픔에 잠겼다. 그녀는 젊음과 육체적인 완벽함을 가지고 있었고, 에너지와 활력으로 가득 차 있었다. 그녀에게는 모든 가능성이 있었다. 입을 모으고 있으면 의연한 결심을 한 그 어느 사람이라도 이길 수 있다는 생각이 들었다. 그녀는 항상 가게를 싫어했다. 어머니와 콘스탄스가 어떻게 가게에 들어오는 모든 손님에게 그렇게 공손하고 행동하고 비위를 잘 맞출 수 있는지 이해할 수 없었다. 아니, 이해하지 않았다. 그러나 그녀의 어머니와(자랑스러운 여성이긴 하지만) 콘스탄스는 그러한 행동이 너무나 자연스럽고 무조건적으로 생활화가 되어 있는 것 같았고, 그렇기에 두 사람에게 결코 그녀의 감정을 전달할 수 없었다. 그녀는 자신이 이해받지 못할 것이라고 추측했다. 오래전에 그녀는 결코 '상점을 이어받지 않을 것이다'라고 결심했었다. 그녀는 자신이 무언가 다른 것을 하게 될 것이라는 것을 알고 있었고, 그 무언가에 관한 유일한 가능성으로서 교직을 택한 것이다. 이러한 결정들이 지난 몇 년 동안 그녀의 내면생활의 일부를 형성해 왔다. 그녀는 이러한 것들을 말하지 않았고, 불화를 열망하며 은밀하게 지내고 있었다. 그러나 천천히 이것들을 언급할 준비를 하고 있었다. 콘스탄스와 동시에 학교를 그만둘 예정이라는 놀라운 소식은 그녀가 예상하지 못했던 상황으로 그녀를 이끌었다. 마음속 준비가 끝나기도 전에 전에도 그랬듯이, 싸움을 위해 그녀의 마음을 단단히 다져놓기도 전에 말이다. 준비되지 않은 상태로 그녀는 이 사실을 들켰고, 그녀의 의견을 반대하는 입장은 그녀보다 유리한 위치를 잡고 있었다. 하지만 그들은 그녀가 싸움에서 졌다고 생각할 수 있을까?

엄마와의 말다툼도 없었다! 심지어 아무 소리도 듣지 못했다! 단지 퉁명스럽고 거만하게 '다시는 그런 말을 하지 마렴'이라는 말을 들었을 뿐이다! 그렇게 그녀 가슴속 가장 깊은 곳에서 해마다 키워왔던 삶의 큰 욕망은 그 한마디로 무시되고 희생된 것이다! 그 당시 어머니는 우스꽝스러운 모습을 보이지 않았다. 그녀의 어머니는 가정의 진정한 권력자였고, 진실 된 사랑과 증오, 그리고 지금까지는 항상 복종과 이성적인 존중으로 그들에게 지시를 내렸다. 비참하게 우스꽝스러운 모습을 보인 사람은 그녀의 아버지였다. 결국 그녀의 의견을 반대하는 분위기는 부조리하게도 매우 커져 있었다. 여기 누워 있는 이 부서지고 가망 없으며, 쓸모없고, 무력한, 애처롭기까지 한 골동품은 그녀를 '이해'시키기 위하여 중얼거리기만 하면 된다고 생각하고 있었다! 그는 아무 것도 알지 못한다. 그는 아무것도 인식하지 못했다. 그는 병상에 누워 있는 대부분의 병자들처럼 삶과 떨어져 있는 흉포한 이기주의자였다. 그리고 자신이 운명을 만드는 것이 정당하며 운명을 만들어낼 수 있다고 생각했다. 아마도 소피아는 그녀를 에워싸고 있는 감정을 정의할 수 없을 것이다. 그러나 그들의 경향을 자각할 수 있었다. 그들은 그녀를 늙게 만들었다. 통찰력이 잠시 동안 최고조에 이르렀던 순간 자신이 아버지보다 나이가 더 많다고 느낄 정도로 그녀를 늙게 만들었다.

"넌 좋은 딸이 될 거야." 그가 말했다. "확실해."

너무나 고통스러웠다. 현 상태에 만족하고 있는 아버지의 우스꽝스러운 모습은 과거 그녀의 태도를 모욕했다. 그녀 자신을 위해서가 아니라 그를 위해서 그녀는 모욕을 당했다. 특이한 사람! 그녀는 방을 뛰쳐나갔다. 다행히도 콘스탄스가 복도를 지나가고 있었다. 그렇지 않았다면 소피아는 중요한 의무를 위반한 사람이 되었을 것이다.

"아버지에게 가봐." 그녀는 히스테릭하게 콘스탄스에게 속삭이고는 2층으로 달아났다.

4

어머니에게 압도당한 그녀는 저녁식사 때 붉고 침울한 눈을 가진 순수한 소녀로 다시 돌아와 있었다. 저녁식사는 평상시와 달리 특이했다. 포비는 치과 의사로부터 안전할 수 있었지만 이틀 만에 두 개의 치아를 잃었고, '반유동식'으로 된 음식을 먹고 있었다. 즉 빵과 우유였다. 그는 난로 근처에 앉아 있었다. 다른 사람들은 차가운 돼지고기와 반쯤 차가운 사과파이 그리고 치즈를 먹고 있었다. 그러나 소피아는 먹는 척만 하고 있었을 뿐이다. 매번 그녀가 음식을 삼키려고 할 때마다 눈에 눈물이 맺혔고, 목구멍은 저절로 닫혔다. 베인스 부인과 콘스탄스는 평소처럼 매우 조심스럽게 식사를 하고 있었다. 베인스 부인의 멋진 곱슬머리가 테이블에서 이루어지는 잡담을 장악하고 있었다.

"오늘은 페이스트리가 마음에 들지 않는군." 베인스 부인이 파이 껍질의 조각을 오독오독 씹으며 말했다. 그녀는 작은 핸드벨을 울렸다. 매기가 그녀의 동굴에서 나왔다. 그녀는 턱받이가 없는 하얀 앞치마를 입고 있었지만 모자는 쓰지 않은 상태였다.

"매기, 파이 좀 먹을래요?"

"네, 주실 수 있다면요, 부인."

음식에 대한 제안을 하면 매기는 관례적으로 이렇게 말하였다.

"언제든지 음식을 나눠줄 수 있어요, 매기." 그녀의 주인이 여느 때처럼 말했다. "소피아, 그 접시를 사용하지 않을 거면 내게 넘겨주렴."

매기는 파이를 후하게 받고는 사라졌다. 이어 베인스 부인은 포비에게 그의 상태, 특히 치아를 잃은 잇몸이 차가운 것에 닿지 않도록 주의할 필요가 있다는 이야기를 하였다. 그녀는 용감하고 결단력 있는 여자였다. 또한 처음부터 끝까지 그녀의 페이스트리와 포비가 정

71

상에서 벗어난 것 외에는 가정 내에서 아무 일도 없었다는 듯이 행동하였다. 콘스탄스와 소피아에게 완전히 똑같은 뽀뽀를 해주었고, 그들이 잠자리에 들 때에는 '친구들'이라고 불러주었다. 그들이 방에서 옷을 벗을 때 매우 착한 마음을 가진 콘스탄스는 어머니의 방식을 흉내 내려고 애썼다. 그녀는 소피아의 개탄스러운 상태를 무시하는 것이 최선이라고 생각했다.

"엄마의 새 드레스 완성이 거의 끝났어, 일요일에 입어보실 거야." 그녀가 단조롭게 말했다.

"한마디만 더 하면 눈을 할퀴어버리겠어!" 소피아는 사납게 돌아섰다. 울먹임으로 인해 그녀의 목소리는 조금씩 끊겼다. 이윽고 그녀는 간격을 두고 흐느껴 울기 시작했다. 협박을 하기 위해 그 말을 한 것은 아니었지만, 그 발언으로 인해 그녀는 안도감을 느꼈다. 어머니의 신발이 그녀에게 너무 크다는 사실에 직면한 콘스탄스는 소피아를 주시하기로 했다. 잡담이 끝난 한참 후, 소피아의 흐느낌은 침대를 종종 흔들었고, 두 사람은 침대에 누워 조용히 깨어 있었다.

"오늘 언니랑 엄마랑 나에 대해 자세한 이야기를 나눴지?" 소피아가 울먹이는 목소리로 갑자기 말을 시작했고, 콘스탄스는 깜짝 놀랐다.

"아니." 콘스탄스가 달래듯 말했다. "엄마는 내게 말만 했어."

"무슨 말을?"

"네가 선생님이 되고 싶어 한다는 걸."

"난 선생님이 될 거야!" 소피아가 비통하게 말했다.

'넌 엄마를 잘 모르는구나.' 콘스탄스는 이렇게 생각했지만, 아무런 대답도 하지 않았다. 또 다른 독립적이고 큰 흐느낌이 있었다. 이윽고 두 사람은 젊음이라는 놀라운 재능으로 잠에 들었다.

다음날 이른 아침, 소피아는 창밖 광장을 내다보며 서 있었다. 토요일이었고, 광장에는 노란 아마 섬유 지붕이 있는 작은 노점들이 이번 주의 주요한 시장을 위해 세워지고 있었다. 야만적이었던 그 당시 시절 버슬리에는 현무암처럼 검고 웅장한 건물이 있었는데 죽은 동물의 사지와 갈비를 파는 곳이었지만('도살장'이라는 이름을 갖고 있었다) 야채와 과일, 치즈, 달걀, 파이클렛pikelets이 캔버스 아래서 팔리고 있었다. 2만 5,000천 파운드짜리 커다란 건물들에서 달걀은 현재 하나당 5파딩에 거래되고 있었다. 그러나 여러분은 버슬리 사람들에게 다양한 것들이 예전과 다르며, 특히 삶의 로맨스가 사라졌다고 주장할 준비가 되어 있는 것을 느낄 수 있을 것이다. 물론 로맨스가 사라지기 전까진 로맨스가 아니다. 소피아는 평소 로맨스를 불러일으키는 분위기를 가지고 있었지만, 천막이 쳐진 이곳에는 로맨스가 전혀 없었다. 단지 시장일 뿐이었다. 광장 끝에 있는 가장 잘나가는 식료품점 홀스는 벌써 문을 열었고, 한 소년이 가게 앞에 있는 인도를 쓸고 있었다. 술집도 열려 있었는데, 그중 몇 채는 오전 5시 30분에 럼을 전문으로 취급했다. 타운 크라이어[6]는 빨간 깃이 달린 파란 코트를 입은 채 커다란 소리를 내며 광장을 돌아다니고 있었다. 포비 부인(제과점 주인)의 창문 커튼 중 하나에는 똑같이 커다란 구멍이 있었다. 최근 그녀가 고통을 받았다는 것으로 변명할 수 있는 수준의 구멍이 아니었다. 이러한 문제들은 소피아가 칙칙하고 영리한 눈으로 알아차린 것들이었다.

"소피아, 거기서 그렇게 서 있으면 매우 지독한 감기에 걸릴 거야!"

그녀는 깜짝 놀랐다. 어머니 목소리였다. 이 활기찬 여성은 지난밤 중풍 환자 곁에서 고요한 밤을 보낸 뒤 벌써 일어나 단정하게 옷을 입은 상태였다. 베인스 부인은 에그컵과 테이블스푼에 소량의 잼을 나르고 있었다.

"다시 침대로 들어가렴, 어서! 얘야! 떨고 있잖니."

하얘진 소피아는 그 말을 따랐다. 사실이었다. 그녀는 떨고 있었

---

6 포고 사항을 알리고 다니는 고을의 관원.

다. 콘스탄스가 일어났다. 베인스 부인은 화장대로 향하여 에그컵을
채워 넣었다.

"누구한테 한 말이에요, 어머니?" 콘스탄스가 졸린 듯 물었다.

"소피아한테 한 말이란다." 베인스 부인이 쾌활하게 말했다. "어서,
소피아!" 베인스 부인은 한 손에 에그컵을 다른 한 손에는 테이블스푼
을 들고 앞으로 나아갔다.

"그게 뭐예요, 어머니?" 그것이 무엇인지 잘 알고 있는 소피아가 물
었다.

"피마자유란다, 얘야." 베인스 부인이 애교 있게 말했다.

피마자유로 고집과 자유로운 삶에 대한 갈망을 치유하려는 어리
석은 시도는 보기보다 덜 현실적이다. 영혼과 신체의 이상한 상호의
존성은 오늘날같이 지적인 시대에는 오로지 지적인 방식으로만 이해
가 가능했지만 이 당시에는 상식적인 중년 어머니들만이 추측할 뿐이
었다. 게다가 베인스 부인이 현대성을 대표하던 시기에는 피마자유
가 여전히 해결책 중의 해결책이었다. 피마자유는 부항을 대체했다.
그리고 만약 부항이 유행했던 이유 중 일부가 극심한 불쾌감 때문이
었다면, 적어도 피마자유는 많은 질병들에게 사용됨으로써 자신의 자
질을 증명했다. 2년도 채 되지 않은 과거에 노인 해롭 의사는(해롭 의
사의 아버지이자 베인스 부인에게 포비 부인에 관해 이야기한 사람이
다) 86세였는데, 계단 꼭대기에서 아래로 떨어졌다. 그는 재빨리 일어
나 소량의 피마자유를 즉시 마셨는데, 다음날 그는 마치 계단을 본 적
도 없는 사람이라도 된 듯 건강해졌다. 이 일화는 마을 사람들에게 널
리 알려졌고, 모든 사람들의 마음속에 깊은 인상을 남겼다.

"마시고 싶지 않아요, 어머니." 소피아가 낙담하며 말했다. "아프지
않아요."

"어제 하루 종일 아무것도 먹지 않았잖아." 베인스 부인이 말했다.
이윽고 이렇게 덧붙였다. "어서!" 마치 '피마자유를 마실 때면 항상 이

런 바보 같은 소란이 있군. 날 기다리게 하지 마렴'이라고 말하는 것 같았다.

"마시고 싶지 않아요." 소피아가 짜증과 비난이 담긴 목소리로 말했다.

두 소녀는 등을 지고 나란히 누워 있었다. 두 사람은 어머니의 탄탄함에 비하면 매우 마르고 연약해 보였다. 콘스탄스는 현명하게 조용하게 있었다. 베인스 부인은 입을 다물었다. '점점 진저리가 나려고 해. 곧 있으면 화를 내야겠군!'이라는 의미였다.

"어서!" 그녀가 다시 말했다. 두 소녀는 베인스 부인의 발이 바닥을 두드리는 소리를 들을 수 있었다.

"정말로 마시고 싶지 않아요, 엄마." 소피아가 저항했다. "제가 그걸 마셔야 할지 말아야 할지 정도는 저도 알아요!" 건방진 발언이었다.

"소피아, 이 약을 먹을 거니 말거니?"

자녀와의 갈등 속에서, 어머니의 최후통첩은 항상 이러한 형식의 말로 이루어져 있었다. 베인스 부인이 매우 단호하게 '할 거야 말 거야'라는 말을 하면, 그 끝은 자신들에 달려 있다는 것을 두 소녀는 알고 있었다. 최후통첩은 실패한 적이 없었다.

정적이 있었다. "그리고 예의범절 좀 신경 쓰렴." 베인스 부인이 덧붙였다.

"안 먹어요." 소피아가 뚱하고 단호하게 말했다. 그녀는 베개에 얼굴을 파묻었다. 가정생활에 있어서 역사적인 순간이었다. 베인스 부인은 최후의 날이 왔다고 생각했다. 그러나 종말이 그녀의 귓가에 울리고 있는 동안에도 그녀는 여전히 품위를 잃지 않은 채로 있었다.

"물론 강제로 마시라고 내가 강요할 순 없겠지." 그녀는 연민 어린 슬픔으로 분노를 감추며 매우 침착하게 말했다. "넌 이제 다 크고, 버릇없는 여자야. 그리고 만약 아프게 된다면 반드시 먹어야 할 거야."

이 엄청난 인정이 있은 후 베인스 부인은 자리를 떴다. 콘스탄스는 떨고 있었다. 그뿐만이 아니었다. 아침 한낮에 베인스 부인이 광장 위쪽 끝에 있는 한 노점에서 햇감자를 고르고 있을 때, 그리고 콘스탄스가 같은 노점에서 3페니 값어치의 꽃을 고르고 있을 때, 두 사람은 은행 옆 빈 모퉁이에서 혼자 걷고 있는 한 사람을 목격했다. 다름 아닌 소피아 베인스였다! 광장은 분주하고 사람들이 많았으며 소피아는 오로지 쉴 새 없이 떠드는 사람들의 뒷모습만 볼 수 있었다. 하지만 그녀는 분명하게 보였다. 그녀는 광장의 밖까지 나갔고, 돌아오고 있던 것이다. 콘스탄스는 자신의 눈을 믿을 수가 없었다. 베인스 부인은 가슴이 뛰었다. 두 소녀는 허락 없이 그 어떤 상황에도 결코 광장 밖으로 나갈 수 없었다. 심지어 혼자서는 더더욱 안 될 일이었다. 소피아가 아무 허가 없이, 아무 예고 없이 마치 정부라도 되는 것처럼 커다란 마을을 돌아다니고 있는 일은 하루 전만 해도 상상할 수 없는 일이었다. 그럼에도 불구하고 그곳에 소피아가 있었다. 그녀의 느긋한 움직임은 반드시 뻔뻔한 행위라고 묘사되어야만 한다!

불안한 마음으로 인해 얼굴이 붉어진 콘스탄스는 무슨 일이 일어날지 궁금했다. 베인스 부인은 자신의 감정에 대해 아무 말도 하지 않았고, 심지어 그 괘씸하고 숨 막히는 광경을 보았다는 내색조차 하지 않았다. 그들은 한 시간 동안 쇼핑을 하면서 산 가벼운 물건들을 들고 광장을 내려갔다. 두 사람은 킹 스트리트를 향해 나 있는 문을 통해 집으로 들어갔다. 그들이 집에 들어오자마자 처음으로 들린 소리는 위층 피아노 소리였다. 아무 일도 없었다. 포비는 저녁을 혼자 먹었다. 테이블에는 그들을 위해 저녁이 차려져 있었고, 벨이 울리자 소피아는 어머니와 언니와 합류하기 위해 무례하게 아래층으로 내려왔다. 또다시 아무 일도 일어나지 않았다. 저녁은 조용히 먹게 되었고, 콘스탄스는 신에게 감사하고 있었다. 소피아는 갑자기 일어나 가버렸다.

"소피아!"

"네, 어머니."

"콘스탄스, 거기 가만히 있으렴." 도망가려고 했던 콘스탄스에게 베인스 부인이 갑자기 말했다. 따라서 콘스탄스는 그 중요성과 심각성을 강조하기 위해 의심할 여지없이 그 일에 참여하게 될 운명이 되었다.

"소피아." 베인스 부인이 불길한 목소리로 작은 딸에게 다시 말을 이었다. "제발 문 좀 닫으렴. 집안에 있는 모든 사람이 들어야 할 이유는 없으니까. 방으로 바로 들어오렴, 어서! 바로 그거야. 자, 오늘 아침 마을에서 뭘 하고 있었니?"

소피아는 작고 검은 앞치마 가장자리를 초조하게 만지작거리고 있었고, 발끝으로는 걱정스러운 듯이 솔기를 건드리고 있었다. 처음에 어렴풋이 미소를 지으며 고개를 왼쪽 어깨 쪽으로 숙였다. 그녀는 아무 말도 하지 않았지만 그녀의 모든 팔다리, 모든 시선, 모든 곡선이 말하고 있었다. 베인스 부인은 마치 소피아를 꼬챙이 끝에 꽂아 고통을 주고 있는 듯 자신의 흔들의자에 단호하게 앉아 있었다. 콘스탄스는 움직임이 없는 고뇌에 사로잡혀 있었다.

"대답을 들어야겠어." 베인스 부인이 답을 요구했다. "오늘 아침 마을에서 뭘 하고 있었니?"

"그냥 밖에 나갔다 왔어요." 소피아는 여전히 눈을 내리깔고 다소 간결한 어조로 대답했다.

"왜 나갔지? 나한테 나간다고 아무 말도 하지 않았잖아. 콘스탄스가 내게 너와 같이 시장에 가도 되냐고 물어본 건 들었지만, 네가 무례하게 가지 않겠다고 말했다며."

"무례하게 말하지 않았어요." 소피아가 반대했다.

"무례하게 말했어. 그리고 말대꾸를 하지 않으면 좋겠구나."

"무례하게 말하려고 했던 건 아니에요. 내가 그랬어, 콘스탄스?" 소피아는 언니에게 고개를 홱 돌렸다. 콘스탄스는 어디를 쳐다보아야 할지 몰랐다.

"말대꾸하지 마." 베인스 부인이 단호하게 말했다. "그리고 콘스탄스를 이 일에 끌어들이려고 하지만, 내가 허락하지 않겠어."

"아, 콘스탄스는 물론 항상 옳겠죠!" 소피아는 베인스 부인의 거대한 토대를 흔드는 전대미문의 무례한 반어법으로 대답하였다.

"얘야, 내가 널 때려야겠니?"

그녀의 성질이 갑자기 폭발했고, 소피아의 건방진 도발로 인해 그녀의 곱슬머리가 떨렸다. 이윽고 소피아의 아랫입술이 아래로 떨어지더니 툭 튀어나오기 시작했다. 얼굴의 모든 근육이 이완된 것처럼 보였다.

"넌 매우 버릇없는 소녀구나." 베인스 부인이 감정을 억누르며 말했다. ('내가 이겼군.' 베인스 부인이 속으로 생각했다. '화를 참는 게 좋겠어.') 소피아가 흐느껴 울기 시작했다. 그녀는 어린아이처럼 행동하고 있었다. 허가 없이 차분하게 혼자서 광장을 걷고 있던 젊은 숙녀의 모습은 찾아볼 수 없었다. ('울 줄 알았어.' 베인스 부인이 안도의 한숨을 내쉬며 생각했다.)

"난 대답을 기다리고 있단다." 베인스 부인이 크게 말했다. 두 번째 흐느낌이 있었다. 베인스 부인은 답을 듣기 위해 인내심을 발휘했다.

"말대꾸하지 말라고 했으면서 대답을 기다리고 있다고 하시는군요." 소피아는 흐느껴 울며 잠긴 목소리로 말했다.

"뭐라고? 네가 그런 식으로 말하면 내가 어떻게 대답을 하겠니?" (베인스 부인은 신중하게 행동하고 있었기에 소피아의 말을 듣지 못했는데, 용감하게 행동하고 있는 것보단 나았다.)

"그건 중요하지 않아요." 소피아가 흐느끼며 불쑥 말했다. 그녀는 이제 눈물을 흘리고 있었고, 눈물은 그녀의 사랑스럽고 붉은 뺨을 타고 카펫으로 흘러내리고 있었다. 온몸을 떨고 있었다.

"애처럼 굴지 마렴." 베인스 부인이 설득력 있는 강한 목소리로 명령했다.

"저를 울린 건 어머니잖아요." 소피아가 비통하게 말했다. "절 울게 만들어놓고는 애처럼 굴지 말라니요!" 연이어 일어나는 파도처럼 그녀는 흐느끼고 있었다. 흐느낌으로 인하여 소피아가 말을 매우 불분명하게 말했기 때문에 베인스 부인은 그녀의 말을 알아듣는 것에 어려움을 겪고 있었다.

"소피아." 신같이 침착하게 행동하고 있던 부인이 말했다. "널 울게 만든 건 내가 아니란다. 죄책감을 느끼고 있는 너의 양심이 널 울게 만든 거지. 난 단지 너에게 질문을 했을 뿐이야, 대답을 듣기 위해서."

"말했잖아요." 여기서 소피아는 자신의 흐느낌을 멈추기 위해 최선을 다했다.

"무슨 말을 했는데?"

"그냥 나갔다 왔다고요."

"그런 하찮은 답은 필요 없어." 베인스 부인이 말했다. "무슨 일로 외출한 거야. 그것도 나한테 말하지 않고? 내가 집에 들어오고 난 이후에 네가 스스로 말해줬다면 상황이 달랐을지도 몰라. 하지만 그렇지 않았어, 한마디도 하지 않았지! 내가 너에게 직접 물어봐야 했다고! 자, 어서! 이 이상 기다리지 못하겠구나." ('피마자유 일은 내가 포기를 했었지, 딸.' 베인스 부인이 마음속으로 생각했다. '하지만 다시는 그렇게 하지 않을 거야! 다시는!')

"모르겠어요." 소피아가 중얼거렸다.

"그게 무슨 소리니, 모르겠다는 게?"

흐느낌이 다시 격렬하게 시작되었다. "모르겠다고요. 그냥 나갔어요." 그녀의 목소리가 높아졌다. 큰 소리였지만 분명한 소리는 아니었다. "만약 내가 나갔다면요?"

"소피아, 난 이런 식으로 너와 대화하지 않을 거야. 네가 학교를 그만두었다고 해서 네가 원하는 대로 행동할 수 있다고 생각⋯."

"제가 학교를 떠나고 싶어 했나요?" 소피아가 발을 구르며 소리쳤다. 눈 깜짝할 사이에 감정의 허리케인이 그녀를 휩싸고 있었다. 마치 발 구르는 소리가 폭풍 속 악마들을 풀어준 것 같았다. 그녀의 얼굴은 걷잡을 수 없는 격노로 변해 있었다. "다들 날 비참하게 만들고 싶어 해!" 그녀는 매우 폭력적인 목소리로 소리를 질렀다. "이젠 밖으로 나갈 수도 없다니! 당신은 끔찍하고 잔인한 여자예요. 엄마가 싫어요! 하고 싶은 대로 하세요! 원한다면 감옥에 절 넣어버리세요! 제가 죽으면 분명히 기뻐하시겠죠!"

그녀는 집이 흔들릴 정도로 문을 쾅 닫으며 방을 뛰쳐나갔다. 매우 크게 소리쳤기에 그녀의 목소리는 가게까지 들렸을 것이다. 심지어 부엌까지도. 베인스 부인에게는 놀라운 경험이었다. 베인스 부인, 어째서 목격자와 함께 이 일을 벌인 거죠? 어째서 대답을 들어야겠다고 그렇게 분명하게 말한 거죠?

"정말로." 베인스 부인은 마치 바람이 잡아당긴 옷이라도 되는 듯 위엄을 끌어올리며 말했다. "저 가련한 소녀가 저렇게 끔찍한 성미를 갖고 일을 줄은 꿈에도 몰랐네! 매우 애석한 일이군, 그녀 자신한테도!" 이렇게 말하는 것이 그녀가 할 수 있는 최선의 행동이었다.

어머니의 굴욕을 차마 보고 있을 수 없었던 콘스탄스는 방에서 매우 조용히 나왔다. 그녀는 2층으로 반쯤 올라가다가 크고, 빠르고, 괴롭고, 규칙적인 흐느끼는 숨소리를 듣고는 머뭇거리다가 다시 조용히 내려왔다. 이 사건은 세상에 태어나게 해준 것에 감사할 줄 모르는 아이로부터 베인스 부인이 처음으로 얻은 대가가 큰 경험이었다. 이로 인해 그녀는 자신에 대한 깊고 절대적인 믿음을 잃어버리게 되었다. 그녀는 이 집에서 일어나는 일을 모두 알고 있고, 모든 일을 할 수 있다고 생각하고 있었다. 그러나 보아라! 그녀는 갑자기 집안에서 예상치 못한 성격과 마주치게 되었다. 상처받고 싶지 않다면 반드시 소피아를 건드리지 말아야 한다는 것을 충돌을 통해 알게 된 일종의 딱딱한 대리석 같은 사건이었다.

일요일 오후 베인스 부인은 거실에서 불을 피워놨는데, 그곳에서 휴식을 조금 취하려고 했다. 콘스탄스는 그녀의 아버지와 인접해 있는 침실에 있었다. 소피아는 지독한 감기에 걸려 머리 위에 있는 방에 담요를 두르고 누워 있었다. 그녀의 감기와 베인스 부인의 새로운 드레스만이 그녀를 위로해주는 유일한 존재였다. 그녀는 피마자유를 거부한 소피아에게 감기가 찾아올 것을 예견했고, 소피아는 감기에 걸렸다. 소피아는 5월의 아침 찬바람이 불어오는 창가에 잠옷을 입고 서 있었기 때문에 베인스 부인이 '자연의 뺨 때리기'라고 부르는 것을 받게 되었다. 드레스에 관해 말해보자면, 저녁식사 전에 그녀는 그 드레스를 입고 신에게 예배를 드렸고, 그 드레스를 입고 소피아를 위해 기도했다. 두 줄로 늘어져 있는 네 개의 장식 끝은 매우 큰 성공을 거두었다. 레이스가 달린 그녀의 외투와 낮고 끈이 달린 보닛은 확실히 예배당에 있는 신도들에게 독특한 광채를 선사해주었다. 그녀는 뚱뚱했다. 그러나 모호한 윤곽, 아래로 향할수록 넓어지는 경사면, 그리고 어마어마한 폭을 규정해주는 패션은 그녀의 몸매에 유리하게 작용하고 있었다. 특정 연령의 뚱뚱한 여성들은 사람들의 시선을 유혹하지 않으며 다른 매력도 아닌 도덕적 매력으로만 사람들의 명상을 방해할 수 있다고 생각해서는 안 된다. 베인스 부인은 자신이 어여쁘고 세련되며, 인상적이고 우아하다는 것을 알고 있었고, 그 생각은 그녀에게 진정한 즐거움을 주었다. 그녀는 소녀처럼 불안해하며 거울 속 어깨 너머를 쳐다보곤 했다. 실수를 하지 않았다.

그녀는 휴식하지 않았다. 할 수 없었다. 이틀 전 오후 소피아와 같은 태도로 앉아 생각하고 있었다. 그녀의 행동, 품행, 표정이 비난받을 만한 딸의 모습과 매우 흡사하다는 말을 들으면 깜짝 놀랄 것이다.

하지만 그랬다. 착한 천사가 그녀를 제대로 쉬지 못하게 하였고, 그녀는 멍하니 창가로 가서 텅 빈, 문들이 전부 닫혀 있는 광장을 바라보았다. 그녀 또한 나이가 있는 당당한 기혼녀로서 이것보다 더 로맨틱한 삶에 대한 열망이 잠시 있었다. 그녀의 영혼 속 창공을 가로지르는 별똥별 같은 것이었다. 부드럽고 설명할 수 없는 우울함이었다.

그녀는 즉시 방을 나왔다. 정확히 말하자면 서두른 것은 아니었지만, 시간을 낭비하지 않았다. 문 바로 밖, 계단 아래쪽 구석진 공간에 약 1피트 정도 되는 크기의 정사각형 상자가 검은 모조 에나멜가죽에 둘러싸여 있었다. 깊이가 18인치인 상자였다. 그녀는 허리를 굽혀 상자를 열어보았다. 푹신한 것들로 포장되어 있는 베인스 가족의 은으로 된 다기 세트였다. 그녀는 상자에서 찻주전자, 설탕 그릇, 우유 주전자, 각설탕 집게, 뜨거운 물주전자, 그리고 케이크 받침대(아치형 반원 손잡이가 달린 납작한 접시)를 상자에서 꺼냈다. 무늬가 새겨져 있는 그릇이었는데, 은으로 만들어진 것이 아니라 은도금이 되어 있는 그릇들로 훌륭한 가족들의 은밀한 자부심처럼 어두운 구석을 비추고 있는 반짝이는 세전지물이었다. 그녀는 항상 구석진 곳에 항상 서 있는 쟁반 위에 이것들을 올려놓았다. 그러고 나서 난간을 통해 2층을 올려다보았다.

"매기!" 그녀가 날카롭게 외쳤다.

"네, 부인." 목소리가 들려왔다.

"옷 입고 있어요?"

"네, 부인. 지금 바로 갈게요."

"음, 모슬린을 입고 오세요." 베인스 부인은 은연중에 '앞치마'를 암시했다.

매기도 그것을 이해했다.

"차를 위해 이것들을 가져가세요." 매기가 내려오자 베인스 부인이 말했다. "한번 문질러 닦는 게 좋을 거예요. 케이크는 어디 있는지 알죠. 새 거요. 좋은 컵도요. 은수저랑."

두 사람은 저 아래, 멀리 있는 옆문을 두드리는 소리를 들었다.

"자!" 베인스 부인이 소리쳤다. "문을 열어주기 전에 이것들을 부엌으로 가져가세요."

"네, 부인." 매기가 떠나갔다.

베인스 부인은 검은색 알파카 앞치마를 입고 있었다. 그녀는 그 앞치마를 벗은 뒤 노란 꽃이 수놓아져 있는 검은 새틴을 입었는데, 팔을 방 안에 집어넣기만 하면 꺼낼 수 있는 옷으로, 침실에 있는 서랍장에서 꺼낸 것이었다. 그리고 나서 거실에 자리를 잡았다.

매기는 다소 숨차하며 방문객을 거실로 데려왔다.

"아! 체트윈드 선생님." 베인스 부인이 환영의 표시로 일어나며 말했다. "만나서 반갑습니다. 선생님이 광장을 걸어오시는 것을 보고는 이렇게 생각했어요. '체트윈드 선생님이 우리 집에 방문하시기로 한 것을 잊지 않으셨겠지'라고요."

체트윈드는 자신의 위치를 의식하며 약간 과장된 분위기로 잠시 히죽히죽 웃었는데, 교육학에 몸을 담고 있는 사람들의 불이익 중 하나였다. 그녀는 학생들의 눈 아래서 살고 있었다. 그녀의 인생은 그녀의 위치에 악영향을 끼칠 수 있거나, 학생들의 부모들에게 민감한 충격을 줄 수 있는 그 어떤 행동도 하지 않으려고 끊임없이 노력하는 삶이었다. 그녀는 매우 연약하고 민감한 숲을 지나가야 했다. 양치식물들의 길게 갈라진 잎들이 쭉 뻗어 있는 길을 지나가야 했고, 그 길을 지나가면서 치마로 그 식물들을 조금이라도 건드리면 안 됐다. 그것이 심지어 실수라고 할지라도 말이다. 그녀가 얌전하게 걸어 다녀도 놀랄 일이 아니다! 그녀가 팔꿈치를 옆구리에 바짝 붙인 채로 다니고, 거리에서 외투를 꼭 끌어당기는 습관이 있는 것도 놀랄 일이 아니다! 그녀의 학교 안내서에는 이러한 것들이 적혀 있었다. '건전하고 종교적인 학습 과정', '그림 그리기와 춤, 미용 체조 전문가의 음악과 함께 잉글랜드의 일반적인 분파를 수용하는 공부' 또한 '평범한 것과 장식용 바느질', '도덕적 영향' 그리고 마지막으로 이렇게 적혀 있었다. '같은 것들이 매우 준수하며, 모든 세부 사항들이 적혀 있는 증빙서류는 부모 또는 다른 사람의 요청하게 제공됩니다.' (가끔은 요청 없이도 제공되었다.) 양치식물에 비유를 들며 설명했던 연약함의 예로, 그녀는 '춤'이라는 단어 때문에 7년 전 콘스탄스와 소피아를 만나지 못할 뻔했다.

그녀는 마흔 살의 초췌한 처녀였고, '잘사는' 처녀가 아니었다. 그녀 집안의 성공이라는 축복을 독점한 사람은 그녀의 언니였다. 이러한 특징들 때문에 나이가 있는 부인으로서 편안한 상황에 있는 베인스 부인은 체트윈드를 불쌍히 여겼다. 반면에 체트윈드는 결국엔 상업을 하고 있는 베인스 부인을 얕볼 수 있는 화제를 선택할 수 있었다. 체트윈드는 이 지역의 발음을 가지고 있지 않았다. 그녀는 남부 지방의 세련된 발음을 가지고 있었는데, 다섯 개의 마을들은 그녀의 발음을 놀리면서도 그 발음을 부러워하고 있었다. 의식주의가 로마 가톨릭교로 기울어 있듯이 그녀의 모든 'o'발음은 품위 있는 'ow'발음의 형태를 띠고 있었다. 또한 그녀는 예절의 원천이었으며, 놀라울 정도로 정확했다. 그녀 학생의 부모들에게는 '완벽한 여성'만큼 '완벽한 여성'은 아니었다. 그렇기에 전체적으로 보았을 때, 베인스 부인이 은밀하게 체트윈드에게 우월한 척을 한 것인지, 체트윈드가 베인스 부인에게 우월한 척을 한 것인지에 대한 질문은 매우 좋은 질문이 될 것이다. 아마도 베인스 부인이 기혼자라는 장점으로 인하여 우세했을 것이다.

체트윈드는 신중하고 조심스럽게 자리에 앉으며 베인스 부인이 편지를 쓰지 않았더라도 방학 때 학생들의 집에 방문하는 것이 관행이었기 때문에 어떠한 일이 있더라도 방문했을 것이라고 설명하며 대화를 시작했다. 사실이었다. 베인스 부인은 금요일 오후 매우 호화로운 편지지에(끝이 물결 모양으로 장식되어 있는 라벤더 색 편지지로, 그날 고를 수 있는 편지지 중 최상의 편지지였다.) 그녀의 이탈리아식 필체로, 콘스탄스와 소피아는 다음 학기가 끝날 때 학교를 그만둔다는 것과 소피아가 학교를 그만두는 자세한 이유를 알리기 위한 편지를 보냈기에 체트윈드는 두 소녀가 학교를 그만두는 것을 이미 알고 있었다.

방문객과의 대화가 길어지기 전에 매기는 옻칠한 차 통과 은 찻주전자, 은수저를 옻칠이 되어 있는 쟁반에 가지고 들어왔다. 베인스 부인은 이야기를 계속하면서 열쇠 뭉치에서 열쇠 하나를 꺼내 차 통을 열어 네 숟가락을 타고는 다시 통을 잠갔다.

"딸기." 그녀는 은밀히 매기에게 속삭였다. 매기는 쟁반과 내용물들을 들고는 사라졌다. 베인스 부인은 '딸기'라고 속삭인 뒤 이렇게 말했다. "언니 분은 어떻게 지내시나요? 이곳에 왔다 간 뒤로 꽤 된 것 같은데."

이 발언은 단지 잡담이었을 뿐이지만 (여주인은 딸들이라는 주제에 접근하는 것을 주저하고 있었다.) 그 잡담은 우연히도 체트윈드의 사회적 목적에 잘 어울렸다. 체트윈드는 좋은 소식들로 가득 찬 바구니였다.

"언니는 매우 잘 지내요, 감사해요." 체트윈드가 말했다. 그녀의 표정이 매우 활기차 보였다. "물론 지금은 모든 게 달라졌지만요"라고 말한 그녀의 얼굴은 자부심으로 빛났다.

"정말요?" 베인스 부인이 공손하게 호기심을 드러내며 중얼거렸다.

"네." 체트윈드가 말했다. "못 들으셨나요?"

"네." 베인스 부인이 말했다. 체트윈드는 베인스 부인이 소식을 듣지 못하였다는 것을 이미 알고 있었다.

"엘리자베스의 약혼 소식은요? 아치발드 존스 목사와 했다는 것은요?"

베인스 부인은 깜짝 놀랐다. 그러나 경솔한 행동은 하지 않았다. 그녀는 체트윈드의 언니가 어떤 사람과 약혼했다는 소식에 정당한 놀라움을 드러내지 않을 것이다. 어떤 여성들은 이렇게 긴장되는 순간이면 놀라움을 드러내곤 한다. 그녀는 침착함을 유지하고 있었다.

"정말로 매우 흥미롭네요!" 그녀가 말했다.

흥미로웠다. 아치발드 존스는 웨슬리안 메서디스트 커넥션의 우상 중 한 명이자 잉글랜드 전역에 알려진 전도사였다. 아마 '기념일'과 '믿음에 대한 설교'에 관한 일이라면 아치발드 존스와 견줄 자가 없을 것이다. 그의 세례명이 큰 역할을 하였는데, 신자들의 입에 오르내릴 만큼 기분이 좋은 이름이었다. 그는 3년마다 이동해야 하는 떠돌이 목사가 아니었다. 그의 업무는 교파의 출판부인 '북 룸'의 업무를 지휘하는 것이었다. 그는 런던에 살며 주말이면 지방으로 달려 나가 일요일에는 설교를 하였고, 월요일 저녁에는 책 정보를 기본으로 하여 '예배당에서' 강연을 하였다. 그가 방문한 마을에서는 그를 즐겁게 해주기 위한 특권을 쟁탈하는 경쟁이 있었다. 그는 열정과 끊임없는 에너지, 그리고 경쾌한 재치를 가지고 있었다. 그는 50세의 홀아비로 그의 아내는 죽은 지 20년이 되었다. 이 밝은 별 같은 존재에게는 마치 여성들이 어울리지 않는 것처럼 보였다. 그런데 25년 전 스무 살이 되기도 전에 다섯 개의 마을을 떠났던 엘리자베스 체트윈드가 그를 붙잡았다! 꾸밈없고, 콧수염이 있으며 만만치 않고 생기 없는 그녀는 분명히 매우 뛰어난 지성으로 그를 사로잡은 것이 틀림없다! 지적 능력의 결혼이 틀림없다! 그는 그녀의 모습에 감명을 받았고, 그녀는 그의 모습에 감명을 받았고, 그들의 지성은 꼭 맞아떨어진 것이다. 일주일도 지나지 않아 40개 주에 있는 5만 명의 여성들이 이러한 지적 결합에 대한 생각을 하며 어깨를 으쓱하였고, 다시 한 번 남자들은 이해할 수 없는 존재라고 생각을 하였다. 런던에 사는 이 훌륭한 두 사람은 다른 사람들처럼 사랑에 빠졌다! 아니! 사랑이라는 단어는 이 경우에는 너무나 야하고 관능적인 단어였다. 일반적으로 아치볼드 존스 목사와 엘리자베스 체트윈드는 현재 아스트랄 플레인이라 불리는 곳에서 결혼 생활을 할 것이라고 여겨지고 있었다.

차를 대접한 후, 베인스 부인은 자신과 얼라인 체트윈드에 대한 존경심을 되찾으면서 점차 자신의 위치로 돌아왔다.

"그래." 그녀가 말했다. "당신은 언니에 관해 이야기할 수도 있고, 그를 아치발드라고 해도 되고, 점잔 빼며 발음해도 돼. 하지만 이런 다기 세트를 갖고 있어? 이것보다 더 완벽한 딸기잼을 만들 수 있다고 생각할 수 있어? 당신이 옷을 구매하기 위해 1년 동안 지불한 돈이 내 드레스보다 싸지 않아? 남자가 당신에게 시선을 던진 적은 있어? 내 상황에 견줄 만한 것이 결국 조금도 없는 거야… 조금이라도…?"

그녀는 이러한 말들을 소리 내어 하지 않았다. 그녀는 여주인이라는 세심한 공손함에서 결코 벗어나지 않았다. 그녀의 어조에는 존 베인스의 부인이 귀인임을 나타내는 표시조차 없었다. 그러나 체트윈드가 조만간 아치발드 존스 목사의 처제가 된다는 것에서 갑자기 나타난 자부심에 대한 것은 잠시 주머니에 넣어두는 편이 좋을 것이다. 이후 체트윈드는 베인스 씨의 안부를 물었다. 이 대화가 있은 후 잠시 동안 침묵이 있었다.

"제 편지에 놀라지 않으셨나 보군요?" 베인스 부인이 말했다.

"놀라기도 했고, 놀라지 않기도 했어요." 체트윈드는 장래에 처제가 될 사람의 태도가 아닌 직업적인 태도로 말했다. "물론 저는 그렇게 좋은 학생들을 두 명이나 잃게 되어서 매우 유감입니다. 하지만 학생들을 영원히 데리고 있을 순 없으니까요." 그녀가 미소를 지었다. 그녀는 강인함이 없는 것이 아니었다. 학생들을 대신하는 것보단 잃는 것이 더 쉬운 일이었다. "그래도." 잠깐의 멈춤이 있었다. "소피아에 관해 이야기해주신 부분은 완벽하게 옳아요. 콘스탄스만큼 똑똑해요. 그래도." 또 한 번의 멈춤이 있었고, 발음이 더욱 빨라졌다. "소피아는 결코 평범한 소녀가 아니에요."

"소피아가 선생님을 곤란하게 하진 않던가요?"

"오, 아뇨!" 체트윈드가 소리쳤다. "소피아와 저는 아주 잘 지내요. 저는 항상 그녀의 이성에 호소하려고 노력해 왔어요. 결코 강요하지 못하겠더군요…. 어쨌든, 몇몇 여자애들… 저는 어떻게 보면 소피아를 매우 놀라운 소녀로 보고 있습니다. 제자로서가 아니라, 매우 주목할 만한… 어떻게 표현을 해야 할까요? 개성, 제가 한 번도 만나본 적 없는 개성입니다." 그러고는 이렇게 덧붙였다. "아, 물론, 이건 제 개인적인 생각입니다!"

"정말로 그래요!" 베인스 부인이 말했다. 그녀는 속으로 이렇게 생각했다. '난 당신이 상대하는 평범한 멍청한 부모들이 아니야. 난 내 아이들을 객관적으로 본다고. 난 아이들에 관한 것으로 우쭐해하지 않아.'

그럼에도 불구하고 그녀는 우쭐해했고, 소피아는 정말로 평범한 소녀가 아니라는 생각이 저절로 들었다.

"부인에게 선생님이 되고 싶다고 말했나 봐요?" 체트윈드가 견줄 데 없을 정도로 맛있는 잼을 조금 먹으며 물었다. 그녀는 엄지손가락과 세 손가락으로 숟가락을 들고 있었다. 그녀의 네 번째 손가락은 지금까지 성실하게 일하였기에 다른 세 손가락과 결코 협력을 하지 않았다. 미묘하게 휘어 있었으며, 항상 나머지 손가락들로부터 당당하게 떨어져 있었다.

"소피아가 그걸 선생님께 말했나요?" 베인스 부인이 깜짝 놀라 물었다.

"오 그럼요!" 체트윈드가 말했다. "여러 번이요. 소피아는 매우 은밀한 소녀예요, 매우. 하지만 항상 자신감을 가지고 있어요. 소피아와 전 매우 가깝게 지내던 때가 있었어요. 엘리자베스는 소피아에게 깊은 인상을 받았어요. 정말이에요. 언니가 마지막으로 보낸 편지에 소피아가 언급되어 있었고, 존스 씨에게 소피아에 관해 언급했다고 했고, 존스 씨도 소피아를 꽤 잘 기억하고 있어요."

현명하고 흔치 않은 부모라도 이러한 소식을 들으면 영향을 받지 않을 수 없다!

"엄두 내서 말하는 건데, 그럼 이제 언니 분께서는 학교를 그만두시겠군요." 베인스 부인이 자의식에서 주의를 돌리기 위해 말했다.

"오 아뇨!" 이번에는 베인스 부인이 정말로 체트윈드를 놀라게 했다. "그 어떤 것도 엘리자베스가 교직을 포기하도록 만들지 못할 거예요. 아치발드도 학교에 매우 큰 관심을 가지고 있어요. 세상에! 절대로 아니에요!"

"그럼 소피아가 좋은 선생이 될 거라고 생각하시나요?" 베인스 부인은 일관성이 없는 미소를 지으며 물었다. 그러나 이 말은 그녀의 마음속에 있는 중요한 내용을 나타냈다. 모든 것이 끝났다.

"제 생각에는 매우 열중하고 있는 것 같고…."

"그런 내용은 제 남편에게 아무런 영향도 끼치지 못할 거예요, 제게도요." 베인스 부인이 빠르게 말했다.

"그럼요! 저는 단지 소피아가 매우 열중하고 있다고 말했을 뿐이에요. 그래요. 어쨌든 소피아는 평균보다 훨씬 더 훌륭한 선생님이 될거예요. (그 소녀는 나 없이도 어머니와 싸워서 이겼어!' 그녀는 마음속으로 이렇게 생각했다) 아! 저기 콘스탄스가 가네요!"

방문객의 소리와 대화 소리의 유혹을 이겨내지 못한 콘스탄스가 방 안으로 들어왔다.

"양쪽 문을 다 열어 놨어요, 어머니." 그녀는 아버지를 돌보는 것을 그만둔 것에 대한 변명을 하며 체트윈드에게 인사를 건넸다. 얼굴을 붉혔지만 행복하게 얼굴을 붉혔고, 젊은 여성으로서 매우 훌륭한 데뷔를 한 것이다. 그녀의 어머니는 상으로 그녀를 대화에 낄 수 있도록 해주었다. 이윽고 역사적인 일이 일어났다. 그렇게 소피아는 얼라인 체트윈드의 수습생이 되었다. 베인스 부인은 매우 잘 견뎌냈다. 권유했던 사람도 체트윈드였고, 존경하게 만든 것도 체트윈드였다…. 또한 어떻게 된 것인지 아치발드 존스 목사가 원인이 되어 있었다.

물론 소피아가 런던에 간다는 생각은 터무니없었다. 말도 안 됐다! (베인스 부인은 이 우스꽝스러운 일이 일어날지도 모를까 봐 두려워하고 있었다. 하지만 아치발드 존스 목사가 이 자리에 있었다면 더 최악의 상황을 맞이했을지도 모른다.) 소피아는 버슬리에서 수습으로 시간을 보내는 것조차도 단지 실험 삼아 해보는 것이라는 걸 알아야 했다. 그들은 상황이 어떻게 흘러갈 것인지를 확인할 수 있게 될 것이다. 그녀는 체트윈드에게 감사해야 했다.

소피아는 어느 날 밤 단순한 콘스탄스에게 마치 '언니의 체트윈드 선생님은 내 세면 대야'라고 암시라도 하듯 "체트윈드 선생님이랑 엄마랑 대화를 나누도록 만들었어"라고 당당하게 말했다. 콘스탄스에게 소피아의 단순한 적극성은 그녀의 성공만큼이나 충격적이었다. 어머니가 단호하게 결정을 내린 이후 토요일 아침에 체트윈드의 도움을 구하기 위해 일부로 외출한 그녀의 모습을 상상해보라!

베인스 부인이 포기했다는 비극적인 웅장함을 강조할 필요는 없다. 이 포기는 베인스 부인의 영역에 존재하는 힘의 균형의 변화를 받아들인다는 것을 암시하는 것이었다. 이 비극의 일부는 그 아무도, 심지어 콘스탄스조차도 베인스 부인이 받은 고통의 강렬함을 알 수 없다는 것이었다. 그녀에게는 비밀을 털어놓을 수 있을 정도로 친한 사람이 없었다. 그녀는 다른 사람에게 상처를 보여주지 못하는 사람이었다. 그러나 한때 남편이었던 유기체 때문에 밤에 잠에서 깨어 침대에 누워 있으면, 순교자 같은 자신의 삶에 대해 길고 깊이 생각하곤 했다. 그녀가 도대체 뭘 했다고 이런 일을 당해야 하는가? 그녀는 항상 친절하고, 정의로우며 인내심을 갖고 살려고 성실하게 노력하던 사람이었다. 그리고 자신이 영리하고 신중하다는 것을 알고 있었다.

아내로서 끔찍하고 예상할 수 없었던 시련 속에서 살아가고 있던 그녀는, 분명 어머니라는 존재로서 위로받고 있었을 것이다! 그러나 아니다. 전혀 그렇지 않았다! 그리고 그녀는 젊음에게 나이라는 쓰라림을 느꼈다. 젊음은 이기적이고 냉혹하며 잔인하고 단호하다. 젊음은 너무나 잔인해서 인생에 대해 무지하며, 이해하기에는 너무 느린 존재이다! 그녀에게는 콘스탄스가 있었다. 맞는 말이다. 그러나 그녀의 어머니가 얼라인 체트윈드와 횡설수설하고 형식적이고, 억지웃음을 지어가며 이야기를 나누는 동안 갑작스럽게 내린 결정으로 인하여 어머니가 희생한 자부심과 판단력을 콘스탄스가 이해하기까지는 20년이 걸릴 것이다. 아마도 콘스탄스는 어머니가 소피아의 격정적인 성질에 굴복했다고 생각했을 것이다! 그녀가 소피아에게 굴복한 것이 아니라, 이성과 지혜를 전혀 듣지 않는 소피아를 인지하고 있었다는 것을 콘스탄스에게 설명하는 것은 불가능할 것이다. 아! 종종 어둠 속에 누워 있을 때 그녀는 가슴에서 심장을 쥐어뜯은 뒤 피를 흘리며 소피아 앞에 던지고서 우는 상상을 하곤 했다. '내가 뭘 가지고 다니는지 봐, 너 때문에!' 이렇게 말하면서 말이다. 그리고 나서는 심장을 다시 주워 가슴속에 넣어 숨긴 뒤, 자기 자신에게 현명한 훈계를 하며 자신의 쓰라림을 달래곤 했다.

코끼리

1

"소피아, 같이 코끼리 보러 갈래? 어서!" 콘스탄스는 간절히 부탁을 하며 거실로 들어갔다.

"싫어." 소피아가 생색을 내며 말했다. "코끼리를 보기엔 너무 바빠."

단지 2년이 지났다. 그러나 두 소녀는 이제 성인이 되었다. 긴 소매와 긴 치마, 머리 같은 것들이 생활 속에 자리를 잡았다. 그리고 태도에서 매우 진지한 모습이 나타났으며, 마치 그들의 존재가 책임에 있어서 매우 중요한 것처럼 말이다. 때때로 유년기 시절 모습이 지금의 콘스탄스처럼 놀랍게도 코끼리 같은 것에 의하여 진지한 모습의 틈을 뚫고 나왔는데, 그 시절 모습이 결코 없어지지 않았다는 것을 분명하게 나타내주고 있었다. 자매의 모습은 극명하게 차이가 났다. 콘스탄스는 검은 알파카 치마와 길고 검은 고무 밴드의 끝에 가위를 달아 두었는데, 이는 그녀가 상점에서 일하고 있다는 것을 나타내고 있었다. 그녀는 여성 모자 관련 부분에서 상당한 성공을 이루었다. 사람들과 대화하는 법을 배웠으며, 그녀만의 겸손한 방식으로 매우 차분하게 행동하였다. 그녀는 약간 뚱뚱해지고 있었다. 모두가 그녀를 좋아했다. 소피아는 대학생이 되어 있었다. 시간이 흐르면서 그녀는 더욱 내성적이 되었다. 그녀의 유일한 친구는 체트윈드였으며, 체트윈드와의 나이 차이를 알고 있으면서도 매우 친하게 지냈다. 집에서는 말을 적게 하였다. 그녀는 상냥함이 부족했다. 그녀의 어머니가 말하듯이, 그녀는 '과민'했다. 그녀는 다른 사람에게 사교 능력을 요구했지만, 다시 요구하지는 않았다. 그녀의 태도는 사실 반쯤 숨겨져 있는 경멸 중 하나였고, 어떨 때는 온화했고, 어떨 때는 매우 화가 나 있었다. 앞치마를 입는 것이 예의 중에서도 거의 필수로 여겨졌던 시대에 그녀는 앞치마를 입지 않으려 했다. 절대로! 그녀는 앞치마를 입으려 하지 않았고, 그것이 끝이었다. 그녀는 콘스탄스처럼 깔끔한 사람이 아니었는데, 콘스탄스의 손이 바늘과 핀, 조화, 물건 등을 거래하면서 거칠어져 있었다면 소피아의 고운 손에는 잉크가 묻어 있지 않은 날이 좀처럼 없었다. 하지만 소피아는 매우 아름다웠다. 심지어 어머니와 콘스탄스조차도 그 얼굴이 그녀의 거친 태도에 대한 부분적인 구실 거리라는 본능적인 생각을 가지고 있었다.

"글쎄." 콘스탄스가 말했다. "네가 가지 않겠다면, 엄마한테 물어봐야겠다."

소피아는 책을 내리며 아무 대답도 하지 않았다. 그러나 머릿속에서는 이러한 생각이 들고 있었다. '난 그 일에 전혀 관심이 없어.'

콘스탄스는 방을 나갔고, 잠시 후 어머니와 함께 돌아왔다.

"소피아." 어머니가 즐거운 목소리로 말했다. "나랑 콘스탄스가 코끼리를 보기 위해 유원지에 다녀오는 동안 가서 아버지와 잠시 앉아 있으렴. 거기 있어도 여기만큼 공부할 수 있잖니. 아버지는 지금 주무시고 계셔."

"아, 알았어요!" 소피아가 오만하게 동의했다. "도대체 코끼리가 뭐라고 이렇게 야단이에요? 어쨌든, 그 방이 더 조용하니까요. 여기는 너무 시끄러워요." 그녀는 나른하게 일어나서 광장을 얕보듯이 바라보았다.

그날은 버슬리 웨이크 3일째 되는 아침이었다. 지나치게 공을 들이고 훌륭한 카니발이 아니라 진탕 마시고 노는 카니발로, 전체적으로 기쁨을 위한 카니발이라는 것을 보여주고 있었다. 도시 전체가 사람들의 맹렬한 즐거움에 사로잡혀 있었다. 광장의 대부분은 넓은 직사각형 모양의 텐트가 점령하고 있었는데, 웜웰의 서커스에 소속되어 있는 동물들이 머무르고 있는 텐트로 밤낮을 가리지 않고 맹수들이 으르렁거리며 포효하고 있었다. 이 최대 명소로부터 벗어나 보면 시장을 지나 시청부터 덕 뱅크, 덕 광장, 그리고 '유원지'라고 불리는 황무지까지 수백 개의 부스들이 세워져 있었으며, 그 현수막에는 불쾌한 것들의 모든 즐거움을 나타내주는 내용이 담겨 있었다. 프랑스 혁명의 잔혹함, 피지 제도의 잔혹 행위를 볼 수 있었으며, 형언하기 힘든 질병들의 유린, 거의 나체에 가까운 22스톤[7]과 맞먹는 인간 여성의 살, 신비로운 팬토스코프phantoscope의 뼈대, 하의만 입고 있는 챔피언들의 피비린내 나는 결투를 볼 수 있었다(피 묻은 치아를 기념품으로 주워갈 수 있는 찬스도 있었다). 같은 인간의 배를 치면서 자신의 힘을 테스트해 볼 수도 있었고, 나무 공으로 다른 형태의 머리를 쓰러뜨려 조준 실력을 테스트해 볼 수도 있었다. 또한 다양한 표적을 향해 총을 쏠 수도 있다.

모든 거리에는 먹을 것을 잔뜩 쌓아 놓은 가판대로 가득했는데, 말린 생선이나 동물의 내장, 생강 쿠키가 주를 이루었다. 모든 술집들은 사람들로 꽉 차 있었으며, 즐거움에 흥분한 남녀들이 인도의 모든 곳을 달려 다니고 있었으며, 그들의 시끄러운 소리는 부스에서 들려오는 트럼펫과 나팔, 드럼 소리 및 아이들이 들고 다니는 달그락 소리를 내는 시끄러운 장난감들과 경쟁하고 있었다.

대단히 즐거운 광경이었지만 주요 가족들에게는 구경거리가 아니었다. 체트윈드의 학교는 문을 닫았기에 주요 가정의 딸들은 최악의 사태가 끝날 때까지 격리될 수 있었다. 베인스 가족은 가능한 한 모든 방법으로 웨이크 주를 무시했는데, 그 주에는 왼쪽 창에는 상복을 전시해 두었고, 어떤 이유가 되었든 매기가 밖으로 나가지 못하게 하였

<hr />

7　1스톤은 6.35킬로그램 또는 14파운드.

다. 따라서 베인스 부인을 쉽게 끌어들인 코끼리의 눈부신 사회적 성공은 당연히 과대평가가 아니었다.

전날 밤, 윔웰의 코끼리 중 한 마리가 갑자기 텐트 안의 한 남자를 쓰러트렸다. 그러고는 텐트 밖으로 나가서 텐트의 정면에 있는 멋진 그림을 구경하고 있던 군중들 속에서 무작위로 두 번째 남자를 집어 들고는 입안에 넣으려고 했다. 코끼리를 관리하는 인도인의 쇠스랑으로 인해 행동을 제지당한 코끼리는 남자를 바닥에 내려두고는 상아로 그 희생자의 팔에 있는 동맥을 찔렀다. 이윽고 코끼리는 전례 없는 흥분에 휩싸인 채 여기저기 돌아다니며 고통을 겪었다. 코끼리는 베인스 가족의 닫혀 있는 창문 앞에 있는 텐트의 뒷부분으로 끌려갔으며, 말뚝과 도르래, 밧줄을 사용하여 강제로 앉혀지게 되었다. 코끼리의 머리는 하얗게 칠해져 있었고, 소총 부대 소속인 여섯 명의 사내가 코끼리를 쏘았다. 경관들은 경찰봉으로 군중들을 막아내고 있었다. 코끼리는 즉사하였고, 부드러운 쿵 소리를 내며 쓰러졌다. 군중들은 환호했고, 자신들이 중요하다는 도취감에 빠져 있는 지원자들은 시체에 세 차례 더 집중 사격을 하였으며, 이후 여러 여관에서 새로운 영웅들이 나타나게 되었다. 죽은 코끼리는 나머지 두 코끼리에 의해 철도용 대형 트럭에 실린 뒤 밤 속으로 사라져갔다.

이 사건은 버슬리에서 일어났던 사건 중 또는 앞으로 있을 사건들 중에서 가장 큰 센세이션일 것이다. 곡물 조례가 폐지되었을 때도 또는 인케르만[8]에 관한 소식도 이 소식이 주는 흥분과 비교하면 약한 수준이었다. 두 번째 희생자의 팔에 빠르게 지혈 조치를 해달라고 부탁받은 크리츨로우는 자신의 역할을 마친 후 존 베인스에게 불쑥 찾아와 이 일에 관한 이야기를 해주었다. 그러나 베인스의 관심은 미미했다. 크리츨로우는 여성들의 관심을 끄는 것에 더 큰 성공을 거두었는

---

8 크림전쟁 중 1854년 러시아군이 영불군에게 패배한 장소.

데, 거실에 앉아 사격하는 것을 목격하였음에도 불구하고 그들은 매우 자잘한 부분까지 궁금해 하고 있었다.

다음 날, 코끼리는 매장에 관련하여 지방 행정관과 의료 책임자의 결정이 있을 때까지 유원지 근처에 누워 있는 것으로 알려졌다. 모든 사람들이 시체를 방문하려 했다. 그 어떤 사회적 배타성도 죽은 코끼리의 유혹을 견딜 수 없었다. 순례자들은 그 코끼리를 보기 위해 다섯 마을에서 찾아왔다.

"우리는 지금 나갈 거야." 베인스 부인이 보닛과 숄을 든 후 말했다. 아버지 침대 발치에 앉아 있는 소피아는 공부에 열중하는 척하면서 "알겠어요"라고 말했다. 문 앞에서 머리를 들이밀고 있던 콘스탄스는 자석처럼 어머니를 따라갔다. 그때 소피아는 통로에서 들려오는 놀라운 대화를 듣게 되었다.

"코끼리를 보러 가시나요, 베인스 부인?" 포비의 목소리였다.

"네, 왜요?"

"제가 같이 가는 게 좋겠군요. 틀림없이 관중들이 매우 거칠 겁니다." 포비의 말투는 단호했다. 그에게는 있어야 할 위치가 있었다.

"하지만 가게는요?"

"오래 걸리지 않을 거예요." 포비가 말했다.

"오, 좋아요, 어머니." 콘스탄스가 호소하며 덧붙였다.

소피아는 옆문이 쾅 닫히자 집이 떨리는 것을 느꼈다. 그녀는 벌떡 일어나 세 사람이 킹 스트리트를 비스듬히 가로질러 웨이크 속으로 사라지는 것을 보았다. 세 사람이 떠났다는 것은 죽은 코끼리에 대한 최고의 찬사였다! 그야말로 놀라운 상황이었다. 그 장면은 소피아가 코끼리의 중요성을 잘못 계산했다는 생각이 들게 만들었다. 코끼리를 구경거리로 여기는 것을 경멸했던 것을 후회하게 만들었다. 그녀는 혼자 남겨졌다. 삶의 즐거움이 그녀를 부르고 있었다. 그녀는 길 건너편에 있는 술집 안을 내려다볼 수 있었는데, 노동자들(도공과 광부)이 최고로 좋은 옷을 입고 술을 마시면서 몸짓을 하며 긴 카운터에서 줄 지어 웃고 있었다. 일부는 탑 햇을 쓰고 있었다.

침실 창가에 있던 그녀는 한 젊은 남자가 킹 스트리트를 올라가는 것을 보았다. 그 뒤로는 짐꾼이 짐이 실린 납작한 수레를 끌고 따라가고 있었다. 그는 그녀가 있던 창문 바로 밑을 천천히 지나갔다. 그녀는 얼굴을 붉혔다. 그 젊은 남성이 평범하지 않은 소동에 빠져 있는 것을 보고 깜짝 놀란 것이 분명했다. 그녀는 소파에 있는 책들을 힐끗 쳐다보고는 아버지를 쳐다보았다. 매우 여위고 마른, 그리고 몹시 가련한 베인스는 여전히 잠을 자고 있었다. 그의 뇌는 이제 활동을 거의 중단한 상태였다. 그는 수염을 기른 아기처럼 먹여주고 보살펴주어야 했고, 낮에도 몇 시간 동안이나 잠을 자곤 했다. 소피아는 방을 나왔다. 잠시 후 그녀는 가게로 달려갔다. 세 명의 젊은 조수들을 놀라게 한 유령이었다. 화려한 쪽에 있는 창가의 옆 구석에는 작고 아늑한 구석이 있었는데, 카운터 일부를 가리고 있는 커다란 꽃 상자가 그곳에 놓여 있었다. 이 구석은 '베인스 양의 코너'라고 불렸다. 소피아는 서둘러 카운터 뒤편과 선반이 있는 벽 사이의 좁은 공간에 있는 젊은 여성 조수를 비집고 그곳으로 향하였다. 그녀는 콘스탄스의 의자에 앉아서 무언가를 찾는 척했다. 그 전에 아버지가 있는 병실에서 오는 길에 전시실에 있는 전신 거울로 자신의 상태를 확인하고 왔다. 가게 문 근처에서 처음에는 포비를 그다음에는 베인스 부인을 찾는 목소리가 들려오자 그녀는 몸을 일으켜 그녀에게 가장 가까이 있던 물건을 집었는데, 그 물건의 정체는 어쩌다 보니 가위였다. 그녀는 가위가 마치 성배라도 되는 듯 서둘러 전시실에 있는 계단을 향하였는데, 마치 열정적으로 찾아낸 뒤 질투하듯 숨기려고 하는 것 같았다. 그녀는 멈춰서서 뒤를 돌아보고 싶었지만, 무언가가 그녀를 그렇게 하지 못하게 하고 있었다. 그녀는 나선형 계단 아래에 있는 카운터의 끝에 있었는데, 조수 중 한 명이 이렇게 말했다.

"포비 씨나 어머님이 언제 돌아오시는지 모르시죠, 소피아 양? 여기…."

소피아에게는 뒤를 돌아볼 수 있는 매우 좋은 기회였다.

"어머니랑 포비 씨는… 전…." 소피아는 갑자기 돌아서며 말을 더듬거렸다. 다행히도 그녀는 여전히 카운터 뒤편에 가려져 있었다. 거리에서 보았던 젊은 남자가 대담하게 그녀 앞으로 다가왔다.

"안녕하십니까, 소피아 양." 그가 손에 모자를 들며 말했다. "오랜만에 뵙는군요."

지금만큼 그녀가 얼굴을 붉힌 적은 없었다. 그녀는 다시 언니의 공간을 향해 천천히 걸어가면서 자신이 무엇을 하고 있는 것인지 거의 알지 못하였다. 젊은 남성은 그녀를 따라 카운터에서 손님이 위치하는 공간으로 향하였다.

2

그녀는 그가 맨체스터에 있는 모든 도매 회사들 중에서도 가장 유명하고 거대한 회사인 버킨쇼의 외판원이라는 것을 알고 있었다. 그러나 이름은 알지 못했다. 그의 이름은 제럴드 스케일이었다. 그는 다소 키가 작았지만 균형이 매우 잘 잡혀 있는 30세로 금발 머리와 뛰어난 외모를 가지고 있었고, 버킨쇼를 대표하고 있었다. 가장자리가 하얀색인 칼라 아래로 보이는 넓고 꽉 메어져 있는 넥타이가 특히 우아했다. 그는 몇 년 동안 버킨쇼 소속이었는데, 소피아는 살면서 그를 단 한 번밖에 보지 못했다. 그녀가 어린 소녀였을 때였는데, 3년 전이었다. 당시에는 커다란 회사의 외판원과 작은 도시에 있는 믿을 수 있고 확실한 고객과의 사이가 몹시 친밀한 경우가 종종 있었다. 그 외판원은 역사에 남을 만한 훌륭한 평판을 가지고 있었다. 주문을 위해 아양을 떨 필요가 없었다. 고객의 어마어마하고 흠 없는 존경심은 그를 이 세상 그 어떤 대사와도 동등하게 만들어주었다. 이것은 상호 존중의 사례였고, 신뢰감을 만들어주는 현상인 '오래된 고객'이었다. 중년의 외판원이 '오래된 고객'이라고 말할 때면 빅토리아 왕조 중기 상업의 낭만성과 단정함, 그리고 위엄의 모든 것을 순식간에 드러내주었다. 베인스 가족이 살고 있던 시대에는 정교하게 만들어진 권고 안내문이 존재하던 시기였다(우리 XX 씨는 XX날에 고객님을 만나는 것을 고대하고 있겠습니다. XX협회). 존은 어쩌면 XX날 아침 이렇게 말했을 수도 있다. '부인, 오늘 저녁엔 뭘 드신 건가요?'

제럴드 스케일은 저녁 식사에 대해 물어본 적이 없었다. 그는 존 베인스를 본 적이 단 한 번도 없었다. 그러나 철도가 있기 전부터 버킨쇼를 대표하여 성 누가 광장의 즐거움을 누렸던 나이 든 외판원의 젊은 후계자로서 베인스 부인은 어머니 같은 기분 좋은 친근함으로 그를 대했다. 그리고 그녀의 두 딸은 그가 방문했을 때 가게에 있었던 적이 딱 한 번 있는데, 그때 그녀는 수줍어하는 딸들에게 그와 악수를 하라고 지시한 적이 있었다.

소피아는 그 짧은 경험을 결코 잊지 않았다. 이름도 없는 그 젊은 이는 그녀의 마음속에서 남성성과 우아함의 상징으로서 밝게 빛나는 채로 남아 있었다. 그를 다시 보게 되자 그녀는 잠에서 깨어난 것 같았다. 분명 지금의 소피아는 그때의 소피아가 아니었다. 구석에 있는 언니의 의자에 앉아 수직 상자 뒤에 숨은 채 초조하게 가위를 만지작거리고 있던 그녀의 아름다운 얼굴은 매혹적인 천사의 얼굴과도 같았다. 제럴드 스케일 또는 그 누구라도 이 사랑스럽고, 세심하고, 명랑하며 민감한 얼굴을 바라보면서 소피아가 매우 다정하고 완벽한 사람이 아니라는 것을 인정하는 것은 불가능했을 것이다. 그녀는 자신이 무엇을 하고 있는지 알 수 없었다. 그녀는 단지 매력적이고 매혹적인 깊은 본능의 매우 아름다운 표출이었을 뿐이다. 그녀의 영혼 자체가 매혹과 묵인의 분위기 속에서 그녀로부터 뿜어져 나오고 있었다. 저 웃고 있는 입이 짜증을 낼 수 있을까? 저 연약하고 온화한 목소리가 가혹할 수 있을까? 저 이글거리는 눈이 차갑고 적대적일 수 있을까? 절대로 그럴 수 없다! 그러한 상상조차 할 수 없었다. 상자들 위에 머리가 있던 제럴드 스케일은 그 매력에 굴복하였다. 제럴드 스케일 같은 사람이 모든 경험을 간직한 채로 아주 귀중하며, 매우 예쁘고 이상적인 사람을 찾기 위해 버슬리까지 와야 한다는 것이 놀랄 만한 일이었다. 하지만 그것이 사실이었다. 두 사람은 똑같이 버려진 채로 만났다. 두 사람 사이에 유일한 차이점이 있다면 스케일은 습관으로 인해 침착함을 유지하고 있다는 것이었다.

"보아하니 현재 웨이크가 진행 중인가보군요." 그가 말했다.

그는 웨이크에 관하여 공손한 태도를 가지고 있었다. 그러나 어조의 변화가 세상에서 제일 적은 그는 웨이크를 중요하지 않은 지역 행사라는 적절한 수준으로 여기고 있었다. 그녀는 그의 이러한 태도로 인하여 그를 좋아하고 있었다. 그녀는 지역의 모든 것을 경멸하며 동정심을 갈망하고 있었다.

"모르실 줄 알았어요." 이 말은 재미없는 관심사에 관한 것은 모를 만한 이유가 충분히 존재한다는 것을 은연중에 풍기고 있었다.

"생각하면 기억할 수 있어요." 그가 말했다. "하지만 생각하지는 않았죠. 코끼리에 관한 소식은 도대체 뭐예요?"

"오!" 그녀가 소리쳤다. "그 소식을 들으셨나요?"

"제 짐꾼이 그 이야기만 하더군요."

"음." 그녀가 말했다. "물론 버슬리에서는 매우 큰일이죠."

그녀가 불쌍한 버슬리를 연민하면서 부드럽게 미소를 짓자, 그도 자연스레 따라 미소 지었다. 그는 젊은 세대가 늙은 세대보다 얼마나 더 진보적이며 광범위한지에 대해 생각했다. 또한 버슬리에 대한 자신의 진짜 감정을 결코 베인스 부인이나 포비(그 어느 세대에도 속하지 못한)에게 표현하지 못했다. 그러나 여기 있는 젊은 여성이 정말로 그의 감정을 공유하고 있었다. 그녀는 코끼리에 관하여 일어난 일들을 전부 그에게 말해주었다.

"매우 재미있었겠군요." 그는 자기도 모르게 이렇게 답하였다.

"그거 알아요?" 그녀가 대답했다. "정말로 재미있었어요."

결국, 버슬리는 그들의 의견을 따르고 있었다.

"그리고 어머니와 언니, 그리고 포비 씨가 코끼리를 보러 갔어요. 그래서 그들이 여기 없는 거예요."

포비와 베인스 부인이 오늘 버킨쇼 대표가 오기로 했다는 것을 까먹게 만들었다는 사실은 코끼리가 거둔 마지막 승리였다.

"하지만 당신은 가지 않았군요!" 그가 소리쳤다.

"네." 그녀가 말했다. "전 아니죠."

"어째서 가시지 않았죠?" 그는 너그러운 미소를 지으며 비위를 맞춰주는 수사를 계속하였다.

"신경 쓰지 않았거든요." 그녀가 무심한 척하며 자랑스럽게 말했다.

"그럼 당신이 이곳 책임자인가요?"

"아뇨." 그녀가 대답했다. "저는 그저 가위를 찾으러 이곳에 왔을 뿐이에요. 그게 다예요."

"저는 당신의 언니를 자주 만나곤 합니다." 그가 말했다. "제가 '자주'라고 했나요? … 여기서 자주란 일반적으로 제가 이곳에 왔을 때를 의미한 것이었습니다. 하지만 결코 당신은 본 적이 없어요."

"전 결코 가게에 오지 않거든요." 그녀가 말했다. "오늘은 단지 우연이었어요."

"오! 그럼 언니에게 가게를 맡기는 건가요?"

"네." 그녀는 교직에 관한 것은 아무 말도 하지 않았다. 이윽고 침묵이 흘렀다. 소피아는 가게에 존재하고 있는 호기심으로부터 감춰져 있다는 것에 매우 감사했다. 가게 내부에서는 그녀의 모습이 조금도 보이지 않았고, 오로지 젊은 남성의 뒷모습만 보일 뿐이었다. 그리고 대화는 낮은 목소리로 진행되었다. 그녀는 발로 바닥을 두드리며 가장자리에 못이 박혀 있는, 야드 자가 있는 낡고 윤이 나는 카운터의 표면을 응시하다가, 불안하게 시선을 왼쪽으로 돌려 커다란 창문의 높은 스탠드에 달려 있는 검은 보닛의 뒷모습을 바라보는 것 같았다. 그러다 중요한 순간에 그의 눈과 마주쳤다.

"그래요." 그녀가 숨을 쉬었다. 누군가는 반드시 말을 해야 했다. 만약 그들의 중얼거리는 목소리를 놓치게 된다면 그들에게 무슨 일이 일어난 것인지 궁금해 할 것이다. 스케일은 자신의 시계를 바라보았다. "제가 두 시쯤 다시 돌아오….." 그가 말을 시작했다.

"아, 그럼요. 그때쯤이면 반드시 돌아와 있을 거예요." 그가 말을 마치기도 전에 그녀가 불쑥 말했다.

그는 이상하게도 갑자기 떠났다. 악수를 하지도 않고(그러나 생각해 보면 악수하기도 어려울 것이라고 그녀는 생각했다. 악수를 하려면 팔을 상자 위로 올려서 해야 했기 때문이다) 그녀와 다시 만나고 싶어 하는 기색을 드러내지도 않고 떠났다. 그녀는 검은 보닛 사이로 밖을 힐끗 보았다. 짐꾼이 가죽 끈을 어깨 위로 올리더니 수레 뒷부분을 들어 올린 뒤 터벅터벅 걸어갔다. 그러나 스케일은 보이지 않았다. 술에 취한 것 같았다. 고정이 풀려 여기저기 굴러다니는 배의 화물처럼 생각들이 그녀의 머릿속을 굴러다녔다. 그녀 자신에 대한 모든 관념이 바뀌고 있었다. 삶에 대한 그녀의 태도도 바뀌고 있었다. 그녀를 가장 세게 강타한 생각은 이것이었다. '바로 이 순간에 내 인생이 시작되었어!'

아버지를 지켜보기 위해 위층으로 올라가면서 그녀는 다음에 만약 스케일을 보게 된다면 어떻게 해야 순진해 보일까 하는 생각을 했다. 그러면서 그의 이름이 무엇일까 하고 추측했다.

3

침실에 도착한 소피아는 아버지의 머리와 턱수염이 베개의 익숙한 위치에 있지 않아 깜짝 놀랐다. 그녀는 단지 침대 옆에 비스듬히 떨어져 있는 희미한 무언가를 확인할 수 있었을 뿐이다. 몇 초가 흘렀고 (시계로는 가늠할 수 없을 정도로 짧은 시간이었다) 그녀는 그의 상체가 미끄러져 내려와 있는 것을 보았다. 그의 머리는 침대와 오토만 사이의 바닥 가까이에서 거꾸로 매달려 있었다. 얼굴과 목, 손은 어둡고 울혈 되어 있었다. 입을 벌리고 있었으며 혀는 검고 부풀어 오른 점액질의 입술 사이로 튀어나와 있었다. 눈은 튀어나온 채 차갑게 응시 중이었다. 베인스는 잠에서 깨어나 안절부절못하다가 부분적으로 미끄러졌고, 질식으로 인하여 사망한 것이었다. 14년 동안 감시받던 그는 병자의 천부적인 비뚤어짐으로 소피아가 잠시 태만한 것을 이용하여 죽어버린 것이다. 공포와 끔찍한 슬픔과 애석함에 사로잡힌 그녀는 어떻게 말해야 할까 생각하다 한 가지 생각이 떠올랐다. 그가 일부러 이렇게 행동한 것이다!

그가 죽었다는 것을 직감적으로 인지한 그녀는 방을 뛰쳐나와 목청껏 "매기" 하고 소리쳤다. 집에 그녀의 음성이 울려 퍼졌다.

"네, 아가씨." 포비의 방에서 개수통을 들고 나온 매기가 꽤 가까운 위치에서 말했다.

"지금 즉시 크리츨로우 씨를 불러오세요. 빨리요. 지금 그 상태로요. 아버지가…."

매기는 참사의 분위기를 암암리에 깨닫고는 중요성과 일종의 어두운 즐거움으로 가득 차서 통로의 정확히 중앙에 들통을 즉시 떨어트린 뒤 마치 떨어지듯 나선형 계단을 내려갔다. 매기의 가장 깊은 본능 중 하나는 단호하게 지배하고 있는 베인스 부인에 의해 금지되고 있던 사항 중 하나로, 집의 주요 통로 중에서도 눈에 잘 띄는 곳에는 들통을 두지 않는 것이었다. 그리고 지금, 손에 들고 있던 것과 헤어지게 됨으로써 그 통로에는 반란의 불길이 시작되었다.

잠을 이루지 못했던 그 어떤 긴 밤도 크리츌로우를 기다리는 시간만큼 길지는 않았다. 그는 이곳에 도착하기까지 3분이 걸렸다. 침실문 밖의 매트 위에 서서 그녀는 웨이크에 나가 있는 어머니와 콘스탄스와 포비를 끌어당기려고 노력했고, 이 이상한 노력은 그녀의 근육을 수축하게 만들었다. 그녀는 침실에서 있었던 일이 매우 오랫동안 알려지지 않는다면 살아가는 것이 불가능하다고 생각했고 그렇기에 고통이 매우 격렬했다. 하지만 그 견딜 수 없는 고통을 반드시 견뎌야만 했다. 집에는 조금이라도 새어나가선 안 된다. 가게에도 조금이라도 새어나가면 안 된다. 오로지 멀리서 들려오는 웨이크의 중얼거림만 들어야 한다!

"왜 내가 아버지를 까먹었을까." 그녀가 두려움에 싸인 채 자신에게 물었다. "난 단지 그에게 모두 나갔다고 말한 뒤 빨리 돌아오려 했을 뿐인데. 어째서 아버지를 까먹었을까." 그녀는 정말로 10분 동안 아버지의 존재를 잊어버렸다는 것을 그 누구에게도 납득시킬 수 없을 것이다. 하지만 충격적이게도 사실이었다.

잠시 후 아래층에서 소리가 났다. "축복이 있기를! 축복이 있기를!" 긴 다리로 계단을 올라오는 크리츌로우의 불쾌한 목소리가 들려왔다. 그는 들통 위를 지나 성큼성큼 걸어왔다. "뭐가 잘못됐어?" 그는 하얀색 앞치마를 입고 있었고, 앙상한 손에는 안경이 들려 있었다.

"아버지가… 아빠가…." 소피아가 더듬거렸다.

그가 먼저 방으로 들어갈 수 있도록 그녀는 자리를 비켜주었다. 그는 마치 화가 나기라도 한 듯 그녀를 날카롭게 쳐다보더니 안으로 들어갔다. 그녀가 저지른 악행을 크리츌로우가 검사하는 동안 그녀는 안으로 들어와 소심하게 문 근처에 서 있었다. 그는 이상한 숙고 끝에 안경을 낀 다음 무릎을 바깥쪽으로 굽히며 몸을 숙여 존 베인스를 매우 가까이서 관찰하였다. 앞치마로 덮인 무릎에 손을 얹고 그는 한동안 같은 자세로 베인스를 관찰하였다. 그리고는 움직일 수 없는 덩어리를 침대 위로 옮긴 뒤, 그의 앞치마로 응고한 입술을 닦았다.

소피아는 등 뒤에서 들려오는 큰 숨소리를 들었다. 매기였다. 그녀는 비웃는 듯한 큰 흐느낌 소리를 들었다. 매기가 자신의 감정을 드러내고 있었다.

"가서 의사를 불러와!" 크리즐로우가 소리쳤다. "거기 서서 입만 벌리고 있지 말고!"

"빨리 의사를 데려와요, 매기." 소피아가 말했다.

"어떻게 베인스 씨가 떨어지도록 내버려둘 수 있어?" 크리즐로우가 물었다.

"방에서 나와 있었어요. 가게로 달려가서…."

"그 젊은 스케일과 놀아나고 있었겠지!" 크리즐로우가 악마같이 흉포하게 말했다. "봐, 네가 아버지를 죽인 거야. 그게 다야!"

그는 자신의 가게 앞에 서 있다가 외판원이 가게로 들어오는 것을 목격한 것이 틀림없다! 그리고 끔찍한 결론을 가지고 어둠 속으로 뛰어 들어와 결국 그 결론이 옳았다는 것이 크리즐로우의 정확한 특징이었다. 소피아에게 크리즐로우는 항상 악의와 적의의 화신이었고, 그는 이러한 특성들로 인하여 이제 그녀에게 지긋지긋한 존재가 되었다.

"돌아가셨나요?" 그녀가 조용히 물었다(그녀의 머릿속 어딘가에서 작은 속삭임이 들려왔다. '그렇군, 그의 이름은 스케일이었군.')

"내가 돌아가셨다고 말하지 않았니?"

"통로에 들통이라니!"

이 가벼운 감탄사는 통로에서 들려오는 것이었다. 베인스 부인은 밖에 존재하는 군중들이 싫어 혼자 돌아왔다. 포비에게 콘스탄스를 맡기고 돌아온 것이다. 가게와 전시실을 통하여 집으로 돌아온 그녀는 우선 들통이라는 현상을 알아차렸다. 단정치 못한 태도를 바꿀 수 없다는 그녀의 이론을 증명해주는 증거물이었다.

"딱 보아하니 코끼리를 보러 갔다 오나 보군!" 베인스 부인의 목소리를 알아챈 크리츨로우는 매우 비꼬며 말했다.

소피아는 어머니의 출입을 막기라도 하려는 듯 문 쪽으로 뛰어갔다. 그러나 베인스 부인은 이미 문을 열고 있었다.

"음, 딸…." 그녀가 기분 좋게 말을 시작했다.

크리츨로우가 그녀의 정면에 섰다. 그는 딸만큼이나 아내를 연민하지 않았다. 오히려 자신의 소중한 소유물이 어리석은 소녀의 순간적인 부주의로 인하여 돌이킬 수 없을 정도의 피해를 입었기에 몹시 화가 나 있었다. 그렇다. 존 베인스는 그의 소유물이었다. 그의 가장 아끼던 장난감이었다! 존 베인스를 14년 동안 살려 놓은 사람은 오로지 자신 한 명이며, 자신만이 이 사건을 충분히 이해하고 고통 받고 있는 그를 동정하였으며, 다른 사람이 아닌 오직 그만이 병실에서 일반 상식을 보여줄 수 있다고 확신하고 있었다. 그는 어느 정도 존 베인스를 자신의 창조물이라고 간주하는 법을 터득한 것이다. 그런데 지금, 그들의 어리석음, 방치, 코끼리로 인하여 존 베인스를 이렇게 만든 것이다. 그는 언젠가 이런 일이 일어날 것이라 항상 생각하고 있었고, 정말로 그 일이 일어나게 되었다.

"소피아가 그를 침대에서 떨어지게 내버려두었고, 이제 당신은 과부가 되었어요, 부인!" 그는 엄청난 분노를 표출하며 말했다. 그의 몹시 여윈 얼굴과 어두운 눈은 베인스라는 이름을 가진 모든 여성에 대한 살인적인 증오심을 표출하고 있었다.

"어머니!" 소피아가 외쳤다. "전 단지 가게로 달려가서… 달려가서…."

그녀는 몹시 괴로워하며 어머니의 팔을 잡았다.

"딸!" 베인스 부인은 폭풍우가 몰아치는 소피아의 가슴속에 영원히 숭고하게 남아 있는 침착하고 자비로운 어조와 몸짓으로 이 상황에서 기적적으로 헤어 나왔다. "날 붙잡지 마." 베인스 부인은 그녀를 잡으려고 하는 손을 무한한 부드러움으로 빠져나왔다. "의사를 불렀나요?" 그녀가 크리츨로우에게 물었다.

남편의 운명은 베인스 부인에게 아무런 의문도 남기지 않았다. 자세의 위치에 따라 목숨이 달려 있는, 항상 안절부절못하기에 끊임없이 죽음의 위협을 받고 있는 중풍 환자를 혼자 내버려두는 것에 대한 위험성을 모든 사람들이 그녀에게 수천 번은 경고하였다. 오천 일의 밤 동안 그녀는 깜빡거리고 있는 조그만 오일 램프의 불빛 속에서 그가 움찔거릴 때마다 정확히 잠에서 깨어 그의 위치를 조정해주었다. 그러나 이 불행한 생명체인 소피아는 그저 그를 혼자 내버려두었을 뿐이다. 그게 다였다.

크리츨로우와 과부는 무력하게 가련한 시체를 바라보며 기다렸다. 시체에서도 가장 두드러진 부분은 하얀 턱수염이었다. 그들은 그들이 사라진 시대를 바라보고 있다는 것을 알지 못했다. 존 베인스는 과거였다. 사람들이 정말로 자신의 영혼에 관해 생각했던 시대, 연설가의 연설이 군중들을 분노하게 만들거나 연민하게 만들 수 있었던 시대, 그 누구도 서두르지 않았던 시대, 대중은 오로지 잠을 자야 할 때만 잠자리에 들던 시대, 인생의 유일한 아름다움이 완고하고 느린 위엄 속에 있던 시대, 지옥의 밑바닥이 정말로 없던 시대, 그리고 금박으로 장식되어 있는 성경이 정말로 잉글랜드의 위대함의 비밀이던 시대에 속해 있었다. 빅토리아 왕조 중기의 잉글랜드가 마호가니 침대에 누워 있었다. 이상은 존 베인스와 함께 사라졌다. 그러므로 이상은 죽은 것이다. 관례적이고 화려한 명예로운 죽음이 아니라 슬프고도 불명예스럽게 말이다. 누군가의 머리가 돌아갔을 때…

남의 시선을 매우 의식하는 포비와 콘스탄스는 죽은 코끼리를 보러 갔다가 돌아왔다. 그리고 킹 스트리트의 모퉁이에서 콘스탄스는 명랑하게 소리쳤다.

"도대체! 누가 옆문을 열어놓은 거야?"

마침내 의사가 도착하였고, 경건한 마음으로 그를 급히 위층으로 안내하느라 문을 닫는 것을 까먹은 것이다. 두 사람은 문이 열려 있는 것을 이용하여 마치 죄라도 지은 듯 가게의 시선을 피하기 위해 옆문을 이용하였다. 그들은 응접실에서 반은 야유적이고 반은 책망적인 관심의 중심이 될 것을 우려하고 있었다. 무언가 악행을 성공하지 못한 것일까? 그래서 그들은 천천히 걸었다. 진짜 살인마는 시청 맞은편에 있는 타이거의 외판원 전용 방에서 저녁을 먹고 있었다.

4

가게는 몇몇 창문의 셔터를 내려 죽음을 표시했다. 그 소식은 마을 전체의 무역 업계에 즉시 알려지게 되었다. 자신의 가게에 상복이 전시되고 있을 때 죽게 된 우연의 일치를 많은 사람들이 언급하고 있었다. 사람들은 이 우연을 극도로 불길한 것으로 여겼고, 마음의 평화를 위해서라도 이러한 것들을 너무 면밀히 알아봐서는 안 된다고 느끼는 것이 분명했다. 정해진 셔터를 내리는 순간부터 존 베인스와 그의 장례식은 버슬리에서 중요한 것이 되었고, 그 중요성은 시시각각으로 빠르게 커져가고 있었다. 크리슬로우와 여러 시민들의 요구에 의해 경찰 서장이 성 누가 광장으로 내려와 웜웰의 오케스트라 활동을 금지시킨 것을 제외하면 웨이크는 평소처럼 진행되었다. 웜웰과 경찰 서장은 법령의 공정성에 대해 다른 의견을 가지고 있었지만, 모든 선량한 사람들은 경찰 서장을 칭찬하고 있었고, 경찰 서장 그 자신도 적절한 예절로 마을의 평판을 올렸다고 생각했다. 기묘한 일이 일어난 것도 아니었는데 그날 밤에는 사자와 호랑이들이 마치 양처럼 온순하게 행동했다는 것도 사람들에 의해 포착되었다. 그 전날 밤까지만 해도 광장의 모든 곳에 들릴 정도로 울부짖었는데 말이다.

크리슬로우가 친구의 명성을 위해 협조를 요청한 사람은 경찰 서장만 있는 것이 아니었다. 크리슬로우는 존 베인스의 과거 위대함을 상기시키기 위해 마을의 주요 시민들과 시간을 보냈다. 그는 자신의 귀중한 장난감이 매우 화려한 장례식과 함께 사라져야 한다고 결심했고, 그것에 관련해서는 여지를 남겨두지 않았다. 그는 여전히 멋진 마차를 타고 핸브리지로 향하여 〈스태퍼드서 시그널〉의 편집장이자 소유자를 만났다(그러고는 생각하고 있지도 않던 2페니짜리 주간지인 〈풋볼 에디션〉을 구매하였다) 그렇게 장례식 당일, 시그널은 존 베인스의 길고도 감명적인 전기를 가지고 왔다. 이 전기는 공직 생활의 세부사항을 보여준 전기로, 매장식 위원회의 전前 총관리인이자 의장으로서의 위치, 유용한 지식의 발전을 위해 만들어진 다섯 마을의 협회에서의 위치, 또한 요금 징수소와 새로운 시청에 관련된 협상을 할 때, 웨슬리안 교회당의 코린트식 정면에서 '원동력'으로서 활동한 그의 정당한 위치를 회복시켜주었다. 1848년 폭동 당시 도살장의 포르티코에서 용맹하게 연설했던 일화를 서술하고 있었고, 현명하고 오래된 잉글랜드 격언을 꾸준히 고수하던 것과 위엄한 현대적 방법을 회피하던 그의 모습에 대한 찬사를 빠뜨리지 않았다. 60년대에도 현대인들은 뻔뻔하게 머리를 들었다. 찬사는 그를 시험하기에 적합한 끔찍한 고통이라는 신성한 신의 섭리에 굴복하지 않은 그의 강건함에 감탄하며 끝을 맺었다. 그리고 마침내 시그널은 그가 살아온 이 마을이 그의 명예를 기리기 위해 'cenotaph기념비'를 세울 것이라는 매우 확고한 의견을 표명했다. 'cenotaph'라는 단어가 생소했던 크리츨로우는 우스터 사전을 찾아보았고, 그 의미가 '다른 곳에 묻힌 사람의 묘비에 세워지는 기념적인 건축물'이라는 의미를 가지고 있다는 것을 알게 된 그는 그 생각만큼이나 시그널이 언어를 선택하는 방식에 만족했고, 기념비를 지어야겠다고 결심했다.

집과 가게는 장례식 준비로 인하여 매우 분주했다. 모든 게 변해 있었다. 포비는 베인스 부인이 그의 방에서 잠을 잘 수 있도록 응접실 소파에서 잤다. 장례식은 점차 강박으로 변해갔는데, 수많은 일들이 관례에 따라 매우 화려하고 엄격하게 진행되어야 했기 때문이다. 가족들의 상복, 장례식 식사, 추모 카드에 적힐 내용 선택, 관에 새길 글의 구도, 법적인 정리, 지인들에게 보낼 편지, 추모객 선정, 그리고 종을 울릴 방식, 영구차, 깃털 장식, 말의 마릿수, 무덤을 파는 것과 같은 문제들이 남아 있었다. 마리아 고모 외에는 아무도 슬픔이라는 여가에 빠질 시간이 없었다. 그녀는 장례식의 세부적인 것들을 도와준 뒤 그 돌이킬 수 없는 아침에 자신이 그 자리에 없었던 것을 한탄하며 쉴 새 없이 울고 있었다. 그녀는 "내가 촛대를 닦는 데 그렇게 집착하지 않았더라면, 지금까지 잘 살아 있었을지도 모르는데"라고 울먹이며 같은 말을 되풀이했다. 마리아는 베인스가 어째서 죽게 되었는지에 대한 자세한 정보를 들은 것은 아니었다. 그녀는 베인스가 방치로 인하여 죽었다는 사실을 정확히 알고 있지 못했다. 그러나 그녀도 크리즐로우처럼 베인스를 간호할 수 있는 사람은 세상에 자신밖에 없다고 확신하던 사람이었다. 가족과 크리즐로우, 해롭 의사를 제외하면 순교자가 어떻게 생을 마감했는지 알고 있는 사람이 없었다. 해롭 의사에게 사인에 대한 조사가 필요한지에 대해 단도직입적으로 묻자 그는 잠시 생각하더니 이렇게 답하였다. "아뇨." 그러고는 이렇게 덧붙였다. "말이 적을수록 금방 지나갑니다. 제 말을 믿으세요!" 그들은 그의 말을 믿었다. 그는 상식적인 사람이었다.

마리아 고모는, 해리엇 이모가 계속 울게 내버려두었다. 엑스에서 집으로 찾아온 이 진실 된 이모, 황제 같은 베인스 부인조차 경외심을 가지고 대하고 있는 위엄 있고 거대한 과부는 전체적인 사건의 궁극적인 슬픔을 봉인해 버렸다. 포비의 침실에서 베인스 부인은 어린아이처럼 해리엇 이모의 품에 안겨 흐느꼈다.

"그 코끼리만 아니었다면!"

이것이 처음부터 마지막까지 베인스 부인의 약점이었다. 해리엇 이모는 매장에 관련된 모든 세부 사항에 관해서는 지칠 줄 모르는 권위자였다. '동생'이라고 끝을 맺는 연속적인 질문들과 '동생'이라는 단어로 끝을 맺는 그녀의 답변들로 인하여 매우 고역이던 장례식은 서서히, 그리고 성공적으로 이루어졌다. 복장과 식사에 관련된 것들은 다른 모든 문제들보다 훨씬 어려웠다. 그러나 장례식 날 아침 해리엇은 수많은 검은 크레이프 상장喪章의 중심에 서 있는 그녀의 동생이 일말의 주름조차 완벽하게 되어 있는 상장을 착용하고 있는 광경을 보고는 만족감을 느낄 수 있었다. 해리엇은 공식적으로 과부라는 위엄 있는 집단에 들어오게 된 그녀를 마치 베테랑이라도 된 듯 환영하는 것 같았다. 식사를 위해 전시실에 놓여 있는 특별한 테이블을 측량하기 위해 두 사람이 나란히 서 있는 모습을 보면, 두 사람이 포비의 좁은 침대에서 함께 휴식을 취했다는 것은 상상도 할 수 없었다. 그들은 전시실에서 마지막으로 올라갈 섬세한 음식들이 점검되고 있는 부엌으로 내려왔다. 가게는 물론 문을 닫았지만 포비는 가게에서 매우 바쁜 시간을 보내고 있었으며, 만물을 꿰뚫어 보는 해리엇의 시선이 포비를 목격한 것은 설거지가 끝난 다음이었다. 그녀는 그와 이야기를 나누기 위해 부엌에서 일어났다.

"상자에 장갑을 넣어두는 일을 모두 마쳤나요?" 그녀가 그에게 물었다.

"네, 매덕 부인."

"손의 치수를 재어야 한다는 것을 잊지 않았죠?"

"네, 매덕 부인."

"그 어느 크기보다 7.75인치와 8인치짜리 장갑이 많이 필요할 거예요."

"네. 인지하고 있습니다."

"상자를 하모늄 옆에 둔 채로 당신이 옆문에 서 있으면 사람들이 들어오자마자 장갑을 나눠줄 수 있을 거예요."

"저도 그렇게 생각하고 있습니다, 매덕 부인."

그녀는 위층으로 올라갔다. 베인스 부인도 다시 전시실로 올라가 하얀 다마스크 천의 주름을 편 뒤 잼이 담겨 있는 접시가 동일한 간격을 두고 떨어져 있을 수 있도록 접시들을 정돈하였다.

"이쪽으로 와봐, 베인스." 매덕 부인이 말했다. "마지막으로 봐봐."

두 사람은 베인스가 영원히 땅에 묻히기 전에 마지막으로 그의 모습을 보기 위해 시체 안치소가 된 침실에 들어갔다. 죽음으로 인하여 그는 예전에 가지고 있던 위엄 있는 모습을 어느 정도 회복하였지만, 그럼에도 불구하고 놀라운 모습을 하고 있었다. 두 과부는 그의 양쪽에서 몸을 숙인 뒤 하얀 천으로 단정하게 쌓여 있는 그의 뒤틀리고 닮은 흰 얼굴을 엄숙하게 바라보았다.

"콘스탄스랑 소피아를 데려올게." 매덕 부인이 울먹이며 말했다. "거실에 가 있어, 베인스." 하지만 매덕 부인은 콘스탄스만 데려올 수 있었다.

이윽고 킹 스트리트에서 바퀴 소리가 들려왔다. 장례식의 긴 의식이 막 시작되려 하고 있었다. 모든 조문객들은 문간에서 손의 치수를 잰 후 포비에게 키드 가죽 장갑을 받은 뒤 구부러진 계단을 올라가 존 베인스의 시체에 애도를 표했고, 그 후에 거실로 향하여 잠시 과부에게 조의를 표했다. 또한 모든 조문객들은 마침내 존 베인스가 죽어 사라졌다는 것이 얼마나 좋은 일인지를 생각했다. 이러한 생각을 하는 것이 나쁘다는 것을 의식하면서 말이다. 계단에서 들려오는 발소리는 계속되었다. 마침내 베인스는 계단 모퉁이에 여기저기 부딪히며 아래층으로 내려 보내졌고, 20대의 마차 행렬의 선두에 서게 되었다.

장례식의 저녁 식사는 의식이 시작된 지 5시간이 지난 7시에도 끝이 나지 않았다. 존 베인스의 먼 과거와 맞먹는 거대하고 흠잡을 데 없는 식사였다. 자리에 없는 사람은 단 두 사람뿐이었다. 존 베인스와 소피아였다. 소피아의 자리가 비어 있는 것이 매우 눈에 띄었다. 매덕 부인은 소피아가 매우 긴장했고, 그녀 자신을 믿지 못하고 있다고 설명했다. 사람들은 침울해 보이고 슬픔을 감출 수 없는 것처럼 행동하기 위해 많은 노력을 기울였지만, 죽음으로 인해 생겨난 은밀한 안도감을 완전히 숨길 수는 없었다. 극심한 슬픔이라는 광대한 가식은 그 은밀한 안도감과 호화로운 음식의 풍요로움으로 인하여 완전히 숨길 수 없었다.

성가신 여러 중요한 먼 친척들, 목깃을 높게 세운 엄중한 남자들과 크리놀린을 착용하고 있는 여자들의 모임을 크리츨로우는 격식을 차리지 않고 주재하였다. 그는 평일에 문을 닫은 적이 없었던 가게를 닫았고, 이 특별한 휴업에 관해서는 할 말이 많았다. 휴업을 한 이유는 장례식에 관한 것도 있었지만 그것만큼 코끼리에 관한 것도 있었다. 죽은 코끼리는 기념품 열풍의 희생양이 되어 있었다. 코끼리의 상아는 벌써 도둑맞은 상태였다. 코끼리의 발은 우산꽂이를 위해 사라졌고, 대부분의 살들은 작은 덩어리로 분해되었다. 버슬리의 모든 사람들은 그 코끼리에 관여하기로 결심했다. 그로 인해 한 가지 결과가 발생하였는데, 마을의 모든 약국이 줄지어 늘어선 소년들에게 맹공격을 받았다는 것이다. '제발 코끼리 냄새를 제거하기 위해 1페니 어치의 명반을 주세요.' 크리츨로우는 소년들을 싫어했다.

"'내가 냄새를 빼주마!'라고 말했어요. 그리고 정말로 그랬고요. 전막자를 사용하여 소년에게 명반을 뿌렸어요. 한 소년이 오기 시작하면 개장을 하고 나서 아홉 시까지 20명의 소년들이 찾아왔죠. '조지.' 제가 조수에게 이렇게 말했어요. '상점 문을 닫아. 내 오랜 친구인 존 베인스가 오늘 무덤에 묻힐 예정이고, 난 가게 문을 닫아야겠어. 오늘 하루는 충분히 명반에 시달렸어.'"

코끼리는 뜨거운 머핀이 두 번째로 제공될 때까지 대화를 이끌어 나갔다. 자신의 음식을 다 먹은 크리츨로우는 중요하다는 듯이 주머니에서 시그널의 종이를 꺼낸 뒤 안경을 쓰고는 인상적인 악센트로 천천히 사망자의 약력을 처음부터 끝까지 읽었다. 그가 끝까지 읽기도 전에 베인스 부인은 고인이 된 남편의 영웅적 자질들을 친숙함으로 인해 보지 못하고 있었음을 깨닫기 시작했다. 끊임없이 보살펴 왔던 지난 14년은 완전히 잊었고, 그녀는 힘과 영광을 가지고 있는 지난날의 그의 모습을 보고 있었다. 크리츨로우가 남편이자 아버지였던 그의 추도 연설을 읽기 시작하자 베인스 부인은 일어나서 전시실로 향하였다. 손님들은 그녀를 동정하며 서로를 쳐다보았다. 크리츨로우는 안경 너머로 그녀를 힐끗 쳐다보며 꾸준히 글을 읽었다. 글을 다 읽은 후에 그는 기념비에 대한 안건으로 이야기를 이어나갔다.

감정에 사로잡혀 식사를 빠져나온 베인스 부인은 거실로 들어갔다. 그곳에는 소피아가 있었고, 어머니의 눈에 눈물이 맺혀 있는 것을 본 소피아는 흐느껴 울부짖으며 엄마에게 몸을 던졌고, 그녀를 붙잡으며 커다란 검은 상장에 얼굴을 파묻었다. 상장은 그녀의 얼굴에 찰과상을 입혔다.

"엄마." 그녀는 격렬히 울고 있었다. "지금 당장 학교를 그만두고 싶어요. 엄마를 기쁘게 해주고 싶어요. 엄마를 기쁘게 해주기 위해서라면 그 어떤 일이라도 할게요. 원하신다면 상점 일을 할게요!" 그녀의 목소리는 울음소리로 인하여 들리지 않았다.

"진정하렴, 딸." 베인스 부인이 다정하게 그녀를 달래며 말했다. 어머니의 승리가 필요한 바로 그 순간에 일어난 승리였다.

외판원

1

'매우 아름다움exquisite, 1실링, 11페니.'

이 특이한 문구들은 어느 날 저녁 응접실에 있는 콘스탄스에 의해 하얀 평행사변형 모양의 판지에 광택이 나는 검은색으로 적히고 있었다. 그녀는 빨간색과 하얀색으로 이루어진 체크무늬 천으로 덮여 있는 식탁에 앉아 있었다. 그녀의 왼편에는 난로와 그 연기들이 있었다. 그녀의 드레스는 진홍색이었다. 목에는 카메오 브로치와 금목걸이를 두르고 있었다. 어깨에는 뜨개질로 만든 하얀 숄이 걸쳐져 있었는데, 날씨가 매우 추웠기 때문이다. 그 당시 잉글랜드 기후는 지금보다 훨씬 더 만만치 않고 극심했다. 그녀는 머리를 약간 삐딱하게 기울인 채로 혀끝을 입술 사이에 끼우고 식탁을 향해 몸을 숙이고 있었다. 그리곤 그녀가 현재 하고 있는 일에 할 수 있는 한 최선을 다하기 위해 그녀의 영혼과 몸의 모든 에너지를 쏟아 붓고 있었다.

"멋져요!" 포비가 말했다.

포비는 그녀의 맞은편에 앉아 있었다. 그는 팔꿈치를 테이블 위에 올려놓고, 자신의 꿈이 실현되는 것을 목격한 숨 가쁘고 불안한 몽상가처럼 그녀를 주의 깊게 지켜보고 있었다. 오로지 머리만 움직이고 있던 콘스탄스는 그를 올려다보며 잠시 미소를 지었다. 그는 그녀의 들창코 끝에 있는 기분 좋아 보이는 작은 콧구멍을 볼 수 있었다.

이 두 사람은 깨닫지도, 생각지도 못한 채 역사를 만들어내고 있었다. 바로 상업의 역사를. 그들은 자신들도 모르는 사이에 과거의 힘이 만들어낸 것을 파괴하기 위해 일하고 있는 미래의 힘이 되었다는 것을 인지하지 못하고 있었다. 하지만 그랬다. 그들의 의도는 단지 상점에 대한 의무와 상점을 운영하는 사람으로서의 의무를 다하고 싶은 욕망뿐이었다. 아마도 그들은 서로의 가슴에 자극을 받은 이 욕망이 정열이라는 부분을 차지하고 있다는 것을 생각지도 못했을 것이다. 이것은 포비를 늙게 만들었고, 콘스탄스를 매우 근면하고 몰두한 젊은 여성으로 만들었다.

최근 포비는 라벨에 관한 문제에 신경을 쓰고 있었다. 포비는 하늘로부터 최소한의 상상력을 부여받았지만, 그럼에도 불구하고 구석진 곳에서 자신의 작은 상상력을 발견하여 그것을 효과적으로 라벨에 담아냈다고 해도 과언이 아니다. 라벨은 전통적인 관례에 따라 운영되고 있었다. 플란넬과 셔츠, 그리고 다른 물건들에는 직사각형 모양의 무거운 라벨들이 붙어 있었다. 중간 크기의 상품에 달려 있는 라벨은 더 작고 가벼웠다. 그리고 보닛과 장갑 같은 일반적인 것들에는 다이아몬드 모양의 라벨이(아무것도 없이 오로지 가격만 적혀 있었다) 붙어 있었다. 라벨에 적힌 설명문들은 독창적인 발전이 이루어지지 않고 있었다. '영구적인', '오래 가는', '줄어들지 않는', '최신', '값싼', '유행적인', '신상품', '고급', '새로운', '우아한' 같은 단어들만이 라벨의 빈 공간을 전부 차지하고 있었을 뿐이다. 이제 포비는 라벨에 중요성을 부여하고 있었고, 버슬리에서 최고의 쇼윈도 장식가로 인정받은 그였기 때문에 그의 견해는 존중받을 만한 자격이 있었다. 그는 독창적인 형태에 독창적인 설명표를 가지고 있는 다른 종류의 라벨을 꿈꿔왔다. 간단히 말해서 라벨과 관련된 선입견을 없앤 채 신선하고 순결한 시선으로 라벨에 접근한다는 드문 업적을 이룬 것이다. 그가 다섯 마을의 모든 상점에서 사용되는 라벨을 공급하는 대규모 서적상의 주인 차너에게 자신이 가지고 있는 소망의 본질을 말했을 때, 차너는 불안하고 걱정이 되었다. 그는 정말로 충격을 받았다. 차너에게는 항상 명확한 모습의 라벨들이 그의 머릿속에 존재했고, 그 이외의 라벨 종류에 관해서는 상상할 수 없었다. 포비가 그에게 원형 라벨, 파란색과 빨간색 줄이 둘러진 라벨, '보다 나은 것이 없는', '매우 앙증맞은' 또는 '참고해주세요'라는 설명문이 적힌 라벨에 관해 이야기했을 때 차너는 '흠' 또는 '음'이라고 포비의 말을 듣다가, 마침내 그렇게 파격적인 라벨들을 제조하는 것은 불가능하다고 말했고, 그 라벨들은 거래의 품위를 떨어뜨릴 것이라고 했다.

만약 포비가 극도로 완고한 사람이 아니었다면, 그는 차너의 터무니없는 토리주의에 패배했을지도 모른다. 그러나 포비는 고집 센 사람이었고, 차너가 조금도 의심하지 못했던 기발한 기략을 가지고 있었다. 이 위대한 진보의 행진은 차너에 의해 멈추지 않을 것이다. 포비는 직접 라벨을 만들기 시작했다. 처음에 그는 모든 개혁가들과 발명가들이 겪었던 고통을 겪었다. 우선 깃을 담아두는 상자 내부 표면에 일반 잉크와 펜을 이용하여 라벨을 만들었다. 그렇게 함으로써 베인스 가게는 너무 빈곤하거나 너무 사악하여 다른 가게들이 구매하는 라벨을 구매할 수 없다는 인상을 심어주기 위해서였다. 시중에서 구입할 수 있는 라벨은 광택이 나는 옅은 상아색에 검고 광이 나는 잉크로 적혀 있었다. 가장자리는 매우 곧고 두 겹의 흰색 사이에 노란색이 보이지 않았다. 반면 포비의 라벨은 광택이 없는 푸르스름한 흰색 잉크였다. 잉크는 검은색도 아니었고 반짝이지도 않았으며 가장자리는 아마추어같이 거칠었다. 라벨은 '다른 사람이 만들었다'라는 명백한 분위기를 띄고 있었다. 게다가 그 라벨에는 차너의 라벨처럼 자유롭고 화려한 스타일의 글자체가 쓰여 있지 않았다.

베인스 부인이 그녀의 장사를 위해 외골수인 그의 사업을 권장했을까? 조금도 그러지 않았다! 그녀는 경멸하는 태도였거나 그렇지 않을 때에는 적대적이었다. 호기심이 많은 것이 인간의 본성이고, 그렇기에 맹목적이라는 것은 이점이었다. 포비의 삶은 매우 복잡했다. 만약 브리스톨 판지와 먹물이 덜 비쌌다면 덜 복잡했을지도 모른다. 이러한 재료들이 있었다면 그는 모든 편견과 어리석음을 잠재울 수 있는 경이로운 일을 성취할 수 있었을 것이다. 그러나 이 재료들은 너무 비쌌다. 그러나 그는 굴하지 않고 계속해 나갔으며 콘스탄스는 도의적으로 그를 지지했다. 더불어 콘스탄스로부터 영감과 용기를 받았다. 그는 상자의 내부 표면 대신 외부 표면을 사용해보기로 했는데, 어쨌든 외부가 내부 표면보단 반짝였다. 그러나 잉크가 '묻지' 않았다. 그는 에디슨만큼 많은 실험을 했고, 많은 실패를 경험했다. 그러다 콘스탄스가 설탕에 잉크를 섞는 생각을 가지고 그에게 찾아왔다. 신은 어째서 이러한 숭고한 관념을 전달하는 데 그녀를 그릇으로 선택한 것일까? 영문 모를 수수께끼였지만 포비는 그 문제를 풀지 않기로 하였다! 그녀가 자신을 구원해주어야 한다는 것이 꽤 당연하다는 것을 깨달았다. 그녀는 그를 구해주었다. 설탕과 섞은 잉크는 그 어떤 것이든 '묻을' 것이고 '에나멜가죽'으로 만든 부츠처럼 빛날 것이다. 더욱이 콘스탄스는 포비보다 더 뛰어난 글씨체를 쓸 수 있는 '손'을 가지고 있었다. 두 사람은 라벨을 수십 장씩, 매우 많이 만들게 되었는데, 차녀의 라벨이 가지고 있는 세련됨과 완성도를 거의 가지고 있으면서 동시에 독창성과 인상은 훨씬 우수했다. 콘스탄스와 포비는 기뻤고, 그 라벨들에 매력을 느끼기 시작했다. 베인스 부인은 그것에 관하여 거의 말하지 않았지만, 선구적인 영혼들은 그 성공의 행복감에 빠져 그녀가 말을 적게 하든 많이 하든 신경 쓰지 않았다. 며칠마다 포비는 라벨에 쓸 새롭고 멋진 단어들을 생각해냈다.

그가 마지막으로 생각해낸 기적적인 단어는 '매우 아름다움'이었다. 넓은 타탄 무늬 리본에 부착된 '매우 아름다움'은 콘스탄스와 포비에게 적합성의 끝이 되어 나타났다. 한 해를 마무리하기에 적합한 클라이맥스였다. 포비는 카드를 잘라내어 단어와 숫자를 펜으로 적었고, 콘스탄스는 경영 부분을 맡고 있었다. 그들은 이 엄밀한 사업 문제에 매우 만족했고, 매우 열중했다. 시계는 10시 5분을 가리키고 있었다. 엄중한 업무, 가게의 번영을 바라는 순수한 욕구는 그들을 아침 8시부터 지금까지 열심히 일하게 만든 것이다! 계단의 문이 열렸고, 보닛과 모피, 장갑을 낀 베인스 부인이 나타났다. 외출을 위해 입은 옷이었다. 그녀는 상장을 뺐지만 여전히 과부가 입는 상복을 입고 있었다. 그녀는 그 어느 때보다도 통통했다.

"뭐야!" 그녀가 외쳤다. "아직도 준비를 안 했어! 아직도!"

"어머, 어머니! 얼마나 놀랬는지!" 콘스탄스가 항의했다. "지금 몇 시죠? 아직 갈 때가 아닐 텐데요!"

"시계 좀 보렴!" 베인스 부인이 건성으로 말했다.

"하지만, 전 절대로!" 콘스탄스가 중얼거렸다. 혼란스러웠다.

"어서, 준비를 하렴, 이 이상 나를 기다리게 하지 말고." 베인스 부인은 테이블을 지나 창가로 향한 뒤 블라인드를 들어 밖을 내다보면서 말했다. "여전히 눈이 오는군." 그녀가 말했다. "아, 드디어 저 밴드가 떠나는군! 이런 날씨에 도대체 어떻게 저렇게 연주를 할 수 있는 건지. 그런데, 방금 저 사람들이 연주하던 노래가 뭐였지? '빨간 머리' 인지 아니면 다른 건지 생각이….."

"밴드요?" 콘스탄스가 물었다. 얼마나 어리석은가!

그녀도 포비도 버슬리 타운 실버 프라이즈 밴드의 소리를 들은 적이 없었는데, 그들은 평소처럼 계절을 활기차게 만들고 있었다. 이 두 실용적이고 본분을 잘 지키는 상식적인 젊은이와 더 어린 젊은이는 가게의 번영을 위한 그들의 노력에 너무 열중해 있었기 때문에 시간을 잊어버렸을 뿐만 아니라 밴드의 존재조차 눈치 채지 못했다! 하지만 만약 콘스탄스가 재치만 가지고 있었더라면 그녀는 적어도 들은 척했을 것이다.

"이건 뭐니?" 베인스 부인이 거대한 몸을 이끌고 테이블로 와서 라벨을 집으며 물었다. 포비는 아무 말도 하지 않았다. 콘스탄스가 답하였다. "포비 씨가 오늘 생각해낸 거예요. 매우 좋다고 생각하지 않으세요, 어머니?"

"그런 것 같지 않구나." 베인스 부인이 차갑게 대답했다.

그녀는 벌써 몇몇 단어들을 약간 반대하고 있었다. 하지만 '매우 아름다움'이라는 단어는 매우 우스꽝스러워 보였다. 어울리지 않는 것 같았다. 그녀는 그 라벨이 단지 자신의 가게를 조롱거리로 만들 것이라고 생각했다. '매우 아름다움'이라고 적힌 라벨이라니! 안 된다! 존 베인스가 '매우 아름다움'이라는 글을 보면 어떻게 생각할 것인가?

"매우 아름다움!" 그녀는 빈정대는 어조로 그 단어를 반복하며 모든 사람들이 그렇듯 두 번째 음절에 강세를 두었다. "그건 별로 도움이 안 될 것 같은데."

"하지만 어째서요, 어머니?"

"어울리지 않는구나, 딸."

그녀는 장갑을 끼고 있던 손으로 들고 있던 라벨을 내려놓았다. 포비는 음울하게 얼굴을 붉히고 있었다. 그는 말을 거의 하지 않았지만 고집불통인 만큼 예민한 사람이었다. 이번의 경우 그는 아무 말도 하지 않았다. 이어서 표를 낚아채 불속에 던져 넣음으로써 자신의 감정을 표현했다.

상황이 매우 미묘했다. 포비 같은 매우 귀중한 직원은 기계처럼 대우해서는 안 되며, 당연히 베인스 부인은 재치가 즉시 필요하다는 것을 깨달았다.

"침실로 돌아가서 준비하렴, 딸." 그녀가 콘스탄스에게 말했다. "소피아가 있을 거야. 불도 잘 지펴져 있고. 매기랑 대화하러 가야겠어." 그녀는 눈치 있게 방을 나갔다. 포비는 불과 돌돌 말린 채 남아 있는 라벨의 붉은 부분을 쳐다보았다. 가게는 잘나가지 못했다. 날씨와 전쟁으로 인해 궁핍이 모든 지역에 퍼져나갔다. 그리고 그는 가게의 번영을 위해 최선을 다해 일해 왔다. 그런데 이 상황이 그 결과였다!

콘스탄스의 눈에는 눈물이 가득했다. "걱정하지 마세요!" 그녀는 중얼거리더니 위층으로 올라갔다. 순식간에 모든 것이 끝났다.

덕 뱅크에 있는 웨슬리계 메서디스트파 교회당에는 풍족하고 영향력 있는 신도들이 있었다. 이 당시 영향력 있는 사람들은 시골의 거주지와 매연이 없는 공기에 대한 꿈 없이 단지 자신들의 조상들이 살았던 마을에 산다는 것에 만족했을 뿐만 아니라, 조상들이 믿었던 모든 것들의 시작과 끝을 자신들 또한 믿고 있다는 사실에 만족했다. 그 당시에는 알 수 없는 것이라는 것은 존재하지 않았다. 영원한 미스터리 같은 것은 덧셈처럼 간단한 존재였다. 어린 아이라도 당신이 어디에 있을 것이고, 100만 년 후에 무엇을 하고 있을지, 신이 여러분을 정확히 어떻게 생각하는지에 대한 것을 절대적인 확신을 갖고 말할 수 있었다. 따라서 모든 사람들은 같은 사고방식을 갖고 있었으며, 보편적인 생각을 표출하기 위해 적당한 때에 적당한 곳에서 만나곤 했다. 웨슬리계 메서디스트파 교회당을 예로 들자면, 자신들이 소수라는 것을 불안하게 의식하고 있는 소수의 사람들이 모여 있는 것이 아니라, 지금처럼 그 옳음과 정확성을 깊이 인식한 훌륭하고 자랑스러운 다수의 사람들이 모여 있었다.

부목사가 도와주고 있는 목사는 최고급 마호가니 연단에서 무릎을 굽힌 채 얼굴을 가리고 있었다. 그의 뒤에는 여전히 '오케스트라'라고 불리는(비록 수십 년 동안 연주되어온 거대한 오르간 외에는 그 어떤 악기도 없었지만 말이다) 합창단이 무릎을 굽힌 채 얼굴을 가리고 있었다. 그리고 화려하게 장식되어 있는 위층과 1층의 몸과 영혼이 안락한 상태에 있는 수많은 사람들은 높은 신도석에서 무릎을 굽힌 채 얼굴을 가리고 있었다. 그리고 그들 앞에는 격렬하고 장기적인 침묵 속에 신의 보좌에 앉아 있는 여호와의 선명한 모습, 육십의 신 또는 콧수염과 수염을 가지고 있는 신은 더 많은 유혈 사태가 필요한 것인지 아닌지에 대한 대답을 거절하고 있는 애매한 표정을 짓고 있었다. 날개가 부족한 이 신은 성가를 부르며 앞뒤를 날아다니고 있는 흰 날개의 생물들에게 둘러싸여 있었다. 멀리 떨어진 곳에는 갈라진 발굽과 매우 위험하고 무례하며 간섭이 심한 꼬리가 달려 있는 외설적인 흉물이 있었다. 그 흉물은 석탄불의 중간에 편안히 앉아 있을 수 있었으며, 거짓된 가식으로 당신을 구슬려 같은 불로 끌어들인 뒤 악의에 찬 끊임없는 기쁨을 누리고 있었다. 물론 당신은 매우 분별력이 있어 그의 사악한 모순에는 꼬이지 않을 것이다. 사람들은 1년에 한 번 10분 동안 이렇게 단체로 무릎을 꿇고 묵상을 통해 그의 사악한 모순에 빠지기에는 매우 좋은 분별력을 가지고 있다고 스스로를 확신시켰다. 그 시간은 매우 엄숙했고, 모든 시간 중에서 가장 엄숙했다.

불멸의 존재들이 그 시간에 현세의 일들을 살펴보는 모순적인 상황이 발견된다는 것은 이상했다! 그러나 신도들 사이에는 의심할 여지없이 그러한 것들이 존재했다. 아마도 그 환영이 분명하긴 하지만 대부분의 사람들에게는 산발적이고 순간적이었을 것이다. 그리고 그중에는 베인스 가족의 신도석도 있었다! 최근 킹 스트리트에 있는 프리미티브 메서디즘Primitive Methodism에서 덕 뱅크에 있는 웨슬리안 메서디즘Wesleyan Methodism으로 개종한 포비가 여호와와 꼬리가 달린 존재와의 관계보다 진열창의 라벨과 여성의 부당한 조치에 집착하고 있다고 누가 생각이나 했겠는가? 상냥한 눈을 가지고 있는 콘스탄스, 딸의 귀감이라고 할 수 있는 그녀가 자신의 꼬리를 감추고 포비의 형상을 하고 있는 꼬리 달린 존재에게 미소를 지어 보임으로써 그녀의 영원한 행복을 위태롭게 하고 있다고 누가 생각하겠는가? 베인스 부인이 꼬리 달린 존재가 아닌 여호와가 그녀를 완전히 지배해야 한다는 굳은 결심을 하는 대신에 포비가 아닌 그녀가 자신의 집과 가게를 지배해야 한다는 굳은 결심을 했다는 것을 누가 생각이라도 하겠는가? 충분히 속죄하고 있어 보이는 겉모습과 상반되는 꽉 들어찬 신도석이었다(그리고 아마 다른 신도석 사람들도 똑같이 겉모습으로 속이고 있었을 것이다).

벽의 옆 구석에서 아름답고 엄중한 얼굴을 떨리는 손으로 가린 채 진심으로 불멸의 존재들에 관해 생각하고 있던 건 소피아 혼자였다. 동요하고 있는 마음, 맹렬한 그녀의 숭고한 인생은 그녀를 더 늙게 만들었다! 어려운 상황에서 소피아만큼이나 열정적이고 자랑스러운 소녀들은 없었다. 치명적이었던 태만에 대한 죄책감이라는 광휘 속에서 그녀는 자신이 사랑했던 것을 포기하고 자신이 혐오하던 일에 몸을 던졌다. 그렇게 행동하는 것이 그녀의 천성이었다. 그녀는 친절하게 일한 것이 아니라 오만하게 일했지만, 그녀가 가지고 있는 온 힘을 다해 그 일을 해냈다. 콘스탄스는 여성 모자류 부분을 소피아에게 내어줄 수밖에 없었는데, 리본과 깃털을 다루는 재능이 콘스탄스에 비해 훨씬 뛰어났기 때문이다. 소피아는 여성 모자류 분야에서 경이로운 성공을 거두었다. 그렇다. 그녀는 손님에게 매우 예의 바르게 말하게 된 것이다. 하지만 손님들이 사라지고 나면 어머니와 언니, 포비는 그녀의 불같은 성격을 조심해야 했다!

아버지가 돌아가신 후 거의 석 달이 되어 가는데, 어째서 그녀는 가게에서 점점 더 많은 시간을 보내면서 은근한 기대감에 불타오르고 있던 것일까? 어느 날 낯선 외판원이 가게 안으로 들어와 자신이 버킨 쇼의 새로운 대표자가 되었다고 말했을 때, 어째서 그녀 안의 영혼이 죽어 없어지고 끔찍한 병이 그녀를 사로잡은 것일까? 그때 그녀는 자신이 자기 자신을 속이고 있다는 것을 깨달았다. 그녀는 스스로를 저자세 중에서도 저자세로 낮추며, 체트윈드를 떠나 가게에 들어오게 된 그녀의 동기가 매우 혼잡하고 매우 불순했다는 것을 알아채고는 그 사실을 인정했다. 체트윈드와 시간을 보냈다면 그녀는 다시는 쉽게 제럴드 스케일을 보지 못했을 것이다. 가게에서 일하게 된 그녀는 그를 만나지 못할 수가 없었다. 이 빛 속에서 그녀는 죄책감에 대한 화려함의 진정한 모습을 볼 수 있었다. 그녀에겐 끔찍한 생각이었다! 그리고 그녀는 그 생각을 무시할 수 없었다. 그녀의 존재를 더럽혔다, 이 생각이! 그녀는 이 생각을 아무에게도 털어놓을 수 없었다. 오히려 다른 사람에게 상처를 보여주지 못하는 사람이었다. 그 분기는 매우 성공적인 분기였고, 제럴드 스케일은 더 이상 소식이 없었다. 무無보다 더 나쁜 것에 그녀의 인생을 희생한 것이다. 그녀는 자신의 비극을 초래했다. 그녀는 아버지를 죽였고, 매우 거짓된 죄책감으로 자신을 속이고 수치스럽게 만들었으며, 만족감을 비참으로 자긍심을 굴욕으로 교환하였다. 이 모든 것에도 불구하고 제럴드 스케일은 사라졌다! 그녀는 파멸했다.

그녀는 종교로 눈을 돌렸고, 엄격한 가혹함으로 능숙해진 그녀의 양심적인 기독교적 덕목은 가족의 고민거리가 되었다. 그렇게 1년 반이 지났다. 그러던 그 해 마지막 날, 수치심과 그녀의 마음이 과부가 된 지 2년째 되는 날 스케일이 다시 나타났다. 그녀는 아무 생각 없이 가게 안으로 들어갔고, 그가 그녀의 어머니와 포비와 이야기를 나누고 있는 것을 발견했다. 그는 돌아왔다. 그녀는 그와 악수하고 도망쳤다. 그곳에 남아 있을 수 없었다. 그 아무도 그녀의 동요를 알아챌 수 없었는데, 마치 바이스에 고정하기라도 한 듯 몸을 붙들고 있었기 때문이다. 그녀는 그가 없어진 이유도 그가 돌아온 이유도 알지 못했다. 아무 것도 알지 못했다. 식사 때 그녀는 한마디도 하지 않았다. 그렇게 날이 저물고 밤이 되었다. 그녀는 교회당에 있었다. 그녀 옆에는 콘스탄스가 있었고 영혼 속에는 제럴드 스케일이 있었다! 이전에 가지고 있던 행복이라는 개념을 뛰어넘는 행복이었다! 이루 말할 수 없는 비애를 넘어선 비참함이었다! 아무도 알 수 없었다! 그녀는 무엇을 위해 기도하는 것인가? 어떤 목표와 끝을 위하여 스스로를 단련시켜야 하는가? 희망을 가져야 할까, 절망해야 할까? "오, 신이시여, 도와주세요!" 그녀는 묵상의 틈새로 천상의 환영이 비칠 때마다 여호와에게 소곤거렸다. "오, 신이시여, 도와주세요!" 그녀에게는 통렬한 기분이 들 때면 그녀에게 말할 수 없을 정도로 잔인하게 구는 양심을 가지고 있었다.

그녀가 건조하고 뜨거운 눈으로 장갑을 낀 손가락을 볼 때면, 앞에 있는 금박으로 글귀가 새겨져 있는 평판을 볼 수 있었다. 기념비였다! 그녀는 모든 글귀들을 알고 있었다. 그 광대하고 웅장한 글귀들을. 글귀는 이러하였다.

하느님의 교회를 돕기 위해 입과 펜, 그리고 자금이 항상 준비되어 있던 그는 그녀 안에서 살았고, 그녀 안에서 그가 소중히 여기던 믿음과 신조에 대한 깊고 열렬한 애정을 품은 채로 죽었습니다. 그리고 다시 그의 동정은 자신의 영혼을 넘어 지역 사회까지 넓게 펼쳐져 있었습니다. 그는 항상 선행에 있어 앞장서는 사람이었으며, 커다란 수용력과 유용함과 함께 마을 및 구에 공헌하였습니다.

이리하여 크리슬로우의 허영심이 적절하게 충족되었다. 교회당의 숨 막히는 침묵 속에서 시간이 흐를수록 긴장감은 더욱 팽팽해졌고, 예배자들은 숨을 크게 쉬거나, 여호와를 청하고 있거나 단지 기침을 하며 기도하고 있었다. 그리고 마침내 발코니의 한가운데 있는 시계가 한 눈금 움직였다. 목사들이 일어났고 뒤이어 신도들도 일어났다. 모든 사람들은 단지 새해가 된 것이 아니라 마치 밀레니엄이라도 된 듯 미소를 지었다. 이윽고 벽과 닫힌 창문을 통해 희미하게 종소리와 증기 사이렌 소리, 호각 소리가 들려왔다. 목사는 찬송가책을 폈고, 존 웨슬리의 시대부터 새해 아침 웨슬리 교회당에서 불려온 찬송가가 울려 퍼졌다. 오르간의 모든 파이프에서 땡그랑 소리가 나며 노래가 끝났다. 목사는 여호와에게 마지막으로 몇 마디 말을 올렸다. 이제 굴하지 않고 선행을 하는 것 외에는 할 수 있는 일이 없다. 사람들은 신도석의 높은 등받이를 넘어 서로에게 몸을 기댔다.

"새해 복 많이 받아요!"

"와, 고마워요! 당신도요!"

"또 다른 제야의 예배가 끝났군!"

"아, 그래!" 그리고 한숨이 있었다.

이윽고 통로가 갑자기 붐비기 시작했고, 쾌활하고 낙천적인 분위기가 문을 향해 몰려가고 있었다. 코린트식 현관에서 망토, 얼스터 외투, 오버슈즈, 심지어 나막신을 신는 대규모 착복 활동이 있었고, 뒤이어 대규모로 우산들을 들기 시작했다. 신도들은 소용돌이치는 눈 속으로 나갔고, 트라팔가 로드를 향하여, 공터를 향하여, 시장을 따라서, 덕 스퀘어를 건너 성 누가 광장 방향으로 향하는 조용한 발소리들의 여러 검은 행렬로 나뉘었다. 포비는 베인스 부인과 콘스탄스 사이에 있었다.

"딸, 내 팔을 꼭 잡으렴." 베인스 부인이 소피아에게 말했다. 이윽고 포비와 콘스탄스는 인파의 흐름을 뚫고 앞으로 걸어갔다. 소피아는 거대하게 움직이고 있는 군중 속에서 그녀의 어머니를 통해 균형을 잡았다. 그들의 버팀살 때문에 소피아는 어머니와 가까이 붙어 있는 것에 많은 어려움을 겪었다. 베인스 부인은 비만을 완화시켜주는 이 상황의 만족스러움에 웃었지만, 이곳에서 넘어지게 된다면 그녀에게는 돌이킬 수 없을 정도로 치명적일 것이다. 그렇기에 소피아도 웃을 수밖에 없었다. 비록 그녀도 웃음을 지어 보였지만 신은 그녀를 돕지 않았다. 그녀는 자신이 어디로 가고 있는지도, 앞으로 무슨 일이 일어날지도 모르고 있었다.

"어머, 이럴 수가!" 베인스 부인이 코너를 돌아 킹 스트리트로 들어서자 소리쳤다. "우리 집 문간에 누군가 앉아 있어!"

그곳에는 얼스터 외투를 입고 있는 형체가 있었다. 얼스터 외투 위에는 모드[9]가 걸쳐져 있었고, 제일 위쪽에는 톱햇이 씌어 있었다. 그

---

9 Maud. 스코틀랜드 남부의 양치기 등이 사용하는 회색 격자 줄무늬의 모직물인 어깨걸이 및 같은 종류의 모포이자 여행용이나 보온용 등의 모포.

형체는 그곳에 오랫동안 있던 것으로 보이진 않았는데 옷 위로 보이는 눈이 단지 반점을 이루고 있었기 때문이다. 포비가 앞으로 달려 나갔다.

"많고 많은 사람 중에 하필, 스케일 씨군요!" 포비가 말했다.

"스케일 씨!" 베인스 부인이 소리쳤다. 그리고 "스케일 씨!"라고 소피아가 몹시 두려워하며 중얼거렸다. 아마도 그녀는 기적을 두려워했을 것이다. 눈이 오는 밤중에 어머니의 문간에 앉아 있는 스케일은 확실히 기적, 꿈속에서 꿈꾸었던 무언가, 애처롭고 도저히 적절할 수 없는 어떤 분위기를 갖고 있었다. 다섯 마을에서 흔히 말하는 '딱 들어맞는' 상황이었다. 그러나 그는 확실히 그곳에 있었다. 몇 년 후, 스케일에 대한 정보가 더 많이 생겼을 때 소피아는 문간에 있던 그의 존재를 세상에서 가장 자연스럽고 독특한 존재로 여기게 되었다. 진정한 기적은 결코 기적처럼 보이지 않으며, 언뜻 보기에 기적처럼 보이는 것은 대게 극도로 흔한 일의 예시 중 하나로 판명이 된다.

3

"베인스 부인이신가요?" 제럴드 스케일이 반쯤 어눌한 목소리로 고개를 들고는 일어서며 물었다. "여기가 부인의 집인가요? 그렇군요! 음, 부인 댁 앞에 앉아 있는 줄 몰랐어요."

여자들과 포비가 가스등 불빛 아래서 놀란 얼굴로 그의 주위를 에워싸고 있을 때 그는 소심하게 아니 양처럼 미소 지었다. 확실히 그는 매우 창백했다.

"그런데 무슨 문제라도 있나요, 스케일 씨?" 베인스 부인이 불안한 어조로 물었다. "어디 아프신가요? 갑자기….."

"오, 아뇨." 젊은이가 가볍게 말했다. "아무 일도 아니에요. 단지 방금 전에 공격을 받았을 뿐이에요, 저쪽에서요." 그는 킹 스트리트의 깊숙한 곳을 가리켰다.

"공격을 받았다고요!" 베인스 부인이 놀라며 말을 되풀이했다.

"우리가 알고 있는 것만 해도 이번 주로 벌써 네 번째군요!" 포비가 말했다. "추문이 사실이 되고 있어."

현실은 이랬다. 상업의 침체, 고용의 부족, 그리고 혹독한 날씨로 인해 현재 다섯 마을의 공안은 옛날만큼 완벽하지 않았다. 배고픔의 스트레스로 인하여 하층민들은 매너를 잊었다. 빈곤을 해소하기 위해 사회적 상류층들의 이타적이고 숭고한 노력에도 불구하고 말이다. 물론 근시안적이고 경솔하긴 했다. 하층민들은 비 오는 날들을 위해 저장하는 방법을 언제쯤(사회적 상류층들은 절망에 가득 차 묻고 있었다) 배우게 될까? (하층민들은 눈이 오는 날 또는 매우 싸늘한 날이라고 했을지도 모른다.) 하층민들을 위해 할 수 있는 일은 전부다 해주었음에도 불구하고 황금알을 낳는 거위를 죽이려고, 또는 심지어 죽이려고 시도하는 것은 그들에게 '정말로 나쁜' 일이었다. 특히나 괜찮은 마을에서! 도대체 무슨 일이 일어나고 있었던 것일까? 자, 여기 맨체스터 출신의 신자 제럴드 스케일이 있다. 그는 다섯 마을의 한탄할 만한 도덕적 상황을 목격한 사람이자 피해자이다. 그가 다섯 마을을 어떻게 생각할까? 악과 위험한 일들은 지난 일주일 동안 가게에서 논의되었던 주제였고, 이제 그 일은 그들의 집으로 찾아오게 되었다.

"다치신 게 아니…." 베인스 부인이 호의적으로 사과하듯이 말했다.

"아뇨!" 스케일이 꽤 제멋대로 베인스의 말을 가로막았다. "그 사람들을 물리칠 수 있었어요. 제 팔꿈치만…."

대화가 이어지는 와중에도 눈이 계속 내리고 있었다.

"안으로 들어오세요!" 베인스 부인이 말했다.

"부인을 귀찮게 할 순 없어요." 스케일이 말했다. "전 이제 괜찮아요. 그리고 타이거로 가는 길도 찾을 수 있고요."

"잠깐만이라도 반드시 들어왔다 가세요." 베인스 부인이 결심을 굳히며 말했다. 그녀는 마을의 명예를 생각해야 했다.

"매우 친절하시군요." 스케일이 말했다.

문이 갑자기 안으로부터 열렸다. 매기가 두 계단 위에서 그들을 보고 있었다.

"새해 복 많이 받으세요, 부인, 모두 다."

"고마워요, 매기." 베인스 부인이 대답한 뒤 이렇게 덧붙였다.

"매기도요!" 그녀는 마음속으로 매기에게 앞으로 '나를 궁지로 몰지 않고', 그릇들을 많이 부수지 않는 것이 행복한 새해를 바라는 그녀의 바람을 가장 잘 증명할 수 있는 방식이라고 말했다. 소피아는 자신이 무슨 짓을 했는지 조금도 알지 못한 채 계단을 올라갔다.

"스케일 씨가 우리의 새해를 안으로 들여와 주실 거야, 딸." 베인스 부인이 그녀를 멈춰 세웠다.

"오, 물론이죠, 어머니!" 소피아는 숨을 헐떡이며 초조하게 재빨리 뒤를 돌아 동의했다. 스케일은 모자를 들고 베인스 가족의 응접실에 새해와 많은 눈이 들어가도록 하였다. 이윽고 하모늄 옆 구석에서 매우 많은 양의 발을 구르는 소리, 우산을 털어내는 소리, 망토와 얼스터 외투를 흔드는 소리가 있었다. 매기는 오버슈즈를 포함한 눈이 묻은 모든 것들을 한 아름 안고 안으로 들어갔다. 그녀는 데친 우유와 '저민 고기'를 가져오라는 지시를 받았다. 포비는 "푸르르르!" 하며 문을 닫았다(틈으로 공기가 들어오는 것을 막아주는 펠트가 문에 붙어 있었다). 베인스 부인은 가스 소리가 커질 때까지 가스를 키웠고, 소피아에게 불을 쑤시라고 말했다. 그러고선 콘스탄스에게 두 번째 가스를 커라고 말했다.

신나는 분위기가 만연했다. 집안의 평온함이 모험으로 인하여 기분 좋게(그렇다, 팔꿈치에 공격을 받은 스케일이 있음에도 불구하고 기분 좋게) 흐트러졌다. 게다가 스케일은 야회복을 입고 있다는 것이 밝혀졌다. 이 집에서 야회복을 입은 사람은 아무도 없었다. 소피아의 얼굴에는 피가 몰려 있었고, 몰린 피가 그대로 남아 선명한 아름다움에 훌륭함을 더해주었다. 그녀는 이상하고 당혹스러운 극도의 흥분으로 어지러웠다. 그녀는 마치 비현실적이고 받아들이기 어려운 세상에 있는 것 같았다. 귀는 명확하게 들리지 않았고, 사물과 사람의 가장자리는 밝고 선명한 색을 띠고 있었다. 그녀는 황홀하고, 터무니없고, 설명할 수 없는 행복감에 빠져 있었다. 그녀의 모든 비참함, 의심, 절망, 원한, 인색함이 사라졌다. 콘스탄스처럼 온순해져 있었다. 그녀의 눈은 어린 사슴 같았고, 몸짓은 겸손하고 섬세한 우아한 기쁨에 빠져 있었다. 콘스탄스는 소파에 앉아 있었다. 소피아는 마치 피난처를 찾기라도 하듯 주위를 둘러본 후, 콘스탄스의 옆에 앉았다. 그녀는 스케일을 응시하려고 애썼지만, 시선은 그를 떠나지 못하고 있었다. 그녀는 그가 세상에서 가장 완벽한 남자라 확신하고 있었다. 키가 작지만 아마도 완벽한 남자이다. 이렇게 완벽할 수 있다는 것은 그녀의 믿음을 벗어난 수준이었다. 그는 그녀가 생각하고 있는 이상적인 남자의 모든 조건을 능가했다. 미소, 목소리, 손, 머리카락 등 결코 이런 사람은 없었다! 그가 말을 할 때면 마치 음악과도 같았다! 그가 미소 지을 때면 천국 같았다. 소피아에게 그의 미소는 너무나 사랑스러워서 눈물을 흘리게 만드는 자연 현상 중 하나였다. 소피아가 느끼고 있는 감각에 대한 이 묘사는 과장이 전혀 아니었으며, 오히려 절제였다. 그녀는 스케일의 독특한 특성에 완전히 사로잡혀 있었다. 그 어떤 말을 하더라고 스케일과 비슷한 남자가 존재한다는 것, 또는 존재할 수도 있다는 것을 그녀에게 설득하지 못할 것이다. 어머니의 응접실에 있는 흔들의자에 앉아 있는 그에게 비현실적이고 믿을 수 없는 분위기를 준 것은 그의 완벽한 우위성에 대한 그녀의 강렬하고 엄청난 확신이었다.

"로튼 씨의 신년 파티에 가려고 일부러 마을에 머물고 있었어요." 스케일이 말했다.

"아! 그렇다면 로튼 변호사를 알고 계신다는 말이군요!" 베인스 부인이 감탄하며 말했다. 로튼 변호사는 자영업자들과 어울리지 않는 사람이었기 때문이다. 그는 사람들과 즐거운 시간을 보냈고 그들을 위해 법에 관련된 업무를 수행하였지만, 그들과는 달랐다. 그의 친구들은 멀리 있었다.

"제 동료들이 그의 오랜 지인이거든요." 스케일은 매기가 가져온 우유를 마시며 말했다.

"자, 스케일 씨. 제가 한 저민 고기 맛 좀 보세요. 타트를 드시는 만큼 행복한 달을 보내실 거예요." 베인스 부인이 말했다.

그는 고개를 끄덕였다. "그리고 그곳에서 나오다가 곤경에 처했고요." 그가 웃었다. 그러고 나서 그는 그가 겪었던 분투를 다시 이야기해주었는데, 폭행범들의 용기가 부족하였기 때문에 분투에 관한 이야기는 짧았다. 그는 미끄러져 팔꿈치를 연석 위에 박았다. 눈이 두껍게 쌓이지 않았더라면 팔꿈치는 부러졌을지도 모른다. 그러나 이번에는 그런 일이 일어나지 않았다. 단지 명만 들었을 뿐이었다. 그는 상당한 액수의 지폐를 지갑에 넣어두었기 때문에, 범법자들이 그를 제대로 공격하지 않은 것은 다행이었다. 그는 종종 상업인들이 특히 겨울에 개와 함께 돌아다닐 수 있다면 얼마나 훌륭할지에 대해 생각하곤 했다. 강아지만 한 것이 없다.

"개를 좋아하시나요?" 개를 기르려는 비밀스럽지만 실행 불가능한 야망을 항상 가지고 있던 포비가 물었다.

"네." 스케일이 포비에게 돌아서며 말했다.

"기르시나요?" 포비가 너그러운 톤으로 물었다.

"폭스테리어가 있어요, 암컷이죠." 스케일이 말했다. "너츠퍼드에서 처음으로 데려왔는데, 지금은 나이를 많이 먹었어요."

성적으로 모욕적인 언어가 묘하게 방을 떠돌았다. 세상 물정에 밝은 포비는 마치 아무 일도 없었던 것처럼 행동했지만, 베인스 부인의 곱슬거리는 머리카락은 이 불필요한 상스러움에 반대하고 있었다. 콘스탄스는 못 들은 척했다. 소피아는 제대로 듣지 못하였다. 스케일은 개들의 성별을 구분하지 않는다는 선한 관습을 자신이 어겼다는 생각을 하지 않았다. 게다가 그는 저민 고기로 만든 베인스 부인의 타트가 가지고 있는 지역적 명성에 관심이 없었다. 오직 그녀의 타트를 먹어 보기 전에 그가 즐길 수 있는 양보다 더 많은 타트를 먹었다. 베인스 부인은 자신의 페이스트리를 먹어본 사람들이 열광하는 것에 익숙해져 있던 시간들을 그리워했다. 포비는 그에게 매료되었고, 개에 관련된 방향으로 대화를 이끌어 나갔다. 대화를 이어나갈수록 스케일이 존경할 만한 브로드클로스를 입고 제야의 예배를 보러 가는 대신 야회복을 입고 파티에 가는 사람이며, 이 땅에 살고 있는 위대한 사람들을 알고 있고, 불편한 성을 가지고 있는 개를 기르고 있는 사람이라는 것이 점점 더 분명해졌다. 그는 평범한 외판원도 광장에 익숙한 사람도 아니었다. 그는 다른 세상에서 온 사람이다.

"로튼 변호사의 파티는 일찍 끝났어요. 그러니까 제 말은, 제가 고려하기에는요…." 베인스 부인이 머뭇거렸다. 잠시 멈추었다가 스케일은 대답하였다. "맞아요, 저는 시계가 12시를 가리키자마자 나왔어요. 내일 할 일이 많거든요. 제 말은 오늘이요."

그가 오랫동안 머물 만한 시간은 아니었고, 몇 분 후 스케일은 다시 떠날 준비가 되어 있었다. 그는 약간의 연약함과(그는 방언에 능숙한 자신의 능력을 자랑스럽게 여기며 장난스럽게 '멍청함'이라고 불렀다) 팔꿈치에 입은 부상을 인정했다. 그러나 그것을 제외하면 꽤 괜찮은 상태였다. 베인스 부인의 매우 친절한 환대 덕분이었다. 그는 자신이 어쩌다 그 집 문 앞에 앉게 되었는지 정말 몰랐다. 베인스 부인은 그가 타이거로 향하는 길에서 만약 경찰관을 만나게 된다면, 큰 길에서 일어난 강도 미수에 대한 모든 세부 사항을 말해달라고 요청하였고, 그는 그렇게 하겠다고 대답했다. 그는 기품 있고 예의 바르게 인사하며 집을 나왔다.

"만약 잠깐 시간이 난다면 내일 아침에 들러서 제가 잘 들어갔다는 것을 알려드리겠습니다." 그가 하얀 거리에서 말했다.

"오, 그러세요!" 콘스탄스가 말했다. 콘스탄스의 완벽한 순수함은 때때로 그녀를 묘하게도 야단스럽게 만들었다.

"여러분, 모두 새해 복 많이 받으세요!"

"고마워요! 당신도요! 길 잃지 마세요."

"광장을 향해서 똑바로 가다가 첫 번째 골목에서 오른쪽으로 가세요." 길을 알고 있던 포비가 말했다.

더 이상 할 말이 없었고, 방문객은 휘몰아치는 눈 속으로 조용히 사라졌다. "푸르르르!" 포비가 중얼거리며 문을 닫았다. 모두가 느꼈다. "작년의 마지막 날은 정말로 재미있게 끝났군!"

"소피아, 딸." 베인스 부인이 입을 열었다. 그러나 소피아는 침대로 사라져 있었다.

"소피아에게 새로운 잠옷에 대해 말해주렴." 베인스 부인이 콘스탄스에게 말했다.

"네, 어머니."

"어떻게 결국 저 젊은이와 이렇게 만나게 되는지 모르겠네." 베인스 부인이 큰 소리로 말했다.

"오, 어머니!" 콘스탄스가 항의했다. "제가 보기엔 단지 사랑스러워서인 것 같은데요."

"그는 네 얼굴을 결코 똑바로 쳐다보지 않아." 베인스 부인이 말했다.

"제게 말 안 하셔도 알아요!" 콘스탄스는 어머니에게 굿나잇 키스를 하며 웃었다. "어머니는 단지 그가 저민 고기 타트를 칭찬하지 않았기 때문에 거만하게 행동하고 있을 뿐이에요. 눈치 챘어요."

4

"내가 이 전시실의 추위를 이 이상 견딜 수 있다고 생각하는 사람이 만약 있다면, 그 사람은 착각하고 있는 거야." 소피아가 다음날 아침 어머니까지 들을 수 있는 큰 소리로 외쳤다. 그러고 나서 보닛을 들고 가게로 내려갔다. 그녀는 화난 척했지만, 실제로는 그렇지 않았다. 그녀는 반대로 매우 기쁘고 관대한 마음이었다. 보통 그녀는 가게에 들어가지 않으려고 애쓰곤 했다. 무언가에 사로잡혀 있고 심각했다. 그렇기에 1층에 내려와 있는 그녀와 그녀의 태도는 입구의 정면에 쌓여 있는 많은 양의 셔츠와 리넨에 가려져 있는 가게 가운데의 난로 근처에 앉아 바느질하고 있던 세 명의 젊은 여성 조수들의 관심을 불러일으켰다.

소피아는 콘스탄스와 같이 구석을 사용하고 있었다. 그들의 발밑에는 뜨거운 벽돌들이 있었고, 어깨에는 잘 짜인 랩[10]이 있었다. 난로 근처에 있었다면 더 편했을 것이지만, 위대한 것에는 불이익이 따른다. 날씨는 유난히 혹독했다. 유리창에는 두꺼운 서리가 내려서 유리창을 꾸미는 포비의 실력은 사용될 일이 없었다. 그리고 (이것은 희귀한 현상이었다) 가게 문이 닫혀 있었다. 평상시라면 문들은 단순히 열려 있을 뿐만 아니라 '값싼 구역'이라는 표시판에 가려져 있었다. 포비는 베인스 부인과 상의한 후, 앞서 말한 관례적인 전시를 포기하고 문을 닫기로 결정하였다. 또한 포비는 사지에 온기를 불어 넣기 위해 도로에 쌓인 두껍고 얼어붙은 눈을 긁어내고 있는 두 명의 비정규직 조수들을 도왔다. 그는 벙어리장갑을 끼고 있었다. 이 모든 것들이 날씨가 얼마나 추워졌는지 기압계보다 더 잘 증명해주고 있었다.

---

10 몸에 감듯이 입는 넉넉한 옷을 통틀어 이르는 말.

스케일은 10시쯤 상점에 왔다. 그는 포비의 카운터로 가지 않고 대담하게 콘스탄스의 구석으로 걸어가 박스들을 훑어보며 미소 지으며 인사했다. 두 소녀는 그의 방문에 진심으로 기뻐했다. 두 사람은 얼굴을 붉혔다. 웃기도 하였다, 왜 웃는지도 모른 채. 스케일은 이제 막 출발하려다가 지난밤의 친절에 감사하기 위해 잠시 들렀다고 말했다. '어제라기보다는 오늘 일이죠.' 소녀들은 이 재치 있는 말에 다시 웃었다. 그의 화법보다 더 단순한 것은 없었다. 그럼에도 불구하고 그들에게는 불가사의하게 매력적이었다.

손님이 들어왔다. 여성이었다. 난로 근처에 있던 조수 한 명이 일어났지만, 그 집 딸들은 손님을 무시했다. 조수가 공식적으로 그들에게 이야기해주기 전까지는 어떤 손님이든 가게의 딸들에게 존재하지 않는 존재라는 것이 가게 에티켓의 일부였다. 그렇지 않았더라면 1페니 어치의 테이프를 원하는 모든 사람들은 베인스 부인이나 만약 소피아가 가게에 있다면 소피아의 접객을 받아야 했을 것이다. 그건 말도 안 되는 일 일 것이다.

곁눈질을 하던 소피아는 조수가 손님과 상의하는 것을 보았다. 곧 조수는 카운터 뒤로 살며시 다가와 구석으로 다가갔다. "콘스탄스 양, 잠시만 와주실 수 있을까요?" 조수가 조심스럽게 속삭였다. 콘스탄스는 스케일을 위한 미소를 거두고는 뒤를 돌아 손님을 위한 완전히 다른 열등한 미소를 비추었다.

"안녕하십니까, 베인스 양. 매우 춥지 않나요?"

"안녕하세요, 채털리 부인. 네, 정말로 춥네요. 뭔가 걱정하시는 것이…" 콘스탄스가 말을 멈추었다. 이름 모를 것에 대해 자유롭게 이야기를 나누기 위해 채털리와 그녀의 언니가 카운터의 가장자리로 향하였기에 소피아는 이제 스케일과 단둘이 있을 수 있었다. 소피아는 개인적인 대화를 매우 기쁘고 불가능한 것으로 꿈꿔왔다. 하지만 그녀는 운이 좋았다. 그와 단둘이 있게 된 것이다. 그의 단정한 금발과 파란 눈, 그리고 섬세한 입은 변함없이 그녀에게 멋있어 보였다. 그는 그녀 인생에서 가장 인상 깊었던 그 어떤 것보다 더 깊은 인상을 줄 정도로 신사적이었다. 그녀 성격의 근저에 있던 모든 거만하고 귀족적인 본능이 뛰쳐나와 마치 굶주린 짐승이 먹이를 낚아채듯이 그의 신사성을 붙들고 있었다.

"마지막으로 당신을 보았을 때는…." 스케일이 새로운 어조로 말했다. "당신은 결코 가게로 내려오지 않는다고 했어요."

"네? 어제요? 제가요?"

"아뇨, 제 말은 지난번에 혼자 계실 때요." 그가 말했다.

"오!" 그녀가 소리쳤다. "그건 단지 우연이었어요."

"지난번에도 정확히 그렇게 말씀하셨죠."

"그랬나요?"

그녀의 기분을 좋게 만들고 아름다운 활기를 증대시킨 것은 그의 태도였을까, 아니면 그가 한 말이었을까?

"자주 밖에 안 나가시나 봐요?" 그가 말을 이었다.

"네? 이 날씨에요?"

"언제든지요."

"교회당에 가요." 그녀가 말했다. "어머니와 마케팅 하러 나가고요." 잠시 침묵이 있었다. "그리고 무료 도서관이랑요."

"오, 그렇군요. 이제 이곳에도 무료 도서관이 있지 않나요?"

"네. 1년 정도 됐어요."

"그리고 그곳에 가신다고요? 뭘 읽으시나요?"

"오, 그냥 소설 같은 거요. 일주일에 한 번씩 새 책을 구하러 가요."

"토요일에 가시겠군요?"

"아뇨." 그녀가 말했다. "수요일이요." 그녀는 미소를 지었다. "대게는 말이죠."

"오늘 수요일인데요." 그가 말했다. "아직 다녀오시지 않았나 봐요?"

그녀는 고개를 흔들었다. "오늘은 가지 않으려고요. 너무 추워요. 오늘은 밖으로 나가지 않을 것 같아요."

"책 읽는 것을 매우 좋아하시나 보군요." 그가 말했다.

그때 포비가 벙어리장갑을 비비며 나타났다. 채털리가 갔다.

"어머니를 데려올게." 콘스탄스가 말했다.

베인스 부인은 그 젊은이를 매우 공손하게 대했다. 그는 경찰관과 나누었던 대화를 알려주었는데, 경찰관 생각은 그가 핸브리지에서 온 패거리의 조직원들로부터 공격을 받았다는 것이었다. 귀를 쫑긋 세우고 있던 젊은 여성 조수는 스케일의 모험에 관한 이야기를 들었고, 스케일이 떠난 후 포비에게 그 일을 물어볼 정도로 흥분해 있었다. 그와의 작별 인사는 수많은 악수로 끝이 났고, 포비는 마침내 개에 관련된 무언가를 그에게 언급해주기 위해 광장으로 그를 쫓아갔다.

한 시 반. 베인스 부인이 식사를 마치고 졸고 있는 동안 소피아는 옷을 입고 겨드랑이에 책을 끼고 가게를 통해 세상으로 나갔다. 그녀는 20분도 안 되어 돌아왔다. 그러나 어머니는 이미 깨어 있었고, 가게 뒤쪽에서 서성거리고 있었다. 어머니들은 초자연적인 재능을 가지고 있다. 소피아는 태연하게 어머니를 지나쳐 급히 응접실로 들어갔고, 그곳에서 목도리와 책을 던져두고 불 앞에 무릎을 꿇고 앉아 몸을 녹였다.

베인스 부인이 그녀를 따라 들어왔다. "도서관에 다녀왔니?" 베인스 부인이 물었다.

"네, 어머니. 지독히 추웠어요."

"오늘 같은 날에 왜 나갔는지 궁금하구나. 난 네가 항상 목요일에 가는 줄 알았는데?"

"맞아요. 그런데 책을 다 읽어서요."

"이건 뭐니?" 베인스 부인이 검은 유포로 둘러싸여 있는 책들을 집어 들었다. 그녀는 적대적인 태도로 책들을 집었다. 무료 도서관에 대한 그녀의 견해는 어둡고 적대적이었다. 그녀는 〈더 선데이 앳 홈[11]The Sunday at Home〉 이외에는 스스로 그 어느 것도 결코 읽지 않았으며, 콘스탄스는 그 잡지 이외에는 아무것도 읽지 않았다. 거실 책장에는 성서 해설책, 더그데일의 지명 사전, 컬페퍼의 약초 의학서, 버니언과 플라비우스 요세푸스의 책들이 있었다. 《톰 아저씨의 오두막》도 있었다. 베인스 부인은 딸들의 번영을 고려하며 남아 있는 인쇄된 문학들을 물끄러미 바라보았다. 만약 무료 도서관이 어느 정도 비범한 글래드스톤에 의해 매우 화려하게 문을 연 유명한 웨지우드 기관에 있지 않았더라면, 만약 첫 번째 책을 지방 행정관이 직접 무료 도서관에서 의례적으로 '대출'하지 않았더라면 (그는 흠 없는 명성을 가지고 있는 할아버지였다.) 베인스 부인은 아마도 무료 도서관을 금지하는 것에 그녀의 권위를 걸었을 것이다.

"걱정하실 필요 없어요." 소피아가 웃으며 말했다. "미스 시웰의 《삶의 경험》이에요."

"소설이구나." 책을 내려놓으며 베인스 부인이 말했다. 금과 보석도 지금의 소피아에게 《삶의 경험》을 읽도록 만들진 못할 것이다. 그러나 소피아 베인스에게 이 단조로운 이야기는 못마땅한 통쾌함이 있었다.

다음날 베인스 부인은 소피아를 침실로 불러들였다.

"소피아." 그녀가 몸을 떨며 말했다. "나에게 허락받기 전까지는 젊은이들과 같이 거리를 활보하지 않았으면 좋겠구나."

소녀는 얼굴이 매우 붉어졌다. "전… 전…."

"웨지우드 스트리트에서 누가 널 보았어." 베인스 부인이 말했다.

"누가 험담을 하던가요. 크리슬로우 씨죠?" 소피아가 경멸하듯 소리쳤다.

---

11 1854년부터 1940년까지 발행된 런던의 잡지.

"아무도 '험담'을 하지 않았어." 베인스 부인이 말했다. "글쎄요, 길에서 우연히 누군가를 마주쳤다면 어쩔 수 없잖아요, 그렇죠?" 소피아의 목소리가 떨렸다.

"내가 무슨 말을 하려는지 알잖니, 딸." 베인스 부인이 세심하고 침착하게 말했다. 소피아는 화가 나서 방에서 뛰쳐나왔다.

"그가 '바쁜 날'을 보낸다는 생각이 마음에 드는군!" 베인스 부인은 아이러니하게도 마음에 숨어 있던 한 구절을 떠올리며 생각했다. 그러고는 아주 어렴풋이, 거의 알아챌 수 없는 불안감과 함께 다른 사람도 아닌 '그'가 남편이 죽던 날 가게에 왔었다는 것을 기억해냈다.

도피

1

베인스 부인의 불안감은 소피아의 기분에 영향을 받으며 3개월 동안 계속되다가 서서히 사라졌다. 어떤 날의 소피아는 옛날 소피아처럼 행동했다. 험악하고, 까다롭고, 화를 잘 내며, 심지어 고슴도치 같은 모습의 소피아도 있었다. 그러나 또 다른 날에는 어떤 비밀의 원천으로부터 기쁨과 즐거움, 그리고 호의를 이끌어내기라도 하는 것 같았다. 마치 누구도 예측할 수 없었던 본성과 기원의 샘으로부터 말이다. 베인스 부인의 불안감이 심해진 날들은 바로 이러한 날들이었다. 그녀는 가장 터무니없는 의심을 품고 있었다. 소피아가 은밀히 편지를 계속해서 주고받고 있다는 혐의를 제기할 수 있을 정도였다. 소피아와 제럴드 스케일이 깊고 부정한 사랑에 빠져 있는 것을 보았다. 그녀는 그들이 서로의 목에 팔을 두르고 있는 것을 보았다. 그러고는 스스로를 중년의 멍청이라고 불렀는데, 거리에서 짧은 만남과 견해, 공상적이고 특이하며 비합리적인 생각에 기반 하여 앞서 언급한 것과 같은 의심을 만들어냈기 때문이다! 소피아는 일종의 순결하고 고귀한 기질을 가지고 있었다. 매우 이질적인 존재로, 그녀의 성격이었다. 게다가 베인스 부인은 편지들을 보았고, 또한 소피아도 보았다. 그녀는 순결하고 고귀한 기질을 믿는 여자가 아니었다. 그러고는 만약 소피아에게 죄가 있다면 매우 많은 죄를 가지고 있을 것이며, 그 죄는 저울로 무게를 잴 수 없으며 그것들을 은밀히 모아서 커다란 접시에 올려 그녀 앞에다 갑자기 가져다둘 수도 없다는 것을 확신하게 되었다.

그럼에도 불구하고 그녀는 소피아의 사랑스러운 머릿속에서 많은 것을 볼 수 있었다! 그녀는 그렇게 행동할 수 있을까. 그녀가 보아버린 잠을 방해하는 의문은 도대체 무엇인가! 뇌의 어떤 신비로운 부분에 있는 어떤 밝은 램프가 타올라 그녀의 성숙한 눈을 일시적으로 멀게 하는가! 소피아는 웨지우드 스트리트에서 2분 동안 경험했던 황홀함으로부터 흡수한 지칠 줄 모르는 열정적인 활력으로 몇 달을 살아가고 있었다. 그녀는 아스트라카 모피로 만들어진 커다란 머프 속에 《삶의 경험》을 집어넣고 무료 도서관을 나올 때 웨지우드 협회 현관에서 제럴드 스케일을 본 충격으로 그녀의 영혼에 피어오른 불에 의존하며 주로 살고 있었다. 그는 그녀를 만나기 위해 그곳에서 기다리고 있었다. 그녀도 알고 있었다! "결국." 그녀의 마음은 이렇게 말하고 있었다. "내가 매우 예쁜 사람인 게 틀림없어. 이렇게 진주 같은 남자들을 내가 매혹했으니깐!" 그러고는 거울 속에서 보이던 자신의 얼굴을 떠올렸다. 아름다움의 가치와 힘은 그녀에게 매우 크게 입증되었다. 세상의 위인, 수천 명의 알지 못하는 친구들을 가지고 있는 멋있고 품격 있는 남자, 그녀와는 전혀 관계없는 수천 개의 관심사를 가진 그가 그녀를 만날 수 있다는 희박한 가능성 때문에 버슬리에 남아 있었다. 그녀는 자랑스러웠지만 그 자랑스러움은 더 없는 행복에 침수되어 있었다.

"글래드스톤 씨에 대한 비문을 보고 있었어요."

"결국 평소처럼 나오기로 하셨군요!"

"그리고 혹시 어떤 책을 선택하셨는지 물어봐도 될까요?" 이것들이 그녀가 들은 말투였고, 그녀도 비슷한 말투로 대답하였다. 그 사이 황홀한 기적이 활짝 피었다. 마치 꽃처럼 말이다. 그녀는 그의 옆에 서서 천천히 웨지우드 스트리트를 따라 천천히 걷고 있었다. 인도는 삽질이 되어 있었지만, 둥그런 눈들이 삽을 피해 도로에 남아 있었다. 그녀와 그는 같은 키였고, 그녀는 그의 얼굴을, 그는 그녀의 얼굴을 계속해서 바라보고 있었다. 이 모든 것이 전부 기적이었다. 단지 그녀는 인도를 걷고 있지 않았다. 대신 뭐라 말할 수 없는 천국의 잔디밭을 걷고 있었다! 집들이 희미해지며 사라지고 있었고, 행인들은 눈에 띄지 않는 유령으로 변해 있었다! 어머니와 콘스탄스는 단지 매우 먼 거리에 존재하는 환영이 되었다.

무슨 일이 일어난 것인가? 아무 일도 일어나지 않았다! 세상에서 제일 흔한 일이었다! 영원한 동기는 외판원을 선택한 뒤(가게 직원이나 부목사일 수도 있었다. 그러나 그는 외판원이었다) 신의 모든 영광스럽고 독특하고 믿을 수 없는 특성을 그에게 부여해준 뒤, 영원한 결과를 만들어 내기 위해 소피아 앞에 그를 심어두었다. 소피아의 이익을 위해 기적은 특별하게 행동하였다. 웨지우드 스트리트의 그 누구도 신이 그녀의 곁을 따라 걸어가는 것을 보지 못했다. 외판원 이외의 것은 그 누구도 보지 못했다. 그 누구도 외판원 말고는 아무것도 보지 못했다. 그렇다. 세상에서 가장 흔한 일이었다!

물론 길모퉁이에서 그는 가야만 했다. "다음에 만날 때까지!" 그는 중얼거렸다. 눈에서 불이 뿜어져 나와 베인스 부인이 다행히도 보지 못한 소피아의 사랑스러운 머릿속에 있는 등불을 밝혔다. 그리고는 악수를 하고 모자를 들어 올렸다. 신이 모자를 들어 올린다고 생각해 보라! 그렇게 그는 두 다리로 떠났다. 마치 근사한 작은 외판원처럼 말이다.

애매하게 빛을 잃은 천사에게 호위를 받으며 그녀는 킹 스트리트로 돌아왔고, 얼굴 표정을 정리한 뒤 대담하게 그녀의 어머니를 만났다. 처음에 어머니는 색다른 점을 알아차리지 못했다. 어머니들은 명성과는 달리 정말로 맹목적인 존재이다. 순진한 멍청이인 소피아는 신과 함께 인도를 따라 100야드를 걸어가는 것이 흥미로운 이야깃거리가 정말로 되지 않을 것이라고 생각했다! 정말 망상적이다! 아무도 그 신을 직접 눈으로 보지 못했다는 것은 진짜로 사실이다. 그러나 소피아의 뺨, 소피아의 눈, 소피아의 목덜미가 그녀의 영혼이 신의 영혼을 갈망하고 있었다. 이러한 현상들은 소피아가 예상한 것보다 헤아릴 수 없이 더 두드러졌다. 베인스 부인의 소문난 위엄을 존중하기 위해 어느 정도 변형이 된 이 이야기는 멀어버린 어머니의 눈을 고쳐주었고, '젊은이들과 같이 거리를 활보하지 않았으면 좋겠구나' 같은 특징적인 반대를 이끌어냈다.

베인스 부인은 스케일이 재방문할 시기가 되자 계획의 윤곽을 잡았고, 그가 정확히 언제 방문할 지를 알리는 서신이 편지함에 도착하자 그 계획을 상세하게 세워나가기 시작했다. 첫째로 그녀는 스스로 병들고 없는 사람인 척하기로 결심했다. 그렇게 해서 스케일이 응접실에서 사회적 관계를 이어나갈 수 있는 가능성을 막기 위해서 말이다. 둘째로 그녀는 하나의 힌트를 주며 콘스탄스를 추켜세워 주었고 (아, 가장 애매하고 간결하다!) 콘스탄스는 약속된 아침에 가게에 계속 있어야 한다는 것을 이해했다. 셋째로 그녀는 포비에게 다가오고 있는 제럴드 스케일의 출현을 언급하지 말아야 한다고 설명하였다. 네 번째로 그녀는 소피아가 전시실에만 갇혀 있을 수 있도록 여성 모자류 쪽 고객 두 명과 소피아와의 약속을 잡아두었다.

그렇게 운에 맡긴 것이 아무것도 없는 그녀는 스스로에게 허튼수작으로 가득 찬 어리석은 여자라고 말했다. 그러나 이것은 그녀의 입술을 꽉 다물게 하는 것과 그녀의 가족이 먹는 파이에 스케일의 손가락이 없어야 한다는 결심을 막지는 못했다. 그녀는 프랫 변호사로부터 스케일이 관한 정보를 간접적으로 입수했다. 나아가 더 커다란 형태의 질문을 생각해 보았다. 어째서 젊은 소녀가 어떤 젊은 남자에게 관심을 주는 것을 허락해야 하는가? 영원한 목적은 베인스 부인을 이용한 뒤 버려버렸고, 이와 비슷한 상황에 있는 대부분의 사람들처럼 그녀는 무의식적으로, 그리고 매우 정직하게 영원한 목적과 상충하고 있었다.

2

버킨쇼를 대신하여 주문과 돈을 받기 위해 스케일이 가게를 방문한 날, 베인스 부인의 교묘한 책략은 뛰어난 성공을 이룬 듯 보였다. 시간을 엄수하는 것은 스케일의 정해진 습관이 아니었고, 그가 도착에 관한 서신에 적혀 있는 대로 정확히 도착한 적은 과거에 없었다. 그렇기에 그날 아침 그가 시간을 엄수했다는 것은 전례 없는 일이었다. 그는 가게 안으로 들어왔고, 포비는 우연히 문간에 줄어들지 않는 플란넬을 정리하고 있었다. 두 젊은 청년은 플란넬, 개, 사분기 결산일(불과 며칠 전이었다)에 대해 쾌활하게 대화를 나누었고, 포비는 높게 쌓인 트월 뒤에 있는 어두운 구석의 카운터로 스케일을 데리고 가서 분기 계산서를 평상시처럼 지폐와 금으로 지불하였다. 그러고 나서 스케일은 최근 맨체스터에서 알아낸 포목상들의 예시를 들어가며 포비에게 중요한 검토를 하자고 제안했다. 포비는 무모하지는 않지만 '충분'보다는 '풍족'에 가까운 주문을 그에게 전달하였다. 그 과정에서 스케일은 도로 경계석에 있는 손수레에서 놋쇠로 가장자리를 두른 어떤 작고 검은 상자를 가져오기 위해 두세 번 가게를 나가야 했다. 이 짧은 여행 중 스케일은 눈의 정욕을 만족시키기 위해 방자하게 주변을 둘러보지 않았다. 그가 주변을 둘러보았다 하더라도 그는 세 명의 젊은 여성 조수들이 난로에 둘러앉아 마침내 동창이 떠나기 시작한 손가락으로 바느질을 하는 것보다 더 흥미로운 것을 볼 수 없었을 것이다. 스케일이 그의 상아로 만들어진 첨필형 만년필로 주문의 세부사항을 적고 상자들을 다시 챙긴 후, 유능한 외판원의 태도로 검토를 마무리하였다. 즉, 그는 포비가 현명하고 상황 판단이 빠르며, 정직한 사람이고 그와 같은 사람이 몇몇만 더 있었더라면 세상이 더 나아졌을 것이라는 자신의 생각을 포비에게 심어주었다. 그는 베인스 부인에 관해 물었고, 그녀의 몸 상태가 좋지 못하다는 것에 유감을 표하면서도 베인스 양들은 괜찮다는 것에 위안을 받았다. 포비가 외판원의 귀감을 문 앞까지 배웅할 때 두 명의 손님이 동시에 들어왔다. 여자였다. 그중 한 명은 곧장 포비에게 다가왔고 그 결과 스케일은 즉시 포비와 헤어지게 되었다. 매우 성공한 외판원이라 하더라도 별로 중요하지 않은 손님의 볼일을 방해하지 않는다는 것이 일반적인 상가에서의 처세법이었다. 다른 고객은 그녀의 외진 구석으로부터 콘스탄스를 튀어나오게 만들었다. 콘스탄스는 줄곧 그곳에 있었고, 물론 그녀가 기억하고 있던 목소리도 들었지만 그녀의 태도는 스스로가 스케일 앞에 나타나는 것을 허락해주지 않았다.

떠나려고 하던 스케일은 쾌활한 들창코와 그녀의 친절하고 단순한 눈을 보았다. 그녀는 두 번째 고객에게 전시장으로 올라가라고 말하였는데, 그곳은 소피아가 있는 곳이었다. 스케일은 잠시 머뭇거리고 있었고, 그 순간 콘스탄스는 그와 눈을 마주치고는 미소를 지으며 고개를 끄덕였다. 그 상황에서 그녀가 또 뭘 할 수 있었겠는가? 어머니와 스케일이 만나지 않았다는 사실을 어렴풋이 알 수 있었고, 젊은이가 소피아에게 미칠 수 있는 영향조차 두려워하고 있었지만, 그녀의 세상을 향한 일반적인 자애에서 그를 배제할 수 없었다. 그녀는 그를 매우 좋아했고 그를 매우 훌륭한 남자의 표본이라고 생각했다.

그는 문을 지나 그녀에게 건너갔다. 그들은 악수를 하고 즉시 대화를 시작했다. 콘스탄스는 수줍음을 느끼지 않고 겸손함을 유지하면서 가게에서 누구와도 대화를 이어나갈 수 있게 되었다. 그녀는 예전에 소피아가 그랬던 것처럼 정확히 구석 쪽으로 옆걸음질을 쳐 걸어갔고, 스케일은 카운터를 가리고 있는 상자들 위에 턱을 괴고 열심히 대화를 이어나갔다. 점검 자체가 그녀의 어머니를 불안하게 만들 요소는 아무것도 없었고, 소피아의 순진함이라는 꽃을 위한 베인스 부인의 예방책을 소용없게 만들 만한 것은 아무것도 없었다. 그럼에도 불구하고 이 상황은 베인스 부인에게 위험을 가져다주었고, 응접실에 관한 모든 것을 인지하지 못했다. 베인스 부인은 스케일의 멋스러운 매력에 이끌리지 않을 콘스탄스를 전적으로 의지할 수 있었다(그녀는 콘스탄스에게 어떤 바람이 불고 있는지 알고 있었다). 그녀는 계획을 세움에 있어 아무것도 잊은 것이 없었다. 포비를 제외하면 말이다. 그리고 그녀는 포비의 성격이 상황에 미치는 영향을 예견할 수조차 없었다고 말할 수 있다.

손님을 접객하고 있던 포비는 콘스탄스가 외판원에게 환한 미소를 지어 보이는 것을 보았고, 그것이 마음에 들지 않았다. 상자 뒤에 숨겨진 콘스탄스와 친밀한 대화를 나누고 있는 스케일의 몸짓을 본 그의 불안감은 격노로 바뀌어 갔다. 그는 검고 끔찍한 화를 낼 수 있는 사람이었다. 외관상으로 보기에 그는 보잘것없고, 그의 작은 키 같은 작은 마음을 소유하고 있으며 쉽게 부끄러워하는 사람이었지만 그것과는 달리 빠르게 기분이 불쾌해지고, 오만하고, 허영스럽고, 어두운 열정을 가지고 있는 매우 민감한 젊은이였다. 사람들은 깨닫지 못한 채 포비의 기분을 상하게 만들 수 있었으며, 포비가 그 결과로 인해 매우 결단적인 일을 행했을 때에야 자신의 죄를 깨달을 수 있었다.

그가 화를 낸 이유는 질투 때문이었다. 포비는 존 베인스가 죽은 이후로 크게 발전했다. 자신의 자리를 굳혔고, 모든 면에서 가장 중요한 인물이었다. 그의 역경은 결코 자신의 중요성이나 중요성에 대한 느낌을 외부적인 태도로 드러낼 수 없다는 것이었다. 대부분의 사람들은 포비가 베인스 가족의 일원이 되는 것을 진지하게 열망하고 있다는 말을 들었다면 웃었을 것이다. 하지만 그들은 틀린 행동을 한 것이다. 포비를 비웃는 것은 언제나 잘못된 일이었다. 오로지 콘스탄스만이 그가 그녀에게 어떤 영향을 끼쳤는지 알고 있었다.

손님은 떠났지만 스케일은 가지 않았다. 포비는 자유롭게 가게를 돌아다닐 수 있었고, 그렇게 행동하였다. 어둠 속에서 그는 콘스탄스의 명랑한 얼굴이 붉어질 때까지 그녀를 엿보았다. 그녀는 분명히 스케일에게 열중하고 있었다. 그녀와 그는 매우 친한 분위기를 띠고 있었다. 그리고 그들의 수군거림은 계속되었다. 그들의 대화는 아무것도 아닌 것에 대한 아무것도 아닌 대화였지만, 포비는 두 사람이 영원의 서약을 맺고 있다고 상상했다. 그는 스케일의 혐오스러운 자유를 견딜 수 없을 때까지, 그의 자제력을 모두 잃을 때까지 견디어냈고, 그러다 재단실로 향하였다. 그는 광기에 휩싸여 1분 동안 명상하였고, 한 가지 방책을 고안해냈다. 그는 가게 안으로 뛰어 들어가며 가게의 반을 가로질러 크고 퉁명스러운 어조로 말했다.

"베인스 양, 어머니가 즉시 보자고 하십니다."

그는 그가 없는 동안 소피아가 전시실에서 내려와 언니와 함께 스케일과 있었다는 것을 깨닫기 전에 이 말을 내뱉었다. 그는 이제 위험과 스캔들이 줄어들었다고 생각했고, 콘스탄스를 불러내서 기뻤지만, 결과를 경멸할 처지에 놓여 있었다. 세 명의 수다쟁이는 깜짝 놀라 갑자기 가게를 나가는 포비를 쳐다보았다. 콘스탄스는 그 부름에 순종할 수밖에 없었다.

그녀는 응접실로 이어지는 통로의 재단실 문 앞에서 그를 만났다.

"어머니는 어디 계신가요? 응접실?" 콘스탄스가 순순히 물었다.

포비의 얼굴에 어두운 홍조가 떠올랐다. "굳이 알고 싶으시다면." 그가 딱딱한 목소리로 말했다. "베인스 양을 부르시지도 않으셨고, 필요하다고 하시지도 않았어요."

그는 그녀에게 등을 돌리고는 그의 소굴로 들어갔다.

"그러면 뭐죠?" 그녀가 어리둥절해하며 물었다.

그가 그녀를 마주 보았다. "그 건방진 자식이랑 충분히 수다를 떨지 않았나요?" 그가 그녀를 쏘아붙였다. 그의 눈에는 눈물이 고여 있었다. 콘스탄스는 이러한 경험을 해본 적이 없었지만 이해는 할 수 있었다. 그녀는 완벽하게 즉시 이해할 수 있었다. 하지만 포비를 제자리로 돌려보냈어야 했다. 포비가 저지른 터무니없고 말도 안 되는 격분할 만한 행동에 단호하고 품위 있게 항의했어야 했다. 포비는 그녀의 존경과 마음속에서 영원히 파멸했어야 했다. 그러나 그녀는 망설였다.

"그리고 지난 일요일 오후." 포비가 흐느껴 울었다. (지난 일요일 오후에 그들 사이에서 명백한 어떤 일이 일어났다거나 분명히 말할 만한 것이 일어난 것은 아니었다. 그러나 두 사람은 함께 있었고, 서로의 눈에 이상하고 충격적인 일들을 목격하게 되었다.)

콘스탄스의 눈에서 갑자기 눈물이 떨어졌다. "부끄러운 줄 아세요." 그녀가 말을 더듬었다. 그녀의 눈에도 그의 눈에도 눈물이 고여 있었다. 따라서 그나 그녀가 방금 한 말은 두 번째로 중요한 일이었다. 콘스탄스의 목소리를 듣고 부엌에서 나온 베인스 부인은 그 장면을 목격하였고, 아무 말도 할 수 없었다. 부모들은 때때로 침묵한다. 그녀는 가게에서 소피아와 스케일을 발견했다.

3

그날 오후 소피아는 자신의 일로 너무 바빠서 어머니와 콘스탄스 사이의 어떤 비정상적인 관계를 알아차리지 못했고, 그녀와 관련된 성공하지 못한 음모가 있었다는 것을 전혀 알지 못한 채, 여전히 매우 친하게 지내고 있는 체트윈드에게 연락하였다. 그녀와 체트윈드는 지적으로 귀족이 되었다고 여기고 있었고, 가족은 암묵적으로 그것을 인정하고 있었다. 그녀는 가게를 떠나려고 할 때 그것을 비밀로 하려 하지 않았다. 그녀는 단지 두 번째로 좋은, 버팀살이 들어간 드레스를 입고 나갔다. 만약 나가는 도중 어머니와 만나 질문에 답하여야 한다면 체트윈드를 만나러 갈 것이라고 말할 준비가 되어 있었다. 그렇게 그녀는 체트윈드를 만나러 학교로 향하였다. 학교는 요금 징수소의 바로 뒤, 턴힐로 향하는 길목에 있는 나무들 사이에 있었다. 그녀가 도착했을 때는 정확히 4시 15분이었다. 체트윈드의 제자들은 4시에 학교를 떠나고, 그 직후 그녀는 언제나 산책을 나갔기에 소피아는 그녀가 없다는 소식을 듣고 놀라지 않을 수 있었다. 그녀는 체트윈드가 돌아와 있어야 한다고 생각하지 않았다.

그녀는 오른쪽으로 몸을 돌려 유료 고속도로의 시작 지점이 있는 옆길로 접어들었다. 그 도로는 두 광산촌인 무어손과 레드카우 방향으로 이어졌다. 그녀는 엄청난 모험을 하고 있었기 때문에 그 길을 따라가기 시작하자 두려움으로 가슴이 뛰었다. 아마도 그녀를 가장 겁먹게 만든 것은 그녀 자신의 놀라운 대담함이었을 것이다. 그녀는 자신의 내부에 있는 자신의 일부가 아닌 것 같은, 그녀의 호기심과 혼란, 순간적으로 지나가는 비현실에 대한 인상을 자아내는 무언가를 두려워했다.

아침에 그녀는 전시실에서 스케일의 중얼거리는 목소리를 들었다.

멀리서 들려오는 중얼거리는 목소리마저 그녀의 등을 소름 돋게 만들었다. 게다가 그녀는 실제로 광장을 직각으로 내려다보기 위해 창문 앞에 있는 카운터 위에 서 있었다. 그렇게 함으로써 그녀는 손수레 제일 위에 놓여 있는 짐과 포비를 유도하기 위해 그가 밖으로 나왔을 때 가끔 모자 윗부분을 보았다. 그녀는 가게로 내려갈 수도 있었다. 그러지 못할 이유가 조금도 없었다. 스케일의 이름이 언급된 지 석 달이 지났고, 그녀의 어머니는 분명히 새해의 사소한 사건을 분명히 잊어버렸을 것이다. 그러나 계단을 내려갈 수 없었다! 그녀는 계단 윗부분으로 가서 난간을 통해 아래층을 훔쳐보았다. 그러나 그 이상 나아갈 수 없었다. 거의 100일 동안이나 그 기이한 등불이 그녀의 머릿속에서 환하게 타오르고 있었다. 그리고 지금 빛을 나누어준 사람이 다시 찾아왔지만, 그녀의 다리는 그 만남 쪽으로 움직일 수 없었다. 지금까지 홀로 살아왔던 그녀는 이 순간에 이르러서 지나쳐 가는 그것을 잡을 수 없었다! "내가 어째서 아래층으로 내려가야 해?" 그녀가 스스로에게 물었다. "내가 그 사람을 만나는 걸 겁내고 있나?"

콘스탄스가 올려 보낸 손님은 모자를 써보면서 그녀의 삶을 10분 동안 사용하고 있었다. 이 시간 동안 그녀는 스케일이 가지 않기를 간절히 기도하며, 적어도 그녀의 안부를 물어보지도 않고 그가 떠날 리는 없다고 생각하고 있었다. 그녀는 이날을 손꼽아 기다린 것이 아닌 것인가? 손님이 소피아를 떠나자 그녀는 손님을 따라 아래층으로 내려왔고, 스케일이 콘스탄스와 대화를 나누고 있는 것을 보았다. 그녀의 침착함은 즉시 그녀에게 돌아왔고, 다소 조롱이 섞인 미소를 지으며 그들과 합류했다. 포비의 이상했던 부름으로 인해 콘스탄스가 구석에서 물러나자 스케일의 어조가 바뀌었다. 이는 그녀를 매우 신나게 만들었다. "당신은 당신이죠." 이렇게 말했다. "당신이 있고… 그리고 나머지 우주가 있죠!" 그는 잊지 않았다. 그녀가 그의 마음속에서 살고 있었다는 것을. 그녀는 석 달 동안이나 그녀 자신의 환상의 희생자가 되지 않았다! 그녀는 그가 상자 가장자리에 접힌 하얀 종이 한 장을 내려두더니 그녀에게 휙 튕기는 것을 보았다. 또한 다홍색으로 얼굴을 붉히며 종이가 카운터에 놓여 있는 것을 바라보았다. 그는 아무 말도 하지 않았고, 그녀는 말을 할 수 없었다. 그는 그녀에게 종이를 건네줄 수 있는 기회를 노리고 미리 그 종이를 준비한 것이다! 그 생각은 매우 아름다웠지만 두려움으로 가득 차 있었다. "정말 가봐야겠어요." 그가 감정에 차서 변변치 않게 말하더니 떠나버렸다, 그냥 그런 식으로! 그녀는 종이를 앞치마 주머니에 넣고는 서둘러 자리를 빠져나왔다. 계단을 오르면서 어머니가 지금까지 계단에 서 있는 것을 보지도 못했다. 그 지점은 가게의 전부가 보이는 망루였다. 그녀는 침실로 숨이 찰 때까지 달리고 또 달렸다.

"난 사악한 소녀야!" 그녀가 만남의 장소로 가는 길에 꽤 솔직하게 말했다. "내가 그를 만나러 가는 건 꿈일 거야. 현실일 리 없어. 아직 돌아갈 시간이 있어. 만약 돌아간다면 난 안전할 거야. 난 단지 체트 윈드를 불렀을 뿐이고 그녀가 있지 않았던 거야. 아무도 뭐라고 할 수 없겠지. 하지만 계속 가면… 내가 누군가에게 보인다면! 계속 가다니 난 정말 바보야!"

그녀는 다른 무엇보다도 엄청나게 순진한 호기심과 들뜨게 만든 그의 노트 자체가 주는 허영심에 사로잡혀 앞으로 계속 걸어 나갔다. 이 시기에는 루프선이 건설 중이었고, 버슬리와 턴힐 사이에 수백 명의 해군들이 이 철도를 건설하고 있었다. 그녀가 굴착 수로를 넘어 새로운 다리에 도착했을 때 그는 노트에 적혀 있던 대로 그곳에 서 있었다.

두 사람은 매우 긴장했고, 마치 그날 처음 만난 사람들처럼 딱딱하게 인사를 나누었다. 그의 노트에 대해서는 아무것도 언급되지 않았고, 노트에 대한 그녀의 반응도 언급이 없었다. 그녀의 존재는 두 사람에 모두에게 상황의 주요 사실로 간주되었으며, 말로 인하여 방해받지 않는 것이 좋다고 여겨지고 있었다. 소피아는 부끄러움을 감출 수 없었고, 부끄러움은 그녀의 아름다움의 찌르는 듯한 매력을 더욱 악화시킬 뿐이었다. 그녀는 베일이 올라가 있는 딱딱한 아마조니안 모자를 쓰고 있었는데, 그해 봄 다섯 마을에서 패션을 나타내주는 마지막 단어였다. 신선한 바람을 쐬고 있는 그녀의 얼굴은 장밋빛으로 빛났다. 그녀의 눈은 어두운 모자 아래서 반짝이고 있었고, 빅토리아 시대 드레스의 강렬한 색은(녹색과 진홍색이었다) 뺨의 아름다움을 감퇴시키지 못했다. 만약 그녀가 얼굴을 찌푸리며 땅 쪽을 바라보았다면 그녀는 더욱더 사랑스러웠을 것이다. 그는 아직 완공이 되지 않은 붉은 다리에서 찰흙 같은 경사로를 내려와 그녀를 환영하였다. 정중한 인사가 끝나자 그들은 가만히 서서 수평선을 바라보았고, 그녀는 그의 부츠 가장자리에 있는 노랑 이회토를 쳐다보았다. 이 만남은 소피아의 이상 속 개념의 베네치아와 맨체스터의 거리만큼 떨어져 있었다.

"이게 그 새로운 철로군요!" 그녀가 말했다.

"네." 그가 말했다. "이것이 당신 마을의 새로운 철로입니다. 다리 위에서는 더 잘 보여요."

"하지만 저 위는 매우 질벅질벅해요." 그녀가 입을 삐죽거리며 반대했다.

"그 너머로는 꽤 말라 있어요." 그가 그녀를 안심시켰다.

그들은 갑자기 다리에서 땅에 생겨난 깊은 상처를 보았다. 수백 명의 사람들이 마치 큰 상처에 있는 파리들처럼 세밀한 작업을 하며 분주히 돌아다니고 있었다. 소리를 죽인 우박이 떨어지는 것처럼 지속적인 달가닥거리는 소리가 들려왔으며, 멀리에서는 작은 기관차가 작은 마차의 행렬을 이끌고 있었다.

"저 사람들이 해군이군요!" 그녀가 중얼거렸다.

다섯 마을에서 해군들이 하고 있는 이루 말할 수 없는 행동들은 그녀에게까지 이르렀다. 일요일에 하루 종일 술 마시며 욕하는 것, 그들의 오두막과 집이 매우 끔찍하고 악명 높은 소굴인 것, 경건하게 살아가고 훌륭한 지역의 저주인 것! 그녀와 제럴드 스케일은 노란 코듀로이와 열려 있는 셔츠로 보이는 털 많은 가슴들을 가지고 있는 이 위험한 맹수들을 내려다보았다. 의심할 여지없이 그들은 철도가 이렇게 혐오스럽고 추잡한 동물들의 도움 없이는 존재할 수 없다는 것이 얼마나 불편한 일인지를 생각했다. 두 사람은 좋은 예절이 절정에 이른 상태에서 아래를 내려다보았고, 닮은 우월한 예절에 강력한 매력을 느꼈다. 해군들의 예절은 소피아가 볼 수도 없을 정도였고, 제럴드 스케일은 그녀가 얼굴을 붉히지 않고 그들을 보는 것조차 허락하지도 않을 것이다. 그들은 일제히 얼굴을 붉히며 완만한 경사면을 올라갔다. 소피아는 더 이상 자신이 무엇을 하고 있는지 알지 못했다. 몇 분 동안 그녀는 마치 그와 함께 풍선 속에 있었던 것처럼 무력했다.

그는 "일찍 일을 마쳤어요"라고 말하더니 만족스러워하며 이렇게 덧붙였다. "사실 오늘 하루는 꽤 즐거운 날이었어요." 그녀는 그가 직무를 소홀히 하지 않았다는 것을 알고 안심했다. 하루 일과는 잘 마친 외판원과 놀아나는 것은 사업을 방치한 사람과 시간을 낭비하는 것보다 덜 충격적으로 보였다. 둘을 비교해보면 정말로 존경스러울 만했다.

"분명히 매우 재미있겠어요." 그녀가 새침하게 말했다.

"뭐가요, 제 직업이요?"

"네. 항상 새로운 장소들을 계속해서 보시잖아요."

"어떻게 보면 그렇죠." 그가 재판관처럼 인정했다. "하지만 파리에 있는 것이 훨씬 더 즐거웠다고 말씀드릴 수 있습니다."

"오! 파리에 가보신 적이 있나요?"

"거의 2년 동안 그곳에서 살았습니다." 그가 태평하게 말했다. 그러더니 그녀를 보면서 "제가 오랫동안 오지 않았다는 것을 눈치 채지 못하셨나요?"라고 말을 건넸다.

"파리에 계신 줄 몰랐어요." 그녀가 그를 피했다.

"저는 버킨쇼를 위한 일종의 대리점을 설립하기 위해 갔었어요."

그가 말했다.

"그럼 프랑스어를 마치 아무것도 아닌 듯이 하실 수 있겠군요."

"물론 프랑스어를 사용해야 하죠." 그가 말했다. "어렸을 때 가정교사로부터 불어를 배웠어요. 삼촌이 가능하게 해주셨죠. 그런데 학교를 다니면서 거의 까먹었고, 대학에서는 아무것도 배우지 못하죠. 매우 조금이거나, 어쨌든! 확실히 프랑스어는 아니죠!"

그녀는 깊은 감명을 받았다. 그는 그녀가 짐작했던 것보다 훨씬 더 대단한 인물이었다. 그녀는 외판원들이 복잡한 교육을 마치기 위해 대학에 가야 한다는 것을 전혀 생각해본 적이 없었다. 그리고 파리라니! 파리는 그녀에게 다른 그 무엇도 아닌 순수하고 불가능하며 이룰 수 없는 로맨스였다. 그리고 그는 파리에 가본 적이 있었다! 영광의 구름이 그의 주변에 떠다니고 있었다. 그는 눈부신 영웅이었다. 그는 다른 세상에서 그녀를 찾아왔다. 그는 그녀의 기적이었다. 그의 존재는 너무 기적적이어서 사실 같지 않았다.

가게에서 단조로운 삶을 보내고 있는 그녀! 우아하고, 훌륭하고, 먼 도시에서 온 그! 두 사람은 서로의 옆에 서서 무어손의 능선을 향해 길을 걸어 올라갔다! 시웰의 이야기에는 이와 같은 내용이 전혀 없었다.

"삼촌 분께서는…?" 그녀가 모호하게 물었다.

"네, 볼데로입니다. 버킨쇼의 파트너이시죠."

"오!"

"들어보신 적 있나요? 웨슬리파의 열렬한 신도이신데."

"아, 그럼요." 그녀가 말했다. "여기서 웨슬리언 총회를 열었을 때 그분이…."

"그분은 항상 총회에서 매우 훌륭하게 활동하시죠." 제럴드 스케일이 말했다.

"저는 그분이 버킨쇼와 관련이 있는지 몰랐어요."

"물론 그분은 일을 하고 있는 파트너가 아니에요." 스케일이 설명했다. "하지만 그는 제가 그중 하나가 되길 바라고 있어요. 저는 밑바닥부터 사업을 배워야 해요. 이제 제가 왜 외판원을 하는지 아시겠군요."

"그렇군요." 그녀는 여전히 깊은 감명을 받고 있었다.

"전 고아예요." 제럴드가 말했다. "그리고 볼데로 삼촌은 제가 3살 때 저를 맡으셨죠."

"그렇군요!" 그녀가 반복했다.

그녀는 스케일이 웨슬리계 신도라는 것이 이상하게 보였다. 마치 그녀처럼. 그녀는 그가 '성공회'라고 확신했을 것이다. 웨슬리계에 대한 그녀의 관념은 다양한 다른 것들에 대한 관념과 함께 급격히 변하였다.

"이제 당신에 대해 말해봐요." 스케일이 제안했다.

"오! 전 아무 사람도 아니에요!" 그녀가 불쑥 말했다.

감탄사는 완벽하게 진심이었다. 스케일이 자기 자신에 대해 밝힌 내용은 그녀를 흥분하게 만들었지만 동시에 그녀를 낙담시켰다.

"당신은 제가 만난 여자 중 가장 훌륭한 여자예요." 스케일은 정중하게 강조하며 말했고, 지팡이로 부드러운 땅을 팠다. 그녀는 얼굴을 붉히며 아무 대답도 하지 않았다. 그들은 다음에 무슨 일이 일어날지 궁금해 하며 잠자코 걸어갔다. 스케일은 갑자기 도로 근처에 원형으로 지어진 다 허물어져 가는 낮은 벽돌담에 멈춰 섰다.

"오래된 채취장의 갱도인가 보군요." 그가 말했다.

"네, 그런 것 같네요." 그는 다소 큰 돌을 집어 들고 벽으로 다가갔다.

"조심하세요!" 그녀가 그에게 말했다.

"오! 괜찮아요." 그가 가볍게 말했다. "들어봐요. 가까이 와서 들어봐요."

그녀는 마지못해 그의 말에 따랐다. 그는 더럽고 폐허가 된 벽 위로 돌을 던졌는데, 벽 꼭대기는 그의 모자와 거의 같은 높이였다. 2, 3초 동안 아무런 소리도 들리지 않았다. 이윽고 갱도 깊은 곳에서 희미한 반향이 울려 퍼졌다. 소피아의 머릿속에서는 광부들의 유령이 멀리멀리 떨어진 지하 통로에서 영원히 방황하는 끔찍한 모습이 떠올랐다. 떨어진 돌의 소음은 그녀에게 대지의 은밀한 공포를 일깨워주었다. 그녀는 공포로 인한 경련 없이는 벽을 쳐다볼 수조차 없었다.

"정말 이상하군요." 스케일도 약간 경외심이 담겨 있는 목소리로 말했다. "이렇게 남겨두어야 한다는 것이! 매우 깊은 것 같군요."

"몇몇은 그렇겠죠." 그녀가 몸을 떨었다.

"그냥 한번 봐야겠어요." 그는 벽 꼭대기에 두 손을 올려두었다.

"그만둬요!" 그녀가 명령했다.

"아! 괜찮아요!" 그가 달래듯 다시 말했다. "벽이 바위만큼 튼튼해요." 그는 살짝 뛰어올라 안을 보았다. 이윽고 그녀는 크게 비명을 질렀다. 그가 갱도의 먼 밑바닥에 떨어져 매우 심하게 다쳐 있다고 생각했던 것이다. 그녀의 발밑에 있는 땅이 흔들리는 것 같았다. 끔찍한 메스꺼움이 그녀를 사로잡았다. 그녀는 다시 비명을 질렀다. 실체가 그렇게 고통스러울 수 있다는 것을 전혀 생각하지 못했기 때문이다.

그는 벽에서 내려와 그녀에게로 돌아섰다. "바닥을 볼 수 없었어요!" 그가 말했다. 그러고는 그녀의 바뀐 얼굴을 지켜보며 완벽한 남성적인 미소를 지으며 그녀에게 다가갔다. "어리고 바보 같은 분!" 그는 매력에 온 힘을 쏟으며 구슬리듯 친밀감 있게 말했다.

그는 자신의 행동의 결과를 잘못 계산했다는 것을 즉시 깨달았다. 그녀의 경각심은 순식간에 공격적인 분노로 바뀌었다. 그녀는 마치 그가 그녀를 만질 작정이라도 한 것처럼 고상한 몸짓을 하며 물러섰다. 그는 그녀가 우연히 그와 함께 걸었기에 그녀에게 친근하게 말을 걸고, 그녀를 놀리며, 그녀를 '어리고 바보 같은 분'이라고 부르고, 그녀의 얼굴에 자신의 얼굴을 들이댈 권리가 있다고 생각한 것인가? 그녀는 빠르고 격정적인 분노로 그의 자유에 화를 내었다.

그녀는 그에게 의기양양한 등과 끄덕이는 고개, 그리고 분노에 찬

치마를 보여주었다. 그러고는 한마디도 없이 마치 도망치듯 서둘러 자리를 떠났다. 그는 뜻밖의 상황에 너무 놀라서 잠시 아무것도 하지 않고 서 있었다. 그저 멍하니 서서 그녀를 바라보며 멍청하다고 느끼고 있을 뿐이었다.

그때 그녀는 그가 뒤쫓아 오는 소리를 들었다. 그녀는 자존심이 너무 강해서 멈출 수도, 심지어 속도를 줄일 수도 없었다.

"그러려던 게 아니…." 그가 뒤에서 중얼거렸다. 그녀는 아무 말도 없었다.

"사과해야 할 것 같아요." 그가 말했다.

"그래야 한다고 생각해요." 그녀가 몹시 화를 내며 대답했다.

"사과할게요!" 그가 말했다. "잠깐만 멈춰주세요."

"저를 따라오지 말아주시면 감사하겠습니다, 스케일 씨." 그녀는 잠시 멈추더니 불만으로 그를 불태웠다. 그러고는 다시 앞으로 나아갔다. 그녀의 마음은 고문을 받고 있었다. 그와 머물며, 미소를 지으며 그를 용서하고, 그의 미소를 받을 수 있도록 자신을 설득할 수 없었기 때문이다.

"편지 할게요." 그가 비탈길을 따라 소리쳤다.

그녀는 계속 걸어 나갔다. 터무니없는 아이였다. 그러나 그가 그 허물어져 가는 벽에 매달렸을 때 그녀가 겪었던 고통은 터무니없는 것이 아니었다. 그녀가 마음속에서 본 어두운 미래도, 그녀가 여왕이라는 것을 까먹고 그녀의 말을 듣지 않은 그를 향한 막대한 분노도 터무니없는 것이 아니었다. 그녀에게 그 장면은 매우 비극적이었다. 머지않아 그녀는 다리를 다시 건넜는데 이전과 같은 사람이 아니었다. 이것이 이 놀라운 모험의 끝이었다.

요금 징수소에 도착했을 때 그녀의 어머니와 콘스탄스를 떠올렸다. 그녀는 그들을 완전히 잊고 있었다. 그들은 그녀를 위해 완전히 없는 사람이 되어 있었다.

4

"소피아, 나갔다 왔니?" 베인스 부인이 응접실에서 수상하다는 듯이 물었다. 소피아는 차를 마시는 시간에 늦을 것 같았기에 재단실에서 서둘러 모자와 외투를 벗었다. 그러나 머리카락과 얼굴은 3월의 바람을 맞은 흔적을 보여주고 있었다. 체격이 더 커진 것 같은 베인스 부인은 손에 잡지를 몇 권 든 채로 흔들의자에 앉아 있었다. 차가 준비되었다.

"네, 어머니. 체트윈드 선생님을 만나러 다녀왔어요."

"나갈 때는 내게 말해주면 좋겠구나."

"나가기 전에 어머니를 찾으러 여기저기 돌아다녔어요."

"아니, 그렇지 않아. 난 4시 이후로 이 방에서 나가지 않았으니까…. 그런 말은 하면 안 돼." 베인스 부인이 온화하게 덧붙였다.

베인스 부인은 이날 많은 고통을 받았다. 자신이 현재 화가 나고 신경이 과민한 상태라는 것을 알고 있었기에 현명한 여자의 자질로 스스로에게 이렇게 말하고 있었다. "나 스스로를 신경 써야 해. 나 자신을 놓아서는 안 돼." 그러면서 자신이 얼마나 합리적인지 생각했다. 그녀는 모든 행동이 그녀를 배신하고 있다는 것을 예측하지 못했고, 고상한 동기로 인해 그가 극도의 도발이라고 여겨지는 상황에서 명백히 친절하고 참을성 있게 행동하려고 애쓰는 모습은 몇몇 상황들보다 더 짜증난다는 생각도 들지 않았다.

매기는 찻주전자와 뜨거운 토스트를 가지고 오다 부엌 계단에서 실수를 하였다. 그래서 소피아는 이것을 아무 말도 하지 않은 것에 대한 핑계거리로 삼았다. 소피아 역시 많은 고통을 겪었고, 그 고통은 극심했다. 그 순간 그녀는 젊은 영혼에 모든 비극을 안고 있었다. 익숙하지 않은 짐이었다. 어머니를 향한 그녀의 태도는 반은 두렵고 반은 반항적이었다. 이 모든 것은 그녀가 집에 돌아오는 길에 숨죽인 채 몇 번이고 되풀이했던 말로 요약될 수 있었다. "뭐, 엄마가 날 죽이려고 하진 않을 테니깐!"

베인스 부인은 파란 표지의 잡지를 내려놓고 흔들의자를 테이블 쪽으로 틀었다.

"차를 마시고 싶다면 따르렴." 베인스 부인이 말했다.

"콘스탄스는 어디 있어요?"

"콘스탄스는 몸 상태가 좋지 못하단다. 누워 있어."

"무슨 문제라도 있나요?"

"아니."

이는 오류가 있는 말이었다. 거의 모든 것이 콘스탄스의 문제였는데, 콘스탄스는 그날 오후만큼 콘스탄스답지 않았던 날이 없었다. 그러나 베인스 부인은 콘스탄스의 연애 문제에 관해 소피아와 이야기를 나눌 생각이 없었다. 소피아에게는 사랑에 관한 이야기가 더 적게 나올수록 더 좋았다! 소피아는 이미 충분히 흥분한 상태였다.

두 사람은 난로를 가운데 두고 서로 마주보고 앉았다. 검은 보디스가 테이블 위로 무겁게 드리워져 있는, 수없이 많은 세월의 기쁨과 환멸로 인해 크고 둥근 얼굴이 지치고 주름져 보이는 얼굴을 가지고 있는 뚱뚱한 나이가 많은 부인. 그리고 젊고 날씬한 소녀, 매우 새롭고 매우 순결하고 매우 무지한, 시간의 미노타우로스에게 곧 희생당할 제물들의 모든 연민을 가지고 있는 소녀! 두 사람은 조심성 없이 서둘러 뜨거운 토스트를 먹었고, 조용히 몰두하며 걱정하고 있었지만 겉으로는 태연했다.

"그래서 체트윈드 선생님이 뭐라고 하더니?" 베인스 부인이 물었다.

"계시지 않았어요."

베인스 부인을 충격에 빠트린 한 방이었다. 콘스탄스에 대한 확실성으로 인하여 사라진 소피아에 대한 의심이 갑자기 그녀의 마음에서 튀어나와 호랑이 무리처럼 왔다 갔다 하고 있었다. 그래도 베인스 부인은 침착하기로 마음먹었다. "오! 언제 연락했는데?"

"모르겠어요. 네 시 반쯤이었던 것 같아요." 소피아는 차를 빠르게 마시더니 일어났다.

"포비 씨에게 여기 와도 된다고 말할까요?" 포비는 여자들이 다 마신 후 차를 마셨다.

"그래, 내가 가기 전까지 가게에 있어주렴. 가기 전에 가스 불 좀 켜주고." 소피아는 맨틀피스의 단지에서 가느다란 초를 꺼내 켜져 있는 가스에 불을 붙였고, 약한 평 소리와 함께 불이 붙었다.

"신발에 묻은 진흙은 뭐니, 아이야?"

"진흙?" 소피아가 바보같이 신발을 쳐다보며 되풀이했다.

"그래." 베인스 부인이 말했다. "이회토 같아 보이는구나. 도대체 어디에 갔다 온 거니?"

그녀는 금테 안경을 통해 차갑고 무의식적으로 적대적인 시선으로 딸을 심문했다.

"도로에서 묻은 게 틀림없어요." 소피아는 서둘러 문으로 갔다.

"소피아!"

"네, 엄마."

"문 닫아."

소피아는 나가기 위해 반쯤 열어놓은 문을 본의 아니게 닫았다.

"이리 오렴."

소피아는 입술을 삐죽거리며 베인스 부인의 말을 따랐다.

"넌 날 속이고 있어, 소피아." 베인스 부인이 매섭고 엄숙하게 말했다. "오늘 오후에 어디 갔다 왔니?"

소피아의 발은 탁자 뒤 카펫 위에서 안절부절못하고 있었다. "어디에도 다녀오지 않았어요." 그녀가 퉁명스럽게 중얼거렸다.

"스케일을 보러 갔다 왔니?"

"네." 소피아가 음울한 얼굴로 어머니를 대담하게 잠시 바라보더니 말했다('엄마가 날 죽이진 않겠지'라고 마음속으로 중얼거리고 있었다. 어머니는 단지 뚱뚱한 중년의 여성일 뿐이고, 그녀에게는 젊음과 미모가 있었다. '엄마는 날 죽일 수 없어.' 그녀는 떨리고 고통스러운 마음으로 중얼거렸다).

"어떻게 그를 만나게 됐니?" 답이 없었다.

"소피아, 내가 하는 말 들었잖니!"

여전히 아무런 답이 없었다. 소피아는 테이블을 내려다보았다(엄마가 날 죽이진 않겠지).

"그렇게 계속 시무룩해 있으면, 난 최악의 상황을 생각할 거야." 베인스 부인이 말했다. 소피아는 침묵을 지켰다.

"물론." 베인스 부인이 말을 다시 이었다. "네가 사악해지기로 결정했다면, 나도 그 누구도 널 막을 수 없겠지. 내가 할 수 있는 일도 있고, 내가 할 일은… 젊은 스케일은 완전히 나쁜 놈이라는 걸 경고해주는 일이야. 난 그에 관한 모든 것을 알아. 그는 해외에서 무모한 삶을 살았고, 그의 삼촌이 버킨쇼의 파트너가 아니었다면, 그들은 그를 다시 받아주지 않았을 거야." 잠시 침묵이 있었다. "난 언젠가 네가 행복한 아내가 되기를 바란단다. 하지만 넌 아직 너무 어려서 젊은 남자들을 만날 수 없어. 그리고 그 어떤 일이 일어나도 난 너와 스케일이 연관되도록 하지 않을 거야. 인정할 수 없어. 앞으로는 혼자 외출하지 말렴. 날 이해하겠니?"

소피아는 침묵을 지켰다.

"내일은 좀 더 나은 마음가짐을 가졌으면 좋겠구나. 그러길 바랄 뿐이야. 하지만 네가 그렇게 되지 않는다면, 나는 매우 엄격한 조치를 취할 거야. 네가 날 거스를 수 있다고 생각하겠지. 하지만 넌 인생에서 가장 큰 착각을 하고 있는 거야. 이제 더 이상 널 보고 싶지 않구나. 가서 포비에게 말을 전하렴. 그리고 매기에게 새로운 차를 가져오라고 하고. 너 때문에 네 아버지가 그 상태로 돌아가신 게 기쁜 일이었다는 생각이 들 정도구나. 네 아버지는 어쨌든 이번 상황을 피했잖니."

'그 상태로 돌아가신'이라는 말은 소피아에게 협박이 되었다. 이 말들은 베인스 부인이 소피아에게 관대하게 그 사건에 관해 언급한 적은 없지만, 노인이 어떻게 죽었는지 정확히 알고 있다는 것을 암시하는 것 같았다. 소피아는 겁에 질려 방에서 탈출했다. 그럼에도 불구하고 그녀의 생각은 이러했다. '엄마가 날 죽이지 않았어. 난 말하지 않기로 결심했고, 그렇게 행동했어.'

저녁이 되자 그녀는 상점에 앉아 매우 꼼꼼하고 엄격하게 바느질을 하고 있었다. 그녀의 어머니는 1층에서 비밀리에 울고 있었고, 콘스탄스는 여전히 2층에 가려져 있었다. 소피아는 그 오래된 갱도에서 있었던 일을 생각하고 있었다. 그러나 그녀는 아까와는 다르게 생각하고 있었다. 자신이 틀렸다는 것을 인정했고, 본능적으로 그녀가 사랑에 대한 어리석은 불신을 보였다고 짐작했다. 그녀는 가게에 앉아 바른 태도를 받아들였고, 바른 말을 하였다. 어리석은 아이였던 그 당시와는 달리 뛰어나고 눈부신 여자가 돼 있었다. 손님들이 들어왔을 때 젊은 여성 조수가 가게 방식에 따라 중앙에 있는 가스 불을 겸손하게 켰을 때, 아름다운 베인스 양의 가슴속에서 타오르고 있는 단어들을 읽을 수 없었다는 것이 매우 특이한 점 중 하나였다. '당신은 제가 만난 여자 중 가장 훌륭한 여자예요.' 그리고 '편지 할게요.' 젊은 여성 조수들은 콘스탄스와 소피아에 대한 그들만의 생각을 가지고 있었지만, 적어도 소피아에 관련된 진실은 그들의 상상을 초월했다. 8시가 되어 그녀가 공식적으로 먼지막이 커버를 씌우라고 명령했을 때 가게는 텅 비어 있었고, 그들은 그녀가 어떻게 해야 포비보다 앞서 아침 편지를 받을 수 있을까를 계획하고 있었다는 생각은 꿈에도 하지 못했다.

패배

1

해리엇 이모가 여동생 베인스 부인과 함께 며칠을 보내기 위해 엑스에서 이곳으로 온 것은 6월이었다. 엑스와 다섯 마을 사이의 철도는 아직 개통되지 않았다. 그러나 설사 개통되었다 하더라고 해리엇 이모는 아마 철도를 이용하지 않았을 것이다. 그녀는 엑스에서 버슬리까지 이동할 때 항상 마차를 이용하였는데, 엑스에 있는 브렛의 마차 대여소에서 고용한 마차와 해리엇의 중요성과 특이성을 완전히 이해하고 있는 마부가 운전을 하였다.

베인스 부인의 몸집은 더 커져 이제 해리엇은 그녀보다 육체적으로 별로 유리하지 않았다. 그러나 연장자의 도덕적 우위는 여전히 지속되고 있었다. 두 거대한 과부는 베인스 부인의 침실을 함께 이용하였고, 여러 대화를 하며 대부분의 시간을 그곳에서 보냈다. 베인스 부인은 깨달음을 얻은 사람의 분위기였고, 해리엇은 그 깨달음을 전해준 사람의 분위기였다. 두 사람은 가게, 전시실, 응접실, 부엌, 그리고 마을을 함께 돌아다니면 서로를 '언니', '동생'이라고 불렀다. 두 사람은 서로를 훌륭한 지혜와 좋은 취향의 원천이라고 불렀다. 그들이 걸어 다닐 때면 존경심이 퍼져나갔다. 광장은 마치 하느님의 눈이 그 위를 지켜보기라도 하는 듯 불안하게 꿈틀거리고 있었다. 응접실에서의 식사는 매우 엄숙한 식사가 되었는데, 최고급 은식기와 냅킨이 사용되었지만 즐거움과 자연스러움은 사라진 듯 보였다(사라진 듯 보였다라고 한 이유는 해리엇이 매우 자연스러웠다는 것은 의심할 여지가 없었고, 그녀 자신도 즐기고 있는 것으로 보이는 순간들이 있었기 때문이다. 그녀의 엄숙함보다 더 황량한 즐거움이었다). 젊은 세대들은 과부들의 무거움에 눌려 생기도 활기도 없이 죽은 듯이 있었다.

포비는 그 어떤 종류의 일이 있어도 쉽게 기가 꺾이는 사람이 아니었다. 그렇기에 억제되어 있는 그의 모습은 과부들의 기량을 보여주는 두드러진 증거였다. 과부들은 정말로 포비를 견인 기관차처럼 밀고 지나갔다. 엄청나고 무의식적인 견인 기관차는 지나가는 곳마다 길 뒤에 죽은 물체들을 남기고 다녔으며, 심지어 그 충돌조차 인식하기 힘들었다. 포비는 해리엇을 싫어했지만, 치여서 길바닥에 누워 있는데, 그가 어떻게 반항할 수 있겠는가? 그는 해리엇이 항상 자신을 관찰하고 있다고 느꼈으며, 침실에 있는 베인스 부인에게 수시로 그 결과를 보고하고 있다고 느꼈다. 그는 그녀가 자신에 관한 모든 것을 알고 있다고 느꼈다. 심지어 그의 눈에 고여 있던 눈물도. 그는 해리엇을 위해 그 어느 것도 제대로 하고 싶지 않다고 생각했다. 일을 매우 완벽하게 행한다 하더라도 그녀에게는 견인 기관차의 플라이휠을 다룬다는 인상밖에 주지 못할 것이다. 콘스탄스, 우리의 콘스탄스도 의심의 눈으로 바라보았다. 해리엇의 태도에는 여러분이 잡을 수 있는 것이 아무것도 없었지만, 그녀의 태도에는 분명히 여러분이 잡을 수 없는 무언가가 있었다. 힌트, 암시, 콘스탄스에게 넌지시 비치는 것이 있었다. "조심하렴, 혹시라도 우연히 매춘부의 육촌이 되지 않도록 조심하렴."

소피아는 특별한 관심을 받았다. 소피아는 해리엇 이모가 더스터 코트의 가장자리 선을 정리할 때 골무를 낀 손으로 장난삼아 찌르기 쉬운 존재였다(나이가 있는 사람들은 자신들의 품위를 위해 코트의 가장자리 선을 올려 입을 수 있었다). 소피아는 두 번에 걸쳐 '나의 작은 나비'라고 불렸다. 소피아는 해리엇 이모의 새 여름 보닛을 손질하는 일을 맡게 되었다. 해리엇은 소피아가 창백해 보인다고 생각했다.

날이 갈수록 소피아의 창백함은 신앙의 사설로 발전이 될 때까지 해리엇에 의해 강조가 되었고, 파문의 고통 속에서 그 사설에 동의할 수밖에 없었다. 그러던 어느 날 새벽 해리엇은 다정한 이모처럼 소피아를 쳐다보며 말했다. "저 아이는 변할 거야." 그리고 또 어느 날 새벽에는 헌신적인 이모처럼 동정 어린 눈으로 소피아를 바라보며 이렇게 말했다. "저 아이가 변할 수 없다니, 유감이야." 베인스 부인도 소피아를 응시하며 이렇게 말하곤 했다. "정말로."

그리고 또 다른 날 해리엇을 이렇게 말했다. "우리 작은 소피아가 한동안 이 늙은 이모와 함께 머물며 말동무를 해줄 수 있는지 궁금하네."

소피아가 덜 신경 쓸 만한 것은 거의 없었다. 그녀는 자신이 가지 않을 것이라고 화가 난 채로 맹세하였고, 어떤 유혹도 그녀를 가게 하지 않을 것이라고 맹세했다. 그러나 그녀는 그물 안에 있었다. 가족의 정확함에 얽매여 있었던 것이다. 그녀는 무엇을 하든 가지 않을 이유를 생각해낼 수 없었다. 게다가 그녀는 이모에게 단지 가고 싶지 않다고 말할 수도 없었다. 터무니없는 행동을 할 순 있었지만, 그럴 수는 없었다. 이윽고 해리엇 이모는 집에 가기 위한 복잡한 준비를 시작하였다. 해리엇은 결코 일을 간단하게 하는 법이 없었다. 그리고 서두르지도 않았다. 떠나기 72시간 전 그녀는 트렁크를 준비하기 시작했다. 하지만 준비하기에 앞서 그 트렁크는 해리엇의 관찰과 지시 하에 젖은 천으로 매기에 의해 닦여야 했다. 엑스에 있는 마차 대여업자와 고용인들에게도 연락해야 했고, 일기예보도 진지하게 고려해야 했다. 그리고 어째서인지 이 모든 준비가 끝났을 때 소피아는 친절한 이모와 함께 엑스의 활기찬 황야에 가야 한다는 것이 암묵적인 사실이 되어 있었다. 엑스에는 연기가 없다! 엑스에는 답답함도 없다! 낮은 사망률과 유명한 풍경을 가진 주거촌의 부유한 과부의 거대한 존재! "물건은 다 챙겼니 소피아?" 그녀는 물건을 챙기지 않았다. "음, 내가 도와주마."

거대한 몸을 가진 해리엇 이모와 같은 추진력은 견딜 수가 없었다! 거부할 수 없는 일이었다. 떠나는 날이 찾아왔고, 온 집안이 술렁거렸다. 식사는 평상시보다 15분 일찍 차려졌는데, 해리엇이 엑스에 도착한 후 평소 정해져 있던 시간에 차를 마실 수 있도록 위함이었다. 식사 후 매기는 굉장한 모슬린 앞치마 세 개를 받았다. 트렁크와 상자들이 옮겨졌고, 응접실에선 키드 가죽 장갑의 냄새가 약간 풍겼다. 마차가 방문할 예정이었고, 곧 마차가 찾아왔다("블레이든에게는 언제나 의지할 수 있다니깐!" 해리엇이 말했다). 블레이든은 마차에서 내려 해리엇이 문간을 가득 메우고 있는 동안 모자를 만졌다.

"마초를 먹여 놨나요, 블레이든?" 그녀가 물었다.

"네, 부인." 그가 확실히 말했다.

블레이든과 포비는 트렁크와 박스들을 날랐고, 콘스탄스는 이모의 지시에 따라 스스로 마차 구석에 꾸러미들을 넣었다. 마치 선박의 화물을 보관하는 것 같았다.

"자, 소피아 우리 아기!" 베인스 부인이 계단 위로 소리쳤다. 소피아가 천천히 아래층으로 내려왔다. 베인스 부인은 입술을 내밀었다. 소피아는 그녀를 힐끗 쳐다보았다.

"저를 왜 보내시는 건지 제가 모를 거라고 생각하지 마세요!" 소피아가 눈을 반짝이며 딱딱하고 몹시 화난 목소리로 소리쳤다. "전 그 정도로 눈치 없지 않아요!" 그녀는 어머니에게 입을 맞추었다. 다만 경멸적인 입맞춤일 뿐이었다. 그러고는 뒤돌아서며 이렇게 덧붙였다. "하지만 콘스탄스는 콘스탄스가 하고 싶은 대로 행동하게 놔두세요!"

이것은 이번 사건에 대한 그녀의 비통한 단 하나의 발언이었지만, 그녀는 많은 반항적인 밤 동안 축적된 모든 심오한 비통함을 그 말에 담았다. 베인스 부인은 몰래 한숨을 쉬었다. 그 폭발은 확실히 그녀를 불안하게 만들었다. 그녀는 매끄러웠던 상황의 표면이 흐트러지지 않기를 바랐다. 소피아가 뛰쳐나갔다. 몇몇 아이들을 포함한 사람들은 해리엇이 웅장한 작별 인사를 한 후 계단을 올라 마차 내부에 들어가는 것을 숨죽이고 지켜보았다. 마치 매우 두꺼운 숨을 바늘로 꿰는 것 같은 풍경이었다. 일단 그녀가 안으로 들어가자, 그녀의 버팀살이 갑자기 펴지면서 마차 안을 가득 채웠다. 소피아는 재빨리 뒤를 따랐다.

절차가 끝나고 마차가 출발하자 베인스 부인은 또 다른 한숨을 내쉬었다. 안도의 한숨이었다. 자매가 이겼다. 그녀는 이제 곧 찾아올 제럴드 스케일의 다음 방문을 평온하게 기다릴 수 있었다.

2

'하지만 콘스탄스가 하고 싶은 대로 행동하게 놔두세요'라는 소피아의 말 하나하나는 처음 베인스 부인이 들었을 때보다 더 그녀를 불안하게 만들었다. 그들은 마치 늦가을 파리처럼 그녀를 걱정하였다. 그녀는 콘스탄스 사건에 대해 아무에게도 말하지 않았다. 물론 매덕부인은 예외였다. 작은딸에게 불공정한 행동을 한 것처럼 보이지 않고서는 큰딸의 로맨틱한 충동을 향해 조금의 관대함을 보일 수 없다고 본능적으로 느낀 그녀는 그에 따라 행동했다. 포비의 심한 질투가 기억난 날 아침, 그녀는 잠시나마 불을 끄고 둑으로 밀어놓고는 그 기억을 숨겼다. 그 이후로 콘스탄스의 마음 상태에 대해서는 아무 말도 하지 않았다. 스케일의 심각한 유해성을 두려워한 그녀는 콘스탄스의 마음은 기다릴 수 있는 것으로 생각되고 있었다. 그래서 격변의 충격이 닥쳤을 때에는 리넨 수선을 접어두게 되었다. 베인스 부인은 콘스탄스가 소피아에게 포비에 관한 이야기를 하지 않았다고 확신했다. 어머니를 이해할 수 있는 콘스탄스는 상식이 매우 많았고, 예의도 너무 좋았기에 그렇게 행동할 수 없다. 그럼에도 불구하고 소피아는 이렇게 말했다. "하지만 콘스탄스가 하고 싶은 대로 행동하게 놔두세요." 그렇다면 콘스탄스와 포비의 사건이 모두에게 알려진 것인가? 젊은 여성 조수들도 그것에 관해 이야기하고 있는 것인가?

사실 젊은 여성 조수들은 두 사람에 관해 토론하곤 했다. 그러나 가게에서는 아니었다. 베인스 부인은 항상 가게에 있었기 때문에 주요 파티 또는 다른 곳에서 이야기를 나누었을 것이다. 그들은 자유로울 때 조금씩 그들에 관해 토론하곤 했다. 오늘은 그녀가 그를 어떻게 바라보았는지, 그가 어떻게 얼굴을 붉혔는지, 이런 식으로 끊임없이 이야기를 나누었다. 그럼에도 베인스 부인은 오로지 그녀 혼자만 알고 있다고 생각했다. 이것이 자신의 일, 특히나 자신의 자녀가 다른 사람의 자녀와는 불가사의하게 다르다는 근절할 수 없는 망상의 힘이었다.

소피아가 떠난 후, 베인스 부인은 저녁식사 시간에 딸과 매니저를 호기심 많고 신중한 눈으로 관찰하였다. 그들은 마치 재단실 앞에서 함께 울고 있던 모습을 베인스 부인이 목격하지 못하기라도 한 듯 같이 일하고 이야기하고 먹었다. 그들은 가장 사실적인 분위기를 풍겼다. 사랑의 이름이라는 속삭임을 들어본 적이 결코 없었을지도 모른다. 이 단정함 아래에는 속임수가 숨어 있을 수 없었다. 콘스탄스는 속이지 않을 것이기 때문이다. 그러나 베인스 부인의 양심은 제멋대로였다. 질서가 가득했지만 그럼에도 불구하고 그녀는 자신이 무언가를 해야 하고, 무언가를 알아내야 하고, 무언가를 결정해야 한다는 것을 알고 있었다. 만약 그녀가 이 모든 것을 해냈다면 그녀는 콘스탄스를 옆에 앉혀두고 이렇게 말해야 한다. "자, 콘스탄스. 이제 내 마음은 더 넓어졌어. 너와 포비 사이에 무슨 일이 있었는지 솔직히 말해주렴. 나는 재단실 앞에서 일어난 장면이 무슨 일이었는지 이해하지 못했단다. 말해봐." 그녀는 이런 긴장 속에서 이런 식으로 이야기했어야 했다. 그러나 그녀는 그렇게 할 수 없었다. 이 활기찬 여성은 에너지가 충분하지 않았다. 그녀는 소피아에 의해 야기된 걱정이라는 소동이 있은 후, 휴식(비록 그것이 겁쟁이의 휴식이라도, 현실 도피 주의자의 평온함일지라도)을 원했다. 그러나 그녀는 평화를 가질 수 없었다.

소피아가 떠난 직후 첫 일요일, 포비는 아침에 교회당에 가지 않았고 그의 특이한 행동에 대해 아무런 까닭도 말해주지 않았다. 그는 식욕에 사로잡혀 아침을 먹었지만 그의 눈에는 베인스 부인을 약간 불안하게 만드는 독특한 무언가가 깃들어 있었다. 이 무언가는 그녀가 잡을 수도 정의할 수도 없는 것이었다. 그녀와 콘스탄스가 교회당에서 돌아왔을 때 포비는 하모뉴으로 '만세 반석'을 연주하고 있었다. 평범하지 않은 일이었다. 오찬의 메인 요리는 구운 쇠고기와 요크셔푸딩으로 구성되어 있었다. 푸딩은 고기를 먹기 전 디저트로 제공이 되었다. 베인스 부인은 자유롭게 음식들을 먹었다. 이 음식들을 사랑하였고 설법이 끝난 후에는 항상 배가 고팠기 때문이다. 또한 체셔 치즈도 잘 먹었다. 그녀는 식사가 끝나고 거실에서 잠을 잘 생각이었다. 언제나 일요일 오후 거실에서 잠을 자려 노력했고 그것이 실패한 적은 별로 없었다. 원칙적으로 소녀들은 그녀를 따라와 식탁 이곳저곳에 앉았고 그녀처럼 '정착'을 하거나 그 장엄한 형체가 점점 큰 안락의자의 깊은 구멍으로 가라앉고 있다는 것을 깨닫게 되면 몰래 방을 빠져나왔다. 베인스 부인은 기쁜 마음으로 졸린 일요일 오후를 기대하고 있었다.

콘스탄스는 고기를 먹은 후 감사 기도를 올렸는데 이 특별했던 기도는 이러했다.

"우리에게 좋은 오찬을 내려주셔서 감사합니다, 아멘. 어머니, 전 위층에 있는 제 방으로 올라가야겠어요." ('제 방'이 되었다. 소피아가 매우 멀리 떠나버렸기 때문이다)

그녀는 이상하게도 소녀처럼 달려갔다.

"자자, 얘야. 그렇게 서두를 필요는 없잖니." 베인스 부인이 벨을 울리며 일어나면서 말했다. 그녀는 콘스탄스가 잠을 자는 일요일의 관습을 기억하기를 바랐다.

"이야기를 좀 나누고 싶습니다, 베인스 부인. 혹시 눈치 채신 게 없으시다면요." 포비가 갑자기 초조해하며 말했다. 그의 어조는 베인스 부인의 마음에 성가시고 예측하지 못한 일격을 날렸다. 불길한 어조였다.

"뭐에 관한 거죠?" 그녀는 포비에게 오늘이 어떤 날인지를 상기시키기 위해 미묘하게 다른 어조로 물었다.

"콘스탄스에 관해서요." 이 놀라운 남자가 말했다.

174

"콘스탄스!" 베인스 부인이 당황한 듯 과장된 분위기를 보이며 소리쳤다. 매기가 안으로 들어왔다. 그녀는 단지 종소리를 듣고서 들어온 것뿐이었는데 베인스 부인의 머릿속에선 이런 생각이 갑자기 떠올랐다. '캐고 다니는 걸 정말 좋아하는군, 확실해!' 5초 동안 그녀는 매기에게 불만을 품었다. 그녀는 매기가 테이블을 치우는 동안 다시 앉아서 기다려야 했다. 포비는 양손을 주머니에 넣고 일어나서 창가로 가 휘파람을 불었다. 최악의 경우를 예견하게 만들어주는 일반적인 행동이었다. 마침내 매기가 문을 닫고 사라졌다.

"무슨 일이죠, 포비 씨?"

"오!" 포비가 마치 연기라도 하듯 매우 긴장한 채로 무뚝뚝하게 그녀를 바라보았다. "아, 그렇습니다! 할 말이 있습니다. 까먹고 있었네요!" 그러더니 이렇게 말하기 시작했다. "콘스탄스와 저와 관련된 이야기입니다."

그렇다. 그들은 분명히 이 대화를 의도한 것이다. 콘스탄스는 분명히 포비에게 방해가 되지 않기 위해 스스로 빠져나간 것이다. 그들은 한 패였다. 피할 수 없는 일이 닥쳤다. 잠을 잘 수 없다! 휴식도 취할 수 없다! 또다시 걱정할 거리만 남았을 뿐이다.

"저는 현재 이 상황이 전혀 만족스럽지 않습니다." 포비는 자신이 한 말에 어울리는 어조로 말했다.

"무슨 말인지 모르겠네요, 포비 씨." 베인스 부인이 딱딱하게 말했다. 이것은 단순히 거짓말이었다.

"이런, 정말로, 베인스 부인!" 포비가 항의했다. "저와 콘스탄스 사이에 무언가 있다는 것을 알고 계신다는 건 부인하지 않으실 건가요? 그건 부인하시지 않는 건가요?"

"당신과 콘스탄스 사이에 무슨 관계가 있는데요? 장담하건대…."

"그건 부인에게 달려 있죠." 포비가 그녀의 말을 가로막았다. 그는 긴장했을 때 태도가 무례하게 변했다. "그건 부인에게 달려 있다고요!" 그가 사납게 말을 반복했다.

"하지만."

"우리 두 사람은 약혼을 한 사이인가요, 아닌가요?" 포비는 마치 베인스 부인이 심각한 실수를 저질렀고 그것에 대한 책임이 있으며 그에 관해서는 봐주지 않기로 마음먹은 듯이 질문을 밀고 나갔다. "이것이 제가 어떻게 해서든 정해야 한다고 생각하는 문제입니다. 전 완전히 개방적이고 공명정대한 사람이고 싶습니다. 과거에 그랬던 것처럼 앞으로도요."

"하지만 나에게 아무 말도 하지 않았잖아요!" 베인스 부인은 눈썹을 치켜 올리며 불평했다. 그가 이 문제를 그녀에게 떠넘긴 방식은 매우 대담했다. 포비는 테이블에 앉아 링리츠 모양의 머리를 흔들며 자신의 손을 바라보고 있는 베인스 부인을 향해 다가왔다.

"우리 사이에 무언가 있다는 것을 알고 계시잖아요!" 그가 주장했다.

"당신과 콘스탄스 사이에 뭔가 있다는 걸 내가 어떻게 알아요? 콘스탄스는 나에게 한마디도 하지 않았어요. 당신은 했나요?"

"음." 그가 말했다. "우리는 아무것도 숨기지 않았어요."

"콘스탄스와 무슨 관계가 있는데요? 제가 물어도 되나요!"

"그건 부인에게 달려 있죠." 그가 다시 말했다.

"콘스탄스에게 아내가 되어달라고 부탁했나요?"

"아뇨. 아내가 되어달라곤 하지 않았습니다." 그는 망설였다. "아시다시피."

베인스 부인은 가지고 있던 힘을 모두 끌어 모았다. "콘스탄스랑 키스했나요?" 이건 차갑게 말했다.

포비는 이제 얼굴을 붉히고 있었다. "그녀와 키스한 적은 없습니다." 그는 말을 더듬었다. 심문에 충격을 받은 것이 명백했다. "아뇨, 키스를 했다고는 말할 수 없어요."

그는 아마도 그녀와 키스를 하기 전에 베인스 부인은 키스에 대한 정의를 어떻게 생각하고 있는지 물어보고 싶은 욕구를 느꼈을 것이다.

"정말 특이하시군요." 그녀가 고상하게 말했다. 사실이었다.

"제가 알고 싶은 건… 저한테 뭐 싫으신 점이라도 있으신가요?" 그가 강하게 물었다. "왜냐하면 만약 그렇다면….”

"싫은 점이요, 포비 씨? 제가 어째서 당신을 싫어하겠어요?"

"그럼 우리는 어째서 약혼한 사이가 될 수 없는 거죠?"

그녀는 그가 자신을 괴롭히고 있다고 생각했다. "그건 또 다른 문제죠." 그녀가 말했다.

"어째서 우린 약혼할 수 없는 거죠? 제가 충분하지 않은가요?"

사실은 그가 충분히 훌륭하다고 여겨지지 않았다. 매덕은 확실히 그가 충분하지 않다고 생각하고 있었다. 그는 뛰어난 자질을 가지고 있는 견고한 인물이었지만 총명함과 관록, 자존감이 부족했다. 이것이 그에 대한 평결이었다. 그리고 지금 베인스 부인이 스스로 강요할 수 없는 포비를 몰래 비난하고 있는 동안 그는 그녀에게 매우 명백하게 자신을 강요하고 있었다. 그러나 그녀는 이 상황을 인지하지 못하였다! 그가 자신을 괴롭히고 있다고 느꼈지만 어째서인지 그의 힘은 알아차리지 못하고 있었다. 하지만 베인스 부인을 괴롭힐 수 있는 사람은 확실히 평범한 사람은 아니었다.

"포비 씨에 대한 저의 높은 평가를 알고 있잖아요." 그녀가 말했다.

포비는 화가 누그러진 톤으로 이어나갔다. "콘스탄스에게 약혼할 생각이 있다고 가정하면 부인께서 동의하신다고 생각하면 되나요?"

"하지만 콘스탄스는 너무 어려요."

"콘스탄스는 스무 살이죠. 그녀는 스무 살보다 더한 사람입니다."

"어쨌든 지금 당장 답을 해줄 거라고 생각하지 마세요."

"어째서죠? 제 위치를 아시잖아요."

그녀는 그의 위치를 알고 있었다. 현실적인 관점에서 보면 이 만남은 이상적이다. 결함이라곤 찾아볼 수 없었다. 그러나 베인스 부인은 그 약혼이 딸에게는 '추락'이 될 것이라는 생각을 떨쳐버릴 수 없었다. 결국 포비란 누구인가? 포비는 아무 사람도 아니었다.

"생각해 봐야겠어요." 그녀가 입을 모으며 단호하게 말했다. "이런 식으론 대답할 수 없어요. 이건 심각한 문제라고요."

"언제쯤 대답을 들을 수 있을까요? 내일?"

"아뇨."

"그럼, 일주일 안으로?"

"날짜를 특정할 수 없어요." 베인스 부인이 거만하게 말했다. 그녀는 자신이 기반을 다지고 있다고 느꼈다.

"저는 지금 이대로 여기에 무한대로 머무를 수 없어요." 포비가 불쑥 말했다. 그의 어조에는 히스테리의 기미가 느껴졌다.

"자, 포비 씨. 제발 합리적으로 행동하세요."

"그건 상관없어요." 그가 말을 이었다. "그건 상관없어요. 하지만 고용주는 자신들의 딸을 결혼시킬 준비가 되어 있지 않다면 남자 조수를 고용할 권리가 없어요! 이게 제가 하고 싶은 말이에요. 권리가 없다고요!" 베인스 부인은 뭐라고 대답해야 할지 몰랐다. 그는 이렇게 말을 맺었다. "만약 그 경우라면 전 떠나야겠어요."

'뭐가 그 경우라는 거지?' 그녀는 마음속으로 생각했다. '그에게 무슨 일이 일어난 거야?' 그러고는 이렇게 말했다. "당신이 이 가게를 떠나면 제가 얼마나 난처한 입장에 처하게 될지 알고 계실 겁니다. 저는 당신이 전혀 다른 두 가지를 혼동하지 않았으면 좋겠군요. 나를 위협하려는 것이 아니길 바랍니다."

"위협이라고요!" 그가 외쳤다. "제가 재미 삼아 여길 떠나려 한다고 생각하시나요? 만약 제가 떠나게 된다면 그건 제가 견딜 수 없어서입니다. 그게 다예요. 견딜 수가 없다고요. 전 콘스탄스를 원하고 그녀를 가질 수 없다면 그건 견딜 수 없어요. 제가 뭘로 만들어졌다고 생각하세요?"

"분명히." 그녀가 말을 시작했다.

"그건 상관없어요!" 그는 거의 소리를 지르고 있었다.

"제가 말할 수 있게 해주세요." 그녀가 조용히 말했다.

"제가 하고 싶은 말은, 견딜 수 없다는 거예요. 그게 다예요. 고용주는 권리가 없어요. 우리는 다른 남자들처럼 감정을 가지고 있어요."

그는 깊은 감명을 받았다. 인간의 본성에 관한 것이라면 엄격하게 공평한 관찰자에게 다소 괴상하게 보였을지도 모른다. 그럼에도 불구하고 그는 깊고 진정으로 감명 받았고 어쩌면 인간의 본성은 매우 놀랍게도 그를 사로잡은 발작을 더 이상 억제할 수 없었던 상태의 포비만큼 더 인간적인 모습은 보여줄 수 없을 것이다. 그는 격노하여 응접실에서 나왔고 침실로 돌아갔다.

'조용한 사람들 중 저런 경우가 최악이라니깐.' 베인스 부인이 생각했다. '포기하지 않을지 알 수 없으니. 게다가 포기를 안 하게 된다면, 그건 끔찍해. 끔찍하다고. 내가 뭘 했기에, 내가 뭐라고 말했기에 저렇게 된 거지? 아무 말도 하지 않았는데! 아무 말도!'

게다가 그녀의 오후 수면은 어디로 가버린 것인가? 그녀의 딸에게 무슨 일이 일어날 것인가? 콘스탄스에게는 뭐라고 말할 것인가? 다음에 포비는 어떻게 만날 것인가? 아! 절망적으로 울지 않기 위해서는 용감하고 굴복하지 않는 여성이어야 했다. '난 너무 많은 고통을 받았어. 네가 원하는 대로 행동해. 단지 나를 평안히 죽게 내버려 둬!' 이렇게 말하고 모든 것을 무관심하게 흘러가도록 내버려 두어라!

3

포비도, 콘스탄스도 그 까다로운 주제를 다시금 베인스 부인에게 말하지 못했고 베인스 부인은 그 문제에 관하여 먼저 입을 열지 않기로 결심하였다. 그녀는 포비가 그의 위치를 이용하였고 그가 유치하고 무례했다고 생각했다. 그리고 어째서인지 그녀는 은밀히 그의 행동을 콘스탄스의 탓으로 돌렸다. 그렇게 그 문제는 원래 그랬듯이 자존심과 격정의 반대 세력 사이의 허공에 매달려 있었다.

얼마 지나지 않아 포비의 변덕스러운 마음은 4월의 소나기에 지나지 않는 것으로 보이는 사건이 일어났다. 그리고 운명은 그것에 대해 아무런 경고도 해주지 않았다. 그것은 오히려 사건의 완전한 부재를 나타냈다. 버킨쇼에서 관례적으로 보내던 안내 통지서가 도착했을 때 그 통지서에는 '우리의 제럴드 스케일 씨가'라고 적혀 있어야 할 곳이 다른 낯선 이름으로 바뀌어 있었다. 이 안내서를 우연히 본 베인스 부인은 일어나지 못한 만일의 사태에 대비해 정교하게 계획을 세웠던 한 외교가의 직업적인 실망감과 함께 안도감을 느꼈다. 그녀는 소피아를 아무 이유 없이 멀리 보내게 된 것이다. 어머니의 애정이 매우 과장되었다는 것은 의심할 여지가 없었다. 정말로 그녀는 과거를 되돌아보았을 때 소피아와 젊은 스케일 사이에 은밀히 싹트고 있었던 애착에 대한 그녀의 이론을 정당화할 수 있는 사실은 단 하나도 기억해낼 수 없었다! 사소한 사실 하나조차도! 그녀가 기억해낼 수 있었던 정보라곤 소피아가 길에서 스케일과 두 번 마주쳤다는 것뿐이었다.

그녀는 자신의 마음속에서 오랫동안 악을 예언해 왔던 스케일의 운명에 대해 묘한 관심을 느꼈고 버킨쇼 대표가 왔을 때 그녀는 가게 안에서 조심스럽게 행동하였다. 그녀의 목적은 그가 포비와의 사업적 거래를 마치고 나면 그에게 다가가 이야기를 나누어 가능한 한 많이 알아낼 수 있는 정보를 알아내는 것이었다. 이를 위해 그녀는 적당한 순간에 가게를 가로질러 포비 근처로 향하였다. 이렇게 함으로써 킹 스트리트와 그 거리에 있는 익숙한 마차를 잠깐 볼 수 있었다. 그리곤 발걸음을 멈췄다. 멀리서 문을 두드리는 소리가 들리는 것 같았다. 외판원을 무시하고 그녀는 서둘러 응접실로 향하였다. 향하는 도중 통로에서 확실히 문을 두드리는 소리를 들었다. 자신이 매우 오랫동안 문을 두드리고 있었다고 생각하는 사람의 성나고 짜증 난 노크 소리였다.

"매기는 당연히 제일 위층에 있겠지!" 그녀가 비꼬듯이 중얼거렸다. 그녀는 체인을 풀고 빗장을 벗긴 뒤 옆문을 열었다.

"마침내!" 해리엇의 목소리였다. "뭐야! 언니? 빨리 왔네. 얼마나 좋은 일인지!"

장엄하고 당당한 두 생명체는 문 앞의 매트에서 만나 그들의 입술이 거대한 가슴 위로 닿을 수 있도록 앞으로 웅크리고 있었다.

"무슨 일이야?" 베인스 부인이 걱정스러워하며 물었다.

"내가 선언하건데!" 매덕 부인이 말했다. "너한테 물어보려고 특별히 마차를 몰고 왔어!"

"소피아는 어디 있어?" 베인스 부인이 물었다.

"소피아가 여기 오지 않았다는 거야?" 매덕은 소파에 털썩 주저앉았다.

"오지 않았다고?" 베인스 부인이 되풀이했다. "당연히 오지 않았지! 그게 무슨 말이야, 언니?"

"어제 콘스탄스의 편지를 받은 순간 소피아가 나한테 이렇게 말했어. 네가 아파서 몸 져 누웠고 가게로 돌아와서 가게 일을 돕는 것이 좋겠다고. 그렇게 출발했는데. 내가 소피아를 위해 브랫의 2륜 마차를 잡아줬는데."

베인스 부인도 소파에 앉았다.

"난 아프지 않았는데." 그녀가 말했다. "그리고 콘스탄스는 일주일 동안 편지를 쓴 적이 없고! 어제야 내가 콘스탄스한테."

"베인스, 그럴 리가 없어! 소피아는 매일 아침 콘스탄스로부터 편지를 받았다고. 적어도 나한테는 콘스탄스한테서 온 거라고 했어. 어젯밤 네 상태가 어땠는지 나한테 반드시 편지를 보내라고 했고 소피아는 반드시 그렇게 하겠다고 확실히 약속했어. 그리고 오늘 아침까지 아무런 편지도 받지 못했기에 내가 직접 찾아오기로 결심한 거야. 심각한 일인지 확인하려고."

"심각하잖아!" 베인스 부인이 조용히 말했다.

"뭐가?"

"소피아가 도망갔어. 알기 쉽게 말하자면 말이야!"

"말도 안 돼! 결코 그 말을 믿을 수 없어. 밤낮으로 소피아를 마치 내 자식처럼 돌봐왔고, 그리고."

"소피아가 도망간 게 아니라면 어디 있는데?"

매덕 부인은 비극적인 몸짓으로 문을 열었다.

"블레이든." 그녀는 인도에 서 있던 마차의 운전사를 큰 소리로 불렀다.

"네, 부인."

그녀는 망설였다. 서투른 질문을 하게 된다면 한 사람의 사적인 일을 알지 말아야 할 사람이 알게 될 수 있었다.

"그가 여기까지 몰고 온 게 아닌가요?"

"네, 부인. 지난밤 그가 돌아왔을 때 말하길 소피아 양이 나이프 역에 내려달라고 하더군요."

"그런 것 같았어요!" 매덕 부인이 대담하게 말했다.

"네, 부인."

"베인스!" 그녀는 조심스럽게 문을 닫은 후 신음소리를 내었다. 두 사람은 서로를 끌어안았다. 이미 일어나버린 일에 대한 공포는 두 사

182

람을 완전히 사로잡지 못하고 있었다. 큰 슬픔이 되었든, 큰 행복이 되었든 거대한 사건을 새롭게 인지하게 해주는 믿음의 힘은 터무니없이 유한하였기 때문이다. 하지만 시간이 흐를수록 공포는 점점 뚜렷해지고, 더욱 강렬해졌으며, 더욱 비극적으로 그들을 압도하고 있었다. 그들은 서로에게 할 수 없는 말이 많았다. 자존심 때문에, 수치심 때문에, 그리고 언어의 부적절함 때문에. 두 사람 모두 제럴드 스케일의 이름을 말할 수 없었다. 해리엇은 방임 혐의로부터 자신을 보호하기 위해 몸을 구부릴 수 없었고 베인스 부인은 언니에게 그러한 혐의를 씌울 수 없다는 것을 확신시켜주기 위해 몸을 구부릴 수 없었다. 그리고 소피아의 순진하고도 엄청난 범죄의 어리석음은 언급조차 할 수 없었다. 입에 담을 수 없었다. 그렇게 대화는 변변찮고 엉성하고 비논리적으로 진행되었고 아무런 결과도 이끌어내지 못했다.

소피아는 사라졌다. 그녀는 제럴드 스케일과 함께 사라졌다. 그 아름다운 아이, 헤아릴 수 없고 길들일 수도 없는 불가능한 생명체는 최후의 어리석은 짓을 저지른 것이다. 구실도 변명도 없이 매우 정교한 속임수와 함께! 그렇다, 변명조차 없었다. 그녀는 가혹한 환경에서 키워지고 있지 않았다. 오히려 할머니들을 놀라게 하고 충격을 주었을 정도의 자유를 가지고 있었다. 그녀는 총애를 받았고 그녀에게 비위도 맞추어주었으며 제멋대로 행동할 수 있었다. 그리고 이에 대한 그녀의 대답은 돌이킬 수 없을 정도로 매우 악랄한 행위를 하여 가족을 망신시키는 것이었다. 만약 그녀의 바람 가운데 이 위엄 있는 그녀의 어머니와 해리엇 이모를 망신시키려는 바람이 있었다면 치명상을 입어 소파에 초라하고 불명예스럽게 앉아 있는 그들의 보고서는 만족했을 것이다! 아, 무시무시하고도 중국의 잔인함[12] 같은 젊음!

---

12 작가가 글을 쓸 당시에는 중국에 대한 서양인들의 편견이 많았고, 중국인들은 이해할 수 없으며 매우 잔인하다는 것이 일반적인 견해였다.

무엇을 해야 하는가? 콘스탄스에게 소식을 전하기? 안 된다. 적어도 지금만큼은 젊은 세대가 알아야 할 일이 아니었다. 젊은 세대에게는 너무 새롭고 익숙지 않은 일이었다. 게다가 능력 있고 거만하고 경험이 많은 그들은 남성의 의견과 남자의 단단하고 냉담한 생각의 필요성을 느꼈다. 이것은 크리츨로우와 맞는 사건이었다. 매기는 그를 데려오기 위해 보내졌고 옆문으로 들어와야 한다는 특이한 요청을 하였다. 그는 재앙이라는 즐거운 예상과 함께 기대하며 찾아왔고 그 기대가 실망하는 일은 없었다. 그는 몇 년 동안 주어진 시간 중 가장 행복한 시간을 두 자매와 함께 보냈다. 빠르게 그들을 위한 대안도 마련해주었다. 경찰에게 말할 것인가, 아니면 위험을 무릅쓰고 기다릴 것인가? 두 사람은 결정을 외면했지만 그는 맹렬한 무자비함으로 그들이 즉시 결정을 내려야 하도록 몇 번이고 그들을 몰아쳤다. 흠, 그들은 경찰에 말할 수 없었다. 도저히 그럴 순 없었다. 그렇다면 그들은 또 다른 위험에 직면해야 한다. 그는 두 사람을 불쌍히 여기지 않았다. 그가 두 사람을 고문하고 있을 때 채링 크로스에서 보내진 전보가 왔다. "전 괜찮아요, 소피아."

그것은 어찌 되었든 그 아이가 무정하고 무심하지 않다는 것을 증명해주었다. 베인스 부인에게는 마치 소피아를 낳은 게 어제처럼 느껴졌다. 어제까지만 해도 소피아는 아기였고 체벌을 받아야 하는 여학생이었다. 단 몇 시간 만에 몇 년이라는 세월이 흘러갔다. 그리고 지금 소피아는 채링 크로스라 불리는 곳에서 전보를 보내고 있었다. 전보를 전해주는 그 손은 소피아의 손과 얼마나 달랐는가! 베인스 부인이 붉고 젖은 눈으로 바라보는 그 공식적인 손은 얼마나 불가사의하게 통명스럽고 비인간적인가!

크리츨로우는 누군가 스케일에 관해 확인하기 위해 맨체스터에 가야 한다고 말했다. 그는 그날 오후 직접 맨체스터로 향하였고 스케일의 이모가 최근에 죽으며 그에게 1만 2,000파운드를 유산으로 남겼고 볼데로 삼촌과 말다툼한 후 한 시간 전에 버킨쇼를 그만둔 채 상속을 들고 사라졌다는 소식을 가지고 돌아왔다.

"매우 당연한 일이야." 크리츨로우가 말했다. "제가 수년 전 이것에 관해 여러분에게 경고해주었어야 하는데. 그녀가 자신의 아버지를 죽였을 때!"

크리츨로우는 할 말을 다 하고 떠났다. 밤새 베인스 부인은 소피아의 모든 삶을 살아보았고 소피아가 살아왔던 그 어느 때보다 더 격렬하게 소피아의 삶을 겪었다.

다음날 사람들이 알기 시작했다. 거의 들리지 않는 속삭임이 광장을 가로질러 마을을 돌아다녔다. 매우 고요한 가운데 모든 사람이 들을 수 있었다. "소피아가 외판원과 함께 도망갔대!"

2주 후 편지 한 통이 도착했다. 이 또한 런던에서 온 것이었다.

'친애하는 어머니. 저는 제럴드 스케일과 결혼했어요. 제 걱정은 하지 말아주세요. 우리는 해외로 갈 거예요. 엄마의 딸 소피아가. 콘스탄스에게 안부 전해주세요.' 그 옆에 파란색 편지지에는 눈물 자국이 없었다! 불안해하는 기색이 없었다!

베인스 부인은 말했다. "내 인생은 끝났어." 그렇다. 그녀는 이제 겨우 50세가 되었지만 끝났다. 자신이 늙었음을, 늙고 패배했다고 느꼈다. 그녀는 싸움을 하였고 패배하였다. 영원한 목적은 그녀에게 너무 과분했다. 미덕이 그녀에게서 사라졌다. 머리를 들고 광장을 똑바로 바라볼 수 있게 해준 미덕이 사라진 것이다. 그녀는, 존 베인스의 아내다!

그들의 시간이 흐르면서 오래된 집들은 슬픈 광경을 보였고 결코 잊을 수 없었다! 그리고 그 이후로, 성 누가 광장과 킹 스트리트 구석에 있는 존 베인스의 세 채로 이루어진 집의 침통한 외형은 포비 부부가 신혼여행에서 오후에 돌아왔던 날, 그날의 아침 광경만이 남아 있었다. 베인스 부인이 엑스에 향하기 위해 마차에 오르는 모습이었다.

한때 지팡이처럼 날씬하게 이곳에 왔던 베인스 부인은 건장하고 무거운 상태가 되어 그녀의 투쟁과 패배가 담긴 장소를 떠나 침울한 마음을 안고 어린 시절로 돌아갔다. 그곳에서 그녀는 장례를 치를 준비가 될 때까지 거창한 언니와 사는 것에 만족할 것이다. 음침하고 아무런 감정이 없는 오랜 집은 아마도 그녀의 마음속 소리를 들을 수 있었을 것이다. '어제까지만 해도 어린 소녀들이었는데. 매우 작고, 그리고 지금도.' 마차가 떠나는 것은 두려운 일이 될 수도 있다.

II

콘스탄스

대변혁

1

"음." 이전에는 존 베인스 부부의 것이었던 흔들의자에서 일어나며 말했다. "언젠가는 시작해야 하니깐, 지금 시작하는 게 좋겠어!" 그는 응접실에서 가게로 향하였다. 콘스탄스의 시선은 문까지 그를 따라갔고, 순간적으로 마주친 두 사람의 시선에는 키스를 넘어 더한 감정을 느끼는 사람들의 부드러움의 표현이 담겨 있었다.

그날 아침은 베인스 부인이 성 누가 광장의 통치권을 마지못해 포기하고 엑스에 있는 해리엇 매덕의 여동생으로서 살아가기로 한 날이었다. 콘스탄스는 그녀가 떠남으로써 생길 비밀스러운 고통에 대해 거의 짐작하지 못했다. 단지 벅스턴에서 신혼여행을 마친 커플이 도착하는 것을 위해 집 전체를 완벽하게 정리한 채, 그 커플의 자연스러운 얼굴을 붉히지 않도록 일찍 출발하는 것이 어머니답다는 것만 알고 있을 뿐이었다. 어머니의 상식과 동정 어린 이해심 같았다. 게다가 자신의 일로 인하여 매우 바빴기에 어머니의 감정을 알려고 하지 않았다. 그녀는 이상한 경험과 예측하지 못한 포부, 목적이 넘쳐흐르는 새로운 지식과 중요성으로 가득 차 있는 채로 그곳에 앉아 있었다. 그리고 교활함도! 그녀의 볼의 굴곡은 신비롭게 변하고 있는 것처럼 보였지만, 그럼에도 불구하고 나이를 먹은 콘스탄스는 여전히 날개를 펼치는 것을 망설이며 고향을 영원히 떠나는 것을 주저하고 있었다. 사소한 것이 결혼한 여성의 눈에서 아쉬운 듯 살짝 보이고 있었다.

매기에게 테이블을 치우게 하기 위해 콘스탄스는 벨을 울렸다. 이렇게 행동하게 되자 그녀는 자신이 정말로 유부녀가 된 것이 아니라 단지 일종의 모조품이라는 환상이 생겼다. 그녀는 집안의 모든 일이 잘되기를 열렬히 바라고 있었다. 적어도 자신의 처지에 더 익숙해질 때까지 말이다. 하지만 좌절될 바람이었다. 매기의 다소 바보 같고 고분고분한 미소는 잠시 동안 무방비 상태인 콘스탄스를 기다리던 형언할 수 없는 비극을 감추고 있었다.

"괜찮으시다면, 포비 부인." 항상 정육점에서 나온 듯한 커다랗고 붉은 손으로 금속 쟁반에 컵을 모으며 매기가 말하였다. 잠시 침묵이 있었다. "이걸 받아주시겠습니까?" 결혼식을 올리기 전부터 매기는 이미 애정의 눈물을 흘리며 콘스탄스에게 파란색 유리 꽃병을 한 쌍 선물하였다(그녀는 꽃병을 구매하기 위해 외출하는 것을 특별히 허락해 달라고 했었다). 콘스탄스는 매기의 주머니에서 무엇이 나올지 궁금했다. 매기의 주머니에서는 접힌 작은 종이가 나왔다. 콘스탄스는 그 종이를 받아 읽어 보았다. '한 달 후에 떠난다는 것을 알리고 싶습니다. 매기. 1867년 6월 10일.'

"매기!" 나이를 먹은 콘스탄스는 이 놀라운 사건에 겁을 먹고 소리쳤다. "그 전에는 한 번도 통보서 같은 것을 누군가에게 주어본 경험이 없어요, 포비 부인." 매기가 말했다. "그래서 이러한 것들이 어떤 식으로 행해져야 하는지 잘 모르겠습니다. 옳지 않은 방식인 것 같아요. 하지만 받아주시길 바랍니다, 포비 부인."

"오! 물론이죠." 포비 부인이 단정하게 말했다. 마치 매기가 이 집안의 중심이 되는 하녀가 아닌 것처럼, 그녀가 태어나던 날 마치 매기가 돕지 않았던 것처럼, 마치 세상의 종말이 갑자기 알려진 것이 아닌 것처럼, 마치 매기가 없는 성 누가 광장은 상상할 수 없는 것처럼. "하지만 어째서…."

"글쎄요, 포비 부인. 저는 부엌에서 곰곰이 생각해 보았습니다. 그리고 이렇게 생각했죠. '만약 앞으로 변화가 한 가지 있을 것이라면,

두 가지 변화가 더 나을 거야'라고요. 손가락이 뼈가 될 때까지 콘스탄스 양을 위해 일할 것은 아니니까요."

여기서부터는 매기가 쟁반을 바라보며 말했다. 콘스탄스는 그녀를 바라보았다. 그날의 특별한 모슬린이었음에도 불구하고, 그 모슬린에는 베인스 부인이 바꾸지 못한 매기의 깔끔치 못한 모습이 매우 희미하게 남아 있었다. 그녀는 마흔이 넘었고, 크고 둔했다. 그 어떤 매력도 없었다. 그녀는 인정이 많은 가족의 동굴에서 22년을 보낸 뒤, 한 여성에게 남겨진 것이다. 그리고 그녀의 동굴에서 실제로 계속해서 생각하고 있었던 것이다! 콘스탄스는 힘들고 단조로운 일을 오랫동안 한 비인간적인 존재에게서 처음으로 독립적이고 어쩌면 변덕스러운 개성을 발견했다. 매기의 업무는 고용주들에게 결코 현실적이었던 적이 없었다. 실제로 집 안에서 그녀는 단지 '매기'라는 유기체였을 뿐이다. 그리고 지금 그녀는 스스로 변화하려는 생각을 하고 있었다!

"새로 올 다른 사람에게도 머지않아 익숙해지실 거예요, 포비 부인." 매기가 말했다. "세상에는 많은… 많은…." 그녀는 갑자기 흐느껴 울기 시작했다.

"하지만 정말로 떠나고 싶은 것이라면, 무엇 때문에 울고 계신 거죠, 매기?" 포비 부인이 매우 현명하게 물었다. "어머니에게는 말했나요?"

"아뇨." 매기는 효과적이지 못한 모슬린으로 그녀의 주름진 볼을 무심코 닦으며 훌쩍거렸다. "당신의 어머니에게 말해야 한다는 생각은 들지 않았어요. 이해해주실 거라 생각합니다, 포비 부인."

"물론 매우 유감이에요. 매기는 정말 좋은 분이셨어요. 그리고 요즘 같은 날에는…." 이 아이는 어머니로부터 이런 말버릇을 배웠다. 두 사람 모두 60년대에 살고 있다는 생각은 들지 않았다.

"고마워요."

"앞으로 무엇을 하실 생각인가요, 매기? 우리 집 같은 곳은 별로 없을 거예요."

"사실대로 말씀드리자면, 포비 부인, 저는 결혼을 할 거예요."

"그렇군요!" 콘스탄스는 이러한 소식에 대해 무관심하게 대답하는 것에 능숙했다.

"오! 정말이에요, 부인." 매기가 주장했다. "모두 정해졌어요. 홀린스랑 결혼할 거예요."

"어부 행상인인 홀린스는 아니죠?"

"맞아요. 그 사람을 좋아하는 것 같아요. 48년에 그 사람이랑 저랑 약혼했던 것을 기억하시지 못하겠죠. 그는 제 첫사랑이었어요. 그 사람이랑 헤어지게 된 건 그 사람이 인민헌장주의자였기 때문이에요. 베인스 씨가 결코 좋아하지 않으실 걸 알았거든요. 그런데 지금 그가 약혼을 청해왔어요. 그는 오랫동안 홀아비로 지냈거든요."

"분명히 행복해지실 수 있을 거예요, 매기. 그분의 버릇은요?"

"저랑 있으면 그런 건 없을 거예요, 포비 부인."

이 여성은 명백히 힘들고 단조로운 일로부터 벗어나고 있었다. 흐느낌을 완전히 멈춘 매기가 접은 천을 테이블 서랍에 넣고 쟁반을 들고 떠났을 때, 콘스탄스는 솔직히 말하자면 다시 소녀가 되어 있었다. 응접실에 홀로 서 있었기 때문에 까다로운 태도는 보이지 않았다. 매기의 통지서를 태평스럽게 쳐다볼 수 있는 일상적인 서류인 척하지도 않았다. 미납된 청구서를 바라보듯이 바라볼 수도 없었다. 그녀는 새로운 하인을 찾아야 했고, 그들의 성격에 관한 엄숙한 질문을 하고, 새로운 하인을 교육해야 하며, 매기한테는 한 번도 해본 적이 없는 높은 위치로서의 존재로 말을 걸어야 했다. 그 순간, 그녀는 이 세상에는 고용 가능한 적합한 하녀가 아무도 없다는 환상이 들었다. 그리고 중매결혼? 약혼은 심각한 일이며 오로지 교회 제단에서만 끝나야 한다고 생각했다. 매기와 홀린스가 제단에 있는 상상은 그녀에게 충격을 주었다. 결혼은 현상의 연속으로 일반적인 상태이자 매우 신선하고 경이로운 것이었다. 어째서인지 매기와 홀린스 같은 사람들에게는 매우 신선해 보였다. 결혼 생활에서 사용될 그녀의 희미하고 본능적인 반항은 강하고 영원한 생선 냄새에 대한 생각을 중심으로 이루어질 것이었다. 그러나 신성한 기관에서 일어날 예상되는 분노는 하녀의 집안일이라는 임박한 문제보다 그녀를 훨씬 덜 괴롭혔다.

그녀는 가게로 달려갔다. 그리고 그녀의 입술은 깜짝 놀랄 만한 남편의 귀에다 중요한 사실을 속삭일 준비가 되어 있었다. "매기가 사직서를 줬어! 그래! 정말로!" 하지만 새뮤얼 포비는 매우 바빴다. 카운터에 몸을 기울인 채 야들리가 두꺼운 연필로 획을 그리고 있는 펼쳐진 종이를 응시하고 있었다. 길고 빨간 수염을 가지고 있는 야들리는 집과 방을 칠해주었다. 그녀는 그의 외모만 알고 있었다. 그를 생각할 때면 항상 트라팔가에 있는 그의 건물 부지에 있는 표지판을 떠올렸다. '야들리 형제, 공인된 배관공, 화가, 장식가, 도배장이, 간판 작업자.' 어린 시절 그녀는 몇 년 동안 '형제'와 '간판'이 어떤 종류의 물건인지, 배관공과 성경의 불가사의한 유사점이 무엇인지 알지 못한 채 그 표지판을 지나쳐 왔다. 그녀는 남편을 방해할 수 없었다. 그는 완전히 집중하고 있었다. 또한 상점에 (평소보다 약간 더 작아 보였다) 남아 있을 수도 없었다. 그것은 젊은 여조수 앞에서 그녀에게 특별한 일이 일어나지 않은 것처럼 행동하려는 노력이 실패한다는 것을 의미했기 때문이었다. 그래서 그녀는 조용히 전시실로 향하는 계단을 올랐고, 그곳을 통해 집의 침실이 있는 층에 도달했다. 그녀의 집이었다! 포비 부인의 집! 그녀는 오래된 그녀의 방으로 올라갔다. 그녀의 어머니는 침대의 커버를 벗겨 두었다. 그것이 다였다. 방이 약간 줄어든 것을 제외하면 말이다. 가게와 똑같았다! 이번엔 거실로 향하였다. 거실문 밖의 구석진 곳에는 여전히 은식기들이 들어 있는 검은 상자가 있었다. 그녀는 어머니가 이것들을 가져갈 것이라고 생각했다. 하지만 그렇지 않았다! 확실히 그녀의 어머니는 일을 훌륭하게 해내는 사람이었다. 그녀가 일했을 때 말이다. 거실은 술이 달려 있는 장식용 덮개조차 손대어져 있지 않았다. 그렇다, 수년 전에 콘스탄스가 어머니를 위해 작업했던 겨자색 바탕에 화려한 장미들이 놓여 있는 그 작업물만이 사라져 있었다! 그녀의 어머니가 거실에 존재하는 많은 화려한 물건들 중에서 딱 하나만 가져갔다는 것은 콘스탄스의 마음에 와닿았다. 지금 남편과 이야기를 나눌 수 없다면 그녀는 어머니에게 편지를 써야 한다는 생각이 들었다. 그렇게 그녀는 타원형 테이블에 앉아 편지를 쓰기 시작했다. '친애하는 어머니. 아마 이 소식을 듣게 되신다면 매우 놀라실 거예요…. 그녀는 진심이에요…. 제 생각에는 그녀가 심각한 실수를 저지르고 있다고 생각해요. 시그널을 통해 알려야 할까요, 아니면 만약…. 답신으로 보내주세요. 우리는 돌아와서 매우 즐겁게 지내고 있어요. 새뮤얼은 늦게 일어나는 것을 즐기고 있다고 했어요.' 그렇게 그녀는 종잇장의 마지막 1인치까지 글을 썼다.

그녀는 스탬프를 위해 다시 가게를 방문해야 했다. 스탬프는 구석에 있는 포비 책상에 보관이 되어 있었다. 포비가 서 있는 높은 책상이었다. 그는 이제 문 앞에서 야들리와 진지하게 대화를 나누고 있었고, 광장보다 한 시간 앞서 시작된 가게의 황혼은 카운터 뒤 구석에 희미한 그림자를 드리우고 있었다.

"이걸 가지고 빨리 우체통으로 가줄래요, 대드 양?"

"그럼요, 포비 부인."

"어디 가는 거야?" 포비는 달리는 소녀를 잡기 위해 대화를 중단했다.

"날 대신해서 우체통으로 가는 거야." 콘스탄스가 계산대 뒤에서 소리쳤다.

"오! 그렇군!"

사소한 일! 아무것도 아닌 일! 그러나 어찌 된 일인지 손님이 없는 조용한 가게에서 새뮤얼의 두 번째 말의 어조가 희미하게 차이가 있었던 이 상황은 콘스탄스에게 아주 기분 좋은 일이었다. 왠지 모르겠지만 이 사건이 아내로서의 진정한 시작이었다. (지난 2주 동안 약 9 번의 진정한 시작이 있었다.)

포비는 콘스탄스가 조금이라도 이해한 척을 결코 한 적이 없는 장부, 그리고 그와 비슷한 문서들을 가득 가지고 저녁 식사를 하러 왔다. 그것은 신혼여행이 끝났다는 신호였다. 그는 이제 소유주였고 장부를 향한 그의 열정은 타당했다. 그래도 여전히, 하녀를 어떻게 할 것인가에 대한 의문이 남아 있었다.

"말도 안 돼!" 그녀가 세상의 종말에 관해 그에게 말했을 때 그가 소리쳤다. 극도의 놀라움과 매우 생동감 넘치는 우려를 표현한 '말도 안 돼'였다! 하지만 콘스탄스는 그가 조금 더 타격을 받고, 매우 크게 놀라며, 충격을 받고, 실신하며, 어리둥절해할 것이라고 예상했다. 통찰력의 빠른 번뜩임 속에서 그녀는 자신이 경험 많고 능력 있는 유부녀 역할을 잊어버릴 뻔했다는 것을 깨달았다.

"새로 한 명 구해야겠어요." 그녀는 감탄할 만한 쾌활함과 가벼운 마음으로 급히 말했다. 포비는 홀린스가 매기와 잘 어울릴 것이라 생각하는 것 같았다. 그녀가 그날 밤 마지막 종소리에 대답했을 때 그는 약혼녀에게 아무 말도 하지 않았다. 그는 휘파람을 불며 장부를 열었다.

"전 이제 올라가 볼게요, 자기." 콘스탄스가 말했다. "치워야 할 게 많아서요."

"그래." 그가 말했다. "끝나면 불러."

2

"샘!" 그녀가 꼬여 있는 계단의 꼭대기에서 외쳤다. 대답이 없었다. 계단 끝에 있는 문은 닫혀 있었다.

"샘!"

"뭐라고?" 멀리서, 희미하게 들려왔다.

"오늘 밤 해야 할 일은 다 했어."

그녀는 깊은 어둠 속의 하얀 형체가 되어 복도를 달려가 급히 침대에 누운 뒤, 이불을 턱까지 끌어올렸다. 신부의 삶에는 인상적인 순간들이 있다. 만약 신부가 근면한 수습생과 결혼한 것이라면 인상적인 순간들 중 하나는 그녀가 처음으로 부모의 성스러운 침실과 자신이 태어난 침대를 사용하게 될 때 일어난다. 부모님 방에는 항상 콘스탄스가 있었는데 비록 신성하지는 않지만 적어도 도덕적인 엄숙함을 가지고 있었다. 그녀는 다른 방에 들어가듯 부모님 침실에는 들어갈 수 없었다. 죽음, 임신, 출생의 연속인 자연의 흐름은 단순한 존재의 웅장함을 해석한 뒤 방의 모든 존재에게 부여해주는 신비로운 특성으로 방을 서서히 웅장하게 만들었다. 그 침대에서 누워 있는 콘스탄스는 이상한 기분이 들었다. 침대 장식의 커다란 위엄은 지나간 시대를 상징하고 있었다. 신성모독과 무단 침입을 했다는 기분, 이 충격적인 일에 관한 처벌을 받는 장난꾸러기 소녀가 된 느낌이었다. 그녀는 꽤 어렸을 때부터 그 침대에서 자지 않았다. 아버지가 발작을 일으키기 전에 집을 비웠을 때 어머니와 하룻밤을 같이 잔 적은 있었다. 그 당시에는 얼마나 광대하고 그 깊이를 헤아릴 수 없는 침대였던가! 이제는 단지 침대일 뿐이었다, 라고 그녀는 계속 생각해야 했다. 마치 다른 침대들처럼 말이다. 매우 넓은 침대에 잠들어 있는 어머니를 안전하게 만지던 작은 아이는 지금의 그녀에게는 작고 불쌍한 존재 같았다. 이 이미지는 그녀를 우울하게 만들었다. 그녀의 마음은 슬픈 사건으로 가득 차 있었다. 아버지의 죽음, 사랑하는 소피아의 도피. 어머니의 커다란 슬픔과 망명. 그녀는 삶이 무엇인지 알고 있고, 삶이 암울하다는 것을 알고 있다는 것을 존경했다. 그러다가 한숨을 쉬었다. 그러나 그 한숨은 꾸며낸 한숨으로, 부분적으로는 그녀가 어른이 되었다는 것을 확신하기 위함이었고 부분적으로는 위협적인 침대에서 그녀의 안색을 유지하기 위함이었다. 이 우울함은 인위적이었고 그녀의 기쁨이라는 깊은 바다에 일시적으로 생겨나는 거품에 지나지 않았다. 죽음과 슬픔, 죄악은 그녀에게 어렴풋한 모습이었다. 행복의 무자비한 이기심이 훅 불어 이것들을 멀리 날려 보냈고 이들의 애석한 얼굴은 사라졌다. 마호가니와 술이 장식되어 있는 침대에 옆으로 누워 있는 그녀의 모습, 그녀의 젊고 빛나는 볼과 솔직하지만 꾸밈없는 눈빛, 이불을 들어 올리고 있는 엉덩이의 아름다운 곡선을 보게 된다면 사람들은 그녀가 사랑 외에는 아무것도 들어본 적이 없는 사람이라고 말했을 것이다.

포비가 안으로 들어왔다. 신랑인 그는 다소 빠르고 단호하게 들어왔지만 여전히 다른 사람의 시선을 의식하고 있었다. 결국 그의 어깨는 이렇게 말하려 하고 있었다. '이 침실과 하숙집 침실이 다를 게 뭐야? 정말로 이곳을 집처럼 느끼면 안 되는 걸까? 게다가 당황스러워. 우리는 결혼한 지 2주일이 지났는데!'

"이 방에서 자면 재미있는 기분이 들지 않아? 난 그래." 콘스탄스가 말했다. 여성들, 심지어 경험이 많은 여성들조차도 바보같이 솔직하다. 그들은 품위도 자존심도 없다.

"정말로?" 포비가 대답했다. 그는 고상하게 이렇게 말했어야 한다. '합리적인 생명체가 그런 상상을 할 수 있다니 정말 놀라운 일이야! 지금 내게 이 방은 그저 다른 방들과 정확히 똑같을 뿐인데.' 그는 거울을 바라보며 그곳에서 넥타이를 풀고 있었다. 그는 이렇게 크게 덧붙였다. "나쁜 방은 아니야." 이 말은 경매인의 판단력 있는 어투로 말하였다.

　그는 단 한순간도 자신의 감정을 매우 정확하게 읽을 수 있는 콘스탄스를 속이지 않았다. 그러나 그의 부질없는 태도들은 그를 향한 그녀의 존경심을 조금도 약화시키지 않았다. 오히려 그것들을 위해 그를 더욱 존경했다. 이러한 것들은 그의 성격의 견고한 부분에 있는 일종의 장식 같은 것이었다. 이 시기에 그는 그녀를 위해 잘못된 행동을 할 수 없었다. 그녀는 종종 그의 정직함과 근면성, 진정한 친절함, 사업에 대한 이해력, 인내심, 해야 할 일은 즉시 해버리는 열정이 그를 존경하는 근거라고 생각했다. 그녀는 그의 자질에 매우 감탄하고 있었다. 그녀의 눈에 그는 분할할 수 없는 하나의 존재였다. 그녀는 그의 한 부분에 감탄하고 다른 한 부분에 실망할 수 없었다. 그가 무엇을 하든 그가 하였기에 좋았다. 그녀는 몇몇 사람들이 그의 성격의 특정한 면에 미소를 짓는 경향이 있다는 것을 알고 있었다. 어머니의 마음속 깊은 곳에는 콘스탄스가 콘스탄스보다 약간 낮은 계층의 사람과 결혼할 것이라는 의심을 품고 있었다는 것을 그녀는 알고 있었다. 그러나 이러한 지식들은 그녀를 막지 못했다. 그녀는 자신이 추정한 것이 정확하다는 것을 의심하지 않았다.

　포비는 매우 체계적인 사람이었고, 시간에 앞서 '미리' 해두어야 하는 사람이었다. 그렇기에 아침에 옷을 입는 데 최소한의 시간이 걸리도록 밤에 의류를 정리해두는 사람이었다. 예를 들어 그는 장식용 금속 단추를 한 셔츠에서 다음 셔츠로 옮기는 것을 다음날까지 미룰 사람이 아니었다. 만약 가능했다면 전날 밤 머리를 미리 빗어두었을 것이다. 콘스탄스는 이미 그의 꼼꼼한 준비를 지켜보는 것을 좋아하고 있었다. 그녀는 그가 예전 침실로 돌아가 종이 칼라를 가져오는 것을 보았다. 그는 화장대 위에 올려둔 검은 넥타이 옆에 그것을 두었다. 그가 가게에서 입는 정장은 의자 위에 놓여 있었다.

"오, 샘!" 그녀가 충동적으로 소리쳤다. "그 끔찍한 종이 칼라를 다시 착용하려고 하는 것은 아니겠지!" 신혼여행을 하는 동안 그는 리넨 칼라를 착용했었다. 그녀의 말투는 매우 부드러웠지만 그럼에도 불구하고 그 말은 눈치가 부족하다는 것을 보여주고 있었다. 그 칼라는 포비가 평생 동안 목에 끔찍한 무언가를 목에 감고 살아왔다는 것을 암시했다. 말도 안 되는 일에 빠지는 경향이 있는 모든 사람들과 마찬가지로 포비는 개인적인 비판에 매우 민감했다. 그는 얼굴을 검게 붉혔다.

"난 이 칼라들이 '끔찍한'지 몰랐네." 그가 딱 부러지게 말했다. 그는 상처를 받았고 화가 났다. 분노는 그를 깜짝 놀라게 했다.

두 사람은 문득 자신들이 아주 깊은 틈 가장자리에 서 있는 것을 보고는 뒤로 물러났다. 그들은 자신들이 꽃이 핀 초원을 안전하게 돌아다니고 있다고 상상하고 있었는데 이 바닥이 보이지 않는 틈에 도착한 것이다! 매우 당황스러운 일이었다.

포비의 손은 칼라 위에서 당황한 채 떠돌고 있었다. "하지만." 그가 중얼거렸다. 그녀는 그가 온화하고 평화롭게 행동하기 위해 온 힘을 다해 노력하고 있다는 것을 느낄 수 있었다. 그리고 자신의 바보 같은 눈치 없음에 깜짝 놀랐다. 그녀는 경험이 매우 풍부했다!

"당신이 좋을 대로 해요, 여보." 그녀가 빨리 말했다. "제발!"

"오, 아냐!" 그는 미소 짓기 위해 최선을 다했고 넋을 잃은 채 칼라를 들고 사라졌다가 리넨 칼라를 들고 왔다. 그에 대한 그녀의 열정은 그 어느 때보다도 강하게 타올랐다. 그때 그녀는 자신이 그의 좋은 자질 때문에 그를 사랑하는 것이 아니라 그에게 있는 어떠한 소년 같고 순진한 것, 종종 그의 얼굴이 그녀의 얼굴 가까이에 있을 때 그녀를 어지럽게 만든 형언할 수 없는 무언가를 사랑한다는 것을 알고 있었다.

깊은 틈은 사라졌다. 이러한 순간에는 서로 그 틈을 못 본 척하거나 의심조차 하지 못한 척해야 하며 잡담은 필수다.

"오늘 밤에 가게에 야들리 씨가 오지 않았나요?" 콘스탄스가 대화를 시작했다.

"맞아."

"무엇 때문에 온 건가요?"

"내가 불러왔어. 우리 간판을 칠해줄 거야."

포비에게는 세상에서 간판만큼 평범한 것도 없다는 척을 하는 것은 쓸모없는 행동이었다.

"오!" 콘스탄스가 중얼거렸다. 그녀는 더 이상 말하지 않았다. 종이 칼라에 대한 사건은 그녀의 자신감을 약화시켰다. 하지만 간판은! 하녀, 깊은 틈, 간판이 어떻든 간에 콘스탄스는 유부녀로서의 삶에 신나는 일이 부족하지 않을 것이라 생각하였다. 시간이 한참 흐른 후 그녀는 소피아를 생각하면서 잠들었다.

며칠 후 콘스탄스는 응접실에서 결혼 선물들 중에서도 귀중한 것들을 정리하고 있었다. 어떤 것들은 박엽지와 갈색 포장지로 싸고 끈을 묶은 뒤 라벨을 붙여두어야 했다. 다른 것들은 그들만의 특별한 케이스가 있었는데 겉은 가죽으로, 안은 벨벳으로 되어 있었다. 그 속에 있는 물건 중에는 은으로 도금되어 있는 12개의 에그 스푼과 에그 컵이 들어 있는 휘황찬란한 에그 스탠드가 있었는데 해리엇 이모가 준 것이었다.

다섯 마을에는 이러한 말이 있다. '결혼 선물은 반드시 비싸야 한다.' 포비 부부에게 열 명의 손님이나 열 명의 아이들이 있다고 해도, 아침식사 시간이나 차 시간에 달걀을 먹고 싶은 사람이 12명이 있어서 동시에 12개의 도구들이 사용되어야 할 상황이 있다고 해도, 이러한 현실과 동떨어진 상황이 온다고 해도 에그 스탠드가 사용되는 것을 이모가 본다면 그녀는 마음이 아플 것이다. 이러한 보물들은 사용을 위해 만들어진 물건이 아니었다. 선물들 중 몇몇 개는 주로 이러한 특성을 가지고 있었는데 그녀의 어머니가 내부 인테리어를 영웅처럼 전부 양도해주었기에 콘스탄스는 이미 필요한 모든 것을 소유하고 있었다. 선물의 양이 소수였던 이유는 결혼식이 엑스에서 철저히 비공개로 이루어졌기 때문이었다. 친구들의 커다란 충동을 억제하는 데 비밀 결혼보다 더 좋은 것은 없다. 두 당사자에게 결혼식이 외진 곳에서 비공개로 이루어져야 한다고 부추긴 사람은 베인스 부인이었다. 소피아의 결혼 또한 매우 비밀스럽고 외진 곳에서 행해졌다. 그러나 콘스탄스의 결혼을(두 사람의 만남은 나무랄 데 없었다) 숨기는 것은 어째서인지 정당화되어 있었다. 소피아 사건 이후 은밀히 결혼을 진행하는 것은 베인스 부인의 마음에서 원칙이 되어 있었다는 것을 나타내주었다. 이러한 문제에 있어 베인스 부인은 특이한 미묘함을 느낄 수 있었다.

콘스탄스가 진지하게 결혼 선물을 정리하는 동안 매기는 킹 스트리트의 인도에서 옆문으로 이어지는 계단을 청소하고 있었고 문은 살짝 열려 있었다. 화창한 6월 아침이었다. 박박 문지르는 소리 속에서 콘스탄스는 갑자기 개의 낮은 으르렁거리는 소리를 들었고 이어서 누군가의 쉰 목소리가 들려왔다.

"주인님이 계시나요, 하녀 분?"

"그럴 수도 있고 그렇지 않을 수도 있죠." 매기가 답하였다. 그녀는 하녀라 불리는 것을 좋아하지 않았다.

콘스탄스는 단순히 호기심에서가 아니라 그녀의 권위와 정부로서의 책임이 집을 둘러싼 인도까지 확대되었다는 느낌으로 문으로 향하였다. 벅 로우의 유명한 제임스 분 이었다. 다섯 마을에서 제일 뛰어난 개장수로 계단 아래쪽에 서 있었다. 키가 크고 뚱뚱한 사람으로 빳빳하고 얼룩진 갈색 옷을 입고 있었으며 3인치도 안 되는 검은 도제 담뱃대를 피우고 있었다. 뒤에는 두 마리의 불독이 있었다.

"좋은 아침입니다, 아가씨!" 그가 쾌활하게 외쳤다. "주인 분께서 강아지를 구하고 있다고 들었습니다, 부인께서 말씀하셨을 수도 있고요."

"전 제 냄새를 킁킁거리며 맡는 동물들이랑은 머무르지 않을 겁니다. 절대로 있지 않을 거예요!" 매기가 허리를 펴며 말했다.

"그 사람이 그랬나요?" 콘스탄스가 주저했다. 그녀는 새뮤얼이 개에 관한 언급을 했던 것을 막연하게 알고 있었다. 그러나 그녀는 그가 개를 단지 아름다운 꿈이라고 여기고 있다고만 생각하고 있었다. 그 어느 개도 이 집에 발을 들여놓은 적이 없었고 앞으로도 개가 발을 들여놓는 것은 불가능해 보였다. 특히 저 길 위에 있는 맹수들은….

"예!" 제임스가 침착하게 말했다.

"찾아오셨다고 전할게요." 콘스탄스가 말했다. "하지만 지금 일이 없는지는 모르겠군요. 이 시간에는 좀처럼 시간이 없거든요. 매기, 이제 안으로 들어오세요."

그녀는 미래에 대한 두려움으로 가득 차서 천천히 가게로 갔다.

"샘." 그녀는 책상에 앉아 작업하고 있는 남편에게 속삭였다. "한 남자가 개에 관련해서 당신을 만나러 왔어."

그는 확실히 당황했다. 그럼에도 불구하고 침착하게 행동했다.

"오, 강아지라고! 누군데?"

"제임스라는 분이야. 그 사람이 말하길 당신이 강아지를 원한다는 말을 들었다던데."

그는 일을 끝내야 했고 불안하긴 했지만 결국 그 일을 끝냈다. 콘스탄스는 동요하는 그의 발걸음을 따라 옆문으로 향하였다.

"안녕하세요, 제임스."

"안녕하세요, 사장님."

그들은 개에 관해 이야기하기 시작했고 포비는 신중하게 대화하였다.

"자, 이게 그 개입니다!" 그는 불독 중 한 마리를 가리키며 말했다. 못생김의 엄청난 기적이었다.

"그렇군요." 포비가 성의 없이 대답했다. "예쁜 놈이군요. 혹시 요즘은 가격이 어떻게 되나요?"

"이 암컷은 120소버린[13]입니다." 제임스가 말했다. "다른 놈은 좀 더 싸고요. 100소버린입니다."

"오, 샘!" 콘스탄스는 숨이 턱 막혔다. 심지어 포비조차도 정신을 잃을 뻔했다. "제가 원하는 값보다 훨씬 비싸군요." 그가 소심하게 말했다.

---

13 sovereign, 1파운드짜리 금화, 영국의 구 화폐.

"하지만 이 친구 좀 보십쇼!" 제임스가 더 비싼 개를 들어 올려 매서운 이빨을 드러내며 고집을 부렸다. 포비는 고개를 저었다. 콘스탄스는 흘끗 눈길을 돌렸다.

"그건 제가 원하는 종류의 개가 아닙니다." 포비가 말했다.

"폭스테리어는요?"

"그래요, 그런 개들이죠." 포비가 열정적으로 동의하며 말했다.

"가격은 어느 정도로?"

"오." 포비가 말했다. "모르겠네요."

"1테너[14] 정도?"

"그것보단 더 싼 가격을 생각하고 있습니다."

"음, 그럼 얼마 정도요? 기다려 드리겠습니다."

"2파운드 이하요." 포비가 말했다. 그에게 엄두가 있었다면 1파운드라고 말했을 것이다. 개의 값은 그를 놀라게 만들었다.

"전 이런 강아지들을 원하시는 줄 알았습니다!" 제임스가 말했다. "그럼, 사장님. 제 마당으로 오셔서 제가 어떤 개들을 보유하고 있는지 직접 보시지요."

"그러죠." 포비가 말했다.

"안주인 분이랑 같이 오세요. 자, 안주인 분은 고양이 어떠세요? 아니면 금붕어라던가?"

이 이야기는 12개월 된 어린 암컷이 포비 가에 오는 것으로 끝이 났다. 그녀의 짧은 다리는 온 응접실을 반짝거렸고 응접실에서 제일 이상한 모습을 하고 있었다. 그러나 그 강아지는 사람을 곧잘 믿었고 너무 사랑스러웠으며 겁이 많았다. 검은 코는 뜨거운 날씨에도 매우 차가웠고 콘스탄스는 한 시간 만에 그 강아지를 매우 사랑하게 되었다. 포비는 강아지를 위한 규칙을 만들었다. 그는 강아지에게 절대

14　tenner, 10파운드짜리 지폐.

로, 절대로 가게에 들어가서는 안 된다고 교육을 시켰다. 그러나 강아지는 가게에 들어갔고 그는 강아지가 소리 지를 때까지 몰아세웠으며 콘스탄스는 남편의 단호함에 감탄하면서 잠시 눈물을 흘렸다.

그 강아지가 끝이 아니었다. 또 다른 날 콘스탄스는 응접실의 가장 사소한 부분을 조사해 보다가 하모늄의 건반 위에 있는 뚜껑에서 시가 한 상자를 발견했다. 그녀는 시가에 익숙하지 않았기 때문에 처음에는 그것이 무슨 물건인지 알아차리지 못했다. 그녀의 아버지는 결코 담배를 피운 적이 없었고 사람을 취하게 하는 음료를 마신 적도 없었다. 크리즐로우도 마찬가지였다. 그 누구도 이 집에서 흡연한 적이 없었으며 담배는 항상 부도덕한 카드와 마찬가지로 '악마의 장난감'으로 여겨지고 있었다. 확실히 새뮤얼은 집 안에서 담배를 피운 적이 없었지만 담배 상자의 광경은 한 사건을 떠올리게 해주었다. 그녀의 어머니가 목요일 저녁에 나갔다 온 포비에게서 '담배 냄새'를 맡았다고 했던 믿을 수 없는 의심을 했던 때였다.

그녀는 하모늄을 닫고 아무런 말도 하지 않았다. 바로 그날 밤 갑자기 응접실에 들어온 그녀는 샘이 하모늄 앞에 서 있는 것을 목격하였다. 뚜껑이 쾅 하고 닫히자 방구석 구석에서 진동이 일어났다.

"무슨 일이야?" 콘스탄스가 깜짝 놀라며 물었다.

"오, 아무것도 아냐!" 포비가 무심코 대답했다. 서로가 서로를 속이고 있었다. 포비는 자신의 죄를 숨겼고 콘스탄스는 그의 죄에 대한 지식을 숨겼다. 거짓의 거짓이다! 하지만 이것이 결혼이라는 것이다.

다음날 콘스탄스는 가게에서 새로운 하녀가 될 가능성이 있는 사람의 방문을 받았다. 식료품 잡화상의 홀 씨가 추천해준 사람이었다.

"이쪽으로 와주실래요?" 콘스탄스는 커다란 가정에서 유일하게 책임감을 가지고 있는 정부라는 새로운 기분에 빠진 채 상냥하지만 까다롭게 말했다. 그녀는 소녀보다 앞서 응접실로 향하였고 그들이 열려 있는 포비의 재단실을 지나칠 때 콘스탄스는 시가를 피우고 있는 포비의 확실한 모습과 흥을 돋우는 향을 맞았다. 그는 셔츠 차림으로 침착하게 서 있었고 벤치에 앉아 그것을 관찰하던 팬은(콘스탄스의 반려동물) 하녀가 될 가능성이 있는 사람에게 요란하게 짖어댔다.

"그 소녀를 일단 시험 삼아 고용해 볼까 봐." 차 시간에 그녀가 샘에게 말했다. 그녀는 시가에 대해 아무 말도 하지 않았다. 그도 마찬가지였다.

다음 날 저녁, 식사 후 포비는 갑자기 말을 꺼냈다.

"담배를 피워야겠어! 내가 흡연하는지 몰랐지?"

그렇게 포비는 혈기왕성하며 기세 있고 화려한 생기로 자신의 본색을 드러냈다. 그 자체만으로도 당황스러운 강아지 및 시가와 마침내 도착한 간판의 관계는 탈지유와 뜨거운 브랜디의 관계와 같았다. 그 무엇보다도 놀라운 간판은 성 누가 광장의 새로운 시대의 여명을 알리는 간판이었다. 네 명의 남자가 간판을 고정하는 데 하루하고도 반나절이 걸렸다. 그들은 사다리와 밧줄, 도르래를 가지고 있었고 그들 중 두 명은 돌출되어 있는 가게의 유리 진열장과 이어져 있는 지붕 위에서 식사를 하였다. 간판 길이는 35피트였고 앞쪽에서 뒤쪽까지 2피트의 크기를 가지고 있었다. 간판의 중심 위에는 반지름이 약 3피트인 반원이 있었다. 이 반원에는 신중하게 글자가 새겨져 있었다. 'S. 포비. 고故.' 녹색 땅에서 1.5피트 높이에 세워져 있는 간판의 모든 부분은 금으로 적혀 있는 '존 베인스'라는 글자에 헌신하고 있었다.

광장은 그 간판을 지켜보며 의아해했다. 그러고는 이렇게 중얼거렸다. "이거 참, 이럴 수가! 다음엔 뭐야?"

고인이 된 장인의 이름을 최고로 중요하게 여기는 것은 포비가 매우 좋은 감정을 드러내고 있었다는 것을 증명했다. 어떤 이들은 기뻐하며 물었다. "베인스 부인은 이걸 보고 뭐라고 할까?"

콘스탄스도 스스로에게 이렇게 물었지만 기뻐진 않았다. 콘스탄스가 광장에서 집으로 걸어갈 때면 그 간판은 차마 볼 수 없었다. 그녀의 어머니가 무슨 말을 할 것인가에 대한 생각만 해도 그녀는 겁이 났다. 어머니의 첫 방문은 이제 곧이었고 해리엇 이모와 같이 올 예정이었다. 그날이 다가올수록 콘스탄스는 점점 속이 메스꺼워지는 것 같았다. 그녀가 샘에게 근심을 희미하게 내비치자 그는 놀라기라도 한 듯 이렇게 물었다.

"어머니에게 편지로 알린 거 아니었어?"

"오, 아니!"

"그것뿐이라면." 그가 허세를 부리며 말했다. "내가 직접 편지를 써서 어머님께 말하겠어."

4

그리하여 베인스 부인은 도착하기 전에 그 간판에 대한 소식을 알맞게 들을 수 있었다. 그녀가 새뮤얼의 편지를 받고 콘스탄스에게 보낸 편지에는 사위가 조금만 더 품행을 바르게 행동하는 것을 바라는 정감 있는 편지일 뿐 간판에 대한 언급은 없었다. 그러나 이 침묵은 그녀의 어머니가 간판 아래에서 그와 만났을 때 일어날 수 있는 일에 대한 우려를 조금도 누그러뜨리지 못했다. 그렇기에 커다란 자매들의 방문이 있을 목요일 아침 킹 스트리트에 마차가 멈추었을 때 콘스탄스는 두려움과 열정적인 애정을 갖고 옆문을 열고 나가 계단을 내려갔다. 그러나 놀라운 일이 그녀를 기다리고 있었다. 해리엇 이모가 오지 않은 것이다. 베인스 부인은 딸에게 입 맞추면서 마지막 순간에 해리엇이 여행을 떠날 만큼 몸 상태가 좋지 않았다고 설명해주었다. 콘스탄스는 해리엇에게 깊은 애정과 케이크를 보냈다. 그녀의 고통은 재발해 있었다. 이 자매가 일찍이 버슬리에 오는 것을 막은 것은 바로 이 신비한 고통이었다. '암'이라는 단어는(뚱뚱한 여성들이 겪는 지속적인 공포였다) 실제로 언급되지 않았지만 그들의 입에 오르내리고 있었다. 그러다 그에 관한 대화가 중단된 순간이 있었고 두 사람은 이 무서운 음절을 말하지 않아도 된다는 것에 기뻐했다. 이러한 일이 되풀이되는 것을 보면 베인스 부인의 활기찬 쾌활함이 어느 정도 강요되고 있다는 것은 부자연스럽지 않았다.

"어떻게 생각하세요?" 콘스탄스가 물었다. 베인스 부인은 입술을 내밀고 눈썹을 치켜 올렸다. 그 고통의 의미가 무엇인지는 오로지 신만이 알고 있다는 몸짓이었다.

"혼자서도 괜찮으시면 좋겠네요." 콘스탄스가 말했다. "물론이지." 베인스 부인이 재빨리 말했다. "하지만 내가 널 실망시킬 거라는 생각은 하지 못했지?" 그녀는 마치 일반적인 운명에 반항하는 것처럼 주위를 둘러보며 덧붙였다. 이 발언과 그 어조는 콘스탄스에게 매우 큰 기쁨을 주었다. 그렇게 두 사람은 표현을 잘할 수는 없지만 두 사람이 여전히 친밀한 어머니와 딸의 관계라는 것을 발견하곤 서로에게 만족하며 짐 꾸러미를 잔뜩 든 채 함께 계단을 올랐다.

콘스탄스는 결혼 후 어머니와 처음 만날 이 날, 어머니와 자신 사이에서 오고 갈 세밀하고 흥미로우며 매우 새로운 대화를 상상했었다. 그러나 침실에 있는 두 사람은 식사 시간까지 30분이나 남았지만 둘 중 어느 쪽도 그다지 많은 것을 전달하지는 못한 것 같았다.

베인스 부인은 천천히 얇은 외투를 벗은 뒤 하얀 다마스크 침대보에 조심히 내려두었다. 그러고 나서 그녀는 상장喪章을 손으로 만지작거리며 방을 둘러보았다. 아무것도 바뀌지 않았다. 비록 콘스탄스는 결혼 전 어떤 변화가 있을 것이라 예상했지만 집에 대변혁을 일으키는 사람은 한 사람이면 충분하다는 느낌이 들어 그 변화를 연기하기로 결심했었다.

"그래서, 우리 딸, 넌 잘 지내니?" 베인스 부인이 따뜻하고 직접적인 에너지를 가지고 딸의 눈을 똑바로 응시하며 말했다.

콘스탄스는 그 질문이 광범위한 질문 중에서도 보편적인 질문이며 어머니가 그녀에게 어머니로서의 걱정과 호기심을 나타내주는 독특한 표현이자 다른 어머니들이었다면 하루 종일 수다를 떨며 넘쳐났을 수많은 관심들이 이 여섯 단어로 응축되었다는 생각을 했다. 그녀는 얼굴을 붉히며 숨김없는 시선을 받았다.

"오, 그럼요!" 그녀는 희열에 넘쳐 열정적으로 대답했다. "완벽해요!"

베인스 부인은 마치 그 대답을 무시하듯 고개를 끄덕였다. "너 살쪘구나." 그녀가 간결하게 말했다. "신경 쓰지 않으면 우리 못지않게 커질 거야."

"오, 어머니!"

대화의 감정의 낮은 면으로 떨어졌다. 심지어 매기 수준으로 떨어져 있었다. 콘스탄스가 사로잡혀 있던 주된 생각은 어머니의 미묘한 변화였다. 그녀는 어머니가 사소한 일에도 안달복달해 하는 것을 발견했다. 외투를 내려놓은 어머니의 태도, 장갑을 매만지는 태도, 보닛에 손상되는 것에 대해 걱정하는 태도는 다소 괴로웠고 어떻게 보면 매우 조금 측은해 보였다. 이것은 아무것도 아닌 일이었다. 거의 알아볼 수 없는 것들이었다. 그러나 어머니에 대한 콘스탄스의 정신적인 태도를 바꾸기에는 충분했다. '가여워라!' 콘스탄스는 생각했다. '어머니가 예전의 어머니가 아닌 것 같다.' 그녀의 어머니가 6주도 안 되는 시간 사이에 늙었다는 것은 매우 놀라운 일이었다. 콘스탄스는 자신의 안에서 일어나고 있는 신비한 반응을 인정하지 않았다.

베인스 부인과 사위의 만남은 매우 만족스러웠다. 그는 응접실에서 그녀가 내려오기를 기다리고 있었다. 그녀에게 입맞춤하고는 그녀를 기쁘게 해주려는 진심 어린 바람으로 비위를 맞추어주며 매우 상냥하게 행동하였다. 더불어 자신이 마차를 기다리며 밖을 지켜보고 있었지만 불려갔다고 설명했다. 해리엇의 상태에 대해 알게 되어 '어쩌면 그럴 수가!'라고 말하는 그의 확신에는 부족한 것이 아무것도 없었지만 두 여성은 해리엇에 대한 그의 애정이 그의 마음을 결코 회복시켜주지 못할 것이라는 것을 알고 있었다. 콘스탄스에게 남편의 행동은 놀랍도록 완벽했다. 그녀는 그가 이렇게 처세에 능한 사람인지 몰랐다. 그녀의 눈은 무의식적으로 어머니에게 이렇게 말하고 있었다. '어머니도 아시다시피 결국 어머니는 샘을 높이 평가하시지 않았어요. 이제 그것이 실수라는 것을 깨달으실 수 있을 거예요.'

콘스탄스와 베인스 부인은 소파에 앉아 있었고 샘은 그 근처에 있는 흔들의자 가장자리에 앉아 식사를 기다리고 있을 때 부엌 계단에서 발생한 작은 휙휙 소리가 들렸다. 문은 압력을 이기지 못하여 열렸고 팬이 요란하게 깔개를 어지럽히며 안으로 달려 들어왔다. 팬의 코는 현재 집안 사정에 있어서 최신 상태가 아닌 시대에 뒤떨어져 있다는 것을 그녀에게 암시하고 있었고 이에 대해 조사하기 위해 부엌에서 서둘러 이곳으로 온 것이다. 팬은 응접실로 향하던 도중 그날 아침 그 길이 청소가 되었다는 생각이 들었다. 베인스 부인이라는 광경은 팬을 멈추게 하였다. 팬은 다리를 약간 벌리고 코를 들어 올린 채 귀를 앞으로 쫑긋 세우고 밝은 눈을 깜박이며 꼬리는 결심하지 못한 채로 서 있었다. 팬은 베인스 부인을 노려보면서 '전에는 이런 냄새를 맡아본 적이 결코 없었어'라고 생각하고 있었다. 팬을 응시하는 베인스 부인은 비슷한 감정을 느끼고 있었지만 동일한 것은 아니었다. 그 고요함은 끔찍했다. 콘스탄스는 문제의 장본인이라는 표정을 드러냈고 샘은 처세에 능했던 편안한 태도를 잃어버렸다. 베인스 부인은 단지 큰 충격을 받았다.

갑자기 팬의 꼬리가 더 빨리 흔들리기 시작했다. 그러고는 용기를 북돋아주기 위해 주인과 정부를 바라보는 헛수고를 한 뒤 힘차게 점프하여 베인스 부인의 무릎에 앉았다. 팬이 놓칠 수 없는 목표물이었다. 콘스탄스는 공포의 충격에 휩싸여 "오, 팬!"이라고 소리쳤고 샘은 무의식적인 움직임으로 긴장을 드러냈다. 하지만 팬은 천국처럼 거대한 무릎에 자리를 잡았다. 포비의 아첨보다 더 큰 아첨이었다.

"그래, 네 이름은 팬이구나!" 베인스 부인이 팬을 쓰다듬으며 중얼거렸다. "넌 사랑스럽구나!"

"맞아요, 정말로 그렇지 않나요?" 콘스탄스가 상상할 수 없을 만큼 빠르게 말했다. 위험이 지나갔다. 그렇게 아무런 설명 없이 팬은 받아들여진 사실이 되었다. 이윽고 매기가 요크셔 푸딩을 대접했다.

"음, 매기." 베인스 부인이 말했다. "이번에 결혼한다고요? 언제죠?"

"일요일이요, 부인."

"그럼 토요일에 여길 떠나나요?"

"네, 부인."

"음, 떠나기 전에 할 이야기가 있어요."

식사 중에는 간판에 대한 말이 한마디도 없었다. 대화는 몇 번이고 매우 걱정스러운 방식으로 간판을 향해 휘어졌지만 변함없이 다시 다른 방향으로 휘어졌다. 마치 동시에 역을 떠나는 서로 다른 두 열차처럼 말이다. 콘스탄스의 공포는 요리에 대한 불안감을 없애버릴 정도로 심각했다. 마침내 그녀는 어머니가 묵묵히 못마땅해 하는 태도를 취하고 있었다는 것을 깨달았다. 팬은 식사 내내 사교적으로 매우 도움이 되었다. 식사 후 콘스탄스는 샘이 담배를 피우지 않도록 신경 썼다. 그녀는 그에게 담배를 피우지 말라고 이야기하지 않았다. 왜냐하면 그의 애정을 완전히 확신하고 있었지만 남편이 그의 고등한 감정을 훼손하도록 강요하는 모순의 악마에 사로잡혀 있다는 것을 이미 알고 있었기 때문이었다. 그러나 그는 시가에 불을 붙이지 않았다. 가게 문을 닫는 것을 관리하기 위해 떠났고 베인스 부인은 매기와 수다를 떨며 결혼 선물로 L5를 주었다. 그때 크리츨로우가 찾아와 인사하였다. 차를 마시기 조금 전 베인스 부인은 혼자서 잠깐 산책을 나가겠다고 말했다.

"어디로 가시는 거지?" 샘은 거만한 미소를 지으며 콘스탄스와 창가에 서서 그녀가 교회 쪽으로 킹 스트리트를 내려가는 것을 지켜보았다.

"내 생각엔 아버지 무덤을 보러 가는 것 같아." 콘스탄스가 말했다.

"오!" 그가 사과하듯 중얼거렸다.

콘스탄스는 틀렸다. 교회에 도착하기 전 베인스 부인은 오른쪽으로 이탈하여 브로엄 스트리트에 들어갔고 그 후 에이커 레인을 따라 올드캐슬 스트리트에 향하였으며 가파른 길을 올라갔다. 이제 올드캐슬 스트리트는 성 누가 광장의 정상에서 끝이 나고 있었고 그 모퉁이에서 베인스 부인은 간판을 아주 잘 볼 수 있었다. 목요일 오후였기에 사람들이 많이 보이지 않았다. 그녀는 위와 똑같은 경로를 거쳐 딸의 집에 돌아왔고 들어오면서 아무 말도 하지 않았다. 그러나 그녀는 눈에 띄게 쾌활해져 있었다.

마차는 차를 마신 후에 왔고 베인스 부인은 출발하기 위한 마지막 준비를 했다. 이번 방문은 굉장한 성공으로 판명이 났다. 만약 그가 마차 문 앞에서 망치지만 않았다면 완벽했을 것이다. 어째서인지 그는 크리스마스에 대해 언급하게 되었다. 오로지 샘 같은 눈치 없는 사람만이 7월에 크리스마스를 언급할 것이다.

"크리스마스도 저희와 함께 보내실 거죠!" 그가 마차를 향해 말했다.

"사실, 아니야!" 베인스 부인이 대답했다. "해리엇과 난 엑스에서 너희들이 오는 것을 기다리고 있을 거야. 이미 정해진 일이야."

포비는 기분이 나쁜 듯 고개를 들었다. "이런!" 그는 이 요약에 상처를 받고는 항의했다. 제과점을 운영하는 사촌을 제외하고는 수년 동안 친척이 없었던 그는 마침내 자신의 지붕 아래에서 크리스마스를 보내는 가족의 모습을 꿈꾸게 되었고 그 꿈은 그에게 소중했다.

베인스 부인은 아무 말도 하지 않았다. "우리는 도저히 가게를 떠날 수 없어요." 포비가 말했다.

"말도 안 돼!" 베인스 부인이 입을 다물며 쏘아붙였다. "크리스마스는 월요일이야."

마차가 흔들리기 시작하자 그녀의 머리는 문을 향했고 곱슬거리는 머리는 흔들렸다. 그 곱슬머리에는 아직 흰색이 없었다. 회색빛이 희미하게 돌고 있었을 뿐이다!

"어찌 되었든 우리가 그곳에 가지 않도록 신경 써야겠어." 포비는 분노 속에 반쯤은 자신에게 반은 콘스탄스를 향해 중얼거렸다. 그는 그날의 밝음을 더럽혔다.

크리스마스와 미래

1

포비는 하모늄으로 찬송가를 연주하고 있었는데 교회당에는 아무도 가지 말자는 결정이 내려졌다. 콘스탄스는 상복과 하얀 앞치마를 입고 난로 앞에서 기도할 때 사용하는 무릎 방석에 앉아 있었다. 그녀의 근처에 있는 흔들의자에는 베인스 부인이 앉아 부드럽게 앞뒤로 흔들고 있었다. 날씨는 매우 추웠다. 벙어리장갑을 낀 포비의 손은 파랗고 빨갰다. 많은 가게 주인들과 마찬가지로 그는 명백히 온도의 변화에 거의 둔감해져 있었다. 난롯불은 거대하고 맹렬하게 불타오르고 있었지만 중세시대의 쇠살대는 방보다 연도煙道를 따뜻하게 만들도록 설계되어 있었기 때문에 이 영향으로 인해 난롯불은 난로망의 경계에서 사라지는 것처럼 보였다. 콘스탄스는 불도마뱀이 되지 않았더라면 훨씬 더 가까이 앉아 있을 수 없었을 것이다. 가난한 사람들에게는 그림처럼 아름다운 옛 크리스마스의 시대는 아직 끝나지 않았다.

그렇다. 새뮤얼 포비는 크리스마스를 보낼 장소에 관한 싸움에서 이겼다. 하지만 그에게는 무시무시한 협력자가 있었다. 죽음이었다. 수술 이후 해리엇 매덕 부인은 집과 돈을 여동생에게 맡기고 세상을 떠났다. 그녀의 매장과 관련된 의식은 엑스 마을의 모든 사회적 지위에 영향을 끼쳤다. 고인인 그녀의 남편 매덕이 매우 중요한 인물 중 한 명이었기 때문이다. 심지어 성 누가 광장에 있는 가게들조차 하루 문을 닫았다. 장례식은 해리엇 본인조차 인정할 만한 그런 장례식이었다. 엄청난 의식은 깨져버린 마음에 빛나는 옷과 검은 상장, 아치형

목과 긴 갈기를 가지고 있는 말, 느릿느릿 말하는 목사들, 케이크, 태도, 한숨, 그리고 섭리의 불가해한 운명에 굴복한 기독교의 모습과 같은 잊을 수 없는 복잡한 인상을 남겼다. 베인스 부인은 장례식이 끝날 때까지 부자연스러운 침착함을 가지고 행동하고 있었다. 이윽고 콘스탄스는 자신이 소녀였던 시절 기억하고 있던 어머니의 모습은 더 이상 존재하지 않는다는 것을 깨달았다. 대부분 사람들에게는 알려진 것보다 확실히 덜 여성적이었던 해리엇을 사랑하는 것보다 도덕적인 원칙이나 산을 사랑하는 것이 더 쉬웠을 것이다. 그러나 베인스 부인은 그녀를 사랑했고 지지와 조언을 구한 유일한 사람이었다. 그녀가 죽었을 때 베인스 부인은 마지막까지 남겨두고 있던 그녀의 자랑스러운 강건함을 담아 경의를 표했고 눈물을 흘리며 정복할 수 없던 것이 정복되었으며 고갈될 수 없던 것이 고갈되었다고 말하였다. 그리고 하얀 머리와 함께 늙었다고.

그녀는 버슬리에서 크리스마스를 보내는 것을 계속 거부했지만 콘스탄스와 새뮤얼은 그 거부가 형식적인 것이라는 것을 알고 있었다. 그녀는 머지않아 항복했다. 콘스탄스의 새로운 두 번째 하녀가 크리스마스 일주일 전에 떠난다고 했을 때 베인스 부인은 이번에도 신의 섭리가 일하고 있다고 손가락으로 지적했을지도 모른다. 그것도 이번에는 그녀에게 좋은 쪽으로. 하지만 그렇지 않았다! 그녀는 놀라울 정도로 유연하게 '힘든 시간을 보내고 있는 콘스탄스를 위해' 그녀의 하인 중 한 명을 크리스마스에 데려오겠다고 제안했다. 그녀는 모든 형태의 애정 어린 배려를 받았고 딸과 사위가 자신을 위해 침실을 '비워' 두었다는 것을 알게 되었다. 이러한 관심에 매우 기뻤지만(이것은 포비의 관대한 생각이었다) 그럼에도 불구하고 그녀는 강하게 항의했다. 그녀는 정말로 '말을 듣지 않았다.'

"자자, 어머니. 바보같이 굴지 마세요." 콘스탄스가 단호하게 말했다. "저희가 다시 돌아가는 것에 있어 어려움을 겪을 것이라고는 생각하지 않으시나요?" 베인스 부인은 눈물을 흘리며 항복하였다.

그렇게 크리스마스가 다가왔다. 어쩌면 엑스의 하인이 평범한 하인이 아니라 도움이 필요한 곳에 도움을 주는 하인이었다는 것이 다행일지도 모른다. 콘스탄스와 그녀의 어머니는 가능한 한 많이 하인을 '삼가'하고 집안일을 스스로 하는 것이 좋다고 생각했다. 이러한 이유로 콘스탄스가 하얀 앞치마를 입고 있었다.

"저기 그가 와요!" 포비는 여전히 연주를 하고 있었지만 눈은 거리에 있었다.

콘스탄스가 급히 일어났다. 이윽고 문을 두드리는 소리가 있었다. 콘스탄스가 문을 열자 얼음같이 차가운 강한 바람이 방 안을 휩쓸었다. 우체부는 계단에 서서 한 손에는 문을 두드릴 때 사용하는 도구(드럼 스틱처럼 생겼다) 다른 한 손에는 커다란 편지 뭉치, 그리고 배를 가로지르는 지루해 보이는 가방을 들고 있었다.

"메리 크리스마스, 부인!" 우체부가 따뜻함을 유지하기 위해 쾌활하게 소리쳤다. 콘스탄스는 편지를 받았고 포비는 오른손으로 하모늄을 연주하면서 왼손으로 주머니에서 2실링 6펜스를 꺼냈다.

"여기 있어!" 그가 콘스탄스에게 돈을 건네주며 이렇게 말했다. 그녀는 우체부에게 돈을 넘겨주었다. 소파에 앉아 고리 끝부분으로 코와 주둥이 부분을 따뜻하게 유지하고 있던 팬은 거래를 감독하기 위해 뛰어내렸다.

"으으으으!" 콘스탄스가 문을 닫자 포비가 몸을 떨었다.

"정말 많다!" 콘스탄스가 난롯가로 달려가며 소리쳤다. "이건 어머니 것! 이건 샘!" 소녀는 다시 여성의 몸으로 돌아왔다.

베인스 가족은 친구가 거의 없었지만(이 당시에는 접대가 거의 이루어지지 않았다) 확실히 많은 지인이 있었고 다른 가족과 마찬가지로 그들은 인디언이 전리품을 세듯 크리스마스카드를 세어보았다. 총개수는 만족스러웠다. 30개에서 40개의 봉투가 있었다. 콘스탄스는 재빨리 크리스마스카드를 꺼내어 그 내용을 읽은 뒤 그것들을 맨틀피스 위에 올려두었다. 베인스 부인이 그것을 도왔다. 팬은 바닥에 있는 봉투를 건드리고 있었다. 포비는 자신의 영혼이 장난감과 겉만 번지르르한 물건보다는 위에 있다는 것을 증명하기 위해 하모늄을 계속 연주하였다.

"오, 어머니!" 콘스탄스는 봉투를 들고 깜짝 놀라 머뭇거리는 목소리로 중얼거렸다.

"무슨 일이니, 딸?"

"그…."

봉투에는 크고 수직적이며 근사한 필기체로 '베인스 부인과 베인스 양에게'라고 적혀 있었다. 콘스탄스는 즉시 그 봉투가 소피아로부터 왔다는 것을 인지하였다. 우표들은 기묘하게 생겼고 소인은 '파리'였다. 베인스 부인은 몸을 앞으로 숙여 쳐다보았다.

"열어보렴." 그녀가 말했다.

봉투 안에는 흔한 유형의 잉글랜드 크리스마스카드와 인사말이 적혀 있는 호랑가시나무 모형이 들어 있었고 편지에는 이렇게 적혀 있었다. '이 편지가 크리스마스 아침에 도달했길 바라요. 사랑해요.' 서명도 주소도 적혀 있지 않았다. 베인스 부인은 떨리는 손으로 편지를 받아들고는 안경을 고쳐 썼다. 그녀는 편지를 오랫동안 응시했다.

"그렇게 됐구나!" 그녀는 눈물을 흘렸다. 그녀는 다시 말을 하려고 했지만 스스로 그렇게 행동할 수 없어서 콘스탄스에게 카드를 건네고 포비의 방향으로 고개를 홱 돌렸다. 콘스탄스가 일어나 편지를 하노늄의 건반 위에 올려놓았다.

"소피아!" 그녀가 속삭였다.

포비가 연주를 멈추었다. "이런, 이런!" 그가 중얼거렸다.

아무도 자신의 위업에는 관심 없다는 것을 인지한 팬은 가만히 서 있었다. 베인스 부인은 다시 한 번 말하려고 했지만 그렇게 할 수 없었다. 그녀의 곱슬거리는 머리는 상장 아래에서 떨리고 있었다. 그녀는 자신의 발을 발견했고 하모늄 쪽으로 발걸음을 옮겨 발작에 가까운 동작으로 포비로부터 편지를 낚아챈 뒤 의자로 돌아왔다.

포비는 갑자기 방을 나갔고 팬이 그를 뒤따랐다. 두 여성은 눈물을 흘렸고 포비는 자신의 목구멍에서 위험한 응어리를 발견하곤 엄청나게 놀랐다. 아름답고 거만한 소피아의 모습, 소피아가 그들을 떠났을 때의 순진하고 고집 센 모습이 그의 앞에 즉시 떠올랐고 그를 여자로 만들었다. 그러나 그는 결코 소피아를 좋아하지 않았다. 가족의 자존심에 생긴 끔찍하고 비밀스러운 상처는 이전과 달리 그의 앞에 모습을 드러냈다. 그는 해리엇이 암을 품고 있었듯이 가슴에 품고 있던 어머니의 비극을 격렬하게 느꼈다. 식사 때 그는 여전히 눈물을 흘리고 있는 베인스 부인에게 이렇게 말했다. "어머님, 이제 힘내셔야 해요, 아시잖아요."

"그래, 그래야지." 그녀가 재빨리 말했다. 그리고 그녀는 그렇게 행동하였다.

새뮤얼도 콘스탄스도 편지를 다시 보지 않았다. 거의 말도 하지 않았다. 할 말이 없었다. 소피아는 여전히 주소를 적어 놓지 않기 때문에 그녀는 자신의 상황에 여전히 부끄러움을 느끼고 있는 것이 분명했다. 그러나 어머니와 언니를 생각했다. 소피아는 콘스탄스가 결혼했는지도 모른다. 파리는 어떤 장소인가? 버슬리에서 파리는 최근에 문을 닫은 커다란 전시회의 장소일 뿐이었다.

베인스 부인의 영향으로 엑스 근처의 한마을에서 콘스탄스의 새로운 하녀가 결정되었다. 경험이 없고 어여쁜 소녀로 한 번도 '하녀' 일을 해본 적이 없는 사람이었다. 편지를 통해 이 순수한 사람이 12월 31일에 집으로 오는 것이 정해졌다. 하인들끼리 만나 의견을 교환하는 것을 절대 허락해서는 안 된다는 안전한 규칙을 따르기 위해 베인스 부인은 30일에 자신의 하인과 함께 떠나기로 결정했다. 그녀는 광장에서 새해를 보내지 않을 것이다. 29일에 불쌍한 마리아는 브로엄 스트리트에 있는 작은 오두막집에서 갑자기 세상을 떠났다. 모두가 상당히 괴로워하였고 이러한 고통 속에서 보여준 베인스 부인의 태도는 정확성의 완벽함을 보여주었다. 그러나 그녀는 장례식에 남아 있을 수 없다는 것을 분명히 말했다. 그녀의 정신력은 시련을 견딜 수 없을 것이다. 게다가 그녀의 하인은 새로 오게 될 소녀를 타락시킬 수도 있었기에 머물러서는 안 됐고 자신의 가족들과 며칠 동안 쓸데없는 잡담을 하며 시간을 보내기 위해 하인을 미리 엑스에 보낸다는 생각을 할 수도 없었다.

이 결정은 겸손의 극치를 보여주는 마리아의 장례식에서 중추적인 역할을 하였다. 영구차와 말 한 마리가 끄는 4륜 마차의 부분에서 말이다. 포비는 그 시기에 매우 바빴기 때문에 그 사실에 기뻤다. 그는 어머님이 출발하기 한 시간 전 포스터의 교정쇄를 들고 응접실에 찾아왔다.

"이게 뭐야, 샘?" 베인스 부인은 자신을 기다리고 있는 큰 타격은 생각지도 못한 채 물었다.

"제 첫 연례 세일을 위한 포스터입니다." 포비가 거짓된 평온함을 가지고 대답했다.

베인스 부인은 그저 고개를 획 들기만 했다. 콘스탄스에게는 다행스럽게도 이 오래된 질서의 마지막 패배 현장에는 존재하지 않았다. 만약 그녀가 이 현장에 있었다면 그녀는 분명히 어디를 쳐다보아야 할지 몰랐을 것이다.

2

"다음 생일에 마흔이라니!" 포비가 어느 날 반은 진지하지 않고 반은 진지한 어조와 표정으로 외쳤다. 이날은 그의 서른아홉 번째 생일이었다. 콘스탄스는 깜짝 놀랐다. 물론 그녀는 그들이 나이를 먹고 있다는 것을 알고 있었지만 이 현상은 결코 깨달은 적이 없었다. 고객들은 가끔 포비가 살이 쪘다고 말했고 새 옷을 위해 그의 치수를 재는 것을 그녀가 도와주었을 때 줄자는 그 사실을 증명해주었지만 포비는 그녀를 위해 변하지 않았다. 그녀 역시 어느 정도 살이 쪘다는 것을 알고 있었다. 그러나 그녀는 자신을 위해 똑같은 콘스탄스로 남아 있었다. 날짜를 떠올려 보고 계산을 해보아야만 그녀가 결혼한 지 6개월을 조금 넘은 것이 아니라 6년이 넘었다는 것을 떠올릴 수 있었다. 만약 새뮤얼이 다음 생일에 마흔이 된다면 다음 생일에 그녀는 스물일곱이 된다는 것을 인정해야만 했다. 그러나 다른 사람들의 스물일곱과 마흔 같은 진정한 스물일곱이 되는 것은 아닐 것이다. 포비도 진정으로 마흔이 되지도 않을 것이다. 얼마 전까지만 해도 그녀는 마흔 살의 남자를 노인으로 여겼다. 사실상 죽은 사람으로 여기고 있었다.

그녀는 깊이 생각했고 깊이 생각하면 할수록 모든 책력들이 거짓말을 하지 않았다는 것이 더욱 선명히 보였다. 팬을 보라! 그렇다, 팬의 도덕적 기준에 대한 의심이 처음으로 샘과 콘스탄스의 마음에 떠오른 기억할 만한 아침은 5년이 지났다. 개에 대한 그의 열정은 어린 암컷의 괴팍함이 보여줄 수 있는 위험에 대한 무지와 동등한 수준이었고 의심이 확실해지자 그는 크게 불안해했다. 팬은 정말로 충격으로 인한 고통을 겪지 않는 존재이자 결과에 대한 두려움이 없는 존재였다. 순수한 마음을 가진 이 동물은 겸손함이 없었다. 팬은 엄청난 잡다한 일을 저질렀는데 이번 일과 어깨를 나란히 할 만한 것은 없었

219

다. 결과는 폭스테리어라고 인식할 만한 네 마리의 네 발 짐승이었다. 포비는 다시 숨을 쉬었다. 팬은 그녀가 받아야 할 운보다 더 많은 행운을 누렸다. 결과는 무엇이든 될 수 있었기 때문이다. 팬의 주인들은 팬을 용서하고 이 죄악의 과실들을 처분하고 나서 지참금을 요구할 정도로 높은 위치에 있는 남편과 합법적으로 결혼시켰다. 이제 팬은 고정관념과 습관을 가진 할머니였고 집안에는 아들이 존재했으며 마을에는 다양한 손자들이 흩어져 있었다. 팬은 침착하고 환멸을 느낀 개였다. 팬은 세상을 있는 그대로 알고 있었고 그것을 배우면서 주인에게도 조금 알려 주었다.

매기, 홀린스에 관한 것도 있었다. 콘스탄스는 언젠가 매기와 홀린스 가문의 후계자에 관한 소식을 들었던 날을 아직도 생생하게 기억할 수 있었지만 그것도 오래전 일이었다. 태아의 출생으로(그녀는 거의 죽을 뻔했다) 마을의 절반을 비틀거리게 한 매기는 천사들이 그것을 천국으로 날려 보내도록 하였고 사람들은 그녀가 매우 감사해야 한다고 했다. 그녀의 나이에. 나이가 많은 여자들은 루키나 여신의 기이함을 잊어버리고 그 일을 마음속에서 파내어 버렸다. 베인스 부인은 신기하게도 제일 관심이 많았다. 그녀는 콘스탄스와 자유롭게 이야기를 나누었고 콘스탄스는 버슬리가 항상 얼마나 놀라운 마을이었는지를 깨닫기 시작했다. 그녀는 결코 이러한 생각을 해본 적이 없었다. 매기는 이제 다른 아이의 엄마이자 술이 취한 집안의 더럽고 변변치 않은 정부였고 60살처럼 보였다. 그녀의 예언에도 불구하고 남편은 그 '습관'을 여전히 갖고 있었다. 포비 가족은 구할 수 있는 생선은 모두 먹었고 가끔은 즐길 수 있는 수준보다 더 많이 먹었다. 왜냐하면 홀린스가 술에 취하지 않은 날에는 언제나 그의 가게에서 술을 마시기 시작했고 콘스탄스는 매기를 위해 생선을 사야만 했기 때문이다. 무가치한 남편의 행동 중에서도 제일 최악은 드물게 쾌활하게 행동하고 예의 바르게 행동하지 않는 것이었다. 그는 베인스 부인의 건강 상태를 묻는 것을 결코 잊지 않았다. 그녀의 어머니가 '생각보다는 잘 지내시지만' 마차를 견딜 수 없기 때문에 엑스의 철도가 개통될 때까지는 버슬리로 다시 오지 않을 것이라고 콘스탄스가 대답할 때면 그는 회색 머리를 흔들며 잠시 동안 동정적으로 우울해했다.

6년 만에 일어난 이 모든 변화들! 책력은 정확했다. 그러나 그녀에게는 아무 일도 일어나지 않았다. 그녀는 원하지 않았지만 차츰 어머니보다 우위에 서게 되었다. 그러나 그것은 단지 그녀와 어머니 각각에게 시간이 끼친 영향의 결과일 뿐이었다. 날이 흐를수록 그녀는 기술을 얻었고 그 기술을 가정과 가게에서 그녀의 몫을 관리하는 것에 사용하였다. 그렇기에 기계들은 원활하고 효과적으로 작동이 되고 있었고 갑작스럽게 생겨나는 사소한 언쟁은 더 이상 그녀를 두렵게 하지 않았다. 그녀는 점차 샘의 성격에 대한 해도를 만들었고 물에 잠겨 있는 바위들과 위험한 물살들을 모두 주의 깊게 표시하여 이제 그녀는 이 바다를 두려워하지 않고 항해할 수 있게 되었다. 그러나 아무 일도 일어나지 않았다. 그들이 벅스턴에 가는 것을 특별한 일이라고 부르지 않는 한은 말이다! 확실히 벅스턴을 방문하는 것은 평지 같은 한 해에 솟아오른 하나의 작은 언덕이었다. 그들은 매년 10일 동안 벅스턴에 가는 습관을 갖고 있었다. 이것에 관해 그들은 항상 하는 말이 있었다. "네, 우리는 항상 벅스턴에 갑니다. 신혼여행으로도 갔었죠, 아시잖아요." 그들은 성 안나 테라스, 브로드 워크, 필스 동굴에 대한 견해와 함께 확실한 벅스턴 사람이 되어 있었다. 그들은 벅스턴을 저버리는 생각은 할 수 없었다. 이곳만이 유일한 휴양지였다. 잉글랜드에서 최고의 도시가 아니던가? 맞는 말이다! 그들은 항상 같은 숙소에 머물렀고 여주인이 특별히 좋아하는 손님이 되었다. 여주인은 모든 고객들이 신혼여행을 위해 온 손님이라고 말해주었고 매년 빠지지 않고 와주는 손님으로서 그들이 꽤 커다란 사업을 운영하는 우월한 사람들이라고 말했다. 매년 그들은 손수레에 실린 짐의 뒤에서 기쁨과 자부심에 가득 차 벅스턴 역을 걸어 다녔다. 왜냐하면 그들은 모든 랜드마크와 거리의 모든 거짓말들, 그리고 어느 상점이 최고로 좋은 상점인지를 알고 있었기 때문이다.

처음에는 가게를 고용인에게 맡긴다는 것은 거의 미친 소리처럼 들렸다. 부재를 준비하는 것은 매우 복잡했다. 그러다 인설 양이 절대적으로 믿을 수 있는 사람이 되어 다른 젊은 여성 조수들로부터 떼어져 나왔다. 인설 양은 콘스탄스보다 나이가 많았다. 그녀는 안색이 좋지 않았고 똑똑하진 않았지만 신뢰할 만한 여자 중 한 명이었다. 6년 동안 인설의 느리고 꾸준한 상승을 목격할 수 있었다. 그녀의 고용주들은 '호킨스 양' 또는 '대드 양' 하고 부를 때와는 전혀 다른 어조로 '인설 양'이라고 불렀다. '인설 양'은 대화의 끝을 의미했다. '인설 양에게 말해야겠어요.' '인설 양이 봐야겠어요.' '인설 양에게 물어봐야겠어요.' 인설은 매년 열흘 밤을 집에서 잤으며 네 번째 견습생을 고용하기로 결정했을 때 상담을 위해 불리기도 했다.

사업은 긍정적인 방향으로 발전하였다. 지금은 좋다고 인정할 만한 수준이었다. 장사에 있어서 드문 영광이었다. 석탄 채굴 붐은 최고조에 달했고 광부들은 술에 취하는 것도 모자라 미국산 오르간과 값싼 불테리어를 구입하고 있었다. 종종 그들은 개를 위한 코트를 사기 위해 가게에 오곤 했다. 그것도 좋은 천으로 구매하였다. 포비는 이것을 마음에 들어 하지 않았다. 어느 날 한 광부가 포비의 가게에서 자신의 강아지를 위해 가장 좋은 천을 골랐다. 12실링, 매우 많은 돈이었다. 광부가 물었다. "만들어주실 수 있나요? 치수를 재왔어요." "아뇨, 안 할 겁니다!" 포비가 흥분하여 말했다. "그리고 그 천도 팔지 않을 겁니다! 12실링짜리 천이라니, 정말 개의 등에 10억이군! 제 가게에서 나가주시면 고맙겠습니다!" 이 사건은 광장에서 역사적인 사건이 되었다. 마침내 포비는 가치 있는 사위이자 속이 꽉 차고 성공적인 사람이라는 것이 밝혀졌다. '베인스 가족'의 옛 명성을 입증해주었다.

포비가 마을의 공적 생활에 들어가려는 욕망이나 경향을 보이지 않았다는 사실에 약간의 놀라움이 표출되었다. 설혹 아무도 없는 곳에서 하는 지방 위원회의 예리하고 풍자적인 비평가라 할지라도 그는 결코 하지 않을 것이다. 교회당에서는 관리나 신탁 관리 업무를 거절하고 단순한 한 명의 숭배자로 남아 있었다.

3

콘스탄스는 행복했을까? 물론 그녀의 마음속에는 처리해야만 하는 무언가가 항상 있었다. 가게나 집에서 일어나는 일, 그녀가 습득한 모든 기술과 경험을 활용할 수 있는 일 같은 것이었다. 그녀의 삶에는 힘든 지루함이 많았다. 끝이 없고 단조로운 지루함으로 가득 차 있었다. 그녀와 샘은 지속적으로 열심히 일했고 일찍 일어났으며 앞으로 나아갔다. 일찍 잠자러 가는 것은 순전히 피곤함 때문이었다. 그렇게 매주, 매달이 지나갔고 계절이 변하는 것을 인지하지도 못한 채 새로운 계절이 왔다. 6월과 7월에는 황혼의 마지막 은빛이 하늘에서 사라지기 전에 가게를 닫는 날이 가끔 있었다. 그런 날이면 그들은 침대에 누워서 일상사에 대해 잔잔하게 이야기하곤 했다. 아래쪽 거리에서는 소리가 들려왔다. "보관소가 문을 닫는군!" 샘이 이렇게 말하고 하품을 했다. "응, 꽤 늦게 닫네." 콘스탄스는 이렇게 말했다. 스위스 시계는 낭랑한 철사로 된 코일로 빠르게 11시를 칠 것이다. 그러고는 매우 바쁘고 잔잔한 여성들이 그렇듯 잠들기 직전에 콘스탄스는 자신의 운명에 대해 깊이 생각해 보았고 자신의 운명이 친절하다고 판단할 것이다. 어머니의 점차적인 쇠퇴와 엑스에서의 외로운 생활은 그녀를 슬프게 만들었다. 매우 긴 간격을 두고 때때로 오는 소피아의 편지들은 기쁨보다 더 많은 슬픔을 야기했다. 소녀 시절의 순수한 환희는 없어진지 오래였다. 경험과 침착함, 그리고 사물에 대한 진정한 비전의 대가였다. 우주에 존재하고 있는 거대한 우울함은 그녀를 피해 가지 않았다. 그러나 그녀는 잠에 들면서 막연한 만족감을 느낄 것이다. 이 만족감의 근거는 그녀와 샘이 서로를 이해하고 존중하고 있으며 두 사람이 서로를 위해 돈을 벌고 있다는 것이었다. 그들의 성격은 시험을 받았고 그 시험을 견뎌냈다. 그들에게 애정과 사랑은 그들의 관계에 있어 가장 중요한 현상이 아니었다. 습관은 아니나 다를까 사랑의 반짝임을 약화시켰다. 마치 알아차리기 힘든 향료 같았다. 하지만 그 향료가 없었더라면 그들은 이 요리로부터 멀어졌을 것이다!

샘은 삶이 그의 기대에 부응했는지 아닌지에 대한 문제를 결코 스스로 깊게 생각해 본 적이 없었다. 그러나 가끔은 그가 분석해 보지도 않은, 그리고 콘스탄스의 그 어떤 감정보다도 환희에 가까운 기묘한 감각을 가지고 있었다. 따라서 그가 내면적으로는 타고 있고 외면적으로는 암울한 어두운 분노에 사로잡혀 있을 때면 그 어느 것으로도 전복시킬 수 없는 아내의 변하지 않는 온화한 침착함이 갑자기 떠올랐고 이것이 그에게 알 수 없는 침착함을 가져다주었는지도 모른다. 그에게 있어서 그녀는 놀랄 만큼 여성스러웠다. 그녀는 맨틀피스 위에 꽃들을 올려두고는 몇 시간 뒤 식사 중에 갑자기 그에게 그녀가 만든 '정원'에 관해 어떻게 생각하는지 물었다. 그는 점차 그의 형식적인 대답이 그녀를 만족시키지 못한다는 것을 깨달았다. 그녀는 진심 어린 의견을 원했다. 진심 어린 의견은 그녀에게 중요했다. 맨틀피스 위의 꽃들을 '정원'이라고 부르는 것을 상상해 보아라! 얼마나 매력적이고 얼마나 어린아이 같은가! 이러한 날도 있었다. 일요일 아침 교회당을 위한 준비를 모두 끝마친 그녀가 응접실에서 나와 계단 밑에서 문을 작게 쾅 하고 닫고는 마치 그의 검사를 원하듯 재빨리 뒤를 돌았다. 마치 이렇게 말하듯이. '음, 이 옷들은 어때? 이 정도면 될까?' 그의 마음속에서는 항상 키드 가죽 장갑의 냄새와 연관되어 있는 상황들이었다. 그녀는 항상 그에게 드레스 색상과 스타일에 대해 물어보았다. 그가 이 옷을 더 선호할까? 아니면 저거? 그는 어느 날 우연히 자신이 특정한 새로운 드레스를 전면적으로 좋아하는 사람이 아니라는 기미, 단지 힌트였을 뿐인 그 암시를 받기 전까지는 이러한 질문들을 심각하게 받아들일 수 없었다. 크리놀린을 완전히 제거한 그녀의 첫 새로운 드레스였다. 그녀는 다시는 그 드레스를 입지 않았다. 그는 처음에 그녀가 진지하지 않다고 생각했고 농담이 너무 오래간다고 항의했다. 그녀는 이렇게 말했다. "그렇게 말해봤자 소용없어. 난 다시는 그 옷을 입지 않을 거야." 그는 지금까지 그녀의 진지함을 인정하고 있었기에 재량껏 어떠한 의견도 삼가고자 했다. 이 사건은 며칠 동안 그에게 영향을 미쳤다. 그를 기쁘게 하고 설레게 만들었지만 당황하게도 만들었다. 그녀의 실용적이고 상식적인 면 때문에 그는 영원히 감탄할 수밖에 없었다. 이에 대한 첫 번째 예시로, 하루에 두 번 30분 또는 한 시간씩 가게에 두 사람이 동시에 없는 것이 사업의 즉각적인 몰락을 의미하지는 않는다는 그녀의 주장은 그 이후로 그의 마음속에 남아 있었다. 그가 고용주로부터 얻은 옛 미신에 대해 그녀가 완고하게 (그녀만의 자애로운 방식으로) 밀고 나가지 않았더라면 두 사람은 이 날까지 따로따로 식사하고 있었을지도 모른다. 파리에서 포위 공격이 일어난 몇 달 동안 베인스 부인이 죄 많은 자신의 딸이 매시간 죽을 위험에 처해 있다는 확신을 했을 때 어머니를 대하는 그녀의 처사는 매우 괜찮았다고 그는 생각했다. 그리고 뒤이어 일어난 일, 콘스탄스의 생일 편지는 그녀의 태도를 완전히 정당화했다. 때때로 실수하는 멍청이들은 그들에게 명랑하게 이렇게 말하곤 했다.

"애는 어때요?"

또는 한 여성이 이렇게 조용히 말하곤 했다. "당신들에게 아이가 없다는 것이 안타까워요."

그러면 그들은 만약 아이가 있었더라면 정말로 어떻게 되었을지 알 수 없다고 대답했다. 가게는 어쩔 것이며 이것저것들은! 그리고 그들은 꽤 진심이었다.

4

사소한 일이 매우 규칙적이고 진지한 사람들조차 그들의 습관이라는 깊은 홈에서 끌어낼 수 있다는 것은 놀라운 일이다. 3월 어느 날 아침 쇠막대로 두 개의 동일한 나무 바퀴가 연결되어 있고 중앙에는 나무로 된 안장이 있는 구식 자전거는 성 누가 광장의 중력을 방해했다. 사실이었다. 아마도 성 누가 광장의 중력을 거스른 최초의 구식 자전거였다. 자전거는 과자 제조인이자 제빵사 및 새뮤얼 포비의 유명한 사촌인 대니얼 포비의 상점에서 나왔다. 상점은 볼튼 테라스에 있었다. 볼튼 테라스는 베인스 가족의 부지와 거의 직각을 이루고 있었고 광장의 범위에서 벗어난 웨지우드 스트리트와 킹 스트리트의 모퉁이에 있었다. 구식 자전거는 아버지의 감독 하에 이제 11살이 된 대니얼의 외아들인 딕 포비에 의해 이곳으로 가져오게 되었고 머지않아 광장은 딕이 길들여지지 않은 구식 자전거를 잘 길들이는 타고난 재능을 가지고 있다는 것을 알게 되었다. 몇 번의 시도 끝에 적어도 10야드 정도는 자전거 위에 앉아서 이동할 수 있게 되었고 그의 업적으로 인하여 성 누가 광장 사람들은 서커스의 매력을 알게 되었다. 운이 없는 젊은 여성 조수들이 현재 무슨 일이 일어나고 있는지를 알고 있으면서도 감히 난로에서 움직이지 못하고 있을 때 새뮤얼 포비는 문에 숨어 솔직한 관심을 갖고 그 장면을 지켜보고 있었다. 샘은 대담하게 밖으로 나가 그의 사촌과 장난감에 대해 이야기를 나누고 싶었다. 그는 대니얼의 가족이었기 때문에 광장에 있는 어떤 상인보다도 그와 대화를 나눌 권리가 있었다. 그러나 그의 수줍음이 그렇게 하는 것을 막고 있었다. 머지않아 대니얼 포비와 딕은 자전거를 가지고 광장 꼭대기로 갔고 딕은 안장에 조심스럽게 앉은 뒤 광장의 완만한 경사면을 내려가려는 시도를 하였다. 그는 매번 실패했다. 자전거는 놀라운 방식으로 오르막길을 이리저리 돌아다니다가 옆으로 조용히 쓰러졌다. 이쯤 되자 광장의 모든 상점 문에는 관객들로 가득 차 있었다. 마침내 구식 자전거는 순종하지 않으려는 마음을 없앴고 잠시 후 딕은 광장을 타고 내려가고 있었다. 구경꾼들은 마치 그가 나이아가라 폭포를 건너고 있는 블론딘[15]인 듯 숨을 참고 있었다. 매순간 그는 떨어질 뻔했지만 똑바로 서려고 애썼다. 그는 벌써 20야드를 내려갔다. 그가 자전거를 타고 내려가는 것은 기적이었다! 그의 통행은 계속되었고 짧은 순간이 마치 몇 시간처럼 느껴졌다. 신동이 광장 아래쪽에 도착할 지도 모른다는 희미한 희망이 관객들의 가슴에 떠올랐다. 그의 속도는 빨라지고 있었다. 그러나 광장은 거대하고 끝이 없었다. 새뮤얼 포비는 마치 뱀을 향해 다가가는 새처럼 다가오는 현상을 돌출되고 반짝거리는 눈으로 바라보았다. 아이의 속도는 지속적으로 빨라졌고 길은 점점 더 직선이 되어갔다. 그래, 그는 도착할 거야. 해낼 수 있을 거야! 새뮤얼 포비는 불안한 긴장감 속에서 무의식적으로 한 쪽 다리를 들어올렸다. 딕의 속도가 점차 빨라질수록 도착할 것이라는 희망은 두려움이 되었다. 모든 사람들이 한 쪽 다리를 들어올린 채 입을 열고 그를 바라보았다. 두려움을 모르는 아이는 빠른 속도로 앞으로 나아갔고 마침내 승리를 거두었다. 그러고는 시속 6마일의 속도로 샘의 앞에 있는 인도를 들이받았다.

샘이 그를 일으켜 세웠다. 상처는 없었다. 어쩌다 보니 딕을 일으켜 세운 행동이 샘에게 중요함을 주었고 그에게 위업 그 자체의 영광을 부여해주었다. 대니얼 포비는 똑같이 달려오며 기뻐했다. "처음 치고는 나쁘지 않았지, 그렇지?" 대니얼이 크게 소리쳤다. 그는 결코 단순한 사람이 아니었지만 자식에 대한 자부심은 때때로 그를 조금 순진

---

15 Charles Blondin(찰스 블론딘, 1824), 프랑스 출신의 줄타기 곡예사인 그는 1859년 6월 30일 줄을 타고 나이아가라 폭포를 건넜다.

한 사람으로 만들었다. 아버지와 아들은 샘에게 자전거에 대해 설명해 주었고 딕은 오른쪽으로 넘어질 것 같으면 오른쪽으로 돌려야 하고 반대의 경우에는 반대로 행동해야 한다는 매우 이상한 진실을 끊임없이 반복해서 말했다. 샘은 갑자기 자신이 인정받고 있다고 생각했다. 이를테면 광장의 다른 사람들보다 높은 위치에 있다는, 구식 자전거와의 내면적 유대감이었다. 또 다른 모험에서는 더 짜릿한 사건들이 일어났다. 옅은 머리색을 가지고 있는 딕은 두려움 없이 태어난, 위험하며 광적이고 무모한 사람이었다. 자전거의 비밀은 최근에 있었던 그의 운행으로 인해 그에게 드러났고 그는 조용히 자신을 뛰어넘을 결심을 했다. 위태롭게 균형을 잡은 채 그는 다시 한 번 광장을 내려갔다. 얼굴을 매우 심하게 찡그리고 입을 꽉 다물고 있었다. 그렇게 그는 정말로 킹 스트리트 쪽으로 방향을 트는 것에 성공했다. 응접실에 있던 콘스탄스는 매우 빠른 물체가 창문을 스쳐 지나가는 것을 보았다. 사촌 포비는 경고와 함께 그를 말리며 쫓아가고 있었다. 킹 스트리트는 엄밀히 말해보자면 가팔랐다. 킹 스트리트를 반쯤 내려간 딕은 시속 20마일로 움직이고 있었고 마치 교회를 파괴해서 없애버리려는 듯 교회 방향으로 향하고 있었다. 교회 마당의 정문은 열려 있었고 겁에 질린 그 아이는 미친 운과 함께 하나님의 땅으로 이어지는 정문을 안전하게 휙 지나갔다. 사촌 포비는 그가 긍지에 차서 녹색 무덤 위에 누워 있는 것을 보았다. 그의 첫마디는 이것이었다. "아빠, 제 모자 주웠어요?" 이 놀라운 주행의 상징성은 광장을 벗어나지 못했다. 실제로 많은 논의가 있었다.

이 사건은 사촌 간의 우정으로 이어졌다. 광장에서 만나 잡담을 나누는 습관이 생긴 것이다. 새뮤얼과 대니얼의 관계는 항상 매우 멀었기에 만남은 논평의 주제가 되었다. 새뮤얼이 대다수 사람들보다 훨씬 더 많이 대니얼 포비 부인을 못마땅하게 여겼던 것도 이해할 만했다. 그러나 대니얼 포비 부인은 집으로부터 먼 곳에 있었다. 만약 그렇지 않았더라면 아마도 새뮤얼은 개방되어 있는 광장의 중립 지대에서 대니얼과 합류하는 행동은 하지 않았을 것이다. 그러나 한때 어색했던 분위기를 깨게 되자 새뮤얼은 사촌과 친밀감을 쌓게 되어 기뻤다. 우정은 그를 기쁘게 하였다. 대니얼은 그의 아내에도 불구하고 새뮤얼보다 인기가 많은 사람이었다. 게다가 우정은 그가 그 어떤 상인과도 동일한 위치가 되도록 만들어주었다(그의 경력이 많지 않았지만 말이다). 또한 그는 놀랍게도 대니얼을 진심으로 좋아하고 존경했다.

모든 사람들이 대니얼 포비를 좋아했다. 그는 모든 계층에서 인기가 많았다. 또한 선두로 앞서나가는 제과점 주인이자 지방 위원회의 일원, 그리고 성 누가의 교구위원이었다. 그는 25년 동안 이 마을에서 매우 유명했다. 키가 크고 잘생긴 남자였으며 잘 다듬어진 회색 수염과 유쾌한 미소, 그리고 번뜩이는 검은 눈을 가지고 있었다. 그의 좋은 기질은 영구적인 것처럼 보였다. 그는 약간 완고하지 않은 위엄을 가지고 있었다. 동료들로부터 환영받았고 아랫사람들에게는 솔직한 사랑을 받았다. 그는 충분히 부자였으므로 지방 행정관이 되었어야 한다. 그러나 대니얼 포비와 최상의 명예 사이에는 불가사의한 장애, 확실하게 정의를 내릴 순 없지만 분명히 존재하는 장애물이 그 사이를 가로막고 있었다. 그는 유능하고 정직하고 부지런하며 출세했고 훌륭한 연설가였다. 만약 그가 사회에서 소박한 계층에 속하지 않았더라면 예를 들어 만약 타이거에 들려 맥주 한잔하는 것을 또는 때때로 욕설하는 것을 또는 천박한 말을 하는 사람이었다면 3만 명의 주민이 거주하고 있는 분주하고 마음이 넓은 마을에서 위와 같은 성향은 완전히 존경받을 만한 것이 못됐다. 그렇다면 대니얼 포비를 오해하지 않고 이것을 어떻게 표현할 수 있을까? 그는 완전히 도덕적이었다. 그의 견해는 나무랄 데 없었다. 사실 버슬리를 지배하는 계층에게 있어 대니얼 포비는 단지 판신[16]을 조금 많이 광적으로 숭배하는 사람이

---

16 그리스 신화에 나오는 반인반수의 모습을 한 목신(牧神).

었다. 그는 섭정 시대부터 광활하고 무미건조한 빅토리아 시대의 긴 세월을 거쳐 위대한 판의 전통을 지켜온 잔존자 중 한 명이었다. 프랑수아 라블레의 스타일을 띠고 있는 보다 개인적인 그의 생활 태도, 마음속에 영원히 자리잡고 있는 신성한 목적에 필수적인 삶의 측면과 인간 활동에 대한 솔직한 관심은 그의 아내의 변덕스러운 성격에 대한 심판이라고 공개적으로 알려져 있지 않았지만 많은 사람들이 그렇게 여기고 있었다. 심지어 대니얼 포비에게도 말이다. 그의 행동에 관한 문제가 아니었다. 그의 마음속에 있는 질문에 관한 문제였다.

대니얼 포비는 모든 남자들이 판의 신성한 숭배에 관심을 가지고 끓어오르고 있다고 가정하는 방식을 가지고 있었다. 처음에는 때때로 불편함을 주기도 했지만 그 가정은 대개 내재된 진실성으로 극복할 수 있었다. 그렇게 새뮤얼과의 사이가 틀어졌다. 새뮤얼은 판이 자신을 이끌어줄 비단 끈이 있다는 생각을 전혀 하지 않았다. 그는 항상 신으로부터 눈을 피했다. 말하자면 이성적으로 말이다. 그럼에도 요즘 대니얼은 일주일에 두어 번 좋은 아침이면 팬이 뒤에 있는 차가운 돌 위에 앉아 있고 길고 하얀 앞치마를 입은 채 자신의 가게 문 앞에서 빈정대는 크리슬로우가 있는 꽉 찬 광장에서 30분 동안 판에 관련된 매우 흥미로운 지식을 새뮤얼 포비에게 말하고 있었다. 그리고 새뮤얼은 그것을 외면하지 않았다. 그는 반대로 대니얼에게 작은 남자처럼 맞서며 온 힘을 다해 신의 완벽한 대사제가 될 수 있는 척을 했다. 대니얼은 그에게 많은 것을 가르쳐주었다. 그는 새뮤얼을 위해서 삶의 다음 페이지를 있는 그대로 넘겨 반대 면에 있는 내용을 보여주었다. 마치 이렇게 말하는 것 같았다. '넌 이 모든 걸 놓치고 있어.' 새뮤얼은 자신보다 나이가 많은 사촌의 긴 코와 입술을 올려다보았다. 매우 노련하고 매우 상냥하고 매우 유명하며 매우 존경받고 매우 철학적이었다. 그러고는 대니얼이 비교적 멍청한 상태로 마흔 살까지 살아왔다고 생각했다. 이윽고 그는 희미하게 밀가루가 묻어 있는 그의 오른쪽 다리를 내려다보았고 삶은 분명 삶이라는 생각을 하였다.

그가 광신적인 소리를 듣기 시작한 지 몇 주가 지나지 않아 그는 어느 날 저녁 어떠한 생각에 사로잡힌 콘스탄스의 얼굴을 보고 깜짝 놀랐다. 남편이 된 지 6년이 지났지만 아직 아버지가 되지 못한 그는 콘스탄스가 하고 있던 그러한 표정에는 이제 쉽게 놀라지 않았다. 몇 년 전 그는 자주 놀라고 자주 긴장한 채로 며칠을 보내며 살았다. 그러나 오래전부터 이러한 불안에 영향을 받지 않게 되었다. 그런데 지금은 다시금 충격을 받았다. 충격을 받은 남자로서 자신이 충격을 받았다는 것에 전체적으로 놀라지는 않았다. 끝나지 않을 것만 같았던 7일이 지났고 새뮤얼과 콘스탄스는 비밀을 지키려고 하지 않는, 죄 지은 사람이라도 된 듯 서로를 흘끗 쳐다보았다. 그렇게 사흘이 지났고 또 다른 사흘이 지났다. 이윽고 포비는 단호하고 남성적이며 사실을 솔직하게 말하는 톤으로 말했다.

"아, 의심할 여지가 없어!"

그들은 마치 도화선에 불을 붙여 도주할 수 없는 음모자들처럼 서로를 흘끗 쳐다보았다. 두 사람의 눈은 순수한 겸손과 두려운 기쁨이 뒤섞인 매혹적인 혼합물을 아주 기쁜 마음으로 지속적으로 말했다.

"우리가 해낸 거야!"

그곳엔 믿기지 않고 이해할 수 없는 미래가 있었고 다가오고 있었다. 샘은 앞으로 다가올 일을 정확하게 상상한 적이 없었다. 초반에는 단순히 언젠가 콘스탄스가 얼굴을 붉히며 그의 귀에 그녀의 입을 대고 무언가를 속삭일 것이라는 생각만 하였다. 무언가 긍정적인 것을. 그런 일은 전혀 일어나지 않았다. 하지만 상황은 너무나 확고했고 바꿀 수 없을 정도로 매우 감정적이지 않았다.

"일요일에 마차를 몰고 가서 어머니에게 말해야 할 것 같아." 콘스탄스가 말했다.

그는 웅장하고 즉흥적인 스타일로 대답하고 싶다는 충동이 들었다. "오, 편지 정도면 될 거야!"

그러다 그는 갑자기 말을 멈추고는 존중을 표하며 조심스럽게 말했다. "그게 편지를 보내는 것보단 좋을 거라 생각해?"

모든 것이 변했다. 그는 운명을 맞이할 수 있도록 모든 것을 대비하였고 콘스탄스가 운명을 만날 수 있도록 도와주었다. 일요일은 날씨가 험악했다. 그는 콘스탄스 없이 엑스로 향하였다. 그의 사촌이 마차로 태워다주었고 그는 집까지 걸어오겠다고 했다. 움직임은 그에게 도움이 될 것이기 때문이다. 마차를 타고 가는 도중 비밀을 듣지 못한 대니얼은 평소처럼 수다를 떨었고 새뮤얼은 평소와 똑같은 태도로 듣는 척했다. 하지만 그는 은밀히 대니얼을 경멸했다. 대니얼은 뇌에 중요하지 않은 무언가를 가지고 있는 남자였다. 그의 관점은 대니얼의 관점보다 더 정확했다.

그는 결심했던 대로 영국의 중심부에서 꿈을 꾸고 있는 주의 물결치는 황야를 걸어서 집으로 향하였다. 중간쯤 왔을 때에는 밤이 되었고 그는 지쳐 있었다. 그러나 아무것도 존재하지 않는 우주 공간을 돌고 있는 지구는 그를 위해 달을 띄워주었고 그는 좋은 속도로 나아갔다. 아라비아에서 불어오는 바람은 얼굴을 식혀주었다. 그리고 마침내 토프트 엔드의 등성이 너머로 그는 다섯 마을이 거대한 분지에 있는 작은 언덕에서 반짝이는 것을 보았다. 저 빛들 중 하나는 콘스탄스의 램프였다. 저 어딘가에 있는 하나는. 그제야 마음이 놓였다. 그는 본성의 그늘 속으로 들어갔다. 그 미스터리는 그를 엄숙하게 만들었다. 아! 구식 자전거, 그의 사촌, 그리고 이 일!

"젠장, 난 망했군! 젠장, 난 망했어!" 욕을 단 한 번도 해본 적 없던 그는 계속 같은 말을 반복했다.

시릴

1

콘스탄스는 응접실의 창유리를 끼운 커다란 창문 앞에 서 있었다. 그녀는 통통해졌다. 물론 언제나 통통했지만 몸매는 훌륭하고 두드러진 허리와 함께 어여쁜 모습을 띠고 있었다. 그러나 이제 그 모양은 사라졌다. 허리 라인은 더 이상 존재하지 않았고 인위적으로 만들 크리놀린도 더 이상 없었다. 그녀의 얼굴 매력에 빠져 있지 않은 사람이 그녀를 뚱뚱하고 덩어리 같은 사람이라 해도 용서받았을지 모른다. 얼굴은 진지하고 친절하며 기대에 차 있었고 반짝이고 상큼한 볼과 곡선의 둥근 부드러움이 몸매를 돋보이게 했다. 그녀는 이제 거의 스물아홉이었다.

10월 말이었다. 볼튼 테라스 옆에 있는 웨지우드 스트리트에서는 모든 작은 갈색 집들이 광대한 지붕이 있는 시장을 만들기 위해 철거되고 있었다. 그곳은 현재 그 토대를 위해 땅이 파지고 있었다. 이 파괴는 북동쪽의 광활한 하늘을 드러내주었다. 어수선한 가장자리를 가지고 있는 거대한 검은 구름이 구멍에서부터 쏟아져 나와 황혼이 다가오고 있는 연한 푸른빛을 가렸다. 한편 서쪽 콘스탄스 뒤편에는 목요일의 고요한 마을 위로 잔잔하고 멋진 우울함 속에서 해가 지고 있었다. 그날은 움직이고 있는 지구의 모든 슬픔을 모아 그것들을 아름다움으로 바꾸어주는 그런 오후 중 한 날이었다.

새뮤얼 포비는 웨지우드 스트리트에서 모퉁이를 돈 뒤 킹 스트리트를 비스듬히 가로질러 정문으로 향하였다. 콘스탄스가 문을 열었다. 그는 피곤하고도 불안해 보였다.

"어떻게 됐어?" 그가 들어오자 콘스탄스가 물었다.

"괜찮아지지 않으셨어. 벗어날 수는 없을 거야. 전보다 악화되셨어. 내가 남아 있어야 했는데 당신이 걱정할까 봐. 그래서 돌아왔어."

"간호해주기로 한 길크리스트 부인은 어땠어?"

"잘하고 있었어." 샘이 확신에 차서 말했다. "매우 잘하고 있었어!"

"정말 다행이다! 혹시 의사 선생님은 만나봤어?"

"응."

"뭐라고 하셨어?"

그는 좋아 보이지 못한 몸짓을 하였다. "특별한 말은 하지 않았어. 수종이 있으니 그 단계에서는, 당신도 알잖아…."

콘스탄스는 창가로 돌아섰다. 그녀의 기대는 만족하지 못했다.

"저 구름의 모습이 마음에 들지 않아." 그녀가 중얼거렸다.

"뭐! 아직도 밖에 있어?" 샘이 외투를 벗으며 물었다.

"저기 온다!" 콘스탄스가 외쳤다. 그녀의 얼굴은 갑자기 변했고 문으로 달려가 문을 열고는 계단을 내려갔다. 유모차가 호흡이 가빠진 소녀에 의해 빠르게 계단을 올라왔다.

"에이미." 콘스탄스가 부드럽게 따졌다. "내가 멀리까지 가지 말라고 했잖아."

"저 구름들을 보자마자 가능한 한 서둘렀어요, 부인." 소녀는 커다란 재앙을 피한 것에 대해 진심으로 감사하는 듯한 분위기를 풍기며 헉헉거렸다. 콘스탄스는 가만히 있는 유모차로 다가가 그 보호막에서 우주의 중심을 빼낸 뒤 말없이 열정적으로 그를 면밀히 관찰하더니 그와 함께 집 안으로 달려갔다. 비록 한 방울의 빗방울도 떨어지지 않았지만 말이다.

"소중해라!" 에이미가 환희에 차 말했다. 그녀의 젊고 순결한 눈은 그가 사라질 때까지 그를 따랐다. 그러고 나서 그녀는 이제 계란 껍데기 이상의 가치도 관심도 없는 유모차를 치웠다. 문을 닫은 가게 앞을 지나 브로엄 스트리트로 향하는 마당 입구로 바로 가져가야 했다. 콘스탄스는 말 털로 만든 소파에 앉아 보닛을 벗겨주기 전 자신의 보상을 껴안고 입을 맞추어주었다.

"저기 아빠가 있네!" 그녀가 마치 이상하고 기쁜 소식을 전하듯 말했다. "저기 아빠가 통로에서 코트를 걸고 다가오네! 아빠가 손을 비비고 있어!" 그러고 나서 목소리를 부드럽게 바꾼 뒤 이렇게 말했다. "와서 봐봐, 샘!"

그는 정신이 팔려 몸을 앞으로 구부렸다. "아유, 요 쬐깐한 악동! 요 쪼만한 악당 같은 녀석!" 그는 아기의 코 쪽으로 손가락을 내밀며 아기를 맞이했다.

지금까지 외부 현상에 소극적인 무관심을 유지하던 아기는 팔꿈치와 발가락을 들고 작은 입으로 거품을 내뿜으며 기가 막히게 아름답고 악동 같은 미소를 지으며 손가락을 응시했다. 마치 이렇게 말하는 것 같았다. '난 이 커다랗고 튀어나와 있는 관찰을 알고 있어. 그리고 그것과 관련해서 나를 제외한 그 누구도 알 수 없는 농담이 있지. 내 비밀스러운 기쁨이고 당신과는 결코 공유할 수 없어.'

"차가 준비됐나?" 샘이 자신의 엄숙함과 평범한 포즈를 유지하며 물었다.

"그 애에게 옷을 벗을 시간도 줘야지." 콘스탄스가 말했다. "테이블을 난로로부터 멀리 떨어뜨려 놔야 해. 우리가 차를 마시는 동안 아기가 난로 앞에 깔아두는 덮개에 누워 있을 수 있게." 그러고선 아기에게 넋을 잃고 말했다. "장난감을 가지고 놀 수 있게 말이야. 아기의 멋지고 멋진 장난감들!"

"인설 양이 차를 마시기 위해 여기 머무른다는 거 알지?"

하얀 천이 붙어 있는 편안한 갈색 드레스를 입은 채 아기에게 고개를 숙이고 있는 콘스탄스는 아무 말도 하지 않고 고개를 끄덕였다. 포비는 왔다 갔다 하면서 엑스까지의 급했던 여정에 대해 자세히 말하기 시작했다. 자신의 손자를 안아본 늙은 베인스 부인은 세상을 떠날 준비를 하고 있었다. 다시는 무뚝뚝한 말투로 '거지같은!'이라고 소리칠 수 없을 것이다. 상황은 매우 어렵고 고통스러웠다. 콘스탄스는 아기를 혼자 내버려둘 수 없었으며 최후의 순간이 오기 전까지는 엑스로의 여행이라는 위험을 무릅쓰지 않을 것이다. 아기는 이제 젖을 떼고 있었다. 어쨌든 콘스탄스는 어머니를 간호할 수 없을 것이다. 간호사를 찾아야만 했다. 포비는 길크리스트를 발견하였는데 체서의 말파스에 있는 농부의 두 번째 아내였다. 첫 번째 아내는 존 베인스의 여동생이었다. 길크리스트가 갖고 있는 모든 신용도는 포비 덕분이었다. 베인스 부인은 소피아에 대해 매우 심각하게 걱정했다. 소피아는 아주 오랜 시간 동안 아무런 소식도 보내지 않았다. 포비는 맨체스터로 향하였고 스케일의 친척들은 그 커플에 대해 아무것도 모른다는 사실을 확실히 확인하고 왔다. 그는 특별히 이 일 때문에 맨체스터에 다녀온 것은 아니다. 약 3주에 한 번 화요일에 맨체스터 창고를 방문해야 했다. 그러나 스케일의 친척을 찾는 것에 너무 많은 수고와 시간을 사용했기에 이상하게도 다른 목적을 위해 화요일에 맨체스터에 방문하게 되었다고 믿게 되었다. 그는 가게에서 매우 바빴지만 가능할 때마다 엑스를 오가며 자신의 일을 소홀히 하였다. 그는 자신의 힘으로 모든 것을 할 수 있어 기뻤다. 이렇게 행동하지 않았더라도 예민하고 폭군 같은 양심이 그렇게 행동하도록 강요했을 것이다. 그럼에도 불구하고 그는 다소 도덕적인 느낌을 받았고 걱정과 피로, 수면의 상실은 이러한 의식을 강하게 만들어주었다.

"그러니 갑자기 변화가 생긴다면 전보를 보내겠지." 그가 콘스탄스에게 말했다. 그녀는 고개를 들었다. 그들을 이끌었던 말은 그녀를 꿈에서 끌어내었고 그녀는 괴로워하고 있는 어머니의 모습을 잠시 동안 볼 수 있었다.

"그럼 설마?" 그녀는 사실에 의해 정당화되지 않은 고통스러운 환영을 없애려고 애쓰며 말했다.

"자기." 샘이 말했다. 머리에서는 노랫소리가 들렸고 눈이 뜨거워지고 온몸의 신경이 긴장되어 있었다. "나는 단지 어떤 갑작스러운 변화가 있다면 그들이 전보를 보낼 것이라는 것을 말한 거야."

차를 마실 때 샘은 아내 맞은편에 앉아 있었고 인설은 거의 벽에 앉아 있었다(테이블을 옮겼기 때문이었다). 아기는 크고 부드러운 모직 숄로 덮여 있는 깔개에서 뒹굴고 있었다. 그 깔개는 원래 증조할머니의 물건이었다. 아기는 걱정도 책임도 없었다. 아기는 숄이 매우 커서 그 테두리를 벗어난 물체들을 명확하게 구별할 수 없었다. 그 위에는 천연고무로 만들어진 공과 인형, 딸랑이, 그리고 팬이 있었다. 그는 각각의 성질을 가지고 있는 네 가지 물건들을 어렴풋이 기억하고 있었다. 불 또한 그의 오랜 친구였다. 가끔 불을 만지려고 하였지만 항상 높고 밝은 울타리가 그와 불 사이를 가로막고 있었다. 10개월 동안 그는 이 변화하고 있는 우주에 관련된 실험을 하지 않은 채 하루를 보낸 적이 없었는데 이 우주 속에서 오직 그 혼자만이 흔들리지 않고 변하지 않은 상태로 존재하고 있었다. 실험은 주로 재미를 위해 행해졌지만 음식에 대해서는 진지했다. 최근 들어 음식에 관련된 우주의 행동은 그를 다소 당혹스럽게 만들었고 정말로 그를 화나게 만들었다. 그러나 그는 건망증과 행복한 성격을 가지고 있었고 우주가 그의 고압적인 욕망을 충족시키는 기계로서 유일한 목적을 이행하는 한, 불평할 마음이 없었다. 그는 불꽃을 바라보며 웃었고 웃었기 때문에 더 웃었다. 공을 밀어내고 꿈틀거리며 쫓아가더니 관습에 대한 확신을 갖고 잡았다. 그는 인형을 삼키려고 노력했고 여러 번 시도하고 나서야 이전 노력이 실패했던 것을 기억하고는 철학적으로 포기했다. 그는 팔과 다리를 하늘로 향한 채 끔찍한 충격과 함께 굴렀고 매머드 같은 팬의 거대한 측면을 향해 굴러간 뒤 팬의 귀를 움켜잡았다. 팬의 모든 면은 일어났고 그의 시야에서 사라졌다. 그는 즉시 팬을 잊었다. 인형을 움켜쥐고 삼키려고 노력했고 공과 관련된 자신의 솜씨를 발휘하는 것을 반복했다. 그러다 다시 불을 보았고 웃었다. 그렇게 그는 수 세기 동안 존재했다. 책임도 식욕도 없이. 그리고 숄은 거대했다. 머리 위로는 엄청난 작전이 계속되었다. 커다란 그릇들이 운반되었고 커다란 책들이 가져와졌다. 숄 너머 공간에서는 깊은 목소리가 규칙적으로 울려 퍼졌다. 그러나 그는 의식하지 못한 채로 있었다. 마침내 한 얼굴이 자신의 얼굴을 내려다보고 있다는 것을 알게 되었다. 그는 그 얼굴을 알아보았고 즉시 위가 불편하게 느껴졌다. 그는 50년 동안 불편함을 참고 있다가 작은 울음소리를 내었다. 인생이 다시 심각해졌다.

'검은 알파카. B품질. 폭 20, t.a. 22야드.'

인설이 커다란 책을 읽었다. 그녀와 포비는 재고 조사를 하고 있었다. 포비가 이렇게 대답했다. "검은 알파카. B품질. 폭 20, t.a. 22야드. 아직 10분 남았어." 그가 시계를 흘끗 보았다.

"그런가요?" 콘스탄스는 10분이 남았다는 것을 알면서도 말했다. 아기는 아무것도 외면하지 않았고 모든 것을 한꺼번에 할 수 있는 그 높고 보이지 않는 신의 이름이 새뮤얼 포비라는 것을 몰랐으며 그 신이 상상할 수 없는 먼 거리에서 자신의 우주를 지배하고 있다는 것을 알지 못했다. 이유를 시작하는 단계는 이제 아기에게 다음에 무슨 일이 일어날지 정말 모르는 단계에 이르렀다. 그 짜증은 마치 신들의 규칙이라도 되는 듯 그의 첫 번째 이가 나오기 시작한 지 정확히 3개월 후에 시작되었고 점점 더 그를 당황케 하였다. 그가 새로운 현상에 익숙해지자마자 이상하게도 그 현상은 중단되었고 완전히 잊고 있던 오래된 현상이 그 자리를 대체하였다. 이날 오후에는 어머니가 그를 돌보았는데 그녀가 어리석게도 겉만 번지르르한 수단으로 그를 삶의 심각함으로부터 벗어나게 하기 전까진 아니었다. 그럼에도 그녀의 풍부한 가슴에 그는 모든 것을 용서하고 잊어버렸다. 그는 보다 현대적인 발명품보다 그녀의 단순하고 자연스러운 가슴을 더 좋아했다. 부끄러움도 겸손함도 없었다. 어머니도 마찬가지였다. 그것은 아버지와 인설이 도와주어야 했던 외설적인 주연酒宴이었다. 그러나 아버지는 부끄러움을 느꼈다. 게다가 목요일 오후 가게가 썰렁했기에 인설 양이 일하겠다고 친절히 제안했으므로 적당한 회전율을 위해 5시 반에 모유가 아니라 우유병을 물리는 것을 선호했을 것이다. 그는 자의식이 강한 부모였고 세상에 미안해하는 성격이었으며 오히려 물러서서 그 사건과 아무 상관없는 척했다. 그리고 아내가 자신의 아기에게 젖을 물리는 것을 누군가가 목격하는 것을 진심으로 싫어했다. 특히나 그 고지식하고 어둡고 콧수염을 기른 노처녀 인설 양은 더더욱 말이다. 그는 인설 양에게 그 장면을 목격하도록 강요하는 것을 모욕이라고 부르지는 않았지만 생각은 모욕의 근처에 접근해 있었다.

콘스탄스는 젊은 엄마의 무의식적이고 원시적인 미개함으로 아이에게 단조롭게 자신을 바쳤고 아기에게 젖을 물리면서 마음을 가득 채운 만족의 깊은 바다 위로 자신의 어머니에 대한 생각이 희미한 형체처럼 끊임없이 왔다 갔다 했다. 어머니의 병은 비정상적이었고 이제 아이는 아마도 처음으로 그녀의 의식 속에서 완전히 정상이 되어 있었다. 아기는 방해받을 수 있는 것이지 방해할 수 있는 것이 아니었다. 얼마나 큰 변화인가! 완벽하게 성취하기 전까지는 불가능해 보였던 얼마나 대단한 변화인가!

출산하기 전 몇 달 동안 그녀는 밤과 매우 조용한 시간에 엄청난 화를 흘끗 본 적이 있었다. 그녀는 미리 무력해지는 것을 허락지 않았다. 기질 상 그녀는 매우 현명하고 균형이 너무 잘 잡혀 있었다. 그러나 그녀에게는 공포들이 잠시 스쳐 지나가는 순간들이 있었는데 그럴 때마다 단단한 땅이 그녀에게서 멀어지는 것 같았고 그녀가 마주한 것에 대한 상상력이 흔들렸다. 단지 한순간 만이었다. 보통 그녀는 거의 완벽에 가까운 분별력 있는 침착함의 희극을 연기할 수 있었다. 그렇게 약속된 시간이 가까워졌다. 그녀는 여전히 미소 지었고 샘도 그랬다. 그러나 꼼꼼하고 복잡하고 획기적인 준비는 그들의 미소와 모순되었다. 그 긴장감은 베인스 부인을 양심적인 또는 비양심적인 방법으로 모든 일이 끝날 때까지 버슬리에 오지 못하게 하는 결심으로 되었고 그들의 미소가 거짓임을 보여주었다. 이윽고 급격하고 충격적이며 잔인하고 앞으로 있을 고문을 알리는 첫 고통이 있었다. 그러나 고통들이 없어지면 그녀는 다시 창백하게 웃었다. 그러고선 온 집안이 절망적으로 반전이 되고 체계적이지 못하다는 느낌으로 가득 차 침대에 누워 있었다. 의사가 방으로 들어왔다. 그녀는 의사를 향해 마치 미안한 듯 바보같이 미소 지었다. 마치 이렇게 말하는 것 같았다. '모두가 겪는 일이에요. 이젠 내 차례고.' 외적으로 그녀는 침착했다. 오, 하지만 그 내면에는 끔찍한 공포의 피해자가 되어 있었다. '나는 벼랑 끝에 서 있어.' 그녀는 생각했다. '조금만 있으면 끝날 거야.' 그녀는 꽤 또렷하게 생각할 수 있었다. '이제 내 차례야. 이거야, 내가 감히 바라볼 수 없었던 공포. 내 인생은 앞날을 알 수 없는 불확실한 상태에 있어. 다시는 일어나지 못할지도 몰라. 마침내 모든 것이 끝날 거야. 마치 내게는 결코 일어나지 않을 것 같았던, 결코 오지 않을 것 같았어. 하지만 마침내 끝났어!'

아! 누군가가 수건의 꼬여 있는 끝을 다시 그녀의 손에 쥐어주었다. 그녀는 수건을 풀었다. 그러고는 수건을 끊어져라 잡아당기고 또 잡아당겼다. 소리를 질렀다. 연민을 위함이었다. 누군가 그녀를 도와주길 바라는, 어쨌든 누군가 그녀를 알아주기를 바라서였다. 그녀는 죽어가고 있었다. 영혼이 그녀를 떠나가고 있었다. 그녀가 상상했던 끔찍한 공포의 모든 것을 뛰어넘는 대재앙의 한가운데 공황 상태에 빠진 채 혼자 있었다. '참을 수 없어.' 그녀는 격렬히 생각했다. '이걸 견디어 내라는 말은 불가능해!' 이윽고 그녀는 울었다. 지쳤고 공포에 사로잡혔고 박살나고 분열되었다. 이젠 상식도 없다! 현명한 침착함도 없다! 자존심도 없다! 심지어 여성이라는 존재도 아니었다. 그저 동물이 되어버린 피해자였다. 그리고 끝없는 최고의 경련 속에서 그녀는 영혼을 포기하고 자기 자신에게 작별을 고했다.

그녀는 푹신한 침대에 꽤 편안하게 누워 있었다. 나태하게 무력하게. 행복은 괴로움과 두려움으로 이루어진 용암 위에 얇은 껍데기처럼 형성되었다. 그녀 곁에는 그녀로부터 무자비하게 빠져나온 영혼이 있었다. 그 비밀스러운 방해꾼은 아침의 빛 속에서 모습을 나타냈다. 흥미로운 존재다! 그녀가 여태껏 본 그 어느 아기와도 달랐다. 빨갛고 주름지고 거칠었다. 그러나 어떤 이유에서인지 확인하지 않았다. 그녀는 매우 부드럽게 감싸 안았다.

샘은 그녀의 눈에서 멀리 떨어진 침대 옆에 있었다. 그녀는 너무 편안하고 무력해서 머리를 움직일 수도, 심지어 그에게 다가와 달라고 부탁할 수도 없었다. 그가 올 때까지 기다려야 했다.

오후에 의사가 돌아갔다. 그녀의 분만이 이상적이었다는 말은 그녀에게 매운 큰 충격을 주었다. 그녀는 너무 지쳐서 그를 분별없고 비논리적이며 냉담한 노인이라고 대꾸하지 못했다. 하지만 자신이 알고 있는 것을 알았다. '아무도 생각하지 못할 거야.' 그녀는 생각했다. '내가 겪은 일을 아무도 모를 거야! 하고 싶을 대로 말해. 난 이제 알아.'

가정에 대한 인식을 점착 회복하면서 그녀는 가정의 사기가 꼭대기에서 바닥으로 저하되었고 일을 다시 시작할 때가 온다고 해도 어디서부터 시작해야 할지 알 수 없을 것임을 깨달았다. 심지어 아기가 자신의 관심을 독점하지 않더라도 말이다. 그 일은 그녀를 소름 끼치게 했다. 이윽고 그녀는 일어나기를 원했다. 곧 일어났다. 자신감에 얼마나 큰 타격인가. 그녀는 겁에 질린 작은 토끼처럼 다시 침대로 향하였다. 부드러운 베개 위에 누울 수 있게 되어 기쁘고 또 기뻤다. "어쨌든 내가 아래층으로 내려가서 사람들을 만나며 걸어 다니고 요리하고 여성 모자 제조를 감독해야 할 때가 반드시 오겠지." 그녀가 말했다. 글쎄 그 상황이 오긴 하였다. 그러나 그녀는 인설 양에게 여성 모자류에 관한 코너를 넘겨주어야만 했다. 예전과 같지 않았다. 완전히 달랐다! 아기는 모든 것들을 새로운 국면으로 밀어버렸다. 그는 끔찍한 불청객이었다. 그녀의 옛 일상생활은 단 1분도 남아 있지 않았다. 그는 그 어떤 타협도 하지 않았다. 만약 그녀가 아기에게서 시선을 돌린다면 아기는 죽어 그녀를 떠나갈지도 몰랐다.

그리고 지금 그녀는 인설 앞에서 침착하고 현명하게 아기에게 젖을 물리고 있었다. 아기의 중요성과 아기라는 유기체의 연약함, 매일 밤 두 번 깨는 것, 뚱뚱해지는 것에 익숙해져 있었다. 그녀는 다시 강해졌다. 6개월 동안 그녀의 휴식을 걱정하게 만들었던 발작적인 경련은 어느 정도 사라져 있었다. 어머니가 된다는 상태는 표준적이었고 아기도 매우 표준적이어서 아기가 없는 집은 상상할 수 없었다.

10개월 만에! 밤을 위해 아기를 침대에 눕혀놓은 그녀는 아래층으로 내려갔고 인설과 샘이 여전히 일하고 있는 것을 발견하였다. 그녀는 계단 발치에 있는 문을 열어둔 채 자리에 앉았다. 손에는 자수를 두고 있는 모자가 있었다. 인설과 샘이 빠른 속도로 파운드와 실링, 펜스를 합치는 동안 그녀는 섬세하고 친밀하며 낭비적인 모자 위로 몸을 굽혀 천천히 정확하게 바늘을 찔러 넣었다. 그러다 고개를 들고 귀를 기울였다.

"실례지만." 인설이 말했다. "아이가 우는 소리를 들은 것 같아요."

"그리고 둘에 여덟이고 셋에 열하나. 울고 있는 게 틀림없어." 포비가 고개를 들지 않고 빠르게 말했다. 아기의 부모는 인설이라 할지라도 가정생활에 대한 것을 이야기하는 관행은 만들지 않았다. 그러나 콘스탄스는 어머니로서 자신을 정당화해야 했다.

"아기가 편안하게 있을 수 있도록 완벽하게 조치를 취해놨어." 콘스탄스가 말했다. "자기가 무시당했다고 생각해서 우는 걸 거야. 우리는 그런 걸 아기가 너무 일찍 배워서는 안 된다고 생각해."

"정말 옳은 말이에요!" 인설이 말했다. "둘, 그리고 셋."

그 멀고 미약하고 투덜거리는 가련한 울음은 완강하게 계속되었다. 30분 동안 계속되었다. 콘스탄스는 일을 계속할 수 없었다. 그 울음은 의지를 꺾어버렸고 단단한 현명함을 없애버렸다. 그녀는 아무 말 없이 일어나 조심스레 모자를 흔들의자에 올려둔 뒤 위층으로 올라갔다. 포비는 잠시 머뭇거리다가 그녀를 쫓아갔고 팬은 그 때문에 놀랐다. 그는 인설을 위해 문을 닫았지만 팬은 너무나 빨랐다. 콘스탄스가 침실 문에 손 대고 있는 것을 보았다.

"자기." 그가 참으며 반대했다. "지금 뭘 하려고 그러는 거야?"

"그냥 듣고만 있을 뿐이야." 콘스탄스가 말했다.

"이성적으로 생각해. 아래층으로 내려와."

그는 신경질적인 짜증을 거의 감추지 못한 채 낮은 목소리로 말하고는 그녀를 향해 조용히 복도를 따라 걸어가 가스등을 지나 두 개의 계단을 올랐다. 팬은 꼬리를 흔들며 따라왔다.

"뭔가 문제가 생긴 게 아닐까?" 콘스탄스가 제안했다.

"퓨!" 포비가 경멸하듯 소리쳤다. "어젯밤 일이랑 내가 한 말을 기억해!"

두 사람은 좁은 복도에서 선의의 모습을 하고 있는 가짜 어조를 억누르며 논쟁을 벌였다. 속은 팬은 꼬리를 흔드는 것을 멈춘 뒤 멀리 사라졌다. 문 뒤에서 아기가 울고 있었고 그 울음소리는 신비롭고 절망적인 울부짖음으로 바뀌어 콘스탄스의 심장에 매우 큰 영향을 미쳤다. 그녀는 아기에게 다가가기 위해서라면 불속을 걸어갈 수도 있었다. 그러나 포비의 의지는 그녀를 붙잡았다. 그녀는 반항했고 화를 냈으며 상처 입고 분개했다. 상호 관용의 이상인 상식은 이 흥분한 부부로부터 날아가고 있었다. 매우 놀랍게도 인설이 위층으로 올라오지 않았더라면 끝없는 틈새의 반대편에서 검은 분노에 휩싸인 채 그녀를 노려보고 있는 셈으로 인하여 그 대화는 말다툼이 되었을 것이다. 포

244

비는 감정을 억누르며 그녀를 바라보았다.

"전보!" 인설이 말했다. "우체국장이 직접 와서."

"뭐라고? 데리 씨가?" 샘이 위엄 있는 척하면서 전보를 열었다.

"네. 그는 올바른 시간에 전달해주기에는 너무 늦었다고 말했어요. 하지만 매우 중요한 일인 것 같았기 때문에…."

샘은 전보를 훑어보고는 진지하게 고개를 끄덕였다. 그러고는 아내에게 넘겨주었다. 그녀의 눈에는 눈물이 고였다.

"지금 즉시 사촌 대니얼에게 데려다 달라고 할게." 자신과 이 상황의 주인인 샘이 말했다.

"사람을 고용하는 게 낫지 않을까?" 콘스탄스가 제안했다. 그녀는 대니얼에 대해 편견을 가지고 있었다.

포비는 고개를 저었다. "대니얼이 제안했어." 그가 대답했다. "그의 제안을 거절할 수 없어."

"두꺼운 외투를 입어." 콘스탄스가 그와 함께 꿈에서 나오며 말했다.

"설마 그건." 인설이 멈췄다.

"맞아, 인설." 포비가 일부러 말했다. 1분도 안 되는 사이에 그는 사라졌다. 콘스탄스는 위층으로 뛰어 올라갔다. 울음소리는 멈춰 있었다. 그녀는 문의 손잡이를 천천히 부드럽게 돌려 살금살금 방으로 들어갔다. 야간 등은 무거운 마호가니 가구들과 술이 달린 진홍색 커튼이 쳐져 있는 방에 커다란 그림자를 드리웠다. 침대와 오토만 사이에 (오토만 위에는 새로 산 가정용 성경이 있었다) 있는 요람은 그늘에 가려져 있었다. 그녀는 야광 등을 들고 침대 주위를 살금살금 돌아다녔다. 그렇다. 아기는 잠들기로 결심한 것이다. 멀리 떨어져 있는 죽음의 위험이 그의 악마 같은 고집을 물리쳤다. 운명이 그를 이긴 것이다. 눈물 자국으로 얼룩진 그 볼이 얼마나 놀랍도록 부드럽고 연약한지! 꼭 움켜쥔 저 작고 작은 손이 얼마나 연약한지! 콘스탄스는 슬픔과 기쁨이 신비롭게도 섞여 있었다.

2

거실은 식용 드레스를 입은 사람들로 가득했다. 오래된 거실이었지만 엑스에 있던 죽은 해리엇의 매우 훌륭한 빅토리아 가구들로 새롭고 거대하게 장식이 된 거실이었다. 두 개의 독서대, 커다란 책장, 들어 올릴 수 없을 만큼 인상적이고 번쩍거리는 테이블, 복잡하게 비틀려 있는 의자들과 안락의자들! 거실에 원래 있었던 가구들은 응접실로 옮겨져 응접실을 웅장하게 만들어주고 있었다. 집안 모든 곳에서 부유의 향기가 느껴졌다. 조용하고 차분한 고가품들로 가득 차 있었다. 매우 구석진 공간에 있는 정말로 별 볼일 없는 물건이라도 베인스 부인은 '좋다'라는 단어를 사용했을 것이다. 콘스탄스와 새뮤얼은 해리엇의 모든 돈의 절반과 베인스 부인의 돈을 받았다. 나머지 절반은 크리츨로우를 신탁관리인으로 가상의 소피아를 위해 저축이 되었다. 가게는 계속 번창했다. 사람들은 포비가 집을 산다는 것을 알고 있었다. 그러나 그와 콘스탄스는 친구를 사귀지 않았다. 두 사람은 다섯 마을에서 사용하는 말을 빌리자면 '사회적으로 가지를 펼치지 않는' 사람들이었다. 사회의 모임에는 적당히 가지를 펼치긴 했지만 말이다. 그들은 자신의 일을 자신의 일로만 두었다. 이 손님들은 그들의 손님이 아니었다. 이들은 시릴의 손님이었다.

콘스탄스는 새뮤얼이라 이름 지었고 그의 아버지는 새뮤얼이라는 이름을 남몰래 경멸하고 있었기에 시릴이라고 불렸다. 그렇게 그는 시릴이라 불렸다. 매기의 후계자인 에이미에게는 '시릴 주인님'이라고 불렸다. 그의 어머니는 깨어 있는 한 시릴을 생각했다. 그의 아버지는 시릴의 행복을 계획하고 있지 않을 때면 다른 무엇도 아닌 시릴의 행복을 위해 돈을 벌고 있었다. 시릴은 그 집의 중심이었다. 모든 욕망은 시릴을 위한 무언가에서 끝이 났다. 이제 가게는 오로지 그만을 위해 존재했다. 그리고 새뮤얼이 개인적으로 샀을 집 또는 경매장에서 부끄러운 얼굴로 샀을 그 집은 어떻게 보면 시릴을 위한 것이었다. 그와 콘스탄스는 더 이상 그들 자신이 아니었다. 두 사람은 자신들을 시릴의 부모라는 존재로만 여겼다.

두 사람은 이 사실을 결코 깨닫지 못했다. 만약 사람들이 그들을 편집광이라고 불렀더라면 두 사람은 상식과 정신의 균형을 확신하는 그 사람들의 미소를 비웃었을 것이다. 이렇다고는 해도 그들은 편집광이었다. 본능적으로 그들은 가능한 그 사실을 숨겼다. 심지어 스스로 인정하지도 않았다. 사실 그는 종종 이렇게 말하곤 했다. "저 아이는 모두를 위한 아이가 아니야. 저 아이는 반드시 자기 자리에 있어야 해." 콘스탄스는 항상 그의 아버지를 집에서 가장 중요한 사람으로 여기라고 가르쳤다. 새뮤얼은 항상 그의 어머니를 집에서 가장 중요한 사람으로 여기라고 가르쳤다. 살아 있는 것만으로도 기뻐해야 할 하찮은 사람, 별 볼일 없는 사람이라고 그를 설득시킬 만한 것은 아무것도 남아 있지 않았다. 그러나 그도 자신의 중요성에 관한 모든 것을 알고 있었다. 그는 마을 전체가 자신의 것이라는 것을 알고 있었다. 자신의 부모가 스스로를 속이고 있다는 것을 알고 있었다. 벌을 받을 때에도 자신이 매우 중요하기 때문이라는 사실을 잘 알고 있었다. 그는 이러한 지식을 결코 부모에게 알려주지 않았다. 태고의 지혜는 그 지식을 그의 가슴에만 꼭 간직하고 있으라고 부추겼다.

그는 54개월로 그의 아버지처럼 까맸다. 이모처럼 잘생겼고 나이에 비해 키가 컸다. 이목구비는 어머니의 모습을 닮지 않았지만 때때로 '어머니의 모습'이 보였다. 분명하지 않은 변덕스러운 음성과 구체적인 것들이나 분명한 욕망을 묘사하는 몇 개의 단음절로부터 그는 점차 게르만 민족 특유의 제일 어려운 언어를 자연스럽게 말할 수 있는 능력을 얻었다. 그가 말할 수 없는 것은 아무것도 없었다. 그는 걷고 달릴 수 있었고 신에 대한 정확한 지식으로 가득 차 있었으며 예수라고 불리는 작은 신의 자신을 향한 특별한 편애에 대한 의심을 품은 적이 없었다.

자, 이 파티는 그의 어머니의 창안물이자 계획이었다. 이것을 무시한 그의 아버지는 어차피 해야 할 일이라면 제대로 하는 것이 좋다고 말했고 조직력을 모두 발휘했다. 처음에 시릴은 파티를 받아들였다(단지 받아들였을 뿐이었다). 그러나 그날이 다가오고 준비가 점점 커지자 즐거운 마음으로 바라보게 되었고 이후로는 열정적으로 바라보게 되었다. 그의 아버지는 시릴을 대니얼 포비의 맞은편으로 데리고 가서 케이크를 골랐고 매우 진지하고 세심하게 케이크를 고름으로써 그가 파티를 얼마나 심각하게 생각하고 있는지를 시릴에게 보여주었다.

물론 파티는 목요일이었다. 계절은 여름이었고 엷고 희미한 옷에 적합했다. 해리엇의 커다란 테이블에 둘러앉은 여덟 명의 아이들은 햇빛처럼 반짝거렸다. 콘스탄스가 특별히 제공한 냅킨은 부와 흰 레이스의 풍부함, 그리고 자수 장식품을 숨길 수 없었다. 다섯 마을의 상류층 자녀들은 4~5세 이후로 화려하게 옷을 입지 않는다. 몇 주간의 노동, 수천 큐빅 피트의 가스, 수면을 취하지 않고 보낸 밤과 시력, 그리고 일반적인 건강은 단 10초 만에 잼으로 인해 엉망이 될 가능성이 있는 단 하나의 드레스를 만드는 과정으로 사라질 것이다. 그러나 이러한 것들은 과거에도 있었다. 그렇기에 오늘날에도 존재했다. 시릴의 손님은 4살에서 6살로 구성되어 있었다. 그들은 주로 시릴보다 나이가 많았다. 이는 유감스러운 일이었다. 손님들은 그의 중요성을 떨어트렸다. 그러나 4살까지의 어린이들에게 훌륭한 파티를 위한 예절 감각, 심지어 일반적인 예절은 전체적으로 매우 기대하기 힘들었다.

테이블의 가장자리에는 어른들이 앉아 있었다. 아이들의 엄마들이었다. 그들은 매우 좋은 옷을 입고 있었는데 그들 또한 만나야 하는 상황이었기 때문이다. 콘스탄스는 새로운 진홍색 실크 드레스를 입고 있었다. 어머니의 죽음을 애도한 후 그녀는 가게 일로 인해 열여섯 살 때부터 시릴이 태어난 후 몇 달 동안은 입어 왔던 검은 드레스를 입는 것을 완전히 그만두었다. 그녀는 이제 간단한 검사를 하기 위해 방문하는 것을 제외하곤 결코 가게를 방문하지 않았다. 그녀는 여전히 뚱뚱했다. 그녀의 몸매를 파괴한 사람은 테이블의 제일 좋은 자리에 앉아 있었다. 새뮤얼은 그녀 근처에 있었다. 그는 매우 놀랍게도 크리슬로우가 등장하기 전까지는 유일한 남성이었다. 크리슬로우는 조카딸과 함께 방문하였다. 새뮤얼은 비록 제일 좋은 옷을 입고 있지는 않았지만 평상시 입는 옷을 입고 있지도 않았다. 주름 장식이 되어 있는 셔츠에 검은색 작은 넥타이를 매고 있었다. 그 위로 보이는 검은 수염과 얼굴은 매우 긴장하고 있고 남의 시선을 의식하고 있는 것 같았다. 그는 이러한 즐거운 일에는 익숙하지 않았다. 콘스탄스도 마찬가지였다. 그러나 그녀 성격의 차분한 표면에서 부풀어 오르고 있던 박애는 그녀가 수줍어하는 것을 불가능하게 만들었다. 인설 또한 가게에서 입는 검은 옷차림을 하고 '돕기' 위해 이곳에 있었다. 마지막으로 에이미가 있었다. 비록 스물세 살밖에 안 되는 나이였지만 세월이 흐르면서 그녀는 천천히 믿을 수 있는 하녀로서 자리를 잡아가고 있었다. 못생기고, 퉁명스럽고, 노골적이지만 편리한 즐거움을 주는 소녀! 그녀는 주인 시릴과 한 시간 동안 밖을 돌아다니기 위해 일찍 일어나 늦게 잠에 들었다. 시릴을 잠자리에 들게 하도록 허락받은 것은 그녀에게 있어서 매우 큰 축복이었다.

모든 어른들은 무언가 잔뜩 쌓여 있는 테이블을 둘러싸고 있는 솜털 같은 아이들의 가장자리에 팔을 계속 집어넣고 있었다. 컵에서 위험한 숟가락을 꺼내 받침에 올려두고 접시를 교체하고 케이크를 건네주고 잼을 발라주고 아이를 달래기 위해 속삭이고 설명을 해주고 현명한 조언을 해주고 있었다. 백발이 되었지만 굽지는 않은 크리슬로우는 '귀여운 웃음소리'가 들린다고 말하고는 코를 훌쩍거렸다. 창문은 살짝 열려 있었지만 어린아이들이 만들어내는 자연스러운 인간의 냄새로 가득했다. 한 명 이상의 엄마들이 아이들에게 속삭이기 위해 코를 엉망이 된 레이스에 밀어 넣으며 그 기분 좋은 향기를 황홀한 기분과 함께 들이마셨다.

몸이 원하고 있는 것을 꾸준히 충족시키고 있던 시릴은 이상에 다가가고 있는 분위기에 빠져 있었다. 자랑스럽고 기쁜 그는 우아함을 어떤 훌륭한 겸손과 결합시켰다. 밝은 눈과 잼을 숟가락으로 긁어내는 태도는 이렇게 말하고 있었다. '난 이 파티의 왕이야. 이 파티는 전적으로 나를 위한 것이지. 나도 알아. 우리 모두가 아는 사실이지. 그럼에도 난 모두와 동등한 척할 거야, 너희들이랑 내가.' 그는 오른쪽에 있는 제니라는 여아에게 자신의 그림책에 대해 이야기하고 있었다. 4살인 제니는 창백하고 예쁜 아이였다. 사실 미인이었고 크리츨로우의 종손녀였다. 소년의 매력은 반론의 여지가 없었다. 그는 꽤 귀족적인 태도를 취할 수 있었을 것이다. 하얀 양말과 검은 구두가 카펫으로부터 멀리 떨어진 곳에 매달려 있는 시릴과 제니의 모습은 보기에 매우 즐거운 광경이었다. 매우 부드럽고 매우 연약했으며 쿠션과 책 더미 위에 있는 그들은 매우 유아스러웠다. 그럼에도 불구하고 매우 성숙했으며 매우 독립적이었다! 두 사람은 단지 테이블의 본보기에 불과했다. 테이블의 모든 부분이 유아기의 매력과 신비로움, 무력한 연약함, 순한 형태, 소심한 우아함, 부끄럽지 않은 본능, 그리고 깨어 있는 영혼들에 젖어 있었다. 콘스탄스와 새뮤얼은 매우 만족했다. 다른 사람들의 아이들에 대한 칭찬으로 가득 차 있었지만 물론 시릴은 예외의 대상이었다. 그 순간 두 사람은 정의할 수는 없지만 어떠한 미묘한 방식으로 시릴이 다른 모든 유아들보다 우월하다고 믿고 있었다.

누군가 방문객의 참견하기를 좋아하는 친척이 갈색 벽, 설탕이 발라져 있는 야자열매로 이루어진 윗부분, 그리고 진홍색 구체들로 장식되어 있는 노란색 몸을 가지고 있는 케이크를 건네기 시작했다. 눈에 띌 정도로 멋진 케이크도 아니고 보편적인 아이가 특별히 중요하게 여길 만한 케이크도 아니었다. 그냥 좋은 케이크, 평범한 케이크였다! 시릴이 그 케이크를 케이크 중의 케이크라고 여길 것이라고 누가 짐작했겠는가? 시릴은 아버지에게 대니얼 사촌의 집에서 케이크를 사라고 말했었고 아마도 새뮤얼은 시릴에게 있어서 그 케이크가 황무지를 돌아다니는 열렬한 영혼이 따라가야 할 빛 같은 존재라고 생각했을 것이다. 그러나 새뮤얼은 세심한 관찰자가 아니었고 상상력이 심각하게 부족했다. 콘스탄스는 시릴이 케이크에 관해 한두 번 정도만 언급했다는 것을 알고 있었다. 그리고 지금, 운명의 위험성으로 인해 케이크는 많은 인기를 얻고 있었다. 그 인기는 자신이 무슨 화산을 걷고 있는지 자각하지 못한 채 바보 같은 웃음을 지으며 열정적으로 케이크의 장점을 사람들에게 말하고 있는 바보 같고 거들먹거리는 친척으로 인해 커져갔다. 한 소년이 양손에 한 조각씩 두 조각을 집어 들었다. 그 소년은 우연히도 케이크를 나누어주고 있던 사람의 친척이었고 그 여성은 이의를 제기했다. 그녀는 자신이 받은 충격을 표현했다. 그 때문에 콘스탄스와 새뮤얼은 천사 같은 미소를 지으며 앞으로 나와 케이크를 두 조각 집어간 작은 소년의 예의범절보다 더 완벽한 것은 없다고 말했다. 시릴이 소실된 케이크에 관심 갖게 된 것은 바로 이 시끄러움 때문이었다. 시릴의 얼굴은 침착한 자부심에서 즉시 끔찍한 불안으로 바뀌었다. 시릴의 눈이 퉁퉁 부어올랐다. 작은 입은 악몽 속 입처럼 점점 커지고 또 커졌다. 그는 더 이상 인간이 아니었다. 먹잇감을 놓친 케이크를 먹는 호랑이였다. 아무도 시릴의 상태를 알아채지 못했다. 참견하기 좋아하는 멍청한 여성은 제니에게 마지막으로 남은 조각을 먹으라고 설득하고 있었는데 꽤 얇은 조각이었다.

곧 모든 사람이 동시에 시릴의 상태를 알아차렸다. 그가 소리를 질렀기 때문이다. 무지갯빛 꿈이 자신의 눈앞에서 산산조각 난 것을 목격한 절망적인 영혼의 외침이 아니었다. 그 외침은 강하고 권위적인 영혼의 분노였다. 시릴은 제니를 향해 흐느끼며 그녀의 케이크를 낚아챘다. 시릴의 이러한 행동에 익숙하지 않고 미래의 거만하고 평범한 미녀가 될 제니는 자신의 케이크를 방어했다. 어쨌든 두 조각을 한 번에 가져간 것은 그녀가 아니었다. 시릴은 그녀의 눈을 때렸고 그러고 나서 케이크 조각의 대부분을 그의 거대한 입에 쑤셔 넣었다. 그의 목구멍은 뻣뻣하고 꽉 조여져 있었기에 케이크를 삼킬 수도 심지어 씹을 수도 없었다. 그렇기에 케이크는 빨간 입술 밖으로 튀어나와 있었고 눈물이 케이크를 적시고 있었다. 여러분이 상상할 수 있는 가장 최악의 난장판이었다! 제니는 크게 울기 시작했고 몇몇이 공감하며 그녀를 따라 울었지만 나머지는 어른들을 사로잡은 공포에 흔들리지 않고 평온하게 케이크를 계속 먹었다.

손님 음식을 빼앗은 주인! 손님을 때리는 주인! 숙녀를 때리는 신사! 콘스탄스는 시릴을 일으켜 세운 뒤 그의 방으로(한때 새뮤얼의 방이었던) 함께 달려갔다. 그곳에서 그녀는 시릴의 팔을 때리고는 그가 매우 버릇없는 아이이며 새뮤얼이 도대체 뭐라고 말할지 모르겠다고 말했다. 그녀는 시릴의 역겨운 입에서 음식을 꺼냈고(적어도 그녀가 가능한 만큼) 그를 침대에 내버려두었다. 진홍색으로 얼굴을 붉히며 미소를 지으려 노력하고 있는 콘스탄스가 거실로 돌아왔을 때 제니는 여전히 울고 있었다. 제니는 진정하지 않을 것이다. 다행히도 제니의 어머니는(제니가 바라던 남동생을 곧 선물할 예정이었기에) 이곳에 없었다. 인설은 제니를 집에 보내겠다고 약속했고 그녀도 같이 가기로 정해졌다. 매우 냉소적인 크리츨로우는 그도 같이 가겠다고 말했다. 세 사람은 콘스탄스의 사랑과 사과를 많이 받으며 떠났다. 그러자 남은 사람들은 지금 일어난 일은 아무것도 아니며 이러한 일들은 아이들의 파티에서 항상 일어난다고 큰소리로 말했다. 방문객의 친척은 시릴이 완벽하게 다정한 아이라 단언했고 포비 부인은 결코….

그러나 분위기를 유지하려는 시도는 실패했다. 방문객 중 나이가 가장 많은 사람, 거의 8살이 된 입을 벌리고 있는 소녀가 콘스탄스가 서 있는 곳까지 걸어가더니 크고 어리석은 목소리로 말했다.

"시릴은 무례한 아이였어요, 그렇죠, 포비 부인?"

눈치 없는 아이들의 모습은 때때로 비극적이다. 이후 꼬불꼬불한 계단을 내려가는 푹신한 행렬이 있었고 그 행렬은 응접실을 지나 킹 스트리트로 향하였다. 콘스탄스는 많은 찬사와 사랑스러운 시릴이 용서를 받아야 한다는 많은 말을 들었다. 마지막 손님이 떠나 콘스탄스가 응접실로 돌아오자 새뮤얼이 말했다. "난 시릴이 침실에 있는 줄 알았는데." 서로 상대방의 눈을 피했다.

"맞아, 아니야?"

"응."

"그 쬐간한 놈!" (시릴의 죄를 가볍게 만들어버리는 우스운 말이었다.) "에이미를 찾으러 다니고 있겠지."

그녀는 부엌의 계단 꼭대기로 가서 소리쳤다. "에이미, 시릴이 거기 있어?"

"시릴이요? 아뇨, 부인. 근데 조금 전에 응접실에 있었어요. 첫 번째와 두 번째 무리가 떠났을 때까지는요. 제가 위층으로 올라가서 착하게 행동하라고 했어요."

새뮤얼과 콘스탄스는 잠시도 시릴이 실종되었을지도 모른다는, 이 집에 시릴이 없을지도 모른다는 의심을 하지 않았다. 그러나 방에 들어간 순간 의심은 확신이 되었다. 반대 심문을 받은 에이미는 갑자기 눈물을 흘리며 '두 번째 무리'가 떠날 때 옆문이 열려 있었을지도 모른다고 인정했으며 잠시 부엌으로 내려가기 위해 시릴을 응접실에 홀로 남겨두는 죄를 저질렀다고 말했다. 땅거미가 지고 있었다. 에이미는 무방비 상태의 결백한 사람들이 거대한 도시의 버려진 거리를 밤새도록 방황하는 것을 보았다. 수로와 시가 전차의 바퀴, 저장실의 뚜껑

같은 것들의 정밀한 모습은 콘스탄스를 불안하게 만들었다. 새뮤얼은 어찌 되었든 시릴이 멀리 가지 못했을 것이고 누군가 그를 알아보고 집으로 데려다줄 것이라고 말했다. "그래, 물론이지." 현명한 콘스탄스는 생각했다. "하지만 이렇게 생각해 보자."

세 사람 모두 집 전체를 다시 돌아보았다. 이윽고 거실에서 에이미가 소리를 질렀다(실망스러운 결과를 알리는 슬픈 소리였다).

"아, 주인님! 저기 광장에 타운 크라이어가 있어요. 저 사람에게 알리는 것이 좋지 않을까요?"

"어서 가서 그를 불러와." 콘스탄스가 말했다. 에이미가 달려갔다.

새뮤얼과 타운 크라이어는 옆문에서 이야기를 나누었고 여자들은 뒷마당에 있었다. "종이 없이는 아이를 찾을 수 없어요." 크라이어가 허름한 유니폼을 쓰다듬으며 천천히 말했다. "제 종은 지금 집에 있어요. 어서 가서 종을 가져와야겠군요. 제가 집에 가서 종을 가지고 올 동안 제가 읽을 수 있을 정도의 크기로 종이에 글을 써주세요. 사람들은 제가 종을 울리지 않으면 제 말소리를 듣지 못할 겁니다."

그렇게 그는 시릴을 찾으러 다녔다.

"에이미." 콘스탄스와 에이미가 단둘이 있을 때 콘스탄스가 말하였다. "그렇게 서서 웅성거려봤자 소용없어. 어서 가서 거실을 치워, 얼른! 시릴은 틀림없이 곧 돌아올 거야. 네 주인도 나갔어."

용감한 말이었다! 콘스탄스는 거실과 부엌에서 그녀를 도왔다. 이러한 것들은 이렇게 큰 위기 속에서 여자들이 해야 할 몫이다. 접시는 항상 닦여 있어야 한다.

매우 짧은 시간이 지난 후 새뮤얼 포비는 두 개의 저장고와 마당, 그리고 브로엄 스트리트로 이어지는 지하 통로를 통해 부엌에 들어왔다. 그는 품에 불쾌한 검은 덩어리를 안고 있었다. 이 덩어리는 한때 새하얀 던 시릴이었다.

콘스탄스는 소리를 질렀다. 에이미가 위층에 있었기에 그녀는 자유로이 자신의 감정을 표출할 수 있었다.

"물러서!" 포비가 말했다. "시릴은 지금 너무 더러워서 만지기 힘들어."

포비는 마치 콘스탄스를 무시한 채 앞으로 나아가려는 것처럼 행동했다.

"도대체 시릴을 어디서 찾았어?"

"멀리 있는 석탄 저장고에서 찾았어." 결국 포비가 멈춰 서고는 말했다. "어제 나랑 같이 그곳에 갔었거든. 그래서 시릴이 거기에 다시 갔을지도 모른다는 생각이 들었어."

"뭐라고! 이렇게 어두운데?"

"양초에 불을 켜서 갔어. 자, 이제 비켜줄래! 선반을 다 못 채워서 양초 막대기와 성냥 한 상자를 가까운 아무 곳에 놔두고 왔거든."

"글쎄!" 콘스탄스가 중얼거렸다. "거길 어떻게 혼자 갈 생각을 했는지 상상할 수도 없어!"

"그래?" 포비가 냉소적으로 말했다. "난 알겠는데. 시릴은 단순히 우리를 겁주기 위해서 그런 거야."

"오, 시릴!" 콘스탄스가 꾸짖었다. "시릴!"

시릴은 아무런 감정도 드러내지 않았다. 그의 표정은 수수께끼였다. 숨겨져 있는 시무룩함이나 단지 냉담한 무관심 또는 죄에 대한 완전한 무자각이었다.

"나한테 넘겨줘." 콘스탄스가 말했다.

"오늘 저녁은 내가 돌볼게." 새뮤얼이 단호하게 말했다.

"하지만 시릴을 씻기지도 못하잖아." 콘스탄스가 안도의 한숨을 내쉬며 말했다.

"어째서?" 포비가 대답을 하고는 움직이기 시작했다.

"하지만 샘."

"내가 돌볼 거라고 말했잖아!" 포비가 위협적으로 말했다.

"하지만 뭘 어쩌려고?" 콘스탄스가 두려워하며 물었다.

"글쎄." 포비가 말했다. "이번과 같은 일은 짚고 넘어가야지, 그렇지 않아?" 그는 위층을 향해 움직였다.

콘스탄스는 시릴의 침실 문 앞에서 그를 따라잡았다. 포비는 그녀가 말하기를 기다리지 않았다. 그의 눈은 이글거리고 있었다.

"이봐!" 그가 잔인하게 그녀에게 제안했다. "아래층에 내려가 있어!" 그는 절대로 용납할 수 없고 무력한 희생자와 함께 침실로 사라졌다. 잠시 후 그는 문밖으로 머리를 내밀었다. 콘스탄스는 그의 말을 따르지 않았다. 그는 시릴이 듣지 못하도록 복도로 나와 문을 닫았다.

"제발, 내가 말한 대로 해줘." 그가 아내에게 낮게 말했다. "소란 피우지 말라고, 제발."

그녀는 천천히 울며 아래층으로 내려갔다. 포비는 다시 처형의 장소로 돌아갔다. 에이미는 콘스탄스를 보고 거실에서 나온 물건들을 담은 마지막 쟁반을 떨어트릴 뻔했다. 콘스탄스는 그녀에게 시릴을 찾았다고 말해야 했다. 어째서인지 그녀는 주인이 어떤 일을 손에 쥐고 있다는 것을 콘스탄스에게 말하고 싶은 본능을 참을 수가 없었다. 에이미는 그때 눈물을 흘렸다.

약 한 시간 후 마침내 포비가 다시 나타났다. 콘스탄스는 응접실에서 은으로 만든 찻숟가락의 개수를 세려 하고 있었다.

"잠들었어." 포비가 태연한 척하려고 매우 애를 쓰며 말했다. "시릴에게 가지 마."

"하지만 시릴을 씻겨줬어요?" 콘스탄스가 훌쩍이며 말했다.

"내가 씻겨줬어." 깜짝 놀란 포비가 대답했다.

"시릴에게 무엇을 한 거예요?"

"당연히 시릴을 혼냈지." 포비는 인간의 나약함을 뛰어넘은 신처럼 말했다. "내가 뭘 할 거라고 생각했어? 누군가는 혼냈어야 한다고."

콘스탄스는 새로운 실크 드레스 위에 입고 있던 하얀 앞치마의 가장자리로 그녀의 눈을 닦았다. 그녀는 포기했다. 최선을 다해 상황을 받아들였다. 그날 저녁 내내 두 사람은 심장이 하나가 되어 뛰고 있는 척하면서 음울하고 끔찍하게 보냈다. 포비의 정교하고 쾌활한 친절함은 매우 고통스러웠다.

두 사람은 자러 갔다. 침실에서 콘스탄스는 새뮤얼 근처에 서 있다가 갑자기 가식을 내려놓고는 괴로운 듯한 눈과 목소리로 이렇게 말했다.

"내가 시릴을 보러가게 해줘."

그들은 서로를 마주 보았다. 매우 짧은 시간 동안 콘스탄스에게 시릴은 없는 존재였다. 새뮤얼만이 그녀에게 존재하는 사람이었지만 새뮤얼은 이상하고 알지 못하는 남자처럼 느껴졌다. 콘스탄스의 삶에 있어서 인간의 영혼은 불가사의하고 당황스러운 인식의 가장자리에 존재하고 있는 것 같았으며 감정이 차올랐다가 설명할 수 없을 정도로 물러나는 것은 콘스탄스의 삶에 있는 고비 중 하나였다.

"물론이지!" 포비는 마치 그녀가 아무것도 아닌 일을 비극적으로 만들고 있다는 것을 암시하듯 가볍게 말하며 뒤돌았다.

그녀는 무의식적으로 마치 어린애 같은 안도감을 나타내는 몸짓을 하였다. 시릴은 조용히 자고 있었다. 포비의 승리였다. 콘스탄스는 잠을 잘 수 없었다. 남편 옆에 누워 우울하게 깨어 있는 콘스탄스는 감정으로 인해 떨리고 있는 것 같았다. 슬픈 감정은 아니었다. 기쁜 감정도 아니었다. 이 감정들보다 더 본질적인 감정! 이 시간에 느껴지는 삶의 강렬한 느낌이었다. 걱정, 불안, 그러나 슬픔은 아니었다! 그녀는 새뮤얼이 매우 옳다고 말했다. 꽤 옳다고. 그리고 나서는 그 가엾고 작은 것이 아직 다섯 살도 되지 않았으며 극악무도하다고 생각했다. 두 사람은 화해해야만 한다. 그러나 그들은 결코 화해할 수 없을 것이다. 그녀는 항상 두 사람 사이에 존재하며 서로를 화해시키려고 하겠지만 그들의 충격으로 인해 으스러질 것이다. 항상 두 사람의 짐을 짊어져야 할 것이다. 그녀를 위한 편안함도 없을 것이고 엄청난 선입견과 책임감으로부터 벗어날 수도 없다. 그녀는 새뮤얼을 바꿀 수 없었다. 게다가 그가 옳았다. 또한 시릴은 아직 다섯 살도 되지 않았지만 시릴 역시 바꿀 수 없다고 느꼈다. 시릴은 자라나는 식물만큼이나 변하지 않는 존재였다. 현재 그녀에게 어머니와 소피아에 대한 생각은 나지 않았다. 그러나 과거에 있었던 일들 속에서 베인스 부인이 느꼈을 만한 감정을 다소 느꼈다. 그러나 더 부드럽게 상냥하고, 젊고, 운명에 덜 얽매여 있는 그녀는 쓰라림을 느끼고 있지 않았다. 오히려 엄숙한 축복감을 느끼고 있었다.

범행

1

"자, 시릴 주인님," 에이미가 항의했다. "저 불을 그냥 놔두실 건가요? 저 불을 키울 수 있는 사람은 주인님이 아니에요."

아홉 살 소년, 나이에 비해 크고 무거우며 동그란 얼굴과 짧은 머리를 한 소년이 연기가 올라오고 있는 난로의 쇠살대 위로 몸을 굽혔다. 오늘은 부활절의 다음날로, 8시 5분 전인 쌀쌀한 아침이었다. 서둘러 파란 옷을 입은 에이미는 거친 갈색 앞치마를 두른 채 아침상을 차리고 있었다. 소년은 여전히 몸을 숙인 채 고개를 돌렸다.

"닥쳐, 에임." 그가 웃으며 대답했다. 그가 살아온 인생은 짧았고 그는 에이미와 단둘이 있을 때면 보통 그녀를 에임이라고 불렀다. "그렇지 않으면 부지깽이로 눈을 찔러 버릴 거니까."

"부끄러운 줄 아세요." 에이미가 말했다. "그리고 어머님이 오늘 아침에 발을 씻으라고 한 걸 알고 계시면서도 하지 않았죠. 좋은 옷을 입은 건 좋지만."

"내가 발을 안 씻었다고 누가 그래?" 시릴이 죄책감을 느끼며 물었다. 에이미가 좋은 옷을 언급한 이유는 그가 처음으로 평일에 매우 좋은 옷을 입은 아침이었기 때문이었다.

"제가 그랬죠, 안 씻었다고." 에이미가 말했다. 그녀의 나이는 그보다 세 배가 많았지만 두 사람은 몇 년 동안 서로를 지적으로 동일하게 여겨왔다.

"어떻게 아는데?" 시릴이 불에서 멀어지며 말했다.

"그냥 알아요." 에이미가 말했다.

"음, 그럼 넌 그냥 모르는 거야!" 시릴이 말했다. "그리고 네 발은? 네 발을 보아 하니 유감이야, 에임."

에이미는 참을 수 없을 정도로 화가 났다. 그녀는 머리를 흔들었다. "제 발은 그 어느 날이 되었든 주인님의 발보다 깨끗해요." 그녀가 말했다. "어머님께 말해야겠어요."

그러나 그는 그녀의 발을 내버려두지 않았고 뒤이어 지적으로 평등한 사이에서 자주 일어나는 단일 주제에 대한 끝없고 단조로운 논쟁 중 하나가 시작되었다. 한 사람은 집안의 어린 아들이었고 다른 사람은 그를 좋아하는 확실히 자리 잡은 하녀였다. 교양 있는 마음을 가지고 있는 사람이라면 그 대화가 역겨웠을 것이지만 두 논쟁자는 역겨움이라는 감정을 모르는 것 같았다. 마침내 뛰어난 전술로 에이미는 그를 궁지로 몰아넣었고 시릴은 갑자기 이렇게 말했다.

"아, 지옥에나 가버려!"

에이미는 베이컨 육즙을 위해 숟가락을 꾹 눌렀다. "이제 어머님께 말해야겠어요. 명심하세요, 이번에는 어머님께 말할 거예요."

시릴은 사실 이번에 자신이 너무 막 나갔다고 느꼈다. 그는 에이미가 엄마에게 말하지 않을 것이라고 완벽하게 확신했다. 그래도 그녀의 어떤 이상한 본성 때문에 그녀가 말했다고 가정해 보라! 그 결과는 이루 말할 수 없을 것이다. 이러한 멋있는 단어들을 사용하여 얻은 그의 개인적인 영광을 없애버리는 것 이상의 결과를 초래할 것이다. 그래서 그는 자신을 안심시키기 위해 다소 어리석고 낄낄거리는 웃음을 지었다.

"감히 그러지 못할 걸." 그가 말했다.

"그럴까요?" 그녀가 음산하게 말했다. "두고 보세요. 어디서 그런 생각을 배웠는지! 이해할 수 없군요. 하지만 질책을 받을 사람은 에이미 베이츠가 아니죠. 어머님이 이 방에 들어오시기만 하면!"

계단 발치에 있는 문이 삐걱거리더니 콘스탄스가 방으로 들어왔다. 그녀는 마젠타 색 메리노 드레스를 입고 있었고 목에 걸려 있는 금목걸이는 풍만한 가슴 위로 내려오고 있었다. 그녀는 5년 동안 조금도 늙지 않았다. 세월은 매우 빠른 속도로 그녀의 머리 위를 지나쳐 갔기 때문에 그녀가 많이 변했더라면 놀라울 것이다. 그녀의 외모는 시릴의 처음이자 마지막 파티 이후 불과 몇 달밖에 지나지 않은 것 같았다.

"준비 다 했니, 아들? 어디 한번 보자." 콘스탄스는 평소와 같은 밝고 부드러운 에너지로 시릴을 맞이했다. 시릴은 고개를 돌린 채 세 개의 받침대에 숟가락을 올려놓고 있는 에이미를 흘끗 쳐다보았다.

"네, 엄마." 그가 새로운 목소리로 대답했다.

"내가 하라고 한 건 했니?"

"네, 엄마." 그가 대답했다.

"그래."

에이미는 입술로 희미한 소리를 내고는 떠났다. 그는 다시 한 번 구원받았다. 에이미가 어떤 위협을 하더라도 영혼이 동요하는 것을 결코 허락지 않을 것이다. 콘스탄스의 손이 주머니로 내려가더니 딱딱한 종이 한 갑을 꺼낸 뒤 아들 머리에 찰싹 붙였다.

"아, 엄마!" 콘스탄스가 아들을 때린 척하더니 이내 종이를 열어 보았다. 속에는 무해한 사탕으로 알려진 콩글턴 버터스카치가 들어 있었다.

"좋군!" 그가 외쳤다. "좋아요! 오! 고마워요, 엄마."

"지금 즉시 먹으려고 하지 말렴."

"딱 하나만요, 엄마."

"안 돼! 그리고 도대체 얼마나 자주 그 난로 망에서 발을 떼라고 말을 해야 하니. 구부러진 거 봐. 다른 사람도 아닌 너 때문이야."

"죄송해요."

"계속 그렇게 행동하면서 죄송하다는 말이 무슨 의미가 있니."

"아, 엄마, 오늘 재미있는 꿈을 꿨어요!"

두 사람은 에이미가 차와 베이컨을 가지고 올 때까지 대화를 나누었다. 불은 검은색에서 선명한 붉은색으로 커져 있었다.

"어서 가서 아빠한테 아침 식사가 준비됐다고 전하렴."

시간이 약간 흐른 후 안경을 쓴 50세 남자가 가게에서 들어왔다. 키가 작고 뚱뚱한 편이였으며 회색 머리와 반은 희고 반은 검은색인 짧은 턱수염을 기른 남자였다. 새뮤얼은 확실히 매우 많이 늙어 있었고 특히나 행동력이 나이를 많이 먹었는데 그럼에도 불구하고 여전히 빨랐다. 그는 즉시 자리에 앉았다. 아내와 아들은 이미 앉아 있었다. 입맛과 식욕에 관해 물어볼 필요가 없었기에 빠르게 베이컨이 제공되었다. 새뮤얼은 짧은 감사기도 외에 아무 말도 하지 않았다. 그러나 그들을 통제하고 있는 것은 없었다. 새뮤얼은 온화하고 상냥한 분위기를 풍기고 있었다. 콘스탄스의 눈에는 쾌활함의 샘이었다. 둘 사이에 앉아 있는 소년은 꾸준히 먹고 있었다.

신비한 생명체인 이 아이는 집 안에서 신비롭게 자라나고 또 자라나고 있었다. 그의 어머니에게 그는 아버지를 거역할 때를 제외하고는 언제나 즐거운 기쁨이었다. 그러나 요즘은 꽤 오랜 기간 동안 심각한 충돌은 없었다. 이 소년은 분별력뿐만 아니라 미덕도 얻고 있는 것 같았다. 그는 정말로 매력적이었다. 매우 크고 정말 거대했지만(모두가 이것에 관해 언급했다) 우아하고, 나긋나긋하며, 황홀하게 해줄 수 있는 미소를 지을 수 있었다. 그리고 그는 그 태도로 인해 두드러졌다. 콘스탄스는 충실한 마음으로 새뮤얼의 가치를 떨어뜨리지 않고 새뮤얼과 그 소년의 분명한 차이를 보았다. 피부가 어둡고 새뮤얼의 '무서운 시선'이 가끔 어린 눈에 나타나는 것을 제외하면 시릴은 이제 아버지를 조금도 닮지 않았다. 그는 베인스 가문이었다. 이러한 사실은 자연스럽게 콘스탄스의 자부심을 깊어지게 만들었다. 그렇다, 콘스탄스에게 시릴은 신비로운 존재였지만 다른 부모들의 다른 자식들 보다는 그렇지 않을 것이다. 시릴은 새뮤얼에게도 똑같이 신비스러운 존재였지만 콘스탄스와 달리 포비는 항상 너무나도 작은 종이로 포장 하려고 하는 작은 꾸러미에 시릴을 비추어 생각하는 방법을 배웠다. 그가 성공적으로 꾸러미의 구석을 포장하면 다른 쪽 구석이 터져버렸 고 이 악순환은 영원히 반복되어 그는 결코 포장지에 끈을 달 수 없었 다. 그럼에도 불구하고 포비는 꾸러미 포장 업자로서의 기술에 대한 자신감을 잃지 않고 있었다. 소년은 때때로 이상할 정도로 영리했지 만 때로는 놀라울 정도로 순진했고 그의 책략으로는 가장 둔한 사람 조차도 속일 수 없을 때도 있었다. 포비는 아들이 자신과 동등하다는 것을 더 잘 알고 있었다. 포비는 시릴을 평범한 소년으로 여기지 않았 기 때문에 그를 자랑스러워했다. 그는 당연히 아들이 평범해서는 안 된다고 생각했다. 그는 결코 시릴을 칭찬하지 않거나 아주 가끔 칭찬 하였다. 시릴은 아버지를 그 어떤 요청을 하든지 사려 깊고 진지하게 '아니, 그건 아니야'라는 말로 항상 대답을 시작하는 사람으로 여기고 있었다.

"식욕을 전혀 잃지 않았구나!" 엄마가 말했다. 시릴은 빙긋 웃었다. "제가 그럴 거라고 생각했어요, 엄마?"

"어디 보자." 새뮤얼이 마치 중요하지 않은 사실을 어렴풋이 떠올 리듯 말했다. "오늘부터 학교에 다니기로 한 거지, 그렇지?"

"전 아빠가 지금처럼 멍청하지 않았으면 좋겠어요!" 시릴이 말했 다. 학교를 오늘부터 다는 것이(진짜 학교였다. 한때 그랬던 여학교가 아니라) 며칠, 몇 주 동안 집안에서 가장 큰 화제였다는 것을 고려하 면 이것이 시릴의 모든 마음을 사로잡고 있었다는 것을 고려하면, 시 릴의 이 언급은 용서할 수 없었다.

"자, 네가 항상 기억해야 할 사실이 한 가지 있단다, 아들아." 포비 가 말했다. "신속함. 학교에 가는 것도 집에 오는 것도 결코 늦지 말럼. 그리고 네가 변명할 수 없도록." 포비는 시릴을 미리 비난하려는 듯 '변명'이라는 단어를 사용하였다. "널 위해 준비한 거란다!" 그는 약간 부끄러운 듯 마지막 말을 재빨리 말했다.

그것은 사슬이 달려 있는 은색 시계였다. 시릴은 깜짝 놀랐다. 콘스탄스 또한 놀랐다. 포비가 비밀을 누설하지 않았기 때문이었다. 그는 오랜 시간 동안 자신이 위대한 업적을 남길 수 있는 강한 영혼임을 증면하곤 했다. 그 시계는 포비의 깊지만 가혹한 애정의 특별한 꽃이었다. 시계는 기적이라도 되는 것처럼 테이블 위에 놓여 있었다. 이날은 시릴 인생에 있어 매우 신나는 날이었고 부모의 역사에 있어서도 그에 못지않게 신나는 날이었다.

그 시계는 시릴의 식욕을 뚝 떨어트렸다. 그날 아침에는 규칙적으로 일어나는 일들이 무시되었다. 아버지는 가게로 돌아가지 않았다. 마침내 아버지가 모자와 외투를 입고 시릴과 시계, 책가방을 웨지우드 기관의 근처에 있는 인다우드 학교로 데려다주는 순간이 다가왔다. 매우 엄숙한 출발이었고 시릴은 그렇지 않은 척할 수 없었다! 콘스탄스는 그에게 뽀뽀해주고 싶었지만 자제했다. 시릴이 좋아하지 않을 것이다. 그녀는 창문에서 두 사람을 지켜보았다. 시릴은 아버지만큼 키가 컸다. 정확히 말하면 아버지와 똑같은 크기는 아니었지만 거의 아버지 어깨 근처에 다가서고 있었다. 그녀는 마을의 시선이 그 두 사람에게 집중되어야 한다고 느꼈다. 그녀는 매우 행복했고 긴장되었다.

오찬 시간에는 기쁜 소식이 예상되었고 차를 마시는 시간에 시릴이 사각모와 새로운 책들로 가득 찬 가방, 그리고 새로운 생각들을 머리에 가득 담고 돌아왔을 때 그 승리는 실제로 확실히 이루어졌다. 그는 서드폼[17]이 되었고 곧 최고 자리에 오를 것이라고 말했다. 그는 학교생활에 매료되었다. 다른 소년들이 마음에 들었고 다른 소년들

---

17 Third form, 9학년을 나타내는 옛 말. 13~14세 아이들 학년.

도 그를 마음에 들어 하는 것으로 보였다. 사실 그가 들고 있던 은시계와 사탕 한 갑으로 인해 유리한 위치에서 사회생활을 시작한 것이었다. 게다가 학교에서 성공을 보장하는 자질을 가지고 있었다. 그는 크고 매혹적인 미소를 쉽게 지을 수 있었으며 남자애들이 새로운 동료에게 가르치고 싶어 하는 것을 쉽게 배울 수 있는 뚜렷한 소질을 가지고 있었다. 시릴은 근육과 용감한 태도를 가지고 있었으며 자만심이 없었다.

응접실에서 차를 마시는 동안 '친구', '줄서다', '헛소리', '휴식', '즐거운' 같은 단어들에 익숙해지기 시작했다. 부모들은 이러한 말들 중에서도 일부를 특히나 포비 같은 사람들은 본능적으로 반대했지만, 결국 반대할 수 없었다. 어째서인지 반대할 기회를 얻지 못하는 것 같았다. 그들은 급류에 휩쓸려갔다. 극도로 낭만적인 존재의 참신함에 대한 그들의 흥분과 즐거움은 아들만큼이나 강렬했고 순진했다.

그는 이전보다 늦게까지 깨어 있는 것이 허락되지 않으면 숙제 할수 없고 그렇게 되면 재능으로 일구어낸 학교에서의 위치를 유지할수 없을 것이라고 이야기하였다. 포비는 반신반의하며 아침에 일찍 일어나면 된다고 제안했다. 제안은 무산되었다. 모든 사람들은 절대적으로 일어나야 할 자극적인 상황이나 그 특별했던 아침과 같은 엄청난 날들이 아닌 이상 시릴을 침대에서 나오게 할 수 없다는 것을 인정하고 있었다. 시릴은 부엌에서 베이컨 냄새가 올라오기 전까지는 침대에서 나오지 않았다. 응접실 테이블은 그의 책들을 위해 헌정되었다. '시릴이 공부하고 있다'라고 일반적으로 알려지게 되었다. 아버지는 새 교과서를 훑어보았고 시릴은 거들먹거리며 다른 모든 교과서들은 대체할 수 있으며 쓸모없다고 설명했다. 아버지는 정신적인 평정을 유지하려는 분위기였지만 어머니는 그렇지 않았다. 그녀는 평정을 유지하는 것을 포기했다. 이날까지 포비의 지시에 따라 그가 알고 있는 모든 것을 시릴에게 가르쳐주었고 시릴은 그녀를 넘어서 그녀가 따라갈 수 있는 척할 수 없는 지식의 영역으로 들어갔다.

　공부가 끝나자 시릴은 압지로 손가락을 닦았고 아버지는 그것을 공식적으로 인정한 뒤 가게로 돌아갔다. 시릴은 때때로 그를 사로잡는 기분 좋은 머뭇거림과 함께 어머니에게 말했다.

　"엄마."

　"왜, 아들."

　"절 위해 해주셨으면 하는 게 있어요."

　"그게 뭐니?"

　"일단 약속부터 해주세요."

　"내가 할 수 있는 일이라면."

　"할 수 있어요. 무언가 해야 하는 게 아니에요. 그런 게 아니에요."

　"자, 시릴, 어서 말해보렴."

　"제가 잠든 후 방에 찾아와서 절 쳐다보는 걸 더 이상 하지 않았으면 좋겠어요."

　"하지만 네가 자고 있다면 그게 무슨 영향을 끼치겠니, 이 바보야."

　"전 원하지 않아요. 마치 아기가 된 것 같아요. 언젠가는 멈춰야 할 텐데. 그러니 지금부터 그만둬도 좋을 거예요."

　그는 어린 시절을 등지고자 하고 있었다. 그녀는 미소 지었다. 이해할 수 없을 정도로 행복했다. 그녀는 계속해서 미소를 지었다.

　"이제, 약속해주세요, 알겠죠?"

　그녀는 골무로 사랑스럽게 그의 머리를 툭 쳤다. 그는 동의를 구하는 몸짓을 하였다.

　"넌 아기야." 그녀가 중얼거렸다.

　"약속했다고 믿을게요. '맹세합니다'라고 말하세요."

　"맹세합니다."

　그의 크고 튼튼한 다리가 침대 위로 올라갔을 때 그녀의 눈은 애정의 눈빛을 길게 보내며 그를 바라보았다! 그녀는 학교가 사랑스러운 순결한 아이를 더럽히지 않은 것에 감사했다. 만약 그녀가 24시간 동안 에임이 될 수 있다면 그녀는 시릴이 입에 버터를 넣어주는 것을 주저하지 않을 것이다.

포비와 콘스탄스는 그날 밤 조용히 늦게까지 대화를 나누었다. 두 사람은 잘 수 없었다. 그들은 잠을 잘 생각이 거의 없었다. 콘스탄스의 얼굴은 남편에게 말했다. "난 항상 시릴을 지지해 왔어. 당신의 엄격함에도 불구하고 말이야. 내가 얼마나 옳았는지 보이지!" 포비의 얼굴은 이렇게 말했다. "이제 내 시스템의 눈부신 성공이 보이지. 내 교육 이론이 어떻게 입증되었는지 보일 거야. 그 끔찍하고 작은 여성 학교를 제외하면 학교를 단 한 번도 보낸 적이 없는데 사실상 서드 폼의 제일 높은 위치에 올랐잖아. 그것도 아홉 살에!" 그들은 시릴의 미래에 관해 이야기를 나누었다. 시릴의 미래를 논함에 있어서 어느 시점까지는 전혀 미친 짓처럼 보이지 않았지만 두 사람은 9살 어린이의 궁극적인 미래의 인생을 논하는 것은 현명한 부모가 할 행동이 아니라고 느꼈다. 오로지 어리석은 부모만이 그렇게 행동할 것이다. 그럼에도 두 사람은 시릴의 최종적인 직업에 대해 토론하고 싶어 안달이었다. 콘스탄스는 그녀처럼 돼야 한다는 유혹을 먼저 포기하였다. 포비는 비웃더니 콘스탄스처럼 포기하였다. 대화는 곧 공평하게 끝이 났다. 콘스탄스는 포비가 시릴을 가게에 들여놓을 생각을 전혀 하지 않고 있다는 것을 알고는 안도했다. 그렇다. 포비는 면도기로 나무 자르는 것을 원치 않았다. 그들의 아들은 반드시 높이 올라가야 한다. 의사! 사무 변호사! 법정 변호사! 그들이 약 30분 정도 대화를 나누었을 때 포비는 갑자기 두 사람 대화가 현실적인 상식에 맞지 않는다고 은밀히 말하고는 잠들었다.

2

거의 이상에 가까운 이 상황이 지속될 것이라곤 아무도 생각하지 못했다. 이러한 영광 속에서 시작한 사업은 반드시 어려움과 일시적인 재앙의 시기를 거쳐야 한다. 하지만 전혀 그런 일이 없었다! 시릴은 학교를 위해 태어난 것 같았다. 포비와 콘스탄스가 '훌륭한 청년'의 부모가 되는 것에 꽤 익숙해지기 전에 시릴이 그의 기적 같은 시계를 한 번 이상 고장 내기 전에 여름 학기가 끝났고 소위 표창식이라 불리는 흥분스러운 일이 다가왔다. 이 당시 소규모 학교들은 헤어지는 식을 '졸업식'이라고 부를 수 있을 정도로 뻔뻔하지 못했다. 이 표창식은 포비 부부에게 특별한 기쁨을 주었다. 비록 상의 수는 악명이 높을 정도로 적었지만(부분적으로는 상의 중요성 때문이었고 또한 비용을 절감하기 위해서였다. 무엇보다 재단이 가난했다) 시릴은 정밀한 기하학적 도구가 담긴 상자를 수상하였다. 또한 학년에서 최고 위치에 도달했으며 어마어마한 포스 폼Fourth form으로 올라가게 되었다. 새뮤얼과 콘스탄스는 웨지우드 시설의 커다란 홀에 초대받았다. 그곳에서 두 사람은 이사회가 연단에 올라가 있는 것을 보았는데 그 가운데에는 이 표창식을 '빈약한 상들의 모음'이라고 귀족적인 런던의 억양으로 언급한 나이가 많고 유명한 토머스 윌브러햄 경卿이 있었다. 그는 전 하원 의원으로 옛사람들 중에서도 마지막으로 남은 훌륭한 인물이었다. 그리고 토머스 경은 시릴에게 기구들이 들어 있는 상자를 넘겨주고는 그와 악수했다. 모든 사람들이 옷을 차려입고 왔다. 가난한 사람들을 위한 학교 이외에는 학교를 한 번도 다니지 못한 새뮤얼은 소년 시절의 간소했던 혹독함을 떠올리며 감정이 벅차올랐다. 물론 그는 참석한 부모들 중에서 가장 부유한 사람들 중 한 명에 속했다. 난잡했던 표창식이 끝나자 시릴은 순하게 아버지와 어머니 곁으로 돌아왔고 두 사람은 때를 맞추어 시릴의 업적이 아무것도 아닌 척하려 했지만 실패했다. 홀의 벽은 학생들의 솜씨가 담긴 견본들로 가득 차 있었고 교장은 시릴이 만든 엄청난 지도를 보라고 했다. 시릴의 작품은 아일랜드 지도였다. 아일랜드는 지도를 그리는 것에 있어서 자유롭게 주제를 정할 수 있는 모든 학생들이 정한 곳이었다. 9학년 소년이 그린 것치고는 걸작이었다. 매우 많은 작품들의 그림자 속에서 시릴은 벌써 영재가 되어 있었다. 학생들 중에서도 어린 포비만큼 맥길리커디스 릭스를 매우 놀라울 정도로 정교하게 만든 사람은 결코 없었다고 했다. 자신들에 대한 적절한 자부심과 과시를 하고 있다고 다른 부모들에게 은밀히 비난받을 것이라는 두려움으로 인해 새뮤얼과 콘스탄스는 그 지도 근처에 가지 않았다. 그들은 몇 주 동안 지도를 가지고 살았고 새뮤얼은(결국 아들의 발밑에 있는 흙이 되지 않기로 결심했다) 호기심 많은 질문을 무시한 채 완성도를 위해 지도로부터 오점을 긁어냈다.

나침반 상자와 시릴 자신의 욕망이 더해진 이 지도의 명성은 예술 분야 직업을 가리키고 있었다. 시릴은 항상 그림을 그리며 도료를 발랐고 예술 학교의 교장이자 시릴이 다니는 학교 미술 선생님은 시릴이 일주일에 한 번 밤에 미술 학교를 다녀야 한다고 제안했다. 그러나 새뮤얼은 그 제안을 거절할 것이다. 시릴은 너무 어렸다. 시릴이 너무 어리다는 것은 사실이었지만 새뮤얼이 진정으로 반대했던 것은 시릴이 저녁에 혼자 외출해야 한다는 것이었다. 이것에 관해서 그는 단호했다.

학교 이사장은 좋은 학교에는 스포츠 부서가 필요하다는 것을 최근 발견하곤 크리켓과 축구, 라운더스를 위해 블리크리지에 있는 운동장을 빌렸는데 이것은 마을이 빠른 시대에 따라 변하고 있다는 것을 보여주는 혁신이었다. 6월에는 방과 후에도 오후 8시까지 열려 있었으며 토요일에도 마찬가지였다. 포비는 시릴이 크리켓에 재능이 있다는 것을 알게 되었고 시릴은 저녁에 연습하기를 원했으며 아침 몇 시가 되었든 공부를 위해 일어나겠다고 성경을 두고 하는 매우 엄숙한 맹세를 할 준비조차 완벽하게 되어 있었다. 그는 아버지가 결코 '그래'라고 말한 적이 없었기에 아버지가 '그래'라고 말할 것이라고 기대하진 않았지만 어쩔 수 없이 물어보긴 하였다. 새뮤얼은 화창한 저녁날 가게에서 시간을 낼 수 있을 때는 아들과 함께 블리크리지에 가겠다고 대답을 함으로써 시릴을 놀라게 하였다. 시릴은 이것을 조금도 마음에 들어 하지 않았다. 그래도 시도는 해볼 만했다. 어느 날 저녁 그들은 오래된 마차를 대체한 새로운 증기 자동차를 타고 시릴이 들어보기만 했던 지역인 롱쇼를 향하였다. 새뮤얼은 자신이 어렸던 시절에 다섯 마을에서 열린 거대한 스포츠였던 프리즌바[18]에 관해 이야기해주었는데 팀원 한 명이 다른 팀원에게 도전에 나섰을 때 추격의 열기 속에서 몇몇 사람들은 추적자를 피하고자 수로로 뛰어들기도 했다고 말했다. 새뮤얼은 크리켓을 해본 적이 단 한 번도 없었다.

새뮤얼은 팬(이미 죽은)의 매우 어린 손자와 함께 잔디밭에 위엄 있게 앉아 한 시간 반 동안 그의 크리켓 선수를 지켜보았다(그동안 콘스탄스는 가게를 관리하고 문을 닫는 것을 감독했다). 그 후 새뮤얼은 다시 시릴을 집으로 데려왔다. 이틀 후 아버지는 그 경험을 다시 반복하자고 했다. 시릴은 거절했다. 그동안 학교에서는 그가 아직도 부모의 품속에 안겨 있는 아기라는 동의하지 못할 만한 말들이 은밀히 만들어지고 있었다. 그럼에도 불구하고 시릴은 때때로 다른 방면에서 놀랍게도 쟁취적이었다. 예를 들어 그는 어느 날 불테리어가 아닌 개는 개라고 불릴 자격도 없다는 이야기를 하면서 집에 돌아왔다. 팬의 손자는 닭뼈에 주요 장기들이 찔려 한창 어린 나이에 죽어버렸으며 시릴은 정말로 아버지를 설득하여 불테리어를 사게 만들었다. 그 동

---

18 prison-bars, 감옥이라고 지정되어 있는 구역에 상대팀을 잡아넣는 옛 게임.

물은 최고로 기분 나쁜 못생김을 가지고 있었다. 아버지와 아들은 그 뛰어난 아름다움에 관한 진지한 비판을 하며 다투었고 착한 본성을 가지고 있던 콘스탄스는 그 주장에 가세했다. 그는 라이언이라 불리게 되었고 한두 번의 좋지 못한 에피소드가 있은 후 라이언은 결코 가게에 들어가지 못하게 되었다.

그러나 시릴의 성공 중 가장 두드러진 것은 연간 휴일에 대한 문제와 관련이 있을 것이다. 그는 남학생이 된 직후 바다에 대해 이야기했다. 바다에 대해 전혀 모르는 것이 학교에서 그에게 악영향을 끼친 것 같았다. 게다가 그는 항상 바다를 사랑했다. 보조 돛과 함께 세 개의 돛이 달려 있는 배 그림을 수백 개나 그렸고 다양한 쌍돛대 범선들의 차이를 알고 있었다. "엄마, 올해에는 벅스턴 대신 랜디드노에 가는 게 어떨까요?" 그가 처음에 이렇게 말했을 때 콘스탄스는 제정신이 아니라고 생각했다. 벅스턴이 아닌 다른 곳에 간다는 생각은 상상도 할 수 없는 일이었다! 그들은 항상 벅스턴에 가지 않았던가? 그들이 매번 가던 장소의 집주인은 뭐라고 할 것인가? 두 사람은 집주인 얼굴을 어떻게 다시 볼 것인가? 그들은 다소 겁에 질린 채로 랜디드노로 출발했고 그 변화가 어떻게 생겨났는지조차 거의 알지 못했다. 그럼에도 갔다. 그리고 그들을 사로잡은 것은 시릴의 의지, 이론적이고 전혀 중요하지 않은 인물이 시릴이었다.

원래 학교를 50개의 방과 5에이커의 땅을 가진 거대한 건물인 쇼포트 홀로 옮긴 것은 새뮤얼이나 콘스탄스를 기쁘게 만든 변화는 아니었다. 두 사람은 위생적인 이점을 인정했지만 쇼포트 홀은 성 누가 광장으로부터 4분의 3마일 떨어져 있었다. 즉 버슬리와 교외 지역인 힐포트를 분리해주는 움푹 파인 곳에 있었다. 반면 웨지우드 시설은 1분도 채 안 되는 거리였다. 시릴이 아침에 쇼포트 홀을 향해 출발할 때면 시릴은 마치 그들의 세력권에서 벗어난 것 같았다. 그는 3마일이나 떨어져서 그들이 알지 못하는 것을 하고 있었다. 게다가 그의 저녁시간은 왕복에 필요한 여분의 시간으로 인해 줄어들었고 차 마시는 시간에도 늦었다. 차 마시는 시간에 매우 늦게 오는 일은 자주 있었다. 식사의 모든 절차가 흐트러졌다. 새뮤얼과 콘스탄스에게는 이 문제들이 엄청난 의미를 지니고 있는 것처럼 보였고 존재의 근간을 위협하는 것처럼 보였다. 그러다 그들은 새로운 체계에 익숙해졌고 그들이 웨지우드 시설과 불결한 칵 야드(한때는 소년들의 유일한 놀이터였다)를 지날 때면 한때 학교에 할당되어 있던 이 좁은 구역을 학교가 관리할 수 있었을지 궁금해 했다.

비록 학교에서 끊임없이 성공했고 떠오르는 남자이자 완벽한 결과를 집으로 가져오는 것을 결코 놓친 적이 없는 남자, 그리고 정기적으로 상을 타오는 남자인 시릴은 점점 집안에 만족하지 않게 되었다. 그는 가끔 '감금'을 당했는데 아버지는 비록 감금이라는 말을 티끌 하나 없는 가족의 명예를 더럽히는 단어라고 생각했지만 시릴은 지속적으로 가둬졌다. 수치심을 느끼지 못하는 무감각한 죄인이었다. 그러나 이것은 최악의 경우가 아니었다. 의심할 여지없이 최악의 상황은 시릴이 '점점 거칠어'지고 있다는 것이었다. 그에게는 어떤 확실한 비난을 할 수 없었다. 범죄는 일반적이고 모호했으며 영원했다. 그가 행하고 말한 모든 것, 모든 몸짓과 움직임에 들어 있었다. 그는 소리를 질렀고, 휘파람을 불었고, 노래를 불렀으며, 발을 구르고, 잘못을 저지르고, 폐를 끼쳤다. 그는 '네' 또는 '부탁합니다'라 말하고 코를 닦는 것과 같은 무의미한 의례 같은 것은 생략했다. 무뚝뚝하게 대답하였고 공손한 질문에는 무관심하게 대답하거나 질문이 반복될 때까지 대답하지 않았고 심지어 그 후에도 '알 수 없는' 분위기로 진심이 아닌 대답을 하였다. 그의 신발 끈은 예쁘게 묶여 있지 않았고 손톱은 괜찮은 여성에게 보여줄 만하지 않았다. 머리는 그의 행동처럼 거칠었다. 특정 상황에 기름칠을 하라고 강요할 수도 없었다. 간단히 말해서 그는 더 이상 예전처럼 착한 소년이 아니었다. 틀림없이 악화되어 있었다. 통탄하다! 하지만 여러분의 아들이 매달, 매해 다른 소년들과 교제할 수밖에 없다면 뭘 기대하겠는가? 결국 콘스탄스는 '그는 착한 아이였다'라고 종종 생각했고 가끔은 새뮤얼에게도 그렇게 말했다. 콘스탄스에게는 그의 매력이 영원히 갱신되었다. 그의 미소, 자주 드러나는 순진함, 그녀를 '설득'하고 싶을 때 나오는 우스꽝스러운 자의식적인 몸짓, 이러한 성격들은 남아 있었다. 그리고 무엇보다 순수한 마음이 남아 있었다. 그녀는 그의 눈을 통해 알 수 있었다. 새뮤얼은 스포츠에 대한 시릴의 취향과 그 안에서 얻어지는 승리에 관해 적대적이었다. 그러나 콘스탄스는 그 모든 것에 자부심을 가지고 있었다. 그녀는 그를 느끼고, 그를 쳐다보고, 그의 옷에 묻은 희미하고 불결한 땀 냄새를 맡는 것을 좋아했다. 이러한 상태에서 그는 13세에 이르렀다. 스스로 깨어 있는 부모라는 생각을 가지고 있는 그들은 단순한 사람들이었고 여전히 순수하다고 믿고 있는 그의 마음이 얼룩이 진 끔찍한 부패 덩어리가 되었다는 생각을 전혀 하지 못했다.

어느 날 교장이 상점에 찾아왔다. 수업 시간에 교장이 마을을 걸어다니는 것을 목격하는 것은 매우 놀라운 광경이었다. 방에 혼자 있을 때 움직이지 말아야 할 무언가가 움직였다고 착각할 때와 같은 이상한 느낌을 주는 경향이 있었다. 포비는 깜짝 놀랐다. 심장이 두근거리는 채로 두 손을 비비며 교장을 그의 책상이 있는 구석으로 안내하였다. '오늘은 무엇을 도와드릴까요?' 그는 교장에게 이렇게 말할 뻔했다. 그러나 이런 말은 하지 않았다. 신발은 다리에 착 달라붙어 있지 않았다. 교장은 조심스럽고 낮은 톤으로 약 25분 동안 포비와 이야기를 나누었다. 포비는 가게를 가로지르며 그를 안내하였고 교장은 보통 목소리로 말했다. "물론 아무 일도 아닙니다. 하지만 제 경험상 조심하는 편이 좋으니 이야기를 해드릴까 했습니다. 사전에 알려드려서 미리 대비를 하시라고요. 전 또 봐야 할 부모들이 있으니." 두 사람은 문 앞에서 악수를 했다. 그리고 나서 포비는 포장도로로 나왔고 광장은 꺼려지는 교장을 몇 분 동안 품고 있었다.

가게로 돌아온 그의 얼굴은 매우 상기되어 있었다. 조수들은 자신들의 일에 더욱 집중하기 위해 허리를 굽혔다. 그는 즉시 응접실로 달려가서 콘스탄스와 대화를 나누지는 않았다. 대신 자신의 교육받지 못한 두뇌로 많은 계획들을 세우는 것에 빠져 있었다. 기술에 대한 자신감은 나이가 들수록 높아졌다. 게다가 마음 한구석에는 자신이 집안의 통치자이며 콘스탄스와 시릴은 일종의 영구적인 반대자라는 환상이 확실히 자리 잡고 있었다. 그는 아내에게 전적으로 충실한 사람이었기에 이러한 환상을 보았다는 것을 인정하지 않을 것이다. 그럼에도 그의 마음속에 존재하고 있었다. 이 밝혀지지 않은 환상이 그의 타고난 마키아벨리주의와 비밀주의 경향을 더욱 강렬하게 만든 여러 가지 원인들 중 하나였다. 그는 콘스탄스에게도, 시릴에게도 아무 말도 하지 않았다. 그러나 전시실에서 우연히 에이미를 만났을 때 갑자기 그녀를 심문해야 한다는 생각이 들었다. 그렇기에 두 사람은 함께 지하실로 내려갔고 에이미는 눈물을 흘렸다. 에이미는 아무 말도 하지 말라는 명령을 듣게 되었다. 그리고 그녀는 포비를 매우 두려워하면서 아무 말도 하지 않았다.

 며칠 동안 아무 일도 일어나지 않았다. 그러던 어느 날 아침(그날은 콘스탄스의 생일이었다. 아이들은 죄를 저지를 때면 항상 최악의 날을 고른다) 시릴이 학교로 떠나자 포비는 가게에서 수수께끼 같은 동작을 취했다. 모자를 머리에 쓰고 시릴을 쫓아갔는데 시릴은 올드 캐슬 스트리트와 에이커 통로 모퉁이에서 다른 두 소년을 만나고 있었다. 시릴은 마치 소금이라도 된 것처럼 서 있었다. "집으로 돌아와!" 포비가 매우 진지하게 말했다. 그리고 다른 아이들이 있는 것을 고려해 이렇게 덧붙였다. "부탁이야."

 "하지만 그러면 학교에 늦을 거예요, 아빠." 시릴이 나약하게 대답했다.

 "신경 쓰지 마."

 그들은 감추어진 엄청난 감정을 불러일으키며 가게 안을 함께 지나갔고 응접실에 들어감으로써 콘스탄스에게 무례함을 저질렀다. 콘스탄스는 순수한 마음을 가진 아들이 생일 선물로 준 모스로즈 수채화를 위한 짚틀을 만들기 위해 짚과 리본을 자르고 있었다.

 "왜, 뭐야?" 그녀가 소리쳤다. 그녀는 남자들의 얼굴로 보아 이제 곧 두려운 사건이 일어날 것이라고 확신했기 때문에 더 이상 아무 말도 하지 않았다.

 "가방을 벗어." 포비가 차갑게 명령했다. "그리고 사각모도." 그는 마치 시릴이 방에서 모자를 벗으라는 말을 들어야 하는 무례한 소년들 중 하나라는 것이 증명되기라도 한 듯 기뻐하는 독특한 억양으로 말했다.

 "뭐가 잘못됐나요?" 시릴이 아버지 말을 따르고 있을 때 콘스탄스가 숨죽여 중얼거렸다. "뭐 잘못됐나요?"

 포비는 즉답하지 않았다. 그는 현재 진행되고 있는 상황의 담당자였고 위엄 있고 가능한 최대로 효과적이게 이 일을 진행하고 싶어 했다. 50세가 넘은 작고 뚱뚱한 남자, 주름진 얼굴에 흰머리와 흰 수염을 가지고 있는 그는 젊었던 시절처럼 긴장하고 있었다. 그의 심장은 매우 빠르게 뛰었다. 그리고 마흔을 다시는 볼 수 없는 약간 뚱뚱하고 나이가 지긋한 부인이 된 콘스탄스는 마치 소녀처럼 긴장했다. 시릴은 매우 하얗게 질려 있었다. 세 사람 모두 신체적으로 아픈 것 같았다.

"주머니에 돈이 얼마나 들어 있니?" 포비는 마치 일을 시작이라도 하듯 물었다. 자신을 주장을 준비할 기회가 없었던 시릴은 아무런 대답도 하지 않았다.

"내 말 들었잖아." 포비가 소리쳤다.

"1펜스 하고 반이요." 시릴이 바닥을 내려다보며 침울하게 중얼거렸다. 아랫입술이 잇몸에서 조심스럽게 떨어져 나가고 있는 것 같았다.

"어디서 났니?"

"엄마가 주신 돈의 일부예요." 그가 대답했다.

"내가 지난주에 3페니를 줬어." 콘스탄스가 죄를 진 것처럼 말했다. "시릴이 돈을 받은 지 오래되어서."

"당신이 준 거라면 상관없어." 포비가 빠르게 말했다. 그러고는 다시 소년에게 말했다. "그게 전부야?"

"네, 아빠." 소년이 말했다.

"확실해?"

"네."

시릴은 매우 불리한 조건에서 높은 베팅을 한 채로 위험한 게임을 하고 있었다. 그리고 최선을 다해 참여하고 있었다. 그는 할 수 있는 한 자신의 이익을 지켰다. 포비는 자신이 심각한 위험을 감수해야 한다는 것을 깨달았다. "그럼 주머니를 비워봐."

시릴은 자신이 게임에서 졌다는 것을 깨닫고는 주머니를 털어냈다.

"시릴." 콘스탄스가 말했다. "내가 얼마나 자주 손수건을 바꾸라고 이야기했니. 이것 좀 봐!"

놀라운 생명체! 그녀는 걱정이라는 7번째 지옥에 있음에도 불구하고 여전히 이런 말을 하였다. 손수건이 등장한 후 남학생의 유용하고 매력적인 평범한 물건들이 나왔고 마지막으로는 은빛 플로린[19]이 등장했다. 포비는 안도감을 느꼈다.

"오, 시릴!" 콘스탄스가 훌쩍거렸다.

"엄마에게 줘라." 포비가 말했다. 소년은 어색하게 앞으로 걸어갔고 콘스탄스는 눈물을 흘리며 동전을 가져갔다.

"동전을 봐요. 그리고 거기에 십자가 마크가 찍혀 있는지 말해줘요."

콘스탄스의 눈물은 동전을 흐리게 만들었다. 그녀는 눈을 닦아야 했다.

"네." 그녀가 희미하게 속삭였다. "뭔가 표시가 되어 있어요."

"그럴 줄 알았어." 포비가 말했다. "어디서 훔쳤니?" 그가 물었다.

"계산대요." 시릴이 대답했다.

"이전에도 계산대에서 돈을 빼간 적이 있니?"

"네."

"네, 뭐."

"네, 아버지."

"주머니에서 손을 빼고 가능하면 똑바로 서렴. 얼마나 자주?"

"모, 모르겠어요."

"내 잘못이야." 포비가 솔직히 말했다. "내 잘못이지. 계산대를 항상 잠가두었어야 하는데. 모든 계산대는 항상 잠겨 있어야 해. 하지만 우리는 조수들을 믿을 수 있다고 생각했지. 만약 누군가가 널 믿지 말아야 한다고 말해줬더라면 만약 누군가가 내 아들이 도둑이라는 것을

---

19 1849년부터 1971년까지 영국에서 사용된 2실링 은화.

277

말해줬더라면, 난, 그, 난 도대체 뭐라고 말해야 할지 모르겠구나!"

포비가 자신을 탓하는 것은 정당했다. 사실 그 계산대는 가부장 시대의 생존자였다. 포비는 계산대를 새것으로 교체했어야 했다. 그러나 그는 교체할 생각을 하지 않았다. 너무 익숙해져 있었기 때문이다. 세 개의 칸으로 나누어져 있는 존 베인스 시대의 계산대는 두 개의 칸은 은을 위해 한 개의 칸은 구리를 위해 사용되었고(금은 결코 넣을 일이 없었다) 항상 잠겨 있지 않았다. 가게 주인은 조수들을 위해 잔돈을 가져갔거나 일시적으로 조수들에게 잔돈을 가져가도록 하였다. 금은 잠겨 있는 책상 서랍의 작은 리넨 가방에 보관되어 있었다. 계산대 내용물은 장부 기록 같은 시스템에 의해 점검하는 일이 없었다. 이당시에는 장부 기록이라는 것이 없었기 때문이다. 지불이든 수취이든 모든 거래가 현금으로 이루어졌기에(베인스 가족은 외판원에게 즉시 지불해야 하는 분기별 도매 청구서를 제외하고는 한 푼도 빚을 진적이 없었다) 장부 기록 시스템 같은 것은 필수가 아니었다. 계산대는 집에서 가게로 넘어가는 입구에 바로 놓여 있었다. 그곳은 가게의 가장 어두운 부분이었는데 불행히도 시릴은 학교에 가는 길에 그곳을 지나쳐야만 했다. 이러한 것들은 젊은 범죄자를 만들어내기 위한 완벽한 장치였다.

"그리고 이 돈을 어떻게 사용해 왔니?" 포비가 물었다.

시릴의 두 손이 다시 호주머니로 미끄러졌다. 곧 그는 자신의 잘못을 깨닫고 다시 주머니에서 손을 뺐다.

"사탕이요." 그가 말했다.

"다른 건?"

"사탕 같은 것들이요."

"오!" 포비가 말했다. "자, 뜬숯 저장고에 가서 구석에 있는 작은 상자 안에 들어 있는 모든 것들을 여기로 가져오렴, 어서!"

시릴이 떠났다. 그는 부엌을 지나쳐 가야 했다.

"제가 뭐라고 했나요, 시릴 주인님?" 에이미가 현명하지 못하게 그에게 말했다. "이번엔 멋지게 처벌 받았군요."

'처벌'은 그녀가 시릴로부터 배운 단어였다.

"네 할 일이나 해, 늙은 년아!" 시릴이 으르렁거렸다.

그가 지하실에서 돌아왔을 때 에이미는 화가 나서 이렇게 말했다. "다음번에 절 그렇게 부르면 아버님께 말한다고 했죠, 그래서 말했어요. 내 말 명심하세요."

"거짓말! 거짓말!" 그가 쏘아붙였다. "누가 여태껏 거짓말을 했는지 모른다고 생각해? 거짓말! 거짓말!"

위층에 있는 새뮤얼은 아내에게 이 일에 대해 설명하고 있었다. 학교에서는 흡연이 완전히 유행하고 있었다. 교장은 그 사실을 발견하였고 그러한 유행이 없어지길 바라고 있었다. 담배를 피운다는 사실보다 훨씬 더 크게 교장에게 충격을 준 것은 몇몇 소년들이 다소 비싼 파이프, 엽궐련 파이프, 궐련 파이프를 가지고 있다는 것이었다. 교장은 현명하게도 이러한 물건들을 압수하지 않았다. 단지 부모들에게 이와 관련된 사실을 알렸을 뿐이다. 그가 생각하기에 이러한 물건들의 출처는 단 한 곳이었다. 넉넉한 도둑이었다. 교장은 부모들 중 어느 부모가 도둑을 만들어냈는지 밝히는 것을 부모들에게 맡겨두었다.

게다가 포비는 에이미로부터 들은 이야기도 있었다. 시릴이 친구들에게 담배를 피우는 도구를 제공했다는 것은 의심의 여지가 없었다. 계산대로부터 그 돈을 얻은 것이다. 그는 에이미에게 지하실에 숨겨둔 것들은 피를 나눈 형제들이 그에게 준 것이라고 말했었다. 그러나 포비는 그 말을 믿지 않았다. 어쨌든 그는 3일 밤 동안 계산대에 들어 있는 모든 은화에 표시를 해두었고 아침에는 메리노 더미 뒤에서 그 은화들을 지켜보았다. 응접실 테이블 위에 있는 플로린은 탐정으로서 그의 성공을 나타내고 있었다.

콘스탄스는 시릴을 대신하여 죄책감을 느꼈다. 포비가 사건의 개요를 말하자 비이성적인 죄의식으로부터 벗어날 수 없었다. 어쨌든 특별한 책임감이었다. 시릴은 새뮤얼의 아들이 전혀 아니라 그녀의 아들인 것 같았다. 그녀는 남편의 시선을 피했다. 매우 이상했다.

이윽고 시릴이 돌아왔다. 부모님은 침착한 표정을 지었고 그는 케이스에 담겨 있는 가짜 해포석으로 만든 파이프와 담배쌈지, 한쪽 끝은 까맣게 그을렸지만 반대쪽 끝은 자르지 않은 시가, 그리고 라벨이 없는 반쯤 핀 담배 한 갑을 플로린 옆에 올려두었다. 포비에게는 아무 것도 숨길 수 없었다. 내용물들은 매우 괴롭게 만들었다.

"그러니까 시릴은 거짓말쟁이에 도둑이고 흡연자인 것은 두말할 필요도 없군!" 포비가 결론을 내렸다. 그는 마치 시릴이 기묘하고 도저히 말도 안 되는 죄를 만들어낸 것처럼 말했다. 그러나 그의 마음속 깊은 곳에서 들려오는 작은 목소리는 시릴이 담배를 피우는 이유가 자신이 본보기가 되었기 때문이라고 말하고 있었다. 베인스는 담배를 피운 적이 결코 없었다. 크리슬로우도 담배를 피우지 않았다. 오로지 대니얼 같은 남자들만 담배를 피웠다.

지금까지 포비는 일을 만족스럽게 진행했다. 그는 범행을 입증했다. 시릴이 자백하도록 만들었다. 사건의 모든 전모가 드러났다. 그럼 이제 다음은? 시릴은 회개에 잠겨야 한다. 무언가 극적인 일이 일어나야 한다. 그러나 시릴은 단순히 부루퉁한 얼굴을 한 채로 가만히 서 있었고 적절한 감정을 드러내고 있지 않았다.

포비는 어떠한 일이 일어나기 전에 이 상황을 개선해야 한다고 생각했다.

"매일매일 사업이 악화되고 있어." 그가 말했다(진실이었다). "그런데 넌 부모의 돈을 훔쳐 스스로 불쾌한 사람이 되었고 친구들을 타락시켰어! 엄마가 네 냄새를 안 맡아 봤나 보구나!"

"그런 일은 꿈에도 생각지 못했어!" 콘스탄스가 비통하게 말했다.

게다가 계산대에서 돈을 빼 갈 정도로 현명한 아이는 담배를 안전하게 피우는 비밀이 구중 향정을 사용하는 것이고 담배를 1분 이상 주머니에 넣어 놓지 않으면 된다는 것을 알 정도로 현명했다.

"네가 돈을 얼마나 훔쳤는지 모르겠구나." 포비가 말했다. "도둑!"

만약 시릴이 케이크나 잼, 끈, 시가를 훔쳤더라면 포비가 방금 사용한 '도둑'이라는 단어는 사용하지 않았을 것이다. 하지만 돈! 돈은 달랐다. 그리고 계산대는 찬장도 식품 저장고도 아니었다. 계산대는 계산대다. 시릴은 사회의 근간을 건드린 것이다.

"그것도 네 엄마 생일에!" 포비가 말을 계속하였다.

"내가 할 수 있는 일이 딱 하나 있지!" 그가 말했다. "이 모든 걸 태워버리는 거야. 거짓말로 만들어졌어! 네가 어떻게 감히?"

그리고 그는 물건을 집어 불에 던졌다. 범죄 도구들이 아닌 모스로즈 수채화, 그리고 구석에 있는 끈을 위한 짚과 파란 리본이었다.

"네가 감히 어떻게?"

"저한테 절대로 돈을 안 주시잖아요." 시릴이 중얼거렸다.

그는 동전에 표시해놓는 것은 비열한 속임수라 생각했고 가게 사정이 좋지 않은 것과 어머니 생일이 이 일에 끌어들여지면서 평상시에는 가슴속에서 조용히 잠자고 있는 친숙한 악마를 깨웠다.

"뭐라고?" 포비는 거의 소리를 질렀다.

"저한테 돈을 준 적이 없다고요." 악마는 시릴이 허용한 것보다 더 큰 목소리로 말했다. (사실이었다. 그러나 시릴은 '단지 요청하기만 했다면' 자신에게 득이 될 만한 모든 것들을 받았을 것이다.) 포비가 벌떡 일어났다. 포비 또한 악마를 가지고 있었다. 두 악마는 잠시 서로를 응시했다. 이윽고 시릴의 머리가 포비의 머리 위에 있다는 것을 눈치 챈 늙은 악마는 자신을 통제했다. 포비는 갑자기 자신이 원했던 만큼의 극적인 사건을 갖게 되었다.

"침실로 가!" 그가 위엄 있게 말했다. 시릴은 반항적으로 움직였다.

"시릴에게는 빵이랑 물만 줘요, 여보." 포비가 말을 마쳤다. 그는 대체적으로 자신에게 만족했다.

　시간이 지난 후 같은 날, 콘스탄스는 눈물을 흘리며 시릴에게 다녀왔고 시릴이 울었다고 말했다. 그것은 시릴의 신용이었다. 그러나 이제 예전과는 다르게 될 것이라는 것을 모두가 느꼈다. 그들이 살아 있는 동안 이 말할 수 없는 공포는 그들의 사이에서 불쾌감을 불러일으킬 것이다. 콘스탄스는 이렇게 불행한 적이 없었다. 때때로 그녀는 혼자 있을 때 반란을 일으켰는데 마치 진지하게 여겨야 할 거창한 의식으로 비밀리에 반역하는 것과 같았다. '결국' 그녀는 이렇게 속삭이곤 했다. '시릴이 정말로 계산대에서 몇 실링을 꺼냈다고 가정해보자! 그래서? 그게 무슨 상관인데?' 그러나 사회와 포비에 대한 이러한 도덕적 반항의 분위기는 매우 일시적이었다. 이러한 분위기는 순식간에 나타났다, 사라졌다를 반복했다.

또 다른 범죄

1

어느 날 밤(플로린에 관한 비극이 있은 지 약 6개월 후인 같은 해 늦은 오후였다) 새뮤얼 포비는 자신의 어깨에 손을 얹고 "아빠!"라고 속삭이는 목소리에 의해 깨어났다. 도둑이자 거짓말쟁이는 잠옷을 입은 채로 그의 침대 옆에 서 있었다. 새뮤얼의 졸린 눈은 짙은 어둠 속에서 그를 간신히 볼 수 있을 뿐이었다.

"뭐, 뭐?" 차츰 의식이 돌아오고 있는 아버지가 물었다. "거기서 뭐 해?"

"엄마를 깨우고 싶지 않아요." 소년이 속삭였다. "누군가가 우리 창문에 흙 또는 무언가를 던지는 것 같아요. 그리고 꽤 오래됐어요."

"어, 뭐라고?"

새뮤얼은 도둑, 거짓말쟁이의 어렴풋한 모습을 응시했다. 소년은 키가 컸고 적어도 어린 소년 같지는 않았다. 그럼에도 불구하고 그의 아버지에게 그는 꽤 어린 소년이었고 어린애 같은 행동과 어린애 같은 어조, 그리고 최근 병에 걸린 에이미를 간호해야 했기 때문에 잠이 부족한 어머니를 깨우지 않으려는 어린애같이 기쁘고 기묘한 불안감을 가진 채 잠옷을 입고 있는 작은 '녀석'이었다. 그의 아버지는 몇 년 동안 이러한 것을 인지하지 못했다. 그 순간 시릴이 인간 사회에 영구히 부적합하다는 확신이 마침내 아버지 마음속에서 사라졌다. 시간은 이미 그 생각을 상당히 약화시켜놓았다. 시릴이 어떤 사람이 되었든 간에 여름휴가는 평상시처럼 이루어져야 한다는 결정은 끔찍한 타격을 주었다. 하지만 새뮤얼과 콘스탄스는 범죄자와의 교제에 너무 익숙해져 그의 죄에 대한 것을 종종 오랫동안 잊어버리곤 했지만 그럼에도 불구하고 그의 타락한 관습은 거의 어느 순간까지 새뮤얼에게 지속되고 있었다. 그 생각이 이상하게도 갑자기 사라졌다가 새뮤얼의 의식이 안도감을 느낄 때 돌아오는 것이었다. 창문에는 알갱이가 빗발치고 있었다.

"들려요?" 시릴이 극적으로 속삭이며 물었다. "제 창문에도 똑같은 일이 있었어요."

새뮤얼이 일어났다. "방으로 돌아가!" 그는 똑같이 극적인 속삭임으로 명령했다. 그러나 아버지와 아들로서가 아니라 공모자와 음모 가담자로서의 명령이었다. 콘스탄스는 잠을 잤다. 그들은 그녀의 규칙적인 숨소리를 들을 수 있었다. 맨발인 채 늙은이는 젊은이를 따라갔고 그들은 시릴의 방과 부모의 방을 분리해주는 두 계단을 삐걱거리며 내려갔다.

"조용히 문을 닫으렴!" 새뮤얼이 말했다.

시릴이 문을 닫았다. 이윽고 시릴의 가스불을 밝힌 새뮤얼은 블라인드를 치운 다음 창문의 빗장을 풀고 주의를 기울이며 조용히 창문을 열기 시작했다. 집안에 있는 모든 내리닫이 창은 관리하기 어려웠다. 시릴은 아버지 근처에 서서 자신이 떨고 있는 것조차 모른 채 몸을 떨며 단지 아버지가 당장 침대로 돌아가라는 말을 하지 않았다는 사실에 놀라고 있었다. 이것은 의심할 여지없이 시릴의 인생에 있어서 가장 자랑스러운 순간이었다. 밤에 일어난 불가사의한 상황뿐 아니라 자신의 삶에 비밀이 없는 여성이 눈치 채지 못하게 어떤 상황에 함께 발을 디딜 때면 언제나 아버지와 아들에게 전해지는 짜릿함이 감돌고 있었다.

새뮤얼은 창문 밖으로 머리를 내밀었다. 한 남자가 서 있었다.

"새뮤얼 너야?" 낮은 목소리가 들렸다.

"그래." 새뮤얼이 조심스럽게 대답했다. "사촌 대니얼 맞지?"

"대화를 원해." 대니얼 포비가 간결하게 말했다. 새뮤얼은 잠시 말을 멈추었다.

"곧 내려갈게." 그가 말했다. 시릴은 마침내 침대로 즉시 돌아가라는 명령을 받았다.

"무슨 일이에요, 아빠?" 그가 즐거운 듯 물었다.

"모르겠어. 뭐라도 걸치고 가서 확인해봐야겠다."

그는 방 안으로 쏟아져 들어오고 있는 바람을 막기 위해 창문을 닫았다.

"자, 어서, 내가 불을 끄기 전에!" 그는 가스 꼭지에 손을 대고 말했다.

"내일 아침에 말해주실 거죠?"

"그래." 포비는 '아니'라고 말하고 싶은 습관적인 충동을 억누르며 말했다. 그는 옷을 찾기 위해 앞을 더듬으며 큰 침실로 돌아갔다. 응접실로 내려와 그곳의 가스불을 밝힌 그는 대니얼이 들어오는 것을 예상하며 옆문을 열었으나 대니얼의 모습은 보이지 않았다. 곧 광장 모퉁이에 서 있는 한 인물을 보았다. 그는 휘파람을 불었다(새뮤얼은 휘파람을 잘 불었고 아들의 부러움을 샀다) 대니얼이 그에게 손짓 했다. 그는 가스를 최소한으로 줄여놓고는 모자도 쓰지 않고 밖으로 달려 나갔다. 그는 리넨 칼라와 넥타이를 제외한 대부분의 옷을 입고 있었고 상의 옷깃은 위로 올려져 있었다.

대니얼은 기다리지 않고 그보다 앞서 맞은편 제과점으로 들어갔다. 광장에서 가장 현대적인 건물에 가게를 가지고 있는 대니얼은 16세기처럼 20개의 개별 셔터를 하나씩 내리는 것이 아니라 커다란 시계를 감는 것과 비슷한 동작으로 가게를 닫을 수 있는 새로운 철제 셔터를 소유하고 있었다. 거대한 갑옷의 작은 입구가 조금 열려 있었고 대니얼은 저 너머 어둠 속을 지나가고 있었다. 바로 그 순간 경찰이 새뮤얼에게 다가와 포비를 대니얼로부터 떨어트려 놓았다.

"안녕하세요, 경관님! 으으!" 포비는 자신의 위엄을 가다듬고 11월의 추운 밤 성 누가 광장을 모자도 쓰지 않고 칼라도 착용하지 않고 산책하는 것이 평소 습관 중 일부인 것처럼 행동하며 말했다. 포비가 이렇게 행동한 이유는 만약 대니얼이 경찰을 부르기를 원했더라면 당연히 이 사람에게 말을 걸었을 것이기 때문이다.

"안녕하세요, 선생님." 경찰관이 그를 알아보고 말했다.

"지금 몇 시인가요?" 새뮤얼이 대담하게 물었다.

"1시 15분입니다."

경찰은 새뮤얼을 조금 열려 있는 문 앞에 남겨둔 채 가로등이 켜져 있는 광장을 가로질러 갔고 새뮤얼은 사촌의 가게로 들어갔다. 대니얼 포비는 문 뒤에 서 있었고 새뮤얼이 들어오자 깜짝 놀라며 문을 닫았다. 반짝이고 있는 가스 불빛을 제외하면 가게는 어둠에 잠겨 있었다. 가게는 비어 있었는데 잘 관리된 제과점과 잘 관리하는 제빵사라면 언제나 볼 수 있는 밤 가게의 모습이었다. 놋쇠로 만든 커다란 저울이 밀가루 통 근처에서 반짝거렸다. 그리고 유리로 된 케이크 전시대와 몇몇 개의 타르트 전시대 또한 희미한 가스불을 담고 있었다.

"무슨 일이야, 대니얼? 무슨 문제라도 있어?" 새뮤얼이 물었다. 그는 대니얼 앞에서는 항상 소년처럼 느껴졌다. 잘 알려진 백발의 사내는 한 손으로 그의 어깨를 움켜잡으며 포비의 허약함을 증명했다.

"들어봐, 샘." 그는 흥분으로 인해 다소 변한 낮고 유쾌한 목소리로 말했다. "내 아내가 술을 마시는 거 알지?"

그는 도전적으로 새뮤얼을 응시했다.

"아, 아니." 새뮤얼이 말했다. "그건, 아무도 말을 한 적이."

이것은 사실이었다. 그는 50세인 대니얼 포비 부인이 확실히 술을 마시게 되었다는 것을 알지 못했다. 그녀가 너무 많은 열정을 가지고 술잔을 든다는 소문은 있었지만 '술'이라는 단어는 그 이상의 의미를 가지고 있었다.

"그녀는 술을 마셔." 대니얼 포비가 말을 이었다. "그것도 지난 2년 동안 마셔왔어."

"매우 유감이네." 새뮤얼은 숨겨져 있던 품위를 잔인하게 찢어버리는 그 말에 엄청난 충격을 받았다. 항상 모든 사람들은 대니얼에게 그의 아내가 다른 아내들과 같다고 거짓말하였고 대니얼은 아내가 다른 아내들과 같다고 모든 사람들에게 거짓말하였다. 그런데 지금 이 남자는 스스로 30년 동안 짜온 베일을 한순간에 갈기갈기 찢어버렸다.

"그것 자체가 최악인 경우였다면 좋을 텐데!" 그는 생각에 잠긴 채 중얼거리며 쥐고 있던 손을 풀었다. 새뮤얼은 매우 심란했다. 그의 사촌은 문제에 대한 암시를 하고 있었는데 적어도 새뮤얼 그 자신조차도 콘스탄스에게 암시하지 않았던 문제들을 암시하고 있었다. 그것이 얼마나 혐오스러운 일인지에 대해 암시하고 있었다. 말로 표현할 수 없는 문제들은 마을의 사회적 분위기에 마치 구름처럼 드리워져 있었고 드물게는 말로서가 아니라 시선으로는 거의 알아볼 수 없는 무언가, 억양으로서 자신의 인식을 전달할 수 있을 때도 있다. 버슬리와 같은 마을이 대니얼 포비 부인 같은 여성을 주로 언급하는 경우는 드물었다.

"그럼 뭐가 문제인데?" 새뮤얼이 단호해지려고 노력하며 물었다. 그러고는 '이게 무슨 일이야?'라고 스스로 물었다. '새벽 1시에 일어나서 하고 있는 이 모든 것이 무엇을 의미하는 거야?'

"들어봐, 샘." 대니얼이 다시 어깨를 잡으며 말했다. "오늘 리버풀에 있는 옥수수 시장에 갔다가 기차를 놓쳤어. 그래서 크루에서 우편 열차를 타고 왔지. 그런데 내가 와서 본 게 뭔 줄 알아? 딕이 알몸인 채로 어두운 계단에 앉아 있더군."

"계단에 앉아 있었다고? 딕이?"

"그래! 이것 때문에 내가 집에 왔다고!"

"하지만."

"기다려봐! 딕은 열이 나는 감기로 인해 며칠 동안 침대에 누워 있었는데 아내가 환기 시켜주는 것을 잊었기에 축축한 시트 위에 누워 있었지. 그녀는 오늘 딕에게 저녁 식사를 주지도 않았어. 딕은 소리를 질렀지. 아무런 대답도 없었어. 그래서 딕은 일어나서 무슨 일이 있나 확인하기 위해 아래층으로 내려가려다 계단에서 미끄러져 무릎이 부러졌어. 아니면 삔 건지 뭐 다른 건지. 몇 시간이나 거기에 앉아 있었나 봐! 계단을 올라갈 수도 내려갈 수도 없으니."

"그럼 아내는, 아내는?"

"술에 취한 채로 응접실에 있었지, 샘."

"그럼 하인은?"

"하인!" 대니얼 포비는 웃었다. "우리는 하인을 집에 머물게 할 수 없어. 그들이 머물지 않거든. 너도 알잖아."

그는 알고 있었다. 대니얼 포비 부인이 가정을 운영하는 방식이나 특이한 성격은 어쨌든 자유롭게 논의될 수 있었고 그들은 그렇게 행동하였다.

"그래서 어떻게 했어?"

"어떻게 했냐고? 딕을 팔로 들어 올려서 다시 위층으로 데려갔어. 그리고 내가 해야 할 일을 찾았지! 봐! 이리로 와봐!"

대니얼은 충동적으로 가게를 건너가 뒤에 있는 문을 열었다. 새뮤얼이 뒤를 따랐다. 그는 사촌의 비밀을 이렇게까지 파고든 적이 없었다. 문간 왼쪽으로는 어두운 계단이 있었고 오른쪽에는 닫힌 문이 있었으며 앞쪽에는 마당으로 통하는 문이 열려 있었다. 마당 끝에서 그는 희미하게 불이 켜져 있는 건물과 그 안에서 벌거벗은 사람들이 이상하게 안에서 움직이고 있는 것을 발견하였다.

"저건 뭐야? 저기 누가 있는 거야?" 그가 급히 물었다.

"저건 빵 굽는 건물이야." 대니얼은 마치 그런 질문에 놀란 듯 대답했다. "그들의 긴 밤 중 하나지."

이후 새뮤얼은 남아 있는 짧은 인생 동안 한밤중의 유령에 대한 생각 없이 빵을 먹은 날이 결코 없었다. 그는 반세기 동안 살았고 나무 위에서 빵이 먹을 수 있도록 자라나는 것처럼 여기며 생각 없이 먹었었다.

"들어봐!" 대니얼이 그에게 말했다. 그는 귀를 쫑긋 세웠고 위층에서 힘없이 울부짖는 소리를 들었다.

"딕 소리야! 저건!" 대니얼 포비가 말했다.

그 소리는 모험심이 강한 24세 정도 젊은이의 고통 소리라기보다 어린아이의 고통 소리처럼 들렸다.

"지금 고통 받고 있는 거 아냐? 의사는 불렀어?"

"아직." 대니얼이 멍한 눈으로 대답했다.

새뮤얼은 잠시 그를 유심히 바라보았다. 그에게 대니얼은 매우 늙고 무기력하며 애처로운 사람으로 보였고 그가 발견한 상황에는 어울리지 않은 사람으로 보였다. 그러나 나이대의 위엄 있는 백발에도 불구하고 애석하게도 소년처럼 보였다. 새뮤얼은 신속하게 생각했다. '이건 대니얼에게 너무 벅찬 일이야. 그는 거의 제정신이 아니야. 이것이 예지. 누군가 책임져야 하는데 내가 반드시 책임져야겠어.' 그의 성격 속에 들어 있는 모든 용감한 결심은 위기에 대비하였다. 칼라도 없고, 슬리퍼를 신었고, 멜빵도 완벽하게 채워져 있지 않았지만 이러한 것들조차 위기의 한 부분인 것 같았다.

"위층에 올라가서 그를 확인해 볼게." 새뮤얼이 사무적인 어조로 말했다. 대니얼은 아무런 대답도 하지 않았다.

계단 꼭대기에는 희미한 빛이 있었다. 새뮤얼은 계단을 올랐고 가스등의 불꽃이 최대로 켜져 있는 것을 발견하였다. 우중충하고 더럽고, 어수선한 복도가 나타났는데 마치 불쾌함의 대기실 같았다. 신음소리에 이끌려 새뮤얼은 방치로 인하여 부끄러운 상태가 되어 있는 침실로 들어갔다. 침실은 거의 꺼져가는 촛불에 의하여 밝혀지고 있었다. 주부가 자존심을 이 정도로 잃어버리는 것이 가능한 것인가? 새뮤얼은 꼼꼼하고 흠잡을 데 없이 '유지'되고 있는 자신의 집을 생각하였고 대니얼 부인에 대한 강한 비통함이 그의 영혼에서 솟구쳐 올랐다.

"의사 선생님인가요?" 침대에서 목소리가 들려왔다. 신음소리가 그쳤다.

새뮤얼은 양초를 들어 올렸다. 딕이 누워 있었다. 얼굴은 며칠 동안 자란 수염과 함께 고통으로 인해 일그러져 있었고 땀을 흘리고 있었다. 헝클어진 갈색 머리는 땀으로 축 늘어져 있었다.

"도대체 의사는 어디 있는 거예요?" 젊은이가 퉁명스럽게 물었다. 분명히 그는 새뮤얼의 등장에 아무런 관심도 없었다. 그에게 든 단 한 가지 생각은 새뮤얼이 의사가 아니라는 점이었다.

"오고 있어, 오고 있어." 새뮤얼이 달래듯 말했다.

"지금 당장 의사가 오지 않는다면 전 확실히 죽어 있을 거예요." 딕이 맥없이 분개하며 말했다. "그건 확실해요."

새뮤얼은 양초를 내려놓고 아래층으로 뛰어 내려갔다. "대니얼." 그가 화를 내며 말했다. "이건 정말 말도 안 돼. 도대체 왜 나를 기다리는 동안 의사를 데려오지 않은 거야? 부인은 어디 있어?"

대니얼 포비는 제빵 쪽에 있는 카운터 뒤에 있는 큰 용기에 재킷 주머니에 들어 있는 인디언 옥수수를 천천히 비우고 있었다. 그는 새뮤얼의 창문에 던질 총알로서 인디언 옥수수를 챙긴 것이었다. 그는 지금 그중 남은 것을 돌려놓고 있었다.

"해롭한테 갈 거야?" 그가 머뭇거리며 물었다.

"당연하지!" 새뮤얼이 소리쳤다. "아내는 어디 있어?"

"네가 직접 가서 보는 게 좋을 거야." 대니얼 포비가 말했다. "그녀는 응접실에 있어."

그는 새뮤얼보다 먼저 오른쪽의 닫힌 문으로 갔다. 그가 문을 열자 빛으로 가득 찬 응접실이 나타났다.

"여기야! 들어가!" 대니얼이 말했다.

새뮤얼은 두려움에 잠긴 채 안으로 들어갔다. 침실처럼 부스스하고 더러운 방에서 대니얼 포비 부인은 낡아빠진 말이 털로 만들어진 소파에 어색하게 누워 있었다. 머리는 뒤로 젖혀졌으며, 얼굴은 변색되었고, 눈은 부어오르고, 입은 젖은 채로 벌리고 있었다. 끔찍하게 불쾌한 광경이었다.

새뮤얼은 겁을 먹었다. 그는 두려움과 혐오감에 사로잡혔다. 그 끔찍한 형체에 활활 타오르고 있는 가스 불빛이 무자비하게 쏟아지고 있었다. 아내이자 어머니! 집의 부인! 질서의 중심! 치유의 원천! 걱정을 없애주는 곳이자 고통의 피난처! 그녀는 극도로 불쾌했다. 그녀의 빈약한 노란빛 회색 머리카락은 더러웠고, 비어 있는 목은 온통 구중중했고, 손은 끔찍했으며, 검은 드레스는 썩어 있었다. 그녀는 성별, 처지, 그리고 살아온 세월에 대한 수치였다. 새뮤얼이 상상했던 것보다 더 안 좋은 상태였다. 그리고 문 옆에는 깔끔하고 오점 하나 없으며 거의 위엄 있는 그녀의 남편이 서 있었다. 30년 동안 이 여자를 괴롭히기 위해 모든 거대한 자존심을 모아온 남자, 어떤 상황이든 웃어넘긴 즐거운 남자였다! 새뮤얼은 그들이 결혼했을 때를 기억하고 있었다. 그리고 그들이 결혼한 지 몇 년이 지난 후에도 그녀가 여전히 아름답고, 부자연스럽고, 요염하며, 어리고, 어리석은 매춘부처럼 변덕적이던 모습을 기억하고 있었다. 시간과 신의 느린 분노가 그녀를 바꾸어 버렸다. 그는 여전히 감정을 억누른 채 그녀에게 다가가서 멈추었다.

"그." 그가 말을 더듬었다.

"그래, 샘!" 문에 있던 노인이 말했다.

"내가 죽인 것 같아! 내가 죽인 것 같다고! 내가 그녀를 잡고 흔들었어. 목을 잡고 흔들었지. 내게 무슨 일이 일어난 건지 알기도 전에, 끝이 났어. 그녀는 다시는 브랜디를 마시지 않겠지. 이게 바로 그 결과야!"

그는 옆으로 움직였다. 무거운 감정의 물결이 그의 몸을 감돌자 새
뮤얼은 온몸이 얼얼했다. 마치 누군가 그에게 상상할 수 없을 정도로
엄청난 타격을 준 것 같았다. 그는 마치 배가 물의 거센 물결에 떨리
듯 가슴이 떨렸다. 멍해졌다. 그는 울고, 토하고, 죽고, 가라앉고 싶었
다. 그러나 어떤 목소리가 그에게 속삭이고 있었다. '이 일을 끝까지
진행해야 해. 네가 이 일의 책임자야.' 그는 자신의 순수하고 깨끗한
집에서 순진하게 잠자고 있을 자신의 아내와 아이를 생각했다. 목 주
위에 있는 코트 깃의 거   과 바지의 불안감을 느꼈다. 방을 나와 문을
닫았다. 그는 마당을 가로질러 맞은편에 있는 빵 굽는 건물에서 무의
식적으로 자세를 취하고 있는 알몸의 야행성 형체들을 잠시 바라보았
다. 고통으로 인해 단조롭고 어리석은 욕설로 가득한 딕의 항의가 계
단 아래로 들려왔다.

"내가 해롭을 데려올게." 그가 침울하게 사촌에게 말했다.

의사의 집은 50야드도 떨어지지 않은 곳에 있었고 야간 벨을 가지
고 있었다. 지금 해롭의 나이에 그의 아버지 모습을 대입해 보면 해롭
은 아버지보다 늙어 보였다. 하지만 여전히 신속하게 대답했다. 의사
의 집에다 인디언 옥수수를 던질 필요도 없었다! 새뮤얼이 창문을 통
해 의사와 대화를 나누고 있을 때 '경찰에게 말하는 것은 어떨까?'라는
질문이 끊임없이 뇌리를 스쳐 지나갔다.

그러나 그가 늙은 해롭보다 먼저 대니얼 가게에 돌아왔을 때에는
이전에 마주쳤던 경찰관이 돌아와 있었고 대니얼은 작은 문간에서 그
와 이야기를 나누고 있었다. 다른 사람은 없었다. 킹 스트리트, 웨지
우드 스트리트, 광장, 브로엄 스트리트를 따라 난 길에는 영원히 타오
르고 있는 가스 등불과 가게들의 정면 말고는 아무것도 없었다. 광장
윗부분에 있는 은행 건물의 2층만이 블라인드를 통해 한 줄기 빛을 뿜
고 있었다. 그곳에 누군가 아픈 사람이 있었다!

경찰관은 매우 긴장한 상태였다. 지금 일어난 일은 그에게 단 한

번도 일어난 적이 없었다. 버슬리에 있는 60명 경찰관 중 운명에 의해 선택된 것이었다. 그는 깜짝 놀랐다.

"이게 무슨 일이야, 이게 무슨 일이죠, 포비 씨?" 그가 급히 새뮤얼에게 돌아섰다. "포비 의원님이 저한테 말씀하시는 것이 도대체 무슨 말이죠?"

"안으로 들어오세요, 경사님." 대니얼이 말했다.

"제가 만약 들어가게 된다면." 경찰관이 새뮤얼에게 말했다. "웨지우드 스트리트를 따라가서 제 동료를 반드시 데려와주세요. 덕 뱅크에 있을 거예요."

돌이 한번 구르기 시작하자 얼마나 빨리 굴러가는지를 보니 매우 놀라웠다. 30분 만에 새뮤얼은 난장판의 뒤에 있는 경찰서에서 대니얼과 헤어졌고 덕 포비가 파이어힐 병원에 옮겨질 때까지 돌봐줄 수 있도록 아내를 깨우기 위해 서두르고 있었다. 늙은 해롭은 그를 보자마자 즉시 그렇게 하라고 말하였다.

'아!' 그는 마음속에서 일어난 동요를 곰곰이 생각했다. '신은 속지 않아!' 이것이 그가 기본적으로 가지고 있는 생각이었다. 신은 속지 않는다! 대니얼은 좋은 사람이었고 명예롭고 훌륭한 사람이었다. 세상의 인물이었다. 하지만 그의 음란한 혀는? 술집을 자주 드나드는 것은? (리버풀에서 기차를 어쩌다 놓치게 된 것인가? 어떻게?) 여러 해 동안 새뮤얼은 옛 히브리인의 위협의 진위성에 대한 살아 있는 반증으로서의 대니얼을 보아왔다. 그러나 결국 그는 틀린 것이다! 신은 속지 않는다! 그리고 새뮤얼은 아마도 자신이 빠져나오고 있다고 생각이 드는 엄격하고 성문화된 독실함에 대한 자신의 반감을 알고 있었다.

이 모든 것을 느끼는 채로 아내를 깨워 소식을 요령껏 차분하게 전하려고 할 때 그는 일종의 주제넘은 자부심 또한 느꼈다. 마을 역사상 가장 엄청난 사건을 도왔던 것이다.

2

"당신 머플러, 내가 가져올게." 콘스탄스가 말했다. "시릴, 위층으로 뛰어 올라가서 아버지 머플러를 가져와. 서랍장에 있는 거."

시릴이 달려갔다. 그날 아침에는 모두가 신속하고 효율적으로 움직이는 것이 당연했다.

"머플러는 필요 없어, 고마워." 새뮤얼이 기침을 한 뒤 기침을 참으며 말했다.

"오! 하지만, 샘." 콘스탄스가 반박했다.

"난 걱정하지 않아도 돼!" 새뮤얼이 형식적으로 말했다. "난 충분히!" 그는 말을 끝내지 않았다. 콘스탄스는 남편이 긴장하고 자부심이 가득 찬 채로 옆문을 통해 거리로 나가자 한숨을 내쉬었다. 이른 아침이었다. 아직 8시도 안 되었으며 가게는 아직 문을 열지 않았다.

"네 아버지는 기다리질 못하는구나." 시릴이 무거운 학교 신발을 신고 계단을 쿵쿵 내려오자 콘스탄스가 시릴에게 말했다. "나한테 주렴." 그녀는 머플러를 제자리에 갖다 놓으러 갔다.

집안 전체가 혼란스러웠고 에이미는 여전히 병자였다! 생활도 혼란스러웠다. 막연하게 새로 해야 할 일이 수천 가지는 있는 것 같았지만 그녀는 그 순간 자신이 해야 할 일이 무엇이 있는지 생각해낼 수 없었다. 그래서 머플러를 제자리에 가져다두는 일을 한 것이다. 그녀가 다시 돌아오기 전에 시릴은 학교로 떠났다. 그는 보통 느림보였다. 진실은 그가 더 이상 그날 밤의 장황한 이야기를 더 이상 들을 수 없다는 점, 특히 살인마가 창문에서 사람을 부르는 소리를 제일 처음 들었다는 사실 때문이었다. 이 중요한 소식은 학교 전체에 흥분이 퍼지기 전 누군가에게 전해져야만 했다. 그리고 시릴은 그 감상을 즐길 수 있는 가치 있는 친구를 찾아서 전했다. 아버지와 헤어진 지 5분도 채

안 되는 시간이었다.

성 누가 광장에는 약 200명의 사람들이 모여서 11월 진흙탕 속에서 꼼짝도 하지 않고 서 있었다. 대니얼 포비 부인의 시신은 이미 타이거 호텔로 옮겨졌고 젊은 딕 포비는 덮개가 있는 유람 마차를 타고 크나프의 반대편에 있는 파이어힐 병원으로 향하고 있었다. 범죄가 일어난 가게는 문을 닫았고 위층의 창문은 블라인드로 가려져 있었다. 보이는 것이 단 하나도 없었다. 심지어 경찰도 보이지 않았다. 그럼에도 불구하고 군중들은 볼튼 테라스에 있는 중대한 건물을 매우 완고하게 주시했다. 이 벽돌과 모르타르 같은 얼굴들에 최면이 걸려 사람들은 세상의 모든 유대 관계를 잊어버린 것이 분명했고 그 집이 무너지거나 비밀이 밝혀지기 전까지는 건물을 응시하기로 결정된 것 같았다. 대부분의 사람들은 오버코트나 칼라를 착용하지 않았지만 목에 스카프를 두르고 손가락을 주머니의 가장 깊은 곳에 찔러 넣음으로써 따뜻함을 유지하고 있었다. 그러고 나서 천천히 한쪽 다리를 들어 올리곤 했다. 허약한 목적을 가지고 바라보던 사람들은 가끔씩 군중으로부터 떨어져 나와 자신의 변덕스러움을 부끄럽게 여기며 옆걸음질을 치곤했다. 하지만 지원군이 계속 오고 있었다. 그리고 이 신참이 올 때마다 이미 말했던 소문들이 반복되고 또 반복되어야 했다. 똑같은 질문들, 똑같은 대답들, 똑같은 감탄사들, 똑같은 철학적인 속담, 그리고 똑같은 예언들이 광장의 모든 부분에서 기이한 반복과 함께 되풀이되었다. 옷을 잘 차려입은 사람들은 그저 전문적으로 돌아다니는 사람들에게만 이야기를 걸었다. 독특함이 매 순간 더욱 인상적으로 되어가는 이 비할 데 없이 영광스러운 센세이션은 인류의 본질적인 친목 단체를 이끌어내고 있었다. 모두가 그날이 일요일도 주중도 아닌 여덟 번째 날인 것 같다는 독특한 느낌을 받고 있었다. 그러나 성 누가 광장의 근처 커버드 마켓에 있는 노점상들은 마치 토요일인 것처럼 가판대를 준비하고 있었다. 마치 마을 의원이 아내를 살해하지 않을 것처럼 말이다. 마침내! 포비의 제빵 가게는 시장에 가판 대가 있는 두 번째로 잘나가는 제빵사이자 제과점 주인인 브린들리에 게 인수되었다는 말이 언급되었고 무한히 반복되고 있었다. 철학적인 사실인 양 주장되었고 좋은 음식을 낭비하는 것은 말도 안 된다는 주장이 무한히 반복되었다.

새뮤얼의 등장은 대중을 휘저어 놓았다. 그러나 새뮤얼은 완전히 몰입한 표정으로 광장을 지나쳐 갔다. 어쩌면 매우 깊은 생각에 극도로 사로잡혀 아무도 없다는 생각에 광장을 지나쳐 간 건지도 모른다. 그는 서둘러 은행을 지나 턴힐 도로를 따라 고인이 된 '로튼 변호사'의 아들인 '젊은 로튼'의 사유지로 향하였다. 젊은 로튼은 아버지의 직업을 따랐다. 그는 아버지가 그랬던 것처럼 마을에서 가장 성공한 사무변호사였지만(비록 학식 있는 그의 경쟁자들은 그를 바보라고 평했지만) 사람을 직업으로 부르는 풍습은 마차와 함께 사라져 있었다. 새뮤얼은 젊은 로튼이 아침식사를 하고 있을 때 도착하였고 현재 그의 버기를 타고 경찰서를 향하고 있었다. 그들의 도착은 성 누가 광장만큼이나 거대한 군중을 흥분시켰다. 후에 그들은 약식으로 법정 변호사에게 보고하기 위해 핸브리지로 차를 몰았다. 새뮤얼은 사무 변호사와 법정 변호사 사이의 첫 면담에 참석할 수 없었기 때문에 법률과 관련된 예절의 거만함에 겸손할 수밖에 없었다.

그것은 새뮤얼에게 게임처럼 보였다. 경찰과 유치장의 모든 복잡한 절차는 진실 되지 못해 보였다. 사촌의 사건은 다른 여느 사건과는 달랐고 형식적인 절차가 필요할지는 몰라도 다른 사건과 같은 척하는 것은 다소 터무니없었다. 이 사건이 다른 사건과 어떻게 다른지 새뮤얼은 궁금해 하지 않았다. 그는 젊은 로튼이 잘난 척하고 있고 대니얼은 이 두 사람과 대화할 때 너무 겸손하게 행동하고 있으며 품위 있는 태도를 통해 자신의 생각으로는 관련된 말투가 제대로 정해지지 않았다는 것을 나타내려고 노력하고 있다고 생각했다. 그는 대니얼이 어떤 일을 겪었는지 깨닫기 위한 상상력이 부족했기 때문에 그의 태도를 이해할 수 없었다. 결국 대니얼은 살인자가 아니었다. 아내는 사고로 인해 죽은 것이었다. 단지 작은 사고였다.

그러나 마을 회관의 혼잡하고 악취가 진동하는 법정에서 새뮤얼은 현기증이 나기 시작했다. 그날 아침 버슬리에 유급 치안 판사가 앉아 있을 때였다. 자치구 재판관들 중 단 한 명도 피고석에 마을 의원이 앉아 있는 것에 관심이 없었기 때문에 그는 혼자 앉아 있었다. 최근 임명된 유급 치안 판사는 남부 지방 출신의 젊은 남자였다. 그리고 그에게 버슬리의 마을 의원은 그저 유명하고 하찮은 장사꾼이나 다름없었다. 그는 영국 재판의 공명정대와 왕실을 위해 매우 열성적으로 일하였고 거대한 사회 구조의 안전성에 대한 모든 책임이 그의 어깨에 달려 있는 것처럼 행동했다. 그와 핸브리지 출신 법정 변호사는 케임브리지 대학을 다니던 시절 역사적인 말다툼을 벌였고 서로에게 냉정하고 완벽하게 공손하게 행동하는 기술은 저속한 사람들에게 교훈이 되었다. 젊은 로튼은 옥스퍼드 대학을 나왔기에 그 두 사람을 은밀히 경멸했지만 변호사로서 참가한 것이었기 때문에 더 말하는 것이 불가능했고 그것은 그를 화나게 만들었다. 이 세 사람은 법정 귀족이었다. 그들은 이것을 알고 있었다. 새뮤얼 포비도 알고 있었다. 모두가 그 사실을 알고 느꼈다. 법정 변호사는 나무랄 데 없는 열정을 가지고 자신의 일을 수행했다. 그는 대니얼의 성격과 마을에서의 높은 위치를 적절한 말로 언급했지만 그에게 있어서 의뢰인은 단순히 살인죄로 기소된 하찮은 상인이라는 분위기는 숨길 수 없었다. 당연하게도 유급 치안 판사는 법 앞에 모든 사람이 평등하다는 것을 보여줄 수밖에 없었다. 마을 의원이든 흔한 술꾼이든. 그는 재판을 이어나갔다. 경찰은 자신이 가지고 있던 증거를 제출하였고 조사관은 대니얼 포비가 기소되었을 때 했던 말을 증언했다. 공판은 너무나 순조롭고 빠르게 진행되어 대니얼이라는 아무 쓸모없는 사람이 참가한 공허한 의식으로 보였다. 유급 치한 판사는 성 누가 광장에서 마을 의원이 살인을 하는 것은 그에게 꽤 일상적인 일이라는 환상을 기막히게 만들어냈다. 보석금은 상상도 할 수 없었고 법정 변호사는 유급 치한 판사가 어째서 방면을 인정해야 하는지에 대한 이유를 댈 수 없었기에(정말로 제시할 만한 이유가 단 하나도 없었다) 대니얼 포비는 재판을 받기 위해 스태퍼드 순회 재판소로 보내졌다. 유급 치한 판사는 즉시 지방의 큰 도공 회사의 공장법에 대한 위반 혐의를 고려하는 재판에 착수하였다. 그 젊은 치안 판사는 그의 천직에 대해 잘못된 판단을 내렸다. 강철 같은 침착함과 나약한 인간성에 쉽게 동요하지 않는 객관성을 가진 그는 예수회의 총장이 되었어야 한다.

대니얼은 내보내졌다. 그가 나간 것이 아니었다. 그는 두 명의 대머리 경찰관에 의해 내보내졌다. 새뮤얼은 그와 이야기를 나누고 싶었지만 그렇게 할 수 없었다. 그 후, 새뮤얼은 시청 현관에 서 있었고 대니얼은 복도로 나왔다. 여전히 두 경찰관에 의해 잡혀 있었으며 두 사람은 이제 헬멧을 쓰고 있었다. 정기 무도회 날 밤에 댄서들이 지나쳐 간 넓은 계단의 아래쪽에는 경찰들에 의해 저지된 몰려 있는 군중들이 있었다. 군중들 뒤로는 검은 밴이 있었다. 대니얼은(그의 사촌에게 대니얼은 도둑들 사이에 있는 일종의 이상적인 인간이었다) 복도에 할 일 없이 서 있는 사람들을 지나 넓은 계단으로 내려갔다. 웅성거리는 물결이 군중을 동요시켰다. 코르덴을 입은 단정치 못한 게으름뱅이들과 쓸모없는 사람들은 호랑이처럼 공중으로 튀어 올랐고 경찰관들은 그들과 맹렬히 맞섰다. 대니얼과 그의 감시인은 살아 있는 길을 통해 쏜살같이 지나갔다. 빠르게! 빠르게! 포로는 메시아보다 더 신성하다. 법은 그를 기소했다! 그렇게 대니얼은 마치 요술이라도 부리듯 밴의 어둠 속으로 사라졌다. 문은 의기양양한 큰소리와 함께 쾅 닫혔다. 군중은 저지당했다. 마치 대니얼의 피와 뼈를 갈망하고 있었으며 충실한 경찰관이 그들의 욕망으로부터 그를 구해준 것 같았다.

그렇다. 새뮤얼은 현기증이 났다. 속이 메스꺼웠다. 나이 든 경정이 나이 든 목사와 함께 지나쳐갔다. 목사는 대니얼 친구였다. 비국교도인 새뮤얼에게 단 한 번도 말을 건 적이 없었으나 이번에는 말을 걸었다. 그는 그의 손을 꽉 쥐었다.

"아, 포비 씨!" 그는 통탄해 하며 갑자기 말했다.

"전, 전 매우 심각한 것 같아 두렵군요!" 새뮤얼이 말을 더듬었다. 그는 일이 심각하다는 것을 인정하기 싫었지만 입에서 그 말이 나왔다. 그는 경정이 자신에게 심각한 일이 아니라고 확신시켜주길 기대하며 경정을 쳐다보았다. 그러나 경정은 아무 말도 하지 않고 단지 흰 수염이 나 있는 작은 턱만 치켜들었다. 목사는 고개를 가로저으며 노쇠한 눈물을 털어내었다.

젊은 로튼과 다시 대화를 나눈 새뮤얼은 대니얼을 대신하여 그에게 단지 불상사가 일어났을 뿐이며 고귀한 결백의 자부심을 가지고 왕보다 더 완고하게 변덕스러운 모든 법을 다 받아들이기로 결심한 사람이었다는 내용을 제기하였다. 그는 법은 반드시 그 자체의 무기로만 싸워야 하며 어떠한 이익도 양보해서는 안 되며 가능한 모든 이익을 잡아야 한다고 생각했다. 이러한 태도를 받아들이게 되었음에 스스로 매우 놀랐다. 그는 눈을 떴고 사물을 있는 그대로 보았다.

그는 광장을 통해 집으로 돌아왔다. 사촌 집의 정면은 그 어느 때보다 흥미로워 보였다. 사람들은 그 정면을 보기 위해 핸브리지, 크나프, 롱쇼, 턴힐, 그리고 무어손과 같은 마을에서 찾아오기 시작했다. 그리고 시그널 신문의 네 번째 판에는 유급 치안 판사와 법정 변호사가 서로에게 한 말이 전부 적혀 있었고 그 사실을 외치고 있었다. 그는 가게 안에서 마치 아무 일도 없었다는 듯 사소한 물건을 구매하는 것에 열중하고 있는 손님을 발견하였다. 그는 충격을 받았다. 그들의 무정함에 분개했다.

"지금 매우 바쁩니다." 그는 자신에게 다가온 사람에게 퉁명스럽게 말했다.

"샘!" 그의 아내가 낮은 목소리로 불렀다. 그녀는 계산대 뒤에 서 있었다.

"무슨 일이야?" 그는 진압을 할 준비가 되어 있었다. 특히나 가게에서 무심하게 들리고 있는 왁자지껄함을 진압할 준비가 되어 있었다. 그는 그녀가 즉시 여자다운 호기심을 발산할 것이라고 생각했다.

"헌트바흐 씨가 응접실에서 당신을 기다리고 있어요." 콘스탄스가 말했다.

"헌트바흐 씨가?"

"예, 롱쇼에서 온." 그녀가 속삭였다. "포비 부인의 사촌이에요. 장례식과 다른 것들에 관련하여 찾아온 것 같아요. 사인이라던가, 내 생각에는 그래요."

새뮤얼은 잠시 멈추었다. "오, 그렇단 말이지!" 그가 반항적으로 말했다. "그럼 만나보지. 그가 나를 만나고 싶어 한다면, 만나주지."

그날 저녁 콘스탄스는 대니얼 포비를 스태퍼드 감옥에 보내고 딕을 파이어힐 병원으로 보낸 죽은 여성에 대한 그의 마음속에 있는 비통함을 알게 되었다. 그 후 며칠 동안 그는 대니얼 집에서 발견한 불결한 불쾌함을 몇 번이고 반복해서 언급했다. 그는 그녀의 모든 친척에 대한 불만을 가지고 있었다. 사인 조사를 밝히기 위한 조사가 끝난 후 분노로 가득 찬 증언을 하였고 그렇게 그녀는 묻히게 되었다. 그는 분노에 찬 안도의 한숨을 내쉬며 말했다. "후, 이 여자 일은 끝났군!" 그때부터 대니얼을 보호하고 구하기 위한 매우 진지한 종교적인 사명을 갖게 되었다. 그는 그 일을 자기 자신에게 맡겼다. 그 일에 온 힘을 쏟았으며 자신의 사업은 방치하였고 자신의 건강을 경멸했다. 오로지 대니얼의 재판만을 위해 살았으며 재판을 준비하는 것에 돈을 쏟아부었다. 다른 것에 대해서는 생각도 말도 하지 않았다. 재판은 그의 유일한 관심사였다. 몇 주가 지나면서 그는 점점 더 성공을 확신하게 되었고 순회 재판 이후 대니얼과 함께 승리하여 버슬리로 돌아올 것이라고 점점 더 확신하게 되었다. 그는 대니얼에게 '무슨 일이든 일어날 수 있다'라는 불가능을 확신시켜주었다. 상황은 너무 명확했고 너무 압도적으로 대니얼에게 유리했다.

제과제빵업계의 2위인 브린들리가 대니얼의 사업을 진행하는 것에 관심이 있다고 제안했을 때 그는 처음에 분개했다. 그러나 콘스탄스와 변호사, 대니얼(대니얼은 허락되는 만큼 매일 만났다)은 만약 어떤 합의가 빠르게 이루어지지 않으면 사업이 가치를 잃을 것이라고 그를 설득했으며 대니얼이 1월 말에 자유를 되찾기 전까지 브린들리는 대니얼을 대신하여 가게를 다시 열고 일정 기간 동안 운영하는 것에 임시로 동의하기로 했다. 그는 다시는 버슬리에 모습을 드러내고 싶지 않다는 대니얼의 애처로운 주장에 귀를 기울이지 않았다. 그는 콧방귀를 뀌었다. 그는 온 마을이 대니얼에 대한 동정으로 들끓고 있다고 맹렬이 항의했다. 그리고 이건 사실이었다. 그는 대니얼을 그의 나약함과 무관심으로부터 구해내는 대니얼의 수호천사가 되었다. 정말로 대니얼 그 자체가 되어 있었다.

어느 날 아침 가게 문은 전부 닫혀 있었고 두 개의 업소를 운영한다는 중요성에 우쭐해진 브린들리는 대니얼 포비의 간판 아래서 뽐내며 걷고 있었다. 그리고 빵과 케이크, 밀가루 거래가 재개되었다. 보아하니 해수면이 올라와 대니얼과 그의 모든 것을 뒤덮은 것 같았다. 아내는 땅속에 있었고 딕은 일어설 수 없기에 파이어힐에 머물러야 했고 대니얼은 감금되어 있었기 때문이다. 광장의 규칙적인 삶의 흐름 속에서 대니얼은 잊혀진 것이 분명했다. 그러나 새뮤얼 포비의 마음속에는 결코 잊히지 않았다! 새뮤얼의 마음속 순교자를 위해 세워진 제단의 앞에는 새로운 신앙의 성스러운 불꽃이 맹렬하게 지속적으로 타오르고 있었다. 백발의 중년인 새뮤얼은 사도의 영원한 젊음을 물려받았다.

3

새뮤얼이 웅장한 순회 재판으로 출발한 어두운 겨울 아침, 콘스탄스는 날씨에 관련하여 어떠한 옷을 입고 갈 것인가에 대한 그의 견해를 묻지 않았다. 그녀는 잠자코 특별한 속옷을 준비해 놓았고 며칠 동안 침실에서 타오른 불의 온기 속에서 새뮤얼은 그 특별한 속옷들을 묵묵히 입었다. 그 위에 특별히 세심한 주의를 기울이면서 최고의 정장을 입었다. 한마디 말도 없었다. 콘스탄스와 그의 관계가 틀어진 건 아니었다. 그들의 관계는 열띤 흥분 상태에 있었다. 새뮤얼은 몇 주 동안 그의 납작한 가슴에 감기를 앓고 있었는데 콘스탄스는 그것을 없앨 만한 그 무엇도 생각해낼 수 없었다. 침대에서 며칠을 보내거나 또는 일정한 온도를 가지고 있는 한 방에서 시간을 보내기만 해도 확실히 치료 효과가 있었을 것이다. 그러나 새뮤얼은 한 방에 머물려 하지 않았다. 집에 머물려 하지도 않았고 심지어 버슬리에 머물려 하지도 않았다. 그는 목을 찢는 듯한 감기를 스태포드로 향하는 차가운 기차로 가져가곤 했다. 이성을 위한 귀가 없었다. 그는 단지 듣지 않았다. 그는 꿈속에 있었다. 크리스마스가 지나가고 위기가 찾아왔다. 콘스탄스는 자포자기 한 상태였다. 어느 날 밤 그녀의 의지와 그의 의지 사이에 싸움이 있었다. 그녀는 갑자기 온 힘을 다해 그가 낫기 전까지는 이제 더 이상 나가면 안 된다고 하였다. 그 싸움에서 콘스탄스의 모습은 거의 찾아볼 수 없었다. 그녀는 일부러 히스테리를 일으켰다. 더 이상 부드럽고 온순하지 않았다. 그녀는 그에게 독설을 퍼붓듯 쓴 소리를 퍼부었고 흔한 성질 더러운 여자처럼 소리를 질렀다. 콘스탄스가 이 정도로 행동할 수 있다는 것이 놀라웠다. 그러나 그렇게 행동하였다. 그녀는 울면서 아내와 아들보다 사촌을 앞세웠으며 그 고집으로 인하여 자신이 과부가 된 것인지 아닌지 모를 정도로 신경 쓰지 않는다고 그를 비난했다. 그리고 결국 그녀는 기둥이랑 대화하는 것이 더 낫겠다고 격렬하게 울며 끝냈다. 새뮤얼은 조용하고 차갑게 대답했다. 그는 자신이 적합하다고 생각하는 대로 행동해야 했기 때문에 그녀가 자신을 우선으로 생각해달라고 하는 것은 쓸모없는 일이라고 말했다. 이것은 매우 기이한 장면이었고 그들의 연대기에 있어서 매우 독특한 것이었다. 콘스탄스는 패배하였다. 그녀는 패배를 인정했고 차츰 흐느낌을 억누르며 완전히 패배한 사람의 말투로 어조를 바꾸었다. 그녀는 침대에서 그에게 키스했다. 막대기에 키스한 것이다. 그리고 그는 진지하게 그녀에게 키스했다. 이후 그녀는 정말로 피할 수 없는 것과 같이 살 경우 비참하고 굴욕적인 고통이 포함되어 있을 수 있다는 것을 알게 되었다. 남편이 자신의 목숨을 위태롭게 하고 있다고 전적으로 확신했지만 아무것도 할 수 없었다. 그녀는 새뮤얼 성격의 밑바닥을 마주하고 있었다. 한동안 평범한 원칙에 따라 대할 수 없는 미친 남자가 집에 살고 있다고 느꼈다. 그녀는 계속되는 스트레스로 인해 노쇠해졌다. 그녀를 안도하게 만들어주는 단 하나의 원천은 시릴과의 대화였다. 그녀는 시릴에게 거리낌 없이 말을 걸었고 '네 아버지가', '네 아버지가'라는 말은 그녀의 불평하는 입에서 끊임없이 나왔다. 그렇다, 그녀는 완전히 변했다. 그녀는 종종 혼자 울기도 하였다.

그럼에도 불구하고 번번이 자신이 패배했다는 것을 잊어버렸다. 그녀에게는 명예로운 전쟁이란 개념이 없었다. 그녀는 항상 휴전의 깃발 아래서 다시 시작하였고 따라서 매우 불편한 상대가 되었다. 새뮤얼은 핵심을 굳히는 동안 더 작은 질문들에 관해 타협할 의무가 있었다. 그녀 역시 만만치 않을 수 있었다. 그녀의 입술이 특정한 자세를 취하고 눈이 빛났을 때 그는 그녀가 명령이라도 했다면 40개의 머플러를 걸쳤을 것이다. 그렇게 스태퍼드로의 가장 큰 여행의 모든 세부 사항을 그녀가 준비하게 되었다. 새뮤얼은 버슬리에서 출발하는 환상선의 혹독함과 차가운 승강장에서 기다리는 것을 피하기 위해 크 나프까지 차를 타고 가기로 하였다. 크나프에서 그는 급행열차를 일 등석으로 타고 이동할 것이다.

가스등이 켜져 있는 아침 옷을 입은 그는 그녀의 철저한 준비의 정도를 점차 알게 되었다. 아침식사는 특별했고 그는 그것을 모두 먹어야만 했다. 이윽고 승객용 마차가 왔고 에이미가 그 안에 뜨거운 벽돌을 넣는 것을 보았다. 콘스탄스는 신발에 오버슈즈를 직접 끼우고 있었는데 땅이 축축했기 때문이 아니라 천연고무가 발을 따뜻하게 해주기 때문이었다. 콘스탄스는 직접 그의 목에 머플러를 감았고 양복 조끼 단추를 풀고 와이셔츠의 가슴판에 여분의 플란넬을 넣었다. 또한 직접 그의 털장갑을 따뜻하게 만들었고 그가 가지고 있는 코트 중 가장 큰 외투로 그를 감쌌다.

새뮤얼은 그때 나갈 준비를 하고 있는 시릴을 보았다. "어디 가니?" 그가 물었다.

"시릴은 당신이랑 크나프까지 갈 거야." 콘스탄스가 진지하게 말했다. "당신이 기차에 타는 모습을 시릴이 지켜보고 나서 그 마차를 타고 다시 여기로 돌아올 거야."

그녀는 이 굴욕감을 그에게 가져왔다. 그녀는 노려보았다. 시릴은 소심한 허세를 부리며 두 사람을 훑어보았다. 새뮤얼은 양보해야만 했다. 그리하여 겨울의 어둠 속에서(아직 해가 뜨지 않았기 때문이다) 새뮤얼은 아들의 호위를 받으며 재판을 향해 나아가기 시작했다. 승객용 마차에서 들려오는 그의 끔찍한 기침 소리는 콘스탄스가 마지막으로 들은 반향이었다.

콘스탄스는 가게의 구석에 있는 '인설 양의 코너'에서 하루의 대부분을 보냈다. 20년 전만 해도 이 구석은 바로 그녀의 구석이었다. 그러나 지금은 갈색 종이로 포장된 여성용 모자들이 들어 있는 상자 대신에 마호가니와 불투명한 유리로 만들어진 커다란 칸막이가 다른 계산대들과의 공간을 분리해주고 있었고 밀폐된 공간에는 인설 양이 활동에 필요한 모든 기구들이 비치되어 있었다. 그러나 인설 양이 보여주듯 그곳은 가게에서 가장 추운 곳으로 남아 있었다. 콘스탄스는 새 뮤얼에게 가게를 감독하겠다고 말했지만 감독할 필요성보다는 무언가를 하고 싶다는 욕망, 무언가에 간섭하고 싶은 욕망에 사로잡혀 그곳에 자리 잡았다. 자신의 자리를 빼앗긴 인설 양은 덜 중요한 생물들과 함께 난로 옆에 앉아야 했다. 그녀는 그것이 마음에 들지 않았고 그에 따라 그녀의 부하들도 고통 받았다.

긴 하루였다. 차를 마시는 시간에 가까워지고 있을 때 놀랍게도 크리즐로우가 찾아왔다. 시릴이 학교에서 돌아오기 직전이었다. 그러나 그의 방문에 인설과 나머지 직원들은 콘스탄스만큼 놀라지 않았다. 왜냐하면 그에게는 최근 인설과 수다를 떨기 위해 티타임에 불쑥 찾아오는 불규칙한 버릇이 생겼기 때문이었다. 그는 여전히 시간에 반항하고 있었다. 그는 길고 가냘픈 몸매를 완벽하게 똑바로 세우고 있었다. 그의 용모는 변하지 않았다. 머리카락과 수염은 지난 몇 년 동안보다 더 하얘질 수 없었다. 그는 길고 하얀 앞치마를 입고 있었고 그 위에는 두꺼운 리퍼 재킷을 입고 있었다. 그의 길고 접혀 있는 손가락에는 시그널의 신문이 들려 있었다. 그는 콘스탄스가 그 구석을 점령하고 있을 것이라고는 예상하지 못한 것이 분명했다. 그녀는 바느질을 하고 있었다.

"너였군!" 그는 불쾌하고 거슬리는 목소리로 인설을 쳐다보지도 않고 말했다. 그는 버슬리에서 가장 무례한 노인이라는 평판을 얻었다. 그러나 그의 일반적인 태도는 무례함보다는 무관심을 표현하고 있었다. 마치 다음과 같이 말하는 듯한 태도였다. "나를 있는 그대로 받아들여. 난 이기적이고, 엄격하고, 인색하고, 독실한 사람일지 모르지만 이것이 싫더라도 그냥 받아들여. 난 관심 없어."

그는 칸막이 상단에 팔꿈치를 올려 시그널 지를 보여주었다.

"크리츨로우 씨!" 콘스탄스가 단호하게 말했다. 그녀는 새뮤얼이 그를 싫어한다는 것을 알고 있었다.

"시작 되었어"! 그는 알 수 없는 기쁨으로 말했다.

"그런가요?" 콘스탄스가 열정적으로 물었다. "벌써 신문에 실렸나요?"

그녀는 살인 혐의로 기소된 대니얼 포비의 재판보다 남편 건강에 대해 훨씬 더 많이 걱정했지만 재판에 대한 관심도 물론 엄청났다. 그리고 재판이 실제로 시작되었다는 뉴스는 그녀를 흥분하게 만들었다.

"그래!" 크리츨로우가 말했다. "지금 광장에서 소리를 지르고 다니고 있는 시그널 사의 소년 소리를 못 들었어?"

"네." 콘스탄스가 말했다. 그녀에게 신문은 존재하지 않는 존재였다. 그녀는 언론의 강력한 도움 없이 신문을 열어본다는 생각을 한 적이 없었다. 만족하지도 못한 것에 결코 그 어떤 호기심을 느껴본 적이 없었다. 만족할 수 있다고 해도 열어보지 않을 것이다. 심지어 오늘 같은 날에도 그녀는 시그널 신문을 열어볼 만한 가치가 있을지도 모른다는 생각을 하지 못했다.

"그래!" 크리츨로우가 똑같이 말했다. "약 2시 정도에 시작한 것 같아. 아니면 그 근처이거나." 그는 잠시 가스 등 화구를 바라보더니 가스의 크기를 조심스레 줄였다.

"뭐라고 써 있나요?"

"아직 아무것도 읽어보지 않았어!" 크리츨로우가 말했다. 그들은 커다란 제목 아래 자신의 아내를 살해한 대니얼 포비의 정식 재판이 시작된다는 것을 묘사한 몇 개의 간단한 문장을 읽었다. "여기 적혀 있구먼." 그가 안경을 고쳐 쓰며 말했다. "대배심이 혐의를 변경했다고 하는군. 또는 뭐 다른 거일 수도 있고!" 그는 극도로 부조리한 일에 대해 기분 나쁠 정도로 관대하게 웃었다. "아!" 그는 생각에 잠긴 채 고개를 돌려 조수들이 듣고 있는지 살폈다. 그들은 듣고 있었다. 이런 날에 가게 예절을 철저히 지키기를 기대하는 것은 무리였을 것이다.

콘스탄스는 최근 대배심에 대한 말을 많이 들었지만 그녀는 아무 것도 이해하지 못했으며 이해하려고 노력하지도 않았다.

"이렇게 빨리 시작돼서 매우 기쁘네요." 그녀가 말했다. "정말로요! 샘이 스태퍼드에서 며칠 동안 머물면 어떻게 할까 걱정했거든요. 재판이 오래 걸릴까요?"

"아니!" 크리츨로우가 긍정적으로 말했다. "바꿀 수 있는 건 아무것도 없어."

이윽고 침묵이 흘렀다. 간간이 바느질 소리만이 들려왔다. 콘스탄스는 정말로 이 노인과 대화하지 않는 것을 선호했을 것이다. 그러나 안심하기를 바라는 욕구, 자신의 두려움을 진정시키기 위한 욕구로 인해 대화를 나눌 수밖에 없었다. 그렇지만 그녀는 크리츨로우 자신이 필요하다고 생각이 들 때 남에게 도덕적인 도움을 줄 수 있는 마을에 남은 마지막 남자라는 것을 아주 잘 알고 있었다.

"모든 일이 잘 되었으면!" 그녀가 중얼거렸다.

"다 잘 될 거야!" 그가 명랑하게 말했다. "다 잘 될 거야. 댄만 안 좋게 끝나겠지."

"그게 무슨 말인가요, 크리츨로우 씨?" 그녀가 물었다.

그녀가 기억하기를 그 무엇도 그의 마음에 동정심을 불러일으킬 수 없었다. 대니얼 같은 비극조차 말이다. 그녀는 이것을 말할까 봐 입을 꽉 다물었다.

"음." 그는 콘스탄스만큼이나 난로 주변의 소녀들에게까지 솔직하게 들리도록 큰 소리로 말했다. "올해는 보기 드문 좋은 논쟁들이 생겼어, 틀림없어! 누군가는 댄이 결코 의도한 것이 아니라는 말을 하더군. 그럴지도 모르지. 하지만 그게 교수형을 당할만한 좋은 이유가 아니라면 이 나라에서는 사형 제도가 끝났다고 봐야지. '결코 의도한 것이 아니다!' 이러한 말을 하는 사람들이 많아 '결코 의도한 것이 아니다'라고! 그러면 나는 그 여자가 가정일은 하지 않고 여기저기 돌아다니고 술에 취하지 않은 것처럼 자주 술에 취해 있는 여자라고 말했지. 난 그런 말은 듣고 싶지 않아. 만약 바닥을 청소하고 침대보를 정리하는 것 대신에 브랜디를 마시며 시간을 보내는 아내의 목을 조르는 것이 그것에 대한 적절한 처벌이라면 댄은 괜찮겠지. 하지만 린들리 판사가 배심원들에게 있는 그대로 말할 것 같진 않아. 난 린들리 판사 밑에서 배심원 생활을 해본 적이 있는데, 그것도 여러 번, 그가 그렇게 행동하는 건 못 본 것 같아!" 그는 입을 벌린 채 잠시 말을 멈추었다. "상류층은." 그는 이어 말했다. "목사도 포함해서 말이야. 스태퍼드에 가서 성서에 맹세하고 댄의 명성이 누구에게도 뒤지지 않는다고 증언하기 위해 간 거겠지. 만약 댄이 그날 밤 집에 없었다고 증언하거나 그가 예리코에 있었다고 증언하려고 간 것이라면 그들이 같이 가는 것도 이해할 만하지. 하지만 사실대로라면 그들은 그냥 집에서 자신들의 일에나 신경 쓰는 것이 좋았을 거야. 후! 샘은 내가 가길 원했어!"

그는 겁에 질리고 화가 난 여자들 앞에서 다시 웃었다.

"크리츨로우 씨, 전 당신에게 놀랐어요! 정말로요!" 콘스탄스가 소리쳤다.

조수들은 애매한 소리로 그녀를 불분명하게 지지했다. 인설은 일어나서 난로를 찔렀다. 가게에 있는 모든 사람들은 대니얼 포비가 무죄 판결을 받을 것이라고 충실히 확신했고 이 밝은 확신에 의문을 제기하는 것은 끔찍한 범죄였다. 그 확신은 이성의 영역에 있는 것이 아니었다. 믿음의 행위였다. 그리고 논쟁은 조금의 불안함도 주지 않은 채 단지 초조하게 만들 뿐이었다.

"그래, 그럴지도 모르지!" 크리츨로우가 활발하게 동의했다. 그는 매우 만족했다. 그가 가게를 나가려고 뒤척일 때 시릴이 들어왔다.

"안녕하세요, 크리츨로우 씨." 시릴이 공손하게 말했다.

크리츨로우는 소년을 뚫어지게 쳐다보더니 이렇게 말하려는 듯 재빨리 고개를 몇 번 끄덕였다. '여기 또 다른 바보가 있군! 결국 가족들은 서로를 닮는군!' 그는 인사에 아무런 대답도 하지 않고 떠났다. 시릴은 엄마가 있는 구석으로 달려갔고 가는 중에 전시실로 향하는 계단에 책가방을 던졌다. 모자를 벗은 그는 엄마에게 입을 맞추었고 그녀는 차가운 손으로 그의 외투 단추를 풀었다.

"므두셀라 노인은 여기에 왜 왔대요?" 그가 물었다.

"어허!" 콘스탄스는 상냥하게 그의 말을 정정했다. "그분은 재판이 시작되었다는 것을 알려주시기 위해서 오신 거야."

"오, 저도 알아요! 한 소년이 신문을 사 왔고 그걸 봤어요. 엄마, 아빠도 신문에 나올까요?" 그리고 다른 어조로 이렇게 물었다. "오늘의 차는 뭔가요?"

그의 배가 오늘의 차가 무엇인지 정확히 알게 되었을 때 소년은 재판에 관한 어마어마하고 수다스러운 호기심을 보이기 시작했다. 그는 공부하려고 하지 않았다. "소용없어요, 엄마." 그가 말했다. "할 수 없어요." 두 사람은 함께 가게로 돌아왔고 시릴은 신문 판매원의 외침 소리를 듣기 위해 매 순간 문으로 향하였다. 곧 그는 어쩌면 신문 판매원이 성 누가 광장을 무시하고 시청 앞에서 시그널의 특별판을 판매하고 있을지도 모른다는 생각이 들었다. 그가 직접 가서 확인하지 않는 한 그는 만족하지 못할 것이었다. 그는 외투를 입지도 않고 달려갔다. 가게는 이상한 불안감을 안고 그를 기다렸다. 시릴은 쉴 새 없이 앞뒤로 오가며 긴장된 기대감이라는 분위기를 만들어냈다. 이제 온 마을은 마치 그 소식을 두려워하면서도 그것을 얻기 위해 가슴을 불태우고 있는 것처럼 보였다. 그녀는 단 한 번도 본 적이 없는 스태퍼드와 단 한 번도 본 적이 없는 재판소, 그리고 그 안에 있을 남편과 대니얼의 모습을 생각해 보았다. 그러면서 기다렸다.

시릴이 달려왔다. "없어요!" 그가 숨을 헐떡이며 말했다. "아무 소식도 없어요."

"차가운 공기를 쐬지 말렴, 지금 땀이 나잖니." 콘스탄스가 말했다. 그러나 그는 계속 문 근처에서 머물렀다. 곧 다시 달려 나갔다. 시릴이 떠난 지 약 15초 후 멀리서 시그널 회사의 소년의 거친 외침 소리가 들려왔다. 처음에는 희미하고 불분명하다가 점점 더 선명해졌다.

"저기 있어요!" 견습생이 말했다.

"쉿!" 콘스탄스가 들으며 말했다.

"쉿!" 인설도 외쳤다.

"그래, 정말이네!" 콘스탄스가 말했다. "인설, 나가서 신문을 가져와요, 여기 반 페니."

반 페니는 골무를 낀 손에서 빠르게 다른 손으로 넘겨졌다. 인설은 서둘렀다. 그녀는 의기양양하게 신문을 들고 들어왔고 콘스탄스는 떨며 신문을 받았다. 처음에 관련된 기사를 찾을 수 없었다. 인설이 기사를 가리키며 읽었다.

"'사건 개요 설명' 아래로, 아래로! '휴식이 없었던 35분 동안 배심원단은 죄수의 살인죄를 인정하였고 감형을 제안하였다. 판사는 검정 우단 모자를 착용하곤 사형을 선고했으며 제안 받은 적절한 자비를 베풀겠다고 말했다.'"

시릴이 돌아왔다. "아직이요!" 그는 이 말을 하자마자 카운터 위에 놓여 있는 종이를 보았다. 그의 기세가 꺾였다. 가게가 문을 닫은 지 한참 후 콘스탄스와 시릴은 응접실에서 집 주인이 도착하기를 기다렸다. 콘스탄스는 매우 깊은 절망에 빠져 있었다. 그녀는 그녀 주위의 죽음밖에 보지 못했다. 그리고 생각했다. '불행은 결코 혼자 찾아오지 않아. 어째서 새뮤얼이 오지 않지?' 그녀가 상상할 수 있는 모든 것이 그를 위해 준비되어 있었다. 음식, 약, 그리고 보온 수단. 에이미는 필요할 수도 있었기 때문에 잠자리에 드는 것이 허락되지 않았다. 콘스탄스는 시릴이 잠자리에 들어야 한다는 말조차 하지 않았다. 어둡고 무시무시한 시각은 맨틀피스 위에서 흘러가고 있었고 콘스탄스는 5

분이 지난 후에는 다음으로 어떠한 행동을 해야 할지 몰라 하고 있었다. 11시 25분이었다. 만일 30분이 지나도 새뮤얼이 도착하지 않는다면 새뮤얼은 그날 밤에 오지 못할 것이다. 스태퍼드로부터 오는 막차가 생각지도 못할 만큼 늦지 않는다면 말이다.

마차 소리! 그 소리는 문 앞에서 멈췄다. 어머니와 아들이 벌떡 일어났다. 그렇다, 새뮤얼이었다! 그녀는 그를 한 번 더 바라보았다. 그의 도덕적, 육체적인 상태를 본 그녀는 겁을 먹었다. 그의 건장한 아들과 에이미를 위층으로 올라가는 그를 부축해주었다. '그가 저 계단을 다시 내려올 수 있을까?' 이 생각이 콘스탄스의 마음에 꽂혔다. 고통은 순식간에 왔다가 사라졌지만 그녀의 평온한 상식을 놀라게 하였고 완만하게 경멸하고 있던 히스테리적인 두려움에 자연스럽게 반대하였다. 뚱뚱함으로 인해 계단을 오르며 헉헉거리고 있는 그녀의 단조로운 쾌활함은 어마어마한 의지를 잃게 만들었다. 그녀는 몹시 걱정하고 있었다. 커다란 재앙이 사방에서 서서히 다가오고 있는 것 같았다.

그녀는 의사를 불러와야 할까? 아니다. 그렇게 행동하는 것은 본능적인 공황에 양보하는 것일 뿐이다. 그녀는 새뮤얼에게 무슨 문제가 있는지 정확히 알고 있었다. 계속해서 무시되고 있던 심한 기침은 더 이상 무시할 수 없었다. 그녀는 질문자들에게 이렇게 말하곤 했다. "그는 당신이 병이라고 부르는 것에 결코 걸린 사람이 아니에요." 그럼에도 불구하고 그녀가 그를 침대에 눕혀놓고 우유술을 제공해주었을 때 얼마나 허약하고 연약해 보였는지! 그는 너무 지쳐서 재판에 대해 이야기조차 하지 않았다.

"만약 내일도 상태가 좋아지지 않는다면 의사를 부르러 가야겠어!"라고 그녀는 혼잣말을 했다. 그가 만약 침대에서 일어나려 한다면 그녀는 필요하다면 힘으로라도 강제로 그를 침대에 눕히겠다고 다짐했다.

4

다음날 아침, 그녀는 자신이 두려움에 굴복하지 않은 것에 대해 기쁘고 자랑스러웠다. 매우 이상하게도 그는 분명히 더 나은 상태가 되었기 때문이다. 그는 푹 잤고, 그녀는 조금 잤다. 대니얼이 사형 선고를 받은 것은 사실이다! 대니얼을 운명에 맡긴 그녀는 마음속에서 기쁨이 솟아나고 있다는 것을 깨달았다. '그가 저 계단을 다시 내려올 수 있을까?'라고 생각했다니 얼마나 우스꽝스러운 일인가!

아침에 로튼이 포비를 만나고 싶다는 편지가 잊혀진 가게로부터 그녀에게 전달되었다. 새뮤얼은 벌써 일어나기를 원했지만 그녀는 위험한 여성의 말투로 그것을 금지시켰고 새뮤얼도 이성적으로 행동하였다. 그는 이제 로튼을 집으로 초대해야 한다고 말했다. 그녀는 침실을 힐끗 둘러보았다. 끝나 있었다. 침실은 병실처럼 흠잡을 데 없이 정확했다. 그녀는 다른 지역에서 온 남자를 초대하는 것에 동의했고 1분 정도 같이 있다가 두 사람이 대화하도록 방을 나왔다. 젊은 로튼의 이번 방문은 새뮤얼과 당면한 문제의 중요성에 대한 인상적인 증거였다. 그 위엄 있는 일은 예절을 요구했고 예절은 남편이 아내의 손이 닿지 않는 일을 처리해야 할 때 아내는 남편에게서 떨어져 있어야 한다고 말하고 있었다.

내무 장관에게 탄원서를 보내자는 생각은 이번 대화로 인해 구체화되었고 그날이 끝나기도 전에 그 내용은 버슬리와 다섯 마을, 그리고 시그널까지 퍼져 있었다. 시그널은 대니얼 포비를 '사형수'라 언급하고 있었다. 이 용어는 모든 지역을 놀라게 만들었고 감형을 바라는 분개한 소란이 되었다. 지역은 마을 의원이자 세상의 본보기, 오점 하나 없는 성격을 가진 정직한 상인이 스태퍼드에 있는 작은 감방에 홀로 갇혀 죽을 때까지 목이 매여지는 것을 기다리고 있다는 사실을 알게 되었다. 지역은 이러한 일이 반드시 일어나서는 안 되고 일어나면 안 된다고 결정했다. 어째서! 댄 포비는 실제로 흉악범을 기소하는 버슬리 협회 회장으로 지낸 적이 있었다. 그 협회는 식사와 음주를 제공하는 연례행사를 하였고 회원들은 서로를 '흉악범'이라고 유머러스하게 부르곤 했다! '흉악범'의 전 회장이 형벌을 받은 범죄자라는 것은 불가능했고 도저히 말도 안 되는 일이었다.

그러나 두려워할 것은 아무것도 없었다. 그 어떤 내무 장관도 배심원의 권고와 지역 전체의 의사 표현을 반박할 수 없을 것이다. 게다가 내무 장관의 조카는 크나프 부문의 하원 의원이었다. 물론 유죄 판결은 불가피했다. 모든 사람이 이제 그것은 알고 있었다. 심지어 새뮤얼과 대니얼 포비의 열렬한 지지자들도 그 정도는 알았다. 그들은 마치 예전부터 항상 이것을 예견한 것처럼 이야기했다. 겨우 하루 전에 했던 모든 말들과 완전히 모순되는 말이었다. 어떤 모순이나 수치심도 느끼지 않고 그들은 전혀 새로운 입장을 취했다. 맹목적인 믿음의 구조는 현실의 공격에 의해 다시 한 번 무너져 내렸고 24시간 전만 해도 배척을 의미했을 유해하고 잉글랜드답지 않은 진실은 갑자기 광장과 시장에서 진부한 것이 되었다.

탄원서를 보내는 일에는 신속함이 필요했다. 사형수에게는 일요일이 3번밖에 오지 않았기 때문이었다. 그러나 젊은 로튼이나 그의 동료들 중 그 어느 누구도 사형 선고를 받은 범죄자의 감형을 위해 내무 장관에게 보내는 탄원서의 적절한 형식을 알지 못했기 때문에 처음에 지연이 있었다. 이러한 내용의 탄원서는 기억하는 한 이 지역에서 이루어진 적이 없었다. 그리고 처음에 젊은 로튼은 다섯 마을이나 그 어디에서도 이러한 내용의 탄원서를 볼 수 없었고 복사해올 수도 없었다. 물론 적절한 형식이 어딘가에는 존재할 것이었으며 다른 형식은 물론 전혀 사용될 수 없었다. 그 누구도 젊은 로튼에게 '가장 고귀한 웰윈 후작님에게, K.C.B.[20] 글을 올립니다'라고 탄원서를 시작하여 '그리고 당신의 탄원자들은 영원히 감사할 것입니다!'라고 끝을 맺고 이 문구들 사이에 감형에 대한 이유와 함께 간단한 호소를 적어야한다고 대담하게 제안하지 못했다. 아무도! 전통에 의해 만들어진 형식을 반드시 찾아야만 했다. 그러다 대니얼의 죽음이 하루 반나절 가까이 남았을 때 그 형식이 발견되었다. 안윅의 한 변호사는 노섬벌랜드의 살인범에게 갑작스러운 사형 대신에 20년 형의 징역을 보장해준 탄원서의 초안을 가지고 있었고 요청하자 그는 초안을 젊은 로튼에게 빌려주었다. 탄원서의 주요 지지자들은 이제 대니얼 포비가 구원받은 것이나 다름없다고 느꼈다. 서명을 받기 위해 수백 개의 양식이 인쇄되었고 이 양식은 탄원서의 사본과 함께 버슬리뿐만 아니라 다른 마을의 모든 주요 상점의 카운터 위에 놓였다. 또한 시그널의 사무실, 철도 대합실, 그리고 여러 독서실에서 발견되었다. 그리고 대니얼의 세 일요일 중 두 번째 일요일에는 교회와 교회당의 현관에도 붙어 있었다. 교회당 책임자와 관리자들은 새뮤얼을 찾아와 어리석게 물었다. "펜과 잉크는요?" 이 관리인들은 서비스를 제공하기 위해 수 세기 동안 신성 불가침의 영역이었던 일상을 대담하게 방해하는 분위기를 풍기고 있었다.

새뮤얼은 계속해서 나아졌다. 기침은 약해졌고 식욕은 늘었다. 콘스탄스는 그가 침실 옆에 있는 거실에서 머물 수 있도록 하였고 그중에서도 특히 난로가 효율적이었다. 이곳에서 그는 오래된 겨울 외투를 입고 나날이 엄청나게 커져가는 탄원의 방대한 사건을 지휘했다. 새뮤얼은 2만 명의 서명을 꿈꿨다. 각 종이에는 20개의 성명이 되어 있었고 그는 하루에 몇 번씩 그 종이들을 세어보았다. 실제로 한 번은 양식을 공급하는 것이 실패했고 콘스탄스는 더 많은 양식을 주문하기

---

20 Knight Commander of the Bath, 바스 훈장의 중급 훈장사.

위해 스스로 인쇄소에 서둘러 가야 했다. 새뮤얼은 인쇄업자의 부주의에 격노했다. 그는 시릴에게 서명이 되어 있는 종이 한 장당 6펜스를 주겠다고 제안하였다. 처음에 시릴은 너무 수줍어서 유세할 수 없었지만 아버지는 그의 얼굴을 붉게 만들었고 몇 시간 만에 시릴은 열성적인 지지자로 발전해 있었다. 어느 날에는 학교에서 하루 종일 멀리 떨어져 있었다. 종합적으로 그는 15실링 이상을 벌었다. 솔직하게 말하자면 마지막 종이의 끝 주소가 없는 몇 개의 서명을 위조해줄 수 있는 동료를 만나게 되었고 그는 한 장의 값어치인 6펜스를 그에게 후하게 주었다. 2만 명의 서명이 되어 있는 천 장의 종이를 받게 되었을 때 새뮤얼은 2만 5천 명의 서명을 바라게 되었다. 또한 그는 젊은 로튼과 함께 청원서를 가지고 런던으로 가겠다는 확고한 의도를 발표했다. '그 탄원은 사실 현대에서 가장 주목할 만한 탄원들 중 하나가 되었다'라고 시그널은 말했다. 시그널은 매일매일 진행 상황을 발표하였고 그 진행은 매우 놀라웠다. 어떤 거리는 모든 거주인이 서명을 하였다. 첫 번째 종이에는 의회와 성직자, 시민 고위 인사, 치안판사 등의 서명이 적혀 있었다. 이 종이들은 훌륭하게 채워져 있었다. 서빌리의 나이 든 목사가 제일 먼저 서명하였고 뒤이어 버슬리의 시장, 그다음에는 여러 명의 하원 의원들이 서명하였다. 새뮤얼은 거실에서 나왔다. 그는 응접실로 들어갔고 이후 가게로 들어갔다. 그 과정에서 안좋은 일은 일어나지 않았다. 기침은 완전히는 아니지만 거의 완치되어 있었다. 날씨는 계절치고는 유난히 포근했다. 그는 런던으로 탄원서를 내려가는 것에 동참하겠다고 지속적으로 말했다. 그렇게 그는 런던으로 떠났다. 콘스탄스는 그 여정을 반대할 만한 타당한 근거가 없었다. 그녀 또한 그 탄원에 약간 들떠 있었다. 탄원서의 무게는 112 파운드를 훨씬 넘고 있었다. 크나프의 하원 의원이 한 서명들은 때를 맞춰 런던에 도착하였다. 새뮤얼이 실망한 단 한 가지는 사실은 2만 5천 명의 서명이 모이기를 바랐던 그의 희망이 겨우 몇 장 차이로 달성되지 못했다는 것이었다. 급하게 서두르지 않았더라면 몇 장은 더 구할 수 있었을 것이다. 그는 자신감 넘치는 유명한 남자가 되어 런던에서 돌아왔다. 그러나 기침은 다시 더 심해져 있었다.

내무 장관이 인도적인 공무원 중 한 명이 아니었다면 여론의 힘과 정의의 본질적인 미덕에 대한 그의 자신감은 잘 자리 잡은 것으로 판명되었을지도 모른다. 웰윈 후작은 인도적인 본성으로 인해 통치하는 계급의 모든 계층에서 유명했는데 그 본성은 그의 사명감과 맞서 끊임없이 싸우고 있었다. 수 세기 동안 조상으로부터 물려받은 사명감은 불행하게도 거의 모든 분쟁이 있을 때마다 그의 인도적인 본성을 매우 혼란스럽게 만들었다. 그 결과 그는 끔찍한 고통을 겪었다고 알려져 있었다. 다른 사람들도 고통 받았는데 그는 채찍질로 형량을 감형하라고 권고한 적이 없었기 때문이다. 어떤 특정한 사형을 감형한 적은 있었지만 대니얼 포비의 죄를 감형해주진 않을 것이다. 그는 자신이 대중 정서의 물결에 휩쓸리는 것을 용납하지 않았으며 조카의 서명에 휩쓸리는 것은 확실히 용납하지 않았다. 그는 그에게 오는 모든 사건들을 무자비하게 검토하였다. 자신의 인도적인 본성에 굴복할 이유를 찾으려고 애쓰면서 잠 못 이루는 밤을 보냈지만 성공하지 못했다. 린들리 판사가 기밀 보고서에서 언급했듯이 대니얼에게 유일한 논거는 화를 낸 이유와 이전의 그의 고귀한 성격이었다. 이러한 것들은 논거 거리가 되지 못했다. 화낸 이유는 완전히 불충분했고 이전의 고귀한 성격은 너무 터무니없이 요점에서 벗어나 있었다. 그렇게 후작의 인도적인 본능은 완패하였고 그는 끔찍한 고통을 겪었다.

시그널에서 대니얼 포비의 최고급 아침식사와 사형 집행인이 그에게 부여할 정확한 '낙하' 시간을 발행한 일요일 아침, 콘스탄스와 시릴은 커다란 침실의 창가에 함께 서 있었다. 소년은 가장 좋은 옷을 입고 있었다. 그러나 콘스탄스의 옷에서는 휴일의 기미가 보이지 않았다. 그녀는 다소 몸에 꼭 끼는 오래된 드레스 위에 커다란 앞치마를 두르고 있었다. 그녀는 창백했고 아파 보였다.

"오, 엄마!" 시릴이 갑자기 소리쳤다. "들어보세요! 밴드의 소리가 들리는 게 확실해요."

그녀는 아무 소리도 내지 않고 입술을 움직이며 그를 바라보았다. 시릴은 반드시 아무런 소리도 내면 안 된다는 것을 잊은 것에 대해 사과하는 몸짓을 취했고 두 사람은 걱정스럽게 조용한 침대를 바라보았다. 밴드의 선율은 킹 스트리트 아래쪽에서 들려왔다. 성 누가 교회의 방향이었다. 음악은 먼 거리에서 오랫동안 지속되는 것 같더니 점점 커지며 다가왔고 버슬리 타운 실버 프라이즈 밴드는 헨델의 '장송곡'을 엄숙하게 연주하며 창 아래를 지나갔다. 노래 자체의 고유한 아름다움과 전통적인 괴로움의 거대한 무게를 가지고 있는 레퀴엠은 콘스탄스 눈에서 눈물을 짜내었다. 눈물은 앞치마를 입은 가슴에 떨어졌고 그녀는 의자에 주저앉았다. 비록 트럼펫 연주자들의 볼이 부풀어 올라 있고 드럼 연주자들은 드럼이 떨어지지 않도록 배를 내밀고 척추를 뒤로 구부려야 했지만 밴드가 가는 길에는 위엄이 존재했다. 선율의 방해물을 적막하게 만드는 드럼의 쿵 하는 소리는 마음을 아프게 만들었지만 고귀한 슬픔으로 가득 차 있었다. 장송곡은 모든 사악함을 덮는 보라색 장막을 엮고 있는 것 같았다.

밴드 단원들은 검은 옷을 입고 있지 않았지만 검은 크레이프 상장을 소매에 걸치고 있었고 그들의 악기에도 상장이 묶여 있었다. 쓰고 있는 모자에는 검은색 끝을 가진 카드가 꽂혀 있었다. 시릴은 카드 중 하나를 손에 쥐고 있었다. 그 내용은 이러했다.

1888년 2월 8일 아침 8시에 사법적으로 살해를 당할 이 마을의 의원 대니얼 포비의 기억을 기리며. '그는 죄보다 더한 죄를 지었습니다.'

밴드 뒤에는 맨머리에 오버코트 위로 중백의를 입은 늙은 목사가 있었다. 그의 가늘고 흰머리는 차가운 햇살 속에서 불어오는 바람에 헝클어져 있었다. 손은 금테가 둘러진 접힌 책 위에 포개져 있었다.

317

목사보와 교구 위원, 그리고 교회에 관련된 일을 하는 사람들이 뒤따랐다. 그리고 이 사람들 뒤로 어두운 진흙을 헤치며 걸어가는 끝없는 행렬이 있었다. 공인되지 않은 남자들이 대다수를 이루었고 거의 모든 사람이 애도하고 있었다. 더 귀족적인 사람들을 제외하고는 모든 사람들이 그들의 모자에 그를 추모하는 카드를 꽂고 있었다. 할 일이 없는 사람, 여성, 아이들은 건조한 인도 위에 모여 있었고 콘스탄스의 바로 맞은편 창문에는 선 볼트 주인인 온 가족이 나와 있었다. 커다란 술집의 남자 바텐더는 술 마시는 사람들의 프라이버시를 보호해주는 소나무로 만들어진 가림막 위로 목을 내밀고 있었다. 행렬은 쉬지 않고 계속되었고 킹 스트리트의 끝나지 않는 '경사면'을 올라 성 누가 광장의 모퉁이로 영원히 사라지고 있었다. 때때로 남자 성직자, 비국교도 성직자, 타운 크라이어, 배심장, 또는 군인들이 그 행렬에 끼어들었다. 행렬이 길어지자 구경하는 군중이 늘어났다. 이윽고 또 다른 밴드 선율이 들려왔고 그들 또한 사울의 장송곡을 연주하고 있었다. 처음으로 보였던 밴드는 이제 광장 꼭대기에 이르렀고 킹 스트리트에서는 거의 들리지 않았다. 모자에 달려 있는 추모 카드는 햇빛에 반복적으로 반짝거렸고 그 빛은 마을을 가로질러 나아가고 있는 불가능한 희끄무레한 뱀의 환상을 만들어내고 있었다. 뱀 꼬리가 보이기까지 45분이 걸렸다. 그리고 꼬리 끝은 단정하지 못한 시끄러운 아이들로 이루어져 있었고 거리를 가득 메우고 있었다.

"거실 창문으로 가볼게요, 엄마." 시릴이 말했다.

그녀는 고개를 끄덕였다. 그는 살금살금 침실을 빠져나왔다. 성 누가 광장은 모자와 추모 카드로 가득 차 있었다. 광장을 차지하고 있는 대부분의 가게들은 반기半旗의 위치에 깃발을 매달아 두었고 저 멀리 시청에서는 반기의 위치에 있는 깃발이 펄럭이고 있었다. 모든 창문에는 관중들이 있었다. 두 밴드는 광장의 꼭대기에 모여 있었다. 그들 뒤로는 노스 스태퍼드서 레일웨이 운반차 위에 흰색 옷을 입은 목사와 몇몇 검은 인물들이 서 있었다. 목사는 말을 하고 있었다. 그러나 그 운반차 가까이에 있는 사람들만이 그의 가냘픈 목소리를 들을 수 있었다.

버슬리가 냉담한 불공평이라고 간주한 것에 대한 버슬리의 대규모 항의는 이러한 것이었다. 대니얼 포비의 처형은 진정으로 도시의 분노를 일으켰다. 그 처형은 부당할 뿐만 아니라 모욕이었으며 굴욕적이었다. 그중에서도 최악은 이 나라의 나머지 사람들이 이 사건에 대한 동정적인 관심을 전혀 주지 않았다는 것이다. 실제로 런던의 신문들은 사형 집행에 대해 무심코 언급하면서 다섯 마을의 도덕성과 예절을 비방하였고 십계명 범위를 벗어난 악명 높은 지역으로 간주했다. 이러한 사실은 마을 사람들을 격분시켰다. 이것은 다른 무엇보다도 자발적인 감정의 폭발을 일으켰고 모자에 추모 카드를 꼽은 사람들로 가득 차 있는 성 누가 광장이라는 결과로 이어졌다. 이 시위는 계획된 것이 아니었다. 시위는 예배 장소와 몇몇 클럽을 집회의 중심지로 삼으며 어떻게 된 것인지 스스로 계획되었다. 그렇게 엄청난 성공을 거두었다. 광장에는 7천 내지 8천 명의 사람들이 모여 있었는데 잉글랜드 전체가 이 광경을 볼 수 없다는 것이 안타까웠다. 코끼리의 처형 이후, 어떤 것도 버슬리를 이렇게 심하게 동요하게 만들지 않았다. 잠시 침실을 나와 거실로 향하던 콘스탄스는 시릴의 명예로운 할아버지의 죽음과 매장식이 매우 큰 사건이었음에도 불구하고 그 크기가 그녀가 현재 겪고 있는 사건의 10분의 1조차 되지 않는다고 생각했다. 하지만 생각해 보면 존 베인스는 아무도 죽이지 않았다.

목사는 너무 길게 말했다. 모두들 그렇게 느꼈다. 그러나 마침내 그의 말은 끝이 났다. 밴드는 짧막한 찬가를 연주하였고 광장에서 갈라지는 여덟 개의 거리를 따라 수많은 관중들이 흩어지기 시작했다. 동시에 1시가 되자 술집들은 그들의 관례적인 가공할 만한 속도에 맞추어 문을 열었다. 물론 존경할 만한 사람들은 술집이 문을 연 것을 무시하고 지연되어버린 점심 식사를 위해 집으로 향하였다. 그러나 3만 명이 넘는 영혼이 있는 마을에는 의식으로 인한 동요가 있을 때 모든 술집을 가득 채울 수 있을 만한 충분한 찌꺼기가 있었다. 콘스탄스는 볼트의 카운터가 제대로 된 건강 의식에 결함이 있는 사람들로 꽉 차 있는 것을 보았다. 남자 바텐더와 술집 주인, 그리고 주인의 주요 가족 구성원들은 그 장례식으로 인한 갈등을 해소하기 위해 애를 먹었다. 침실에서 약간의 식사를 하고 있던 콘스탄스는 그 술잔치를 목격하지 않을 수 없었다. 은빛 악기를 들고 있는 밴드 일원들이 카운터에 있는 것이 눈에 띄었다. 3시 5분 전, 볼트는 줄타기하듯 도로를 걷는 술에 취한 시끄러운 사람들을 뱉어내고 있었다. 그들 가운데는 악단 단원이 있었는데 그의 은색 악기는 녹색 서지 가방에 반만 감싸져 있었다. 그는 배수로에서 균형을 잡았다. 그가 악단 단원이 아니었다면 그렇게 심각하게 문제가 되지 않았을 것이다. 종업원과 술집 주인은 힘을 써서 최후의 술고래를 길가로 밀어버렸고 문을 (6시까지) 잠가버렸다. 그 시각 경찰관이 길을 따라 거닐고 있었다. 이날 처음으로 보인 경찰관이었다. 다른 술집 문턱에서도 비슷한 장면들이 연출되고 있다는 사실이 알려졌다. 현명한 사람들은 슬퍼했다.

5

배수로에서 경찰관과 음악가의 말싸움이 한창일 때 새뮤얼 포비는 안절부절못하고 있었다. 그러나 그는 밴드의 선율에 거의 영향을 받지 않았으므로 그를 자극한 것은 술꾼의 외침이 아니었을 것이다. 그 거대한 시위의 사전 행위에는 거의 관심을 보이지 않았다. 대니얼 포비 사건에 대한 열정의 불꽃은 처형 전날 치솟았다가 소멸된 것처럼 보였다. 그날 그는 교도서장의 허락을 받고 마지막으로 사촌을 만나기 위해 스태퍼드로 향하였다. 그때 그의 상태는 의심할 여지없이 편집광에 가까웠다. '불안정한' 이 단어는 콘스탄스가 마음속으로 남편의 마음 상태를 묘사할 때 자주 떠오르던 관섭인 표현이었다. 그러나 그녀는 그것을 억누르려고 애썼다. 또한 이러한 마음을 갖지 않을 것이다. 그 연관성은 너무나 상스러웠다. 그녀는 단지 그 사건이 그의 마음에 '걸려' 있다는 것이라고 인정할 뿐이었다. 이에 대한 놀라운 증거로 그는 실제로 시릴을 데리고 사형수를 만나러 가겠다고 제안한 것이었다. 그는 시릴이 대니얼을 만나기를 바랐다. 그는 진지하게 시릴이 대니얼을 만나보아야 한다고 말했다. 그 제안은 도저히 말도 안되고 불가해한 제안이었다. 그의 마음 상태가 불안정하지 않고 일시적으로 균형을 잃었다는 가정 하에만 설명될 수 있었다. 콘스탄스는 절대적인 부정으로 반대하였고 새뮤얼은 모든 면에서 약해져 있었기 때문에 그녀는 패배하였다. 시릴은 공포와 호기심으로 나누어져 있었다. 종합적으로 본다면 아마도 시릴은 학교에서 사형 집행 전날 당대 가장 유명한 살인마와 이야기를 나누었다고 말할 수 없었던 것을 후회하고 있는 듯 보였다.

새뮤얼은 스태퍼드에서 히스테리 상태가 되어 돌아왔다. 그가 매우 큰 목소리로 들려준 그 장면에 대한 설명은 가장 황당하면서도 애처로운 설명회였고 기억력에 의해 왜곡되어 있는 것이 분명했다. 아직 병원에 입원해 있는 딕 포비에 대한 이야기에 가까워졌을 때 그리고 스태퍼드 감옥으로 끌려간 사람에 관한 이야기가 가까워졌을 때 그는 참지 못하고 눈물을 흘렸다. 히스테리는 매우 고통스러웠다.

그는 잠자리에 들었다. 기침 상태가 다시 좋아졌기 때문에 스스로 누운 것이었다. 그리고 다음날에는 오후까지 침대에 누워 있었다. 그 날은 사형 집행일이었다. 저녁에 목사는 제안된 시위에 관해 논의하기 위해 그를 교구 목사관으로 보냈다. 다음 날인 토요일, 그는 일어나지 않겠다고 말했다. 얼음같이 찬 소나기가 마을을 휩쓸고 있었고 그의 기침은 목사를 방문한 저녁 이후로 더 심해졌다. 콘스탄스는 그에 대해 아무런 걱정도 하지 않았다. 겨울의 가장 위험한 시기는 끝이 났고 이제 그를 무분별하게 만들 만한 것은 아무것도 없었다. 그녀는 그가 원하는 만큼 침대에 누워 있을 수 있으며 그가 시달렸던 고통스러운 육체적, 정신적인 피로로 인해 너무 오랫동안 휴식을 취하진 못할 것이라고 침착하게 생각했다. 기침은 짧았지만 과거처럼 고질적이진 않았다. 얼굴은 탁하게 붉어져 있었고 침울하게 가라앉아 있었다. 약간의 열이 있었으며 맥박과 호흡이 빨랐다. 감기가 재발한 증상이었다. 그는 잠을 거의 자지 않고 밤을 보냈고 그가 말한 짧은 꿈의 방해를 받았다. 새벽에 뜨거운 음식을 좀 먹었고 무슨 요일인지 묻고는 인상을 찌푸린 뒤 즉시 잠든 것 같았다. 11시에 그는 음식을 거절했다. 그는 시위와 그 뒤에 일어난 술 파티가 진행되는 동안 간헐적으로 졸기도 하였다.

콘스탄스는 그가 일어나는 것에 맞추어 음식을 준비해두었고 침대로 다가가 그에게 몸을 구부렸다. 열은 다소 높아졌고 호흡은 더 빨라졌다. 그의 입술은 자줏빛 뾰루지로 덮여 있었다. 그녀가 음식에 대해 언급하자 그는 역겹다는 듯이 고개를 약하게 저었다. 그녀가 경각심을 갖게 된 것은 바로 이 음식을 완강히 거부한 사건이었다. 약간 불편한 의심이 그녀의 마음속에서 튀어 올랐다. 그에게 아무 문제가 없는 게 확실하겠지?

뭐라고 말할 수 없는 무언가가 그녀를 더 낮게 구부리도록 만들었고 그의 가슴에 귀를 갖다 대었다. 신비로운 상자 안에서 가늘고 건조하며 갈라지는 소리가 빠르고 연속적으로 들려왔다. 손가락 사이에 머리카락을 두고 귓가에서 비빌 때 나는 소리 같았다. 타닥타닥하는 소리는 멈추었다가 다시 진행되었고 그녀는 그것이 그의 호흡량과 일치한다는 것을 알아차렸다. 그는 기침을 하였고 소리는 격렬해졌다. 고통으로 인한 경련이 그의 얼굴을 지나갔고 그는 축축한 손을 옆으로 내밀었다.

"옆구리가 아파!" 그는 어렵게 속삭였다. 콘스탄스는 거실에 들어갔다. 시릴은 난로 옆에서 그림을 그리고 있었다.

"시릴." 그녀가 말했다. "건너가서 해롭 선생님에게 즉시 와달라고 부탁해. 그리고 만약 선생님이 계시지 않는다면 그분의 새로운 파트너를 데려와."

"아빠 때문인가요?"

"그래."

"무슨 일이에요?"

"어서 내가 말한 대로 하렴." 콘스탄스가 급히 덧붙였다. "나도 무슨 문제인지 모르겠어. 아마 아무것도 아닐 거야. 하지만 받아들이지 못하겠어."

존경할 만한 해롭은 '폐렴'이라는 단어를 발음하였다. 새뮤얼이 앓고 있는 병은 급성 양측 폐렴이었다. 1년 중 최악의 3개월 동안 그는 자신의 상태와 날씨를 무시하고 다녔고 납작한 가슴과 만성적인 기침을 가지고 있는 사람을 기다리고 있는 치명적인 위험은 벗어났다. 그러나 교구 목사관으로 향하는 500야드의 여정은 너무나 가혹했던 것이다. 교구 목사관은 가게에서 너무나 가까웠기 때문에 그는 스태퍼드로의 여정을 떠나는 것처럼 옷을 두껍게 입고 향하지 않았다. 그는 그 질병의 위기로부터 살아남았지만 독혈증으로 죽었다. 피에 대한 의무를 다하지 않은 심장 때문이었다. 우발적인 죽음이었다. 열정적인 대규모 시위로 인해 거의 알려지지도 않았다. 게다가 새뮤얼 포비는 의원이 되도록 스스로에게 강요할 수도 없는 사람이었다. 그는 개성이 부족했다. 그는 작은 사람이었다. 나는 종종 새뮤얼 포비를 비웃었다. 하지만 나는 그가 마음에 들었고 존경했다. 그는 매우 정직한 사람이었다. 나는 그의 삶이 끝날 무렵에 그를 사로잡은 운명이 관찰력 있는 사람들에게 모든 영혼을 관통하는 위대한 성향을 예외 없이 보여주었다고 생각하여 항상 고마워했다. 그는 대의를 받아들였고 그것을 잃었으며 그것으로 인해 죽었다.

과부

1

콘스탄스는 응접실의 차려져 있는 차 테이블 옆에 서서 기대하고 있었다. 그녀는 상복을 입고 있지 않았다. 아버지가 죽었을 때 어머니와 그녀는 상복의 여러 가지 단점에 대해 이야기를 나누었다. 그 당시에는 단지 여론이 충분히 진보되어 있지 않아 그녀를 위협했기 때문에 어머니는 마지못해 상복을 입었었다. 그때의 콘스탄스는 젊은이의 어조로 '내가 과부가 된다면 난 절대로 상복을 입지 않을 거야'라고 긍정적으로 말했다. 그에 대해 베인스 부인은 이렇게 답하였다. '안 입게 되길 바라, 딸.' 이 이야기를 한 것은 20년 전 일이었지만 콘스탄스는 완벽하게 기억하고 있었다. 그리고 지금, 그녀는 과부가 되었다! 인생을 얼마나 이상하고 얼마나 인상적인가! 그리고 그녀는 약속을 지켰다. 긍정적이지도 않았고 주저하지도 않았다. 시대가 바뀌었지만 버슬리는 여전히 버슬리였다. 그러나 그녀는 약속을 지켰다.

이날은 새뮤얼의 장례식이 있은 후 첫 월요일이었다. 가정생활은 평범한 상태로 돌아온 이후부터 평범한 상태가 재개되었다. 콘스탄스는 차를 마시기 위해 어머니의 흑요석 브로치가 달린 검은 실크 원피스를 입고 있었다. 방금 막 꼼꼼하게 손을 씻었지만 하루 종일 손가락으로 이것저것을 만지고 보낸 탓에 피부 표피가 거칠어지면서 생기는 더러운 느낌이 들고 있었다. 그녀는 새뮤얼의 물건들과 자신의 물건을 '정리'했고 모든 것을 새로이 나열하고 있었다. 반세기가 넘는 기간 동안 그 남자가 모은 '물건'이 얼마나 적었는지를 알게 되니 놀라웠다. 그의 모든 옷은 두 개의 긴 서랍과 짧은 서랍에 들어 있었다. 그는 가능한 남성복과 리넨을 적게 가지고 있었는데 필요할 때면 예외 없이 필요한 물건들을 가게에서 가져다 사용하였고 사용할 필요가 없어지면 결코 그것을 보관하지 않았다. 그는 금으로 만들어진 장식용 단추, 넥타이용 장식 고리, 그리고 결혼반지를 제외하면 장신구를 하나도 가지고 있지 않았다. 결혼반지는 그와 함께 땅에 묻혔다. 한 번은 콘스탄스가 아버지의 금시계와 그 줄을 그에게 준 적이 있었는데 그는 자신의 시계를 더 선호한다고 말하면서 정중히 거절했다. 그의 시계는 은시계로(검은색 줄이 달려 있었다) 시간을 훌륭하게 엄수하였다. 그는 나중에 그녀에게 시릴이 21살이 되었을 때 금시계와 그 사슬을 사용할 수도 있으니 보관해두라고 말했었다. 이 하찮은 것들과 반쯤 비어 있는 시가 상자, 그리고 안경을 제외하면 그는 개인적인 물건을 아무것도 가지고 있지 않았다. 어떤 남자들은 정리하고 버리는 데 몇 달이 걸리는 쓰레기를 남겨두고 죽기도 한다. 그러나 새뮤얼은 소유욕이 없었다. 콘스탄스는 그의 옷을 조금씩 버리기 위해 상자에 담아두었다(오버코트와 행거치프는 시릴이 사용할 수도 있으니 제외하였다). 시계와 검은색 줄, 안경과 넥타이용 장식 고리는 잠가두었다. 금으로 만들어진 장식용 단추는 시릴에게 주었다. 그녀는 의자 위에 올라서서 담배 상자를 옷장 꼭대기에 감추었다. 그렇게 새뮤얼의 흔적은 매우 약간 남아 있게 되었다!

그의 소망으로 인하여 장례식은 가능한 한 간단하고 사적으로 진행되었다. 콘스탄스가 거의 알지 못하며 그녀가 죽을 때까지 다시는 찾아오지 않을 먼 친척만이 장례식에 방문하였다. 그리고 떠났다. 그랬더니 보아라! 장례식은 끝이 나 있었다. 장례식의 간단함과 신속함은 새뮤얼조차 만족했을 것이다. 새뮤얼의 엄청난 자부심은 외부의 이면에 너무나 효과적으로 숨겨져 있어서 아무도 그것을 완전히 인식하지 못했다. 콘스탄스조차도 새뮤얼에 대한 새뮤얼의 비밀스러운 견해를 잘 알지 못했다. 콘스탄스는 그에게 터무니없는 면이 있다는 것을 알고 있었다. 그에게 가장 부족한 것은 화려한 위엄의 부족이었다. 대부분의 사람들이 인상적으로 보이는 관에서조차 그는 인상적이지 않았다. 그의 까다로운 잿빛 수염은 고집스레 세워져 있었다.

중요하지 않은 수염 위로 뚜껑이 조여져 있는 관 속에(관은 킹 스트리트 끝에 있는 교회 경내에 있었다) 누워 있는 그의 모습은 종종 과부의 마음속에서 사실이 아닌 오해의 소지가 있는 생각을 떠올리게 하였다. 그녀는 스스로에게 이렇게 말했어야 했다. "그래, 그는 정말로 그곳에 있어! 그래서 내 마음속에 이런 특별한 기분이 드는 거야." 그녀는 그를 위엄 있는 것이 아니라 불쌍하고 애처로운 대상으로 보았다. 그러나 그녀는 새뮤얼이 그랬던 것처럼 지극히 정직하고, 공정하고, 신뢰할 수 있으며, 아주 훌륭한 남편은 있을 수 없다고 진정으로 생각하였다. 그는 얼마나 양심적이었는지! 그녀에게 공정하게 대하려고 얼마나 노력하고 또 노력했는지! 그녀는 20년 동안 자신에게 바르게 행동하기 위에 끊임없이 지속적으로 노력했던 그의 모습을 기억할 수 있었다! 그녀는 아내로서의 그녀에게 존경을 표하기 위해 그의 냉정한 갑작스러움과 시무룩한 경향에 맞서 분투하면서 분명하게 자신을 되돌아보았던 많은 장면들을 떠올릴 수 있었다. 그는 얼마나 충실했는지! 그에게 얼마나 의지할 수 있었는지! 자신보다 얼마나 더 나은 사람이었는지(그녀는 겸손하게 생각했다)!

그의 죽음은 그녀에게 있어서 사지 절단과도 같았다. 그러나 그녀는 침착하게 그것에 맞섰다. 슬픔으로 인해 고개 숙이지 않았다. 자신의 인생이 끝났다는 생각을 키우지 않았다. 반대로 그 생각을 완강히 멀리하고 시릴에게 의지하며 살았다. 그녀는 기력을 떨어뜨리는 슬픔에 빠져들지 않았다. 사별한 후 처음에는 운명의 강타로 인해 점 찍힌 사람이라고 생각하기 시작했다. 그녀는 아버지와 어머니를 잃었고 지금은 남편을 잃었다. 그녀의 인생은 매장으로 인하여 끝이 난 것 같았다. 그러나 얼마 후 그녀의 온화한 상식은 대부분의 인간들이 부모를 잃고 모든 결혼은 반드시 홀아비나 과부가 되어 끝나며 모든 인생은 매장으로 끝이 난다고 주장하였다. 그녀는 거의 21년 가까이 행복한 결혼생활을 보내지 않았는가?(21년이다. 펼쳐보아라! 두 사람이 처음 결혼했을 때 같이 보낸 그녀와 그의 순진하고 무지한 삶이 문득 생각이 들자 그녀의 눈에 눈물이 고였다. 지금의 그녀는 얼마나 현명하고 경험이 많은가!) 게다가 시릴도 있지 않은가? 많은 여성들과 비교해 보았을 때 그녀는 정말로 운이 좋았다.

그녀에게 있어 특별히 찾아왔던 순간은 소피아의 사라짐이었다. 하지만 그것조차도 소피아의 죽음보다 나쁘진 않았다. 아마도 그렇게 나쁘지는 않았을 것이다. 소피아가 어둠 속에서 돌아올지도 몰랐다. 소피아의 도주는 처음에 특별해 보였다. 시간이 한참 흐른 후에는 특정한 수치심으로 베인스 가족과 다른 가족을 갈라놓는 것처럼 보였다. 그러나 마흔세 살 때 콘스탄스는 그러한 사건들이 가정에서 흔히 일어나는 사건이 아니며 그들에게 알려지지 않은 알 수 없는 속편이라는 것을 알게 되었다. 그녀는 자주 소피아를 생각했고 몹시 빈번하게 희망했다.

그녀는 시계를 바라보았다. 그들의 새로운 규칙적인 삶의 첫날에 시릴이 약속을 지키지 못할까봐 약간 초조했다. 그 순간 그는 무장부대처럼 방으로 뛰어들었고 가게를 가로질러 들어왔다.

"안 늦었어요, 어머니! 안 늦었다고요!" 그가 자랑스럽게 외쳤다.

그녀는 그의 행복함에 따뜻한 미소를 지었으며 그에게서 아늑함과 위안을 끌어냈다. 그는 자신 앞에 있는 뚱뚱하고 친숙한 몸속에 세상 단 하나의 현실인 듯 무아지경으로 자신을 움켜쥐고 있는 예민하고 떨고 있는 영혼이 있다는 것을 알지 못했다. 학교가 그를 그녀에게 보내주어 서두르지 않고 참여한 식사가 그들의 친밀한 단결과 상호의존을 나타내는 의식적인 신호였다는 것을 그는 알지 못했다. 식사는 그들이 '서로에게는 서로가 있다'라는 부드럽고 맛있는 증거였다. 그는 오로지 자신의 차만 보았는데 배가 고팠기 때문이다. 마치 아버지가 무덤에서 아직 차갑게 식지 않은 것처럼 배가 고팠다.

그러나 그는 이 자리가 그다지 평범하지 않은 것을 요구하고 있다는 것을 애매하게 눈치 챘으며 어머니에게 소년처럼 매력적으로 보이려고 애썼다. 그녀는 속으로 생각했다. '얼마나 착한 아이인지.' 그는 그녀의 판단력 있고 공정한 가면 아래 그를 망치고자 하는 분명한 욕망을 감지했기 때문에 미래에 대한 편안함과 자신감을 느꼈다.

차를 마신 후 그녀는 후회스럽게도 가게로 가기 위해 공부하는 그를 떠나왔다. 가게는 미해결된 가장 큰 문제였다. 가게를 어떻게 할 것인가? 사업을 계속할 것인가, 아니면 팔 것인가? 아버지와 이모라는 행운과 지난 20년의 경제 활동으로 인해 그녀는 충분한 돈을 가지고 있었다. 광장의 기준에 따르면 정말로 부자였다. 재산이 많았다. 그러므로 가게를 가지고 있어야 한다는 충동을 느끼지 않았다. 게다가 가게를 유지하는 것은 개인적인 감독과 책임의 부담을 의미할 것이며 그로 인해 그녀의 잔잔한 무기력함도 줄어들 것이다. 반면 사업을 처분하는 것은 관계를 끊고 그 지역을 떠나는 것을 의미할 것이다. 또한 그로 인해 그녀는 움츠러들 것이다. 젊은 로튼은 묻지도 않고 그녀에게 가게를 팔라고 충고했다. 그러나 파는 것을 원하지 않았다. 그녀는 불가능한 것을 원했다. 미래의 일은 과거처럼 진행되어야 했으며 새뮤얼의 죽음으로 인해 바뀌는 것은 그녀의 마음 말고는 없어야 했다.

그 시간 동안 인설은 값을 매길 수 없을 만큼 소중했다. 콘스탄스는 가게의 한 면을 완전히 이해하고 있었지만 인설은 양쪽 면을 이해하고 있었고 재정 상태도 이해하고 있었다. 인설은 명석하지는 않더라도 신뢰를 바탕으로 가게를 이끌었다. 그 기간만큼은 정말로 그녀가 가게를 감독하고 있었다. 그러나 콘스탄스는 인설에게 질투심을 느꼈다. 그녀는 충실한 사람에 대한 약간의 반감을 가지고 있었다. 인설의 손안에 있고 싶지 않았던 것이다.

여성 모자류 쪽 카운터에 한두 명의 손님이 있었다. 그들은 개탄스러울 정도로 재치 있게 그녀를 맞이했다. 콘스탄스의 상실에 대한 언급을 피했다. 그러나 어조, 콘스탄스 및 서로를 바라보는 시선, 그리고 단호하게 절제된 한숨으로 인하여 마치 빵에 버터 대신 재를 뿌린 것처럼 적막함을 퍼뜨렸다. 조수들 또한 매우 노력하고 있는 불쌍하고 혼자가 된 과부에 대한 특별한 태도를 취하고 있었다. 그녀는 자연스러워지기를 원했고 그들 모두가 그녀의 바람을 불가능하게 만들려고 공모하지만 않았더라면 성공했을 것이다. 이후 새뮤얼의 책상이 있는 가게 맞은편으로 향하였다. 그는 그곳에 서서 작은 창문을 통해 멍하니 사람들이 돌아다니는 킹 스트리트를 바라보곤 했다. 그녀는 자신에게 꼭 맞도록 가스등을 켠 뒤 책상의 커다란 덮개를 들어 올려 회계장부를 꺼냈다.

"인설 양!" 그녀는 낮고 선명한 목소리로 그녀를 불렀다. 그 목소리에는 약간의 거만함과 명령의 어조가 들어 있었다. 콘스탄스의 자애로운 성격과 모순되는 이 웃기는 제안은 의도적으로 행해진 것이었다. 이것은 질투가 가장 부드러운 성격에 미치는 영향을 보여주었다. 인설이 대답을 하였다. 대답할 수밖에 없었다. 그녀는 고용주의 태도에 분개하는 기색을 보이지 않았다. 그러나 이 당시의 인설은 좀처럼 인간적인 기색을 보이지 않았다.

손님들은 조수들의 아첨을 받으며 차례차례 떠났고 곧바로 조수들은 세속적인 규칙에 따라 가스의 크기를 줄였다. 어둑해진 공간 속에서 상자들을 선반에 돌려놓을 때 그들은 책상에서 대화를 나누고 있는 두 여성의 평온하고 규칙적이며 반쯤 낮춘 목소리를 들을 수 있었다. 장부와 관련된 내용이었다. 그러고선 그들은 금에 대해 이야기를 나누었다.

그때 갑자기 방해가 있었다. 조수들 중 한 명이 본능적으로 가스를 향하여 뛰어들었다. 그러나 그 방해꾼이 단지 모자도 없이 불완전하게 깨끗한 소녀라는 것을 깨달은 조수는 가스불을 있는 그대로 두기로 결심했고 공손하고 의심스러워하는 자세를 취했다.

"혹시 가능하다면 주인분과 대화를 나눌 수 있을까요?" 소녀가 숨을 헐떡이며 말했다. 그녀는 18살 정도로 보였고 뚱뚱하고 소박했다. 그녀의 파란 드레스는 찢어져 있었고 그 위로는 허리의 한쪽 구석까지 오는 거친 갈색 앞치마를 두르고 있었다. 그녀의 맨 팔뚝은 벽돌색이었다.

"무슨 일이니?" 조수가 물었다. 인설은 어깨너머로 가게 맞은편을 바라보았다. "홀린스 부인의 딸인 게 틀림없어!" 인설이 숨을 죽이고 말했다.

"뭘 원한데?" 콘스탄스는 즉시 책상을 떠나며 물었다. 그러고는 조수들에게 둘러싸여 있는 채로 자신의 물건을 기운차게 들고 있는 소녀에게 말했다. "네가 홀린스 부인의 딸이구나, 그렇지?"

"네, 부인."

"이름이 뭐니?"

"매기예요. 그리고 괜찮으시다면 장례 카드를 주실 수 있는지 물어보고 오라고 어머니가 저를 보냈어요."

"장례 카드?"

"네. 물론 포비 씨의 카드요. 어쩌면 부인이 카드를 주시는 것을 잊어버렸을지도 모른다고 생각하셨어요. 특히나 장례식에 초대를 받지 못하셨거든요."

소녀는 멈췄다. 콘스탄스는 단순한 부주의로 인하여 선대 매기의 감정을 엄청나게 상하게 만들었다고 생각했다. 사실 그녀는 매기를 결코 생각해본 적이 없었다. 장례식 카드가 매기의 끔찍한 오두막집의 거의 유일한 장식품이라는 것을 기억했어야 했다.

"당연하지." 그녀가 잠시 멈춰 있다 말했다. "인설 양, 책상에 카드가 좀 남아 있지 않나요? 홀린스 부인을 위해 봉투에 카드를 담아줘요."

그녀는 테두리가 많이 장식되어 있는 봉투를 혈색 좋은 젊은 처녀에게 주었고 앞치마에 쌓여 있는 소녀는 수줍어하며 감사의 뜻을 전하고 서둘러 달려갔다.

"어머니께 기쁜 마음으로 카드를 보내드린다고 전해줘." 콘스탄스가 달려가고 있는 소녀를 향해 외쳤다. 삶의 위험이라는 이상함은 그녀를 깊은 생각에 빠지게 만들었다. 그녀는 과부가 되었지만 항상 늙은 여성처럼 보였던 매기의 남편은 호색적인 환자인 채로 살아남았다. 그녀는 더러움과 가난 속에서 비열하게 발버둥치는 매기가 매기만의 지저분하고 부주의한 방식으로 행복해하고 있다고 추측했다.

그녀는 꿈을 꾸며 장부로 돌아갔다.

2

그녀의 비판적이고 정확한 감독 하에 가게가 문을 닫았을 때 그녀는 가게에 남아 있던 마지막 가스 등불을 끄고선 밤과 아침에 셔터를 다룰 수 있는 완벽히 믿을 수 있는 남자 또는 소년을 어디서 발견할 수 있을지 궁금해 하며 응접실로 돌아왔다. 평상시에는 새뮤얼이 직접 셔터를 내렸고 특별한 날이나 휴일에는 인설과 그 부하들이 그 다루기 불편한 물건을 다루느냐 애먹었다. 그러나 특별한 날은 이제 평범한 날이 되었고 인설이 남자 역할을 영원히 계속해서 할 수 있을 것이라고는 기대할 수 없었다. 콘스탄스는 새뮤얼이 항상 반대했던 사치 중 하나인 심부름하는 소년을 고용하려는 생각을 가지고 있었다. 그는 헤라클레스처럼 힘이 센 시릴에게 가게를 열고 닫게 하는 일을 시키는 것은 꿈에서조차 생각하지 않았다.

보아하니 그는 숙제를 끝냈다. 책들은 옆으로 밀려나 있었고 그는 도화지첩에 연필로 스케치를 하고 있었다. 벽난로 오른쪽, 소파 위에는 랜시어의 판화가 걸려 있었는데 수사슴 한 마리가 호수를 걸어 다니고 있는 그림이었다. 저녁의 수사슴은 물을 마셨거나 물을 마시려 하고 있었는데 시릴은 그것을 따라 그리고 있었다. 그는 이미 중간 거리에 있는 날갯짓하는 새를 그려 놨다. 날갯짓하고 있는 모호한 새는 수사슴의 세세한 묘사보다 그리기 쉬웠기에 그는 새부터 그림을 그리고 있었다.

콘스탄스는 그의 어깨에 손을 얹었다. "공부는 끝냈니?" 그녀가 귀여워하듯 중얼거렸다. 대답하기 전 시릴은 얼굴을 찌푸린 채 바쁜 표정을 지으며 그림을 올려다보고 나서 딴 데 정신이 팔린 목소리로 말했다.

"네." 그리고 잠시 후 "산수를 빼면요. 그건 아침 식사 전에 할 거예요"라고 말했다.

"오, 시릴!" 그녀가 항의했다.

예전부터 숙제가 끝나기 전까지는 그림을 그리지 못한다는 것이 분명한 규칙이었다. 아버지가 살아 있을 때 시릴은 감히 이 규칙을 어길 엄두를 내지 못했다. 그는 매우 몰두해 있는 척하며 자신의 종이 위로 몸을 구부렸다. 콘스탄스의 손이 그의 어깨에서 미끄러졌다. 그녀는 그에게 정식으로 숙제를 재개하라고 명령하고 싶었다. 그러나 그럴 수 없었다. 그녀는 논쟁을 두려워했다. 그녀는 자신을 불신했다. 게다가 그의 아버지가 죽은 바로 직후였다!

"내일 아침에 시간이 없을 거라는 거 알잖아!" 그녀가 힘없이 말했다.

"오, 어머니!" 그가 우월하게 쏘아붙였다. "걱정하지 마세요." 그러고 나서 꼬드기는 톤으로 이렇게 말했다. "전 오랫동안 저 수사슴을 그리고 싶었어요."

그녀는 한숨을 쉬고 흔들의자에 앉았다. 그는 스케치와 문지르기 작업을 재개하였고 자신의 연필을 향하여 또는 에드윈 랜시어 경에 의해 불필요하게 발명된 어려움에 대해 훈계하는 듯한 이상한 소리를 내었다. 그가 일어나 가스등 받침의 위치를 바꾸고는 마치 판화가 죄라도 지은 듯 맹렬하게 판화를 응시하였다. 에이미는 저녁식사를 차리러 들어왔다. 그는 그녀의 존재는 인정하지 않았다.

"자, 시릴 주인님, 그 테이블에서 비켜주시죠, 어서!" 그녀는 오래된 하녀와 다시는 서른을 볼 수 없는 여자의 특권과 함께 퉁명스럽게 말했다.

"정말로 성가시구나, 에이미!" 그는 거칠게 대답했다. "들어보세요, 어머니. 에이미가 테이블 천을 반만 내려두면 안 되나요? 지금 그림을 그리고 있잖아요. 반만 해도 두 명이 앉을 수 있는 공간이 충분하잖아요."

그는 '두 명이 앉을 수 있는 공간이 충분하다'라는 말이 그들이 잃어버린 것을 냉담하게 언급하는 표현이라는 것을 알아차리지 못한 것 같았다. 진실은, 두 사람을 위한 공간이 충분히 있었다는 것이다.

콘스탄스는 재빨리 말했다. "알았지, 에이미. 이번 한 번만." 에이미는 투덜거렸지만 그녀의 말에 복종했다. 콘스탄스는 그림에서 그를 떼어놓아 밥을 먹기 위해 두 번이나 불러야 했다. 그는 종종 눈은 반쯤 감은 채 눈으로 그림을 빠르게 훑어보며 빠르게 식사하였다. 밥을 다 먹자 컵에 물을 다시 채운 뒤 도화지 옆에 놓았다.

"이 밤중에 그림을 그릴 생각은 전혀 아니겠지?" 콘스탄스가 놀라 소리쳤다.

"오 당연하죠, 어머니!" 그가 짜증내며 말했다. "늦지 않았어요."

저녁 식사 후에는 잠자는 것 이외에는 아무것도 하지 말아야 한다는 아버지의 또 다른 분명한 규칙이었다. 9시가 가장 늦게 잠자리에 들 수 있는 순간이었다. 지금은 9시까지 15분도 채 남지 않은 상황이었다.

"9시 12분 전이야." 콘스탄스가 지적했다.

"음, 그게 뭐 어때서요?"

"시릴." 그녀가 말했다. "나는 네가 착한 아이가 되었으면 좋겠구나. 그리고 네 어머니에게 걱정을 끼치지 않고." 그러나 그녀는 너무 친절하게 말했다.

그는 뚱하게 말했다. "제 생각엔 그림을 끝낼 수 있도록 허락해주실 수 있다고 생각해요. 이미 시작했잖아요. 오래 걸리지 않을 거예요."

그녀는 본론에서 벗어나는 실수를 저질렀다. "가스등 불빛 속에서 어떻게 적절한 색을 고를 수 있겠어?" 그녀가 물었다.

"세피아 색으로 할 거예요." 그가 의기양양하게 대답했다.

"다시는 이러한 일이 있어서는 안 된다." 그녀가 말했다.

그는 좋은 저녁 식사에 대해 신께 감사를 드렸고 그의 그림물감 상자가 있는 하모뉴 쪽으로 달려갔다. 에이미는 상을 치웠다. 콘스탄스는 코바늘 뜨개질을 하였다. 침묵이 흘렀다. 시계는 9시를 가리켰고 또한 9시 반을 가리켰다. 그녀는 그에게 거듭 경고했다. 10시 10분 전 그녀는 설득력 있게 말했다.

"시릴, 시계가 10시를 가리키면 정말로 가스를 끌 거야."

시계가 10시를 가리켰다.

"30분만, 30분만 더!" 그가 외쳤다. "끝났어요! 끝났어요!" 그녀의 손은 저지당했다.

4분이 더 지나가 그는 벌떡 일어났다. "다했다!" 그는 자랑스럽게 말하며 그녀에게 그림을 보여주었다. 그의 모든 몸짓은 우아함과 아첨으로 가득 차 있었다.

"그래, 매우 잘 그렸구나." 콘스탄스가 다소 무관심하게 말했다.

"관심이 없다는 걸 알아요!" 그는 그녀를 비난했지만 밝은 미소를 짓고 있었다.

"내가 관심 있는 건 네 건강이란다." 그녀가 말했다. "시간 좀 보렴!"

그는 다른 흔들의자에 앉았다, 의도적으로.

"어서, 시릴!"

"음, 제 신발 좀 벗겨 주세요!" 그는 쾌활하게 그녀를 놀렸다.

그가 그녀에게 굿나이트 입맞춤을 하였을 때 그의 입맞춤은 너무나 다정했기에 그녀는 그를 안아주고 싶었다. 그러나 원래부터 알고 있었고 평생 동안 능숙하게 해온 자제의 습관을 버릴 수 없었다. 곧 불능을 뼈저리게 후회했다.

그녀는 혼자 침실에서 옷을 벗는 그의 움직임 소리를 들었다. 두 방 사이에 있는 문은 자물쇠가 채워져 있지 않았다. 그녀는 문을 아주 조금만 열고 그를 훔쳐보고 싶은 욕망을 억제해야만 했다. 그는 그것을 좋아하지 않을 것이다. 물론 아무런 대가도 치르지 않고 그녀의 마음을 풍요롭게 만들 수 있었다. 그녀가 가지고 있는 모든 희망 이상으로 말이다. 그러나 그는 자신의 힘을 알지 못했다. 그녀는 손으로 그를 안아줄 수 없었기에 혼자 조용히 방을 왔다 갔다 하면서 그녀가 가지고 있는 그 마음으로 그를 안아주었다. 그녀의 눈은 단단한 나무문을 통해 그를 바라보고 있었다. 마침내 그녀는 침대에 누웠다. 그리고 어둠 속에서 평온한 불안감과 함께 생각했다. '시릴에게 단호하게 행동해야 해.' 그리고 동시에 이렇게도 생각하였다. '시릴은 반드시 착한 아이일 거야, 반드시.' 그렇게 부끄러움 없이 그에게 매달렸다! 어둠 속에 홀로 누워 있는 그녀는 마음이 원하는 만큼 자유롭고 소녀처럼 생각할 수 있었다. 그 생각에서 벗어나게 되었을 때 그녀는 관 안에 누워 있는 모습 또는 방을 이리저리 빠르게 왔다 갔다 하는 소년의 아버지 모습이 즉시 보였다. 그러고 나면 그녀는 그 환영 또한 안아주었다. 그 환영이 주는 고통의 즐거움을 위해서였다.

3

그녀는 그 후 며칠 동안 시릴에 대해 안심했다. 그는 월요일 저녁에 했던 기발하고 부적절한 농담을 반복하려 하지 않았고 차 시간을 위해 바로 집으로 돌아왔다. 더욱이 그녀를 놀라게 하기 위해 실제로 화요일 아침에 일찍 일어나 산수 숙제를 하였다. 일종의 기적적인 행동이었다. 그녀는 만족감을 표현하기 위해 에드윈 랜시어 경의 그림을 따라 그린 시릴의 그림을 위하여 정교한 짚틀을 제작했고 그것을 그녀의 침실에 걸어두었다. 시릴이 고마워한 영광이었다. 그녀는 최근 절단 당하게 된 여자가 받을 수 있는 최대한의 행복을 느끼고 있었다. 그리고 새뮤얼의 편집중과 질병이 만들어낸 긴 악몽과 비교하면 지금 그녀의 존재는 평온했다.

시릴이 차와 저녁 시간, 그리고 그날의 최고조인 교제가 그녀에게 얼마나 중요한지를 깨달았다고 그녀는 생각했다. 그의 선량함을 매우 확신하고 있었기 때문에 그가 도착하기도 전에 호니만 찻잎에 끓는 물을 부어놓았다. 그 확실성은 그보다 더 확실해질 수 없었다. 그러다 첫 주의 금요일, 그는 늦었다. 그는 어두워진 후에 달려 들어왔고 옷 상태는 풀이 무성한 여름의 진흙 속에서 축구를 하고 왔다는 것을 너무나 분명하게 보여주고 있었다.

"어딘가에 잡혀 있었니, 아들?" 그녀가 확실히 하기 위해 물었다.

"아뇨." 그가 무심코 말했다. "단지 공을 조금 차다가 왔어요. 제가 늦었나요?"

"가서 씻고 오는 게 좋겠구나." 그녀는 그의 질문에 대답하지 않고 말했다. "그런 상태로는 앉을 수 없어. 차는 새로 준비해놓을게. 이건 식었어."

"오, 알겠어요!"

그녀의 신성한 차는(그녀가 오랜 습관으로 신성하게 만들고 싶어 했던 관습, 두 사람에게 있어서 그 무엇보다 우선시되기를 바란 관습은) 진흙탕에서 축구공을 차기 위해 무관심하게 희생되었다. 그의 아버지는 매장된 지 열흘도 되지 않았다! 그녀는 상처를 받았다. 깊고 깨끗하고 위험하게 난 상처는 피를 흘리지 않았다. 그녀는 그가 거짓말하지 않을 것을 기뻐하려고 애썼다. 그는 잘못으로 인하여 학교에 붙들려 늦는 것을 막을 수 없었다고 쉽게 거짓말했을 수도 있었다. 그렇지 않았다! 그는 거짓말하지 않았다. 커다란 사건이 신중함을 요구할 때에는 다른 사람들처럼 거짓말했지만 거짓말쟁이가 아니었다. 그는 꽤 진실 된 소년이라 불릴지도 모른다. 기뻐하려고 했지만 성공하지 못했다. 그녀는 그가 거짓말하는 것을 선호했을 것이다.

에이미는 투덜거리며 물을 더 끓여야 했다. 표면적으로 깨끗해진 그가 응접실로 돌아왔을 때 콘스탄스는 그가 우회적인 소년다운 방식으로 사과하기를 기대했다. 어쨌든 그녀에게 마음의 상처를 준 것을 의식하고 있다는 몸짓을 보여주어 그녀를 달래주어야 했다. 그러나 그의 태도는 전혀 달랐다. 그의 태도는 다소 퉁명스럽고 고압적이며 시끄러웠다. 그는 매우 많은 양의 잼을 너무 빠른 속도로 먹었고 그러고 나서는 마치 자신의 것을 요구하는 군주의 어조로 더 많은 잼을 요구하였다. 차를 다 마시기도 전에 그는 대범하게 아무것도 아닌 제안을 하였다.

"어머니, 부활절 이후에 저를 예술 학교에 보내주세요."

그러고는 도전적인 눈으로 그녀를 바라보았다. 그가 말한 예술 학교란 저녁에 예술 학교에서 하는 수업을 의미했다. 그의 아버지는 그 계획에 절대적으로 반대하기로 결심했었다. 그의 아버지는 그 계획이 공부를 방해하고 밤늦게까지 깨어 있게 만들 것이며 저녁에 그가 집에 없을 것이라고 말했다. 마지막 이유만이 진짜로 반대하는 이유였다. 그의 아버지는 예술을 공부하려는 시릴의 열망이 순수하게 예술에 대한 사랑에서 비롯되었다고 믿을 수 없었다. 그는 그것이 저녁에 자유를 얻기 위한 계획이라는 의심을 하지 않을 수 없었다. 새뮤얼이 항상 금지했던 그 자유를 말이다. 새뮤얼은 시릴의 모든 제안 속에 같은 음모가 도사리고 있다는 것을 알아차릴 준비가 되어 있었다. 그는 마침내 시릴이 학교를 그만두고 예술을 직업으로 하기를 원한다면 밤에 예술 공부를 해도 된다고 하였다. 그러나 그전까지는 안 된다고 하였다.

"아버지가 뭐라고 했었는지 알잖아!" 콘스탄스가 대답했다.

"하지만 어머니! 다르게 생각할 수도 있잖아요! 아버지도 동의하셨을 거라고 확신해요. 제가 만약 직업으로 그림을 그릴 거라면 지금 즉시 해야 해요. 미술 선생님이 그렇게 말했어요. 선생님도 알아야 한다고 생각해요." 그는 건방진 어조로 말을 맺었다.

"아직은 허락해줄 수 없어." 콘스탄스가 조용히 말했다. "그건 불가능해. 정말로!"

그는 입술을 삐죽거리더니 토라졌다. 두 사람 사이의 전쟁이었다. 때때로 그는 소피아 이모의 모습을 닮아 있었다. 그는 이 문제를 그냥 내버려두지 않을 것이다. 또한 콘스탄스의 이유를 귀 기울여 듣지 않을 것이다. 그는 그녀의 가혹함을 공공연히 비난했다. 그녀가 그의 가장 간절한 바람을 좌절시킨다면 어떻게 그가 성공할 수 있겠냐고 물었다. 그는 부모가 더 현명한 다른 소년들을 핑계로 삼았다.

"아버지를 핑계로 대시다니 정말 대단하시군요!" 그가 비꼬는 투로 말했다.

그는 그림을 그리는 것을 완전히 포기했다. 그녀는 그가 만약 예술 학교를 다니게 된다면 저녁 시간을 혼자 보내게 될 것이라고 암시했을 때 그는 마치 이렇게라도 말하려는 듯 그녀를 쳐다보았다. '음, 그런데요?' 그에게는 심장이 없는 것 같았다. 몇 주 동안의 심한 불행이 있은 후 그녀는 이렇게 말했다. "저녁에 얼마만큼 학교에 가고 싶은

데?" 전쟁은 끝이 났다.

그는 다시 매력적으로 변했다. 그녀는 혼자 있을 때 그에게 다시 매달릴 수 있었다. 그러고는 속으로 이렇게 생각했다. '내가 시릴에게 양보해야만 우리가 함께 행복해질 수 있다면 내가 양보해야지.' 그녀의 양보에는 황홀함이 있었다. '결국.' 그녀는 생각했다. '시릴이 예술 학교에 다니는 것이 매우 중요할지도 몰라.' 일주일에 세 번 그가 집에 돌아오기를 기다리면서 이러한 생각에 잠겨 스스로를 위안하였다.

벽돌과 모르타르

1

그해 여름, 광고판과 특정 주택, 가게들에 흰색 포스터가 많아지게 된 것은 마을의 자연적인 변화를 알리는 징후였다. 포스터는 '신탁 관리자인 고 윌리엄 클레우스 메리카프님의 명령에 의해'라는 엄숙한 말로 시작하는 신비스러운 발표와 소환의 반복이었다. 메리카프는 버슬리의 상당한 재산 소유자였다. 사우스포트에서 오랜 기간 거주한 후, 82세의 나이로 재산을 남겨두고 죽었다. 60년 동안 그는 사람이 아니라 이름으로 존재하고 있었다. 그가 죽었다는 소식은 의심할 여지없이 커다란 사건이었고 지역 주민들로 하여금 뜬소문을 만들어내도록 부추겼다. 사람들은 그를 무적의 불멸자 중 한 사람으로 여기고 있었기 때문이다. 콘스탄스는 비록 메리카프를 본 적은 없지만 충격을 받았다('요즘에는 모두가 다 죽는구나!' 그녀는 이렇게 생각했다). 그는 포비의 가게와 크리츨로우의 건물을 소유하고 있었다. 콘스탄스는 아버지와 그 이후 남편이, 지금은 그녀 소유가 된 건물의 임대를 얼마나 자주 갱신했는지 알지 못했다. 그러나 그녀가 어렸을 때의 기억으로부터 아버지가 어머니에게 '메리카프의 임대'라고 이야기를 나누었던 것이 어렴풋이 떠올랐는데 그 기억은 언제나 100년 전 기억같이 느껴졌다. 메리카프는 '좋은 건물주'라는 평판을 가지고 있었다. 콘스탄스는 슬프게 말했다. "그 사람만큼 좋은 사람은 결코 다시 나타나지 않을 거야!" 변호사 직원이 연락하여 가게 창문마다 포스터 전시를 허락해달라고 했을 때 그녀는 미래에 대한 불안감이 생겼다. 그녀

342

는 걱정했다. 결국 안전한 편에 서기 위해 내년에 임대 계약을 결정하기로 했다. 그러나 그 직후 결정할 수 있는 것은 아무것도 없다고 확신했다.

포스터는 계속되었다. '경매로 팔립니다. 타이거 호텔에서 6시 30분부터 정확히 7시를 위해.' 6시 30분이 7시와 무슨 관계가 있는 건지 아무도 몰랐다. 이윽고 경매인의 이름과 자격증을 발표한 후 포스터에는 마침내 판매될 물건들이 적혀 있었다. '자유 보유권에 의하여 소유하고 있는 가옥, 가게, 등본 소유권에 의해 소유하고 있는 보유재산의 상세 물품들.' 버슬리에서는 집들이 경매로 팔린 적이 없었다. 경매의 순간 시민들은 그들이 살고 있는 구조물이 그들이 잘못 생각하고 있던 집이 아니라 가옥이라는 것을 다시 한 번 깨달았다. 포스터의 '상세 물품'이라는 부분까지 가자 줄이 하나 그어져 있고 새롭게 글들이 시작되고 있었다. '품목 1. 거대하고 널찍한 가게와 부속 구조물, 사무실이 포함되어 있는 가옥. 스태퍼드 주 버슬리 교구의 성 누가 광장 4번지에 있음. 현재 과부 콘스탄스 포비 부인이 거주 중. 임대 계약 만료일은 1889년 8월.' 이리하여 콘스탄스 가게는 일부 또는 약간이 아니라 전체적으로 팔리게 되었다는 것이 확실해졌다. 포스터는 이어졌다. '품목 2. 거대하고 널찍한 가게와 부속 구조물, 사무실이 포함되어 있는 가옥. 스태퍼드 주 버슬리 교구의 성 누가 광장 3번지에 있음. 현재 약사인 찰스 크리츨로우가 연간 임차 계약 하에 거주 중.' 그 카탈로그는 14번 품목까지 이어졌다. 포스터는 비법률적인 지식인이 이러한 명백하고 포괄적인 성명의 명확성을 얻은 것이라는 어리석은 상상을 하지 않도록 핸브리지의 강력한 변호 회사에 의해 서명되어 있었다. 다행히도 다섯 마을에는 형이상학자가 없었다. 그렇지 않았다면 회사는 포스터가 약속한 '더 많은 세부 사항 및 조건'에 대해 설명해야 할지도 몰랐다. 포스터들이 여기저기 생겨난 지 몇 시간이 지나지 않아 크리츨로우가 돌연 여성 모자류 카운터에 있는 콘스탄스 앞에 모습을 드러냈다. 그는 포스터를 흔들고 있었다.

"음!" 그는 진지하게 소리쳤다. "다음은 도대체 뭐야?"

"정말로요!" 콘스탄스가 응답했다.

"건물을 살 거야?" 그가 물었다. 인설을 포함한 모든 조수들이 그 말을 듣고 있었지만 그는 그들 존재를 무시하였다.

"산다고요!" 콘스탄스가 반복했다. "전 안 사요! 주택 재산은 지금 이대로도 충분해요."

모든 부동산 소유주들과 마찬가지로 그녀는 그녀의 소유물을 빼앗으려는 사람에게 돈을 지불할 의사가 있음을 암시하는 태도를 취했다.

"크리즐로우 씨는요?" 그녀는 크리즐로우의 무뚝뚝함과 함께 물었다.

"나! 성 누가 광장에서 부동산을 산다고!" 크리즐로우가 비웃었다. 그러고선 갑자기 가게에 들어온 것처럼 갑자기 가게를 떠났다.

성 누가 광장을 비웃는 것은 몇 년 동안 서서히 형성되어 온 그의 독특한 의사 표현이었다. 개인 사업은 예전에 비해 훨씬 좋게 돌아갈지 몰라도 광장은 더 이상 예전 같지 않았다. 약 12개월 동안 두 가게만이 광장에 들어왔다. 한 번은 파산이 그 연대기에 얼룩을 남겼다. 장사꾼들은 자연스레 모든 방면에서 그 원인을 찾았다. 매우 분명했던 단 하나의 옳은 원인을 제외하고 말이다. 그러다 자연스레 그 원인을 찾게 되었다. 장사꾼들의 말에 의하면 그 원인은 '풋볼'이었다고 한다. 버슬리 구단은 최근에 아주 오랫동안 패권을 차지한 크나프 구단의 진정한 라이벌로 부상했다. 구단은 유한 책임 회사로 변하였고 무어손 도로의 땅을 빌려 그랜드스탠드를 건설하였다. 버슬리 구단은 크나프 구단의 경기장에서 비겼다. 이는 월요일 아침 스포츠 신문의 칼럼을 차지하는 엄청난 성과였다! 그러나 상인들이 이 영광을 자랑스러워했는가? 아니다. 그들은 '이 풋볼'이 토요일 오후에 사람들을 도시 밖으로 데리고 나가 쇼핑을 완전히 없애버렸다고 말했다. 또한 사람들이 '풋볼' 말고는 아무것도 생각하지 않는다고 했다. 그리고 거의 거칠고 아무짝에도 쓸모없는 사람만이 그런 야만적인 게임에 관심을 갖는다고 말했다. 그들은 입장료 총액, 도박, 프로정신, 그리고 잉글랜드의 모든 진정한 스포츠의 종말에 대해 이야기했다. 간단히 말해서 새로운 무언가가 전선에 나왔고 저주의 시련을 겪고 있었다.

메리카프 부동산의 매각은 마을 내 존경할 만한 지분을 소유하고 있는 사람들의 특별한 관심을 불러일으켰다. '풋볼'이 버슬리를 어느 정도까지 망치고 있었는지를 나타낼 것이다. 만약 정말로 망치고 있다면 말이다. 콘스탄스는 시릴에게 이 판매에 가고 싶은 것 같다고 말하였고 그날은 예술 학교를 가지 않는 날이었기에 시릴도 가고 싶다고 말하였다. 그래서 그들은 함께 갔다. 새뮤얼은 부동산 매매에 참석하곤 했지만 아내를 데리고 간 적은 결코 없었다. 콘스탄스와 시릴은 7시가 조금 지나 타이거에 도착했고 자선가들의 작은 공개 모임을 위해 가구가 갖춰져 있는 방으로 안내되었다. 몇몇 신사들이 이미 참석해 있었지만 선동적인 신탁자, 사무 변호사, 그리고 경매인은 아니었다. '정확히 7시를 위한 6시 30분'은 7시 15분을 의미하는 것으로 보였다. 콘스탄스는 가장 가까운 문 근처 구석에 있는 윈저 의자를 가져왔고 시릴에게는 다음 의자를 향해 손짓했다. 그들은 아무 말도 할 수 없었다. 매우 살금살금 움직였다. 시릴은 부주의로 인해 바닥을 따라 의자를 끌어 뽀드득 소리가 났다. 그는 교회의 신성한 물건을 훼손이라도 한 것처럼 얼굴을 붉혔고 그의 어머니는 경악하는 제스처를 취했다. 나머지 사람들은 구석을 향해 시선을 돌렸다. 이 부주의에 고통을 받은 것이 분명했다. 그들 중 몇몇은 부끄러워하는 듯한 분위기로 남들의 시선을 의식하며 콘스탄스에게 인사를 건넸다. 그들은 범죄를 저지르기 위해 불법적으로 이곳에 모인 것일지도 모른다. 다행히도 과부가 된 콘스탄스의 상태는 참신함을 잃은 상태였고 남의 시선을 의식하는 인사라 할지라도 어쨌든 그 인사는 참을 수 없는 위로의 표현을 포함하고 있지 않았을 뿐더러 어색함을 불러오지도 않았다.

공식 관계자가 호들갑스럽고 번잡한 문서들과 망치를 들고 나타나자 일반적인 수치심은 더욱 강해졌다. 경매인이 경매에 참여한 사람들에게 밝은 몸짓과 빠르고 쾌활한 말을 해가며 우울한 분위기를 없애려고 애쓰는 것은 쓸모없는 행동이다! 시릴은 와인을 든 바텐더가 자신의 실수를 보여주기 전까진 경매가 찬송가를 부른 뒤 시작할 거라는 생각을 가지고 있었다. 경매인은 갈증이 없는 사람이 없다는 것을 확인하는 바텐더의 모습을 즐겼고 바텐더는 자의식적으로 활기차게 행동하였다. 그는 첫 손님을 콘스탄스로 정하며 일을 시작했다. 와인을 거절한 그녀는 얼굴을 붉혔다. 그 후 그는 진홍빛이 된 시릴에게도 한 잔을 권유하였고 시릴은 웅얼거리며 '괜찮아요'라고 말했다. 바텐더가 등을 돌리자 그는 어머니를 향해 순하게 웃었다. 대부분의 사람들은 와인을 받아서 홀짝거렸다. 경매인도 와인을 홀짝거리더니 책상에 강하게 내려놓으며 말했다. "아!"

크리츨로우가 들어왔다. 경매인은 다시 말했다. "아! 임차인이 오면 항상 기쁘다니깐. 항상 좋은 징조야." 그는 이 감상의 동의를 얻기 위해 힐끗 주위를 둘러보았다. 그러나 모두가 너무 경직되어 움직일 수 없는 것 같았다. 심지어 경매인조차도 남의 시선을 의식하고 있었다.

"웨이터! 크리츨로우 씨에게 와인을 대접해!" 그는 약자를 괴롭히는 태도로 말했다. 마치 이렇게 말하는 것 같았다. '이 사람아! 크리츨로우 씨를 무시하다니 도대체 무슨 생각을 가지고 있는 거야?'

"네." 가능한 빠르게 와인을 나누어주고 있던 웨이터가 대답하였다.

경매가 시작되었다. 경매인은 망치를 잡으며 윌리엄 클레우스 메리카프의 짧은 일대기를 읽어주었고 이 신성한 의무가 끝나자 사무변호사에게 판매 조건을 읽어달라고 했다. 변호사는 그 말에 따르며 괴로운 자의식을 드러냈다. 판매 조건은 매우 길었고 외국어로 구성되어 있는 듯 보였다. 관객들은 숨 가쁘게 관심을 가지고 냉정하게 그 내용을 들었다.

이윽고 경매인은 성 누가 광장에 '놓여져 있는' 거대하고 널찍한 가옥과 가게를 언급하였다. 콘스탄스와 시릴은 마침내 알게 된 것처럼 남몰래 사지를 움직였다. 경매인은 사적인 상실감을 드러내며 존 베인스와 새뮤얼 포비를 언급하였고 이 자리에 '숙녀'분이 와 있는 것에 기쁨을 표현했다. 그가 말한 숙녀는 콘스탄스를 의미한 것이었고 그녀는 다시 얼굴을 붉혔다.

"자, 여러분." 경매인이 말했다. "이 유명한 부지에 대해 어떻게 생각하십니까? '유명'이라는 말을 써도 과장하고 있는 것 같지 않군요."

공포에 사로잡혀 있는 범법자의 목소리로 누군가 천 파운드라고 말했다.

"천 파운드." 경매인이 말을 반복하더니 잠시 말을 멈추고 와인을 홀짝 거린 뒤 망치를 내려쳤다.

"기니[21]." 죄악을 자처하는 또 다른 목소리가 말했다.

"천오십 파운드." 경매인이 말했다. 이후 긴 간격, 사람들의 신경을 팽팽하게 만드는 간격이 있었다.

"자, 신사 숙녀 여러분." 경매인은 말했다. 첫 번째 목소리가 부루퉁하게 말했다. "천백."

그렇게 입찰가는 경매인의 자석과 같은 힘에 의해 지금처럼 조금씩, 조금씩 증가하여 천오백이 되었다. 경매인은 지배를 하며 일어서 있었다. 그는 사무 변호사의 머리 위로 몸을 숙였다. 두 사람은 같이 속삭였다.

"여러분." 경매인이 말했다. "경매가 시작되었음을 기쁜 마음으로 알립니다." 그의 어조는 침착하고 직업적인 말보다 더 잘 전달하고 있

---

21 guinea, 21실링에 해당하는 영국의 옛 통화 단위.

었다. 갑자기 그는 화난 목소리로 웨이터를 향해 쉿쉿 소리를 내었다. "웨이터, 이분들에게 음료를 제공하지 그래?"

"네."

경매인은 앉아서 한가롭게 쉬면서 직원, 사무 변호사, 변호사의 직원과 잡담을 나누었다. 그는 정복자가 된 채로 자리에서 일어났다. "여러분, 천오백 파운드가 입찰가입니다. 자, 크리즐로우 씨."

크리즐로우는 고개를 저었다. 경매인은 콘스타스를 향해 정중한 눈길을 보냈고 콘스탄스는 그것을 피했다. 여러 차례 간청 끝에 그는 마지못해 망치를 들어 올린 뒤 떨어뜨리는 시늉을 여러 번 하였다.

그때 크리즐로우가 말했다. "그리고 오십."

"천오백오십 파운드." 경매인은 웨이터를 자극하며 관중들에게 알렸다. 그는 한 모금 홀짝거리더니 슬픈 기색을 보이며 말했다. "어서요, 여러분. 이 엄청난 품목을 천오백오십 파운드에 팔리게 내버려둘 겁니까?"

그러나 그들은 그렇게 할 생각이었다. 망치가 떨어졌고 경매인과 사무 변호사의 직원들이 크리즐로우를 옆으로 데리고 나와 함께 서류를 작성하였다. 크리즐로우가 두 번째 품목인 자신의 가게를 샀을 때 아무도 놀라지 않았다. 그때 콘스탄스는 시릴에게 이제 가자고 속삭였다. 그들은 부자연스러운 조심을 하며 떠났지만 어두운 거리에 도착하자 즉시 자연스러운 태도를 되찾았다.

"음, 난 결코! 난 절대로!" 그녀는 놀라고 불안한 표정으로 밖에서 중얼거렸다. 그녀는 크리즐로우가 집주인이 된다는 미래가 싫었다. 그러나 그 결정에도 불구하고 그곳을 떠나라고 자신을 설득할 수 없었다. 그 판매는 풋볼이 버슬리 사회의 상업적 기반을 완전히 훼손하지 않았음을 증명했다. 단 두 개의 품목만이 낙찰되지 않았다.

2

같은 주 목요일 오후, 가게의 셔터나 연약한 여성들에게 적합하지 않은 다른 일들을 시키기 위해 결국 고용하게 된 젊은이가 가게를 닫고 있었다. 시계는 2시를 알렸다. 출입구 중간에 있는 마지막 셔터를 제외한 모든 셔터가 올라가 있었다. 인설과 그의 주인은 어두운 실내를 돌아다니며 가장자리가 노출되어 있는 상품의 먼지막이 커버를 잘 덮고 다니고 있었다. 다른 조수들은 방금 떠났다. 불테리어는 문을 닫는 시간이면 언제나 그랬듯이 가게 안을 헤매고 돌아다니고 있었다. 그는 가게에서 잠을 잤다. 유능한 경비원이었다. 그러니 꺼져가는 난로의 옆에 누웠다. 비록 공경할 정도는 아니지만 그 강아지는 나이가 들어가고 있었다.

"닫아도 돼." 인설이 젊은이에게 말했다. 그러나 마지막 셔터가 제자리로 올라가고 있을 때 크리츨로우가 도로에 나타났다.

"기다려봐, 젊은이!" 크리츨로우는 그렇게 말하고는 천천히 걸음을 옮기며 긴 앞치마를 들어 수직 셔터가 있는 문간의 수평 셔터를 넘었다.

"오래 걸리시나요, 크리츨로우 씨?" 젊은이가 셔터를 만지며 물었다. "아니면 닫을까요?"

"닫으렴." 크리츨로우가 짧게 말했다. "옆문으로 나갈 테니."

"크리츨로우 씨가 오셨어요!" 인설이 독특한 어조로 콘스탄스에게 소리쳤다. 거의 알아보기 힘든 홍조가 그녀의 어두운 얼굴을 아주 천천히 덮었다. 셔터 틈으로 들어오는 빛과 작은 옆 창문으로 밝혀지고 있는 황혼의 가게에서는 아무리 예리한 눈이라도 그 홍조를 감지하지 못할 것이다.

"크리츨로우 씨!" 콘스탄스가 감탄사를 중얼거렸다. 그녀는 자신의 가게가 미래에 그의 소유가 된다는 것에 분개했다. 그녀는 그가 주인 행세를 하러 왔다고 생각했고 자신의 기분이 독립적이고 자유롭다는 것을, 자진해서 사업을 계속하는 것을 포기할 것임을 보여주기로 결심했다. 특히 그가 이전에 방문했을 때 고의적으로 그의 의도를 속였다고 비난할 생각이었다.

"음, 부인!" 노인이 그녀에게 인사하였다. "우리 둘은 화해했어. 어떤 사람들은 우리가 시간을 갖기로 했다고 생각하겠지만 그건 그들 문제인 것 같으니 난 잘 모르겠고."

그의 깜빡이고 있는 작은 눈 주위에는 빨간 테두리가 있었다. 창백하고 작은 얼굴의 피부는 수백만 개의 주름으로 주름져 있었다. 팔과 다리는 놀라울 만큼 가늘고 날카롭게 각져 있었다. 연보라색 입술은 언제나처럼 세상의 알 수 없는 의견을 거절하고 있었다. 커다란 키로 콘스탄스 앞에 서 있는 미소는 수수께끼로 장식 되어 있었다. 콘스탄스는 넋을 잃은 표정으로 바라보았다. 8년 이상 광장에 증기처럼 떠다니던 소문의 실체가 결국 사실일 수는 없었다!

"네?" 그녀가 말했다.

"나랑, 그녀 말이야!" 그는 고개를 홱 돌려 인설을 향하였다.

강아지는 약혼자의 바지 가장자리를 살피기 위해 느긋하게 앞으로 걸어왔다. 인설은 손가락으로 소리를 내어 그 동물을 불러들인 다음 허리를 굽혀 쓰다듬었다. 마리아 인설의 안에 사람이 묻혀 있다는 찰스 크리츨로우의 발견의 타당성을 증명해주는 이상한 몸짓이었다! 인설은 누구라도 짐작할 수 있는 대로 40세였다. 그녀는 25년 동안 가게에서 일하며 하루에 12시간을 가게에서 보냈다. 일요일에는 웨슬리안 교회당이나 학교에서 열리는 종교 예배에 적어도 세 번 정도 정기적으로 참석했고 그녀가 보살피던 어머니와 함께 잠을 잤다. 그녀는 일주일에 30실링 이상을 벌지 못했지만 상황은 유난히 좋다고 여겨졌다. 가게의 영원한 황혼 속에서 그녀는 한때 가지고 있었던 성적인 특성과 매력을 점차 잃어버렸다. 그녀는 찰스 크리츨로우처럼 말랐고 가늘었다. 가슴은 발달하기 쉬운 시기에 장기간에 걸쳐 결핍으로 고통을 받았고 그 결핍으로부터 결코 회복하지 못한 것 같았다. 그녀의 핏줄에 피가 흐른다는 단 하나의 증거는 망가진 안색의 여드름 같은 특색이었고 벽돌처럼 넓은 곳의 여드름은 피가 묽고 나쁘다는 것을 증명했다. 손과 발은 크고 볼품없었다. 손가락 피부는 사포와의 거친 접촉으로 인해 거칠어져 있었다. 일주일에 6일은 검은 옷을 입었고 7번째 날은 신중히 반상복을 입었다. 그녀는 정직하고 유능하며 근면했다. 직업의 범위를 넘어서는 일이라면 그것에 관한 호기심도, 지식도, 견해도 가지고 있지 않았다. 깊고 맹렬한 미신과 편견은 그녀에게 견해를 주었다. 그러나 그녀는 비단과 보닛, 멜빵과 유포를 남들과 비교할 수 없을 정도로 잘 팔 수 있었다. 폭과 길이, 가격 같은 것을 결코 실수하지 않았다. 결코 고객을 짜증나게 하지 않았고 어리석은 약속도 하지 않았으며 늦거나 부주의하거나 무례하게 행동하지 않았다. 그녀에 관한 것을 아는 사람은 아무도 없었다. 왜냐하면 알 것이 없었기 때문이다. 그녀에게서 가게 조수를 제외하면 아무것도 남지 않았다. 지성적으로나 정신적으로 죽은 그녀는 습관으로 존재하고 있었다.

그러나 찰스 크리츨로우에게 그녀는 환상이었다. 그는 그녀를 주시했고 그녀의 젊음, 순수함, 처녀성을 보았다. 8년 동안 나방 같은 찰스는 그녀의 총명함이라는 등불 주위를 빙빙 돌아다녔고 이제 탈출을 위해 불타고 있었다. 그는 자신이 선택한 무심함으로 그녀를 대할지도 모른다. 공공장소에서 그녀를 무시할 수도 있었다. 여자에 대해 잔인하게 말할지도 모른다. 그가 의미한 것이 무슨 뜻인지 알아맞히도록 내버려둘 수도 있다. 그것도 몇 개월씩이나. 그러나 그의 행동을 종합적으로 볼 때 그가 그녀를 원한다는 사실은 명백하게 드러나고 있었다. 그는 그녀를 원했다. 그녀는 그를 매혹시켰다. 그녀는 화려하고 사치스러운 무언가였고 그는 그에 대한 대가를 지불할 준비가 되어 있었다. 그리고 어리석은 짓을 저질렀다. 그는 그녀가 태어나기 전부터 홀아비였다. 그에게 그녀는 여자아이였다. 이 세상의 모든 것은 상대적이다. 그녀는 너무나 무관심해서 그를 거절할 수 없었다. 왜 그를 거절하지?

"두 사람 모두 축하해요." 콘스탄스는 숨을 내쉬며 크리츨로우의 간결한 말이 얼마나 중요한지를 깨달았다. "여러분이 행복하길 바랄게요."

"그건 괜찮을 거야." 크리츨로우가 말했다.

"고마워요, 포비 부인." 마리아 인설이 말했다.

다음에 무슨 말을 해야 할지 아무도 모르는 것 같았다. '다소 갑작스럽네요'라는 말이 콘스탄스의 혀까지 올라왔지만 명백히 터무니없는 말이었기 때문에 할 수 없었다.

"아!" 크리츨로우는 마치 새로운 상황을 고려하고 있는 듯 소리쳤다. 인설은 마지막으로 그 개를 쓰다듬었다.

"그럼, 정해졌군." 크리츨로우가 말했다. "자, 부인, 이 가게를 포기하고 싶지, 그렇지?"

"그건 잘 모르겠네요." 콘스탄스가 불안하게 대답했다.

"말도 안 돼!" 그가 항의했다. "당연히 가게를 그만두고 싶겠지."

"저는 평생을 여기서 살았어요." 콘스탄스가 말했다.

"넌 평생을 이 가게에서 산 적이 없어. 내 말은, 가게, 들어봐!" 그는 계속해서 말했다. "너에게 제안할 것이 있어. 집에서 계속 살 수 있어. 가게는 내가 대신 맡아줄게. 어때?" 그는 미심쩍은 듯이 그녀를 바라보았다. 콘스탄스는 그 제안의 퉁명스러움에 깜짝 놀랐고 더군다나 그녀는 그 제안을 이해할 수 없었다.

"하지만 어떻게." 그녀가 더듬거렸다.

"이쪽으로 와봐." 급하게 말한 크리츨로우는 계산대 뒤에 있는, 집으로 이어지는 문으로 향하였다.

"어디로요? 뭘 원하시죠?" 콘스탄스는 퍼즐 속에서 물었다.

"여기!" 크리츨로우가 점점 더 조바심을 내며 말했다. "날 따라와, 알았지?"

콘스탄스는 그 말을 따랐다. 인설은 콘스탄스를 뒤쫓았고 개는 인설을 뒤쫓았다. 크리츨로우는 출입구를 지나 복도를 따라 내려갔고 오른쪽에 있는 수선실을 지나갔다. 곧이어 복도에서 왼쪽 직각으로 돌았고 그 끝에는 응접실 문이 있었다. 부엌으로 향하는 계단은 왼쪽에 있었다. 크리츨로우는 부엌 계단에서 멈춰 서서 양쪽에 있는 벽을 만지며 팔을 뻗었다.

"여기!" 그가 뼈만 있는 손가락 관절로 벽을 두드리며 말했다. "여기! 내가 여기에 벽돌을 세울게. 위층의 같은 위치인 전시실과 침실 사이의 통로에도. 그럼 넌 너만의 집을 갖는 거야. 여기서 평생 살았다고 했잖아. 여기서 인생을 마무리하는 것을 막을 만한 게 뭐가 있어? 사실은." 그가 덧붙였다. "애초에 네가 태어나기 전부터 두 집이었던 건물을 다시 둘로 만드는 것뿐이야."

"그럼 가게는요?" 콘스탄스가 소리쳤다.

"지분을 우리에게 팔면 되잖아."

콘스탄스는 갑자기 그 계획을 이해했다. 크리츨로우는 약사로 남고 크리츨로우 부인은 마을 최고의 포목상 주인이 되는 것이다. 틀림없이 그들은 반대편을 분리해주고 있는 벽을 뚫어 이쪽 벽돌을 균형 있게 만들 것이다. 그들은 이 모든 것을 자세히 생각했을 것이다. 콘스탄스가 저항하였다.

"그래요!" 그녀가 약간 경멸하며 말했다. "그리고 제 호의는요? 그것도 지분으로 평가해주시나요?"

크리츨로우는 수천 파운드를 뿌릴 준비가 되어 있는 그 생물을 힐끗 쳐다보았다. 그녀는 프리네일지도 몰랐고 그는 홀딱 빠진 바보였을지도 모른다. 그리고 마치 이렇게 말하듯 그녀를 쳐다보았다. '우린 이걸 예상했어. 그리고 여기서 멈추기로 동의했고.'

"그래!" 그가 콘스탄스에게 말했다. "호의를 보여줘. 종이에 그 호의를 포장해서 내 거 넘겨주면 내가 가치를 측정해주지. 하지만 그전까지는 안 돼! 그전까지는! 난 아주 좋은 제안을 하고 있는 거야. 1년에 20파운드에 집을 빌려줄게. 그리고 지분을 계산해봐. 잘 생각해봐, 아가씨."

자신이 해야 할 말을 마친 찰스 크리츨로우는 평상시처럼 가게를 떠났다. 그는 예의 없이 스스로 옆문을 통하여 나갔고 물결 모양의 앞치마와 함께 킹 스트리트 모퉁이를 돌아 광장으로 향한 뒤 목요일의 반휴일을 무시한 자신의 가게로 향하였다. 인설은 그 후 머지않아 떠났다.

3

콘스탄스의 자존심은 그 제안을 거절하라고 요구하고 있었다. 그러나 사실 그녀가 제안을 반대하는 유일한 이유는 그녀 자신이 계획을 생각해본 적이 없다는 것이었다. 그 계획은 있던 곳에 남아 있으려는 바람과 가게로부터 자유로워지고 싶은 바람이 조화를 이루었기 때문이었다.

"응접실에 새로운 창문을 만들어달라고 해야겠다. 열리는 걸로!" 그녀는 매우 무관심하게 크리츨로우의 생각을 받아들인 시릴에게 긍정적으로 말했다. 결국 새 창문에 대해 요구한 후 제의를 받아들였다. 그 후 몇 주 동안 지속된 재고 조사가 있었다. 그다음에는 목수 한 명이 와서 창문을 위해 치수를 쟀다. 건축업자와 석공이 찾아와서 출입문을 살펴보고 갔고 콘스탄스는 끝이 자신에게 달려 있다고 느꼈다. 그녀는 응접실 카펫을 치웠고 먼지막이 덮개로 가구를 보호하였다. 그녀와 시릴은 20일 동안 맨바닥과 먼지막이 사이에서 살았고 목수나 석공은 다시는 나타나지 않았다. 그러던 어느 놀라운 날 목수와 두 명의 장인이 낡은 창문을 제거하였고 그날 오후 늦게 목수가 새 창문을 가져왔다. 세 사람은 그날 밤 10시까지 창문을 달았다. 시릴은 모자를 쓰고 잠자리에 들었고 콘스탄스는 페이즐리 숄을 입었다. 화가는 다음날 창문을 칠하지 못할 가능성이 전혀 없도록 자신을 구속했다. 그는 오전 6시에 작업을 시작하기로 되어 있었다. 에이미의 자명종 시계는 그녀가 일어나 옷을 입고 그를 맞이할 수 있도록 변경되었다. 그는 일주일 후에 와서 코팅 하나를 입혀놓고 열흘 동안 사라졌다. 그후 두 명의 석공이 갑자기 무거운 도구들을 가지고 왔는데 그들은 일할 수 있도록 모든 것이 준비되어 있지 않다는 것을 발견하곤 충격을 받았다(3주 동안 카펫 없이 지낸 콘스탄스는 바닥을 다시 깔았다). 그들은 벽지를 뜯은 뒤 부엌 계단을 통해 회반죽을 아래로 내려 보냈고 벽에서 벽돌을 빼낸 뒤 파괴에 휩싸였다가 빠르게 사라졌다. 나흘 후 새로운 붉은 벽돌들이 도착하기 시작했는데 집을 한 번도 방문한 적이 없었던 경험 없는 벽돌을 나르는 인부들에 의해 운반되었다. 그 인부들은 콘스탄스의 분노로 가득 찬 폭풍우를 만나게 되었다. 그것은 사악한 분노가 아니라 다소 쾌활한 분노였는데 그럼에도 인부들은 깊은 인상을 받았다. "우리 집은 한 달 동안 사람이 살 만한 곳이 아니었어요." 그녀가 섬세하게 말했다. "내일까지 위층 및 아래층에 벽이 지어지지 않는다면, 기억하세요. 두 번 다시는 이곳에 올 생각도 하지 마요. 내가 받아주지도 않을 테니. 이제 벽돌을 가져왔으니 어서 시작하세요. 그리고 상사에게 가서 이 말을 전하세요!"

그녀의 분노는 효과적이었다. 다음 날 조용하고 그럴듯한 일꾼들이 정확히 6시 30분에 도착하여 온 집안을 깨웠고 두 개의 문간은 천천히 부서졌다. 흥미로운 점은 그 벽이 바닥으로부터 1피트 정도 올라왔을 때 그녀는 전시실에서 가져오는 것을 까먹은 그녀의 작은 소지품들을 기억해냈다는 것이었다. 그녀는 치마를 집어 들고 더 이상 자신의 것이 아닌 구역으로 발을 들여놓은 뒤 물건을 들고 다시 뒤로 돌아왔다. 그녀는 머리카락에 두꺼운 먼지가 끼는 것을 막기 위해 머리에 밴다나를 두르고 있었다. 그녀는 매우 바빴고 아무것도 아닌 일에 몰두하고 있었다. 감상적으로 행동할 시간은 없었다. 그러나 남자들 작업이 맨 위에 도착하여 마침내 그들의 건축물에 의해 그것들이 가려졌을 때 그녀는 거친 벽돌과 모르타르만 볼 수 있었다. 하지만 어리둥절하게도 앞을 가리는 안개에 사로잡혔고 그 벽돌과 모르타르를 볼 수 없었다. 시릴은 우스꽝스러운 밴다나를 쓴 채 응접실 먼지막이가 덮인 흔들의자에서 울고 있는 그녀를 발견했다. 그는 불안 속에 휘파람을 불며 말했다. "어머니, 차를 마시는 건 어떨까요?" 그리고 나서 위층에서 들려오는 일꾼들의 커다란 목소리를 듣고 안도감을 느끼며 위층으로 올라갔다. 거실에 차가 준비되었다. 에이미는 그에게 '저 새로운 벽은 결코 익숙해지지 못하겠군요'라고 말하였고 그는 그 소식을 듣게 되어 기뻤다.

그는 그날 밤 예술 학교에 갔다. 혼자 남은 콘스탄스는 해야 할 일을 찾을 수 없었다. 그녀는 벽이 지어지길 바랐고 결국 벽은 지어졌다. 그러나 그 벽에 회반죽이 발리려면 며칠이 지나야 했고 그 벽을 도배하기까지는 또 며칠이 더 지나야 했다. 아마도 한 달만 있으면 그녀의 집에는 더 이상 일꾼들이 없을 것이고 집안일에 익숙해질 것이다. 그녀는 흘러 다니는 먼지 속에 앉아 변화의 대혼란에 대해 생각할 뿐이었다. 그리고 가능한 한 눈을 건조하게 유지하는 것이었다. 합법적인 거래는 거의 마무리가 된 상태였다. 사업의 양도를 알리는 작은 청구서가 가게 계산대에 놓여 있었다. 이틀 후면 찰스 크리츨로우는 실현된 욕망의 값을 치를 것이다. 간판은 새로 칠해져 있었고 분필로 새 글자가 그려져 있었다. 미래에 그녀가 이 가게에 들어오기를 원한다면 그녀는 손님으로서 가게 정면으로 들어가야 할 것이다. 그렇다. 비록 집은 그녀의 것으로 남았지만 그녀의 삶의 뿌리가 엉망이 되어 버린 것을 보게 되었다.

그리고 혼란! 이 물질적인 혼란을 바로잡을 수 있다는 것은 상상조차 할 수 없는 것처럼 보였다! 그러나 같은 해, 지역의 들판이 처음으로 눈으로 뒤덮인 계절, 그 파괴적인 혁명에서 살아남은 단 하나의 흔적은 새로운 회반죽에 너무 빨리 붙어서 붙지 않은 헐렁한 벽지뿐이었다. 마리아 인설은 마리아 크리츨로우가 되었다. 콘스탄스는 광장으로 나가 변화된 표지판을 보았고 크리츨로우 부인의 창문 커튼 취향을 보게 되었다. 그리고 그녀가 어렸을 시절 침실 옆에 있던 계단 꼭대기에 있는 버려진 방의 음침한 창문이 닦여져 있었고 그 앞에 탁자가 놓여 있는 것을 보았다. 그녀 자신도 들어가 본 적이 없는 그 방이 창고로 변했다는 것을 알고 있었지만 그 전환의 가시적인 증거는 그녀에게 너무나 이상한 영향을 미쳐 의도했던 대로 과감하게 가게에 들어가 친근감을 위해 몇 가지 물건을 구매하는 것은 불가능하다고 느꼈다. "난 어리석은 여자야!" 그녀가 중얼거렸다. 나중에 그녀는 갑자기 소심하게 가게로 모험을 떠났고 특별 할인을 해주겠다는 크리슬로우 부인의 적절한 환영을(평상시처럼 생기가 없었다) 받았다. 그녀는 우호적으로 구매한 작은 물건들을 들고 킹 스트리트를 지나 자신의 문에 도착하였다. 사소한, 사소한 일이었다! 웃어야 할지 울어야 할지 몰라 콘스탄스는 둘 다 하였다. 그녀는 눈물을 흘리며 너무나도 웃긴 능력을 키웠다고 자책했고 그것에 대해 현명하게 반대하며 분투했다.

가장 자랑스러운 어머니

1

1893년 성 누가 광장의 4번지에는 새롭고 이상한 남자가 살고 있었다. 많은 사람들이 그 현상에 대해 언급했다. 그와 같은 사람이 이전에는 버슬리에 거의 없었다. 그의 눈에 띄는 특징 중 하나는 반짝이는 사슬을 몸에 걸치는 복잡한 방식이었다. 사슬은 조끼 전반을 걸쳐 달려 있었는데 중앙에 단추가 없는 특별한 단추 구멍을 통과하고 있었다. 이 사슬의 한쪽 끝에는 시계, 다른 쪽 끝에는 필통이 단단히 연결되어 있었다. 그 쇠사슬은 화려한 조끼 전체를 낚아채려는 도둑을 막아주는 역할도 했다. 또 조끼의 아래에는 의심할 여지없이 총알을 막도록 고안된 긴 사슬이 있었지만 주로 주인의 뒷주머니에서 펜나이프와 담배 케이스, 성냥갑, 열쇠고리를 꺼낼 수 있도록 도와주는 역할을 하였다. 그가 테니스를 칠 때 가끔 보이는 멜빵의 주요 부분은 사슬로 구성되어 있었고 커프스단추 위쪽과 아래쪽 절반은 사슬로 연결되어 있었다. 때때로 그는 개에게 묶여 있었다.

생각할 수 있는 바로는 중세 스타일로의 회귀였다! 그렇다. 하지만 지나치게 현대적인 것의 본보기이기도 했다! 대외적으로 그는 수년 전, 버슬리의 선두 재단사의 아들이 런던에서 견습생이 되는 것을 허용한 사실의 결과였다. 그의 아버지는 죽었다. 아들은 마을로 돌아와 새로운 유형을 만들어 돈을 벌 수 있을 만큼 똑똑했다. 오로지 단하나의 기능을 가지고 있는 다중 체인이 그 새로운 유형이었으며 제일 눈에 띄는 점은 매우 싸다는 것이었다. 예를 들어 그 젊은 재단사가 새로운 유형을 만들어낸 역사적인 해 전까지 버슬리에 있는 모든 모자는 모자였고 칼라는 칼라였다. 그러나 그 이후로 모자는 모자가 아니었고 칼라는 칼라가 아니었다. 그것들은 모양과 재료 면에서 젊은 재단사가 자신의 뒷가게에서 고수하고 있는 어떤 신성한 모자와 칼라와 일치하지 않았다. 아무도 이 신성한 모자와 칼라가 왜 신성한지 알지 못했지만 그들은 신성했다. 그 신성함은 약 6개월 동안 지속되었고 그러다 갑자기(이번에도 왜 그렇게 된 것인지 아무도 몰랐다) 그 신성함으로부터 떨어져 개를 위한 찌꺼기보다 가치가 떨어졌고 제단에서 대체되었다. 젊은 재단사에 의해 생겨난 유형은 모자와 칼라로 인식되었고 신발을 제외한 모든 다른 복장에 비슷한 방식으로 인식되었다. 불행히도 재단사는 신발을 팔지 않았고 그렇기에 신발에는 신비로운 신조를 도입할 수 없었다. 이것은 안타까운 일이었는데 이 마을 신발 제작자들은 재단사가 그랬던 것처럼 새로운 유형을 만드는 열정에 불타오르고 있지 않았다. 그렇기에 새로운 유형은 재단사의 바지 가장자리에서 갑자기 끝나게 되었다. 성 누가 광장 4번지 건물의 남자는 발이 비교적 작고 좁아서 유리했다. 그는 어떤 애매하고 일반적인 신체적 차이를 타고났기에 머리카락이 결코 단정치 못했음에도 불구하고 그 유형들 사이에서 두드러지도록 관리하고 다녔다. 확실히 그녀의 집에서 그를 자주 보게 되는 것은 콘스탄스의 눈이 가지고 있는 자부심이었다. 그녀의 눈은 항상 기쁜 마음으로 그를 향하고 있었다. 그는 시릴이 학교를 떠난 후 최고 수준의 도기 제조사인 '필스'의 수석 디자이너에 의해 고용된 직후 깜짝 놀랄 정도로 갑작스럽게 그 집에 오게 되었다. 그녀의 거주지에 한 남자가 있다는 것은 처음에 콘스탄스를 당황하게 만들었다. 그러나 그녀는 곧 그것에 익숙해졌고 남자는 남자대로 행동할 것이고 그렇게 하기를 기대해야 한다는 것을 인식했다. 이 남자는 사실 자신이 좋아하는 모든 일을 하였다. 시릴은 항상 두 부모에 의해 거대하다고 여겨졌기 때문에 사람들은 새로운 남자가 클 것이라 예상하였다. 그러나 기묘하게도 그는 날씬했고 평균 키보다 조금 더 컸다. 크기로 보나 다른 많은 세부 사항으로 보나 그는 자신이 대체한 시릴과 닮지 않아 있었다. 그의 몸짓은 더 가볍고 더 빨랐다. 그에게는 시릴의 거친 모습이 전혀 없었다. 시릴이 가지고 있는 단 것에 대한 무한한 애정이나 장갑, 미용사, 비누에 대한 시릴의 엄청난 증오를 갖고 있지 않았다. 그는 시릴보다 훨씬 더 공상적이었고 훨씬 더 바빴다. 사실 콘스탄스는 식사 시간에만 그를 볼 수 있었다. 낮에는 필스에서 시간을 보냈고 밤에는 예술 학교에서 시간을 보냈다. 그는 식사 중에 꿈을 꾸곤 했다. 그리고 실제로 그렇게 말하진 않았지만 버슬리에서 업무와 심취라는 이불에 쌓여 있는 가장 바쁜 사람이라는 인상을 사람들에게 주었다. 콘스탄스가 뚫기 힘든 이불이었다.

콘스탄스는 그를 기쁘게 해주고 싶었다. 그녀는 오직 그를 기쁘게 하기 위해서만 살았다. 그러나 그를 기쁘게 만드는 것은 매우 힘든 일이었는데 그가 지나치게 혹평적이고 까다로웠기 때문이 아니라 무관심했기 때문이었다. 콘스탄스는 그를 기쁘게 해주고 싶은 욕망을 충족시키기 위해 그가 적어도 하나라도 알아차릴 수 있기를 바라며 50번의 노력을 해야 했다. 그는 착한 사람이었고 놀랍도록 근면했다. 콘스탄스가 아침에 침대에 있는 그를 깨울 때면 악한 모습은 없었고 그녀가 실수로 그의 계획을 방해할 때를 제외하면 친절했으며 콘스탄스가 단지 반밖에 이해할 수 없는 흥미로운 유머로 인해 매력적이었다. 콘스탄스는 의심할 여지없이 그에 대해 자만했고 솔직히 그에 관해 비난할 것이 별로 없었다. 그가 그녀의 우주의 전부였던 반면 그녀는 그의 배경에 있는 희미한 인물에 불과했다. 이따금 그는 온화하고 우아한 농담과 함께 그녀의 존재를 다시 알아차리는 순간들이 명백히 존재했다. 마치 이렇게 말하는 것 같았다. '아! 아직도 거기 있었군요, 그렇죠?' 콘스탄스는 그의 관심사가 놓여 있는 면에서는 그를 만날 수 없었다. 그리고 그는 그녀의 면에서 움직이고 있는 그의 사소한 부분들에 그녀가 얼마나 열정적으로 몰두했는지 결코 알지 못했다. 무엇보다 그녀의 고독에 대해 결코 걱정하지 않았고 저녁 식사 때 미소와 함께 한마디를 함으로써 세 시간 동안 흔들의자에 혼자 앉아 흔들거리고 있던 그녀에게 빈약한 보상을 주고 있다고 결코 추측하지 않았다.

그중에서도 최악은 이러한 그녀를 바꿀 수 없다는 것이었다. 어떤 경험도 그가 결코 눈치 채지 못했던 것들을 눈치 채기를 끊임없이 기대하는 그녀의 계획을 치료하기에는 충분치 않을 것이다. 어느 날 그는 침묵 속에서 이렇게 말했다. "그건 그렇고 혹시 아버지가 남긴 시가 같은 건 없어요?" 그녀는 침실로 발을 옮긴 뒤 먼지투성이 옷장 꼭대기에서 새뮤얼의 장례식이 끝난 후 그곳에 놓아둔 상자를 꺼냈다. 그에게 상자를 건네주면서 그녀는 대단한 업적을 달성하고 있었다. 그의 나이는 열아홉이었고 그녀는 이 엄숙한 선물을 그에게 줌으로써 담배를 피우는 그의 조숙한 습관을 인정하고 있었다. 그는 며칠 동안 그 상자를 완전히 무시했다. 그녀는 소심하게 물었다. "그 시가는 피워 봤니?" "아직요." 그가 대답했다. "근래에 언젠가 한번 펴볼게요." 열흘 후 귀족 같은 친구인 매튜 필-스위너튼과 외출하지 않은 일요일에 그는 마침내 상자를 열고 시가를 꺼냈다. "흠." 그가 시가를 자르며 악당같이 말했다. "두고 보자고요, 플로버 부인!" 그는 종종 장난삼아 그녀를 플로버 부인이라고 불렀다. 비록 그녀를 놀리기 위해 그녀에게 충분한 관심을 가지는 것은 좋았지만 그녀는 플로버 부인이라고 불리는 것을 좋아하지 않았다. 그녀는 항상 이렇게 말했다. "난 플로버 부인이 아니야." 그는 흔들의자에 앉아 천천히 담배를 피우며 머리를 뒤로 젖힌 채 천장으로 연기를 내보냈다. 그리고 나서 그는 이렇게 말했다. "아버지의 시가도 그렇게 나쁘진 않네요." "정말로!" 그녀는 이 쉬운 후원에 대해 모성애적으로 분개하는 듯 퉁명스럽게 대답했다. 그러나 은밀히 기뻐했다. 남편의 시가에 대한 아들의 호의적인 평가는 그녀를 흥분시키는 무언가가 있었다.

그녀는 그를 쳐다보았다. 그에게서 그의 아버지의 모습은 전혀 찾아볼 수 없었다! 오! 그는 가정적인 아버지보다 훨씬 더 똑똑하고, 더 발달했고, 더 복잡하고, 더 매력적인 사람이었다! 그녀는 그가 어디에서 온 것인지 궁금했다. 그럼에도 불구하고…. 만약 그의 아버지가 살아 있었더라면 그들 사이에는 무슨 일이 일어났을까? 이 소년이 열아홉이라는 나이에 집에서 터놓고 시가를 피울 수 있었을까?

그녀는 그가 허락하는 한 열심히 그의 예술 공부와 작품에 대해 관심을 가졌다. 2층에 있는 뒷다락방은 이제 작업실이 되어 있었다. 기름과 젖은 점토 냄새가 나는 노골적인 방이었다. 종종 계단에는 점토의 흔적이 있었다. 그는 점토를 가지고 작업하였기에 어머니에게 작업복을 요청하였고 그녀는 커버드 마켓에서 달걀과 버터를 파는 한 시골 여성에게서 얻은 진짜 작업복을 견본 삼아 작업복을 만들었다. 작업복의 어깨 부분에는 오래된 자수 책에서 가져온 일주일 동안 작업한 화려한 무늬가 새겨져 있었다. 어느 날 그녀가 아침, 정오, 오후에 작업복에다가 바느질하는 것을 본 그는 저녁 식사 후 한가하게 흔들의자에서 몸을 흔들고 있는 그녀에게 말했다. "제가 부탁한 작업복을 잊어버리신 건 아니죠, 어머니?" 그가 그녀를 놀리고 있다는 것을 알고 있었다. 그러나 자신이 얼마나 어리석은지를 완벽하게 깨닫는 동안 그녀는 거의 항상 그랬듯이 그의 놀림이 심각한 일인 것처럼 행동하였다. 그녀는 소파에 있던 작업복을 다시 집어 들었다. 작업복이 완성되자 그는 자세히 살펴보았다. 그러고선 놀란 기색으로 소리쳤다. "놀라워요! 정말 아름다워요! 어디서 이런 무늬를 구하셨어요?" 그는 기쁨에 겨워 미소를 지으며 계속 작업복을 응시했다. 그리고는 누더기가 된 자수책의 종이들을 똑같은 순진하고 매혹적인 놀라움으로 넘기고는 책을 작업실로 가져갔다. "스위너튼에게 이걸 보여줘야겠어요." 그가 말했다. 그녀에게 있어서 '아름답다'라는 묘사는 작업복에 새겨 놓은 무늬와 평생 동안 친숙하게 지내왔던 바느질에 해당되는 묘한 표현처럼 보였다. 사실 그녀에게 그의 '예술'은 점점 더 이해하기 어려워지고 있었다. 그의 작업실에 있는 유일한 벽 장식은 일본 판화였는데 그녀에게는 그것이 그림으로 여겨진다는 것이 완전히 터무니없었다. 그녀는 그가 초기에 그린 모스로즈와 생생한 성을 더 선호하였다. 지금은 그가 무자비하게 경멸하고 있는 것들이었다. 나중에 그는 그녀가 또 다른 작업복을 만들고 있다는 것을 발견했다. "그건 뭘 위해 만드는 거예요?" 그가 물었다. "음." 그녀가 답했다. "작업복을 하나만 가지고 작업할 순 없잖니. 그 작업복을 빨아야 하면 어떻게 할 거야?" "빨아요!" 그가 희미하게 말을 반복했다. "작업복을 빨아야 할 필요는 없을 거예요." "시릴." 그녀가 말했다. "내 인내심을 시험하지 마! 난 여섯 개 정도 만들어줄 생각이었어." 그가 휘파람을 불었다. "그 바느질도요?" 그는 그 말에 놀라며 물었다. "안 될 건 뭐 있어?" 그녀가 말했다. 그녀가 젊었던 시절에는 그 어떤 재봉사가 되었든 무언가를 여섯 개 이하로 만드는 법이 없었다. 보통 열두 개를 만들었다. 때로는 여섯 개였다. "음." 그가 중얼거렸다. "대담하시네요!" 그가 기뻐하는 모습을 보일 때마다 비슷한 일이 일어났다. 그가 만약 요리에 대해 "더 먹을 수 있겠네요!"라고 말하거나 또는 그가 단지 입술을 그 음식에 가져다 대기라도 한다면 그녀는 그 요리를 과도하게 만들었다.

2

8월의 어느 더운 날, 그들이 버슬리를 떠나 맨섬에서 한 달 동안 머물기 바로 직전 시릴은 창백하고 땀을 흘리는 상태로 집에 돌아와 소파에 털썩 주저앉았다. 그는 회색 알파카 정장을 입고 있었고 단정치 못한 것과 더불어 땀으로 젖어 있는 머리카락을 제외하면 더위에도 불구하고 날씬함과 우아함의 결작이었다. 그는 크게 한숨을 내쉬고 장식이 달린 덮개로 덮여 있는 소파의 팔 부분에 머리를 얹었다.

"후, 어머니." 그가 인위적인 침착한 목소리로 말했다. "얻었어요." 그는 천장을 올려다보고 있었다.

"뭘?"

"국립 장학금이요. 스위너튼은 순전히 요행이라고 했지만요. 하지만 받았어요. 버슬리 예술 학교에게 큰 영광이 있기를!"

"국립 장학금?" 그녀가 말했다. "그게 뭐야? 그게 뭔데?"

"어머니!" 그는 성급하지 않게 그녀를 책망했다. "제가 국립 장학금에 대해 단 한마디도 한 적이 없다고 말하지 마세요!"

그는 수줍음을 감추기 위해 담배에 불을 붙였다. 그녀가 평소보다 훨씬 더 많이 감동받았다는 것을 알아차렸기 때문이다. 사실 그녀는 공상적인 시릴이 방금 말한 것과 같은 무시무시한 타격을 받은 적이 결코 없었다. 심지어 남편의 죽음조차 무시무시한 타격이 아니었다. 완전한 놀라움은 아니었지만 거의 완전에 가까운 놀라움이었다. 몇 달 전 그는 분명히 부수적인 방법으로 국립 장학금이라는 주제를 언급하였다. 그가 디자인한 술잔에 관한 것이었는데 그 술잔을 본 예술 학교 교장은 전국 대회에 출품할 수 있을 정도로 훌륭한 작품이라고 말했으며 전국 대회에 나가지 않을 것이라면 자격이 있으니 사우스 켄징턴으로라도 보내자고 제안한 적이 있다고 말했었다. 필-스위너튼

365

은 그 생각이 터무니없다며 비웃었다고 덧붙였다. 그때 그녀는 국립 장학금이 런던에서 거주하는 것과 연관이 있다는 것을 깨달았다. 시릴은 자신이 매우 중요하다고 생각하거나 관심의 많은 부분을 차지하고 있는 문제들에 대해서는 아주 잠깐 언급하여 듣는 이로 하여금 매우 불안함을 주는 습관을 가지고 있었기 때문에 그녀는 두려움 속에 살았어야 했다. 그는 천성적으로 비밀스러웠고 아버지의 엄격한 규칙들은 그의 성격에서 이러한 특성들을 발전시켰다. 그는 그 대회에 관해 매우 무심한 태도로 이야기했다. 그렇기에 그녀는 그 일을 무시할 수 있을 정도로 너무 먼 미래에 일어날 만일의 사태라 판단하였고 노력하지 않아도 걱정을 떨쳐버릴 수 있었다. 그녀는 진심으로 그 일을 거의 잊어버렸다. 아주 드물게 그녀의 따분하고 일시적인 고통 속에서 떠오를 뿐이었다. 마치 치명적인 병의 전조처럼. 병의 초기 단계에 있는 여성으로서 그녀는 서둘러 자신을 안심시켰다. '내가 얼마나 어리석은 건지! 이건 심각한 일이 아닐 수도 있어!'

그리고 지금 그녀는 비난받고 있었다. 그녀도 알았다. 그녀는 호소할 수 없다는 것을 알고 있었다. 자신이 착하고 근면하며 몽환적인 아들만큼이나 호랑이에게 자비를 간청할 수 있다는 것을 알고 있었다.

"일주일에 1파운드를 뜻하는 거예요." 그의 수줍음은 그녀의 침묵과 그녀의 두려워하는 얼굴로 인해 더욱 격렬해졌다. "물론 무료 등록금도요."

"얼마나 오랫동안?" 그녀가 간신히 말했다.

"글쎄요." 그가 말했다. "그건 상황에 따라 달라요. 명목상으로는 1년이에요. 하지만 만약 잘 처신하면 3년 동안 계속돼요." 만약 그가 3년 동안 머물게 된다면 그는 결코 돌아오지 않을 것이다. 이것은 확실했다. 그녀가 상황의 우연한 잔인함에 대해 얼마나 격노하고 절망하여 얼마나 반항하였는지! 그녀는 그가 그때까지 런던에 갈 생각을 진지하게 하지 않았다고 확신했다. 그러나 무료로 수업을 듣는 것과 일주일에 1파운드의 돈을 주는 것을 정부가 허락했다는 사실은 그가 런던에 가도록 강요했다. 그를 가지 못하게 막은 것은 수단의 부족이 아니었다. 그렇다면 왜 수단이 존재해서 그가 가도록 유도해야 하는가? 논리적인 이유가 없었다. 이 사건 전체가 비참하게 터무니없었다. 웨지우드 기관의 미술 선생은 우연히, 단지 우연히 그 술잔을 사우스 켄징턴으로 보내야 한다고 제안했다. 그리고 그 변덕의 결과로 인해 그녀는 평생 독거를 해야 한다는 형을 받았다! 너무나 끔찍하고 믿을 수 없을 정도로 사악했다!

얼마나 무익하고 쓰라린 저주였는지 그녀는 마음속으로 '만약'이라는 단어를 중얼거렸다. 만약 시릴의 어린애 같은 기호가 장려되지 않았더라면! 만약 그가 아버지 직업을 이어받는 것에 만족했더라면! 만약 그녀가 필스 사에서 보낸 그의 고용 계약서에 사인하는 것과 수수료를 지불하는 것을 단호히 거부했더라면! 만약 그가 그림에서 점토로 변하지 않았더라면! 만약 예술 교사가 그 치명적인 '생각'을 하지 않았더라면! 대회의 심사위원들이 다른 결정을 했더라면! 만약 시릴을 복종하는 습관을 가진 사람으로 키웠더라면! 일시적인 평화를 영구적인 보장에 바쳤더라면!

결국 그는 그녀의 동의 없이는 그녀를 버릴 수 없었다. 그는 성년이 아니었다. 그는 그녀에게서만 얻을 수 있는 돈보다 훨씬 더 많은 돈을 원할 것이다. 그녀가 거절할 수도 있다. 아니! 그녀는 거절할 수 없었다. 그는 주인이자 폭군이었다. 그녀는 처음부터 매일의 쾌락을 얻기 위해 그에게 힘없이 양보했다. 그녀는 자기 자신과 그에게 나쁘게 행동하고 있었다. 그는 버릇이 없었다. 평생 동안의 비참함으로 그것을 보답하려 했고 그 무엇도 그의 진로를 벗어나게 만들 수 없었다. 버릇없이 자란 아이의 통상적인 행동이었다! 그녀는 다른 가정에서 이것을 목격하지 못하고 훈계하지 않은 것일까?

"이것에 대해 별로 기뻐하시지 않는 것 같네요, 어머니!" 그가 말했다.

그녀는 방을 나왔다. 비록 그는 기쁜 감정을 숨기고 있었지만 다섯 마을에서 떠나게 될 것이라는 미래에 대한 기쁨은 그녀가 견딜 수 있는 수준보다 더 뚜렷했다. 시그널은 다음날 신문에 특별한 항목을 만들었다. 다섯 마을은 11년 동안 국립 장학금을 받지 못한 것으로 밝혀졌다. 주민들은 포비가 왕국의 가장 영리한 어린 학생들과 겨루는 공개 대회에서 성공을 거두었다는 것과 그가 최근 들어 시작한 예술 분야에 관한 것을 기억하도록 권유받았다. 나아가 정부는 매년 8개의 장학금만을 제공한다는 것을 기억하도록 권유받았다. 시릴 포비의 이름은 입에서 입으로 전해졌다. 그의 불쌍한 아버지가 얼마나 자랑스러워했을지! 몇몇 사람들은 동정적으로 어머니의 자부심은 너무나 값이 많이 드는 사치품 중 하나라고 암시했다.

맨섬에서의 휴가는 당연히 그녀 때문에 망했다. 그녀는 가슴에 품고 있는 납덩어리의 무게 때문에 거의 걸을 수가 없었다. 매우 화창한 날에는 언제나 납덩어리가 그곳에 있었다. 게다가 그녀는 매우 비만이었다. 보통 상황이었다면 그들은 한 달 이상 머물렀을지도 모른다. 고용 계약이 된 문하생은 평범한 견습생처럼 조직에 묶여 있지 않았다. 게다가 그 계약서는 취소될 예정이었다. 그러나 콘스탄스는 머무르기를 원하지 않았다. 그녀는 그가 런던으로 떠날 준비를 해야 했다. 자신의 순교를 위한 화형용 장작단을 내려두어야 했다.

이 준비 과정에서 그녀는 가장 우월한 아들이 다정한 야유를 원하는 만큼 어리석음을 드러냈고 원하는 만큼 완벽한 관점을 저버렸다. 중요하지도 않은 모든 사소한 것에 대한 그녀의 심취는 모성애의 가장 훌륭한 전통에 걸맞은 것이었다. 그러나 시릴의 부주의한 야유는 그녀에게 아무런 영향도 주지 못했다. 그녀가 화를 내어 그를 깜짝 놀라게 만들었을 때를 제외하면 말이다. 그는 그녀의 신경이 이 전례 없는 폭발을 초래했다고 아주 정확하고 현명하게 표현하고는 너그러이 넘어갔다. 운이 좋게도 시릴의 런던으로의 이동은 원활하게 진행되었다. 젊은 필-스위너튼은 수도에 대해 알고 있었고 첼시에 형제가 있었으며 평판이 좋은 숙소를 알고 있었다. 정말로 그 도시의 백과사전이었고 그 자신도 그곳에서 가을의 일부를 보내게 되었다. 이렇지 않았더라면 그의 어머니가 눈물과 히스테리를 통해 주장했을 예비 조사는 시릴을 피로하게 만들었을지도 모른다.

그 주에 시릴이 떠나야 하는 날이 찾아왔다. 콘스탄스는 그 미래를 맞서기 위해 꾸준히 쾌활하게 행동하였다. 그녀는 말했다. "내가 같이 가야 할까?"

그는 이 농담이 그런대로 괜찮은 농담이라고 참으며 미소를 지었다. 그녀는 그와 같은 의미로 미소 지으며 농담으로선 괜찮은 농담이었다는 것에 성급히 동의했다. 지난주 그는 재단사에게 매우 충실했다. 많은 젊은이들은 런던에 가기 전이 아니라 런던에 도착한 후 새로운 옷을 주문했을 것이다. 하지만 시릴은 자신의 재단사에 대한 믿음이 있었다.

그가 출발하는 날 가정은, 그 집 자체는 흥분된 상태였다. 그는 일찍 떠나기로 되어 있었다. 환상선이 주요 라인과 합류하는 크나프까지 동행하겠다는 그녀의 제안을 들으려 하지 않았다. 그녀는 버슬리 역까지 같이 갈 수 있을지 모르지만 그 이상은 안 된다. 그녀가 반항하자 그는 시무룩하고 무례한 면을 보였고 그녀는 즉시 항복하였다. 아침 식사 중 그녀는 울지 않았지만 표정은 그가 이의를 제기하게 만들었다.

"들어보세요, 어머니! 제가 크리스마스에 돌아온다는 것을 기억하려고 노력해보세요. 겨우 세 달밖에 안 돼요." 그는 담배에 불을 붙였다. 그녀는 아무런 대답도 하지 않았다. 에이미는 뒤틀린 계단을 통해 가방을 옮겼다. 커다란 가방 하나가 이미 문에 바짝 붙어 있었다. 그 가방은 카펫을 쭈글쭈글하게 만들고 매트를 흩뜨려 놓았다.

"헤어브러시 넣는 걸 잊은 건 아니겠지, 에이미?" 그가 물었다.

"아, 아뇨, 시릴 씨." 그녀는 엉엉 울고 있었다.

"에이미!" 시릴이 위층으로 달려가자 콘스탄스는 급히 그녀를 바로 잡았다. "너 자신을 그것보다 더 잘 통제할 수 없는지 궁금하구나."

에이미는 힘없이 사과했다. 그녀는 비록 가족 구성원 중 한 사람으로 취급받았지만 자신이 하녀라는 것을 잊지 말았어야 했다. 그녀가 무슨 권리가 있기에 시릴의 짐을 보고 우는 것인가? 이 질문은 콘스탄스의 어조로 그녀에게 던져졌다.

승객용 마차가 도착하였다. 시릴은 과장된 무심함과 함께 아래층으로 뛰어 내려왔고 과장된 무심함으로 마차 운전수에게 농담을 했다.

"자, 어머니!" 그는 짐이 다 실렸을 때 소리쳤다. "제가 이 기차를 놓치길 바라세요?" 그러나 그는 시간의 여유가 충분하다는 것을 알고 있었다. 이것은 그의 즐거움이었다!

"그건 아니지만 서두를 수 없어!" 그녀는 쓰고 있는 보닛을 고쳐 쓰며 말했다. "에이미, 우리가 떠나자마자 그 테이블을 치워." 그녀는 무겁게 마차에 올랐다.

"바로 그거예요! 용수철을 세게 밟으세요!" 시릴이 그녀를 놀렸다.

마차의 말은 인생의 심각함을 상기시켜주는 따끔한 상처를 입었다. 화창하고 상쾌한 가을 아침이었고 운전사는 누군가에게 자신의 흘러넘치는 에너지를 전달할 필요가 있다고 느꼈다. 그들은 떠났고 에이미는 문에 서서 그들을 바라보았다. 일은 매우 훌륭하게 처리되어 있어서 그들은 기차가 도착하기 20분 전 역에 도착했다.

"신경 쓰지 마세요!" 시릴은 조롱하듯 어머니를 위로했다. "1분 늦는 것보다 20분 빨리 오는 게 좋잖아요, 안 그래요?"

그는 쾌활함을 어떻게든 이끌어내야 했다. 시간은 점점 흘러갔고 텅 빈 점판암으로 채워진 승강장은 그 기차가 다른 무엇도 아닌 그저 환상선인 사람들에 의해 채워지기 시작했다. 평일마다 그 기차를 타며 기차의 모든 기이함을 알고 있는 사람들이었다. 그리고 그들은 턴힐에서 출발하는 기차의 기적소리를 들었다. 시릴은 자신의 짐을 맡았던 짐꾼과 마지막으로 이야기를 나누었다. 그는 멋진 몸매를 가졌고 주머니에는 20파운드가 들어 있었다. 그가 콘스탄스에게 돌아왔을 때 그녀는 코를 훌쩍이고 있었고 그는 그녀의 베일을 통해 그녀의 눈이 빨갛게 물들어 있는 것을 볼 수 있었다. 그러나 그녀는 베일을 통해 아무것도 볼 수 없었다. 기차가 들어오더니 덜컹거리며 멈춰 섰다. 콘스탄스는 베일을 걷어 올리고 그에게 입을 맞추었다. 그리고 그녀의 삶에 입을 맞추었다. 그는 그녀의 검은 크레이프에서 악취를 맡았다. 순간적으로 가까워졌고 가까이에 있었다. 마치 그녀의 비밀을 압도적으로 상세하게 본 것 같았다. 그는 갑자기 그 검은 상장에 대한 감정으로 인해 목이 메는 것 같았다. 기분이 묘했다.

"여기 계셨군요, 손님! 두 번째 흡연자!" 짐꾼이 불렀다.

매일 열차를 타는 사람들은 그들의 관습적인 혐오감을 느끼며 기차에 올라탔다.

"그곳에 도착하자마자 편지 쓸게요!" 시릴이 스스로 동의한 대로 말했다. 그것은 그가 할 수 있는 최선이었다. 그는 매우 우아하게 모자를 들어 올렸다!

기차는 증기 구름을 뿜으며 천천히 나아갔고 그녀는 우유 캔, 두 짐꾼, 그리고 스미스의 시끄러운 소년과 함께 아무도 없는 승강장에 서 있었다! 그녀는 매우 천천히 고통스럽게 집으로 걸어갔다. 납덩어리는 그 어느 때보다도 무거웠다. 그리고 마을 사람들은 버슬리에서 가장 자랑스러운 어머니가 집으로 걸어가는 것을 보았다.

'결국.' 그녀는 화가 나서 심술궂게 그녀의 영혼과 다투었다. '넌 그 소년이 다른 것을 할 거라고 기대했어? 그는 성실한 학생이고 훌륭한 성공을 거두었는데 그가 너의 앞치마 끝에 묶여 있어야 해? 그런 생각은 터무니없어. 그는 게으름뱅이나 나쁜 아들이 아니었어. 그 어떤 엄마도 이보다 더 나은 아들을 가질 수 없을 거야. 좋은 일이야. 그가 평생을 버슬리에서 머물러야 한다는 생각은 단순히 네가 혼자 남겨지는 걸 싫어하기 때문이야!'

불행히도 그녀는 자신의 영혼과 다투듯 노새와 다투는 편이 더 나았다. 그녀의 영혼은 단조로운 말만 계속했다. '나는 이제 외로운 노파야. 더 이상 살아가야 할 목적도 없고 그 누구에게도 쓸모가 없어. 한때 나는 젊고 자랑스러웠어. 이것이 내 인생의 결과인 거야. 이게 끝이야!'

그녀가 집에 도착했을 때 에이미는 아침 식사에 손도 대지 않았다.

카펫은 여전히 쭈글쭈글했고 매트도 여전히 제자리에 있지 않았다. 엄청난 위기 이후 외로운 기분을 자아내고 있는 반작용의 분위기를 뚫고 그녀는 곧장 위층으로 올라가 약탈당한 그의 방에 들어갔고 그가 잠들어 있던 난잡한 침대를 바라보았다.

The
Old
Wives'
Tale

III
소피아

애인과의 야반도주

1

1866년 7월 1일 오후, 런던 호텔의 침실에서 거리에 나가기 위해 준비를 하고 있는 그녀의 차분하고 풍성한 드레스는 촌스러운 분위기를 띄고 있었다. 그러나 그 아름다운 얼굴에는 시골스러운 분위기가 전혀 없었고, 수줍음과 거만한 태도도 전혀 보이지 않았다. 그리고 그녀의 열렬한 마음은 지리적 경계를 넘어 치솟아 있었다.

그곳은 스트랜드와 강 사이의 솔즈베리 스트리트에 있는 해트필드 호텔이었다. 거리와 호텔은 이제 사보이와 세실의 광대한 토대로 인해 사라졌지만, 해트필드의 유형은 점점 더 초라해지며 저민 스트리트에 남아 있었다. 1866년 어두운 통로와 비뚤어진 계단, 양초, 카펫과 자신의 무늬보다 오래 살아온 물건, 천 마리의 분주한 파리들이 긴 식탁에서 함께 식사를 하는 좁은 식당, 매캐하고 침체되어 있는 분위기, 스스로의 모습을 숨기고 있는 듯한 먼지의 충격적인 감각과 함께 그 건물은 좋고 평균적인 현대식 호텔로서 곧게 서 있었다. 덧대고 노쇠한 생기 없는 방은 소피아의 반짝이는 젊음을 강조해주는 환경을 만들어내고 있었다. 오직 그녀만이 그 안에서 더럽혀지지 않은 존재였다.

문을 두드리는 소리가 났다. 그 속에는 명백히 즐거움과 경쾌함이 들어 있었다. 그러나 그녀는 진심으로 생각했다. '그도 거의 나만큼 긴장하고 있어!' 그녀는 긴장감 속에서 기침을 하였고, 그러고 나서 자신을 완벽하게 장악하려고 했다. 전투가 국가의 역사를 갈라놓았듯이 그녀의 인생을 갈라놓을 그 순간이 마침내 다가왔다. 그녀의 마음은 순식간에 엄청났던 지난 3개월을 통해 뒤로 돌아갔다.

가게에서 제럴드의 편지를 받아 숨기고, 그것에 답장을 하는 계획! 능숙하게 엑스에 있는 그녀의 위풍당당한 이모에게 적용시킨 훨씬 더 복잡하고 위험한 이중성! 엑스의 우체국 방문! 이른 아침 수로 공급 장치에서 있었던 세 번의 신성한 만남, 그가 그녀에게 자신의 유산과 삼촌 볼데로의 가혹함에 대해 말해주었을 때, 그녀를 몰아치는 말들은 그녀에게 영원한 행복의 전망을 펼쳐주었다! 공포의 밤! 갑작스럽고 아찔하며 비밀스러운 그의 계획, 그리고 그녀를 사로잡은 보편적인 비현실성의 느낌! 이모의 집을 대담하게 떠나면서 작은 폭포처럼 쏟아져 나온 끔찍한 거짓말들! 크나프 역에서 한 그녀의 실망! 런던행 티켓을 요구하면서 붉어진 그녀의 얼굴! 그녀의 가방을 맡았던 짐꾼의 아이러니하고 동정 어린 눈길! 이윽고 들어오는 기차의 천둥 같은 소리! 기차가 매우 가득 차 있다는 것을 알았을 때 다가온 새로운 경악, 그리고 6명이 타고 있는 칸에 들어가는 그녀의 산만한 개입! 다시 갑자기 열리는 객실의 문과 검표원의 퉁명스러운 심문. "어디로 가시나요? 어디로? 어디로?" 그녀의 차례가 올 때까지 이어졌다. "어디로 가시나요, 아가씨?" 그녀의 약한 대답을 이러했다. "유스턴!" 그리고 더 격렬해진 홍조! 그녀의 가슴속에서 울리고 있는 대답할 수 없는 목소리의 리듬에 맞춰 길고 꾸준히 울리는 기차의 고동. '난 왜 여기 있는 거지? 여기 왜 온 거야?' 그리고 럭비, 제럴드를 만나기까지의 시련, 객실로 들어오는 그, 좌석의 재배치, 객실에서 평범한 대화를 시도하려는 그들의 끔찍할 정도로 고통스러운 시도들!(그녀는 제럴드가 세운 이 계획의 일부가 잘 고안되지 않았다고 생각했다) 그리고 마침내 도착한 런던. 수천 대의 택시, 멋진 거리, 일반적인 굉음, 꿈을 능가하는 모든 것, 비상할 정도로 심화되고 있는 비현실에 대한 집착, 자신이 한 일이 정말로 하지 않은 것이라는 환상, 자신이 지금 하고 있는 것을 정말로 하고 있지 않다는 환상!

그리고 최종적으로 제럴드의 곁에 서서 불가능한 모험을 떠나고 있는 그녀의 마음속에서 느껴지는 공포의 손아귀에 대한 즐거운 고문! 이 무모하고 미친 소피아는 누구인가? 물론 그녀 자신은 아니었다!

문을 두드리는 소리가 성급하게 반복되었다. "들어오세요." 그녀가 소심하게 말했다.

제럴드 스케일이 들어왔다. 그렇다, 여기저기를 다니면서 모든 일을 해본 외판원의 표정 아래에는 매우 긴장한 남자가 있었다. 그녀의 동의를 얻어 그가 침입한 것은 그녀의 사생활이었다. 그는 여행을 재개할 저녁 전까지 소피아가 휴식을 취할 수 있도록 침실을 빌렸다. 침실은 그 어떤 불안한 의미도 갖지 않았어야 했다. 그러나 어질러져 있는 세면대, 등받이 의자에 놓인 수건은 그의 품위를 모욕하고 있다고 느끼게 만들었고, 그래서 그의 긴장감을 증가시켰다. 그 순간은 고통스러웠다. 그 순간을 자연스럽게 다루는 것은 그의 능력 범위 밖의 일이었기에 어려웠다.

인위적인 안도감을 가지고 그녀에게 다가온 그는 그녀의 베일을 통해 키스를 하였다. 그녀는 충동적으로 베일을 들어 올렸고, 그녀의 열정이 자신의 열정보다 크다는 것을 인식하며 그는 다시 한 번 더 열렬히 키스하였다. 그녀가 엑스를 떠난 후 단둘이 있는 것은 이번이 처음이었다. 세속적인 경험을 가지고 있음에도 불구하고 그는 그의 포옹에 열정의 모든 열기를 넣을 수 없을 만큼 순진했고, 그녀와의 접촉이 어째서 전율이 느껴지지 않는지 궁금해 했다! 그러나 그녀의 입술에 격렬하게 달라붙는 것은 그의 감정을 다소 놀라게 하였고, 조용한 약속 또한 그를 기쁘게 하였다. 그는 베일의 냄새, 그녀의 몸통에 있는 얇은 견직물의 냄새를 맡을 수 있었다. 옷이 그녀의 몸을 감싸고 있듯이 그녀를 감싸고 있는 냄새는 그녀의 몸에서 나는 희미한 살 향기 그 자체였다. 과일 같은 뺨의 아주 미세한 면조차 볼 수 있을 정도로 매우 가까이에서 본 그녀의 얼굴은 놀라울 정도로 아름다웠다. 어두운 눈동자는 아주 아름답게 흐려져 있었다. 그리고 그는 그녀의 영혼의 비밀스러운 충성심이 자신에게 다가오고 있는 것을 느낄 수 있었다. 그녀는 그녀의 애인보다 키가 약간 더 컸다. 그러나 어찌 된 일인지 그녀는 그에게 매달릴 수 있었다. 그녀의 몸은 뒤로 굽어 있었고, 그녀의 가슴은 그의 가슴에 닿고 있었기에 그는 그녀의 시선을 올려다보는 것이 아니라 내려다보고 있었다. 그는 그것을 선호했다. 그는 완벽하게 균형 잡혀 있었지만, 그의 키는 그에게 있어 허약한 부분이었다. 그의 감정이 고조됨에 따라 정신력도 상승하였다. 그의 두려움이 사라졌다. 그는 자기 자신에 대해 매우 만족하기 시작했다. 그는 1만 2천 파운드의 상속자였고, 이 독특한 생명체를 얻었다. 그녀는 그의 포로였다. 그는 그녀를 꼭 껴안았고, 허락적으로 그녀의 피부의 세세한 부분을 살펴보았고, 허락적으로 그녀의 연약한 실크를 짓눌렀다. 그의 마음속에 있는 무언가는 그의 욕망의 제단에 그녀의 겸손함을 올려놓도록 강요하였다. 태양은 밝게 빛나고 있었다. 그래서 그는 승자의 겸손함을 약간 곁들이며 그녀에게 더 열정적으로 키스했다. 그녀의 뜨거운 반응은 그가 잃었던 자존심을 회복시키는 것 이상의 효과를 내고 있었다.

"난 이제 당신 말고 아무도 없어요." 그녀가 누그러지는 목소리로 중얼거렸다.

그녀는 자신의 무지 속에서 이 감정 표현이 그를 기쁘게 할 것이라고 상상했다. 그녀는 남자가 보통 그 말을 냉담해 하는 것을 알지 못했다. 왜냐하면 그것은 상대방이 그의 특권에 대해서가 아니라 그의 책임에 대해 생각하고 있다는 것을 그에게 증명해주기 때문이다. 책임감에 대한 감각이 그에게 전해지지는 않았지만, 그 말은 확실히 그를 진정시켰다. 그는 어렴풋이 웃었다. 소피아에게 그의 미소는 계속해서 새롭게 떠오르는 기적이었다. 그의 미소에는 멋진 유쾌함과 그녀를 홀리는 데 결코 실패하지 않는 방식의 애석한 호소가 들어 있었다. 소피아보다 덜 순진한 소녀는 그 사랑스러운 반✷여성적인 미소로부터 제럴드에게 의지하는 것을 제외하면 무엇이든 할 수 있다는 생각을 했을지도 모른다. 그러나 소피아는 그것을 배워야 했다.

"준비됐어요?" 그의 두 손을 그녀의 어깨에 얹고, 그녀를 멀리 떼어 놓으며 그가 말했다.

"네." 그녀가 초조하게 말했다. 그들의 얼굴은 여전히 매우 가까웠다.

"음, 도레의 그림을 보러 가실래요?"

간단한 질문! 충분히 적절한 제안! 도레는 다섯 마을에도 알려져 있었는데, 발자크의 '우스운 이야기'에 대한 삽화로 알려지게 된 것이 아니라 그의 오싹한 성경적 자만심 때문이었다. 도레를 지지하는 독실한 집단은 그의 예술이 무익하고 천박하다는 비난으로부터 보호하고 있었다. 제럴드에게는 자신의 애인을 여름날 오후 다섯 마을에 깊은 인상을 남긴 그 판화들의 원본을 보러 가는 것은 의심할 여지없이 좋은 생각이었다. 그것은 불경한 모험을 신성하게 해주는 생각이었다.

그러나 소피아는 싫어하는 기색을 내비쳤다. 그녀의 혈색을 돌아왔다 사라졌다 하였다. 목구멍은 삼키는 듯한 움직임을 보였고, 온몸의 근육은 수축되어 있었다. 그녀는 그에게서 떨어졌다. 그러나 그녀의 눈길을 여전히 그에게 머물러 있었고, 그의 시선은 그녀의 눈앞에서 떨어졌다.

"하지만, 그럼, 결혼식은요?" 그녀가 숨을 내쉬었다.

그 문장은 그녀의 모든 자존심을 대가로 말한 것 같았다. 그러나 그녀는 그 말을 해야 했고, 그에 대한 대가를 치러야 했다.

"오." 그가 잊었을지도 모르는 세부 사항을 그녀가 상기시켜주기라도 한 듯 그는 가볍고 빠르게 말했다. "말하려던 참이었어요. 여기서 할 수 없어요. 법에 약간의 변화가 있었거든요. 어젯밤 늦게서야 확실히 알게 되었어요. 하지만 파리에 있는 영국 영사에서 하면 매우 간단하게 할 수 있다는 것을 알아냈어요. 그리고 우리는 계획한 대로 오늘 밤에 떠날 수 있는 티켓을 가지고 있으니까." 그가 말을 멈췄다.

그녀는 수건으로 덮인 의자에 앉았다, 깜짝 놀라서. 그녀는 그의 말을 믿었다. 그녀는 그가 유혹을 할 때 사용하는 고전적인 설계를 사용하고 있다고 의심하지 않았다. 그녀를 깜짝 놀라게 한 것은 그의 무심함이었다. 여행을 출발한 후, 뒤늦게 '그건 그렇고, 내가 2일 하고 반 전에 말했듯이 우리는 결혼을 할 수 없어.' 이러한 발언을 하는 것이 정말로 그의 의도였는가? 극도의 무지와 순수함에도 불구하고 소피아는 자신의 상식과 자신을 돌보는 능력에 대해 높이 평가하였다. 결혼도 하지 않은 채로 그것도 밤에, 그녀가 파리로 갈 것이라고 기대하고 있는 그를 완전히 믿을 수 없었다. 그녀는 불쌍할 정도로 젊고, 처녀 같고, 원초적이며 단순해 보였다. 끔찍한 위험 속에서도 무력했다. 그러나 그녀의 머리는 자신이 멍청이로 오해받았다는 공허한 놀라움으로 가득 차 있었다! 이에 대한 유일한 설명은 제럴드가 어떤 면에서는 멍청하다는 것이었다. 그는 그와 함께 런던까지 오는 것에 있어 그녀의 희생이 얼마나 거대했는지 충분히 깨닫지 못하고 있었다. 그녀는 그를 불쌍히 여겼다. 그녀는 관점 조정의 필요성이라는 여성의 첫 일별을 경험하게 되었는데, 그것은 끊임없는 행복을 위한 필수 예비 동작이었다.

"괜찮을 거예요!" 제럴드는 설득력 있게 말을 이었다.

그녀가 자신을 바라보고 있지 않기에 그는 그녀를 바라보았다. 그녀는 열아홉 살이었다. 그러나 그에게 그녀는 완전히 성숙하고 신비로워 보였다. 그녀의 얼굴은 그를 당황하게 만들었다. 그녀의 마음은 다른 곳에 있었다. 어떤 의미에서 그녀는 무력했다. 그러나 운명이 지지한 것은 그가 아니라 그녀였다. 미래는 그 마음의 비밀스럽고 변덕스러운 일에 달려 있었다.

"오 이런!" 그녀가 간결하게 소리쳤다. "오 안 돼!"

"뭐가 안 된다는 거죠?"

"이런 식으로는 갈 수 없어요." 그녀가 말했다.

"하지만 제가 괜찮을 거라고 말하지 않았나요?" 그가 항의했다. "우리가 여기 남아 있다가 그들이 당신을 찾아오기라도 하면…! 게다가, 티켓과 다른 모든 것들을 준비해뒀어요."

"왜 진즉에 말하지 않은 거죠?" 그녀가 물었다.

"어떻게 진작 말하죠?" 그가 투덜거렸다. "우리가 1분이라도 단둘이 있던 적이 있었나요?"

이건 거의 사실이었다. 그들은 붐비는 기차 안에서 또는 같은 테이블에 앉은 십여 개의 귀들 속에서 서둘러 점심을 먹는 동안 결혼에 대해 이야기를 나눌 수 없었다. 그는 여기서 확실한 입장을 취했다.

"자, 이제?" 그가 다그쳤다.

"그런데 지금 당신은 판화를 보러 가자고 말을 하는군요!" 이것이 그녀의 대답이었다. 의심할 여지없이 이것은 눈치의 중대한 실수였다. 그는 그 행동이 어리석다는 것을 깨달았다. 그래서 그는 마치 그녀가 이러한 일을 저질렀다는 듯이 분개했다, 그가 저지른 것이 아니라.

"소피아." 그가 기분이 상한 채로 말했다. "전 최선을 위해 행동했어요. 법이 바뀐 건 저의 잘못이 아니에요, 관리들이 어리석은 것이지."

"당신은 진즉에 내게 말했어야 했어요." 그녀가 시무룩하게 버텼다.

"하지만 어떻게요?"

그 순간, 그는 정말로 자신이 그녀와 결혼할 작정이었고, 형식주의의 부적절함이 그의 명예로운 목적을 달성하는 것을 막았다고 믿을 뻔했다. 그러나 사실 그는 결혼을 위해 아무것도 하지 않았다.

"오, 안 돼! 오, 안 돼!" 그녀는 무거운 입술과 촉촉한 눈으로 말을 되풀이하였다. "오, 안 돼!"

그는 그녀가 파리에 대한 그의 제안을 무시하고 있다고 생각했다.

그는 천천히 그리고 초조하게 그녀에게 다가갔다. 그녀는 몸을 움직이지도, 고개를 들지도 않았다. 그녀의 시선은 세면대에 고정되어 있었다. 그는 허리를 굽혀 조용히 말했다.

"어서, 가요. 괜찮을 거예요. 당신의 증기선의 여성 휴게실을 통해 이동하게 될 거예요."

그녀는 움직이지 않았다. 그는 몸을 더 숙여 그녀의 목뒤에 입술을 맞추었다. 그러자 그녀는 벌떡 일어나 흐느껴 울며 화를 냈다. 그녀는 그에게 화가 났기 때문에 그를 매우 증오하고 있었다. 모든 다정함이 사라져 있었다.

"저를 건드리지 않으면 고맙겠군요!" 그녀가 날카롭게 말했다. 조금 전에 그녀는 그에게 입술을 허락했지만, 지금 그녀의 목을 건드리는 것은 모욕이었다.

그가 순하게 미소를 지었다. "합리적으로 생각하셔야 해요." 그가 주장했다. "제가 뭘 했다고?"

"당신이 하지 않았기 때문인 것 같네요!" 그녀가 소리쳤다. "택시 안에 있는 동안 왜 말 안 했어요?"

"그때부터 당신이 걱정하도록 만들고 싶지 않았어요." 그가 대답했다. 그것은 정말로 사실이었다. 진실은, 당연히도 그는 그날 결혼을 하지 않을 것이라고 그녀에게 말하는 것을 꺼리고 있었다는 것이었다. 젊은 소녀들을 전문적으로 유혹하는 사람이 아니었던 그는, 어려운 일을 간단히 처리하는 기술이 부족했다.

"자, 어서 따라오세요, 어린 아가씨." 그가 약간 조급해 하며 말했다. "나가서 우리 같이 즐기자고요. 파리에 도착하기만 하면 모든 것이 잘될 것이라고 장담하죠."

"런던에 올 때도 그렇게 말했잖아요." 그녀가 흐느껴 울면서 비아냥거렸다. "그런데 지금 한 말을 봐요!"

그녀가 런던에 도착하자마자 결혼하기로 되어 있다는 것을 알고 그와 함께 런던에 왔다는 것을 그가 단 한순간이라도 상상한 적 있는가? 분노에 찬 질문에 대한 태도는 자신에 대한 그의 변명이 진실이라는 그녀의 믿음과 조화를 이룰 수 없었다. 그러나 그녀는 이 불일치를 언급하지 않았다. 그녀의 빈정거림은 그의 자만심에 상처를 입혔다.

"오, 좋아요!" 그가 중얼거렸다. "제가 한 말을 믿지 않으시겠다면야!" 그는 어깨를 으쓱했다. 그녀는 아무 말도 하지 않았다. 그러나 흐느끼는 소리가 그녀의 흔들리는 몸을 따라 주기적으로 들려왔다.

그녀의 얼굴에서 주저하는 모습을 본 그는 다시 말했다. "어서요, 어린 아가씨. 눈물을 닦으시고." 그는 그녀에게 다가왔다. 그녀는 뒤로 물러섰다.

"안 돼, 안 돼!" 그녀가 격렬하게 그를 부인했다. 그는 그녀를 너무 얕잡아 보았다. 그리고 그녀는 '어린 아가씨'라고 불리는 것을 좋아하지 않았다.

"그럼 어떻게 하실 건가요?" 그는 조롱과 협박이 섞인 어조로 물었다. 그녀는 그를 웃음거리로 만들고 있었다.

"내가 뭘 하지 않을지 말해줄 수 있죠." 그녀가 말했다. "전 파리에 가지 않을 거예요." 그녀의 흐느낌은 줄어들었다.

"그건 제가 한 질문이 아니에요." 그가 냉담하게 말했다. "당신이 뭘 할 것인지 알고 싶어요."

이제 그녀나 그에게서 다정함이라는 가식은 찾아볼 수 없었다. 그들의 태도만 놓고 판단해 보면, 그들은 유아기부터 상호 증오심을 키워왔을지도 모른다.

"그게 당신이랑 무슨 상관인데요?" 그녀가 물었다.

"저랑 모든 상관이 있죠."

"그럼 가서 알아보세요!" 그녀가 말했다.

여자아이 같았고, 유치했다. 최후의 불화는 규범을 거의 따르고 있지 않았다. 하지만 그만큼 비극적이지는 않았다. 정말로, 심각한 위기에 처한 어린 소녀의 터무니없는 행동은 상황을 고조시키진 못했지만 상황의 비극성을 키웠다. 제럴드의 머릿속을 스쳐간 생각은 어린 소녀와 관련된 어떤 터무니없는 어리석음이었다. 그는 그녀의 아름다움에 완전히 눈이 멀어 있었다.

"'가서'라고요?" 그가 그녀의 말을 되풀이했다. "진심 그걸 의미하는 건가요?"

"물론 진심이죠." 그녀가 즉시 대답했다.

그의 안에 있는 비겁함은 그녀의 무지와 무력한 자존심을 이용해서 그녀의 말을 따르라고 촉구하고 있었다. 그는 그녀가 수직 갱도에서 취했던 행동을 떠올렸다. 그녀의 매력은 그녀의 성질로 인해 가치가 없었고, 그녀를 얻으려는 꿈을 꾼 자신은 어리석었으며, 이 미친 계획으로부터 벗어날 수 있는 기회를 잡지 않는다면 그는 두 배로 어리석어질 것이라고 생각했다.

"내가 간다고요?" 그가 비웃으며 물었다.

그녀는 고개를 끄덕였다.

"물론 떠나라고 하시면 가야죠. 반드시. 제가 도와드릴 일이라도 있을까요?"

그녀는 그가 할 일이 아무것도 없다는 신호를 보냈다.

"아무것도요? 확실해요?"

그녀는 얼굴을 찌푸렸다.

"그렇다면, 안녕히 계세요." 그가 문 쪽으로 돌아섰다.

"돈도 아무것도 제공하지 않고 절 그냥 여기에 내버려둘 생각인가요?" 그녀가 차갑고 날카로운 목소리로 말했다. 그녀의 비웃음은 그의 비웃음보다 훨씬 더 파괴적이었다. 그 비웃음은 마지막까지 남아 있던 그녀에 대한 연민의 흔적을 파괴했다.

"오, 실례합니다!" 그는 허풍을 떨며 서랍장 위에 있는 소버린 다섯 개를 세어보았다. 그녀는 그것들을 향해 달려갔다. "제가 당신의 혐오스러운 돈을 받을 것 같아요?" 그녀는 장갑을 낀 손에 그 동전들을 모으며 으르렁거렸다.

그녀가 첫 번째로 느낀 충동은 그의 얼굴에 동전들을 던지는 것이었다. 그러나 그녀는 잠시 멈추었다가 그것들을 방 한구석으로 내던졌다.

"주우세요!" 그녀가 그에게 명령했다.

"아뇨, 됐어요." 그가 짧게 말했다. 그러고는 문을 닫고 떠났다.

아주 조금 전만 해도 그들은 향수처럼 모든 행동이 애정을 물씬 풍기고 있는 연인 사이였다! 아주 조금 전만 해도 그녀는 어머니에게 잘난 체하며 '잘 지낸다'라고 전보를 보낼 결심을 하고 있었다! 이제 그 꿈은 완전히 사라졌다. 그리고 그녀가 매우 화가 난 상태였을 때 그녀에게 말을 걸었던 가혹한 상식의 목소리는 그 계획이 결코 좋은 결과로 이어질 수 없으며, 시작부터 불가능한 계획이었고, 아주 사소한 명분으로도 보상을 받을 수 없다는 주장을 하며 점점 목소리를 키워 나갔다. 엄청나게 어리석은 행동이었다! 그렇다, 애인과의 도주였다. 그러나 진짜 도주와는 달랐다. 항상 비현실적이다! 그녀는 항상 이것이 도주의 모조품일 뿐이며, 틀림없이 끔찍한 실망으로 끝날 것이라는 것을 알고 있었다. 그녀는 진정으로 도망치고 싶었던 적은 없었다. 그러나 그녀의 항의에도 불구하고 그녀 안의 무언가는 그녀가 앞으로 나아가게 만들었다. 그녀의 늙은 친척들의 엄격한 생각은 결국 옳았다. 틀린 것은 그녀였다. 그리고 그 대가를 치러야 하는 사람은 항상 그녀였다.

"나는 못된 아이였어." 그녀는 파멸의 한복판에서 우울하게 혼잣말을 했다.

그녀는 진실을 마주하였다. 그러나 회개하지 않을 것이다. 어쨌든 결코 주교좌에 앉지 않을 것이다. 삶이 줄 수 있는 최악의 비참함으로부터 탈출하기 위한 수단과 남은 자존심을 바꾸지 않을 것이다. 그 점에 있어서 그녀는 자기 자신을 알고 있었다. 그녀는 그녀의 자존심을 회복하고 새롭게 하기 위해 움직이기 시작했다.

무슨 일이 일어나든 그녀는 다섯 마을로 돌아가지 않을 것이다. 그녀는 이모 해리엇의 돈을 훔쳤기 때문에 그럴 수 없었다. 그녀가 제럴드에게 등을 돌린 것처럼, 그녀는 이모에게서 돈을 훔쳐 왔고, 그것은 쪽지의 형태로 되어 있었다. 신중하고 불가사의한 본능이 그녀에게 이 예방 조치를 취하도록 만든 것이다. 그녀는 기뻤다. 그녀에게 정말로 돈이 필요했더라면 그녀는 제럴드에게 돈에 관련해서 그렇게 비웃을 수 없었을 것이다. 그래서 그녀는 자신의 범죄에 기뻐했다. 해리엇 이모는 즉시 이 도둑질을 눈치 챌 것이 분명했기 때문에, 그 범죄로 인해 그녀는 영원히 가족에게 돌아가지 못할 것이다. 절대로, 그녀는 결코 어머니를 도둑의 눈으로 쳐다보지 않을 것이다! (사실 해리엇 이모는 그 도둑질을 발견하였고, 매우 훌륭하게 아무에게도 말하지 않았다. 그 정보는 어머니의 심장에 칼을 꽂을 것이었다.)

또한 소피아는 파리로 가는 것을 거절해서 기뻤다. 단호하게 거절했던 기억은 자신을 잘 돌볼 수 있다고 확신하는 소녀로서의 허영심을 우쭐하게 만들었다. 파리에 미혼으로 간다는 것은 상상조차 할 수 없는 미친 짓이었을 것이다. 그 극악무도한 짓을 단지 생각하는 것만으로도 그녀의 도덕적 감정을 격분하게 만들었다. 제럴드는 그녀를 다른 종류의 여자로 완전히 착각했다. 예를 들어, 가게 조수나 여자 바텐더 같은 사람으로!

이것으로 그녀의 만족들이 끝이 났다. 방을 나간다는 간단한 생각조차 그녀를 두렵게 만들었다. 제럴드가 그녀의 짐을 홀에 두었던가? 물론 그랬을 것이다. 얼마나 간단한 질문인지! 하지만 그녀에게 무슨 일이 일어날 것인가? 런던… 런던은 그녀를 아찔하게 하였다. 그녀는 자신을 위해 할 수 있는 일이 아무것도 없었다. 런던의 토끼처럼 무력했다. 창문 커튼을 옆으로 젖히고 강을 힐끗 보았다. 자살에 대해 생각할 수밖에 없었다. 그 어떤 여자라도 자신보다 더 절박한 곤경에 처해 있다고 생각할 수 없었기 때문이었다. "밤에 몰래 빠져나가서 강에 빠져 자살할 수도 있어." 그녀가 진지하게 생각했다. "그건 제럴드에게 좋은 일일 거야!"

이윽고 검은 밤과 같은 외로움이 그녀를 압도하였고, 순식간에 그녀의 힘을 소모하여 끔찍한 침수에 대한 그녀의 자존심을 와해시켰다. 그녀는 마치 거리에서 쓰러질 것 같은 여성처럼 도움을 구하려 주위를 둘러보다가 맹목적으로 침대로 향하여 포기를 하듯 상체를 침대 위로 던졌다. 그녀는 흐느끼지 않으며 울었다.

2

제럴드 스케일은 스트랜드를 걸어가며 높고 좁은 집들을 올려다 보았다. 집들은 마치 공간 절약만을 생각하며 짐을 꾸리는 사람이 분류를 하지도 않은 채로 짐을 꾸리기라도 한 듯이 서로 밀착해 있었다. 서머셋 하우스와 킹스 칼리지, 그리고 한두 개의 극장과 은행을 제외하면 여러 층이 고르지 않게 쌓여 있는 인색한 가게들의 단조로움은 끝이 없었다. 이윽고 제럴드는 엑세터 홀을 마주쳤고, 그 유명한 건물의 정면을 시골의 눈으로 살펴보았다. 그는 여행을 했음에도 불구하고 런던에 대해 잘 알지 못했다. 엑세터 홀은 자연스럽게 그의 위대하고 열정적이며 비국교도인 볼데로 삼촌과 경건했던 자신의 젊은 시절을 떠올리게 만들었다. 삼촌이 무슨 말을 할지 무슨 생각을 하고 있을지 상상해 보는 것은 웃긴 일이었다. 그 늙은이는 조카가 파리에서 여자를 유혹하기 위해 한 여자와 도망쳐 왔다는 것을 알고 있었을까? 정말 엄청나게 웃겼다!

그러나 그는 이 모든 것을 끝냈다. 그는 완전히 제정신이 아니었다. 그녀는 그에게 가버리라고 말하였고, 그는 떠나왔다. 그녀는 집에 갈 돈이 있었다. 그녀는 머릿속으로 혼잣말을 하는 것 말고는 아무것도 할 게 없었다. 나머지는 그녀의 문제였다. 그는 혼자서 파리로 향하여 또 다른 즐거움을 찾을 것이다. 소피아가 그에게 어울릴 것이라고 생각했던 것은 터무니없는 일이었다. 베인스 일가에서 이상적인 연인을 발견할 수 있을 것이라고 합리적으로 기대하는 것은 어려운 일이었다. 아니! 실수가 있었던 것이다. 계획 전체가 잘못되었다. 그녀는 그를 비웃음거리로 만들 뻔했다. 그러나 그는 조롱거리가 될 사람이 아니었다. 그는 품위를 유지했다, 라고 혼잣말을 하였다. 그러나 그의 품위와 자부심은 피를 흘리고 있었으며, 스트랜드의 인도를 따라 보이지 않는 핏방울을 흘리고 있었다.

그는 다시 솔즈베리 스트리트에 있었다. 침실에 있는 그녀의 모습을 떠올려 보았다. 망할 여자! 그는 그녀를 원했다. 그는 지나치게 그녀를 원했다. 자신이 놓쳤다고 생각하는 것은 싫었다. 그녀가 티끌 하나 없이 남아 있을 것이라고 생각하는 것이 싫었다. 그는 그 저주받은 침실에서 흥미진진하게 혼자 있는 그녀의 모습을 계속 상상했다.

지금 그는 솔즈베리 스트리트를 걷고 있었다. 그는 솔즈베리 스트리트를 걷고 싶지 않았다. 그러나 그는 거기 있었다!

"이런, 젠장!" 그가 중얼거렸다. "그냥 견뎌내야겠군."

그는 절박함을 느꼈다. 마음먹은 바를 성취했다고 스스로 말할 수 있도록 어떤 대가라도 치를 준비가 되어 있었다.

"제 아내가 나갔나요?" 그가 짐 운반인에게 물었다.

"잘 모르겠습니다. 안 나가신 것 같아요." 짐 운반인이 말했다.

소피아가 이미 떠났을지도 모른다는 공포는 그를 울렁거리게 하였다. 그녀의 가방이 아직 그곳에 있는 것을 발견한 그는 희망을 가지고 위층으로 뛰어갔다. 어둡고 구겨진 인류의 뒤틀린 부분이 반은 침대 위에 반은 침대 밖에 있는 것을 보았다. 푸른빛이 도는 흰색 침대보 위로 어렴풋이 보이는 그녀였다. 그녀의 모자는 바닥에 있었고, 얼룩무늬의 베일은 모자로부터 떨어져 있었다. 비록 그녀의 얼굴을 가려져 있었지만, 이 광경은 그가 본 것 중 가장 감동적인 장면인 것 같았다. 그는 자신에게 영향을 준 깊고 이상한 감정 외에는 모든 것을 잊어버렸다. 그가 침대로 다가갔다. 그녀는 움직이지 않았다.

누군가 방에 들어오는 소리를 들었고, 그 소리의 주인이 제럴드라는 것을 눈치 챈 소피아는 억지로 가만히 있었다. 그녀의 마음속에서 거칠고 화려한 희망이 솟아올랐다. 움직이지 않겠다는 그녀의 모든 의지에 의해 압박을 당하고 있던 그녀는 목에 숨어 있는 오열을 억누를 수는 없었다. 흐느끼는 소리는 제럴드의 눈에 눈물을 자아냈다.

"소피아!" 그는 그녀에게 호소했다.

그러나 그녀는 움직이지 않았다. 그녀는 또 한 번 흐느껴 울었다.

"좋아요." 제럴드가 말했다. "우리가 결혼을 할 수 있을 때까지 런던에 머무릅시다. 제가 준비할게요. 당신을 위해 좋은 하숙집을 찾고, 제 사촌이라고 말할게요. 저는 이 호텔에 묵으면서 매일 찾아갈게요."

정적이 흘렀다.

"고마워요!" 그녀가 엉엉 울며 말했다. "고마워요!"

그는 그녀의 장갑을 낀 손이 마치 더듬이처럼 자신을 향해 다가오는 것을 보았다. 그는 그 손을 잡고 무릎을 꿇은 뒤, 어색하게 그녀의 허리를 붙잡았다. 어떤 이유에서인지 그는 감히 그녀에게 키스를 하지 않았다. 거대한 안도감이 두 사람에게 천천히 밀려들었다.

"전, 전, 정말로⋯." 그녀가 뭐라고 말하기 시작했지만, 그녀의 목소리는 흐느낌으로 인해 사라져 있었다.

"뭐라고요? 무슨 말을 하고 싶은 건가요, 내 사랑?" 그가 열정적으로 물었다.

그녀는 다시 시도하였다. "전 정말로 결혼하지 않고는 당신과 함께 파리에 갈 수 없었어요." 마침내 성공했다. "정말로요."

"아니에요!" 그가 그녀를 달랬다. "물론 못 가시겠죠. 틀렸던 건 저였어요. 하지만 당신은 제가 어떻게 느꼈는지를 몰랐어요⋯. 소피아, 이젠 다 괜찮지 않나요?"

그녀는 일어나 앉아 그에게 키스하였다. 그녀의 행동은 너무나 아름답고 놀라워서 그는 숨김없이 눈물을 흘렸다. 그녀는 그가 가지고 있는 감정의 연약함이 그들의 행복한 미래를 보장하고 있는 것을 보았다. 그리고 그가 그녀를 달래주었던 것처럼, 이제 그녀가 그를 달래주고 있었다. 두 사람은 서로를 끌어안았고, 그들을 계속해서 적시는 달콤하고 아름다우며, 더없이 행복한 우울함에 똑같이 놀랐다. 그것은 고난도 모험의 궁극적인 정당성에 대한 믿음이 부족했기에 일어난 싸움에 관련된 후회였다. 모든 것이 괜찮았고, 괜찮을 것이다. 그들은 범죄라고 생각이 들 정도로 터무니없었다. 후회였다. 그러나 그것은 순수한 행복이었고, 싸울 만한 가치가 있었다! 제럴드는 그녀의 눈에서 다시 그의 완벽함을 되찾았다! 그는 선함과 영광의 영혼이었다! 그리고 그에게 그녀는 다시 이상적인 애인이 되었고, 또한 아내가 될 것이다. 그의 마음은 결혼에 필요한 여러 단계들을 빠르게 뛰어넘었고, 머릿속의 외딴 동굴에서는 자신에게 이렇게 말하고 있었다. "나는 그녀를 가질 거야! 나는 그녀를 가질 것이다!" 그는 정직하게 살아오며 여러 세대에 걸쳐 축적된 힘을 무의식적으로 가져온 베인스 가의 연약한 딸이 자신에게 패배를 안겨주었다는 것을 떠올리지 않았다.

차를 마신 후, 우주에 완전히 만족한 제럴드는 자신의 약속을 지켰고, 소피아를 위해 수도원에서 멀지 않은 웨스트민스터에 나무랄 데 없는 하숙집을 찾았다. 그녀는 집주인에게 그녀에 관한 것과 그들이 처해 있는 상황에 관한 것을 술술 말하는 그의 거짓말에 놀랐다. 또한 그는 가까운 곳에서 교회와 목사를 찾았고, 30분 뒤 결혼식을 치르기 전에 해야 하는 절차가 시작되었다. 그는 그녀가 현재 런던에 거주하고 있기 때문에 계획을 완전히 재개하는 것이 더 간단할 것이라고 설명하였다. 그녀는 슬기롭게 동의했다. 그녀는 그를 다시 다치게 하고 싶은 생각이 전혀 없었기 때문에 형식주의로 인해 예기치 않게 실패로 판명된 다른 절차들에 대해서는 묻지 않았다! 그녀는 자신이 결혼을 하게 될 것이라는 것을 알았고, 그것으로 충분했다. 다음날 그녀는 어머니에게 전보를 보내겠다는 효도적인 생각을 실행에 옮겼다.

저녁식사

1

그들은 베르사유를 방문하였고, 그곳에서 식사를 하였다. 시가 전차는 그들을 이동시키기에 충분했다. 그러나 돌아가는 길, 샴페인을 마신 제럴드는 마차 한 대에 만족하지 않았다. 나아가 그는 불로뉴의 숲과 개선문을 통해 파리로 들어가겠다고 고집을 부렸다. 그의 자만심을 완전히 달래기 위해서는 개선문의 명예의 문을 열고 그의 소형 4륜 합승 마차가 지나갈 수 있도록 하는 것뿐이었을 것이다. 기념비적인 건축물의 아래가 아닌 주변으로 마차를 몰도록 강요받는 것은 샴페인이 불러일으킨 현재 상태를 망칠 것이었다. 그날 제럴드는 온갖 자부심을 느끼고 있었다. 그는 소피아에게 경이로운 풍경들을 보여주었고, 자신이 이 경이로운 것들에 대한 책임이 있다는 관광 안내원의 비밀스러운 감정에서 벗어날 수 없었다. 게다가, 그는 소피아가 만들어낸 결과에 매우 만족했다.

승리를 거둔 손가락에 반지를 끼고 파리에 도착한 소피아는 소심하게 드레스에 관해 언급했다. 그녀의 말투만을 듣고서는 아무도 프랑스 옷에 대한 갈망이 그녀를 악마처럼 사로잡았다고 생각할 수 없었을 것이다. 그녀는 제럴드의 대답에 들어 있는 열망에 대해 놀랐고 기뻐했다. 제럴드 또한 악마에 홀려 있었다. 그는 프랑스 옷을 입은 그녀의 모습을 몹시 보고 싶었다. 그는 페 거리와 처시 앙틴 거리 그리고 팔레 루아알에 있는 가게와 작업실을 알고 있었다. 이전에 파리에서 했던 일은 훌륭한 기업과 관계를 맺는 것으로 이어졌는데, 그렇기 때문에 그는 그녀보다 드레스에 대한 지식이 훨씬 많았다. 소피아는 자신이 입고 있는 드레스가 그에게는 드레스조차 되지 못한다는 의견으로 인해 잠시 창피함을 겪고 있었다. 그녀는 두 사람이 파리 사람도 아니고 심지어 런던 사람도 아니라는 것을 알고 있었다. 하지만 그녀는 그들이 꽤 괜찮다고 생각하고 있었다. 그녀의 자기애를 지켜주기 위해 그가 너무나 훌륭하게도 조언을 하지 않았다는 사실은 그녀의 상처를 치유해주었다. 제럴드는 그녀를 처시 앙틴에 있는 시설로 데려갔다. 제럴드가 큰 집이라고 부르는 건물들 중 한 곳은 아니었지만 변두리에 위치하고 있었고, 그 안에서는 진짜 고급 여성복이 전시되고 있었다. 제럴드는 그곳에서 이름으로 기억되고 있었다.

소피아는 떨리고 부끄러운 마음으로 그곳에 들어갔지만, 마음속으로는 용기 있게 프랑스인이 되기로 강경히 마음먹었다. 그러나 모델들은 그녀를 놀라게 했다. 그들은 그녀가 거리에서 본 것 중에서도 가장 환상적이었던 것들을 능가하고 있었다. 그들 앞에서 움츠러든 그녀는 그에게 도덕적 보호라도 호소하는 것처럼 제럴드에게 피신을 하여 숨었고, 여점원이 부자연스러운 영어로 그녀에게 말을 걸자 그녀는 직원에게 대답을 하는 대신 그에게 대답을 하였다. 가격 또한 그녀를 두렵게 만들었다. 이곳에서는 가장 간단하고 하찮은 것이 16파운드나 하였다. 12파운드나 들었던 기억에 남을 만한 어머니의 정교했던 '실크'는 말로 표현할 수조차 없었다! 제럴드는 가격에 대해 생각하지 말라고 했다. 그러나 그녀는 어떤 본능에 의하여 가격을 의식할 수밖에 없었다. 광장에 있는 집에서 그녀는 삶의 궁핍함을 경멸해온 그녀였다. 광장에서 그녀는 전혀 상식이 없고, 절망적으로 경솔한 사람으로 알려져 있었다. 그러나 이곳에서는 현명함의 샘이 그녀의 몸에서 항상 샘솟는 것 같았는데, 이것은 그녀가 자신에게서 발견한 일반적인 광기에 대한 지속적인 해독제였다. 그녀는 제럴드에게 절제를 설교하는 버릇이 매우 **빠르게** 생겼다. 그녀는 '돈이 낭비되는 것'을 보기 싫었고, 돈을 낭비하는 것과 현명하게 쓰는 것 사이의 경계선에 대한 그녀의 생각은 여전히 광장에서 살았을 때의 개념이었다.

제럴드는 웃었다. 그러나 그녀는 화를 내고 얼굴을 붉히며 자신감에 차서 말했다. "웃으려면 웃던지!" 모든 것은 유쾌하고 즐거웠다.

이날 저녁에 그녀는 새 의상 중 첫 번째 의상을 입었다. 그녀는 하루 종일 그 옷을 입고 있었다. 개성적으로 그녀는 오후나 저녁, 따뜻하거나 추운 날씨에 너무 특별하지 않은 옷을 골랐다. 짙은 파란색 줄무늬가 있는 옅은 청색의 태피터와 코르사주가 곁들여져 있는 바스크, 그리고 페티코트는 태피터와 비슷했지만 줄무늬가 없었다. 평범한 페티코트의 위로 늘어져 있는 화려하게 장식된 오버스커트의 효과는 그녀가 생각하기에 그리고 제럴드가 생각하기에도 사랑스러웠다. 조끼는 그녀가 이전에 소유했던 그 어느 것보다 더 비쌌고, 크리놀린은 널찍했다. 아기의 보닛처럼 연약한 커포트는 파란 리본을 이용하여 커다란 나비 리본과 턱 아래에서 날리고 있는 머리에 묶여 있었는데, 앞으로는 머리카락이 빠져나와 있었고, 뒤쪽으로는 커다란 시뇽이 빠져나와 있었다. 커포트의 커다란 얼룩무늬의 베일은 시뇽의 위로 흩날렸다. 그녀의 더블스커트는 마차 안에서 제럴드의 무릎 위로 충분히 펄럭였고, 그녀는 딱딱한 쿠션에 기대어 거만한 표정을 지은 채로 인생의 몹시 두근거리는 기쁨만을 생각하며 괴로운 열정과 함께 지금과 앞으로의 기쁨을 열망했다.

마차가 샹젤리제의 넓고 텅 빈 어둠을 뚫고 내려가 그들을 기다리고 있는 찬란한 파리로 들어섰을 때, 두 마리의 흰말이 이끄는 또 다른 마차가 번쩍이며 위쪽으로 향하더니 먼지 속으로 사라졌다. 마부와 하인을 제외하면 그 마차의 유일한 탑승자는 여자뿐이었다. 제럴드는 그 마차를 쳐다보았다.

"이럴 수가!" 그가 소리쳤다. "호텐스야!"

호텐스였을 수도 있고 아닐 수도 있었다. 하지만 그는 즉시 호텐스가 맞았다고 스스로 확신했다. 샹젤리제의 거리를 혼자 몰고 가는 호텐스는 매일 저녁 볼 수 있는 것이 아니었다. 8월에도 마찬가지였다!

"호텐스?" 소피아가 간단히 물었다.

"응. 호텐스 슈나이더."

"그녀가 누구인데?"

"호텐스 슈나이더에 대해 들어본 적이 없어?"

"응!"

"뭐! 오펜바흐라고 들어본 적 있어?"

"모, 모르겠어. 아닌 것 같아."

그는 완전히 불신하는 기색이 역력했다. "푸른 수염의 사나이에 대해 들어본 적이 단 한 번도 없다고?"

"푸른 수염의 사나이에 관한 것은 당연히 들어봤지." 그녀가 말했다. "누가 모르겠어?"

"내 말은 오페라 말이야, 오펜바흐의."

그녀는 오페라가 무엇인지도 거의 알지 못한 채 고개를 저었다.

"이런, 이런! 다음은 뭐야?"

그는 이와 같은 무지를 자신이 살면서 처음 경험했다는 것을 은연중에 드러냈다. 그는 자신이 작성해야만 하는 석판이 깨끗하다는 것에 정말로 기뻤다. 소피아는 조금도 놀라지 않았다. 그녀는 그의 입술에서 나오는 설명을 즐거워했다. 세속적인 지식의 저장고로부터 무언가를 배우는 것은 그녀에게 있어서 기쁨이었다. 세상의 앞에서 그녀는 자신만의 방식으로 박식하게 추정을 하려고 노력했었지만, 그의 앞에서는 지금 그녀의 기분처럼 무식하고 특별한 지식이 없는 작은 사람인 척 연기하는 것을 좋아했다.

"슈나이더는 지난해부터 딱 1년 동안 정말 유행이었어. 절대적인 대유행이었지."

"나도 그녀를 알았으면 좋았을 텐데!" 소피아가 말했다.

"버라이티가 다시 문을 여는 대로 우리는 그녀를 보러 갈 거야." 그는 이렇게 대답하고는 호텐스 슈나이더의 상세한 경력에 대해 말을 하기 시작했다.

가까운 미래에 그녀에게는 더 많은 기쁨이 있을 것이다! 그녀는 아직 행복의 껍질을 뚫지 못했다. 그녀는 자유, 재산, 영원한 쾌락, 그리고 더없이 훌륭한 제럴드로 이루어진 눈부신 운명에 크게 기뻐했다.

두 사람이 콩코르드광장을 건너갈 때 그녀가 물었다. "다시 호텔로 돌아가는 거야?"

"아니." 그가 말했다. "너무 이르지 않다면 어디 가서 저녁이나 먹을까 했어."

"여태껏 식사를 했으면서?"

"여태껏 무슨 식사? 그리고 당신도 나처럼 다섯 번이나 먹었잖아."

"아, 난 준비됐어!" 그녀가 말했다.

그녀는 준비가 되어 있었다. 이날은 프랑스 옷을 처음으로 입은 날이었기에 수도의 어지러운 생활에 데뷔를 한 날로 간주하였다. 그녀는 몸도 마음도 피로감을 느낄 수 없는 거대한 행복, 황홀감에 빠져 있었다.

2

그들이 실방 레스토랑에 들어간 것은 자정이 지나서였다. 호텔에 가지로 않기로 결심한 제럴드는 마음을 바꾸어 그곳에 연락하였고, 그곳에서 연락한 뒤, 오랫동안 머물러 있었다. 이것은 당연했다! 소피아는 제럴드와 함께라면 5분 앞의 미래조차 정확히 예측하는 것이 불가능하다는 생각에 벌써 익숙해져 있었다.

종업원은 그들이 들어올 수 있도록 문을 잡아주었고, 소피아는 겸손하게 레스토랑의 빛나고 있는 노란 실내로 들어갔다. 그 뒤를 따라 세속적인 성격을 띠고 있는 제럴드가 들어왔고, 그들은 실 방의 수많은 반짝이고 있는 손님들의 관심을 받았다. 소피아의 얼굴에 비하면 가려져 있는 방들에 있는 여성의 얼굴들은 별로 자극적이지 않았다. 커다란 리본과 아기 보닛의 사이에 있는 그녀의 얼굴은 매우 순진하고, 매우 순결하고, 매우 매력적인 방식으로 그 자체의 순수한 아름다움을 의식하게 만들었고, 그녀는 더 이상 처녀가 아니며 살아 있는 그 어떤 여성과도 동등한 지식을 가지고 있다는 것을 의식하게 만들었다. 그녀는 주위를 둘러보았고, 하얀 테이블 주위에 모여 있는 다수의 격렬하게 붉은 입술, 화장이 되어 있는 뺨, 차갑고 딱딱한 눈, 침착하고 거만한 얼굴, 그리고 무례한 가슴을 보았다. 파리에서 그녀에게 그 무엇보다 가장 깊은 인상을 준 것은, 세 마리의 말이 이끄는 합승마차조차 아닌 모든 여성들의 놀라운 자기 과신과 뻔뻔한 자세, 그리고 대중의 시선을 차분하게 받아들이는 그들의 태도였다. 그들은 마치 이렇게 말하는 것 같았다. "우리는 그 유명한 파리 여자야." 그들은 그녀를 겁먹게 만들었다. 그들은 그녀에게 너무나 부패해 보였다. 그들은 자신들의 부패를 매우 자랑스러워하고 있는 것처럼 보였다. 그녀는 이미 여러 눈에 띄는 상황에서 십여 명의 여성들이 마치 자신들의 머리를 다듬듯이 얼굴에 분칠하는 것을 본 적이 있었다. 그녀는 그러한 대담함을 이해할 수 없었다. 그들에 대해서 말해보자면, 그들은 소피아라는 인물에게 나타난 현상을 경이로워하고 있었다. 그들은 감탄했다. 소피아가 입고 있는 드레스의 스타일을 인정했다. 그러나 그녀의 순수함도 그녀의 아름다움도 부러워하지 않았다. 그들은 다른 무엇도 아닌 그녀의 젊음과 신선한 볼 빛만을 부러워했다.

"또 다른 영국인!" 그들 중 몇 명이 마치 이 모든 것을 설명하기라도 하는 듯 말했다. 제럴드는 매우 퉁명스럽게 웨이터들을 대했다. 그들이 아첨을 할수록 그는 더 거만해졌다. 급사장은 그에게 허드렛일을 하는 사람에 지나지 않았다. 그는 자신과 소피아가 자랑스러워하는 프랑스어로 매우 큰소리로 주문을 하였고, 그들의 테이블은 커다란 창문들 중 하나의 근처 구석으로 정해졌다. 소피아는 녹색 벨벳 벤치에 자리를 잡고서는 제럴드가 그녀에게 준 상아색 부채를 부치기 시작했다. 매우 더웠다. 모든 창문은 열려 있었고, 거리에서 들려오는 소리는 저녁 식사를 하는 가게의 쨍그랑하는 소리와 선명하게 섞여 있었다. 짙은 보라색의 하늘을 배경으로 소피아는 밖에 보이는 거대한 건물의 검은 뼈대를 알아볼 수 있었다. 그것은 새로 건설되고 있는 오페라 하우스였다.

제럴드는 만족한 듯 차가운 수프와 탄산이 들어 있는 모젤을 주문한 뒤 말했다. "여긴 온갖 종류가 있군!" 소피아는 모젤이 무엇인지 몰랐지만, 샴페인보다 더 나은 것은 없을 것이라고 생각했다.

이 당시 실 방은 제2제정의 전형적인 장소였고, 특히 저녁 식사를 하는 장소로 유명했다. 비싸고 유쾌했으며, 신중한 장식들과 함께 창부, 여배우, 존경할 만한 여성들, 그리고 아주 가끔 운이 좋으면 여직공이 서로에 대한 호기심을 만족시킬 수 있는 호화로운 현장을 제공하였다. 보편적인 면으로 보았을 때 이곳은 휴양지로서 매우 올바른 곳이었다. 8월 밤, 샹젤리제의 작은 숲과 불로뉴의 숲에 있는 경쟁 명소를 상대로 성공적으로 경쟁할 수 있었던 다른 식당들은 도심지에 많지 않았다. 드레스의 복잡한 풍성함, 정교하고도 정교한 박음질, 끝이 없는 루시 장식, 수놓아진 아마포의 아래 있는 보물에 대한 다소 부주의한 암시, 그리고 이 모든 것을 뛰어넘어 실크와 모슬린, 베일과 깃털, 그리고 꽃의 선명한 색깔들이 일반적인 녹색 쿠션 위에 난잡하게 쌓인 채로 식당의 가장 멀리 보이는 곳까지 이어져 있었고, 금빛 거울로 인하여 두 배가 되어 있었다. 이 광경이 소피아를 몹시 들뜨게 만들었다. 그녀의 눈이 반짝거렸다. 그녀는 열정적으로 수프를 마신 뒤, 와인을 맛보았다. 그녀는 와인을 좋아하려는 마음이 없었지만, 그렇게 만들 수는 있었다. 이윽고 그녀는 과일로 덮인 커다란 테이블에 파인애플이 있는 것을 보았고, 제럴드에게 파인애플을 먹고 싶다고 말하였다. 제럴드는 파인애플을 하나 주문하였다.

그녀는 자존심과 지혜를 모아 제럴드에게 의상에 대한 견해를 말하기 시작했다. 그녀의 의견은 의심할 여지없이 비판받지 않을 것이었기 때문에 아무런 혐의 없이 그렇게 할 수 있었다. 그녀는 일부를 전적으로 비난하였고, 그녀의 무조건적인 동의를 얻은 것은 단 하나도 없었다. 그녀의 시골 여학생 같은 모든 터무니없는 까다로움이 그 열렬하고 가장된 발언의 소나기 속에서 나타났다. 그러나 시간이 흐른 후, 그녀는 제럴드의 말투와 안색을 통하여 그녀 자신이 스스로를 따분하고 어리석게 만들고 있다는 것을 읽을 만큼 충분히 영리했다. 그녀는 능숙하게 자신의 비판을 취향에서 일 쪽으로 옮겼고(그녀는 일이라는 단어에 강한 악센트를 붙였다) 일이 말로 다 표현할 수 없을 정도로 기적이라고 말하였다. 그녀는 자신이 여성복 제조업과 여성 모자 제조업에 대해 알고 있다고 생각했고, 그녀의 많은 전문 지식은 밤낮으로 바느질을 하고, 하고 또 하는 소녀들로 가득 찬 도시의 모습을 상상하게 만들었다. 그녀는 파리에서 시간을 보내며 샹티와 다른 장소들을 방문했던 기이한 며칠 동안 상점들의 엄청난 호화스러움에 대해 궁금해 했다. 그녀는 성 누가 광장에서 일반적인 수준으로 시작한 그들이 어떻게 그렇게 번창할 수 있었는지에 대해 궁금해 하였다. 그러나 백여 곳의 레스토랑들 중에서도 한 곳의 진부하고 방탕한 사치를 처음 실제로 목격한 그녀는 이제 가게들이 어째서 그렇게 적은지 의아해했다. 그녀는 이 값비싼 사업이 얼마나 훌륭한지 생각했다. 정말로, 그 사랑스럽고 어리석은 머릿속에서 서로를 좇는 개념들은 놀라운 메들리였다.

"음, 실 방에 대해서는 어떻게 생각해?" 제럴드는 자신이 데려온 실 방이 그녀를 충분히 압도했다는 확신을 얻고 싶어 안달이 되어 물었다.

"오, 제럴드!" 그녀는 그 말이 부적절했다는 것을 나타내며 말을 중얼거렸다. 그러고는 그녀의 손으로 그의 손을 슬쩍 만졌다. 파리 복장의 단점에 대한 그녀의 비판적인 연설로 인하여 생겼던 권태감이 제럴드의 얼굴에서 사라졌다.

"저 사람들이 무슨 이야기를 하고 있다고 생각해?" 그는 옆 테이블에 있는 세 명의 아름다운 창부와 두 명의 중년 남성으로 이루어진 수다스러운 그룹을 향해 머리를 확 돌리며 말했다.

"저 사람들이 무슨 이야기를 하냐고?"

"저 사람들은 내일모레 오세르에서 있을 살인마 리방의 사형식에 대해 이야기하고 있어. 사람들을 모아서 보러 갈 계획을 세우고 있지."

"오, 정말 무시무시한 생각이야!" 소피아가 말했다.

"단두대로 처형을 하나 봐!" 제럴드가 말했다.

"그걸 사람들이 구경할 수 있어?"

"그럼, 당연하지."

"음, 내 생각엔 끔찍할 것 같아."

"맞아, 그래서 사람들이 보러 가는 것을 좋아하는 거지. 게다가, 그 남자는 평범한 종류의 범죄자가 전혀 아니야. 그 남자는 매우 어리고 잘생겼으며, 연줄이 좋아. 그리고 유명한 클로딘을 죽였지….”

“클로딘?”

“클로딘 자퀴노. 당신은 물론 모르겠지. 그녀는 거대한, 그, 40년대에 부도덕한 사람이었어. 돈을 많이 벌고서는 고향으로 은퇴했지.”

아무것도 배울 것이 없는 여자의 역할을 유지하려는 노력에도 불구하고 소피아는 얼굴을 붉혔다.

“그럼 그녀는 그보다 나이가 많네.”

“35살이나 더 많지, 날로 친다면.”

“왜 죽인 걸까?”

“그에게 충분한 돈을 주지 않았거든. 그녀는 그의 애인이었어. 아니면 그중 하나거나. 그는 젊은 여자 친구를 위한 돈을 원했어. 그는 그녀를 죽이고 그녀가 착용하고 있던 모든 보석들을 가져갔지. 그가 그녀를 보러 갈 때면, 그녀는 항상 가장 좋은 보석들을 착용했거든. 그런 여자는 분명히 몇 개 가지고 있을 거야. 그녀는 그가 그녀를 위해 하려고 했던 것을 오랫동안 두려워했던 모양이야.”

“그러면 어째서 그녀는 그를 만났을까? 그리고 어째서 보석을 착용했을까?”

“왜냐하면 그녀는 두려워하는 것을 좋아했거든, 이 바보야! 어떤 여성들은 자신들이 공포에 질렸을 때만 즐거워하거든. 이상하지 않아?”

제럴드는 이 누설을 끝내면서 아내의 시선을 마주치기 위해 고집을 부렸다. 그는 이러한 이야기들이 지구상에서 가장 흔한 이야기이며, 그러한 이야기들에 분개하는 것은 유치한 일인 척했다. 소피아는 그녀의 반쯤 형성된 지능을 가장 즐거운 장난감이라고 생각하는 젊은 이의 지도 아래 관능성과 감각에 완전히 솔직한 이상한 문명에 갑자기 뛰어들게 되었다. 소피아는 자신이 단지 어렴풋이 이해했을 뿐인 사악하고 휙 지나가는 생각의 망상에 의해 이상하게도 거북함과 불안함을 느꼈다. 그녀의 시선이 아래를 향했다. 제럴드는 자의식적으로 웃었다. 그녀는 더 이상 파인애플을 먹지 않을 것이다.

그 직후 레스토랑에 유령이 나타나서 가게 안의 모든 대화는 순간 멈추었다. 자줏빛이 도는 검은색 실크 드레스를 입은 여성으로, 그 위로는 금으로 된 고리와 술이 장식되어 있는 주홍색 벨벳으로 만들어진 소티드발[22]이 커다랗게 흩날리고 있었다. 다른 어떤 의상도 그 옷 옆에 존재할 수 없었다. 아랍 모양과 러시아의 색, 그리고 파리 스타일을 가지고 있었다. 불타올랐다. 여자의 무거운 머리 장식은 금색 장식용 수술과 진홍색 장미 리본으로 장식되어 있었다. 그녀의 뒤를 이어 야회복과 가장 정확하게 잘려 있는 구레나룻을 가지고 있는 영국인이 따라 들어왔다. 여성은 약간 숨을 헐떡이며 제럴드의 옆 테이블로 향했고, 거의 지루해하는 듯한 분위기로 그 테이블의 자리를 차지하였다. 그녀는 자리에 앉더니 위풍당당한 가슴에 있는 망토를 벗고는 가슴을 쭉 펼쳤다. 맞은편에 거만하게 앉은 영국 남자를 무시하는 것 같았고, 커다랗고 경멸적인 눈으로 레스토랑을 훑어보며 자신이 불러일으킨 호기심을 천천히 그리고 건방지게 충족시켰다. 그녀의 아름다움은 의심할 여지없이 눈부셨고, 여전히 찬란했지만, 곧 저버릴 꽃이었다. 그녀는 감탄스러울 정도로 화장을 하였다. 팔은 훌륭했고, 속눈썹은 길었다. 비만에 맞서 헛되이 싸우고 있는 금발의 지나친 성숙함을 제외하면 그녀에게 오점은 거의 없었다. 그녀의 옷은 대담함과 패션의 적절함이 결합되어 있었다. 그녀는 값비싼 장신구를 테이블 위에 부주의하게 내려놓고는 주위 사람들에게 위협을 한 뒤, 급사장에게 메뉴를 받아 읽기 시작하였다.

"저 사람이 그 사람들 중 하나야!" 제럴드가 소피아에게 속삭였다.

"무슨 사람들 중에 한 명인데?" 소피아가 속삭였다.

제럴드는 경고하듯이 눈썹을 치켜 올리고는 윙크를 하였다. 그 영

------

22 sortie-de-bal, 야회복 위에 걸치는 옷.

국인이 우연히 그들의 이야기를 들었다. 그의 자랑스러운 얼굴에 냉담한 불쾌감의 표정이 스쳐 지나갔다. 분명히 그는 제럴드의 지위보다 훨씬 높은 지위에 속해 있는 사람이었다. 자신이 최고 대학을 다녔다는 생각으로 항상 스스로를 위로하던 제럴드였지만, 그는 자신의 열등감을 느끼고 있었고, 그 열등감을 숨길 수 없었다. 제럴드는 부유했다. 그는 부유한 집안 출신이다. 그러나 그에게는 부유한 습관이 없었다. 그가 미친 듯이 돈을 사용할 때면 허세를 부리며 돈을 사용하였고, 위엄을 너무 의식하였으며 버린 것을 되찾는 어려움을 너무나 의식하였다. 제럴드는 돈을 벌었기 때문이었다. 이 구레나룻을 기른 영국인은 돈을 벌어본 적이 결코 없었으며, 그 가치를 알지 못했고, 그가 원하는 만큼의 돈이 없는 자신을 상상조차 하지 못했다. 그의 얼굴은 명령을 내리고 하급자를 얕보는 버릇이 들어 있었다. 그는 전적으로 자신감에 차 있었다. 그의 동료가 주로 그를 무시했다는 것은 조금도 그를 불편하게 하지 않는 것 같았다. 그녀는 그에게 불어로 말을 걸었다. 그는 영어로 아주 간단하게 대답하였다. 그러고 나서 영어로 저녁을 주문하였다. 그는 샴페인이 제공되자마자 마시기 시작했다. 술을 마시는 중간 중간에 그는 부드럽게 자신의 구레나룻을 쓰다듬었다. 그 여성은 더 이상 말을 하지 않았다.

제럴드는 더 크게 말했다. 그 귀족적인 영국인이 그를 관찰하고 있었기에 그는 편안히 있을 수가 없었다. 더 큰소리로 말했을 뿐만 아니라 돈, 여행, 그리고 세속적인 경험에 대한 이야기를 꺼냈다. 그가 영국인에게 깊은 인상을 주려고 하는 동안, 그는 단지 그 영국인에게 우스꽝스러워지고 있었을 뿐이었다. 그리고 그는 이 사실을 모호하게 알고 있었다. 소피아도 그것을 알아차리고 후회했다. 여전히 자신을 매우 하찮다고 느끼고 있는 그녀는, 구레나룻을 기른 영국인의 우월성을 자연의 진리로 받아들였다. 제럴드의 행동은 그녀의 존경심을 약간 떨어지게 만들었다. 이윽고 그녀는 그를 바라보았다. 잘생긴 단정함, 쾌활한 얼굴, 훌륭한 옷차림을 보았다. 그는 두 턱과 긴 코를 가진 채 살아 있는 그 어떤 귀족보다 훨씬 더 선호될 것이라 확신했다.

마치 요새처럼 자신의 주위에 주홍색 망토를 둘러놓은 여자는 그녀의 에스코트에게 말을 걸었다. 그는 이해하지 못했다. 그는 프랑스어로 자신을 표현하려고 했지만, 실패했다. 그러자 그 여자의 장황한 이야기는 다시 시작되었다. 그녀가 말을 끝내자 그는 고개를 저었다. 그가 아는 프랑스어는 음식에 관련된 어휘에 한정되어 있었다.

"단두대!" 그는 그녀가 말한 이야기 중 유일하게 알아들은 단어를 중얼거렸다.

"그래요, 그래! 단두대. 마침내…!" 여자는 흥분해서 소리쳤다. 자신의 이야기 중 단 하나의 단어를 그에게 전달했다는 것에 고무되어 그녀는 세 번째로 다시 이야기를 시작하였다.

"실례합니다." 제럴드가 말했다. "이분은 모레 오세르에서 있을 사형 집행에 관해 이야기하고 계십니다. 리방에 관해 이야기를 하고 계셨죠, 부인?"

영국인은 제럴드의 주제넘은 방해에 화가 나서 그를 노려보았다. 그러나 그 여성은 제럴드에게 호의적으로 미소를 지어 보이며 그를 통해 그녀의 친구와 이야기를 하고 싶다고 주장하였다. 영국인은 그 상황을 최대한 활용해야 했다.

"오늘 밤 파리에 있는 레스토랑 중 사형 집행에 관련된 이야기를 하지 않는 식당이 없군요." 제럴드가 말하였다.

"정말로요!" 영국인이 말했다. 와인은 다른 방식으로 그들에게 영향을 끼쳤다.

연약하고 키가 작은 젊은 프랑스인이 입구에 나타났다. 그는 가늘고 검은 황제수염과 극도로 창백한 얼굴을 가지고 있었다. 주위를 둘러보더니, 단홍색 망토의 여인을 알아보고는 아주 조심스럽게 그녀에게 인사하였다. 그러고선 제럴드를 보았고, 그의 낡고 피로한 이목구비는 갑자기 놀람을 보이더니 미소를 짓기 시작했다. 그는 모자를 손에 들고 빠르게 다가오더니 제럴드의 손바닥을 잡고 힘차게 인사했다.

"내 아내야." 제럴드는 자신이 술에 전혀 취하지 않았다는 것을 증명하기 위해 엄숙한 신중함과 함께 말했다.

그 젊은이는 진지해졌고, 지나치게 격식을 갖추었다. 그는 소피아의 손으로 몸을 굽힌 뒤, 손에 입을 맞추었다. 그녀의 충동은 웃으라고 하고 있었지만, 그 젊은이의 엄숙함은 그녀를 멈추게 만들었다. 그녀는 마치 이렇게 말하듯 얼굴을 붉히며 그를 바라보았다. '이 코미디는 내 잘못이 아니야.' 제럴드가 뭐라고 말을 하자 그 젊은이는 다시 그에게 돌아섰고, 얼굴에는 환영의 미소가 다시 나타났다.

"이쪽은 시라크야." 제럴드는 마침내 소개를 하였다. "내가 파리에 살았을 때 사귄 친구야."

그는 식당에서 우연히 지인을 만난 것을 자랑스러워했다. 이것은 그가 파리 사람이라는 것을 보여주었고, 구레나룻을 기른 영국인과 주홍색 망토에 대한 그의 지위를 향상시켜주었다.

"파리는 처음이신가요, 부인?' 시라크는 축 처지고 소심한 영어로 소피아에게 인사했다.

"네." 그녀가 낄낄 웃었다. 그는 다시 고개를 숙였다.

시라크는 최고의 찬사와 함께 제럴드의 결혼을 축하해주었다.

"별말을 다!" 유머러스한 제럴드는 자신의 재치에 즐거워하며 영어로 말했다. 그러고 나서 "사형 집행은 어떻게 생각해?"라고 말했다.

"아!" 시라크가 긴 숨을 내쉬며 소피아에게 미소를 지으며 대답했다. "리방! 리방!" 그는 손으로 크고 중요한 제스처를 취했다.

지하의 불길이 광산을 파괴하듯 저녁 식사의 세계를 비밀리에 파괴하고 있던 주제를 제럴드가 건드렸다는 것을 즉시 알 수 있었다.

"나는 간다!" 시라크는 자부심을 느끼며 자의적으로 미소를 짓고

있는 소피아를 힐끗 쳐다보며 말했다. 시라크는 제럴드와 프랑스어
로 대화를 시작했다. 소피아는 시라크가 제럴드에게 한 말로 인해 제
럴드가 놀랐고 감명 받았으며, 시라크는 제럴드가 한 말로 인해 놀랐
다는 것을 이해했다. 제럴드는 애를 써가며 수첩을 찾았고, 수첩을 몇
번 만지작거린 후에 시라크가 그곳에 글을 쓸 수 있도록 건네주었다.

"부인!" 시라크는 자리를 뜨기 위해 딱딱하게 격식을 갖춘 뒤 조용
히 말했다. "그래, 알겠어, 친구여!" 그는 무관심하게 고개를 끄덕인
제럴드에게 말했다. 시라크는 세 명의 창부와 두 명의 중년 남성이 있
는 테이블로 향하였다. 그는 그곳에서 열렬한 환영을 받았다.

소피아는 제럴드가 평소와 같지 않다는 약간의 두려움에 괴롭힘을
당했다. 그녀는 그를 술에 취한 사람으로 생각하지 않았다. 그가 술에
취해 있다는 생각은 그녀에게 충격을 줄 것이다. 그녀는 전혀 명확하
게 생각하지 않았다. 제럴드가 그녀에게 새로이 보여준 새롭고 강렬
한 인상의 미로 속에서 길을 잃고 멍해졌다. 그러나 그녀의 신중함은
깨어 있었다.

"피곤한 것 같아." 그녀가 낮은 목소리로 말했다.

"가고 싶은 건 아니지?" 그가 물었다. 상처받았다.

"그."

"오, 조금만 기다려봐!"

주홍색 망토의 주인은 자신이 잘난 줄 알고 착각하고 있는 제럴드
에게 다시 말을 걸었다. 그녀와 이야기를 나누면서 그는 브랜디와 음
료수를 주문했다. 그러고 나서 그녀에게 파리에서의 삶이 익숙하다는
것을 보여주었고, 백마 한 쌍의 뒤에 타 있는 호텐스 슈나이더를 어떻
게 만나게 되었는지에 대해 이야기했다. 주홍색 망토의 여성은 이 굉
장한 이름을 듣고 훨씬 더 사교적이 되었고, 아주 쾌활하게 수다를 떨
었다. 그녀의 친구는 적대하며 쳐다보았다.

"들려?" 제럴드는 조용히 앉아 있던 소피아에게 설명했다. "호텐스

슈나이더에 관한 건데. 오늘 밤에 만났던 사람. 그녀는 어떤 남자랑 루이도르[23]를 걸고 내기를 한 것 같아. 그리고 그 남자가 졌을 때 그녀에게 10만 프랑 상당의 다이아몬드를 보냈대. 여기서 그런 일이 있었나봐."

"오!" 소피아는 미로 속에서 그 어느 때보다 더 크게 소리쳤다.

"잠시만요." 영국인이 묵직하게 말했다. 그는 대화에서 '호텐스 슈나이더', '호텐스 슈나이더'라는 단어가 반복되는 것을 들었고, 마침내 그 대화가 호텐스 슈나이더에 관한 것이라는 생각이 들었다. "잠시만요." 그가 다시 말했다. "혹시, 호텐스 슈나이더에 관한 말씀이세요?"

"네." 제럴드가 말했다. "우리는 오늘 밤에 그녀를 보았어요."

"그녀는 트루빌에 있어요." 영국인은 단호하게 말했다. 제럴드는 긍정적으로 고개를 저었다.

"지난밤에 트루빌에서 제가 그녀에게 저녁을 제공했어요." 영국인이 말했다. "그리고 오늘 밤에는 카지노 극장에서 공연을 했고요."

제럴드는 반박을 당했지만 패배하지는 않았다. "오늘 밤에 무엇을 공연했는데요? 말해 보시죠!" 그가 비웃었다.

"당신에게 말해야 할 이유를 모르겠군요."

"흠!" 제럴드가 쏘아붙였다. "당신의 말이 사실이라면, 오늘 밤 샹젤리제에서 그녀를 보았다는 게 매우 이상하다고 생각하지 않나요?"

영국인은 와인을 더 마셨다. "절 모욕하시는 거라면." 그는 차갑게 말했다.

"제럴드!" 소피아는 속삭이며 재촉했다.

"조용히 해!" 제럴드가 소리를 질렀다.

그 순간 고급 의상을 입은 바이올린 연주자가 식당으로 뛰어 들어와 열광적으로 연주를 하기 시작했다. 그의 기묘한 출현으로 인해 말

---

23 혁명 후 발행된 20프랑 금화.

다툼이 잠시 잠잠해졌다. 그러나 말다툼은 곧 시끌벅적한 노래의 보호 아래 다시 위로 솟아올랐다. 흔하고 지루하며, 술꾼의 말다툼이었다. 말싸움은 점점 더 격화되었다. 바이올린 연주자는 그의 바이올린 너머로 그들의 싸움을 쳐다보았다. 시라크는 조심스럽게 싸움을 관찰했다. 유쾌한 사람들은 음악을 관람하는 것이 아니라 싸움을 관람하기 시작했다. 세 명의 웨이터가 공정한 스포츠라도 되는 듯이 관심을 가지고 그들의 싸움을 지켜보았다. 영국인들의 목소리는 더욱 위협적으로 변했다. 그러다 갑자기 구레나룻을 기른 영국인이 문 쪽으로 고개를 홱 돌리며 더 조용히 말했다.

"이 문제를 밖에서 해결하도록 하죠?"

"그러시죠!" 제럴드가 일어서며 말했다.

주홍색 망토의 주인은 싫증이 나서 시라크에게 눈썹을 치켜 올렸지만 아무 말도 하지 않았다. 소피아도 아무 말도 하지 않았다. 소피아는 공포에 사로잡혔다. 망토의 애인은 그의 코트를 질질 끌며 자신의 애인에게 사과도 설명도 하지 않고 레스토랑을 가로질러 나가버렸다.

"여기서 기다려." 제럴드가 도전적으로 소피아에게 말했다. "곧 돌아올게."

"하지만 제럴드!" 그녀는 그의 소매에 손을 얹었다.

그는 그녀의 팔을 낚아챘다. "내가 여기서 기다리라고 했잖아." 그가 다시 말했다.

문지기는 통음을 한두 명의 비틀거리는 남자들에게 아첨하듯 문을 열어주었고, 바이올린 연주자는 뒤로 물러서 연주를 계속하였다.

그렇게 소피아는 주홍 망토와 남겨졌다. 그녀는 매우 무기력했다. 유부녀의 모든 자존심은 그녀를 떠나갔다. 강렬한 수치심에 관통당한 그녀는 일반적인 눈의 공격을 피하기 위해 기둥을 고통스럽게 응시하며 서 있었다. 그녀는 마치 경솔한 어린 소녀처럼 느껴졌고, 그렇게 보였다. 젊은 시절의 그 어떤 빛나는 이목구비도, 파리 드레스의 우아함과 품격도, 반지의 증서도, 수수께끼에 대한 이른 시작도 어리석음으로 인하여 젊은 바보의 모습이 된 그녀를 구할 수 없었다. 그녀의 얼굴은 매우 빨갛게 변한 채로 남아 있었고, 제럴드와의 짧은 교제 기간 동안 폭력적인 경험으로 덧씌워져 있었던 그녀의 본성에 존재하는 모든 근본적인 순수함은 그 홍조와 함께 다시 수면 위로 떠올랐다. 그녀의 상황은 몇 사람으로부터 동정심을, 나머지 사람으로부터 무관심한 경멸을 받게 만들었다. 그러나 이것은 영국인들의 문제였기 때문에 아무도 놀라지 않을 것이다.

그녀는 머리를 움직이지 않은 채로 시계 쪽으로 눈을 돌렸다. 두 시 반이었다. 바이올린 연주자는 춤을 멈추고 술이 장식되어 있는 그의 모자를 주웠다. 주홍 망토는 모자에 동전을 던졌다. 소피아는 바이올린 연주가가 기다림에 지쳐서 옆 테이블로 이동하여 그녀의 고통을 덜어줄 때까지 가만히 모자를 바라보았다. 그녀는 돈이 전혀 없었다. 그녀는 시계를 보려고 했다. 그러나 손가락이 움직이지 않았다.

망토의 여인은 탄성을 지르며 일어나 창밖을 내다보더니, 웨이터들과 대화를 하고 나서, 자신과 망토를 옆 테이블로 가져갔다. 그녀는 그곳에서 세 명의 창부와 시라크, 그리고 두 남자들로부터 정감 있는 동정을 받았다. 사람들은 이따금씩 몰래 소피아를 살펴보았다. 이윽고 시라크는 급사장과 함께 밖으로 나갔다 돌아와서 그의 친구들과 상의하더니 마침내 소피아에게 다가왔다. 3시 20분이었다.

그는 다시 진지하게 허리를 굽혔다. "부인." 그가 조심스럽게 말했다. "제가 호텔로 모셔다드려도 될까요?"

그는 제럴드에 대해 언급하지 않았는데, 그의 영어는 어려운 상황에 처해 있었기 때문이었다. 소피아는 그녀의 구세주에게 감사를 할 만큼 침착하지 못했다.

"하지만 계산은요?" 그녀가 더듬거렸다. "아직 계산을 하지 않았는데요."

그는 그녀가 무슨 말을 하는지 즉시 이해하지 못했다. 그러나 웨이터 중 한 명이 귀에 익은 단어 소리를 듣고 종이 한 장을 접시에 올려 앞으로 다가왔다.

"저는 돈이 없어요." 소피아가 힘없는 미소를 지으며 말했다.

"제가 처리해 드리죠." 그가 말했다. "호텔 이름이 뭔가요? 메리우스인가요?"

"호텔 메리우스." 소피아가 말했다. "맞아요."

그는 급사장에게 마치 불쾌한 일이라도 되는 듯 계산에 대해 말했다. 그는 매우 격식적으로 소피아가 거절할 수 없는 손을 내밀었고, 그의 팔에 안겨 소피아는 불명예스러운 현장을 떠났다. 그녀는 마음이 너무 혼란하여 출입구에서 크리놀린을 관리할 수 없었다. 제럴드나 적의 흔적은 외부의 아무 곳에도 없었다!

그는 그녀를 개방형 마차에 태웠고, 그들은 5분 만에 폐 거리의 찬란한 침묵을 따라 방돔 광장을 지나 리볼리 거리로 달려갔다. 호텔의 야간 도어맨은 마차를 타고 내리는 장소에 있었다.

"저는 당신이 갔던 레스토랑에 가서 그들에게 전하겠습니다." 시라크가 거리에 있는 긴 콜로네이드 아래에서 맨 머리로 말했다. "만약 남편분이 거기 있으면요, 말하겠습니다. 내일까지…!"

그의 태도는 소피아가 상상했던 그 어떤 태도보다 멋졌다. 그는 여전히 너무 혼란스러워서 감사조차 할 수 없는 생소한 어린 소녀에게 작별 인사를 하는 대신에 튀를리 궁전의 맞은편 거리에 서서 황후에게 경례를 하고 있었을 수도 있었다.

그녀는 양초를 손에 들고 넓고 모서리가 많은 계단을 올랐다. 제럴드는 이미 침실에 있을 지도 모른다. 술에 취해서! 그럴 가능성이 있었다. 그러나 금테로 장식되어 있는 침실은 비어 있었다. 그녀는 열린 창문으로부터 불어오는 바람에 흔들리고 있는 촛불이 만들어낸 그림자 속에서 벨벳으로 덮인 테이블에 앉았다. 그리고는 이를 악물었다. 덥고 나른한 밤의 차가운 분노가 그녀를 사로잡았다. 제럴드는 어리석었다. 자신이 술에 취하도록 내버려둔 것 자체만 해도 충분히 나쁜 일이었지만, 시라크가 그녀를 구해주어야 하는 끔찍한 상황에 그녀를 노출시켰다는 것은 말할 수 없을 정도로 수치스러운 일이었다. 그는 정박아였다. 그에게는 상식이 없었다. 그의 매혹적인 모든 매력에도 불구하고, 그는 자신과 그녀를 조롱당하지 않게 할 수 없었다, 비극적인 조롱을. 그를 시라크와 비교해보라! 그녀는 절망적으로 테이블 위에 몸을 기댔다. 그녀는 옷을 벗으려 하지 않았다. 움직이지 않았다. 그녀는 자신의 입장을 깨달아야 했다. 그녀는 그것을 보아야 했다.

어리석음! 어리석은 행동! 가게에서 고객의 딸에게 남부끄러운 쪽지를 던지는 외판원을 상상해보라. 그 사건이 그들의 관계를 시작되게 한 놀라운 어리석음이었다. 그리고 수직 갱도에서 그가 저질렀던 미친 행동! 그리고 그녀를 미혼인 채로 파리에 데려오려고 한 계획! 그리고 오늘 밤! 도저히 말도 안 될 정도로 어리석음! 침실에 홀로 있는 그녀는 현명하고 환멸을 느낀 여자였고, 레스토랑의 그 어떤 여성보다도 현명해져 있었다.

게다가 그녀는 말 그대로 아버지의 시체를 뒤로하고 거짓말을 통해 제럴드에게 온 것이 아닌가? 이것이 그녀 스스로를 표현한 방식이었다…. 아버지의 시체를 뒤에 남겨두고! 그런 모험이 어떻게 성공할 수 있었을까? 어떻게 그 모험이 성공하길 바라는가? 그 순간 그녀는 히브리 예언자의 끔찍한 예지력을 가지고 행동하는 자신의 모습을 볼 수 있었다.

그녀는 광장을 생각해 보았고, 어머니와 콘스탄스와 함께했던 그곳에서의 삶을 생각했다. 그녀의 자존심은 그 삶으로 돌아가는 것을 결코 허락지 않을 것이다. 최악의 일이 그녀에게 일어난다고 해도 말이다. 그녀는 그들이 가진 것에 대해 불평하지 않고 대가를 지불한 준비가 되어 있는 사람들 중 한 명이었다.

밖에서 소리가 들려왔다. 그녀는 동이 트기 시작했다는 것을 알아차렸다. 문이 열리면서 제럴드의 모습이 나타났다. 두 사람은 서로를 탐색하는 시선을 교환하였고, 제럴드는 문을 닫았다. 제럴드는 공기를 오염시켰지만 그녀는 그가 술에 취해 있지 않다는 것을 즉시 알아차렸다. 그의 입술에서는 피가 나고 있었다.

"시라크 씨가 나를 집으로 데려다주었어." 그녀가 말했다.

"그런 것 같군." 제럴드가 퉁명스럽게 말했다. "날 기다리라고 했잖아. 내가 다시 돌아오겠다고 하지 않았나?"

그는 어이없게도 자신이 최근에 멍청이처럼 행동했다는 것을 자신과 다른 사람들에게 숨기려고 하는 남자의 기분 상한 위엄 있는 말투를 사용하고 있었다.

그녀는 부당함에 분개했다. "그런 식으로 말할 필요는 없는 것 같은데." 그녀가 말했다.

"어떤 식으로?" 그녀가 잘못되었다고 결심한 그는 그녀를 괴롭혔다.

그의 잘생긴 얼굴에 얼마나 엄격한 표정인가! 그녀의 신중함은 그 부당함을 받아들이도록 하였다. 그녀는 그의 것이었다. 그녀는 자신의 세계로부터 멀리 떨어져서 그의 선한 본성에 전적으로 의존하고 있었다.

"위층으로 올라오면서 망할 난간에 턱을 부딪쳤어." 제럴드가 침울하게 말했다.

그녀는 그것이 거짓말이라는 것을 알고 있었다. "그랬어?" 그녀가 친절하게 대답했다. "내가 닦아줄게."

만족한 야망

1

그녀는 비참한 기분으로 잠자리에 들었다. 새로운 삶의 모든 영광
은 빛을 잃었다. 그러나 몇 시간 후 제럴드가 매일 엄청난 값을 지불
하고 있는 방의 크고 아주 부드러우며 위엄 있는 침실에서 일어났을
때, 그녀의 기분은 더 밝아져 있었고 자신의 의견을 재고할 의향이 있
었다. 그녀는 매력적이고 무책임한 바보와 결혼했다는 것을 인정하
기에는 너무 자랑스러웠기 때문에 그녀의 자존심은 제럴드가 옳고 그
녀가 틀렸다고 생각하게 만들었다. 그리고 정말로, 그녀는 자신의 잘
못을 생각하지 말아야 하는가? 제럴드는 그녀에게 기다리라고 말했
고, 기다리지 않은 것은 그녀다. 그는 레스토랑으로 돌아온다고 말했
고, 그는 돌아왔다. 어째서 그녀는 기다리지 않은 것인가? 그녀는 얼
간이처럼 행동했기 때문에 기다리지 않았다. 그녀는 아무것도 아닌
일에 겁을 먹었다. 그녀는 한 달 전부터 레스토랑을 자주 방문하지 않
았던가? 유부녀라면 멍청이처럼 보이지 않고 레스토랑에서 합법적인
남편을 위해 한 시간을 기다릴 수 있어야 하지 않을까? 제럴드의 행동
에 대해서 말해보자면, 어떻게 그렇게 다르게 행동할 수 있는 것인가?
다른 영국인은 분명히 짐승이었고, 싸움을 하려고 했다. 제럴드의 진
술에 대한 그의 반박은 매우 공격적이었다. 짐승 같은 놈에게 밖으로
나가자는 요청을 받은 제럴드는 응하지 않는 것 외에 무엇을 할 수 있
었을까? 응하지 않는다는 것은 레스토랑에서의 싸움을 의미했을지도
모른다. 그 짐승은 분명히 술에 취해 있었기 때문이다. 그 짐승에 비

하면 제럴드는 전혀 취하지 않았고, 그저 조금 쾌활하고 수다스러웠을 뿐이다. 그리고 턱에 대한 제럴드의 거짓말은 당연했다. 그는 소동을 최소화하고 그녀의 감정을 덜어주고 싶었을 뿐이다. 사실, 자신과 짐승 사이에 있었던 일에 대해 완벽하게 아무 말도 하지 않는 것은 제럴드다웠다. 그러나 그녀는 매우 유연하고 빠르게 제럴드가 더 낮지는 않더라도, 그만의 오만한 방식으로 그가 받은 만큼 그 짐승성을 부여했다고 확신했다.

그리고 만약 그녀가 남자였고, 그녀의 아내에게 레스토랑에서 기다리라고 말했음에도 불구하고 아내가 다른 남자의 호위를 받으며 집에 갔다면, 그녀는 제럴드가 그랬던 것보다 훨씬 더 화가 났을 것이다. 그녀는 자신이 스스로를 통제했고, 온화하게 행동했다는 것에 매우 기뻤다. 그렇게 말싸움을 피할 수 있었다. 그렇다, 그날 저녁의 마무리는 다툼이라고 말할 수 없었다. 그녀가 그의 턱을 간호한 후, 그에게 남아 있는 것은 약간의 차가움밖에 없었다.

그녀는 조용히 일어나 좋은 아내로서 남편을 대해야 한다는 결의로 가득 차 옷을 입기 시작했다. 제럴드는 미동도 하지 않았다. 그는 잠을 잘 자는 사람이었다. 결코 잠을 자고 싶지 않아 하고 절대 일어나고 싶지 않아 하는 유기체들 중 하나였다. 그녀의 몸을 꾸미는 것을 제외하면 화장실에서의 용무가 끝났을 때, 문을 두드리는 소리가 들렸다. 그녀는 깜짝 놀랐다.

"제럴드!" 그녀는 침대로 다가가서 맨 가슴인 채로 남편에게 기대고는 두 팔로 그의 목을 감쌌다. 그를 깨우는 이 방식은 그를 불쾌하게 만들지 않았다.

두드리는 소리가 반복되었다. 그는 투덜거렸다.

"누군가가 문을 두드리고 있어." 그녀가 속삭였다.

"그럼 열어보지 그래?" 그가 꿈결에 물었다.

"난 옷을 입지 않았어, 자기."

그는 그녀를 바라보았다. "그럼 어깨에 뭐라도 걸쳐!" 그가 말했다. "뭐가 문제야?"

그녀는 결심에도 불구하고 다시 바보처럼 굴고 있었다! 그녀는 그의 말을 따랐고, 문 뒤에 서서 조심스럽게 문을 열었다. 길고 하얀 앞치마를 두른 중년의 구레나룻을 기른 종업원이 프랑스어로 뭐라고 하였고, 그녀는 이해할 수 없었다. 그러나 침대에 있던 제럴드는 그 소리를 들었고 대답을 하였다.

"알겠습니다!" 종업원은 고개를 숙이더니 흐릿한 복도를 따라 사라졌다.

"시라크야." 그녀가 문을 닫았을 때 제럴드가 설명했다. "일찍 와서 같이 점심을 먹자고 한 걸 까먹었어. 객실에서 기다리고 있대. 그냥 보디스만 입고 내가 갈 때까지 그와 이야기 좀 나누고 있어줘."

그는 침대에서 일어나더니 잠옷을 입은 채로 서서 기지개를 켜며 매우 크게 하품을 하였다.

"내가?" 소피아가 물었다.

"그럼 누가 있겠어?" 제럴드가 때때로 자신의 말투에 넣곤 했던 기묘하고 풍자적인 냉담함으로 말했다.

"하지만 난 프랑스어를 못하는걸!" 그녀가 항의했다.

"그렇겠지." 제럴드가 점점 더 냉담하게 말했다. "하지만 그가 영어를 할 줄 안다는 것을 나만큼 잘 알잖아."

"아, 그래, 알았어!" 그녀가 선뜻 동의하며 중얼거렸다.

제럴드는 그날 밤의 정당한 불쾌감으로부터 아직 회복되지 않은 것이 분명했다. 그는 루이 필립 옷장의 거울로 자신의 입을 자세히 살펴보았다. 그의 입에는 전투의 흔적이 거의 남아 있지 않았다.

"있지!" 그는 그녀의 앞에 놓여 있는 미래에 긴장이라도 한 것처럼 그녀를 붙잡았다. 그녀는 방을 떠나고 있었다. "오늘 오세르에 갈까 생각하고 있었어."

"오세르?" 그녀는 그의 말을 따라 하면서 최근에 어떤 상황에서 그 이름을 들었는지 고민했다. 이윽고 그녀는 기억해냈다. 그곳은 살인마인 리방의 처형 장소였다.

"응." 그가 말했다. "시라크는 그곳에 가야 하거든. 그는 지금 신문사에서 일하고 있거든. 내가 그를 처음 알았을 때 그는 건축가였어. 시라크는 그곳에 가야만 하고, 자신이 매우 운이 좋다고 생각하고 있어. 그래서 같이 갈까 생각했지."

사실 그는 반드시 가기로 되어 있었다.

"처형은 안 보는 거지?" 그녀가 더듬거리며 말했다.

"왜? 난 항상 사형 집행이 보고 싶어서, 특히나 단두대형을. 그리고 프랑스에서는 사형 집행이 대중들에게 공개돼. 그것을 보러 가는 것은 꽤 적절한 일이야."

"하지만 어째서 사형 집행을 보고 싶은 건데?"

"그냥 우연히 보고 싶어졌어. 내 바람 중 하나야. 그게 다야. 바람에 무슨 이유가 필요한지 모르겠네." 그는 아주 작은 물병에서 물을 따르며 말했다.

그녀는 경악했다. "그럼 날 여기에 혼자 남겨두겠다는 거야?"

"음." 그가 말했다. "어째서 결혼이 내가 항상 하고 싶었던 일을 하지 못하게 만드는 건지 잘 모르겠어. 당신은 알겠어?"

"오, 아니!" 그녀도 열정적으로 동의했다.

"괜찮아." 그가 말했다. "당신도 원하는 대로 해. 여기 있든지, 아니면 나와 함께 가든지. 당신이 오세르에 간다고 해도 처형을 반드시 봐야 할 이유는 없어. 흥미로운 옛 마을이거든. 대성당 같은 것들도 있고. 물론, 단두대형을 집행하는 마을에 있는 걸 참지 못하겠다면, 나혼자 갈게. 내일 다시 돌아올 테니까."

그의 바람이 있는 곳은 분명했다. 그녀는 입술까지 올라온 말들을 멈추고는, 그들을 자극하는 생각을 없애기 위해 최선을 다했다.

"물론 나도 갈래." 그녀가 조용히 말했다. 그녀는 머뭇거리다가 세면대로 다가가 비누가 묻지 않은 그의 볼 부분에 입을 맞추었다. 그녀를 위로하고 어째서인지 그녀를 안심시켜준 그 입맞춤은 그녀가 스스로 인정하지 않을 엄청난 항복의 표현이었다.

호화롭고 먼지투성이인 객실에는 시라크와 그의 훌륭한 격식이 그녀를 기다리고 있었다. 그 외에는 아무도 없었다.

"남편이…." 그녀가 얼굴을 붉히며 미소를 짓고 말했다. 그녀는 시라크가 마음에 들었다.

그녀가 종업원이 아닌 다른 사람에게 그 단어를 사용하게 된 것은 이번이 처음이었다. 이것은 그녀를 진정시켜주었고, 자신감을 불어넣어 주었다. 그녀는 잠시 후 시라크가 진정으로 자신을 존경한다는 것을 깨달았다. 나아가, 경외심을 닮은 무언가로 그에게 영감을 주었다는 것을 깨달았다. 매우 느리고 분명하게 그녀는 남편과 함께 오세르에 갈 것이라고 이야기하였다. 그는 그 계획에 반대하지 않았다. 그가 반대하지 않는다면 그녀가 완벽히 만족할 것이라는 것을 은연중에 드러내고 있었다. 시라크는 동의 그 자체였다. 5분만 지나면, 악명 높은 살인마가 공개적으로 참수를 당할 것이기에 남편과 함께 특정 마을로 향하는 것은 세상에서 가장 자연스럽고 적절한 일인 것처럼 보였다. 그것도 신혼여행 중에 말이다.

"제 남편은 항상 사형 집행을 보고 싶어 했어요." 그녀가 말했다. "안타까운 일이지만."

"심리적psychological 경험으로서." 시라크는 형용사의 'p'를 발음하며 대답했다. "사형은 매우 흥미로울 것입니다. 그러한 상황에서 자신을 관찰한다는 것은…." 그는 열정적으로 미소를 지었다.

그녀는 친절한 프랑스 남자들이 얼마나 이상한지를 생각했다. 자신을 관찰하기 위해 사형 집행에 가는 것을 상상해 보라!

2

소피아에게 지속적으로 이상한 인상을 준 것은 제럴드뿐만 아니라 시라크, 그리고 그녀가 접촉한 다른 사람들의 태평함의 정도였다. 그녀는 평생 동안 가게들이 곰곰이 숙고를 한 뒤 사전에 신중하게 계획을 세우는 모습을 보는 것에 익숙해져 있었다. 심지어 작은 가게들조차 말이다. 성 누가 광장에서는 모두의 머릿속에 항상 적어도 일주일 또는 그 멀리까지 미리 준비된 일종의 계획표가 존재했다. 그러나 제럴드의 세상에는 미리 준비되어 있는 것이 아무것도 없었다. 공들여야 할 일들이 순식간에 결정되었고, 대단히 경솔하게 진행되었다. 이리하여 오세르로의 짧은 여행이 결정되었다! 점심시간에는 오세르에 대해 한마디도 언급되지 않았다. 소피아를 위해 영어로 진행된 대화는 이러한 상황에서 흔히 그렇듯이 언어의 어려움과 국가 간의 차이에 따라 달라졌다. 이 모임의 일원 중 누군가가 이날 남은 시간 동안 무언가 할 계획이 있을 거라 예상하는 사람은 아무도 없었다. 식사는 소피아에게 즐거웠다. 그녀는 단순히 시라크가 위안을 줄 정도로 친절하고 진실하다고 느꼈을 뿐만 아니라, 제럴드는 그의 완벽한 매력과 좋은 유머를 되찾았다. 그러다 커피를 마시는 도중 기차에 대한 질문이 갑자기 급박한 위기라도 되는 것처럼 나타났다. 5분 만에 시라크가 떠났다. 그의 사무실로 간 것인지, 집으로 간 것인지 소피아는 알 수 없었고, 15분도 채 안 돼서 그녀와 제럴드는 급히 리옹 역으로 향하고 있었다. 제럴드는 등기 우편으로 받은 서류로 가득 찬 큰 봉투를 주머니에 가득 채워 넣었다. 두 사람은 약 1분 차이로 기차를 잡았고, 시라크는 몇 초 차이로 기차를 잡았다. 그러나 시라크와 제럴드는 자신들이 초래하고 모면한 불편과 짜증의 위험을 파악하지 못한 것 같았다. 시라크는 창문을 통해 옆 칸에 있는 또 다른 기자와 수다를 떨었다. 여가 시간이 생겨 그녀가 시라크를 살펴보게 되었을 때, 소피아는 그가 오래된 옷을 입기 위해 집에 다녀왔음을 확신할 수 있었다. 그녀와 제럴드를 제외한 모든 사람들이 자신들의 가장 오래된 옷을 입고 여행하는 것처럼 보였다.

기차는 덥고 시끄러우며 먼지가 많았다. 그러나 세 사람은 차례차례 잠에 빠져들기 시작했고, 마치 건강하고 지친 어린 동물들처럼 깊고 조용한 잠을 자게 되었다. 잠시 동안 그들을 방해할 수 있는 것은 그 어떤 것도 없었다. 소피아에게는 시라크가 라로체에서 자신과 그들을 깨운 뒤, 졸린 듯이 그녀의 작은 여행 가방을 잡고 그들을 플랫폼으로 인도한 것이 단순한 우연으로 보였다. 그들은 플랫폼에서 반정도 실감한 휴식의 만족감으로 가득 차 하품을 하며 미소를 지었다. 이동식 간이식당에서 목이 마른 듯 열정적으로 과즙을 꿀꺽꿀꺽 마신 뒤 기쁨과 안도의 한숨을 내쉬었고, 제럴드는 동전을 던지며 왕처럼 잔돈을 거부하는 몸짓을 취하였다. 오세르로 가는 단거리 운행 열차는 다양하고 해로운 사물로 가득 차 있었다. 마침내 그들은 단두대형을 기다리는 구역에 도착했다. 사형 집행인이 기차에 타고 있다는 소문이 돌고 있었다. 아무도 그를 보지 못했고, 아무도 그를 알아보지 못했다. 그러나 모든 사람들은 그가 기차에 타고 있다는 믿음을 끌어안고 있었다. 비록 해가 지고 있었지만 더위는 수그러들지 않을 것 같았다. 자세들은 점점 축 처지고 제멋대로 되어 갔다. 검고 꺼끌꺼끌한 먼지들은 열린 창문을 통해 끊임없이 날아 들어왔다. 기차는 보나르, 케밀리, 모네토에서 정차하였고, 그때마다 기다리고 있던 사람들이 기차로 몰려들었다. 기차는 마침내 오세르의 거대한 역에 도착했고, 마치 역을 침수시키기라도 하듯 타락한 인류의 덩어리들을 쏟아내기 시작했다. 소피아는 겁을 먹었다. 제럴드는 시라크에게 그녀를 맡겼고, 시라크는 그녀의 팔을 잡고 그녀를 인도하였다. 뒤를 돌아보자 제럴드가 작은 여행 가방을 들고 따라오고 있었다. 광란이 오세르를 지배하고 있는 것처럼 보였다. 승객용 마차의 마부는 레피 호텔까지 데려다주는 대가로 10프랑을 요구했다.

"쳇!" 시라크는 슬기로운 지방 사람에게 이용당하지 않는 경험 많은 파리인의 자질을 가지고 경멸적으로 소리쳤다. 그러나 그 옆에 있던 마부는 12프랑을 요구하였다.

"올라타." 제럴드가 소피아에게 말했다. 시라크는 눈썹을 치켜 올렸다. 동시에 성대한 악당의 군은 얼굴을 한 키 크고 뚱뚱한 남자가 그의 품에 앳되고 창백한 소녀를 안은 채 제럴드와 시라크를 밀어내고 그의 동료와 함께 마차에 올랐다.

시라크는 그에게 마차가 이미 잡혀 있는 마차라고 항의했다. 강탈자는 얼굴을 찌푸리며 욕을 했고, 젊은 아가씨는 대담하게 웃었다. 소피아는 움츠러들면서 자신의 동반자가 영웅적이고 궁극적인 정의를 집행할 것이라고 기대했지만, 그녀는 실망할 수밖에 없었다.

"야만적이군!" 마차가 떠나자 시라크는 어깨를 으쓱거리며 중얼거렸다. 그들은 바보가 된 채로 연석 위에 남겨졌다. 이쯤 되자 다른 마차들은 전부 다른 사람들에 의해 잡혀 있었다. 그들은 군중들에게 밀리며 레피 호텔까지 걸어갔다. 소피아와 시라크가 앞서갔고, 제럴드는 그 뒤를 따라 작은 여행 가방을 들고 걸어왔는데, 그는 가방의 무게로 인하여 왼팔을 들어 올린 채로 오른쪽으로 몸을 기울이고 있었다. 길은 길고 똑바랐으며 먼지가 자욱하게 끼어 있었다. 소피아는 낭만적인 느낌을 생생하게 느꼈다. 그들은 탑과 첨탑을 보았고, 시라크는 대성당과 유명한 교회들에 대해 천천히 그리고 조심스럽게 그녀에게 이야기해주었다. 그는 스테인드글라스가 훌륭하다고 말해주었고, 그녀가 꼭 방문해야 할 모든 장소들을 정성껏 말해주었다. 그들은 강을 건넜다. 그녀는 마치 중년으로 접어드는 기분을 받았다. 때때로 제럴드는 자신의 짐을 반대 손으로 옮기곤 하였다. 고집스럽게도 그는 시라크가 그 짐을 만지지 못하게 하였다. 그들은 좁고 굽은 길을 통해

421

위쪽으로 힘겹게 올라갔다.

"짜잔!" 시라크가 말했다.

그들은 레피 호텔 앞에 도착했다. 길 건너편에 있는 카페는 사람들로 가득 차 있었다. 그 앞에는 몇 대의 마차가 서 있었다. 레피 호텔은 시라크가 말했던 것처럼 부드러운 존경심을 안심시켜주는 분위기를 풍기고 있었다. 그는 이 호텔이 처형 장소와 가깝지 않았기 때문에 스케일 부인에게 제안했던 것이다. 제럴드는 말했다. "물론이지! 물론이야!" 시라크는 잠을 잘 생각이 없었기에 그를 위한 방은 필요하지 않았다.

레피 호텔은 25프랑의 가격에 방 하나를 제공했다. 제럴드는 그 가격에 봉기를 일으켰다. "대단하구만!" 그가 투덜거렸다. "내일 누군가가 단두대에서 처형될 예정이라서 일반 여행객이 적절한 가격에 적절한 방을 얻을 수 없다니! 다른 곳으로 가야겠어!"

그의 얼굴은 혐오감을 드러내고 있었지만, 소피아는 그가 남몰래 기뻐하고 있다고 생각했다. 사기당하는 것을 거절한 사람들은 세상의 앞에서 자신의 중요성을 지키고 싶어 하기 때문에 그들은 번잡한 호텔을 빠져나왔다. 거리에 나오자 승객용 마부가 그들에게 호객 행위를 하였는데, 그는 그들에게 어울릴 만한 호텔을 알고 있고 5프랑에 그들을 데려다주겠다고 말하면서 그들에게 희망을 주었다. 그는 맹렬히 말에게 채찍질을 했다. 보행자들이 민첩하게 피해야 할 빠르게 움직이는 마차에 타고 있다는 사실만으로도 그들의 기세가 유지되었다. 그들은 대성당을 얼핏 보았다. 마차는 쾅 하는 소리와 함께 작은 광장에서 멈췄고, 그 앞에는 '베즐레 호텔'이라는 간판이 붙어 있는 혐오스러운 건물이 있었다. 말은 피를 흘리고 있었다. 제럴드는 소피아에게 그녀가 있는 곳에서 기다리고 있으라고 지시했고, 그와 시라크는 호텔로 이어지는 네 개의 돌계단을 올라갔다. 산책을 하고 있는 한가한 군중들에게 시선을 받고 있는 소피아는 주위를 둘러보았고, 곧 광장의 모든 창문들이 열려 있으며 대부분의 창문들이 웃고 떠드는 사람들로 채워져 있는 것을 보았다. 그때 외침 소리가 들렸다. 제럴드의 목소리였다. 그는 시라크와 매우 뚱뚱한 여성과 함께 호텔의 2층 창문에서 모습을 드러냈다. 시라크는 인사를 했고, 제럴드는 태평하게 웃으며 고개를 끄덕였다.

"괜찮네." 제럴드가 내려오며 말했다.

"값을 얼마나 불렀어?" 소피아가 경솔하게 물었다.

제럴드는 대답을 망설였다. 남의 시선을 의식하는 것처럼 보였다. "35프랑." 그가 말했다. "하지만 이제 돌아다니는 것은 지긋지긋해. 방을 구한 것만으로도 운이 좋은 것 같아."

시라크는 이 상황과 값을 달관하여 받아들여야 한다는 것을 암시하듯 어깨를 으쓱거렸다. 제럴드는 마부에게 5프랑을 주었다. 그는 돈을 확인해 보더니 팁을 요구하였다.

"오! 젠장!" 제럴드는 잔돈이 없었기에 2프랑을 더 줄 수밖에 없었다.

"이 거지같은 여행 가방을 받으러 누가 나오기는 하는 거야?" 대중들이 즉시 그들의 행동거지를 조심하지 않는다면 분노를 폭발시킬 폭군이라도 된 듯 제럴드가 소리쳤다. 그러나 호텔에서는 아무도 나오지 않았고, 그는 스스로 가방을 옮겨야 했다. 호텔은 어둡고 악취가 났으며, 모든 방이 낄낄거리는 술꾼들로 붐비는 것 같았다.

"우리 둘 다 이 침대에서는 잘 수 없겠군, 확실해." 작고 안 좋은 침실에서 그녀가 제럴드를 마주쳤을 때 그녀가 말했다. 시라크는 아래층에서 기다리고 있었다.

"내가 잘 거라고 생각하는 건 아니지?" 제럴드가 다소 무뚝뚝하게 말했다. "당신을 위해 구한 방이야. 이제 식사를 하러 갈 거야. 멋지게 차려입어."

3

밤이었다. 그녀는 폭이 좁고 진홍색으로 덮여 있는 침대에 누워 있었다. 창문의 지저분한 레이스 커튼을 가로지르는 두꺼운 진홍색 커튼이 쳐져 있었지만, 작은 광장의 불빛이 그 틈새를 통하여 방으로 희미하게 스며들었다. 그녀는 잠을 잘 수 없었다. 피곤했지만 그녀가 잠에 들 수 있을 거라는 희망은 없었다.

또다시 그녀는 깊은 우울함에 잠겼다. 그녀는 공포에 질려 식사를 떠올렸다. 반원형의 끝을 가지고 있는 길고 붐비는 테이블, 후텁지근하고 지독한 악취를 품기는 식당은 오일램프로 밝혀져 있었다! 그 테이블에는 적어도 40명은 있었을 것이다. 대부분은 크고 거친 냅킨을 목에 집어넣은 채 돼지처럼 시끄럽고 역겹게 먹고 있었다. 모든 서비스는 제럴드와 함께 창문에서 보았던 뚱뚱한 여성과 솔직하고 뻔뻔한 태도를 지니고 있는 젊은 여성이 하고 있었다. 이 두 여자는 단정치 못한 여자였다. 모든 것이 더러웠다. 그래도 맛은 괜찮았다. 시라크와 제럴드는 와인뿐만 아니라 음식도 좋다는 것에 동의했다. "놀라워!" 시라크가 와인에 대해 이렇게 말했다. 그러나 소피아는 즐겁게 먹지도 마시지도 못했다. 그녀는 두려웠다. 그들의 행동 자체만으로도 그녀를 충격에 빠뜨렸다. 외관적으로 그 장면은 매우 이질적이었다. 몇몇 손님들은 옷을 잘 입고, 우아하게 다가왔지만, 다른 사람들은 초라했다. 그러나 가장 어린 사람들을 포함한 모든 얼굴들은 짐승 같고 타락했으며, 뻔뻔스러웠다. 늙은 남성과 젊은 여성이 나란히 있는 모습은 그녀에게 혐오감을 주었는데, 특히나 그 두 사람이 키스를 할 때마다 더욱 혐오스러웠다. 그들은 식사가 끝나가자 더욱 자주 키스하였다. 다행히도 그녀는 시라크와 제럴드 사이에 앉게 되었다. 이 위치는 그들의 대화로부터 그녀를 보호해주려고 하는 것 같았다. 전날 밤 실

방에서 본 상당히 젊고 우아한 프랑스 여성과 함께 식탁 맞은편에 앉아 있는 중년의 영국인이 없었다면 그녀는 대화를 전혀 이해하지 못했을 것이다. 그 영국인은 프랑스 여성에게 영어를 가르쳐주기로 한 것이 틀림없었다. 그는 그녀를 위해 천천히 또렷하게 영어로 번역을 해주었고, 그녀는 입을 이상하게 일그런 채로 그의 말을 따라하고 있었다.

그리하여 소피아는 대화가 오직 암살, 처형, 범죄자, 그리고 사형 집행자에 관한 것이라는 정보를 알게 되었다. 그중 몇 사람들은 처형식이 있을 때마다 참석하는 것에 익숙한 사람들이었다. 그들은 흥미로운 소문의 원천이었고, 식사의 유명인이었다. 지난 20년 동안 정의의 희생자가 죽을 때 남긴 말을 기억하는 한 여성이 있었다. 테이블은 이 여자의 일화 중 하나에 미친 듯이 웃음을 터뜨렸다. 소피아는 마음씨가 착한 성직자가 범죄자를 위해 자신의 몸으로 단두대를 가려주었을 때, 범죄자가 성직자에게 한 말과 관련된 주제라는 것을 알게 되었다. '비키세요, 목사님. 이걸 보려고 제가 대가를 지불한 거 아닙니까?' 이것이 영국인이 발언한 번역이었다. 사형 집행인과 그 조수들의 임금이 논의되었고, 서로 다른 의견의 차이가 격렬한 논쟁을 이끌었다. 한 젊고 멋 부린 남자가 이야기를 하였는데 그는 권총에 보증을 할 준비가 되어 있는 남자였다. 그는 영국의 유명한 창녀 코라 펄이 경찰청장에게 자신의 영향력을 이용하여 어떻게 사형 집행 전날 밤 감방에 혼자 있는 범죄자를 방문하는 것에 성공했는지, 그리고 그 범죄자가 최종 소환을 한 시간 앞두었을 때 그를 어떻게 떠나왔는지를 이야기해주었다. 그 이야기는 만찬의 영광을 수상하게 되었다. 그 이야기는 매우 인상적이라고 여겨졌고, 필연적으로 일반적인 의문으로 이어졌다. 제국의 고위 인사들이 그 붉은 머리의 영국 여성을 좋아하는 이유가 무엇인가? 물론 이 축제의 중심이자 영웅인 잘생긴 살인마 리방 자체는 결코 대화에서 빠지지 않았다. 몇몇 손님들은 그를 본 적이 있었다. 한두 명은 그를 알고 있었고, 쾌락을 즐기는 사람으로서 그의 기량에 대한 놀라운 세부사항을 말해줄 수도 있었다. 그의 범죄에도 불구하고, 그는 진정한 숭배의 대상인 것 같았다. 피해자의 조카가 사형 집행에서 앞자리를 약속받았다는 것이 확실하다는 말들이 있었다.

이러한 대화들을 통해 소피아는 감옥이 매우 가까운 위치에 존재하고 있으며, 사형 집행은 호텔이 위치한 광장의 모퉁이에서 이루어질 것이라는 정보를 알게 되었고 그에 대해 몹시 놀라고 불안에 빠졌다. 제럴드는 알고 있는 것이 분명했다. 그는 이것을 그녀에게 숨긴 것이다. 그녀는 불신감을 가지고 그를 곁눈질했다. 식사가 끝나자 제럴드의 침착하고 무관심하며 과학적인 인류 관찰자로서의 태도가 점차 무너졌다. 그는 테이블 주위에서 증가하고 있는 지나친 자유 앞에서 이러한 태도들을 유지할 수 없었다. 그는 마침내 아내를 이러한 진탕 먹고 마시며 난잡하게 노는 잔치에 노출시킨 것에 대해 다소 부끄러움을 느꼈다. 그의 안절부절못하는 눈빛은 소피아와 시라크의 시선을 신중히 피하고 있었다. 변함없는 흥미로움의 단순성에 영향을 받지 않아 그 무엇보다 소피아의 안색을 유지하는 것에 도움이 된 시라크는 지나치게 불편해진 제럴드와 소피아의 변화를 발견하였고, 그들이 커피를 기다리지 말고 장소를 떠나는 것이 좋겠다고 제안했다. 제럴드는 급히 동의했다. 그리하여 소피아는 식사의 끔찍함으로부터 벗어났다. 그녀는 시라크처럼 사려 깊고 친절한 사람이(그는 대단히 정중하게 그녀에게 인사하였다) 베를레 호텔의 훨씬 덜 즐거움, 게걸스러움, 술을 진창 마심, 그리고 외설스러운 방탕을 어떻게 견딜 수 있는 것인지 이해할 수 없었다. 그의 불완전한 영어로 그녀가 판단할 수 있는 그의 생각은, 이 세상에 존재하는 것이라면 무엇이든 인간 본성 연구에 관심이 있는 진지한 사람들에 의해 인정되고 조사될 수 있다는 것이었다. 그의 얼굴은 이렇게 말하는 것 같았다. '안 될 이유라도 있나요?' 그의 얼굴은 제럴드와 그녀에게 이렇게 말하는 것 같았다.

'만약 이 상황이 여러분들에게 불편함을 준다면, 무엇을 위해 이곳에 온 거죠?'

제럴드는 의식적으로 고개를 끄덕이며 그녀를 침실 문 앞에 남겨 두었다. 그녀는 부분적으로 옷을 벗고 침대에 누웠다. 그러자 호텔은 즉시 공명 상자로 변하였다. 마치 광장의 모든 소음과 호텔에서 일어나고 있는 모든 움직임이 판지 벽을 통해 그녀의 귀에 들려오는 것 같았다. 먼 곳에서 들려오는 아래층의 고함소리와 웃음, 아래층에서 들려오는 식기들의 달가닥거리는 소리, 계단을 오르내리는 쿵쿵 소리, 살금살금 계단을 오르내리는 소리, 퉁명스러운 외침, 노래의 일부분을 속삭이는 소리, 갑자기 억누르는 긴 한숨 소리, 낄낄 웃는 소리에 의해 끊긴 고문을 받는 듯한 신비로운 신음소리, 싸움과 말다툼 소리. 이상하게 울려 퍼지는 어둠 속에서 그녀가 피할 수 있는 소리는 아무것도 없었다.

곧 작은 광장에서 비명을 지르는 소리와 함께 큰 소란과 소동의 소리가 들려왔고, 그 비명 소리 밑에는 혼란스러운 소음 소리가 들어 있었다. 그녀는 베개에 얼굴을 묻고 속눈썹이 거친 리넨을 긁으며 내는 불규칙하고 엄청난 소리를 들었지만 허사였다. 그녀는 반드시 일어나 창가로 가서 창문을 통해 보이는 모든 것을 봐야 한다는 생각이 어째서인지 저절로 생겨났다. 그녀는 반대했다. 그녀는 그 생각이 터무니없으며 창문에 가고 싶지 않다고 혼잣말을 하였다. 그렇기는 하지만, 자신과 논쟁을 하고 있는 그녀는 생각에 저항하는 것이 아무런 소용도 없으며, 궁극적으로 그녀의 다리가 명령에 복종할 것이라는 것을 잘 알고 있었다.

결국 매혹에 굴복한 그녀는 창문으로 가서 커튼 중 하나를 잡아당겼고, 그녀는 안도감을 느꼈다. 여명의 시원하고 어두운 시작이 하늘에 걸려 있었고, 광장의 모든 세부 사항이 보였다. 모든 창문들이 예외 없이 활짝 열려 있었고 구경꾼으로 가득 차 있었다. 많은 창문들의 배경에는 먼 곳에서 접근한 태양이 이미 죽여 버린 양초나 등불의 빛이 있었다. 이것들의 앞쪽에는 두 개의 뒤섞인 빛의 경계면 속에서 귀를 기울이고 있는 사람들의 기묘한 실루엣이 있었다. 빨간 타일의 지붕 위에도 불법 거주자들이 있었다. 그 아래로는 반 회전을 하고 있는 말들에 탄 경찰들이 한 줄로 서서 광장을 가로지르며 손가락질과 욕을 하고 있는 꽉 찬 관중들을 점차 쓸어내고 있었다. 이 거대한 빗자루의 속도는 매우 느렸다. 광장의 공간이 깨끗해짐에 따라 광장은 특권층, 언론인, 법무관, 또는 그들의 친구들로 가득 차기 시작했고, 그들은 자부심을 의식하며 앞뒤로 왔다 갔다 했다. 그들 중 소피아는 팔짱을 끼고 돌아다니며 두 명의 정성 들인 옷을 입은 소녀들과 이야기를 나누는 시라크와 제럴드를 목격하게 되었다. 그 여자들 또한 팔짱을 끼고 있었다.

그때 그녀는 그녀가 바라보았던 옆길 중 하나에서 빨간 반향이 다가오고 있는 것을 보았다. 그것은 수척한 회색 말이 끄는 마차의 흔들리는 등불이었다. 마차는 거대한 빗자루질이 시작한 광장의 끝에 멈춰 섰고, 곧바로 특권층에 의해 둘러싸였지만, 머지않아 그들은 뒤로 물러나도록 설득을 당하였다. 군중들은 이제 광장의 주요 입구에 모여 있었고, 어마어마한 외침들이 같은 소리가 되어 반복되고 있었다.

"저기 있다! 니콜라스! 아! 아! 아!"

떠들썩한 소리는 파란 블라우스를 입은 한 무리의 일꾼들이 마차로부터 단두대의 구성 요소들을 하나하나 꺼내어 조심스레 땅에 내려놓을 때마다 점점 더 커져만 갔고, 검은 프록코트와 챙이 넓은 실크해트를 쓴 사람은 감독을 하고 있었다. 초조한 몸짓을 하고 있는 좀 신경질적인 남자였다. 머지않아 붉은 기둥들이 바닥으로부터 똑바로 솟아올랐고, 그 꼭대기는 기둥을 타고 올라간 사람에 의해 연결되었다. 점점 형태를 잡아가는 기계의 부품이 볼트와 나사로 고정되는 동안 실크해트를 쓴 남자가 조심스럽게 테스트를 해보았다. 매우 길게 느껴진 짧은 시간 동안 단두대의 조립은 끝이 났다. 땅에 놓여 있는 삼각형 모양의 강철 날을 제외하면 말이다. 그 날은 주목의 대상이었다. 사형 집행인이 그것을 가리키자 두 사람이 날을 집어 단두대의 홈에 밀어 놓고는 꼭대기까지 끌어올렸다. 사형 집행인은 끝없이 지속되고 있는 보편적인 고요함 속에서 날을 주시했다. 그러더니 기계를 작동시켰고, 금속 덩어리는 쿵 하는 소리를 일으키며 떨어졌다. 약간의 비명소리가 들려왔고, 이윽고 환호소리, 고함소리, 야유 소리, 그리고 노래의 일부분들이 압도적으로 요란하게 울려 퍼졌다. 칼날이 다시 올려지자 침묵이 즉시 재현되었고, 다시 떨어지면서 새로운 난리를 일으켰다. 사형 집행인은 만족하는 움직임을 보였다. 창문에 있던 많은 여성들은 열광적으로 손뼉을 쳤고, 경찰들은 군중의 격렬한 압박에 맞서 치열하게 싸워야 했다. 일꾼들은 그들의 블라우스를 벗고 코트를 입었다. 소피아는 그들이 호텔을 향해 한 줄로 걸어오는 것을 보고 마음이 뒤숭숭해졌다. 그들의 뒤를 이어 실크해트를 쓴 사형 집행자가 따라 들어왔다.

4

사형 집행자와 그의 일꾼들이 엄숙하게 들어오자 베즐레 호텔에서는 문들의 엄청난 열림이 있었고, 문지방에서는 많은 소곤거림이 생겨났다. 소피아는 그들이 위층으로 터벅터벅 올라가는 소리를 들었다. 그들은 망설이는 것 같더니, 명백히 그녀와 같은 층에 있는 방으로 들어갔다. 문이 쾅 닫혔다. 그러나 소피아는 새로운 목소리들이 이야기하는 규칙적인 소리와 쟁반 위의 덜컹거리는 유리잔 소리를 들을 수 있었다. 호텔 창문을 통하여 그녀에게 들려온 대화는 이제 매우 커져가는 흥분을 보여주고 있었다. 그녀는 자신의 머리를 드러내지 않고는 이웃 창문에 있는 사람들을 볼 수 없었고, 이것은 그녀가 하지 않을 행동이었다. 시각을 알리는 무거운 종소리가 광장의 하늘 위로 울려 퍼졌다. 그녀는 그 소리가 대성당의 시계일 것이라고 추측하였다. 그녀는 광장 한구석에서 함께 있던 두 소녀 중 한 명과 활기차게 단둘이 이야기하고 있는 제럴드를 보았다. 그녀는 저런 소녀가 어떻게 자랐는지, 그리고 그녀의 부모님은 어떻게 생각하는지 어렴풋이 궁금해 했다. 아니면 알기라도 하는지! 그녀는 자신에 대한 강렬한 자부심과 무한하고 거만한 우월감을 느꼈다.

그녀의 눈은 다시금 단두대를 보았고, 그것에 사로잡혔다. 경찰의 보호를 받고 있는 그 높고 단순한 물체는 대충 만든 붉은 기둥으로 광장을 위협적으로 제압하고 있었다. 도구와 열려 있는 커다란 상자가 그 옆의 땅 위에 놓여 있었다. 마차의 허약한 말들은 다리를 구부린 채 졸고 있는 듯한 기색이 역력했다. 이윽고 태양의 첫 광선이 굴뚝의 높이에서 광장을 세로로 가로질렀다. 소피아는 거의 모든 램프와 양초가 꺼진 것을 알아차렸다. 창문에 있던 대부분의 사람들은 하품을 하고 있었다. 그들은 하품을 한 후에 바보처럼 웃었다. 몇몇은 먹고 마시고 있었다. 몇몇은 다른 집으로 소리를 지르며 대화를 나누고 있었다. 말을 타고 있는 경찰들은 광장으로 향하는 모든 입구에서 으르렁거리고 있는 열띤 군중을 여전히 억누르고 있었다. 그녀는 시라크가 혼자 왔다 갔다 하는 것을 보았다. 그러나 제럴드는 찾을 수 없었다. 그가 광장을 떠났을 리는 없었다. 어쩌면 그는 호텔로 돌아와 그녀가 편안히 있는지 아니면 필요한 것은 없는지 보러 오고 있을 수도 있다. 죄라도 진 것처럼 그녀는 다시 침대로 뛰어들었다. 그녀가 마지막으로 둘러보았을 때 방은 어두웠다. 지금은 날이 밝아서 세세한 부분까지 선명하게 보였다. 그럼에도 불구하고 그녀는 창가에 단지 몇 분 동안만 서 있었다는 느낌이 들었다.

그녀는 기다렸다. 그러나 제럴드는 오지 않았다. 그녀는 사형 집행인과 그의 조력자들이 꾸준히 흥얼거리는 소리를 들을 수 있었다. 그들이 있는 방은 필히 자신의 뒤쪽 방이라고 생각하였다. 호텔 안에서 들려오던 다른 소리들은 눈에 띄게 줄어들었다. 시간이 한참 지난 후에 그녀는 문이 열리는 소리를 들었고, 낮은 목소리가 프랑스어로 명령적인 말을 하는 것을 들었으며, '네' 하는 소리와 계단을 내려가는 소리를 들었다. 사형 집행인과 그의 조력자들이 떠나고 있었다. "너." 위층에서 술에 취한 영국인의 목소리가 들려왔다. 사형 집행인이 한 말을 번역하고 있던 중년의 영국인이었다. "너, 네가 머리를 받아." 그러고 나서 거친 웃음이 있었고, 여전히 영어를 공부하고 있던 영국인의 여성 소리가 들렸다. "네가 모리를 받아. 아, 알겠습니다." 또 다른 웃음이 있었다. 마침내 호텔은 조용해졌다. 소피아는 혼잣말을 했다. "사형 집행이 끝나고 제럴드가 올 때까지 이 침대에서 움직이지 않을 거야!"

그녀는 이불 밑에서 졸다가 엄청난 비명소리와 으르렁거리는 소리 그리고 고함소리에 잠이 깼다. 소피아의 한정된 경험을 훨씬 능가하는 인간의 잔인함에 대한 현상이었다. 완벽하게 안전한 방에서 그녀는 조용히 있었지만, 광장의 입구에서 가로막혀 미친 듯이 격노하고 있는 군중들의 소리는 그녀에게 위협감을 주었고, 소름을 돋게 만들었다. 그 소리는 마치 그들이 마차의 말들을 갈기갈기 찢을 수 있는 것처럼 들렸다. "나는 반드시 이 방에 있어야겠어." 그녀가 중얼거렸다. 이렇게 말하면서 그녀는 침대에서 일어나 다시 창가로 가서 밖을 내다보았다. 이와 관련된 괴로움은 극심했지만, 그녀는 그 매혹에 저항할 만한 힘이 없었다. 그녀는 탐욕스럽게 밝은 광장을 응시했다. 그녀가 처음으로 본 것은 제럴드가 맞은편 집에서 나오는 것이었고, 몇 초 후 그가 이전에 이야기를 나누었던 소녀가 뒤따라 그 집에서 나오는 것이었다. 제럴드는 급히 호텔의 정면을 올려다보더니 빨간 기둥에 가능한 한 가까이 다가갔는데, 빨간 기둥들 앞에는 이제 검을 뽑은 경찰들이 줄지어 서 있었다. 두 마리의 말이 이끌고 있는 두 번째 마차와 더 큰 마차가 나란히 기다리고 있었다. 광장 너머의 소음은 계속되었고, 심지어 더 커지고 있었다. 그러나 저지선의 안에 있는 수백여 명의 사람들과 창문에 나와 있는 모든 사람들은 술에 취했거나 취하지 않은 채로, 확고하고 사악한 황홀감에 쌓여 단두대가 있는 구역을 소피아처럼 바라보고 있었다. "더 이상 못 견디겠어!" 그녀는 공포에 질려 스스로에게 말했지만, 움직일 수 없었다. 심지어 눈조차 움직일 수 없었다.

이따금씩 군중이 격렬한 스타카토가 되어 외쳤다. "저기 있다! 니콜라스! 아! 아! 아!" 마지막 '아'는 사악했다.

군중의 격렬한 야만성의 정점인 거대하고 열정적인 포효가 하늘을 강타했다. 광고해진 말들이 방향을 틀고 앞다리를 들어 올리며 섰고, 조각상 같은 경찰들이 그 위에서 흔들리는 동안 성난 군중들에게 떨어지고 있는 것 같았다. 이것은 저지선을 깨기 위한 마지막 노력이었고, 그 노력은 실패로 돌아갔다.

단두대 뒤쪽 작은 거리에서 오른손에 십자가를 높이 들고 있는 신부가 나타나 단두대 뒤쪽으로 걸어갔다. 그의 뒤로 잘생긴 영웅이 나타났는데 그는 두 명의 교도관들 사이에서 온몸이 묶여 있는 채로 걸어왔다. 교도관들은 그를 제압하며 동시에 양쪽에서 그를 지지하고 있었다. 그는 확실히 매우 어렸다. 그는 씩씩하게 턱을 치켜들었지만, 얼굴은 엄청나게 하 다. 소피아는 신부가 식사 때 들었던 이야기처럼 죄수가 단두대를 볼 수 없게 자신의 몸으로 단두대를 가리려고 한다는 것을 알아차렸다.

광장이나 주변 지역에서는 곧 죽을 사람을 위한 기도를 위해 희미하게 오르내리는 신부의 목소리 외에는 아무 소리도 들리지 않았다. 창문에 있는 눈들은 이제 작은 행렬에 시선을 고정한 채 돌로 변해버렸다. 소피아의 목은 더 단단히 조여졌고, 커튼을 잡은 손은 떨리고 있었다. 그녀에게 있어서 이 행사의 중심에 있는 인물은 살아 있는 사람이 아닌 듯 느껴졌다. 그는 사람이 아니라 인형, 비극이라는 행동을 모방하기 위해 줄에 묶여 있는 하나의 마리오네트 같았다. 그녀는 신부가 마리오네트에게 입으로 십자가를 물라고 제안하는 것을 보았고, 마리오네트는 끈으로 묶여 있는 어깨로 그 십자가를 어설프고 비인간적으로 밀어버렸다. 행렬이 방향을 튼 뒤 멈추자, 그녀는 마리오네트의 어깨 부분과 목의 뒤쪽 부분이 맨살인 것을 분명히 볼 수 있었다. 그의 셔츠는 찢어져 있었다. 끔찍했다. "내가 왜 여기 서 있는 거지?" 그녀가 히스테리적으로 자신에게 물어보았다. 그러나 그녀는 움직이지 않았다. 그 희생자는 이제 한 무리의 남자들 사이로 사라져 있었다. 이윽고 그녀는 그가 빨간 기둥 아래에 있는 홈 사이에 엎드려 있는 것을 알아차렸다. 이제 광장은 구석에서 짤랑거리고 있는 말들의 소리만이 들려왔다. 처형대 앞에 늘어선 경찰들은 자신들의 어깨 사이로 안쪽을 들여다보는 특권 집단의 시선을 무시한 채 칼을 꼭 쥐고 앞을 바라보았다.

그리고 소피아는 공포에 질려 기다렸다. 엎드려 있는 희생자 위로 높이 매달려 있는 반짝이는 금속 삼각형 외에 것은 그녀의 시야에 들어오지 않았다. 그녀는 너무나 빨리 피난처를 떠나온 길을 잃은 영혼처럼 느껴졌고, 운명의 가장 나쁜 위험에 영원히 노출된 것 같았다. 그녀는 어째서 이 낯설고 이해할 수 없는 마을에서 이 잔인하고 터무니없는 광경을 고통스러운 눈길로 바라보고 있는 것인가? 그녀에게 이 마을은 이국적이고 비이성적이었다. 그녀의 감성은 모두 피를 흘리는 상처 덩어리가 되어 있었다. 어째서? 바로 어저께만 하더라도 그녀는 버슬리에 있는, 엑스에 있는 순진하고 소심한 생명체였다. 편지를 숨기는 것을 최고의 흥분으로 여겼던 어리석은 생명체였다. 그날도 오늘도 모두 현실이 아니었다. 어째서 그녀는 그녀를 달래고 위로해줄 사람도 없이, 말로 표현할 수 없을 정도로 끔찍하고 혐오스러운 이 호텔에 혼자 갇혀 있는 것일까?

멀리서 들려오는 종이 한 번 울렸다. 날카롭고, 낮고, 긴장한 단음절의 목소리가 들렸다. 그녀는 그 목소리가 이름을 들은 적이 있지만 기억은 나지 않는 사형 집행인의 목소리라는 것을 깨달았다. 찰칵하는 소리가 났다. 그녀는 공포와 혐오감에 몸을 움츠리고 얼굴을 가린 채 몸을 떨었다. 다양한 창문에서 들려오는 비명의 연속이 그녀의 귓가에 지속적으로 들려왔다. 이윽고 그녀처럼 보지는 못했지만 소리를 들은 갇혀 있는 군중들의 엄청난 고함소리가 다른 모든 소음들을 잠재웠다. 정의가 실현되었다. 제럴드 인생의 커다란 야망이 마침내 충족되었다.

후에, 호텔이 떠들썩한 가운데 조급하고 초조하게 그녀 방의 문을 두드리는 소리가 났다. 고난으로 인해 자신이 보디스를 입고 있지 않다는 것을 잊은 그녀는 일종의 끔찍한 꿈이었던 바닥에서 일어나 문을 열었다. 시라크가 문 앞에 서 있었고, 그는 제럴드의 팔을 잡고 있었다. 시라크는 지쳐 보였으며, 기이하게도 연약하고 애처로워 보였다. 그러나 제럴드는 죽음의 이미지를 가지고 있었다. 야망의 달성은 그의 평정을 완전히 무너뜨렸다. 그의 호기심은 그의 자존심보다 더 강하다는 것을 증명해 보였다. 그 순간에 동정을 할 수 있었더라면, 소피아는 그를 동정했을 것이다. 제럴드는 비틀거리며 그녀를 지나쳐 방으로 들어가더니 침대에 신음소리를 내며 주저앉았다. 그가 뻔뻔스러운 여자들과 자랑스럽게 대화를 나눈 지 얼마 되지 않았다. 빠른 속도로 쓰러진 그는 이제 병든 사냥개처럼 허약했고, 늙은 술꾼처럼 역겨웠다.

시라크가 힘없이 말했다. "그는 약간 고통을 받고 있어요."

소피아는 시라크의 어조를 통해 수치스러운 남편의 남자다운 자존심을 회복시키는 일에 전념하는 것이 지금 그녀가 당연히 해야 할 일이라는 가정을 하게 되었다.

'그럼 나는?' 그녀가 쓸쓸하게 생각했다.

뚱뚱한 여성은 위태로운 블라망주처럼 계단을 올라오더니 소피아에게 빠르게 말을 걸기 시작하였는데, 그녀는 아무것도 알아들을 수 없었다.

"그녀는 60프랑을 요구하고 있어요." 깜짝 놀란 소피아의 질문에 대해 시라크는 제럴드가 호텔 주인인 그녀의 방을 빌리는 조건으로 100프랑을 지불하기로 했으며, 50프랑은 미리, 나머지 50프랑은 처형 후에 지불하기로 합의가 되어 있었다고 설명해 주었다. 나머지 10프랑은 식사 값이었다. 호텔 주인은 그녀의 모든 고객들을 불신하였고, 그 광경이 끝나자마자 즉시 돈을 걷으러 다니고 있었다.

소피아는 제럴드의 거짓말에 대해 아무 말도 하지 않았다. 사실, 시라크는 그녀가 하는 말을 들었다. 그녀는 제럴드가 다른 사람들에게는 말을 잘하는 거짓말쟁이라는 것을 알고 있었지만, 그녀 자신에게도 거짓말을 하는 것이 능숙하다는 것을 알았을 때 그녀는 순전히 놀랐다.

"제럴드! 들려?" 그녀가 차갑게 말했다.

어설프게 잘린 머리는 단지 신음소리만 내뱉었다. 그녀는 짜증을 내며 그에게 다가가 주머니에 있는 지갑을 더듬었다. 그는 여전히 신음소리를 내며 아무런 반응도 보이지 않았다. 시라크는 그녀가 동전을 고르고 세는 것을 도와주었다.

뚱뚱한 여자는 진정을 하고는 자신이 가야 할 길을 갔다. "안녕히 계세요, 부인!" 시라크는 평소처럼 정중하게 말했다. 그의 말로 인해 이 흉측한 호텔은 황제의 대기실이라도 된 것 같았다.

"떠나시나요?" 그녀가 깜짝 놀라 물었다. 그녀의 곤경은 너무나도 명백했기에 그는 몹시 기뻐했다. 할 수만 있었더라면 그는 머물렀을 것이다. 그러나 그는 기사를 쓰고 전달해야 했기에 파리로 돌아가야 했다.

"내일 가면 좋겠네요!" 그는 그녀의 손에 입을 맞추며 동정하듯이 중얼거렸다. 그 행동은 그녀의 상황이 추잡한 것에 대해 다소 보상을 해주었으며, 심지어 그녀의 옷차림의 결점까지 바로잡아 주었다. 그 이후로 그녀는 시라크를 항상 오래되고 친밀한 친구로 여기게 되었다. 그는 그녀의 삶의 '잘못된 면'을 보는 시련을 성공적으로 넘겼다. 그녀는 오랫동안 그를 주시하다 문을 닫았고, 자신의 곤경과도 화해를 했다.

제럴드는 자고 있었다. 항상 그랬던 것처럼 깊은 잠에 빠졌다. 결국 그가 그녀에게 가져다준 것은 이러한 것들이었다! 밤과 새벽, 그리고 아침의 공포! 형언할 수 없는 고통과 굴욕, 결코 잊을 수 없는 비통과 지독한 괴로움! 뜻밖의 허가로 인하여 바보같이 철야를 보낸 후, 불쾌한 짐승인 그는 이 더러운 방에서 하루 종일 잠을 자기 위해 쓰러질 듯이 뒤로 걸어갔다! 그는 마지막까지 즐기는 사람의 역할을 할 만한 기백조차 가지고 있지 않았다. 그리고 그녀는 그에게 얽매여 있었다. 다른 사람의 도움으로부터 멀리멀리 떨어져 있었다. 그녀의 자존심으로 인해 그녀는 그의 위험한 어리석음으로부터 그녀를 보호해주었을 지도 모르는 사람들과 돌이킬 수 없을 정도로 단절되어 있었다. 이 순간, 그녀의 보편적인 의식에는 그가 무책임하고 배려심이 없는 바보라는 깊은 확신이 영구히 자리를 잡았다! 그는 분별력이 없었다. 이러한 그녀의 총명하고 신 같은 남편이 그녀 스스로를 유부녀라고 부를 수 있는 권리를 부여해준 사람이었다! 그는 바보였다. 세상 물정에 대한 무지함에도 불구하고 그녀는 다른 누구도 아닌 순전한 바보만이 그녀를 현재 위치에 이르게 할 수 있다는 것을 깨달았다. 그녀가 타고난 현명함은 혐오스러웠다. 그가 책임감을 깨닫게 할 수 있도록 그를 매우 때린다는 돌풍이 그녀를 사로잡을 수도 있었다.

그의 더러운 코트의 가슴 주머니는 전날 받은 꾸러미로 인해 튀어 나와 있었다. 진즉에 그가 잃어버린 것이 아니라면, 그는 운에 감사해야 할 것이다. 그녀는 그것을 꺼냈다. 200파운드가 적혀 있는 은행권과 은행원으로부터 온 편지, 그리고 다른 종이들이 그 안에 들어 있었다. 그녀는 소음을 만들지 않기 위해 주의를 기울이며 봉투와 편지, 종이를 잘게 찢었고, 그것들을 숨길 곳을 찾았다. 찬장이 자신을 뽐내고 있었다. 그녀는 의자에 올라타 그 조각들을 보이지 않게 맨 위에 있는 선반에 밀어 넣었다. 그 조각들은 어쩌면 오늘날까지 있을지도 모른다. 그녀는 옷을 다 입고 나서 치마 안쪽에 돈을 꿰맸다. 그녀는 도둑질에 대한 어리석고 섬세한 생각을 가지고 있지 않았다. 제럴드 같은 남자의 보살핌 속에서는 자신이 가장 끔찍하고 불가능한 딜레마에 빠질지도 모른다는 것을 어렴풋이 느꼈다. 그녀의 치마 속에 비밀스럽고 안전하게 붙어 있는 돈들은 그녀에게 자신감을 주었고, 미래에 대한 위험으로부터 그녀를 안심시켜주었고, 그녀에게 독립심을 주었다. 이 행동은 그녀의 진취성과 근본적인 신중함의 특징이었다. 영웅적인 면모에 접근하고 있었다. 그리고 그녀의 양심은 행동의 정당성을 열렬히 옹호했다.

그는 봉투에 대해 한마디도 해준 적이 없었기에, 봉투가 사라진 것을 발견하게 되면 그녀는 봉투에 관련된 모든 지식을 부인할 것이라고 결심했다. 그는 돈의 세부사항에 대해 결코 언급하지 않았다. 그에게는 막대한 돈이 있었다. 그러나 이런 거짓말을 해야 할 이유는 없었다. 그는 자신이 잃어버린 것에 대해 전혀 언급하지 않았다. 사실 그는 지난밤들 동안, 자신이 봉투를 도둑맞도록 내버려둘 만큼 부주의했다고 생각하고 있었다.

소피아는 하루 종일 음식도 먹지 않고 더러운 의자에 앉아 있었고, 제럴드는 잠을 잤다. 그녀는 놀라운 분노에 차서 계속 혼잣말을 반복했다. "이 방 하나에 100프랑! 100프랑! 그런데 이 사람은 나한테 말할 용기도 없었어!" 그녀는 그녀의 경멸을 표현할 수 없었다.

순전히 권태로움으로 인하여 다시 창밖을 내다보게 되기 훨씬 전에, 정의의 모든 흔적이 광장에서 제거되었다. 8월의 무더운 햇볕 아래 남아 있는 것은 말들이 반 회전을 하고 앞다리를 들었던 곳에 남은 오물 더미밖에 없었다.

제럴드의 위기

1

한때 제럴드와 소피아의 마음속에는 만 이천 파운드가 부의 무한함을 나타내며, 이 금액은 특별하고 신비한 특성을 가지고 있어서 감산 과정을 무감각하게 만든다는 생각이 존재하고 있었다. 만 이천 파운드가 지속적으로 사라지고 있음에도 궁극적으로 완전히 사라질 수 있다는 것은 불가능해 보였다. 이 사고방식은 소피아보다 제럴드의 마음속에 오래 남아 있었다. 제럴드는 불안감을 주는 사실을 결코 바라보지 않은 반면에, 소피아는 이러한 현상에 병적으로 사로잡혀 있었다. 여행과 즐거움을 추구하는 삶의 방식을 가지고 있는 제럴드는 1년에 육백 파운드 이상을 사용하면 안 된다는 것을 의미했다. 1년에 육백 파운드는 하루에 2파운드까지만 사용할 수 있다는 의미였지만, 제럴드는 호텔비로 2파운드 이하를 지불한 적이 없었다. 그는 자신이 천 년을 살기를 바랐고, 자신이 천오백 파운드를 사용하고 있을지도 모른다는 은밀한 두려움을 가지고 있었다. 실제로 그는 이천오백 파운드 정도를 사용하고 있었다. 그럼에도 불구하고, 만 이천 파운드라는 지칠지 모르는 놀라운 생각은 항상 그를 안심시켜주었다. 돈이 빨리 사라질수록 이 생각은 제럴드의 마음속에서 더욱 강렬하게 커져만 갔다. 만 이천이 뚜렷한 이유 없이 삼천으로 떨어졌을 때, 제럴드는 갑자기 행동을 해야겠다고 결심했고, 몇 달 만에 파리증권시장에서 이천을 더 잃었다. 모험은 그를 겁먹게 하였고, 당황한 나머지 그는 사치스러운 생활에 몇 백을 또 사용하였다. 삼십만 프랑 중 이만 프랑이 남았을 때도 그는 자연법이 어떻게든 해결해줄 것이라는 믿음을 고수했다. 그는 한때 부자였지만 지금은 빵을 구걸하고 바닥을 닦고 있는 사람들에 대한 이야기를 들은 적이 있었다. 그러나 자신은 자신이라는 단순한 이치로 인하여 그러한 위험으로부터 꽤 안전하다고 생각했다. 하지만 그가 말한 이 이치는 돈을 벌려고 노력함으로써 이치를 지지하는 것을 의미했다. 이러한 그의 시도들이 계속 실패하자, 그는 돈을 빌림으로써 그 이치를 지지하려고 했다. 그러나 그는 작은아버지가 자신과 완전히 인연을 끊었다는 것을 알게 되었다. 그는 돈을 훔쳐서 이치를 지지할 수도 있었지만, 사기꾼이 될 배짱도 지식도 없었다. 카드 게임에서 속임수를 쓸 수 있을 만큼 노련하지도 않았다.

그는 수천을 생각했었다. 이제 그는 매일, 그리고 매시간 수백, 수십을 생각하기 시작했다. 그는 한마을에서 경제적으로 살기 위해 철도 요금으로 이백 프랑을 지불했고, 얼마 지나지 않아 파리에서 경제적으로 살기 위해 철도 요금으로 이백 프랑을 더 지불했다. 그리고 파리에 도착한 것과 엄격한 경제생활의 확고한 시작, 그리고 진지한 생계수단을 찾게 된 것을 축하하기 위해 그는 메종도레에서 식사를 하고 체육관에서 발코니 좌석 두 개를 구매를 하는 데 백 프랑을 사용하였다. 간단히 말해서, 그는 자신의 상황에서 전형적인 바보 같은 행동을(행동력, 결단력, 자기기만) 하나도 빠뜨리지 않았다. 자신의 어려움과 지혜가 매우 뛰어나다고 항상 확신했다.

1870년 5월 오후, 그는 클리시 대로에서 30분 이내에 있는 폰테인 거리와 라발 거리(지금은 빅터 매스 거리가 된)의 구석에 있는 작은 호텔의 침실에서 세 모서리를 초조하게 왔다 갔다 하고 있었다. '거대한 대로'가 '외부 대로'로 바뀌게 되었다! 소피아는 더러운 창가의 의자에 앉아 한가하게 삶의 혐오감을 느끼며 참탈 거리의 구석에서 말의 쓰레기를 치우고 있는 클리시 오데온 합승마차를 내려다보고 있었다. 뽐내고 있는 포석 위를 지나가는 하찮고 서두르는 마차들의 소음은 귀가 멍멍할 정도로 시끄러웠다. 그 장소는 이상과 일치하지 않았다. 저 좁은 언덕길에는 너무 많은 인류가 모여 있었다. 그 인류는 높은 집의 창문에서 튀어나온 것 같았다. 제럴드는 이것이 결국 진정한 파리이며, 요리는 어디서든지 구할 수 있을 만큼 좋다고 말을 하며 자신의 자존심을 회복했다. 그가 1층에 있는 작은 살롱에서 식사를 하면서 황홀해 하지 않은 적은 거의 없었다. 그의 말을 듣고 있으면, 그가 비용을 고려하지 않고 이 호텔의 탁월한 장점만을 보고 호텔을 선택한 것일지도 모른다는 생각이 들었다. 그의 태도와 관습만을 보면, 그가 정말로 마들렌 구역의 축사에 있는 저속한 관광객들과 어울리면 안 된다는 것을 잘 아는 파리의 전문가처럼 보였다. 그는 다소 뛰어난 옷을 입고 있었다. 운명의 변화에서 살아남은 좋은 옷들로, 반원형 아치가 없어진 제국의 사치에서 살아남았듯이 살아남은 옷들이었다. 커다란 V모양 칼라와 값싼 세탁의 흔적이 역력한 손목 밴드만이 임박한 재앙의 그림자를 반영하고 있었다.

그는 곁눈질로 조용히 소피아를 힐끗 보았다. 그녀 역시 여전히 뛰어난 옷차림을 하고 있었다. 검은 파유로 만들어진 여성복, 캐시미어 숄, 그리고 베일을 드리우고 있는 작고 검은 모자. 그녀의 옷에도 극빈의 명백한 증상은 보이지 않았다. 그녀는 옷이 거의 없지만 좋고, 자연의 도움을 받아 오랫동안 입을 수 있는 옷을 가지고 있는 것에 만족하는 여성들 중 한 명으로 평가되었을 것이다. 그 좋은 검은색은 영원할 것이다. 변경이나 수선에 대한 비밀을 드러내지도 않을 것이며 투명하지도 않다. 마침내 제럴드는 중단된 대화를 재개하면서 끈질기게 말했다.

"다 합쳐도 5프랑이 되지 않는다고 말했잖아! 원한다면 내 주머니를 만져보던가!" 상습적인 거짓말쟁이는 불신을 두려워하며 덧붙였다.

"그럼, 내가 어떻게 하길 바라는데?" 소피아가 물었다.

그녀가 질문에서 드러낸 반어적이고 무기력한 말투는 결혼 후 4년 동안 소피아에게 이상하고 중요한 일들이 일어났다는 것을 보여주었다. 제럴드가 지지했던 소피아는 죽어 사라지고, 또 다른 소피아가 그녀의 몸속으로 들어온 것처럼 보였다. 그녀는 지속적인 경험으로 스트레스를 받아 자신에게 일어난 근본적인 변화를 매우 의식하고 있었다. 비록 이것은 겉모습에 불과했지만, 모든 것을 드러냈을 뿐 그녀는 여전히 소피아였고, 이것이 진정한 모습이었다. 제럴드가 어쩔 수 없이 그녀를 법적 아내로 받아들였을 때보다 더 아름다운 모습의 그녀는 이제 거의 스물네 살이 되어갔고, 어쩌면 그녀의 나이보다 다소 늙어 보일지도 몰랐다. 그녀의 몸매는 완전히 고정이 되었다. 허리는 두툼했으며, 날씬하지도 뚱뚱하지도 않았다. 그녀의 입술은 다소 단단해졌고, 달팽이가 껍질의 안으로 들어가듯 입을 굳게 다무는 버릇이 생겼다. 그녀의 행동에는 미숙한 멍청함의 흔적이 보이지 않았고, 그녀의 어조에는 단순함의 흔적이 남아 있지 않았다. 그녀는 위엄 있고 약간 거만한 매력을 지닌 여자가 되었다. 결코 순수함과 순진함의 매력을 가지고 있는 여자가 아니었다. 그녀의 눈은 자신의 환상을 매우 끔찍하고 완전하게 잃어버린 사람의 눈이었다. 냉담하게 이해하고 있는 그녀의 시선은 인간의 본성의 비참함에 익숙해졌다는 것을 암시하고 있었다. 제럴드는 그녀의 교육을 시작하고 마친 상태였다. 안 좋은 선생이 고운 목소리를 망칠 수는 있을지 몰라도, 그녀의 도덕적 힘은 헤아릴 수 없을 정도로 그를 능가하고 있었기에 그는 그녀를 망칠 수 없었다. 그는 자신도 모르게 걸작을 만들어냈지만, 그것은 비극적인 걸작이었다. 그녀가 단순히 시선을 던지며 의견을 말하기만 하면, 남자는 그녀가 자신의 속마음을 읽지 못하길 바라며 반은 욕망에, 반은 경각심에 혼잣말을 하게 할 정도의 여자가 되어 있었다. 사람들은 이렇게 말했다. '놀라워! 그녀는 분명히 한두 가지 일을 겪은 게 분명해. 그녀는 사람이 어떤 존재인지 알고 있어!'

결혼은 물론 재앙을 초래하는 어리석음이었다. 애초에 제일 처음에, 외판원이 비교할 수 없을 정도로 경솔하고 어리석게 계산대 위로 종잇조각을 던진 순간부터 소피아의 각성하는 상식은 본능에 굴복함으로써 자신을 위한 비참함과 수치심을 파종하고 있다고 그녀에게 말해주었다. 그러나 그녀는 마법에라도 걸린 것처럼 계속 진행하였다. 가수假睡 상태에서 벗어나기 위해서는 집에서 도망을 간다는 돌이킬 수 없는 일이 필요했다. 가수 상태에서 완전히 깨어나게 되자, 그녀는 자신의 결혼 생활을 있는 그대로 인식하였다. 그녀는 결혼 생활을 더 좋게도, 더 나쁘게도 만들지 않았다. 제럴드를 일종의 기후 같은 것으로 받아들였다. 그녀는 그가 돌이킬 수 없을 정도로 어리석고 무책임함의 신동이라는 것을 반복하고 또 반복해서 보게 되었다. 그녀는 이제 다정함과 비통함을 가지고 그를 용인하고 있었다. 그의 변덕을 항상 받아들였으며, 자신이 소망을 갖는 것은 허락하지 않았다. 평생 동안의 자기 억압으로 자존심과 순간적인 멍청함의 대가를 치를 준비가 되어 있었다. 매우 비싸긴 했지만, 그것이 그 행동의 대가였다. 그녀는 프랑스어에 대한 유난히 뛰어난 지식밖에 얻지 못했고(머지않아 제럴드의 나쁜 말씨를 경멸하는 법을 배웠다) 자신의 품위만을 지키고 있었다. 그녀는 제럴드가 그녀에게 질렸다는 것을 알고 있었고, 그녀를 없애기 위해 즐거움의 춤을 췄을 것이고, 그가 끊임없이 바람을 피웠을 것이라는 것과 그가 그녀의 아름다움에 흥분하지 않은지 오래되었다는 것을 알고 있었다. 또한 속으로는 그가 그녀를 조금 무서워하고 있다는 것도 알고 있었다. 그곳에 그녀의 유일한 도덕적 위안이 존재하고 있었다. 그가 그녀를 버리지 않았다는 것은 때때로 그녀를 놀라게 만들었다. 그는 단순히 그리고 잔인하게 도망을 가고, 그 과정에서 그녀를 데려가는 것을 까먹을 수도 있었다.

그들은 서로를 싫어했지만 다른 방식으로 서로를 싫어하고 있었다. 그녀는 그를 혐오했고, 그는 그녀를 분하게 여겼다.

"내가 어떻게 하길 바라는데?" 그가 그녀의 말을 따라 했다. "네 집으로 편지라도 써서 가족한테 돈을 좀 구해보는 건 어때?"

　그는 마음속에 있던 말을 그녀에게 하였고 그녀를 괴롭히듯이 으스대며 그녀와 맞섰다. 그가 더 큰 남자였다면 그녀를 신체적으로 괴롭히려고 했을지도 모른다. 그가 그녀를 분하게 여겼던 이유 중 하나는 그녀가 그보다 키가 크다는 것이었다. 그녀는 아무런 대답도 하지 않았다.

　"지금 창백해져서 그 호들갑들을 다시 반복할 필요는 없어. 내가 했던 말은 완벽하게 합리적인 거니깐. 내가 돈이 없다고 말하면 돈이 없는 거야. 돈을 만들어낼 수는 없다고."

　그가 정기적인 격렬한 말다툼을 할 준비가 되어 있다는 것을 그녀는 알아차렸다. 그러나 그날 그녀는 너무나 피곤하고 몸이 좋지 않아 말다툼을 할 수 없었다. 반복적인 '호들갑'에 대한 그의 경고는 지난 2년 동안 그녀가 앓았던 위 현기증을 언급한 것이었다. 현기증은 보통 식사 후에 찾아오곤 했다. 기절하지는 않았지만, 머리가 빙빙 돌았고 서 있을 수 없었다. 현기증이 일어나면 그녀는 어디에 있든 주저앉았는데, 얼굴은 놀라울 정도로 하얘졌고 이렇게 중얼거렸다. "내 후 자극제." 5분도 채 되지 않아 그 공격은 사라지고 아무런 흔적도 남기지 않았다. 그녀는 점심 식사 직후에 현기증을 앓았다. 그는 이 병에 분개했다. 그녀에게 정신이 들게 하는 병을 건네는 것이 싫었고, 만약 그녀의 창백함이 항상 그를 놀라게 하지 않았더라면 그렇게 행동하지도 않았을 것이다. 이 공격이 그에게 깊은 인상을 심어주기 위한 계략이 아니라는 것을 확신시켜주는 것은 이 창백함밖에 없었다. 그의 태도에는 항상 그녀가 선택하기만 한다면 이 병을 고칠 수 있다는 것을 암시하고 있었지만, 그녀는 고집을 부리며 그것을 선택하지 않았다.

　"내 질문에 제대로 대답을 해주기는 할 거야?"

　"무슨 질문?" 그녀의 떨리는 목소리는 낮고 절제되어 있었다.

　"가족한테 편지 쓸 거야?"

"돈을 위해?"

그녀의 빈정대는 말투는 악마 같았다. 그 빈정거림을 그녀는 말투에서 없앨 수 없었다. 억누르려고 하지도 않았다. 그녀의 빈정거림이 그를 격분하게 만들었다고 해도 별로 신경 쓰지 않았다. 그는 진심으로 그녀가 가족에게 무릎을 꿇기라고 할 것이라고 생각한 것인가? 그녀가? 그는 아내가 세상에서 가장 자존심이 강하고 고집 센 여자라는 것을 모르는 것인가? 그에게 한 그녀의 행동은 그녀의 자존심과 고집의 표현이라는 것을 모르는 것인가? 그녀는 몸이 아프고 허약하다는 느낌을 받았음에도 불구하고, 절대로 굴욕의 빵을 먹지 않기로 한 자신의 결심을 지키기 위해 가지고 있는 모든 힘을 끌어 모았다. 가족에게는 죽은 사람처럼 살겠다는 절대적인 결심을 하고 있는 그녀였다. 확실히, 몇 년 전인 12월의 어느 날 그녀는 리볼리 거리에 있는 영국 상점에서 영국 크리스마스카드를 보았고, 갑자기 솟아난 콘스탄스를 향한 다정한 마음에 그녀는 콘스탄스와 그녀의 어머니에 알록달록한 인사 카드를 보냈었다. 한번 습관이 들자 그녀는 그 행동을 계속하였다. 그것은 친절을 요청하는 것이 아니었다. 그것은 친절을 베푸는 것이었다. 그러나 연하장을 제외하면, 성 누가 광장에서 그녀는 죽은 사람이었다. 그녀는 실종되었고, 가족 모임에서 논의되지 않는 딸들 중 한 명이었다. 엄청난 어리석음, 콘스탄스에 대한 작은 다정한 생각, 야반도주의 기억, 달갑지 않은 감탄으로 가득 참, 제왕 같은 어머니의 행동. 이러한 것들은 그녀의 죽음 이후 일종의 부활에 대한 생각에 강하게 맞설 수 있게 해준 것들이었다.

그런데 그는 그녀에게 돈을 위해 가족에게 편지를 쓰라고 재촉했다! 그녀는 심지어 성 누가 광장을 방문조차 하지 않을 것이다. 그녀가 어떤 고통을 겪었는지 그들이 알면 결코 안 된다! 특히나 돈을 훔쳐서 나온 해리엇 이모에게는 말이다!

"가족한테 편지를 쓸 거야, 말 거야?" 그는 각 단어를 강조하며 다시금 물었다.

"안 써." 그녀가 매우 경멸하며 짧게 대답했다.

"어째서?"

"왜냐하면, 안 쓸 거거든." 입술을 오므린 채 입을 다물고 있는 그녀의 입술은 남은 모든 것을 이야기하고 있었다. 형언할 수조차 없는 그의 무의미함, 거친 어리석음, 게으름, 과도함, 거짓말, 기만, 불성실함, 흉포함, 경솔함, 수치스러운 낭비, 그리고 그와 그녀의 망한 인생에 대한 모든 잔인한 진실들이었다. 그녀는 그가 자신의 천함과 그녀의 잘못을 깨닫기는 한 것인지 의심스러웠지만, 만약 그가 그녀의 조용한 거만함 속에서 이러한 것들을 읽어낼 수 없다고 하더라도, 그녀는 너무나 거만하였기에 이러한 것들을 말해줄 수 없었다. 그녀는 통제할 수 없는 분노의 순간을 제외하고는 결코 불평하지 않았다.

"그런 식으로 말하겠다, 이거지. 좋아!" 그가 화를 내며 딱딱거렸다. 그는 당황한 것이 분명했다. 그녀는 침묵을 지켰다. 자신의 무반응에 직면한 그가 어떻게 행동할 것인지 보기로 결심했다.

"내가 농담을 하고 있는 게 아니라는 것 정도는 알고 있겠지." 그가 물었다. "우리는 굶을 거야."

"좋아." 그녀가 동의했다. "굶어야지."

그녀는 몰래 그를 지켜보았고, 그가 정말로 인내심의 한계에 다다랐다고 거의 확신했다. 단 한 번도 확신을 담지 못했던 그의 목소리는 이제 일종의 확신을 품고 있었다. 그는 무일푼이었다. 4년 동안 그는 만 이천 파운드를 낭비하였고, 쇠약한 소화력과 비참한 아내의 모습 외에는 아무것도 보여줄 것이 없었다. 한 가지 작은 만족스러움이 있었는데(그녀의 마음속에 있는 모든 베인스 가문의 핏줄은 그것을 꽉 움켜쥐고 만족감을 얻으려고 했다) 그것은 바로, 호텔에서 호텔로 여행을 하는 그들의 방식으로 인하여 제럴드가 빚을 갚는 것이 불가능하도록 만들었다는 것이었다. 그녀에게는 알려지지 않은 빚이 그에게 몇 개 더 있을 수도 있었지만, 그건 심각하지는 않았을 것이었다.

그렇게 그들은 증오와 절망에 사로잡혀 서로를 바라보았다. 피할 수 없는 것이 다가왔다. 몇 달 동안 그녀는 그것이 기다리고 있다는 것을 숨기지 않고 허세를 부리며 앞장을 서고 있었다. 수년 동안 그는 피할 수 없는 일이 다른 사람들에게는 일어날지언정 자신에게는 일어나지 않을 것이라고 확신해 왔다. 그러나 이렇게 일어났다! 그는 속이 묵직해지는 것을 느꼈고, 그녀의 무감각함은 피로를 감쌌다. 지금 이 순간조차 그는 이 재앙이 사실이라는 것을 믿을 수 없었다. 소피아는 쓰라린 철학과 함께 운명의 기이한 점을 받아들이고 있었다. 그 누가 그녀, 어린 소녀였던 그녀가 자라났다고 상상할 수 있었을까? 그녀의 어머니는 소피아보다 더 단호하게 상황을 개선하지 못했을 것이다. 그 경멸스러운 가면의 뒤편에서 말이다.

"그, 그렇다면야…!" 제럴드는 마침내 숨을 헐떡이며 폭발했다. 그는 헉헉거리며 방을 나가더니 순식간에 사라졌다.

2

제럴드가 방을 나가는 순간 그녀는 힘없이 책을 집어 들고는 자신이 책을 읽을 수 있을 만큼 충분히 자신의 신경을 통솔하고 있다는 것을 증명하기 위해 노력했다. 독서는 오랜 시간 동안 그녀의 주된 위안 수단이 되어왔다. 그러나 그녀는 읽을 수 없었다. 그녀는 사람이 살기 힘든 방을 둘러보고는, 엄청난 기쁨이 차분하고 차가운 혐오감으로 변해가는 과정에서 그녀가 겪어온 수백 개의 방을 생각해 보았다. 어떤 방은 화려했고, 어떤 방은 극도로 불쾌했지만, 모두 달갑지 않은 면을 가지고 있었기에 흥미롭지 않았다. 끊임없이 나는 거리의 소음은 그녀의 귀를 거슬리게 만들었다. 평화에 대한 열망이 거대한 물결처럼 그녀를 휩쓸고 지나갔다. 어떤 종류의 평화이든 상관없었다. 이윽고 제럴드에 대한 그녀의 깊은 불신이 다시 깨어났다. 그에 대한 그녀의 경험에 있어서 완전히 새로웠던 성실함을 지니고 있는 그의 진지하고 절망적인 분위기에도 불구하고, 그녀는 완전한 궁핍을 주장하는 이유가 결국 그녀를 제거하기 위한 책략을 부린 것이 아니라고 완전히 확신할 수 없었다.

그녀는 벌떡 일어나 침대 위에 책을 던지고 장갑을 잡았다. 할 수만 있다면 그녀는 그를 따라갔을 것이다. 그녀는 전에 한 번도 하지 않았던 일을 할 것이다. 그녀의 남편을 염탐할 것이다. 그녀는 나른함과 맞서 싸우며 길고 구불구불한 계단을 내려와 문간에서 거리를 내다보았다. 호텔의 1층은 와인 가게였다. 뚱뚱한 집주인은 보도에 서 있는 세 개의 작은 노란색 테이블 중 하나를 가볍게 털어내고 있었다. 그는 습관적인 박애와 함께 미소를 지었고, 조용히 노트르담 드 로레트 거리의 방향을 가리켰다. 그녀는 저 멀리에 있는 제럴드를 보았다. 그는 시가를 피우고 있었다.

그는 관심이 없는 작은 남자처럼 보였다. 시가의 연기는 그의 왼쪽 뺨을 타고 먼저 올라갔고, 그러더니 오른쪽 뺨을 감으며 사라져 버렸다. 그는 쾌활하게 걸었지만 빠르게 걷지는 않았고, 교통량이 허락하는 한 자유롭게 지팡이를 휘두르며, 모든 상점 창문과 마흔 살 미만의 모든 여성들의 눈을 응시했다. 그 남자는 조금 전 호텔 침실에서 그녀에게 성난 협박을 퍼붓던 남자와는 전혀 다른 남자였다. 쾌활한 매력을 가진 사람이었으며, 운명이 선사해주는 모험적인 기쁨에 알맞은 사람이었다.

그가 뒤를 돌아서 그녀를 볼 가능성이 있을까? 만약 그가 뒤를 돌아 그녀를 보고는 거리에서 무엇을 하고 있는지 물어본다면, 그녀는 "당신을 쫓아가고 있어, 뭘 하는지 알아내려고"라고 명백하게 말할 것이다. 그러나 그는 뒤를 돌지 않았다. 그는 곧장 앞으로 나아가서 사람들의 수가 더 많아지는 교회를 벗어나 포브르 몽마르트르 거리로 향하였고, 그렇게 대로에 도착하여 그곳을 가로질러 갔다. 도시 전체가 들뜨고 쾌활해 보였다. 대포들이 연달아 천천히 울렸고, 깃발이 펄럭이고 있었다. 소피아는 그 총들의 중요성을 전혀 알지 못했다. 그녀는 많은 책들을 읽어 왔지만 신문은 결코 읽지 않았기 때문이었다. 신문을 열어본다는 생각은 전혀 떠오르지 않았다. 그러나 그녀는 파리의 뜨거운 분위기에 익숙했다. 최근 뤽상부르 공원에서 기병대 연대가 번쩍이며 뛰어다니는 것을 보았고, 그 멋진 풍경에 감탄했다. 이 열광적인 제국에서 어떻게든 배출구를 찾아야 했던 고결한 영혼의 또 다른 표현으로써 이 울림소리를 받아들였다. 그녀는 그것들을 매우 받아들인 뒤, 잊어버렸고, 수도의 모든 배경을 그녀의 악화된 이기주의의 어렴풋한 배경으로 삼았다.

제럴드가 천천히 걸었기 때문에 그녀도 천천히 걸어야 했다. 파리의 거리를 천천히 걸어가는 아름다운 여성, 또는 보기 흉한 노파나 존경할 만한 여성이 아닌 모든 여성은 중요한 정치와 일을 초월하는 지구상의 주요 목표를 대표하는 욕망의 원인이 된다. 진정으로 애국적인 영국인이 여우를 좇기에는 너무 바쁠 수 없듯이, 프랑스인은 전에 한 번도 보지 못한 여자를 따라가기 위해 항상 모든 것을 포기할 준비가 되어 있었다. 많은 남성들이 그녀의 낭만적인 색슨족의 비밀스러운 기질과 파리풍의 옷차림을 하고 있는 그녀에 대해 두 번 생각해 보았다. 그러나 모두가 그녀에게 무례하게 행동하는 것을 삼갔는데, 그녀의 얼굴에 보이는 침울함을 존중하기 위해서가 아니라 그 넋이 나간 눈이 다른 남자에게 고정된 채로 움직이지 않고 있었다는 전문가의 확신 때문이었다. 그녀는 마치 마법의 보호라도 받는 것처럼 거품을 만들어내고 있는 사냥개들 사이를 무사히 걸어갔다.

대로의 남쪽에는 제럴드가 몽마르트르 거리를 따라 내려가다가 갑자기 크루아상 거리로 방향을 틀었다. 소피아는 멈춰 서서 작은 가게 밖에 나와 있는 빗의 가격을 물었다. 그러고 나서 그녀는 크루아상 거리의 끝을 대담하게 지나갔다. 제럴드의 흔적이 없었다! 그녀는 거리를 따라 보이는 신문사의 간판을 보았다. 르 비안 퍼블릭, 라 프레스 리브, 라 파트리. 구석에는 유제품 판매점이 있었다. 그녀는 그곳에 들어가 초콜릿을 한 잔 주문한 후 앉았다. 커피를 마시고 싶었지만, 현기증으로 인해 모든 의사들은 커피를 못 마시게 하였다. 초콜릿을 주문하고 나서, 그녀는 엄청난 피로를 이겨내기 위한 이번과 같은 경우에는 오직 커피만이 그녀를 만족시켜줄 수 있다고 생각하였고, 그래서 주문을 변경하였다. 그녀는 문 가까이에 앉아 있었고, 만약 제럴드가 그 길의 끝에 다시 나타난다면 그는 그녀의 경계심을 피할 수 없을 것이다. 그녀는 탐욕스러운 만족감으로 커피를 마셨고, 그곳에서 남들의 시선을 받을 때까지 기다렸다. 그때 제럴드가 그녀로부터 6피트 이내에 있는 문을 지나쳐갔다. 그는 모퉁이를 돌아서 몽마르트르 거리를 계속 내려갔다. 그녀는 커피 값을 지불하고 그 뒤를 따랐다. 그녀의 피는 끓어오르고 있는 것 같았다. 그녀의 입술은 굳게 다물어져 있었고, 그녀의 생각은 다음과 같았다. '그가 어디에 가든, 나도 갈 것이고, 무슨 일이 일어나든 상관없어.' 그녀는 그를 경멸했다. 자신이 그보다 우월하다고 느껴졌다. 그녀가 호텔을 떠나온 후, 어째서인지 그가 점점 더 불쾌하게 느껴졌고, 절멸을 만나게 될 것이라고 느껴졌다. 그녀는 크루아상 거리에서 불명예스러운 상상을 하였다. 그를 향한 그녀의 태도가 격렬해질 만한 명백한 근거는 없었다. 이것은 단지 추적의 결과일 뿐이었다. 그에게 불리하게 작용할 수 있는 것은 시가를 피운 것뿐이었다.

그는 담배 가게에 들어갔고, 처음 보았던 담배보다 더 길고, 더 비싼 시가를 구매한 뒤 포장을 뜯고 마치 백만장자가 불을 붙이듯 시가에 불을 붙였다. 이 행동은 5프랑도 가지고 있지 않다고 맹세한 남자의 행동이었다.

그녀는 리볼리 거리까지 그를 추적했다가 놓쳤다. 리볼리 거리에는 엄청난 군중이 몰려들었고, 많은 장식용 깃발과 군인, 그리고 몸짓을 하는 경찰이 있었다. 거리가 주는 일반적인 인상은 모든 것이 바람에 밝게 흔들리고 있다는 것이었다. 그녀는 시냇물의 흐름과 같은 군중들 속에 갇혔고, 그곳을 빠져나와 광장으로 들어가려 하자 미소를 띤 경찰관들이 줄지어 그녀의 통로를 가로막았다. 그녀는 그들이 규제해야 하는 교통의 일부가 되어 있었다. 그녀는 루브르 박물관이 보일 때까지 떠밀려갔다. 결국 제럴드는 이날의 광경을 보기 위해 걸어 나갔을 뿐이었다. 이 광경이 무엇이었든 간에! 그녀는 이것이 무엇인지 몰랐다. 이것에 대해 전혀 궁금하지도 않았다. 하나가 되어 국왕과 황실의 거대한 기념물을 바라보며 점점 늘어나고 있는 인류의 한가운데서, 그녀는 특유의 암울함으로 분기에 한 번 제럴드를 만날 수 있는 기회를 얻기 위해 학교 교사로서의 모든 경력을 희생했던 것을 떠올렸다. 그녀는 그것을 기뻐했다. 마치 좋지 못한 식욕이 상한 음식을 기뻐하듯이 말이다. 그녀는 가게와 전시실로 이어지는 굽은 계단, 그리고 전시실의 큰 거울을 떠올렸다.

이윽고 총소리가 다시 울리기 시작했고, 멋진 마차들이 장엄한 아치길 아래로 쏟아져 나왔고, 티끌 하나 없이 멋진 제복으로 이루어진 길을 따라 서쪽으로 반짝였다. 마차에는 더 멋진 유니폼과 매혹적인 옷들로 가득했다. 수수한 스타일의 검은 옷을 입은 소피아는 크리놀린이 사라진 옷을 입은 여성들이 마차에 앉는 것이 얼마나 쉬워졌는지 기계적으로 알아차렸다. 이것이 나폴레옹 제국의 마지막 행사가 그녀에게 준 유일한 인상이었다. 그녀는 제국주의의 가장 뛰어난 기둥이 자신의 앞에 모습을 드러내고 있다는 것을 알지 못했다. 유니폼과 옷들의 눈은 외제니[24]의 전설적인 아름다움으로 가득 차 있었다. 그들의 귀는 국민투표에서 보여진 그에 대한 국민의 신뢰에 감사하는 나폴레옹 3세의 긴 구절을 듣고 있었다. 그리고 질서를 보장하는 헌법 개혁의 비준에 대해 듣고 있었다. 또한 제국의 근간이 강화되었다는 것, 온건함을 통해 힘을 과시하고 두려움이 없는 미래를 상상하는 것, 평화와 자유의 품에 관한 것, 그리고 그의 왕조의 영원한 지속에 관한 것을 듣고 있었다. 그녀는 그저 어렴풋이 무슨 일이 일어나고 있는 것인지 궁금했을 뿐이었다.

마지막 마차가 굴러가고, 총과 갈채가 멈추자 사람들은 마침내 흩어지기 시작했다. 그녀는 군중들에 의해 팔레 루아얄 광장까지 옮겨졌고, 몇 분이 지나자 그녀는 간신히 봉장팡 거리에서 빠져나올 수 있었고, 자유로워졌다. 지갑에 든 동전은 세 개밖에 없었기에 그녀는 병에 걸린 것처럼 지쳐 있었지만 걸어서 호텔로 돌아가야 했다. 그녀는 도시의 유쾌함을 뚫고 아주 천천히 대로 방향으로 올라갔다. 증권 거래소 근처에서 한 소형 4륜 합승 마차가 그녀를 지나쳐 갔다. 마차 안에는 제럴드와 한 여자가 있었다. 제럴드는 그녀를 보지 못했다. 그는

---

24 외제니 드 몽티조, 나폴레옹 3세의 황후.

화려하게 장식된 동행에게 열심히 말을 하고 있었다. 그의 몸은 모두 살아나 있었다. 그 마차는 순식간에 보이지 않게 되었지만, 소피아는 그녀의 지위를 즉시 판단하였다. 그 여자는 자신들만의 물건을 팔기 위해 오후에 대형 상점을 방문하는 신중한 부류인 게 분명했다.

소피아의 암울함이 증가했다. 마차의 속도, 그녀의 피로한 몸, 제럴드의 즐거움, 무심한 쾌활함, 착하고 겸손한 고급 매춘부의 흘러내리는 베일. 모든 것이 그녀의 암울함을 증가시키도록 부추기고 있었다.

3

제럴드는 그날 저녁 9시쯤 그의 부인과 그가 소유한 모든 것이 들어 있는 침실로 돌아왔다. 소피아는 침대에 있었다. 그녀는 피곤했기에 침대에 누워 있었다. 밤을 새우게 될지라도 앉아서 남편을 맞이하는 것을 선호했겠지만, 몸은 마음을 따라가기엔 너무나 무거웠다. 그녀는 어둠 속에 누워 있었다. 그녀는 아무것도 먹지 않았다. 제럴드는 곧장 방으로 들어왔다. 그는 몇 초 동안 몸에서 악취를 풍기며 성냥을 켰다. 성냥은 파랗게 타오르더니 머지않아 선명한 노란색 불꽃이 되었다. 그는 촛불을 켜고 아내를 보았다.

"오!" 그가 말했다. "안 자는구나, 그렇지?"

그녀는 아무런 대답도 하지 않았다.

"말하지 않겠다 이거지?" 그가 말했다. "상냥한 아내군! 음, 내가 말한 대로 하기로 마음먹었어? 그걸 알고 싶어서 돌아왔어."

그녀는 여전히 아무 말도 하지 않았다. 그는 모자를 쓴 채로 앉아서 발을 내밀고 발뒤꿈치를 앞뒤로 흔들었다.

"나는 돈이 전혀 없어." 그가 말을 이었다. "그리고 내가 돈을 조금 얻기 전까지 당신의 가족들이 기꺼이 우리에게 돈을 빌려줄 거라고 확신해. 특히 나뿐만 아니라 너도 굶어야 하는 문제이니까. 내게 버슬리 행 요금을 지불한 돈이 충분히 있었다면, 당신을 보내주었을 텐데. 하지만 돈이 없어."

그녀는 그의 짜증을 내는 목소리만을 들을 수 있었다. 침대의 끝은 그녀와 그의 눈 사이에 있었다.

"거짓말!" 그녀가 단호하고 명백하게 말했다. 그 말은 그녀의 경멸과 혐오의 독을 가득 담은 채 그에게 전해졌다. 침묵이 있었다.

"오! 내가 거짓말쟁이라고, 내가? 고맙네. 널 잡기 위해 많은 거짓말을 했어. 그건 인정하지. 하지만 넌 그것에 대해 불평한 적이 없잖아. 단지 너를 보기 위해 엄청난 거짓말을 해서 잘 보냈던 새해의 첫날이 기억나네. 이 심술궂은 여자야. 하지만 넌 그때도 불평하지 않았어. 네 등에 옷만 걸치고 널 데리러 갔다고. 내가 가진 모든 돈을 너에게 썼어. 이제 난 지칠 대로 지쳤고, 넌 나를 거짓말쟁이라고 부르는군."

그녀는 아무 말도 하지 않았다.

"하지만." 그가 계속 말했다. "이건 이제 곧 끝날 거야, 이건!"

그는 일어나 촛불의 방향을 바꾸어 서랍장의 상자를 비추게 만들었고, 벽에서 가방을 꺼낸 뒤 그 앞에 무릎을 꿇었다. 그녀는 그가 옷을 싸고 있다는 것을 깨달았다. 처음에 그녀는 그가 언급한 새해의 첫날에 대해 이해하지 못했다. 그때 그가 말한 말의 의미는 스스로 정체를 드러냈다. 킹 스트리트의 아래쪽에서 불량배들에게 공격을 당했다고 그녀의 어머니에게 전한 말은, 어머니의 집 앞 계단에 그가 있었던 이유를 합리적으로 설명하려고 만든 그의 계략이었다! 그녀는 그 이야기가 진실이 아니라고 의심한 적이 결코 없었다. 그의 거짓말을 경험했었음에도 불구하고, 그녀는 그 진술이 거짓말이라고는 상상조차 해본 적이 없었다. 얼마나 어리석었는지!

방의 내부는 약 15분 동안 움직임이 존재했다. 그때 가방의 자물쇠에 열쇠가 꽂혔다. 그의 머리가 침대 발치 위로 튀어나왔다. "이건 농담이 아니야." 그가 말했다.

그녀는 침묵을 지켰다.

"마지막 기회를 줄게. 어머니에게 편지를 쓸래? 원한다면 콘스탄스한테 쓰던지. 쓸 거야, 말 거야?"

그녀는 어떤 식으로든 대답하는 것을 경멸했다.

"난 네 남편이야." 그가 말했다. "그리고 이와 같은 상황에서는 내 말에 복종하는 것이 너의 의무야. 어머니께 편지를 쓰라고 명령을 하는 거야."

그녀의 입술 모서리가 아래를 향했다. 입을 다물고 있는 그녀의 고집에 화가 난 그는 갑자기 침대로부터 멀어졌다.

"너 좋을 대로 해." 그가 외투를 입으며 외쳤다. "난 내가 하고 싶은 대로 할 거니까. 내가 경고하지 않았다고 말할 수는 없을 거야. 이건 너의 신중한 선택이었어, 알아들어! 네게 무슨 일이 생기더라도 그건 네가 자초한 거야." 그는 외투를 정확한 위치에 걸치기 위해 어깨를 들썩였다.

그녀는 한마디도 하지 않았고, 심지어 자신의 몸 상태가 좋지 않다는 말조차 하지 않았다. 그는 가방을 문 밖으로 밀고 침대로 돌아갔다.

"알겠어?" 그가 위협적으로 말했다. "난 갈 거야."

그녀는 더러운 천장을 올려다보았다.

"흠!" 그는 콧방귀를 뀌며 자신의 품위를 손상시키고 있는 계속되는 침묵에 맞서 싸우기 위해 비축해주었던 자존심을 꺼내왔다. 그는 머리를 앞으로 내밀며 권투 선수처럼 가버렸다.

"이거!" 그녀가 중얼거렸다. "이걸 잊었어." 그가 돌아섰다.

그녀는 침실용 탁자로 손을 뻗어 빨갛고 작은 고리를 들었다.

"그게 뭔데?"

"오늘 오후 당신이 몽마르트르 서리에서 산 시가에서 나온 종잇조각이야." 그녀가 의미심장한 어조로 대답했다.

그는 머뭇거리다가 난폭하게 욕을 하고는 방에서 뛰쳐나갔다. 그는 그녀를 고통스럽게 만들었지만, 그녀는 이 잔인한 승리의 순간까지 받은 모든 고통에 대한 보상을 받았다. 그녀는 기뻐했고, 결코 그것을 잊지 않았다.

5분 후, 펠트 슬리퍼와 알파카 재킷을 입은 우울하고 하찮은 남자가 제럴드의 짐을 아래층으로 옮겼다. 그는 토끼 사육장에 있는 토끼처럼 침실을 들락날락하며 평생을 보낸 것 같았다. 그녀는 그의 특이한 슬리퍼 소리를 알아챘다.

이윽고 문을 두드리는 소리가 났다. 여주인이 정당한 호기심에 이끌려 방에 들어왔다.

"부인, 고통 받고 계신가요?" 집주인이 말을 시작했다. 소피아는 음식과 간호에 대한 제안을 거절했다.

"부인은 남편분이 가버렸다는 걸 의심의 여지없이 알고 계시죠?"

"그 사람이 계산을 하고 갔나요?" 소피아가 퉁명스럽게 물었다.

"네, 부인. 하지만 내일까지만요. 그럼 부인, 부족한 건 없나요?"

"촛불을 꺼주시겠어요?" 소피아가 말했다.

그는 그녀를 버렸다!

'이 모든 것이.' 그녀는 어둠 속에서 끊임없이 들려오는 거리의 덜컹거리는 소리를 들으며 생각했다. '엄마와 콘스탄스가 코끼리를 보고 싶어 했기 때문이야. 난 아빠 방에 들어가야 했고! 거실의 창문에서 그를 결코 보지 말아야 했어!'

4

그녀는 거리의 지칠 줄 모르는 활기찬 소리에 격분하여 육체적으로 괴로운 하룻밤을 보냈다. 그녀는 계속 혼잣말을 했다. '난 지금 완전히 혼자 있고, 아프게 될 거야. 난 아파.' 그녀는 파리에서 죽어가는 자신의 모습을 보았고, 파리의 작은 호텔에서 죽은 이 외국 여성의 시신을 향해 말하는 안이한 동정심과 부질없는 호기심에 대한 표현을 들었다. 그녀는 점차적으로 신경이 쇠약해져, 새로 다가올 소음에 대한 강렬하고 고통스러운 기대에 그녀의 고통에 찬 마음을 집중해야만 하는 단계에 도달했다. 그 새로운 소리가 다가왔을 때 그녀의 극심한 괴로움은 증가하였고, 견디게 해줄 힘은 약화되었다. 창문을 거의 분간할 수 없었던 순간부터 침대보라는 바다에 던져진 빨갛고 작은 고리 위에 적힌 '복'이라는 글자를 읽을 수 있게 되는 순간까지 그녀는 끝없이 계속되는 느린 새벽을 보냈다. 그녀는 다시 잠들지 못할 것이라는 사실을 알고 있었다. 자신이 잠든다는 것을 상상할 수 없었다. 그러다 그녀가 가지고 있는 나머지 인상과 불일치하는 듯한 소리에 깜짝 놀랐다. 그것은 문을 두드리는 소리였다. 깜짝 놀란 그녀는 자신이 잠든 게 틀림없다는 것을 깨달았다.

"들어오세요." 그녀가 조용히 말했다.

알파카 옷을 입은 하찮은 사람이 들어왔다. 그의 창백한 얼굴은 침울한 동정심을 보이고 있었다. 그는 소리 없이 침대로 다가와서 회색 손에 든 명함을 소피아에게 내밀었다. 그는 인간의 특징이라곤 전혀 없는 것처럼 보였을 뿐만 아니라 한없이 신비로우며 인간성과 동떨어진 존재 같았다.

시라크의 명함이었다.

"신사분이 신사분을 부르셨어요." 웨이터가 말했다. "그러고는 신사분이 떠나셨기에 부인과의 면회를 요구했습니다. 매우 중요한 일이라고 했어요."

그녀의 심장은 부분적으로는 막연한 경각심에, 그리고 부분적으로는 그녀가 알고 있는 어떤 사람과 대화를 할 수 있는 이 기회에 안도감을 느끼며 뛰었다. 그녀는 이성적으로 생각하려고 노력했다.

"몇 시죠?" 그녀가 물었다.

"11시입니다, 부인."

이는 매우 놀라웠다. 11시가 되었다는 사실은 남아 있는 그녀의 자존심을 파괴했다. 동이 트지도 않았는데 어떻게 11시가 된 것인가?

"매우 진지한 일이라고 했어요." 웨이터가 차분하고 진지하게 반복했다. "부인이 잠시 그를 만날 수 있을까요?"

체념과 기대 사이에서 그녀는 다음과 같이 말했다. "네."

"알겠습니다, 부인." 웨이터가 소리 없이 사라지며 말했다.

그녀는 일어나 앉아 의자에 있는 마티네를 끌어와 어깨에 둘렀다. 그러고는 육체적, 정신적인 나약함에서 빠져나왔다. 그녀는 침실에서 시라크를 맞이하는 것이 싫었다. 특히나 이 침실에서 그를 만나는 것은 싫었다. 그러나 호텔에는 11시 이후에 열기 시작하는 식당을 제외하고는 공용실이 없었다. 게다가 그녀는 일어날 수도 없었다. 그렇다. 전반적으로 그녀는 시라크를 만나게 되어 기뻤다. 그는 그녀의 거의 유일한 지인이었으며, 확실히 유럽 전역에서 그녀가 친구라고 부를 수 있는 유일한 존재였다. 제럴드와 그녀는 항상 국가의 실생활을 훑어보며 왔다 갔다 했고, 결코 그 속으로 침투하지는 않았다. 그들을 위한 장소는 한 곳도 없었다. 그들이 추구하지 않았기 때문이었다. 몇 년 전에 우연히 제럴드의 회사와 일을 하게 된 시라크를 제외하면 그들은 사회적 관계가 없었다. 제럴드는 친구를 사귀는 사람이 아니었다. 그는 친구가 필요하지 않은 것 같아 보였고, 친구에 대한 필요도 느끼지 않는 것 같았다. 그러나 우연히 그는 시라크를 알게 되었고,

그들이 파리에 올 때마다 연락을 유지하게 되었다. 물론 소피아는 호텔에 존재함으로써 얻게 된 고독에서 벗어날 수 없었다. 결혼한 후에 그녀는 친밀해지기 위해 다른 여자에게도 말을 건 적이 없었다. 그러나 한두 번 정도 시라크와 친해지기 위해 다가간 적이 있었는데, 그녀에 대한 애처로운 감탄은 항상 매력을 느끼고 싶어 하는 그녀의 바람을 불러일으켰다.

하찮은 사람에 뒤이어, 그가 몹시 불안한 태도로 사과하듯이 서둘러 방으로 들어왔다. 그가 홍조를 띤 그녀의 얼굴과 헝클어진 머리, 그리고 그녀 주위에 있는 우울함과 불쾌함을 완화시키기 위해 마티네에 달아놓은 우아한 실크 리본을 보게 되자, 그의 불안감은 더 깊어지는 것 같았다.

"친애하는 부인." 그가 더듬거리며 말했다. "실례합니다!" 그가 급히 침상으로 다가와 그녀의 손에 입을 맞추었다. 그의 습관대로 살짝 얼굴을 올려다보았다. "아프신 건가요?"

"편두통이 있어요." 그녀가 말했다. "제럴드를 만나러 오셨나요?"

"네." 그가 소심하게 말했다. "그가 약속을."

"그 사람은 절 떠났어요." 소피아가 약하고 지친 목소리로 그의 말을 가로막았다. 그녀는 말을 하면서 눈을 감았다.

"떠났다고요?" 그는 웨이터가 확실히 떠났는지 힐끗 둘러보았다.

"날 떠났어요! 날 버렸다고요! 어젯밤에!"

"불가능해!" 그가 숨을 내쉬었다.

그녀는 고개를 끄덕였다. 그와 친밀감이 느껴졌다. 모든 비밀스러운 사람들처럼, 그녀도 때때로 갑자기 마음을 넓힐 수 있었다.

"정말인가요?" 그가 물었다.

"정말이에요." 그녀가 대답했다.

"그런데 당신은 아프군요! 아, 악마 같은 놈! 아, 비열한 놈! 그 나쁜 놈!" 그는 모자를 이리저리 흔들었다.

"원하시는 게 뭔가요, 시라크?" 그녀가 비밀스러운 어조로 물었다.

"에, 음." 시라크가 말했다. "혹시 그가 어디로 갔는지 모르시겠죠?"

"네. 원하는 게 뭐예요?" 그녀가 고집을 부렸다.

그는 긴장을 하였고, 안절부절 못하고 있었다. 그는 그녀가 처한 곤경에 따뜻하게 공감해주었지만, 그 자신의 관심사와 걱정에 사로잡혀 있다고 그녀는 생각했다. 그는 자신이 방문한 이유에 대해 이야기하기 위해 그녀의 놀라운 상황을 잠시 언급하지 말라는 요청을 거절하지 않았다.

"에, 음! 그가 어제 오후 저에게 돈을 빌리기 위해 크루아상 거리에 왔었습니다."

그녀는 그때 제럴드가 전날 오후에 산책을 한 이유를 알아차렸다.

"그에게 돈을 빌려주지 않으셨기 바라요." 그녀가 말했다.

"음! 이런 식으로 말했어요. 그는 어제 아침에 오천 프랑을 받아야 했는데, 오늘까지 도착하지 못한다는 전보를 받았다고 했어요. 그리고 그는 즉시 오백 프랑이 필요했고요. 전 오백 프랑이 없었죠." 그는 그런 금액을 다룰 수 없다는 것을 넌지시 암시하듯 슬픈 미소를 지었다. "그래서 회사의 금고에서 돈을 빌렸죠. 무조건 오늘 아침까지 반납해야 해요." 그는 점점 더 진지하게 말했다. "당신 남편은 오늘 아침 우편물이 도착하는 즉시 마차를 타고 와서 제게 돈을 가져다주겠다고 했어요. 대략 9시쯤에요. 이러한 일로 아침부터 혼란을 드려서 죄송…."

그는 말을 멈췄다. 그녀는 그가 그녀를 '혼란하게' 해서 정말로 슬퍼한다는 것을 알고 있었지만, 상황은 다급했다.

"제 종이에 의하면." 그가 중얼거렸다. "그렇게 쉽게, 그러니까!"

제럴드는 정말로 마지막 프랑을 사용한 것이었다. 그가 거짓말을 했다고 생각했을 때 그는 거짓말을 하고 있지 않았다. 그의 성격의 적나라함이 지금 드러났다. 합법적으로 자금을 공급해주던 것이 최종적으로 그리고 확실하게 중단되자마자, 그는 불법적으로 돈을 벌기 위해 지혜를 사용하였다. 실제로 그는 단순히 시라크에게 사기를 침과 동시에 시라크의 명성과 상황을 위태롭게 만들 장식까지 추가한 것이다. 마치 시라크의 친절함에 대한 일종의 보상이라도 되는 듯 말이다! 게다가 그는 돈을 손에 넣자마자 그 돈에 취하게 되었고, 그의 어리석은 첫 번째 유혹에 굴복한 것이다. 그에게는 책임감도 양심의 가책도 없었다. 그리고 일반적인 상식을 가지고 말해보자면, 그는 2, 3일 안에 확실하게 탕진할 얼마 안 되는 금액을 위해 영구적으로 입을 불명예와 심지어는 감옥에 갈 위험까지 감수하지 않았는가? 그렇다, 그는 그 어떤 일이 일어나도 멈추지 않을 것이라는 것은 의심의 여지가 없었다. 그 어떤 일이 일어난다 해도.

"저한테 왔었다는 걸 모르셨나요?" 시라크가 짧고 부드러운 수염을 잡아당기며 물었다.

"네." 소피아가 대답했다.

"하지만 부인이 안부를 전해달라고 했다고 제럴드가 말했어요!" 그는 한두 번 고개를 끄덕이더니, 그의 라틴계적 특성과 함께 슬프지만 솔직하게 인간 본성의 명백한 사실을 받아들였다. 이러한 사실들을 단번에 받아들였다. 소피아는 제럴드의 비열한 계획에 대한 이 상세한 사항에 대해 반감을 가졌다.

"제가 돈을 드릴 수 있어서 다행이에요." 그녀가 말했다.

"하지만." 그가 반대했다.

"꽤 충분한 돈을 가지고 있어요."

그녀는 제럴드를 보호하기 위해 이 말을 한 것이 아니라 단지 자부심 때문에 한 말이었다. 그녀는 시라크가 자신을 명예 잃은 남자의 아내라고 생각하도록 놔두지 않을 것이다. 그래서 그녀는 어쨌든 제럴드가 그녀를 궁핍하고 병에 걸린 채로 내버려둔 것이 아니라는 누더기 같은 인상을 부여해주었다. 그가 전날 저녁에 그녀를 버렸다는 관점으로 보면 그녀의 주장은 이상해 보였다. 그것도 시라크에게 돈을 빌린 바로 직후에. 그러나 시라크는 이 진술을 자세히 생각해 보지 않았다.

"어쩌면 내게 돈을 보낼 생각일지도 모르죠. 어쩌면 결국, 제 사무실에 있을지도."

"아뇨." 소피아가 말했다. "그는 떠났어요. 아래층으로 내려가서 저를 기다려주세요. 같이 쿡의 사무실로 가요. 제가 가지고 있는 건 영국 돈이라서요."

"쿡이요?" 그가 반복했다. 그 당시에는 별로 중요하지 않았던 단어가 지금은 매우 강력하게 느껴졌다. "하지만 아프시잖아요. 그럴수…."

"괜찮아졌어요."

그녀는 몸이 나아져 있었다. 나아졌다기보단, 오히려 그 애처로운 벼랑 끝에서 고통스러운 불안을 없애겠다는 결심의 힘 외에는 아무것도 느끼지 못했다. 시라크에게 행해진 속임수의 수치심은 그녀 안의 새로운 힘을 일깨워주었다. 그녀는 육체적인 고통을 입었지만, 악몽보다 더 현실적이지 않았다. 그녀는 호기심이 많은 남편조차도 쳐다볼 생각을 하지 못한 곳을 찾은 다음, 그녀는 난간을 붙잡고 고통스럽게 긴 계단을 내려갔다. 그 난간은 그녀를 빙빙 돌며 계단 전체를 덮고 있었다. '결국.' 그녀는 생각했다. '난 심각하게 아픈 것이 아닌 거야. 그랬더라면, 이렇게 일어나서 돌아다니지도 못했을 거야. 이렇게 돌아다닐 수 있을 거라고 오늘 아침에는 상상조차 하지 못했어! 내가 생각했던 것만큼 아프지 않았던 거야!'

현관에서 그녀는 시라크의 얼굴을 만나게 되었는데, 그녀를 본 그의 얼굴은 빛이 나고 있었다. 이것은 그의 구원이 정말로 이뤄져야 한다는 것을 증명해주었다.

"제게 기대세요."

"전 괜찮아요." 그녀가 비틀거리며 미소를 지었다. "마차를 잡으세요." 갑자기 그녀는 그에게 영국 지폐로 돈을 쉽게 줄 수 있었다는 생각이 들었다. 그는 그 돈을 환전할 수 있을 것이다. 하지만 그녀는 생각을 하지 않았다. 그녀의 뇌는 작동하지 않을 것이다. 그녀는 꿈을 꿈과 동시에 깨어나고 있었다. 그는 그녀가 마차에 탈 수 있도록 도와주었다.

환전소에는 거리에 있는 사람들과는 완전히 다른 순진하고 낭만적이고 정직한 얼굴을 한 소수의 영국인들이 있었다. 그 얼굴들에는 부패가 아닌 일종의 의아함과 어린애 같은 진정성이 있었는데, 오히려 그 본질에서 벗어나 너무 순수한 땅에서 길을 잃었으며, 더 젊은 나이에 속하는 것 같았다! 소피아는 그들의 관광객 같은 시선을 좋아했고, 그들의 평범하고 보기 흉한 옷차림을 좋아했다. 그녀는 영국으로 돌아가고 싶었고, 잠시 동안 매우 격렬하게 돌아가고 싶었으며, 그 욕망에 빠져들었다.

놋쇠 창살 뒤에 있는 영국인 직원은 그녀의 돈을 받아 하나하나 꼼꼼히 살펴보았다. 그녀는 자신의 현실에 완전히 충실하지 못한 그의 모습을 지켜보았고, 그녀가 제럴드의 주머니에서 돈을 꺼냈던 혐오스러운 아침을 어렴풋이 생각했다. 그녀는 단순하고 무지했던 소피아, 제럴드의 성격에 대해 터무니없는 환상을 여전히 몇 가지 가지고 있는 시절의 소피아에 대한 연민으로 가득 차 있었다. 그 이후로 그녀는 종종 돈을 사용하고 싶었지만, 더 중요한 곳에 사용해야 할 시간이 올지도 모른다고 스스로 되뇌며 그 유혹을 견뎌왔다. 그 순간이 찾아왔다. 그녀는 자신의 단호함과 그 돈을 온전하게 보관할 수 있게 해준 의지의 힘에 자부심을 느꼈다. 점원은 그녀를 날카롭게 쳐다보더니 프랑스 돈을 어떻게 받을 것인지 물었다. 그녀는 직원이 똑딱거리는 소리와 함께 지폐를 분리하는 동안 그 지폐가 카운터로 차례차례 떨어지는 것을 보았다.

시라크는 그녀의 옆에 서 있었다.

"이 정도면 충분한가요?" 그에게 500프랑 어치의 지폐를 내밀며 그녀가 물었다.

"어떻게 감사를 드려야 할지 모르겠군요." 그가 돈을 받으며 말했다. "정말로."

그의 기쁨은 틀림없이 간절했다. 그는 충격과 공포를 느꼈고, 지금은 위험이 지나간 것을 보았다. 그는 신문사의 금고로 돌아가 거만하고 부주의한 태도로 금고를 채워 놓을 수 있을 것이다. 마치 이렇게 말하는 것처럼 말이다. '이런 영국인들에 관한 문제라면, 언제나 한 사람 정도는 믿을 수 있지!' 하지만 그전에 그는 그녀를 호텔까지 바래다주어야 했다. 그녀는 거절했다. 그는 프랑스에서 그녀를 도덕적으로 지지해주는 유일한 사람이었지만, 그녀는 어째서 자신이 거절한 것인지 이유를 알지 못했다. 그는 지속적으로 주장하였고, 그녀는 항복했다. 그래서 그녀는 후회와 함께 파리의 사하라에 있는 그 작은 영국이라는 오아시스로부터 등을 돌리고 휘청거리며 마차에 올라탔다.

자신이 해야 할 일을 끝마친 그녀는 몸을 가누지 못하고 허약하고 무기력하게 뒤로 기대게 되었다. 시라크는 놀란 것이 분명했다. 그는 아무 말도 하지 않았고, 공포에 질린 눈으로 이따금 그녀를 힐끗 쳐다보았다. 그녀에게 마차는 깊은 파도 속에서 헤엄치고 있는 것처럼 느껴졌다. 이윽고 그녀는 자신의 어깨에 무거운 것이 실려 있다는 것을 깨달았다. 그 후 그녀는 의식을 잃고 시라크에게 쓰러졌다.

열

1

그녀는 작은방의 침대에 누워 있었다. 커튼이 심하게 쳐져 있었기 때문에 시야가 모호했다. 빛은 아름답고 부드러운 은빛과 함께 안쪽에 있는 커튼의 담갈색 레이스를 통해 들어왔다. 한 남자가 침대 옆에 서 있었다. 시라크가 아니었다.

"부인." 그는 그녀에게 친절하고 단호하게 말했으며, 매력적으로 모음을 과장하며 말했다. "부인은 점액을 분비하는 질환에 걸리셨습니다. 저도 걸린 적이 있어요. 매우 자주 목욕을 하도록 강요받으실 겁니다. 이점을 받아들이시기 바랍니다. 몸이 좋아지도록요."

그녀는 대답하지 않았다. 대답할 생각이 들지 않았다. 그러나 그녀는 그가 분명히 의사이며(아마도 의사일 것이다) 그녀의 병을 과대평가하고 있다고 생각했다. 그녀는 지난 이틀 동안 느꼈던 것보다 몸이 더 좋아진 것을 느꼈다. 그럼에도 여전히 움직이고 싶지 않았고, 주변 환경에 대해 조금도 불안해하지 않았다. 그녀는 조용히 누워 있었다. 다소 요염한 평상복을 입은 여자가 노련한 솜씨로 그녀를 지켜보았다.

나중에 소피아는 마차가 헤엄쳐 갔던 파도를 타고 다시 바다를 재방문하는 듯한 기분이 들었다. 하지만 이제 그녀는 바다 밑 끔찍하게 깊은 심연 속에 있었다. 세상의 소리는 물을 통해 갑작스럽고 이상하게 다가왔다. 그때 손이 갑자기 그녀를 붙잡고 새로운 경보기에 숨겨놓은 수중 동굴로부터 그녀를 잡아당겼다. 그녀는 곧 침대 옆에 커다란 욕조가 있고, 그 욕조로 자신이 떠밀리고 있다는 것을 알아차렸다. 물은 얼음처럼 차가웠다. 그 후, 사물에 대한 그녀의 관점은 한동안 더 명확하고 정확했다. 그녀는 단편적인 대화를 통해 그녀가 밤낮으로 3시간마다 침대 옆에 있는 냉탕에 담가졌고, 그 안에서 10분 동안 있었다는 것을 알게 되었다. 그녀는 욕조에 들어가기 전에 항상 와인을 마셔야 했고, 때로는 욕조에 들어가 있는 동안 또 한 잔을 마셔야 했다. 이 와인을 넘어 때로는 수프 한 잔을 마셔야 했지만, 그녀는 아무것도 마시지 않았다. 그녀는 아무것도 먹고 싶지 않았다. 그녀는 이러한 특이한 생활 습관에 완전히 익숙해졌다. 밤낮에 상관없이 정확히 같은 장소로 옮겨지고 똑같은 상황에서 이루어지는 똑같은 의식의 단조롭고 끝없는 습관에 말이다. 머지않아 이 짜증나는 담금질을 위해 끊임없이 잠에서 깨는 것에 반대하는 시기가 찾아왔다. 심지어 꿈속에서조차 이것과 맞서 싸웠다. 욕조에 몸을 담그고 있는 것인지 아닌 것인지, 그녀가 단지 상상일 뿐이라고 알고 있는 것들이 모든 외부 현상들과 당황스러울 정도로 뒤섞여 있는 것인지 확신할 수 없는 긴 날이 지나가는 것 같았다. 그녀는 자신의 상태의 절망적인 중대성에 압도되어 있었다. 자신의 상태가 절망적이라고 느꼈다. 자신이 죽어가고 있다고 느꼈다. 그녀는 매우 불행했다. 그녀가 죽어가고 있었기 때문이 아니라, 감각의 장막이 너무나 혼란스럽고 너무나 짜증났기 때문이었고, 그녀의 지친 몸이 병으로 인해 모든 섬유질이 너무나 쇠약해져 있기 때문이었다. 자신이 죽을 것이라는 것을 완벽하게 인지하고 있었다. 그녀는 가위를 달라고 크게 소리쳤다. 머리카락을 잘라서 그 일부를 콘스탄스와 어머니에게 별도로 보내고 싶었다. 그녀는 별도로 소포를 보내야 한다고 완강하게 생각했다. 그러나 아무도 그녀에게 가위를 주려 하지 않았다. 그녀는 온순하게, 오만하게, 분노에 가득 차서 간청했지만, 아무도 그녀를 만족시키려 하지 않았다. 콘스탄스와 어머니가 그녀의 아름다움을 기억할 만한 뚜렷한 유품도 없는 상태에서 그녀의 머리카락이 그녀와 함께 관 속으로 들어가야 한다는 것은 충격적이었다. 그래서 그녀는 가위를 얻기 위해 투쟁을 하였다. 침대 옆에 있는 욕조에 자신을 집어넣고 있는 누군가를(언제나 그 당황스러운 장막을 통해) 움켜잡고 미친 듯이 싸웠다. 그녀에게 이 누군가는 4년 전 실 방에서 다투기를 좋아하는 영국 남자와 함께 술을 홀짝이고 있던 뚱뚱한 여자로 보였다. 그녀는 이것이 터무니없다는 것을 알고 있었지만, 이 이상한 자만심을 떨쳐버릴 수 없었다.

아주 오랜 시간이 흐른 후(마치 한 세기처럼 느껴졌다) 그녀는 침대 옆에 앉아 있는 여자를 확실히 보았고, 그 여자는 울고 있었다.

"왜 울어요?" 소피아가 의아해하며 물었다. 침대 발치에 서 있던 다른 젊은 여자가 대답하였다.

"아주 잘 물어보셨네요! 그녀는 당신이 정신 착란을 일으켜 미친 듯이 가위를 요구했을 때 당신이 해친 사람이에요."

그 뚱뚱한 여자는 눈물을 글썽이며 미소를 지었다. 소피아는 회한을 느끼며 눈물을 흘렸다. 뚱뚱한 여자는 늙고, 몹시 지쳐 보이고, 어수선해 보였다. 다른 여성은 훨씬 어렸다. 소피아는 그들이 누군지 물어보지 않았다. 이 짧은 대화는 정신 착란의 짧은 막간을 만들어냈고, 정신 착란은 다시 그녀를 사로잡아 모든 것을 왜곡시켰다. 그러나 그녀는 자신이 죽을 운명이라는 것을 잊었다.

어느 날 그녀의 머리가 맑아졌다. 그녀는 자신이 아침에 잠들었고 저녁이 되어서야 깨어났다는 것을 확신할 수 있었다. 그렇다는 것은 욕조에 넣어지지 않았다는 것이었다.

"제가 목욕한 적이 있나요?" 그녀가 물었다.

그녀를 대면한 사람은 의사였다.

"아뇨." 그가 말했다. "목욕은 끝났어요."

그녀는 그의 얼굴을 통해 자신이 위험으로부터 벗어났다는 것을 알게 되었다. 게다가 그녀는 자신의 몸에서 새로운 느낌을 인식하였다. 마치 오랫동안 중단되어온 몸속의 육체적 에너지가 다시 흘러나오기 시작한 것 같았다. 하지만 아주 천천히 쫄쫄 흐르는 것 같았다. 그것은 부활이었다. 그녀는 기쁘지 않았지만, 그녀의 몸 자체는 기뻐하고 있었다. 그녀의 몸은 자신만의 존재를 가지고 있었다.

이제 그녀는 종종 혼자 침실에 남겨졌다. 침대 발치의 오른쪽에는 호두색 피아노가, 왼쪽에는 커다란 거울이 달린 벽난로 선반이 있었다. 그녀는 거울에 비친 자신을 보고 싶었다. 그러나 거울은 매우 멀리 있었다. 일어나 앉으려고 노력했지만 할 수 없었다. 그녀는 언젠가 일어나서 거울까지 걸어갈 수 있게 되기를 바랐다. 그녀는 두 여자 중 어느 한 사람에게도 이것에 대해 한마디도 하지 않았다.

때때로 그들은 침실에 앉아서 쉬지 않고 이야기를 나누곤 했다. 소피아는 그 뚱뚱한 여성의 이름이 푸코라는 것과 다른 여성의 이름은 로렌스라는 것을 알게 되었다. 때때로 로렌스는 마담 푸코를 에이미라고 부르곤 했지만, 보통은 격식을 차려 불렀다. 푸코 부인은 항상 다른 여성을 로렌스라고 불렀다.

소피아의 호기심이 자극을 받고 깨어났다. 그러나 그녀는 집이 노트르담 드 로레트 거리에서 떨어진 브레다 거리에 있다는 것 외에는 그녀가 어디에 있는 것인지 아주 정확한 정보를 얻을 수 없었다. 그녀는 이 거리의 평판이 나빴던 것을 어렴풋이 기억하고 있었다. 그녀가 시라크와 외출하던 날, 노트르담 드 로레트 거리의 상부는 수리를 위해 폐쇄되었고(이것은 그녀가 기억하고 있는 것이었다) 마부는 우회를 하기 위해 브레다 거리로 방향을 틀었고, 그녀가 의식을 잃었던 장소가 푸코 부인의 집 바로 맞은편이었던 것 같았다. 푸코 부인은 그 순간 우연히 승객용 마차에 오르고 있었다. 그럼에도 불구하고 그녀는 시라크에게 소피아를 집으로 데려오라고 말했고, 경찰관이 도움을 주었다. 그 후, 의사가 왔을 때 그녀는 병원을 제외한 다른 곳으로는 옮겨질 수 없다는 것이 밝혀졌고, 푸코 부인과 로렌스 둘 다 시라크의 친구 중 그 누구도 끔찍한 파리 병원에 연관되어서는 안 된다고 결심했다. 푸코 부인은 환자로서 그곳에서 고통을 겪은 적이 있었고, 로렌스는 다른 환자의 간호사였던 적이 있었다.

시라크는 멀리 떠나 있었다. 그 여자들은 전쟁에 대해 막연히 대화를 나누었다.

"얼마나 친절하게 대해주셨는지!" 소피아가 촉촉한 눈으로 중얼거렸다.

하지만 그들은 몸짓으로 그녀를 침묵시켰다. 그녀는 말을 하지 말았어야 했다. 그들은 그녀에게 해줄 말이 더 이상 없는 것 같았다. 그들은 아마도 시라크가 곧 돌아올 것이며, 그와 이야기를 나눌 수 있을 것이라고 말했다. 두 사람은 시라크에게 애정을 가지고 있는 것이 분명했다. 그들은 종종 그가 매력적인 소년이라고 말했다.

조금씩, 조금씩 소피아는 자신이 병에 걸렸던 기간과 병의 심각성, 두 여자의 엄청난 헌신, 그리고 그들 삶의 엄청난 훼방과 자신의 쇠약함을 깨닫기 시작했다. 그녀는 두 여성이 그녀에게 강한 애착을 가지고 있다는 것을 깨닫게 되었는데, 왜 그런지 이해할 수 없었다. 그들은 그녀를 위해 모든 것을 해주었지만, 그녀는 그들을 위해 한 일이 없었다. 그녀는 받은 혜택이 아니라 제공된 혜택이 그러한 애착의 원인이 되었다는 것을 깨닫지 못하였다.

그녀는 모든 시간 동안 음모를 꾸몄고, 명령을 거역하고 거울까지 가기 위해 힘을 모으고 있었다. 그녀의 사전 공부와 준비는 요새에서 탈출하려는 죄수의 계획만큼 정교했다. 첫 번째 시도는 실패였다. 두 번째는 성공했다. 지지대 없이는 서 있을 수 없었지만, 침대에 매달려 의자에 닿는 것에 성공했고, 거울에 닿을 때까지 그녀 앞에 있는 의자를 밀었다. 그 계획은 흥미롭고 훌륭했다. 곧 그녀는 유리에 비친 그녀의 얼굴을 보았다. 희고 놀라운 정도로 수척하며, 크고 거친 눈을 가지고 있었다. 어깨는 나이 든 것처럼 구부러져 있었다. 고통스러운 광경이었다. 거의 끔찍했다. 이것은 그녀를 두렵게 만들었고, 그녀는 당황하여 몸을 움츠렸다. 의자에 충분히 의지하고 있지 않던 그녀는 땅바닥에 주저앉았다. 일어날 수 없었고, 그녀의 화가 난 간수들에게 그곳에 비참하게 붙잡혀 있었다. 그녀의 얼굴은 모험의 중대성을 그 무엇보다도 더 효율적으로 가르쳐주었다. 두 여성이 활기 없고 뉘우치고 있는 덩어리를 들어 올려 침대로 옮기자 그녀는 이렇게 생각했다. '얼마나 기묘한 인생인가!' 그녀는 커튼이 쳐진 신비로운 파리 식 실내에 있는 것이 아니라 전시실에서 모자를 다듬고 있어야 할 것 같은 기분이 들었다.

2

어느 날 푸코 부인은 소피아의 작은방 문을 두드리고는(문을 두드리는 이 관례는 요양 중인 소피아가 개인으로서의 권리를 회복했다는 증거 중 하나였다) 소리쳤다.

"부인, 한동안은 혼자 있어야 할 거예요."

"들어오세요." 안락의자에 앉아 책을 읽고 있던 소피아가 말했다.

푸코 부인이 문을 열었다. "한동안 혼자 있어야 할 거예요." 문 뒤에서 소리를 지르는 것과는 대조되게 낮고 비밀스러운 목소리로 말했다. 소피아는 고개를 끄덕이며 미소를 지었고, 푸코 부인도 고개를 끄덕이며 미소를 지었다. 그러나 푸코 부인의 얼굴은 곧 불안한 표정을 다시 지었다.

"하인의 남동생이 결혼을 했는데, 나에게 이틀만 시간을 달라고 했어요. 당신은 어떻게 하실 건가요? 로렌스는 외출 중이에요. 그리고 전 반드시 나가야 하고요. 지금은 4시예요. 전 6시 정각에 다시 돌아올 거예요. 그러니깐…."

"알았어요." 소피아가 동의했다.

그녀는 신중하게 화장을 한 채로 거리에 나갈 준비를 한 푸코 부인을 호기심 어린 눈으로 바라보았다. 푸코 부인은 파란색 장식이 되어 있는 노란색 비단 드레스, 밝은 레몬색 장갑, 작은 파란색 보닛, 그리고 그녀의 어깨보다 더 넓게 펴지지 않는 작고 하얀 양산을 들고 있었다. 볼과 입술, 눈은 볼연지와 파우더, 또는 검은색으로 가득했다. 그리고 매우 풍만한 허리에는 매우 교활하게 거대한 몸통 아래쪽 덩어리들의 위가 아닌 아래로 벨트를 묶고 있었다. 일반적인 결과로 보자면 이러한 것들을 반드시 거쳐야 할 만한 가치가 있었다. 푸코의 옷은 그녀를 다시 젊어 보이게 만들지는 않았지만, 40세가 넘고, 뚱뚱하고,

주름이 져 있고, 지쳐버린 죄를 거의 사면해주고 있었다. 승리인 패배 중 하나였다.

"매우 세련되셨어요." 소피아가 감탄하며 말했다.

"아!" 푸코 부인은 환상을 깨트리는 어깨를 으쓱하며 말했다. "세련! 그런 게 뭐가 도움이 되죠?" 하지만 그녀는 기뻤다.

현관문이 쾅 닫혔다. 의식을 잃은 채로 실려 들어와 그 이후로 한 번도 떠나본 적이 없는 아파트에 처음으로 혼자 남겨진 소피아는 신비로운 방과 신비로운 물건들에 둘러싸여 있다는 불안한 느낌을 받았다. 그녀는 책을 계속 읽으려고 했지만, 그 문장들은 그녀에게 아무것도 전달해주지 못했다. 그녀는 일어나서(이제 조금 걸을 수 있었다) 레이스 커튼 무늬 사이로 나 있는 틈새로 창문 밖을 내다보았다. 창문은 16피트 아래 있는 뜰을 그녀에게 보여주었다. 낮은 담이 옆집과 뜰을 구분해주고 있었다. 두 집의 창문은 그들의 옅은 노란색 페인트로만 구분이 가능했고, 소피아의 시야를 넘어서는 층들이 계속해서 위로 솟아 있었다. 그녀는 유리에 얼굴을 대고 어린 시절의 성 누가 광장을 떠올렸다. 전시실 창문의 유리에 얼굴을 대고도 인도를 볼 수 없었던 것처럼, 이곳에서도 그녀는 지붕을 볼 수 없었다. 뜰은 우물의 바닥 같았다. 창문은 끝이 없었다. 그녀는 6층까지 셀 수 있었고, 7층의 창턱이 시야의 한계였다. 모든 창문은 그녀가 있는 창문처럼 커튼이 단단히 쳐져 있었다. 위층에 있는 창문들 중 일부는 초록색 차양이 달려 있었다. 아무 소리도 들리지 않았다! 신비로움은 푸코 부인의 아파트 밖뿐만 아니라 안쪽에도 퍼지고 있었다. 소피아는 형체가 없는 손이 커튼에서 움찔거리더니 사라지는 것을 보았다. 그녀는 옆집 창턱에 있는 작은 새장에서 녹색 새 한 마리를 발견했다. 그녀가 관리인이라고 착각했던 여성이 안뜰에 나타나 오후 몇 시간 동안 모퉁이를 비추고 있던 햇살의 흔적 속에 작은 식물을 두고는 다시 사라졌다. 곧 그녀는 피아노 소리를 들었다. 어디선가 들려왔다. 그게 전부였다. 그 이해할 수 없는 창문 뒤로 비밀스럽고 이상한 생명이 살고 있다는 느낌, 인류가 그녀 주위에 넘쳐나고 있다는 느낌은 그녀의 정신을 억눌렀지만, 그다지 불쾌하지는 않았다. 이 환경은 물건의 광경을 바라보는 그녀의 시선을 부드럽게 하였다. 슬픔이 쾌락적인 즐거움이 될 때까지 말이다. 그리고 그 환경은 한때 소피아 베인스였던 소피아 스케일의 근본적인 현실에 대한 감각적인 사색에 잠기게 만들었다.

그녀는 방 쪽을 향하여 돌아섰다. 침대 옆 바닥에는 욕조가 있었던 자국과 한 번도 열리지 않은 가려져 있는 피아노가 있었고, 그녀의 두 트렁크가 문의 맞은편 구석을 가득 메우고 있었다. 그녀는 시라크나 다른 누군가가 호텔에서 가져온 그 트렁크를 철저히 살펴보아야겠다는 생각이 들었다. 그 가방들 중 하나 위에는 낡은 리본으로 묶여 있는 채 화려하게 잠겨 있는 그녀의 지갑이 있었다! 이 프랑스인들이 진지할 필요가 있다고 생각했을 때 얼마나 웃겼는지! 그녀는 두 트렁크를 모두 비웠고, 자신의 모든 물건을 꼼꼼히 살펴보며 그 물건들을 얻었던 여러 가지 상황들에 대해 생각해 보았다. 그러고 나서 그녀는 조심스레 정리했다. 마음은 새로이 깨어난 추억으로 가득 찼다.

그녀는 허리를 펴면서 한숨을 쉬었다. 또 다른 방에 있는 시계가 울렸다. 그 소리는 그녀를 모험에 초대하는 것 같았다. 그녀는 아파트의 다른 방에는 가본 적이 없었다. 소리를 제외하면 아파트에 대해 아는 것이 아무것도 없었다. 두 여성 중 누구도 그것을 묘사한 적이 없었으며, 걷지 못함에도 불구하고 소피아가 방을 나가보고 싶어 할지도 모른다는 생각을 해본 적이 없었기 때문이었다.

그녀는 문을 열고 눈에 익은 어두운 복도를 흘끗 보았다. 부엌이 작은방 옆에 있다는 것과 부엌 옆에 현관문이 있다는 것을 알고 있었다. 복도 반대편에는 양쪽으로 여닫는 문이 네 개 있었다. 그녀는 자신의 작은 문을 마주 보고 있는 한 쌍의 문으로 건너가 조용히 손잡이를 돌렸지만 문은 잠겨 있었다. 다음 문도 마찬가지였다. 세 번째 문은 그녀에게 항복하였고, 그녀는 거리를 향해 세 개의 창문이 나 있는 큰 침실에 들어왔다. 그녀가 열지 못한 두 번째 문을 보았는데, 그 문은 이 방으로도 나 있었다. 두 문 사이에는 넓은 침대가 있었다. 중앙 창문 앞에는 커다란 화장대가 있었다. 잠긴 문을 반쯤 숨기고 있는 침대 왼쪽에는 커다란 가리개가 있었다. 화려하게 장식된 코니스로 올라가는 거대한 거울에 비친 대리석 벽난로 위에는 펜던트와 어울리는 금박칠이 된 현무암 시계가 있었다. 방 반대편에는 길고 넓은 소파가 있었다. 바닥은 광택이 나는 오크나무로 되어 있었고, 침대의 양쪽에는 껍질이 있었다. 침대 발치에는 잉크가 담긴 병이 올려져 있는 작은 필기용 테이블이 있었다. 채색 판화와 판화가(예를 들어 푸이 필립과 그의 가족들, 뗏목에서 죽어 가고 있는 사람들 같은 그림이었다) 벽의 지루함을 없애주고 있었다. 소피아의 눈에 처음 떠오른 인상은 칙칙한 장관이었다. 모든 것이 화려하게 걸쳐져 있고, 묶여 있고, 새겨져 있고, 꼬여 있고, 찬란하게 장식되어 있었다. 짙은 진홍색 침대 커튼은 장엄하게 접힌 장미꽃 모양의 무늬 위로 떨어지고 있었다. 침대보는 레이스로 덮여 있었다. 창문 커튼은 필요 이상으로 넓었고, 술 장식이 달려 있으며 주름진 장식용 천 뒤에 매달려 있었다. 녹색 소파와 면수로 만들어진 쿠션은 자수가 박혀 있어 뻣뻣했다. 꽃 줄을 들고 있는 큐피드를 형상화한 샹들리에는 천장의 중앙에 걸려 있었는데, 금빛과 광택으로 반짝이고 있는 혼돈이었다. 소피아가 바닥의 특정 부분에 서면 그 광채는 반짝거렸다. 지팡이가 달린 의자는 완전히 금박이 입혀져 있었다. 널찍하게 느껴지는 효과가 있었다. 앞쪽에 세 개의 창문이 있고 양쪽에 있는 문이 다른 방과 연결되는 문 사이에 있는 침대는 감탄할 정도로 대칭성을 자아내고 있었다.

그러나 소피아는 과시를 경멸할 정도로 매우 자랑스러운 겸손함의 전통 속에서 자란 날카로운 여성의 시선으로 모든 사치스러움을 모방하고 있는 이 방의 세부사항들을 재빨리 훑어보고는 비난을 하였다.

그녀는 이 안에 있는 어떤 것도 '좋지' 못하다는 것을 발견했다. 성 누가 광장에서 '우수'는 정직한 솜씨, 영구성, 가식의 부재를 의미했다. 모든 물건은 싸고 현란하며 허름했다. 모든 가구들은 금이 가거나, 뒤틀렸거나, 부서져 있었다. 시계는 5시 5분을 가리키고 있었다. 게다가 먼지는 어디에나 있었다. 형식적인 청소로 인해 먼지가 없을 수밖에 없는 곳을 제외하면 말이다. 직물들은 애매한 주름이 두껍게 깔려 있었다. 소피아의 입술이 말려 올라가더니 본능적으로 실내복을 들어 올렸다. 어머니가 자주 하던 문구 중 하나가 머릿속에 떠올랐다. '고양이 세수', 그리고 또 다른 문구도 떠올랐다. '네가 먼지를 방치하고 싶다면, 모두가 볼 수 있는 곳에 방치를 해봐, 구석에 남겨 놓지 말고.'

그녀는 가리개 뒤를 살짝 보았고, 세면장의 엄청난 끔찍한 광경이 그녀를 맞이했다. 더러운 물, 얼룩투성이의 용기와 옷, 빗, 스펀지, 파우더 그리고 풀의 혐오스러운 메들리가 눈앞에 펼쳐졌다. 옷은 거친 못에 무질서하게 걸려 있었다. 그 사이에는 푸코 부인의 실내복이 있었고, 최근 일을 겪으면서 처음으로 보았던 푸코 부인의 휘황찬란한 진홍색 망토가 보였는데, 이제는 다 허물어져 있었다. 그럼 이곳이 마담 푸코의 방이군! 이곳이 바로 그 우아함들을 뿜어낸 부인의 내실이었고, 성숙한 꽃을 싹트게 한 오물이었다!

그녀는 닫혀 있던 다른 방으로 바로 이동하였다. 황혼에 남겨져 있던 방이었다. 이 방 또한 침실이었는데 중간보단 작은방이었다. 창문은 하나뿐이었지만 똑같이 호화로운 방이었다. 먼지가 사방을 뒤덮고 있었고, 바닥의 먼지에 작은 발자국이 찍혀 있는 것이 보였다. 뒤쪽에는 벽과 어울리도록 종이를 바른 작은 문이 있었고, 이 문의 안에는 빛과 공기가 없는 세면장이 있었다. 방에도 벽장에도 개인이 거주한 흔적은 없었다. 그녀는 다시 메인 침실을 가로질러갔고, 두 번째 침실과 대조를 이루는 또 다른 침실을 찾았다. 그러나 그 침실은 두 번째 침실과 다르게 빛으로 가득 차 있었고, 극도로 혼란스러운 상태였다.

더블 침대는 준비되어 있지도 않았다. 옷과 수건들이 모든 가구들을 덮고 있었다. 신발이 바닥에 있었고, 창문에 묶여 있는 끈에는 하얀 스타킹이 걸려 있었다, 젖은 채로. 뒤편에는 다른 곳처럼 어두운 세면 장이 있었다. 그 빽빽한 어둠 속에는 매우 불쾌하고 냄새가 나는 엉망 진창의 가전 기구들이 있었는데, 흐릿하고 애매하게 보이며 매우 사악해 보이는 익숙한 형태였다. 소피아는 세상을 바라보는 시선이 아이들처럼 솔직하고 단순한 사람이 된 듯 당연한 혐오감을 받으며 돌아섰다. 감추어져 있던 먼지들은 그녀의 어머니에게 충격을 주듯이 그녀에게 충격을 주었다. 화장대의 속임수에 관한 것을 말해보자면, 그녀는 그것들을 마치 도덕적 허약함을 경멸해 보려고 시도해 본 적이 없는 성자처럼 엄하게 경멸했다. 그녀는 아무런 성과도 없이 헛되이 시간을 보내는 것처럼 보이는 이 두 여성의 기이하고 축 늘어진 일상을 생각해 보았다. 그녀는 실제로 아무것도 목격하지 못했다. 하지만 그녀의 요양이 시작되면서 그녀의 귀는 들었고, 증거를 종합할 수 있었다. 부엌의 밖에 있는 아파트에서는 정오까지 어떤 소리도 들리지 않았다. 그 이후 막연한 소음과 냄새가 나기 시작했다. 약 한 시쯤이면 정신이 나간 푸코가 찾아와서 하인이 병자의 요구에 응해주었는지를 물었다. 이윽고 요리의 냄새가 강렬해지기 시작한다. 종소리가 울리고, 대화의 조각들이 약간 열려 있는 문을 통해서 들어왔다. 가끔은 남성의 목소리라던가 무거운 발걸음 소리도 들렸다. 그 이후 커피의 향이 나타난다. 가끔은 입을 맞추는 소리, 현관문을 두드리는 소리, 빗질을 하는 소리, 또는 카펫을 흔드는 소리, 가정에서 일어나는 사소한 언쟁으로 인한 작은 비명 소리 같은 것이 들려왔다. 그때까지도 실내복을 입고 있는 로렌스는 흥미롭고 틀에 박힌 의식처럼 더럽고 초췌하지만 친절한 상태로 소피아의 방에 들어와 커피를 마시곤 했다. 실내복을 입고 이렇게 방황하는 것은 3시까지 계속되었으며, 로렌스는 흔치 않은 엄청난 노력이라도 기울이듯이 종종 이렇게 말했

다. '5시까지 옷을 갖춰 입어야 해. 조금의 시간도 없어.' 때때로 푸코
는 전혀 옷을 갖추어 입지 않았다. 그런 날에는 식사 후 바로 잠자리
에 들곤 했는데, 자신에게 무슨 문제가 있는 건지 모르겠다고 말했지
만, 그녀는 지쳐 있었다. 그쯤이면 하인은 자신의 공간인 7층으로 돌
아갔고, 그 이후로는 자정이나 그 이후로 가끔씩 들려오는 희미한 삐
걱거리는 소리를 제외하면 매우 조용했다. 한두 번, 소피아는 새벽 두
시에 문틈으로 들어오고 있는 빛을 본 적이 있었다.

　하지만 이 여성들이 그녀의 목숨을 구해준 여성들이었고, 몇 주 동
안 밤낮으로 3시간마다 그녀를 냉탕에 빠뜨린 사람들이었다. 이러한
일이 있은 후로는 확실히 그들의 무기력함이나 실내복을 입고 한가로
이 수다를 떠는 모습을 경멸하는 것은 불가능했다. 어떤 일이 있어도
그들을 경멸하는 것은 불가능하다! 그러나 강하고 단호한 성격을 상
속받은 소피아는 그들을 불쌍한 사람들로 여기며 경멸했다. 그녀가
유일하게 부러워했던 것은 그들의 격식 있는 태도였는데, 그녀의 건
강이 좋아지면서 점점 더 위엄 있고 우아하게 멀어져 가는 것 같았다.
그녀에게는 항상 '마담'이었고, 억양에는 존경심이 늘어나고 있었다.
그들은 어쩌면 그녀에게 자신들에 대해 변명하고 있었을지도 모른다.

　그녀는 아파트의 구석구석을 돌아다녔다. 그러나 더 이상 방은 없
었고, 푸코의 드레스가 가득 찬 큰 찬장 하나만이 있었을 뿐이다. 큰
침실로 돌아온 그녀는 경사진 거리의 분주한 움직임과 덜컹거리는 소
리를 즐기며 힘에 대한 막연한 갈망과 넓고 정상적인 곳에서의 자유
를 갈망하였다. 그녀는 내일 스스로 옷을 '적절하게' 입고 다시는 실내
복을 입지 않겠다고 다짐했다. 실내복과 그 복장이 나타내는 모든 것
들은 그녀에게 혐오감을 주고 있었다. 거리를 바라보던 그녀는 보던
것을 멈추고 쿡의 사무실과 마차에 오르는 걸 도와준 시라크의 모습
을 보았다. 그는 어디에 있는 것인가? 어째서 그녀를 이 매우 곤란한
거주지에 데려온 것인가? 그가 이런 행동을 한 것은 무슨 뜻인가? 하

지만 그가 다르게 행동할 수 있었을까? 그는 자신이 할 수 있는 한 가지 일을 한 것이다. 우연! … 우연! 어째서 곤란한 거주지인가? 이보다 더 곤란한 장소가 있을까? 이 모든 것은 제럴드와 함께 집을 나온 것에서 비롯된 것이었다. 그녀가 제럴드를 거의 생각하지 않는다는 것은 놀라운 일이었다. 그는 그녀에게 찾아왔던 방식으로 그녀의 삶으로부터 사라졌다, 미친 듯이, 그리고 터무니없이. 그녀의 삶이 앞으로 어떻게 될 것인지 궁금했다. 그녀는 확실히 그 미래를 예측할 수 없었다. 제럴드는 어쩌면 굶고 있을지도 모른다, 또는 감옥에 있거나…. 쳇! 그 감탄사는 제럴드와 한때 그를 남자의 귀감으로 여겼던 소피아에 대한 그녀의 끔찍한 경멸을 표현하고 있었다. 쳇!

집 앞에 정차한 마차 소리가 그녀를 명상으로부터 깨웠다. 푸코와 푸코보다 훨씬 어린 남자가 마차에서 내렸다. 소피아는 도망쳤다. 결국, 다른 사람의 방을 이렇게 엿보는 것은 용납할 수 없는 일이었다. 그녀는 자신의 침대에 앉은 뒤, 푸코가 들어올 것을 대비하여 책을 집어 들었다.

3

이제 막 어둠이 떨어진 저녁, 침대에 누워 있던 소피아는 푸코의 방에서 들려오는 크고 험악한 목소리를 들었다. 푸코와 젊은 남자가 도착한 이후로 저녁 식사 외에는 아무 일도 일어나지 않았다. 두 사람은 푸코 부인이 접시에 준비한 식사를 침실에서 약식으로 한 것이 분명했다. 푸코 부인은 소피아에게 환자용 식사를 직접 전달해주었다. 요리의 냄새가 아직도 감돌았다.

격렬한 토론의 소리는 점점 더 커지면서 계속되었고, 이윽고 소피아는 남성의 짧고 사나운 구절들로 인해 끊기며 들려오는 흐느껴 우는 소리를 들을 수 있었다. 그러고 나서 침실 문이 퉁명스럽게 열렸다. "수프는 지긋지긋해!" 그 남자는 화가 난 혐오의 목소리로 소리쳤다. "날 내버려둬, 제발!" 이윽고 애를 쓰고 있는 조용한 소리, 빠른 발걸음 소리, 그리고 매우 강력한 현관문의 쾅 하는 소리가 들렸다. 그 이후 규칙적으로 들려오는 울음소리를 제외하고는 아무 소리도 들리지 않았다. 소피아는 그 단조로운 흐느낌이 언제 그칠지 궁금했다.

"무슨 일이에요?" 그녀가 침대에서 소리쳤다.

동정심이 각성하는 것을 감지하고는 본능적으로 그것을 실천하기 시작한 아이라도 된 듯 그 흐느낌 소리는 점점 커졌다. 결국 소피아는 다시 일어나서 다시는 입지 않기로 결심했던 실내복을 입었다. 넓은 복도는 진홍색 구체로 둘러싸여 있는 작고 냄새나는 석유램프에 의해 밝혀져 있었다. 그 부드럽고 변화무쌍한 빛은 복도 전체를 관능적인 호화로움으로 물들이고 있는 듯 보였다. 그 빛은 너무나 강렬해서 그 냄새가 램프에서 나오고 있다는 것을 믿을 수 없을 정도였다. 램프 아래에는 형체가 없는 레이스 덩어리, 주름진 리넨, 코르셋인 마담 푸코가 있었다. 그녀의 옅은 갈색 머리칼은 풀린 채로 바닥의 여기저기에 널려 있었다. 처음에 슬픔에 버려진 생명체는 낭만적이고 인상적인 그림을 만들어내고 있었고, 소피아는 한동안 자신의 낭만적인 꿈과 일치하는 차원에서 마침내 삶을 만났다고 생각했다. 그리고 중간 계급층의 서민이 자작을 만났을 때와 비슷한 느낌을 받았다. 멀리서 엎드린 채로 떨고 있는 모습에는 무언가 인상적이고 선풍적인 것이 있었다. 비극적인 사랑의 작품이 분명하게 나타나고 있었다. 일종의 위엄 있는 아름다움이었다. 그러나 소피아가 푸코에게 허리를 굽혀 그녀의 무기력함을 만졌을 때 이 환상은 즉시 사라졌다. 그 여자는 엄청나게 애처롭기는커녕 터무니없는 여자였다. 특히나 눈물로 인해 망가진 얼굴은 검사의 시련을 견딜 수 없었다. 그녀의 얼굴은 끔찍했다. 그림이 아니라 팔레트 또는 거센 비가 내린 후 포장도로에 있는 예술가의 유색 디자인 같았다. 그녀의 크고 이완된 눈꺼풀만 있다면 그 어떤 얼굴이라도 우스꽝스럽게 보이도록 만들 수 있을 것이다. 게다가 눈꺼풀보다 훨씬 더 끔찍한 세부 사항들이 있었다. 그리고 그녀는 놀라울 정도로 뚱뚱했다. 최대로 늘어난 코르셋의 끝부분을 빠져나가고 있는 것처럼 보였다. 그녀의 신발 위로는(그녀는 여전히 앙증맞고 굽이 높으며 끈이 꽉 조여져 있는 신발을 신고 있었다) 종아리가 갑자기 튀어나와 있었다.

마흔에서 쉰 사이의 여성으로서, 죽은 저속한 아름다움의 뚱뚱한 무덤으로서, 그녀는 열정과 눈물, 경의 심지어 삶의 수단을 가질 권리도 없었다. 그녀는 리본으로 장식된 가터와 유혹적인 레이스들을 입은 채로 진홍색 불빛 아래에서 그림처럼 보이고 있을 권리가 없었다. 우스꽝스러웠고, 수치스러웠다. 그녀는 젊음과 날씬함만이 타당하지 못한 버림으로 감정에 호소할 권리가 있다는 것을 알았어야 했다.

이러한 생각들이 푸코에게 허리를 굽히고 있는 소피아의 동정심과 혼합되어 있었다. 그녀는 집주인에게 미안했지만 동시에 그녀를 경멸했고, 그녀의 비통함에 분개했다.

"무슨 일이에요?" 그녀가 조용히 물었다.

"그가 나를 버렸어요!" 마담 푸코가 더듬거리며 말했다. "그가 마지막이에요. 이제 나에겐 아무도 없어요!"

그녀는 매우 기괴하게 몸을 굴려 다리를 휘저으며 흐느껴 울었다. 소피아는 그녀를 매우 부끄러워했다.

"와서 누우세요. 어서!" 그녀가 약간 급하게 말했다. "거기 그렇게 누워 있으면 안 돼요."

푸코의 행동은 정말 너무 터무니없었다. 소피아는 신체적으로보다는 도덕적으로 그녀가 일어나도록 도와주었고, 그녀가 큰 침실로 향하도록 설득하였다. 푸코 부인은 침대 위로 쓰러졌고, 그녀의 발 위로 이불이 던져져 있었다. 소피아는 그녀의 무거운 몸의 아랫부분을 이불로 덮어주었다.

"자, 이제 진정하세요, 제발!"

이 방 역시 침실용 탁자 위에 있는 작은 램프에 의해 진홍색으로 밝혀져 있었는데, 램프의 갓은 금이 가 있었지만 큰 방에 부여해주는 전반적인 효과는 명백히 낭만적이었다. 넓은 침대의 베개와 작은 반원모양의 바닥만이 밝혀져 있었고, 나머지는 모두 그림자에 가려져 있었다. 푸코의 머리는 베개 사이로 떨어져 있었다. 더러운 접시와 잔, 그리고 와인 병이 담긴 쟁반이 필기용 테이블 위에 허울만 그럴듯하게 그림처럼 올려져 있었다.

그녀가 아팠을 때 푸코가 보여준 놀라운 보살핌에 대해 진심으로 감사했음에도 불구하고, 소피아는 그녀의 집주인을 좋아하지 않았고, 현재의 모습은 그녀를 냉담하게 분노하도록 만들었다. 그녀는 다른 사람의 문제가 자신의 문제 위로 쌓일 가능성을 보았다. 마음속으로 푸코가 자신보다 더 절망적이고 비참할 수 없다고 느꼈기 때문에 적극적으로 반대하지는 않았지만, 소극적으로 그 부담에 분개했다. 그녀의 이성은 이 늙고, 못생기고, 불쾌하고, 품위 없는 여자를 동정해야 한다고 말하고 있었지만, 마음은 내키지 않았다. 그녀의 마음은 푸코에 대해 전혀 알고 싶어 하지 않았고, 그녀의 사생활에 어떤 식으로든 끼어들고 싶어 하지 않았다.

"이제 난 친구가 한 명도 없어요." 푸코가 더듬거리며 말했다.

"오, 아니에요. 있잖아요." 소피아가 명랑하게 말했다. "로렌스가 있잖아요."

"로렌스, 는 내 친구가 아니에요. 무슨 말인지 알잖아요."

"그리고 저도요! 저도 당신의 친구예요!" 소피아가 양심에 복종하며 말했다.

"정말 친절하시네요." 베개에 누워 있는 푸코가 말했다. "하지만 무슨 말인지 알잖아요."

사실 소피아는 그녀가 무엇을 의미하는지 알고 있었다. 그들의 소통 방식은 갑자기 바뀌었다. 이제 가식적인 격식은 없었지만, 재난이 가져다주는 진실이 있었다. 그들 사이에서 차츰 세워진 거대한 환상이라는 구조는 무너져 없어졌다.

"나는 평생 그 어떤 남자에게도 나쁘게 대한 적이 결코 없었어요." 푸코가 훌쩍이며 말했다. "저는 항상, 착한 소녀였어요. 제가 착하지 않다고 말할 수 있는 남자는 없어요. 나는 결코 다른 여자들과 같은 여자가 아니었어요. 그리고 모두가 그렇게 말했고요. 아! 한때 오르탕스 왕비 거리에 호텔을 하나 가지고 있었다고 말했잖아요. 말 네 필…, 말을 마담 무사드에게 팔았어요…. 무사드 부인 아시죠…. 하지만 절약을 할 수 없었어요. 절약이 불가능했어요! 아! 56년도에 저는 일 년에 십만 프랑을 썼어요. 그건 오래갈 수 없죠. 전 항상 제게 말하곤 했어요. '오래갈 수 없어.' 항상 생각을 가지고 있었죠…. 당신이라면 어떻게 하겠어요? 저는 이곳에 자리를 잡고 가구 값을 지불하기 위해 돈을 빌렸어요. 제게 남은 보석은 하나도 없죠. 남자들은 모두 겁쟁이야, 모두! 저는 한 달에 350프랑씩 침실 세 개를 빌려주고, 식사

대접 등을 해주면 살아갈 수 있어요."

"그러면 저." 소피아가 복도 맞은편에 있는 자신의 방을 가리키며 말을 가로막았다. "방이 부인의 방인가요?"

"네." 푸코가 말했다. "당신을 그곳에 둔 이유는 그 순간에 모든 방들이 빌려져 있었기 때문이었어요. 더 이상은 아니죠. 로렌스 단 한 명을 제외하면요. 근데 그녀는 항상 돈을 지불하지 않아요. 당신이라면 어떻게 하겠어요? 세입자, 현재로서는 찾을 수 없고…. 난 아무것도, 없고, 빚이 있어요. 그리고 그는 나를 버렸죠. 그는 나를 떠나기 위해 이 순간을 골랐어요! 어째서? 아무 이유도 없겠죠. 아무 이유도. 제가 후회를 하는 이유는 그의 돈 때문이 아니에요. 결코! 알다시피, 그의 나이 때에(그는 스물다섯 살이었다) 나 같은 여자라면, 한 명은 너그럽지 않겠죠! 전 그를 사랑했어요. 그 남자는 항상 도덕적 지탱을 해줬어요. 나는 그를 사랑했어요. 제 나이가 되면 사랑하는 법을 알게 되죠. 아름다움은 사라지지만, 기질은 아니에요! 아, 그, 아냐! … 난 그를 사랑했어요. 난 그를 사랑해요."

소피아의 얼굴은 그 누구도 손상시킬 수 없는 마지막 세 단어의 반복으로 인해 갑자기 얼얼해졌다. 그러나 그녀는 아무 말도 하지 않았다.

"내가 어떻게 될지 알겠어요? 이제 나를 위해 남은 건 없어요. 그리고 전 벌써 저와 같은 처지에 처하게 된 사람들을 알지요. 파출부! 그래요, 파출부! 지금이 아니라도 조만간이겠죠. 후, 그게 삶이죠. 어쩌겠어요? 항상 살아가야 하는데." 그러고는 다른 어조로 이렇게 말했다. "이런 식으로 이야기를 해서 죄송합니다, 마담. 창피한 줄 알아야 하는데."

이 말을 듣고 있는 소피아도 창피해야 한다고 느꼈다. 그러나 그녀는 창피하지 않았다. 모든 것은 매우 자연스러워 보였고, 심지어 평범해 보였다. 게다가, 소피아는 침대 위의 여자보다 자신이 우월하다는 느낌으로 가득 차 있었다. 4년 전 레스토랑 실 방에서 순진하고 무식한 소피아는 거만한 시선과 크고 간단한 몸짓, 그리고 돈을 지불하는 남자에 대한 차분한 경멸감을 가진 채로 눈부시게 빛나는 창녀를 경외하며 수줍게 앉아 있었다. 이제 소피아는 자신이 인간 본성에 대해 알려진 모든 것을 알고 있다고 생각했다. 그녀는 젊음과 아름다움, 미덕뿐만 아니라 지식까지 소유하고 있었다. 자신의 비참함을 받아들일 수 있을 정도의 충분한 지식을. 그녀는 활발하고 선명한 마음과 깨끗한 양심을 가지고 있었다. 누구의 얼굴을 보더라도 세상 물정에 익숙한 여자로서 모든 사람들을 판단할 수 있었다. 반면 침대에 누워 있는 이 불쾌한 잔해는 아무것도 남지 않았다. 그녀는 찬란하게 빛나는 외모를 잃었을 뿐만 아니라 혐오스러운 존재가 되어 있었다. 상식도, 어떤 기질도 결코 가질 수 없을 것이다. 영광스러웠던 날들의 거만함은 어리석음에 바탕을 둔 단순한 환상이었다. 그녀는 답답한 방에서 하루 종일 천천히 걸어 다니며 나태하게 보내다가 밤에는 멍청이들을 감명시키기 위해 외출을 하였다. 그녀가 결코 해보지 않았던 일을 계속하겠다는 의미였으며, 시간이 늦었다는 것에 지속적으로 놀랐고, 지속해서 가장 어리석고 사소한 일에 몰두하였다. 그렇게 마흔이 넘은 그녀는 지금 맨바닥에서 몸부림치고 있었다. 스물다섯 살의 소년이(그 또한 쓸모없는 멍청이인 것이 틀림없다) 터무니없는 고성을 지르고 발을 쿵쿵 구른 뒤에 그녀를 버렸다는 이유 때문이었다. 그녀는 혐오감을 가지고 그녀로부터 돌아선 마지막 얼간이인 변덕스러운 어린 망나니에게 의존하고 있었다! 소피아는 생각했다. '이럴 수가! 내가 그녀의 입장이었더라면, 저렇게 행동하지는 않을 텐데. 내가 부자가 됐어야 했어. 구두쇠처럼 저축을 해야 했다고. 저 나이에 난 아무에게도 의지하지 않을 거야. 내가 이 불쌍한 여자보다 더 훌륭한 정부가 되지 못했더라면, 난 익사했을 거야.'

그녀는 자신의 지각적인 능력과 젊은 힘의 거친 자만심을 가지고 이와 같이 생각했다. 반은 자신의 어리석음을 잊으며, 반은 경험이 없었다는 이유로 변명을 하며.

소피아는 아파트를 돌아다니며 그 안에 있는 램프의 모든 진홍색 갓을 부숴버리고 싶었다. 푸코를 흔들어서 자존심과 현명함을 갖게 하고 싶었다. 그녀의 마음속에는 도덕적인 비난이 존재했지만, 매우 희미했을 뿐이었다. 그녀는 분명히 정직한 여자와 음탕한 여자 사이의 엄청난 차이를 느꼈지만, 그녀가 예상했던 것처럼 느껴지지는 않았다. '난 정말 바보였어!' 그녀는 생각했다. 아니, '난 죄인이었어!' 사랑스러운 북부인의 젊은 얼굴에는 다소 어울리지 않는 그녀의 조숙한 냉소와 함께 그녀는 푸코가 그 재산들을 축적할 지혜만 있었더라면, 전체 상황과 그들의 상대적인 태도가 달라졌을 것이라고 생각했다. 푸코의 경쟁자들 중 몇몇이 성공했듯이(제럴드에 의하면) 말이다.

그리고 그녀의 마음속 다른 한편에는 항상 이 생각을 가지고 있었다. '난 여기 있으면 안 돼. 다른 생각을 해도 소용없어. 난 여기 있으면 안 돼. 시라크는 내게 해줄 수 있는 유일한 일을 해주었을 뿐이야. 하지만 이제 난 반드시 가야 해.'

푸코는 눈물로 인해 축축해진 목소리로 주로 재정적인 그녀의 고민을 계속 말하였다. 또한 이러한 언급을 하는 것을 지속적으로 사과했다. 그녀는 흐느끼는 것을 마치고 누워서 지인의 약점과 무능함을 부끄러워하며 침대 근처에서 우유부단하게 서 있는 소피아에게서 멀리 떨어진 벽을 바라보았다.

"잊으면 안 돼요." 푸코가 지속적으로 그려내고 있는 어둠에 짜증이 난 소피아가 말했다. "적어도 저는 당신에게 상당한 빚을 졌고, 당신이 나에게 그 값이 얼마인지 말해주기를 기다리고 있다는 것을. 벌써 두 번이나 물어본 것 같은데요."

"오, 당신은 여전히 아프잖아요!" 푸코가 말했다.

"저는 빚을 갚을 만큼 충분히 괜찮아졌어요." 소피아가 말했다.

"저는 당신에게서 돈을 받고 싶지 않아요."

"어째서요?"

"돈은 의사에게 지불하세요."

"제발 그런 식으로 말하지 마세요." 소피아가 말했다. "전 돈을 가지고 있고, 모든 것을 지불할 수 있으며, 모든 것을 지불할 거예요."

그녀는 푸코가 단지 동정심만을 드러내고 있다는 것에 확신했기 때문에 짜증이 났다. 어쨌든 그녀의 동정심은 너무나 터무니없었다. 소피아는 지불할 돈에 대해 언급한 적이 이전에 두 번 있었는데, 그때도 이렇게 말하였다. 이제 병에서 다 나았음에도 불구하고 푸코 부인은 그녀를 평범한 하숙인으로 대하지 않았다. 그녀는 지금 이대로처럼 자신이 시작한 것을 훌륭하게 완수하고 싶었고, 호화로운 자선가라는 독특한 이미지인 채로 소피아의 기억에 남고 싶었다. 이것이 그녀 스스로에게 부여해주고 싶었던 감정이자 사치였다. 곤경에 처한 훌륭한 유부녀에게 신의 섭리를 베풀었다는 생각이었다. 그녀는 소피아의 불행과 무력함을 자주 넌지시 비추곤 했다. 그러나 그녀는 사치를 부릴 여유가 없었다. 그녀는 가게의 진열창 너머로 보이고 있는 값비싼 물건들을 쳐다보고 있는 가난한 여성의 시선으로 바라보고 있었다. 사실, 그녀는 아무런 목적 없이 사치를 원하고 있었다. 두 가지 이유로 소피아는 화가 났다. 푸코의 터무니없는 욕망과 자선가의 역할에 대한 자연스러운 반대로 인함이었다. 그녀는 푸코가 자선이 필요하지 않은 상황이었음에도 불구하고 간호를 해주었다는 이유로 자선가가 되었다는 만족감을 인정하지 않을 것이다.

"제가 이곳에 온 지 얼마나 되었죠?" 소피아가 물었다.

"모르겠어요." 푸코가 조용히 말했다. "8주 정도, 9주였나?"

"9주라고 생각하죠." 소피아가 말했다.

"좋아요." 푸코가 마지못해 동의했다.

"한 주에 얼마를 지불해야 하죠?"

"난 아무것도 바라지 않아요. 난 아무것도 바라지 않아요! 당신은 시라크의 친구예요. 당신은."

"전혀 그렇지 않아요!" 소피아는 말을 가로막고, 발을 구르며 입술을 깨물었다. "당연히 전 값을 지불해야만 해요."

푸코는 조용히 눈물을 흘렸다.

"일주일에 75프랑으로 계산해서 드리면 될까요?" 소피아는 이 일을 끝내고 싶어 안달하며 말했다.

"너무 많아요!" 푸코가 거절했다.

"뭐라고요? 당신이 절 위해 해준 모든 일들이 있는데요?"

"그것에 대해서는 말하지 않았어요." 푸코가 겸손하게 대답했다.

만약 헌신을 값으로 계산하지 않을 것이라면, 소피아는 절반이 넘는 시간 동안 음식을 먹지 않았기 때문에 일주일에 75프랑은 확실히 너무 많은 값이었다. 그러므로 푸코는 소피아가 트렁크에서 가져온 지폐를 보았을 때 다시 한 번 거절하였다.

"너무 많이 받는 것이 확실해요."

"전혀 그렇지 않아요!" 소피아가 다시 말했다. "75프랑에 9주. 그렇게 계산하면 675 프랑이 돼요. 여기 700프랑이요."

"잔돈이 없어요." 푸코가 말했다. "전 아무것도 없어요."

"남은 돈은 욕조를 빌려주신 돈이에요." 소피아가 말했다.

그녀는 베개 위에 돈을 놓았다. 그녀의 위치에 처한 다른 사람이었다면 그랬을 듯이 그녀는 돈을 탐욕스럽게 바라보았다. 그녀는 돈을 만지지 않았다. 잠시 후 그녀는 왈칵 울기 시작했다.

"어째서 우는 거예요?" 소피아가 부드럽게 물었다.

"모, 몰라요!" 푸코가 투덜거렸다.

"당신은 너무 예뻐요. 우리가 당신을 구해주게 되어서 너무 기뻐요." 그녀의 젖은 눈은 소피아를 향하고 있었다.

감정적이었다. 소피아는 잔인하게 그것을 감정적이라고 단정 지었다. 하지만 그녀는 감동을 받았다. 갑자기 감동을 받았다. 이 여성들은 그들의 어리석음이 무엇이었든 간에 그녀의 생명을 구했을 것이다. 게다가 그녀는 낯선 사람이었다! 그들은 무기력했지만, 확고한 인내심을 가지고 있었다. 그들 또는 죽음, 둘 중 하나가 이길 때까지는 버릴 수 없는 일에 우연히 내던져졌다고 말할 수 있었다. 그들이 수고를 통해 이익을 얻는 것을 막연히 희망하고 있었다고 말할 수도 있었다. 하지만 그렇다고 해도? 일반적인 기준으로 볼 때, 이 여성들은 자비의 천사였다. 소피아는 그들의 동기를 잔인하게 산산조각 내면서 그들을 경멸했고, 그녀가 최상의 증거로서 있을 수 있는 한 가지 방면에 대해서 그들이 무능력하다고 비난했다! 감정의 폭발 속에서 그녀는 자신의 무정함과 부당함을 보았다.

그녀는 허리를 굽혔다. "그동안 얼마나 친절하게 대해주셨는지 결코 잊지 못할 거예요. 믿을 수 없어요! 대단해요!" 그녀는 진심 어린 어조로 부드럽게 말했다. 이것이 그녀가 한 말의 전부였다. 그 주제에 관한 것을 꾸며낼 수 없었다. 그녀는 감사하는 것에 재능이 없었다.

푸코는 마치 그 두껍고 상한 입술로 소피아에게 입을 맞추려는 것처럼 움직였지만, 자제하였다. 그녀는 고개를 뒤로 젖히고는 다시 초조하게 울기 시작했다. 그 직후 아파트의 현관문 열쇠가 돌아가는 소리가 들렸다. 침실 문이 열렸다. 여전히 격렬하게 울고 있는 그녀는 귀를 쫑긋 세우고 지폐를 베개 밑으로 밀어 넣었다.

마담 로렌스가(그녀는 그렇게 불렀다. 소피아는 그녀의 성을 들어본 적이 없었다) 침실로 곧장 들어와서는 그녀의 까맣고 반짝이는 눈으로 놀라서 그 광경을 바라보았다. 그녀는 보통 검은색 옷을 입었는데, 사람들이 검은색은 그녀에게 어울린다고 말했기 때문이었고, 검은색은 결코 유행에 뒤떨어진 색이 아니었기 때문이었다. 검은색은 그녀의 특이한 개성의 표현이었다. 그녀는 일종의 우아함을 보여주고 있었는데, 극단적으로 엉망인 푸코와 거의 벌거벗은 상태의 소피아에

비하면, 그녀의 외모는 멋진 레스토랑에서 갓 나온 훌륭한 음식이었다. 그녀는 다른 두 사람보다 유리했다. 격식을 차린 옷이 항상 주는 도덕적인 이점이었다.

"무슨 일이 일어난 거죠?" 그녀가 물었다.

"그가 나를 버렸어, 로렌스!" 그녀의 흐느낌을 뚫고 나아가는 것 같은 히스테리적인 비명을 지르며 소리쳤다. 푸코 부인의 극적이고 새로워 보이는 비애만 놓고 보면 그녀의 젊은 남성이 바로 직전에 성큼성큼 걸어 나간 것이라고 생각이 들 정도였다.

로렌스와 소피아는 재빨리 시선을 교환했다. 당연히 로렌스는 소피아와 집주인의 관계가 이제 간호의 관계가 아닌 더 솔직해진 관계라는 것을 깨달았다. 그녀는 눈썹을 살짝 움직임으로써 관계의 변화를 인식했다는 것을 나타냈다.

"하지만 들어봐요, 에이미." 권위적으로 말했다. "자신을 그렇게 포기해버려선 안 돼요. 그는 돌아올 거예요."

"아냐!" 푸코가 소리쳤다. "끝났어. 그리고 그가 마지막이었어!"

로렌스는 푸코를 무시하고 소피아에게 다가갔다. "매우 피곤해 보이시네요." 그녀가 장갑을 낀 손으로 소피아의 어깨를 다독이며 말했다. "매우 창백하시네요. 이 모든 것은 당신을 위한 것이 아니에요. 여기 있는 건 합리적이지 않아요. 당신은 여전히 아프잖아요! 그것도 이런 시간에! 정말로 합리적이지 못해요!"

그녀의 손은 소피아를 복도 쪽으로 향하도록 설득했다. 그리고 사실, 소피아는 그제야 자신의 피로를 알아차렸다. 그녀는 지체 없이 육체적 약함을 받아들이고 방에서 나가 문을 닫았다.

약 30분 후 그녀의 방문이 반쯤 열렸다. 그녀는 그동안 혼란스러운 소음과 중얼거리는 소리를 들었다.

"안 주무시니깐, 들어가도 될까요?" 로렌스의 목소리였다. 그녀는 두 번이나 '마담'이라고 부르는 격식을 차리지 않은 채 소피아에게 말을 걸었다.

"들어오세요." 소피아가 침대에서 말했다. "책을 읽고 있어요."

로렌스가 들어왔다. 소피아는 그녀를 보게 되어 기쁘기도 하고 유감스럽기도 했다. 그녀는 험담을 몹시 듣고 싶었지만, 그러한 험담은 경멸해야 한다고 느꼈다. 게다가, 그녀는 그들이 그날 밤 대화를 나누게 된다면 친구로서 대화를 나누게 될 것이고, 그렇게 되면 후에 로렌스는 그녀를 친구처럼 친숙하게 대할 것이라는 것을 알고 있었다. 그녀는 이것을 두려워했다. 그럼에도 그녀는 험담을 듣고 싶은 유혹에 결국 굴복할 것이라는 것을 알고 있었다.

"그녀를 재우고 왔어요." 로렌스가 조심스레 문을 닫으며 속삭였다. "가엾은 여자! 오, 정말 매력적인 팔찌네요! 진짜 진주인가요, 그렇겠죠?"

그녀의 방황하는 눈은 자신의 물품을 챙기는 과정에서 소피아가 실수로 피아노에 올려놓은 팔찌를 그녀의 틀림없는 본능으로 바로 포착하였다. 소피아는 팔찌를 들었다 다시 내려놓았다.

"네." 소피아가 말했다. 그녀는 이렇게 덧붙이려 하고 있었다. '제가 가지고 있는 보석의 전부예요.' 그러나 그녀는 말을 멈췄다.

로렌스는 소피아의 침대 쪽으로 이동했고, 그녀가 간호사로서 행동했던 시절에 자주 그랬던 것처럼 침대 너머에 서 있었다. 그녀는 장갑을 벗고, 서른 살의 모습과 쾌활하고 약간 악동 같은 얼굴로 흥미진진하고 아름다운 쇼를 선보였는데, 그녀의 얼굴에는 거리에서 본 소년에 대한 지식과 그녀의 들창코가 지적인 남자에게 미치는 영향에 놀라지 않는 여자의 자신감이 뒤섞여 있었다.

"두 사람이 무엇 때문에 다툰 것인지 당신에게 이야기해주었나요?" 로렌스가 불쑥 물었다. 그 질문의 문구뿐만 아니라, 그 말에 들어 있는 확신에 찬 어조는 로렌스가 소피아를 잘 알고 있다는 것을 보여주었다.

"한마디도요!" 소피아가 말했다.

이 짧은 질문과 답변은, 이전에 있었던 일이 없는 일로 다루어져야 했다는 것을 대략적으로 암시했다. 두 여성 사이의 관계는 한순간에 돌이킬 수 없을 정도로 변화하였다.

"그녀의 잘못이 분명해요!" 로렌스가 말했다. "남자와 있는 그녀는 지지해줄 수 없어요. 저 불쌍한 여자가 어떻게 출세했는지 모르겠어요. 여자들과 있는 그녀는 매력적이에요. 하지만 그녀는 남자를 개처럼 대하지 않을 능력이 없는 것 같아요. 몇몇 남자들은 그걸 좋아하지만, 그런 사람들은 거의 없잖아요, 그렇지 않나요?"

소피아는 미소를 지었다.

"제가 그녀에게 말했어요! 얼마나 많이 말했는지! 하지만 소용이 없었어요. 그 성향은 그녀보다 강하고, 만약 그녀가 사소한 것으로 일을 끝낸다면, 그것은 그것 때문이라고 말할 수 있을 거예요. 하지만 정말로 그녀는 그를 이곳으로 부르지 말았어야 했어요! 그건 정말로 너무 심했어요! 만약 그가 알고 있었…!"

"어째서요?" 소피아가 어색하게 물었다. 대답은 그녀를 깜짝 놀라게 했다.

"그녀의 방은 소독되지 않았거든요."

"하지만 모든 아파트가 소독된 줄 알았는데요?"

"그녀의 방은 아니에요."

"어째서 그녀의 방만 그런 거죠?"

로렌스는 어깨를 으쓱했다. "그녀의 물건들을 어지럽히는 것을 원하지 않았거든요! 제가 알겠어요? 그녀는 저래요. 생각을 하나 갖게 되면, 그렇게 행동하죠!"

"저한테는 모든 방이 소독되었다고 말했어요."

"경찰과 의사한테도 같은 말을 했어요."

"그럼 모든 소독은 다 소용이 없어진 건가요?"

"완벽히요! 하지만 그녀는 항상 저래요. 이 아파트는 수입이 매우 좋을지 모르지만, 그녀라면, 절대로! 그녀는 가구 값도 내지 않았어요, 2년이 지났는데도!"

"그럼, 그녀는 어떻게 될까요?" 소피아가 물었다.

"아, 그건요!" 어깨를 또 한 번 으쓱했다. "제가 아는 거라곤 제가 이곳을 떠나야 한다는 것뿐이죠. 지난번에 세프 씨를 데려왔을 때, 그녀는 그에게 지나치게 무례하게 행동했어요. 의심할 여지없이 그녀가 세프 씨에 대해 말해줬죠?"

"아뇨. 세프 씨가 누구죠?"

"아! 말하지 않던가요? 저를 놀라게 만드네요. 세프 씨는, 제 친구예요."

"오!" 소피아가 중얼거렸다.

"그래요." 로렌스는 소피아에게 깊은 인상을 주고 전반적으로 험담을 하고 싶은 열망에 이끌려 말을 이었다. "그 사람은 내 친구예요. 병원에서 그를 알게 됐어요. 내가 병원을 떠나온 것은 그를 기쁘게 하기 위해서였어요. 그 후 우리는 2년 동안 싸웠지만, 결국 그는 나에게 권리를 주었어요. 전 양보하지 않았어요. 2년 동안! 긴 시간이죠. 그리고 전 병원을 떠나왔고요. 다시 돌아갈 수도 있었어요. 하지만 그러지 않을 거예요. 그건 삶이 아니에요. 파리 병원에서 간호사를 하는 것은! 결코, 전 가능한 한 멀리 떨어졌어요. … 그는 당신이 상상할 수 있는 가장 매력적인 소년이에요! 그리고 지금은 부자고요. 상대적으로요. 그에게는 그보다 훨씬 더 부자인 사촌이 있어요. 오늘 밤 그 두 사람과 메종 도레에서 식사를 했어요. 호화로운 소년에 대해 말해보자면, 그는 호화로운 소년이에요. 제 말은 그의 사촌이요. 캐나다에서 큰돈을 번 것 같아요."

"그렇군요!" 소피아가 공손하게 말했다. 로렌스의 손은 침대 가장자리에서 놀고 있었고, 소피아는 처음으로 그녀의 손에 결혼반지가 끼워져 있는 것을 보았다.

"제 반지요?" 로렌스가 웃었다. "이건 그 사람이, 사촌이요. '뭐라고!' 그가 말했어요. '결혼반지를 하지 않았다고? 결혼반지가 더 적절해. 이 식사 이후에 반지를 준비하러 가지.' 전 모든 보석 가게가 닫았을 것이라고 말했죠. '나한테는 다 똑같아.' 그가 말했죠. '하나 열면 되지.' 사실상 … 그런 식으로 지나갔어요. 그는 성공했고요! 아름답지 않나요?" 그녀가 손을 내밀었다.

"네." 소피아가 대답했다. "정말 아름다워요."

"당신 것도 아름다워요." 로렌스가 매우 혼란을 주는 어조로 말했다.

"저건 그냥 평범한 영국 결혼반지예요." 소피아가 말했다. 자신도 모르게 그녀는 얼굴을 붉혔다.

"그는 제 손가락에 반지를 끼워주면서 이제 당신과 결혼했어요. 내가, 괴짜인 내가, 라고 말했어요. 그 사촌이요. 오, 그는 너무 재미있어요! 그 사람은 저를 많이 기쁘게 해줘요. 그것도 혼자서요. 그는 제 친구들 중에 동정적이고 예쁜 소녀를 알고 있냐고 물어봤어요. 우리 셋이서 다니는 피크닉을 넷이서 다니도록 만들려고요. 저는 확실하지는 않지만 모르는 것 같다고 했어요. 제가 누굴 알겠어요? 전 아무도 몰라요. 저는 대부분의 여자들과 달라요. 저는 항상 신중하거든요. 가벼운 관계를 좋아하지 않아요. 생각일 뿐이긴 하지만. 언젠가 찾아오실래요? 그는 영어를 할 줄 알아요. 영국인을 좋아하거든요. 그는 가장 옳고 완벽한 신사예요. 휘황찬란한 환대를 준비해줄 거예요. 그 사람이 당신을 알게 되면 황홀해 할 것이라고 확신해요. 황홀해 할 거예요! … 찰스는 다행히도 완전히 나에게 빠져 있어요. 그렇지 않았더라면 저는 두려워했을 거예요."

그녀는 미소를 지었고, 그 미소에는 소피아의 얼굴에 대한 진정한 존경심이 담겨 있었다.

"갈 수 없을 것 같아요." 소피아가 말했다. 그녀는 자신이 도덕적으로 우월하다는 억양으로 대답하지 않으려 했지만, 그다지 성공하지 못했다. 그녀는 로렌스의 제안에 전혀 겁먹지 않았다. 단순히 거절하려고 했을 뿐이었다. 그러나 자연스러운 목소리로 거절할 수 없었다.

"당신이 아직 충분히 건강해지지 않았다는 것은 사실이에요." 자연스러움을 완벽하게 만들어낸 침착한 로렌스가 빠르게 말했다. "하지만 곧 당신은 산책을 다닐 수 있을 정도가 될 거예요." 그녀는 자신의 반지를 응시했다. "결국, 반지가 더 적절하긴 해요." 그녀가 사법적으로 말했다. "결혼반지를 끼고 있으면 짜증이 덜 나겠죠. 신기한 건 저에게 반지에 대한 생각이 한 번도 떠오른 적이 없다는 거예요. 하지만….."

"보석을 좋아하시나요?" 소피아가 물었다.

"보석을 좋아하냐고요!" 그녀가 손짓하며 말했다.

"그 팔찌 좀 건네주실래요?"

로렌스는 소피아의 말을 들었다. 소피아는 그녀의 손목에 팔찌를 걸어주었다.

"가지세요." 소피아가 말했다.

"저를 위해서요?" 로렌스가 황홀해 하며 말했다. "너무 과해요."

"이 정도로는 충분하지 않아요." 소피아가 말했다. "이 팔찌를 볼 때면 당신이 저를 얼마나 친절하게 대해주셨는지, 제가 얼마나 감사했는지를 기억해주세요."

"어쩜 이리 착하게 말씀하시는지!" 로렌스가 매우 기뻐하며 말했다.

소피아는 정말로 자신이 꽤 착하게 말했다고 느꼈다. 제럴드가 자신을 위해서가 아니라 그녀를 위해 한 몇 안 되는 변덕스러운 어리석은 짓들 중 하나였던 이 팔찌를 준다는 것은 소피아를 매우 기쁘게 만들었다.

"저를 간호해주시는 것이 세프 씨를 무시하게 만든 것 같아요." 그녀가 덧붙였다.

"네, 조금은요!" 로렌스가 약간 거만하게 입을 삐죽거리며 말했다.

"그가 불평을 하곤 했던 것은 사실이에요. 하지만 전 즉시 그를 바로 잡았죠. 얼마나 대단한 생각이었는지! 그는 제가 농담을 하지 않는 것들이 있다는 것을 알아요. 그는 저랑 두 번 다시 싸우지 않을 거예요! 정말로요!"

로렌스가 자신의 힘에 대해 절대적으로 확신한 것은 소피아에게 깊은 인상을 주었다. 소피아에게 그녀는 수상쩍은 매력과 너무 뻔뻔한 눈빛을 가진 천박하고 작은 물건처럼 보였다. 그녀의 행동은 천박했다. 소피아는 그녀가 어떻게 제국을 세웠는지, 그리고 그 기반이 무엇인지 궁금했다.

"에이미에게는 보여주지 않을게요." 로렌스가 팔찌를 가리키며 속삭였다.

"좋을 대로 하세요." 소피아가 말했다.

"그것보다, 전쟁이 선포되었다는 걸 말해줬나요?" 로렌스가 무심코 말했다.

"아뇨." 소피아가 말했다. "무슨 전쟁이요?"

"에이미가 보여준 장면 때문에 잊고 있었네요…. 독일에게요. 도시는 흥분에 매우 들떠 있어요. 새로운 오페라 극장 앞에 엄청난 군중이 모여들었어요. 그 사람들 말로는 한 달 안에 베를린에 도달할 거라고 했어요. 아니면 많아야 두 달 안에."

"오!" 소피아가 중얼거렸다. "어째서 전쟁이 일어난 거죠?"

"아! 저도 그걸 물어봤어요. 아무도 몰랐거든요. 프로이센 사람들이에요."

"소독을 다시 해야 한다고 생각하지 않으시나요?" 소피아가 걱정스럽게 물었다. "푸코 부인과 이야기를 반드시 해봐야겠어요."

로렌스는 그녀에게 걱정하지 말라고 말하고는 팔찌를 푸코에게 보여주러 갔다. 결국 그녀는, 부정하기에는 너무나 기쁜 일이라고 은밀히 생각했다.

4

약 2주 후(8월 초 화창한 토요일이었다) 소피아는 드레스 위에 커다란 앞치마를 입은 채 아파트를 소독하기 위한 거창한 준비를 마치고 있었다. 소독의 일부는 이미 끝나 있었다. 그녀의 방과 복도는 나쁜 로렌스가 소피아에게 험담으로 이야기한 푸코 부인의 반대에도 불구하고 전날 훈증 소독이 되었다. 로렌스는 아파트를 떠났다. 소피아가 정확히 알지 못하는 상황 속에서 떠났는데, 그녀는 로렌스에 대한 푸코의 분노로 야기된 말다툼으로 인해 일어난 일이라고 추측했다. 머지않아 로렌스와 소피아와의 인위적인 우정은 꿈처럼 사라졌고, 로렌스도 꿈처럼 사라졌다. 하인은 해고되었다. 푸코는 매일 아침 두 시간 동안 파출부를 고용하였다. 마지막으로 푸코는 그날 아침 성 맘-서-시엔에 있는 아픈 아버지가 보낸 편지에 의해 갑자기 불려가게 되었다. 소피아는 이 기회에 기뻐했다. 아파트를 소독하는 것은 소피아의 집착이 되어 있었다. 무의식적으로 사물을 가장 뒤틀린 모양으로 왜곡하는 회복기의 집착이었다. 그녀는 전날 푸코와의 다툼이 있었고, 푸코의 방에서 그녀의 옮길 수 있는 모든 소지품뿐만 아니라 그녀를 꺼낼 순간이 다가왔을 때 더 심각한 문제가 일어날 것이라고 예상하고 있었다. 그럼에도 불구하고, 소피아는 무슨 일이 일어나더라도 아파트 전체를 정직하게 훈증 소독을 끝낼 것이라고 결심했다. 그렇기에 소피아는 푸코가 아버지에게 가야 한다고 촉구하였고, 자신이 완벽하게 다 나아서 며칠 동안 혼자 힘으로 지낼 수 있다고 주장했다. 군사적 필요에 의해 일반 철도 서비스를 부분적으로 억제하고 있었기에, 푸코는 같은 날 갔다가 돌아오는 것을 기대할 수 없었다. 소피아는 그녀의 루이도르를 빌려주었다.

유황이 들어 있는 신비로운 냄비가 세 개의 방에서 타오르고 있었고, 두 개의 문에는 종이를 붙여 연기가 새어나가지 못하도록 하고 있었다. 파출부가 떠났다. 소피아는 붓, 가위, 밀가루 풀, 그리고 신문지로 세 번째 문을 봉하고 있었는데, 그때 현관에서 종소리가 들려왔다. 그녀는 문을 열기 위해 복도를 건너기만 하면 되었다. 시라크였다. 그녀는 그를 보고 놀라지 않았다. 전쟁의 발발은 소피아와 그녀의 집주인조차도 하루에 한 번 신문을 읽게 만들었다. 그로 인하여 그녀는 시라크가 쓴 기사를 읽었고, 그가 취재를 위해 보주에 갔다가 파리에 돌아왔다는 것을 알게 되었다.

그는 그녀를 보자 놀랐다. "아!" 그는 천천히 탄성을 내쉬었다. 그러고는 미소를 지으며 그녀의 손을 잡은 뒤 입을 맞추었다. 그녀를 다시 만나게 되어 명백하게 매우 기뻐하고 있는 그의 모습은 소피아가 몇 년 동안 겪었던 경험들 중 가장 달콤했다.

"그럼, 다 나으신 건가요?"

"네."

그는 숨을 내쉬었다. "당신이 더 이상 위험한 상태가 아니라는 것을 알게 되어 기쁩니다, 정말로요. 당신 때문에 놀랐어요. … 섬뜩했어요, 부인!"

그녀는 조용히 미소를 지었다. 그가 호기심에 가득 차서 복도를 위아래로 훑자 그녀가 말했다.

"아파트에 혼자 있어요. 소독 중이에요."

"그럼 지금 제가 맡고 있는 냄새는 유황인가요?"

그녀가 고개를 끄덕였다. "이 문 작업을 다 끝낼 때까지만 잠시 실례할게요." 그녀가 말했다. 그는 현관문을 닫았다.

"여기서 꽤 편안하게 지내시는 것 같아요!" 그가 말했다.

"그럴 수밖에 없어요." 그녀가 말했다.

그는 호기심에 가득 차 복도를 위아래로 다시 훑어보았다. "지금 정말로 혼자인가요?" 그가 매우 확신하기 위해서라는 듯 물었다.

그녀는 상황을 설명했다.

"당신을 이곳에 데려온 것에 진심으로 사과드립니다." 그가 비밀리에 말했다.

"어째서요?" 그녀가 문을 뚫어지게 바라보며 말했다. "그들은 저를 매우 친절하게 대해주었어요. 그 누구도 그렇게 친절하진 않을 거예요. 그리고 로렌스 부인은 정말로 좋은 간호사…."

"그건 맞는 말입니다." 그가 말했다. "그게 이유였어요. 사실 그 두 사람은 매우 친절한 여성들이죠. … 이해해주세요. 저널리스트로서 모든 종류의 사람들을 알게 되면…." 그는 손가락을 튕겼다. "게다가 우리는 집 맞은편에 있었어요. 어쨌든, 절 용서해주세요."

"이 종이 좀 잡아주세요." 그녀가 말했다. "문의 모든 틈을 덮어야 해요. 바닥과 문 사이 틈도요."

"영국인들은 정말 멋지군요." 그가 종이를 잡으며 말했다. "이런 일을 한다고 상상해 보세요! 그…." 그가 다시 비밀스러운 어조를 유지하며 덧붙였다. "그럼 이제 푸코로부터 떠나실 건가요?"

"아마 그럴 거예요." 그녀가 무심하게 말했다.

"잉글랜드로 가시나요?"

종이 주름을 걸레로 가볍게 두드리며 그에게 고개를 돌린 뒤 그녀는 고개를 저었다.

"잉글랜드로 가시지 않나요?"

"네."

"비밀이 아니라면, 혹시 어디로 가실 건가요?"

"모르겠어요." 그녀가 솔직하게 말했다.

그녀는 진짜로 몰랐다. 그녀에게는 계획이 없었다. 그녀의 머리는 버슬리로 돌아가야 한다고 말하고 있었다. 아니면 적어도 편지라도 보내던가. 그러나 그녀의 자존심은 그런 항복을 듣지 않을 것이다. 가족에게 자신의 패배를 알리기 위해서는 지금보다 상황이 더 절박해야 할 것이다. 절대 안 된다! 이것은 그녀가 평생 동안 결심한 생각이었다. 그녀는 자신을 용서해주는 가족의 수치심을 선택하지 않을 것이다. 그녀는 차라리 다른 재앙이나 다른 수치심을 직면할 것이다.

"당신은요?" 그녀가 물었다. "어떻게 돌아가나요? 이 전쟁은요?"

그는 몇 마디로 자신에 대한 몇 가지 주요 사실들을 말해주었다. "말할 수 없어요." 전쟁에 관해 그가 덧붙였다. "하지만 좋지 않게 될 거예요! 당신이 이해해주실 거라고 믿어요."

"진짜요?" 그녀가 무심하게 대답했다.

"그에 대한 소식은 못 들으셨나요?" 시라크가 물었다.

"누구요? 제럴드?" 그는 고개를 끄덕였다.

"아무것도요! 단 한마디도! 아무것도!"

"영국으로 돌아갔겠죠!"

"결코 그러지 않았을 겁니다!" 그녀가 긍정적으로 말했다.

"어째서죠?"

"왜냐하면 그 사람은 프랑스를 좋아하거든요. 그는 정말로 프랑스를 좋아해요. 그가 가지고 있는 진정한 열정은 그것밖에 없을 겁니다."

"놀랍군요." 시라크가 말했다. "프랑스가 얼마나 사랑받는지! 하지만…! 그가 살기 위해 무엇을 할까요? 반드시 무언가 해야 할 텐데!" 소피아는 단지 어깨를 으쓱했다.

"그럼 두 분 사이는 끝난 건가요?" 그가 어색하게 조용히 말했다.

그녀는 고개를 끄덕였다. 그녀는 문 아래쪽 틈새를 위해 무릎을 꿇고 있었다.

"됐다!" 그녀가 일어서며 말했다. "잘 마무리되었군요. 그렇죠? 이게 다예요."

그녀는 어수선하고 허름한 복도의 어둠 속에서 그를 정면으로 바라보며 미소 지었다. 두 사람은 매우 친밀해졌다고 느꼈다. 그는 그녀의 태도를 매우 마음에 들어 하고 있었고, 그녀는 그것을 알고 있었다.

"이제." 그녀가 말했다. "앞치마를 벗어야겠어요. 어디로 안내해드려야 편하시죠? 제 침실밖에 없는데, 전 그렇게 하기를 원하고요. 어떻게 해야 하죠?"

"들어보세요." 그가 소심하게 제안했다. "저에게 함께 드라이브를 할 수 있는 영광을 주실 수 있나요? 당신에게 이로울 겁니다. 햇빛도 있고요. 부인은 항상 창백하잖아요."

"좋지요." 그녀가 진심으로 동의했다.

옷을 입는 동안 그녀는 그가 복도를 왔다 갔다 하는 소리를 들었다. 때때로 그들은 몇 마디 말을 주고받았다. 떠나기 전 소피아는 밀폐된 방들의 열쇠 구멍에서 종이를 꺼냈고, 그들은 차례차례 그 안을 들여다보았다. 그들은 유황의 초록빛을 보았고, 그것의 신비로움에 괴로워하였다. 그러고 나서 소피아는 다시 종이를 고정시켰다.

그녀는 집 계단을 내려갈 때 무릎의 쇠약함을 느꼈다. 그러나 다른 부분에서는 병이 난 후 단 한 번밖에 외출하지 않았지만, 충분한 힘을 느끼고 있었다. 어떤 일도 하기 싫었던 그녀는 원래 그래야만 했던 것처럼 바깥공기를 쐬지 않았지만, 아파트에서 그녀는 많은 작은 일을 하면서 팔다리를 단련시켰다. 초조에서 활동적으로 안절부절못하고 있는 작은 시라크는 그녀의 팔을 잡고 싶었지만 그녀는 그것을 허락하지 않을 것이다.

관리인과 그녀의 이웃들 중 일부는 그녀가 아치형 통로 아래를 지나갈 때 흥미로운 듯이 그녀를 쳐다보았다. 그녀의 병이 진행되는 동안 온 아파트의 관심을 불러일으켰기 때문이었다. 마차가 출발하려 하고 있을 때, 관리인이 길을 건너와 인사하고는 이렇게 말했다.

"푸코 부인이 어째서 점심을 먹으러 돌아오지 않았는지 혹시 아시나요, 부인?"

"점심을 먹으러 돌아온다고요!" 소피아가 말했다. "그녀는 내일까지 돌아오지 않을 거예요."

관리인이 얼굴을 찌푸렸다. "아! 정말 신기하군요! 그녀는 제 남편에게 두 시간 후에 돌아오겠다고 말했어요. 매우 진지하게요! 사업에 관한 문제예요."

"전 아무것도 몰라요, 부인." 소피아가 말했다. 소피아와 시라크는 서로를 바라보았다. 관리인이 고맙다고 중얼거리더니, 모호하게 중얼거리며 사라졌다.

마차는 라페리에르 거리로 접어들었고, 말은 평소처럼 자갈길을 달려갔다. 곧 그들은 샹젤리제와 불로뉴의 숲으로 향하는 대로에 올랐다. 상쾌한 바람과 밝은 햇살, 그리고 거리의 넓은 자유는 소피아를 빠르게 도취시켰다. 육체적인 면에서 그녀를 매우 취하게 만들었다. 그녀는 거의 삶의 자극적인 향기 그 자체에 취해 있었다. 가벼운 행복의 황홀감이 그녀를 사로잡았다. 그녀는 그 아파트를 끔찍하고 불쾌한 감옥으로 보았고, 그 아파트를 더 자주 떠나지 않았던 자신을 비난했다. 공기는 몸과 마음의 약이었다. 그녀의 관점은 즉시 수정되었다. 그녀는 행복했고, 과거도 미래도 아닌 그 시간 안에 살고 있었다. 행복의 이면에는 그런 감금과 그런 고통들을 겪었던 소피아의 애석한 우울함이 감돌고 있었다. 그녀는 모든 고통을 잊으려고 하는 와중에도 열정적인 즐거움의 경솔한 열광을 위해 점점 더 많은 기쁨을 갈망했다. 어째서 그녀는 로렌스의 제안을 거절한 것인가? 어째서 그녀는 조잡하고 감각적인 본능을 제외한 모든 것을 무시한 채 기쁨의 방종이라는 매우 좋은 불꽃 속으로 즉시 뛰어들지 않았을까? 그녀의 젊음과 아름다움, 그리고 매력을 잘 알고 있던 그녀는 자신이 거절한 것에 대해 의아해했다. 그녀는 거절을 후회하지 않았다. 그녀는 그것을 의심하거나 추론할 수 없었던 엄청나게 강력한 동기의 결과라고 차분하게 결론을 내렸다. 사실 그것은 그녀의 본질이었다.

"제가 병자처럼 보이시나요?" 그녀는 다른 마차들 사이에서 사치스럽게 몸을 뒤로 젖히며 물었다.

시라크는 망설였다. "정말로! 네!" 그가 마침내 말했다. "하지만 그
렇게 되신 거에요. 칭찬을 별로 좋아하지 않는다는 걸 제가 몰랐더라
면, 전…."

"하지만 저는 칭찬을 좋아하는 걸요!" 그녀가 소리쳤다. "어째서 그
런 생각을 하시게 됐어요?"

"음, 그러시다면." 그가 청년답게 갑자기 말했다. "당신은 그 어느
때보다도 매우 아름다워요."

그녀는 기분 좋게 그의 찬사에 몸을 맡겼다. 침묵이 흐른 후, 그가
말했다. "아! 제가 떨어져 있는 동안 부인 때문에 얼마나 불안해했는
지 아신다면…! 이 사실을 어떻게 부인에게 전해야 할지 모르겠어요.
정말로 불안했어요, 이해하시죠! 제가 뭘 할 수 있겠어요? 병에 대해
간단히 말해주세요."

그녀는 자세하게 이야기해주었다. 마차가 로얄 거리로 진입하자
그들은 마들렌 앞에 있는 군중들이 고함을 지르며 환호하고 있는 것
을 보았다.

마부는 그들을 향해 돌아섰다. "승리가 있었던 모양입니다!" 그가
말했다.

"승리! 그게 사실이었다면!" 시라크가 냉소적으로 중얼거렸다.

로얄 거리에 있는 사람들은 환희에 겨워 웃으며 미친 듯이 이리저
리 뛰어다녔다. 카페 손님들은 그들의 의자에, 심지어는 테이블 위에
올라서서 그 갑작스러운 열기를 지켜보기 위해 또는 참여하기 위해
서 있었다. 마차는 걸음을 걷는 속도로 느려졌다. 깃발과 카펫들이 집
위쪽에서 보이기 시작했다. 군중들은 점점 더 많아지고 격렬해졌다.
"승리! 승리!"라는 말들이 목이 쉴 정도로 날카로운 소리로, 그리고 다
시 쉰 목소리로 울려 퍼졌다.

"이럴 수가!" 시라크가 몸을 떨면서 말했다. "진정한 승리인 것이
틀림없어! 우리는 구원을 받았어! 우리는 구원을 받았다! … 오 그래,

정말이야!"

"당연히 사실이겠죠! 무슨 말씀을 하시는 거예요?" 마부가 물었다.

콩코르드 광장에서는 모든 마차가 완전히 멈춰 서야 했다. 거대한 광장은 하얀 모자와 꽃, 행복한 얼굴의 바다가 되었고, 마차들은 그 표면에 닻을 내린 배처럼 정박해 있었다. 8월의 햇볕을 잠재우는 산들바람을 타고 깃발이 차례차례 지붕에서 펄럭였다. 이윽고 모자가 하늘로 던져졌고, 환호성이 단절된 계곡에서 울려 퍼지고 있는 메아리처럼 광장을 가로지르며 울려 퍼졌다. 시라크의 운전사는 미친 듯이 자리에 뛰어올라 채찍을 휘둘렀다.

"프랑스 만세!" 그는 폐의 온힘을 다해 울부짖었다. 수천 개의 목이 그의 소리에 답하였다.

그때 그들 뒤에는 소동이 일어나고 있었다. 또 다른 마차가 천천히 앞쪽으로 밀려오고 있었다. 군중들은 마차를 밀며 소리 지르고 있었다. "라마르세예즈! 라마르세예즈!" 그 마차 안에는 여성이 홀로 앉아 있었다. 그 여성은 아름답지는 않지만, 기품 있고, 존경과 수많은 박수에 익숙한 자신감 있는 시선을 가지고 있는 사람이었다.

"기마드예요!" 시라크가 소피아에게 말했다. 그는 매우 창백했다. 그러고는 그도 소리쳤다. "라마르세예즈!" 그의 얼굴은 모두 일그러져 있었다.

그 여성은 일어나 마부에게 말을 걸었고, 마부는 그에게 손을 내밀며 그녀를 도왔다. 그녀는 마부석 위에 올라서서 몇 번이고 고개를 숙였다.

"라마르세예즈!" 외침이 계속되었다. 이윽고 환호성이 터져 나오더니, 마치 홍수처럼 광장에 침묵이 감돌았다. 그리고 이 침묵 속에서 그 여성은 라마르세예즈를 부르기 시작했다. 노래를 부르는 그녀의 볼 위로 눈물이 흘러내렸다. 근처에 있던 모든 사람들은 울거나 단호하게 얼굴을 찌푸리고 있었다. 1절이 잠시 멈춰 있는 동안 말들의 덜컹거리는 소리, 그리고 강의 휘파람 소리를 들을 수 있었다. 기마드의 위풍당당하고 매력적인 머리의 신호를 받은 후렴구는 열대성 폭풍처럼 어마어마하고 아주 강하게 하늘로 솟구쳤다. 자신 안에 감정이 쌓이고 있던 것을 몰랐던 소피아는 격렬하게 울기 시작했다. 기마드의 노래가 끝나자 그 추종자들은 마차로 격렬하게 다가왔다. 고성의 소란 속에서, 주위의 모든 사람들은 서로를 껴안고 입을 맞추고 있었다. 모자들은 마치 분수처럼 계속 하늘로 올라갔다. 시라크는 마차 측면에 기대어 바퀴 옆에 서 있던 한 남자의 손을 꽉 쥐었다.

"누구예요?" 소피아는 불안한 목소리로 그녀의 내부에 있는 설명할 수 없는 긴장감을 해소해 달라고 요청하고 있었다.

"몰라요." 시라크가 말했다. 그는 아이처럼 울고 있었다. 그리고 외쳤다. "승리! 베를린! 승리!"

5

소피아는 피로한 팔다리를 이끌며 손상된 참나무 계단을 홀로 오르며 아파트로 향하고 있었다. 시라크는 승리라는 상황으로 인해 평소보다 일찍 신문사에 출근하는 편이 좋을 것이라고 판단하였다. 그는 그녀를 브레다 거리로 다시 데려다주었다. 그들은 개인의 감정을 지배한 거대한 국가적 망상에 참여했기 때문에 일종의 꿈이나 일반적인 매혹에 사로잡혀 서로를 떠나왔다. 그들은 자신들의 관계를 정의하지 않았다. 감정만을 의식하고 있었다.

여름에도 축축한 냄새가 나는 계단은 소피아를 역겹게 만들고 있었다. 그녀는 공포를 느끼며 아파트에 대해 생각을 하였고, 초록 장소와 호화로움을 갈망했다. 장소에 도착해보니, 두 명의 뚱뚱하고 옷차림이 좋지 못한 중년의 남자들이 그녀를 기다리고 있었다. 소피아는 열쇠를 찾아 문을 열었다.

"실례합니다, 부인!" 남자들 중 한 명이 모자를 들어 올리며 말하였고, 두 사람은 그녀를 따라 아파트로 들어갔다. 그들은 어리둥절해 하며 문에 붙어 있는 종잇조각을 응시하였다.

"뭘 원하시죠?" 그녀가 거만하게 물었다. 그녀는 매우 겁을 먹었다. 심상치 않은 가로막음은 그녀를 충격에 휩싸이게 만들었다.

"저는 관리인입니다." 그녀에게 말을 걸었던 남자가 말했다. 그는 뛰어난 장인의 분위기를 띠고 있었다. "오늘 오후에 부인과 이야기를 했던 사람이 제 아내입니다. 그리고 이쪽은." 그가 같이 있던 남자를 가리켰다. "이쪽은 법을 집행하는 사람입니다. 유감입니다만….."

집달관은 인사를 하고 현관문을 닫았다. 관리인과 마찬가지로 집달관은 냄새를 뿜고 있었다. 더운 8월 날의 불결한 냄새였다.

"집세요?" 소피아가 소리쳤다.

"아뇨, 부인, 집세 관련이 아닙니다. 가구 관련입니다."

그녀는 가구의 과거를 알게 되었다. 가구는 이전 임차인으로부터 얻은 관리인의 가구였는데, 그 가구를 푸코에게 외상으로 판 것이었다. 푸코는 청구서에 서명했지만 돈을 지불하지는 않았다. 그녀는 약속을 했고 그 약속을 어겼다. 빚을 갚는 것 외에 모든 일을 하였다. 그녀는 경고를 받고 또 받았다. 이날은 마지막 한도로 정해져 있었고, 그녀는 이날 돈을 지불하겠다고 채권자에게 진지하게 장담했었다. 집을 나서면서 그녀는 모든 돈을 가지고 점심 전에 돌아오겠다고 분명하고 정확하게 말했다. 그녀는 아픈 아버지에 대해 전혀 언급하지 않았었다.

천천히 소피아는 푸코 부인의 이중성과 도덕적 비겁함의 정도를 깨달았다. 아픈 아버지는 그녀가 지어낸 말인 것이 틀림없었다. 어떤 거짓말로도 더 이상 연장할 수 없는 속박의 끝에 다다른 그 여자는 아마도 압류 당하는 모습을 목격한다는 고통을 피하기 위해 자리를 비운 것일 것이다. 아무리 멍청하더라도 그녀는 당장의 불쾌함을 피하기 위해 무슨 짓이라도 할 것이다. 아니면 특별한 목적 없이 그저 좋은 일이 일어나기를 바라며 자리를 비웠을 수도 있다. 어쩌면 그녀는 자신도 모르게 소피아가 관대하게 값을 지불해 주기를 바랐을 지도 모른다. 소피아는 음침하게 미소를 지었다.

"음." 그녀가 말했다. "전 할 수 있는 게 아무것도 없군요. 전 당신이 해야 할 일을 해야 한다고 생각해요. 제 짐은 제가 스스로 정리하게 해주실 수 있나요?"

"물론이죠, 부인!"

그녀는 밀폐되어 있는 방을 여는 것에 조심하라고 그들에게 경고해주었다. 법의 사나이는 복도에서 무기한 기다릴 각오가 되어 있는 것 같았다. 그 어떤 지연이라도 그를 방해할 수 없었다. 이상하고 충격적인 관리인의 승리였다! 그는 자물쇠 수리공이었다. 그와 그의 아내, 아이들은 아치형 통로 옆에 있는 두 개의 작고 어두운 방에서 살 았다. 건물의 하찮은 조각이었다. 그는 안뜰을 청소하는 일요일을 제 외하면 매일 약 14시간 동안 집을 비웠다. 관리인의 다른 업무들은 아 내에 의해 수행되었다. 그 두 사람은 언제나 가난하고, 어수선하고, 더럽고, 오히려 허망해 보였다. 그러나 그들은 큰 집에 있는 모든 사 람들에게 꾸준히 요금을 부과하고 있었다. 그들은 40가지 방법으로 돈을 모았다. 돈을 위해 살았고, 모든 사람들은 그들이 원하는 것을 가지고 있었다. 큰 문 앞에 있는 마차에서 내릴 때 푸코는 얼마나 오 만하게 내렸는지! 늙은 정부가 관리인의 부인과 자녀들로부터 어떤 존경스러운 태도와 어조를 받았었는지! 그러나 이러한 관습적인 허 구의 이면에는 관리인이 채찍을 들고 있었다는 진실이 존재했다. 마 침내 그는 그 채찍을 사용했다. 그리고 호화스러운 가구와 램프의 진 홍색 갓을 두 번째로 손에 넣게 된 것을 축하하기 위해 반휴일을 가졌 다. 이것은 자산가인 그의 경력에 있어서 극적인 위기 중 하나였다. 국가적인 승리의 감동은 관리인과 집달관이 있는 아파트를 뚫고 들어 오지 못했다. 관리인의 감정은 제2제정의 외교 정책과는 완전히 무관 했다.

갑작스러운 환멸을 느낀 소피아가 자신의 짐을 싸면서 어디로 가 야 할지, 현명하게 시라크와 상의해야 할지를 생각하고 있을 때, 그녀 는 현관에서 허둥대는 소리를 들었다. 울음과, 항의, 애원하는 소리였 다. 그녀의 방문이 강제로 열렸고, 푸코가 갑자기 들어왔다.

"도와주세요!" 푸코가 방에 주저앉으며 소리쳤다.

그 행동의 미약하고 과장된 태도는 소피아의 기호를 불쾌하게 만 들었다. 그녀는 자신이 무엇을 해주었으면 하는지 푸코에게 단호히 물었다. 푸코는 최소한의 경고도 없이 고의적으로 집달관의 방문, 사 실상 소피아를 거리로 내몰았다는 의미를 가지고 있는 극도로 짜증나 는 방문에 그녀를 노출시키지 않았는가?

"그렇게 가혹하게 굴면 안 돼요!" 푸코가 흐느꼈다.

소피아는 가구 값을 지불하려는 여자의 노력에 관련된 모든 과거를 알게 되었다. 어리석음과 사기의 뒤섞임이었다. 푸코는 너무나 많은 것을 고백했다. 소피아는 고백을 하기 위해 한 고백을 경멸했다. 그녀는 약한 생명체가 자신의 약함을 주장하고, 회한을 즐기며, 변명의 여지가 없는 바로 그 행동에서 변명을 찾도록 강요하는 충동을 경멸했다. 그녀는 푸코가 함정에 걸린 소피아가 값을 지불해주기를 바라며 정말로 떠났었다는 것을 알아차렸다. 그러나 결국 그녀는 자신이 만들어놓은 속임수를 쓸 용기조차 없었고, 공포에 질려 대담하게 다시 돌아와 소피아가 그 함정에 굴복하지 않도록, 그리고 가구가 압류 당하도록 소피아의 무릎 앞에 쓰러졌다. 푸코의 행위는 처음부터 끝까지 미련하고 비열했으며 사악했다. 소피아는 푸코 부인 그녀 자신이 이렇게 나약하고 눈물이 헤픈 성격으로 세상에 나오도록 내버려둔 것과 늙고 못생겨지도록 내버려둔 것에 대해 냉혹하게 비난했다. 그 여자는 보기에 매우 수치스러웠다.

"도와주세요!" 그녀가 다시 소리쳤다. "당신을 위해 할 수 있는 일을 할게요!"

소피아는 그녀를 싫어했다. 그러나 그 호소의 논리에는 저항할 수 없었다.

"하지만 제가 뭘 할 수 있겠어요?" 그녀가 마지못해 물었다.

"돈을 빌려주세요. 가능하잖아요. 그렇게 하시지 않으면, 이건 저의 끝이에요."

'그리고 좋은 일이죠!' 소피아의 냉철한 감정은 생각했다.

"얼마인데요?" 소피아가 침울하게 물었다.

"천 프랑도 안 돼요!" 푸코가 간절히 말했다. "제 모든 아름다운 가구들은 천 프랑 이하일 거예요! 도와주세요!"

그녀는 소피아를 구역질나게 만들었다.

"제발, 일어나세요." 소피아가 우유부단하게 손을 흔들며 말했다.

"꼭 보답할게요!" 푸코가 단언했다. "맹세해요!"

'날 바보로 아는 건가?' 소피아가 생각했다. '그것도 맹세를 하면서!'

"싫어요!" 소피아가 말했다. "저는 돈을 빌려주지 않을 거예요. 하지만 제가 뭘 할지 말해드리죠. 저는 그 가격에 가구를 살 거예요. 그리고 당신이 내게 돈을 지불할 수 있는 대로 다시 당신에게 팔겠다고 약속하죠. 그렇게 하면, 당신은 평온해질 수 있어요. 하지만 저는 돈이 거의 없어요. 그러니 반드시 보증서를 받아야겠어요. 가구들은 당신이 돈을 지불할 때까지 제 겁니다."

"당신은 자선의 천사예요!" 푸코가 소피아의 치마를 껴안으며 외쳤다. "원하는 건 무엇이든지 할게요. 아! 영국 여자들은 정말 놀라워."

소피아는 자선의 천사가 아니었다. 그녀의 약속은 보상받을 가망이 없는 희생과 불안감을 수반했다. 그러나 그것은 자선이 아니었다. 이것은 소피아가 논리적 능력을 발휘하기 위해 지불한 대가의 일부였다. 그녀는 마지못해 대가를 지불했다. '내가 해줄 수 있는 건 다 했어!' 소피아는 부여받은 그 어떤 혜택을 떠올릴 바에는 빨리 죽는 것을 택할 것이었고, 푸코는 정확히 그 엄청난 일을 저질렀다. 그 호소는 훌륭한 사람에게는 용납할 수 없을 호소였다. 그러나 효과적이었다.

두 남자는 문 뒤에 서서 이야기를 듣고 있었다. 소피아는 지폐로 돈을 지불하였다. 말할 필요도 없이, 총액은 천 프랑 이상이었다. 푸코는 매우 빠른 속도로 그 남자에게 신뢰를 받게 되었다. 소피아와 상의하지도 않고 그녀는 집달관에게 모든 가구의 소유권을 소피아에게 양도하는 영수증을 작성해 달라고 요청했다. 흘끗 본 소피아의 아름다움에 강요를 받은 집달관은 그렇게 하기로 동의했다. 단어의 형태와 두껍고 불쾌한 손가락 사이에서 움직이며 잉크를 뿌리고 있는 펜에는 많은 것이 부여되어 있었다.

남자들이 떠나기 전에 푸코 부인은 와인 한 병을 따서 그들에게 와인을 제공하였다. 저녁 내내 그녀는 침대에 누워 있는 소피아에게 참을 수 없을 정도로 경의를 표했다. 푸코는 만족스러워하며 하인의 침실을 사용하기 위해 6층으로 향하였다. 그녀는 희미하게 복도로 침투한 유황 가스로부터 멀리 떨어지게 되어 기뻤다.

다음날 아침 숨이 막힐 듯한 안 좋은 꿈을 꾼 소피아는 너무나 아파서 일어날 수가 없었다. 그녀는 작은방에 있는 가구들을 둘러보았고, 다른 방에 있는 가구들을 떠올리며 침울하게 생각했다. '이 모든 가구는 내 거야. 그녀는 내게 결코 돈을 주지 않겠지! 이 짐 같은 것들을 내가 책임져야 해.'

그녀는 가구들을 싼값에 주고 사긴 했지만, 아마도 그녀가 지불한 값과 같은 가격으로 되팔 수는 없을 것이다. 그래도 주인의식은 그녀에게 위안을 주었다.

파출부는 그녀에게 커피와 시라크의 신문을 가져다주었다. 그녀는 신문으로부터 그 전날 도시를 미치게 만들었던 승리의 소식은 전적으로 거짓이었다는 것을 알게 되었다. 뜰의 커튼이 쳐진 창문들을 멍하니 바라보는 그녀의 눈에는 눈물이 흐르고 있었다. 그녀는 젊음과 어여쁨을 소유하고 있었다. 원칙에 따르면 그녀는 무책임하고, 즐거워야 했으며, 나이를 찬양하는 지혜의 관대한 감시를 받았어야 했다. 그러나 그녀는 프랑스라는 나라를 자신들의 매력적인 어리석음으로 인해 고통을 받고 있는 사랑스럽고 제멋대로인 아이들을 의식하고 있는 것인지도 모르는 어머니라고 느꼈다. 그녀는 프랑스가 시라크를 통해 의인화된 것을 보았다. 그가 가지고 있는 지식에도 불구하고 그는 얼마나 쉽게 열기에 굴복하였는가! 반작용과 진실이 있었던 그날 아침, 그녀의 마음은 프랑스와 시라크에 대한 비통함을 느꼈다. 그녀는 콩코르드 광장에서 있었던 광경을 차마 떠올릴 수 없었다. 푸코 부인은 내려오지 않았다.

공성전

1

푸코는 어느 날 오후 그녀의 큰 얼굴에 특이한 죄의식을 띤 표정으로 소피아의 방에 찾아왔고, 술책을 부리는 눈을 가지고 있음에도 불구하고 지금까지 살아왔던 모든 여성들 중에서도 가장 옳고 성실한 여성이라는 것을 태도로써 소피아에게 증명하려는 것처럼 의식적으로 화려하게 접은 그녀의 실내복을 그 커다란 몸 가까이에 들고 있었다.

이날은 9월 3일 토요일로, 아름다운 날이었다. 하찮은 병의 재발로 인해 소피아는 활동이 없는 상태로 존재하고 있었고, 거의 외출을 하지 않았다. 그녀는 아파트를 혐오했지만, 아파트를 매일 떠날 힘이 부족했다. 아파트를 떠나는 것에는 명확한 목적이 없었다. 그녀는 밖으로 나가 꽃을 찾기라도 하듯 건강을 찾을 수 없었다. 그래서 아파트에 남아 안뜰과 가끔 움직이는 커튼 뒤에 숨어 있는 미지의 생명체들을 바라보았다. 그리고 건물의 노란색 벽과 그녀 방의 종이 벽은 그녀를 짓누르고 으스러뜨렸다. 며칠 동안 시라크는 가장 사랑스러운 근심을 가지고 활기차게 매일 전화하였다. 그러다 그는 전화하는 것을 그만두었다. 그녀는 신문을 읽는 것에 지쳤다. 신문들은 열리지도 않은 채로 놓여 있었다. 푸코와 그녀와의 관계, 그리고 그녀가 현재 합법적으로 가구를 소유하고 있는 아파트에서의 그녀의 지위, 이러한 것들은 불안정한 상태로 남겨져 있었다. 그러나 그녀의 식사에 관련된 문제는 음식과 서비스에 대한 비용을 둘이서 반반 나누어낸다는 조건 하에 자리 잡았다. 따라서 그녀의 지출은 가능한 낮은 값으로 줄어들었다. 일주일에 약 18프랑 정도였다. 하나의 생각이(몇몇의 독립적인 연구자들에 의해 동시에 이루어진 과학적 발견처럼) 공중에 떠 있었다. 그녀와 푸코는 가구가 딸린 방을 통해 많은 이익을 낼 수 있도록 협력해야 한다는 생각이었다. 그녀는 이 생각이 가까워졌음을 느꼈고, 자신과 푸코 사이에서 자인된 연관성에 충격을 받고 싶었다. 그러나 그럴 수 없었다.

"침실을 원하는 숙녀와 신사분이 나타났어요." 푸코가 말했다. "가구가 갖추어져 있는 크고 멋진 침실을요."

"오!" 소피아가 말했다. "그 사람들이 누구죠?"

"그 사람들은 중앙에 있는 침실을 사용하는 대가로 한 달에 130프랑씩 선불로 지불할 거예요."

"그들에게 벌써 방을 보여줬어요?" 소피아가 물었다. 그녀의 어조는 푸코의 일을 무시할 권리를 의식하고 있다는 것을 암시하고 있었다.

"아뇨." 푸코가 말했다. "먼저 당신에게 의견을 들어봐야겠다고 생각했어요."

"그럼 그 사람들이 보지도 못한 방을 위해 그만한 돈을 낼까요?"

"사실은." 푸코가 소심하게 말했다. "그 숙녀는 방을 전에 본 적이 있어요. 저는 그녀를 조금 알고 있거든요. 이전 세입자예요. 이곳에서 몇 주 살았어요."

"그 방에서요?"

"오, 아뇨! 그 당시에는 가난했거든요."

"그 사람들 어디에 있어요?"

"복도예요. 매우 괜찮은 여자예요. 당연히 사람은 살아야 하고, 그녀는 세상 사람들과 같아요. 하지만 그녀는 진짜로 괜찮은 여자예요. 정말 훌륭해요! 누구도 결코, 라고 말하지 않을 거예요. 식사에 관련된 문제도 있어요. 우유를 탄 커피는 1프랑, 점심으로 2.5프랑, 그리고 저녁으로 3프랑을 요구할 수 있어요. 즉 적어도 한 달에 500프랑 이상을 벌어들일 수 있어요. 그로 인해 우리가 드는 비용은? 거의 없어요! 보아하니 그는 금권정치가인 것 같아요. ⋯ 그렇게 되면 빚을 더 빨리 갚을 수 있을 거예요."

"결혼한 사람들인가요?"

"아! 혼인증명서를 요구할 수는 없어요." 푸코는 손짓으로 브레다 거리가 성인聖人들의 천국이 아님을 나타냈다.

"그녀가 이전에 왔을 때, 그 여성은 같은 남자와 함께 있었나요?" 소피아가 차갑게 물었다.

"아, 아뇨!" 푸코가 고개를 치켜들며 말했다. "일종의 다른, 나쁜, 그⋯! 아, 아니에요."

"제 조언은 왜 구하시는 거죠?" 소피아가 갑자기 매정하고 적대적인 목소리로 질문했다. "그게 나와 관련된 일인가요?"

푸코의 눈에 눈물이 고였다. "불친절하게 굴지 마세요." 그녀가 애원했다.

"난 불친절하지 않아요." 소피아도 같은 어조로 말했다.

"제가 이 제안을 받아들이면 떠나실 건가요?"

침묵이 있었다.

"네." 소피아가 무뚝뚝하게 말했다. 그녀는 도량이 크고, 관대하고, 동정적으로 되려고 노력했다. 그러나 그녀의 어조에는 이런 자질의 흔적이 없었다.

"만약 당신이 당신의 가구를 가지고 떠난다면⋯!"

소피아는 침묵을 지켰다.

"전 어떻게 살아요, 부인을 바라면서?" 푸코 부인이 힘없이 물었다.

"부끄럽지 않은 사람이 되어 부끄럽지 않은 사람들을 대하면서요!" 소피아가 단호하게 강철 같은 어조로 말했다.

"난 불행해요!" 나이 든 여성이 중얼거렸다. "하지만 부인은 저보다 더 강하군요!"

그녀는 퉁명스럽게 눈을 만지며 흐느껴 울더니 방에서 뛰쳐나갔다. 소피아는 문에 귀를 기울였고, 그녀가 가장 좋은 침실을 바라는 세입자들을 돌려보내는 소리를 들었다. 그녀는 자신이 그 여자보다 도덕적인 우위를 점해야 하는지를 궁금해 했다. 그녀는 너무 어리고 순진했다! 물론, 그녀는 가구를 빼려고 했던 것은 아니었다. 그녀는 푸코가 다른 방들 중 하나에서 조용히 흐느끼는 소리를 들을 수 있었다. 그녀는 입술을 다물었다.

저녁이 되기 전에 정말로 놀라운 사건이 일어났다. 그녀는 푸코가 부지런히 일할 기미를 보이지 않는다는 것을 감지했다. 마음속에는 선량한 성품이 있지만 혀에는 선량한 성품이 없는 소피아는, 그녀에게 가서 이렇게 말했다.

"제가 저녁을 준비할까요?"

푸코는 더 크게 흐느껴 울었다.

"그렇게 해주신다면, 매우 친절할 거예요." 푸코는 마침내 매우 부정확하게 간신히 대답하였다.

소피아는 모자를 쓰고 식료품점으로 향하였다. 식료품 잡화상은 클라우셀 거리의 모퉁이에서 바쁜 가게를 운영하고 있는 중년의 부유한 남자였다. 그는 프로이센과의 전쟁에서 승리가 더 확실해질 때까지 젊은 아내와 두 아이를 노르망디로 보냈고, 소피아에게 그녀가 살고 있는 곳에 좋은 침실이 있다는 것이 사실인지 물었다. 그의 하인은 천연두에 걸렸다. 그는 사방의 불안과 두려움에 시달렸다. 감염 가능성 때문에 자신의 아파트에 들어가지도 않았다. 그는 소피아를 좋아했고, 푸코는 지난 20년 동안 그의 손님이었다. 한 시간도 되지 않아 그는 한 달에 80프랑을 대가로 중간에 있는 침실을 임대하고, 식사를 그곳에서 하기로 정해졌다. 그 조건은 평범했지만, 존경심은 엄청났다. 이 차용의 모든 영광은 소피아에게 돌아갔다.

푸코는 깊은 감명을 받았다. 특질상 그녀는 소피아가 단지 집 밖으로 나가기만 하면 방을 위한 이상적인 세입자를 구해올 수 있다는 가설을 즉시 세우기 시작했다. 또한 그녀는 식료품 잡화상의 등장을 사악한 이득을 거절한 자신의 금욕에 대한 하늘의 보상으로 여겼다. 그가 편안하게 지내는 것에 대한 책임이 자신에게 있다고 개인적으로 느낀 소피아는 스스로 그 방을 준비하였다. 푸코는 소피아의 가사 능력의 철저함과 가구 배치에 대한 기발한 아이디어에 놀랐다. 그녀는 앉아서 감탄하며 현실적인 모습으로 그것을 지켜보았다.

그날 밤 소피아가 침대에 누워 있을 때, 푸코가 방으로 들어와 침대 옆에 쓰러지며 소피아에게 영원히 그녀의 도덕적 지지자가 되어달라고 애원하였다. 그녀는 일반적으로 자신을 실토하였다. 그녀는 자신이 항상 존경의 부인을 싫어했던 이유를 설명해 주었다. 존경심은 그녀가 평생 열렬히 원했던 단 한 가지였다. 만약 소피아가 존경할 만한 사람들에게 가구가 갖춰진 방을 빌려주는 그녀의 파트너가 된다면, 그녀는 모든 면에서 그녀에게 복종할 것이라고 말했다. 그녀는 소피아의 성격 속에 들어 있는 자신이 존경하는 모든 특성들을 소피아에게 알려주었다. 자신의 곁에 머물며 자신에게 영향력을 행사해달라고 부탁했다. 그녀는 자신이 6층에 있는 하인의 작은방에서 잠을 자겠다고 주장했다. 그녀는 성공한 방문 판매원들에게 침실 세 개를 빌려주는 환상을 가지고 있었다. 또한 회개와 선의의 황홀감에 빠져 있었다.

소피아는 사업 제안에 동의했다. 다른 어떤 전망도 가지고 있지 않았고, 침실의 이익성에 대한 푸코의 장밋빛 견해를 공유하고 있었기 때문이었다. 세 명의 세입자가 식사를 하면, 두 여자는 공짜로 식사를 할 수 있을 것이고 그와 동시에 음식으로 수익을 낼 수 있을 것이었다. 그렇게 되면 임대료는 분명한 이득이 될 것이다.

그녀는 성실함을 분명하게 가지고 있는 노쇠하고 무기력한 푸코에게 매우 미안함을 느꼈다. 두 사람 사이의 협업은 이상할 것이다. 이것을 성 누가 광장에서 설명하는 것은 불가능했을 것이다. 그럼에도 만약, 기독교적 애덕의 미덕이 조금이라도 있다면, 이 협업에 대하여 적절하게 제안할 수 있는 것은 무엇이 있는가?

"아!" 소피아의 손에 입을 맞추며 푸코가 말했다. "그럼 오늘이 내 삶을 다시 시작하는 날이야. 두고 봐, 두고 보라고! 당신이 날 구했어요!"

성격에 내재되어 있는 본능적인 힘으로 인해 오만하고 확고하며 아름다운 젊은 생명체인 소피아 앞에 낡아 빠지고 흉한 정부가 반쯤 엎드려 있는 모습은 기이한 광경이었다. 악인들을 위한 교훈으로 가득 찬 교훈적인 광경이었다. 소피아는 지난 몇 년 동안 보낸 시간보다 더 행복했다. 삶의 목적이 생겼다. 그녀는 자신의 지혜에 따라 의지를 다질 수 있는 유동적인 영혼을 가지고 있었다. 그리고 그녀의 명예에는 큰 동정심이 있었다. 그녀의 경우에는 여론이 없었기 때문에, 여론은 그녀를 위협할 수 없었다. 그녀는 아무도 알지 못했다. 아무도 그녀의 행동에 의문을 제기할 권리가 없었다.

다음 날인 일요일, 두 사람은 아침부터 침실에서 열심히 일하였다. 식료품점 주인은 자신의 방에 들어왔고, 다른 두 방은 한 번도 청소된 적이 없었기에 청소되었다. 4시에 날씨는 그 어느 때보다 좋아졌고, 푸코는 이렇게 말했다.

"대로변으로 산책을 갈까요?"

소피아는 생각에 잠겼다. 그들은 파트너였다. "좋아요." 그녀가 동의했다.

대로는 즐거움과 웃음이 섞인 군중들로 가득 차 있었다. 모든 카페가 만원이었다. 수도에 대해 알지 못하는 사람이라면, 스당의 소식이 수도에 전해진지 하루도 채 되지 않았다는 것을 그 누구도 짐작할 수 없었을 것이다. 눈부신 햇살 속에 기뻐 날뛰는 환희가 넘쳐났다. 두 여성이 자신들의 사업과 결심에 만족하며 걸어가고 있을 때, 사다리에 앉아 법정 상인의 공식 안내판에 있는 'N'자를 떼어내고 있는 국민 위병을 발견하였다. 그는 입을 벌리고 농담을 주고받고 있었다. 푸코와 소피아가 공화국의 수립을 알게 된 것은 이러한 방식이었다.

"공화국 만세!" 푸코는 즉시 이렇게 말하고는 소피아에게 자신의 부주의함에 대해 사과했다.

그들은 황후의 기묘한 역사를 말하고 있는 남자의 말을 오랫동안 경청했다. 갑자기 소피아는 푸코가 더 이상 자신의 팔꿈치 근처에 있지 않다는 것을 알아차렸다. 소피아는 힐끗 주위를 둘러보더니 그녀가 낯익은 청년과 진지한 대화를 나누고 있는 것을 보았다. 그녀는 그 사람이 누군지 기억해냈다. 소피아가 복도에서 누워 있는 푸코를 발견한 날 밤, 그녀와 말다툼했던 남자였다. 정부를 숭배하던 마지막으로 남은 남자.

여자의 얼굴은 동요로 인해 완전히 변해 있었다. 소피아는 화가 나서 슬그머니 그곳을 빠져나왔다. 그녀는 멀리서 그 두 사람을 잠시 지켜보다가 환멸에 격분하여 대로의 열기로부터 벗어나 조용히 집으로 걸어갔다. 푸코는 돌아오지 않았다. 푸코는 불행한 운명의 장난감이 될 운명이었다. 이틀 후 소피아는 파리가 곧 위험해질 것이니 브뤼셀까지 동행하자는 애인의 제안을 받았다는 내용이 담긴 휘갈겨 쓴 편지를 받았다. '그는 나를 항상 좋아해줘요. 그는 가장 즐거운 소년이에요. 제가 항상 말했듯이, 이건 제 인생의 엄청난 열정이에요. 전 행복해요. 그는 당신을 만나는 것을 허락해주지 않아요. 저를 위해 옷에다 2천 프랑도 사용했어요. 당연히 제가 아무것도 가지고 있지 않았기 때문이었죠.' 등등. 사과가 한마디도 없었다. 소피아는 편지를 읽으면서 어느 정도의 과장과 왜곡된 진실을 인정했다.

"어린 멍청이! 멍청이!" 그녀가 화를 내며 소리쳤다. 그녀의 말은 자신을 의미하는 것이 아니었다. 그녀는 다 허물어져 가는 그 끔찍한 여자의 어리석은 사랑을 의미한 것이었다. 그녀는 푸코를 다시는 보지 못했다. 의심할 여지없이 푸코는 자신의 궁극적인 운명에 대한 자신의 예측을 실현한 것이다, 브뤼셀에서.

2

소피아는 아직 100파운드 정도를 가지고 있었다. 그녀가 파리와 프랑스를 떠나기로 선택했다면, 그것을 막을 수 있는 것은 아무것도 없었다. 아마도 그녀가 생 라자르 역이나 파리 북역을 방문할 기회가 있었더라면, 수만 명의 사람들이 바다 쪽으로 날아가는 광경은 다가오고 있는 막연한 위험으로부터 도망치고 싶은 욕구를 자극했을지도 모른다. 그러나 그녀는 그 종착역들을 방문하지 않았다. 그녀는 식료품 잡화상인 니엡스를 돌보느라 매우 바빴다. 게다가 그녀는 일종의 돌처럼 보이는 가구들을 포기하지 않을 것이었다. 가구가 가득한 아파트로 그녀는 생계를 꾸릴 수 있어야 한다고 생각했다. 홀로서기라는 사업은 이미 시작된 것이었다. 그녀는 자신이 소유하고 있는 것을 알고는 있지만 한가하게 시간을 보내고 있는 그녀의 체계성과 선견지명, 상식, 그리고 끈기의 재능을 자신을 위해 활용하고 싶어 했고, 독립하고 싶어 했다. 그리고 그녀는 도망이라는 생각을 싫어했다.

시라크는 떠났을 때 그랬던 것처럼 갑자기 돌아왔다. 그의 기사를 위한 여행이 그를 사로잡고 있었다. 그의 입은 그녀에게 떠나라고 재촉하고 있었지만, 눈빛은 다른 말을 하고 있었다. 어느 날 오후 그는 자신이 매우 신뢰하는 사람에게만 감히 보여줄 수 있는 솔직한 절망감을 보여주고 있었다. "그들은 파리로 올 거예요." 그가 말했다. "그 무엇도 그들을 막을 수 없어요. 그리고… 그러면…!" 그는 냉소적인 웃음을 지었다. 그러나 그가 그녀에게 떠나라고 재촉하자 그녀는 이렇게 말했다.

"그러면 제 가구는 어떡하고요? 전 니엡스 씨를 돌봐주겠다고 약속했어요."

그러자 시라크는 현재 자신이 머무를 숙소가 없으며, 그녀에게 그

방들 중 하나를 빌리고 싶다고 말했다. 그녀는 동의했다. 얼마 지나
지 않아 그는 침실을 빌리고 싶어 하는 지인을 소개해주었다. 그의 이
름은 칼리어로 시라크가 일하고 있는 신문사의 사무총장이었다. 그렇
게 다행스럽게도 소피아는 즉시 그녀의 모든 방을 빌려줄 수 있게 되
었고, 제공하는 식사로 인한 수입과는 별개로 한 달에 200프랑 이상을
확실하게 벌 수 있었다. 최근 문제에 관해서 시라크(그리고 그의 동반
자 역시)는 상당히 낙관적이었으며, 파리는 결코 포위당하지 않을 것
이라는 절대적인 확신을 거듭 강조했다. 간단히 말하자면, 소피아는
그의 말을 믿지 않았다. 그녀는 솔직하게 절망하고 있는 시라크를 믿
었다. 그녀는 자신의 비관주의를 정당화할 정보도, 커다란 이론도 없
었다. 단지 그녀가 콩코르드 광장에서 본 것처럼 행동할 수 있는 인종
은 패배할 운명이라는 내적인 확신만 가지고 있었다. 그녀는 프랑스
인을 사랑했다. 그러나 그녀 안에 있는 모든 실용적인 게르만 민족 특
유의 현명함은 이것을 어려운 상황 속에서 처리하기를 원했고, 오히
려 스스로 처리하기에 너무 부적합한 것에 화가 났다.

그녀는 두 남자가 말을 하게 내버려두었고, 그들의 토론과 확실성
을 경솔하게 무시한 채 자신의 업무를 준비하러 갔다. 이 시기에 그녀
는 새로운 책임감과 위험요소에 혹사당하고 시달리고 있었지만, 살
아왔던 그 어느 때보다 행복하게 며칠을 보냈다. 단지 그녀의 삶에 목
적이 있고, 자신에게 의지하고 있었기 때문이었다. 군대와 정치 상황
에 대한 그녀의 무지는 완벽했다. 그 상황은 그녀의 흥미를 끌지 못
했다. 그녀가 관심을 가지고 있었던 것은, 전체적으로 또는 부분적으
로 식사를 제공해야 할 세 명의 남자가 있었고, 식료품 가격이 오르고
있다는 것이었다. 그녀는 식료품을 샀다. 그녀는 감자 50펙을 1프랑
에 샀고, 또 다른 50펙은 1.25프랑에 구매하였다. 평상시보다 2배 비
싼 가격이었다. 햄 10개에는 2.5프랑이었다. 다량의 야채와 과일 통조
림, 밀가루, 쌀, 비스킷, 커피, 리용 소시지, 말린 자두, 말린 무화과, 그

리고 많은 양의 나무와 숯을 구매하였다. 그러나 그녀가 주로 구매하던 것은 치즈였는데, 그녀의 어머니는 빵과 치즈와 물만 있으면 완벽한 식사를 만들 수 있다고 말하곤 했다. 이러한 대부분의 식품들은 식료품점에서 구매하였다. 밀가루와 비스킷을 제외하면, 그녀는 이 모든 것들을 아파트가 소유하고 있는 지하 저장고에 보관하였다. 며칠의 시간이 지난 후, 파리 노동자들은 공화정의 출현으로 너무 의기양양해져 일하지 않을 정도로 비열해졌기에, 그녀는 지하실 문에 새로운 자물쇠를 걸어두었다. 그녀의 활기는 집안사람들을 놀라게 만들었다. 모두가 감탄했지만, 그녀를 따라하는 사람은 없었다.

어느 날 아침 장보러 가던 중, 그녀는 노트르담 드 로레트 거리에 있는 유제품 가게의 닫혀 있는 창문 너머로 '우유 부족으로 인한 문 닫음'이라는 안내문을 보았다. 공성전이 시작되었다. 공성전은 유제품 가게의 폐업이라는 형태로 그녀에게 다가왔다. 달걀 하나에 5수라는 가격의 형태로 다가온 것이었다. 그녀는 우유를 구하기 위해 다른 곳으로 향하였고 1리터에 1프랑을 지불하였다. 그날 저녁 그녀는 하숙인들에게 식사 가격이 두 배가 될 것이며, 만약 다른 곳에서 이와 같은 좋은 식사를 할 수 있다고 생각이 들면 자유롭게 다른 곳에서 식사해도 된다고 말했다. 그녀의 지위는 또 다른 방을 원하는 니엡스의 친구의 등장으로 인해 더 강화되었다. 그녀는 즉시 자신의 방을 한 달에 150프랑이라는 조건으로 제안하였다.

"보세요." 그녀가 말했다. "안에 피아노도 있어요."

"하지만 전 피아노를 치지 않는데요." 가격에 충격을 받은 남자는 항의했다.

"그건 제 잘못이 아니에요." 그녀가 말했다.

그는 좋은 식사를 식당에서보다 훨씬 더 싸게 제공받을 수 있는 조건 때문에 그 방에 필요한 비용을 지불하기로 동의했다. 그는 니엡스와 마찬가지로 '공성전 홀아비'였다. 그의 아내는 브르타뉴로 피신해 있었다. 소피아는 6층에 있는 하인의 침실을 차지하였다. 그 방은 가로 9피트, 세로 7피트 크기를 가지고 있었고, 채광창을 제외하면 창문이 하나도 없었다. 그러나 소피아는 모든 것을 내어준 후 일주일에 최소 4파운드의 수익을 낼 수 있었다.

자신의 방을 언급한 방으로 옮긴 날 밤, 그녀는 가정과 가난한 사람들의 세계 속에서 매우 늦게까지 일했고, 그녀의 촛불은 하늘빛을 뚫고 간헐적으로 검은 하늘로 치솟았다. 때때로 그녀는 촛불을 들고 계단을 왔다 갔다 했다. 그녀도 모르는 사이 군중들이 건물 맞은편에 있는 길가에 점차 모이기 시작했고, 새벽 1시쯤 군인들은 관리인을 깨운 뒤 안뜰로 침범하였다. 모든 창문에는 갑자기 나타난 머리로 가득했다. 소피아는 자신이 프로이센 사람들에게 신호를 보내고 있는 스파이가 아니라는 것을 증명하기 위해 소환되었다. 그녀의 결백이 입증되기까지는 45분이 걸렸고, 계단에 있던 제복들과 부스스한 호기심들은 완전히 사라져 있었다. 그녀에 대한 유치하고 완전히 불합리한 혐의는 프랑스 사람들이 분별 있는 인종이라는 소피아의 평판을 망침으로써 끝이 났다. 다음날 그녀는 하숙인들에게 극도로 신랄하게 굴었다. 이 사건과 군복이 거리에서 보이는 빈도, 음식의 가격, 그리고 적어도 네 집 중 한 집에는 병원의 깃발이나 외국 대사관의 깃발을(임박한 포격을 면할 수 있으리라는 터무니없는 희망을 가지고) 걸어두었다는 사실을 제외하면 이 공성전은 소피아에게 존재하지 않는 존재였다. 남자들은 종종 그들의 보초 근무에 대해 이야기를 하였고, 하루 이틀 정도 성곽으로 사라졌지만, 그녀는 너무나 바빴기에 그들의 말을 들을 수 없었다. 그녀는 자신의 모든 힘을 흡수하고 있는 자신의 사업만 생각했다. 그녀는 아침 6시, 어둠 속에서 잠에서 깨어나 7시 30분에 니엡스와 그의 친구에게 아침식사를 제공하였고, 많은 일반적인 일들을 미리 끝내두었다. 8시에는 시장에 갔다. 가게에 있는 물건들을 왜 계속 비싼 가격에 사냐는 질문을 받으면 그녀는 이렇게 대답하곤 했다. "저는 이 물건들이 훨씬 더 비싸지기 전까지 이 모든 것을 쟁여둘 거예요." 그녀의 이러한 행동은 놀라울 정도로 예리하다고 여겨졌다.

10월 15일에 그녀는 아파트 임대료로 400프랑을 지불하였고, 세입자로 받아들여졌다. 그녀의 귀는 머지않아 곧 대포 소리에 꽤 익숙해졌고, 그녀는 자신이 항상 파리 시민이었으며, 파리는 항상 포위 공격을 받고 있었다고 느끼게 되었다. 그녀는 공성전의 끝에 대해 추측해보지 않았다. 하루하루만을 보며 살았다. 총성이 순간적으로 커지거나 이런저런 교외에서 전투가 벌어졌다는 소식을 들었을 때면 그녀는 두려움에 떨었다. 하지만 또 한편으로는 자신과 같은 곤경에 처한 2백만 명의 사람들과 함께 있으니 두려워하는 것은 터무니없다고 생각했다. 그녀는 모든 것을 받아들이게 되었다. 심지어 그녀의 작은 침실을 좋아하게 되었다. 부분적으로는 따뜻함을 유지하는 것이 매우 쉬웠기 때문이었고(파리에서는 인공 난방에 대한 문제가 심각해지고 있었다) 또 부분적으로는 그녀의 프라이버시를 보장해주었기 때문이었다. 아파트 아래에서는 문의 유행으로 인하여 한 방에서 행해지거나 말한 모든 것이 다른 방에서조차 다소 들릴 수 있었다.

11월 상반기에 그녀는 거의 절대적인 단조로움과 함께 규칙적인 사람이 되어 있었다. 그녀의 하숙인들에게 제공되는 식사의 횟수만이 매일 조금씩 다를 뿐이었다. 가끔 저녁에 일어나는 식사를 제외하면 모든 식사는 파출부에 의해 각자의 침실로 옮겨졌다. 소피아는 오후를 제외하고는 사람들의 눈에 많이 띄는 것을 스스로 허락하지 않았다. 계속해서 가격을 인상했고, 지금은 엄청난 이익을 남기며 방을 빌려주고 있었지만, 그녀의 가격은 현재 아파트 밖에서 나타나고 있는 가격에 결코 접근한 적이 없었다. 그녀는 엄청난 양의 음식물을 보유하고 있으면서도 가격 상승을 위해 음식을 저장해두며 파리를 착취하고 있는 가게 주인들에게 크게 분노하고 있었다. 그러나 그들의 전례의 힘은 그녀가 완전히 무시하기에는 너무나 컸다. 그녀는 그들이 벌어들이는 돈의 절반 정도에 만족하였다. 니엡스는 가게 주인이었기 때문에 오직 그에게만 다른 사람들보다 더 많은 돈을 청구하였다. 그네 남자는 자신들의 천국에 감사하였다. 그들의 마음은 독신 남성들이 신속하고 정직하며 청결을 숭배하는 집주인의 집 아래에서만 느낄 수 있는 기분 좋은 안정감을 갖게 되었다. 소피아는 현관에 석판을 걸어두었고, 이 석판에 그들은 식사, 부름, 세탁 등의 요청 사항을 적었다. 소피아는 절대로 실수하지 않았고, 절대 잊지 않았다. 이와 전혀 다른 것에 익숙해져 있고, 매일 지인으로부터 불편과 사기에 대한 끔찍한 이야기를 듣는 이 남성들은 가정 일을 하는 기계의 완벽함에 놀라움을 금치 못했다. 그들은 심지어 너무 비싸지는 않더라도 여전히 비싼 값을 지불하게 만드는 소피아를 존경했다. 그들은 그들에게 모든 것에 대한 가격을 미리 말해주고, 심지어 어떻게 하면 지출을 피할 수 있는지, 특히나 난방에 대하여 어떻게 하면 지출을 줄일 수 있는지에 대해 말해주는 그녀를 훌륭하다고 생각했다. 그녀는 각자에게 양탄자를 하나씩 제공하여 그들의 손을 위한 작은 숯 난로 하나밖에 없는 방에서 편안하게 앉을 수 있도록 해주었다. 꽤 당연하게도 그들은 그녀를 여성의 귀감이자 기적으로 여기게 되었다. 그들은 그녀에게 이 세상에 존재하는 모든 훌륭한 자질들을 부여했다. 그들에 따르면 인류 역사상 이와 같은 여자는 존재하지 않았다. 존재할 수 없었을 것이다! 그녀는 그들의 친구들 사이에서 전설이 되어 있었다. 젊고 우아한 생물, 놀랍도록 아름답고, 자랑스럽고, 여왕 같고, 접근하기가 힘들며, 거의 눈에 띄지 않는 경이로운 지배인, 훌륭한 요리사이자 기묘한 영국 요리를 만들어내는 사람, 완전히 믿을 수 있고, 완전히 정확하며 질서 정연한…! 그들은 그녀의 매우 정확하고 유창한 프랑스어를 약간 이국적이게 만들어주는 약간의 영국 억양을 좋아했다. 간단히 말해서, 소피아는 그들에게 완벽한 여자였고, 존재할 수 없는 여성이었다. 그녀가 한 일은 무엇이 되었든 옳았다.

그녀는 매일 지친 팔다리를 이끌고 자신의 방으로 향하였지만, 그녀의 돈을 조정할 수 있고 전부 파악할 수 있을 만큼 맑은 머리를 가지고 방으로 향하였다. 그녀는 침대에서 두꺼운 장갑을 하고 이것을 하였다. 때때로 그녀가 잠을 설치는 날이 존재했다면, 그것은 멀리서 들려오는 총소리 때문이 아니라 재정 문제에 대한 그녀의 몰두 때문이었다. 그녀는 돈을 벌고 있었고, 그것보다 더 많은 돈을 벌기 원했다. 항상 경제적인 방법을 생각해냈다. 독립을 이루는 것에 안달이 나 있었기에 돈이 항상 그녀의 마음속에 있었다. 그녀는 금을 사랑하게 되었고, 금을 쌓아두는 것을 좋아하게 되었으며, 금을 지불하는 것이 싫어지게 되었다.

어느 날 아침, 운이 좋게도 소피아만큼 정확했던 그녀의 파출부는 출근하지 않았다. 니엡스에게 아침을 제공해야 할 시간이 다가오자 소피아는 망설이다가 그 노인을 직접 관리하기로 결심했다. 그녀는 그의 문을 두드렸고, 쟁반과 촛불을 들고 대담하게 안으로 들어갔다. 그는 그녀를 보자 놀라기 시작했다. 그녀는 파출부처럼 파란 앞치마를 입고 있었지만, 그녀를 파출부로 착각할 수는 없었다. 니엡스는 옷을 차려 입고 있을 때보다 침대에 누워 있을 때 더 늙어 보였다. 그는 아침 옷을 입기 전에 노인들 사이에서 흔히 볼 수 있는 우스꽝스럽고 품위 없는 모습을 하고 있었다. 쓰고 있는 취침용 모자는 그 모습을 개선하지 못했다. 그의 살찐 배는 이불을 들어 올리고 있었고, 그 위에는 한층 더 따뜻하게 만들기 위해 장엄하지 않은 옷을 펼쳐 놓았다. 소피아는 속으로 미소를 지었다. 그러나 그 비밀스러운 미소가 내포하고 있던 경멸감은 '가엾은 노인!'이라는 생각에 누그러졌다. 그녀는 그에게 파출부가 아픈 것으로 추정된다고 짧게 말했다. 그는 기침을 하고 초조하게 움직였다. 그녀가 침대 옆에 쟁반을 내려놓자 그의 자애롭고 단순한 얼굴은 아버지 같은 미소를 지었다.

"정말 잠깐 동안 창문을 열어야겠어요." 이렇게 말하더니 그녀는 창문을 열었다. 거리의 차가운 공기가 닫힌 겉창을 통해 들어오자 노인은 벌벌 떠는 듯한 소리를 내었다. 그녀는 겉창을 뒤로 젖히고 창문을 닫은 다음, 다른 두 창문에도 같은 행동을 반복하였다. 방 안은 거의 낮이 되어 있었다.

그녀는 "촛불은 더 이상 필요하지 않을 거예요"라고 말하고는 양초를 끄기 위해 침상으로 돌아왔다. 인자하고 아버지 같은 노인은 그녀의 허리에 팔을 감았다. 기운을 돋아주는 신선한 공기에서 갓 나온 그녀는 그의 우스꽝스러움이 아직 마음속에 남아 있는 상태로 이 몸짓에 즉각적으로 충격을 받았다. 그녀는 젊은 아내의 남편인 늙은 식료품점 주인의 기질에 대해 생각해본 적이 없었다. 그녀는 자기 자신의 광채가 불러일으키는 효과를 항상 기억할 수 없었다. 특히나 이런 상황에서 더욱 그랬다. 그러나 잠시 후 잠들어 있던 그녀의 조숙한 냉소가 바로 터져 나왔다. '그럴 줄 알았어! 예상하고는 있었는데!' 그녀가 맹렬히 경멸하며 생각했다.

"손 치우세요!" 그녀가 쾌활한 늙은 바보에게 매섭게 말했다. 그녀는 움직이지 않았다. 그는 순순히 그녀의 말을 따랐다.

"저와 함께 여기 남아 있고 싶으신가요?" 그녀가 물었고, 그가 즉시 대답하지 않자 그녀는 매우 명령적인 어조로 말했다. "대답하세요, 어서!"

"예." 그가 힘없이 말했다.

"그럼, 올바르게 행동하세요."

그녀는 문 쪽으로 향하였다.

"전 단지." 그가 더듬거리며 말했다.

"전 당신이 무엇을 바랐는지 알고 싶지 않아요." 그녀가 말했다.

후에 그녀는 그 사건이 얼마나 많이 들렸는지 궁금했다. 다른 아침 식사들은 그들의 문 앞에 두고 왔다. 앞으로는 니엡스 또한 이렇게 식사를 받게 될 것이다.

파출부는 다시는 돌아오지 않았다. 그녀는 천연두에 걸렸고 그로 인해 죽게 되어 좋은 환경을 잃게 되었다. 이상하게도 소피아는 그녀를 대체하지 않았다. 그녀의 임금과 음식을 절약하려는 유혹이 너무나 강했다. 그러나 그녀는 매일 배급되는 빵과 3주에 한번 배급되는 고기를 위해 냉동된 긴 줄의 여자들이 기다리고 있는 공식 빵집이나 공식 정육점의 문 앞에서 몇 시간이고 기다릴 수 없었다. 그녀는 이것을 위해 관리인의 아들을 한 시간에 2수를 지불하는 조건으로 고용하였다. 때때로 그는 배급에 대한 권리를 주는 카드를 거의 들고 있지 못할 정도로 손이 파랗고 차가워져서 돌아오곤 했다. 시라크는 그 카드를 위해 매주 한두 시간 동안 시장의 사무실 앞에서 기다려야만 했다. 소피아는 공식 배급에 의존하지 않은 채 그녀의 사람들에게 음식을 먹였을지 모르지만, 그렇다고 그들이 보여주고 있는 경제 상태를 단념하진 않을 것이었다. 그녀는 관리인의 아들을 위해 두꺼운 옷을 요구했고, 시라크로부터 부츠, 칼리어로부터 장갑, 니엡스로부터 커다란 코트를 받았다. 날씨는 더 가혹해졌고, 가격은 더 올랐다. 어느 날 그녀는 1층에 사는 약사의 아내에게 30프랑도 안 되는 가격으로 구매한 햄 한 개를 110프랑에 팔았다. 햄 하나와 교환하는 대가로 아름다운 지폐와 금화를 받는 기쁨의 전율을 느꼈다. 이 시기에 그녀의 현금 자원의 총량은 거의 5천 프랑 가까이까지 늘어났다. 놀라운 일이었다. 지하실의 저장량은 여전히 상당했고, 부엌을 가득 채운 밀가루 자루는 여전히 반 이상 차 있었다. 충실한 파출부의 죽음에 대해 들었을 때, 그 소식은 소피아에게 별 영향을 끼치지 못했다. 소피아는 너무나 과로한 상태였고, 자신의 일에 완전히 몰두하고 있었기에 감상적인 애석함을 표현할 만한 힘이 없었다. 부엌에서 정기적으로 소피아의 곁을 지키며 얼굴의 주름과 옷의 모든 주름을 알 수 있을 정도로 오랜 시간을 함께 보낸 파출부는 소피아의 기억에서 사라졌다.

소피아는 아침에 침실 두 개를 청소하였고, 오후에 나머지 두 개를 청소하였다. 그녀는 15개 침실을 한 명의 객실 청소부가 맡고 있는 호텔에 머무른 적이 있었는데, 요리나 다른 일을 하는 중간 중간에 4개의 침실을 관리하지 않으면 힘들 것이라고 생각했다! 그녀는 또 다른 파출부를 고용하지 않은 것에 대해 변명하기 위해 스스로 위와 같이 생각하였다. 어느 날 오후 그녀는 니엡스의 방에 있는 수많은 놋쇠 손잡이를 청소하고 있었다. 그때 그가 갑자기 방으로 들어왔다.

그녀는 그를 날카롭게 힐끗 쳐다보았다. 그의 눈에는 자의식이 담겨 있었다. 그는 아무런 소리 없이 아파트에 들어온 것이다. 그녀는 질문에 대한 대답으로 이제부터 그의 방을 오후에 청소하겠다고 그에게 말했던 것을 기억했다. 어째서 그가 가게를 떠나온 것인가? 그는 늙은 사람의 세심한 손길로 문 뒤에 모자를 걸어두었다. 그리고서는 오버코트를 벗고 손을 문질렀다.

"장갑을 끼는 것이 좋을 것 같아요, 부인." 그가 말했다. "날씨가 매우 안 좋아요."

"전 추위 때문에 장갑을 끼지 않아요." 그녀가 대답했다. "손이 상하지 않도록 장갑을 끼죠."

"아! 그렇군요! 알겠습니다! 목재를 좀 부탁해도 될까요? 어디서 목재를 찾을 수 있을까요? 부인을 방해하고 싶지 않아서요."

그녀는 그의 도움을 거절하고 부엌에서 나무를 가져와 그의 앞에서 나무의 개수를 세어 보았다.

"지금 불을 붙일까요?" 그녀가 물었다.

"제가 하겠습니다." 그가 말했다.

"성냥 좀 건네주세요."

그녀가 나무와 종이를 조정하고 있을 때, 그가 말했다. "부인, 제 말좀 들어주시겠어요?"

"뭔데요?"

"화내지 마세요." 그가 말했다. "제가 당신을 존중할 수 있다는 것을 증명하지 않았습니까. 그 점에서는 계속 당신을 존중합니다. 그 모든 존경심을 담아 말하겠습니다. 당신을 사랑합니다, 부인… 이제 침착하게 있지 못하겠습니다. 이렇게 애원합니다!" 소피아는 침착하지 못한 기색을 드러내지 않았다. "제게 아내가 있다는 건 사실입니다. 하지만 어떻게 하겠습니까? 그녀와는 멀리 떨어져 있는데. 전 당신을 미친 듯이 사랑합니다." 그가 위엄 있는 경의를 표하며 말을 이어갔다. "저도 제가 늙었다는 것을 알고 있습니다. 하지만 전 부자입니다. 당신의 성격도 이해하고 있습니다. 당신은 숙녀이고, 단호하고, 단도직입적이고, 진지하며, 사업적인 여성입니다. 당신을 정말로 존경하고 있어요. 다른 여자와는 할 수 없는 대화를 당신과는 할 수 있어요. 당신은 솔직함과 성실함을 좋아하죠. 부인, 저를 사랑해주신다면, 한 달에 2천 프랑씩 드리겠습니다. 제 가게에서 필요한 것들도 다 드리고요. 저는 매우 고독하고, 동정심이 많은 매력적인 생명체와의 교제가 필요해요. 한 달에 2천 프랑, 이건 적은 돈이 아닙니다."

그는 손으로 그의 반짝이는 머리를 닦았다. 소피아는 불 위로 몸을 구부리고 있었다. 그녀는 그에게 고개를 돌렸다.

"그게 다인가요?" 그녀가 조용히 물었다.

"제 신중함을 믿으셔도 됩니다." 그가 낮은 목소리로 말했다. "당신이 느끼는 양심의 가책을 이해합니다. 6일에 당신의 방으로 가겠습니다, 아주 늦은 시각에. 준비를, 보이시죠. 저도 직설적입니다, 당신처럼요."

그녀는 그에게 아파트를 떠나라고 명령하고 싶은 매우 격렬한 충동을 느꼈다. 하지만 그것은 진정한 충동이 아니었다. 그는 늙은 바보였다. 그를 바보로 취급하면 되지 않는가? 그를 심각하게 받아들이는 것은 터무니없는 일일 것이다. 게다가 그는 이익이 많이 되는 하숙인이었다.

"바보같이 굴지 마세요." 그녀가 잔인한 평온함을 가지고 말했다. "늙은 바보가 되지 마세요."

곧 인자하지만 어리석은 중년의 호색한은 세련된 앞치마를 두르고 즐거운 장갑을 낀 소피아가 방을 쓸고는 사라져가는 매혹적인 광경을 보았다. 그는 집을 떠났고, 비싼 불은 빈 방을 따뜻하게 데우고 있었다. 소피아는 그에게 화가 났다. 그는 분명히 이 청혼을 계획했을 것이다. 존경이 가능하다면, 그는 교활한 책략 또한 가능할 것이다. 하지만 그녀는 이 프랑스 남자들이 다 똑같다고 생각했다. 역겨웠다. 그러고는 보편적인 사실에 대해 걱정하는 것은 아무 쓸모가 없다고 생각하였다. 그들은 단지 부끄러움을 느끼지 않았고, 그녀는 멀리 떨어진 6층에 자리를 잡는 것에 매우 신중을 기하고 있었다. 그녀는 다른 하숙인들 중 그 누구도 니엡스의 터무니없는 무례함을 엿듣지 않았기를 바랐다. 시라크가 자신의 방에서 글을 쓰고 있는지 확신할 수 없었다.

그날 밤에는 멀리서 들려오던 대포 소리가 들리지 않았고, 소피아는 한동안 잠을 이룰 수 없었다. 그녀는 졸다가 깜짝 놀라 일어나 시계를 보려고 성냥을 켰다. 시계는 멈춰 있었다. 시계를 감아두는 것을 까먹었는데, 이 실수는 식료품점 주인이 그녀가 생각했던 것보다 거의 그녀를 동요시켰다는 것을 보여주었다. 그녀는 자신이 얼마나 오래 잤는지 가늠할 수 없었다. 시간은 두 시일 수도 있었고 여섯 시일 수도 있었다. 그녀가 쉬는 것은 불가능했다! 그녀는 일어나서 옷을 차려입었고(그녀가 우려했던 만큼 늦었을 경우를 대비하기 위해서였다) 양초를 든 채로 삐걱거리는 끝없는 계단을 살금살금 내려갔다. 계단을 내려가던 도중 지금이 한밤중이라는 확신이 생겼고, 그녀는 더욱 부드럽게 발걸음을 옮겼다. 그녀의 발걸음으로 인하여 생기는 소리를 제외하면 아무 소리도 들리지 않았다. 그녀는 열쇠로 조심스럽게 현관문을 열었고, 그 안으로 들어갔다. 그제야 그녀는 부엌에 있는 값싼 시계가 똑딱거리는 시끄러운 소리를 들을 수 있었다. 그와 동시에 또 다른 문이 삐걱거리며 열렸고, 머리카락은 흐트러져 있지만 완전히 옷을 갖추어 입은 시라크가 복도에 나타났다.

"결국 당신은 그에게 자신을 팔기로 결심하셨군요!" 시라크가 속삭였다.

그녀는 본능적으로 뒤로 물러났고, 얼굴이 붉어지는 것을 느낄 수 있었다. 어찌할 바를 몰랐다. 그녀는 시라크가 몹시 화가 난 채로 움직이고 있는 것을 알게 되었다. 그는 몸을 반쯤 웅크리고 그녀에게 조심스레 다가왔다. 그녀는 이렇게 과장된 그의 움직임과 얼굴의 경련을 한 번도 본 적이 없었다. 그녀는 그녀 또한 과장되게 행동해야 했고, 그의 수치스러운 제안, 그의 부당한 공격을 경멸해야 한다고 생각했다. 그리고 만약 그녀가 늙은 파샤에게 자신을 팔기로 결심했다 하더라도, 이것이 그와 무슨 상관이 있는가? 위엄 있는 침묵, 파괴적인 시선, 그가 마땅히 할 수 있는 행동은 이러한 것이 끝이었을 것이다. 그러나 그녀는 이러한 과장된 행동을 할 능력을 가지고 있지 못했다.

"몇 시인가요?" 그녀가 힘없이 덧붙였다.

"세 시요." 시라크가 비웃었다.

"시계를 감아두는 것을 까먹었어요." 그녀가 말했다. "그래서 보러 내려왔고요."

"그러시군요!" 그는 비꼬듯이 말했다. 마치 이렇게 말하고 있는 것 같았다. '난 당신이 올 것을 예상하고 있었고, 정말 이렇게 왔군.'

그녀는 그에게 빚진 것이 아무것도 없다고 마음속으로 생각했지만, 그와 그녀만이 이 아파트에서 살고 있는 유일한 젊은 사람이며, 젊은 사람이 겪을 수 있는 가장 불명예스러운 일에 관련된 죄가 없다는 증거를 그에게 빚졌다고 항상 느끼고 있었다. 그녀는 가지고 있던 힘을 전부 모아 그를 바라보았다.

"부끄러운 줄 아세요." 그녀가 말했다. "당신이 다른 사람들을 모두 깨우세요."

"그럼 니엡스 씨, 그 사람도 깨워야 할 필요가 있을까요?"

"니엡스 씨는 여기 없어요." 그녀가 말했다.

니엡스의 방은 잠겨 있지 않았다. 그녀는 문을 밀어 열고 방 안으로 들어갔다. 방은 비어 있었으며, 사용된 흔적이 하나도 없었다.

"들어와서 직접 확인해 보시죠!" 그녀가 말했다.

시라크는 그녀의 말을 따랐다. 그의 얼굴이 떨어졌다. 그녀는 주머니에서 시계를 꺼냈다.

"이제 제 시계를 감고 시간을 맞춰주세요."

그녀는 그가 괴로워하는 것을 보았다. 그는 시계를 받을 수 없었다. 눈물이 그의 눈에서 흘러나왔다. 이윽고 그는 얼굴을 숨기더니 달려 나갔다. 그녀는 '용서해주세요!'와 비슷하게 들리는 중얼거림이 흐느낌으로 인해 방해받는 소리와 문이 쾅 닫히는 소리를 들었다. 그리고 고요함 속에서 칼리어가 규칙적으로 코를 골고 있는 소리를 들었다. 그녀도 울었다. 눈물로 인해 시야가 흐려진 그녀는 비틀거리며 부엌으로 가서 시계를 움켜쥐었고, 그것을 들고 자신의 방으로 올라가 한밤의 혹한 속에서 몸을 떨었다. 그녀는 아주 오랫동안 조용히 울었다. "수치스러워! 수치스러워!" 그녀는 혼잣말을 했다. 그러나 그녀는 시라크를 비난하지 않았다. 추위는 그녀를 침대로 향하게 만들었지만, 잠을 잘 수 있도록 해주진 않았다. 그녀는 계속 울었다. 새벽에 그녀의 눈은 울음으로 인하여 충혈 되어 있었다. 그때쯤 그녀는 다시 부엌에 있었다. 시라크의 문은 활짝 열려 있었다. 그는 아파트를 떠났다. 석판에는 이렇게 적혀 있었다. '오늘은 식사를 하지 않겠습니다.'

3

그들의 관계는 영원히 바뀌게 되었다. 며칠 동안 그들은 전혀 만나지 않았다. 그러다 그 주의 마지막 날 자신의 요금을 지불하기 위해 시라크는 마침내 소피아를 대면하게 되었는데, 그는 가장 비통한 표정을 짓고 있었다. 그는 자신이 죄를 변호할 수 있는 수단이 전혀 없는 범죄자라고 생각하고 있는 것이 분명했다. 그는 마음 상태를 숨기려 하지 않는 것 같았다. 그러나 그는 아무 말도 하지 않았다. 소피아는 쾌활하고 기분 좋은 표정을 유지하고 있었다. 그녀는 자신의 행동을 통하여 그 어떤 분노도 가지고 있지 않으며, 그 사건을 잊기로 결심했고, 머지않아 그녀는 그의 꿈속에 있는 용서의 천사가 될 것이라는 것을 그에게 납득시키기 위해 노력했다. 그러나 그녀는 완전히 자연스럽게 행동하지 못하고 있었다. 그의 비참함을 직면했을 때, 완전히 자연스럽고 동시에 완전히 쾌활하게 행동하는 것은 불가능했을 것이다!

얼마 후 아파트의 사회적 분위기는 불평과 논쟁이 많아졌고, 삐뚤어지기 시작했다. 모두의 신경이 극도로 긴장되어 있었다. 이것은 도시 전체도 마찬가지였다. 혹독한 추위의 뒤를 이어 폭우가 쏟아지는 날들이 반복되었고, 마을은 비탄에 젖어 있었다. 문은 닫혀 있었다. 주민의 10분의 9가 문 밖으로 나가지 않았지만, 확고하고 절대적으로 닫혀 있는 문은 사람들의 사기를 떨어뜨렸다. 가스는 더 이상 공급되지 않았다. 쥐와 고양이, 그리고 서러브레드 말들은 잡아먹혔으며, '나쁘지 않다'라는 평을 받았다. 공성전은 더 이상 참신하지 않았다. 친구들은 소풍으로 즐기던 '공성전-식사'에 서로를 초대하지 않았다. 규칙적인 과로에 지쳐 있던 소피아는 그 상황에 싫증이 났다. 그녀는 프로이센의 꾸물거림과 프랑스의 무대책에 화가 나 있었고, 그녀의 하숙인들에게 영국인의 분노를 쏟아내고 있었다. 하숙인들은 비밀리에 집주인이 무시무시한 모습으로 변해 간다고 서로에게 말하고 있었다. 그녀는 주로 가게 주인들에게 원한을 품고 있었다. 그러다 평화가 찾아온다는 소문이 돌자, 어느 날 갑자기 가게 진열창은 엄청난 양의 먹을 것들이 최고가로 진열되었고, 그렇게 이 기근이 인위적으로 발생했다는 것이 증명되자 소피아는 격노했다. 특히나 니엡스는 그녀에게 특별 할인가로 물건을 팔고 있었지만 굴욕을 겪어야 했다. 며칠 후, 그 인자하고 아버지 같은 남자는 동정심을 가질 줄 아는 매력적인 젊은 사람을 자신의 방에 들여오려고 시도함으로써 한탄스러운 잘못을 저질렀다. 니엡스에게는 안 된 일이었지만, 소피아는 복도에서 그들을 발견하게 되었다. 그녀는 제정신이 아니었지만, 유일하게 드러나고 있는 외부 증상이라곤 그녀의 하얀 얼굴과 아프로디테를 추종하는 사람들의 감정을 긁고 있는 줄 같은 차갑고 강철 같은 목소리밖에 없었다. 이 시기에 소피아는 확실히 잔소리가 심한 여자로 바뀌어 있었다. 자신도 모르는 채 말이다!

그녀는 종종 공성전에 대한 이야기를 하자고 고집을 부렸으며, 남자들이 그녀에게 말해줄 수 있는 모든 내용을 듣곤 했다. 프랑스인으로서 가지고 있는 그들의 감정의 정당한 연약함을 전혀 고려하지 않은 채 한 그녀의 발언은 때로 격한 언쟁으로 이어지기도 했다. 외부에서 들어오는 32대대의 모습이 몽마르트르와 브레다 지구에 나타났을 때, 그녀는 대중의 편을 들었고, 혹사를 당한 군인들이 도망을 가고 있는 겁쟁이가 아니라는 사실을 문서로 증명한 기자들의 진지한 기사는 믿지 않았다. 그녀는 32대대에게 침을 뱉은 여자들을 지지했다. 그녀가 그들을 만나게 된다면, 그녀도 그들에게 침을 뱉을 것이라는 말을 실제로 하기도 했다. 사실 그녀는 32대대의 결백함을 확신했지만, 무언가가 그것을 인정하지 못하게 만들고 있었다. 그 논쟁은 그녀와 시라크 사이의 격한 언쟁으로 끝이 났다.

다음 날 시라크는 이례적인 시간에 집에 돌아와 부엌문을 두드리고는 다음과 같이 말했다.

"이 집에서 나갈 것이라는 통보를 부인에게 하려고 왔습니다."

"왜죠?" 그녀가 퉁명스럽게 물었다.

그녀는 감자 케이크를 만들기 위해 밀가루와 물을 반죽하고 있었다. 그녀의 감자 케이크는 집안의 즐거움이었다.

"제 기사가 멈췄거든요!" 시라크가 말했다.

"오!" 그를 쳐다보지는 않았지만 그녀는 생각에 잠겨 말을 이었다. "그건 당신이 떠나야 하는 이유가 될 수 없어요."

"아뇨." 그가 말했다. "이곳은 제 분수에 맞지 않아요. 신문에 계속 실리지 못하면 요금을 지불하지 못한다는 것은 말할 필요도 없겠지요. 이 집은 제 한 달치 월급을 차지하고 있어요. 그러니 전 떠나야 해요."

"아뇨!" 소피아가 말했다. "돈이 있을 때 지불하셔도 돼요."

그는 고개를 저었다. "저는 당신의 호의를 받아들일 생각이 없습니다."

"돈이 한 푼도 없나요?" 그녀가 갑자기 물었다.

"한 푼도요." 그가 말했다. "재앙이에요, 간단히 말하자면!"

"그러면 어딘가에서 빚을 지게 될 거예요."

"예, 하지만 이곳에 빚을 지는 건 아니겠죠! 당신에게 지는 것도 아니고!"

"정말로, 시라크." 그녀가 회유하는 목소리로 외쳤다. "당신은 합리적이지 않아요."

"그럼에도 불구하고 그렇게 되었습니다!" 그가 단호하게 말했다.

"음, 글쎄요!" 그녀가 위협적으로 그에게 대들었다. "그렇게는 안 될 거예요! 알아들어요? 당신은 이곳에 머무를 거예요. 그리고 가능할 때 내게 돈을 지불하세요. 그렇지 않으면 우리는 싸울 거예요. 제가 당신의 유치함을 참을 거라고 생각하세요? 단지 어젯밤에 화가 났다고 해서?"

"그 때문이 아닙니다." 그가 항의했다. "그 때문이 아니란 것을 알고 있을 겁니다."(그녀는 알고 있었다.) "단지 전적으로 제 스스로를 허락⋯."

"그만!" 그를 말리며 그녀가 독단적으로 소리쳤다. 그러고는 좀 더 조용한 어조로, "칼리어는요? 그 사람도 버려졌나요?"

"아! 그는 돈을 가지고 있습니다." 시라크가 슬픈 부러움을 드러내며 말했다.

"당신도 그럴 거예요, 언젠가는." 그녀가 말했다. "그만하세요. 어찌 되었든 크리스마스가 지나기 전까지는요. 그렇지 않으면 싸우게 될 겁니다. 알겠어요?" 그녀의 말투가 부드러워졌다.

"부인은 너무 착해요!" 그가 항복했다. "당신과 싸울 수는 없어요. 하지만 받아들이기가 힘들⋯."

"오!" 그녀는 말을 끊어버리더니, 서민적인 관용구를 사용하였다. "당신의 바보 같은 자부심 때문에 긴장했잖아요. 이런 걸 우정이라고 부르나요? 이제 어서 가세요. 거기 그렇게 서서 절 방해하는데 제가 어떻게 케이크를 만들기를 바라나요?"

4

그러나 3일 만에 시라크는 놀라운 행운과 함께 또 다른 상황에 빠지게 되었고, 저널 데 디바에 실리기도 하였다. 그의 자리를 찾아준 것은 바로 프로이센이었다. 당대 두 번째로 유명했던 연대기 작가 페이엔빌은 국민 위병으로 복무하던 중 감기에 걸렸고, 폐렴으로 사망하게 되었다. 날씨는 다시 매서워졌다. 오베르빌리에의 군인들은 얼어 죽고 있었다. 페이엔빌의 자리는 다른 남자가 차지하게 되었고, 그 남자의 직책은 시라크에게 제안되었다. 그는 허영심을 숨기지 않은 채 자신의 행운을 소피아에게 말했다.

"미소 짓는 그 얼굴!" 그녀가 성급하게 말했다. "그 얼굴이면 아무도 거절하지 못할 거예요!"

그녀는 마치 시라크가 그녀를 역겨워하는 것처럼 행동했다. 그녀는 그를 겸손하게 만들었다. 그러나 디바의 편집 담당 스태프의 일원으로서 그의 거만한 태도는 같이 있는 진지한 하숙인 동료들에게 있어 매우 웃긴 일이었다. 바로 그날 칼리어가 소피아에게 떠난다고 통보하였다. 그는 비교적 돈이 많았다. 그러나 저널리스트라는 불확실한 직업을 가지고도 독립할 수 있게 만들어준 그의 습관들은 그가 아무것도 벌지 못하는 상태에서 절대적으로 필요한 지출보다 더 많은 돈을 쓰도록 허락하지 않을 것이다. 그는 프랑스의 인색함에 익숙하여 극도로 절약하며, 저장해둔 감자와 와인으로 먹고사는 과부 누나와 힘을 합치기로 결심했다.

"이런!" 소피아가 말했다. "당신은 제가 세입자를 잃도록 만들었어요."

그녀는 농담 반 진담 반으로 칼리어가 시라크의 유치한 자만심을 참을 수 없었기 때문에 떠나는 것이라고 주장하였다. 아파트는 험악한 말로 가득해 있었다.

크리스마스 아침 시라크는 다소 늦은 시간까지 누워 있었다. 그날 신문은 나오지 않았다. 파리는 일종의 혼수상태에 빠진 것 같았다. 11시쯤 그는 부엌문 앞에 섰다.

"할 말이 있어요." 그가 말했다. 그의 말투는 소피아에게 깊은 인상을 주었다.

"들어오세요." 그녀가 말했다.

그는 부엌으로 들어오더니 마치 공모자가 된 듯 문을 닫았다. "우리 같이 작은 축하를 합시다." 그가 말했다. "당신과 나 둘이서."

"축하!" 그녀가 말했다. "정말 좋은 생각이네요! 여길 어떻게 떠나죠?"

만약 그 생각이 그녀의 마음속에 있는 비밀에 호소하여 시간의 먼지가 짙게 깔린 욕망과 추억을 자극하지 않았더라면, 그녀는 애로사항을 제안하는 것으로 말을 시작하지 않았을 것이다. 그녀는 단호하게 거절하는 것으로 시작했을 것이다.

"그런 건 아무 문제가 안 돼요." 그가 힘차게 말했다. "크리스마스잖아요, 당신과 꼭 이야기를 해야겠어요. 여기선 대화를 나눌 수 없어요. 당신이 아팠던 이후로 저는 당신과 진지한 담소를 나눈 적이 없어요. 저와 함께 점심을 먹으러 레스토랑에 가시죠."

그녀는 웃었다. "하숙인들의 점심은요?"

"조금 일찍 제공하면 되죠. 그 직후 바로 나가면 돼요, 저녁을 준비할 시간에 맞추어 돌아오고요. 매우 간단한 일이에요."

그녀는 고개를 저었다. "미쳤군요." 그녀가 심술궂게 말했다.

"전 당신에게 무언가를 제공할 필요가 있어요." 그가 얼굴을 찌푸리며 말했다. "이해하시겠어요? 오늘 저와 함께 점심 식사를 하기 바란다고요. 그것을 요구합니다. 그리고 당신은 절 거절하면 안 돼요."

작은 부엌에 있는 그는 그녀와 매우 가까이에 서 있었고, 잠시 동안 외상으로 거주하라고 주장했을 때 그녀가 그랬던 것처럼 그는 맹렬하고, 심술궂고, 정확하게 말하였다.

"정말 무례하시군요." 그녀가 핑계를 대었다.

"제가 무례하다고 하셔도, 전 변하지 않습니다." 그가 단호히 말했다. "당신은 저와 함께 점심을 먹어야 합니다. 변하지 않아요."

"옷은 또 어떻게 입고요?" 그녀가 항의했다.

"그건 상관없습니다. 가능한 대로 입으세요."

이것은 상상할 수 있는 크리스마스 만찬 중에서도 가장 기이한 초대였다. 12시 15분에 그들은 옷을 두툼하게 입고 슬픈 거리로 나란히 나왔다. 하늘은 청회색이었으며, 눈이 예상되었다. 공기는 몹시 차가웠지만, 그럼에도 습했다. 클라우셀 거리의 입구를 이루는 작은 세 모서리에는 마차가 한 대도 없었다. 노트르담 드 로레트 거리에서는 텅 빈 합승 마차 한 대가 가파른 유리 경사면을 힘들게 올라가고 있었고, 말들은 텅 빈 금고 같은 거리에서 들려오는 채찍 소리에 반응하여 미끄러진 뒤 균형을 되찾고 있었다. 위쪽 퐁테 거리에서는 문을 연 몇 안 되는 가게들 중 하나가 이러한 안내문을 내걸고 있었다. '새해 선물로 많은 선택을 받고 있는 치즈들.' 그들은 웃었다.

"작년 이맘때쯤." 시라크가 말했다. "저는 단 한 가지만을 생각하고 있었어요. 오페라 극장에서 열리는 가면무도회였죠. 그 후로는 잠을 잘 수가 없었어요. 올해는 교회조차 문을 열지 않았네요. 당신은요?"

그녀는 입술을 모았다. "묻지 마세요." 그녀가 말했다. 두 사람은 조용히 앞으로 나아갔다.

"우리는 우울해요, 다른 사람들도요." 그가 말했다. "하지만 참호에 있는 프로이센도 그렇게 유쾌할 순 없겠죠! 그들의 가족과 크리스마스트리는 부족할 거예요. 그러니 웃읍시다!"

블랑쉬 광장과 클리쉬 대로는 작은 거리와 광장들보다 더 활기차지 않았다. 어디에도 생명의 흔적이 보이지 않았고, 들려오는 소리도 거의 없었다. 심지어 대포 소리조차 없었다. 아무도 아무것도 몰랐다. 크리스마스는 그 도시를 절망의 침울한 상태에 빠지게 만들었다. 시라크는 소피아의 팔을 잡고 블랑쉬 광장을 가로질러 레픽 거리를 따라 몇 야드 걸어간 후, 인접한 가게들 중에서도 유명한 '리틀 루이스'라고 알려진 작은 식당 앞에 멈춰 섰다. 두 사람은 두 계단을 내려가서 좁고 침울한 그림 같은 실내로 들어갔다.

소피아는 자신들이 예상된 손님이었다는 것을 알아차렸다. 시라크는 이날 아침 미리 식당을 방문했던 것이 틀림없었다. 몇몇 어수선한 테이블들은 사람들이 이미 점심을 먹고 떠났음을 보여주고 있었다. 하지만 구석에는 두 사람을 위한 테이블이 새롭게 차려져 있었는데, 이러한 식당들이 가지고 있는 최고의 방식으로 갓 차려져 있었다. 빨간색과 흰색으로 이루어진 체크무늬 천과 거의 식탁보만큼 커다란 두 빨갛고 흰 천은 냅킨처럼 접혀 있었고, 단단한 철제 날붙이류 사이에는 두 개의 두꺼운 접시가 납작하게 배열되어 있었다. 손잡이를 돌림으로써 암염을 갈아주는 소금통과 후추통, 칼을 놓는 대台 두 개, 일반적인 커다란 컵 두 개가 차려져 있었다. 이 테이블과 일반 테이블을 구별해주고 있는 것은 샴페인 병과 샴페인 잔 두 개였다. 샴페인은 공성전 중에도 가격이 오르지 않은 몇 안 되는 품목 중 하나였다.

가게 주인과 그의 아내는 다른 구석에서 식사를 하고 있었는데, 뚱뚱하고 단정치 못한 한 쌍으로 공성전의 그 어떤 궁핍함이라도 그들을 수척하게 만들 수 없었을 것이다. 주인이 일어섰다. 그는 요리사처럼 모두 하얀색으로 옷을 차려입고 있었고, 신성한 모자를 쓰고 있었다. 그러나 더러운 하얀색이었다. 샴페인이 놓여 있는 테이블을 제외하면 식당의 모든 곳이 깔끔하지 못하고 어수선하며, 다소 더러웠다. 그럼에도 불구하고 식당은 쾌활했고, 마음에 위안을 주었다. 주인은 자신의 고객에게 진정한 친구처럼 인사하였다. 그의 기름진 얼굴은 정직했고, 창백하고 지쳐 있으며 익살스러운 아내의 얼굴 또한 정직했다. 시라크는 그녀에게 인사하였다.

"보세요." 그녀가 건너편의 다른 구석에서 접시 위에 있는 뼈를 가리키며 말했다. "이건 다이앤이에요."

"아! 가엾은 동물!" 시라크가 동정 어린 목소리로 외쳤다.

"어쩌겠어요." 여주인이 말했다. "다이앤의 먹이 값은 너무 비싸요. 그리고 정말로 귀여웠고요. 다이앤이 야위어가는 것을 지켜볼 수 없었어요!"

"아내에게 말하고 있었죠." 주인이 말했다. "다이앤이 얼마나 저 뼈를 좋아했을지, 다이앤!" 그가 크게 웃었다.

소피아와 여주인은 기분 좋은 농담 속에서 묘하고 슬픈 미소를 교환했다. 공성전의 기간 동안 주인은 이 농담을 수천 번쯤 다시 생각해내고 또다시 생각해냈을 테지만, 그는 분명히 이 농담을 상당히 새롭고 독창적이라고 생각하고 있었을 것이다.

"에, 음!" 그가 은밀하게 시라크에게 말했다. "당신을 위해 매우 좋은 것을 찾았어요. 오리 반 마리." 그리고 더 낮은 목소리로, "매우 비싸지도 않습니다."

식당은 약간의 이익이라도 더 만들어내려는 시도가 전혀 없었다. 그들은 자신들이 가지고 있는 적은 돈의 가치를 알고, 진실 되며 훌륭한 요리를 감사할 줄 아는 단골 고객을 보유하고 있었다. 주인은 요리사였고, 항상 요리사라고 불렸으며 심지어 아내조차 그를 요리사라고 불렀다.

"어떻게 얻게 된 거죠?" 시라크가 물었다.

"아!" 주인이 비밀스러운 듯이 말했다. "빌뇌르 생 조르주에서 온 친구가 있어요. 난민이죠, 그. 결국…." 시라크에게 너무 자세히 묻지 말라는 것을 제안하는 살찐 손의 손짓이 있었다.

"그렇군요!" 시라크가 말했다. "하지만 정말 멋지군요!"

"당신도 멋지다고 생각해요!" 주인이 기운차게 말했다.

"매력적이네요." 소피아가 정중하게 말했다.

"그리고 약간의 샐러드도요!" 주인이 말했다.

"그건, 더 놀랍네요!" 시라크가 말했다.

주인이 윙크를 하였다. 사실, 포위 공격을 받고 있는 마을 중심부에서 신선한 녹색 채소를 판다는 것은 악명 높은 일이었다.

"그리고 치즈도 약간!" 소피아가 외투 안쪽에서 작고 둥근 꾸러미를 꺼내며 주인의 음색을 약간 흉내 내어 말했다. 꾸러미 안에는 브리 치즈가 들어 있었는데, 꽤 괜찮은 상태였다. 이 치즈는 적어도 50프랑의 가치를 가지고 있었는데, 소피아는 2프랑도 들이지 않고 구매한 치즈였다. 여주인은 이 놀라운 보석을 관찰하기 위해 주인의 곁으로 다가왔다. 소피아는 칼을 집어 들고 여주인의 테이블을 위해 한 조각을 잘랐다.

"부인은 너무 착하세요!" 여주인은 이 고귀한 관대함에 혼란스러워하며 말하고는 폭스테리어가 호화로운 한 조각을 가지고 고독을 찾으러 떠나듯 자신의 테이블로 치즈를 가져갔다. 식당 주인은 활짝 웃었다. 시라크는 매료되었다. 가게 내부가 주는 친밀함과 자연스러운 아늑함은 도시의 거대하고 충격을 주는 우울함을 잊게 만들어주는 것 같았고, 그 영향력을 잃게 만들어주는 것 같았다.

이윽고 가게 주인은 소피아의 발을 위해 뜨거운 벽돌을 가져왔다. 레스토랑은 매우 따뜻했기 때문에 치즈 조각에 대한 필요 이상의 감사 표시였다. 작은 부엌문이 곧장 열렸고, 둘 사이의 문은 열려 있었다. 환기장치 같은 것은 전혀 없었다.

"제 친구 중에 한 명이." 가게 주인이 정체를 알 수 없는 수프를 내놓으면서 대화를 하기 위해 자랑스럽게 말했다. "포보그 상트 오노르에서 정육점을 하고 있는 사람인데, 파리 식물원의 코끼리 세 마리를 2만 7천 프랑에 구매했다고 하더군요."

눈썹이 치켜 올라갔다. 그는 샴페인의 코르크 마개를 풀었다. 처음으로 한 모금 마셨을 때(그녀는 와인에 대한 어릴 적 혐오감을 오래전에 잃어버렸다) 소피아는 맞은편 벽에 다소 높게 걸려 있는 기울어진 거울을 힐끗 보았다. 그녀가 격식을 갖추어 옷을 입은 지는 벌써 몇 달이 지났다. 갑자기 보게 된 우아함과 창백한 아름다움에 그녀는 기뻐했다. 샴페인은 즉각적으로 그녀의 마음속에서 오랫동안 잊혀 있었던 삶과 기쁨의 이로운 부분을 새롭게 떠올리게 해주었다.

5

두 시 반쯤 그들은 레스토랑의 작은 살롱에 단둘이 앉아 있었고, 따뜻함과 편안한 몸을 통제할 수 없을 정도로 몽환적이고 열광적인 그들의 바쁜 마음은 이 레스토랑이 그들의 것이며, 그들은 현재 집에 있다는 환상을 만들어냈다. 이곳은 더 이상 레스토랑이 아니라 힘든 삶을 피하는 은신처였다. 주인과 아내는 안쪽 방에서 졸고 있었다. 샴페인이 마셔졌고, 사랑스러운 치즈가 먹어졌으며, 그들은 마크 드 부르고뉴를 마시고 있었다. 그들은 서로 직각을 이루며 바짝 붙어서, 머리를 흔들며 앉아 있었다. 좋은 천성과 빠른 동정심으로 가득 차 있었으며, 그들의 살은 만족하고 있었으나 기대를 하고 있었다. 대화가 잠시 멈춰 있는 동안(완전히 따분하고 단편적인 대화로 상냥함의 정점에 도달해 있는 것 같았다) 시라크는 어질러져 있는 테이블 위에서 쉬고 있는 소피아의 손 위에 자신의 손을 올려놓았다. 그녀는 우연히 그의 시선을 보게 되었다. 그럴 생각은 없었다. 두 사람은 서로의 시선을 의식하게 되었다. 그를 향한 비타협적인 그녀의 태도를 언제나 부드럽게 만들어준 그의 가늘고 수염이 난 얼굴은 그 어느 때보다 애석해하는 표정을 짓고 있었다. 제럴드도 종종 같은 표정을 보여주곤 했다. 그러나 그녀는 이제 모든 남자들, 특히나 다정한 분위기를 가지고 있는 남자들의 치료할 수 없는 어떤 유치함을 받게 된 그런 여자들 중 한 명이었다. 그녀는 손을 즉시 뺄 수 없었다. 그는 소심한 거만함을 가지고 그녀를 응시했다. 그녀의 눈은 맑았다.

"무슨 생각을 하고 있어요?" 그녀가 물었다.

"당신이 이곳에 오는 것을 거절했더라면, 전 어떻게 했어야 할지 생각하고 있었어요."

"그랬더라면, 어떻게 하셨을 건가요?"

"분명히 무언가 대단히 불편해하고 있었겠지요." 그는 순전히 가정의 영역에 있는 남자의 커다란 중요성을 가지고 말했다. 그는 그녀에게 몸을 기댔다. "매우 친애하는 소피아." 그가 점점 대담해지며 다른 목소리로 말했다.

이것은 그녀에게 한없이 달콤했고, 관능적으로 달콤했으며, 유혹의 열기에 휩싸여 있었다. 그녀에게는 세상의 유일한 기쁨처럼 느껴졌다. 그녀의 몸은 그의 몸에게 '내가 얼마나 준비되어 있는지를 봐!'라고 말하고 있었을지도 모른다. 그녀의 몸은 그의 몸에게 이렇게 말하고 있었을지도 모른다. '내 마음을 들여다봐. 당신에겐 겸손하게 굴지 않아. 내 마음속에 있는 모든 것을 들여다봐봐.' 관례의 장막은 찢어져 있는 것 같았다. 서로에 대한 두 사람의 태도는 거의 연인과 정부 같았으며, 한번 보기만 해도 과거의 비밀과 미래에 대한 약속으로 가득 찰 것 같았다. 실질적으로 그 순간 그녀는 그의 애인이었다. 그는 그녀의 손을 놓고는 그녀의 허리에 팔을 둘렀다.

"그대를 사랑해요." 그가 감격에 겨워 속삭였다.

그녀의 얼굴은 무정하게 변하였다. "그러면 안 돼요." 그녀가 차갑고, 불친절하고, 엄하게 말했다. 그녀는 그를 노려보았다. 그의 놀란 눈길의 호소에 조금이라도 이마를 찌푸리지 않으려고 했다. 그러나 그녀는 그를 거부하고 싶지 않았다. 그를 밀어내고 있는 본능은 그녀의 통제를 벗어난 것이었다. 수줍음이 많은 남자가 열렬히 받고 싶어 했던 초대를 완강히 거절하듯이 그녀는 시라크를 거절할 수밖에 없었다. 수줍음 때문은 아니었다. 과도한 육체적 노동과 신경의 과로가 그녀의 욕구를 잠잠하게 만들지 않았더라면, 다른 결말을 맞이했을지도 모른다.

한때 여자를 약하다고 여겼던 대부분의 남자들처럼, 시라크는 자신이 여성을 완전히 이해하고 있었다고 생각했다. 그는 서양인이 중국인을 별개의 인종으로 생각하는 것과 같은 방식으로 여성들을 신비스럽지만, 심리학의 몇 가지 주요 원칙을 적용함으로써 완전히 이해할 수 있는 존재로 생각하고 있었다. 게다가 그는 진지했다. 그는 의지가 넘치고 정직했다. 그는 공손하게 팔을 빼면서 말을 이었다.

"소피아." 그가 흔들림 없는 자신감을 가지고 말했다. "제가 당신을 사랑한다는 것을 알고 계시잖아요."

그녀는 무엇 때문에 그의 품에 안기지 않았는지 궁금해 하며 조급하게 고개를 저었다. 이 무뚝뚝한 변화를 통해 그를 나쁘게 대하고 있다는 것을 알고 있었지만, 어쩔 수 없었다. 그러더니 그녀는 그에게 미안함을 느꼈다.

"우리는 매우 좋은 친구였지요." 그가 말했다. "저는 항상 당신을 매우 존경해 왔습니다. 그 늙은 악당인 니엡스가 먼저 발을 내딛기 전까지는 감히 당신을 사랑할 수 없다고 생각하고 있었어요. 그러다 제 극심한 질투심을 알게 되었을 때, 당신을 사랑하고 있다는 것을 알게 되었어요. 그 이후로 전 당신만을 생각했어요. 단언컨대, 당신이 제 사람이 되지 않는다면, 전 이미 끝나버린 사람이 될 겁니다! 모든 것이! 당신 같은 여자는 본 적이 없어요! 너무 강하고, 너무 자랑스럽고, 너무 친절하고, 너무 아름답고! 당신은 눈부십니다. 그래요, 눈부셔요! 남편이 사라진 후 당신처럼 절망적인 상황에서 벗어날 수 있는 여성은 아무도 없었을 것입니다. 저에게 당신은 특별한 여자입니다. 전 매우 진지해요. 게다가, 당신도 알잖아요…. 친애하는 친구여!"

그녀는 격렬히 고개를 저었다. 그녀는 그를 사랑하지 않았다. 하지만 감동받았다. 그녀는 그를 사랑하길 원했다. 그에게 굴복하고 싶었다. 단지 그를 좋아하기 위해, 그리고 사랑하기 위해. 그러나 이 완고한 본능은 그녀를 가로막았다. "지금을 말하는 게 아니에요." 시라크가 말을 이었다. "희망할게요."

그의 몸짓과 어조에 담겨 있는 라틴계적 과장은 그녀로 하여금 그를 애석해하게 만들었다.

"가엾은 시라크!" 그녀는 구슬프게 말하더니 장갑을 끼기 시작했다.

"희망할 거예요!" 그가 고집을 부렸다.

그녀는 입술을 오므렸다. 그는 그녀의 허리를 거칠게 잡았다. 그녀는 단호하게 그녀의 얼굴을 뺐다. 그녀는 곤란하지도, 화나지도 않았다. 그녀의 동정심에 당황한 그는 그녀를 풀어주었다.

"가엾은 시라크." 그녀가 말했다. "난 오지 말았어야 했어. 가야겠어. 이건 전혀 쓸모가 없어. 정말로."

"안 돼, 안 돼!" 그가 사납게 중얼거렸다.

그녀는 일어섰고, 갑작스럽게 움직이는 바람에 탁자가 거슬리는 소리를 내며 바닥을 가로질러 갔다. 살을 두근거리게 만들었던 마법은 늘어난 끈처럼 뚝 끊어져버렸고, 그렇게 그 상황은 끝이 났다. 가게 주인은 졸음에서 깨어나 비틀거리며 들어왔다. 시라크에게 고통에 대한 보상으로 받은 것은 청구서밖에 없었다. 그는 당황했다.

그들은 어리석은 태도로 조용히 레스토랑을 떠났다. 슬픈 거리에는 어스름이 깔렸고, 점등 도구는 가스를 대체한 형편없는 기름 램프를 밝히고 있었다. 그 두 사람과 점등 도구, 그리고 합승마차만이 거리에 남아 있었다. 어둠은 끔찍했고, 우울함을 자아내고 있었다. 일반적인 침묵은 절망의 침묵처럼 느껴졌다. 비통함에 잠긴 소피아는 지친 채로 가망이 없는 존재에 대해 생각했다. 그녀에게는 그녀와 시라크가 무無에서 이 비통함을 만들어낸 것처럼 보였지만, 이것은 여전히 치유할 수 없는 비통함이었다!

성공

1

소피아는 최근에 나간 칼리어의 방에서 깨어 있었다. 개인의 부재로 인한 조용함은 왔다가 사라지곤 했으며, 그의 방이나 그를 둘러싸고 있었던 사람들의 기억 속에 그는 자신에 대한 흔적을 거의 남기지 않았다. 소피아는 6층으로 나오기로 결심했는데, 부분적으로는 작은 방에서 몇 개월을 보내고 나니 큰방에 대한 유혹이 다소 강해졌기 때문이었다. 그러나 최근에 그녀는 6층에 새로 들어온 세입자의 성향으로 인해 서랍장으로 작은 침실의 문을 막아야만 했다. 관리인에게 불평하는 것은 아무 소용도 없었다. 유일하게 효과적인 해결책은 서랍장뿐이었는데, 그것조차도 소피아가 원했던 것보다 더 취약했다. 그리하여 마침내, 그녀는 후퇴하게 되었다.

그녀는 아파트 현관문이 열리는 소리를 들었다. 이윽고 문은 신경질적인 폭력성과 함께 닫혔다. 닫히는 소리의 울림은 방해받지 않고 규칙적으로 코를 골고 있는 니엡스나 그의 친구처럼 잠을 아주 잘 자지 못하는 사람들을 깨웠을 것이다. 발을 끄는 소리가 잠시 멈추더니 성냥이 켜지는 소리가 들렸고, 소음에 대한 매우 과장된 예방책과 함께 발은 복도를 조용히 걸어갔다. 그 직후 의도치 않은 쾅 닫히는 소리가 있었다. 명백히 그것은 은밀한 침입에 대한 선천적인 재능을 조금도 가지고 있지 않은 남자의 입장이었다. 시간을 정확히 맞추어야 한다고 주장한 니엡스의 방에 있는 시계는 약하게 3시를 알렸다.

지난 며칠 동안 시라크는 디바의 사무실에서 매우 늦게까지 있었다. 아무도 그의 직장의 본질을 알지 못했다. 그는 소피아에게 추후 통지가 있기 전까지는 3시쯤 집에 오겠다고 말한 것을 제외하면 아무 말도 하지 않았다. 그녀는 가벼운 식사를 위한 재료와 기구를 그의 방에 두겠다고 주장했다. 자연의 법칙을 거스를 수 있다는 자신의 견해를 확고히 고수하는 약한 사람의 비이성적인 고집과 함께 그는 당연히도 그 제안을 거절하였다. 그러나 그의 항의는 소용이 없었다.

태어날 때부터 간단한 공포를 억누를 수 있는 경향을 가지고 있었음에도 불구하고, 크리스마스 이후 그의 일반적인 행동은 소피아를 겁먹게 하였다. 그는 거의 아무것도 먹지 않았으며, 실연으로 인해 죽어가는 남자의 얼굴을 한 채로 돌아다녔다. 그의 변화는 정말로 비극적이었다. 그리고 그 상황은 더 나아지기는커녕, 더 나빠져 갔다. "내가 이런 짓을 한 건가?" 소피아가 스스로에게 물었다. "내가 이렇게 행동했다는 것은 불가능해! 그가 이런 식으로 행동한다는 것은 불합리하고 말도 안 돼!" 그녀의 생각은 그를 동정하는 것과 그를 경멸하는 것, 자신을 비난하는 것과 그를 비난하는 것에 번갈아 쓰였다. 두 사람이 대화할 때면, 한 사람 또는 두 사람 모두 언급조차 할 수 없는 부끄러운 범죄를 저지른 것처럼 어색하게 말했다. 아파트의 분위기는 공포로 오염되어 있었다. 소피아는 그가 그녀를 어떻게 볼 것인지 아니면 쳐다보는 것을 피할 것인지를 궁금해 하지 않고는, 그리고 그녀의 몸짓과 말을 사전에 미리 조심스럽게 정해놓지 않고서는 그에게 수프 한 그릇을 제공할 수 없었다. 생활은 자의식의 악몽이었다.

"마침내 그들이 포열의 커버를 벗겼어요!" 크리스마스로부터 이틀 후 그는 포위군들이 연속 포격을 재개하자 괴로운 즐거움을 가지고 외쳤다. 그는 익숙한 소음의 재발로 인해 무관심으로부터 깨어난 도시의 이상하고 일반적인 기쁨을 흉내 내려고 했지만, 그 노력은 개탄스러운 실패로 돌아갔다. 소피아는 실패한 시라크의 모방뿐만 아니라 모방 자체를 비난했다. "애 같아!" 그녀는 생각했다. 시라크의 나약한 행동을 경멸한다 하더라도 그녀는 그 증상의 중대성과 지속성에 깊은 인상을 받았고, 진정으로 놀랐다. "분명 그는 오랫동안 나에 대한 감정을 드러내고 있었을 거야." 그녀는 생각했다. "하루 이틀 사이에 이렇게 미쳐버릴 수는 없을 거야! 하지만 난 아무것도 눈치 채지 못했어. 아니, 솔직히 하나도 알아차리지 못했어!" 식당에서 한 그녀의 행동이 시라크가 가지고 있던 타성에 대한 지식의 자신감을 뒤흔들었듯이, 시라크의 특이한 행동은 그녀를 흔들었다. 그녀는 깜짝 놀랐다. 겁먹지 않은 척하고 있었지만, 그녀는 겁먹고 있었다.

그녀는 레스토랑에서 있었던 사건을 몇 번이고 되뇌며 생활했다. 그녀는 정말로 그가 레스토랑에서 그녀와 사랑을 나눌 것이라고 미리 예상하지 못했던 것이냐고 자신에게 거듭해서 되물었다. 정확히 언제부터 그 고백을 예상하고 있었는지 결정할 수 없었다. 하지만 아마도 식사가 끝나기 훨씬 전일 것이다. 그녀는 그것을 예견했고, 막을 수 있었을지도 모른다. 그러나 멈추는 것을 선택하지 않았다. 그뿐만 아니라 자신에 대한 호기심이 암묵적으로 그녀를 유혹하여 그를 부추기도록 만들고 있었다. 그녀는 스스로에게 어째서 그를 거부했는지 묻고 또 물었다. 그녀가 그를 거부했다는 것은 이상했다. 유부녀라서 그런 것일까? 도덕적인 양심의 가책을 느껴서였을까? 마음의 가장 깊은 곳에서는 그녀가 그를 사랑하지 않아서였을까? 그녀가 아무도 사랑하지 않아서였을까? 그의 열렬한 연애 태도가 그녀의 영국인적 침착함을 불쾌하게 만들었기 때문일까? 그녀는 고백을 재개하지 않는 그의 자제력에 기뻐했는가, 불쾌해 했는가? 그녀는 답할 수 없었다. 알 수 없었다.

하지만 항상 자신이 사랑을 원하고 있다는 것을 알고 있었다. 단지, 다른 형태의 사랑을 생각하고 있었다. 차분하고, 규칙적이고, 다소 엄격하고, 다소 변덕스럽고, 언짢고, 애정을 표시하며, 단순한 육체적인 접촉을 생각하고 있었다. 이러한 것들을 경멸한다고 생각하고 있던 것도 아니었다(경멸하긴 했다)! 그녀가 원했던 것은 너무 자랑스럽고, 너무 독립적이어서 그 기쁨이나 아픔을 솔직하게 드러내지 못하는 사랑이었다. 그녀는 감정 표현을 싫어했다. 가장 친숙한 버려짐을 받는다 해도 예비품을 준비해둘 것이었고, 애인의 예견 능력과 자기 자신의 예견 능력을 믿고 예비품을 기대했을 것이다! 그녀의 성격의 근간을 이루고 있었던 것은 거만한 도덕적 독립이었고, 다른 사람들로부터 가장 많은 존경을 받은 것은 바로 이 자질이었다.

그녀의 거절이 준 충격으로부터 자신을 지탱할 수 있는 자존심의 힘을 이끌어내지 못하는 시라크의 무능함은 그가 불러일으킨 그녀의 성적 욕구를 점차 죽여만 갔고, 며칠 동안 바람과 후회의 자극에 휩싸여 흔들리게 만들었다. 소피아는 그에게 싫다고 말한 그녀의 비이성적인 본능이 옳았다는 것을 시간이 흘러감에 따라 점차 더 선명하게 알게 되었다. 그럼에도 불구하고, 후회가 여전히 그녀를 찾아올 때면 그녀는 이렇게 생각하며 스스로를 위로했다. '난 그런 일에 신경을 쓸 수 없어. 그럴 가치도 없어. 그게 어떤 결과로 이어지겠어? 그게 없더라도 삶은 충분히 복잡하잖아? 아냐, 아냐! 나는 나인 채로 남아 있을 거야. 어쨌든 난 내가 어떤 상황에 처한 것인지 알고 있어, 있는 그대로!' 그리고는 희망적인 재정 상태와 지속적으로 충분한 수입이 있을 것이라는 다가오는 전망을 되돌아볼 것이다. 그리고 공성전의 끝없고 거대한 어리석음이 주는 조바심의 전율이 그녀를 사로잡을 것이다.

그러나 시라크 앞에 서 있을 때 그녀의 자의식은 누그러지지 않았다. 침대에 누워 있는 그녀는 익숙한 소리가 들릴 때까지 기다렸는데, 그것은 그날 밤 시라크가 확실하게 퇴근했다는 것을 알리는 소리였다. 하지만 그녀의 귀는 아무 소리도 듣지 못했다. 이윽고 그녀는 아파트에서 타는 냄새가 나고 있다고 상상을 하게 되었다. 갑자기 잠에서 확 깬 그녀는 불안함에 일어나 앉아서 불안하여 냄새를 맡아 보았다. 그리고는 타는 냄새가 상상이 아니었다는 것을 확신했다. 침실은 완전히 어두웠다. 몹시 흥분한 그녀는 오른손으로 침실용 탁자의 위에 있는 성냥을 찾아 헤맸고, 그러다 촛대와 성냥을 쳐 바닥으로 떨어트려 버렸다. 침대 위에 널브러져 있는 가운을 움켜쥐고는 문을 향하면서 가운을 입었다. 그녀의 발은 맨발이었다. 그녀는 문을 발견했다. 복도로 나온 그녀는 처음에 아무것도 식별할 수 없었으나, 머지않아 얇은 빛의 선을 보았는데, 그 빛은 시라크의 문 밑바닥을 가리키고 있었다. 타는 냄새는 확실했고, 틀림없었다. 그녀는 희미한 불빛 쪽으로 가서는 손바닥으로 문손잡이를 더듬어 찾다가 문을 열었다. 시라크를 불러 무슨 일이냐고 할 생각은 나지도 않았다.

집에 불이 난 것은 아니었다. 그러나 불이 났었을 수도 있었다. 그녀는 시라크의 침대 발치에 있는 테이블에 작은 조리용 램프와 부용 냄비를 올려두었다. 시라크는 단지 램프에 불을 붙이고 냄비를 올려두기만 하면 됐었다. 그는 두 개의 심지를 들어 올린 뒤 램프에 불을 붙였고, 그대로 탁자 옆 의자에 주저앉아 머리를 테이블 옆으로 떨군 채 잠들었다. 그는 냄비를 램프 위에 올려놓지 않았다. 심지를 내리지도 않았고, 짙고 검은 연기로 덮인 불길은 그의 흘러내린 머리카락으로부터 몇 인치 이내로 천천히 왔다 갔다 하고 있었다. 모자는 바닥을 따라 굴러다니고 있었다. 그는 커다란 외투와 모직 장갑을 한 쪽만 끼고 있었고, 다른 장갑은 기울어진 무릎 위에 떨어져 있었다. 촛불 또한 타고 있었다.

소피아는 서두르며 몰래 앞으로 나아갔고, 앞으로 손을 뻗는 동작으로 램프의 심지를 꺾었다. 검은 얼룩이 테이블에 남아 있었다. 다행히도 냄비는 덮여 있었다. 그렇지 않았더라면 부용은 망했을 것이다. 시라크는 가슴이 미어지는 듯한 광경을 연출했고, 소피아는 그를 보면서 깊고 고통스러운 감정을 느꼈다. 그는 수면 부족으로 인해 완전히 지치고 고장 난 것이 틀림없었다. 그는 규칙적인 시간을 지키는 것도, 자신의 몸을 올바르게 대할 줄도 모르는 남자였다. 3시에 잠들고 있었지만, 평상시와 같은 시간에 기상하고 있었다. 그는 죽은 사람처럼 보였지만, 그것보다 더 슬프고 더 애석해 보였다. 밖은 안개가 자욱했고, 그의 가늘고 더러운 수염은 그 안개의 수분이라는 보석으로 장식되어 있었다. 그는 과소비를 한 개의 쇠약한 모습을 띄고 있었다. 그의 안에 있는 구타당한 동물은 하나하나의 자세로 표현되고 있었다. 심지어 하얗고 핼쑥한 눈꺼풀과 떨어지고 있는 손가락에서도 그 모습이 나타났다. 얼굴은 매우 슬펐다. 무방비 상태가 언제나 호소하듯 얼굴은 자비를 호소하고 있었다. 너무나 무력했고, 노출되어 있었으며, 너무나 단순했다. 소피아로 하여금 삶의 내면에 있는 신비로움을 떠올리게 해주었고, 인류는 끔찍한 심연 위의 얇은 지각을 걷고 있음을 상기시켜주었다. 그녀는 신체적으로 몸은 떨리지 않았지만, 그녀의 영혼은 떨렸다.

그녀는 기계적으로 냄비를 램프 위에 놓았고, 그 소음은 시라크를 깨웠다. 그가 끙 하는 소리를 내었다. 처음에 그는 그녀의 존재를 알아차리지 못했다. 누군가가 자신을 내려다보고 있다는 것을 알게 되었지만, 이 사람이 누구인지 즉시 깨닫지 못했다. 그는 아기처럼 주먹으로 눈을 비비고 일어나 앉았고, 의자가 삐걱거렸다.

"뭐야?" 그가 말했다. "오, 부인, 죄송합니다. 뭐죠?"

"당신이 집을 거의 파괴할 뻔했어요." 그녀가 말했다. "불 냄새를 맡고 안으로 들어왔어요. 딱 시간 맞춰 들어왔죠. 이제 위험할 일은 없어요. 하지만 조심해주세요." 그녀는 문 쪽으로 가려는 듯한 행동을 취했다.

"제가 뭘 했는데요?" 눈꺼풀이 흔들리고 있는 그가 물었다.

그녀는 설명을 해주었다. 그는 휘청거리며 의자에서 일어났다. 그녀가 그에게 다시 앉으라고 말했고, 그는 마치 꿈속에 있는 것처럼 그 말에 복종하였다.

"이제, 가볼게요." 그녀가 말했다.

"잠시만요." 그가 중얼거렸다. "당신에게 용서를 구합니다. 어떻게 감사를 드려야 할지 모르겠네요. 당신은 정말 너무 착해요. 잠시만 기다려주시겠어요?"

그의 목소리는 애원하고 있었다. 그는 그녀와 빛으로 인해 약간 눈부셔 하며 그녀를 응시했다. 램프와 촛불은 그녀의 얼굴 아래쪽을 극적으로 비추고 있었고, 그녀가 입고 있는 파란색 플란넬 실내복의 질감을 보여주었다. 레이스 칼라의 일부 무늬가 그녀의 뺨에 그림자를 드리우고 있었다. 그녀의 얼굴은 붉어져 있었고, 머리는 단정하지 않게 늘어져 있었다. 명백히 그는 자신의 방에 이러한 모습을 한 유령이 나타났다는 놀라움으로부터 평정을 되찾지 못하고 있었다.

"이번엔 뭐죠?" 그녀가 말했다. '이번엔'이라는 말에 붙인 희미하지만 놀란 것 같은 강조는 그녀의 생각의 본질을 보여주었다. 그의 모습은 그녀를 감정적으로 만들었고, 여성의 동정심으로 가득 차게 만들었다. 그러나 그 동정은 단지 그에 대한 그녀의 경멸을 담아두는 봉투일 뿐이었다. 그녀는 나약함에 감탄할 수 없었다. 감탄할 순 있지만 불쌍히 여길 것이다. 경멸이 뒤섞인 불쌍함으로. 그녀의 본능은 그를 어린애 취급하고 있었다. 그는 인간의 존엄성을 잃었다. 이전에 그녀는 마치 그를 사랑할 수 없는지에 대해 확신하지 못하고 있었던 것처럼 보였지만, 지금은 꽤 확신하고 있는 것처럼 보였다. 그녀는 그와 가까이에 서 있었다. 그녀는 상처를 숨길 수 없는 영혼의 상처를 보았고, 그 광경을 보고 분개했다. 그녀는 냉정했다. 그녀는 허락해주지 않을 것이었다. 그리고 자신의 무정함을 즐기고 있었다. 경멸은(선량하고 친절하며 너그러운 경멸) 그녀를 외부적으로 따뜻하게 만들어준 동정심의 핵심이었다! 이렇게 사람을 고문당한 희생자로 급속하게 퇴화시켜버린 자제력 부족에 대한 경멸! 급속히 커져가는 열정이 인생의 전부를 가득 메울 때까지 증대시킨 관점 부족에 대한 경멸! 감정의 노예가 된 이 여성성에 대한 경멸! 그녀는 마치 유아에게 장난감을 주듯 자신을 시라크에게 줄 수 있었을지도 모른다고 생각했다. 하지만 그를 사랑하는 것은…! 안 된다! 그녀는 강인한 정신의 자유를 의식하고 있었기 때문에 그에 비해 헤아릴 수 없는 우월감을 느끼고 있었다.

"할 말이 있어요." 그가 말했다. "저는 떠날 겁니다."

"어디로요?" 그녀가 물었다.

"파리 밖으로요."

"파리 밖이요? 어떻게요?"

"열기구를 타고요! 제 일지…! 매우 중요한 사건이에요. 이해하시죠. 제가 스스로 제안했어요. 어떻게 생각하시나요?"

"위험해요." 그녀는 그가 두려움을 이해하지 못하는 사람의 어리석은 태도를 취할지 지켜보았다.

"오!" 그 가엾은 사람은 손가락을 튕기며 어리석은 억양으로 중얼거렸다. "그건 제게 상관없어요. 물론, 위험하죠. 네, 위험합니다!" 그가 반복했다. "하지만 당신은 무엇을…? 저를 위해…!"

그녀는 자신이 위험을 언급하지 않았더라면 좋았을 것이라고 생각했다. 그가 그녀의 역설적인 경멸을 초래하는 것을 보는 것은 그녀의 마음을 아프게 하였다.

"모레 밤에 출발하게 될 겁니다." 그가 말했다. "파리 북역의 뜰에서요. 제가 떠나는 걸 당신이 와서 봐주셨으면 합니다. 당신이 와서 제가 떠나는 것을 특별히 원합니다. 칼리어에게 당신을 에스코트해달라고 부탁했습니다."

그는 이렇게 말하고 있는 것일지도 몰랐다. '전 제 스스로에게 순사를 제안했으니, 그 광경을 반드시 도와주셔야 합니다.'

그녀는 그를 더 경멸했다.

"오! 진정하세요." 그가 말했다. "당신에 대해 걱정하지 않겠습니다. 다시는 제 사랑을 당신에게 말하지도 않을 거고요. 전 당신을 알아요. 쓸모없을 거라는 것을 알고 있어요. 하지만 꼭 오서서 제 여행이 무사하기를 빌어주세요."

"물론이죠, 당신이 원하신다면." 그녀가 명랑한 차분함을 가지고
대답했다.

그는 그녀의 손을 꼭 잡고 입을 맞추었다. 그가 그녀의 손에 입을
맞추는 것은 한때 그녀를 기쁘게 했었다. 그러나 지금은 그것이 마음
에 들지 않았다. 그녀에게는 히스테리적이고 어리석게 보였다. 그녀
는 바닥에 있는 그녀의 발이 얼음처럼 차가워지는 것을 느꼈다.

"이제 가볼게요." 그녀가 말했다. "수프 챙겨 드세요."

그가 그녀의 발을 염탐하지 않기를 바라며 그녀는 도망을 나왔다.

2

파리 북역의 뜰은 기관차에서 가져온 기름등으로 인해 환하게 밝혀져 있었다. 그들의 은빛 반사면은 열기구의 거대한 노란색 덩어리 아랫부분에서 사방에 눈부신 광선을 던지고 있었다. 윗부분은 강한 바람 속에서 거대하고 볼품없이 이리저리 흔들리고 있었다. 열기구들의 크기로 볼 때 그 열기구는 작은 크기였지만, 열기구 아래에서 움직이고 있는 인간의 위에서 흔들리고 있는 열기구는 엄청나게 거대해 보였다. 밧줄은 열기구의 가장 넓은 지름 크기만큼 높이 있는 노란색 태피터에 윤곽을 드러내고 있었지만 그 위로는 모두 모호했고, 멀리서 있는 관중들조차도 이 거대한 구의 정상과 어둡게 움직이는 하늘을 명확히 구분하지 못했다. 말뚝에 묶여 있는 밧줄로 고정되고 있는 바스켓은 이따금씩 땅에서 몇 인치 정도 불안하게 솟아올랐다. 역 건물의 칙칙하고 간소한 건축물은 열기구를 둘러싸고 있었다. 열기구를 나올 수 있는 유일한 방법이었다. 도시의 소리를 차단하고 있는 그 건축물의 지붕 너머로 포격의 불규칙한 소리가 터져 나왔다. 아마 그리 큰 피해도 주지 못할 포탄이 파리 남부 지역에 떨어지고 있었는데, 그래도 가끔 집안 내부로 떨어져 엉망진창을 만들어놓곤 했다. 파리 사람들은 그 포탄이 병원이나 박물관을 향해 악의적으로 겨냥된 것이라고 확신했다. 어린아이가 우연히 그 포격에 맞아 죽었을 때, 프로에신의 야만성에 대한 그들의 무언의 논평은 씁쓸했다. 그들의 얼굴은 이렇게 말하고 있었다. '저 야만인들은 아이들조차 살려줄 생각이 없군!' 그들은 포탄 시장을 만들었고, 공급량에 따라 관세를 수정하는 등 흥분을 감추지 못했다. 살아 있는 포탄은 죽은 포탄보다 더 비싼 가격에 거래되었다. 소 시장은 텅 비었고, 채소 시장도 텅 비었고, 짐승들은 더 이상 풀밭에서 풀을 뜯지 않았고, 2천 5백만 마리의 쥐들은 관중들에게 관심을 주기엔 너무 많았으며, 증권 거래소는 사실상 사람이 없었기에 포탄의 밀거래는 매우 칙칙한 시기에 굶주린 상업 본능을 지속되게 만들어주었다. 그러나 신경에 미치는 영향은 해로웠다. 모든 사람의 신경은 그저 생 상처에 지나지 않았다. 격렬한 분노는 마법처럼 웃음에서 튀어나와 애정을 다 날려버렸다. 포격의 간접적인 결과는 열기구 아래 있는 남자들의 집단에서 특히나 더 두드러졌다. 그곳에 있는 모든 남자들은 마치 가장 어려운 상황 속에서 자신들의 화를 다스리고 있는 것처럼 행동하고 있었다. 그들은 계속 하늘을 쳐다보았지만, 하늘을 떠다니는 구름의 흐릿한 가장자리 말고는 아무것도 구별할 수 없었다. 몽루주의 위로 떨어진 포탄들도 다 그 하늘에서 온 것이었다. 그리고 열기구는 그 하늘로 올라갈 것이었다. 열기구는 그 위험을 무릅쓰고 불과 야만인들로 둘러싸인 비밀 속으로 올라갈 것이었다.

소피아는 칼리어와 떨어져 있었다. 칼리어는 콜로네이드의 은신처 아래에 있는 특정 장소를 가리키며 그곳에 자리를 잡아야 한다고 주장하고 있었다. 소피아를 그곳으로 안내하고 나서 그들이 움직이면 안 된다는 인상을 그녀에게 심어주고 난 그는, 자신의 역할이 끝났다고 생각한 것인지 아무 말도 하지 않았다. 그가 항상 쓰는 매우 높은 실크해트와 깃을 세운 얇은 구식 오버코트를 입은 모습은 다소 괴상했다. 다행히 그날 밤은 그다지 춥지 않았다. 그렇지 않았더라면 그는 몹시 흥분한 사람들의 가장자리에서 얼어 죽었을지도 모른다. 소피아는 곧 그를 무시했다. 그녀는 열기구를 보았다. 귀족적인 노인은 차에 기대어 상황을 지켜보다가 때때로 얼굴을 찌푸리거나 발을 동동 구르기도 했다. 평온하게 파이프를 피우던 한 늙은 조종사는 열기구를 바라보며 이리저리 걸어 다녔다. 그러고는 풍선과 바스켓을 연결해주는 밧줄을 올라갔다가 바스켓으로 점프를 하였고, 누군가 그 안에 넣어둔 가방을 화를 내며 밖으로 집어던졌다. 하지만 그는 대부분 침착함을 유지하고 있었다. 다른 직권을 가지고 있는 사람은 서둘러 돌아다니며 이야기와 손짓을 하고 있었다. 많은 수의 노동자들은 한가하게 명령을 기다리고 있었다.

"시라크, 어디 있습니까?" 갑자기 시계를 들고 있는 노인이 소리쳤다.

몇몇 목소리들이 공손하게 대답하였고, 한 남자는 심부름을 하기 위해 어둠 속으로 달려 나갔다. 이윽고 초조하고, 남의 시선을 의식하며 안절부절못하고 있는 시라크가 모습을 드러냈다. 그는 소피아가 한 번도 본 적이 없는 모피 코트를 입고 있었고, 손에는 불안하게 움직이고 있는 새하얀 비둘기 여섯 마리가 들어 있는 새장을 들고 있었다. 조종사는 그에게서 새장을 받았고, 관련이 있는 모든 사람들은 중요한 임무가 달려 있는 멋진 새들을 관찰하기 시작했다. 사람들이 흩어지자, 그 조종사는 안전하게 새장을 넣기 위해 바스켓의 가장자리로 몸을 구부렸다. 그러고 나서는 여전히 파이프를 피우며 바스켓에 올라탔고, 고리버들로 만들어진 제품 위에 태만하게 앉았다. 시계를 든 남자는 시라크와 대화를 하고 있었다. 시라크는 말없이 동의하며 고개를 끄덕였다. 마치 이렇게 말하고 있는 것 같았다. "네, 알겠습니다! 알겠습니다! 이해했습니다! 알겠습니다!"

시라크는 갑자기 바스켓을 향해 시선을 돌려 조종사에게 질문을 하자, 그는 고개를 흔들었다. 이에 시라크는 시계를 든 남자에게 순종적인 절망의 제스처를 취했다. 그러자 순식간에 모든 군중이 난동을 부렸다.

"음식!" 시계를 든 남자가 외쳤다. "음식, 세상에 맙소사! 음식을 잊다니 정말 바보인 게 틀림없어! 이럴 수가, 이런!"

소피아는 그 동요에 미소를 지었고, 음식에 대해 전혀 생각하지 않은 비효율적인 경영에 미소를 지었다. 음식은 단순히 잊힌 문제가 아닌 것 같아 보였기 때문이었다. 음식은 고려조차 되지 않은 문제인 것처럼 보였다. 그녀는 열기구를 타는 사람들 또한 음식을 먹어야 한다는 생각을 전혀 하지 않은 자만심이 강하고 신경질적인 남성들의 무리를 경멸하지 않을 수 없었다. 그녀는 모든 것이 다 이런 식으로 진행된 것인지 궁금했다. 매우 오래 걸린 것 같았던 지연이 있은 후, 음식에 관련된 문제는 적어도 소피아가 보기에는 매우 값싼 방식으로 해결되었다. 초콜릿과 케이크, 그리고 와인으로 해결된 것이다.

"그 정도면 충분합니다! 그 정도면 충분해요!" 시라크는 자신과 논쟁하기 시작한 한 무리의 사람들에게 열정적으로 여러 번 소리쳤다. 그러더니 살그머니 주위를 둘러보았고, 가슴을 내밀고 모피 코트를 두드리며 소피아를 향해 곧장 다가왔다. 소피아를 그와 칼리어 사이에 세워두기로 미리 계획을 세워놓은 것이 분명했다. 음식에 대해서는 생각하지 못했지만, 소피아의 위치에 대한 것은 생각할 수 있었던 것이다!

모든 시선이 그를 따라갔다. 그 눈들은 어둠 속에서 소피아의 아름다움을 알아차리지 못했지만, 그녀가 젊고 날씬하고 우아하며 외국인의 기품을 가지고 있었다는 것은 알 수 있었다. 그 정도면 충분했다. 그들의 강렬한 호기심으로 인해 공기가 떨리고 있는 것 같았다. 시라크는 곧바로 훌륭하고 낭만적인 모험의 영웅이 되어 있었다. 그는 즉시 모든 권위자들로부터 부러움과 존경을 받았다. 그녀는 무엇인가? 그녀는 누구인가? 진지한 열정인 것인가, 아니면 단순한 변덕인 것인가? 그녀가 스스로 그를 찾아온 것인가? 사랑스러운 생명체들은 때때로 운이 좋은 평범한 사람에게 자신을 내던진다는 것은 부인할 수 없는 사실이었다. 그녀는 결혼한 여성인가? 예능인? 소녀? 이러한 질문들이 오버코트의 아래를 두드리고 있었지만, 예의 바른 태도는 엄격히 지켜지고 있었다.

시라크는 모자를 벗고 그녀의 손에 입을 맞추었다. 바람이 그녀의 머리를 흐트러뜨렸다. 그녀는 용감해지고 싶어 하는 진심 어린 바람으로 인한 으스대는 표정 아래 있는 그의 얼굴이 매우 창백하고 불안해하고 있었다는 것을 알 수 있었다.

"음, 떠날 시간이군요!" 그가 말했다.

"당신들 모두가 음식을 잊어버린 거예요?" 그녀가 물었다.

그는 어깨를 으쓱했다. "어쩌겠습니까? 모든 걸 다 생각할 순 없잖아요."

"안전한 항해가 되길 바라요." 그녀가 말했다.

그녀는 이미 한 번 집에서 그에게 작별 인사를 한 적이 있었고, 열기구와 조종사가 준비하는 소리를 들었다. 이제 그녀는 할 말이 아무것도 없었다. 아무것도.

그는 다시 어깨를 으쓱했다. "그랬으면 좋겠네요!" 이렇게 말했지만 그의 어조에는 그럴 희망이 없다는 것을 전달하고 있었다.

"바람이 너무 세지 않아요?" 그녀가 제안했다.

그는 또 어깨를 으쓱했다. "어쩌겠어요?"

"당신이 원하는 방향으로 불고 있나요?"

"네, 약간이요." 그가 마지못해 인정했다. 그러고는 정신을 차리더니 이렇게 말했다. "에, 음, 부인. 이렇게 와주시다니 정말 친절하시군요. 제가 매우 고수하기는 했죠, 오셔야 한다고. 제가 파리를 떠나는 건 당신 때문이에요."

그녀는 찡그린 얼굴로 그 말에 분개했다.

"아!" 그가 애원했다. "그러지 마세요. 제게 미소를 지어주세요. 결국, 제 잘못은 아니니까요. 이번이 마지막으로 당신을 볼 수 있는 순간이 될 수도 있고, 마지막으로 당신의 눈을 보는 순간일 수도 있다는 것을 기억하세요."

그녀는 미소를 지었다. 이 모든 대담한 행동으로 스스로를 표현하고 있는 감정의 진실성을 확신했다. 그리고 시라크를 대신하여 자신에게 사과해야 했다. 그녀는 그에게 기쁨을 주기 위해 미소를 지었다.

그녀의 냉정한 상식은 비웃을지 모르지만, 의심할 여지없이 그녀는 로맨틱한 이야기의 중심에 있었다. 어둡게 흔들리고 있는 열기구! 기다리고 있는 사람들! 비밀스러운 임무! 바람은 모자를 쓰지 않은 그의 머리를 휩쓸고 있었고, 출세를 열망하는 부러워하는 사람들이 그들의 대화를 지켜보고 있는 가운데 시라크는 운명론적인 억양으로 그녀의 이미지가 그의 삶을 황폐하게 만들었다고 말했다! 그렇다, 낭만적이었다. 그리고 그녀는 아름다웠다! 그녀의 아름다움은 그녀도 모르게 세계를 돌아다니며 장난을 치는 활동적인 현실이었다. 그녀의 머릿속을 스쳐간 생각은 로맨스에 대한 크고 화려한 생각이었다. 그리고 그것들을 불러일으킨 사람은 시라크였다! 돌발적인 모순과 하찮은 상황을 극복하는 진짜 드라마가 존재하고 있었다. 그녀가 시라크에게 마지막으로 한 말은 부드럽고 고무적이었다.

그는 모자를 다시 쓰며 급히 기구로 돌아갔다. 그는 승리로부터 이제 막 나온 사람인 듯 존경을 받았다. 그는 신성시되었다. 소피아는 뒤로 물러나 있던 칼리어에게 다시 합류하였고, 남의 시선을 의식하는 수다스러운 태도로 그에게 말을 걸기 시작했다. 그녀는 아무런 근거도 없이 그에게 말을 걸었고, 자신이 무슨 말을 하고 있는지 알고 있지도 못했다. 시라크는 벌써 수많은 다른 존재들처럼 그녀의 삶으로부터 사라지게 되었다. 그녀는 두 사람의 첫 만남과 항상 그들을 단결시켜주었던 동정심을 생각했다. 이제 그는 자신이 창조한 운명의 위기 속에서 단순함을 잃고, 그녀의 존경심 속에 가라앉았다. 그가 그녀의 존경심 속에 가라앉았기에 그녀는 그를 더욱더 좋아하기로 결심했다. 그녀는 그가 정말 감정적인 실망으로 인해 이 모험을 결심한 것인지 궁금했다. 그녀가 만약 어느 날 밤 시계를 감는 것을 잊지 않았더라면, 그들이 여전히 브레다 거리의 한 지붕 아래에서 조용히 살아가고 있었을 것인가를 궁금해 했다.

조종사는 확실하게 바스켓에 올라탔다. 그는 커다란 망토로 자신의 몸을 가리고 있었다. 시라크는 바스켓의 가장자리에 한쪽 다리를 걸치고 있었으며 8명의 남자들이 밧줄 옆에 서 있었다. 갑작스러운 흥분으로 인하여 소란이 일어나고 있던 그때, 말발굽이 달가닥 소리를 내며 경비들이 있는 입구를 지나쳐왔다. 반짝이는 말의 가슴에는 전형적인 거품이 나 있었다.

"파리의 장관이 보낸 전보입니다!"

당번병으로서 그는 자신의 말을 확인하며 일행에게 다가갔고, 시계를 가지고 있는 노인조차도 모자를 들어 올렸다. 당번병은 그에 대한 대답으로 허리를 굽혀 질문하였고, 그 질문에 시라크가 대답하였다. 그러고 나서 또 한 번의 인사가 있었고, 공식 전보를 시라크에게 건네준 당번병은 말을 타고 군중 속으로 사라졌다. 꽤 짜릿한 광경이었다. 칼리어는 감격하였다.

"결코 시간을 엄수하지 않는다니깐, 그 장관. 그것도 특징이지!" 칼리어가 아이러니하게 말했다.

시라크가 바스켓에 올라탔다. 그러자 시계를 든 노인은 자신의 뒤에 있는 그림자에서 검은 가방을 꺼내어 시라크에게 맡겼는데, 시라크는 엄청난 경의를 느끼며 그 가방을 받고 나서는 가방을 숨겼다. 조종사는 명령을 내리기 시작했다. 줄 근처에 있던 사람들은 허리를 굽히고 있었다. 열기구는 갑자기 1피트 정도 떠오르더니 흔들거렸다. 조종사는 지속적으로 소리쳤다. 권한을 가지고 있는 사람들은 모두 꼼짝 않고 열기구를 바라보았다. 긴장감의 순간은 영원했다.

"모두 풀어!" 조종사가 일어나더니 밧줄에 매달리며 소리쳤다. 시라크는 바스켓에 앉아 있었다. 작고 흰 부분이 있는 검은 털 덩어리였다. 밧줄 근처에 앉아 있는 남자들은 혼란스러운 인물들로 뭉쳐 있었다.

바스켓의 한쪽이 기울어지면서 조종사는 거의 밖으로 내동댕이쳐질 뻔했다. 반대편에 있던 세 남자가 밧줄을 풀지 못한 것이다.

"풀라고, 이 시체들아!" 조종사가 그들에게 소리쳤다.

열기구는 마치 하늘의 굉장한 자극이라도 받은 듯이 펄쩍 뛰어올랐다.

"아듀!" 시라크가 모자를 벗어 흔들면서 소리쳤다. "아듀!"

"본보야지! 본보야지!" 작은 군중들이 환호했다. 그러고는 소피아를 포함한 모든 관중들이 목을 조이며 외쳤다. "비베 라 프랑스!"

그러나 열기구의 윗부분이 찌그러지면서 배 모양이 망가지기 시작했고, 커다란 덩어리 전체가 역의 벽 쪽을 향해 격렬하게 틀리기 시작했다. 바스켓은 그 아래에서 장난감처럼 흔들리고 있었고, 바스켓의 아래에는 닻이 있었다. 경악하는 비명 소리가 들려왔다. 이윽고 커다란 공은 다시 튀어 오르더니 높은 유리 지붕을 휩쓸며 몇 인치씩 날아가기 시작했다. 환호는 즉시 중단되었다. 열기구는 사라졌다. 마치 기다리고 있다가 참을 수 없게 된 격렬하고 강력한 힘에 의해 사라진 것 같았다. 관중들의 망막에는 기울어진 바스켓이 연의 꼬리처럼 지붕 근처에서 흔들리고 있는 환영이 몇 초 동안 남아 있었다. 그러고는 아무것도 남지 않았다! 공허함! 어두움! 열기구는 벌써 밤이라는 광활하고 폭풍우가 몰아치는 바다로 사라져 보이지 않게 되었다. 바람의 장난감이었다. 구경꾼들은 다시 한 번 포탄의 둔탁한 꽝음을 알아차렸다. 열기구는 이미 저 총들의 파멸 속에서 보이지 않게 날고 있었을지도 모른다.

소피아는 자신도 모르게 숨을 죽였다. 고독과 무의미함의 냉정한 감정이 그녀라는 존재를 멍하게 만들었다. 아무도 시라크나 늙은 조종사를 다시 보지 못했다. 바다가 그들을 집어삼킨 것이 틀림없었다. 공성전의 기간 동안 파리를 떠난 65개의 열기구들 중에서 2개의 소식이 들려오지 않았다. 그 열기구는 두 열기구 중 첫 번째 열기구에 해당되었다. 시라크의 의도는 의심할 여지없이 위험을 늘리려는 것이었지만, 어쨌든 그는 위험을 늘리지 않았다.

3

소피아가 프랑스에서 보낸 낭만적인 모험은 이것이 끝이었다. 머지않아 독일인들은 상호 합의 하에 파리로 들어왔고, 확실하게 루브르 박물관을 구경하더니 도시의 침묵 속에 싸여 떠나갔다. 소피아에게 있어 공성전의 결론은 가격이 하락했다는 것을 의미했다. 외부로부터 보급품이 파리에 도착하기도 훨씬 전에, 가게 진열장은 오직 가게 주인만이 어디에서 온 것인지 알고 있는 물건들로 가득 차 있었다. 지하실에 아직 재고가 남아 있는 소피아는 몇 주 더 버틸 수 있었는데, 좋은 물건들이 금과 같은 값이었을 때 그 좋은 물건들을 더 팔지 않았다는 사실은 그녀를 짜증나게 만들었다. 베르사유에서 이루어진 조약의 체결로 인해 소피아는 개당 5파운드에 팔았던 햄의 남은 두 조각을 보통 가격으로 낮추었다. 그러나 1월 말, 그녀는 약 8천 프랑과 아파트의 모든 가구, 그리고 명성을 얻은 자신을 발견하게 되었다. 그녀는 모든 것을 얻었다. 그 어떤 것도 그녀의 아름다움을 손상시킬 수는 없었지만, 그녀는 낡고 눈에 띄게 늙어 보였다. 때로는 시라크가 언제 돌아올지 궁금해 했다. 그녀는 시라크나 신문사에 편지를 보낼 수 있었지만, 그러진 않았다. 시라크의 열기구가 실패로 끝나게 되었다는 것을 신문에서 발견한 사람은 니엡스였다. 그 순간 그 소식은 그녀에게 전혀 영향을 끼치지 않았다. 그러나 며칠이 지나자 그녀는 일종의 흐릿한 방식으로 상실감을 느끼기 시작했다. 그 상실감을 점점 더 느끼게 되었지만, 결코 격렬하게 느끼지는 않았다. 그녀는 시라크가 결코 그녀의 마음을 강하게 끌 수 없었을 것이라고 완전히 확신했다. 그녀는 드문 간격을 두고 계속해서 그녀를 만족시켜줄 만한 열정을 꿈꾸었다. 부유하지만 신중한 가정의 좋은 방에서 열렬히 타오르다 불처럼 꺼지는 꿈이었다.

그녀는 자신의 미래가 어떻게 될 것인지, 그리고 코뮌이 그녀를 붙잡았을 때 관성에 의해 브레다 거리에 영원히 머물게 될 운명인지 추측해 보고 있었다. 그녀는 코뮌에 겁을 먹었다기보단 짜증을 내고 있었다. 휴식과 산업이 필요한 도시가 그런 터무니없는 행동을 해야 한다는 사실에 화가 났다. 많은 사람들에게 코뮌은 공성전보다 더 나쁜 경험이었다. 그러나 소피아에게는 그렇지 않았다. 그녀는 여자이자 외국인이었다. 니엡스는 소피아보다 훨씬 더 불안해하고 있었다. 그는 자신의 삶에 대한 두려움을 느끼며 다녔다. 소피아는 시장에 나가 운에 자신을 맡길 것이었다. 한때 모든 사람들이 지하 저장고에서 살며, 정육점 주인이나 다른 소매상인들에게 전하는 주문이 공유 벽과 인접해 있는 안뜰로 전달되어 골목을 통해 소통하게 된 것은 사실이었다. 이상한 존재였고, 어쩌면 위험할 수도 있었다! 그러나 이러한 기간을 거쳐 공성전을 이겨낸 여성들은 그다지 겁을 먹지 않았다. 어쩌다 우연히 남편이나 애인이 활동적인 정치인이 아니었다면 말이다.

1871년 대부분의 시간 동안 소피아는 생계를 꾸리고 돈을 저축하는 일을 멈추지 않았다. 그녀는 아무리 작은 돈이라도 모두 지켜보았고, 세입자들에게 그들이 지불할 수 있는 모든 것을 요구하는 경향이 생겨 있었다. 그녀는 가격에 대한 모든 세부사항을 미리 알려줌으로써 과시적으로 이에 대한 변명을 하였다. 결국 같은 결과를 낳았지만, 이러한 이점들 때문에 그 청구서는 불쾌감을 유발하지는 않았다. 그녀의 어려움은 파리가 마침내 정상적인 면과 삶을 재개했을 때, 모든 여성들과 아이들이 옹기종기 모여 히스테리 상태로 붐비고 있던 그 도시의 터미널로 돌아왔을 때, 오랫동안 닫혀 있던 아파트가 다시 문을 열었을 때, 그리고 1년 내내 아내와 가족이 없다는 단점과 장점을 가지고 있던 남자들이 다시금 가정에 닻을 내렸을 때 시작되었다. 그렇게 되자 소피아는 모든 방을 빌려줄 수 없었다. 그녀는 쉽게 그리고 지속적으로 그들에게 높은 집세를 청구하며 방을 빌려주었는데, 방해물이 없는 남자들에게는 그렇게 하지 않았다. 그녀는 거의 매일 예쁜 모자를 쓴 매력적인 세입자나 멋진 여성에게 환대를 제공할 수 있는 조건으로 방을 원하는 쾌활한 신사들을 거절했다. 그녀의 집이 '진지한' 곳이라고 소리 높여 선언하는 것은 소용이 없었다. 이 기쁨에 찬 사람들 대다수가 '진지한' 집에서 살고 싶다는 야망을 가지고 있었는데, 각각의 마음속 깊은 곳에는 자신들이 '진지한' 사람이고 다른 기쁨에 찬 세계와는 자신이 상당히 다르다는 생각을 가지고 있었기 때문이었다. 소피아의 아파트가 가지고 있는 특성은 잘못된 종류의 열망을 가지고 있는 사람을 격퇴하기는커녕, 틀림없이 그런 종류의 사람들을 불러 모으고 있었다. 희망은 그 사람들의 가슴속에서 사라질 수 없었다. 소피아의 아파트에는 들어갈 수 있는 기회조차 없을 것이라는 말이 떠돌고 있었지만, 그럼에도 불구하고 그들은 시도를 해보았다. 소피아는 때때로 실수하기도 했고, 그 실수를 바로잡기 전에 심각한 불쾌감이 일어나곤 했다. 진실은, 거리가 그녀에게 너무 부담스러웠다는 것이었다. 브레다 거리에 진지한 하숙집이 있다고 칭찬하는 사람은 거의 없을 것이다. 경찰조차 그것을 칭찬하지 않을 것이다. 게다가 소피아의 아름다움은 그녀에게 불리했다. 이 당시 브레다 거리는 아마도 파리의 중심가에서 가장 악명 높은 거리였을 것이다. 개인의 부도덕한 행동이 밀집해 있다는 평판이 절정에 달한 때였다. 30년이 지난 후 상인들의 희망에 순종하여 당국의 이름을 바꾸도록 강요한 그 자체에 대한 편견을 가장 바쁘게 만들어내고 있었다. 소피아가 아침 11시경에 레티큘을 사기 위해 외출했을 때, 거리에는 레티큘을 구매하기 위해 외출을 한 여성들로 붐비고 있었다. 그러나 완벽하게 옷을 차려 입고 모자를 쓴 소피아와는 달리 다른 사람들은 형언하기 힘든 침대에서 바로 나와 머리를 빗을 생각도 하지 않고 드레싱 가운을 입은 채로 슬리퍼를 신고 나왔거나 야회용 여성 외투에 슬리퍼를 신고 나와 있었다. 브레다 거리, 노트르담 드 로레트 거리, 마흐띠

흐 거리의 작은 상점들에 있는 사람들은 인간 본성의 원시적인 본능에 정말로 가까운 모습을 하고 있었다. 경이롭고, 즐겁고, 흥미진진한 그림 같았으며, 예의범절의 보편성은 도덕적 분노를 터무니없게 만들고 있었다. 그 동네는 확실히 소피아와 같은 인종, 교육, 성격을 가진 여성이 편안하게 생계를 꾸릴 수 있는 곳이 아니었고, 심지어 존재조차 할 수 없었다. 그녀는 거리 전체에 맞서 싸울 수 없었다. 거리가 아니라 그녀가 어울리지 않고 잘못된 곳에 있었던 것이다. 이웃들이 그녀에 대해 말할 때 어깨를 들썩인 것도 놀랄 일이 아니다! 미친 영국 여성이 아니고야 그 어떤 미인이 브레다 거리에서 수녀처럼 살 목적으로 정착한 뒤, 다른 사람들에게도 그렇게 행동하도록 강요할 생각을 하겠는가?

지속되는 순진함의 힘으로 인해 소피아는 인위적으로 약간 더 많은 돈을 벌었지만, 그녀는 서서히 이 상황이 지속될 수 없다는 것을 스스로 인정할 지경까지 몰리게 되었다.

그러던 어느 날 그녀는 갈리냐니의 메신저라는 신문에서 샹젤리제 구역의 바이런 거리에서 잉글랜드 식 하숙집을 판다는 광고를 보게 되었다. 그곳은 프렌샴이라는 이름을 가진 사람들의 소유물이었는데, 전쟁 전에 어느 정도의 인기를 누리고 있었다. 그러나 그 소유주와 아내는 변덕스러운 파리의 정치를 충분히 받아들일 수 없었다. 인기가 있었던 시절 그들은 돈을 저축하지 않고 다른 곳과 프렌샴 부인의 손에 사용했다. 공성전과 코뮌은 그들을 거의 망할 지경까지 몰고 갔다. 자금이 있었더라면 그들은 이전에 누렸던 자존심을 회복했을지도 모른다. 그러나 그들의 자금은 고갈되어 있었다. 소피아는 그 광고에 응하였다. 그녀는 두 사람에게 깊은 인상을 남겼는데, 그들은 정직한 얼굴을 가지고 있는 영국인과 일을 처리할 수 있다는 전망에 기뻐했다. 해외에 살고 있는 많은 영국인들처럼 그들은 도둑과 강도들 사이에서 살기 위해 정직한 사람들의 섬을 떠나왔다는 생각에 매우 이상하게 사로잡혀 있었다. 그들은 항상 브린튼 섬에는 부정직함이라는 것이 알려지지 않았다고 암시하고 다녔다. 만약 그녀가 이 임대차 계약을 하겠다고 하면 그들은 자신들의 모든 가구와 명성을 만 프랑에 팔겠다고 제안했다. 그녀는 거절하였다. 가격은 너무나 터무니없어 보였다. 그들이 그녀에게 가격을 제시해달라고 했을 때, 그녀는 그렇게 하지 않는 것이 더 좋겠다고 말했다. 그러나 그들이 간청하자, 그녀는 4천 프랑이라고 말했다. 그러자 그들은 그녀가 가격을 그렇게 터무니없이 말하는 것을 주저한 것이 꽤 옳은 생각이었다는 것을 그녀에게 드러냈다. 그리고 그들은 솔직한 영국인의 얼굴에 대해 충격을 받은 것 같았다. 소피아가 그곳을 나왔다. 브레다 거리로 돌아왔을 때 그녀는 그 문제가 수포로 돌아간 것에 안도했다. 자신의 미래가 어떻게 될 것인지 정확히 예측하지는 못했지만, 어쨌든 자신이 펜션 프렌샴을 책임지게 되는 것으로부터 피했다는 것을 알게 되었다. 다음날 아침 그녀는 6천에 팔겠다는 편지를 받았다. 그녀는 거절하겠다는 편지를 보냈다. 그곳에 무관심해졌을 뿐만 아니라 4천에서 물러서려 하지 않았다. 프렌샴은 항복했다. 그들은 고통스러워했지만, 항복했다. 현금 4천 프랑의 반짝임과 자유는 너무나 유혹적이었다.

그렇게 소피아는 차분하고 올바른 바이런 거리에 있는 펜션 프렌샴의 소유주가 되었다. 그녀는 그녀의 다른 가구들을 위한 공간을 만들었고, 대부분의 하숙집처럼 가구를 부족하게 두는 것이 아니라 과도하게 가구를 들여놓게 되었다. 임대료만 1년에 4천 프랑이었기 때문에 처음에 그녀는 매우 겁을 먹었다. 게다가 숙소 가격은 브레다 거리와 놀라울 정도로 달랐다. 그녀는 잠을 많이 잃게 되었다. 바이런 거리에 정착한 그녀는 약 2주 정도 되는 며칠 밤 동안 잠을 자지 못했고, 그만큼 먹지도 못했다. 그녀는 지출을 최소한으로 줄였고, 종종 시장을 보기 위해 브레다 거리까지 걸어가곤 했다. 한 시간에 6수라는 가격에 그녀는 파출부를 고용하게 되었고, 그녀의 도움으로 모든 것을 끝내게 되었다. 고객 수는 적었지만, 그 위업은 경이로운 성질을 띠고 있었다. 소피아가 요리를 해야 했기 때문이었다.

조지 아우구스투스 살라가 '다시 돌아온 파리'라는 제목 하에 쓴 기사는 파리에 있는 호텔과 하숙집 주인들에게 금을 받았어야 한다. 그 기사들은 영국의 호기심과 끔찍한 사건의 현장을 목격하고 싶어 하는 욕구를 깨워주었다. 그 효과는 즉각적으로 눈에 띄었다. 모험적인 구매 후 1년도 채 지나지 않아, 소피아는 자신감을 얻게 되었고, 두 명의 하인을 낮은 임금으로 고용하여 매우 열심히 일하도록 만들게 되었다. 그녀는 또한 집주인의 태도를 익히게 되었다. 그녀는 프렌샴 부인으로 알려져 있었다. 창문 두 개로 이루어진 발코니 너머로 프렌샴 부부는 금박 간판인 '펜션 프렌샴'을 남겨두고 갔고, 소피아는 그것을 제거하지 않았다. 그녀는 종종 자신의 이름이 프렌샴이 아니라고 설명했지만 헛수고였다. 모든 방문객들이 간판에 따라 필연적으로 그리고 끈질기게 그녀를 프렌샴이라고 불렀다. 펜션 프렌샴의 소유주가 프렌샴이 아닌 다른 이름을 소유하고 있다는 것은 일반적으로 이해받을 수 없었다. 그러나 나중에 이 소유주의 진짜 이름을 알고 그것을 자랑스럽게 여기는 펜션 프렌샴의 단골손님들이 생겨나기 시작했는데, 이 지식은 그들을 다른 대중들로부터 구별되게 만들어주었다. 손님들의 놀라운 유사성은 소피아를 놀라게 만들었다. 그들은 모두 똑같은 질문을 하였고, 똑같은 탄성을 지르며, 똑같은 여행을 하였고, 똑같은 평가를 가지고 돌아왔으며, 외국인들은 정말 매우 특이한 사람들이라는 똑같은 확신을 내비치고 있었다. 그들의 지식은 결코 늘지 않는 것 같았다. 루브르 박물관이나 백화점을 위해 탐험을 나서는 끊임없는 영국인들의 물결이 있었다.

소피아의 유일한 관심은 그녀의 이익이었다. 그녀의 집의 우수성은 확고히 확립되어 있었다. 그녀는 그것을 계속 유지하였고, 적당하게 가격을 올렸다. 때때로 그녀는 손님들을 거절해야 했다. 다소 거리낌 없이 자연스럽게 거절하였다. 손님에 대한 그녀의 태도는 딱딱한 격식으로 변해 있었다. 그리고 그녀는 바람직하지 않은 것에 대해 지나치게 단호했다. 그녀는 자신의 하숙집만큼 좋은 곳은 세상에 존재하지 않으며, 과거에도 존재한 적이 없었고, 미래에도 존재하지 않을 것이라고 진지하게 확신하게 되었다. 그녀의 하숙집은 친절함과 훌륭함의 절정이었다. 훌륭한 것에 대한 그녀의 선호도는 열정적으로 성장하였다. 그리고 그녀의 시설에는 결함이 없었다. 한때 경멸을 받았던 푸코의 화려한 가구조차 불가사의하게도 최고로 좋은 가구로 변해 있었다. 그리고 그 가구에 있는 금조차 신성시 여겨졌다.

그녀는 제럴드나 그녀의 가족에 대해 한마디도 들어본 적이 없었다. 그녀의 완벽한 지붕 아래 머물렀던 수천 명의 사람들 중 단 한 명도 버슬리나 소피아가 알았던 사람에 대한 정보를 언급하지 않았다. 몇몇 남자들은 어느 정도 교묘하게 그녀에게 결혼을 제안할 만큼 똑똑했지만, 그 누구도 그녀의 마음을 동요하게 만들 만큼 교묘하지는 않았다. 그녀는 사랑의 얼굴을 잊어버렸다. 그녀는 집주인이었다. 그녀는 그 집주인이었다. 효율적이고, 멋지고, 외교적이고, 엄청나게 노련했다. 그녀가 잘 알지도 대항할 수도 없는 파리 생활의 속임수나 비열함 같은 것도 없었다. 그녀는 놀랄 수도, 사기를 당할 수도 없었다.

그녀의 앞으로 있을 몇 년 뒤의 전망이 보일 때까지 여러 해라는 시간이 흘렀다. 때때로 그녀는 이러한 생각을 하곤 했다. '이곳에 머물며 지금 내가 하고 있는 일을 하고 있다니, 얼마나 기묘한가!' 그러나 일상적인 그녀의 일상은 즉시 그녀를 다시 사로잡았다. 만국박람회가 있었던 1878년 말, 그녀의 하숙집은 한 층이 아닌 두 층으로 구성되어 있었다. 그녀는 제럴드로부터 훔친 200파운드를 2,000파운드 이상으로 바꾸어 보였다.

IV
삶이란 무엇인가

프렌샴

1

매튜 필-스위너튼은 파리의 바이런 거리, 펜션 프렌샴의 긴 식당에 앉아 있었다. 그는 그곳에 어울리지 않아 보였다. 길이가 약 30피트 정도 되고, 창문 두 개 넓이의 크기를 가지고 있는 방이었는데, 끝이 둥글고 매우 긴 테이블의 반쪽에는 충분한 빛이 들어오고 있었다. 다른 쪽 끝의 어둠은 창문 맞은편 벽의 상당한 부분을 차지하고 있는 변색된 금테로 이루어진 커다란 거울에 의해 밝혀지고 있었다. 거울 근처에는 네 잎으로 된 높은 병풍이 있었고, 이 가리개 뒤로는 문이 닫히고 열리는 소리가 지속적으로 들려왔다. 창문의 왼쪽에 있는 긴 벽에는 두 개의 문이 있었다. 하나는 어둡고 중요한 문으로 장엄한 문이었다. 하루에 두 번, 배고픈 사람의 행렬과 침통한 자의식에 넌더리가 난 사람들의 행렬이 그 문을 통과하였다. 다른 하나는 유리로 만들어진 문이었는데, 유리에는 장미로 만들어진 화환이 그려져 있었다. 이 건물에 원래부터 있었던 문이 아니라 최근 벽을 허물고 만든 문이었는데, 그 문은 위험과 외설적인 곳으로 이어지는 것처럼 보였다. 벽지와 창문의 천은 호화롭고 꺼림칙했으며, 어두운 색을 띠고 있었고, 신비로운 무늬를 가지고 있었다. 장엄한 문 위로는 사슴 뿔 한 쌍이 달려 있었다. 그리고 때로는 자세히 보는 것이 불가능할 정도로 높은 곳에 판화와 유화가 벽에 직사각형 조각들을 이루고 있었다. 그림들은 자기로 만들어진 머리를 가지고 있는 못에 매달려 있었는데, 인간과 자연의 장엄한 모습을 묘사하고 있는 것 같았다. 벽난로 위에 있어 나머지 그림들보다 훨씬 더 땅에 가까운 판화는 틀림없이 루이 필리프와 그의 가족의 고결한 태도를 보여주고 있었다. 이 왕실 가족 아래에는 동시대의 펜던트를 옆에 두고 있는 거대한 금시계가 적절한 시간을 보여주고 있었다. 7시 15분이었다.

방을 채우고 있는 커다란 하얀색 테이블의 테두리는 숙인 고개들과 의자 등받이 부분으로 둘러싸여 있었다. 테이블에는 30명 넘는 사람들이 있었고, 접시 위에서 움직이고 있는 칼과 포크들의 특이하게 절제된 소음은 그들이 신중하고 올바른 사람이라는 것을 증명해주고 있었다. 그들의 옷은(블라우스, 보디스, 재킷) 눈을 즐겁게 만들어주지 못했다. 야회복을 입은 사람은 두세 명뿐이었다. 그들은 거의 말을 하지 않았고, 마치 누군가 침묵을 명령하기라도 한 듯 소심한 어조로 말하고 있었다. 누군가 말을 속삭이면, 옆에 앉아 있던 사람은 멍하니 자신의 빵을 만지다가 접시로부터 시선을 들어 공허를 바라보며 그 말의 가치를 따져보고는 이렇게 속삭이곤 했다. "아마도." 그러나 몇몇 사람은 크고 유창하게 대화를 나누고 있었고, 나머지 사람들은 그들을 부러워하며 점잖지 못한 사람들이라고 여기고 있었다.

음식은 꽤 적절한 주요 관심사였다. 식사를 하고 있는 사람들은 하루에 정해진 가격을 지불하고는, 게임의 규칙을 지켜가며 자신들이 먹을 수 있을 만큼만 식사를 하고 있는 사람들처럼 식사를 하고 있었다. 그들은 머리를 움직이지 않고 눈의 구석으로 시선을 돌려 식사를 제공하고 있는 형식적인 세 하녀의 동작을 지켜보았다. 그들은 커다란 은 접시에 한 줄로 늘어선 음식의 양을 제외하면 음식에 대한 다른 생각은 전혀 가지고 있지 않았다. 하녀들이 접시의 균형을 잡으며 그들을 향해 공손하게 몸을 구부릴 때면, 그들은 순식간에 음식의 양을 파악하였고, 그들이 얼마나 음식을 받을 수 있을지, 그리고 선택의 이론적 자유를 어느 정도 실현할 수 있는지를 즉시 판단하였다. 그리고 어떤 이유로든 음식이 그들의 식욕을 돋우지 않거나, 음식이 터무니없이 그들의 열망과 일치하지 않는다면, 그들은 자신들이 피해를 보았다고 생각하였다. 게임에 따르면, 그들은 자제하지 않을 수도 있었다. 그들은 자신들 앞에 있는 모든 것을 잡을 권리가 있었다. 마치 우아한 호랑이처럼 말이다. 또한 그들은 거절할 권리가 있었다. 그것이 전부였다. 가림막 뒤편 쾅쾅 거리는 문에서 가득 차고 깨끗한 접시가 끝없이 나오고, 같은 문을 통해 빈 접시와 더러운 접시가 끝없이 사라진다는 것만을 알고 있는 손님들에게 식사는 감정적인 위기의 연속이었다. 그들은 모두 동시에 비슷한 음식을 먹고 있었고, 함께 식사를 시작했으며, 함께 식사를 끝 맞추었다. 꽃병의 높이까지 종이 다발을 드리우고 있는 샹들리에의 종이 뭉치에 사로잡힌 파리들이 오히려 더 자유로웠다. 식사의 정확한 규칙성을 바꾸어주는 유일한 경우는 손님들 중 한 명을 위한 와인 병이 가끔 도착한다는 것이었다. 와인 병의 수령인은 와인에 대한 대가로 작은 종이에 서명을 하였고, 병의 라벨에 커다랗게 숫자를 썼다. 그러고는 그 숫자를 응시하면서 멍청한 하녀나 부도덕한 동료가 그 숫자를 잘못 읽을까 두려워하면서 라벨의 또 다른 면에 이전보다 훨씬 더 크게 숫자를 다시 기입하였다.

매튜 필-스위너튼은 당연하게도 이 세계에는 속하지 않았다. 그는 스물다섯 살 정도의 젊은 남자였는데, 잘생기지는 않았지만 우아한 사람이었다. 그는 야회복을 입고 있지는 않았다. 사실 매우 옅은 회색 정장을 입고 있어서 식사에는 전혀 어울리지 않았지만, 우아한 모습이었다. 양복은 훌륭하게 재단되어 있었고, 거의 새것 같았다. 그러나 그는 마치 이 양복 외에 다른 것은 단 한 번도 입어본 적이 없는 것처럼 양복을 입고 있었다. 또한 내성적이지만 남들의 시선으로부터 자유로운 그의 태도, 칼과 포크를 다루는 방식, 은 접시에서 자신의 접시로 음식을 옮길 때 나타나는 꼼꼼한 그의 태도, 와인 반 병을 주문하는 말투, 이러한 모든 세부 사항들은 매튜 필-스위너튼이 그들보다 우월한 사람이라는 것을 주위 사람들에게 명백히 드러내고 있었다. 어떤 사람들은 그가 귀족의 아들이거나 심지어는 귀족이기를 바라고 있었다. 그는 우연히도 창문을 등지게 되는 테이블 끝자리에 배정받게 되었고, 그의 양옆에는 빈 의자가 있었다. 이러한 모습은 그가 높은 계급의 사람이라는 희망을 더 자연스럽게 만들어주었다. 사실, 그는 도기 생산 회사의 아들이자 손자였고, 가끔은 조카이기도 했다. 그는 탁자의 중심을 나타내고 있는 커다란 '굽 달린 접시'(그의 거래에 있어 그렇게 불리는)가 자기 회사의 생산품이라는 것을 알아챘다. 다섯 개의 도시에서 '필스'라고 알려져 있고 존경받고 있는 필, 스위너튼 Co.는 값싼 시장에 서비스를 제공하지 않았기 때문에 이 사실은 그를 놀라게 만들었다. 늦게 온 손님은 방 안을 깜짝 놀라게 만들었다. 뚱뚱하고 무기력한 중년 남자로, 그의 코는 유대인이 다른 사람들과 다르다고 스스로 확신하고 있는 사람들의 일시적인 적개심을 자극했을 것이다. 그의 코는 그가 고리대금업자이거나 그리스도의 살인자라고 확실하게 낙인을 찍지는 않았지만, 그를 의심스럽게 만들고 있었다. 그의 옷은 헐렁했고, 다른 누군가의 옷일 수도 있었다. 그는 사무적인 확신을 가지고 테이블로 다가왔고, 몇 사람에게 다소 지나치게 인사를 하더니 필-스위너튼의 옆에 앉았다. 하녀 중 한 명이 즉시 그에게 수프 한 접시를 가져다주었고, 그는 미소를 지으며 "고마워요, 마리"라고 말했다. 그가 이 집의 단골인 것은 명백했다. 안경을 낀 그의 눈은 여자들을 그들의 이름으로 아는 것에서 오는 우월함을 드러내고 있었다. 그는 식사 경쟁에서 2코스 반이나 뒤처지는 핸디캡을 받았지만 스피드를 내어 다른 사람들과 같은 수준까지 끌어올렸으며, 이를 완수한 그는 한숨을 내쉬더니 사교적인 눈빛으로 필-스위너튼을 날카롭게 바라보았다.

"아!" 그가 숨을 내쉬었다. "늦게 오시면 성가신 일이 생깁니다!"

필-스위너튼은 마지못해 긍정했다.

"자신에게 화가 날 뿐만이 아닙니다! 이 집을 화나게 만들어요! 하인들도 좋아하지 않고요!"

"아뇨." 필-스위너튼이 중얼거렸다. "전 늦을 일이 없어요."

"하지만 자주 늦는 편은 아닙니다." 남자가 말했다. "어쩔 수 없을 때가 있어요. 일! 이 프랑스 사업가들의 가장 나쁜 점은 시간에 대한 개념이 없다는 거죠. 약속…! 신의 가호가 있기를!"

"이곳에 자주 오시나요?" 필-스위너튼이 물었다. 그는 이 사람을 용서할 수 없을 정도로 완전히 싫어했다. 어쩌면 그의 턱밑에 냅킨이 끼어 있었기 때문일지도 모른다. 그러나 그는 이 사내가 결국에는 승리를 하게 되는 단호한, 말 많은 사람 중 한 명이라는 것을 알게 되었다. 게다가, 그는 파리의 평범한 관광객이 아닌 것이 분명했기에 그 남자는 그의 호기심을 약간 자극하였다.

"저는 이곳에 살고 있습니다." 그가 말했다. "미혼 남에게는 매우 편하거든요. 산 지 몇 년 됐어요. 사무실은 이 근처에 있고요. 어쩌면 제 이름을 아실지도 모릅니다. 루이스 마돈입니다."

필-스위너튼은 망설였다. 망설임은 그에게 '파리를 잘 알지 못함'이라는 유죄를 선고하였다.

"부동산 중개업자." 루이스 마돈이 재빨리 덧붙였다.

"아." 필-스위너튼은 신문사의 키오스크에 있는 광고들 사이에서 그 이름은 본 기억을 어렴풋이 떠올렸다.

"그러실 줄 알았어요." 마돈이 말을 이었다. "제 이름은 파리에 있는 어느 누구에게나 잘 알려져 있죠."

"그런 것 같더군요." 필-스위너튼이 동의했다.

대화가 잠시 중단되었다.

"이곳에서 오래 머무르시나요?" 마돈은 그가 스타일과 재력을 가지고 있는 사람으로 판단하였고, 그가 이 테이블에 어째서 있는 것인지 궁금해 하며 물었다.

"모르겠군요." 필-스위너튼이 말했다.

이는 거짓말이었다. 마돈의 천박한 호기심에 대한 혐오감으로, 발언자의 의견을 정당하게 만들어주는 발언이었다. 턱 밑에 냅킨을 집어넣은 사람으로부터 예상할 수 있는 그런 호기심이었다. 필-스위너튼은 자신이 얼마나 오래 머물지 정확히 알고 있었다. 그는 모레까지 머무를 것이다. 그의 주머니에는 50프랑 정도밖에 없었다. 그는 파리의 또 다른 구역에서 바보짓을 하고 있었는데, 하루에 12프랑 이상을 지출하지 않을 수 있다는 절대적인 확신을 가지고 펜션 프렌샴에 오게 된 것이었다. 이곳의 명성은 높았고, 갈레라 박물관에 가기에도 편했다. 그는 그곳에서 그림을 그리고 있었는데, 명백히 그것을 위해 파리로 온 것이었고, 그것이 없이는 명예롭게 잉글랜드로 돌아갈 수 없었다. 그는 어리석을 수도 있었지만 지혜로울 수도 있었다. 그 어떤 궁핍함도 스스로를 바보로 만드는 데 사용한 돈을 충당하기 위해 집으로 편지를 쓰게 만들지는 못했다.

마돈은 돈에 관한 것을 자각하고 있었다. 그러나 그는 융통성 있는 성향을 가지고 있었기에 즉시 다른 주제를 시도해 보았다.

"여기 음식이 좋죠?" 그가 제안했다.

"매우." 필-스위너튼이 진심을 담아 말했다. "전 아주…."

그 순간, 나이를 알 수 없는 키가 크고 곧은 여성이 주요 문을 밀치더니 잠시 문간에 서 있었다. 필-스위너튼은 그제야 막 그녀가 아름답고 창백하며, 머리는 검은색이었다는 것을 알아차렸다. 이윽고 그녀는 다시 사라졌고, 털을 짧게 자른 푸들이 그녀를 따랐다. 그녀는 하인 중 한 명에게 짧은 손짓으로 사인을 보냈고, 그러자 하인은 그 즉시 테이블 위에 있는 가스등에 불을 붙이기 시작했다.

"저 사람은 누구죠?" 필-스위너튼은 냅킨이 셔츠 앞면 전체를 덮고 있는 그 남자에게 다가가는 사람이 이제는 자신이 되었다는 것을 생각지도 않은 채 그에게 질문을 하였다.

"저분은 부인이죠." 마돈은 낮고 약간은 비밀스러운 목소리로 말했다.

"오! 프렌샴 부인?"

"네. 하지만 진짜 이름은 스케일이에요." 마돈이 자랑스럽게 말했다.

"과부인가 보군요?"

"예."

"저분이 이 모든 걸 지휘한다고요?"

"모든 것을 다루죠." 마돈이 장엄하게 말했다. "그리고, 그 어떤 실수라도 하지 마세요!" 그는 점점 친숙해지고 있었다.

필-스위너튼은 다시 한 번 그를 떼어놓고는 불을 붙이는 도구를 들고 있는 하녀의 도움을 받아 약간의 펑 하는 소리를 내며 연달아 터지고 있는 가스등의 점화구를 조심스럽고 무관심한 태연한 태도로 흘끗 바라보았다. 흰 탁자는 타오르고 있는 가스 아래에서 그 어느 때보다 더 하얗게 빛났다. 창문에서 멀리 떨어진 방 끝에 있던 사람들은 마치 햇살이 비치기 시작했다는 듯이 본능적으로 미소를 지었다. 식사의 양상이 바뀌었고, 개선되었다. 7월밖에 되지 않았지만 저녁이 다가오고 있다는 반복적인 주제와 함께 대화는 거의 일반화되었다. 2분 후, 마돈은 테이블의 모든 사람들과 쾌활하게 이야기를 나누고 있었다. 식사는 마치 축제 분위기와 같은 상태로 끝이 났다.

매튜 필-스위너튼은 파리의 황혼의 기쁨 속으로 나가지 않을지도 몰랐다. 펜션의 은신처에 떠나게 되면 그는 어리석음을 지혜로 재전환하는 것을 성공적으로 이루어낼 수 없었다. 그래서 그는 용감하게 장미로 장식된 작은 문을 통과하여 종려나무와 고리버들 안락의자, 그리고 두 개의 작은 테이블이 있는 유리로 덮인 안마당으로 향하였다. 그는 파이프에 불을 붙이고 주머니에서 더 레프리의 사본을 꺼냈다. 그 도피처는 라운지라고 불리었다. 이곳은 흡연이 범죄나 예의에 어긋나는 행위로 간주되지 않는 하숙집의 유일한 공간이었다. 그는 외로웠다. 숨을 한 번 내쉬는 동안 쾌락은 모두 썩었다고 혼잣말을 하였으며, 다음 숨에는 어째서 쾌락이 영원히 지속될 수 없는 것인지, 그리고 왜 자신이 바니 바나토가 아닌지 시무룩하게 물었다. 두 노인이 도피처로 들어오더니 매우 조심을 하며 담배에 불을 붙였다. 그때, 루이스 마돈이 나타나 마치 그러한 기회를 가진 친구라도 되는 듯이 매튜 옆에 대담하게 앉았다. 결국 마돈은 다른 누구보다 더 나았고, 매튜는 특하나 사소한 충돌이 없이 파리에서의 삶에 대해 이야기하기 시작했기 때문에 그에게 시달리기로 결심했다. 거부할 수 없는 주제였다! 마동은 파리에 총각이 있는 것은 쉽게 받아들여질 것이라고 세상을 잘 아는 어조로 말했다. 그러나 물론, 그것은 그에게나 해당하는 것이었다. 그는 일반적으로 펜션 프렌샴 같은 곳을 선호했다. 그리고 그의 사업에도 아주 적합했다. 그럼에도 그는… 그는 알고 있었다…. 그는 파리에서 '방황'이라고 부르는 것의 장점을 런던의 장점과 비교해주었다. 런던에 대한 그의 정보는 시대에 뒤떨어져 있었고, 필-스위너튼은 몇몇 중요한 세부사항들을 바로잡아주었다. 그러나 파리에 대한 그의 정보는 지금까지 이상한 오해 속에서 살아왔음을 알게 된 젊은 남자에게는 엄청나게 귀중하고 흥미로웠다.

"위스키 한잔하시겠어요?" 마돈이 갑자기 물었다. "여기 위스키는 매우 좋아요!" 그가 덧붙였다.

"고마워요!" 필-스위너튼이 느릿느릿 말했다.

마돈이 이야기를 하는 한, 마돈의 말을 듣고 싶은 유혹을 이겨낼 수 없었다. 노인들이 떠난 지금, 그들은 은신처의 어두움 속에서 서로에게 솔직하게 이야기를 하고 있었다. 그러다 이야기가 다 끝나자 마돈은 마지막 남은 위스키 한 모금을 마시더니, 마치 해야 할 말을 전부 했다는 일반적인 확인이라도 시켜주듯 "그래요!"라고 외쳤다.

"저랑 한잔 더 하시죠." 매튜가 공손하게 말했다. 이것이 그가 할 수 있는 최소한의 행동이었다.

마돈의 마리에 의해 두 번째 위스키가 라운지로 들어왔다. 그는 그녀에게 친숙하게 미소를 지었고, 그가 생각하기에 그녀는 직장에서 힘든 하루를 보낸 뒤 머지않아 잠자리에 들 것 같다고 말하였다. 그녀는 그에 대한 대답으로 얼굴을 찌푸리더니 화를 내며 휙 나가버렸다.

"자기 자신을 잘 관리하는군요, 안 그래요?" 마돈은 마리가 마치 농업 박람회에 출품된 물건이라도 되는 듯 말했다. "10년 전만 해도 그녀는 매우 생기 넘치고 예뻤는데, 물론 그러한 것들은 모두 사라졌죠. 이러한 장소에 있다 보니!"

"하지만." 필-스위너튼이 말했다. "여전히 이곳을 좋아하나 보군요. 그렇지 않았더라면 이곳에 머무르지 않을 테니까요. 물론 이곳이 잉글랜드의 상황과 크게 다르지 않다면 말이죠."

대화는 철학적 호기심과 함께 그 여자의 모든 방면에 대한 의문을 만들어내도록 그를 자극하는 것 같았다.

"오! 좋아하죠." 마돈은 알고 있는 사람답게 그에게 장담했다. "게다가, 스케일 부인이 그들을 매우 잘 대해줘요. 저도 그 사실을 알고 있어요. 그녀가 내게 말해줬거든요. 그녀는 매우 까다로운 사람이에요." 그는 벽에 귀라도 달려 있는지 확인하기 위해 주위를 둘러보았다. "이런, 제 말을 믿으셔야 해요. 하지만 하녀들에게는 잘 대해주죠. 그들이 받는 임금과 수익을 믿지 못하실 거예요. 호텔 모스크바에서, 호텔 모스크바를 아시나요?"

다행히도 필-스위너튼은 호텔 모스크바를 알고 있었다. 그곳은 잉글랜드인에게만 서비스를 제공하는 장소였기 때문에 그는 그 호텔을 피하라는 충고를 받았으나, 펜션 프렌샴은 호텔 모스크바보다 훨씬 더 영국적인 방식을 채택하고 있었다. 마돈은 그의 긍정에 상당히 안도했다.

"모스크바 호텔은 이제 유한회사입니다." 그가 말했다. "잉글랜드의."

"정말요?"

"네. 제가 발행했어요. 제 생각이었죠. 대성공이었어요! 제가 호텔 모스크바에 대한 모든 것을 알고 있는 것은 이러한 이유 때문이에요."
그는 다시 벽을 쳐다보았다. "이곳에도 같은 일을 하고 있어요." 그가
중얼거렸고, 필-스위너튼은 그 신뢰에 감사하고 있다는 것을 보여줘
야 했다. "하지만 결코 동의하지 않더군요. 모든 방법을 시도해 봤어
요. 아무런 소용이 없었죠! 정말 유감입니다."

"돈을 주고 구매하는 것 같은 거요?"

"여기를요? 그랬다고 봐야죠! 저는 판단을 할 수 있어야 한다고 생
각해요. 스케일 부인은 당일 여행에서 만날 수 있는 가장 똑똑한 여성
중 한 명이에요. 이곳에서 많은 돈을 벌죠, 많은 돈을. 이런 곳이 지금
보다 5배 더 커지지 못할 이유가 없어요. 10배라도요. 기회가 무궁무
진합니다, 선생님. 필요한 건 돈뿐이에요. 당연히 그녀도 그녀만의 돈
을 가지고 있고, 더 벌 수도 있죠. 하지만 그녀가 말했던 것처럼, 더 큰
장소를 원하지 않더군요. 이것이 그녀가 감당할 수 있는 만큼 크기를
늘린 거라고 하더군요. 그렇지 않지만요. 그녀는 무엇이든 다룰 수 있
는 여성이에요. 타고난 경영자죠. 그녀의 말이 맞는다고 해도 그녀는
은퇴하기만 하면 될 텐데. 우리에게 장소와 이름만 남겨주고 말이죠.
중요한 건 이름이거든요. 그녀는 프렌샴이라는 이름을 매우 가치 있
게 만들었어요, 이건 제가 장담할 수 있습니다!"

"이 장소가 남편으로부터 상속받은 장소인가요?" 필-스위너튼이 물
었다. 그녀의 이름인 스케일은 그의 흥미를 끌었다.

마돈은 고개를 저었다. "남편과의 시간이 지나간 후, 그녀가 스스
로 산 거예요. 헐값에요. 헐값에! 알 수 있어요, 저도 프렌샴 본래의
모습을 알고 있었으니까요."

"파리에 오래 계셨겠어요." 필-스위너튼이 말했다.

마돈은 자신에 대해 말할 기회를 결코 놓치지 않았다. 그의 과거는
훌륭했다. 필-스위너튼은 그의 어리석음을 비난했지만, 감명을 받았
다. "그래요!" 잠깐의 침묵이 있은 후 마돈은 단음절 하나로 전반적인

것을 재확인하며 말했다. 얼마 지나지 않아 그는 자리에서 일어나며, 자신의 습관은 규칙적이라고 말했다.

"안녕히 계세요." 그가 기계적인 미소를 지으며 말했다.

"아, 안녕히 가세요." 필-스위너튼은 동료애가 드러나는 어조로 말하려고 노력하였지만, 그렇게 하지 못했다. 매우 빠른 속도로 자라난 그들의 친밀감은 갑자기 먼지로 변하였다. 필-스위너튼이 마돈의 등에 대고 입 밖으로 꺼내지 않은 말은 '멍청이!'였다. 그럼에도, 필-스위너튼의 지식의 총량은 저녁시간 동안 틀림없이 증가하였다. 그리고 시간은 아직 일렀다! 10시 30분이었다! 아름다운 건축물과 하얀 옷들의 군중, 거품이 일고 있는 샴페인과 맥주, 꼭 끼는 빨간 코트를 입은 옷과 함께 폴리 마리니는 이제 막 살아나기 시작했다. 그것도 돌을 던지면 닿을 아주 가까운 거리에서! 필-스위너튼은 자신을 지나치게 어리석게 행동하게 만든 주요 원인이었던 테라스와 반짝이는 홀을 상상했다. 그리고 그는 하얀 등불로 장식이 된 샹젤리제의 크고 작은 모든 휴양지를 상상하였다. 신비로운 창백한 인물들이 나무 그늘 아래를 걱정스럽게 걸어가고 있는 샹젤리제의 침울한 거리들, 휴양지나 레스토랑에서 흘러나와 그 위를 돌아다니고 있는 야생의 노래나 터무니없고 듣기 싫은 음악들을 상상해보았다. 그는 밖으로 나가서 주머니에 남아 있는 50프랑을 사용하고 싶었다. 결국, 돈을 더 달라고 잉글랜드로 전보를 보내는 것은 어떨까? "이런, 젠장!" 그가 흉포하게 말하며 팔을 뻗더니 자리에서 일어났다. 라운지는 매우 작고, 음침하고, 따분했다.

복도에 있는 찬란한 백열등 하나가 밝게 빛나며 고리버들 팔걸이 의자, 파란색과 빨간색 라벨이 부착된 끈으로 묶인 트렁크, 피츠로이 기압계, 파리의 지도, 콤파니 트랜스 애틀랜틱의 유색 포스터, 그리고 복도를 청소하는 청소부의 쉼터를 투박하게 비추고 있었다. 청소부의 쉼터에는 청소부(주름진 분홍색 얼굴 위로 하얀색 모자를 쓴 나이든 여성)뿐만 아니라 이 업소의 여주인도 있었다. 그들은 조용히 서로에게 말을 하고 있었다. 서로 호의적인 관계인 것 같았다. 그 청소부는 공손했지만, 여주인 또한 공손하게 행동하고 있었다. 하나의 불빛만이 고요하게 타오르고 있는 그 복도는 훌륭한 고요함, 즉 하루 일이 끝났다는 고요함, 긴장으로부터 점차 휴식을 취하고 있는 고요함, 휴식에 대한 기대감으로 인한 고요함으로 가득 차 있었다. 그 단순함은 마치 신경에 관련된 강장제가 영향을 끼치듯, 그에게 영향을 끼쳤다. 비록 외부의 야행성 생활이 활기를 띠기 시작했지만 이 홀에서만큼은 한밤중이 된 것 같았고, 이 두 여성만이 잠을 자고 있는 사람들로 가득한 저택을 지켜보고 있는 것 같았다. 그리고 필-스위너튼과 마돈이 주고받았던 모든 장황한 설명은 한심할 정도로 어리석은 험담으로 전락했다. 필-스위너튼은 잠자리에 드는 것이 이 집을 위한 의무라고 생각했다. 또한 그는 자신이 나간다는 말을 하지 않고는 집을 나설 수 없으며, 이 두 여성에게 의도적으로 외출할 것이라고 말할 용기가 부족하다고 느꼈다. 그것도 이런 한밤중에! 그는 의자에 털썩 주저앉아 다시금 레프리를 읽으려고 했다. 소용없었다! 그의 마음은 샹젤리제에 있었거나, 그의 시선은 은밀하게 스케일 부인의 모습 근처를 떠돌아다니고 있었거나, 둘 중 하나였다. 그녀의 얼굴은 마호가니의 그림자에 가려져 있었기에 그는 그녀의 얼굴을 잘 파악할 수 없었다.

이윽고 청소부는 쉼터에서 나와 약간 구부정하게 복도를 빠른 속도로 가로질러 갔다. 손님을 지나칠 때, 손님에게 기분 좋게 미소를 지은 그녀는 계단을 통해 사라졌다. 여주인은 쉼터에 혼자 남아 있었다. 필-스위너튼은 부스럭거리며 종이를 접은 뒤, 퉁명스럽게 일어나 그녀에게 다가갔다.

"실례합니다." 그가 공손히 말했다. "오늘 밤 제게 온 편지가 있나요?"

그가 현재 있는 위치를 아무도 알지 못했기에 그는 자신에게 편지가 오는 것이 불가능하다는 것을 알고 있었다.

"이름이 어떻게 되시죠?" 질문은 냉담했지만 공손했고, 질문자는 그의 얼굴을 똑바로 쳐다보았다. 의심할 여지없이 그녀는 아름다운 여자였다. 관자놀이에 있는 머리는 희끗희끗했고, 피부는 시들어 선으로 교차되어 있었다. 그럼에도 그녀는 아름다웠다. 그녀가 죽는 날 낯선 사람이 그녀의 얼굴을 보게 된다면 필시 이렇게 말을 하게 만들 여성들 중 한 명이었다. '젊었을 때 볼 만한 가치가 있는 사람이었을 거야!' 아름다운 젊은 여성들이 영원히 아름답게 남아 있을 수 없다는 일시적인 약간의 유감과 함께 말이다. 그녀의 목소리는 확고하고 고르고, 부드러웠지만, 끊임없는 대화로 인하여 도덕적으로 거칠어져 있었다. 다양한 인간성도 지니고 있었다. 그녀의 눈은 항상 판단을 해야 하는 공정한 사람의 눈이었다. 그리고 그녀는 명백히 신중하고 절제된 공손함을 가진, 심지어는 거만한 존재였다. 분명히 그녀는 자신이 그 어떤 손님보다 우월하다고 생각하고 있는 것이 틀림없었다. 그녀의 눈은 그녀가 인생을 살아오며 인생에 대해 배웠고, 인생에 대한 것이라면 앞으로 만나게 될 그 누구보다도 더 많은 것을 알고 있고, 인생에서 엄청난 성공을 하였기 때문에 그녀 자신에 대한 엄청난 자신감을 가지고 있다는 것을 말해주고 있었다. 그녀가 성공했다는 증거는 독특한 프렌샴의 것이었다. 그 눈 속에는 프렌샴의 독특함에 대한 인식도 있었다. 이론적으로 하숙집 관리인을 대할 때 매튜 필-스위너튼의 정신적인 태도는 깔보는 경향을 가지고 있었지만, 이곳에서는 그렇지 못했다. 적어도 지금만큼은 자신의 계산을 뛰어넘는 감명을 받은 남자의 진정한 존경심을 가지고 있었다. 그는 말을 함과 동시에 시선을 아래로 내렸다.

"필-스위너튼입니다." 그러고는 다시 시선을 올렸다.

그는 마치 자신이 불과 장난을 치고 있다는 것을 알고 있다는 것처럼 어색하고 다소 두려운 듯 말하였다. 만약 이 스케일 부인이 그의 친구인 시릴 포비의 오랫동안 사라진 이모였다면, 그녀는 지역적으로 매우 유명한 이 이름을 알고 있을 것이었다. 깜짝 놀란 건가? 동요하는 기색을 보인 건가? 처음에 그는 감정의 어떤 징후를 감지했다고 생각했지만, 잠시 후 자신이 그런 종류의 징후를 감지하지 못했고, 자신이 로맨스의 가장자리를 밟고 있다고 생각하는 것은 어리석은 일이라고 확신했다. 이윽고 그녀는 옆에 있는 편지 선반 쪽으로 돌아섰고, 그는 그녀의 옆모습을 보았다. 그녀의 얼굴은 갑자기, 그리고 놀라울 정도로 시릴 포비의 얼굴과 닮아 있었다. 닮은 점은 틀림이 없었고, 매우 결정적이었다. 코, 그리고 윗입술의 곡선은 분명히 시릴을 닮아 있었다. 매튜 필-스위너튼은 매우 이상한 기분이 들었다. 그는 마치 자신이 행동을 하다가 잡힐 위험에 처한 범죄자 같다는 느낌을 받았다. 어째서 그렇게 느껴야 하는지는 이해할 수 없었다. 그녀는 P로 시작하는 우편물 칸과 S로 시작하는 칸을 들여다보았다.

"아뇨." 그녀가 조용히 말했다. "손님을 위한 편지는 하나도 없군요."

그는 재빠르고 경솔한 대담함을 가지고 말했다. "혹시 최근에 포비라는 이름을 가진 사람을 받은 적이 있었나요?"

"포비?"

"네. 시릴 포비, 버슬리의, 다섯 마을에서 온."

그는 쉽게 외부의 영향을 받고, 매우 예민하며, 매튜 필-스위너튼이었다. 말을 하는 동안 그의 목소리는 떨렸다. 하지만 그녀의 대답 또한 떨고 있었다.

"아뇨! 제가 기억하기로는 없네요! 그가 이곳에 올 것이라고 예상하고 계시나요?"

"그, 확실하지가 않아서요." 그가 중얼거렸다. "고맙습니다. 안녕히 계세요."

"안녕히 주무세요." 그녀는 매일 밤 수십 명의 낯선 사람들에게 인사를 해야 하는 집주인의 형식적인 태도로 말했다.

그는 서둘러 위층을 향하였고, 그때 내려오고 있는 청소부와 마주쳤다. '이런, 이런!' 그는 생각했다. '이 세상에서 일어날 수 있는 이상한 일들 중에서도!' 그는 끊임없이 고개를 끄덕이고 있었다. 마침내 그는 인생의 광경 속에서 정말 이상한 것을 마주치게 되었다. 그가 태어나기도 전에 버슬리에서 도망을 쳤고, 그 이후에 대한 정보가 아무것도 없는 전설적인 여성을 발견한 것은 그에게 달려 있었다. 시릴을 위한 얼마나 대단한 소식인가! 얼마나 충격적인 사건인가! 그는 그날 밤 거의 잠을 자지 못했다. 그는 내일도 자의식 없이 스케일 부인을 만날 수 있을지 궁금했다. 그러나 그는 그녀를 만나야 한다는 기이한 시련은 면하게 되었다. 그녀는 다음날 전혀 모습을 드러내지 않은 것이다. 그가 그곳을 떠날 때까지도 그녀는 모습을 드러내지 않았다. 그는 그녀가 왜 보이지 않는지 물어볼 구실을 찾을 수 없었다.

2

매튜 필-스위너튼의 2륜 마차는 첼시의 빅토리아 그로브 26번지 앞
에 섰다. 그의 여행 가방은 마차의 지붕에 실려 있었다. 마부는 단춧
구멍에 빨간 꽃을 꽂고 있었다. 매튜는 한 손으로 머리에 쓰고 있던
밀짚모자를 든 채 마차에서 뛰어내렸다. 보도에 다다른 그는 갑자기
자신의 모습을 확인하더니 무심하게 침착해졌다. 또 다른 밀짚모자와
회색 옷을 입은 한 형체가 26번지의 문 옆에서 담배에 불을 붙이며 서
있었다.

"안녕, 매트!" 두 번째 인물이 노곤하게 외쳤다. 그는 아직도 담배에
성냥을 가져다 대고 있었기에 분명하지 않은 목소리였다. "이 모든 혼
란에 무슨 의미가 있겠어? 너야말로 내가 보고 싶은 사람이야."

그는 팔을 흔들어 성냥을 던져 버리고는 잠시 매튜의 손을 잡으며
코를 통해 두 줄기의 연기를 내뿜었다.

"나도 보고 싶었어." 매튜가 말했다. "그런데 시간이 아주 잠깐밖에
없어. 유스턴에 가는 길이거든. 12시 5분 차를 반드시 타야 해."

그는 친구의 얼굴을 보았고, 스케일 부인의 얼굴에서 볼 수 없는 특
징은 확실히 그에게서도 볼 수 없었다. 또한, 그 나이 든 여성은 이 젊
은 남자와 똑같은 체형을 가지고 있었다. 완전히 당혹스러웠다.

"담배 하나 펴." 시릴 포비가 차분하게 말했다. 그는 매튜보다 두
살 어렸고, 매튜로부터 몸가짐에 대한 일종의 선도적인 개념과 함께
인생과 예술에 대한 광범위하고 복잡한 지식의 대부분을 습득했다.
정말로, 그는 젊은이들이 중요하게 여기는 모든 것에 대한 가르침을
받은 제자였다. 그러나 그는 이미 그의 교수를 능가하고 있었다. 그는
매튜보다 훨씬 더 성공한 척을 할 수 있었다.

마부는 찬성하듯이 두 번째 담배가 점화되는 것을 지켜보더니 자

신의 시가를 꺼냈고, 그 끝을 물어뜯음과 동시에 그의 크고 하얀 이빨을 보였다. 승객의 외모와 태도, 여행 가방의 질, 그리고 두 젊은 공작들 사이에서 일어난 첫 동작은 마부를 낙관적인 분위기에 빠지도록 만들었다. 유스턴에 도착했을 때, 승객의 인색하고 비신사적인 행동에 대한 우려는 전혀 없었다. 그는 기울어진 밀짚모자가 내포하는 의미를 알고 있었다. 이날의 런던은 매우 아름다웠다. 완벽한 마부가 내려다보고 있는 두 우아함은 사람은 그 자체로 만족스럽고 아무것도 부족하지 않은 의기양양한 남성성을 놀라운 광경을 만들어냈다.

매튜는 시릴의 팔을 가볍게 잡고 그를 길의 더 아래쪽으로 끌어당겨 시릴이 빌린 스튜디오(집의 뒤에 숨어 있었다)로 통하는 문을 지나게 만들었다.

"들어봐, 친구." 그가 말했다. "네 이모를 찾았어."

"음, 정말 친절하네." 시릴이 진지하게 말했다. "친절한 행동이야. 무슨 이모인지 물어봐도 될까?"

"스케일 부인." 매튜가 말했다. "알잖아…."

"… 아니라?" 시릴의 얼굴이 변했다.

"그래, 바로 그거야!" 매튜는 센세이션을 일으키면서 생긴 정당한 기쁨에 속지 않았다고 느끼며 말했다. 그는 확실히 빅토리아 그로브에서 센세이션을 일으켰다. 그가 모든 이야기를 털어놓았을 때, 시릴은 말했다. "그럼 그 사람은 네가 알고 있는 사실을 모르는 거야?"

"그런 것 같아. 아니, 모르고 있다고 확신해. 짐작은 할 수 있을 거야."

"하지만 네가 실수를 한 건 아닌지 어떻게 확신할 수 있어? 어쩌면…."

"들어봐, 친구." 매튜가 그의 말을 끊었다. "난 전혀 실수를 하지 않았어."

"하지만 증거가 없잖아."

"빌어먹을 증거!" 매튜가 짜증을 내며 말했다. "내가 그 사람이라고 했잖아!"

"오! 그래! 그래! 난 네가 그런 곳에서 대체 뭘 하고 있었는지가 제일 궁금해. 네 설명에 따르면, 분명히."

"돈이 다 떨어져서 그곳에 간 거야." 매튜가 말했다.

"술을 마시며 흥청망청 돈을 썼구나?" 매튜가 고개를 끄덕였다.

"꽤 터무니없네!" 매튜가 프렌샴까지 가게 된 사건의 발단을 말하자 시릴이 말했다.

"음, 그녀는 결코 200프랑 이하로 받지 않겠다고 완강히 주장했어. 그렇게 보기도 했고! 그리고 그녀는 그럴 만한 가치가 있었어! 난 그 여자와 좋은 시간을 보냈지. 한 가지는 확실히 말해줄 수 있어. 이제 난 더 이상 잉글랜드인은 만나지 않을 거야! 더 이상 내 안에 남아 있지 않아."

"몇 살이었는데?"

매튜가 심사숙고를 하였다. "서른 살 정도로 볼 수 있을 거야." 감탄과 질투의 시선이 그에게 쏠렸다. 그는 두 번째 센세이션이 일으키고 있는 정당한 기쁨을 누렸다. "돌아오면, 더 많은 걸 알려줄게." 그가 덧붙였다. "너의 눈을 뜨게 만들어줄 수 있어, 나의 제자야."

시릴은 순진하게 웃었다. "지금은 왜 머물지 못하는데?" 그가 물었다. "오늘 오후에 그 버롤 소녀의 팔에 깁스를 할 예정인데, 나 혼자서는 할 수 없다는 걸 알아. 롭슨은 도움도 안 될 거고. 넌 내가 찾고 있던 딱 알맞은 사람이야."

"못하는 거지!" 매튜가 말했다.

"음, 어쨌든 잠깐만 내 스튜디오에 들어와 봐."

"시간이 없어. 기차를 놓치게 될 거야."

"네가 기차 마흔 대를 놓치더라도 상관없어. 반드시 들어가 봐야 해. 그 분수대를 봐야 한다니깐." 시릴이 심술궂게 말했다.

매튜는 항복하였다. 시릴이 자신의 작품에 미친 듯 관심을 보인 지 6분 후, 그들이 다시 거리로 나왔을 때 매튜는 스케일 부인을 떠올렸다.

"당연히 어머니에게 편지를 쓸 거지?" 그가 말했다.

"응." 시릴이 말했다. "편지를 보낼 거야. 하지만 우연히 어머니를 만나게 된다면, 어머니에게도 전해줘."

"그럴게." 매튜가 말했다. "파리로 갈 거야?"

"왜! 이모를 보러?" 그가 미소를 지었다. "모르겠어. 경우에 따라 다르지. 어머니가 모든 비용을 지불해주실 생각이 있다면…. 그럴지도." 가볍게 말한 그는 어조의 변화 없이 말을 이었다. "오전 내내 이곳에서 이렇게 한가하게 서 있으면 당연히 12시 5분 기차를 잡지 못할걸."

매튜는 마차에 올랐고, 노출된 이 사이로 시가를 물고 있는 마부는 몸을 앞으로 기울여 기울어진 밀짚모자 위에 있던 고삐를 들어 올렸다.

"그건 그렇고, 은화 좀 빌려줘." 매튜가 요구했다. "왕복표를 가지고 있어서 다행이야. 그 어느 때보다 관리를 열심히 했거든."

시릴은 은화로 8실링을 빌려주었다. 이러한 부를 얻게 되자 매튜는 마부에게 외쳤다.

"유스턴이요, 매우 빨리!"

"알겠습니다." 마부가 침착하게 말했다.

"나랑 같은 방향이 아닌가 보지?" 마차가 움직이기 시작했을 때, 매튜는 나중에서야 생각이 나서 소리쳤다.

"응. 이발소 쪽이야." 시릴이 대답하며 손을 흔들었다.

말은 덜컹거리며 풀햄 도로를 달려갔다.

3

3일 후, 매튜 필-스위너튼은 버슬리의 시장을 따라 걷고 있었는데, 시청의 바로 맞은편에 도착했을 때 검은색 옷을 입고 있는 작고 뚱뚱한 중년 여성을 만나게 되었다. 그녀는 수놓아진 검은색 외투와 검은 리본이 묶여 있는 작은 보닛을 걸치고 있었으며, 검은색 과일과 검은 크레이프 상장으로 장식이 되어 있었다. 천천히 조심스럽게 앞으로 나아가고 있는 그녀는 고향에서 존경을 받은 것에 익숙해져 있고, 서민층에 속해 있는 모든 사람들로부터 아부를 갈취할 수 있을 만큼의 충분한 수득을 얻고 있는 지방 여성의 위엄 있고 거만한 모습을 띄고 있었다. 그러나 매튜를 보자마자 그녀의 얼굴은 변했다. 단순하고 소박한 모습으로 바뀌었다. 그녀는 살짝 얼굴을 붉히며 소심한 기쁨에 미소를 지었다. 그녀에게 매튜는 우월한 인종에 속했다. 그는 필이라는 거의 신성함에 가까운 이름을 지니고 있었다. 그의 가문은 대대로 그 지역에서 유명했다. '필!' '웨지우드'를 말할 때처럼 부적절한 분위기로 말을 할 수 없는 이름이었다. 그렇다고 '스위너튼'이라는 이름이 낮은 위치에 있는 것도 아니었다. 대단했던 그녀의 자존심도, 평균을 훨씬 뛰어넘은 그녀의 상식도, 한 남자가 다른 남자만큼 훌륭하다는 그녀의 이론을 필 가문에게까지 확장할 순 없었다. 필 가문은 결코 성 누가 광장에서 쇼핑을 하지 않았다. 광장의 황금기조차 그러한 은혜를 베푸는 듯한 태도를 바랄 수 없었다. 필 가문은 런던이나 스태포드에서 쇼핑을 하였다. 아주 짧은 기간 동안 올드캐슬에서 쇼핑을 한 적도 있었다. 이것이 검은 옷을 입은 뚱뚱한 노부인과의 차이였다. 그녀는 지난 6년 동안 아들과 매튜 필-스위너튼이 서로를 예의 없이 동등하게 대했다는 놀라움에서 회복하지 못하고 있었다! 그녀와 매튜는 자주 만나지는 않았지만, 서로를 마음에 들어 하고 있었다. 그녀의 무의식적인 온순함은 그를 기쁘게 만들었다. 그리고 다소 정교한 그의 존경심은 그녀를 기쁘게 만들었다. 그는 그녀의 근본적인 선량함에 감탄하였고, 때때로 시릴을 혼내는 그녀의 모습은 그를 황홀한 즐거움에 빠뜨리는 것처럼 보였다.

"이런, 포비 부인." 그는 그녀의 옆에 서서 모자를 들어 올리며 그녀에게 인사를 하였다(그가 파리에서 구해온 모자였다). "이렇게 뵙게 되는군요."

"여기서 보게 되다니 꽤 신기하구나, 매튜. 어떻게 지냈는지 물어볼 필요도 없겠어. 최근에 우리 아들을 본 적 있니?"

"수요일 이후로는 없습니다." 매튜가 말했다. "그의 편지를 당연히 받으셨겠죠?"

"'당연'이라는 것은 없지." 그녀가 희미하게 웃었다. "수요일 아침에 짧은 편지를 받았어. 네가 파리에 있다고 하던데."

"그 이후로는요, 아무런 소식도 없던가요?"

"일요일에 소식이 도착하기라도 한다면 운이 좋은 거겠지." 콘스탄스가 우울하게 말했다. "시릴을 괴롭히는 건 편지 쓰기가 아니니깐."

"그렇다는 건 그가 부인에게." 매튜가 말을 멈췄다.

"뭐 잘못된 거라도 있니?" 콘스탄스가 물었다. 매튜는 무슨 말을 해야 할지, 어떻게 행동해야 할지 몰라 당황했다. "오, 아무것도 아니에요."

"자, 매튜, 제발." 콘스탄스의 말투가 갑자기 완전히 바뀌었다. 그녀의 말투는 확고하고, 명령적이며, 매우 의심스러워하고 있었다. 그녀에게 있어 이 대화는 더 이상 잡담이 아니었다.

매튜는 그녀가 얼마나 긴장했는지, 얼마나 연약한지를 보았다. 그는 그녀가 사소한 일에도 이렇게 민감하게 반응한다는 것을 처음 알아차렸지만, 그녀와 대화를 할 때 시릴에 관한 것이라면 누구도 안전하게 대화를 할 수 없다는 것은 매우 유명한 사실이었다. 그것이 농담

조였다고 해도 말이다. 그는 그 젊은이의 무심함, 수치스러운 무심함에 정말로 놀랐다. 어머니에 대한 시릴의 태도는 일종의 자비로운 부주의함으로 특징지을 수 있었다. 이건 매튜가 알고 있는 사실이었다. 그러나 그녀에게 스케일 부인에 관련된 중요한 소식을 전하지 않은 것은 전적으로 용서할 수 없는 일이었다. 그리고 매튜는 시릴에게 위와 같이 말할 것이라고 결심했다. 그는 포비 부인에게 매우 미안함을 느꼈다. 그는 그녀가 불쌍하게 보였다. 그녀는 알고 있어야 할 엄청난 사실을 모른 채 이곳에 이렇게 서 있었다. 그는 스케일 부인에 관한 것을 자신의 어머니 말고는 아무에게도 말하지 않았다는 것에 매우 만족했다. 그의 어머니는 분별력 있게 그와 같이 침묵을 유지하기로 하였고, 그 사실을 시릴에게 말한 그의 의무는 포비가 스스로 말할 때까지 입을 다물고 있는 것이라고 말하였다. 만약 어머니의 조언이 없었더라면 그는 분명히 놀라운 이야기를 퍼뜨렸을 것이고, 포비 부인은 낯선 사람의 소문을 통해 이 이야기를 처음으로 전해 들었을 수도 있었다. 그것은 포비 부인에게 너무 잔인한 일이었을 것이다.

"오!" 매튜는 명랑하고 장난스럽게 미소를 지으려고 애썼다. "내일이면 반드시 시릴에게 그 소식을 들을 수 있을 거예요."

그는 단지 즐거운 뜻밖의 소식을 감추고 있다고 그녀에게 이야기하고 싶었다. 그러나 그럴 수 없었다. 세상과 여성에 대한 그의 모든 경험에도 불구하고 그는 이 단순한 여성을 속일 만큼 똑똑하지 못했다.

"그런다고 가지 않을 거야, 매튜." 그녀는 동정 어린 매튜의 얼굴에서 미소를 지우는 듯한 어조로 말했다. 그녀는 무자비했다. 사실 그녀는 즉각적으로, 시릴이 한 여자와 만나서 결혼을 약속하게 되었다는 소식일 것이라고 스스로 확신하고 있었다. 그것 외에는 아무것도 생각할 수 없었다. 잠시 후 그녀가 이렇게 덧붙였다. "시릴이 뭘 하고 있는 거니?"

"시릴과는 아무런 상관이 없는 일이에요." 그가 말했다.

"그럼 뭐지?"

"스케일 부인, 에 관한 거요." 그는 거의 몸을 떨며 중얼거렸다. 그녀가 아무런 반응도 보이지 않은 채 단지 특이한 방식으로 주위를 둘러보자 그는 이렇게 말했다. "조금만 같이 걸을까요?"

"뭐라고?" 그녀가 물었다. 스케일이라는 이름은 잠시 동안 그녀에게 아무런 의미도 없었다. 그러나 그 이름이 가지고 있는 의미에 대해 깨닫게 되었을 때, 그녀는 마치 충격을 미루고 싶기라도 한 듯 멍하니 말했다. "뭐라고?"

"스케일 부인에 관한 이야기라고요. 파리에서 만나게 되었어요." 그는 속으로 생각하고 있었다. '이 소식을 거리에서 이 불쌍한 노인에게 말하지 말았어야 했어. 하지만 어쩌겠어?'

"아냐, 아냐!" 그녀가 중얼거렸다.

그녀는 멈춰 서서 걱정스러운 표정으로 그를 바라보았다. 이윽고 그는 레티큘을 든 그녀의 손이 아무런 목적 없이 허공에서 이상한 곡선을 그리고 있는 것을 보았고, 장밋빛 얼굴은 마치 눈에 보이지 않는 붓으로 한 획을 칠하기라도 한 것처럼 크림색으로 변하는 것을 볼 수 있었다. 매튜는 매우 불안해하고 있었다.

"더 낫지 안…." 그가 말했다.

"에." 그녀가 말했다. "날 앉혀야겠어." 그녀의 가방이 떨어졌다.

그는 철물점인 올맨 가게의 문까지 그녀를 부축해 갔다. 불행히도 가게 안으로 들어가기 위해서는 두 계단을 올라가야만 했는데, 그녀는 그 계단을 오를 수 없었다. 그녀는 첫 번째 계단에 밀가루 자루처럼 쓰러졌다. 젊은 에드워드 올맨이 문으로 달려왔다. 그는 검은 앞치마를 입고 있었고, 흥분한 채로 앞치마를 만지작거리고 있었다.

"그녀를 일으켜 세우지 마세요. 일으켜 세우려고 하지 마세요, 필-스위너튼 씨!" 매튜가 본능적으로 잘못된 행동을 취하기 시작하자 그가 외쳤다.

매튜는 바보처럼 멈춰 섰고, 그와 젊은 올맨은 콘스탄스 포비의 몸을 가운데 두고 서로를 무기력하게 바라보았다. 시장의 일부분은 지금 이례적인 일이 일어나고 있다는 것을 인식했다. 이 상황을 적절하게 처리한 사람은 올맨의 옆집에 있는 약사인 쇼크로스였다. 그는 젊은 여인에게 코닥을 팔다가 모든 것을 목격하였고, 소금을 챙겨 달려 나왔다. 콘스탄스는 매우 빠른 속도로 회복하였다. 완전히 기절을 한 것은 아니었다. 그녀는 긴 한숨을 내쉬더니, 괜찮다고 힘없이 속삭였다. 세 남자는 못 냄새와 난로 광택제의 냄새가 나는 가게 안으로 들어올 수 있도록 그녀를 도와주었고, 그녀는 부서질 듯한 의자로 균형을 잡고 있었다.

"이런!" 그녀가 미소를 지을 수 있게 되고, 분홍빛이 마지못해 그녀의 볼로 돌아오자 젊은 올맨은 큰 목소리로 소리쳤다. "이런 식으로 사람을 놀라게 만들지 마세요, 포비 부인!"

매튜는 아무 말도 하지 않았다. 그는 마침내 진정한 센세이션을 일으켰다. 다시 한 번 그는 범죄자가 된 것 같은 기분을 받았고, 어째서 그랬는지 이해할 수 없었다. 콘스탄스는 칵 야드와 웨지우드 스트리트를 따라 집으로 천천히 걸어가겠다고 말했다. 그러나 힘을 되찾은 몸으로 주위를 둘러보던 그녀는 문간에 울타리처럼 서 있는 얼굴을 보았고, 마차를 타고 가는 것이 더 좋겠다는 쇼크로스의 말에 동의하였다. 젊은 올맨은 문으로 향한 뒤, 도회당의 웅장한 입구 앞에 항상 서 있는 독특한 마차를 향해 휘파람을 불었다.

"매튜가 저와 동행해줄 거예요." 콘스탄스가 말했다.

"물론이죠, 부인." 매튜가 말했다.

그녀는 쇼크로스의 부축을 받으며 넋을 잃고 있는 사람들의 사이를 지나갔다.

"몸조심 하세요, 부인." 마차의 창문을 통해 쇼크로스가 외쳤다. "쓰러지기 쉬운 날씨이고, 우리는 더 이상 젊지 않은 것 같으니까요."

그녀는 고개를 끄덕였다.

"혼란스러운 상황에 빠트리게 만들어서 죄송합니다, 포비 부인."
마차가 움직이기 시작하자 매튜가 말했다.

그녀는 그의 사과가 불필요하다고 거부하며 고개를 저었다. 그녀
의 눈에는 눈물이 가득 차 있었다. 택시는 1분도 채 안 되어 콘스탄스
의 밝은 문 앞에 멈춰 섰다. 그녀는 매튜에게 레티큘을 달라고 요청하
였다. 그는 그것이 떨어진 이후로 지금까지 레티큘을 들고 있었다. 그
녀는 마부에게 돈을 건네주었다. 매튜는 자신이 탄 마차의 비용을 여
성에게 지불하도록 한 적이 결코 없었다. 그러나 콘스탄스와 논쟁을
할 순 없었다. 콘스탄스는 위험했다.

아직도 그 동굴에 살고 있는 에이미 베이츠는 쇠창살이 쳐져 있는
창문을 통해 마차의 바퀴를 보았고, 콘스탄스가 계단을 오르기 전에
문을 열어주기 위해 헐떡거리며 부엌의 계단을 올라갔다. 에이미는
확실히 마흔이 넘은 권위 있는 여자였다. 그녀는 무슨 일이 일어난 것
인지 궁금해 했고, 콘스탄스는 '몸이 좋지 않았다'라고 말할 수밖에 없
었다. 모자와 망토를 받은 에이미는 차를 준비하기 위해 그녀를 떠나
왔다. 두 사람만 남게 되자 콘스탄스는 매튜에게 이렇게 말했다.

"자. 매튜, 내게 말해주겠니?"

"단지 이런 일이 있었을 뿐이에요." 그가 말을 하기 시작했다.

그는 얼마 되지 않는 말로 그녀에게 설명을 해주었고, 그가 말한 대
로 정말 '단지'라는 분위기를 띠고 있었다. 그럼에도 불구하고 그의 목
소리는 나이가 지긋한 여성의 절제되었지만 눈에 보이는 감정에 공감
을 하며 떨리고 있었다. 그는 기쁨이 이 어처구니없는 작은 응접실을
가득 채워야 한다고 생각했지만, 이곳을 지배하고 있는 기운은 이름
이 없었다. 확실한 건 기쁨이 아니었다. 그 자신도 매우 슬프고 황량
한 기분을 느꼈다. 이 경험을 없앨 수만 있었더라면, 그는 많은 돈을
지불했을 것이다. 그는 단지 흔들의자에 앉아 있는 뚱뚱하고 우스꽝

스러우며 착한 여자의 기억 속에서 영원히 잠들어 있었을지도 모르는 오래되고 오래된 무언가를 휘저었다는 것만 알고 있었다. 그는 현재 자신이 앉아 있는 자리가, 15살의 아름답고 뻔뻔스러운 젊은 생명체가 이빨을 뽑았을 때 새뮤얼 포비가 누워 있던 소파가 있었던 자리라는 것을 알지 못했다. 그녀가 현재 앉아 있는 의자가, 콘스탄스의 기억 속에 남아 있는 베인스 부인이 그 제어할 수 없는 소녀와 헛된 갈등을 빚고 앉아 있었던 바로 그 의자라는 것을 알지 못했다. 콘스탄스의 거대한 마음에서 폭풍처럼 치솟고 있는 만 가지의 문제 또한 알지 못했다.

그녀는 그에게 자세한 것들을 따져 물었다. 그러나 그녀는 동생이 늙어 보이는지, 머리가 희끗희끗했는지, 뚱뚱했는지, 말랐는지 같은 그가 순수하게 떠올린 질문을 하지 않았다. 어리둥절하고 분개한 에이미가 작은 은 쟁반에 차를 대접할 때까지 그녀는 비교적 침착한 모습을 유지했다. 그녀가 흔들리기 시작한 것은 차를 한 모금 마시는 도중이었고, 매튜는 그녀에게서 컵을 빼앗아야만 했다.

"고맙구나, 매튜." 그녀가 눈물을 흘렸다. "어떻게 감사해야 할지 모르겠어."

"하지만 전 아무것도 하지 않았는걸요." 그가 대답했다.

그녀는 고개를 저었다. "이러한 일은 바라지도 않고 있었어. 결코 기대하지 않았어!" 그녀가 말했다. "너무 행복하구나. 어떻게 보면…. 나에게서 아무런 기색도 알아차리지 못했겠지. 난 바보야. 나를 위해 그 주소를 적어주렴. 시릴에게 즉시 편지를 써야겠다. 크리즐로우 씨를 만나야겠어."

"시릴이 부인에게 편지를 쓰지 않았다니, 정말 우스운 일이군요." 매튜가 말했다.

"시릴은 좋은 아들이 아니었어." 그녀는 갑작스럽고 진지한 냉담함을 가지고 말했다. "시릴이 이 생각을 비밀로 붙이려 했다니…!" 그녀는 다시 눈물을 흘렸다.

마침내 매튜는 떠날 수 있는 가능성을 보았다. 그는 그녀의 따뜻하고 부드럽고 주름진 손이 자신의 손가락에 감기는 것을 느꼈다.

"이 일에 관하여 매우 예의 바르게 행동했구나." 그녀가 말했다. "그리고 매우 현명하게. 모든 면에 관해서 말이야. 이쪽에서도 그렇고, 저쪽에서도 말이야. 네가 보여준 것보다 더 좋은 친절함을 보여줄 수 있는 사람은 아무도 없을 거야. 아들이 너와 같은 친구를 사귀게 되었다는 것이 큰 위안이 되는구나."

자신의 무모한 행위와 그가 그녀의 아들에게 전해준 버슬리에서는 말할 수 없는 모든 지식에 관한 것을 생각했을 때, 그는 모성 본능이 이렇게 속임을 당해야 한다는 사실에 경탄했다. 그럼에도, 그는 그녀가 자신을 칭찬할 만하다고 느꼈다.

밖으로 나온 그는 '퓨' 하고 안도의 한숨을 쉬었다. 그는 그만의 세속적인 방식으로 미소를 지었다. 그러나 그 미소는 가짜였다. 자신을 가식적으로 대하는 행위였다! 자연스러운 장면에 얼마나 깊이 감동했는지를 스스로 숨기려는 유치한 시도였다!

4

매튜 필-스위너튼이 스케일 부인과 대화를 나눈 날 밤, 펜션 프렌샴에서 잠을 이루지 못한 사람은 매튜뿐이 아니었다. 청소부가 심부름을 끝내고 아래층으로 내려왔을 때, 그녀는 그녀의 주인이 마호가니 쉼터를 떠나고 있는 것을 보았다.

"편안하게 잠들었어요, 가엾은 녀석!" 주인의 병든 개 포셋의 최신 상태를 알게 된 청소부가 자신의 임무를 수행하며 말했다. 그녀의 오래되고 활기찬 목소리에는 고통 받고 있는 동물에 대한 동정심으로 가득 차 있었다. 그녀는 미소를 지었다. 그녀는 명백히 상처받기 쉬운 핑크색 피부, 꽉 끼는 검은색 드레스, 그리고 주름진 하얀 모자를 쓴 채 빈민 구호소에서 나온 사람처럼 보였다. 그녀는 습관적으로 몸을 구부리고 있었고, 머리를 항상 발보다 몇 인치 앞에 두고 빠르게 걸어다니는 사람이었다. 백발인 머리카락은 얼마 없었다. 나이도 많았다. 아마 아무도 그녀가 정확히 몇 살인지 알지 못할 것이다. 소피아는 25년 전 그녀를 하숙집에 데려왔는데, 그녀가 늙었기에 다른 장소를 쉽게 찾을 수 없었기 때문이었다. 고객들은 거의 전적으로 잉글랜드인이었지만 그녀는 프랑스어만 할 줄 알았고, 자애로운 미소를 지으며 자신을 영국인들에게 소개하였다.

"자러 가야겠어요, 재클린." 그녀의 주인이 대답했다.

재클린은 이상한 대답이라고 생각했다. 재클린의 변하지 않는 습관 중 하나는 자정에 잠을 자러 가서 5시 30분에 일어나는 것이었다. 그녀의 주인 또한 일반적으로 자정에 잠을 자러 갔고, 마지막 한 시간 정도는 같이 시간을 보냈다. 자신이 방금 막 주인의 침실에 있는 포셋을 보고 왔다는 점과 보고가 만족스러웠다는 점, 그리고 주인과 재클린이 의논해야 할 몇 가지 일상적인 상황이 있었다는 것을 고려해 보면, 즉시 잠을 자러 가겠다고 한 부인의 대답은 어딘가 이상해 보였다. 그러나 재클린은 아무 말도 할 수 없었고, 다음과 같이 말했을 뿐이었다.

"알겠습니다, 부인. 32번 방은요?"

"할 수 있는 만큼 정리해 놓으세요." 주인이 퉁명스럽게 말했다.

"알겠습니다, 부인. 안녕히 가세요, 부인, 그리고 안녕히 주무시고요."

복도에 혼자 남은 재클린은 그녀의 쉼터로 다시 돌아가, 급히 왔다 갔다 해야 하거나 누군가 부르지 않았을 때, 그녀를 사로잡은 끝없고 신비로운 일들 중 하나를 시작했다. 포셋의 둥근 바구니를 들여다보지도 않은 채 소피아는 옷을 벗고, 불을 끄고 침대에 누웠다. 그녀는 극도로 그리고 설명할 수 없을 정도로 우울해하고 있었다. 그녀는 떠올리고 싶지 않았다. 떠오르지 않기를 간절히 바랐다. 그러나 그녀의 마음은 계속해서 떠올렸다. 단조롭고 헛되며 괴로운 떠올림이었다. 포비! 포비! 이는 콘스탄스의 포비인가, 아니면 독특한 새뮤얼 포비인가? 다시 말해, 그의 아들, 콘스탄스의 아들인가. 콘스탄스에게 다 큰 아들이 있는 건가? 콘스탄스는 이제 오십이 넘었을 것이다. 어쩌면 할머니일지도 모른다! 정말로 새뮤얼 포비랑 결혼을 한 것인가? 죽었을 수도 있었다. 확실한 건 어머니도, 해리엇 이모도, 크리츨로우 씨도 죽었을 것이다. 만약 살아 있다면, 어머니는 적어도 80세 이상일 것이다.

활동적으로 행동해야 할 때 비활동적으로 남아 있는 것만으로도 누적되는 효과는 끔찍했다. 의심할 여지없이 그녀는 그녀의 가족과 연락을 주고받았어야 했다. 그렇게 하지 않은 것은 어리석은 짓이었다. 그녀가 어릴 때 부유한 이모에게서 약간의 돈을 훔쳤다고 해도 그게 무슨 상관이 있었겠는가? 그녀는 자랑스러워했다. 범죄적으로 자랑스러워했다. 그것이 그녀의 죄였다. 그녀는 그것을 솔직히 인정했다. 그러나 그녀는 그녀의 자존심을 바꿀 수 없었다. 모든 사람들은 약점을 가지고 있다. 현명함과 상식에 대한 그녀의 평판은 엄청나다는 것을 그녀도 알고 있었다. 사람들이 그녀에게 말을 걸 때면, 그들이 그녀를 비정상적으로 매우 현명한 여자라고 여기고 있다는 것을 항상 알아차릴 수 있었다. 그럼에도 불구하고 그녀는 가족과의 관계를 끊는다는 가장 어리석은 짓에 대한 죄책감을 느끼고 있었다. 그녀는 늙고 있었고, 혼자였다. 그녀는 스스로를 부유하게 만들고 있었다. 그녀는 세상에서 가장 완벽하게 관리되고 가장 존경을 받는 하숙집을 소유하고 있었고(그녀는 진심으로 그렇게 믿고 있었다) 이 세상에서 혼자였다. 지인이 몇 있었지만(차나 와인 외에는 환대를 베풀지도 받아주지도 않았던 프랑스인, 영국 산업 집단의 멤버 한두 명 정도가 있었다) 그녀의 유일한 친구는 3살이 된 포셋뿐이었다! 그녀는 지구상에서 가장 외로운 사람이었다. 제럴드의 소식도, 그 누구의 소식도 들은 적이 없었다. 그녀의 운명에 진심으로 관심을 갖는 사람은 아무도 없었다. 이것이 그녀가 25년 동안 끊임없이 노력하며 근심해 온 결과였다. 이 기간 동안 그녀는 단 한 번도 30시간 이상 바이런 거리를 떠난 적이 없었다. 끔찍했다, 세월의 흐름이. 그리고 세월의 흐름은 더욱 끔찍해질 것이다. 10년이 지난 후에, 그녀는 어디에 있을 것인가? 그녀는 자신이 죽어가고 있는 모습을 상상하였다. 끔찍하다!

물론 버슬리로 돌아가서 소녀 시절에 저지른 큰 실수를 고치지 못하도록 그녀를 막는 것은 아무것도 없었다. 그러한 행동을 한다는 생각 하나만으로 그녀의 영혼이 움츠러든다는 사실 말고는 아무것도 없었다! 그녀는 바이런 거리의 붙박이였다. 거리의 일부였다. 그녀는 그곳에서 일어났거나 일어날 수 있는 모든 일을 알고 있었다. 그녀는 습관의 무거운 사슬에 묶여 있었다. 오랫동안 냉정하게 사용한 그녀는 그것을 좋아하고 있었다. 보라! 밖에 있는 거리에서 환하게 타오르고 있던 가스 불이 꺼졌다, 매일 밤 그랬듯이 말이다! 이러한 현상을 사랑하는 것이 가능하다면, 그녀는 그 현상을 좋아했다. 그 현상은 그녀에게 있어 삶의 일부였다, 그녀에게 있어 소중했다.

필-스위너튼은 상냥한 젊은이였다! 그렇다면, 그녀가 버슬리에서 살았을 시절 비즈니스 파트너였던 필 가문과 스위너튼 가문이 결혼을 한 것이 명백했다. 아니면 유언에 관한 어떠한 일이 있었거나. 그는 그녀가 누구인지 알아차린 것인가? 그는 매우 자의식적이고 죄스러운 표정을 짓고 있었다. 아니다! 그는 그녀가 누구인지 알아차렸을 리가 없다. 그 생각은 터무니없었다. 아마 그는 그녀의 이름이 스케일이라는 것조차 알지 못할 것이다. 그리고 만약 그가 그녀의 이름을 알았다 하더라도, 그는 아마 제럴드 스케일이나 그녀의 도피에 대한 이야기를 들어본 적이 없을 것이다. 그녀가 버슬리를 떠난 후에 그가 태어났을 가능성도 있었다! 게다가, 필 가문은 마을의 평범한 사회생활에 언제나 냉담했다. 아니! 그는 그녀의 정체를 의심하지 않을 것이다. 이러한 생각을 한다는 것 자체가 유치했다.

그럼에도 불구하고, 그녀는 그가 의심을 하고 있다고 가정을 하며, 그녀의 뒤엉킨 마음을 가지고 비논리적으로 앞으로 나아갔다! 매우 기묘한 우연으로 인해 그는 그녀의 잊혀진 이야기를 듣게 되었고, 무심코 그 둘을 일치시켰다고 가정해 보았다! 심지어 펜션 프렌샴이 스케일 부인에 의해 관리되고 있다는 말을 단순히 다섯 마을에서 언급할 수도 있다고 가정해 보았다. '스케일? 스케일?' 사람들은 반복해서 그 이름을 언급할 수 있었다. '음, 이 말이 내게 무엇을 떠올리도록 하고 있는 거지?' 그 공은 콘스탄스나 누군가가 줍기 전까지 계속해서 구르고 또 구를 것이다! 그러면….

게다가(이는 그녀가 처음에 설명할 수 없는 이유로 인해 인지하지 못했던 중요함을 띠고 있는 세부 사항이었다) 이 필-스위너튼은 그가 문의를 한 포비의 친구였다. 이 경우에 그 포비는 같은 포비일 수 없었다. 필 가문이 새뮤얼 포비나 그의 연줄과 친분을 맺는다는 것은 불가능했다! 하지만 결국 그들이 친분을 맺게 되었다고 가정해 보자! 다섯 마을에서 전혀 예상치 못한 혁명적인 일이 일어났다고 가정을 해

보자!

그녀는 혼란스러웠다. 불안했다. 그녀는 자신에 관련된 질문이 있을 것을 예견했다. 그녀는 가족의 엄청난 소란, 끝없는 어리석음, 자신의 존재의 혼란, 평온함의 파괴를 예견했다. 그리고 그 전망으로부터 멀어졌다. 그녀는 그것을 직면할 수 없었다. 마주하고 싶지 않았다. '안 돼.' 그녀는 마음속으로 격렬하게 소리쳤다. '난 혼자 살아왔고, 지금 이대로 남을 거야. 내 나이엔 변할 수 없어.' 그녀의 고독을 침략할 가능성에 대한 그녀의 태도는 분노와 하나가 되어 있었다. '난 받아들일 수 없어! 받아들일 수 없다고! 난 혼자로 남을 거야. 콘스탄스! 콘스탄스가 내게, 아니면 내가 그녀에게 무슨 존재가 될 수 있겠어?' 그녀의 존재에 어떤 변화가 있다는 상상은 그녀에게 매우 고통스러운 일이었다. 고통스러울 뿐이 아니었다! 그녀를 겁먹게 만들었다. 그녀를 움츠러들게 만들었다. 그러나 그녀는 그것을 묵살할 수 없었다. 스스로 그 생각으로부터 빠져나올 수 없었다. 매튜 필-스위너튼의 유령이 왜인지 그녀의 성격의 대부분을 바꾸어버렸다.

뇌의 중심에 있는 폭풍의 변두리에서 치솟고 있는 것은 하숙집의 운영에 대한 만 가지 우려였다. 모든 것이 검고, 절망적이었다. 하숙집은 엄청난 부주의와 무능력이 야기한 가장 완전한 실패였을지도 모른다. 그녀가 모든 것을 직접 감독해야 하고, 누구에게도 의지할 수 없다는 것은 사실이 아닌가? 그녀가 하루라도 자리에 없다면 모든 것은 필연적으로 무너질 수밖에 없었다. 그녀는 적게 일하는 대신 더 열심히 일했다. 그리고 그녀의 투자가 안전했다고 누가 보장할 수 있었을까?

방 안에 있는 모든 물체를 천천히 밝히며 동이 자신의 존재를 알리자, 그녀는 아프기 시작했다. 그녀의 머릿속에서 열이 치솟는 것 같았다. 입안과 입 주위에는 이상한 느낌이 들었다. 포셋은 커다란 책상의 근처에 있는 바구니에서 몸을 떨고 있었다. 그 책상은 여러 가지 파일과 서류들이 아주 세밀하게 정리되어 있었다.

"포셋!" 그녀는 소리치려고 했지만 그녀의 입에선 아무런 소리도 나오지 않았다. 그녀는 혀를 움직일 수 없었다. 혀를 내밀어 보려고 했지만, 그렇게 할 수 없었다. 몇 시간 동안 그녀는 두통을 느끼고 있었다. 그녀는 낙담했다. 공포와 함께 아파하고 있었다. 그녀의 기억은 그의 아버지와 발작을 떠오르게 만들었다. 그녀는 그의 딸이었다! 마비! '바로 그거야!' 그녀는 공포에 질려 프랑스어로 생각했다. 그녀의 공포는 비참함이 되었다! '전혀 움직일 수 없는 건가?' 이렇게 생각하고는 미친 듯이 고개를 돌려 보았다. 그렇다, 그녀는 베개 위에서 머리를 살짝 움직일 수 있었고, 오른쪽 팔, 양쪽 팔을 뻗을 수 있었다. 어리석은 겁쟁이! 당연히도 이것은 발작이 아니었다! 그녀는 안심했다. 하지만 그녀는 혀를 내밀 수 없었다. 갑자기 그녀는 딸꾹질을 하기 시작했고, 그것을 통제할 수 없었다. 그녀는 종을 향해 손을 뻗었다. 그 종을 울리면 복도에서 떨어진 식료품 저장실에서 잠을 자는 남자를 부를 수 있었다. 그때 갑자기 딸꾹질이 멈췄다. 그녀는 손을 내렸다. 몸의 상태가 더 나아졌다. 게다가, 문을 통해 그 남자와 대화를 할 수 없다면, 종을 울리는 것이 무슨 소용이 있겠는가? 그녀는 재클린을 기다려야만 했다. 매년 여름과 겨울 아침 6시, 재클린은 자신의 감독 하에 잠시 개를 내보내기 위해 주인의 침실에 들어갔다. 벽난로 위에 있는 시계는 3시 5분을 가리키고 있었다. 그녀는 3시간을 기다려야 했다. 포셋은 타다닥 하는 소리를 내며 방을 가로질러 오더니 침대 위로 벌떡 뛰어 오른 후 자리를 잡았다. 소피아는 포셋을 무시했지만, 포셋은 몸이 불편하고 무기력했기에 그 무시를 신경 쓰지 않는 것 같았다.

재클린은 늦게 왔다. 6시부터 15분가량 소피아는 절망의 극심한 고통을 받았고, 고통은 광기로 변해가고 있었다. 그녀의 두개골은 내부로부터의 압력으로 인해 폭발할 것 같았다. 그때 문이 조용히 몇 인치 열렸다. 재클린은 보통 방에 들어갔지만, 때로는 문 뒤에 서서 부드럽고 떨리는 목소리로 '포셋! 포셋!' 하고 외치곤 했다. 그리고 오늘 아침, 그녀는 방에 들어오지 않았다. 포셋은 즉시 반응하지 않았다. 소피아는 극도의 고통에 빠져 있었다. 그녀는 자신의 모든 의지와 자제력, 그리고 온 힘을 끌어 모아 외쳤다.

"재클린!" 그녀의 입에서 소리가 나왔다. 끔찍하게 어렵고 기형적인 출생이었지만, 소리가 나왔다. 그녀는 지쳐 있었다.

"네, 부인." 재클린이 들어왔다.

그녀는 소피아의 모습을 언뜻 보자마자 두 손을 들어 올렸다. 소피아는 말없이 그녀를 바라보았다.

"의사를 데려올게요, 제가 직접." 재클린은 이렇게 말하더니 달려 나갔다.

"재클린!" 그 여성은 멈췄다. 그녀는 억지로라도 말을 하기로 결심했고, 그러기 위해 그녀는 전례 없던 노력으로 근육에 힘을 주었다. "다른 사람에게는 한마디도 하지 마세요." 그녀는 모든 고객들이 자신의 병에 대해 알게 되는 것은 견딜 수 없었다. 재클린은 고개를 끄덕이며 사라졌고, 개는 그녀를 뒤따라갔다. 재클린은 이해했다. 그녀는 동료 공모자처럼 소피아와 이곳에 살고 있었다.

소피아의 몸 상태는 점차 나아지기 시작했다. 움직임은 그녀를 어지럽게 만들었지만, 그녀는 앉는 자세를 취할 수 있었다. 침대의 발치까지 이동함으로써 그녀는 옷장의 유리 속에 있는 자신의 모습을 볼 수 있었다. 그녀는 얼굴의 아랫부분이 뒤틀려 있는 것을 볼 수 있었다.

그녀를 알고 있었고, 그녀의 집에서 많은 돈을 번 의사는 그녀에게 무슨 일이 일어난 건지 솔직하게 말해주었다. 설순후두마비, 이것이 그가 사용한 단어였다. 그녀는 이해했다. 과로와 걱정으로 인한 매우 가벼운 발발이었다. 그는 절대적인 휴식과 정숙을 취하라고 말했다.

"불가능해!" 그녀는 진정으로 자신만이 없어서는 안 될 존재라고 확신하며 말했다.

"절대적으로 안정을 취하세요!" 그가 반복했다.

그녀는 우연히도 필-스위너튼이라는 이름을 가진 남자와의 몇 마디가 이러한 재앙을 초래할 수 있었다는 사실에 놀라움을 금치 못했고, 그녀가 매우 예민한 사람이라는 이 두려운 증거로부터 묘한 만족감을 얻을 수 있었다. 하지만 이때조차도 자신이 얼마나 괴로워했는지 깨닫지 못했다.

5

'친애하는 소피아.'

피할 수 없는 기적이 일어났다. 결국 필-스위너튼에 대한 그녀의 의심은 충분히 근거 있는 일이었다! 콘스탄스가 보낸 편지였다! 봉투에 적혀 있는 글은 콘스탄스의 필체가 아니었다. 그러나 내용물을 살펴보기도 전부터 그녀는 이상한 꺼림칙함을 느꼈다. 그녀는 거의 매일 잉글랜드로부터 방과 가격에 대해 묻는 편지를 받았다(그리고 그 중 다수는 3펜스라는 우표 부족 요금을 지불해야만 했다. 1페니짜리 우표는 충분하지 않다는 것을 작성자들이 부주의하게 또는 주의 깊게 잊어버렸기 때문이었다). 그 봉투를 다른 봉투와 구별해줄 만한 것은 아무것도 없었지만, 그 봉투를 처음 본 순간 그녀는 깜짝 놀랐다. 그러나 번져 있는 소인이 '버슬리'라는 단어라는 것을 알아차렸을 때, 그녀의 심장은 말 그대로 멈춘 것 같았다. 그녀는 이렇게 생각하면서 매우 격렬한 떨림 속에 편지를 열었다. '의사는 이 상황이 내게 매우 좋지 못하다고 말했을 거야.' 증상이 발발한 지 6일이 지났고, 그녀의 상태는 놀라울 정도로 좋아졌다. 얼굴의 일그러짐은 거의 사라진 상태였다. 그러나 의사는 진지했다. 그는 약을 주지 않았다. 단지 강장제만 주었을 뿐이다. 그리고 단조롭게 '절대적인 안정을 취하세요'라고 매우 침착하게 말했다. 그는 다른 말은 거의 하지 않았다. 자신의 침묵을 통해 소피아가 자신의 상태의 심각성을 판단할 수 있도록 만들었다. 그렇다, 이러한 편지를 받게 되는 것은 그녀에게 좋지 않을 것이다!

가운을 입은 채로 침대 위의 베개 몇 개에 기댄 그녀는 편지를 읽는 동안 자신을 통제하였다. 눈에 눈물이 맺히지 않았다. 울지도 않았으며, 일주일 동안 방 두 개에 대한 주문을 읽지 않았다는 것을 육체적으로 드러내지도 않았다. 그러나 자제에 필요한 신경의 소모는 엄청 났다. 콘스탄스의 필체는 변해 있었다. 그러나 창가의 라벨을 만들어 낼 수 있는 소녀의 깔끔한 필체로 바뀌었다는 것을 쉽게 알아차릴 수 있었다. 소피아의 'S'는 그녀가 엑스에서 마지막으로 받은 편지와 같은 모양을 띠고 있었다.

　친애하는 소피아,

　이렇게 오랜 세월이 흐른 뒤에야 네가 건강하게 살아 있고, 잘 지낸다는 소식을 알게 되어 얼마나 기뻤는지 이루 말할 수 없어. 너를 정말로 보고 싶어, 사랑하는 동생아. 내게 네 소식을 전해준 사람은 필-스위너튼이었어. 그는 시릴의 친구야. 시릴은 내 아들의 이름이고. 난 새뮤얼과 1867년에 결혼했어. 시릴은 1874년 크리스마스에 태어났고. 시릴은 이제 스물두 살이고, 아직 어린 나이에도 불구하고 런던에서 조각을 공부하며 잘 지내고 있어. 국립 장학금을 받으면서 말이야. 잉글랜드에서 단 8명에게만 주는 건데 그중의 하나를 받았지. 새뮤얼은 1888년에 죽었어. 네가 신문을 읽는 사람이라면 포비 사건에 대해 본 적이 있겠지. 물론 제과업자였던 대니얼 포비 말이야. 그 사건이 불쌍한 새뮤얼을 죽인 거야. 가엾은 어머니는 1875년에 돌아가셨어. 그리 길지는 않았던 것 같아. 해리엇 이모와 마리아 고모도 돌아가셨고, 노인이었던 해롭 의사도 죽었고, 그의 아들은 사실상 은퇴 상태야. 그에게는 파트너가 있지, 스코틀랜드 사람이야. 크리츨로우 씨는 인설 양과 결혼했어. 이러한 황당한 일을 들어본 적이 있어? 두 사람은 가게를 인수했고, 나는 집이었던 부분에서 살고 있어, 가게로 가는 길은 벽으로 막히게 되었고. 광장의 산업은 예전 같지 않아. 증기 트램이 모든 손님들을 핸브리지로 이송하고, 사람들은 전기 트램에 대해 이야기하지만, 내 생각엔 그건 그저 이야기일 뿐인 것 같아. 꽤 괜찮은 하인도 구했어. 그녀는 나랑 오랜 시간을 함께 있어 왔는데,

하인들도 예전 같지 않아. 난 좌골신경통과 심계항진을 제외하면 잘 지내고 있어. 시릴이 런던으로 간 이후로 매우 외로워. 그래도 기운을 내고, 내게 주어진 행운을 짚어보려고 노력하고 있어. 감사해야 할 게 정말로 많다고 확신해. 게다가 너에 대한 소식이라니! 내게 긴 편지로 답장을 해줘, 너에 대한 것도 적고. 파리까지는 정말 먼 길이니깐. 하지만 이제 내가 아직 여기 있다는 걸 알게 되었으니, 넌 나를 찾아오겠지, 적어도. 널 보면 모두가 매우 기뻐할 거야. 그리고 난 매우 자랑스럽고 기쁠 것이고. 말했듯이, 난 완전히 혼자야. 크리츨로우 씨가 매우 많은 돈이 너를 기다리고 있다고 전해달래. 그분이 신탁 관리자라는 건 너도 알잖아. 어머니의 유산 절반과 해리엇 이모의 유산 절반이 있고, 그 유산들은 계속해서 늘어나고 있어. 그나저나, 사람들은 불쌍한 체트윈드 선생님을 위해 기부금을 모으고 있어, 가엾은 노인. 그녀의 언니는 죽었고, 그녀는 가난하게 되었거든. 나도 20파운드를 기부했어. 아, 사랑하는 동생아, 내게 즉시 답장을 해줘. 내가 있는 곳은 여전히 예전과 같은 주소라는 것을 알 수 있을 거야. 난 여기 남아있어, 사랑하는 소피아, 사랑을 담아, 너의 다정한 언니가.

콘스탄스 포비.

추신: 어제 편지를 썼어야 했는데, 몸이 안 좋았어. 글을 쓰기 위해 앉을 때마다 눈물이 나서.

"그렇겠지." 소피아가 포셋에게 말했다. "콘스탄스는 나를 만나러 오는 것이 아니라, 내가 만나러 가는 것을 생각하고 있어. 그런데 제일 바쁜 사람은 누구지?"

그러나 이는 진지한 의견이 아니었다. 소피아가 깊은 만족감의 가장자리에 둔 것은 단지 애정 어리고 악의적인 사소한 장식이었을 뿐이다. 콘스탄스가 쓴 편지는 순전한 사랑의 정신을 발하고 있는 것 같았다. 그리고 이 정신은 콘스탄스에 대한 소피아의 사랑을 갑작스럽고 완전하게 깨어나게 만들었다. 콘스탄스! 그 순간 분명 소피아에게 는 콘스탄스와 같은 존재가 없었을 것이다. 콘스탄스는 베인스 가문 의 자질을 전형적으로 보여주고 있었다. 콘스탄스의 편지는 훌륭한 편지였고, 완벽한 편지였으며, 솔직함의 면에서 매우 완벽했다. 베인 스 가족의 성격을 가장 자연스럽게 나타내고 있었다. 편지의 모든 내 용에는 곤란한 언급도 없었다! 그녀, 소피아가 한 일이나 실패한 일에 대한 어설픈 놀라움의 표현도 없었다! 제럴드에 대한 언급도 없었다! 그저 상황을 있는 그대로 숭고하게 받아들이고 있었고, 약해지지 않 은 사랑을 장담하고 있었다! 재치? 아니다. 재치보다 더 훌륭한 무언 가였다! 의도적이고 능숙한 재치였다. 소피아는 재치라는 개념이 콘 스탄스의 머릿속에 들어 있지 않았다고 확신했다. 콘스탄스는 그저 그녀의 마음속에서 나오고 있는 것을 글로 쓴 것이다. 그리고 바로 그 점이 이 편지를 매우 훌륭하게 만들어준 것이다. 소피아는 베인스 가 족 말고는 아무도 이런 편지를 쓸 수 없을 것이라고 확신했다. 그녀 는 자신도 그 편지의 정점만큼 일어서야 한다고 느꼈고, 베인스 가족 의 피를 보여줘야 한다고 느꼈다. 그리고 그녀는 단정하게 책상으로 향하여 콘스탄스와는 너무나 다른 그녀의 거만하고 큰 손으로 편지를 (그녀의 개인 공책에) 쓰기 시작했다. 초반에는 약간 딱딱하게 글을 시작했지만, 몇 문장을 쓰고 나자 그녀의 관대하고 열정적인 영혼은 콘스탄스의 호소에 자유롭게 반응하고 있었다. 그녀는 크리슬로우에 게 자신이 가지고 있는 돈 중 20파운드를 체트윈드 선생님을 위한 기 금에 내달라고 요청하였다. 그녀는 자신의 하숙집과 파리에 대해, 그 리고 콘스탄스의 편지로 인한 그녀의 기쁨에 대해 적었다. 그러나 그 녀는 제럴드에 대한 것과, 다섯 마을을 방문할 가능성에 대해서는 아 무 말도 하지 않았다. 그녀는 사랑의 불길 속에서 편지를 끝마쳤고, 꿈에서 나오듯 편지로부터 무익하고 따분한 펜션 프렌샴의 일상생활 로 돌아온 그녀는, 콘스탄스의 애정에 비하면 이곳은 그 어떤 가치도 가지고 있지 않다고 느꼈다.

그러나 그녀는 버슬리로 돌아가는 계획을 고려하지 않을 것이다. 절대로, 결코 버슬리에 가지 않을 것이다. 만약 콘스탄스가 파리에 와서 그녀를 만나기로 결정했다면 소피아는 매우 기뻐했을 것이지만, 그녀 자신은 꿈쩍도 하지 않을 생각이었다. 삶이 조금 변한다는 생각만으로도 그녀는 겁을 먹었다. 그리고 버슬리로 돌아가는 것 자체로… 안 된다!

그러나 펜션 프렌샴에서는 미래를 과거처럼 만들 수 없었다. 소피아의 건강이 그것을 금하고 있었다. 그녀는 의사가 옳았다는 것을 알게 되었다. 그녀가 노력을 할 때마다, 의사가 옳다는 것을 상세하고 빠르게 알게 되었다. 오직 그녀의 의지력만이 약화되지 않았을 뿐이었다. 의지력을 행동으로 전환시켜 주던 기계는 이상하게도 손상이 되어 있었다. 그 사실을 인지하고 있었다. 그러나 아직 그 사실을 직면할 수 없었다. 이 사실을 직면하기 위해서는 시간이 먼저 흘러야 할 것이다. 그녀는 점점 늙은 여성이 되어 가고 있었다. 그녀는 더 이상 예비품을 사용할 수 없었다. 그럼에도 그녀는 모든 사람들에게 자신이 완전히 회복되었다고 고집을 부렸고, 단지 지나친 신중함으로 인해 그녀의 관습적인 일들을 삼가고 있는 것이라고 주장하고 있었다. 확실히 그녀의 얼굴은 회복되어 있었다. 그리고 모든 부품이 정돈된 기계인 하숙집은 평소의 부드러움으로 계속해서 운영되고 있는 듯 보였다. 훌륭한 요리사가 횡령을 하기 시작한 것은 사실이었지만, 그의 요리에는 영향을 끼치지 않고 있었기에, 그 결과는 오랫동안 눈에 띄지 않았다. 모든 직원과 대부분의 손님들은 소피아가 병에 걸렸다는 것을 알고 있었다. 그러나 그 이상은 알지 못했다.

소피아가 하숙집에서 일상적인 지위를 하고 있을 때 우연히 결점을 발견하게 되면, 그녀에게 드는 첫 번째 충동은 그 결점의 근본적인 문제를 찾아서 해결하는 것이었고, 두 번째 충동은 내버려두거나 알

곽한 해결안으로 증상만 약화시키는 것이었다. 펜션 프렌샴의 쇠퇴는 눈에 보이지 않았지만, 여러 사람들에 의해 막연하게 의심받고 있었다. 밀물은 최고조에 달했지만, 물러나고 있었다. 그러나 너무 조금씩 물러나 그 아무도 물이 빠지고 있는 것인지 확신할 수는 없었다. 이 물결은 이따금씩 재빠르게 다시 올라와 가장 멀리 있는 돌을 씻어내곤 하였다.

소피아와 콘스탄스는 몇 통의 편지를 주고받았다. 소피아는 계속해서 파리를 떠날 수 없다고 말했다. 그러다 마침내 그녀는 콘스탄스에게 파리에 와서 그녀를 만나달라고 정직하게 부탁하였다. 그녀는 불안해하며 그 제안을 했지만(사랑하는 콘스탄스를 실제로 볼 수 있다는 생각은 그녀를 불안하게 만들었다), 제안을 할 수밖에 없었다. 며칠 뒤 콘스탄스는 시릴의 책임 하에 프랑스로 갈 것이라는 답장을 보냈지만, 그녀의 좌골신경통이 갑자기 매우 악화되어 다리를 쉬게 해주기 위해 매일 저녁 식사를 하고 누워 있어야 한다고 적혀 있었다. 그녀에게 여행은 불가능했다. 운명은 소피아의 결정에 반대하고 있었다.

이제 소피아는 콘스탄스에 대한 의무를 스스로에게 묻기 시작했다. 사실 그녀는 결정을 번복할 구실을 찾기 위해 이리저리 더듬거리고 있던 것이었다. 결정을 되돌리는 것은 두려웠지만, 유혹적이었다. 그녀는 자신이 반대했던 무언가를 하고 싶은 욕망이 있었다. 마치 높은 발코니 위로 몸을 던지고 싶은 욕망과 같았다. 욕망은 그녀를 끌어당기고, 또 끌어당겼으며, 그녀는 그 욕망으로부터 물러섰다. 그녀는 이제 하숙집이 싫증났다. 하숙집의 책임자인 척하는 것조차 그녀를 싫증나게 만들었다. 하숙집 전체에 걸쳐 모든 규율들이 느슨해져 있었다.

그녀는 자신의 사업을 유한회사로 전환하기 위한 제안을 하기 위해 마돈이 언제쯤 그녀에게 다시 접근할 것인지 궁금했다. 그녀는 원치 않았음에도 불구하고 의도적으로 그와 교차해서 그에게 오래된 주제를 다시 시작할 기회를 주곤 했다. 그는 이렇게 오랫동안 그녀를 평화롭게 내버려둔 적이 없었다. 그가 지난번에 제안을 했을 때, 그녀는 그의 노력이 성공할 가망이 적다는 것을 그에게 확실히 확신시켜주었으며, 그는 그 생각을 그만하기로 결심한 것이 틀림없었다. 그녀는 단 한마디만으로 그의 생각을 다시 불러일으킬 수 있었다. 어느 날 그가 돈을 지불하고 있을 때, 그는 그녀에게 간청할 것이라는 단순한 암시를 하고 있었다. 그러나 그녀는 그 단어를 말할 수 없었다.

얼마 지나지 않아 그녀는 자신의 몸이 좋지 않고, 이 집은 그녀에게 너무 벅차며, 의사가 반드시 휴식을 취하라고 지시했다고 공개적으로 말하기 시작했다. 그녀는 이 사실을 마돈을 제외한 모든 사람들에게 말했다. 그러나 어떻게 된 일인지 모든 사람들은 그 사실을 마돈에게 말하지 않겠다고 고집을 부리고 있었다. 의사는 그녀가 야외에서 더 많은 시간을 보내야 한다고 조언했고, 그녀는 오후에 포셋과 함께 불로뉴 숲으로 산책을 나가곤 했다. 10월이었다. 하지만 마돈은 그 산책에 대해 들어본 적이 없는 것 같았다.

어느 날 아침 그는 하숙집 밖의 거리에서 그녀를 만났다. 두 사람이 포셋의 건강에 대해 이야기를 나눈 후, 그는 비밀리에 "몸 상태가 매우 안 좋다니, 유감입니다"라고 말했다.

"매우 안 좋아!" 그녀가 그 말에 분개한 듯 소리쳤다. "누가 당신에게 매우 안 좋다는 말을 한 거죠?"

"재클린이요. 부인에게 필요한 것은 완전한 변화라고 그녀가 종종 제게 말해줬거든요. 의사 선생님도 그렇게 말한 것 같고."

"오! 의사!" 그녀는 재클린이 한 말의 진실을 부정하지 않은 채 중얼거렸다. 그녀는 마돈의 눈에서 희망을 보았다.

"물론, 아시겠지만." 그가 여전히 더 은밀하게 말했다. "혹시나 마음이 바뀌게 되신다면, 이 일을 처리하기 위해 약간의 채권을 만들 준비가 항상 되어 있습니다." 그는 신중하게 하숙집으로 손길을 보냈다.
"손에서 치워 드릴 수 있게 말이죠."

그녀는 고개를 격렬하게 저었다. 지난 몇 주 동안 마돈으로부터 그
러한 말을 듣고 싶어 했던 것을 생각하면 이상한 행동이었다.

"완전히 포기하실 필요는 없어요." 그가 말했다. "계속 잡고 계셔도
됩니다. 급여와 이익에서 생긴 몫을 드리는 관계로 여성 관리자로 남
으시면 되니까요. 지금만큼 부인 노릇을 할 수 있을 겁니다."

"오!" 그녀가 무심코 말했다. "만약 제가 포기를 하게 된다면, 전 모
든 걸 포기할 거예요. 반쪽짜리 포기는 제게 없어요."

그 문장의 발언과 함께 사전으로 소유되고 있던 프렌샵의 역사가
끝이 나게 되었다. 소피아는 알고 있었다. 마돈 또한 알고 있었다. 마
돈의 가슴이 뛰었다. 그는 자신을 선두로 하여 예비 채권을 만든 다
음, 유한회사에 되팔아 이익을 얻는 상상을 했다. 그는 약 천 또는 그
정도 되는 비용이 자신에게 생기는 광경을 생각했다. 단기간에 얻을
수 있는 이익이었다. 그가 죽었다고 여기고 있던 식물이 기적적으로
갑자기 꽃을 피웠다.

"음." 그가 말했다. "그럼 모든 걸 포기하세요! 평생을 위한 휴가를
떠나세요. 그럴 자격이 있습니다, 스케일 부인." 그녀는 다시 한 번 고
개를 저었다.

"잘 생각해 보세요." 그가 말했다.

"저는 제 답안을 몇 년 전에 당신에게 이미 드렸어요." 그녀는 그가
자신의 말을 믿을까 봐 두려워하며 완강하게 말했다.

"다시 잘 생각해 보고 제게 답을 주세요." 그가 말했다. "며칠 후에
다시 한 번 말씀드리겠습니다."

"소용없을 거예요." 그녀가 말했다.

애매한 옷차림을 한 그는 유럽과 미국 전역에 알려진 샹젤리제의
유명한 부동산 중개업자 루이스 마돈으로서의 명성을 의식하며 거리

를 뒤뚱뒤뚱 걸어갔다. 며칠 후에 그는 다시 이 이야기를 언급하였다.

"제가 이 꿈을 잠시라도 꾸게 만든 단 한 가지 이유가 있어요." 소피아가 말했다. "그건 바로 제 언니의 건강이에요."

"언니 분!" 그가 외쳤다. 그는 그녀에게 언니가 있다는 것을 몰랐다. 그녀는 가족에 대한 이야기를 한 적이 한 번도 없었다.

"예. 언니의 편지는 절 걱정하게 만들었어요."

"언니 분은 파리에 사시나요?"

"아뇨. 스태퍼드서요. 언니는 집을 떠난 적이 없어요."

그녀는 자신의 자존심을 온전히 유지하기 위해, 마돈으로 하여금 콘스탄스가 매우 심각한 상태에 빠져 있다고 생각을 하게 만들었다. 그러나 사실, 콘스탄스는 좌골신경통을 제외하면 그다지 큰 문제가 없었고, 그마저도 다소 나아지고 있었다. 그렇게 그녀는 항복하였다.

만남

1

 이듬해 봄 어느 날, 식사 직후 크리츨로우는 콘스탄스의 문을 두드렸다. 그녀는 응접실의 난로 앞에 있는 흔들의자에 앉아 있었다. 그녀는 '거친' 앞치마를 입고 있었는데, 앞치마의 바깥 부분으로 원래 이름은 잊힌 채 '스팟'이라고만 불리는 폭스테리어의 털에 묻어 있는 물기를 문지르고 있었다. 강아지에게 얼룩이 있는 것은 사실이었다. 콘스탄스는 다시는 어린 개를 기르지 않을 것이라고 한 번 이상 세상을 향해 소리친 적이 있었다. 왜냐하면, 그녀가 말했듯이 그녀는 항상 개들을 따라다닐 수 없었고, 그들은 가구의 속을 다 물어뜯었기 때문이었다. 그러나 그녀가 마지막으로 길렀던 개는 너무 오래 살았다. 개는 가구를 물어뜯는 것보다 더 나쁜 짓을 할 수 있었다. 개의 나이에 대한 그녀의 자연스러운 반응과 길들여진 애완동물을 잃어버리게 될 때 야기되는 피할 수 없는 슬픔과 속상함을 가능한 한 오래 미루고자 하는 바람으로 인하여, 그녀는 아는 사람이 제안한 10개월 된 매우 사랑스러운 폭스테리어를 어떻게 거절해야 할지 몰랐다. 스팟의 아름다운 분홍빛 피부는 헝클어진 털의 아래로도 볼 수 있었다. 그는 매우 부드러운 촉감을 지니고 있었지만, 자기 자신을 매우 혐오스러워하고 있었다. 그의 눈은 문질러지고 있는 천의 사이로 계속 삐죽삐죽 튀어나왔고, 그 눈에는 동요와 수치심으로 가득했다.
 에이미는 스팟이 석탄 창고로 도망가지 않는지 진지하게 지켜보며 이 행동을 돕고 있었다. 그녀는 크리츨로우의 노크 소리에 문을 열었다. 크리즐로우는 아무런 격식을 차리지 않고 안으로 들어왔다, 평소와 같았다. 그는 변하지 않은 것 같았다. 그는 여전히 같은 양의 흰머리를 소유하고 있었고, 똑같은 긴 하얀 앞치마를 입고 있었으며, 그의 목소리는(때때로 날카로운 경향을 보이고 있었다) 여전히 귀에 거슬리는 성격을 띠고 있었다. 그는 꽤 똑바로 서 있었다. 모조 피지 같은 그의 손에는 신문이 들려 있었다.

"음, 아가씨!" 그가 말했다.

"이 정도면 됐어, 고마워, 에이미." 콘스탄스가 조용히 말했다. 에이미는 천천히 떠나갔다.

"그녀를 위해서 그놈을 씻기고 있구만!" 크리즐로우가 말했다.

"네." 콘스탄스가 인정했다. 스팟은 그 노인을 날카롭게 쳐다보았다.

"소피아와 관련된 글이 나와 있는 이 신문은 봤어?" 그는 콘스탄스가 자세히 살펴볼 수 있도록 시그널을 들어 올리며 물었다.

"소피아에 관한 글이요?" 콘스탄스가 외쳤다. "뭔가 잘못됐나요?"

"잘못된 건 없어. 하지만 소식을 잡았더군. '스태포드셔의 하루하루'란에 있어. 여기! 내가 읽어주지."

그는 조끼 주머니에서 긴 나무 안경 케이스를 꺼내더니 두 번째 안경을 코 위에 올려놓았다. 그런 다음 무릎을 뾰족하게 내민 채 소파에 앉아 다음과 같이 신문을 읽었다. "'우리는 파리의 바이런 거리에 있는 유명한 펜션 프렌샴의(다섯 마을 사람들은 들어본 적이 없을 정도로 유명한) 여주인인 소피아 스케일이 30년을 넘는 공백을 깨고 그녀의 고향인 버슬리를 방문하려 한다는 정보를 입수했습니다. 스케일 부인은 유명하고 존경받는 베인스 가문의 사람입니다. 그녀는 최근 펜션 프렌샴을 유한회사에 처분하였고, 저희는 그녀가 받은 가격이 5섯짜리라는 것을 숨김없이 알려드립니다.' 봤지!" 크리즐로우가 말했다.

"시그널 사람들은 도대체 어떻게 이런 걸 알아내는 거죠?" 콘스탄스가 중얼거렸다.

"에, 운이겠지, 나도 몰라." 크리즐로우가 말했다.

이는 거짓이었다. 크리즐로우는 시그널의 새로운 편집자에게 이 정보를 넘겨주었다. 새 편집자는 언론에 대한 크리즐로우의 열정을 머지않아 알게 되었고, 이를 활용할 줄 아는 사람이 되어 있었다.

"기사가 오늘 나오지 않았더라면 좋았을 텐데요." 콘스탄스가 말했다.

"어째서?"

"오! 모르겠어요, 그냥 그래요."

"음, 여행이나 가야겠군." 크리즐로우가 말했다. 그가 가겠다는 것을 의미하는 말이었다.

그는 신문을 남겨둔 채 노망난 신중함을 발휘하며 계단을 내려갔다. 소피아의 도착에 대한 자세한 내용에는 관심을 보이지 않은 것이 특징이었다. 콘스탄스는 앞치마를 벗은 뒤, 앞치마로 스팟을 감싸 안아 소파의 구석에 내려놓았다. 그리고 나서 갑자기 에이미에게 시간표를 사 오라고 했다.

"트램을 타고 크나프로 가실 줄 알았는데요." 에이미가 말했다.

"열차를 타고 가기로 결심했어." 콘스탄스는 마치 국가의 운명을 결정하기라도 한 듯이 냉정하고 위엄하게 말했다. 그녀는 에이미의 그런 발언을 싫어했다. 에이미는 불행히도 아무런 질문을 하지 않는 순종이라는 최고의 재능을 점차 잃어가고 있었다.

숨을 헐떡이며 돌아온 에이미는 콘스탄스가 침실에 서 있는 것을 보았다. 콘스탄스는 두 번째로 좋은 외투의 소매에서 구겨진 종이 뭉치를 꺼냈다. 콘스탄스는 그 외투를 거의 입지 않았다. 이론상 그 외투는 비 오는 일요일에 교회당에 입고 갈 예정이었다. 실제로 그 외투는 일요일이 오랜 기간 동안 완강하게 맑은 날씨를 유지하였기에 옷장에 오랫동안 남아 있었다. 그 외투는 콘스탄스가 정말로 좋아하지 않았던 외투였다. 하지만 그녀는 맨날 입는 외투를 입고 소피아를 만나러 크나프에 갈 생각은 아니었다. 그리고 이러한 짧은 여행을 위해 최고의 외투를 입을 생각도 없었다. 그녀가 가진 최고로 좋은 옷을 입고 소피아의 앞에 처음으로 모습을 드러낸다. 이것은 계획의 슬픈 실수가 될 것이다! 그것은 일요일에 실망스러운 결말로 이어질 뿐만 아니라, 콘스탄스가 소피아를 경외하고 있다는 분위기를 부여해줄 것이었다. 사실 콘스탄스는 소피아를 조금 두려워하고 있었다. 30년이 지난 지금 소피아는 그 어떤 사람으로도 변해 있을 수 있었지만, 콘스탄스는 그냥 콘스탄스로 남아 있었다. 파리는 엄청난 장소이다. 그리고 엄청나게 먼 장소이다. 그리고 유한회사라는 말은 소리만 들어도 위협적이었다. 소피아가 자신의 힘으로 유한회사가 사고 싶어 하고, 실제로 구매를 한 무언가를 만들어냈다고 상상해보라! 맞다, 콘스탄스는 두려워하고 있었다. 그러나 그 두려움을 외투에 드러낼 생각은 없었다. 결국, 그녀는 연장자였다. 그리고 그녀도 품위를(그것도 많이) 가지고 있었다. 부드러운 외관의 온화함 속에 숨겨진, 그녀의 은밀한 마음에 말이다. 그래서 그녀는 좀처럼 입지 않은 두 번째 외투를 선택하였다. 그 외투의 소매에는 종이가 채워져 있어 '늘어진' 모양을 유지할 수 있었다. 작은 종이 뭉치들이 침대 위에 흩뿌려져 있었다.

"크나프에 10분이면 도착하는 3시 15분 기차가 있어요." 에이미가 말했다. 주제넘게. "하지만 단 3분이라도 늦을 수 있고, 런던 열차는 시간을 엄수하는 것을 생각해 보면, 그분을 놓칠 수도 있어요. 그러니 안전하게 2시 15분 기차를 타시는 게 좋을 것 같아요."

"내가 한번 볼게." 콘스탄스가 단호히 말했다. "이 종이들을 모두 옷장에 넣어줘."

그녀는 에이미의 제안을 따르지 않는 것을 선호했지만, 그녀의 생각은 너무나 현명했기에 받아들일 수밖에 없었다.

"트램으로 가지 않으신다면요." 에이미가 말했다. "트램을 타고 가게 되면 빨리 움직여야 할 필요가 없어요."

하지만 그녀는 트램을 타고 가지 않을 것이다. 만약 그녀가 트램을 타게 된다면, 그녀는 반드시 시그널을 읽은 사람을 만나게 될 것이고, 그들은 어리석은 멍청함을 가지고 그녀에게 이렇게 말할 것이다. '동생을 만나러 크나프에 가시나 봐요?' 그 뒤로 성가신 대화가 뒤따를 것이다. 반면에 기차는 객실을 선택할 수 있었고, 수다쟁이들과 마주칠 가능성이 훨씬 낮았다.

이제 1분도 지체할 시간이 없었다. 지난 며칠 동안 집에서 차분한 척하며 자라온 흥분은 순식간에 햇살 속으로 뛰어나왔고, 뻔뻔하게 행동하였다. 에이미는 가장 좋은 드레스와 외투, 보닛 없이 가능한 자신을 아름답게 꾸며야 하는 주인을 도와야 했다. 에이미는 옷이 주는 효과에 솔직하게 대답을 해주었다. 계층의 장벽이 공간을 위해 낮아졌다. 콘스탄스가 똑똑해 보이고 싶은 강한 열망을 의식한 이후 여러 해가 흘렀다. 그녀는 일요일 아침, 교회당을 가기 위해 옷을 완벽하게 차려 입고 아래층으로 뛰어 내려가, 응접실의 문턱에서 자세를 취하면서 새뮤얼에게 다음과 같이 물어보았던 날들을 떠올렸다. "이건 어때?" 그렇다, 그녀는 어린아이처럼 아래층으로 뛰어 내려가곤 했다. 그럼에도 그 당시에 그녀는 자신이 매우 차분하고 성숙하다고 생각하고 있었다! 그녀는 한숨을 쉬었다. 반은 찢어지는 듯한 후회로 인함이었고, 반은 서른 살도 안 된 그 변덕스러운 생명체에 대한 온화한 경멸 때문이었다. 51세인 그녀는 자신이 늙었다고 생각하고 있었다. 그리고 그녀는 늙었다. 에이미는 늙은 노처녀의 재주와 매너를 가지고 있었다. 따라서 집안에 존재하고 있던 흥분은 '늙은' 흥분이었고, 똑똑해 보이고 싶어 하는 콘스탄스의 열망처럼 터무니없는 면과 비극적인 면을 가지고 있었으며, 천박한 웃음소리와 히스테리적인 바보의 울음소리를 자아내는 면이 있었으며, 현명한 사람은 세상의 방식이 스스로 새로워지는 것을 슬프게 생각하고 있었다.

한 시 반쯤 콘스탄스는 장갑을 제외한 모든 옷을 입었다. 그녀는 기차를 놓칠 염려 없이 무사히 집 안을 둘러볼 수 있는 시간이 남았는지 확인하기 위해 다시 한 번 시계를 보았다. 그녀는 소피아를 위해 세심하게 준비한 2층 침실로 올라갔다. 그곳은 그녀와 소피아의 예전 침실이었다. 이 방을 공개하기 위해 며칠 동안 준비를 하였다. 버슬리에서 열린 웨슬리언 메서디스트 학회를 위해 머물렀던 목사를 제외하면, 집에서 잠을 자기 위해 인설 양이 종종 사용하던 시대 이후로는 그 방의 주인이 아무도 없었다. 시릴은 집을 방문할 때면 자신의 예전 방에서 머물렀다. 콘스탄스는 견고하고 우아한 가구를 충분히 소유하고 있었고, 소피아의 방이 될 그 방은 윤을 낸 마호가니 가구의 반사광으로 인해 모든 구석이 밝혀져 있었다. 또한 방은 가구용 풀의 냄새가 꽤 배어 있었다. 주부라면 부끄러워할 필요가 없는 냄새였다. 게다가, 새로운 '예술적'패턴 중 하나가 그려져 있는 옅은 파란색으로 다시 도배가 되어 있었다. 그 방은 '베인스 가족'의 방이었다. 그리고 콘스탄스는 소피아가 어디에서 왔는지, 어떤 것에 소피아가 익숙해져 있었는지, 소피아가 어떤 유한회사로 변모시켰는지 신경 쓰지 않았다. 그 방은 충분했다! 이 이상 개선될 수 없었다. 신경 쓸 것은 코바늘로 뜨개질한 매트뿐이었다. 심지어 세면대 아래 있는 흰색과 금색으로 이루어진 세면용 단지나 다른 도구들도 완벽했다. 이러한 매트를 세면대에서 튀기는 물에 노출시킨다는 것은 어리석은 일이었지만, 그것은 숭고한 어리석음이었다. 소피아가 그런 것들을 신경 쓴다면, 매트를 치울 수도 있었다. 콘스탄스는 집안을 가꾸는 것에 열정적인 사람이었다. 그 마음은 그녀의 안에 잠들어 있었고, 지금 다시 불타오르기 시작했다.

불빛은 거실을 밝히고 있었다. 거실은 정말로 아름다운 방이었는데, 1840년 이후 베인스 가문과 매덕 가문이 수집한 귀중품의 박물관으로, 아주 새로운 덮개와 천으로 장식이 되어 있었다. 버슬리를 통틀어도 콘스탄스의 거실과 비교할 수 있는 거실은 얼마 없었다. 콘스탄스도 알고 있었다. 그녀는 자신의 거실을 누군가에게 보이는 것을 두려워하지 않았다.

그녀는 잠시 자신의 침실로 돌아갔다. 에이미는 그곳에서 끈기 있게 침대 위의 종이를 줍고 있었다.

"차를 준비해야 하는 것도 알지?" 콘스탄스가 물었다.

"오, 그럼요, 부인." 에이미는 마치 이렇게라도 말하듯 대답했다. '그 질문을 도대체 얼마나 자주 물어보려고 하는 거죠?' "지금 떠나시나요, 부인?"

"그래." 콘스탄스가 말했다. "어서 와서 현관문을 잠가줘."

그들은 같이 응접실로 내려갔다. 차를 위한 흰 천이 테이블 위에 접혀져 있었다. 돈으로 살 수 있는 가장 좋은 다마스크 천이었다. 15년이나 된 물건이었고, 한 번도 펼쳐진 적이 없었다. 콘스탄스는 똑같은 명성을 소유하고 있는 또 다른 두 천을 가지고 있지 않았더라면, 이 천을 첫 식사 때 사용하지 않았을 것이다. 하모늄에는 몇 개의 잼과 케이크, 버슬리 돼지고기 파이, 그리고 약간의 절인 연어가 올려져 있었다. 그에 필요한 은 식기도 함께 있었다. 모든 것이 그곳에 있었다. 에이미는 잘못을 저지를 수 없었다. 벽난로의 꽃병 안에는 크로커스가 들어 있었다. 그녀의 '정원'이었다. 새뮤얼로 하여금 그녀가 얼마나 여성스러운지를 생각하게 만들었던가! 그녀가 벽난로 위에 '정원'을 둔 것은 오랜만이었다. 만성적인 좌골신경통과 심계항진에 대한 관심은 그녀의 정원에 대한 관심을 대가로 성장하였다. 때때로, 그녀가 가구와 다른 물건들을 정리하는 복잡한 절차를 끝마쳤을 때, 그녀에게 남은 힘이라곤 단지 '휴식'을 취하기 위한 힘밖에 남아 있지 않았다. 그녀는 금방 숨이 차고 쉽게 지치는 연약하고 작고 뚱뚱한 여자였다. 소피아의 방문을 위한 이러한 준비는 그녀에게 진정으로 거대해 보였다. 그러나 그녀는 그것을 매우 잘 이겨냈다. 그녀는 꽤 괜찮은 상태였다. 단지 조금 피곤했을 뿐이었고, 마지막으로 둘러보았을 때에는 불안하고 긴장한 상태였다.

"저 앞치마를 치워, 어서!" 그녀가 소파의 구석에 있는 거친 앞치마를 가리키며 에이미에게 말했다.

"그런데, 스팟은 어디 있어?"

"스팟이요, 부인?" 에이미가 물었다.

두 사람의 가슴이 뛰었다. 에이미는 본능적으로 창밖을 내다보았다. 아나나 다를까, 스팟은 킹 스트리트의 형언할 수 없는 배수로를 살펴보고 있었다. 에이미가 시간표를 사고 돌아왔을 때 도망간 것이 틀림없었다. 에이미의 얼굴에 죄가 떠올랐다.

"에이미, 넌 정말 이해가 안 돼!" 콘스탄스가 비극적으로 소리 지르고는 문을 열었다.

"음, 난 저런 개를 본 적이 없어!" 에이미가 중얼거렸다.

"스팟!" 개의 주인이 소리쳤다. "당장 일로 와. 내 말 안 들려?"

스팟은 고개를 홱 돌리더니 움직이지 않고 콘스탄스를 바라보았다. 그러고 나서 고개를 돌려 광장의 구석으로 달려가더니 다시 움직이지 않고 그녀를 바라보았다. 에이미는 스팟을 잡으러 나갔다. 한참이 흐른 후, 그녀는 꽥꽥거리고 있는 스팟을 데리고 돌아왔다. 스팟의 눈과 코는 극도의 불쾌함을 나타내고 있었다. 그는 혐오를 하고 있었던 비누의 냄새를 효과적으로 없애버렸다. 콘스탄스는 눈물을 흘릴 수도 있었다. 그날은 정말로 아무 일도 제대로 되지 않은 것 같았다. 스팟은 가장 순수하고 믿음직한 분위기를 풍겼다. 그의 이모인 소피아가 오고 있다는 것을 그에게 깨닫게 하는 것은 불가능했다. 스팟은 킹 스트리트의 배수로를 10야드 구매하기 위해 가족 전체를 노예로 팔았을 것이다.

"식기실에서 스팟을 씻겨, 그게 다야." 콘스탄스가 자신을 다스리며 말했다. "저 앞치마를 입고, 그리고 문을 열었을 때 새 앞치마를 입고 있어야 한다는 걸 잊지 마. 스팟을 말린 후에는 시릴의 침실에 가 둬두는 게 좋겠어."

그렇게 그녀는 걱정과 함께 손에 가방과 우산을 움켜쥐고, 장갑을 다듬으며, 접혀 있는 외투의 아랫부분을 확인하며 출발하였다.

"버슬리 역으로 가는데 정말 별난 방식으로 가는군." 콘스탄스가 웨지우드 스트리트를 건너는 대신 킹 스트리트로 내려가는 것을 목격한 에이미가 말했다. 그러고는 스팟의 머리를 잡음으로써 이 집에 그녀와 스팟 만이 남았다는 것을 그에게 알려주었다.

콘스탄스는 지인이 말을 건다고 해도, 역에 가는 것이 너무 뻔해 보이지 않도록 우회를 하여 역으로 향하고 있었다. 소피아의 도착과 그에 대한 마을의 태도에 대한 그녀의 감정은 매우 복잡했다. 그녀는 서둘러야만 했다. 그날 아침 그녀는 서두르지 않기 위해 완벽하게 짜여진 계획을 가지고 일어났었다. 그녀는 서두르는 것을 싫어했다. 왜냐하면 서두름은 항상 '그녀를 곤란하게' 만들었기 때문이었다.

2

런던에서 출발한 급행열차는 늦게 도착하였다. 그래서 콘스탄스는 커다란 기차를 기다리고 있는 냉랭하고 차분한 크타프 역에서 45분 동안 기다려야만 했다. 마침내 짐꾼들은 "매클즈필드, 스톡포트, 맨체스터 기차"라고 외치기 시작했다. 뒤에 딸려 있는 객차들을 왜소하게 만들 정도로 커다란 엔진이 모퉁이를 돌며 다가왔고, 콘스탄스는 엄청난 진동을 느꼈다. 역의 고요함은 아수라장으로 변하게 되었다. 작은 콘스탄스는 육체적으로 동요하고 있는 군중들의 가장자리에 남겨져 있는 자신을 발견했다. 그들은 분명히 창문과 문으로 둘러싸여 있는 절벽을 오르려 하고 있는 것 같았다. 크나프 역이 다시는 질서 정연한 상태로 돌아가지 않을 것처럼 보였다. 콘스탄스는 그 엄청난 양으로부터 알지 못하는 소피아를 찾을 수 있으리라는 가능성은 높지 않다고 생각했다. 그녀는 매우 심각하게 동요했다. 시선이 기차의 끝에서 끝까지 불안하게 돌아다니는 동안 그녀의 얼굴에 있는 모든 근육은 긴장을 하고 있었다.

곧 그녀는 특이한 개 한 마리를 보게 되었다. 다른 사람들도 그 개를 보았다. 그 개는 초콜릿색이었다. 머리와 어깨는 가게에서 살 수 있는 현대식 대걸레의 다발처럼 늘어뜨려져 있는 수천 개의 털로 풍성하게 덮여 있었다. 이 털은 몸길이의 절반도 채 안 되는 길이에서 갑자기 끊겨 있었다. 나머지 부분에는 털이 없었으며, 대리석처럼 부드러운 형태를 띠고 있었다. 그 결과 다섯 마을의 주민들은 그 개가 옷의 중요한 부분을 잊어버렸으며, 품위를 어기고 있다는 인상을 받게 되었다. 꼬리에 길러져 있는 털의 뭉치와 발목을 장식한 둥근 모양의 털은 무례하다는 인상을 강하게 만들어줄 뿐이었다. 목에 감겨 있는 분홍색 리본은 그 무례함을 완성시켜주었다. 그 동물은 완전히 잘 꾸며진 창녀의 분위기를 띄고 있었다. 개의 목에는 사슬이 팽팽하게 묶여 있었는데, 그 사슬은 트렁크의 위로 손짓을 하고 있는 소수의 사람들로 이어져 있었다. 콘스탄스는 그 사슬을 추적해 보았고, 그 결과 코트와 치마를 입고 다소 눈에 띄는 모자를 쓴 키가 크고 기품 있는 여성을 발견하게 되었다. 콘스탄스는 멀리서 그 여자가 아름답고 귀족 같다고 생각하였다! 그때 기묘한 생각이 마음속에 떠올랐다. '저건 소피아야!' 그녀는 확신했다… 확신하지 못했다… 그녀는 결국 확신했다. 그 여성은 군중들 속으로 향하였다. 그녀의 시선이 콘스탄스에게 떨어졌다. 두 사람은 머뭇거리다가, 그 상태로 서로를 향해 불확실하게 이끌렸다.

"어디에 있든 알고 있어야 했는데." 소피아가 콘스탄스에게 입을 맞추기 위해 베일을 들어 올리며 몸을 굽힌 채 무심하고 평온한 태도로 말했다.

콘스탄스는 이 경이로운 고요함이 가짜라고 생각하였고, 매우 잘 모방하였다고 생각했다. 그것은 '베인스 가족'의 평온함이었다. 그러나 그녀는 동생의 입술이 씰룩거리고 있는 것을 알아차렸다. 그 경련은 콘스탄스의 마음을 편안하게 해줌과 동시에 그녀만이 어리석었던 것이 아님을 증명해주었다. 또한 소피아의 입에 있는 영구적인 주름에도 무언가 이상한 점이 있었다. 그것은 소피아가 말한 '발발'로 인한 것이 틀림없었다.

"시릴이랑 만났어?" 콘스탄스가 물었다. 이것이 그녀가 생각해낼 수 있는 말의 전부였다.

"오, 그럼!" 소피아가 열정적으로 말했다. "그리고 그의 스튜디오에도 가봤어. 유스턴에서 나를 배웅해줬고. 매우 좋은 소년인 것 같아. 사랑스러워."

소피아는 그녀가 15세였을 때의 억양으로 '사랑스러워'라고 말했다. 그녀의 어조와 거만한 행동은 콘스탄스를 60년대로 되돌려 보내주었다. '하나도 변하지 않았네.' 콘스탄스는 기뻐하며 생각했다. '그 무엇도 소피아를 바꿀 수 없지.' 그리고 이 생각의 이면에는 보다 일반적인 생각이 자리 잡고 있었다. '그 무엇도 베인스 가족을 바꿀 수 없어.' 콘스탄스의 소피아는 변하지 않은 것이 사실이었다. 강력한 개성은 어떤 변화에도 변하지 않는다. 소피아 본래의 모습이 시릴에 대한 칭찬으로 인해 드러나자, 콘스탄스는 마음이 편해졌고, 안도감을 느꼈다.

"얘는 포셋이야." 소피아가 사슬을 잡아당기며 말했다.

콘스탄스는 뭐라고 대답을 해야 할지 몰랐다. 소피아는 분명 다섯 마을처럼 까다로운 사람들이 있는 장소에 이러한 개를 데려옴으로써 자신이 어떠한 행동을 한 것인지 인지하지 못하고 있었다.

"포셋!" 그녀는 개를 향해 몸을 반쯤 구부린 채 사랑스러운 억양으로 이름을 반복해서 불렀다. 결국, 이것은 개의 잘못이 아니었다. 소피아는 편지에 분명히 개에 대해 언급을 했지만, 콘스탄스는 이러한 포셋의 모습을 대비하지 못했다. 이 모든 일이 순식간에 일어났다. 한 짐꾼이 소피아 소유의 트렁크 두 개를 들고 나타났다. 콘스탄스는 그것들이 최고로 '좋은' 트렁크라는 것을 알게 되었다. '사치스러운 면'을 보여주고 있는 옷 또한 최고로 '좋은' 옷이었다. 이다음으로 그들의 마음을 사로잡은 것은 버슬리로 향하는 열차의 티켓이었고, 곧 첫 만남의 충격이 사라지게 되었다.

소피아와 포셋이 그녀의 맞은편에 앉아 있는 환상선의 2등실 객차에서 콘스탄스는 소피아를 '받아들일' 여유로움을 가졌다. 콘스탄스는 날씬함과 곧음, 그리고 모자 아래의 긴 달걀형 얼굴의 일반적인 효과에도 불구하고, 소피아는 그녀의 나이대로 보인다는 결론에 도달했다. 그녀는 소피아가 많은 일을 겪은 것이 틀림없다는 것을 알게 되었다. 그녀의 경험은 얼굴의 세세한 부분들에 해로운 영향을 끼치며 남아 있었다. 멀리서 보면 소피아는 서른 살, 심지어는 소녀와 근접한 나이대로 보일지도 몰랐지만, 좁은 열차의 건너편에 있는 그녀의 모습은 고통을 받고 있는 나이 든 여자의 모습이었다. 하지만 그녀의 정신은 꺾여 있지 않았다. 불확실한 짐꾼에게 당연히 포셋도 객실에 태워야 한다고 말하는 것을 들어 보아라! 다른 사람들을 못 들어오게 하려는 의도로 객실의 문을 닫는 모습을 보아라! 그녀는 명령을 하는 것에 익숙했다. 동시에 그녀의 얼굴은 마치 자신에게 이렇게 말하는 듯이 거의 굳어 있는 미소를 띠고 있었다. '나는 웃으며 죽을 거야.' 콘스탄스는 그녀에게 안쓰러움을 느꼈다. 소피아의 매력, 경험, 세상사에 대한 지식, 그리고 성격에 들어 있는 우월감을 인정하면서도, 일종의 영향을 받지 않는 근본적인 우월감을 가진 소피아가 안쓰러웠다.

"어떻게 생각해?" 소피아가 포셋을 어루만지며 말했다. "유스턴에서 시릴이 날 위해 티켓을 구하는 동안 한 남자가 내게 다가와서 이렇게 말했어. '에, 베인스 부인, 30년이 넘는 시간 동안 뵙지를 못했지만, 당신이 베인스 양이었던 걸 알고 있어요. 그리고 정말로 아름다워 보이시는군요.' 그러더니 자신의 갈 길을 가버렸어. 분명히 식료품점 주인인 홀이었을 거야."

"길고 하얀 수염을 기르고 있었어?"

"응."

"그럼 홀 씨 맞아. 두 번이나 시장직을 했어. 앨더맨 말이야."

"정말로!" 소피아가 말했다. "하지만 이상하지 않아?"

"에! 이런!" 콘스탄스가 소리쳤다. "이상하다는 말을 하지 마! 시간이 이렇게나 빨리 가다니, 끔찍해."

대화는 중단되었고, 다시 시작되기를 거부하고 있었다. 서로에 대한 애정 어린 호기심으로 가득하고, 30년 동안 만나지 못했으며, 서로에게 털어놓고 싶어 안달이 난 두 여성은 대화를 하는 데 있어 어려움이 없어야 한다는 것을 알고 있어야 한다. 하지만 이 둘은 어째서인지 대화를 할 수 없었다. 콘스탄스는 소피아도 자신과 같은 어색함으로 인해 방해를 받고 있다고 느꼈다.

"그, 난 결코!" 갑자기 소피아가 소리쳤다. 그녀는 창문 밖을 힐끗 보았고, 기차의 근처에 있는 평원에서 제조공장과 창고, 그리고 비누 광고에 둘러싸여 있는 낙타 두 마리와 코끼리 한 마리를 보았다.

"오!" 콘스탄스가 말했다. "저건 바넘의 소유물이야. 그들은 이곳에 소위 말하는 중앙 창고를 가지고 있어. 여기가 잉글랜드의 중심이니깐." 콘스탄스가 자랑스럽게 말했다(결국, 중심이란 곳은 하나일 수밖에 없다). '단정치 못한' 태도로 그녀는 포셋이 낙타들과 있어야 한다는 말을 하려고 했지만, 그것을 참았다. 소피아는 자신에게 새로워진 모든 건물과 그녀가 기억하는 모든 주요 지형지물에 주목해야 한다는 훌륭한 아이디어가 떠올랐다. 이 구가 얼마나 변하지 않았는지 알게 되니 놀라웠다.

"같은 연기!" 소피아가 말했다.

"같은 연기지!" 콘스탄스가 동의했다.

"근데 더 심각하네." 소피아가 말했다.

"그렇게 생각해?" 콘스탄스가 약간 불쾌해 하며 말했다. "하지만 지금은 굴뚝 연기 규제인가 뭔가를 하고 있어."

"저게 얼마나 더러웠는지를 잊어버렸나 봐!" 소피아가 말했다. "그게 다인 것 같아. 다른 건 모르겠네!"

"정말로!" 콘스탄스가 말했다. 그러더니, 솔직히 말했다. "사실은, 더러운 게 맞아. 특히 저 연기가 창문의 커튼에 어떤 효과를 주는지 상상도 못할 거야."

열차가 연기를 뿜으며 트라팔가 로드의 아래를 지날 때 콘스탄스는 '트라팔가 로드'역이라고 불리는 새롭게 지어지고 있는 역을 가리켰다.

"이상하지 않아." 환상선의 영원했던 순서에 익숙한 그녀가 말했다. 턴힐, 버슬리, 블리크리지, 핸브리지, 콜든, 크나프, 트렌트 베일,

그리고 롱쇼. 그녀는 '트라팔가 로드'가 블리크리지와 핸브리지 사이에 들어오게 되는 것에 대해 지나치게 의아해 하는 것 같았다.

"응, 그런 것 같아." 소피아가 동의했다.

"물론 너에게는 그렇지 않겠지." 콘스탄스가 급히 말했다. 그녀는 버슬리를 향하고 있는 열차가 느릿해지자 자랑스러운 버슬리 공원을 겸손하게 가리켰다. 소피아는 그곳을 쳐다보았고, 그녀가 처음으로 제럴드 스케일과 산책을 나갔던 그 경사면을 어렴풋이 알아보았다.

버슬리 역에서는 그 누구도 그들에게 다가와 말을 걸지 않았고, 두 사람은 마차를 타고 광장으로 향하였다. 에이미는 창가에 있었다. 그녀는 스팟을 들어 올렸다. 스팟은 그녀가 입고 있는 앞치마의 청결에 필적하는 청결할 상태를 가지고 있었다.

"어서 오세요, 부인." 소피아가 계단을 올라오자 에이미가 주제넘게 소피아에게 말했다.

"안녕하세요, 에이미." 소피아가 대답했다. 그녀는 에이미의 이름을 알고 있다는 사실을 보여줌으로써 에이미를 기쁘게 만들어주었다. 그러나 하인들이 단지 어조로 듣고 자신들의 자리로 돌아갔다면, 에이미는 그 상황에서 자신의 자리로 돌아갔을 것이다. 콘스탄스는 소피아의 차갑고 거만한 공손함에 몸을 떨었다. 확실히 소피아는 하인들이 먼저 말을 거는 것에 익숙하지 않아 있었다. 그러나 에이미는 평범한 하인이 아니었다. 그녀는 평범한 하인보다 훨씬 나이가 많았고, 비록 콘스탄스가 열렬히 부인했을지라도 그녀는 콘스탄스에 대한 부분적인 도덕적 지배권을 얻은 상태였다. 그렇기에 콘스탄스는 불안했다. 그러나 아무 일도 일어나지 않았다. 에이미는 모욕감을 느끼지 못한 것이 분명했다.

"스팟을 시릴의 침실에 넣어둬." 콘스탄스가 마치 다음과 같이 암시하듯 말했다. '내가 이미 말하지 않았니?' 사실 그녀는 스팟의 목숨을 걱정하고 있었다.

"자, 포셋!" 그녀는 들어오고 있는 푸들을 친절하게 환영하였다. 푸들은 즉시 냄새를 맡기 시작했다.

뚱뚱하고 붉은 마부는 보도 위에서 트렁크를 다루고 있었고, 에이미는 위층에 있었다. 잠시 동안 그 자매는 응접실에 단둘이 남아 있었다.

"결국 왔구나!" 키가 크고 위엄 있는 쉰 살의 여자가 소리쳤다. 그리고 방을 둘러보는 그녀의 입술은 다시금 씰룩거렸다. 그녀에게는 너무나 작았다.

"그래, 도착한 거야!" 콘스탄스가 동의했다. 그녀는 입술을 깨물었고, 허물어지지 않기 위해 그녀는 급히 마부에게 달려갔다. 넓고 잔잔한 바다 위의 거품 한 점 같은 찰나의 감동!

마부는 트렁크를 들고 계단을 오르내렸고, 소피아의 거만한 관대함에 인사를 했다. 이내 조용함이 흘렀다. 에이미는 벌써 그녀의 동굴에서 차를 끓이고 있었다. 난로 앞에 차려져 있는 차 탁자는 화려한 빛을 뿜고 있었다.

"자, 이제 포셋은 어쩔 거야?" 콘스탄스는 점점 커져가고 있는 불안을 토로했다.

"포셋은 나랑 있으면 조용할 거야." 소피아가 단호하게 말했다.

두 사람은 손님방으로 올라갔고, 그 객실은 예쁘다는 소피아의 찬탄을 샀다. 그녀는 서둘러 창가로 가서 광장을 내려다보았다.

"불을 피워줄까?" 콘스탄스는 다소 형식적인 태도로 물었다. 정상적인 건강을 가지고 있을 때, 침실에 불을 피우는 것은 광장에선 여전히 터무니없는 일로 여겨지고 있었다.

"오, 아냐!" 그 제안은 완전히 터무니없었다는 반박을 하지 못한 채 소피아가 말했다.

"확실해?" 콘스탄스가 물었다.

"당연하지, 고마워." 소피아가 말했다.

"그럼, 난 갈게. 에이미가 직접 차를 준비해 올 거야." 그녀는 부엌으로 내려갔다. "에이미." 그녀가 말했다. "우리가 차를 다 마시자마자 스케일 부인의 침실에 불을 피워 놔."

"꼭대기 침실에요, 부인?"

"그래."

콘스탄스는 다시 그녀의 침실로 올라와 문을 닫았다. 그녀는 이 굉장한 사건 속에서 혼자만의 시간이 필요했다. 그녀는 외투를 벗으면서 안도의 한숨을 쉬었다. 그녀는 생각했다. '어쨌든 우리는 만났고, 소피아를 이곳으로 데려왔어. 매우 착해. 조금도 변하지 않았네.' 그녀에게 있어서 소피아는 세상에서 가장 덜 무서운 존재라고 인정하는 것을 망설이고 있었다. 그래서 그녀는 다시 한 번 말했다. "소피아는 매우 친절해. 하나도 변하지 않았어." 그러고 나서 "소피아가 여기 있는 걸 상상해봐! 정말로 여기 있다고." 그녀의 완벽한 단순함으로 인해 그녀는 소피아가 자신을 어떻게 생각하는지에 대한 생각은 전혀 하지 못하고 있었다. 소피아는 그녀보다 먼저 부엌에 내려와 있었고, 콘스탄스는 부엌 계단으로 이어지는 문 너머의 텅 빈 벽을 바라보고 있는 그녀를 발견했다.

"그래서 여기가 벽으로 막아 놓은 공간이야?" 소피아가 말했다.

"응." 콘스탄스가 말했다. "바로 저기야."

"마치 잘려나간 사지를 간지럽다고 느끼는 사람이 된 것 같네!" 소피아가 말했다.

"오, 소피아!"

차는 소피아로부터 엄청난 찬사를 받았지만, 두 사람은 그리 많은 양을 먹지는 않았다. 콘스탄스는 소피아가 자신과 같다는 것을 발견했다. 그녀는 자신의 음식에 대해 까다롭게 굴었다. 맛을 보기 위해 매우 작은 양을 먹었지만, 그건 거의 새가 쪼아 먹는 수준이었다. 차는 12분의 1만큼도 마셔지지 않았다. 그들은 변덕을 부릴 수 없었다.

오직 시선만이 음식을 먹을 수 있었다.

차를 마신 후 그들은 거실로 향하였고, 복도에서 우호적으로 서로를 쫓고 있는 두 마리의 개를 보는 즐거움을 느낄 수 있었다. 스팟은 에이미의 고칠 수 없는 부주의로 인하여 포셋을 발견하게 되었고, 즉시 포셋을 매우 까다롭게 살펴보았다. 포셋은 정감 있는 성격을 타고난 것 같았으며, 가벼운 산만함을 싫어하지 않는 것 같았다. 두 자매는 어두운 복도에서 행복한 개들이 놀고 있는 기분 좋은 소리에 맞춰 오랫동안 밝은 거실에서 함께 수다를 떨었다. 그 개들은 지속적인 관심을 요구했기에 이 상황을 부드럽게 만들어주었다. 개들이 졸기 시작하자, 그 자매는 사진첩을 살펴보기 시작했다. 그 사진첩은 콘스탄스가 플러시 천이나 모로코가죽으로 엮어둔 것이었다. 오랜 세월에 걸쳐 모은 사진첩만큼 기억을 선명하게 만들어주고, 과거를 떠올리게 만들어주며, 죽은 사람을 부활시켜주고, 다시 젊게 만들어주며, 한숨과 미소를 동시에 불러일으키는 존재는 아무것도 없을 것이다. 콘스탄스는 알려지지 않은 사촌이나 그들의 인맥, 그리고 마을 사람들과 같은 별난 사람들에 대한 사진을 놀라울 정도로 많이 가지고 있었다. 시릴에 관한 사진은 모든 연령대별로 존재했다. 그녀는 부모와 조부모의 기묘한 은판사진도 가지고 있었다. 그중 가장 이상한 것은 갓난아기인 새뮤얼 포비가 누군가의 품에 안겨 있는 것이었다. 소피아는 그것을 보고는 웃고 싶은 충동을 억제했다. 하지만 콘스탄스가 "웃기지 않아?"라고 말하자 그녀는 웃기 시작했다. 새뮤얼이 죽기 전 해에 찍은 사진은 정말 인상적이었다. 소피아는 감명을 받은 채 사진들을 응시했다. 그것은 정직한 남자의 사진이었다.

"과부가 된 지 얼마나 됐어?" 콘스탄스는 안경 너머로 똑바로 앉아 있는 소피아를 힐끗 쳐다보며 낮은 목소리로 물었다. 그녀의 손가락은 앨범을 넘기고 있었다.

소피아의 얼굴은 명백히 빨개졌다. "내가 과부인지 모르겠네." 그녀가 점잖이 말했다. "내 남편은 1870년에 나를 떠났고, 그 이후로 난 그를 본 적도, 그 사람의 소식을 들어본 적도 없어."

"오, 세상에!" 큰 목소리에 놀라 귀가 멍해진 콘스탄스가 외쳤다. "난 네가 과부인 줄 알았어. 필-스위너튼이 네가 과부일 가능성이 높다고 말했거든. 그래서 나는 결코…." 그녀가 말을 멈췄다. 그녀의 얼굴은 곤란한 표정을 짓고 있었다.

"물론 그곳에선 항상 과부로 알려져 있었지." 소피아가 말했다.

"물론." 콘스탄스가 재빨리 말했다. "그랬구나…."

"어쩌면 난 과부일지 모르지." 소피아가 말했다.

콘스탄스는 아무 말도 하지 않았다. 이건 커다란 충격이었다. 버슬리는 정말 특이한 장소이다. 의심할 여지없이, 제럴드 스케일은 악당처럼 행동했었다. 그건 확실했다! 그 직후 에이미가 거실 문을 열었을 때(문을 열기 전에 노크부터 하였다. 어떠한 종류의 알림도 없이 하인이 거실로 바로 뛰어 들어오는 관습은 이 집에서 결코 호의적이지 않았다) 그녀는 두 자매가 호두나무로 만들어진 타원형 테이블에서 서로 가까이 앉아 있는 것을 보았다. 스케일 부인은 매우 똑바로 앉아 불을 응시하고 있었고, 포비 부인은 '매우 가까이' 붙어서 사진첩을 응시하고 있었다. 에이미에게는 두 사람 다 나이가 많고 불안해하고 있는 것처럼 보였다. 스케일 부인의 머리는 에이미의 머리카락만큼 검었지만, 포비 부인의 머리는 완전히 회색이었다. 스케일 부인은 노크 소리에 놀라 고개를 돌렸다.

"크리즐로우 부부가 왔습니다, 부인." 에이미가 말했다.

자매는 이마를 치켜들고 서로를 쳐다보았다. 이윽고 포비 부인은 8시 30분에 에이미가 찾아오는 것이 이 집의 관습적인 현상인 것처럼 말을 걸었다. 그럼에도 불구하고, 소피아는 크리즐로우가 30년 만에 자신에게 어떤 터무니없는 말을 할지 생각만 해도 떨렸다. 이날은 좋은 날이었지만, 끔찍해질 수도 있었다.

"들어오시라고 해." 그녀가 침착하게 말했다.

그러나 최고를 장식한 건 에이미였다. "이미 그랬어요." 그녀는 이렇게 대답하더니 복도의 어둠 속에서 그들을 즉시 끌어냈다. 적절했다. 두 자매는 크리즐로우 부부가 듣지 못했을 수도 있다는 말은 하지 않았다.

마리아 크리즐로우는 바보같이 웃으며 소피아를 맞이해야 했다. 크리즐로우 부인은 초조함으로 인해 매우 동요하고 있었다. 그녀가 뛰어왔다. 거의 껑충거리고 있었다. 그리고 그녀는 마치 누군가 신 사과를 먹고 있는 것을 본 것과 같이 소리를 내었다. 젊고 소심했던 그녀가 얼마나 변했는지 소피아에게 보여주고 싶어 했다. 확실히 결혼 이후 그녀는 변하게 되었다. 다른 사람들의 사업 관리자로서의 그녀는 고객들에게 아첨할 필요성을 느끼지 못하고 있었으나, 여주인이 된 그녀는 성공하고자 하는 불안감으로 인해 능력 있고, 기계 같은 무관심으로부터 벗어나게 되었다. 안타까웠다. 그녀의 한결같은 둔감함은 일종의 위엄을 가지고 있었다. 그러나 온화한 그녀는 그저 우스꽝스러울 뿐이었다. 활발함은 그녀의 형편없는 평범함과 신체적인 초라함을 잔인하게 보여주었다. 소피아의 태도는 쌀쌀맞지 않았다. 그러나 이것은 소피아가 자연의 괴물로 보이고 싶지 않아 한다는 것을 보여주고 있었다.

크리즐로우는 아주 천천히 방으로 들어왔다. "여전히 뻣뻣한 목에 머리를 얹고 다니는구만." 그가 소피아를 살펴보면서 일부로 말했다. 그리고는 매우 조심스럽게 그의 길고 얇은 팔을 내밀어 그녀의 손을 잡았다. "음, 흔하지 않은 일이지만, 만나서 반갑구나!"

그가 표현한 이 기쁨에 모든 사람이 충격을 받았다. 크리즐로우는 누군가를 만나서 반가워한 적이 없었다.

"그래요." 마리아가 재잘거렸다. "크리즐로우 씨는 오늘 밤에 가야 한다고 했어요. 그 다른 날도 아닌 반드시 오늘 밤에 가야 한다고."

"오늘 오후에는 제게 말해주시지 않았잖아요." 콘스탄스가 말했다. "이렇게 찾아와서 기쁨을 전해주려 했다고."

그는 순간적으로 콘스탄스를 바라보았다. "그렇지." 그가 말했다. "나도 몰랐거든."

그의 시선은 소피아를 기쁘게 만들었다. 분명히 그는 이 경험 많고 슬픈 쉰 살의 여자를 어린 소녀로 대하고 있었다. 그의 극단적인 나이 앞에서 그녀는 어린 소녀처럼 느껴졌고, 그녀가 어린 소녀였을 때 그를 얼마나 싫어했는지를 떠올렸다. 아내의 도움을 뿌리친 그는 난로 앞에 있는 안락의자에 자신을 세심하게 앉혔다. 확실히 그는 가게의 카운터 뒤에 있을 때보단 거실에 있을 때 훨씬 나이가 들어 보였다. 콘스탄스는 이것을 오후에 알아차렸다. 타고 있는 석탄이 난로 앞에 떨어졌다. 그는 몸을 앞으로 굽혀 손가락을 적신 다음, 석탄을 집어 다시 불속으로 던졌다.

"음." 소피아가 말했다. "나라면 그렇게 하지 않았을 텐데."

"크리츨로우 씨만큼 뜨거운 재를 주울 수 있는 사람은 본 적이 없어요." 마리아가 킬킬 웃었다.

크리츨로우는 아무 말도 하지 않았다. "파리는 언제 떠났어?" 그는 몸을 뒤로 젖히고, 팔걸이에 손을 올려놓으며 소피아에게 물었다.

"어제 아침이요." 소피아가 말했다.

"그럼 어제 아침부터 지금까지 뭘 했어?"

"어젯밤에는 런던에서 보냈어요." 소피아가 대답했다.

"오, 런던에서, 그랬어?"

"네. 시릴과 함께 저녁을 보냈어요."

"에? 시릴! 소피아, 시릴에 대해서는 어떻게 생각해?"

"시릴 같은 조카를 둔 것이 매우 자랑스러워요." 소피아가 말했다.

"오! 그래?" 노인은 명백히 비꼬고 있었다.

"네." 소피아가 즉시 대답했다. "그리고 시릴에 대해 좋지 못한 말을 하는 건 듣지 않을 거예요."

그녀는 시릴을 열렬히 칭찬하기 시작했고, 그것은 오히려 그의 어머니를 당황하게 만들었다. 콘스탄스는 기뻐했다. 그녀는 매우 기뻐했다. 그럼에도 그녀의 마음속 어딘가에는 시릴이 뛰어난 이모의 호감을 불러왔고, 어머니에게 좀처럼 또는 결코 매력적으로 보이려고 노력하지 않았으면서, 이모에게는 매력적으로 보이기 위해 애썼다는 것에 불편한 느낌이 들었다. 시릴과 소피아는 서로를 감탄시켰고, 정복했다. 두 사람은 같은 유형의 사람이었다. 반면 콘스탄스는 평범한 사람이었기에 반짝일 수 없었다.

그녀는 종을 울렸고, 에이미에게 음식에 대한 지시를 내렸다. 과일 케이크, 커피와 뜨거운 우유를 쟁반에 담아 오라고 하였다. 소피아 또한 포셋에 대해 중얼거리며 에이미에게 말을 했다.

"네, 스케일 부인." 에이미가 존중을 표하며 말했다.

크리즐로우 부인은 커튼이 쳐진 창가 근처의 낮은 의자에서 희미하게 미소를 지었다. 콘스탄스는 샹들리에의 다른 점화구에 불을 붙였다. 그렇게 행동하면서 한숨을 쉬었다. 그것은 안도의 한숨이었다. 크리즐로우는 얌전히 굴고 있었다. 그와 소피아가 만났으니 최악의 상황이 끝난 것이다. 그가 미리 올 것을 콘스탄스가 알고 있었더라면 그녀는 불안으로 인해 괴로워했을 것이다. 그러나 지금 그가 실제로 찾아왔기에, 그녀는 그의 방문에 기뻤다.

뜨거운 우유를 홀짝 거린 그는 불룩한 가슴 주머니에서 하얀색과 파란색으로 이루어진 두꺼운 종이 뭉치를 꺼냈다.

"마리아 크리즐로우." 그가 의자를 살짝 돌리며 말했다. "넌 집으로 돌아가는 게 좋겠어."

마리아 크리즐로우는 호두 케이크를 한 조각 깨물고 있었고, 주름진 오른손으로는 커피를 들고 있었다.

"하지만 크리즐로우 씨!" 콘스탄스가 항의했다.

"소피아와 해야 할 일이 있어, 그리고 반드시 그 일을 끝내야겠어. 그녀의 아버지의 유언, 어머니의 유언, 그리고 이모의 유언에 따라 내가 관리한 것을 소피아에게 설명해야 돼. 그리고 내가 보기엔 이건 소피아와 나만의 문제인 것 같군. 자, 그럼." 그는 아내를 힐끗 쳐다보았다. "어서 가!"

반은 아양을 떨며, 반은 부끄러움을 느끼며 마리아가 일어났다.

"오늘 밤에 그 모든 일을 처리하고 싶진 않으시겠죠." 소피아가 말했다. 그녀는 이미 노년의 변덕스러운 고집이 요구하는 재치를 이용하여 크리츨로우를 대해야 한다는 것을 충분히 깨달았기에 부드럽게 말했다. "하루나 이틀 정도는 기다릴 수 있잖아요. 전 급하지 않아요."

"이 정도면 충분히 오래 기다리지 않았나?" 그가 매섭게 쏘아붙였다.

잠시 침묵이 있었다. 마리아 크리츨로우가 움직였다.

"네가 서두르지 않는 건, 소피아." 노인이 말을 이어나갔다. "네가 서두르고 있었으니 아무도 말할 수 없던 거겠지."

소피아는 수표를 받았다. 그녀는 머뭇거리며 콘스탄스를 힐끗 보았다.

"크리츨로우 부인과 저는 응접실로 내려가 있을 게요." 콘스탄스가 재빨리 말했다. "거기도 아직 불이 약간 지펴져 있어요."

"오, 아니. 그런 말을 듣지 않을 거야!"

"아뇨, 그럴 거예요, 그렇죠, 크리츨로우 부인?" 콘스탄스가 쾌활하지만 단호하게 주장했다. 그녀는 소피아가 자신의 집에서 누렸던 모든 자유와 편리함을 자신의 집에서도 느낄 수 있게 해주어야 한다고 결심했다. 만약 소피아가 신탁 관리자와의 대화를 위한 개인 방이 필요하다면, 콘스탄스는 자랑스럽게 방을 제공할 것이었다. 게다가 콘스탄스는 소피아의 시야에서 마리아를 치울 수 있어서 기뻤다. 그녀는 마리아에게 익숙했다. 그녀와 함께 있어도 상관은 없을 것이다. 그러나 마리아의 우스꽝스러운 태도로 인해 소피아가 짜증을 내게 되는 것은 염두에 두지 않을 것이다. 그렇기에 두 사람은 응접실을 떠났고, 노인은 그가 몇 주 동안 준비해왔던 서류를 열기 시작했다.

응접실에는 불이 매우 조금 피워져 있었다. 콘스탄스는 크리츨로 우 부인의 무미건조하고 꼬치꼬치 캐묻는 말들에 지루해 하고 있었을 뿐만 아니라 쌀쌀한 기분이 들고 있었다. 이러한 것들은 그녀의 좌골 신경통에 좋지 않았다. 그녀는 소피아가 크리츨로우에게 그녀가 확실히 과부가 아니라는 것을 이야기해야 하는지 궁금했다. 그녀는 버킨 쇼를 통해 제럴드 스케일에 대해 알려진 것이 있는 확인해야 하는 조치를 취해야 한다고 생각했다. 그러나 그러한 조치조차 위험할 것이다. 그 말로 표현할 수 없는 악당이 살아 있다고 가정한다면(콘스탄스는 그를 언급조차 할 수 없는 악당으로밖에 생각할 수 없었다), 그리고 그 악당이 소피아를 추행했다고 가정하면, 얼마나 볼 만할지! 마을에서 어떠한 수치심을 받을지! 마리와 크리츨로우와의 바보 같은 대화를 이어나가려고 애쓰기 위해 불 위로 몸을 구부린 콘스탄스의 머릿속에는 이런 무서운 생각들이 끝없이 스쳐 지나갔다.

에이미는 잠자리에 들기 위해 응접실을 통과해 갔다. 집의 윗부분을 도달하기 위해서는 반드시 응접실을 거쳐 지나가야 했다.

"자러 가는 거야, 에이미?"

"네, 부인."

"포셋은 어디 있어?"

"부엌에요, 부인." 에이미가 자신을 변호하며 말했다. "스케일 부인은 포셋이 스팟과 함께 부엌에서 잘지도 모른다고 했어요, 그 둘은 이제 좋은 친구가 되었거든요. 맨 아래 서랍을 열었더니 그곳에 포셋이 누웠어요."

"스케일 부인이 개를 데리고 왔다고요!" 마리아가 소리쳤다.

"네, 부인!" 콘스탄스가 대답하기도 전에 에이미가 은근슬쩍 대답을 하였다. 그녀는 모든 것을 긍정적으로 암시했다.

"가족이 전부 개를 기르는군요." 마리아가 말했다. "어떤 종류의 개인가요?"

"음." 콘스탄스가 말했다. "정확히 뭐라고 부르는지 모르겠어요. 프랑스 개인데, 그 프랑스 개들 중 하나요." 에이미는 계단의 앞에 계속서 있었다. "잘 자, 에이미, 고마워."

에이미는 문을 닫으며 위로 올라갔다.

"오! 그렇군요!" 마리아가 중얼거렸다. "음, 전 결코!"

10시가 돼서야 관리자와 수령인의 첫 대화가 끝났다.

"전 집의 옆문을 열기 위해 가볼게요." 마리아가 말했다. "스케일 부인에게 안부 전해주세요." 그녀는 찰스 크리즐로우가 정말로 집에 가라고 한 것인지, 아니면 단순히 거실에서 물러난 그녀의 모습에 만족을 한 것인지 확신하지 못했다. 그래서 그녀는 떠났다. 그는 매우 지루하고 느릿느릿한 걸음걸이로 계단을 내려왔고, 콘스탄스를 무시한 채, 또한 그의 뒤를 따라 내려오고 있던 소피아를 무시한 채 조용히 응접실을 지나 사라졌다.

콘스탄스가 문을 닫고 잠그자, 자매는 서로를 쳐다보았고, 소피아는 희미하게 미소를 지었다. 그들은 말을 하지 않을 때 서로를 더 잘 이해하는 것 같았다. 두 사람은 그 시선을 통해 찰스 크리즐로우와 마리아에 대한 그들의 생각을 교환했고, 서로의 생각이 비슷하다는 것을 알게 되었다. 콘스탄스는 사적인 대화에 대해 아무 말도 하지 않았다. 소피아도 마찬가지였다. 첫날인 현재, 그들은 간헐적인 신호를 통해서만 친밀감을 얻을 수 있었다.

"자는 게 어때?" 소피아가 물었다.

"피곤하겠구나." 콘스탄스가 말했다.

소피아는 복도에 있는 가스등의 희미한 빛을 받으며 계단으로 향하였고, 창문이 잠겨 있는지 확인한 콘스탄스는 응접실의 가스등을 껐다. 두 사람은 같이 계단을 올라갔다.

"네 방이 괜찮은지 반드시 확인해 봐야겠어." 콘스탄스가 말했다.

"반드시?" 소피아가 미소를 지었다.

그들은 두 번째 계단을 천천히 올라갔다. 콘스탄스는 숨이 찼다.

"오! 불! 정말 좋다!" 소피아가 외쳤다. "어째서 이런 고생을 사서 했어? 내가 그러지 않아도 된다고 했잖아."

"내겐 전혀 고생이 아니야." 콘스탄스가 침실의 가스를 올리며 말했다. 그녀의 어조는 버슬리와 같은 곳에서는 불을 피워 두는 것이 꽤 일상적인 일이라는 것을 암시하고 있었다.

"음, 소피아, 모든 걸 다 편안하게 느끼길 바라." 콘스탄스가 말했다.

"그럴 수 있을 거야. 잘 자, 언니."

"잘 자."

그들은 소심한 애정을 갖고 다시 서로를 바라보았다. 그들은 입을 맞추지 않았다. 두 사람은 마음속으로 이렇게 생각하고 있었다. '매일 입을 맞추면서 인사를 할 순 없어.' 그러나 그들의 말투에는 상호 간의 신뢰와 존경, 심지어 부드러움에 대한 조용하고 절제된 애정이 넘쳐 나고 있었다.

약 30분 후 끔찍하게도 요란한 소리가 그녀의 귀에 들려왔다. 그녀는 이제 막 잠에 든 상태였다. 매우 놀란 채 그녀는 열심히 귀를 기울였다. 의심할 여지없이 개들이 싸우는 소리였고, 그들은 서로를 죽일 듯이 싸우고 있었다. 그녀는 부엌이 전쟁터가 되었다고 상상했고, 스팟은 죽음을 당했다고 생각했다. 그녀는 문을 열고 복도로 나갔다.

"콘스탄스." 그녀의 위에서 낮은 목소리가 들려왔다. 그녀는 깜짝 놀랐다. "언니야?"

"응."

"음, 개들한테 내려가지 않아도 돼. 곧 있으면 멈출 거야. 포셋은 물지 않아. 포셋이 집안에서 난리를 부려서 미안해."

콘스탄스는 위쪽을 응시했고, 옅은 그림자를 보았다. 개들은 곧 그들의 다툼을 멈추었다. 어둠 속에서 일어난 이 짧은 대화는 기묘한 방식으로 콘스탄스에게 영향을 미쳤다.

3

잠에서 깨어 있는 시간이 불쾌하지 않았던 밤이 지난 다음날 아침, 소피아는 일어나서 추위에 대한 적절한 예방 조치를 취하면서 창가로 향하였다. 일요일이었다. 그녀는 목요일에 파리를 떠나왔다. 그녀는 비논리적인 면을 제쳐놓고 광장을 내다보았다. 당연히도 광장의 사이즈가 줄었을 것이라고 예상하고 있었다. 그러나 이러한 생각을 가지고 있었음에도 불구하고, 광장이 얼마나 작은지를 보게 되자 놀랐다. 그녀의 안뜰보다도 더 작은 것 같았다. 그녀는 어느 겨울 아침을 떠올렸다. 그 당시 등불 속에 아무도 밟지 않은 눈으로 덮인 광장을 창가에 서서 바라보고 있었다. 광장은 광대했으며, 불규칙한 발자국을 눈에 남기며 광장을 대각선으로 건너가고 있는 첫 여행자는 시청의 방향으로 향하고 있는 홀의 가게를 지나 사라지기 전까지 끝없이 펼쳐져 있는 하얀 쓰레기의 위를 몇 시간 동안 걸어가고 있는 것 같았다.

그녀는 주로 눈으로 덮여 있는 광장을 떠올렸다. 추운 아침과 창문에 있는 유포의 차가움, 그리고 비틀려 있는 창문의 샤시를 통해 들어오는 외풍을 떠올렸다(지금은 딱 맞도록 고쳐져 있었다)! 그녀 자신에 대한 환영은 아름다웠다. 그녀의 어린 시절은 아름다워 보였다. 소녀 시절의 돌풍과 폭풍은 아름다워 보였다. 학업을 포기한 후 가게에서 2년간 일했던 무익한 지루함조차 아름다워 보였다. 이조차도 그녀의 기억 속에선 이상한 매력을 소유하고 있었다. 그리고 그녀는 수백만 파운드를 받는다고 해도 이와 똑같은 삶을 살 것이라고 생각했다.

그녀를 그녀의 처녀 시절과 떨어트려 놓은 어마어마하고 무시무시한 시간 동안 광장은 놀라울 정도로 변하지 않았다. 동쪽에 있는 여러 상점들은 하나가 되어 있었고, 치장 벽토를 통해 영원한 단결의 외관을 강요받고 있었다. 그리고 북쪽의 끝에는 그녀에게 생소한 분수대가 있었다. 그 외에 다른 구조적 변화는 없었다! 그러나 도덕적 변화, 옛 자랑스러운 광장의 정신의 쇠퇴, 이러한 것들은 너무나 암울했다. 몇몇 건물들은 세입자가 부족했고, 오랫동안 세입자가 없었던 것이 분명했다. 그들의 얼룩지고 더러운 유리창의 위쪽에는 '임대 자리 있음'이라는 안내문이 걸려 있었고, 닫혀 있는 셔터에 불안정하게 매달려 있었다. 그리고 이 시설들의 간판에는 소피아가 모르는 이름들이 적혀 있었다. 대부분의 가게들은 더 나빠지는 것 같았다. 그들은 점점 과대광고를 하였고, 단정치 못했으며, 허름하고, 빈곤했다. 명랑함도, 활력도 없어져 있었다. 그리고 광장의 바닥은 형체를 알 수 없는 쓰레기들이 널브러져 있었다. 하찮고, 좁고, 따분한 이 모든 장면은 극단적인 지방의 특색을 그녀에게 보여주었다. 이것은 프랑스인들이 설득력 있는 억양을 가지고 말하는 'la province(지방)'라는 것이었다. 이 말 말고는 달리 묘사할 말이 없었다. 버슬리는 당연히 지방에 위치하고 있었다. 버슬리는 사물의 본질상 전형적인 지방에 해당했다. 그러나 그녀의 마음속에 있는 버슬리는 항상 흔한 지방과는 차별화되어 있었다. 특유의 분위기, 차별성, 그리고 특히나 성 누가 광장을 가지고 있었다! 그 환상은 이제 사라졌다. 그러나 이 변화는 전적으로 그녀만의 생각은 아니었다. 이 생각은 완전히 주관적인 것이 아니었다. 광장은 정말로 안 좋은 쪽으로 변하였다. 더 작아지지는 않았지만, 더 악화되어 있었다. 상업의 중심지로서 이곳은 확실히 거의 죽음에 가까워져 있었다. 30년 전 토요일 아침이었다면 광장은 리넨 천장을 가지고 있는 가판대, 수다를 떠는 시골 사람들, 그리고 값싼 물건들로 뒤덮여 있었을 것이다. 지금의 토요일 아침은 광장의 여느 아침과 같았고, 웨지우드 스트리트에 있는 성 누가 시장의 유리 지붕은 시끄러운 상업인들의 소리로 메아리치고 있었다. 이러한 예로 보면 사업들은 단지 동쪽으로 몇 야드 이동했을 뿐이었다. 그러나 소피아는 콘스탄스의 편지와 대화 속에서 드러나는 암시를 통해 사업들이 전반적으로 몇 야드를 이동한 것이 아니라 몇 마일을 이동했다는 것을 알고 있었다. 전등 빛과 극장, 그리고 크고 광고적인 상점 같은 것들이 오만하고 진취적인 핸브리지로 이동했다는 것을. 광장 위로 짙은 연기가 자욱한 하늘, 페인트칠이 되어 있는 목공예의 검은 퇴적물, 간헐적으로 울려 퍼지는 증기의 고동소리는 버슬리의 도매업이 여전히 번창하고 있음을 보여주었다. 그러나 소피아에게는 버슬리의 도매업에 대한 기억이 없다. 도매업은 어린 시절의 그녀의 마음엔 아무런 의미가 없다. 그녀는 버슬리의 소매업에 애착을 갖고 있었고, 없어져 버린 옛 버슬리의 시장을 좋아했다.

그녀는 생각했다. '여기서 살아야 한다면 난 죽을 지도 몰라. 날 약하게 만들 거야. 날 불행하게 만들 거야. 그리고 먼지, 끔찍한 추악함! 그리고 사람들이 말하는 방식, 생각하는 방식! 크나프 역에서 처음 느꼈어. 광장은 좀 아름답긴 한데, 정말 불쌍하고 가엾은 곳이야! 인생의 매일 아침 이것을 봐야 한다고 상상해봐! 안 돼!' 그녀는 거의 몸을 떨고 있었다.

현재 그녀에게는 집이 없었다. 콘스탄스에게 그녀는 '방문 중'인 사람이었다. 콘스탄스는 자신이 살고 있는 먼지, 쇠퇴, 지방이라는 끔찍한 상황을 깨닫지 못한 것 같았다. 심지어 콘스탄스의 집도 극도로 불편하고, 어둡고, 의심할 여지없이 건강에 좋지 않았다. 지하 부엌, 홀도 없고, 끔찍한 계단에, 위생 상태, 그야말로 중세적이었다. 그녀는 콘스탄스가 왜 집에 남아 있었는지 이해할 수 없었다. 콘스탄스는 많은 돈을 가지고 있었고, 그녀가 좋아하는 곳에서 좋은 현대식 집을 가지고 살 수도 있었다. 하지만 그녀는 광장에 머물렀다. '아마 익숙해진 거겠지.' 소피아가 관대하게 생각했다. '나도 콘스탄스와 같은 처지여야 해.' 그러나 그녀는 정말로 그렇게 생각하지 않았다, 그녀는 콘스탄스의 심리 상태를 이해할 수 없었다.

확실히 그녀는 아직 콘스탄스를 '이해'했다고 말할 수 없었다. 그녀는 그녀의 언니가 어떤 면에서는 완전히 촌스럽다고 생각했다. 그런 사람을 다섯 마을에서는 '시체'라고 부르곤 했다. 다소 소심하고, 충분히 적극적이지 않으며, 충분히 직설적이지 않다. 특이한 지방의 발음, 억양, 몸짓, 버릇, 그리고 명료하지 않은 외침. 그리고 특이하게 좁은 인생관! 그러나 콘스탄스는 동시에 매우 상황 판단이 빨랐고, 그녀의 지방적 특징에도 불구하고 무엇이 무엇인지 알고 있다는 것을 약간의 말로 종종 증명하곤 했다. 인간 본성에 대한 그들의 판단은 의심할 여지없이 같은 생각을 했고, 그들 사이에는 강하고 자연적이며 일반적인 동정심이 있었다. 그리고 콘스탄스의 밑바닥에는 무언가 괜찮은 것이 있었다. 이따금씩 소피아는 콘스탄스에게 은밀히 우월한 척하는 자신을 발견했지만, 반성이 항상 그 우월한 척을 중단하게 만들었고, 그에 대한 그녀의 변명을 생각하게 만들었다. 콘스탄스는 친절의 정수일 뿐 아니라 바보도 아니었다. 콘스탄스는 다른 사람에 못지않게 가식, 모순을 꿰뚫어볼 수 있었다. 소피아에게 콘스탄스는 그녀가 만나본 그 어떤 프랑스 여성보다도 우월한 것처럼 보였다. 그녀가 뉴헤이븐에 도착했을 때 짐꾼들로부터 알아차린 자질이 있었는데, 콘스탄스에게서 그 자질의 최고의 모습을 보았다. 정직하고 순진한 호의, 강력한 단순함의 자질이었다. 그 자질은 세계에서 최고로 좋은 자질로서 그녀에게 다가왔고, 잉글랜드의 전역에 퍼져 있는 분위기인 것 같았다. 그녀는 심지어 크리츨로우에게서도 이 자질을 발견할 수 있었는데, 그밖에도 그녀는 그의 성격의 잔인함을 감탄했다. 그녀는 아내에게 한 그의 만행을 용서해주었다. 그것이 적절하다고 생각했다. "결국." 그녀가 말했다. "그가 그녀와 결혼하지 않았더라면, 그녀는 뭐가되었겠어? 노예밖에 없지! 그의 아내로서 살아가는 게 훨씬 더 좋은 삶이야. 사실 운이 좋은 거지. 그리고 그가 지금 그녀를 대하는 것과 다르게 그녀를 대하는 것은 터무니없는 일일 거야." (소피아는 그녀의 주인 행세를 하는 크리츨로우가 한때는 별을 원하듯 마리아를 원했다는 것을 믿지 않았다.)

하지만 항상 그런 사람들과 함께 있어야 한다! 항상 콘스탄스와 있어야 한다! 항상 버슬리의 분위기 속에 있어야 한다, 육체적으로 정신적으로! 그녀는 오늘 아침 파리의 모습을 상상해 보았다. 밝고, 깨끗하며, 반짝였다. 바이런 거리의 깔끔함, 참으로 아름답고 경사져 있는 샹젤리제의 웅장함. 그녀에게 파리는 항상 아름다워 보였다. 그러나 파리의 삶은 아름다워 보이지 않았다. 그러나 지금은 파리의 삶이 아름다워 보였다. 그녀는 하숙집을 구매한 초기 몇 년을 자세히 생각해 보았고, 그 기억 속에서 일상생활의 규칙적이고 차분한 아름다움을 볼 수 있었다. 2주 전만 해도 그곳에서의 그녀의 삶은 아름다워 보였다. 슬프지만 아름다웠다. 그 삶은 역사의 한편으로 사라졌다. 그녀는 마돈과의 무수한 대화, 영국과 프랑스의 법이 요구하는 끝없는 절차, 그리고 인수 조합의 까다로움을 생각하며 한숨을 쉬었다. 그녀는 그 모든 것을 겪었다. 그녀는 실제로 그 일을 겪었고 이젠 끝나 있었다. 그녀는 그 하숙집을 헐값에 구매하여 매우 비싼 가격에 팔았다. 그녀는 아무것도 아닌 사람에서 인수 조합이 원하는 사람으로 변해 있었다. 매우 길고, 단조롭고, 격렬했던 세월이 지난 후 그날이 다가왔다. 소유권의 열쇠를 마돈과 호텔 모스크바에서 온 남자에게 넘겨주게 되고, 마지막으로 하인들에게 월급을 지불하고, 마지막으로 받은 청구서에 서명을 하는 감정적인 순간이 온 것이다. 그 남자들은 매우 정중했고, 그녀가 파리를 떠날 준비가 될 때까지 그들의 손님으로서 하숙집에 머무르라고 제안도 하였다. 그러나 그녀는 그 제안을 거절했다. 그녀는 다른 사람이 관리를 하고 있는 하숙집에 남아 있는 것을 감수할 수 없었다. 그녀는 몇 가지 재정적인 문제를 처리하는 동안 물건을 챙겨서 즉시 호텔로 떠났다. 어느 날 저녁 재클린이 그녀를 찾아와 눈물을 흘렸다.

급격함과 의식의 결핍과 함께 펜션 프렌샴에서 나왔다는 것은 지금, 그녀에게 가슴이 아플 정도로 슬프다는 인상을 주었다. 열 단계를 거치자, 그녀의 경력은 끝났다. 자신이 얼마나 유동적으로 다정한 사람이 되었는지에 대해 놀라며 그녀는 그 힘들며, 치열하고, 기진맥진하게 만들었던 파리에서의 삶을 되돌아보았다! 무의식적으로 그 삶을 좋아하고 있었다 하더라도, 그녀는 그 삶을 즐겨본 적이 없었다. 그녀는 항상 프랑스와 잉글랜드를 불리하게 비교했고, 사업에 있어 항상 프랑스인들의 기질에 분개했으며, 프랑스 상인들 속에서 '내가 어디에 있는 건지 결코 알지 못하겠어'라고 항상 확신해 왔다. 그러나 지금, 그들은 경이로운 매력을 가지고 그녀의 앞을 휙 지나쳐 갔다. 그들의 거짓말은 매우 공손했고, 매우 열정적으로 그녀의 감정을 덜어주었고, 그녀를 안심시켜주었으며, 매우 깔끔하고 단정했다. 그리고 프랑스의 가게들은 매우 아름답게 정돈되어 있었다! 심지어 파리에 있는 정육점은 눈을 즐겁게 만들어주었다. 반면에 그녀의 기억 속에 있는 옛 정육점과 마차에서 흘끗 본 웨지우드 스트리트의 정육점은 정말로 엉망진창이었다! 그녀는 다시 파리를 그리워했다. 파리에서 숨을 쉬는 것을 그리워했다. 버슬리에 있는 이 사람들은 파리가 어떤 곳인지 상상조차 할 수 없었다. 그들은 인식하지 못했고, 그녀가 경이로운 무대에서 이룬 경이로운 결과를 결코 인식하지 못할 것이다. 그들은 아마도 버슬리를 제외한 나머지 세상이 버슬리와 같지 않다는 것을 깨닫지 못할 것이다. 그들에게 호기심은 없었다. 심지어 콘스탄스조차도 파리에서 보낸 삶의 세세한 것들을 듣는 것보단 버슬리의 사소한 소문에 대해 이야기하는 것에 천 배 정도 더 관심을 보였다. 때때로 그녀는 소피아가 말해준 것에 대해 온화하고 생기가 없는 놀라움을 표현하곤 했지만, 그녀의 호기심은 버슬리를 넘어서지 못했기에 정말로 감명을 받지는 못했다. 그녀는 다른 사람들과 마찬가지로 지방이라는 어마어마하고 냉담한 자기중심 벽을 가지고 있었다. 그리고 만약 소피아가 파리 사람들은 머리가 배꼽에 있다고 말을 하면 그녀는 이렇게 말했을 것이다. "이런, 이런! 엄청나네! 그런 건 처음 들어봐! 브린들리 부인의 둘째 아들은 머리가 꽤 비뚤어졌던데, 그 가엾은 아이!"

어째서 소피아는 슬픔을 느껴야 하는가? 그녀도 알 수 없었다. 그녀는 자유로웠다. 그녀가 원하는 곳에 가서 원하는 것을 할 수 있으며, 책임감도 없었고, 신경 써야 할 것도 없었다. 남편에 대한 생각은 이미 오래전부터 그 어떤 종류의 감정도 불러일으키지 않았다. 그녀는 부자였다. 크리츨로우는 그녀가 지금까지 벌어온 돈만큼의 돈을 그녀에게 전달해주었다. 그녀는 자신이 번 돈을 결코 쓸 수 없었다! 돈을 어떻게 사용해야 할지 몰랐다. 얻을 수 있는 것이라면 아무것도 부족해하지 않았다. 그녀는 행복에 대한 직접적인 욕망 외에는 아무런 욕망을 가지고 있지 않았다. 만약 3만 파운드 정도 되는 가격에 시릴 같은 아들을 살 수 있었더라면, 그녀는 그녀 자신을 위해 하나 구매했을 것이다. 그녀는 아이가 없는 것을 몹시 후회했다. 이것에 관한 것이라면, 그녀는 콘스탄스를 부러워했다. 아이는 가질 가치가 있는 하나의 상품처럼 보였다. 그녀는 너무 자유롭고 너무 책임감으로부터 면제되어 있었다. 콘스탄스가 있음에도 불구하고 그녀는 이 세상에 혼자였다. 그녀는 삶의 위험에 대한 기이함에 압도되어 있었다. 쉰 살인 그녀는, 혼자였다.

그러나 한때 그녀에게 들었던 콘스탄스를 떠난다는 생각은 소피아를 기쁘게 만들어주지 못했다. 그 생각은 그녀를 불안하게 만들었다. 콘스탄스를 떠나서 살아가는 자신을 상상할 수 없었다. 그녀는 혼자였다. 그러나 콘스탄스가 있었다.

그녀는 콘스탄스보다 먼저 아래층에 내려왔고, 에이미와 약간의 대화를 나눴다. 그러다 그녀는 포셋이 스팟의 배수로를 확인하는 동안 현관에 있는 계단 위에 서 있었다. 공기는 살을 에는 듯했다. 콘스탄스는 아래층에 내려왔을 때, 아침 식사용 식탁의 한쪽에 우산이 있는 것을 보았다. 소피아가 그녀를 위해 파리에서 사 온 선물이었다. 이보다 더 좋은 우산은 살 수 없을 것이다. 해리엇 이모조차 이 우산에 깊은 감명을 받았을 것이다. 손잡이는 금으로 되어 있었고, 유백색의 장식이 달려 있었다. 우산의 꼭지 또한 금으로 되어 있었다. 콘스탄스를 놀라게 한 것은 바로 이 세부사항이었다. 솔직히, 이런 호화로움의 발전은 광장엔 알려지지 않았고 예상치도 못한 일이었다. 우산의 꼭지가 손잡이와 일치한다는 것…. 이 사실 만으로도 다른 모든 우산을 이겼다! 소피아는 침착하게 그러한 것들이 꽤 흔한 것이라고 말했다. 그러나 그녀는 그 우산이 엄연히 최상급의 우산이며, 여왕에게조차 부끄러움 없이 보여줄 수 있는 우산이라는 것을 숨기지 않았다. 그녀는 우산의 살과 손잡이, 꼭지가 비단보다 더 오래 지속될 것이라고 암시했다. 콘스탄스는 어린애같이 기뻐했다.

두 사람은 같이 장을 보러 가기로 결정했다. 말로 하지 않은 그들의 마음속에 있던 생각은, 조만간 마을에 소피아를 소개해주어야 하니, 차라리 빠르게 소개를 시켜주는 편이 좋을 것이라는 생각이었다. 콘스탄스는 하늘을 바라보았다. "비가 올 리가 없어." 그녀가 말했다. "우산을 가져가야지."

호텔 생활을 향하여

1

소피아는 아침에 소리를 방지해주는 슬리퍼를 신었다. 바이런 거리에서 생활을 하며 생긴 습관이었다. 의도라기보다는 우연히 생긴 습관이었는데, 하인들을 효과적으로 감독하기 위함이었다. 이 슬리퍼는 성 누가 광장에서 일어난 중요한 사건의 직접적인 원인이었다. 소피아가 콘스탄스와 함께 시간을 보낸 지 한 달이 되었다. 물론, 시간이 얼마나 빨리 지나가는지 정말 놀라웠다! 그리고 그녀는 그 집에 익숙해져 있었다. 자매의 관계를 나타내주던 자제심은 점차 없어졌다. 특히나 콘스탄스는 에이미의 크고 작은 결함과 집안에 존재하는 모든 기계의 삐걱거리는 소리를 인지하게 된 소피아에게 아무것도 숨기지 않았다. 식사는 평범한 식탁보에서 행해졌고, 응접실을 치우는 날에 콘스탄스는 약간 웃으며 옷을 갈아입을 시간이 없었던 에이미의 앞치마를 소피아가 용서해줄 것이라고 콘스탄스는 약간 웃으며 생각했다. 간단히 말해서, 소피아는 더 이상 낯선 사람이 아니었고, 아무도 평상시와 전혀 다르게 행동해야 한다는 생각을 하지 않았다. 버슬리의 추잡함과 지방성에도 불구하고 소피아는 콘스탄스와 친밀하게 지내는 것을 즐겼다. 콘스탄스는 황홀해 하고 있었다. 두 사람은 사적으로 대화를 나눌 때 억양이 종종 부드러워졌고, 이러한 갑작스러운 부드러움은 두 사람을 은근히 황홀하게 만들었다.

네 번째 일요일 아침, 소피아는 매우 일찍이 가운과 소음 방지 슬리퍼를 신고 콘스탄스의 침실을 방문했다. 그녀는 다소 콘스탄스를 걱정하고 있었고, 그 걱정은 그녀를 즐겁게 만들어주었다. 그녀는 그 것을 최대한 활용했다. 평생 동안 문에 부주의했던 에이미는 전날 아침 거리로 이어지는 응접실을 잠그는 것을 잊는 범죄를 저질렀고, 콘스탄스는 아침식사를 하며 그녀의 다리에 전해지는 냉랭함을 통해 이 누락을 알아차릴 수 있었다. 그녀는 항상 문을 등진 채 어머니의 세로로 홈이 파인 흔들의자에 앉았다. 소피아는 자리에 앉아 있었지만 그 의자에 앉아 있던 것은 아니고, 존 베인스가 40대와 70대 때, 그리고 그 이후에는 새뮤얼 포비가 차지하고 있었던 의자를 차지하고 있었다. 콘스탄스는 그 냉랭함을 두려워했다. 콘스탄스는 "내 좌골신경통이 다시 돌아오겠군!"라고 소리쳤고, 소피아는 그녀의 어투에 담겨 있는 불안에 깜짝 놀랐다. 저녁이 되기 전에 콘스탄스의 좌골 신경계에 좌골신경통이 찾아왔고, 소피아는 활발한 좌골신경통이 그 희생자를 고문할 때 어떤 일을 할 수 있는지에 대한 개념을 처음으로 얻게 되었다. 콘스탄스는 좌골신경통과 더불어 기침을 유발하는 감기에 걸렸는데, 기침은 매우 격심한 통증을 불러일으켰다. 소피아는 머지않아 기침을 하지 않게 되었다. 콘스탄스는 잠자리에 들었다. 소피아는 의사를 부르고 싶었지만 콘스탄스는 의사를 부른다고 해도 의사에게는 새로운 조언이 없을 것이라고 그녀에게 장담했다. 콘스탄스는 천사처럼 고통 받았다. 뜨거운 물주머니에 둘러싸인 침대에 누워 찌릿한 통증을 느끼며 나약하고 아름답게 미소를 짓는 그녀의 모습은 소피아를 놀라게 만들었다. 이는 콘스탄스의 성격이 가지고 있는 신중함과 베인스의 혈통이 어떻게 나타나는지를 생각하게 만들었다.

그래서 일요일 아침 그녀는 일찍 일어났다. 에이미 바로 다음으로 일어난 것이었다. 그녀는 콘스탄스의 신경통이 조금 나아졌지만, 잠을 자지 못한 밤의 고통으로 인해 지켜있다는 것을 알게 되었다. 비록 소피아도 잠을 제대로 자지 못하였지만, 어째서 인지 잠을 잤다는 이유만으로 양심의 가책을 느꼈다.

"불쌍한 언니!" 그녀가 동정심에 가득 차 말했다. "지금 즉시 차를 좀 끓여다 줄게."

"오, 에이미가 할 거야." 콘스탄스가 말했다.

소피아가 다시 한 번 단호한 억양으로 말했다. "내가 직접 끓여 올게." 지금 즉시 뜨거운 물주머니를 교체할 필요가 없다는 것에 만족한 그녀는 그 무소음 슬리퍼를 신고 아래층으로 내려갔다. 어두운 부엌 계단을 내려갈 때 그녀는 에이미의 심술궂은 탄성을 들었다. "오, 나가, 너!" 그 뒤를 이어 포셋의 비명소리가 들렸다. 분노의 움직임이 빠른 속도로 솟아올랐지만, 그녀는 그것을 억제하였다. 그녀와 포셋의 관계는 말로 표현할 수 없었고, 개에 대한 그녀의 규칙은 전반적으로 엄격했다. 심지어 혼자 있을 때에도 개에게 열정적으로 뽀뽀를 해주는 일이 거의 없었다. 개를 키우는 사람들이라면 일반적으로 가지고 있는 습관이었음에도 불구하고 말이다. 하지만 그녀는 포셋을 사랑했다. 게다가, 버슬리가 그 이상한 괴물에게 쏟아 부은 조롱으로 인해 포셋에 대한 그녀의 사랑은 최근 더 날카로워져 있었다. 청결함을 좋아하는 소피아로서는 다행히도, 버슬리에서는 포셋을 미용할 방법이 없었기에 포셋은 시간이 흐를수록 버슬리의 눈에 덜 우스꽝스러워 보였다. 그러므로 소피아는 원래라면 굴복하지 않았을 대중의 의견에 위엄을 잃지 않고 굴복할 수 있었다. 그녀는 에이미가 개를 좋아하지 않는다고 추측했고, '너'라는 악센트에는 에이미가 포셋과 스팟을 구별하고 있다는 것을 나타내고 있는 것 같았다. 이점은 포셋의 비명소리보다 훨씬 더 소피아를 거북하게 만들었다.

소피아는 기침을 하고는 부엌으로 들어갔다. 스팟이 접시에 담긴 우유를 핥고 있는 동안 확실한 형태가 없어진 두꺼운 털을 가지고 있는 포셋은 탁자 밑에 서글프게 서 있었다.

"안녕하세요, 에이미." 소피아가 끔찍할 정도로 공손하게 말했다.

"안녕하세요, 부인." 에이미가 무뚝뚝하게 말했다.

에이미는 소피아가 비명소리를 들었다는 것을 알고 있었고, 소피아는 에이미가 알고 있는 것을 알고 있었다. 공손한 척을 하는 것은 끔찍했다. 두 여성은 부엌이 화약에 둘러싸여 있고, 그 근처에 불이 켜진 성냥이 있는 것처럼 느꼈다. 소피아는 전날 문을 열어둔 일로 인하여 에이미에 대한 매우 합당한 불만을 가지고 있었다. 소피아는 이러한 죄를 지은 후에 에이미가 해야 했던 최소한의 행동은 회개심과 상냥함 그리고 기쁨을 주는 불안감을 보이는 것이라고 생각했다. 이것들은 에이미가 보여주지 않은 행동들이었다. 에이미는 최근 소피아가 자신에게 녹색 채소를 요리하는 새로운 방법을 강요한 것에 대해 불만을 품고 있었다. 에이미는 새로운 방법이나 익숙지 않은 방법을 강력하게 반대하는 사람이었다. 에이미는 소피아에게 예의 바르게 대하는 평소 습관에 이 불만은 숨겨두고 있었기에 소피아는 이 불만을 알아차리지 못했다. 두 사람은 서로 적군이라도 되는 듯 서로를 살펴보았다.

"가스스토브가 없다니, 정말 안됐어요! 포비 부인을 위해 지금 즉시 차를 끓이고 싶은데." 소피아가 이제 막 집혀진 불을 바라보며 말했다.

"가스스토브요, 부인?" 에이미가 적대적으로 말했다. 마침내 에이미가 존경의 가면을 벗기로 결정한 것은 소피아의 무소음 슬리퍼 때문이었다.

그녀는 소피아를 도우려고 시도하지 않았다. 그녀는 차에 필요한 다양한 용품들을 어디에서 찾을 수 있는지 아무런 이야기도 해주지 않았다. 소피아는 주전자를 가져와 씻었다. 소피아는 가장 작은 찻주전자를 찾았고, 그 안에 찻잎이 남아 있었기에 과장된 소음과 꼼꼼함을 가지고 찻주전자도 씻어냈다. 소피아는 설탕과 다른 사소한 것들을 얻었고, 풀무를 사용하여 불을 껐다. 에이미는 스팟이 우유를 마시도록 격려하는 것 외에는 특별히 아무것도 하지 않았다.

"포셋에게 주는 우유는 이게 전부인가요?" 포셋이 우유를 마실 차례가 오자 소피아가 냉담하게 물었다. 그녀는 물이 끓기를 기다리고 있었다. 스팟 두 마리가 마실 수 있을 정도의 큰 개를 위한 접시는 반도 채워져 있지 않았다.

"줄 수 있는 게 이게 다 입니다, 부인." 에이미가 거칠게 말했다.

소피아는 아무런 대답도 하지 않았다. 머지않아 그녀는 차를 성공적으로 끓여 떠났다. 만약 에이미가 마흔이 넘은 성숙한 여자가 아니었더라면 소피아가 떠나갈 때 코웃음을 쳤을 것이다. 그러나 에이미는 평범한 어리석은 소녀가 아니었다.

언니에게 쟁반을 건네줄 때 일종의 까다로움을 드러낸 것을 제외하면, 소피아는 그녀의 마음속에 들어 있는 아마존이 자극을 받았다는 태도는 전혀 드러내지 않았다. 차를 마시는 콘스탄스의 떨리는 기쁨은 그녀에게 깊은 감동을 주었고, 콘스탄스에게 자신이 있다는 것에 대단히 감사했다. 괴로운 시간을 구원해줄 소피아가 있다는 것에 말이다.

몇 분 후, 콘스탄스는 서랍장 안의 시계 케이스에 들어 있는 시계가 몇 시를 가리키고 있는지 물었고(스위스 시계는 오래전에 작동을 멈추었다), 그녀의 침대 위에 있는 종을 울리기 위해 붉은 술이 달린 줄을 잡아당겼다. 종은 멀리 있는 부엌까지 짤랑짤랑하며 울렸다.

"내가 할 수 있는 건 없을까?" 소피아가 물었다.

"오 아냐, 됐어." 콘스탄스가 말했다. "난 단지 편지를 원할 뿐이야, 우체부가 집에 왔다 갔다면 말이지. 한참 전에 왔다 갔어야 하는데." 소피아는 이곳에 머물면서 일요일 아침에 콘스탄스가 시릴의 편지를 기대하고 있다는 것을 알게 되었다. 시릴은 토요일에, 콘스탄스는 일요일에 편지를 써야 한다는 것이 엄마와 아들 사이에 이루어진 절대적인 약속이었다. 소피아는 콘스탄스가 이 편지를 소중히 여기고 있다는 것과 주의 끝이 다가올수록 시릴에 대한 생각을 점점 더 많이 한

다는 것을 알고 있었다. 소피아가 이곳에 도착한 이래로 시릴의 편지
가 오지 않은 날은 없었지만, 한 번은 아무런 가치도 없는 문장이 한
두 줄 쓰여 있던 적이 있었다. 소피아는 그 약속이 절대적이지 않다는
것을 알게 되었으며, 콘스탄스는 받아들이진 않았지만 실망에 익숙하
다는 것을 알게 되었다. 소피아는 그 편지들을 읽을 수 있었다. 그 편
지들은 그녀가 가장 좋아하는 조카가 어쩌면 어머니와의 관계를 다소
소홀히 하고 있다는 희미한 인상을 그녀에게 남겼다.

종이 울렸지만 아무런 응답이 없었다. 아무런 응답이 없자 콘스탄
스는 다시 종을 울렸다. 퉁명스러운 동작과 함께 소피아는 시릴의 방
을 통하여 침실을 떠나왔다.

"에이미." 그녀가 난간 너머로 소리쳤다. "주인의 종소리가 들리지
않나요?"

"가능한 한 빨리 가겠습니다, 부인." 그 목소리는 여전히 매우 무뚝
뚝했다.

소피아는 불분명하게 무언가를 중얼거리며 에이미가 정말로 올 것
이라는 확신이 들 때까지 남아 있다가 다시 시릴의 침실로 들어갔다.
그녀는 망설이며 그곳에서 기다렸다. 정확히 말하자면 감시를 하기
위함도 아니었고, 에이미와 에이미의 주인 사이의 대화를 도와주고
싶지 않아서도 아니었다. 정말로, 그녀는 자신이 이 방과 콘스탄스의
방 사이에 있는 문을 살짝 열어 놓은 채, 시릴의 침실에 남아 있어야
한다는 그녀의 동기를 확실히 생각해낼 수 없었다.

에이미는 마지못해 계단을 올라 턱을 치켜들고 주인의 침실로 들
어갔다. 그녀는 소피아가 '소피아가 속한' 두 번째 층으로 올라갔다고
생각했다. 그녀는 콘스탄스에 대한 동정심도, 병환에 대한 호기심도
보이지 않은데 침대 옆에 조용히 서 있었다. 그녀는 콘스탄스의 좌골
신경통이 문을 부주의하게 다룬 일에 대한 영구적인 비난이라며 반대
하고 있었다. 콘스탄스도 이러한 행동을 예상했다는 듯이 몇 초 기다

렸다.

"에이미." 마침내 그녀는 피로와 고통으로 인해 약해진 목소리로 말했다. "편지는?"

"편지는 없어요." 에이미가 험악하게 말했다. "아시겠지만, 편지가 왔더라면, 제가 가지고 올라왔겠죠. 우체부는 20분 전에 왔다 갔어요. 전 항상 제가 할 일이 없기라도 한 듯이 방해를 받는군요, 지금도!"

그녀는 방을 나오기 위해 돌아서 문을 당겨 열고 있었다.

"에이미!" 날카로운 목소리가 말했다. 소피아였다.

하인은 깜짝 놀랐고, 자신도 모르게 멈추라는 암묵적이고 위엄 있는 명령에 복종했다.

"내가 여기 있는 동안에는 당신의 주인에게 그런 말투로 말하지 마세요." 소피아가 차갑게 말했다. "콘스탄스가 아프고 약하다는 것을 알잖아요. 부끄러운 줄 아세요."

"전 결코…." 에이미가 말했다.

"논쟁을 하고 싶지 않군요." 소피아가 화를 내며 말했다. "나가주세요."

에이미는 그 말을 따랐다. 그녀는 깜짝 놀랐을 뿐만 아니라 겁도 먹었다. 이 일에 관련되어 있는 사람들에게 이번 사건은 매우 극적이었다. 소피아는 콘스탄스가 에이미에게 발언의 자유를 허용했다고 추측했다. 때때로는 에이미가 무례하게 굴기 위한 자격도 얻은 상태라고 추측했다. 그러나 그들 사이의 관계는 에이미가 순전히 무례하게 콘스탄스를 괴롭히는 것과 같았다. 이는 갑자기 콘스탄스가 공포정치의 희생자라는 환상을 본 소피아에게 충격과 상처를 주었다. '만약 저 괴물이 내가 여기 있는 동안 저렇게 행동한다면.' 소피아는 생각했다. '내가 없이 저 둘이 남아 있을 땐 도대체 어떻게 행동한 거야?'

"아." 그녀가 소리쳤다. "방금 일어난 일 같은 건 듣도 보지도 못했네! 에이미가 저런 식으로 말을 하게 내버려두다니! 콘스탄스!"

콘스탄스는 침대에서 일어나 앉아 있었고, 작은 차 쟁반은 무릎 위에 올려져 있었다. 그녀의 눈은 촉촉했다. 편지가 없다는 사실은 그녀의 눈을 촉촉하게 만들었다. 평상 시었다면, 그녀는 시릴의 편지가 도착하지 않았다고 해서 울지 않았을 것이지만, 쇠약함으로 인해 그녀는 자제력을 잃은 상태였다. 그리고 눈물이 그녀의 눈에 한 번 고이기 시작하자, 그녀는 눈물을 떨쳐버릴 수 없었다.

"에이미는 정말 오랫동안 나와 함께 있었어." 콘스탄스가 말했다. "그녀는 자유롭게 행동하지. 한두 번 그 태도를 내가 고친 적이 있었어."

"자유!" 소피아가 그 단어를 반복했다. "자유!"

"물론 자유를 허락해서는 안 됐는데." 콘스탄스가 말했다. "오래전에 그렇게 하지 못하도록 했어야 했어."

"음." 소피아는 콘스탄스가 은밀히 생각하고 있던 생각에 다소 안도하며 말했다. "내가 참견하길 좋아하는 사람이라고 생각하지 않길 바라지만, 그건 정말로 내겐 충격적인 일이었어. 나도 모르게 말이 튀…." 그녀가 말을 멈췄다.

"네가 옳아." 콘스탄스는 자신의 앞에 있는 쉰 살의 여성을 열다섯 살의 정열적인 소녀로 보며 말했다.

"나는 하인에 대한 많은 경험을 했어." 소피아가 말했다.

"나도 알아." 콘스탄스가 말했다.

"그리고 나는 그 어떤 건방짐이 되었든 그것을 참는 것은 아무런 득이 되지 않는다는 것을 확신해. 하인들은 친절과 관용을 이해하지 못해. 그리고 이런 종류들은 자신의 영혼을 자신의 것이라고 말할 수 없을 때까지 자라나고 또 자라나."

"네가 옳아." 콘스탄스가 훨씬 더 긍정적으로 말했다.

소피아가 옳았다는 확신뿐만 아니라, 자신은 참견을 좋아하는 사람이 아니라는 것을 확신시켜주고자 하는 소피아의 열망은 그녀의 발

언에 힘을 실어주었다. 추가 근무에 대한 에이미의 암시는 주인으로
서의 정부를 수치스럽게 만들었고, 에이미는 그에 대한 보상을 반드
시 해야 했다.

"그 여자에 대해 말해 보자면." 소피아가 침대 가장자리에 은밀하
게 앉으면서 낮은 목소리로 말했다. 그러고는 콘스탄스에게 에이미와
개들에 대해, 그리고 부엌에서 무례하게 행동했던 에이미의 태도에
대해 말했다. "이러한 일들을 말하게 될 거라고는 꿈에도 상상하지 못
했지만." 그녀가 끝을 맺었다. "이런 상황에서는 언니가 반드시 알아
야 하는 것이 옳다고 생각해. 언니도 알고 있어야 할 것 같아."

콘스탄스는 완전히 동의하며 고개를 끄덕였다. 그녀는 하인이 그
녀의 손님에게 실제로 저지른 악행에 대해 사과를 하는 것에 어려움
을 겪지는 않았다. 자매는 그러한 사과가 필요 이상의 것이라는 생각
을 할 정도로 친밀해져 있었다. 그들의 목소리는 점점 낮아졌고, 에이
미의 사건은 적나라하게 드러났고, 아주 상세하게 논의되었다.

차츰 그들은 그들에게 일어난 일이 위기였다는 것을 깨닫게 되었
다. 두 사람은 매우 초조하고 불안했으며, 오히려 의식적으로 매우 도
전적이었다. 동시에 그들은 소피아의 너그러운 분노와 콘스탄스의 절
대적인 충성심에 이끌려 서로에게 매우 가까워져 있었다. 콘스탄스가
다른 생각을 하여 그것을 발언하기까지는 오랜 시간이 필요했다.

"내 생각엔 편지가 지연된 것 같아."

"시릴의 편지? 오, 틀림없이 그럴 거야! 프랑스의 우편 시스템을 알
게 된다면, 어휴!"

그리고 나서 그들은 한숨을 쉬면서 쾌활하게 위기를 맞기로 결심
했다. 사실 이것은 위기였고, 커다란 위기였다. 위기감은 집 전체의
분위기에 영향을 미쳤다. 콘스탄스는 차를 마시기 위해 일어났고, 거
실까지 걸어갈 수 있었다. 자신의 방으로 잠시 자리를 비웠다 차를 마
시러 돌아온 소피아는 차가 차려져 있는 것을 발견하였고, 콘스탄스

는 속삭였다.

"사직서를 받았어! 일요일도!"

"뭐라고 했는데?"

"많은 말을 하진 않았어." 콘스탄스는 에이미가 반복적으로 그녀에게 수많은 트집을 잡았다는 것을 소피아에게 숨기며 어렴풋이 대답했다. "결과적으로, 다행이야. 에이미는 괜찮을 거야. 그녀는 상당한 량의 돈도 모았고, 친구들도 있어."

"하지만 이렇게 좋은 장소를 포기하다니, 정말 어리석구나!"

"그런 건 전혀 신경 쓰지 않아." 에이미의 떠남으로 인해 조금 상처를 받은 콘스탄스가 말했다. "머릿속에 어떤 생각을 하나 하게 되면, 다른 건 전혀 신경 쓰지 않아. 상식이 없거든. 항상 알고 있었어."

"그래서, 떠난다고요, 에이미?" 그날 저녁 잠자리에 들기 위해 응접실을 지나고 있는 에이미에게 소피아가 말했다. 콘스탄스는 이미 잠을 잘 준비를 하고 있었다.

"그렇습니다, 부인." 에이미가 정확하게 대답했다.

그녀의 어조는 무례하지 않았지만 단호했다. 침착하게 자신의 위치를 다시 확인해 본 것이 분명했다.

"오늘 아침에 바로잡으려고 해서 미안해요." 소피아는 그 여자의 말투에도 불구하고 쾌활한 상냥함을 가지고 말했다. "하지만 내가 그렇게 행동해야 했을 만한 이유가 있었다는 것을 알고 있을 거라고 생각해요."

"그걸 생각해 보고 있습니다, 부인." 에이미가 존엄성을 가지고 말했다. "그리고 제가 떠나야 한다는 것을 알겠어요."

잠시 침묵이 있었다.

"음, 가장 잘 알겠지만… 잘 자요, 에이미."

"안녕히 주무세요, 부인."

'괜찮은 여자야.' 소피아는 생각했다. '하지만 지금 이곳에서는 가

망이 없어.'

자매는 콘스탄스가 새로운 하인을 구하는 데 한 달이 걸릴 것이며, 그 새로운 하인은 잘 교육을 받은 상태여야 하고 그 사실은 아주 쉽게도 재앙이 될 수 있다는 사실을 직면하게 되었다. 콘스탄스와 에이미는 70년대부터 시작되어 온 유대감의 소멸에 대해 심히 불안해했다. 그리고 두 사람 다 분리에 대한 대안이 없다는 결정을 내렸다. 외부인들은 포비 부인의 오랜 하인이 떠난다는 것만 알고 있었다. 외부인들은 시그널 신문에서 단지 포비 부인의 새로운 하인을 구한다는 광고를 보았을 뿐이다. 그들은 진심을 다해 읽을 수 없었다. 일부 젊은 세대들은 포비 부인과 같은 구식 여성들이나 뇌에 하인이라는 생각을 가지고 있다고 거만하게 말했다.

2

"편지 받았어?" 다음날 아침, 소피아가 콘스탄스의 침실에 들어왔을 때 쾌활하게 물었다.

콘스탄스는 그저 고개를 저었다. 그녀는 매우 우울했다. 소피아의 쾌활함이 사라졌다. 그녀는 무성의하게 낙관하는 것을 싫어했기 때문에 아무 말도 하지 않았다. 그렇지 않았더라면 그녀는 이렇게 말했을 것이다. '아마 오후에는 편지가 도착할지도 몰라.' 우울함이 만연했다. 특히나 에이미에게 통보를 받고 시릴이 '태만'하게 행동을 한 콘스탄스에게는 시간이 정말로 엇나간 것 같았고, 삶에는 가치가 없어 보였다. 소피아와 함께 있다는 것조차 그녀에게 큰 위안을 가져다주지 못했다. 소피아가 방을 떠나자마자 콘스탄스의 좌골신경통은 돌아오기 시작했고, 점점 심각해졌다. 그녀는 이를 후회했다. 고통으로 인한 후회였다기보다 소피아에게 자신이 고통을 받고 있지 않다고 꽤 솔직하게 확신시켜주었기 때문이었다. 소피아는 회의적이었다. 이 직후 콘스탄스는 당연히 평소처럼 일어나야 했다. 그녀는 평소처럼 일어나겠다고 이야기를 했기 때문이었다. 게다가, 새로운 하인을 구해야 한다는 막대한 일거리도 있었다! 걱정이 산더미처럼 밀려왔다. 시릴이 위태로울 정도로 아파서 편지를 못 썼다고 생각해 보라! 그에게 무슨 일이 생겼다고 생각해 보라! 그녀가 새로운 하인을 구하지 못하게 된다고 생각해 보라!

자신의 방으로 돌아간 소피아는 철학적으로 생각을 하려고 노력했고, 세상을 밝게 보려고 노력하고 있었다. 그녀는 반드시 콘스탄스를 신경 써야 하고, 콘스탄스에게 부족한 것은 에너지이며, 콘스탄스를 반드시 그녀의 습관으로부터 벗어나게 해야 한다고 생각하고 있었다. 동굴 같은 부엌에서 9시에 있을 아침식사를 준비하던 에이미는 고용주의 배은망덕함에 대해 곰곰이 생각하며 그녀에게 어떤 미래가 펼쳐질지 궁금해 하고 있었다. 그녀는 그림 같은 마을인 스니드에 홀어머니가 있었는데, 그곳은 모든 거주자들의 필멸적이고 불멸적인 복지가 신의 대리인인 바쁜 첼 백작부인의 감시를 받고 있었다. 그녀는 약 200파운드 정도의 재산을 가지고 있었다. 그녀의 어머니는 수년간 에이미에게 아무런 비용 없이 집을 함께 써달라고 애원해 왔다. 그러나 그럼에도 불구하고 에이미의 마음은 불길한 예감과 막연한 낙담으로 시커멓게 물들어 있었다. 이 집은 슬픔의 집이었고, 이 세 여성은 고독했으며, 슬픔을 신봉하고 있었다. 그리고 두 마리의 개는 세심한 주의를 기울어야 할 필요성을 인식한 채 침울하게 위아래를 배회하였으며, 매우 특이한 이 분위기의 상태가 단지 반쯤 닫힌 문과 부적절한 어조로 인해 일어났다는 것은 전혀 짐작하지 못하고 있었다.

이 시간쯤 옷을 다 차려입은 소피아는 아침 식사를 위해 계단을 내려가다가 콘스탄스의 쇠약한 목소리를 듣게 되었고, 회복 중인 환자가 아직 침대에 누워 있는 것을 발견했다. 진실은 숨길 수 없었다. 콘스탄스는 다시 한 번 큰 고통에 빠졌고, 그녀의 도덕적 상태는 꿋꿋하지 못한 상태였다.

"진즉에 말해줬으면 좋았을 텐데." 소피아는 이렇게 말하지 않을 수 없었다. "그랬다면 어떻게 해야 할지 알았을 거야."

콘스탄스는 그날 아침 첫 대화 이후 통증이 재발했을 뿐이라고 말하면서 자신을 변명하지 않았다. 그녀는 그냥 울고 있었다.

"난 매우 우울해!" 그녀의 얼굴을 퉁퉁 부어 있었다.

소피아는 깜짝 놀랐다. 이러한 행동은 '베인스 가문'처럼 행동하는 것이 아니라고 느꼈다. 끝없는 4월의 아침 동안, 도덕적 기질을 파괴하고 있는 행위자로서의 좌골신경통의 가능성에 대한 그녀의 지식은 더욱 높아졌다. 콘스탄스는 그 행위에 저항할 힘이 전혀 없었다. 단념의 다정함은 무의미하게 변하고 있는 것 같았다. 그녀는 의사가 그녀를 위해 해줄 수 있는 것이 아무것도 없다는 주장을 고수했다.

정오쯤, 소피아가 불안하게 그녀의 주변을 돌아다니고 있을 때, 그녀는 갑자기 소리를 질렀다.

"다리가 터질 것 같아!" 그녀가 소리쳤다.

그것이 소피아를 결심하게 만들었다. 콘스탄스가 조금 편해지자마자 그녀는 에이미에게 내려갔다.

"에이미." 그녀가 말했다. "언니가 아팠을 때 불러온 사람이 스털링 의사였죠?"

"네, 부인."

"그 사람의 진료소가 어디 있죠?"

"그는 해롭 의사와 함께 맞은편에 살고 있었는데, 최근에 블리크리지로 이사를 갔어요."

"옷을 챙겨 입고 가능한 한 빨리 그에게 가서 그를 불러와 줬으면 좋겠어요."

"알겠습니다, 부인." 에이미가 자진하여 말했다. "부인의 비명소리를 들었다고 생각했어요." 그녀는 야단스럽지 않았다. 야단스러운 사람보다는 더 좋은 사람이었다. 일종의 침착함을 가지고 있는 친절하고 도움이 되는 사람이었다.

'저 여자에게는 내가 마음에 들어 하는 점이 있단 말이지.' 소피아는 혼잣말을 하였다. 증명된 바보로서 에이미는 정말로 잘 행동하고 있었다.

스털링 박사는 2시쯤 마차를 몰고 이동하기 시작했다. 그가 다섯 마을에 자리를 잡은 지는 10년이 넘어 있었으며, 성공의 도장이 그의 이마와 달가닥거리고 있는 말의 이마에 자랑스럽게 찍혀 있었다. 시그널 신문에 실려 있던 말을 인용해 보자면, 그는 '지역의 생활과 자신을 동일시했다'. 그는 폭넓은 동정심을 가지고 있는 사람으로서 사람들의 호감을 샀다. 풍부한 스코틀랜드 억양으로 위스키의 풍미 또는 설교의 풍미를 동등하게 이야기할 수 있는 재능을 가지고 있었으며, 엉뚱한 상황에 위스키나 설교에 대해 결코 논하지 않을 만큼 재치가 있는 사람이었다. 그는 흉악범 기소 협회에서(학식 있는 직업에 대한 응답을 하기 위해 참여하였다) 연설을 하였고, 이 연설로 인해(책에 대한 찬사로 인해 적포도주에 대한 찬사는 불쾌감을 주지 못했다. 그의 서재는 악명이 높았다) 미국 영사와 함께 재치 있는 사람으로 분류되었는데, 영사의 식사 전 태도는 마크 트웨인의 태도를 본뜬 것이었다. 그는 서른다섯이었고, 키가 크고 뚱뚱했으며 매일 아침 면도 자국이 퍼렇게 남아 있는 통통한 소년 같은 얼굴을 가지고 있었다.

그가 콘스탄스에게 도착하자 즉각적으로 나타난 효과는 기적적이었다. 그의 존재는 그녀의 병을 순식간에 치유해 버렸다. 마치 그녀의 병은 치통이었고, 그가 치과의사라도 되는 것처럼 말이다. 그의 검사가 끝나자 고통은 다시 그녀를 찾아왔다. 그녀가 소피아와 이야기를 하면서, 그는 그들이 말한 모든 것을 진지하게 들었다. 그는 이 케이스가 마치 그의 진정한 직업적 관심을 불러일으키는 케이스 중 하나인 것처럼 생각하는 것 같았다. 그러나 모든 어려움과 긴급함 속에서 사건이 스스로 펼쳐지자, 그의 마음은 이 경우를 다루는 놀라운 방법을 발견한 것처럼 보였다. 이러한 불가사의한 발견이 그에게 자신감을 주는 듯 보였고, 그의 자신감은 희미한 유머 감각을 통해 환자에게 전달되었다. 그는 매우 숙련된 의사였다. 하지만 이 사실은 그의 인기와는 전혀 상관이 없었다. 그의 인기는 쾌활함을 유지하면서도 사건을 매우 진지하게 받아들이는 드문 재능 때문이었다.

그는 15분 안에 돌아올 것이라고 말하더니 13분 만에 피하 주사기를 들고 돌아와 고통이 일어나고 있는 중앙 거점을 공격하였다.

"그게 뭐죠?" 콘스탄스가 안도의 한숨을 내쉬며 고마워했다.

그는 잠시 멈춰 서서 악당처럼 그녀를 내려다보았다.

"말하지 않는 게 좋을 것 같군요." 그가 말했다. "부인에게 악영향을 끼칠지도 몰라요."

"오, 제발 이야기해주세요, 선생님." 콘스탄스는 그가 자신의 명성에 부응해야 한다고 걱정하며 주장했다.

"코카인 염산염입니다." 그가 손가락을 들어 올리며 말했다. "코카인 중독에 대해 주의하세요. 코카인은 많은 훌륭한 가정을 망쳤습니다. 하지만 제가 포비 부인의 강인한 성격에 대한 어느 정도의 확신이 없었더라면, 저는 이러한 위험을 감수하지 않았을 것입니다."

"농담을 정말 잘하시네요, 의사 선생님!" 콘스탄스가 좀 더 밝아진 분위기로 말했다.

그는 다섯 시 반쯤 다시 돌아오겠다고 말했고, 여섯 시 반쯤 도착해서 코카인을 더 주사해주었다. 이리하여 이 케이스의 중요성이 확립되었다. 이 두 번째 방문 때, 그와 소피아는 얼마 지나지 않아 친해지게 되었다. 그녀가 그를 다시 아래층으로 안내하자 그는 마치 할 일이 아무것도 없는 것처럼 응접실에서 그녀와 오랜 시간 동안 대화를 나누었다. 그의 마부는 문 앞에서 말을 앞으로 왔다 갔다 하게 만들고 있었다.

그의 태도는 소피아를 기쁘게 만들었는데, 그가 그녀를 평범한 여자로 여기지 않고 있음이 그의 태도에서 드러났기 때문이었다. 그녀의 기억을 파헤칠 수 있는 특권을 가진 사람이라면 누구나 그녀를 관심의 대상으로 여길 것이라는 지속적인 추측을 하게 만들었다. 지금까지 소피아는 콘스탄스의 지인들 중에서, 자신의 인생에 대한 형식적인 호기심 이상을 보여준 사람을 만난 적이 없었다. 그녀의 귀환은 무관심하게 받아들여졌다. 30년 전에 일어난 그녀의 도피는 극적인 자질을 완전히 상실한 상태였다. 실제로 많은 사람들은 그녀가 외판원과 결혼하기 위해 집으로부터 도피를 했다는 사실을 들어본 적이 없었다. 그리고 그 사건을 기억하는 사람이나 들어본 사람들에게는 다소 진부한 업적으로 보이게 되었다. 30년이 지나고서야! 마을이 헛소문으로 떠들썩할 것이라는 그녀의 두려움과 콘스탄스의 두려움은 터무니없을 정도로 근거가 없었다. 시간의 효과는 너무나 엄청났기 때문에, 심지어 크리츨로우조차 그녀가 아버지의 죽음에 간접적인 책임이 있다는 것을 잊게 만든 것 같았다. 그녀 자신도 거의 잊고 있었다. 그 일을 떠올릴 때면, 그녀는 수치심도, 후회도 느끼지 않았고, 죽음은 순전히 우발적이었던 것으로 보았으며, 완전히 불행한 일은 아니었던 것으로 생각하였다. 마을이 관심 있던 것은 단 두 가지였다. 그녀의 남편이 누구였는가, 그리고 그녀의 하숙집을 정확히 얼마에 팔았는가였다. 마을은 그녀가 과부가 아니란 것을 알고 있었다. 그녀는 이 사실을 크리츨로우에게 말할 의무가 있었고, 크리츨로우는 몇 시간 만에 이 사실을 다정하게 마리아에게 말했기 때문이었다. 그러나 아무도 그녀에게 제럴드 스케일이라는 이름을 감히 언급할 수 없었다. 그녀의 세련된 옷차림, 놀라운 지휘력, 그리고 전설적인 재산은 마을 사람들로 하여금 경외심까지는 아니더라도 존경심을 불러일으켰다. 의사의 태도에는 무언가 놀라운 것이 있었다. 그녀는 그것을 느꼈다. 비록 지금까지 그녀가 만난 사람들의 따분한 무관심이 그녀의 마음의 평온함에 이로운 면이 없는 것은 분명히 아니었지만, 그것은 그녀의 허영심을 건드렸고, 의사의 시선은 상류층 사람들은 진정시켜 주었다. 그는 그녀의 흥미를 간파한 것이 분명했다. 그는 분명히 그것을 즐기고 싶어 했다.

"전 졸라의 '몰락'을 읽고 있었어요." 그가 말했다.

그녀의 마음은 과거를 돌아보았고, 포스터 한 장을 떠올렸다.

"오!" 그녀가 대답했다. "'패주La Debacle'?"

"네. 어떻게 생각하시나요?" 그는 이야기의 전망에 눈을 부릅뜨며 말했다. 심지어 그는 그녀가 프랑스 제목을 말해주었다는 것에 기뻐하고 있었다.

"읽어보지 않았어요." 그녀는 그가 낙담한 것을 볼 수 있었기 때문

669

에 순간적으로 그에게 미안함을 느꼈다. 의사는 외국에 거주했던 사람은 그 나라의 문학을 알아야 한다고 생각하고 있었다. 그러나 그는 잉글랜드에 거주하는 것이 잉글랜드의 문학에 대한 지식을 포함하고 있어야 한다는 생각은 전혀 하지 못했다. 소피아는 사실상 1870년 이후 책을 전혀 읽지 않았다. 그녀에게 있어 가장 최근 작가는 세르불리에즈였다. 게다가 그녀가 가지고 있던 졸라에 대한 인상은, 그가 전혀 착하지 않고, 그가 민족의 적이라는 것이었다. 비록 이 당시에 세계는 드레퓌스 사건에 관한 것을 거의 들어보지 못한 상태였지만 말이다. 스털링 의사는 예술에 대한 부르주아의 의견은 나라마다 다르다고 너무 성급하게 가정해 버렸다.

"실제로 파리 공성전을 겪으셨다고요?" 그가 질문을 하며 다시 시도를 하였다.

"네."

"그리고 코뮌도?"

"네, 코뮌도요."

"와!" 그가 소리쳤다. "정말 대단해요! 그저께 밤에 '몰락'을 읽었을 때, 저는 부인이 그 모든 것을 겪었을 것이라고 생각했어요. 부인과 이렇게 빨리 이야기를 나누게 될 줄 몰랐어요."

그녀는 미소를 지었다. "그런데 제가 파리 공성전을 겪었다는 것을 어떻게 알았죠?' 그녀는 궁금해서 물었다.

"어떻게 알았냐고요? 공성전이 끝나고 1871년 포비 부인한테 보내신 생일카드를 보았거든요. 콘스탄스 부인의 소지품 중 하나였어요. 부인이 이곳에 온다고 이야기해주실 때 그 카드를 제게 보여주셨어요."

소피아는 깜짝 놀랐다. 그녀는 그 카드를 완전히 잊고 있었다. 그녀는 콘스탄스가 망명 초기에 보낸 그 모든 카드를 소중히 여길 것이라는 생각을 전혀 하지 못하고 있었다. 그녀는 그의 열망에 최대한 응하며 공성전과 코뮌에 관한 개인적인 세부사항들을 말해주었다. 그는 실망하지 않을 것이라고 결심하지 않았더라면 그녀의 단조로운 대답에 실망했을지도 모른다.

"그 모든 것을 매우 차분하게 받아들인 것 같군요." 그가 말했다.

"네!" 그녀는 자부심 없이 동의했다. "하지만 그 후로 오랜 시간이 흘렀어요."

그 사건들은 그녀의 기억 속에 존재하고 있었기에, 그 후에 일어난 엄청난 소동을 정당화해주지 못했다. 결국, 그것들은 뭐였을까? 이것이 그녀의 생각이었다. 시라크는 이제 희미한 그림자에 불과했다. 그 사건에 대한 평가가 사실이었든 거짓이었든, 그녀는 그런 이들을 겪은 적이 있는 여성이었고, 스털링 의사가 그 사실을 높이 평가한 것은 그녀에게 매우 기쁜 일이었다. 그들의 친목은 친밀에 가까워지고 있었다. 날이 저물었다. 밖에서는 말이 우적우적하는 소리가 조금 들려왔다.

"이제 가봐야겠군요." 그가 마침내 말했다. 그러나 그는 움직이지 않았다.

"그럼 언니를 위해 제가 해야 할 일은 더 이상 없는 건가요?" 소피아가 물었다.

"그런 것 같군요." 그가 말했다. "그건 의학의 문제가 아니에요."

"그럼 무슨 문제인 거죠?" 소피아가 직설적으로 물었다.

"신경이요." 그가 말했다. "모든 건 거의 신경 때문이에요. 저는 포비 부인의 체질에 대해 알고 있었고, 부인의 방문이 그분에게 도움이 되길 바라고 있었어요."

"언니는 꽤 괜찮았어요. 당신이 꽤 괜찮다고 할 수 있는 수준으로요. 그저께 찬바람을 맞기 전까지는요. 어젯밤에 괜찮아지더니, 오늘 아침엔 훨씬 더 악화되어 있더군요."

"걱정할 게 없을까요?" 의사는 그녀를 은밀하게 바라보았다.

"언니가 걱정할 게 뭐가 있겠어요?" 소피아가 소리쳤다. "다시 말해서, 진지한 걱정거리가요."

"그러니까요!" 의사가 동의했다.

"언니는 진정한 걱정이 뭔지 모른다고 말했었어요." 소피아가 말했다.

"저도요!" 의사가 눈을 반짝이며 말했다.

"언니는 평소에 받는 시릴의 일요일 편지를 받지 못해서 약간 속상해하고 있었어요. 하지만 그 이후로 쇠약해지고 우울해졌어요."

"약삭빠른 젊은이군, 시릴!" 의사가 혼잣말을 하였다.

"시릴은 아주 착한 아이라고 생각해요." 소피아가 열정적으로 말했다.

"그를 만나본 적이 있군요?"

"물론이죠." 소피아가 다소 딱딱하게 말했다. 이 의사는 그녀가 자신의 조카도 모를 것이라고 생각한 것인가? 그녀는 언니의 이야기로 돌아갔다. "내 생각에 언니는 신경을 쓰고 있는 것 같아요. 하인이 머지않아 떠나는 일 때문에요."

"오! 그럼 에이미가 떠나는 건가요?" 그는 여전히 낮은 목소리로 말했다. "우리끼리 있으니 하는 얘기지만, 나쁜 일은 아니에요."

"그렇게 생각하신다니, 기쁘군요."

"몇 년 만 더 있었으면, 그 하인이 이곳의 정부가 됐을 거예요. 이러한 일들이 일어나는 것을 볼 수는 있지만, 무언가를 하기엔 너무나 어렵죠. 사실 아무것도 할 수 없어요."

"전 뭔가 했어요." 소피아가 재빨리 말했다. "제가 이 집에 있는 동안에는 그러한 일이 다시는 일어나선 안 된다고 직접적으로 말했어요. 처음에는 의심하지 않았는데, 막상 알고 나니… 정말로!" 그녀는 그 뒤로 그녀가 무슨 말을 그에게 할지 그가 상상하도록 내버려 두었다.

그는 미소를 지었다. "그럼요." 그가 말했다. "처음에 아무것도 의심하지 못했다는 것은 충분히 이해가 갑니다. 건강하고 우울하지 않았을 때 포비 부인은 혼자서 감당을 할 수 있었겠죠. 그렇게 들었고요. 하지만 상황이 점점 더 악화되고 있었던 것은 분명합니다."

"그렇다는 건, 사람들이 이 일에 관해 이야기를 하나요?" 소피아는 충격에 휩싸였다.

"버슬리의 토박이로서, 스케일 부인." 의사가 말했다. "버슬리 사람들이 무엇을 하는지 아셔야 해요!" 소피아는 입술을 모았다. 의사는 조끼를 매만지며 일어섰다. "무엇 때문에 하인에 대해 괴로워하는 거죠?" 그가 갑자기 말했다. "그분은 완전히 자유로워요. 세상에 대한 걱정거리가 없죠. 그걸 알기만 한다면. 어째서 밖으로 나가서 삶을 즐기지 않는 걸까요? 그분은 무언가 일어나길 바라고, 있어요, 그것이 부인의 언니 분께서 원하는 거예요."

"당신의 말이 맞아요." 소피아도 갑자기 말했다. "저도 완전히 똑같은 생각을 했어요. 한 치의 틀림도 없이! 오늘 아침에 곰곰이 생각하고 있었어요. 언니는 무슨 일이 일어나기를 원하고 있다고. 언니는 틀에 박혀 있다고."

"행복해할 필요가 있어요. 바닷가에 가서 호텔에 살면서 인생을 즐기는 건 어때요? 그렇게 하지 못할 만한 이유라도 있나요?"

"전혀 없죠."

"하인에게 의지하지 마세요! 즐기는 게 좋아요. 그럴 돈이 있을 때 말이죠! 기쁘게 살기 위해 버슬리에 사는 사람이 있겠어요? 특히나 성누가 광장에서요, 모든 것의 중심부에서! 연기! 먼지! 공기 없음! 빛도 없음! 경치도 없음! 즐길 거리도 없고! 포비 부인은 무엇 때문에 이곳에서 사시는 건가요? 그분은 틀에 박힌 분이에요."

"맞아요, 언니는 틀에 박혔어요." 소피아가 그가 인용한 자신의 구절을 반복해서 말했다.

"어휴!" 의사가 말했다. "전 할 수만 있다면 모든 걸 제치고 즐거운 시간을 보낼 거예요! 부인의 언니 분은 아직 젊은 여성이에요."

"물론이죠!" 자신은 더 어리다고 느끼며 소피아가 동의했다. "물론이에요!"

"언니 분은 신경질적으로 체계적이고 특정 소인을 가지고 있다는 것을 제외하면 아무런 문제가 없어요. 이 좌골신경통은 나을 것이라고 말하지 못하겠지만, 모든 걸 완전히 바꾸어 버리고 터무니없는 걱정을 떨쳐버리면 나을지도 몰라요. 언니 분은 가장 우울한 환경에서 살고 있을 뿐만 아니라, 그로 인해 고문을 받고 있으며, 여기에 있을 필요가 결코 없어요."

"의사 선생님." 소피아가 진지하게 감동을 받으며 말했다. "선생님이 옳아요. 선생님이 하는 모든 말에 동의합니다."

"당연히 이곳에 애착을 가지고 있겠지요." 그가 방을 힐끗 둘러보며 말을 이었다. "그건 다 알고 있어요. 평생을 여기서 사셨으니까요! 하지만 그 애착으로부터 떨어져야 해요. 그렇게 하는 게 의무입니다. 약간의 에너지를 보여야 해요. 오늘 아침 전 침대에 매우 깊은 애착을 가지고 있었지만, 떠나왔잖아요."

"맞아요." 소피아는 조급해 하는 어조로 의사가 내뱉은 이 명백한 진실에 대해 인지하지 못하거나 동의하지 못하는 사람들은 모두 역겨운 사람들이라는 듯이 말했다. "맞아요!"

"언니 분에게 필요한 건 좋은 호텔에서의 부산한 삶이에요. 예를 들어 수치료원 이라던가. 즐거운 사람들 사이에서요. 파티! 게임! 소풍! 그렇게만 하면 지금과 같지는 않을 겁니다. 아시겠죠. 저도 할 수만 있으면 그렇게 하지 않았을까요? 스트라스페퍼. 그곳에선 머지않아 좌골신경통을 잊게 될 겁니다. 포비 부인의 연수입이 얼마인지는 모르겠지만, 영국에서 가장 좋은 호텔에서 살기로 마음먹었다면, 그렇게 하지 않을 이유가 없다고 생각합니다."

소피아는 고개를 들고 차분히 즐거워하며 미소를 지었다. "저도 그렇게 생각해요." 그녀가 우쭐대며 말했다.

"호텔, 그게 삶이죠. 걱정도 없이. 원하는 게 있다면 종만 울리면 됩니다. 웨이터가 사직서를 내도 그건 부인의 문제가 아니라 다른 사람의 문제죠. 하지만 이 모든 것을 이미 알고 계시겠죠, 스케일 부인."

"그 누구보다 잘 알죠." 소피아가 중얼거렸다.

"안녕히 계세요." 그가 갑자기 손을 내밀며 말했다. "아침에 다시 방문하겠습니다."

"방금 한 말을 언니에게 한 적이 있으신가요?" 소피아가 일어나며 그에게 물었다.

"네." 그가 말했다. "하지만 아무런 소용이 없었습니다. 당연히 이야기했지요. 하지만 그건 완전히 불가능하다고 생각하셨어요. 사랑스러운 아들과 함께 런던에서 산다는 생각조차 들지 않으려고 하시더군요. 말을 안 들어요."

"그건 생각해 본 적이 없군요." 소피아가 말했다. "안녕히 가세요."

붙잡은 그들의 손은 매우 친밀했고, 상호 이해력이 있었다. 그는 빠르게 반응을 보이는 그녀의 기질과 때때로 그녀의 대답에서 번쩍이는 능수능란한 활력에 만족했다. 그는 그녀의 아름답고 해진 얼굴에 거의 눈에 띄지 않는 일그러짐이 있는 것을 알아차리고는 속으로 이렇게 생각했다. '한두 가지 큰일을 겼었나 보군.' 그리고 이렇게 생각했다. '행동거지에 주의를 기울이고 있을 거야.' 소피아는 그가 그녀를 존경했기에 기뻤고, 그가 침대에 관한 익살스러운 모습을 보였기에 기뻤고, 현명한 남자가 흔치 않은 현명한 여자를 만났을 때 말을 하는 것처럼 솔직하게 말해서 기뻤으며, 그녀 자신의 생각을 그가 증폭해 주었기 때문에 기뻤다. 그녀는 그가 떠날 때까지 문 앞에 서 있음으로 그에게 존경심을 표현하였다.

잠시 동안 그녀는 거실에 혼자 남아 깊은 생각을 하다가 가스를 낮추고는 어둠 속에 누워 있는 언니를 향해 위층으로 올라갔다. 소피아는 성냥을 켰다.

"의사 선생님과 꽤 오랫동안 대화를 나누던데." 콘스탄스가 말했다. "대화를 나누기에 아주 좋은 사람이야, 그렇지 않니? 이번엔 그가 무엇에 관해서 이야기를 해주었어?"

"그는 파리 같은 것에 대해 알고 싶어 했어." 소피아가 대답했다.

"오! 정말 희귀한 경우네."

어둠 속에 누워 있는 단순한 콘스탄스는, 이 활동적이고 완강한 두 사람이 그녀를 위해 그녀의 삶을 준비하고 있다는 것을 결코 생각할 수 없었다. 그렇게 하여 그녀가 쾌활하게 살아가고, 아직 20년은 더 살 수 있게 말이다. 그녀는 자신이 재판을 받았고, 애착이라는 죄악으로 인해 유죄를 선고받았다는 것과 틀에 박혀 있다는 것, 그리고 일반적인 현명함이 부족하다는 판결을 받았다고는 생각할 수 없었다. 자신에게 걱정과 병이 있다면, 그 이유는 자신의 맹목적이고 어리석은 고집으로 인함이라는 것을 생각할 수 없었다. 그녀는 자신이 상당히 합리적인 생물이라고 생각하고 있었다.

3

두 자매는 콘스탄스의 침실에서 함께 이른 저녁을 먹었다. 콘스탄스는 훨씬 나아져 있었다. 조금 움직일 수라도 있다면 많은 도움이 될 것이라고 생각한 그녀는, 몇 분 동안 일어나 방 안을 이리저리 돌아다녔다. 지금 그녀는 베개에 안락하게 자리를 잡은 상태였다. 불은 구석이고, 비효율적인 쇠살대에서 타오르고 있었다. 맞은편에 있는 선 볼트에서는 자비로운 여왕을 구하기 위해 신을 부르는 노래가 축음기에서 흘러나오고 있었다. 이 축음기는 놀라운 발명품으로, 밤마다 선 볼트를 가득 채우고 있었다. 며칠 저녁 동안 두 자매는 자신들도 모르게 흥미를 느꼈지만, 이내 싫증이 나서 혐오하게 되었다. 소피아는 자신과 콘스탄스가 아름다운 기후와 아름다운 경치, 그리고 완벽한 청결함 속에 지어져 있는 호화로운 호텔에 있는 것이 아니라 이 어둡고 불편한 집에 있다는 단순한 사실, 술집의 즐거움으로 인해 우울하고, 연기로 인해 어둡고, 진흙으로 둘러싸인 이 집에 있다는 사실에 점점 더 사로잡히게 되었다. 그녀는 비밀리에 점점 더 분개하고 있었다.

에이미가 굵은 손에 편지를 들고 방으로 들어왔다. 에이미가 무심코 콘스탄스에게 편지를 건네자, 소피아는 생각했다. '만약 에이미가 내 하인이었다면, 편지를 상자에 담아서 가져왔을 텐데.' (광고는 이미 시그널로 보내져 있었다.)

콘스탄스는 떨면서 편지를 받았다. "드디어 도착했구나." 그녀가 외쳤다.

그녀는 안경을 쓴 뒤 편지를 읽었고, 그러고는 소리쳤다.

"이럴 수가! 큰 소식이야! 시릴이 집에 온대! 그래서 평소처럼 토요일에 편지를 쓰지 않았구나."

그녀는 소피아에게 편지를 주었다. 편지를 이렇게 시작하고 있었다.

일요일 자정,

친애하는 어머니께,

필과의 업무로 인하여 수요일에 버슬리에 간다는 것을 전하기 위해 짧게 편지를 씁니다. 5.28에 크나프에서 환상선을 탈 거예요. 요근래 매우 바빴고, 버슬리에 갈 거였기 때문에 토요일에 편지를 쓰지 않았어요. 걱정하지 않았기 바라요. 사랑해요, 소피아 이모도.

아들, 시릴이

"답장을 보내야겠어." 콘스탄스가 신이 나서 말했다.

"뭐라고? 오늘 밤에?"

"응. 에이미는 마지막 수거 시간 전에 쉽게 도착할 수 있을 거야. 그렇지 않으면 시릴은 내가 편지를 받았다는 것을 모르게 되잖아."

그녀는 종을 울렸다.

소피아는 생각했다. '집에 오는 것이 정말이라면, 토요일에 편지를 쓰지 않은 것에 대한 변명을 할 필요가 없었을 텐데. 언니는 어떻게 시릴이 이곳에 온다고 추측한 거지? 그 젊은 녀석에게 한마디 해야겠어. 콘스탄스가 이렇게 맹목적이라니 매우 놀라워. 편지가 와서 무척 만족하고 있지만.' 그녀는 늙은 세대를 대표하여 답 글을 쓰려는 콘스탄스의 열망에 분개를 하였다.

그러나 콘스탄스는 맹목적인 것이 아니었다. 콘스탄스는 소피아가 생각한 그대로 생각하고 있었다. 마음속으로는 시릴을 결코 정당화하거나 용서해주지 않고 있었다. 그녀는 자신에게 부주의하게 행동했던 그의 모든 사례들을 기억하고 있었다. '정말로, 나도 걱정을 하지 않았으면 좋겠네!' 그녀는 편지에 적힌 문구에 관하여 약간의 쓸쓸함을 느끼며 생각했다. 그럼에도 불구하고 그녀는 즉시 답장을 쓰겠다고 고집을 부렸다. 그리고 에이미는 편지를 위한 물건들을 가져와야 했다.

"시릴이 수요일에 이곳에 온대." 그녀가 에이미에게 매우 위엄 있게 말했다.

에이미의 돌과 같은 침착함이 흔들렸다. 시릴은 에이미에게 엄청난 존재였기 때문이다. 에이미는 자신이 사직서를 냈다는 것을 시릴이 알게 되면, 시릴의 얼굴을 어떻게 봐야 할지 고민하고 있었다.

무릎에 편지를 올려놓고 답장을 쓰던 콘스탄스는 소피아를 올려다보더니 마치 이 비난으로부터 자신을 방어하듯 이렇게 말했다. "어제 편지를 쓰지 않았으니깐, 오늘도 그렇고."

"그래." 소피아가 동의를 하며 중얼거렸다.

콘스탄스는 다시 종을 울렸고, 에이미는 편지를 보내러 갔다. 곧이어 종이 네 번째로 울렸지만, 아무런 대답이 없었다.

"아직 돌아오지 않았나 보네. 문소리를 들었다고 생각했는데. 정말로 오래 걸리는군!"

"뭐가 필요한데?" 소피아가 물었다.

"난 단지 에이미와 대화를 나누고 싶을 뿐이야." 콘스탄스가 말했다.

종이 일곱 번 내지 여덟 번 울리자 에이미는 다소 숨을 가쁘게 몰아쉬며 다시 나타났다.

"에이미." 콘스탄스가 말했다. "내가 그 시트들 좀 살펴보게 해줄래?"

"네, 부인." 에이미가 말했다. 보아하니 에이미는 집에 있는 다양하고 수많은 시트들 중에서도 어떤 시트를 의미하는 것인지 알고 있는 듯 보였다.

에이미가 방을 나가자 콘스탄스가 이렇게 덧붙였다. "그리고 베갯잇들도."

그렇게 계속되었다. 다음날 열기는 더 올라 있었다. 콘스탄스는 소피아보다 먼저 일어나서 소녀처럼 집 안을 어슬렁거렸다. 아침 식사 직후, 시릴의 침실에는 시간이 투자되었고, 대변화가 일어났다. 그 방은 저녁이 돼서야 정리가 되어 있었다. 그리고 수요일 아침에는 다시 먼지를 털어야 했다. 소피아는 그 준비와 숨기기 매우 어려운 놀라움과 함께 커져가는 콘스탄스의 태도에 대한 동요를 지켜보았다. '저 여자가 완전히 미친 건가?' 소피아는 생각했다. 그 광경은 터무니없었다. 아니면 적어도 어머니로서의 경험이 많이 없는 소피아에게는 그렇게 보였다. 불안을 표현하는 콘스탄스의 방식은 위엄적이지도, 독창적이지도, 홀륭하지도 않았다. 그 방식은 그저 어리석고 평범한 호들갑이었다. 그 안에 분별력 같은 것은 존재하지 않았다. 소피아는 의견을 말하지 않기 위해 매우 조심스럽게 행동했다. 그녀는 자신과 콘스탄스가 훨씬 더 나이를 먹기 전에 해야 할 일이 아주 많고, 교묘한 외교와 신중한 전술이 필요할 것이라고 느꼈다. 게다가 콘스탄스의 천사 같은 기질은 기대의 부담감에 약간 영향을 받은 상태였다. 그녀는 트집을 잡는 경향을 가지고 있었다. 하이 티가 차려진 후 그녀는 갑자기 소파 위로 뛰어올라 '저녁의 수사슴' 판화를 끌어내렸다. 액자 위의 먼지가 그녀를 격분하게 만든 것이다.

"어쩌려고?" 마침내 놀란 소피아가 물었다.

"저거랑 바꾸려고." 벽난로의 맞은편에 있는 또 다른 판화를 가리키며 콘스탄스가 말했다. "시릴이 말하길, 이 둘의 자리를 바꾸면 훨씬 더 나아질 것이라고 했어. 시릴의 규칙은 매우 까다로우니깐."

콘스탄스는 그녀의 아들을 만나기 위해 버슬리 역으로 향하지 않았다. 그녀는 그렇게 하는 것은 그녀를 매우 불안하게 만들 것이며, 또한 시릴은 그녀가 오지 않기를 원하기 때문이라고 설명을 하였다.

"내가 만나러 가야겠네." 소피아가 5시 30분에 말했다. 그 생각은 갑자기 떠올랐다. 그녀는 이렇게 생각했다. '그렇게 되면 누구보다 먼저 시릴과 대화를 나눌 수 있을 거야.'

"오, 그래!" 콘스탄스가 동의했다.

소피아는 놀라운 속도로 나갈 준비를 하였다. 그녀는 기차가 도착하기 1분 전에 역에 도착했다. 기차에서 나온 사람은 몇 안 됐고, 그중에 시릴은 없었다. 한 짐꾼은 환상선과 간선 급행열차 사이에는 연결

편이 없으며, 아마도 급행열차가 환상선을 놓쳤을 것이라고 말했다. 그녀는 35분 동안 다음 환상선을 기다렸고, 그 열차 또한 시릴은 타고 있지 않았다. 콘스탄스는 그녀를 위해 현관문을 연 뒤 전보를 보여주었다.

'죄송해요, 마지막 순간에 그렇게 하지 못하게 되었어요. 시릴.'

소피아는 알고 있었다. 어째서인지 그녀는 두 번째 열차를 기다리는 것이 소용없다는 것을 알고 있었다. 콘스탄스는 조용하고 침착한 상태였다. 소피아 또한 마찬가지였다.

"괘씸하군! 정말 괘씸해!" 소피아의 심장이 쿵쿵 뛰었다.

이것은 매우 평범한 일화였다. 그러나 그녀의 침착함 속에는 그녀가 좋아하는 사람에 대한 격노가 존재하고 있었다. 그녀는 망설였다.

"잠시 나갔다 올게." 그녀가 말했다.

"어디?" 콘스탄스가 물었다. "차를 마시는 게 낫지 않을까? 차를 마셔야 할 것 같아."

"오래 걸리지 않을 거야. 사고 싶은 게 있어."

소피아는 우체국에 가서 전보를 보냈다. 이윽고 부분적으로 마음이 누그러진 그녀는 무미건조하고 고통스러운 집의 황량함으로 돌아갔다.

4

다음날 저녁 시릴은 그의 어머니와 이모와 함께 응접실의 차 테이블에 앉아 있었다. 콘스탄스에게 그의 존재는 기적 같은 것이었다. 결국, 그는 이곳에 왔다! 소피아는 비싼 가운을 입고 있었다. 목에는 은도금을 한 사슬로 된 목걸이가 걸려 있었는데, 목걸이는 두 개로 나누어져 그녀의 허리띠까지 내려오고 있었다. 이 목걸이는 시릴의 관심을 받았다. 그는 목걸이를 한두 번 언급하더니 이렇게 말했다. "그 목걸이 좀 보여줘요." 그러면서 손을 내밀었다. 그러자 소피아는 그가 목걸이를 관찰할 수 있도록 몸을 앞으로 숙였다. 그의 손가락은 몇 초 동안 목걸이를 살펴보았다. 목걸이의 그림은 콘스탄스에게 커다란 영향을 미쳤다. 마침내 그는 목걸이를 내려놓더니 말했다. "흠!" 잠시 후 그가 말했다. "루이 16세인가요?" 소피아가 말했다.

"그렇다고 들었어. 하지만 아무것도 아니야. 30프랑밖에 안 들었거든." 그러자 시릴이 날카롭게 말했다.

"그게 무슨 상관이에요?" 그러고는 다시 한 번 말을 멈추고 나서 그가 물었다. "목걸이의 사슬을 얼마나 자주 끊으세요?"

"자주." 그녀가 말했다. "항상 짧아지거든."

그는 비밀스럽게 중얼거렸다. "흠!"

그는 여전히 비밀스러운 분위기를 풍겼고, 자신의 신체적 환경에는 이례적으로 무관심해 하며 뒤로 물러났다. 하지만 그날 저녁 그는 평소보다 더 많은 말을 하였다. 그는 자애로웠고, 그의 어머니를 향해 특별한 자비로움을 베풀었다. 마치 어머니가 궁금해 할 권리를 인정하는 것처럼 그녀의 질문에 완벽하고 성실하게 대답을 하려고 노력하는 것이 명백히 보였다. 그는 차를 칭찬하였다. 그는 자신이 무엇을 먹고 있는지 알아차린 것 같았다. 그는 스팟을 무릎 위에 앉히고는 감탄하며 포셋을 바라보았다.

"어이쿠!" 그가 말했다. "저 강아지, 저건! … 모두 똑같….' 그러더니 그는 웃음을 터뜨렸다.

"포셋을 비웃도록 하진 않을 거야." 소피아가 그에게 경고를 했다.

"아뇨, 진짜로요." 개에 대한 비전문가인 그가 말했다. "포셋은 정말 괜찮아요." 하지만 이렇게 덧붙이지 않을 수 없었다. "포셋 좀 보세요!"

그러자 소피아는 그런 재치를 거절하며 고개를 저었다. 소피아는 그에게 매우 관대했다. 그녀의 관대함은 그의 움직임을 따라가는 그녀의 눈에서 확인할 수 있었다. "시릴이 날 닮았다고 생각해, 콘스탄스?" 그녀가 물었다.

"그에 반만큼이라도 잘 생겼으면 좋겠네요." 시릴이 재빨리 말했다. 콘스탄스는 이렇게 말했다.

"아기였을 때는 너랑 닮았었어. 잘생긴 아기였지. 학교에 다닐 땐 전혀 너 같지 않았어. 지난 몇 년 동안에는 다시 너처럼 변하기 시작했고. 학교를 떠난 후 많이 변했거든. 그 당시에는 다소 무겁고 세련되지 못했지."

"무겁고 세련되지 못하다고!" 소피아가 소리쳤다. "음, 그건 결코 믿지 못하겠네!"

"오, 하지만 그랬어!" 콘스탄스가 주장했다.

"자, 어머니." 시릴이 말했다. "그 케이크를 드시고 싶어 하시지 않다니, 안타깝군요. 전 그 케이크를 조금 먹을 수 있었을 것 같은데. 물론, 보여주기 용으로…!"

콘스탄스는 일어나더니 칼을 잡았다.

"엄마를 놀리면 안 되지." 소피아가 그에게 말했다. "시릴은 케이크를 먹지 않을 거야, 콘스탄스. 시릴은 딱 알맞게 배가 부르거든."

시릴도 동의하였다. "맞아요, 맞아, 자르지 마세요. 정말로 먹지 않을 거예요. 그냥 허풍을 떤 거였어요."

그러나 콘스탄스는 이러한 종류의 농담을 꿰뚫어 본 적이 없었다. 그녀는 케이크를 세 조각으로 자르더니 접시를 시릴 쪽으로 밀었다.

"정말로 안 먹을 거라고 했잖아요!" 그가 항의했다.

"어서!" 그녀가 완강하게 말했다. "난 기다리고 있단다! 내가 얼마나 이 접시를 들고 있어야겠니?"

그는 한 조각을 받아야만 했다. 소피아도 마찬가지였다. 그녀의 감정이 격해지자 두 사람은 콘스탄스의 말을 따를 수밖에 없었다. 개들과 가스등 아래 펼쳐진 차 테이블의 화려함, 소피아와 시릴의 차이, 그리고 전반적으로 유쾌하고 자유로우며 때때로 행복한 대화, 그녀의 응접실에서 일어나는 이 장면들은 콘스탄스를 확실히 만족시켜 주었을 것이다. 좌골신경통이 찾아오는 시기의 간격도 늘어났기에 그녀는 완전히 행복해야 했다. 그러나 그녀는 행복하지 않았다. 시릴이 도착했다는 상황은 그녀를 불안하게 만들었다. 그녀는 상처를 인정하지 않았지만, 이것들은 그녀에게 상처를 주었다. 아침에 그녀는 시릴로부터 집에 올 수 없으며, 나중에 찾아오겠다는 막연한 약속, 또는 반 정도 약속을 하는 짧은 편지를 받았다. 그 편지에는 시릴과 어머니가 가지고 있는 관계의 근본적인 결함이 내재되어 있었다. 편지는 무심했고, 솔직하지 못했다. 편지에는 그를 집으로 오지 못하게 한 장애물의 본질이 전혀 적혀 있지 않았다. 시릴은 항상 너무 비밀스러웠다. 그녀는 이 편지로 인해 매우 우울해졌다. 콘스탄스는 이 편지가 어머니로서의 그녀의 품위를 떨어뜨리고, 아들의 좋지 않은 면을 보여줄 것이었기 때문에 소피아에게는 편지를 보여주지 않았다. 그러다 11시쯤 소피아에게 전보가 왔다.

"괜찮군." 소피아가 편지를 읽자마자 말했다. "시릴이 오늘 저녁에 집에 온대!" 그녀는 전보를 건네주었고, 거기에는 이렇게 쓰여 있었다.

'좋아요. 오늘 같은 열차로 갈게요.'

콘스탄스는 전날 저녁 소피아가 차를 마시기 직전에 달려 나간 것은 시릴에게 전보를 보내기 위해서였다는 것을 깨닫게 되었다.

"시릴한테 뭐라고 했어?" 콘스탄스가 물었다.

"오!" 소피아가 무심한 듯한 분위기로 말했다. "집에 와야 한다고 말했어. 결국, 언니는 그 어떠한 일보다 중요해! 그리고 시릴이 그렇게 행동하는 게 싫었어. 난 그가 와야 한다고 완강히 마음먹었어!"

소피아는 자랑스러운 머리를 흔들었다. 콘스탄스는 기쁘고 고마운 척을 했다. 그러나 상처의 존재는 부인할 수 없었다. 소피아는 그녀가 할 수 있는 것보다 더 많은 것을 시릴과 할 수 있었다! 소피아는 시릴을 딱 한 번 만났을 뿐이었지만, 시릴의 마음을 작은 손가락으로 간단히 바꾸어 버릴 수 있었다. 그는 어머니를 위해서라면 결코 그렇게 행동하지 않았을 것이다. 소피아가 보낸 전보 한 통에 굴복 당할 정도였다면, 그 장애물은 틀림없이 사소한 일이었을 것이다…! 그리고 소피아 역시 비밀스러웠다. 그녀는 나가서 전보를 보냈고, 답장을 받을 때까지 아무 말도 하지 않았다. 16시간이나 지나서야 이야기를 해준 것이다. 그녀는 비밀스러웠고, 시릴도 비밀스러웠다. 두 사람은 서로를 닮아 있었다. 두 사람은 서로를 마음에 들어 하고 있었다. 하지만 소피아는 신기한 혼합체였다. 콘스탄스가 그녀에게 다시 한 번 역으로 시릴을 마중 나갈 것이냐고 묻자, 그녀는 경멸적으로 대답했었다. "아니, 정말이야! 시릴을 만나러 가는 건 하지 않을 거야. 도착하지 않는 사람들은 만날 수 있을 거라고 생각해선 안 돼."

시릴이 마차를 타고 문 앞에 도착했을 때, 소피아는 그곳에 있었다. 그녀는 서둘러 계단을 내려갔다. "전보에 대해서 아무 말도 하지 마." 그녀가 재빨리 시릴에게 속삭였다. 그 이상 설명할 시간은 없었다. 콘스탄스가 계단의 꼭대기에 있었기 때문이다. 콘스탄스는 속삭임 소리를 듣지는 못하였지만, 그 장면을 목격하였다. 그녀는 죄책감이 가득한 시릴의 어리둥절한 표정을 보았고, 그 뒤로는 비효율적으로 음모를 숨기고 있는 두 사람의 얼굴을 볼 수 있었다. 두 사람은 '둘 사이에 '무언가'를 가지고 있었으며, 어머니인 그녀는 제외되어 있었다! 그녀가 상처를 받는 건 당연하지 않은가? 그녀는 전보를 언급하기에는 너무나 오만했다. 그리고 시릴과 소피아 둘 다 그것에 대해 언급하지 않았고, 시릴의 계획이 변하게 된 이유도 전혀 언급이 되지 않았기에 매우 궁금했다. 또, 시릴은 그 어느 때보다 사교적이었다. 이모의 시선 아래 있는 그는 다른 사람이었다. 확실히 그는 흠잡을 데 없이 어머니를 대했다. 하지만 콘스탄스는 이렇게 생각하고 있었다. '시릴이 나한테 특별히 잘해주는 건 소피아가 여기 있기 때문이야.'

차를 다 마시고 그들이 거실로 올라가고 있을 때, 그녀는 '저녁의 수사슴' 판화에 시선을 던지며 그에게 물었다.

"어때, 성공적이야?"

"뭐가요?" 그는 그녀의 눈을 따라가 보았다. "오, 바꾸셨군요! 뭣 때문에 그렇게 하셨어요, 어머니?"

"저렇게 하는 게 좋을 것 같다고 했잖아." 그녀가 그에게 상기시켜 주었다.

"제가요?" 그는 진심으로 놀란 것 같았다. "기억이 안 나요. 하지만 저게 더 좋은 것 같아요." 그가 덧붙였다. "다른 방법으로 놓으면 더 좋을지도 몰라요."

그는 소피아에게 얼굴을 돌리며 어깨를 고정했다. 마치 이렇게 말하려고 하는 것 같았다. '이번엔 제가 해냈어요!'

"어떻게? 다른 방법?" 콘스탄스가 의문을 제기했다. 이윽고 자신을 놀리고 있다는 것을 알아차린 그녀는 "절로 가!"라고 말하며 그의 뺨을 치는 척을 하였다. "넌 한때 저 그림을 매우 좋아했었지!" 그녀가 비꼬는 말투로 말했다.

"네, 그랬죠, 어머니." 그가 순순히 동의했다. "저걸 뛰어넘는 건 없어요." 그러고는 두 손으로 그녀의 뺨을 누르고 입을 맞추었다.

거실에서 그는 담배를 피우고 피아노를 쳤다. 그가 직접 작곡한 왈츠였다. 콘스탄스와 소피아는 그 왈츠를 완전히 이해하지 못했다. 그러나 두 사람은 모든 왈츠가 훌륭하고, 이 왈츠는 정말로 매우 듣기 좋다고 인정하였다(소피아의 의견이 콘스탄스의 의견과 일치한다는 것은 콘스탄스의 마음을 달래주었다). 그는 그 왈츠가 많은 왈츠들 중에서 제일 형편없다고 말하였다. 그가 피아노를 다 치자 콘스탄스는 에이미에 관한 정보를 그에게 말해 주었다. "오! 에이미가 이미 제게 말해 줬어요." 그가 말했다. "제게 물을 가져다주었을 때요. 오히려 슬픈 주제가 될 것 같아서 언급하지 않았어요." 그의 무심한 말투의 이면에는 세부사항을 듣고자 하는 일종의 호기심이 숨어 있었다. 그는 세부사항에 대한 내용을 들었다.

10시 5분 전 콘스탄스가 하품을 하고 있을 때, 그는 그들에게 폭탄선언을 하였다.

"음." 그가 말했다. "10시에 보수주의 클럽에서 매튜와 만나기로 약속했어요. 이제 가야겠어요. 절 기다리지 마세요."

두 여성은 반대를 하였고, 소피아는 더 격렬하게 반대를 하였다. 상처를 받은 사람은 이제 소피아가 되었다.

"일 때문이에요." 그가 스스로를 방어하며 말했다. "매튜는 내일 일찍 떠나는데, 지금이 유일한 기회예요." 콘스탄스의 감정이 밝아지지 않자 그는 계속해서 말을 이어나갔다. "반드시 처리해야 하는 일이에요. 제가 인생을 즐기는 것 외에는 하는 것이 아무것도 없다고 생각하지 마세요."

어떤 일을 하러 가는 것인지에 대한 힌트는 없었다! 그는 결코 설명하지 않았다. 일에 관해 말해보자면, 콘스탄스는 1년에 300파운드만 쓸 수 있도록 허락을 하였고, 그의 지역 재단사에게 돈을 지불하고 있다는 것만을 알았다. 처음에는 그 액수가 엄청나 보였지만, 그녀는 그 액수에 익숙해져 있었다.

"난 네가 필-스위너튼을 이곳에서 만났으면 좋겠어." 콘스탄스가 말했다. "단둘이 있을 방도 있잖니. 밤 10시에 클럽에 가는 게 마음에 들지 않는구나."

"그럼, 안녕히 주무세요, 어머니." 그가 일어나며 말했다. "내일 봬요. 문 밖에 열쇠를 꺼내 놔야겠어요. 제 주머니가 원래의 모습을 유지하지 않을 게 분명해요."

소피아는 콘스탄스가 침대에 눕는 것을 보았고, 좌골신경통을 위해 온수병 두 개를 그녀에게 가져다주었다. 두 사람은 말을 많이 하지 않았다.

5

소피아는 응접실의 소파에 앉아서 기다리고 있었다. 그녀가 버슬리에 도착한 지는 한 달 하고도 약간의 시간밖에 지나지 않았지만, 그녀는 벌써 새로운 관심사와 불안감을 얻게 된 것 같았다. 파리와 그곳에서의 삶은 매우 이상한 방식으로 희미해져 가고 있었다. 가끔은 몇 시간 동안 파리에 대해 완전히 잊곤 했다. 파리에 대한 생각은 당혹스러웠다. 파리도 버슬리도 비현실인 것이 분명하다! 소파에 앉아 계속 기다리고 있자 그녀에게는 파리에 대한 생각이 자꾸 떠올랐다. 그녀가 펜션 프렌샴의 개선을 위한 계획에 사로잡혀 있었듯이, 콘스탄스의 복지를 위한 계획에 사로잡혀 있다는 것은 확실히 놀라운 일이었다. 그녀는 스스로에게 이렇게 말했다. '내 삶은 너무나 이상했어. 하지만 각 부분만을 놓고 보면 충분히 평범했어. 내 삶은 어떻게 끝나게 되는 걸까?'

머지않아 바깥 계단에서 발소리가 들려왔고, 문에 열쇠가 꽂히자 그녀는 즉시 문을 열었다.

"오!" 깜짝 놀란 시릴이 외쳤다. 다소 당황하기도 한 것 같았다. "아직까지 깨어 계셨군요! 감사합니다." 그는 담배꽁초를 피우며 들어왔다. "이걸 들고 다닌다고 생각해 보세요!" 그는 안쪽 자물쇠에 커다란 구식 열쇠를 끼우기 전에 말했다.

"내가 깨어 있던 건." 소피아가 말했다. "네 엄마에 대해 이야기하고 싶어서였어, 기회를 잡기 너무 힘들어서."

시릴은 남의 시선을 의식하는 일 없이 미소를 지었고, 다리를 사용하여 소파 쪽으로 돌린 어머니의 흔들의자에 주저 않았다.

"네." 그가 말했다. "이모가 보낸 전보의 진짜 의미가 궁금했어요. 무슨 일이에요?" 그는 많은 연기를 내뿜고는 그녀의 답을 기다렸다.

"난 네가 왔어야 한다고 생각했어." 소피아는 유쾌하지만 단호하게 말했다. "어제 네가 오지 않은 것은 어머니에게 무시무시한 실망감을 안겨주었어. 그리고 너로부터의 편지를 기대하고 있었는데, 오지 않자 아프게 되었고."

"오!" 그가 말했다. "더 나쁘지 않아서 다행이에요. 이모의 전보를 보고 무언가 심각하게 잘못된 줄 알았어요. 그리고 언급하지 말라고 했을 때, 제가 왔을 때…!"

그녀는 그가 지금 상황을 이해하지 못하고 있다는 것을 보았고, 도전적으로 고개를 들었다.

"넌 네 엄마를 너무 소홀히 해." 그녀가 말했다.

"오, 이런, 이모!" 그가 꽤 부드럽게 말했다. "그런 식으로 말하지 마세요. 엄마에게 매주 편지를 쓴다고요. 한 주도 빼먹은 적이 없어요. 게다가 자주 집에 찾…."

"일요일에 가끔 까먹었잖아." 소피아가 그의 말을 끊었다.

"어쩌면요." 그가 의심스러운 듯 말했다. "하지만…."

"콘스탄스가 네 편지만을 기대하며 살고 있다는 걸 이해하지 못하겠니? 그리고 네가 오지 않는다면, 정말로 엄청 속상해한다고. 먹지도 않아! 게다가 좌골신경통을 불러일으킨다고, 어떻게 해야 할지 모르겠어!"

그는 그녀의 대담함과 솔직함에 당황했다.

"정말 어리석군요! 제가 항상…."

"어리석을 지도 몰라. 하지만 이게 사실이야. 넌 콘스탄스를 변하게 만들 수 없어. 그리고, 조금 더 주의를 기울인다고 뭐가 달라지겠어, 일주일에 편지를 두 번 쓴다고 해도? 나한테 바쁘다는 핑계는 대지 않는 게 좋을 거야! 난 네 엄마보다 너희들에 대해 더 잘 아니까." 그녀가 이모처럼 미소를 지었다.

그는 그녀의 미소에 순하게 대답했다.

"네가 엄마의 마음을 알 수 있다면…!"

"이모의 말이 꽤 맞는 것 같아요." 그가 마침내 대답했다. "그리고 제게 알려주셔서 정말 감사해요. 제가 어떻게 알았겠어요?" 그는 커다란 손짓으로 시가의 끝을 불속으로 던졌다.

"음, 어쨌든, 이제 너도 알잖아!" 소피아가 간결하게 말했다. 그러고는 생각했다. '알고 있었어야지. 이런 걸 알아야 하는 건 네 일이라고.' 그러나 그녀는 그가 그녀의 비판을 받아들이는 방식에 만족했고, 담배꽁초를 던지는 그의 행동은 그녀에게 매우 기품 있어 보였다.

"괜찮아요!" 그가 꿈을 꾸듯 말했다. 마치 이렇게 말하는 것 같았다. '그건 끝났어요.' 그는 일어났다.

그러나 소피아는 움직이지 않았다.

"네 엄마의 건강은 원래 이래야 할 게 아니었어." 그녀는 의사와 나눈 대화를 그에게 자세히 설명해 주었다.

"진짜로!" 시릴은 팔꿈치로 벽난로 선반에 기대어 그녀를 내려다보며 말했다. "스털링이 그렇게 말했다고, 그가? 전 어머니가 지금의 위치에 있는 게 더 나았을 거라고 생각했어요, 이 광장에요."

"어째서 광장이 더 나은데?"

"오, 저도 모르겠어요!"

"나도 그래!"

"항상 이곳에 계셨으니까요."

"맞아." 소피아가 말했다. "이곳에 너무 오랫동안 있었어."

"이모는 어떻게 해야 한다고 생각하세요?" 시릴은 자신에게 밀려오는 이 새로운 불안감에 조바심을 내며 물었다.

"음." 소피아가 말했다. "런던에 와서 너랑 같이 살자고 제안하는 건 어때?"

시릴은 뒤로 휘청거렸다. 소피아는 그가 정말로 충격을 받았다는 것을 알 수 있었다. "그건 전혀 도움이 안 될 것 같아요." 그가 말했다.

"어째서?"

"오! 도움이 될 것 같지가 않아요. 런던은 어머니에게 맞지 않아요. 그런 여성이 아니거든요. 전 정말로 여기 있어도 괜찮은 줄 알았어요. 어머니는 런던을 좋아하지 않을 거예요." 그는 가스 불을 올려다보며 고개를 저었다. 그의 눈은 위험한 빛을 띠고 있었다.

"하지만 언니가 그러겠다고 말하면?"

"들어보세요." 시릴이 새롭고 밝은 어조로 말을 시작했다. "이모랑 어머니랑 어디 새로운 곳에서 같이 사시는 게 어때요? 그렇게 하면 매우…."

그는 고개를 홱 돌렸다. 계단에서 소리가 들려오더니 영원한 삐걱거림과 함께 계단의 문이 열렸다.

"그래." 소피아가 말했다. "샹젤리제는 콩코르드 광장에서 시작돼, 그리고 끝…. 콘스탄스 언니야?"

콘스탄스의 모습이 문간을 가득 메웠다. 그녀의 얼굴은 당황했다. 그녀는 거리에서 들려오는 시릴의 목소리를 들었고, 그가 어째서 이렇게 응접실에 오랫동안 머무르고 있었는지 보러 내려온 것이었다. 그녀는 소피아가 시릴과 함께 있다는 것에 깜짝 놀랐다. 두 사람은 응접실에서 마치 친구처럼 파리에 대해 수다를 떨고 있었다! 의심할 여지없이 그녀는 질투를 하고 있었다! 시릴은 그녀에게 이런 식으로 말을 한 적이 없었다!

"난 네가 자고 있는 줄 알았는데, 소피아." 그녀가 힘없이 말했다. "벌써 한 시야."

"아냐." 소피아가 말했다. "자고 싶은 기분이 아니었어. 그러다 우연히 시릴이 들어오게 되었고."

그러나 소피아도 시릴도 결백해 보이지 않았다. 콘스탄스는 날카로운 이해력을 가지고 두 사람을 훑어보았다.

다음날 아침 시릴은 편지를 받는데, 그에 따르면 그 편지의 내용

692

으로 인해(그 이상의 설명은 없었다) 지금 즉시 떠나야 한다고 했다. 그가 이곳에 오는 것에는 위험 요소가 존재했고, 그 문제는 그가 두려워했던 대로 되었음을 암시하고 있었다.

"제가 한 말을 곰곰이 생각해 보세요." 그들이 잠시 단둘만 남게 되었을 때, 그가 즉시 소피아에게 속삭였다. "그리고 제게 알려주세요."

6

부활절 일주일 전, 벅스턴 브로드 워크에 있는 러틀랜드 호텔의 투숙객들은 애프터눈 티를 마시기 위해 그 시설의 '라운지'에 모여 있었는데, 그때 두 명의 중년 여성과 두 마리의 개가 호텔에 도착한 것을 목격하게 되었다. 새로 온 사람을 비판적으로 관찰하는 것은 라운지 사용자들의 즐거움 중 하나였다. '오리엔탈 스타일'로 가구가 갖춰진 이 건물은 호텔 안내 책자에 실린 호텔들 중에서도 예쁜 광경을 연출하고 있었고, 비록 외풍이 불어왔지만 많은 대중들에 의해 사랑을 받는 곳이었다. 외풍을 거리로부터 막아주는 유일한 것은(브로드 워크르 거리라고 부를 수 있다면 말이다) 두 쌍의 반 회전문밖에 없었다. 그 문은 두 명의 벨보이에 의해 관리되었다. 호텔에 입장하는 모든 손님들은 라운지를 통과해야 했고, 새로 온 사람들에게 그 통로는 시련이었다. 그곳은 그들이 배울 것이 매우 많고, 익숙해질 것이 매우 많다고 느끼도록 만들었다. 마치 기항지에서 배에 오르는 승객들처럼, 그들은 적대적이고 오만한 사회 속에서 자신들을 위한 생태 조건을 만들어야 하는 과제에 직면해 있다고 느꼈다. 두 여성은 처음에 두 마리의 강아지 덕분에 꽤 좋은 인상을 주었다. 예약만 받는 비싼 호텔에 개를 데려온다는 용기는 아무나 가지고 있는 것이 아니다. 한 마리를 데려온다는 것은 몇 실링을 위해 작은 즐거움을 부정하는 것에 익숙하지 않다는 것을 나타낸다. 두 마리를 데려온다는 것은 호텔 매니저에 대한 두려움이 없으며, 자신의 변덕을 자연의 법칙으로 여기는 습관을 가지고 있다는 것을 나타냈다. 두 여인 중 키가 작고 뚱뚱한 사람은 러틀랜드의 집단적인 시선에게 자신의 존재를 강요하지 않았다. 그녀는 검은색 옷을 입고 있었다. 멋지게 옷을 입지는 않았지만 일종의 겸손한 부유함이 드러나고 있었다. 그녀의 몸짓은 소심하고 불안해하고 있었다. 그녀는 호텔 생활의 첫 시도로부터 자신을 보호하기 위해 키가 큰 동료에게 의지하고 있는 것이 분명했다. 키가 큰 여자는 다른 특징을 가지고 있었다. 당당하게 아름다우며 위풍당당하고, 훌륭하게 옷을 차려입은 그녀는 낯선 사람들의 시선에 완벽하게 익숙해져 있는 사람의 자신감 있는 시선을 가지고 있었다. 그녀는 벨보이에게 퉁명스럽게 매니저를 불러오라고 말했으며, 매니저의 아내는 이에 반응하여 계단을 급하게 내려왔는데, 눈에 띌 정도로 공손하게 행동하고 있었다. 그녀의 목소리는 조용하지만 위엄 있는 목소리였다. 복종하고 있는 사람에게 명령을 내리는 사람의 목소리였다. 라운지에 있는 사람들의 의견은 두 사람이 자매인가 아닌가로 나뉘어 있었다.

그들은 매니저의 아내의 호위를 받으며 위층으로 사라졌고, 두 번 다시는 나타나지 않았다. 라운지의 차는 마실 수 없을 정도로 너무나 진한 차였다. 이후, 뻔뻔한 호기심을 가지고 인사과에서 활동을 하여 호텔의 모든 비밀을 얻은 알선업자인 투숙객에 의해, 그 두 여성은 17번 방과 18번 침실을 예약했으며, 명명법에 의해 'C'라는 스타일로 지정된 발코니가 있는 2층의 호화로운 개인 응접실을 빌렸다는 것을 알게 되었다. 이 사실은 호텔의 도덕적 구조에서 새로 도착한 사람들의 위치를 분명하게 확립해 주었다. 그들은 부유했다. 그들은 버려도 될 돈이 있다. 러틀랜드와 같은 상류층 호텔에서도 개인 응접실을 빌릴 수 있는 사람은 얼마 없었다. 50개나 있는 침실에 비해 그러한 방은 4개밖에 없었다.

저녁 식사 때 그들은 구석에 있는 작은 테이블을 그들만 사용하였다. 키가 작은 여성은 어깨에 하얀 숄을 걸치고 있었다. 식사 중에 거의 사과를 하는 듯한 그녀의 태도는 그녀가 세상과 세상의 방식에 익숙하지 않은 매우 단순한 사람임에 틀림없다는 생각을 확정 짓게 해주었다. 다른 한 명은 아까와 마찬가지로 위엄 있는 모습이었다. 그녀는 와인 반 병을 주문하고는 두 잔을 마셨다. 그녀는 무의식적으로 주위를 둘러보았다. 반면에 그 작은 여성은 그녀의 동반자와 접시를 번 갈아 보았다. 두 사람은 말을 많이 하지 않았다. 저녁 식사가 끝나자 마자 그들은 방으로 돌아갔다. '유복한 살림 환경을 가지고 있는 과부' 이것이 사람들의 평결이었다. 그러나 두 사람의 대비는 호기심을 자 극하는 의문점을 가지고 있었다.

소피아는 다시 정복을 하였다. 소피아는 다시 한 번 어떤 일을 달 성하기로 결심했고, 그 일을 달성하였다. 이리하여 사건이 끝났다. 시 그널에 보낸 일반 하인을 구하는 광고는 실망스러운 실패로 돌아갔 다. 회신을 몇 개 받긴 하였지만, 전혀 만족스럽지 못한 사람들이었 다. 콘스탄스는 현대 하인들의 행동과 요구에 소피아보다 훨씬 더 큰 충격을 받았다. 콘스탄스는 절망했다. 만약 콘스탄스에게 엄청난 자 존심이 없었더라면, 그녀는 소피아에게 에이미한테 '남아 달라'는 부 탁을 하자고 말할 준비가 되어 있었을 것이다. 그러나 콘스탄스는 그 러한 제안을 하기 이전에 먼저 현대적인 무례한 처녀를 받아들였을 것이다. 8년 동안 머물렀으며, 그 상황을 이제 막 벗어나려는 믿을 만 한 하인의 세부사항을 알려줌으로써 콘스탄스를 곤경에서 벗어나게 한 사람은 마리아 크리츨로우였다. 콘스탄스는 마리아 크리츨로우가 추천한 하인이 자신에게 딱 맞는 사람일 것이라고는 상상하지 못했지 만, 진퇴양난이었던 그녀는 하인을 만나기로 하였고, 그녀와 소피아 는 그 소녀에게 매우 만족을 하게 되었다. 그 소녀의 이름은 로즈 베 니언이었다. 문제는 에이미가 떠난 뒤 약 한 달이 지나야 로즈가 자유 로워진 다는 것이었다. 로즈는 이전 환경을 떠날 것이었지만, 새로운 숙소를 정하기 전에 맨체스터에 있는 결혼한 여동생과 2주일을 보내 고 싶다는 생각을 가지고 있었다. 콘스탄스와 소피아는 로즈의 변덕 이 매우 성가시고 불필요하다고 느꼈다. 물론 에이미에게 한 달만 더 '남아' 있어 달라고 부탁할 수도 있었다. 에이미는 이 상황을 인지하고 있었더라면 아마 자진해서 그렇게 해주었을 것이다. 그러나 그녀는 이 상황을 알고 있지 못했다. 그리고 콘스탄스는 에이미에게 신세를 지지 않기로 결심했다. 자매는 무엇을 할 수 있었겠는가? 로즈를 비롯한 모든 후보들과 인터뷰를 진행한 소피아는 로즈를 그냥 보내는 것은 중대한 실수가 될 것이라고 말했다. 게다가 그녀의 자리를 대신할 사람도 없었고, 당장 와줄 수 있는 사람도 없었다.

그 딜레마는 끔찍했다. 적어도 콘스탄스에게는 끔찍해 보였는데, 그녀는 그 어떤 정부도 이렇게 '어색하게 고정된' 적이 없다고 정말로 믿고 있었다. 그럼에도 소피아가 처음 해결책을 제안했을 때 콘스탄스는 그 제안이 완전히 불가능한 해결책이라고 생각했다. 에이미가 집을 떠나는 날 집을 잠가두고 휴양지에서 몇 주 시간을 보내자는 것이 소피아의 제안이었다. 일단, 집을 비워두겠다는 콘스탄스에게 미친 생각처럼 보였다. 이 집은 비어 있었던 적이 결코 없었다. 그리고 4월에 휴가를 가다니! 콘스탄스는 8월 한 달을 제외하면 휴가를 보낸 적이 없었다. 안 된다! 그 계획은 극복하거나 대항할 수 없는 어려움과 위험으로 가득 차 있었다. 예를 들면 이러했다. "더러운 집으로 돌아올 수 없어." 콘스탄스는 말했다. "그리고 우리가 집으로 돌아오기 전에 낯선 하인을 집에 들일 수도 없고." 그것에 대해 소피아는 이렇게 답하였다. "그럼 어떻게 할 건데?" 운명이 가져다준 끔찍한 시련에 대해 엄청난 심사숙고를 한 콘스탄스는 로즈가 오기 전까지 파출부를 고용하여 살아갈 것이라고 대답을 하였다. 그녀는 소피아에게 매기를 기억하냐고 물었다. 물론 소피아는 매기를 완벽하게 기억하고 있었다. 늙은 매기는 죽었고, 쾌활한 술고래인 홀린스조차 죽었지만, 일곱 명의 아이들을 돌보다 남는 시간에 가정부의 일을 하러 돌아다니는 젊은 매기가(벽돌공의 와이프가 된) 남아 있었다. 젊은 매기에 대해 곰곰이 생각하면 할수록, 콘스탄스는 매기가 이 상황에 어울릴 것이라고 확신했다. 콘스탄스는 젊은 매기를 믿을 수 있다고 느꼈다.

매기에 대한 신뢰의 표현은 콘스탄스가 실패를 하게 된 원인이었다. 어째서 그들은 떠나면 안 되고, 집으로 돌아오기 며칠 전에 매기를 불러서 집을 청소하고 환기를 시키도록 하지 못하는가? 이성의 무게는 콘스탄스를 짓누르고 있었다. 그녀는 마지못해 포기를 했지만, 어쨌든 포기를 한 거였다. 마침내 그녀의 마음을 바꾸게 한 것은 벅스턴에 대한 언급이었다. 그녀는 벅스턴을 알고 있었다. 벅스턴에 있던 그녀의 옛 여주인은 죽었고, 콘스탄스는 새뮤얼이 죽기 전부터 이곳을 방문하지 않고 있었다. 그럼에도 그 이름은 그녀에게 안심을 가져다주었다. 그곳의 물과 기후는 좌골신경통을 가지고 있는 사람에게 영국에서 최고로 좋다고 인정받는 곳이었다. 서서히 콘스탄스는 25일 동안 집을 폐쇄하는 이 위험한 계획에 착수하는 것을 허락하게 되었다. 그녀는 이 정보를 에이미에게 전하였고, 에이미는 깜짝 놀랐다. 그러고 나서 그녀는 가정적인 준비를 시작했다. 그녀는 새뮤얼의 가족용 성경을 갈색 포장지에 포장하였다. 밀짚 액자에 담겨 있는 그림은 서랍에 넣어 두었다. 그 그림은 시릴이 에드윈 랜시어 경의 그림을 따라 그린 것이었다. 또한 미리 해야 할 수천 가지의 일을 처리하였다. 터무니없고, 웃기는 일이었다. 하지만 그녀가 원하는 것이었다. 마차가 문 앞에 도착하고, 마차에 짐이 실리고, 개들이 사슬에 묶이고, 열쇠를 받기 위해 마리아 크리츨로우가 인도에서 기다리고 있을 때, 콘스탄스는 밖에서 열쇠를 문에 집어넣었고, 빈집을 잠갔다. 콘스탄스의 얼굴은 무수한 걱정으로 인해 비극적인 표정을 짓고 있었다. 소피아는 자신이 기적을 행했다고 느꼈다. 그녀는 정말로 기적을 일으킨 것이다.

전체적으로 자매는 인기를 끌 만한 나이는 아니었지만 호텔에서 좋은 평가를 받았다. 그들에게 내려진 평론 중에서도(자유롭고 현실적이며, 수그러들지 않는 고급 호텔의 평론이었다) 처음으로 소피아에게 내려진 평론은 그녀가 고압적인 사람이라는 것이었다. 그러나 며칠 후 이 견해는 수정되었으며, 소피아는 존경을 받게 되었다. 사실은 48시간이 지나자 소피아의 행동이 변했다는 것이었다. 러틀랜드 호텔은 매우 좋았다. 그 호텔은 너무나 좋아서, 진정으로 고급스러운 숙소는 세상에서 단 하나뿐이며, 그 독특한 숙소를 만들어낸 사람에게 경영의 기술에 대해 가르칠 수 없다는 소피아의 깊은 신념조차 깨뜨릴 정도였다. 음식은 훌륭했다. 침실의 종업원도 훌륭했다(소피아는 훌륭한 침실 종업원을 갖추는 것이 얼마나 힘든 일인지 알고 있었다). 러틀랜드의 인테리어는 펜션 프렌샵이 보여줄 수 있는 것보다 훨씬 더 호화로운 광경을 보여주었다. 안락함의 기준도 더 높았다. 투숙객들도 더 기품 있는 모습을 하고 있었다. 가격이 훨씬 더 높았다는 것도 사실이었다. 소피아는 겸손해졌다. 그녀는 자신의 관점을 조정할 만큼의 충분한 분별력을 가지고 있었다. 게다가 그녀는 다른 손님들에 의해 당연하게 여겨지고 대화의 기초로 사용되는 많은 문제들에 대해 무지하다는 것을 알게 되었다. 파리에 오랫동안 거주했다는 사실은 이 무지를 정당화시켜주지 못했다. 오히려 이상함을 심화시키는 것 같았다. 따라서 그녀가 파리에서 수년 동안 살았다는 것을 알게 된 세계적인 경험을 가진 누군가가 최근 코메디 프랑세스에서는 무슨 극을 공연하는 중이냐고 물어보면, 그녀는 거의 30년 동안 국립 극장에 가지 않았다는 것을 인정할 수밖에 없었다. 그리고 일요일, 같은 사람이 파리에 있는 영국 목사에 대해 그녀에게 질문을 했을 때, 아! 그녀는 그의 이름만 알고 있었을 뿐, 그를 한 번도 본 적이 없었다. 소피아의 삶은 어떻게 보면 콘스탄스의 삶만큼이나 편협했다. 인간성에 대한 경험은 넓었지만, 그녀는 콘스탄스만큼 깊은 틀에 박혀 있었다. 그녀는 한 가지 일에 완전히 몰두해 있었다.

암묵적인 동의하에 그녀는 여행을 책임지고 있었다. 그녀가 모든 돈을 지불하였다. 콘스탄스는 이번 여행의 높은 비용으로 인하여 여러 번 반대를 하였지만, 소피아는 성격의 힘으로 그녀를 조용하게 만들었다. 콘스탄스는 소피아보다 한 가지 유리한 점이 있었다. 그녀는 벅스턴과 그 인근 지역에 대해 잘 알고 있었다. 따라서 그녀는 지역의 풍경을 소개해 줄 수 있고, 지역의 특색을 이야기해 줄 수 있는 위치에 서 있었다. 이것을 제외한 다른 모든 면은 소피아가 지도를 하였다.

두 사람은 머지않아 그 호텔에 익숙해졌다. 그들은 터키 카펫과 조각된 천장 아래를 편하게 돌아다녔다. 그들의 눈은 금빛 거울에 비친 자신들과 느리게 움직이는 다른 위엄 있는 사람들의 모습과 많은 유화들이 만들어 내고 있는 그림 같은 풍경, 거대한 가구의 뒤에 숨어 있는 먼지, 웨이터들이 입고 있는 셔츠 앞부분의 회갈색, 긴 복도에 있는 쟁반, 신발, 통의 쓰레기들에 익숙해져 있었다. 그들의 귀는 초인종 소리와 종소리에 항상 깨어 있었다. 그들은 기압계를 보고 별다른 생각 없이 습관적으로 일일 운반대를 주문했다. 비가 오는 날에는 호텔에서 다른 사람들의 바느질감에 대해 배울 수 있다는 것을 발견하기도 하였다. 같은 투숙객들과 함께 협동 나들이를 나가기도 했다. 투숙객들을 그들의 응접실로 부르기도 하였다. 여흥거리가 있다면 그들은 그 여흥거리들을 피하지 않았다. 소피아는 적절하게 할 수 있는 것이라면 뭐든지 하기로 결심하였는데, 부분적으로는 그녀의 에너지를 발산하기 위해서였지만(파리를 떠난 이후 지금까지 쌓여 있었다) 콘스탄스를 위하는 마음이 더 많은 부분을 차지했다. 그녀는 스털링 의사가 했던 모든 말들과 그의 의견에 동의했던 그녀의 진심 어린 마음을 기억하고 있었다. 그들의 응접실에서 나이 든 부인의 수업 아래 페이션스의 요소를 배우기 시작한 좋은 날들도 있었다. 둘 다 카드 게임을 해본 적이 없었다. 콘스탄스는 카드에 손을 대는 것을 두려워했다. 마치 카드가 불의하고 위험한 것이라도 되는 것처럼 말이다. 그러나 호화로운 고급 호텔의 훌륭함은 벽 안에서 일어나는 모든 행동을 정당하게 만들어주었다. 그리고 콘스탄스는 혼자서 하는 게임 때문에 해를 입을 순 없다고 그럴듯하게 주장했다. 그녀는 약간의 적성을 가지고 몇 가지 종류의 페이션스를 알게 되었다. 그녀는 이렇게 말했다. "계속하면 즐길 수 있을 거야. 하지만 머리를 빙빙 돌게 만들긴 해."

그럼에도 불구하고 호텔에 있는 콘스탄스는 행복하지 않았다. 그녀는 빈 집에 대해 내내 걱정했다. 그녀는 곤란한 일과 심지어는 재앙까지 예상하고 있었다. 그녀는 그녀의 집에 혼자 있는 두 번째 매기를 믿을 수 있을지, 집에 더 일찍 돌아가 직접 청소에 참여하는 것이 더 좋지는 않을지, 몇 번이고 고민했다. 그녀는 소피아에게 집을 엉망으로 만드는 애로사항에 대해 말하는 것을 주저하지 않았더라면 그렇게 하기로 결심했을 것이다. 그 문제는 그녀의 마음속에 있었다, 항상. 그녀는 항상 그들이 떠나는 날을 쉼 없이 기대하고 있었다. 그녀는 성 누가 광장에 마음을 두고 왔다. 그녀는 한 번도 호텔에 묵어본 적이 없었고, 호텔을 좋아하지 않았다. 좌골신경통은 가끔 그녀를 고통스럽게 만들었다. 고통이 찾아오면 그녀는 물을 마시지 않는 지경까지 이르렀다. 그럴 때면 그녀는 물을 마셔본 적이 없고, 그것이 결코 물을 마시지 않을 이유라고 말했다. 소피아는 거의 한 달 동안 그녀를 벅스턴으로 데려왔다는 기적을 이루었지만, 그 궁극적인 효과는 광휘가 부족했다.

그러다 치명적인 편지, 콘스탄스의 어두운 우려를 증명해 주는 절망적인 편지가 도착하였다. 로즈 베니온은 성 누가 광장으로 돌아오지 않기로 결심했다는 것을 편지로 보낸 것이다. 그녀는 그로 인해 혹시 발생할 수 있는 애로사항에 대해 유감을 표했다. 그녀는 예의 발랐다. 하지만 그 어처구니없음은! 콘스탄스는 실제로 그리고 진정으로, 이것이 가장 깊은 구멍을 가지고 있는 그녀의 재앙이라고 느꼈다. 그녀는 하인도 하인에 대한 미래도 없이 더러운 집으로부터 멀리 떨어져 있었다! 그녀는 용감하고 훌륭하게 행동을 하였다. 그러나 그녀는 고통에 시달리고 있었다. 그녀는 즉시 더러운 집으로 돌아가고 싶었다.

소피아는 이 편지로 인해 생긴 상황이 자신의 최고 능력을 요구할 것이라고 느꼈고, 적절하게 대처하기로 결심했다. 콘스탄스의 건강과 행복이 엄청난 위기에 봉착해 있었기에 커다란 대책이 필요했다. 오로지 그녀 혼자서 행동해야 한다. 그녀는 시릴에게 의지할 수 없다는 것을 알고 있었다. 그녀는 여전히 시릴을 많이 편애하고 있었다. 시릴은 그녀가 알게 된 젊은 청년 중 가장 매력적인 청년이라고 생각하고 있었다. 그녀는 그가 근면하고 영리하다는 것을 알고 있었다. 그러나 그의 어머니와의 관계에 있어서는 약간의 냉담함을 곁들인 무정함이 있었다. 그녀는 '두 사람이 잘 어울리지 않는다'라고 애매하게 설명하곤 했는데, 콘스탄스의 달콤한 애정을 생각해 보면 이상한 면이 있었다. 그러나, 콘스탄스도 조금 힘들어했다. 가끔씩은 말이다. 어쨌든, 어머니와 아들이 런던에서 함께 산다는 생각은 완전히 불가능하다는 것이 분명해졌다. 결코! 콘스탄스를 그녀 자신으로부터 구원하려 한다면, 그녀를 구원할 수 있는 사람은 소피아밖에 없었다.

이 끔찍한 편지에 대한 콘스탄스의 절망적인 언급을 들으며 대부분의 반나절을 보낸 소피아는, 갑자기 개들을 산책시켜 주어야 한다고 말했다. 콘스탄스는 산책을 하고 싶다는 생각이 들지 않았고, 마차를 타고 나가지도 않을 것이었다. 그녀는 소피아가 '모험'을 떠나는 것을 원치 않았다. 하늘이 위험한 조짐을 보이고 있었기 때문이었다. 하지만 소피아는 모험을 떠났고, 잠시 후 행복한 두 마리의 개와 함께 활기찬 모습으로 점심을 먹으러 돌아왔다. 콘스탄스는 식당에서 우울하게 그녀를 기다리고 있었다. 그녀는 먹지 않았다. 그러나 소피아는 음식을 먹었고, 무한한 원천으로부터 쾌활함과 에너지를 쏟아내고 있었다. 점심 식사 후 비가 내리기 시작했다. 콘스탄스는 바로 응접실로 돌아가야 한다고 말했다. "나도 갈 거야." 여전히 모자와 코트를 입고 있는 소피아가 말했다. 손에는 장갑을 들고 있었다. 허례적이고 따분한 응접실에 도착한 그들은 난로의 양쪽에 앉았다. 콘스탄스는 어깨에 작은 숄을 두르고 있었다. 그녀는 안경을 흰머리로 밀어 올리더니,

두 손을 포개고 커다란 한숨을 내쉬었다. "오, 이런!" 그녀는 검은 실크를 입은 늙은이로, 비극적인 생각에 잠겨 있었다.

"내가 무슨 생각을 하고 있었는지 말해줄게." 소피아가 장갑을 접으며 말했다.

"뭔데?" 소피아의 활동적인 두뇌에서 훌륭한 해결책이 나오기를 기대하며 콘스탄스가 물었다.

"언니가 버슬리로 돌아가야 할 이유가 전혀 없어. 집은 도망가지 않을 거고, 집세 말고는 나가는 게 없잖아. 좀 쉬엄쉬엄 사는 게 어때?"

콘스탄스는 러틀랜드에 있는 것이 매우 혐오스럽다는 것을 소피아에 일깨워주는 어조로 말했다. "그리고 여기에 머물고?"

"아니, 여기 말고." 소피아가 빠르게 반대를 하며 말했다. "우리가 갈 수 있는 곳은 널리고 널렸어."

"마음에 여유를 가져서는 안 된다고 생각해." 콘스탄스가 말했다. "아무것도 정해지지 않은 채로, 집…."

"집이 무슨 상관인데?"

"매우 중요한 문제지." 콘스탄스가 약간 상처를 받으며 진지하게 말했다. "우리가 오랫동안 집을 비울 거라고 생각하지 않고 물건을 정리해 두었어. 안 될 거야."

"그게 어떤 해악을 끼칠 거라고는 생각이 전혀 들지 않는데, 정말로!" 소피아가 설득력 있게 말했다. "결국 먼지는 언제나 닦을 수 있으니깐 말이야. 내 생각에 언니는 더 나와 있어야 할 것 같아. 그게 언니한테 좋을 거야. 세상에서 제일 좋을 거야. 그리고 그렇게 하지 말아야 할 이유가 전혀 없어. 예를 들어 같이 해외로 나가는 건 어때? 언니랑 나랑. 분명히 언니도 매우 좋아할 거야."

"해외?" 콘스탄스는 그 제안이 심각한 위험으로부터 나왔다는 듯이 경악하며 몸을 움츠렸다.

"응." 소피아가 밝고 열정적으로 말했다. 그녀는 콘스탄스를 해외로 데려가기로 결심했다. "우리가 갈 수 있는 장소들은 매우 많고, 멋진 영국인들 사이에서 매우 편안하게 살 수 있는 장소들이 있어." 그녀는 60년대에 제럴드와 함께 방문했던 휴양지를 떠올렸다. 그곳은 그녀에게 꿈의 도시처럼 보였다. 그곳은 꿈이 다시 기억나듯 그녀에게 다가왔다.

"해외에 가는 것은 나랑 맞지 않을 것 같은데." 콘스탄스가 말했다.

"어째서? 그건 모르는 거지. 시도해본 적도 없잖아, 언니." 그녀는 격려하듯 미소를 지었다. 그러나 콘스탄스는 미소를 짓지 않았다. 콘스탄스는 암울해 하는 것 같았다.

"그냥 맞지 않을 것 같아." 그녀가 완강하게 말했다. "난 집에 머물러 있는 부류 중 한 명이야. 너와 같지 않아. 모든 게 똑같은 순 없잖아." 그녀는 그녀의 '신랄한' 어조로 대답을 하였다.

소피아는 짜증이 나는 것을 참았다. 그녀는 자신이 콘스탄스보다 더 강한 개성을 가지고 있다는 것을 알고 있었다.

"음, 그럼." 그녀는 변함없는 설득력을 가지고 말했다. "잉글랜드나 스코틀랜드. 가보고 싶은 곳이 몇 군데 있어. 토키나 턴브리지 웰즈. 난 항상 턴브리지 웰즈가 정말로 멋진 마을이고, 뛰어난 사람들과 훌륭한 기후를 가지고 있다고 알고 있었어."

"난 성 누가 광장으로 돌아갈 것 같아." 콘스탄스는 소피아가 말한 것을 무시하며 말했다. "해야 할 일이 너무나 많아."

그러자 소피아는 더욱 진지하고 단호한 태도로 콘스탄스를 바라보았다. 그러나 여전히 다정하게 그녀를 바라보았다. 마치 콘스탄스를 위한 좋은 점들을 바라보듯이 콘스탄스를 바라보았다.

"언니는 실수를 하고 있는 거야, 콘스탄스." 그녀가 말했다. "이렇게 말하게 해준다면."

"실수라고!" 콘스탄스가 깜짝 놀라 외쳤다.

"매우 큰 실수." 소피아는 자신의 발언이 효과를 발휘하고 있는 것을 확인하며 주장했다.

"내가 어떤 실수를 하고 있는 건지 모르겠는데." 콘스탄스는 그 문제를 곰곰이 생각하며 자신감을 얻은 채 말했다.

"그렇겠지." 소피아가 말했다. "어떤 실수를 하고 있는지 모르겠지. 하지만 그러고 있어. 그거 알아? 언니는 언니의 집의 노예가 되려는 경향이 있어. 집이 언니를 위해 존재하는 게 아니라, 언니가 집을 위해 존재하고 있어."

"오! 소피아!" 콘스탄스가 어색하게 투덜거렸다. "정확히 무슨 생각을 하고 있는 거야!" 신경과민 상태에 빠진 그녀는 일어나서 자수질 거리를 집은 후, 안경을 고쳐 쓰며 기침을 하였다. 그녀가 다시 자리에 앉아 그녀는 이렇게 말했다. "가사에 관한 일이라면, 나처럼 쉽게 받아들이는 사람이 없을 거야. 장담하건대, 난 수십 가지의 사소한 일들을 그냥 내버려 두었어, 그러한 것들로 나 자신을 괴롭히기보다는."

"그럼 왜 이제 와서 신경을 쓰는 거야?" 소피아가 물었다.

"집을 그런 식으로 내버려 둘 순 없어." 콘스탄스의 기분이 상했다.

"내가 이해할 수 없는 게 딱 하나 있어." 소피아가 고개를 들어 다시 콘스탄스를 바라보며 말했다. "그건 어째서 성 누가 광장에서 살고 있냐는 거야."

"어딘가에서는 살아야 하잖아. 그리고 매우 만족하고 있고."

"그 연기 속에서! 그리고 먼지들도! 집도 매우 낡았잖아."

"공원에 새로 지어진 집들보다는 훨씬 더 잘 지어졌어." 콘스탄스가 날카롭게 쏘아붙였다. 그녀는 자신도 모르게 자신의 집에 대한 비판에 분개를 하였다. 그녀는 심지어 오래되었다는 명백한 사실에 화를 내었다.

"한 가지 확실하게 말하자면, 그런 지하 부엌을 가지곤 하인을 결코 얻을 수 없을 거야." 소피아가 침착함을 유지하며 말했다.

"오! 그건 모르는 일이지! 그건 모르는 일이야! 베니온도 거절하지 않았으니까. 그런 식으로 말하는 너한테는 그렇게 보일지도 모르지, 소피아. 하지만 난 너보다 버슬리에 대해 더 잘 알아." 그녀의 태도는 다시 날카로워졌다. "그리고 우리 집이 정말 좋은 집으로 여겨지고 있다고 확신을 가지고 네게 말할 수 있어."

"오! 그렇지 않다고는 말하지 않았어. 아니라고 한 적은 없어. 하지만 멀리 떨어지는 게 좋아. 모두가 그렇게 말하고 있어."

"모두들?" 콘스탄스는 자수질 하던 것을 내려놓고는 위를 올려다보며 말했다. "누가? 누가 내 얘기를 했는데?"

"음." 소피아가 말했다. "예를 들면, 의사 선생님이라던가."

"스털링 의사? 그거 좋네! 그 사람은 항상 버슬리가 잉글랜드에서 가장 건강한 기후를 가지고 있다고 말했어. 항상 버슬리를 옹호하는 사람이야."

"스털링 의사는 언니가 멀리 떠나야 한다고 생각하고 있어. 그 어두운 집에만 있지 말고." 소피아가 그녀의 발언을 충분히 고려하고 있었더라면, '어두운'이라는 형용사는 사용하지 않았을 것이다. 그것은 그녀의 명분에 도움이 되지 않았다.

"오, 그가 그러든!" 콘스탄스는 콧방귀를 뀌었다. "그게 스털링 박사의 의견이라면, 난 내 어두운 집이 좋아."

"그가 언니에게 집에서 멀리 떠나라고 말한 적 없어?" 소피아가 고집스럽게 말했다.

"그런 말을 한 적이 있을지도 모르지." 콘스탄스가 마지못해 인정했다.

"나랑 대화할 때 그는 언급하는 것 이상으로 많은 말을 내게 해주었어. 그리고 난 그가 한 말을 언니에게 전해 줄 마음이 있고."

"해줘!" 콘스탄스가 정중하게 말했다.

"유감스럽게도 언니는 이게 얼마나 심각한 일인지 모르고 있어." 소피아가 말했다. "자신을 되돌아보지 못하고 있어." 그녀는 잠시 망설였다. '내 어두운 집'이라는 콘스탄스의 독특한 어조는 그녀의 피를 동요하게 만들었고, 그녀의 판단력은 약간 모호해져 있었다. 그녀는 자신과 의사 사이에서 일어난 대화의 거의 모든 부분을 콘스탄스에게 자세히 설명해 주기로 결심했다.

"언니의 건강에 관한 문제야." 그녀가 말을 마쳤다. "언니와 진지하게 대화를 하는 것이 내 의무라고 생각하고, 그렇게 했어. 있는 그대로 받아들였으면 좋겠어."

"오, 물론이지!" 콘스탄스가 서둘러 말했다. 그리고 그녀는 생각했다. '우리가 함께 지낸지 3달도 되지 않았는데, 소피아는 벌써 나를 자신의 손아귀에 넣으려고 하고 있어.'

침묵이 뒤따랐다. 마침내 소피아가 말했다. "언니의 좌골신경통과 심계항진이 신경 때문이라는 것은 의심의 여지가 없어. 그리고 신경이 이러한 상태에 이르도록 내버려 둔 건, 사소한 일로 걱정을 해서 그래. 변화는 언니에게 엄청난 도움이 될 거야. 언니에게 딱 필요한 게 그거라고. 정말로, 반드시 받아들여야 해, 콘스탄스. 언니가 좋아하는 일을 하고 좋아하는 곳으로 갈 수 있는 완벽한 자유가 있음에도 불구하고, 항상 성 누가 광장 같은 곳에서 산다는 생각은 너무 과하다는 것을 인정해야 해."

콘스탄스는 입술을 모으고 자수 위로 몸을 구부렸다.

"이제, 어떻게 생각해?" 소피아가 부드럽게 물었다.

"버슬리를 좋아하는 사람들이 있어, 어두운 상태 그 자체로도!" 콘스탄스가 말했다. 소피아는 언니의 목소리에서 눈물이 흘러나오는 것을 보고 놀랐다.

"콘스탄스." 그녀가 항의했다.

"소용없어!" 콘스탄스는 들고 있던 것을 내던지며 외쳤다. 그녀는 갑작스러운 눈물이 흘러내리도록 내버려 두었다. 그녀의 얼굴이 일그러졌다. 그녀는 마치 어린아이처럼 행동하고 있었다. "소용없어! 난 집으로 돌아가서 물건들을 정리할 거야. 소용없다고. 우리는 여기서 돈을 집어던지고 있어. 완전히 죄악스러워. 여행, 마차, 그 외 추가 비용! 하루에 1실링씩 개를 위해 사용하는 것. 지금 일어나고 있는 일 같은 건 들어본 적도 없어. 그리고 난 집에 더 빨리 가고 싶어. 이게 다야. 난 집에 더 빨리 가고 싶다고." 이것은 비용의 문제에 대해 오랫동안 생각하던 콘스탄스의 첫 언급이었고, 비교할 수 없을 정도로 가장 난폭했다. 이것은 소피아를 화나게 만들었다.

"언니가 내 손님으로서 이곳에 와 있다고 여기면 되지." 소피아가 거만하게 말했다. "언니가 그렇게 생각하고 있었다면야."

"오, 아냐!" 콘스탄스가 말했다. "내가 원망하고 있는 건 돈이 아니야. 그러지 않아도 돼." 그녀의 흐르는 눈물을 굵어져 있었다.

"아니, 그럴 거야." 소피아가 차갑게 말했다. "난 단지 언니를 위해 말했을 뿐이야. 난…."

"글쎄." 콘스탄스가 절망하며 그녀의 말을 가로막았다. "네가 나를 지배하려 하지 않았으면 좋겠어!"

"지배!" 소피아는 경악하며 소리를 질렀다. "글쎄, 콘스탄스, 내 생각엔…."

그녀는 일어나 개들이 갇혀 있는 침실로 갔다. 개들은 계단으로 도망쳤다. 그녀는 감정에 겨워 떨고 있었다. 이것이 다른 사람을 도우려고 한 결과였다! 콘스탄스…! 콘스탄스는 정말로 불공평했고, 평소와는 전혀 다르게 행동하고 있었다! 그리고 소피아는 부당한 고통을 받은 자신의 가슴을 격려하고 있었다. 그러나 한목소리가 그녀에게 계속 이렇게 말하고 있었다. '네가 이 일을 망쳤어. 이번엔 정복하지 못했다고. 넌 졌어. 그리고 이 상황은 너에게 아무런 가치가 없어, 너의 두 사람에게. 50대인 여자 둘이 이렇게 싸우고 있다니! 품위 없어. 네가 망친 거야.' 그리고 그녀는 이 목소리를 죽이기 위해 부당함으로 인해 고통 받은 그녀의 마음을 격려하기 위해 최선을 다했다.

'지배!'

콘스탄스는 완전히 틀렸다. 그녀는 대화를 할 생각을 전혀 하지 않았다. 그녀는 단지 고집쟁이처럼 자신의 생각을 고수했을 뿐이다! 이 통탄할 실패를 한 후에 콘스탄스와의 다음 만남은 얼마나 힘들고 고통스러울 것인가? 그녀는 깊은 생각을 하며 문을 벌컥 열었고, 콘스탄스는 앞이 보이지도 않는 것처럼 비틀거리며 침실로 향하였다. 그녀는 여전히 울고 있었다.

"소피아!" 그녀는 애원을 하듯 흐느껴 울며 소피아를 불렀다. 그녀의 뚱뚱한 몸을 떨리고 있었다. "날 죽이지 마… 난 이런 사람이야… 넌 날 바꿀 수 없어. 난 이런 사람이라고. 나도 내가 어리석다는 걸 알아. 하지만 소용없어!" 그녀는 애처로운 표정을 지었다.

소피아는 자신의 목에서 느껴지는 응어리를 인지하고 있었다.

"괜찮아, 콘스탄스. 괜찮아. 충분히 이해해. 더 이상 신경 쓰지 마."

콘스탄스는 틈틈이 숨을 고르며 지치고 젖은 고개를 들어 소피아에게 입을 맞추며 인사를 했다. 소피아는 '넌 콘스탄스를 변하게 만들 수 없어'라는 말을 떠올렸다. 그녀가 시릴을 타이를 때 사용했던 말이었다. 그리고 지금 그녀는 정확히 똑같은 이유로 죄책감을 느꼈다. 그녀가 시릴을 비난했을 때처럼 말이다! 그리고 지금, 그녀는 시릴을 비난했던 내용과 정확히 똑같은 죄를 지은 것이다! 그녀는 자기 자신에게 부끄러워했고, 콘스탄스에게도 부끄러워했다. 확실히 이 장면은 그들 또래의 여성들이 자주 겪기를 원하는 그런 광경은 아니었다. 수치스러웠다. 그녀는 이 일이 없었던 것처럼 지워졌으면 했다. 두 사람 모두 이번 일을 결코 잊지 않을 것이다. 그들은 교훈을 얻었다. 특히나 소피아는 큰 교훈을 얻었다. 교훈을 얻게 된 그들은 사람들의 축하를 받으며 러틀랜드를 떠났고, 성 누가 광장으로 돌아왔다.

소피아의 끝

1

부엌 계단은 여전히 가파르고 어둡고, 힘들었다. 콘스탄스에게 광장을 떠나라고 설득하는 데 실패한지 9년이 지난 소피아 스케일은 포셋이 들어 있는 커다란 바구니를 들고 계단을 오르고 있었다. 소피아는 그녀의 나이에도 불구하고 계단을 격렬히 올라갔고, 똑같은 격렬함으로 응접실 안으로 들어가 비어 있는 벽난로 근처의 바닥에 바구니를 내려놓았다. 그녀는 의기양양했고 숨이 가빠 있었다. 그녀는 충격을 받은 청취자의 태도로 문 옆에 서 있던 콘스탄스를 바라보았다.

"봐!" 소피아가 말했다. "그녀가 어떻게 말하는지 들었어?"

"응." 콘스탄스가 말했다. "어떻게 할 거야?"

"음." 소피아가 말했다. "즉시 이 집에서 나가라고 하고 싶은 마음이 매우 많이 들었어. 하지만 그렇게 되면 사직서를 받지 못하게 될 거라고 생각했지. 3주 후면 집에서 나갈 테니깐. 신경을 끄는 게 상책이지. 우리를 화나게 할 수 있다는 걸 알게 되면…. 하지만, 포셋을 그녀의 부드러운 자비심에 맡기지 않을 생각이야. 그 여자는 포셋을 전혀 돌봐주지 않으니깐."

소피아는 무릎을 구부리며 바구니로 다가가 개의 머리 근처에 있는 털을 옆으로 빗겨 넘긴 뒤, 피부를 살펴보았다. 포셋은 병이 들었고 그에 맞게 행동하고 있었다. 포셋 또한 9살이 되었고, 노쇠는 불쾌하게 다가왔다. 포셋은 전혀 유쾌한 대상이 아니었다.

"여기 봐." 소피아가 말했다.

콘스탄스도 바구니를 향해 무릎을 꿇었다.

"그리고 여기랑, 여기도." 소피아가 말했다.

개는 한숨을 쉬었다. 성의 없고 연민을 바라는 버릇없는 동물의 한숨이었다. 어리석게도 포셋은 이러한 호소를 통해 수의사가 자신에게 처방한 성가신 치료를 받지 않기를 바랐다. 자매들은 포셋을 껴안은 채 몸을 긁는 것을 막으며, 이 모든 것이 포셋을 위한 최선의 행동이라고 설득하는 동안 또 다른 나이 든 개가 방 안으로 멍하니 들어왔다. 스팟이었다. 스팟은 이가 거의 없었고, 다리는 뻣뻣했다. 스팟은 단 하나의 죄를 가지고 있었다. 질투였다. 포셋의 주인들의 모든 관심을 받고 있을지도 모른다는 두려움에, 스팟은 그 상황을 조사하기 위해 찾아온 것이었다. 가장 우울한 불안함이 정당했다는 것을 발견한 스팟은 콘스탄스를 향해 고집스럽게 코를 들어 올렸고, 뒤로 물러나려 하지 않았다. 콘스탄스는 마침내 스팟이 치료를 방해하고 있다고 말했지만 아무런 소용이 없었다. 소피아는 스팟에게 멀리 가라고 날카롭게 명령했지만 허사였다. 질투심으로 인해 화가 난 스팟은 이성적인 말을 들으려 하지 않았다. 스팟은 발을 바구니에 넣었다.

"어허!" 소피아가 화를 내며 외치더니, 그의 늙은 머리를 손바닥으로 때렸다. 스팟은 물려고 덤비는 듯 짖더니, 환멸을 느낀 채 세상에 싫증을 내며, 그리고 엄청난 불만을 다스리며 부엌으로 돌아갔다. "진짜로." 소피아가 말했다. "저 개는 갈수록 더 나빠지네."

콘스탄스는 아무 말도 하지 않았다. 바구니에 들어 있는 늙은 처녀를 위해 할 수 있는 모든 일이 끝나자 자매는 뻣뻣하게 일어났다. 그러더니 그들은 새로운 하인을 고용해야 할 가능성에 대해 속삭이기 시작했다. 그들은 또한 현재 동굴을 차지하고 있는 사람의 범죄적인 괴팍함을 3주나 더 견뎌야 하는지에 대해 이야기를 나누었다. 명백히 그들은 위기의 한복판에 있었다. 콘스탄스의 얼굴로 보아 운명은 그들의 저항력을 조금도 개의치 않고 상상할 수 있는 모든 비애를 그들에게 부여한 것 같았다. 그녀의 눈에는 끊임없는 걱정이 담겨 있었고, 또한 자기 방어적인 것도 들어 있었다. 소피아는 현재 동굴에서 거주하고 있는 생명체가 그녀에게 정면으로 도전이라도 한 듯 호전적인 태도를 보이고 있었고, 그녀는 그 도전을 받아들이기로 결심하였다. 소피아의 말투는 콘스탄스에 대한 비난을 암시하고 있는 것 같았다. 전반적인 긴장감은 고조되어 있었다.

그러다 갑자기 그들의 속삭임이 끝났고, 문이 열리며 하인이 저녁상을 차리기 위해 들어왔다. 그녀의 코는 높았으며 시선은 잔인하고 기쁨에 빛났으며 정복적이었다. 그녀는 예쁘고 무례한 소녀로 대략 스물세 살 정도의 소녀였다. 그녀는 자신이 늙고 병약한 여주인들을 고문하고 있다는 걸 알고 있었다. 그녀는 그것을 신경 쓰지 않았다. 일부러 그런 것이었다. 그녀의 좌우명은 이러했다. '고용주와 전쟁을 하라. 그들로부터 얻어낼 수 있는 모든 것을 얻어내라. 그들도 너에게서 모든 것을 얻어내려고 할 것이니.' 원칙적으로(그녀가 가지고 있는 유일한 원칙이었다) 그녀는 같은 장소에서 6개월 이상 머무르지 않았다. 그녀는 변화를 좋아했다. 고용주들은 변화를 좋아하지 않는다. 남자들에게는 뻔뻔하게 행동하였다. 그녀는 무엇을 먹어야 하는지 무엇을 먹지 말아야 하는지에 대한 모든 명령을 무시했다. 고용주들의 모든 자원을 이용하여 살아갔다. 그녀는 단정치 못함의 마지막 단계였다. 또는 핀처럼 단정할 수 있었다. 오늘 밤처럼 순결함과 예절을 상징하는 앞치마를 걸친 채 말이다. 아침부터 저녁까지 더러운 접시들을 모으며 하루 종일 빈둥거리기도 하였다. 이와는 반대로, 자신이 원할 때면 놀라울 정도로 민첩하고 심지어는 철저하게 일을 할 수도 있었다. 요컨대, 그녀는 소피아와 같은 주인을 화나게 만들고 콘스탄스와 같은 주인을 지치게 만들기 위해 태어난 여자였다. 투쟁에 있어 그녀가 가지고 있는 가장 큰 장점은 말다툼을 즐겼다는 것이었다. 그녀는 싸움을 매우 즐겼다. 그녀는 평화가 지루하다고 생각했다. 그녀는 두 자매에게 시대가 더 악화되었고, 세상은 예전처럼 아름답고 기분 좋은 세상이 될 수 없을 것이라고 설득하기 위한 완벽한 계산이 되어 있었다.

상을 차리고 있는 그녀의 몸짓은 아주 우아했고, 당돌한 스타일이었다. 그녀는 경멸을 하며 포크를 원래 놓아야 할 자리에 떨어뜨리며 두었다. 약간 많이 소리를 내고 있었다. 몸을 돌릴 때면 멋진 제복을 입은 군인의 이익을 위하기라도 하는 듯 그녀의 부풀어 오른 엉덩이를 움직였다.

이 집은 하인을 제외하고는 아무것도 변한 것이 없었다. 포비가 가끔 연주할 때 사용했던 하모늄은 여전히 문 뒤에 있었다. 하모늄의 위에는 베인스 부인이 열쇠를 들고 다녔던 차 통이 올려져 있었다. 벽난로의 오른쪽 구석에는 베인스 부인이 약전을 보관해 두었던 찬장이 여전히 걸려 있었다. 나머지 가구들은 베인스 부인이 죽으며 포비 부부에게 물려주었을 때와 같이 배치되어 있었다. 그중에는 엑스에 있는 집에 있던 모든 귀중한 물품들도 있었다. 그리고 평소처럼 매우 좋은 상태였다. 그 어느 때보다 좋은 상태였다. 스털링 의사는 가끔 베인스 부인의 구석용 찬장 같은 찬장을 원한다고 말하곤 했다. 하나 추가된 것도 있었다. '필'의 굽 달린 접시로, 매튜 필-스위너튼이 펜션 프렌샴의 식당에서 알아차린 접시였다. 이 장엄한 작품은 소피아가 펜션 프렌샴을 판매할 때 보존해둔 것으로, 거실의 식사 쟁반 위에 홀로 놓여 있었다. 그녀는 파리에서 몇 가지 사소한 물건들과 함께 이것을 보관하여 보냈는데, 포장 상자가 도착했을 때 그녀와 콘스탄스는 남은 인생 동안 이들을 가지고 있게 될 것이라는 걸 깨달았다. 세속적인 물건 중에서 돈, 유가증권, 옷 같은 것들을 제외하면 이 굽 달린 접시는 사실상 소피아가 가지고 있는 전부였다. 다행히 이 물건은 고풍스러운 장엄함을 가지고 있는 거실에 부끄럽지 않는 최고급 물건이었다.

콘스탄스의 끔찍한 무기력증에 굴복한 소피아는 그럼에도 불구하고 집 안에서 자신의 의지대로 행동했다. 그녀는 콘스탄스를 괴롭혀서 주거지를 현대화시키려고 했었다. 이 집에는 할 수 있는 것이 아무것도 없었다. 이 집에 홀이나 로비가 있었더라면 완전히 변할 수 있었을 것이다. 그러나 위층으로 향하는 길은 응접실을 통해서 가는 길밖에 없었다. 그러므로 응접실은 부엌으로 바꿀 수 없었고, 지하실을 막을 수 없었으며, 집의 주인들은 위층에서만 생활을 할 수 없었다. 방들의 배치는 언제나 그랬듯 그대로 유지되어야만 했다. 문 밑으로는 똑같은 찬바람이 불어왔고, 부엌 계단에는 똑같은 어두움이 있었으며, 먼 뒷마당의 상인들이 겪는 똑같은 어려움, 침실 계단의 똑같은 뒤틀림, 똑같이 끝없는 양동이의 오름 및 내림이 있었다. 이 집안에서 20세기를 나타내 주는 고정 세간은 커다랗고 널찍한 화덕을 대신하여 생긴 효율적인 요리용 난로밖에 없었다.

자매 관계의 근원에는 광장을 떠나는 것을 거부한 콘스탄스에 대한 소피아의 원한이 묻혀 있었다. 소피아는 의리가 있었다. 그녀는 의도적으로 한 손을 주면서 다른 한 손을 빼지 않을 것이며, 콘스탄스의 결정을 받아들임에 있어서 그녀는 솔직히 그 어리석음에 눈을 감아주려고 했다. 하지만 그녀는 이것을 완전히 성공할 수 없었다. 그녀는 천사 같은 콘스탄스가 광장을 떠나는 것에 있어 이상할 정도로 그리고 몹시 이기적이었다는 생각을 하지 않을 수 없었다. 그녀는 콘스탄스처럼 다정하고 침착한 기질을 가진 여성이 그렇게 커다랗고 무자비한 이기심을 가지고 있다는 것에 매우 놀랐다. 콘스탄스는 소피아가 그녀를 떠나지 않을 것이며, 광장에서의 생활은 소피아를 계속해서 짜증나게 만들 것을 알고 있던 것이 분명했다. 콘스탄스는 광장에 남아 있어야 한다는 주장을 단 한 번도 제기할 수 없었다. 그러나 그녀는 꿈쩍도 하지 않았다. 그 태도는 콘스탄스의 나머지 태도들과 매우 모순되었다. 테이블에 얌전히 앉아 있는 소피아를 보라. 예순이 되어가는 그녀의 닮고 기품 있는 얼굴의 섬세한 견고함에는 엄청난 경험들이 적혀 있었다! 그녀의 머리카락은 아직 완벽하게 백발이 되지 않았고, 몸은 굽어 있지 않았지만, 그녀가 세상을 겪어온 과정을 통해 여러분은 그녀의 성격이 확고하다기보다 더 잘 배운 사람이라고 생각했을 것이다. 하지만 그렇지 않았다! 그녀는 일관성 없는 콘스탄스에게 실망하고 상처를 받았다! 뚱뚱하며 몸이 굽은 콘스탄스를 보라. 그녀는 나이보다 더 늙어 보였으며, 머리는 거의 백발이었고, 약간 떨리는 손을 가지고 있었다! 온순함과 우호 관계의 정신, 평화에 대한 열망을 가진 저 얼굴을 보라. 여러분은 저 온순한 영혼이 항복을 함과 동시에 소피아의 인격이 주는 무게에 대해 내적으로 분노하고 있다고 생각할 수 없을 것이다. '난 소피아를 기쁘게 해주기 위해 집을 바꾸지 않을 거야.' 콘스탄스는 이렇게 생각하곤 했다. '소피아는 자신이 하고 싶은 대로 할 권리가 있다고 생각하고 있어.' 그녀가 이런 식으로 몰래 반항을 하는 경우는 많지 않았지만, 가끔 이렇게 반항을 할 때가 있었다. 두 사람은 결코 싸우지 않았다. 그들은 별거를 재앙으로 여길 것이다. 그들은 삶을 살아온 방식에 차이가 있다는 것을 감안하였고, 사물에 대한 각자의 판단에 놀라울 정도로 동의를 하였다. 그러나 그 속에 들어 있는 거주지에 대한 문제는 두 사람 사이의 완전한 조화를 불가능하게 만들고 있었다. 이것의 미묘한 효과는 두 사람의 평온을 어지럽힌 사소한 불행들을 최고가 아닌 최악의 상황으로 이어지게 만든다는 것이었다. 화가 날 때면, 소피아는 그들이 아무 이유 없이 광장에 살고 있다는 사실에 대해 깊은 생각을 하곤 했는데, 그 생각이 매우 크게 자라나 그녀를 충격에 빠트릴 때까지 생각하곤 했다. 결국 콘스탄스가 이사하기를 거부했다는 이유만으로 그들이 더럽고 추악한 공업도시의 한복판에서 살아야 한다는 믿을 수 없는 일이었다. 두 사람을 기묘하게도 화나게 만드는 또 다른 상황이 있었는데, 그것은 식사 후에 찾아오는 어지럼증에 대한 오래된 소피아의 불평이었다. 소피아는 그녀가 사랑했던 차를 마시는 것이 엄격히 금지되어 있었다.

소피아는 박탈감으로 인해 짜증을 냈고, 콘스탄스의 즐거움은 악화되어만 갔다. 혼자서 차를 마셔야 했기 때문이었다.

뻔뻔하고 예쁜 하인이 신비롭게 혼자 웃으며 음식과 식기를 식탁에 내려놓는 동안 콘스탄스와 소피아는 마치 그날 고용주와 고용자 사이의 이상적인 관계의 아름다움을 해치는 일이 아무것도 일어나지 않았다는 듯이 자연스럽게 별로 중요하지 않은 주제에 대한 대화를 하려고 했다. 그 위장은 터무니없었다. 젊은 처녀는 이것을 즉시 꿰뚫어 보았고, 그녀의 신비로운 미소는 거의 웃음이 되어 가고 있었다.

소녀가 빈 쟁반을 집어 들자 소피아가 말했다. "나갈 때 문을 닫아 줘, 모드."

"네, 부인." 모드가 공손하게 대답했다.

그녀는 밖으로 나가면서 문을 열어두었다. 그것은 순전히 젊고 악의적인 장난으로부터 나온 반항이었다. 자매는 서로를 쳐다보았다. 그들의 얼굴은 심각하게 곤란해 하고 있었고, 경악하고 있었다. 마치 문명사회의 종말을 엿보기라도 한 듯, 마치 그들이 너무나 오래 살아서 쇠퇴와 개방적인 수치심으로 가득한 시대에 도착했다는 듯이 말이다. 콘스탄스의 얼굴은 절망을 드러내고 있었지만(그녀는 친구도 돈도 없이 시궁창인 삶으로 던져진 것만 같았다) 소피아는 재앙에서 비롯된 무모한 용기를 가지고 있었다.

소피아는 벌떡 일어나 문으로 걸음을 옮겼다. "모드." 그녀가 소리쳤다.

답이 없었다. "모드, 안 들려?" 끔찍한 긴장감이었다. 여전히 아무런 답이 없었다.

소피아는 콘스탄스를 흘끗 보았다. "이 문을 닫으러 오든가 즉시 이 집을 떠나든가 둘 중 하나야. 경찰을 불러야 한다고 해도 상관없어!"

소피아는 부엌 계단 아래로 사라졌다. 콘스탄스는 고통스러운 동요로 인해 몸을 떨었다. 삶에 대한 공포가 그녀를 엄습했다. 그녀는 하층민들의 현대적 변화로 인해 생겨난 일보다 더 끔찍한 것은 없다고 상상하였다. 부엌에 도착한 소피아는 이 순간이 적어도 다음 3주 동안의 미래를 쥐고 있다는 것을 의식하고 가지고 있던 힘을 모두 끌어 모았다.

"모드." 그녀가 말했다. "내가 부르는 소릴 못 들었니?"

모드는 책으로부터 고개를 들었다. 틀림없이 사악한 책일 것이다.

"네, 부인."

'거짓말쟁이!' 소피아가 생각했다. 그러고는 이렇게 말했다. "내가 응접실의 문을 닫아 달라고 부탁을 했으니, 그렇게 해주면 고맙겠어."

모드는 소피아를 거역하기 위한 도덕적 힘을 모으기 위해 일주일 치 월급을 포기했을 것이다. 그녀를 복종하도록 강요할 수 있는 것은 아무것도 없었다. 그녀는 연약하고 약한 소피아를 짓밟을 수도 있었다. 그러나 소피아의 시선 속에 담겨 있는 무언가가 그녀를 복종하게 만들었다. 그녀는 당당한 태도를 취했다. 고개를 치켜들었다. 중얼거렸다. 쓸데없이 스팟을 괴롭혔다. 그러나 복종했다. 소피아는 모든 위험을 무릅썼고, 무언가를 이겼다.

"그리고 부엌에 있는 가스 등을 밝혀 놔야지." 모드가 소피아를 따라 올라갈 때 소피아가 당당하게 말했다. "네 어린 눈은 지금 당장은 매우 좋을지 몰라도, 그건 그 좋은 눈을 보존하는 길이 아니야. 언니랑 내가 종종 그 가스를 아까워하지 않는다고 말했잖아."

위엄과 함께 소피아는 콘스탄스에게 돌아왔고, 차가운 저녁 식사를 위해 앉았다. 모드가 문을 딸깍거리자 자매는 안도의 숨을 내쉬었다. 두 사람은 예상하지 못한 고난을 마주쳤지만, 잠시 동안의 중단이 생겨났다. 그럼에도 그들은 식사를 할 수 없었다. 음식을 삼키지도 못하는 지경에까지 이르게 되었다. 그날은 너무나 자극적이고 고통스러웠다. 그들의 지략은 한계에 다다랐다. 그리고 그들은 지략이 바닥났다는 것을 서로에게 숨기려고 하지 않았다. 포셋의 병만으로도 충분히 그들의 평온을 파괴할 수 있었다. 그러나 포셋의 병은 하인의 기발한 천함에 비하면 아무것도 아니었다. 모드는 일시적인 패배감을 느꼈고, 새로운 작전을 계획하고 있었다. 그러나 진정으로 이긴 사람은 모드였다. 가엾게도, 그들은 먹을 수도 없는 '상태'에 이르렀다!

"나는 저 여자가 내 식욕을 망칠 수 있다고 생각하게 두지 않을 거야!" 소피아가 굽히지 않고 말했다. 정말로 이 여자의 정신은 꺾을 수 없었다.

그녀는 차가운 닭을 몇 조각 잘라냈다. 토마토도 조각으로 잘라내었고, 버터를 저었다. 그녀는 천 위에 빵을 부스러뜨려 놓았고, 접시에 닭과 더러운 나이프, 포크를 문질렀다. 그러고는 닭 조각과 빵, 토마토를 넣은 휴지를 들고 위층으로 올라갔다가 잠시 후 빈손으로 다시 내려왔다. 잠시 후 벨을 울리고는 가스 등에 불을 붙였다.

"다 먹었어, 모드. 치워도 돼."

콘스탄스는 차 한 잔을 마시고 싶었다. 그녀는 차 한 잔만이 자신을 살려줄 유일한 것이라고 느꼈다. 그녀는 차를 열렬히 갈망했다. 그러나 그녀는 모드에게 차를 타오라고 하지 않을 것이다. 또한 그녀는 소피아에게도 이 사실을 언급하지 않을 것이다. 문에 대한 승리로 인해 얼굴을 붉히고 있는 소피아에게 새로운 위험을 주고 싶지 않았기 때문이다. 콘스탄스는 그저 차를 마시지 않았다. 공복인 그들은 애처롭게 서로를 도와가며 페이션스 게임을 하려고 했다. 잠자리에 들기 위해 모드가 거실을 지나치고 있을 때, 그녀는 위엄 있고 겉보기에는 차분해진 두 여성을 보았는데, 보아하니 그 두 사람은 즐거운 카드놀이에 열중을 하고 있는 듯 보였고, 세상에 대한 걱정을 하지 않는 것 같았다. 그들은 "잘 자, 모드"라고 쾌활하고 공손하며 냉담하게 말했다. 영웅적인 장면이었다. 곧이어 소피아는 포셋을 자신의 침실로 데려갔다.

2

다음날 오후, 거실에 있던 자매는 스털링 의사의 자동차가 광장을 질주하고 있는 것을 보았다. 의사의 파트너인 젊은 해롭은 몇 년 전 일흔이 넘은 나이로 세상을 떠났고, 그의 장례식은 그 어느 때보다 성대하게 진행되었다. 늙은 해롭의 시대보다 더 크게 말이다. 스털링은 두세 마리의 말 대신 차를 가지고 다녔는데, 자동차는 지역의 거리에서 항상 볼 수 있는 광경이었다.

"그가 연락을 하면 좋겠네." 포비 부인이 한숨을 쉬며 말했다.

소피아는 약간의 경멸과 함께 미소를 지었다. 그녀는 콘스탄스가 스털링 의사를 원하는 이유가 단지 그날 아침에 그들에게 일어난 커다란 재앙에 대한 것은 누군가에게 말하고 싶은 욕구 때문이라는 것을 알고 있었다. 콘스탄스는 매우 지방적인 방식으로 그 일에 완전히 빠져들어 있었다. 소피아는 버슬리에 머물기 시작했을 때, 그리고 그 이후로 한참이 지나도록 마을의 짜증나는 지방성에 결코 익숙해져서 안 된다고 생각을 하였다. 자신들의 사소한 일에 어린애같이 사로잡혀 있는 주민들 같은 것이 그 예시였다. 버슬리에서의 삶의 특징 중에서도 이 예시만큼 그녀를 짜증나게 만드는 특징은 없었다. 대도시의 사막 같은 자유를 짧은 시간 동안 미친 듯이 갈망하게 만드는 사람은 아무도 없었다. 그러나 그녀는 이것에 익숙해져 있었다. 사실, 그녀는 이것을 거의 알아차리지 못하고 있었다. 평소보다 신경이 곤두서 있을 때에만 아주 가끔 이러한 생각이 들었을 뿐이었다.

그녀는 의사의 차가 킹 스트리트에서 멈췄는지 확인하기 위해 콘스탄스의 침실로 들어갔다. 차는 그곳에서 멈췄다.

"우리 집에 왔어." 그녀가 콘스탄스에게 소리쳤다.

"소피아, 네가 내려갔으면 좋겠어." 콘스탄스가 말했다. "그 깍쟁이를 믿지 못하겠어."

그래서 소피아는 아래층으로 내려가 그 깍쟁이가 문을 여는 것을 감독했다. 의사는 평상시처럼 밝은 모습이었다. 그는 계단을 오르며 "어지럼증이 어떻게 진행되었는지 봐야 할 것 같아서요"라고 말했다. "와주셔서 기뻐요." 소피아가 비밀스럽게 말했다. 그들은 처음 알게 된 날부터 항상 비밀스러웠다. "오늘 언니를 잘 대해 주세요."

모드가 문을 닫는 순간 전보를 전달하는 소년이 찾아왔고, 스케일 부인의 앞으로 된 전보를 가져왔다. 소피아는 전보를 읽더니 손으로 구겨버렸다.

"오늘 포비 부인에게 무슨 일이라도 있나요?" 하인이 물러나자 의사가 물었다.

"언니는 단지 선생님과의 교제를 원할 뿐이에요." 소피아가 말했다. "올라가실래요? 거실의 위치를 알고 계시니까요. 전 곧 따라 올라갈게요."

그가 위층으로 올라가자마자 그녀는 소파에 앉아 창밖을 응시했다. 그러더니 투덜거리며 말했다. "어차피 아무 소용없을 텐데!" 그녀는 의사를 따라 위층으로 올라갔다. 콘스탄스는 벌써 장황한 이야기를 시작한 상태였다.

"그래요." 콘스탄스가 말하고 있었다. "오늘 아침 식사를 지켜보기 위해 아래층으로 내려갔을 때, 스팟이 너무 조용하다고 생각했어요." 그녀는 잠시 멈칫했다. "스팟은 서랍에서 죽어 있었어요. 그녀는 모르는 척했지만, 전 그 여자가 알고 있었다고 확신해요. 그녀가 작년에 구한 쥐약으로 개를 독살한 게 아니라는 확신을 들게 만들어줄 사실은 아무것도 없을 거예요. 그녀는 화가 난 거예요. 소피아가 어젯밤에 포셋에 대한 일로 인해 호되게 꾸짖었거든요. 그래서 그녀는 다른 개에게 복수를 한 거죠. 완전 그녀다운 행동이죠. 아니라고 하지 마세요! 전 알아요. 전 그녀는 즉시 내쫓아야 한다고 생각하는데, 소피아는 그렇지 않은 편이 좋다고 생각하고 있어요. 소피아 말대로 우리는 아무것도 개선할 수 없어요. 어떻게 생각하세요, 선생님?"

콘스탄스의 눈에 갑자기 눈물이 가득 고였다.

"스팟을 오랫동안 기르셨죠?" 그가 공감을 하며 물었다.

그녀는 고개를 끄덕였다. "제가 결혼했을 때." 그녀가 말했다. "남편이 제일 처음으로 한 행동은 폭스테리어를 구매한 것이었는데, 그 뒤로 우리 집에는 항상 폭스테리어가 있었어요." 이는 사실이 아니었지만 콘스탄스는 이것이 진실이라고 굳게 믿고 있었다.

"매우 힘드시겠어요." 의사가 말했다. "저도 제 에어데일이 죽었을 때가 생각나는군요. 전 그때 아내에게 다시는 개를 키우지 않겠다고 말했죠. 저와 영원을 함께할 개를 찾아 주지 않는다면 말이죠. 제 에어데일을 기억하시나요?"

"오, 물론이죠!"

"아내는 제가 조만간 또 한 마리의 개를 기르게 될 거라고 말했어요, 그리고 빠를수록 좋다고 했지요. 그녀는 곧장 올드캐슬로 가서 스패니얼 새끼를 데려왔어요. 훈련시켜야 할 것이 너무나 많아서 우리는 쿠이커혼제에 대해 생각할 시간이 없었어요."

콘스탄스는 이 절차를 다소 냉담하게 여겼고, 신랄하게 말했다. 그러더니 그녀는 스팟의 죽음에 대한 이야기를 처음부터 다시 시작했고, 그날 오후 크리슬로우의 매니저에 의해 마당에서 이루어진 스팟의 장례식까지 이야기를 끌고 나갔다. 장례식을 위하여 포석의 제거와 교체가 필요했다.

"그럼요." 스털링 의사가 말했다. "10년은 긴 시간이에요. 스팟은 늙은 개였어요. 그래도 아직 축복을 받은 포셋이 있잖아요." 그가 소피아에게 고개를 돌렸다.

"오, 그래요." 콘스탄스가 형식적으로 말했다. "포셋은 아파요. 사실 포셋이 아프지만 않았더라면, 스팟은 지금까지 건강하게 살아 있었을 거예요."

그녀의 어조는 불만을 나타내고 있었다. 그녀는 소피아가 스팟을 부엌으로 가혹하게 내쫓았다는 것을 잊을 수 없었다. 사실상 그것은 그를 죽음으로 내몬 것이었다. 그녀에게는 한때 희망을 상실했던 포셋이 계속 살아 있는 반면, 항상 건강하고 버릇 있는 스팟이 기만으로 인해 방치된 채로 죽어야 한다는 사실에 매우 힘들어하고 있는 것 같았다. 그녀는 포셋을 좋아한 적이 결코 없었다. 그녀는 스팟을 대신하여 언제나 포셋을 질투하고 있었다.

"아마도 지금까지 매우 건강하게 살아 있을 거예요!" 그녀는 독특한 억양으로 말을 반복하였다.

소피아가 이상할 정도로 침묵을 지키고 있는 것을 본 스털링 의사는 자매의 관계에 약간의 긴장감이 흐르고 있다고 생각했고, 그래서 화제를 돌렸다. 그가 가지고 있던 뛰어난 특성 중 하나는 환자가 시작한 이야기의 주제를 바꾸지 않는다는 것이었다. 전문적인 이유로 바꿔야 할 이유가 있지 않다면 말이다.

"방금 마을에서 리처드 포비를 만났어요." 그가 말했다. "한 시간 정도 후에 여러분을 태우러 올 것이라고 전해달라고 하더군요. 그는 새 차를 타고 있었는데, 저에게 팔기 위해 최선을 다했지만 성공하지 못했죠."

"딕이 정말 친절하게 행동하는군요." 콘스탄스가 말했다. "하지만 오늘 오후에는 정말로."

"그럼, 처방대로 복용해 주시면 감사하겠습니다." 의사가 말했다. "딕에게는 나가는 걸 기대하고 계신다고 전하겠습니다. 6월의 날씨가 매우 좋거든요. 비가 많이 와서 먼지 한 점 없어요. 많은 도움이 될 겁니다. 제 권한을 행사해야겠어요. 사실, 저는 부인에 대한 모든 통제력을 잃어가고 있어요. 원하시는 대로 행동하세요."

"오, 선생님, 어찌 그렇게 지나치신 말을!" 오늘 그가 사용하는 그의 말투에 별로 만족하지 못한 콘스탄스가 투덜거렸다.

의사의 말에 의하면, 벅스턴에서 소피아와 그녀 사이에 있었던 일 이후 콘스탄스는 언제나 그를 '비판적으로' 대한다고 했다. 그렇다면 소피아는 그를 배신한 셈이 되었다. 콘스탄스와 의사는 그 문제에 대해 솔직하게 이야기를 나누었고, 의사는 그녀가 자신을 '매정하게' 대한다고 유머러스하게 비난을 하였다. 그럼에도 불구하고 그들 사이에 있는 구름은 진짜였고, 결과적으로 콘스탄스는 종종 의사의 행동에 대해 약간 심술궂게 반응을 하였다.

"딕은 부인을 위한 깜짝 놀랄 만한 소식도 가지고 있어요!" 의사가 덧붙였다.

아버지의 사망과 자신의 회복 이후 딕 포비는 핸브리지에서 자전거 중개상을 하고 있었다. 그는 평생 동안 다리를 절게 되었고, 두꺼운 막대기를 들고 다녔다. 그는 자전거로 성공을 하였고, 자동차 일을 하게 되었으며, 자동차로도 성공을 하게 되었다. 사람들은 처음에 그가 다섯 마을에 자신의 가게를 광고한다는 것에 놀랐다. 그의 어머니는 주정뱅이였고, 그의 아버지는 살인마였기 때문에 딕 포비는 살아 있을 권리가 없다는 애매한 일반적인 분위기가 존재하고 있었다. 그러나 딕 포비가 시그널을 통해 할인 행사를 발표한 것을 보고 충격에서 회복된 사람들은, 딕 포비가 정상적인 부모를 둔 사람들처럼 자전거를 팔지 못할 이유가 없다고 매우 현명하게 판단하였다. 그는 이제 빠르게 부를 획득하고 있는 듯 보였다. 그는 기가 막히게 좋은 기사로, 대담하고 신중했다는 말이 돌고 있었다. 그는 몇 년 전 오후, 인근의 시골인 스니드에서 짧은 소풍을 나온 두 자매를 만난 적이 있었다. 콘스탄스는 그에게 소피아를 소개해 주었고, 그는 두 자매를 집으로 데려다주겠다고 주장을 하였다. 그들은 자신들을 보살펴주려는 그의 세심한 배려에 깊은 인상을 받았고, 자동차와 같은 새로운 것에 대한 그들의 자연스러운 편견은 즉시 사라지게 되었다. 그 후 그는 때때로 그들을 데리고 이곳저곳을 돌아다녔다. 그는 새뮤얼 포비에게 감사를 하는 마음으로 콘스탄스를 존경했다. 그리고 그는 항상 소피아에게 자동차를 더 빛나게 해주는 사람이라고 말했다.

"그의 최근 소식을 못 들으셨죠?" 의사가 미소를 지으며 물었다.

"뭔데요?" 소피아가 형식적으로 물었다.

"기구 관련 일도 하고 싶어 해요. 한 번 타 본 적이 있는 것 같아요." 콘스탄스는 입술로 비난을 하는 소리를 내었다.

"하지만, 놀랄 일도 아니죠." 의사가 다시 바닥을 보며 미소를 지었다. 그는 피아노용 의자에 앉아 매우 친절한 성격의 가면 뒤에서 이렇게 생각하고 있었다. '이 두 여자를 격려하는 일을 갈수록 더 힘들어질 테니. 연방에 대해 말해 봐야겠군.'

연방이란 다섯 개의 마을을 하나의 마을로 혼합하는 계획에 붙혀진 이름이었다. 그렇게 되면 이 마을은 왕국 내에서 12번째로 큰 마을이 될 것이다. 그 계획은 버슬리를 분노하게 만들었다. 그 제안에서 그들은 핸브리지의 지위 확대와 과거의 영광의 소멸밖에 볼 수 없었기 때문이었다. 핸브리지는 이미 5분마다 빠르게 오가는 전기 자동차의 도움으로 버슬리의 소매 거래의 3분의 2를 빼앗아갔으며(광장의 지속적인 퇴폐를 목격하고 있었다!) 버슬리는 그 모욕을 받아들인 채, 단지 핸브리지의 일부 지역이 될 마음이 없었다. 버슬리는 죽도로 싸우고 있었다. 콘스탄스와 소피아는 연방의 격렬한 반대자였다. 그들은 연방주의자들을 고문할 수도 있었을 것이다. 소피아는 비록 이 마을에서 오랜 기간 떠나 있었지만, 특유의 활기로 그 사실을 받아들였다. 그리고 스털링 의사가 자매들을 '그들 자신에게서 떼어내는' 치료를 하려 했을 때, 그는 단지 연방이라는 토끼를 잡기만 하면 될 뿐이었고, 그 사냥은 곧 시작될 것이었다. 하지만 이날 오후, 그의 계획은 소피아에게는 성공하지 못했고 콘스탄스에게는 부분적으로 성공했을 뿐이었다. 그가 오늘 밤에 공청회가 있을 것이며, 지방세 납세자인 콘스탄스는 그녀가 가지고 있는 신념이 진심이라면 그 투표에 참여해야 한다고 말을 했을 때, 콘스탄스는 투덜거림과 함께 가지 않을 생각이라고 말했다. 이 남자는 스팟이 죽었다는 사실을 잊은 것인가? 마침내 그는 근엄해졌고, 두 사람의 병세를 살핀 뒤 고개를 끄덕인 후 각 질병에 대한 깊은 생각을 하며 허공을 바라보았다. 그러고는 이번 여름휴가는 어디로 갈 생각이냐고 물어본 뒤 집을 떠나왔다.

"배웅 안 해줄 거야?" 콘스탄스가 소피아에게 속삭였다. 소피아는 거실의 문간에서 그와 악수를 나누었다. 콘스탄스의 좌골신경통 때문에 소피아는 이리저리 돌아다녀야 했다. 콘스탄스는 정말로 모든 것을 소피아에게 맡긴 채 엄청나게 무기력해져 있었다. 소피아는 고개를 저었다. 그녀는 망설이다가 손을 내밀어 구겨진 전보를 보여주었다.

"이것 봐!" 그녀가 말했다.

그녀의 얼굴은 항상 새로운 걱정과 문제를 예상하고 있는 콘스탄스를 두렵게 만들었다. 콘스탄스는 힘겹게 종이를 펴더니 그 내용을 읽었다.

'제럴드 스케일 씨는 매우 위독한 상태입니다. 맨체스터, 딘스게이트, 49번지, 볼데로.'

스털링 박사의 지루하고 불필요한 방문을 받는 동안(어째서 하필 그는 그 순간에 찾아온 것인가? 이 당시 두 사람은 전혀 아프지 않았다) 소피아는 그 전보를 손에 감춰 두었고, 그 정보는 마음에 감춰두고 있었다. 그녀는 침착한 태도를 보이며 세상을 향해 고개를 들고 있었다. 그녀는 끔찍한 폭발의 기미를 전혀 보이지 않고 있었다. 이 소식은 정말로 폭발이었다. 콘스탄스는 자신의 이해를 완전히 뛰어넘은 동생의 자제력에 몹시 놀랐다. 콘스탄스는 걱정이 끊이지 않을 것이라고 느꼈고, 끊이기는커녕 죽을 때까지 늘어나기만 할 것이라고 생각하였다. 처음에는 하인에 대한 끔찍한 걱정거리가 있었다. 그러고는 극도로 고통스러운 스팟의 죽음과 장례식이 있었다. 그리고 지금, 제럴드 스케일이 다시 나타났다! 폭력이란 무엇인가에 대한 그들의 생각의 방향이 지금 바뀌게 되었다! 하인의 사악함은 사소한 것이었고, 애완동물의 죽음은 사소한 일이었다. 제럴드 스케일의 재등장! 이것은 이름조차 붙일 수 없는 결과의 가능성을 보여주고 있었고, 그들에게는 단지 고통스러운 전망일 뿐이었다. 콘스탄스는 말문이 막혔고, 소피아 또한 말문이 막힌 것을 보았다.

물론 이 사건은 무조건 일어날 일이었다. 사람은 결코 아무런 소식도 듣지 못할 정도로 사라지지 않는다. 비밀이 밝혀질 때는 반드시 온다. 그래서 소피아는 생각했다, 지금! 그녀는 항상 제럴드의 재등장으로 인한 효과에 대해 생각하는 것을 거부해 왔다. 그녀는 그것에 대한 생각을 멀리하였고, 그와 완전히 그리고 영원히 끝났다고 확신하기로 결심한 상태였다. 그녀는 그를 잊고 있었다. 그가 그녀의 생각을 괴롭히지 않은 지 몇 년이 지나 있었다. 여러 해였다. '반드시 죽었겠지.' 그녀는 스스로를 설득했다. '그가 지금까지 살아 있으면서도 나와 한 번도 마주치지 않았다는 건 상상할 수 없어. 만약 그가 살아있고, 내가 많은 돈을 벌었다는 것을 알게 된다면, 틀림없이 나에게 찾아왔겠지. 그래, 그는 반드시 죽었을 거야.'

그런데 그는 죽지 않았다! 그 짧은 전보는 그녀를 압도적으로 놀라게 만들었다. 그녀의 삶은 차분하고, 규칙적이며 단조로웠다. 그리고 지금 그녀는 아무런 경고도 없이 갑자기 도착한 전보에 적혀 있는 다섯 글자로 인해 말할 수 없는 혼란에 빠졌다. 소피아는 이렇게 생각할 권리가 있었다. '난 내 몫의 문제를 겪었고, 내 몫보다 더 많은 문제를 겪었어!' 그녀의 삶의 끝은 시작만큼 끔찍할 것이라는 조짐을 보이고 있었다. 제럴드 스케일은 존재만으로도 그녀에게 위협적이었다. 그러나 그녀에게 가장 큰 영향을 미친 것은 이면의 너머에 있는 단순한 일격이었다. 누군가는 이 나이 든 여인의 얼굴을 강타한 운명을 비겁

한 짐승이라고 생각했을 지도 모른다. 그러나 그녀는 쓰러지지 않았다. 휘청거리긴 하였지만, 굳건히 서 있었다. 용감하고 무방비 상태인 생명체가 불량배 같은 운명에게 이렇게 학대를 당하는 것은 부끄러운 (피를 끓게 만드는 조잡하고 화려한 부끄러움이다) 일인 것 같았다.

"오, 소피아!" 콘스탄스가 신음하였다. "도대체 이게 무슨 일이야?"

소피아는 역겨워하는 분위기와 함께 입술을 오므렸다. 그녀는 그 아래 자신의 고통을 숨겼다. 그녀는 36년 동안 그를 보지 못했다. 그는 틀림없이 칠십을 넘겼을 것이며, 찌그러진 동전처럼 변했을 것이다, 의심할 여지없이 수치스럽게 생겼을 것이다! 그는 36년 동안 무엇을 하고 지낸 것인가? 그는 이제 늙고 허약한 사람이 되었다! 그는 매우 꼴불견일 것이다! 그리고 그는 두 시간도 걸리지 않는 거리인 맨체스터에 누워 있었다!

소피아의 마음속 감정이 어떻든 간에, 그 속에는 부드러움은 없었다. 충격으로부터 정신을 가다듬으면서 그녀는 두려움의 감정을 자각하고 있었다. 그녀는 미래로부터 움츠려 들었다.

"어떻게 할 거야?" 콘스탄스가 물었다. 콘스탄스는 울고 있었다.

소피아는 창밖을 힐끗 바라보며 발을 굴렀다.

"만나러 갈 거야?" 콘스탄스가 다시 물었다.

"물론이지." 소피아가 말했다. "반드시!"

그녀는 그를 만나러 간다는 생각이 싫었다. 그 생각으로 인해 움찔했다. 그녀는 가야 할 도덕적 의무가 전혀 없다고 느꼈다. 왜 그녀가 가야 하는가? 제럴드는 그녀에게 아무것도 아니었고, 그녀에 대한 어떤 권리도 없었다. 그녀는 이렇게 믿고 있었다. 그런데도 그녀는 그에게 가야 한다는 것을 알고 있었다. 그녀가 가지 않는 것은 불가능하다는 것을 알고 있었다.

"지금?" 콘스탄스가 물었다.

소피아는 고개를 끄덕였다.

"열차로 가는 건 어때? … 오, 불쌍한 소피아!" 맨체스터로 간다는 생각만으로도 콘스탄스는 정신이 나갔고, 그 일은 비교할 수 없을 정도로 복잡하고 어려운 일처럼 보였다.

"내가 같이 가줄까?"

"아니! 반드시 나 혼자 가야 해."

콘스탄스는 그녀의 말에 안심이 되었다. 그들은 하인을 집에 혼자 남겨둘 수 없었고, 예고도 준비도 없이 집을 잠가야 한다는 생각은 실행 불가능한 일처럼 콘스탄스에게 다가왔다. 두 사람은 공통된 본능을 가지고 응접실로 내려갔다.

"음, 시간표는 어떻게 되지? 시간표는?" 콘스탄스는 계단을 내려오며 중얼거렸다. 그녀는 단호하게 눈을 닦았다. "도대체 그에게 무슨 일이 일어났기에, 그를 볼데로가 있는 딘스게이트에 도달하게 만들었을까?" 그녀가 벽에 대고 혼잣말을 하고 있었다.

그들이 응접실에 도착했을 때 멋진 자동차가 문 앞으로 찾아왔고, 엔진의 고동이 사라지자 딕 포비가 절뚝거리며 운전석에서 내렸다. 얼마 지나지 않아 그는 활기차게 문을 두들겼다. 그를 피할 순 없었다. 문은 열려야만 했다. 소피아가 문을 열었다. 딕 포비는 마흔이 넘었지만 상당히 젊어 보였다. 그의 절뚝거림과 그 절뚝거림으로 인하여 뚱뚱해지고 있는 경향에도 불구하고 그는 멋진 분위기를 풍겼고, 짧고 가벼운 콧수염을 기른 그의 얼굴은 소년 같았다. 그는 항상 즐거운 모험에 빠져 있는 것 같았다.

"숙모들." 그는 소피아의 뒤에 콘스탄스가 있는 것을 알아차리고는 인사를 하였다. 그는 종종 자매를 이렇게 불렀다. "제가 오늘 찾아올 것이라는 말을 스털링 의사가 해주던가요? 어째서 준비를 하시지 않은 거죠?"

소피아는 차 안에 있는 젊은 여성을 관찰했다.

"음." 그가 그녀의 시선을 따라가며 말했다. "보시는 편이 좋을지도

모르겠군요. 내려와. 내려와, 릴리. 어차피 해야 하는 일이라고." 젊은
여자는 약간 혼란스러워하며 얼굴을 붉힌 채 그의 말을 따랐다. "이쪽
은 릴리 홀 양입니다." 그가 말을 이었다. "기억하실지 모르겠군요. 기
억 못 하실 것 같은데. 광장에 자주 오지는 않았거든요. 하지만, 물론,
그녀는 숙모들의 모습을 알아요. 숙모의 옛 이웃의 소녀예요, 앨더맨
홀! 우리는 결혼을 하기로 약속했어요, 괜찮으시다면."

콘스탄스와 소피아는 그 소식의 위로 그들의 슬픔을 적절하게 표
현할 수 없었다. 약혼한 두 사람은 안으로 들여보내진 뒤, 상호 간의
사랑이라는 거대한 영역에 들어온 것을 축하받아야만 했다. 자매들은
고통스러운 곤경에 처해 있음에도 불구하고 릴리 홀이 얼마나 멋지고
조용하며 숙녀 같은 소녀인지 알아차리지 않을 수 없었다. 그녀의 한
가지 단점이라면, 그녀가 너무 조용하다는 것이었다. 딕 포비는 형식
적인 시간을 보내자고 할 사람이 아니었고, 바로 떠날 것을 재촉했다.

"미안한데 우리는 갈 수 없어." 소피아가 말했다. "난 지금 맨체스
터에 가야 하거든. 매우 곤란한 일이 생겼어."

"맞아, 커다란 문제야." 콘스탄스가 힘없이 말했다.

딕의 얼굴이 동정적으로 어두워졌다. 두 약혼자는 그들의 행복에
대한 이기주의가 그들의 눈을 멀게 만들었다고 생각하기 시작했다. 그
들은 이 연로한 여인들이 현재 자신들이 느끼고 있는 감정, 약혼이라
는 매우 큰 기쁨을 경험한 이후로 길고 긴 세월이 흘렀다고 생각했다.

"문제라고요? 정말 유감이네요!" 딕이 말했다.

"맨체스터로 가는 열차의 시간표 좀 알려 주겠니?" 소피아가 물었다.

"아뇨." 딕이 재빨리 말했다. "전 기차보다 더 빨리 그곳에 데려다
드릴 수 있어요, 그만큼 급하시다면요. 어디로 가시는데요?"

"딘스게이트." 소피아가 더듬거렸다.

"들어보세요." 딕이 말했다. "지금 3시 30분이에요. 저랑 가시면 장
담하건대 딘스게이트에 5시 30분 전에 도착하실 수 있어요. 제가 책

임져 드릴게요."

"하지만."

"'하지만' 같은 건 없어요. 오늘 오후랑 저녁은 할 게 없으니까요."

처음에 그 제안은 터무니없어 보였다. 특히나 콘스탄스에게는 말이다. 하지만 거절하기에는 너무나 유혹적이었다. 소피아가 나갈 준비를 하는 동안 딕과 릴리 홀, 그리고 콘스탄스는 낮고 엄숙한 어조로 대화를 나누었다. 두 사람은 문제의 본질이 무엇인지 깨닫기를 바라고 있었다. 그러나 콘스탄스는 그렇게 해줄 수 없었다. 콘스탄스가 어찌 그들에게 이렇게 말하겠는가. "소피아에게는 36년 동안 보지 못한 남편이 있는데, 그는 지금 위독할 정도로 아프고, 소피아에게 전보를 보냈어.' 콘스탄스는 그럴 수 없었다. 콘스탄스는 차를 준비해오라는 명령조차 떠올릴 수 없었다.

3

딕 포비는 약속을 지켰다. 그는 5시 15분에 맨체스터의 딘스게이트 49번지 앞에 차를 세웠다. "도착했어요!" 그가 자만하지 않고 말했다. "이제 두어 시간 정도 후에 다시 돌아올게요, 그러니 해야 할 일을 하세요. 그게 무엇이 되었든 말이죠." 소피아의 뒤에 든든한 지지자가 있다고 말해주는 그는 매우 위안이 되었다.

많은 말없이 소피아는 곧장 가게로 들어갔다. 보석 가게 같기도 했고, 일반적인 할인점 같아 보이기도 했다. 옆문으로 보이는 일반적인 표지판만이 이 가게의 진정한 모습은 전당포라는 것을 보여주었다. 틸 볼데로는 다섯 개의 마을과 맨체스터 근처의 중심에서 다른 사람이나 자신에게 선물을 하고자 하는 사람들에게 중고로, 또는 명목상 중고인 은 식기류를 팔며 괜찮은 사업을 하고 있었다. 그는 찬성만 하면 무엇이든 우편으로 보내곤 했다. 그는 가끔 다섯 마을에 찾아왔는데, 몇 년 전에 콘스탄스를 만난 적이 있었다. 그들은 그때 대화를 나누었다. 그는 잠들어버린 버킨쇼의 파트너이자 고인이 된 위대하고 부유한 볼데로의 일가이자, 제럴드의 삼촌의 아들이었다. 그가 소피아가 버슬리로 돌아왔다는 사실을 알게 된 것은 콘스탄스로부터였다. 콘스탄스는 종종 소피아에게 틸 볼데로가 얼마나 우수한 사람인지에 대해 말하곤 했다.

가게는 좁고 높았다. 마치 덫에 걸린 야생 은그릇들을 보관하는 곳 같았다. 어두운 천장까지 이어지는 유리 상자에는 은제 그릇과 온갖 종류의 기구들이 갇혀 있었다. 카운터의 위쪽에는 수십 개의 금시계와 코담배갑, 에나멜, 그리고 다른 골동품들이 들어 있는 유리 감옥이 있었다. 카운터의 앞면 또한 유리로 되어 있었는데, 꽃병과 커다란 자기의 조각들이 보였다. 무거운 금테를 두른 그림이 여기저기에 걸려 있었다. 정교한 손잡이와 풍성한 술이 달려있는 우산 케이스도 있었다. 몇 개의 동상도 있었다. 고객의 쪽에서 보이는 카운터는 '개인 사무실'이라고 적힌 유리로 된 칸막이로 끝이 나고 있었다. 판매자 측의 위치에서는 닫혀 있는 커다란 금고가 보였다. 키가 큰 청년이 이 금고를 더듬고 있었다. 두 명의 여성이 유리로 된 카운터에 기댄 채 고객용 의자에 앉아 있었다. 청년은 쟁반을 든 채로 금고로부터 그들을 향해 다가왔다.

"저 고블릿은 얼마죠?" 한 여성이 부서지기 쉬운 물건들 사이로 양산을 위험하게 들어 올리며 높은 곳에 있는 많은 물건들 중 하나를 가리키며 물었다.

"저거요, 부인?"

"예."

"35 파운드입니다."

청년은 쟁반을 카운터 위에 올려 두었다. 그 쟁반 위에는 가게의 엄청난 반짝임과 희미한 빛을 더해주는 더 많은 금시계들이 가득 올려져 있었다. 그는 그 속에서 작은 시계를 골랐다.

"자, 이건 제가 추천 드리는 물건입니다." 그가 말했다. "이건 블랙번의 커스버트 버틀러가 만든 시계입니다. 5년은 찰 수 있다고 장담 드리지요." 그는 침착하고 절대적인 확신과 함께 자신이 잉글랜드은행의 공인된 대표자라도 되는 듯 말했다.

소피아에게 미치는 영향을 신비로울 정도로 진정되어 있었다. 그녀는 자신이 정직한 사람들의 사이에 있다고 느꼈다. 청년은 의아하고 공손해 하는 태도로 그녀를 향해 고개를 들었다.

"볼데로 씨를 볼 수 있을까요?" 그녀가 물었다. "스케일 부인입니다."

청년의 얼굴은 즉시 동정 어린 이해를 하는 모습을 보였다.

"네, 부인, 지금 즉시 불러오겠습니다." 그는 이렇게 말하더니 금고의 뒤쪽으로 사라졌다. 두 손님은 시계에 대해 이야기를 나누었다. 이

옥고 유리로 된 칸막이의 문이 열렸고, 뚱뚱한 중년의 남자가 모습을 드러냈다. 그는 파란색 넓은 천으로 되어 있는 옷을 입고 있었고, 깃은 젖혀져 있었으며, 작고 검은 넥타이를 매고 있었다. 그의 조끼에는 평범하지만 진한 금 시곗줄이 걸려 있었고, 그의 커프스단추는 평범한 금으로 되어 있었다. 안경은 금테로 되어 있었다. 그는 회색 머리와 수염, 콧수염을 기르고 있었고, 손등에는 연한 갈색 털이 자라 있었다. 외모는 이상할 정도로 온화하고 위엄 있으며, 자신감을 불러일으키고 있었다. 사실 그는 맨체스터에서 가장 존경받는 소매상인 중 한 명이었다.

그는 안경 너머를 유심히 바라보더니, 안경을 벗어 짧은 안경다리를 공중에 들어 올렸다. 소피아는 그에게 다가갔다.

"스케일 부인?" 그는 매우 조용하고 자애로운 목소리로 말했다. 소피아는 고개를 끄덕였다. "이쪽으로 들어오시지요." 그는 위로를 하듯이 그녀의 손을 꽉 잡고는 그녀를 내실로 안내하였다. "이렇게 일찍 오실 줄 몰랐어요." 그가 말했다. "열차 시간표를 봤는데, 어떻게 6시 전에 도착하신 건지 모르겠군요."

소피아는 설명을 해주었다. 그는 개인 사무실을 지나 그녀를 일종의 응접실 같은 곳으로 안내를 하였고, 그녀에게 앉아 달라고 말했다. 그러고는 그도 자리에 앉았다. 소피아는 기업을 매수하는 사람인 것처럼 앉아서 기다렸다.

"유감이지만 안 좋은 소식이 있습니다, 스케일 부인." 그가 여전히 온화하고 자애로운 목소리로 말했다.

"그가 죽었나요?" 소피아가 물었다.

틸 볼데로는 고개를 끄덕였다. "돌아가셨습니다. 제가 전보를 보내기 전에 돌아가셨다고 말하는 편이 낫겠군요. 모든 일이 매우 매우 갑자기 일어났습니다!" 그는 잠시 말을 멈추었다. "매우 매우 갑자기요!"

"그렇군요." 소피아가 힘없이 말했다. 그녀는 깊은 슬픔을 의식하고 있었다. 죽음으로 인한 비탄은 아니었지만, 그 비탄을 닮은 슬픔이었다. 또한 그녀는 제럴드로 인하여 틸 볼데로에게 일어났을지도 모르는 어떤 곤란한 일에 대해 책임이 있다고 느꼈다.

"예." 틸 볼데로가 의도적으로 부드럽게 말했다. "그는 어젯밤 문을 닫을 때 찾아왔어요. 이곳은 비가 엄청 많이 내렸거든요. 부인이 계셨던 곳은 어떨지 모르겠지만요. 그는 젖어 있었고, 끔찍한 상태였어요. 정말로 끔찍한 상태였죠. 물론 전 그를 알아보지 못했습니다. 제가 기억하기론 전 그를 본 적이 없기 때문이죠. 그는 1866년에 이곳을 소유했던 틸 볼데로의 아들이냐고 물어봤어요. 전 그렇다고 대답을 했죠. 음, 그가 말했어요. '당신이 제가 가지고 있는 유일한 인척이군요. 제 이름은 제럴드 스케일입니다. 나의 어머니는 당신의 아버지의 사촌이었어요. 나를 위해 무엇을 해줄 수 있나요?'라고 말했어요. 전 그가 아프다는 것을 알아차릴 수 있었죠. 전 그를 이곳으로 데려왔어요. 그가 먹지도 마시지도 못한다는 것을 알게 되었을 때에는 의사를 부르는 게 낫겠다고 생각했어요. 의사는 그를 침대로 옮겼죠. 그는 오늘 오후 1시에 세상을 떠났어요. 제 아내가 이곳에 없었기에 그를 더 잘 돌보아 줄 수 없었다는 게 유감이에요. 그녀는 사우스포트에 있고, 몸 상태가 좋지 못하거든요."

"사인이 뭐였나요?" 소피아가 짧게 물었다.

볼데로는 알 수 없다고 말했다. "탈진이겠죠." 그가 말했다.

"여기 있나요?" 소피아는 가능성이 있을 만한 침실로 시선을 올리며 물었다.

"네." 볼데로가 말했다. "보고 싶으신가요?"

"네." 소피아가 말했다.

"언니 분께서 말해주셨는데, 그를 오랫동안 보지 못하셨죠?" 볼데로가 동정하며 말했다.

"70년대 이후로 단 한 번도…." 소피아가 말했다.

"이런! 이런!" 볼데로가 말했다. "매우 슬프시겠어요, 스케일 부인. '70년대' 이후로 라니!" 그가 한숨을 쉬었다. "최대한 잘 받아들이셔야 겠어요. 전 말이 많은 편이 아니지만, 부인을 동정합니다. 정말로! 제 아내가 부인을 맞이했으면 좋았을 텐데요."

소피아의 눈에 눈물이 고였다.

"안 돼요, 안 돼!" 그가 말했다. "이제 견디셔야 해요!"

"절 울게 만드는 건 당신이에요." 소피아가 감사하며 말했다. "그를 받아들여 주시다니 매우 친절하시군요. 정말 힘드셨겠어요."

"오." 그가 항의했다. "그런 식으로 말하지 마세요. 전 볼데로를 도로에 두고 갈 수 없었고, 그 정도 나이의 노인을! … 아, 그가 그의 삼촌을 기쁘게 해주기만 했다면 그는 랭커셔에서 가장 부유한 사람 중 한 명이 되었을지도 모른다고 생각하면. 하지만 스트레인지웨이스에는 볼데로 협회가 없었으니까요!" 그가 덧붙였다.

두 사람은 잠시 침묵을 하였다.

"지금 올라가시겠어요? 아니면 잠시 기다리실 건가요?" 볼데로가 상냥하게 물었다. "원하시는 대로 하세요. 아내가 지금 없어서 죄송해요, 정말로!"

"지금 갈게요." 소피아가 단호하게 말했다. 하지만 그녀는 충격을 받고 있었다.

그는 그녀를 복도로 이어지는 짧고 어두운 계단으로 안내하였고, 복도의 끝에는 문이 살짝 열려 있었다. 그는 문을 밀어서 열었다. "잠시 시간을 드리겠습니다." 그가 말했다. 그는 계속 똑같은 차분한 어조로 말을 하였다. "제가 필요하시다면 전 아래층에 있을 겁니다." 그는 조용하고 신중하게 발걸음을 옮겼다.

소피아는 하얀 블라인드가 드리워진 방으로 들어갔다. 그녀는 자신을 떠나 주는 볼데로의 배려에 감사했다. 그녀는 떨고 있었다. 그러나 옅은 어둠 속, 하얀 시트의 아래에서 얼굴을 내밀고 있는 한 노인

735

의 얼굴을 보게 되자 그녀는 뒤로 물러났고, 몸은 더 이상 떨리지 않았다. 오히려 완전한 경직에 사로잡혔다. 이것은 그녀가 예상했던 관습적인 충격이 아니었다. 정말 예상치 못한 충격이었다. 그녀가 받아본 충격 중에서도 가장 충격적이었다. 그녀는 제럴드가 매우 늙은 남자가 되어 있을 것이라고 상상하지 못했다. 그가 늙었을 것은 알고 있었다. 그녀는 그가 칠십이 훨씬 넘은 아주 늙은 사람이 되어 있을 것이라고 생각하고 있었다. 하지만 그의 모습을 상상할 순 없었다. 침대 위의 얼굴은 고통스럽고 애처로울 정도로 늙어 있었다. 빛나던 피부는 주름으로 덮인 채 시들어 버린 얼굴이 되어 있었다! 턱의 아래로 늘어진 살갗은 마치 털을 뽑은 닭의 피부 같았다. 광대뼈는 튀어나와 있었고, 그 아래로는 에그 컵처럼 깊고 움푹 팬 곳이 있었다. 짧고 말라빠진 하얀 수염은 얼굴의 아랫부분을 덮고 있었다. 머리카락은 얼마 없고 불규칙했으며, 완전히 희었다. 귀에는 약간의 하얀 털이 자라 있었다. 다물고 있는 입은 입술이 말려 들어가 있는 걸로 보아 이빨이 없는 잇몸을 숨기고 있는 것이 분명했다. 눈꺼풀은 눈 위에 풀로 붙여놓기라도 한 듯이 아이처럼 딱 들어맞았다. 모든 피부는 극도로 창백했다. 금방이라도 부서질 것 같았다. 시트의 밑으로 윤곽을 선명하게 드러내고 있는 몸통은 매우 작고, 마르고, 줄어들어 있었다. 얼굴만큼 애처로워 보였다. 그리고 얼굴에는 비극적이고 극심한 탈진으로 인한 최후의 피로가 전반적으로 표현되어 있었다. 피로와 탈진 같은 것들이 죽음으로 인하여 누그러졌다는 것과 같은 생각들은 소피아를 기쁘게 만들어 주었다. '오! 얼마나 피곤했을까!' 줄곧 이렇게 끔찍하게 생각하고 있는 동안 말이다.

이윽고 소피아는 어떠한 도덕적 또는 종교적 성질에도 물들지 않은 순수하고 원시적인 감정을 경험했다. 제럴드가 자신의 인생을 헛되이 보냈다는 사실, 그리고 그가 그의 인생과 그녀의 인생에 있어서 수치스러운 존재라는 사실에 그녀는 유감을 표하지 않았다. 그가 살아온 삶의 방식은 중요하지 않았다. 그녀에게 영향을 끼친 것은 그가 한때는 젊은 사람이었고, 나이가 들었으며, 지금은 죽었다는 것이었다. 그게 다였다. 젊음과 활력은 이 끝에 다다른 것이다. 젊음과 활력은 항상 이 끝에 도달한다. 모든 것이 그렇게 된다. 그는 그녀를 냉대했다. 그녀를 버렸다. 그는 사악한 악당이었다. 하지만 그에 대한 비난은 얼마나 사소한가! 그에 대한 그녀의 크고 쓰라린 모든 불만들이 산산조각이 나 무너졌다. 그녀는 그의 젊고 자랑스럽고, 강인한 모습을 떠올렸다. 1866년 런던의 호텔(그녀는 호텔의 이름을 까먹었다) 침대에 누워 그녀에게 키스했을 때와 같은 모습을 말이다. 그러나 지금, 그는 늙었고, 낡았고, 끔찍했으며 죽어 있었다. 그녀는 곤혹스럽게 하고 기진맥진하게 만드는 것은 삶의 수수께끼였다. 침대 근처의 옷장 거울에 비친 그녀의 눈 한구석에서 그녀는 키가 크고 외로운 여성을 보았다. 한때는 젊었지만, 지금은 늙어버린 사람이었다. 한때는 힘이 넘쳐나 의기양양하고, 자랑스럽게 상황의 목덜미를 밟았지만, 지금은 늙어버린 사람이었다. 그와 그녀는 한때 젊음의 찬란하고 경멸적인 자부심 속에서 사랑을 했고, 타올랐으며, 다툼을 하였다. 그러나 시간은 그들을 닳고 해지게 만들었다. '하지만 조금만 지나면.' 그녀는 생각했다. '나도 저렇게 침대에 누워 있겠지! 난 무엇을 위해 살아왔을까? 인생은 무슨 의미를 가지고 있는 것일까?' 삶의 수수께끼는 그녀를 죽이고 있었고, 그녀는 표현할 수 없는 슬픔의 바다에서 익사를 하고 있는 것 같았다.

그녀의 기억은 지난 몇 년 동안 절망적으로 방황하였다. 그녀는 시라크의 애석한 미소를 볼 수 있었다. 그녀는 그가 파리 북역의 지붕 위에 있는 기구의 끝부분에서 격렬하게 움직이는 것을 보았다. 늙은 니엡스를 보았다. 그의 음란한 팔이 그녀를 감싸고 있는 것을 느낄 수 있었다. 그녀는 그때 니엡스가 그랬던 것처럼 늙어 있었다. 지금 그녀가 성욕을 불러일으킬 수 있을까? 아! 이렇게 아이러니한 질문이라니! 젊고 매력적인 것, 남자의 눈에 불을 붙일 수 있는 것, 이것만이 그녀가 유일하게 바라고 있는 것 같았다. 한때는 그랬었다! … 니엡스는 분명히 몇 년 전에 죽었을 것이다. 완고하고 주색을 탐하는 사람인 니엡스는 이제 관 속에 남아 있는 뼈 몇 개에 지나지 않았다!

그녀는 괴로움에 대해 잘 알고 있었다. 그녀가 이전에 겪었던 모든 고통은 하찮은 것이 되어 이 괴로움의 옆에 보잘것없이 가라앉았다. 그녀는 가려져 있는 창문으로 몸을 돌려 한가롭게 블라인드를 당긴 뒤, 밖을 내다보았다. 거대한 빨간색과 노란색의 자동차들이 딘스게이트를 따라 커다란 소리를 내며 헤엄쳐 다니고 있었다. 대형 트럭들은 덜컹거리며 흔들거리고 있었다. 맨체스터의 사람들은 모든 행동이 헛된 것이라는 것을 의식하지 못한 듯 포장도로를 서둘러 걸어가고 있었다. 어제는 그도 딘스게이트에 있었다. 삶을 갈망하며 죽음이라는 개념을 증오하면서! 그의 그러한 모습은 얼마나 엄청난 장관을 만들어 냈을지! 그녀의 마음은 그를 불쌍히 여겼다. 그녀는 블라인드를 내렸다.

'내 삶은 너무 끔찍했어!' 그녀는 생각했다. '죽었으면 좋았을 텐데. 난 너무 많은 일을 겪었어. 너무나 끔찍하고, 견디지 못하겠어. 죽고 싶지는 않지만, 내가 죽은 사람이었으면 좋겠어.'

문을 조심스레 두드리는 소리가 들려왔다.

"들어오세요." 그녀가 침착하고 체념한 유쾌한 목소리로 말했다. 그 소리는 인간의 자존심이라는 정복할 수 없는 존엄성에 대한 기적을 재빠르게 그녀에게 상기시켜 주었다. 틸 볼데로가 안으로 들어왔다.

"아래층으로 내려오셔서, 차라도 한잔하셨으면 합니다." 그가 말했다. 그는 경이로울 정도로 눈치 있고 선한 본성을 가진 남자였다. "불행히도 아내는 여기 없고, 집은 다소 난잡한 상태지만, 차를 준비해 두었습니다."

그녀는 그를 따라 아래층의 응접실로 향하였다. 그는 차를 한 잔

따라 주었다.

"잊고 있었네요." 그녀가 말했다. "차를 마시는 것을 금지 당했어요. 차를 마셔서는 안 돼요."

그녀는 엄청난 유혹에 빠져 컵을 바라보았다. 그녀는 차를 갈망했다. 가끔씩 위반을 한다고 해도 그녀에게 악영향은 없을 것이다. 하지만 그녀는 차를 마시지 않았다!

"그럼 뭘 드릴까요?"

"우유와 물이면 돼요." 그녀가 온순하게 말했다.

볼데로는 세면대에 컵을 비우고는 다시 컵을 채우기 시작했다.

"그가 다른 말은 안 하던가요?" 그녀는 긴 침묵 후에 물었다.

"아무 말도요." 볼데로가 낮고 위로하는 듯한 어조로 말했다. "그가 리버풀에서 왔다는 것 외에는 아무 말도 하지 않았습니다. 그의 신발 상태를 미루어 볼 때 꽤 많은 걸어온 것 같더군요."

"그 나이에!" 소피아가 감정적으로 변하며 중얼거렸다.

"네." 볼데로가 숨을 내쉬었다. "매우 궁핍했던 게 틀림없어요. 그는 거의 말을 하지 못하는 상태였거든요. 그나저나, 여기 그의 옷이 있습니다. 제가 따로 빼두었습니다."

소피아는 의자 위에 있는 작은 옷더미를 보았다. 그녀는 여전히 축축한 옷을 살펴보았고, 그 옷의 통탄할만한 초라함은 그녀를 고통스럽게 했다. 아마포 칼라는 거의 검은색이었고, 뼈가 박혀 있었다. 신발은 부랑자들이 신을 만한 신발이었다. 그녀는 울고 있었다. 이 옷들은 한때 일주일에 50파운드를 사용하며 멋지게 살아온 그의 옷이었다.

"물론, 짐이나 다른 것들도 없겠죠?" 그녀가 중얼거렸다.

"네." 볼데로가 말했다. "그의 주머니 안에는 이것 외에는 아무것도 없었습니다."

그는 벽난로로 향하여 값싸고 금이 간 편지 상자를 집어 들었다. 소피아는 그것을 열어 보았다. 그 안에는 명함과('세뇨리타 클레멘시아 보르자'라고 적혀 있었다) 콘세피온 델 우루과이에 있는 호텔 홀리 스피릿의 청구서의 서두가 들어 있었다. 청구서의 뒷면에는 수많은 인물들이 휘갈겨 쓰여 있었다.

"누군가 이걸 보면." 볼데로가 말했다. "그가 남미에서 왔다고 생각 할지도 모르겠군요."

"이것 말고는 아무것도 없나요?"

"아무것도요."

제럴드의 영혼은 급히 날아가는 동안 많은 것을 남겨두지 않았다. 한 하인이 스케일 부인의 친구들이 밖에 있는 자동차의 안에서 그녀 를 기다리고 있다고 말했다. 소피아는 걱정이 가득한 얼굴로 틸 볼데 로를 바라보았다.

"오늘 밤에 그들과 같이 돌아가지 못할 것이라고는 조금도 예상하 지 못하는 것이 분명하군요!" 그녀가 말했다. "그리고 해야 할 일이 얼 마나 많은지도!"

볼데로의 친절함은 더욱 늘어났다. "그를 위해 해줄 수 있는 것은 이제 아무것도 없어요." 그가 말했다. "장례식에 대해 바라는 점이 있 으면 말해주세요. 제가 다 준비해 두겠습니다. 오늘 밤에는 언니 분에 게 돌아가세요. 언니 분도 부인만큼 긴장하고 있을 테니까요. 그리고 내일이나 내일모레 돌아오세요. 분명! 아무 문제없을 겁니다, 장담합 니다!"

그녀는 그의 말에 항복을 하였다. 그리하여 소피아가 볼데로의 관 리 하에 음식을 조금 먹었고, 전당포가 닫힌 여덟 시쯤, 자동차는 다 시 버슬리로 향하였다. 릴리 홀은 연인의 옆자리에 앉아 있었고, 소피 아는 뒷좌석에 혼자 앉아 있었다. 소피아는 그들에게 자신의 일에 대 해 아무 말도 하지 않았다. 그녀는 그들과 대화할 능력이 없었다. 그 들은 그녀의 정신이 심각할 정도로 장애 상태에 빠져 있는 것을 보았 다. 차의 소음을 틈타 릴리는 딕에게 스케일 부인이 아픈 것이 틀림없

다고 말하였고, 딕은 그녀의 입을 모으게 만들며 늦어도 9시 30분에는
킹 스트리트에 도착해야 한다고 말했다. 릴리는 이따금씩 슬쩍 소피
아를 쳐다보기도 했다. 걱정스러운 점검의 눈길, 또는 조용히 그녀에
게 미소를 지어 보였다. 소피아는 그 미소에 애매하게 반응을 하였다.

30분 만에 그들은 맨체스터를 빠져나와 세련되고 평평하며 구불
구불한 체셔의 도로에 도착했다. 계절은 밤이 존재하지 않는 계절이
었다. 오직 낮과 황혼만 존재하고, 황혼의 마지막 은빛이 완강하게
남아 있는 것을 몇 시간 동안 볼 수 있는 계절이었다. 그리고 탁 트인
시골, 우울한 저녁의 지붕 아래, 세상의 슬픔은 다시금 소피아를 사
로잡은 듯 보였다. 그제야 그녀는 자신이 겪고 있는 시련의 강렬함을
깨달았다.

딕이 차의 등을 켜자마자 콩글턴의 남쪽을 향하고 있는 타이어 중
하나는 물렁해졌다. 그는 차를 세운 뒤, 차에서 내렸다. 그곳은 가장
가까운 마을인 애스트베리에서 2마일 떨어진 곳이었다. 그가 상황을
받아들이며 공구 가방을 잡으려고 할 때 릴리가 소리쳤다. "이 분은 잠
든 거야, 뭐야?" 소피아는 자고 있지 않았지만, 분명히 의식이 없었다.

두 연인에게는 어렵고 힘든 상황이었다. 그들의 목소리는 순간적
으로 불안과 실망의 어조로 바뀌더니, 다시 원래대로 돌아왔다. 소피
아는 살아 있다는 것을 보여주었지만 생각을 하고 있지 않았다. 릴리
는 불쌍한 늙은 여인의 마음을 느낄 수 있었다.

"음, 할 수 있는 게 아무것도 없군!" 바퀴를 일으키기 위한 모든 노
력이 실패로 돌아가자 딕이 짧게 말했다.

"어떻게 할 거야?"

"타이어 세 개로 최대한 빨리 집으로 돌아가야지. 숙모를 이쪽으로
옮겨야 돼, 그리고 당신이 꽉 잡아 줘야 하고. 그렇게 하면 반대편의
무게를 줄일 수 있을 거야."

그는 공구 가방을 차 안으로 집어넣었다. 릴리는 그의 결정에 감탄

했다. 그들은 밤 풍경의 변화하는 아름다움이 주는 마법이 아니라 이 순서에 의해 여행을 마쳤다. 콘스탄스는 차가 킹 스트리트의 어둠 속에 멈추기도 전에 문을 열었다. 두 젊은이는 그녀가 충격을 꽤 잘 견뎌냈다고 여겼다. 비록, 쓸쓸하게 엉망이 되어 있는 모자를 쓴 채 기력 없이 몸을 떨고 있는 소피아를 집으로 데려오는 것은 콘스탄스보다 더 견고한 영혼들을 괴롭히는 광경이었지만 말이다.

소피아를 집으로 데려오는 일이 끝나자 딕은 간결하게 말했다. "가야겠어, 물론 당신은 여기 있어."

"어디 가는데?" 릴리가 물었다.

"의사!" 딕이 계단을 절뚝거리며 재빨리 내려가 말했다.

4

이번 사건의 이례적인 난폭함은 무엇보다도 콘스탄스를 놀라게 하였지만, 콘스탄스를 압도하지는 않았다. 불과 12시간 전만 해도(아니, 거의 6시간 전이었다) 그녀와 소피아는 평온하고 단조로운 삶을 살고 있었다. 가벼운 병이나 개들의 죽음 또는 하인의 괴팍함보다 더 그들을 괴롭히는 것은 없었다. 그러나 지금, 다시 나타난 위협적인 제럴드 스케일로 인해 소피아의 몸은 비밀스럽고 공포에 질린 채로 소파에 놓여 있었다. 그리고 이날까지 만나보지 못했던 릴리 홀과 콘스탄스는 소피아를 나란히 쳐다보며 똑같은 불안함을 공유하고 있었다. 콘스탄스는 위기에 봉착했다. 그녀는 의지할 수 있는 소피아의 에너지와 독단적인 결정력을 더 이상 가지고 있지 않았고, 그녀의 안에 있던 베인스 가문의 특성은 눈을 떴다. 그녀가 매일 하던 고민은 중요하지 않은 적정한 수준이 되었다. 젊은 여자도 늙은 여자도 어떻게 해야 할지 몰랐다. 그저 그들은 소피아의 옷을 느슨하게 해주고, 상처 입은 입에 회복제를 발라주었다. 그것이 전부였다. 소피아의 눈으로 보아 그녀는 의식을 잃은 것은 아니었다. 그러나 그녀는 말을 할 수도 어떠한 사인을 보낼 수도 없었다. 그녀의 몸은 자주 경련을 일으켰다. 그래서 두 여자는 기다렸고, 하인은 그들의 뒤에서 기다렸다. 소피아의 모습은 모드의 놀라운 변화를 가져왔다. 모드는 변한 소녀였다. 콘스탄스는 도움이 되고자 하는 그녀의 공손한 불안 속에서 깍쟁이의 당돌한 장난스러움을 발견하지 못했다. 음란하게 노는 중년이 어떠한 기적적인 방문으로 인해 바뀌듯 그녀는 바뀌었다. 어쩌면 이것은 모드의 삶의 전환점이었을지도 모른다!

스털링 의사는 10분도 안 돼서 도착했다. 딕 포비는 시청에서 열린 연방 회의에서 그를 찾을 만한 재치가 있었다. 위험할 정도로 빠르고 시끄럽게 차를 운전해 가는 의사와 딕의 모습은 두 번째 센세이션을 일으켰다. 의사는 무슨 일이 일어난 것인지 재빨리 물었다. 아무도 그에게 아무것도 말할 수 없었다. 콘스탄스는 벌써 릴리 홀에게 맨체스터를 방문했던 이유를 털어놓았다. 하지만 그것이 그녀가 아는 전부였다. 버슬리에서는 소피아를 제외하고 단 한 명도 맨체스터에서 무슨 일이 일어났는지 알지 못했다. 하지만 콘스탄스는 제럴드 스케일이 죽었다고 추측했다. 그렇지 않았더라면 소피아가 이렇게 빨리 돌아오지 않았을 것이다. 그러자 의사는 반대로 제럴드 스케일이 위독한 상황에서 벗어났을 수도 있다고 말했다. 그러자 모든 사람들이 이 골치 아픈 제럴드 스케일, 이렇게 격렬한 대변동을 일으킨 어둡고 사악한 남편인 그를 떠올렸다.

그러는 동안 의사는 자신의 일을 하고 있었다. 그는 딕 포비를 크리즐로우의 가게로 보내면서 닫혀 있는지 확인하고, 약을 얻어 오라고 말했다. 그러더니 잠시 후, 그는 어깨에 묶여 있는 보따리처럼 소피아를 있는 그대로 들어 올린 뒤, 혼자서 그녀를 2층으로 옮겼다. 그는 최근 버슬리에 있는 세인트 존 구급차 협회에 열렬한 관심을 보내고 있는 사람들에게 강의를 해주고 있었다. 그의 뛰어난 솜씨는 초인적인 분위기를 띄고 있었다. 무엇보다도 그 장면은 콘스탄스의 뇌리에 남았다. 건장한 의사는 구부러지고 삐걱거리는 계단을 정교하고 조심스럽게 올라갔고, 부주의한 접촉으로 인해 소피아가 다치지 않도록 주의를 하였으며, 복도의 중간에 있는 두 개의 계단에서 비틀거렸다. 소피아의 머리를 축 늘어져 있었고, 머리는 다 풀려 있었다. 그리고 그녀를 침대에 부드럽게 눕히는 모습, 가스 등의 강한 빛과 그림자의 아래에서 긴 숨을 내쉬고 있는 그와 그의 커다란 손수건! 의사는 몹시 놀라 어쩔 줄 몰라 하고 있었다. 콘스탄스는 소피아로부터 들은 파리에서의 먼저 일어난 발작에 대해 간접적인 설명을 해주었다. 그는 즉시 프랑스 의사가 말한 것이 틀릴 수도 있다고 말했다. 콘스탄스는 어깨를 으쓱했다. 그녀는 놀라지 않았다. 그녀에게 프랑스 의사는 사기꾼 같은 무언가가 있었다. 그녀는 단지 소피아가 말해준 것밖에 모른다고 말했다. 얼마 후 스털링 의사는 전기 치료요법을 시도해보기로 결정하였고, 딕은 그의 기구가 있는 진료소까지 그를 데려다주었다. 여자들은 다시 혼자 남겨졌다. 콘스탄스는 릴리 홀의 분별력 있고, 동정적인 태도에 깊은 인상을 받았다. "릴리 양이 없었더라면 난 뭘 해야 할지 몰랐을 거야!" 그녀는 이후에 이렇게 말하곤 했다. 심지어 모드조차도 칭찬을 아끼지 않았다. 스털링 의사가 돌아온 것은 한밤중처럼 느껴졌지만, 실제론 이제 겨우 11시가 되었고, 핸브리지 극장과 핸브리지 뮤직홀에 있던 사람들은 이제 막 집으로 돌아가고 있었을 뿐이었다. 전기 장치를 사용하는 장면은 정말 눈 뜨고 볼 수 없는 광경이었다. 전기 치료를 받는 소피아의 무기력함은 고통스러워하고 있었다. 그들은 숨을 죽인 채로 결과를 기다렸다. 그러나 아무런 결과도 없었다. 주사와 전기 모두 소피아의 입과 목에 일어난 마비에는 전혀 영향을 끼치지 못했다. 모든 것이 실패했다. "조금 기다리는 것 외에는 할 수 있는 게 없군요!" 의사가 조용히 말했다. 그들은 그 방에서 기다렸다. 소피아는 혼수상태에 빠진 것 같았다. 그녀의 예쁜 얼굴에 나타난 일그러짐은 시간이 지날수록 더 뚜렷해졌다. 의사는 이따금 낮은 목소리로 말했다. 그는 이번 발작의 근본적인 원인은 자동차의 빠른 움직임으로 인해 생성된 추위로 인한 것이라고 말했다. 딕 포비는 자신이 핸브리지로 달려가서 릴리의 부모에게 그녀를 걱정해야 할 일이 전혀 없다고 전하고, 즉시 돌아오겠다고 속삭였다. 그는 매우 헌신적이었다. 침실의 밖에 도착했을 때 의사가 그에게 중얼거렸다. "끝났어." 딕이 고개를 끄덕였다. 그들은 친한 친구였다.

자신이 언제 쓰러질지 알 수 없었던 의사는 때때로 소피아의 병을 다루는 새로운 방법에 대해 말을 하였다. 새로운 증상이 이어졌다. 환자를 오랫동안 유심히 지켜보다가 그녀의 입과 심장을 검사해 본 것은 열두 시 반이었다. 그는 천천히 일어나더니 콘스탄스를 바라보았다.

"끝인가요?" 콘스탄스가 물었다.

그는 머리를 아주 살짝 움직였다. "아래층으로 내려와 주세요." 그가 말했다. 그는 잠시 멈추었다가 그녀를 따라갔다. 콘스탄스는 놀라울 정도로 용감했다. 의사는 매우 엄숙하고 매우 친절했다. 콘스탄스는 그가 이렇게 영웅적인 면모를 보이는 것을 한 번도 본 적이 없었다. 그는 끝없는 부드러움으로 그녀를 데리고 방에서 나왔다. 더 이상 머무를 이유가 없었다. 소피아는 이미 떠나고 없었다. 콘스탄스는 소피아의 시체 곁에 머무르기를 원했다. 하지만 죽은 자를 멀리해야 한다는 규칙이 있었고, 의사는 이 고전적인 규칙을 지키기로 하였다. 콘스탄스는 그가 옳다고 느꼈고, 그의 말을 반드시 따라야 한다고 생각했다. 릴리 홀이 뒤따라 왔다. 원시적인 본성의 직관력으로 진실을 알게 된 하인은 갑자기 큰 소리로 흐느껴 울며, 소피아는 자신이 모셔온 사람 중 가장 훌륭한 주인이었다고 말했다. 의사는 화가 나서 그녀에게 그곳에서 울부짖으며 서 있지 말라고 했으며, 자신을 자제할 수 없으면 부엌에 가서 문을 닫고 있으라고 말했다. 그의 누적되어 있던 신경의 동요는 뇌성처럼 모드에게 방출되었다. 콘스탄스는 지속적으로 훌륭하게 행동하고 있었다. 그녀는 의사와 릴리 홀의 감탄을 불러일으켰다. 이윽고 딕 포비가 돌아왔다. 릴리가 콘스탄스의 집에서 하룻밤을 보내기로 결정되었다. 마침내 의사와 딕이 함께 떠났고, 의사는 영안실의 준비를 담당하기로 했다. 모드는 잠에 들어 있었다.

이른 아침, 콘스탄스는 침대에서 일어났다. 다섯 시였는데, 벌써 두 시간째 해가 떠 있었다. 그녀는 소리 없이 움직이며 침대 발치의 너머로 소파 쪽을 바라보았다. 릴리는 그곳에서 아이처럼 부드럽게 숨을 쉬며 조용히 잠들어 있었다. 릴리는 자신이 인생의 많은 것을 본 성숙한 여자라고 생각했을 것이다. 하지만 콘스탄스에게 그녀의 얼굴과 태도는 어린아이의 아름다운 기질을 가지고 있었다. 정확히 말하면 그녀는 예쁜 소녀는 아니었지만, 그녀의 이목구비, 솔직하게 드러내는 성격은 아름다움과 유사한 인상을 주었다. 그녀의 포기는 완벽했다. 그녀는 아무런 상처를 받지 않은 채 밤을 보냈고, 지금은 차분하고 몽롱한 잠 속에서 자신을 회복하고 있었다. 그녀의 순진한 소녀다움이 명백하게 드러나고 있는 순간이었다. 마치 그날 저녁 그녀의 현명하고 상냥한 행동은 그저 모방적인 행동일 뿐인 것 같았다. 이렇게 젊고 신선한 존재가 그녀의 행동이 나타내고 있던 분위기를 정말로 경험한 적이 있다는 것은 불가능해 보였다. 그녀의 강인한 처녀 적 순박함은 콘스탄스를 어렴풋이 슬프게 만들었다.

방에서 조용히 나온 콘스탄스는 가운을 입은 채로 다른 방으로 들어갔다. 그녀는 소피아의 시신을 다시 봐야만 했다. 믿을 수 없을 정도로 빠르게 다가온 재앙이었다! 누가 이것을 예측할 수 있었을까? 콘스탄스는 멍해졌다기보다 쓸쓸했다. 그녀는 아직 사별의 가장자리만을 만지고 있었다. 그녀는 자기 자신에 대해 생각하기 시작한 것이 아니었다. 소피아의 시체를 바라보고 있는 그녀는 자신에 대한 연민이 아니라 여동생의 인생에 다가온 엄청난 재앙에 대한 동정으로 가득 차 있었다. 그녀는 처음으로 그 재앙의 거대함을 완전히 알아차렸다. 소피아의 매력과 소피아의 아름다움, 이러한 것들은 주인에게 어떠한 이익을 제공했을까? 그녀는 소피아의 생애를 생각해 보았다. 그녀의 마음에는 소피아가 직접 말해준 진귀하고 압축된 이야기로 인해 왜곡되고 기괴한 이미지들이 그녀의 편협한 마음에 떠올랐다. 얼마나 화려한 생애인가! 잠깐의 열정, 그리고 약 30년이라는 하숙집의 생활! 소피아는 아이를 가진 적이 없었다. 어머니가 된다는 기쁨이나 고통을 전혀 알지 못했다. 무익한 장관들 속에서 살던 그녀는 버슬리에 오기 전까지 진정한 집을 가진 적이 없었다. 그리고 그녀는 죽었다, 이렇게! 이는 소피아의 몸과 영혼에 주어진 놀라운 선물의 애처롭고 수

치스러운 결말이었다. 그녀의 인생은 전혀 인생이 아니었다. 그 이유
는? 엄격한 사람의 도덕, 콘스탄스가 엄한 부모 밑에서 키어온 도덕의
가혹한 일반화를 정당화하는 것을 운명이 고집부리고 있다는 것은 이
상했다! 소피아는 죄를 지었다. 그러므로 그녀가 고통을 받아야 하는
것은 불가피했다. 사악하고 변덕스러운 자존심에 빠져 그녀가 제럴드
스케일과 함께 벌인 모험은 이미 내려진 결론과는 다른 결론을 만들
어낼 수 없었다. 오로지 악한 것만 불러올 수 있었다. 콘스탄스는 이
러한 진리로부터 벗어날 수 없다고 생각했다. 그리고 그녀는 현대의
모든 진보와 지능이 헛된 것이며, 세상은 제자리로 돌아가 떠나온 길
을 다시 출발해야 한다고 핑계를 대었다.

그녀가 죽은 지 며칠 지나지 않아 사람들은 스케일 부인이 젊어 보
였고, 밝고 활기차 보였다는 말을 하지 않게 되었다. 정말로, 소피아
를 멀리서 바라본다면(그 타원형의 아름다운 얼굴, 꼿꼿하게 서 있는
몸, 매력적인 눈) 아무도 그녀가 60대라고 말하지 않을 것이다. 그러
나 지금 그녀의 모습을 보라, 일그러진 얼굴, 초점을 잃은 눈동자, 닳
은 피부, 그녀는 예순이 아니라 칠순처럼 보였다! 그녀는 마치 낡고
고갈되고 버려진 무언가 같았다! 그렇다, 콘스탄스의 마음은 이 폭풍
우가 몰아치고 있는 생물에 대한 고통스러운 연민으로 인해 녹아버렸
다. 그리고 연민에 뒤섞여 있는 것은 신의 정의의 작품에 대한 엄중한
인식이었다. 콘스탄스의 입에서는 다른 상황에서 새뮤얼 포비가 말했
던 말과 똑같은 말이 나왔다. 신은 속지 않는다! 그녀의 부모와 조부
모의 생각은 콘스탄스의 안에 온전히 남아 있었다. 콘스탄스가 밤에
혼자서 카드를 치고 있는 것을 그녀의 아버지가 보았더라면, 천국에
서 몸을 떨었을 것이 분명하다. 그러나 카드와 교회당에 가지 않는 그
녀의 아들에도 불구하고 콘스탄스는 운명의 다양한 영향을 받아 그녀
의 아버지가 그랬던 것처럼 본래의 모습으로 남아 있었다. 그녀에게
는 진화의 힘이 들어 있지 않았다. 수천 가지가 있음에도.

릴리는 잠에서 깨어나 어른스럽고 이해심이 많은 여자의 비현실적인 태도로 옷을 다시 입었고, 가엾은 노인 콘스탄스를 찾아 방으로 조용히 들어왔다. 시신의 매장을 준비해 주는 사람이 찾아와 있었다.

처음으로 도착한 우편물은 틸 볼데로가 소피아에게 보낸 편지였다. 그 내용으로 보아 제럴드 스케일의 죽음은 확실했다. 그때는 콘스탄스가 달리할 일이 없어 보였다. 해야 할 일이 있었다면 그녀 자신을 위한 일이었다. 그리고 그녀보다 강한 의지는 그녀를 잠에 들게 만들었다. 시릴에게는 전보를 보냈다. 크리츨로우를 불렀고, 그의 부인이 따라왔다. 까다롭고 성가신 사람이었지만 어떤 면에서는 유용한 사람이었다. 크리츨로우는 콘스탄스를 볼 수 없었다. 그녀는 복도에서 귀에 거슬리는 그의 목소리를 들을 수 있었다. 그녀는 차분하게 누워 있었고, 밤에 있었던 매우 사나운 일 이후 갑작스럽게 찾아온 평온은 이상하게만 느껴졌다. 개의 죽음에 대해 걱정을 한지 불과 24시간밖에 지나지 않았다! 몸은 잠에 목말라 소리를 지르고 있었고, 그녀는 졸면서 모순적인 꿈과 합쳐지고 있는 삶의 불가사의함을 생각하였다.

이 소식은 9시가 되기도 전에 광장에 퍼져 있었다. 자동차가 도착하는 것을 목격한 사람들이 있었고, 소피아가 집으로 옮겨지는 것을 목격한 사람도 있었다. 제럴드 스케일의 죽음에 대한 헛된 소문도 퍼지고 있었다. 그가 극적으로 자살했다는 이야기도 돌고 있었다. 마을은 흥분에 휩싸여 있었지만, 20년, 심지어는 10년 전에 일어난 비슷한 사건 때만큼 동요를 하지는 않았다. 시간은 버슬리를 변하게 만들었다. 버슬리는 예전보다 더 복잡한 마을이었다.

콘스탄스는 시릴이 상황의 심각함에도 불구하고 늦게 오는 습관을 보여줄지도 모른다는 생각에 두려워하고 있었다. 그녀는 오래전에 그에게 의존하지 않는 법을 배웠다. 그러나 그는 그날 저녁에 도착했다. 그의 태도는 모든 면에서 완벽했다. 그는 이모의 죽음에 대한 조용하지만 진정한 슬픔을 보였으며, 어머니를 배려하는 귀감이 되어 있었다. 더 나아가, 그는 소피아와 그녀의 남편에 대한 모든 장례 준비를 책임졌다. 콘스탄스는 그가 실무를 수행할 때 보여준 수월함과 명령 속에 들어 있는 확신감에 놀랐다. 그녀는 그가 무언가를 지시하는 것을 한 번도 본 적이 없었다. 그는 실제로 자신이 이전에 그 어떤 것도 감독해 본 적이 없지만, 그에게 있어 어려움은 없어 보인다고 말했다. 반면에 콘스탄스는 여러 가지 성가신 종류의 복잡한 문제들을 알게 되었다. 소피아의 매장과 관련해서 시릴은 완전한 비공개 매장식을 진행해야 한다고 열렬히 주장했다. 그가 주장하는 완전한 비공개 매장식이란, 자신 외에는 아무도 참석해서는 안 되는 매장식이었다. 그는 그 어떤 종류의 노출도 격렬히 반대를 하는 것 같았다. 콘스탄스는 그의 말에 동의를 했다. 그러나 그녀는 소피아의 신탁 관리자인 크리츨로우를 초대하지 않는 것은 불가능하며, 만약 크리츨로우를 초대하게 된다면 다른 사람들도 초대를 해야 한다고 말했다. 시릴은 물었다. "왜 불가능한데요?" 콘스탄스가 말했다. "왜냐하면 불가능하거든. 왜냐하면 크리츨로우 씨가 상처를 받을 거야." 시릴은 "그분이 상처를 받든 말든 그게 무슨 상관이죠?"라고 말하면서 그가 어떤 상처를 받든 그 상처를 이겨낼 것이라고 말했다. 콘스탄스는 더욱 진지해졌다. 이 토론은 매우 불쾌해질 것 같았다. 그때 갑자기 시릴이 양보를 했다. "좋아요, 플로버 부인, 좋아요! 부인이 원하는 대로 합시다." 그가 온화하고 유머러스한 어조로 말했다. 그는 몇 년 동안 그녀를 '플로버 부인'이라고 부르지 않았다. 그녀는 언어적 농담을 할 시기를 잘못 골랐다고 생각했지만, 그가 너무 친절했기에 불평하지 않았다. 그렇게 소피아의 장례식에는 크리츨로우를 포함해 6명의 사람이 있었다. 음식물은 제공되지 않았다. 조문객들을 위한 장례식은 교회에서 이루어졌다. 두 장례식이 모두 끝나자 시릴은 부드럽게 하모늄을 연주하였고, 아직도 조율이 잘 되어 있다고 말했다. 그의 마음은 유달리 진정되어 있었다.

그는 이제 33살이 되어 있었다. 그의 습관은 변함없이 근면함을 유지하고 있었고, 예술에 대한 몰두도 열정적이었다. 하지만 그는 유명하지도 성공하지도 못했다. 그는 아무런 수입도 얻고 있지 않았고, 어머니로부터 돈을 받으며 안락하게 생활하고 있었다. 그는 아주 가끔 자신의 계획에 대해 말했고, 자신의 희망에 대해서는 결코 말하지 않았다. 사실 그는 딜레탕트가 되어 있었으며, 이길 힘이 부족한 승리를 부드럽게 경멸하는 법을 배웠다. 그는 근면적이고 규칙적으로 존재하는 것 자체가 모든 사람의 삶을 충분히 정당화해준다고 믿고 있었다. 콘스탄스는 그가 세상을 놀라게 할 것이라고 기대하는 습관을 포기하게 되었다. 그의 태도는 다소 진지하고 꼼꼼했으며, 공손하고 열의가 없었다. 자신의 환경에 대한 약간의 겸손도 가지고 있었다. 마치 그가 배울 것이 더 이상 없다는 것을 알아차리게 해준 분별력을 계속 허용하듯이 말이다. 만약 진실이 알려진다면! 그의 유머는 변형된 형태를 띠고 있었다. 그는 종종 혼자서 미소를 지었다. 그는 나무랄 데가 없었다.

소피아의 장례식 다음날 그는 이모의 무덤을 위한 간단한 묘비를 디자인하기 위해 작업에 착수했다. 자신에게는 평범한 묘비들이 항상 바람에 쓰러질 것처럼 생겼으며, 그로 인해 견고함이라는 생각을 부정하게 만든 일반적인 묘비들을 용납할 수 없다고 말했다. 그의 어머니는 그를 전혀 이해하지 못하고 있었다. 그녀는 그가 묘비에 새길 글이 가식적이고 까다로울 것 같았다. 하지만 그녀는 그가 묘비를 디자인하기로 마음을 먹었다는 사실 자체를 은밀히 기뻐하고 있었기에 아무 말 없이 지나갔다.

소피아는 모든 돈을 시릴에게 물려주었고, 그녀의 유언을 실행할 유일한 집행자로 지정하였다. 콘스탄스는 이 사안에 동의를 한 상태였다. 자매들은 이것이 최선의 계획이라고 생각했다. 시릴은 크리츨로우를 완전히 무시하고 핸브리지에 있는 자신의 친구이자 매튜 필-

스위너튼의 친구인 젊은 변호사를 찾아갔다. 나이가 많고 간섭을 하는 것에 익숙하지 않았던 크리즐로우는 자신의 신탁 관리 업무를 젊은 청년에게 넘겨주었고, 화가 나 있었다. 재산은 3만 5천 파운드가 넘는 것으로 증명되었다. 소피아는 평상시에 신중하게 행동을 하였고, 심지어는 인색하기까지 했다. 그녀는 종종 콘스탄스에게 그들이 돈을 훨씬 더 자유롭게 써도 된다고 말하였고, 그녀는 아주 짧은 시간이지만 사치스러움을 경험했다. 그러나 1870년에 시작되어 1897년 그녀가 잉글랜드에 도착할 때까지 쉼 없이 이어져온 엄격한 절약 습관은 사치를 즐겨도 된다는 그녀의 생각에 비해 너무나도 강력했다. 돈을 낭비하는 것은 그녀를 고통스럽게 만들었다. 그리고 그녀의 나이에 새로운 값비싼 취향을 만들어낼 수도 없었다.

시릴은 자신이 3만 5천 파운드를 상속하는 사람이 되었다는 것에 아무런 감정도 내비치지 않았다. 신경을 쓰지 않는 것 같았다. 그는 백만장자가 말했을 만한 액수라고 말했다. 공평하게 말하자면, 그는 부가 그의 눈과 귀를 예술적 관능을 만족시켜줄 때 빼고는, 부를 전혀 신경 쓰지 않았다고 말할 수 있었다. 그러나 어머니를 위해서, 그리고 버슬리를 위해서라면 약간의 만족감을 나타낼지도 몰랐다. 그의 어머니는 어느 정도 상처를 받은 상태였다. 그의 행동은 콘스탄스로 하여금 소피아의 삶의 허무함과 낭비된 그녀의 자질을 몇 번이고 계속해서 생각하게 만들었다. 그녀는 시릴이 냉담하고 배은망덕하게 쓸 이 돈을 모으기 위해 즐거움도 없이 힘든 날들을 보내왔다. 시릴은 이 돈을 모으는 데 들어간 그녀의 엄청난 노력과 끝없는 희생을 결코 생각해 보지 않을 것이다. 그는 이 돈들을 마치 길거리에서 줍기라도 한 듯이 부주의하게 쓸 것이다. 시간이 흐를수록 콘스탄스는 자신의 슬픔을 깨닫게 되었고, 소피아의 삶이 지닌 비극의 완전함을 점점 더 깨닫게 되었다. 고집이 센 소피아는 그녀의 어머니를 속였고, 그 속임수로 인하여 그녀는 30년 동안 우울함을 겪어야 했으며, 그녀의 운명이

치러야 할 좌절감을 대가로 치렀다.

품격 있는 검은 옷을 입고 버슬리에서 잊을 수 없는 2주를 보낸 시릴은 아무런 경고도 없이 어느 날 밤 이렇게 말했다. "내일모레 떠나야 해요, 어머니." 그는 오랫동안 매튜 필-스위너튼과 함께 완벽하게 계획해왔던 헝가리로의 여행에 대해 말했고, 그것은 '사업'으로 구성된 여행이었기에 연기될 수 없다고 말했다. 그는 지금까지 이 계획에 대해 아무 말도 하지 않았었다. 그는 그 어느 때보다 비밀스러웠다. 그는 휴일에 홀즈와 딕과 함께 여행을 가는 것이 어떠냐고 제안을 하였다. 그는 딕 포비와 릴리 홀은 인정하고 있었다. 딕 포비에 대해 그는 이렇게 말했다. "그는 다섯 개의 마을에서 가장 주목할 만한 인물 중 한 명이에요." 그는 자신이 딕의 명성을 만들어낸 것 같은 분위기를 가지고 있었다. 호소할 수 없다는 것을 아는 콘스탄스는 외로움이라는 형벌을 받아들였다. 그녀의 건강은 대단히 좋은 상태였다.

그가 떠났을 때 그녀는 이렇게 생각하였다. '2주 전까지만 해도 소피아가 이 테이블에 앉아 있었는데!' 그녀는 때때로 약간의 충격과 함께 불쌍하고, 거만하며, 권위적인 소피아가 죽었다는 것을 떠올리게 될 것이다.

콘스탄스의 끝

1

약 12개월 후인 6월의 오후, 광장이 내려다보이는 포비 부인의 거실에 들어갔을 때, 그녀는 침착하고 다소 낙관적인 노부인을 발견했는데(그녀의 나이보다 나이가 많은 사람이었다) 육십을 조금 넘긴 나이였다. 그 노부인의 주된 적은 좌골신경통과 류머티즘이었다. 좌골신경통은 오랜 세월 동안 함께 해온 친근한 적이었으며, 자애로운 콘스탄스는 '나의 좌골신경통'이라고 불렀다. 류머티즘은 특권이 없는 신참으로, 피해자는 우려하며 그러나 경멸하며 '이 류머티즘'이라고 불렀다. 이제 콘스탄스는 매우 뚱뚱했다. 그녀는 타원형의 테이블과 창문 사이에 검은 실크로 장식되어 있는 안락의자에 앉아 있었다. 릴리가 들어오자 콘스탄스는 고개를 들어 단조로운 미소를 지었고, 릴리는 기뻐하며 그녀에게 입을 맞추며 인사를 하였다. 릴리는 자신이 환영을 받는 방문자라는 것을 알고 있었다. 이 두 사람은 나이 차이가 허락하는 만큼 친해져 있었고, 두 사람 중 콘스탄스가 더 솔직했다. 릴리와 콘스탄스는 애도 중이었다. 몇 달 전, 그녀의 나이 든 할아버지 '식료품 주인인 홀'이 세상을 떠났다. 그의 두 아들 중 릴리의 아버지인 둘째 아들은 성 누가 광장에 있는 부모의 사업을 관리하기 위해 형제가 핸브리지에 설립한 사업을 떠나왔다. 앨더맨 홀의 죽음은 릴리의 결혼을 지연시켰다. 릴리는 콘스탄스와 차를 마시기도 하였고, 어쨌든 일주일에 네다섯 번 정도 방문을 하였다. 그녀는 콘스탄스의 말을 들어 주었다.

모든 사람들은 콘스탄스가 소피아의 죽음이라는 끔찍했던 사건을 '훌륭하게 헤쳐 나왔다'라고 생각했다. 정말로, 그녀는 오랜 세월 동안 그래왔던 것보다 더 철학적이고, 더 쾌활하고, 더 다정해져 있었다. 진실은, 비록 가족의 죽음이 매우 진실하고 지속적인 슬픔을 가져다 주었지만, 안도감 또한 가져다주었다는 것이었다. 콘스탄스가 쉰 살이 넘었을 때 활기차고 권위적인 소피아는 그녀의 무기력한 평온에 갑자기 들어오게 되었고, 오래된 습관의 흐름을 매우 심각하게 방해하게 되었다. 확실히, 콘스탄스는 주요한 문제들을 놓고 소피아와 싸워 이겼다. 그러나 백 가지가 넘는 사소한 것에 대해서는 패배를 하였거나 싸우지를 않았다. 소피아는 콘스탄스에게 '너무 과한' 존재였고, 콘스탄스는 지칠 정도로 신경의 힘을 소비하여 소피아의 무의식적인 지배에 맞서 자신의 작은 부분을 지킬 수 있었다. 스케일 부인의 죽음은 모든 부담들을 끝나게 만들어 주었고, 콘스탄스는 다시 한 번 콘스탄스의 집의 안주인이 되었다. 콘스탄스는 이러한 사실들을 결코 인정하지 않을 것이었고, 스스로도 인정하지 않을 것이었다. 그리고 아무도 감히 이 사실들을 그녀에게 암시하지 않았다. 그녀의 기질적인 온화함에도 불구하고 그녀는 만만치 않은 면을 가지고 있었다.

콘스탄스는 플러시 천으로 덮인 사진첩에 사진을 집어넣고 있었다. "사진이 더 있어요?" 릴리가 물었다. 그녀는 콘스탄스와 거의 똑같은 온화한 미소를 짓고 있었다. 그녀는 온순함의 화신처럼 보였다. 변덕스러운 남자들이 가끔 운 좋게 결혼할 수 있는 깃털 침대 같은 안락한 존재였다. 그녀는 약간의 정직함과 함께 단순한 어리석음을 수용할 수 있는 능력을 가지고 있었다. '사진이 더 있어요?'라는 말은 그녀의 성격의 모든 면을 드러내주고 있었다. 사진을 숭배하는 콘스탄스에 대한 열정적인 공감을 즉시 보여주었고, 또한 사진에 대한 개인적인 기호, 또한 사진을 숭배하는 것이 터무니없는 일로 발전할 수도 있다는 어렴풋한 인식, 그리고 이러한 인식의 흔적을 모두 숨기려는 친절한 바람을 보여주었다. 목소리는 가늘었는데, 그녀의 연약한 얼굴의 창백한 안색과 어울렸다.

콘스탄스는 릴리가 자세히 볼 수 있도록 조용히 사진을 들어 올렸다. 안경의 뒤에 있는 콘스탄스의 눈은 놀라운 기색을 보이고 있었다. 자리에 앉으며 사진을 본 릴리는 부드러운 입술의 모서리를 내리며 거의 알아차릴 수 없을 정도로 고개를 몇 번 끄덕였다.

"그녀가 이제 막 내게 전해 줬어." 콘스탄스가 속삭였다.

"그렇군요!" 릴리가 특이한 억양으로 말했다.

'그녀'는 콘스탄스의 하인들 중 마지막이자 최고의 하인이었다. 서른 살의 뛰어난 존재로, 불행에 대한 것을 알고 있었고, 오랫동안 지켜봐준 신의 섭리가 콘스탄스에게 보낸 사람인 것이 틀림없었다. 두 사람은 거의 완벽하게 '잘 어울렸다.' 그녀의 이름은 메리였다. 10년간의 소란 끝에, 하인에 대한 콘스탄스의 문제는 끝이 나게 되었다.

"응." 콘스탄스가 말했다. "그녀는 종종 내게 말해주었거든. 사진을 찍는 것에 관해서. 그래서 지난주에 다녀오라고 보내주었어. 내가 이걸 말해 주지 않았나? 난 항상 모든 방면에서 메리에 대해 생각해, 그녀의 모든 작은 상상부터 해서 모든 면을. 오늘 사진이 도착했거든. 난 어떤 일이 일어나도 그녀의 감정을 상하게 하지 않을 거야. 다음번에 그녀가 이 방을 청소할 때 분명히 이 앨범을 살펴볼 거라고 장담해도 좋아."

콘스탄스와 릴리는 하인의 사진을 가족과 친구들의 사진이 있는 같은 앨범에 넣기로 한 콘스탄스의 상냥한 행동에 동의를 하며 시선을 교환했다. 이러한 일이 전에도 있었는지 확신할 수 없었다. 사진은 보통 다른 사진으로 이어졌으며, 사진 앨범은 다른 사진 앨범으로 이어졌다.

"독서대의 두 번째 선반에 있는 앨범 좀 건네주렴." 콘스탄스가 말했다.

릴리는 마치 독서대의 두 번째 선반에 있는 앨범을 보는 것이 그녀 인생의 야망이었다는 듯이 활기차게 일어났다. 두 사람은 테이블에 나란히 앉았고 릴리는 앨범을 넘겼다. 콘스탄스는 그녀의 거대한 몸집에도 불구하고 지속적으로 안절부절못하는 움직임을 보였다. 때때로 그녀는 코를 킁킁거리기도 하였고, 때로는 가슴에서 불가사의한 소리가 나기도 했다. 그녀는 항상 이 소리가 기침 소리인 척을 하였고, 그 소리 이후 즉시 기침을 함으로써 그 가장을 뒷받침하곤 했다.

"와!" 릴리가 소리쳤다. "제가 이걸 전에 본 적이 있나요?"

"나도 모르겠구나." 콘스탄스가 말했다. "있니?"

그 사진은 몇 년 전 자매들이 해러게이트에서 휴가를 보낼 때 사귀게 된 지인인 '매우 멋진 신사'가 찍은 사진이었다. 사진은 둔덕 위에서 날씨를 즐기고 있는 소피아를 묘사하고 있었다.

"스케일 부인의 모습이 생생하게 찍혀 있네요. 확실히 보여요." 릴리가 말했다.

"그래." 콘스탄스가 말했다. "바람이 기분 좋게 불어오는 날이면 소피아는 항상 이런 식으로 서서 길게 심호흡을 했지."

소피아의 습관에 대한 것을 회상하는 것은 콘스탄스가 가지고 있는 소피아에 대한 모든 것을 떠올리게 만들었고, 거의 알지도 못하는 소녀를 위해 소피아의 성격을 그리게 만들었다.

"평범한 사진 같지 않아요. 무언가 특별한 것이 있어요." 릴리가 열정적으로 말했다. "이런 사진은 본 적이 없는 것 같아요."

"내 침실에 똑같은 사진을 한 장 더 가지고 있어." 콘스탄스가 말했다. "이건 네게 줄게."

"오, 포비 부인! 아니에요!"

"아냐, 아냐!" 콘스탄스가 앨범에서 사진을 꺼내며 말했다.

"오, 감사합니다!" 릴리가 말했다.

"그러고 보니, 생각났네." 콘스탄스가 의자에서 매우 힘겹게 일어나며 말했다.

"제가 도와드릴까요?" 릴리가 물었다.

"아냐, 아냐!" 콘스탄스가 방을 떠나며 말했다.

그녀는 그녀의 보석함을 가지고 돌아왔다. 흑단으로 만들어진 그 상자는 상아로 장식되어 있었다.

"항상 이걸 네게 주려고 했어." 콘스탄스가 상자에서 예쁜 카메오 브로치를 꺼내며 말했다. "내가 이걸 직접 할 것 같지는 않거든. 그리고 네가 이 브로치를 착용한 모습을 보고 싶어. 내 어머니의 것이었어. 이러한 것들이 다시 유행이 되고 있는 것 같아. 상복을 입을 때 같이 착용하면 좋을 거라고 생각해. 지금은 예전처럼 많이 엄격하지 않으니깐."

"진짜요!" 릴리가 황홀해하며 말했다. 두 사람은 뽀뽀를 하였다. 콘스탄스는 자애로움을 내뿜는 것 같았고, 떨리는 손으로 릴리의 목에 그 브로치를 달아주었다. 그녀는 거의 완벽한 소녀로 여기고 있던, 그리고 그녀의 말년의 우상이 된 릴리에게 마음속에 있던 따뜻한 보물을 아낌없이 내주었다.

"정말 멋진 시계예요!" 그들이 상자의 아랫부분을 살펴볼 때 릴리가 말했다. "그리고 체인도요!"

"그건 아버지의 시계란다." 콘스탄스가 말했다. "항상 이 시계를 차고 다니셨지. 시청의 시계와 시간이 맞지 않으면 항상 이렇게 말씀하셨어. '그럼 시청의 시간이 틀린 거겠지.' 참 별난 일이야, 시청의 시간이 틀리다니. 시청에는 시계를 잘 관리하는 사람을 결코 없었지. 딕에게 이 시계와 체인을 줄까 생각하고 있어."

"그러신가요?"

"응. 아버지가 착용했을 때만큼 좋아 보일 거야. 내 남편은 결코 쓰지 않았거든. 그는 자기 시계를 더 선호했어. 그런 생각을 가지고 있었지. 시릴은 남편의 시계를 이어받았고." 그녀가 '건조한' 어조로 말했다. "딕에게 주기로 거의 마음먹었어. 딕이 제대로 행동한다면. 아직도 기구 비행법에 대해 관심을 가지고 있니?"

릴리는 죄를 진 것처럼 미소를 지었다. "오 그럼요!"

"음." 콘스탄스가 말했다. "그런 건 들어본 적도 없어! 높이 올라갔다가 안전하게만 내려올 수 있다면, 그걸로 충분할 텐데. 딕이 계속 그걸 하도록 네가 내버려둘지 궁금하구나."

"하지만 제가 어떻게 막을 수 있겠어요? 전 그를 통제할 수 없어요."

"그렇다는 건, 네가 진지하게 원하지 않는다고 말해도 그가 계속 그렇게 행동한다는 거니?"

"네." 릴리가 말하며 고개를 끄덕였다. "그래서 말하지 않으려고요."

콘스탄스는 남자들의 비밀스러운 본성에 대해 곰곰이 생각하며 고개를 끄덕였다. 그녀는 그럼에도 그녀를 사랑했던 새뮤얼의 매우 완고한 고집을 너무도 잘 기억하고 있었다. 그리고 딕 포비는 새뮤얼보다 몇 천 배는 더 특이했다. 그녀는 자전거를 탄 채로 킹 스트리트를 쏜살같이 내려가던 어린 시절 그의 모습을 생생히 기억하고 있었다. 그의 모자는 날아가고 있었다. 그 후엔 자동차였다! 지금은 기구라니! 그녀는 한숨을 쉬었다. 그녀는 방금 그 소녀가 분명히 밝힌 심오한 본능적 지혜에 충격을 받았다.

"음." 그녀가 말했다. "두고 봐야지. 아직 확실히 마음을 정한 건 아니니까. 그나저나 오후에는 뭘 할 거래?"

"화물 트럭 두 대를 팔기 위해 버밍엄으로 갔어요. 늦게까지는 돌아오지 않을 거예요. 내일 이곳에 온대요."

바로 이 순간 릴리가 광장에서 자동차의 소리를 들은 것은 딕 포비의 방식을 잘 나타내주는 예였다. 그 차소리는 우연히도 딕의 차 소리였다. 그녀는 그것을 보기 위해 벌떡 일어났다.

"이런!" 그녀가 얼굴을 붉히며 외쳤다. "딕이 지금 왔어요!"

"이런, 이런!" 콘스탄스가 상자를 닫으며 중얼거렸다.

킹 스트리트에 차를 두고 내린 딕은 다리를 절뚝거리며 떠들썩하게 거실로 들어왔고, 그의 활기찬 활력으로 인해 거실이 흥겨운 분위기를 얻게 되자 기쁘게 소리쳤다. "화물차를 팔았어! 화물차를 팔았다고!" 그는 대단한 우연으로 인해 버밍엄으로 출발하기 바로 직전에 핸브리지에서 구매자를 발견하여 그들에게 차를 팔았다고 설명해 주었다. 그래서 그는 버밍엄에 '팔렸다'라고 전보를 보낸 뒤, '한가해진' 그는 약혼자를 찾기 위해 버슬리로 온 것이다. 홀의 가게에서 그는 그녀의 약혼자가 포비 부인의 집에 있다는 것을 듣게 되었다. 콘스탄스는 성공으로 인해 쾌활한 분위기를 띠고 있는 그를 힐끗 쳐다보았다. 그는 시그널에 실린 경쾌하고 자신감 넘치는 광고와 똑같아 보였다. 그는 자기 자신에 대해 완전히 만족했다. 그는 절뚝거림을 이겨내고 승리를 거두었다. 언제나 비극을 떠올리게 해주는 존재였다. 그의 금발과 웃음, 활발한 얼굴, 나이에 비해 놀라울 정도로 젊어 보이는 모습을 볼 수 있으리라 누가 상상이라도 할 수 있었을까? 아버지가 어머니를 죽인 밤 움직이지도 못하는 채 고통스러워하며, 무릎이 부서진 채로 침대에 누워 있던 경험을 한 그가 말이다. 콘스탄스는 남편에게서 그 장면에 대한 모든 것을 들었고, 사고와 상반되는 모습을 경이로워하며 잠시 가만히 있었다.

딕 포비는 큰 소리와 함께 손을 모은 뒤, 재빠르게 손을 문질렀다.

"그것도 좋은 가격에!" 그가 유쾌하게 소리쳤다. "포비 부인, 전 오늘 오후에 70파운드 더 벌었다고 자신 있게 말할 수 있습니다."

릴리의 눈은 자랑스러운 기쁨을 표현했다.

"그 자존심이 떨어지지 않으면 좋겠구나." 콘스탄스는 힐책의 기미를 암시하는 차분한 미소를 지으며 말했다. "그게 내가 바라는 일이야. 차를 준비해야겠구나."

"지금은 차를 마실 수 없어요, 정말로." 딕이 말했다.

"당연히 마실 수 있지." 콘스탄스가 긍정적으로 말했다. "원래라면 지금 버밍엄에 있어야 하잖아? 차를 마시러 온 지 벌써 몇 주가 되었어."

"오, 어쩔 수 없죠, 감사해요!" 딕은 다소 무시를 하며 굴복을 하였다.

"제가 도와드릴까요, 포비 부인?" 릴리가 매우 사려 깊게 물었다.

"아니, 괜찮단다. 해야 할 일이 한두 가지 정도 더 있어." 그렇게 콘스탄스는 그녀의 보석함을 가지고 떠났다.

문이 닫힌 것을 확실히 확인한 그는 릴리에게 키스를 하였다.

"여기 온 지 오래됐어?" 그가 물었다.

"한 시간 반 정도 됐어."

"날 보게 돼서 기뻐?"

"오, 딕!" 그녀가 항의했다.

"노부인의 즐거웠던 순간들 같은 거, 응?"

"아냐, 아냐! 그냥 기구에 대해 이야기하고 있었어, 알잖아. 그분은 화를 내셨어."

"기구에 대한 건 말하지 말았어야지. 기구는 숙모가 결혼식 때 우리에게 줄 선물을 망칠 수도 있어, 자기."

"딕! 어떻게 그런 식으로 말할 수 있어? 기구에 대해 말하지 말아야 한다는 건 괜찮지만. 기구에 대해 이야기하게 되었을 때, 당신도 한번 말려봐!"

"왜 그 이야기를 하게 되었는데?"

"그분은 베인스 씨의 시계와 체인을 당신에게 줄 생각을 하고 있다고 말씀하셨어. 당신이 제대로 행동한다면."

"전혀 고맙지 않네!" 딕이 말했다. "난 그걸 원하지 않아."

"본 적 있어?"

"본 적이 있냐고? 본 적이 있다고 말할 수 있지. 이전에 한두 번 정도 언급하셨으니깐."

"오! 몰랐네."

"난 내가 그 시계를 들고 다닐 수 있다고 생각하지 않아. 난 내 것이 훨씬 좋아. 어떻게 생각해?"

"물론, 다소 서툴겠지." 릴리가 말했다. "하지만 시계를 주신다고 하면 당신은 거절할 수 없을 거고, 그러면 당신은 그 시계를 차는 것 말고는 아무것도 할 수 없어."

"그럼." 딕이 말했다. "그 시계를 받지 않을 정도로만 나쁘게 행동해야겠군. 하지만 결혼 선물에 대한 생각은 뒤엎지 않을 정도로만."

"불쌍하신 분!" 릴리가 동정적으로 중얼거렸다.

이윽고 릴리는 조용히 그녀의 목에 손을 갖다 댔다.

"그건 뭐야?"

"내게 주셨어."

딕은 카메오 브로치를 보기 위해 아주 가까이 다가갔다. "음!" 그는 중얼거렸다. 그것은 부정적인 평가였다. 릴리는 그의 반응에 맞추어 눈썹을 치켜 올렸다.

"그럼 넌 그걸 차고 다녀야겠네!" 딕이 말했다.

"그분은 다른 것만큼 이것을 소중히 여기셔서, 가엾은 분!" 릴리가 말했다. "이건 그분의 어머니의 브로치였어. 그리고 카메오가 다시 유행하고 있다고 하셨어. 꽤 괜찮은 것 같아."

"그런 건 어디서 배우신 건지!" 딕이 건조하게 말했다. "사진을 보며 또 고통 받고 있었구나."

"음." 릴리가 말했다. "페이션스를 치시는 걸 도와드리는 것보단 이게 더 좋아. 그분이 자신을 속이는 방법은. 너무 어리석어! 난."

그녀는 말을 멈췄다. 완전히 닫혀 있지 않던 문은 밀리며 열렸고, 골동품인 포셋이 고통스러워하며 방으로 들어왔다. 포셋은 딕 포비에 대한 애정을 가지고 있었다.

"오, 므두셀라!" 그는 큰 소리로 동물을 맞이했다. 포셋은 꼬리를 흔들지도 못했고, 그를 올려다보기 위해 자신의 눈에 있는 털조차 흔들지 못했다. 그는 포셋을 쓰다듬기 위해 몸을 구부렸다.

"그 개는 냄새나." 릴리가 퉁명스럽게 말했다.

"어쩌겠어? 포셋이 원하는 건 약간의 청산靑酸일 거야. 자기 자신이 스스로에게 짐이라고."

"개가 불쾌하다는 것을 감히 암시하면, 꽤 화를 많이 내시는 게 웃겨." 릴리가 말했다.

"음, 그건 매우 간단해." 딕이 말했다. "그런 걸 암시하지 마, 그게 다야! 코와 입의 숨을 참고."

"딕, 난 당신이 그렇게 터무니없는 사람이 아니었으면 좋겠어."

콘스탄스는 그들의 짧은 대화를 끊으며 방으로 돌아왔다.

"포비 부인." 딕이 감사하는 목소리로 말했다. "릴리가 방금 브로치를 보여주고 있었⋯."

그는 콘스탄스가 자신에게 전혀 신경을 쓰지 않은 채로 급하게 창문으로 다가가는 것을 알아차렸다.

"광장에 무슨 일이 일어난 거지?" 콘스탄스가 소리쳤다. "방금까지 난 응접실에 있었는데, 갑자기 한 남자가 웨지우드 스트리트를 달려가는 것을 보았어. 그러고는 생각했지, 뭐가 잘못된 거지?"

딕과 릴리는 창문으로 다가왔다. 몇몇 사람들이 광장을 급히 내려가고 있었고, 그때 한 남자가 시장에서 의사와 함께 달려왔다. 이 모든 사람들은 포비 부인의 거실 창문 아래로 사라졌다. 그곳은 크리츨로우 부인의 가게의 일부였다. 가게의 창문이 집의 벽보다 더 튀어나와 있었기 때문에 거실의 창문에서 인도를 보는 것은 불가능했다.

"인도에서 무슨 일이 난 게 틀림없어, 아니면 가게나!" 콘스탄스가 중얼거렸다.

"오, 부인!" 놀란 목소리가 세 사람의 뒤에서 들려왔다. 사진 속 모습의 주인인 메리가 거실로 뛰어 들어온 것이었다. "사람들이 그러길 크리츨로우 부인이 자살을 시도했다고 해요!"

콘스탄스가 깜짝 놀라 뒤를 돌았다. 릴리는 본능적으로 위로의 손짓을 하며 그녀 쪽으로 갔다.

"마리아 크리츨로우가 자살을 시도했다고!" 콘스탄스가 중얼거렸다.

"네, 부인! 하지만 사람들이 그러길, 성공하지는 못했다고 해요."

"이럴 수가! 내가 도와줄 수 있는 것이 있는지 확인하러 가는 것이 좋겠어요, 그렇죠?" 딕이 다리를 절뚝거리며 흥분한 채로 빠르게 소리쳤다. "정말 이상하군요. 그렇지 않나요?" 그가 뒤이어 이렇게 소리쳤다. "제가 어떻게 이러한 일을 겪으러 오게 된 것일까요? 제가 오늘 여기에 있었을 가능성은 매우 희박한데! 하지만 항상 이런 식이죠! 제가 있는 곳에는 항상 뭔가 이례적인 일이 일어나요." 그리고 이 사건 또한 그의 만족과 삶에 대한 그의 열망에 많은 영향을 끼쳤다.

2

이러저러한 일들이 모두 지나간 그날 오후, 그 일의 결과를 노부인과 젊은 여성에게 보고하기 위해 그가 마침내 집으로 돌아왔을 때, 그는 콘스탄스의 기분에 알맞은 태도를 보이고 있었다. 그 노부인은 그녀가 언급했듯이, 릴리와 차분하게 대화를 나누고 있을 때 그녀의 발밑에서 일어난 비극으로 인해 매우 심란한 상태였다.

모든 진실은 짧은 시간 안에 밝혀졌다. 크리즐로우 부인은 우울증을 앓고 있었다. 그녀는 가게의 하락으로 인하여 오랫동안 우울함에 시달린 것 같았는데, 그건 그녀의 잘못이 아니었다. 광장의 상태는 꾸준히 악화되고 있었다. 심지어 '볼트'조차 예전 같지 않았다. 네다섯 개의 가게는 확실하게 문을 닫았으며, 주인들은 새로운 세입자를 찾겠다는 희망을 포기했다. 그리고 장사를 하고 있는 대부분의 가게들은 필사적으로 먹고살기 위해 애쓰고 있었다. 오직 홀의 가게와 자신의 의상 제작 부서를 널리 광고한 새로운 직물점 주인만이 정말로 번창하고 있었을 뿐이었다. 제과점을 하는 브린들리의 사업은 절반이 사라져 있었다. 사람들은 빵이나 식료품을 사기 위해 핸브리지로 가지는 않았지만, 케이크는 그곳으로 사러 가고 있었다. 전기 트램들은 버슬리 소매업의 크림과 우유의 대부분을 핸브리지로 옮겨놓은 상태였다. 핸브리지에서는 자신의 가게에서 크라운 이상을 쓴 고객에게 트램의 값을 지불해 주겠다는 지조 없는 상인들도 나타나고 있었다. 핸브리지는 다섯 개의 마을의 지리적 중심지였고, 이 상황 속에도 살아 있었다. 버슬리가 경쟁을 하려고 드는 것은 아무런 소용이 없었다! 만약 크리즐로우 부인이 철학자였다면, 지리학은 항상 역사를 써왔다는 것을 알고 있었더라면, 그녀는 십여 년 전에 사업을 포기했을 것이다. 그러나 크리즐로우 부인은 단지 마리아 인설에 불과할 뿐이었다.

그녀는 고객에게 서비스를 제공하는 데 있어서 호의를 베풀었던 베인스 가게의 전성기를 본 적이 있었다. 그때 그녀는 남편의 날개 아래 가게를 인수하였고, 그 당시만 해도 좋은 사업이었다. 그러나 그 순간부터 전세는 역전되는 것 같았다. 그녀는 싸웠고, 계속해서 싸워 나갔다, 어리석게. 그녀는 자신이 진화와 싸우고 있다는 것을 몰랐고, 진화는 그녀를 희생자로 선택했다는 것을 모르고 있었다! 그녀는 광장의 다른 가게들이 실패하는 것은 이해할 수 있었지만, 베인스 가게 또한 실패를 하는 것은 이해할 수 없었다! 그녀는 변함없이 근면했으며, 좋은 구매자였고, 좋은 판매자였으며, 새로운 것에 대한 열정을 가지고 있었으며, 경제적이고, 체계적이었다! 그럼에도 수익은 떨어지고 또 떨어졌다.

그녀는 당연히 찰스로부터 아무런 공감도 받지 못하고 있었다. 그는 자신의 사업, 또는 자신에게 남은 것에 대해서조차 관심을 갖지 않았고, 자신의 결혼이 가져온 궁극적인 비용을 냉담하게 혐오하고 있었다. 찰스는 주지 않아도 될 돈은 그녀에게 주지 않았다. 최악의 고비는 수년간 천천히 다가오고 있었다. 가게의 조수들은 그에 관해 아무런 말도 하지 않았고, 또는 자신들끼리 속삭일 뿐이었다. 그러나 그 고비가 갑자기 자살 시도로 변하게 되자 조수들은 한꺼번에 말을 하기 시작했고, 그 증거들은 크리슬로우 부인이 겪었던 압박감에 대한 커다란 증거물로 합쳐지게 되었다. 그녀는 몇 달 동안 우울해하며 짜증을 냈고, 때로는 일을 하던 중간에 앉아 지쳤다는 모든 기색을 드러내며 더 이상 할 수 없다고 선언하곤 했다. 그리고는 그와 맘먹는 활기참을 가지고 일어나서 스스로 노동을 하도록 강요했다. 밤에는 전혀 잠을 자지 않았다. 한 조수는 그녀가 4일 밤 동안 연속으로 잠을 자지 못했다고 불평했던 것을 이야기했다. 그녀의 귀에는 항상 소음이 있었고, 만성적인 두통이 있었다. 결코 뚱뚱한 적이 없었던 그녀는 날이 흐를수록 점점 더 야위어져 갔다. 그리고 그녀는 결코 약을 먹지 않았다. 이 정보는 찰스의 매니저로부터 나왔다. 그녀는 듣거나 목격을 한 모든 사람들을 놀라게 할 정도로 충격적인 말싸움을 찰스와 여러 번 하기도 했다…. 크리츨로우 부인은 남편에게 맞서고 있었다! 또 다른 이상한 점은 그녀가 맨체스터에 있는 몇몇 대기업의 청구서가 지불되지 않았다고 생각하는 것이었다. 이미 지불한 것이 사실임에도 불구하고 말이다. 영수증을 보여주어도 그녀는 납득한 척만 했을 뿐, 전혀 납득을 하지 않았다. 다음날이면 다시 말할 것이었다. 이 모든 사실들은 가게에 있는 모든 여성 조수들에게 충분히 당황스러웠다. 하지만 그들이 뭘 할 수 있겠는가?

이윽고 마리아 크리츨로우는 그것보다 더욱 멀리 나아갔다. 그녀는 오랜 시간 동안 고문 받아온 자신의 양심을 달래기 위해 제일 오래 동안 일해 온 조수를 자신의 코너로 부른 뒤, 고인이 된 고용인 새뮤얼 포비와 성적으로 부정한 행동을 여러 차례 저질렀다고 진지하게 고백하였다. 이는 전혀 사실이 아니었다. (그럼에도 모든 사람들은 이 말을 콘스탄스에게 하지 않았다.) 어쩌면 처녀인 마리아 인설의 비밀스러운 열망을 나타내고 있는 것일지도 몰랐다. 조수들은 과거에 묻힌 채로 지나갔다고 주장되는 죄보다 크리츨로우 부인의 상스러운 어투에 더 분개했다. 그렇다고 조수들이 어떻게 행동해야 했을지 누가 알았겠는가! 그러나 2시간 후 마리아 크리츨로우는 가위로 자살을 시도했다. 가게에는 피가 흘려져 있었다.

지연을 가능한 한 최소한으로 유지하면서 그녀는 정신병원으로 보내졌다. 노망난 이기심이라는 갑옷으로 안전하게 싸여 있는 찰스 크리츨로우는 아무런 감정도 내비치지 않았고 활동성도 거의 보이지 않았다. 가게는 문을 닫았다. 그리고 일반적인 포목상처럼 다시는 열리지 않았다. 그것이 베인스 가게의 끝이었다. 두 조수는 자신들의 생계수단을 잃게 되었다. 엄청난 결과를 불러온 작은 붕괴였다.

콘스탄스의 감정은 이해할 만했다. 그녀의 감정은 정당했다. 그녀는 아무것도 먹지를 않았고, 릴리는 그녀에게 무언가를 좀 먹으라고 설득할 수 없었다. 이렇게 슬픈 상황에 딕 포비는(어째서 그랬는지 그는 앞으로 기억하지 못할 것이다) 연방이라는 단어를 언급하였다! 그러자 콘스탄스는 슬픔으로 인한 소극적인 존재에서 위협적인 존재가 되었다. 딕은 연방에 대한 이 혐오스러운 운동이 탄생한 핸브리지의 시민이었기 때문에 그녀는 연방에 대한 절대적인 반대로 딕 포비를 압도하였다. 성 누가 광장의 모든 불행은 크고, 바쁘며, 탐욕스럽고, 부도덕한 이웃 동네 때문이었다. 핸브리지가 다섯 개의 마을을 하나로 통합하려 하지 않은 채 최선을 다했더라면, 그곳이 당연히 중심이 될 수 있었을까? 콘스탄스에게 핸브리지는 줏대 없는 모험가들로 이루어진 자치구로, 자신들의 영광과 지위의 확대를 위해 아주 오래된 '버슬리'를 망치는 데 열중하고 있는 곳이었다. 콘스탄스의 앞에서는 더 이상 연방이라는 단어를 꺼내지 말라! 그녀의 불쌍한 여동생 소피아는 연방에 반대하다가 죽었고, 그녀가 옳았다! 존경받을 만한 사람들은 모두 반대를 했다! 크리츨로우 부인의 자살 미수는 연방의 운명을 종결지었고, 영원히 저주를 받았다, 콘스탄스의 마음속에서는 말이다. 그 발상에 대한 그녀의 증오는 격렬한 적대감이 될 정도로 강렬해졌고, 그 결과 버슬리의 독립을 위한 순교자로서 죽음을 맞이할 정도로 강렬해졌다.

3

연방을 찬성하는가, 반대하는가에 대한 첫 대규모 전투가 버슬리에서 일어난 것은 10월의 어느 우중충한 날이었다. 콘스탄스는 좌골신경통을 심하게 앓고 있었다. 또한 그녀는 현대 세계에 대한 혐오감에 시달리고 있었다.

상상할 수 없는 일이 광장에서 벌어졌다. 콘스탄스에게 있어서 광장의 명성은 영원히 망가져버렸다. 상당히 실패한 상황에 처해야 함에도 불구하고 항상 그를 성공한 상황으로 이끄는 이상한 행운에 의해 찰스 크리츨로우는 베인스의 가게와 자신의 가게, 그리고 자신의 집을 미드랜드 의류 회사에 맡겼다. 그 회사는 스태퍼드셔, 워릭셔, 레스터셔, 그리고 인근의 주에 지점을 설립하고 있었다. 그는 약국의 지분도 팔고 킹 스트리트의 아래쪽에 있는 작은 집에 정착했다. 앨더맨 홀이 올해 초 사망하지 않았더라면 그가 은퇴를 하는 것에 동의를 했을지 의문이었다. 어쨌든 이렇게, 광장의 원로 자리를 둘러싼 두 노인의 오랜 경쟁은 끝이 나게 되었다. 찰스 크리츨로우는 다른 사람들만큼 감정으로부터 자유로웠지만, 세상에 그 어떤 남자도 감정으로부터 완벽하게 자유로울 순 없었고, 이 고대인은 자신이 원한다면 감정에 빠져들 수 있는 위치에 있었다. 그의 사업은 손실의 근원이 아니었고, 그는 마른 그의 손과 또렷한 눈을 믿고 여전히 처방전을 내려줄 수 있었다. 그러나 미드랜드 의류 회사의 제안은 그를 유혹했고, 아무도 반박할 수 없는 광장의 '아버지'로서 그는 승리한 채 광장을 떠났다.

미드랜드 의류 회사는 거래의 예의에 대한 지식을 가지고 있지 않았다. 그들이 가지고 있는 유일한 생각은 상품을 파는 것이었다. 어찌 되었든 4만 명의 주민으로 구성된 마을에서 가장 훌륭한 장소 중 하나를 소유하게 된 그들은 그 장소를 최대한으로 활용하기 시작했다. 그들은 두 개의 가게를 하나로 만들었고, 널찍하고 오래된 '베인스'의 간판을 엽서처럼 보이도록 만드는 간판을 설치해 두었다. 그들은 건물의 앞면 전체를 과장된 설명을 하고 있는 포스터로 덮어 놓았다. 컬러 포스터였다! 그들은 시그널의 1면을 차지했고, 그 신문에는 곧 겨울이 다가오고 있으며, 버슬리에 있는 새로운 가게에서 오버코트 만 벌을 각각 12실링 6펜스에 팔 것이라고 적혀 있었다. 세상의 재봉업자들은 그 가격과 동일할 가격에 코트를 파는 것을 시끄럽고 거칠게 거부하고 있었다. 개장 당일 그들은 크리츨로우의 가게였던 창문 너머로 오케스트라 또는 축음기로 이루어진 포대를 배치해 두었다. 또한 광고지로 광장에 카펫을 깔았고, 위층에는 깃발을 휘날렸다. 이 거대한 가게는 정말로 오버코트들로 가득 차 있었다. 오버코트들은 세 개의 커다란 창문을 통해 전시되고 있었다. 한 창문에 있는 코트는 물이 들어 있는 용기에 배치되어 있었는데, 미드랜드의 12실링 6펜스짜리 코트는 비에도 뚫리지 않는 방수 기능이 있다는 것을 증명해 주고 있었다. 오버코트가 두 개의 출입구에서 펄럭이고 있었다. 이러한 모습들은 마을을 깨우고 사람들을 불러 모았으며, 사람들은 얌전하고 활기 없는 처녀가 아니라 매우 활기차고 빠르게 움직이는 부산한 남성 조수들에 의해 접대를 받을 수 있다는 것을 알게 되었다. 저녁을 향해 갈 때쯤, 가게는 손님들로 붐비고 있었다. 팔린 외투의 수는 엄청나게 많았다. 다른 날 미드랜드는 같은 방식으로 바지를 팔았는데, 그날에는 축음기를 배치해두지 않았다. 의심할 여지없이 미드랜드는 광장을 뒤흔들었고, 두려움이 없는 기업에게는 여전히 상업이 가능하다는 것을 보여주었다.

그럼에도 불구하고 광장은 기쁘지 않았다. 광장은 수치심을 느끼고 있었고, 위엄이 멀어져 가는 것을 느꼈다. 콘스탄스는 고통과 경멸적인 분노로 나뉘게 되었다. 그녀에게 있어 미드랜드가 한 일은 신성한 장소를 모독하는 것이었다. 그녀는 그 깃발들과 화려함, 정직하고 오래된 벽에 붙어 있는 번쩍이는 포스터들, 금박을 입힌 거대한 간판, 단조로운 기사들로 가득 차 있는 창문, 그리고 부산스러운 조수들을 싫어했다. 축음기에 대해서 말하자면, 그녀는 축음기를 심각한 모욕으로 받아들였다. 그것들은 그녀의 거실 창문으로부터 20피트도 안 떨어져 있었다! 12실링 6펜스짜리 코트! 그것은 엄청난 일이었고, 어리석은 사람들에도 똑같이 엄청난 일이었다. 12펜스 6실링짜리 오버코트를 어떻게 '좋다'고 부를 수 있는 것인가? 그녀는 아버지와 남편이 가게를 운영하던 시절에 만들어서 팔았던 외투들을 기억하고 있었다. 팔리지가 않아 불편한 외투들이었다! 콘스탄스에게 미드랜드는 무역을 신경 쓰고 있는 회사가 아니라 싸구려 행상인과 서커스 사이에 존재하는 무언가였다. 그녀는 광장을 걸어 다니고 싶은 마음조차 들지 않았다. 미드랜드의 야비한 정면은 그녀의 눈을 불쾌하게 만들었고, 조상들의 자부심을 상하게 만들었다. 그녀는 심지어 자신의 집을 포기하겠다고 말했다.

그러나 9월 29일, 그녀는 6개월 후에 나가라는 통보서를 받았다. 크리슬로우가 떨리는 손으로 서명한 통보서였다. 그 집은 미드랜드의 매니저가 원하고 있었는데, 미드랜드는 그들이 원하면 콘스탄스를 내보낼 수 있다는 조건 하에 그 건물들을 인수한 것이었기 때문이었다. 그 충격은 극도로 가혹했다. 그녀는 떠나겠다고 맹세하고 있었다. 그러나 쫓겨나는 것, 그녀가 태어난 곳이자 아버지의 집인 그곳으로부터 쫓겨나게 되는 것은 차이가 있었다! 자존심이 상했지만, 그녀의 자존심에는 많은 힘이 있었다. 그녀는 자신이 베인스 가문의 사람이라는 것을 떠올려야만 했다. 그녀는 신경을 쓰지 않으려고 많은 노력을 기울였다. 하지만 모든 지인들에게 자신의 집으로부터 쫓겨났다는 말을 하지 않을 수 없었고, 그 사실에 대해 어떻게 생각하는지 물었다. 그리고 거리에서 찰스 크리슬로우를 만났을 때 그녀가 가지고 있는 분노의 열기로 그를 괴롭혔다. 새 집을 찾아서 그곳으로 이사를 한다는 생각은 그녀에게 거대하고 끔찍하게 다가왔으며, 그 생각 자체만으로도 그녀를 아프게 만들기에 충분했다.

한편, 연방에 관련된 대접전이 진행되고 있었는데 시그널의 칼럼 부분은 유난히 그 접전이 치열했다. 각 마을의 기자들은 서로 다른 마을들이 이기주의적인 사람들로 이루어진 비양심적인 패거리가 마을들을 점령하고 있다고 증명을 하고 있었다. 몇 달간의 논쟁과 비난 끝에, 버슬리를 제외한 모든 마을들은 영국에서 12번째로 큰 마을이 된다는 전망을 호의적으로 받아들였거나 무관심하게 받아들였다. 그러나 버슬리에서는 반대가 거셌고, 영국에서 12번째로 큰 도시의 탄생은 버슬리의 동의 없이는 탄생할 수 없었다. 영국 자체는 25만 명의 주민이 살고 있는 새로운 마을이 생겨날 가능성에 천천히 관심을 갖기 시작했다. 런던 일간지에서 다섯 개의 마을은 자주 언급되었고, 런던 기자들은 다음과 같은 글을 썼다. '다섯 마을, 물론 모든 분들이 알겠지만 핸브리지, 버슬리, 크나프, 롱쇼 그리고 턴힐로 구성된….' 마침내 이 지역이 유명해졌다, 전국에서 가장 악랄한 구역으로! 그 후, 한 각료가 다섯 마을을 방문하여 공식적인 조사를 하는 것을 도왔고, 다섯 마을의 연방을 성취하기 위해 개인적으로 가능한 일은 무엇이든지 하겠다고 말을 하였다. 기쁜 발언이었지만, 버슬리에 있는 연방 반대자들을 격분시키는 경솔한 발언이었다. 콘스탄스와 다른 많은 민감한 사람들은 순전히 지역만의 문제인데 각료가 어떤 편을 들 권리가 뭐가 있는지 화가 나서 물었다. 그러나 공식 세상의 편파성은 갈수록 명백해져 갔다. 버슬리의 시장은 공개적으로 자신이 연방주의자라고 선언을 했지만, 의회의 대다수는 그의 의견에 반대를 하였다. 심지어 목사들도 스스로 생각하고 자신들의 생각을 표현하는 것을 허락했다. 분개한 버슬리의 오랜 주민들은 공손함의 종말이 도래했다고 상상했을지도 모른다! 연방주의자들은 매우 기발한 사람들이었다. 그들은 엄청난 수의 뛰어난 인물들을 자신들의 대열에 들어오도록 인위적으로 행동하였다. 그런 다음 그들은 커버드 마켓을 고용한 뒤, 강단을 설치하고는 이 인물들은 강단 위에 올려 시대에 따라 변하는 것에 대한 이점을 웅변하게 만들었다. 집회는 붐비고 열광적이었으며, 다음 날 시그널의 독자들은 전투가 이미 성공으로 끝이 났고, 연맹을 반대하던 사람들은 패배했다는 소식밖에 읽을 수 없었다. 그러나 바로 다음 주, 반연방주의자들은 커버드 마켓에서 정확히 똑같은 집회를 가졌고(강단에 올라선 뛰어난 사람들이 덜 명석했다는 점을 제외하면 말이다) 핸브리지로부터 고액을 받은 관료들에게 오래된 버슬리를 맡길 준비가 되어 있는지 빽빽이 늘어선 사람들에게 물었다. 그리고 그에 대한 대답은 덕 뱅크까지 들릴 정도의 거칠고 반항적인 '아니오'였다. 다음날 시그널의 독자들은 전투가 이미 승리로 끝나지 않았다는 것을 보고 기뻐했다. 버슬리는 교육, 빈민촌, 물, 가스, 전기 같은 것에는 미온적이었다. 하지만 이것은 그 신비한 것, 그 정체성과 싸우기 위함이었다. 버슬리의 이름은 세상에서 사라질 것인가? 이러한 질문을 하는 것은 답을 말해주는 것이었다.

투표용지에 X를 사용하여 연방을 원하는지 원치 않는지 분명하게 표시하기 위한 전투의 날, 즉 투표의 날이 밝았다. 그리고 이날 콘스탄스는 좌골신경통으로 인하여 거의 움직일 수 없었다. 투지 넘치는 날이었다. 마을의 벽은 인쇄물로 뒤덮여 있었고, 거리는 유권자들을 위한 자동차와 다른 마차들로 이루어져 있었다. 이 차들 중 대다수의 차들은 '이번에는 연방'이라는 문구가 적힌 큰 카드를 걸어두고 있었다. 그리고 수백 명의 남자들이 마치 버슬리가 경주 코스라도 되는 것처럼 둥근 카드를 옷깃에 매달고 활기차게 걸어 다녔다. 그 카드들 또한 '이번에는 연방'이라는 문구가 적혀 있었다(이 문구는 몇 년 전에 실시한 소규모 투표에서 따온 것이었는데, 그 당시에는 아무도 관심을 가지지 않았으며, 그 미숙한 프로젝트는 6 대 1의 차이로 패배를 하였다). 연방의 지지자들은 빨간 리본을, 반연방주의자들은 파란색 리본을 착용하고 있었다. 학교는 문을 닫았고, 연방주의자들은 아이들을 대하는 데 있어서 양심의 가책이 없다는 것을 보여주었다. 사악한 능력을 가지고 있는 연방주의자들은 엄청난 존경심을 받고 있는 버슬리 타운 실버 프라이즈 밴드를 고용하였고 노래를 부르며 마을을 돌아다니게 했다. 그들 뒤로는 아이들이 가득 탄 마차가 따라왔다. 노래는 이러했다.

투표, 투표, 연방을 위해 투표, 멍청하게 행동하지 마세요, 늙고 느린 여러분들, 우리는 이것이 지역 사회를 위한 좋은 일이 될 것이라고 확신해요, 그러니 투표, 투표, 투표를 해서 앞으로 나아가게 하세요.

이 연주가 투표를 하러 가는 진지한 유권자의 결정에 어떤 영향을 미칠지는 분명하지 않았다. 그러나 반연방주의자들은 영향을 끼칠까 두려워하였고, 정오 전에 두 밴드를 고용하여 위원회에서 작곡한 노래를 부르도록 만들었다. 첫 번째 노래에 대한 답가였다.

아래로, 아래로, 연맹과 함께 아래로 내려가세요, 우리는 차라리 그대로 남겠어요, 토요일의 투표에서 연방이 지게 되면, 그리운 버슬리는 반드시 승리할 겁니다.

그들은 또한 '옛 버슬리에게'라는 제목의 또 다른 곡을 작곡했는데, 그 노래를 '올드 랭 사인'에 맞추어 작곡을 한다는 치명적인 실수를 저질렀다. 그 효과로 인해 노래는 만가처럼 들렸고, 어쩌면 유권자들이 보다 쾌활한 집단을 지지하도록 만드는 영향을 끼쳤을지도 모른다. 실제로 반연방주의자들은 실버 프라이즈 밴드와 수백 명의 유아들의 도움으로 비양심적인 연방주의자들이 얻은 이득을 되찾지 못하고 있었다. 반연방주의자들에게는 승산이 없었다. 시장은 반연방주의자들이 부당한 방법을 사용하는 것에 대한 비난을 하는 공문을 발행하였다! 이건 정말 너무했다! 그 뻔뻔함은 희생자들의 정신을 꺾어버렸고, 투표에서 정신은 매우 필수적이다. 연방주의자들은 그들의 유명한 반대자들 중 한 명이 인정했듯이, 거리와 벽면을 지배하며 '자기들의 뜻

대로' 하고 있었다. 그리고 오후 일찍, 딕 포비가 연방의 진홍색으로 장식된 기구를 타고 마을의 상공을 항해했을 때, 버슬리의 분리된 정체성이 있어야 할 이유는 영원히 사라졌다고 느껴졌다. 그럼에도 버슬리는 술집의 도움을 받아 쾌활함을 유지하고 있었다.

4

해 질 무렵, 회색 머리에 볼품없는 보닛과 비싼 외투를 두르고 있는 뚱뚱한 노부인이 다리를 절며 웨지우드 스트리트를 따라 칵 야드를 지나 시청으로 향하고 있었다. 주름진 그녀의 얼굴은 불안해 보이는 표정을 짓고 있었지만, 매우 단호해 보였다. 그녀를 알지 못하는 바쁘고 즐거운 연방주의자들과 반연방주의자들은 그녀를 단지 힘겹게 앞으로 걸어 나가고 있는 뚱뚱한 노부인으로만 보았고, 그녀가 단지 포비 부인이라는 걸 아는 사람들은 그녀에게 형식적으로 인사를 하였다. 그녀의 나이와 걸음걸이는 반대를 하는 열띤 언쟁에는 다소 어울리지 않았다. 그러나 그녀는 뚱뚱한 노부인 이상의 존재였고, 고통스러운 신중함과 함께 거리를 뒤뚱뒤뚱 걸어가고 있는 그녀는 포비 부인 이상의 존재였다. 그녀는 기적이었다.

아침에 콘스탄스는 좌골신경통으로 인해 부분적으로 무력해져 있었다. 어쨌든 응접실로 내려가는 것보단 침실이 있는 층에 남아 있는 것이 타당하다는 인식을 받을 정도까지 말이다. 그렇기에 메리는 거실에 불을 지폈고, 콘스탄스는 포셋을 바구니에 넣은 채 안락하게 자리를 잡았다. 릴리 홀은 아침 일찍 찾아왔었는데, 그녀는 매우 동정적이었지만 다소 멍해 보였다. 사실은 딕 포비가 독창적인 본능을 가지고 투표 당일을 위해 유명한 맨체스터 열기구 조종사와 함께 어떻게든 주선해 놓은 임박한 상승을 숨기고 있다는 것이었다. 이것은 노부인에게 '비밀로' 해야 할 여러 가지 문제 중 하나였다. 릴리 자신도 기구를 하늘에 띄우는 것에 대해 매우 동요하고 있었다. 그녀는 딕이 출발하기 전에 블리크리지에 있는 풋볼 경기장으로 달려가 그를 보았고, 그가 무사히 내려왔다는 또는 내려오는 도중 다리가 부러졌다는 또는 딕이 죽었다는 전보를 기다려야 하는 시간을 보내야만 했다. 릴리에게는 힘든 시간이었다. 그녀는 짧은 만남을 가진 후, 이날이 특별한 날이니 '가능하다면' 다시 돌아오겠다는 말과 함께 평소와는 다른 분위기에 사로잡혀 콘스탄스를 떠나왔다. 그리고 그녀는 콘스탄스에게 연방이 어떠한 일이 일어난다고 해도 투표에서 훌륭하게 질 것이라고 확신시키는 것을 잊지 않았다. 이 또한 어리석은 노인이 걱정을 하며 무분별한 행동을 저지르지 않도록 '어둠 속에' 두는 것이 바람직하다고 여겨지는 또 다른 문제였기 때문이었다.

그 후 콘스탄스는 버슬리의 세상에서 잊혔다. 소파와 난롯가에 갇혀 있는 늙은 여성들에게 약간의 주의를 기울일 수 있었던 버슬리로부터 말이다. 그녀는 극심한 고통에 시달리고 있었고, 이따금씩 그녀의 주위를 돌아다니던 메리는 그것을 볼 수 있었다. 명백히 그날은 콘스탄스의 나쁜 날들 중 하나였다. 삶의 흐름이 그녀를 완전히 방치해 두었다고 느껴지는 날들 중 하나였다. 버슬리 타운 실버 프라이즈 밴드의 소리는 슬픈 고통의 가수 상태에 빠진 그녀를 깨어나게 만들었다. 뒤이어 아이들의 높은 목소리가 그녀를 놀라게 했다. 그녀는 좌골신경통을 이겨내고 얼굴을 찡그리며 창가로 갔다. 그녀가 처음으로 목격한 것은 연방을 위한 투표가 상상했던 것보다 훨씬 더 흥미진진한 일이 될 것이라는 것이었다. 마차에서 흔들리고 있는 거대한 홍보물은 연방주의자들이 아직까지 눈과 귀에 충분히 강렬한 인상을 남길 수 있을 만큼 활기 넘치고 있다는 것을 보여주었다. 광장은 연방에 찬성하는 이 외침에 의해 변해 있었다. 행렬이 광장을 뒤덮었을 때 사람들은 환호를 하며 노래를 불렀다. 그리고 그녀는 '투표, 투표, 투표'라는 전투적인 음절을 똑똑히 알아들을 수 있었다. 그녀는 분개했다. 한 번 시작된 소란은 계속되었다. 광장을 가로지는 차들은 자주 번쩍거렸는데, 대부분이 진홍색 차였다. 작은 무리들과 흥분한 여행자들의 행렬은 익숙하지 않은 왕래를 지속적으로 만들어냈고, 그들의 대다수는 연방의 색깔을 과시하고 있었다. 쇼핑을 마치고 온 메리는 위층으로 올라와 '어디를 가든 "연방"밖에 없군요'라고 말했고, 연방의 강력한 지지자인 브린들리는 '자신을 매우 중요한 사람으로 여기고 있다'고 말했다. 게다가 투표에 대한 관심은 엄청나며 보편적이었다고 말했다. 시청 주변에는 '군중 그리고 또 군중'들로 가득 차 있다고 말했다. 대체로 약간 차분하고 둔한 메리조차 전염성 있는 활기를 발견한 것이다.

콘스탄스는 식사를 하기 전까지 창가에 남아 있다가, 식사를 하고는 다시 창가로 돌아갔다. 딕의 기구가 서쪽으로 향하고 있을 때 그녀가 하늘을 쳐다볼 생각을 하지 않은 것은 행운이었다. 만약 그 풍선을 보았더라면 그녀는 즉시 딕이 그 기구에 있을 것이라고 짐작했을 것이고, 그녀의 불만은 배가되었을 것이다. 연방의 계획에 대한 엄청난 불만은 그녀가 감당할 수 있는 한계까지 그녀를 밀어붙였다. 그녀는 정치인이 아니었다. 일반적인 생각도 가지고 있지 않았다. 그녀는 커다란 곡선을 그리며 일어나고 있는 거대한 운동도 보지 못했다. 지역의 성장을 거짓되고, 성가시고, 해롭게 만든 자치구의 분할을 영구화시키는 것에서 수반되는 불합리함을 이해할 수 없었다. 그녀는 오로지 버슬리만을 보았고, 버슬리에서는 광장만을 보았다. 그녀는 한때 버슬리에서 쇼핑을 했던 버슬리 사람들이 핸브리지에서 쇼핑을 하고 있고, 광장은 싸구려 행상인들이 들끓고 있는 사막이라는 것 외에는 아는 것이 아무것도 없었다. 실제로 핸브리지에 고개를 숙이고 싶어하는 사람들이 있었으며, 시카고를 밀어붙이는 탐욕스러운 유머에 버슬리라는 이름을 희생할 준비가 되어 있는 사람들이 있었다! 그녀는 이러한 사람들을 이해할 수 없었다. 그들은 탐욕스러운 핸브리지로 인해 불쌍한 마리아 크리츨로우가 정신병원에 있다는 것을 알고 있는 것인가? 아, 불쌍한 마리아는 이미 잊혀 있었다! 더 간접적인 결과로 버슬리 최고 소매상인의 딸인 그녀가 태어난 집에서 쫓겨날 것이라는 것은 알고 있을까? 그녀는 창가에서 서서 고통스럽게 연방의 승리를 지켜보면서, 수년 전에 메리카프의 집과 가게를 샀으면 하고 간절히 바랐다. 그녀는 주인으로서 무엇이 옳은지 그들에게 보여줄 수 있었을 것이다! 그녀는 이미 버슬리에 소유하고 있는 부동산이 그녀에게는 골칫거리였고, 어떤 손해를 입더라도 항상 그 부동산을 팔기로 결심하고 있었다는 사실을 잊고 있었다.

그녀는 자신에게 투표권이 있고, '조금이라도 움직일' 수 있었다면 반드시 투표를 할 것이라고 스스로에게 말했다. 그녀는 투표를 하는 것이 그녀의 의무라고 스스로에게 말했다. 그러다가 하루 종일 시시각각으로 조여 오는 불안으로 인한 환상으로 인해 자신의 좌골신경통이 더 나아졌다고 생각하기 시작했다. 그녀는 말했다. "내가 나갈 수만 있다면!" 그녀는 택시를 잡을 수도 있었고, 퍼레이드를 하고 있는 그 어떤 차량이라도 기꺼이 그녀를 시청에 데려다줄 것이었다. 부탁만 하면 그녀를 다시 집으로 데려다줄 수도 있을 것이었다. 하지만 그럴 수 없다! 그녀는 감히 나갈 생각을 하지 못했다. 그녀는 두려워했다. 순한 메리조차도 그녀를 막을까 봐 두려워하고 있었다. 그렇지 않았더라면, 메리에게 택시를 잡아오라고 시켰을 것이다. 그리고 릴리가 돌아왔을 때 그녀가 나갔다 돌아오는 것을 목격했다고 가정해 보라! 그녀는 외출을 해서는 안 된다. 그러나 그녀의 좌골신경통은 이상하게도 더 나아져 있었다. 외출을 한다는 생각은 어리석은 생각이었다. 하지만…! 그리고 릴리는 돌아오지 않았다. 그녀는 릴리가 그녀를 다시 찾아오지 않았다는 것에 다소 상처를 받았다. 릴리는 그녀를 방치하고 있었다. 그녀는 나갈 것이었다. 시청까지는 걸어서 4분도 걸리지 않는 거리였고, 그녀의 몸 상태는 나아져 있었다. 오랫동안 소나기가 내리지 않았고, 바람은 도로의 진흙을 건조하게 만들고 있었다. 그렇다, 그녀는 나갈 것이다.

그녀는 마치 도둑처럼 침실로 들어가 옷을 걸쳤고, 도둑처럼 아래층으로 살금살금 내려왔다. 그렇게 그녀는 메리에게 아무 말도 하지 않고 거리로 나왔다. 절망적인 모험이었다. 그녀는 거리로 나오자마자 그녀의 모든 나약함을 느끼게 되었고, 피로는 벌써 그녀를 지치게 만들고 있었다. 통증은 다시 돌아왔다. 거리는 여전히 축축하고 더러웠으며, 바람은 차가웠고, 하늘은 위협적이었다. 그녀는 돌아갔어야 한다. 이러한 계획을 꿈꾼 그녀는 어리석었다는 것을 인정해야 했다. 시청은 산꼭대기에서 몇 마일 떨어진 곳에 있는 것 같았다. 그러나 그녀는 연방을 죽이기 위해 자신의 몫을 다할 것을 굳게 다짐하며 앞으로 걸어 나갔다. 한 걸음 한 걸음 걸을 때마다 오래된 이를 악물었다. 칵 야드를 통해 시청으로 가기로 결심했는데, 광장을 통해 간다면 홀의 가게를 지나야만 했고, 그렇게 되면 릴리가 그녀를 알아볼 수도 있었기 때문이었다.

이는 쾌활한 정치인들이 기적인 줄 모르고 목격한 기적이었다. 이들에게 깊은 인상을 주고 싶었다면 콘스탄스는 투표를 하기 전에 쓰러져서 입을 벌리고 있는 사람들의 중심이 되었어야만 했다. 그러나 그녀는 자신의 고문 받은 다리로 다시 집에 돌아왔고, 경악을 하며 항의를 하는 메리는 그녀를 위해 문을 열어주었다. 비가 내리고 있었다. 그러고는 자신의 모험에 대한 대담함과 자신의 몸에 가해지고 있는 끔찍한 결과에 겁을 먹었다. 끔찍한 피로감이 그녀를 무력하게 만들었다. 그러나 과업은 완수되었다.

5

다음날 아침, 자신도 설명할 수 없는 밤을 보낸 콘스탄스는 팔다리를 쭉 뻗은 채 침대에 누워 있는 자신을 발견했다. 그녀는 자신의 얼굴이 땀으로 범벅이 되어 있는 것을 알아차렸다. 긴급용 종 당김줄은 머리의 바로 위에 달려 있었지만, 그녀는 그것을 당기기 위해 움직이기보다는 메리가 자발적으로 올 때까지 기다리는 것이 더 낫다고 생각했다. 그날 밤의 경험으로 인해 그녀는 사소한 움직임조차 두려워하게 되었다. 무엇이 되었든 움직이는 것보단 나았다. 그녀는 약간 가라앉은 고통과 함께 막연한 아픔을 느끼고 있었고, 목이 매우 말랐으며 다소 추워하고 있었다. 그녀는 자신의 왼쪽 팔과 다리가 무언가에 살짝 닿기만 해도 매우 아프다는 것을 알고 있었다. 깨끗하고 상쾌하며 창백한 메리가 마침내 온화한 모습으로 방에 들어왔을 때, 그녀는 퉁퉁 부은 얼굴과 이상하게 불안한 표정을 짓고 있는 오리알 색의 여주인을 발견하였다.

"메리." 콘스탄스가 말했다. "몸 상태가 뭔가 이상해. 홀 양에게 빨리 가서 스털링 의사를 불러달라고 하는 게 좋을 것 같아."

이것이 콘스탄스의 마지막 병의 시작이었다. 메리는 홀 양에게 그녀의 정부가 좌골신경통에도 불구하고 전날 오후에 외출을 했다는 것을 매우 감명 깊게 전해주었고, 릴리는 전보로 그 사실을 의사에게 알렸다. 그리고 나서 릴리는 콘스탄스를 돌보기 위해 그 집을 찾아왔다. 그녀는 감히 병자를 질책할 수 없었다.

"결과가 나왔니?" 콘스탄스가 중얼거렸다.

"네." 릴리가 가볍게 말했다. "1,200명 이상의 다수가 연방에 반대를 했어요. 어젯밤은 정말 즐거웠어요! 제가 어제 아침에 말했잖아요, 연방이 질 수밖에 없다고."

릴리는 그 결과가 확실하다는 듯이 말했다. 그녀의 어조는 콘스탄스에게 이렇게 말하고 있는 것 같았다. '제가 어제 아침에 단지 부인을 격려하기 위해 거짓말을 했다고 생각하시는 건 아니겠죠!' 그러나, 그날이 끝날 무렵에 거의 모든 사람들이 연방이 이길 것이라고 믿었던 것은 사실이었다. 이 결과는 커다란 놀라움을 불러일으켰다. 오직 가장 심오한 철학자들만이 단지 맹목적이고 무관심하며 반작용을 하지 못하고, 잘못된 조직을 가지고 있으며 논리의 도움을 받지 못한 사람들이 깨어 있는 열정의 옷을 입고 반대하는 사람들보다 더 강하다는 사실을 보고서 놀라지 않았다. 결과는 개혁가들이 주목할 만한 교훈이었다.

"오!" 콘스탄스가 깜짝 놀라며 중얼거렸다. 그녀는 안도했다. 하지만 그녀는 그 대다수가 더 소규모였기를 바랐다. 게다가, 그 질문에 대한 그녀의 관심은 줄어들어 있었다. 지금 그녀의 머릿속을 사로잡은 것은 그녀의 팔다리에 관한 것이었다.

"피곤해 보여." 그녀가 릴리에게 힘없이 말했다.

"그래요?" 릴리는 맥클스필드 인근에서 환상적인 하강을 하다가 느릅나무의 꼭대기를 쓸면서 지나가 팔꿈치 관절을 다친 딕 포비를 간호하며 밤의 절반을 보냈다는 사실을 숨기며 짧게 말했다. 전문적인 열기구 조종사는 다리가 부러졌다. 이윽고 스털링 의사가 찾아왔다.

"제 좌골신경통이 더 심각해진 것 같아요, 선생님." 콘스탄스가 사과하듯 말했다.

"더 좋아질 거라고 생각했나요?" 그가 엄하게 그녀를 바라보며 말했다. 그녀는 그제야 누군가가 자신의 무모한 행위를 자백해야 하는 수고를 덜어주었음을 깨달았다.

그러나 좌골신경통은 더 심각해져 있지 않았다. 그녀의 좌골신경통은 비열하게 행동하지 않았다. 그녀가 앓고 있는 것은 급성 류머티즘의 발작의 초기 증세였다. 그녀는 정말로 무모한 행동에 알맞은 달과 날씨를 고른 것이었다. 고통과 신경질적인 동요, 그리고 시청까지 그녀를 갔다가 돌아오게 만들어준 정신적, 육체적 노력의 피로로 인해 그녀는 오한을 느꼈고, 발은 축축해져 있었다. 그녀에겐 그것만으로도 충분했을 것이다. 의사는 '급성 류머티즘'이라는 말만 사용하였다. 콘스탄스는 급성 류머티즘이 끔찍한 질병인 류머티스성 열이라는 것을 몰랐고, 그러한 정보를 듣지도 못했다. 그녀는 상당한 시간 동안 자신의 경우가 절망적으로 심각하다는 것을 깨닫지 못했다. 의사는 자신의 주요 바람이 고통을 최대한으로 최소화시켜주는 것이며, 이는 지속적인 경계를 통해서만 달성할 수 있는 말을 함으로써 간호사를 두 명 부르는 것과 자신의 방문 빈도에 대한 설명을 하였다. 고통은 확실히 어마어마했다. 그러나 콘스탄스는 엄청난 고통에 익숙해져 있었다. 좌골신경통이 매우 심해지면, 류머티스성 열조차 능가할 수 없는 고통을 가져다주었다. 콘스탄스는 몇 년 동안 거의 지속적으로 이 고통에 시달려왔다. 그녀의 친구들은 동정심이 많았지만, 그녀의 고통의 강도를 제대로 이해할 순 없었다. 그들은 그녀만큼 익숙해져 있었다. 그리고 그녀의 단조롭고 독특한 불만은(불만을 야기하는 원인과 비교해보면, 그 불만은 경미했지만) 불가피하게도 동정의 가장자리를 무디게 만들었다. '포비 부인은 또 좌골신경통을 겪고 있군! 불쌍한 사람, 정말로 싫증이 나!' 그들은 좌골신경통이 좌골신경통에 대한 불만보다 더 싫증이 난다는 것을 깨닫지 못하는 경향이 있었다.

그녀는 어느 날 딕이 자신을 보러 와야 한다고 말했다. 그는 팔걸이 붕대를 한 채로 찾아왔고, 경계를 하며 지팡이를 떨어뜨려 아래층으로 미끄러졌다고 말했다.

"릴리가 나한테 그런 말을 해준 적이 없는데." 콘스탄스가 의심스러운 듯 말했다.

"오, 별일 아니에요!" 딕이 말했다. 병실조차도 그 웅장한 기구를 타고 하는 모험을 통해 얻는 기쁨의 잘못을 깨닫게 하지는 못하였다.

"네가 그 어떤 위험도 감수하지 않았으면 좋겠구나!" 콘스탄스가 말했다.

"절대 걱정하지 마세요!" 그가 말했다. "전 침대에서 죽을 거니까요."

그는 무조건 그렇게 될 것이라고 장담을 하였고, 다른 사고의 결과로 인해 죽지 않을 것이라고 말했다! 간호사는 그가 방에 남아 있는 것을 허락하지 않았다.

릴리는 콘스탄스가 시릴에게 편지를 쓰는 것이 좋지 않겠냐고 제안을 하였다. 단지 시릴의 정확한 주소를 확인하기 위해서였다. 그는 친구들과 함께 이탈리아로 여행을 떠나 있었다. 콘스탄스는 그 친구들에 대해 아무것도 몰랐다. 그의 주소는 매우 불확실해 보였는데, 그에게는 여러 개의 주소가 있었고, 편지는 여러 마을로 보내는 유치우편이었다. 시릴은 어머니에게 엽서를 보내고 있었다. 딕과 릴리는 우체국에 가서 외국으로 전보를 보냈다. 콘스탄스는 자신이 얼마나 아픈지 알 수 없을 정도로 아팠고, 자신의 병으로 인해 생긴 가정의 혼란에 대해 알고 있지 못했지만, 때때로 그녀의 뇌는 놀라울 정도로 맑아졌고, 그로 인해 그녀는 고통의 불쾌한 바다 위에서 길고 분별력 있는 명상에 잠길 수 있었다. 간호사들이 교대를 한 후인 이른 밤, 메리는 계단을 오르느라 지쳐 잠자리에 들었고, 릴리 홀은 식료품점에서 딕에게 낮에 있었던 이야기를 하고 있었고, 주간 간호사는 이미 자고 있으며, 야간 간호사가 밤을 준비하고 있을 때면, 희미하게 불이 켜져 있는 방의 고요한 침묵 속에서 콘스탄스는 한 시간씩이나 자신과 말다툼을 하곤 했다. 그녀는 소피아를 자주 떠올렸다. 소피아가 죽었다는 사실에도 불구하고 여전히 소피아가 인생을 낭비한 여자라며 불쌍하게 여기고 있었다. 소피아의 낭비되고 무가치한 삶과 원칙을 지켜야 한다는 광범위한 중요성에 대한 생각은 몇 번이고 반복되며 계속 떠올랐다. '어째서 그녀는 그와 함께 도망쳤을까? 그녀가 도망가지만 않았더라면!' 그녀는 이렇게 되뇌곤 했다. 그럼에도 소피아에게는 너무나 좋은 점이 있었다! 그렇기에 소피아의 사례는 더욱 가련했다! 콘스탄스는 결코 자신을 불쌍히 여기지 않았다. 그녀는 운명이 자신에게 심술궂게 행동했다고 생각하지 않았다. 그녀는 자기 자신에 대해 그다지 불만족스럽지 않았다. 건강한 본성이 가지고 있는 꺾을 수 없는 상식은 최고의 순간을 보내고 있을 때 그녀가 자기 연민에 빠져들지 않도록 만들어주었다. 그녀는 꽤 오랜 시간 동안 정직하고 친절하게 살았고, 승리의 시간들도 맛보았다. 그녀는 정당한 존경을 받았고, 지위를 가지고 있었고, 품위도 있었고, 부유하기도 했다. 결국에 그녀는 어느 정도의 조용한 자만심도 갖게 되었다. 이 세상에는 그녀가 '열심히' 해야 한다고 말할 사람도 또는 그녀에게 '열심히' 해달라고 요청할 수 있는 사람도 존재하지 않았다. 맞다, 그녀는 늙었다! 버슬리에 있는 수천 명의 다른 사람들도 마찬가지이다. 그녀는 고통에 시달리고 있었다. 다른 수천 명들도 마찬가지이다. 그녀가 인생의 운명을 누구와 기꺼이 교환하겠는가? 그녀는 불만이 많았다. 하지만 그녀는 그들보다 뛰어났다. 그녀가 그녀의 인생과 일반적인 삶을 비교해 보았을 때, 그녀는 일종의 시지만 그렇다고 기분 좋은 신맛은 아닌 생각을 하였다. '음, 삶이란 이런 거지!' 사소한 집안일에 대해 불평을 하는 버릇에도 불구하고 그녀는 성격의 본질로 인해 '사물을 최대한 활용하는 훌륭한 몸'을 가지고 있었다. 그렇기에 그녀는 투표를 하기 위해 시청에 다녀온다는 그녀의 짧은 여행을 지나치게 비통해 하지 않았다. 이후에 알게 된 것이었지만, 그녀의 행동은 터무니없을 정도로 필요 이상의 행동이었던 것으로 드러났다. "내가 어떻게 알았겠어?" 그녀가 말했다.

그녀가 진지하게 자책해야 할 유일한 문제는 새뮤얼 포비가 죽은 이후 시릴을 망쳐버릴 정도로 관대하게 행동했다는 것이었다. 그러나 책망의 끝에 그녀가 다다른 생각은 이러했다. '다시 한다고 해도 난 똑같이 행동할 것 같아! 그리고 내가 그를 망치지 않았더라도 별다른 변화는 없었을 거야!' 그리고 그녀는 그 나약함을 위해 열 배나 더 되는 값을 지불했다. 그녀는 시릴을 사랑했지만 그에 대한 환상은 없었다. 그녀는 시릴의 양면을 보았다. 그녀는 그가 초래한 모든 슬픔과 굴욕들을 기억하고 있었다. 그럼에도, 그녀의 애정은 약해지지 않았다. 시릴보다 나쁜 아들도 있을 것이다. 그는 사랑할 만한 자질을 가지고 있었다. 그녀는 병으로 인해 누워 있는 동안 시릴이 잉글랜드를 떠나 있는 것을 원망하지 않았다. "내 병이 심각했다면." 그녀가 말했다. "시릴은 조금도 나와 떨어져 있지 않았을 거야." 릴리와 딕은 그녀에게 있어 보물이었다. 이 두 사람은 그녀에게 있어 정말로 큰 행운이었다. 그녀는 다가오는 그들의 결혼식에서, 그들에 대한 그녀의 감사를 표시할 선물의 화려함을 생각하며 큰 기쁨에 빠져 있었다. 두 사람이 그녀를 향해 보이고 있던 비밀스러운 태도는 자신을 낮추는 듯한 친절한 저자세였는데, 이는 그들이 그녀를 묘사할 때 사용하는 어조를 통해 표현되었다. 그들은 그녀를 '노부인'이라고 표현했다. 어쩌면 그들은 콘스탄스가 두 사람을 사랑스럽게 내려다보고 있다는 것을 알게 되면 깜짝 놀랐을지도 모른다. 그녀는 그들의 마음에 한없이 감탄을 하고 있었다. 그러나 그녀는 딕이 신사라고 불리기에는 너무 무뚝뚝하고 너무 바보 같은 사람이라고 생각하고 있었다. 그리고 릴리는 완벽한 여성처럼 보였지만 콘스탄스의 생각에 의하면 그녀는 근성 또는 투지, 또는 정신의 독립성이 부족했다. 또한, 콘스탄스는 그들 사이의 나이 차이가 너무 많이 난다고 생각하고 있었다. 이 모든 것을 고려해 보았을 때, 콘스탄스가 이 젊은이들의 자신감 넘치는 지혜로부터 배운 것이 많다는 것은 의심할 여지가 없었다.

자기 성찰의 시간이 지나면, 그녀는 때때로 얇은 섬망에 빠지기도 하였다. 그녀의 섬망 속에서 그녀는 언제나 부엌방과 석탄 저장고, 그리고 뜬숯의 저장고를 지나 뒤뜰로 이어지는 긴 지하 통로에서 길을 잃은 채 이리저리 헤매고 있었다. 그리고 그녀는 어린 시절에 그랬던 것처럼 그 지역들의 광활한 어둑함을 두려워하고 있었다.

며칠 만에 그녀를 죽게 만든 것은 급성 류머티즘이 아니었다. 그녀를 죽인 것은 그 뒤에 잇달아 일어난 심낭염이었다. 그녀는 밤, 야간 간호사와 단둘이 있을 때 사망하였다. 기묘한 우연으로 인해 그녀가 심각하게 아프다는 것을 듣게 된 웨슬리언의 목사는 전날 그녀를 찾아왔다. 그녀는 그를 만나지 않았다. 그러나 순례의 무거운 임무로 인하여 목회 방문이 거의 불가능하다고 항상 말해왔던 남자로부터의 목회 방문은 그녀로 하여금 많은 생각을 하게 만들었다. 저녁에 그녀는 포셋을 위층으로 데려오라고 요청했었다.

그렇게 그녀는 집에서 쫓겨나게 되었지만, 미드랜드 의류 회사에 의해 쫓겨난 것은 아니었다. 나이가 많은 사람들은 서로 이렇게 말하고 다녔다. "포비 부인이 죽었다는 소식을 들었어? 오, 이런! 이제 곧 아무도 남지 않게 될 거야." 이 늙은 사람들은 나쁜 예언가들이었다. 그녀의 친구들은 진정으로 유감스럽게 생각하고 있었고, 그녀의 좌골 신경통에 대한 싫증을 잊었다. 그들은 동정 어린 슬픔 속에서 그녀가 살아오면서 겪었던 모든 일들을 떠올리기 위해 노력했다. 아마도 그들은 이 창의적인 시도에 성공했다고 생각했을 것이다. 그러나 그들은 성공하지 못했다. 콘스탄스 외에는 콘스탄스가 겪은 모든 일과 그 모든 삶이 그녀에게 어떤 의미였는지에 대해 깨닫지 못할 것이다.

시릴은 장례식에 참석하지 않았다. 그는 3일 후에 도착했다. (그는 딕과 릴리의 연애에 관심이 없었기에, 그 커플은 결혼 선물을 빼앗기게 되었다. 15년 전에 작성된 유언장은 시릴에게 유리하게 작성되어 있었다.) 그러나 불멸자인 찰스 크리츨로우는 아무도 요청하지 않았음에도 불구하고 장례식에 찾아왔다. 그는 차분하고 냉소적인 기쁨으로 가득 차 있었다. 엄청나게 고령이 되었음에도 불구하고 재앙을 즐기는 능력을 유지하고 있었고, 심지어는 더 향상시키기까지 했다. 그는 이제 친구들을 한 명, 한 명씩 매장하는 일에 만족스러워하며 열정적으로 장례식에 참석하고 있었다. 높고, 떨리고, 귀에 거슬리며, 신중한 목소리로 이렇게 말한 사람 또한 그였다. "결국 연방이 진행되고 있다는 것을 들을 수 있을 정도로 오래 살지 못했다는 것이 안타깝군! 이 소식은 그녀를 걱정하게 만들었을 텐데." (연방의 부도덕한 지지자들은 국민 투표의 결정적인 결과를 무시하는 방법을 발견했기 때문이었다. 그리고 그날의 시그널은 그 어느 때보다 연방에 대한 글이 많았다.)

짧은 장례 행렬이 시작되자 메리와 병약한 포셋은(베인스 가문과 파리를 연결시켜주는 유일한 유물인) 집안에 홀로 남겨졌다. 눈물을 글썽이는 하인은 관례적인 구석에 있는 관례적인 수프 접시에 개의 식사를 준비하였다. 포셋은 그것을 킁킁거리더니, 부엌의 불 앞까지 걸어간 뒤 한숨을 쉬며 그곳에 누웠다. 그날따라 포셋의 습관은 매우 이상했다. 포셋은 자신이 이해할 수 없는 사건으로 인한 소홀함을 알고 있었다. 그리고 포셋은 그것이 마음에 들지 않았다. 포셋은 상처를 받았고, 식욕 또한 상처를 받았다. 그러나 몇 분 후 포셋은 그 문제를 다시 생각해 보기 시작했다. 포셋은 수프 접시를 힐끗 보더니, 결국 조사해 볼 만한 가치가 있는 것이 들어 있을지도 모른다는 생각에 늙은 다리로 어색하게 균형을 잡더니 다시 수프 접시를 향하였다.